I0689625

L'ARAUCANA

CORBEIL, typ. et stér. de CRÉTÉ FILS.

L'ARAUCANA

POËME ÉPIQUE ESPAGNOL

PAR

DON ALONSO DE ERCILLA Y ZUÑIGA

TRADUIT COMPLÉTEMENT POUR LA PREMIÈRE FOIS EN FRANÇAIS

AVEC UNE INTRODUCTION, DES NOTES ET UN CATALOGUE RAISONNÉ

DES POÉSIES NARRATIVES EN ESPAGNE

PAR ALEXANDRE NICOLAS

Professeur de littérature étrangère à la Faculté des lettres de Rennes

———

TOME DEUXIÈME

PARIS

CH. DELAGRAVE ET Cie, LIBRAIRES-ÉDITEURS

RUE DES ÉCOLES, 58

—

1869

L'ARAUCANA

II' PARTIE [1]

PROLOGUE

J'avais promis de poursuivre cette histoire; aussi l'ai-je continuée, non sans beaucoup d'obstacles et de soucis; et, bien que cette deuxième partie de l'*Araucana* ne laisse pas voir toute la peine qu'elle m'a coûtée, cependant celui qui l'aura lue pourra comprendre quel labeur j'ai eu à subir pour achever deux publications sur une matière si difficile et si monotone. Car, depuis le commencement jusqu'à la fin, elles ne renferment qu'un seul objet; et, devant l'obligation de marcher toujours sous l'empire d'une même réalité, par un chemin si désert et si stérile, il me semble que ce serait n'avoir pas de goût que de ne pas se fatiguer sur mes traces. Avec cette crainte j'aurais voulu mille fois mêler à mon récit quelques sujets d'une autre nature; mais je me suis déterminé à ne pas changer de style, dans l'espoir que l'intérêt des choses dont je parle servira de contre-poids aux fautes que mon livre présente,

1 M. Cayetano Rosell n'a pas conservé, comme le texte de Baudry, le partage du poème en trois sections assez inégales. L'éditeur de 1851 regarde cette distribution comme désormais inutile, et ne veut y reconnaître qu'un souvenir des différentes dates auxquelles ont été publiés successivement, d'abord les quinze premiers chants (1569), puis, les quatorze chants de la deuxième partie (1578), puis, enfin, les derniers chants, ceux de la troisième division (1589). M. Winterling n'a pas tenu compte non plus de la vieille forme de l'*Araucana*, et il l'a fait disparaître de sa traduction en 1831. Nous l'avons gardée par respect même pour cet intérêt bibliographique que négligent l'édition espagnole et la version allemande.

et que je pourrai le relever en parlant du beau début que le roi notre maître a donné à ses exploits par l'attaque et la prise de Saint-Quentin, tandis que, le même jour, les Araucans nous livraient aussi un assaut au fort de la *Concepcion*. Je dirai encore la terrible bataille navale où le valeureux don Juan d'Autriche resta vainqueur au golfe de Lépante. C'est oser beaucoup que de vouloir mettre deux événements si considérables en si humble place ; mais les Araucans le méritent à coup sûr. Il y a plus de trente ans en effet qu'ils soutiennent leur cause, sans que jamais les armes leur soient tombées des mains, non pour défendre de vastes cités et des richesses ; car, de leur plein gré, ils ont eux-mêmes brûlé leurs maisons et leurs domaines, afin de ne rien laisser à leur ennemi dont il pût jouir. Ils ne défendent que des terrains arides, quoique plus d'une fois abreuvés de notre sang, un sol inculte et pierreux. Toujours ils persistent dans leur ferme et inébranlable résolution, et offrent ainsi un ample sujet et une carrière étendue aux écrivains. Je laisse de côté une foule de choses et les plus importantes ; j'écris seulement pour celui qui voudra prendre lesoin de les traiter [1]. Pour moi, je ne regretterai pas mon travail, s'il est accueilli avec la même bienveillance que je l'offre à chacun.

---

[1] C'est le même sentiment que Cicéron (*Brutus*, LXXV) prête à César rédigeant ses *Commentaires*. Mais qu'il nous soit permis de placer ici, à propos d'Ercilla, la belle réflexion de l'orateur sur l'histoire de la guerre des Gaules. En voulant fournir des matériaux à l'écrivain futur, fait-il observer, César a pu causer quelque plaisir à des gens bornés qui seront tentés de friser et de boucler son style (*calamistris inurere*) ; pour les gens d'esprit il leur a fait tomber à jamais la plume des mains. Plusieurs auteurs ont, en effet, repris le sujet de l'*Araucana*. Mais aucun d'eux n'est parvenu à se placer à la même hauteur ni à donner à Ercilla un véritable rival.

CHANT XVI

Courage, ô ma voix épuisée! Domine ce bruit confus et ces
tristes plaintes. Que tes efforts et ton énergie imposent silence
au tumulte de la terre et des cieux; et qu'avec sa trompette
puissante et sonore, soutenant l'ardeur de mon haleine affaiblie,
a Renommée fasse retentir toute la surface de notre globe avec
e fracas des armes et dise de quelle violence s'anime une
ouvelle guerre.

II

Accordez-moi votre faveur, Roi sacré! car je pense qu'elle
seule peut me porter remède, et dans un si grand péril je ne
découvre plus que votre étoile pour me sauver encore. Considérez où m'a jeté mon bon vouloir. Aidez mes accents en leur
rêtant l'oreille. Dès que les vagues irritées vous verront attentif, aussitôt s'apaisera leur agitation furieuse.

---

1 Nous avons exprimé (t. I, p. 11, *note* 1), quelque doute sur l'authenticité des
sommaires que présente le texte espagnol d'Ercilla. Bien qu'ils soient insuffisants
et que nous les ayons modifiés pour la clarté du récit, ils nous semblent aujour-
d'hui appartenir de plein droit à l'auteur. Nous n'avions pu consulter jusque-là
l'édition *princeps* d'Ercilla, celle de 1569. Elle renferme les arguments tels qu'il
les a réellement écrits pour les quinze premiers chants. Toutes les éditions posté-
rieures les ont reproduits avec exactitude, et leur authenticité nous paraît désormais
incontestable.

III

Reportez vos regards sur votre vaisseau et secourez-le dans sa grande détresse. S'il est permis de le dire, quoi que fasse l'Océan orgueilleux dans sa lutte contre les lois sévères du destin, bien que, arrachant les écueils de leur base, il confonde ses flots avec la voûte du ciel, oui, j'en suis sûr, tout est soumis à votre décision [1].

IV

J'espère que mon navire mis en pièces doit arriver au port désiré et qu'il domptera la haine et l'opiniâtre persévérance de la mer qui l'assiége et du vent fougueux. L'une et l'autre ne s'efforcent ainsi de suspendre sa marche que pour différer l'heure fatale où la cause de l'antique Arauco, défendue avec acharnement, doit être vaincue par vos armes.

[1] Les deux textes espagnols de 1840 et de 1851 terminent ici nettement la phrase; et pour les deux éditeurs la pensée du poëte se peut résumer en ces mots : « La fortune de Philippe II est assez puissante pour que les désordres les plus extraordinaires de la nature s'apaisent devant elle. » L'octave 4e exprime la conséquence de cette affirmation. La *Capitane*, qui porte Ercilla, bravera les flots et les vents. Ils ont beau être conjurés, ils ne sauraient prévaloir contre l'étoile du souverain qui doit vaincre l'Arauco. Winterling, en respectant l'idée, a donné aux mots un autre arrangement. Il place un point d'arrêt à la moitié de la 3e octave, et unit la seconde partie au début de l'octave suivante. Les deux octaves n'ont pas entre elles, dans la phrase de Winterling, une marque de séparation aussi complète ni aussi tranchée que dans Baudry et dans Rivadeneyra. Et voici quel serait, d'après la version de Nürnberg, l'enchaînement des idées : « Malgré la violence de la tempête qui se déploie avec fureur, contre l'ordre des Destins, cependant mon vaisseau doit arriver à bon port, et atteindre le rivage que les armes de Philippe II soumettront à son empire »

OCTAVE III

. . . .

Obschon des Meeres stolzer Uebermuth,
Das wider des Geschickes Schluss sich straübet,
Die Felsen aus dem Grund wühlt und mit Wuth
Gen Himmel die gethürmten Wogen treibet:

OCTAVE IV

So darf ich doch der festen Ueberzeugung leben,
Das den gewünschten Port mein leckes Schiff gewinnt, etc.

La première ponctuation nous semble préférable, et le sens que nous avons adopté avec le vieux texte, nous parait faire mieux ressortir l'influence qu'Ercilla veut attacher aux infaillibles auspices du roi d'Espagne.

V

Les quatre éléments terribles, conjurés contre le faible galion, franchissent leurs limites et la demeure qui leur est assignée : leur désordre est extrême. Sans frein, violents et courroucés, ils méprisent le joug, se soulèvent et se confondent comme aux jours de leur vieille discorde, lorsque, avec une indomptable vigueur, ils se mêlaient dans le chaos primitif.

VI

Assailli par de si grands adversaires, le navire fatigué voguait, l'un de ses flancs presque submergé, et luttait contre les ondes puissantes; mais, vaincu enfin par la rage du vent et par la mer, il ne peut résister davantage et s'avance contre les roches aiguës et escarpées que fouettent les vagues en courroux.

VII

Avec l'angoisse de la mort présente, redoublent les cris et les plaintes, qui, portés par l'impétueux Zéphyre, vont frapper au loin la rive caverneuse. Pilotes, matelots, soldats, comme en délire, sans ordre, courent de toutes parts. Ceux-ci disent : « Laissez porter! » ceux-là : « Étarquons! » Tel qui devrait voler à l'écoute saute sur la drisse [1].

VIII

L'un fait obstacle à l'autre, et, troublé par la crainte, s'embarrasse lui-même [2]. Il en est qui se confessent à haute voix et

[1] Le lecteur a dû être frappé plus d'une fois des contradictions et des impossibilités que le langage de nos romanciers modernes présente trop souvent aux yeux du marin. Dans leurs descriptions fantastiques, les commandements semblent dictés pour perdre le navire au lieu de le sauver, sans que les cris confus soient, comme ici, le résultat du désordre et de la terreur. Pour ce passage comme pour les dernières octaves du chant xve, nous avons eu la bonne fortune de pouvoir consulter, sur le choix de nos termes, deux hommes qui savent le mieux leur Amérique du Sud et qui ont le plus pratiqué son vaste littoral. MM. Louis Doynel et Guillemot, avec une inépuisable obligeance, ont bien voulu mettre à votre disposition leur connaissance de la vie maritime et une expérience technique toute spéciale.

[2] Winterling ajoute ici au texte d'Ercilla un trait qui est peut-être conforme

demandent à Dieu pardon de leurs égarements. Celui-ci exprime
des vœux formels, celui-là une promesse ; un troisième prend
congé de sa mère absente, et l'excessive terreur augmente toujours les cris, les prières et les gémissements.

IX

Cependant la voûte céleste semblait tout entière crouler avec
fureur sur nos têtes, et la mer que soulève l'orage, monter au
ciel avec ses flots gonflés d'orgueil. Qu'est-ce donc, ô Dieu éternel et souverain[1] ? Est il d'une telle importance d'engloutir un

l'existence habituelle des matelots, mais qui est fort étranger à la situation désespérée de tout l'équipage :

> « Der Gachtel laut...... »

[1] Souvenir de Virgile, agrandi par Ercilla :

> « Heu ! quoniam tanti cinxerunt æthera nimbi
> Quidve, pater Neptune, paras ?..... »
>
> (En., V, 13-14.)

Il est difficile de ne pas reconnaître dans la peinture d'Ercilla, malgré les nombreux souvenirs de l'antiquité, une poésie qui lui est personnelle et une judicieuse
observation de la nature. S'il se rappelle Homère, Virgile et Lucain, il a présent
aussi sous les yeux le spectacle qu'il a contemplé dans la mer du Sud et qui l'a
épouvanté avec tous ses compagnons d'armes. M. Sainte-Beuve attache avec raison
une haute importance à cet élément nouveau qui tient à l'expérience de chaque
écrivain et qui ajoute des traits d'originalité heureuse à une matière qui est la
propriété de tous. Consultez, à cet égard, au *Moniteur Universel* (lundi, 9 octobre 1854) un article composé à propos d'une charmante édition des Œuvres de
Chapelle et de Bachaumont. M. Tenant de Latour, qui était un esprit très-cultivé
et un docte bibliophile, père de notre savant et spirituel *Ibérien*, venait de publier
cette édition, et dans l'article qu'il lui consacre, M. Sainte-Beuve cite un récit de
voyage par Parny et une description de tempête durant une traversée à l'île Bourbon. « Cette tempête est assez bien, dit l'excellent critique ; mais elle est si générale
de traits et de ton que l'auteur l'a pu mettre ici ou là sans inconvénient. Quelle
différence avec la tempête qui se lit dans le *Journal du voyage à l'île de France*
de Bernardin de Saint-Pierre et que ce dernier essuya entre le cap de Bonne-Espérance et le canal de Mozambique. Ici, nous sommes revenus à l'antique, à la
primitive et unique manière d'observer la nature elle-même, sans souci des livres,
des beaux esprits de la capitale, ni des coteries littéraires, avec vérité, application
vive et présente, et, quand il y a lieu, avec grandeur. » M. Sainte-Beuve cite un
fragment très-remarquable de cette peinture, et il ajoute : « Voilà bien, avec la
précision de plan qui est propre aux modernes (quand ils s'en mêlent), voilà bien
dans ses grands traits une vraie tempête telle qu'elle a été peinte plus d'une fois
par Virgile et surtout par Homère, lorsque Ulysse sentait son vaisseau se disjoindre
sous la colère de Neptune et le naufrage prêt à l'ensevelir. O nature grande et
sincère, enfin, après bien des siècles, tu es retrouvée. » Les qualités reconnues et
applaudies par M. Sainte-Beuve chez Bernardin de Saint-Pierre, je les constate et
je les admire dans Ercilla, disciple des anciens et de l'Italie, mais observateur sérieux de la nature et nourri des mâles enseignements de la vie pratique.

frêle vaisseau, pour que la mer, le vent et le ciel déploient ainsi toutes leurs forces et toute leur puissance?

X

Non, la barque d'Amyclas ne fut pas attaquée avec un semblable acharnement par le vent et les flots [1], cet esquif qui, formé d'un bois fragile, portait les destins et la fortune de l'univers; non, le vaisseau d'Ulysse [2], ni la flotte qui échappa d'Ilion à son dernier jour [3], ne virent pas se déchaîner le vent avec tant de colère, ni la mer bouillonner à une telle hauteur [4].

XI

La hardiesse et le courage les plus fermes faisaient place aux inquiétudes de la peur; l'image effrayante de la mort était peinte sur toutes les figures; ils n'osaient plus lutter contre leur destin, et sans espérer désormais aucun remède, abandonnaient au sort les rênes, et, de toutes parts, couraient égarés [5].

---

[1] Cf. Lucain, *Phars.*, V, 504-699.

[2] Cf. Homère, *Olyss.*, V, 291-332.

[3] Cf. Virgile, *Én.*, I, 85-127. Il s'agit bien de la flotte qu'Énée construisit à Antandros. Les vers d'Ercilla ne laissent aucune place à l'hésitation :

> « ..... Ni la armada
> Que de Troya escapó el último dia. »

Winterling voit ici l'escadre des Grecs qui retournent dans leur patrie, après la chute d'Ilion.

> « ..... Noch jene Flotte,
> Auf welcher Troja's Strand der Griechen Heer
> Verliess..... »

[4] Toutes ces allusions mythologiques et littéraires étaient fort goûtées des contemporains d'Ercilla. Le savoir et même la recherche du savoir dans les développements de la poésie ne choquaient pas autant au seizième siècle que de nos jours. Le génie de Shakespeare, celui du Tasse même, beaucoup plus épuré, présentent quelquefois ce mélange bizarre du naturel et de la prétention, dont vous découvrez quelques traces jusque dans les chefs-d'œuvre du règne d'Auguste. Virgile, Horace, Properce, ne se sont pas dérobés toujours à l'action de l'École d'Alexandrie. Lucain, le grand corrupteur du goût espagnol, est tout hérissé de science pédantesque.

[5] Il n'y a dans ce passage qu'un emblème, une métaphore :

> « El gobierno dejaban á los hados,
> Corriendo acá y allá desatinados. »   !

XII

Lorsqu'un coup de mer irrésistible, poussé par un affreux
tourbillon, vient en mugissant rompre l'amure de la grande
voile, malgré sa puissance, et inonder de flots le galion près
de sombrer. Mais à ce moment survint un hasard étrange ; le
bout de la misaine abandonnée à elle-même [1], dans le rapide
mouvement qui l'agite, va heurter sur le bec de l'ancre amarrée
et y reste engagé.

XIII

Et, comme si ce n'eût été qu'un pieu mal assujeti, de sa
place la voile l'arrache et l'emporte ; chassée, ramenée par le
vent, la masse de fer renverse, brise, détruit tout sur son passage. Mais Dieu qui n'oublie pas les siens, quoique parfois il
diffère sa protection, fit que dans le beaupré l'ancre alla par
bonheur fixer sa dent mordante.

XIV

La voile s'arrête, et à l'instant le navire gouverne en ligne
droite, et malgré la fougue de la mer et du vent, le timon
tourné à bâbord, il s'élance au sud-ouest. Si grande est notre
joie subite, que notre âme encore effrayée, dans sa surprise,
peut à peine contenir ensemble au même instant l'excès de
l'allégresse et l'excès de la douleur.

XV

Aussitôt que cet heureux et soudain transport eut chassé loin
de nous la crainte et le désespoir et rendu à nos veines le sang
déjà glacé dans nos membres défaillants, la troupe confiante et
religieuse tourna vers le ciel des yeux baignés de pleurs, et

Winterling a pris les mots dans leur sens positif et technique :

> « Nun, da der letzte Hoffnungsstrahl geschwunden,
> Fand man für gut die Arbeit einzustellen.
> Das Steuerruder angebunden
> Trieb der zerschellte Kiel vor den empörten Wellen. »

[1] Cf. *supra*, t. I, ch. xv, oct. 79°.

offrant à Dieu sa prière et un pieux hommage, lui rendit grâces
de son bienfait [1].

XVI

Cep... dant la mer gonflée et furieuse et le vent qui toujours
mugit indompté, attaquent à grand bruit le navire ; mais quels
que soient leurs efforts, rien ne vaut à leur acharnement inutile ; car la fortune de Felipe avait pris le vaisseau à la remorque
et l'entraînait après elle au-dessus des hautes vagues écumantes
qui ambitionnaient encore de submerger les cieux.

XVII

A ce moment l'épais brouillard qui nous enveloppait, dispersé par la colère du vent, nous laisse voir à l'est la baie de la
Herradura [2] et l'île escarpée de Talca vers le sud. Charmés de
cet événement heureux, à l'aspect de cette terre d'Arauco
qu'appelaient nos désirs, de ce cap de Penco [3] qui se montre à
nos regards, nous arrivons, vent arrière, sur le port.

[1] Cf. ch. 1er, oct. 32 ; *infra*, ch. xxxv, oct. 42 et *notes*.

[2] « La Herradura » est devenu un nom propre. Il signifie primitivement « le fer
à cheval ». C'est une dénomination qui convient en effet et qui s'est appliquée à
plus d'une baie du nouveau monde. Winterling traduit, avec une heureuse exactitude, « das Hufeisen ». Il y a, un peu au sud-est du port de Coquimbo, une autre
Herradura, célèbre par ses exploitations métallurgiques. La première se dessine au
nord de la baie de *Concepcion*. Cf. Frézier, p. 117, pl. 18.

[3] « El morro de Penco, » le *Grouin* de Penco. Certains promontoires, des rochers et des îles entières ont reçu des noms caractéristiques dus à leur forme et à
leur apparence. Ainsi, nous disons en France même le *Grouin de Cancale*. Dès les
temps anciens, la saillie nord-ouest de la péninsule dont le cap des Aromates (Guar-
dafui, ou, plus exactement, Djardafoûn) forme l'angle nord-est, portait le nom de
'Ελέφας τὸ ὄρος (Cf. Strabon, XVI, 4, § 14, édit. C. Müller, p. 659) ou de ἀκρωτήριον
'Ελέφας (Cf. Geogr. Græci min., t. I, p. 266), et les Arabes l'ont toujours appelé
« Râs-el-Fil », c'est-à-dire « la tête de l'éléphant ». (Cf. *Le Nord de l'Afrique*,
par M. Vivien de Saint-Martin, Paris, 1863, p. 288). Burton, ce hardi explorateur
(*Voyage aux grands lacs de l'Afrique orientale*, trad. par Mme Loreau, p. 251),
signale aussi dans un district de l'Ugogo une rampe de syénite à laquelle les in-
digènes donnent le nom de Mgongo-Thembo, ou *dos d'éléphant*.

Des montagnes qui se trouvent près de l'embouchure du Biobio, portent à cause
de leur forme même (Cf. *infra*, p. 10), le nom de *Tetas del Biobio* ; et à la base
de la presqu'île du cap Vert, au Sénégal, entre l'île de Gorée et le pays des
Yoloffs, deux hauteurs doivent à la même configuration leur nom de *Mamelles*.
A peu de distance, deux autres montagnes, moins élevées, mais d'une apparence
analogue, ont encore été appelées par les navigateurs, *les Petites Mamelles* (Cf.
Bellin, *Atlas maritime*, t. III, n. 95). Nous pourrions multiplier les exemples.

XVIII

Il est protégé par une petite île qui résiste à la ureur du
Nord déchaîné et aux continuels coups de mer qui, de ce côté,
brise avec violence. De sa pointe longue et recourbée, elle
forme un golfe défendu et sûr, où les navires fatigués, je le
répète, trouvent un asile paisible et un tranquille refuge [1].

[1] La baie de la *Concepcion*, si bien décrite par Ercilla, est une des plus belles et des
plus sûres, en effet, que présente toute la côte du Chili. L'île dont parle le poëte se
nomme aujourd'hui Quiriquina. Elle forme la baie avec la longue pointe de Tumbez
qui termine la presqu'île de Talcahuano. Sur le littoral de l'intérieur, trois ports méritent d'être signalés ; ce sont « Puerto Tomé, » — « Cerrillo Verde, » — et « Talcahuano. » Le rio de la Concepcion ou du Penco, le rio Andalien ou de San Pedro,
sont les principaux tributaires qui déversent leurs eaux dans cette baie célèbre, témoin de tant de combats entre les Espagnols et les Araucans, et, en 1817-1818,
entre les royalistes et les indépendants. Cf. Bustamante, *Geografía del Perú, Bolivia
y Chile*, p. 290, etc., et p. 342, 343. — Le traducteur français de 1824 et M. Winterling donnent à l'île de Quiriquina le nom de Talcahuano, sans doute à cause du
voisinage de la péninsule. Mais il y a là confusion réelle entre deux localités fort
distinctes. Nous ne devons pas nous laisser tromper par les apparences. Trois fois
Ercilla parle des domaines de Talcaguano (ch. iv, oct. 83 ; xvi, 17 ; xxi, 40), une
seule fois, et c'est au xvie chant, il leur donne le nom d'*isla*. Au chant xxi, il déclare encore que la terre de Talcaguano est entourée par la mer, « Que ciñe el
mar su tierra y la rodea ; » mais le poëte ne veut parler que d'une péninsule ; l'*île*
de Talca a un point d'attache au continent : le vers du ive chant le dit assez clairement :

> « ..... Que su tierra
> La ciñe casi en torno el mar y sierra. »

Nulle part, Ercilla ne prétend que les Espagnols aient abordé à Talcaguano ; ils
ont à l'est la Herradura, au sud, l'île de Talca, c'est-à-dire la presqu'île de Talcaguano désignée sous le nom du fils même de ce cacique, mais ils trouvent un port
ailleurs, à l'abri d'une île, « de una isleta. » Cette île, où ils sont complétement en
sûreté contre les barbares, où les Araucans n'ont aucun moyen de parvenir parce
qu'elle est tout à fait séparée du littoral, est *Quiriquina*.
Voici la description que l'ingénieur Frézier donnait, en 1716, de la baie et de
ses mouillages : « Après avoir dépassé l'île de Sainte-Marie, nous ne tardâmes guère
à voir les mamelles de Biobio (*las tetas de Biobio*), qui en sont éloignées de dix
lieues au nord-est. Ce sont deux montagnes contiguës, de hauteur et de rondeur
presque uniformes comme deux mamelles, si reconnaissables qu'il est impossible de
s'y tromper. Nous fîmes route pour entrer dans le port de la Concepcion, reconnaissable par l'île de Quiriquina, à deux lieues au nord des Mamelles. Cette île est
un peu plus basse que la terre ferme, avec laquelle elle forme deux passages ; celui
de ouest-sud-ouest n'est guère praticable pour les grands vaisseaux, quoique en cas
de besoin on puisse y passer ; mais, à moins de le bien connaître, il est dangereux
de se hasarder parmi une baie de pierres qui s'avance beaucoup vers le milieu.
mme le passage du nord-est est large d'une demi-lieue, et sans aucun danger,

XIX

**Sans être guidé, notre galion, dépouillé de ses agrès, s'arrête
derrière le haut abri d'une sierra; il est fixé par le câble puis-**

nous entrâmes dans la baie de nuit... Nous mouillâmes au sud de la pointe de la
Herradura de terre ferme et au sud-est un quart-sud de celle de la Quiriquina qui
forme l'entrée avec celle que je viens de nommer. » *(Relation du voyage de la
mer du Sud*, p. 43-44.) Les seules différences que présentent les manœuvres nautiques dans le récit d'Ercilla et dans celui de Frézier, viennent de ce que l'un aborde
la baie en venant de Lima, par le nord, et que l'autre arrive du sud. Dans les pages
suivantes, Frézier ajoute quelques détails à cette peinture. La presqu'île de Talcaguano forme, dit-il, à l'intérieur de la baie, des caps et des anses. La baie, selon
lui, est large de deux lieues de l'est à l'ouest et de trois lieues du nord au sud.
(Don Jorge Juan et Antonio Ulloa dans leur *Relacion Histórica*, t. III, p. 320, disent
trois lieues de l'ouest à l'est, de Talcaguano à *Cerrillo Verde*, et trois lieues et demie
du nord au sud.) Mais il n'y a que deux bons mouillages, à l'abri des vents du nord,
très-violents l'hiver. L'un est à la pointe sud de la Quiriquina, trop éloigné de
la terre ferme; l'autre au fond de la baie, auprès du village de Talcaguano. Les
basses en rendent l'accès assez difficile; il faut, en approchant de terre, de tribord,
tenir un petit cap bas et coupé au fond de la baie, ouvert par une petite montagne
de même hauteur, un peu plus avancée dans la terre (p. 46).

On peut, sans trop de témérité, voir ici le mouillage des Espagnols d'Ercilla, et
dans le cap dont parle Frézier, le point où bientôt ils vont opérer un débarquement et fonder une citadelle. Ce qu'il rapporte des basses qui rendent périlleux
l'abord du second mouillage, a pu varier avec les temps. Les convulsions volcaniques
qui ont tant de fois tourmenté la côte du Chili et surtout le tremblement de terre du
18 novembre 1831, ont sans doute changé plus d'une fois le sol décrit par l'ingénieur
français du dix-huitième siècle.

Quoi qu'il en soit, c'est bien à l'île de Quiriquina que débarquent les Espagnols. Le
récit de Frézier est conforme à celui d'Ercilla : « Le vice-roi du Pérou, dit-il, ayant
nommé son fils Garcia Hurtado de Mendoza pour gouverneur du Chili à la place
de Baldivia, l'envoya par mer avec un secours de monde. Celui-ci, sous prétexte de
venir pour la paix, s'empara sans peine de l'île de la Quiriquina, d'où il envoya
du monde pour bâtir une forteresse sur le haut des montagnes de la Concepcion,
où il mit huit pièces de canon (p. 49). Sans doute, Frézier avait sous les yeux
d'autres documents que l'*Araucana;* mais les circonstances qui précèdent, et
tout ce qu'il dit encore sur le gouvernement des Indiens, sur leurs assemblées, sur
leurs armures, sur leur manière de combattre et d'élever des forts (p. 54-58), est
tellement analogue aux détails fournis par Ercilla dès le premier chant de son épopée, que Frézier semble presque l'avoir emprunté au poëte lui-même. Nous le
verrons ailleurs formuler, contre les croyances des Araucanos, quelques erreurs
qui nous expliquent le jugement sévère prononcé contre sa clairvoyance par
M. Alcide d'Orbigny. Ce naturaliste célèbre l'accuse de n'avoir vu les Araucans
qu'imparfaitement. (Cf. *Voyage dans l'Amérique méridionale*, t. IV, p. 180,
note 1.) Quant à la baie même de la *Concepcion*, elle a trouvé dans les deux capitaines espagnols qui accompagnèrent M. de la Condamine durant son voyage à
l'Équateur, des géographes que tous leurs successeurs ont reproduits sans les
nommer toujours. Au t. III de leur *Itinéraire* (p. 302-320, Madrid, 1748), ils
donnent de cette baie célèbre une description détaillée et une carte minutieuse,
plus complète encore que celle de Frézier. Par elles, nous apprenons que la pointe

sant et par l'ancre qui plonge au fond du sol sa dent vigoureuse.
A peine la grande voile est amenée, que le joyeux bruit de la
guerre, en frappant nos oreilles, vient ranimer nos courages et
rendre la vigueur à nos muscles engourdis.

XX

L'îlot est habité par des Indiens vaillants, robustes et belliqueux. A la vue d'un navire isolé que le destin avait par hasard
jeté sur ces côtes, ils s'écrient : « Guerre ! guerre ! » et, pleins
de joie, saisissent leurs armes homicides ; furieux, en masse
rapide, dans leur élan subit et précipité, ils courent vers le
rivage à pas tumultueux et confus.

XXI

Au pied d'un âpre coteau, leur troupe se présente en bataillon
rangé ; et nous, résolus à lutter contre tous les périls et contre
les plus menaçants obstacles, à l'instant nous volons aux armes.
Au prix de nos fatigues passées et de la tourmente, chacun ne
comptait pour rien désormais tous les autres dangers et les
plus rudes expéditions.

XXII

Remplis d'une force nouvelle et d'un nouveau courage, nous
nous jetons vers les barques avec autant de vitesse que si, loin
de la terre, le navire se fût échoué sur un banc de roches. Par

de la presqu'île qui s'allonge vers la Quiriquina, s'appelle aussi la pointe de Talcaguano ; que Talcaguano est au fond sud-ouest, et la Concepcion au fond sud-
est de la baie ; qu'à une faible distance à l'est de Talcaguano se trouve le *Morro* de
Penco ; que le rio Penco traverse la *Concepcion*, et que le rio San Pedro (l'ancien
Andalien), plus rapproché de Talcahuano, tombe dans la baie par deux bouches
dont l'une est tout proche du Morro ; que les deux stations pour les navires sont l'une
devant Talcahuano et l'autre à *Cerrillo Verde*, un peu au nord de la Concepcion ; mais que la dernière est moins sûre et trop exposée aux vents qui jettent
quelquefois les bateaux à la rive ; que la passe occidentale de la Quiriquina est
semée d'écueils sans être impraticable ; et qu'au milieu de la baie, s'étend de la
côte vers l'est, au nord de Talcahuano une barre sous-marine que l'on nomme
« el baxo de Marinabo. » La description de Juan Jorge et d'Antonio de Ulloa, est
encore au point de vue nautique l'une des plus utiles qui puisse être consultée. —
Pour les détails de la diction poétique, comparez Ercilla et Virgile, *Énéide*, ch. 1,
v. 162-172.

ses larges flancs notre galère fait descendre ses deux grandes chaloupes. Nous nous y élançons aussi nombreux et aussi pressés qu'elles nous peuvent contenir.

XXIII

Non, ce qui va suivre n'est pas un ornement poétique et fabuleux, mais une histoire certaine et le récit de la vérité même. Soit circonstance merveilleuse, augure étrange et triste proostic [1] pour le pays, soit influence d'une constellation maligne et funeste, ou phénomène impétueux et inusité, soit encore que le monde, ce qui est plus certain, eût pris sa marche hors des limites régulières où elle a coutume de s'accomplir [2];

XXIV

Au moment où le vent se calme et où les Espagnols mettent e pied sur la terre, la foudre tombe : tout à coup le voile des uages se change en flammes étincelantes, et, sillonnant l'esace sous la forme d'un caïman [3], une comète semble fendre les

1 « Triste anunciamiento. » L'épithète ne peut convenir ici qu'à la destinée des rbares. C'est ainsi qu'ils interprètent contre eux-mêmes le prodige; cf. oct. 25e :

> « Por siniestro pronóstico tomado
> De su ruina y venideros males. »

interling commente fort bien la pensée du poëte par le détail qu'il ajoute à expression :

> « Sei 's Vorbedeutung, die, von einem bösen
> Gestirn herrührend, Strafe jenem Land verkündet.

2   « Ora el andar el mundo (y es mas cierto)
> Fuera de todo término y concierto. »

. Winterling a fait sortir de ces termes l'explication suivante

> « Vielleicht auch (und diess möcht' ich für gewisser halten)
> In den Gesetzen der Natur begründet. »

I désigne comme fondé sur les règles mêmes de la nature ce que le poëte espaool regarde comme un fait extraordinaire *en dehors* des lois et des harmonies e la création. Il est certain que la tendance d'Ercilla est de donner ici à l'événeent qu'il raconte un caractère divin et merveilleux.

3 « Lagarto, » que Winterling traduit par *Eldechs*, a bien en effet le sens de sard; mais il s'agit probablement du monstre que les Espagnols appellent *lagarto* e *Indias*, et qui n'est autre que le caïman.

cieux. La mer mugit, la terre émue gémit, comme affaissée sous cet horrible poids.

XXV

La crainte aussitôt glace et anéantit le courage des naturels troublés [1]; ils prennent pour un sinistre avant-coureur de leur ruine et des maux qui les attendent cette apparition extraordinaire dont leurs yeux sont frappés. Ils y voient un prodige fatal et le présage assuré de leur perte et de leur destruction, la menace d'une éternelle servitude.

XXVI

Dans leur frayeur, ils n'osent plus nous attendre; ils jettent là leurs armes découragées. Leur bataillon rangé se disperse et chacun s'efforce de sauver sa triste existence. Ils abandonnent enfin le nid paternel [2]; avec leurs femmes, leurs enfants et quelque nourriture, ils prennent des chemins et des sentiers secrets, et s'échappent de l'île sur des radeaux et sur des poutres.

XXVII

Aussitôt, les nôtres, sans retard, s'élancent vers les habitations désertes des barbares, pénètrent dans leurs huttes et leurs cabanes, et de tous côtés ils découvrent les aliments rustiques amassés par l'ennemi. D'un pas rapide, ils vont occuper les routes, les passages, toutes les issues, et par les cavernes, par

[1] Winterling intercale ici une pensée qui n'est pas hors du sujet, mais qu n'existe point dans le texte d'Ercilla :

« Die Freude über unser Kommen
Verkehrte sich in hoffnungslose Trauer. »

[2] « El patrio nido » est une expression tendre et pathétique, que le *Heimath* de Winterling est loin de reproduire. Nous en trouvons une paraphrase charmante et anticipée dans la seizième canzone de Pétrarque :

« Non è questo il terren ch' i' toccai pria ?
Non è questo 'l mio *nido*,
Ove nudrito fui sì dolcemente ?
Non è questa la *patria* in ch' io mi fido,
Madre benigna e pia,
Che copre l' uno e l' altro mio parente ? »

s halliers épais, ils cherchent les naturels déjà retirés en
autres lieux.

XXVIII

Dans ces chaumières furent trouvés bientôt quelques pauvres
diens qui s'y étaient cachés. D'autres étaient surpris dans
urs petits villages où rien ne les avait encore avertis du danger
ui les menaçait[1]; mais on les rassurait par de bons traitements,
n leur donnait des sandales, des toques, des costumes, des
aroles bienveillantes[2], et, tranquillisés, on les renvoyait en
aix vers leurs demeures.

XXIX

Nous leur fîmes comprendre que la cause principale de l'en-
eprise était la religion; que notre dessein était de sauver un
euple rebelle qui avait accepté le baptême, et, au mépris de
auguste sacrement, avait enfreint avec perfidie la loi reçue
t la foi jurée, pour prendre des armes sacriléges.

XXX

ais que, s'ils voulaient revenir à la loi chrétienne qui avait
la leur et de nouveau se soumettre à l'obéissance dont ils

Nous pensons rendre ainsi avec exactitude la pensée d'Ercilla

> « Otros en pueblezuelos salteados
> Que aun no eran del miedo apercebidos. »

'interling donne à ce passage un sens fort différent, ou plutôt il y substitue une
ée nouvelle :

> « Und ein'ge andere in den beraubten Flecken,
> Die sich von ihrem bangen Schrecken
> Noch nicht erholt..... »

2
> « Mas con buen tratamiento asegurados,
> Dándoles jotas, flautos y vestidos,
> Y palabras de amor, los aquietaban, etc. »

« Palabras de amor » dépend de « dándoles » tout comme les autres substan-
fs qui précèdent « palabras, » et nous devons nous garder de faire de ce mot le
jet de *aquietaban*. Ce dernier terme, comme *ensiaban*, a pour sujet *españoles*
s-entendu, ou *los nuestros* qui est exprimé au commencement de l'octave pré-
dente.

s'étaient affranchis malgré les serments prêtés au grand Charles-Quint, ils pourraient, à peu près dans toutes les affaires, se réunir à leur plus grand avantage, et qu'on leur donnerait des garanties sûres et inviolables pour tous leurs projets et pour toutes leurs résolutions conformes à la justice [1].

XXXI

Sans plus de retard, l'attirail nécessaire aux combats et au séjour d'un camp est disposé dans les lieux les plus convenables. Personne n'était là pour oser nous faire aucune résistance. Tous à la fois s'occupent avec activité, l'un à dresser son pavillon, l'autre à se faire un abri sous la tente, un troisième allume du feu, et, dans le vase accoutumé [2], fait sécher au feu les grains mouillés et corrompus par la mer [3].

XXXII

Une nuit horrible couvrant la terre et les flots de ténèbres effrayantes descend du ciel et se précipite avant l'heure pour envelopper le monde de ses voiles épais. Elle ne laisse rien debout; tentes et pavillons, le vent les abat contre le sol, et il

[1] La douceur du traitement fait aux insulaires par les envahisseurs, et les motifs apparents qu'ils donnent eux-mêmes à leur entrée dans l'Arauco, rappellent vivement à la mémoire du lecteur la manière dont Christophe Colomb se conduit envers les naturels de Guauabani, dans la belle pièce de Lope de Vega, « *El nuevo mundo descubierto por Cristóval Colon.* » Cf. acte II, sc. II; act. III, sc. VI; act. I, sc. VII). M. Winterling supprime les octaves 29 et 30, qui renferment pourtant les principes religieux et politiques de la conquête, ou tout au moins les prétextes sur lesquels se fondaient souvent d'ambitieux et cruels spoliateurs.

[2] Winterling traduit « en el casco usado » par « in seinem Helm. » Les nécessités de la guerre peuvent réduire quelquefois les soldats à puiser de l'eau dans leur casque; mais l'usage auquel Winterling le fait servir ici est étrange. L'arme défensive ne saurait être facilement employée sur le feu et convertie en marmite ou en casserole. Le mot *casco* se prête au mieux à l'explication que nous avons donnée. Il indique dans la vieille langue un *vaisseau* quelconque. L'épithète qui est jointe au terme espagnol, montre assez que ce vase était affecté à un usage spécial et tout culinaire.

[3] Cf. Virgile, *Én.*, I, 178-183 :

> Ac primum silici scintillam excudit Achates,
> Suscepitque ignem foliis, atque arida circum
> Nutrimenta dedit, rapuitque in fomite flammam.
> Tum Cererem, corruptam undis Cerealiaque arma
> Expediunt fessi rerum, frugesque receptas
> Et torrere parant flammis et frangere saxo. »

semble dans une nouvelle et impétueuse furie, arracher l'île de ses fondements,

XXXIII

Jusqu'à ce que le jour, lent et désiré, vint chasser les nuages [1], rendit à la voûte céleste sa sérénité et revêtit d'allégresse l'air bscur et la terre humide. Alors les Espagnols, épuisés de fati-ues, à la vue du calme qui renaît dans le ciel inconstant, s'ef-orcent en toute hâte de se garantir contre les rigueurs d'un iver furieux [2].

XXXIV

Les uns à l'instant enlèvent sa toiture de chaume à la hutte es Indiens fugitifs. Les autres, chargés de planches, de ra-caux et de glaïeuls, reviennent à leur poste nouveau. Sur es troncs d'arbres vigoureux, affermis bien avant dans le sable, ous élevons un grand nombre de logements; et en peu 'heures, nous formons tout un village.

[1] La grâce des vers espagnols est incomparable. Rien n'est frais et naturel comme images prodiguées ici par Ercilla :

> Hasta que el tardo y deseado dia
> Las nubes desterró y dejó sereno.
> El cielo, revistiendo de alegria
> El aire escuro y húmedo terreno, etc.

interling est assez heureux dans sa version; mais pourquoi faut-il que le traduc-ur allemand ajoute aux beautés exquises du texte original cette froide et labo-euse expression, pleine de recherche :

> « Bis endlich der gewünschte Morgen
> Dass Heer der Wolken und der Sorgen
> Zerstreuet.... »

[2] Il s'agit bien de la mauvaise saison aux antipodes (« del riguroso invierno »), et on pas seulement d'une nuit orageuse, comme le pensait Winterling :

> « Dem Schaden dieser stürm'schen Nacht
> Durch regen Fleiss und rasche Thätigkeit zu steuern. »

I. oct. 26e : « la furia del invierno riguroso, » ce que Winterling traduit fort bien cette fois par le mot *Winterfrost. Cf. infra*, ch. xvii, oct. 18e. — Les Espagnols 'abritent dans des cabanes faites avec plus de soin que de simples tentes et des avillons éphémères. Ils forment un retranchement armé avec précaution.

XXXV

Tels on voit les oiseaux, instruits par la nécessité même, sous les toits et dans des coins solitaires, tisser et fabriquer leurs pauvres nids ; le bec embarrassé de pailles, de plumes et de petites branches, ils vont, ils viennent [1] . De même à cette place abandonnée et découverte, chacun de nous construit son habitation.

XXXVI

Résolus à camper tous, ô noble Felipe, sur l'emplacement humide et marécageux et à nous prémunir avec toutes les précautions et les ressources de l'art contre la violence funeste de l'hiver [2], nous apprêtons aussi les armes dont nous avons besoin, et avec un fracas formidable résonne notre forte et puissante artillerie, qui fait trembler la terre à l'entour et mugir les flots.

XXXVII

Chez les nations barbares les plus reculées, le bruit effrayant et inaccoutumé se fit entendre. Les pacos, les vigognes, les lions et les tigres, de toutes parts, courent épouvantés. Dauphins, Néréides et Tritons se cachent au fond de leurs grottes mystérieuses ; et, dans leur trouble, les fleuves rapides et les sources retiennent leurs ondes suspendues [3].

---

[1] Ravissante comparaison, pleine de simplicité, de fraîcheur et de grâce, telle que l'imagination de Dante ou d'Homère savait si bien les créer. Pour l'objet même auquel la similitude de don Ercilla est empruntée, notre mémoire ne nous rappelle rien de plus aimable ni de plus touchant que la description faite par notre vieil ami, le poëte de l'Anjou, l'éloquent et spirituel Julien Daillière. Voyez ses *Deux nids d'hirondelles*, et surtout pp. 33-36.

[2] Cf. *supra*, oct. 33e.

[3] Virgile avait donné à Ercilla, pour peindre les sentiments d'effroi inspirés à toute la création par la guerre future, un modèle que le poëte espagnol n'a pas égalé :

> « At sæva e speculis tempus dea nacta nocendi,
> Ardua tecta petit stabuli, et de culmine summo
> Pastorale canit signum, cornuque recurvo
> Tartaream intendit vocem, qua protenus omne
> Contremuit nemus, et silvæ intonuere profundæ.
> Audiit et Trivia longe lacus ; audiit amnis
> Sulfurea Nar albus aqua, fontesque Velini,
> Et trepidæ matres pressere ad pectora natos. »

(*En.*, VII, 511-513.

XXXVIII

L'explosion retentit dans l'Arauco, et plusieurs en restèrent si
tupéfaits, que leur tête superbe et que rien n'avait pu dompter,
e pencha sur leur poitrine interdite. Avertis par là désormais
e notre arrivée, ils firent sonner leurs clairons belliqueux, et
éployèrent sur tous les rivages leurs étendards et leurs bril-
antes bannières [1].

XXXIX

Réunis dans la vallée d'Ongolmo, les seize caciques[2] araucans
t quelques autres chefs illustres des peuples voisins qui pre-
aient un intérêt actif à cette guerre, étaient à peu près tous
ésolus d'en venir aux mains avec les nôtres, et ce ne fut que
our le lieu, le temps et les moyens qu'ils ouvrirent la déli-
ération.

XL

Rengo aussi figurait parmi eux, admis au conseil des guer-
ers, à cause de son courage. Si vous vous en souvenez encore,
était resté tout étourdi à Mataquito parmi tant de soldats
orgés[3]. Mais, plus tard, recouvrant ses esprits, il parvint à
happer heureusement; quoique épuisé de sang, il eut la
ce de résister aux coups furieux de la mort.

XLI

Caupolicán, au milieu des caciques, promenait ses regards
out autour de l'assemblée. Dans un muet et sérieux recueille-
ent, elle attendait les paroles du chef. L'esprit calme et le
isage serein, il élève la voix d'un ton grave, et rompant ce
rofond silence, il exprime en ces mots le fier projet qu'il
édite :

[1] Ce passage est l'un de ceux où l'âme du poëte se révèle avec le plus d'éclat. Il est
possible de n'être pas frappé tout à la fois du caractère patriotique et profonde-
ent espagnol de son inspiration et ensemble de la sympathie qu'il accorde à ses
aillants adversaires.
[2] Cf. T. I, *Arauc.*, ch. 1, oct. 13.
[3] Cf. *Arauc.*, ch. xv, oct. 29.

XLII

« Vaillants guerriers, le voilà donc venu, comme nous l'annoncent les signes et les présages, le voilà ce temps heureux qui nous a été promis et où nous devons nous rendre immortels. La fortune favorable a poussé vers nous, des régions les plus lointaines de l'Orient, cette foule de soldats, réunis ensemble pour que nous triomphions d'eux tous en un seul jour,

XLIII

« Pour qu'au prix de leur sang et de leur vie, vous puissiez conquérir à votre épée une gloire éternelle, et que nos lois opprimées et proscrites soient rétablies dans leur force et dans leur indépendance. Répandues jusqu'au sein des royaumes les plus reculés, elles deviendront saintes et inviolables, et sous leur empire doivent vivre en égaux tous ceux qui respirent sous la voûte étoilée.

XLIV

« Et puisque dans leur folle ambition, ces guerriers ont osé montrer à votre égard une telle arrogance, puisque sur votre sol, sur votre patrie qui leur est interdite, ils sont entrés, bannières au vent, il est bien que leur insolente audace demeure frappée d'un châtiment inouï, avant qu'ils laissent à toutes voiles voguer leurs espérances, et que, grâces à notre lenteur, ils agrandissent leur force et leurs projets.

XLV

« Aussi, ma résolution est-elle fixée, si toutefois, ô caciques, mon avis est le vôtre; allons les assaillir à l'improviste, avec toute la vigueur que nous y pourrons mettre; et que personne ne pense qu'il y ait pour lui un autre chemin que le passage frayé par son bras et par sa valeur. Ce sont les armes que brandissent nos mains courageuses qui vont décider si les Espagnols sont nos maîtres légitimes ou nos tyrans. »

XLVI

A son discours il mit fin de la sorte, et l'intrépide Peteguelén,
'eillard sévère, par le droit que les années lui donnent, se lève
ur exprimer son avis, comme soldat et comme sage conseiller:
Capitaines, dit-il, je ne refuse pas de verser mon sang, moi
ut le premier, et quoiqu'il semble glacé par mon grand âge,
ans mon cœur, je le sens qui s'agite et bouillonne.

XLVII

« Cependant une considération, une seule, m'arrête et me
it hésiter devant ce projet d'attaque. Nous savons, nous som-
es assurés que l'ennemi compte une multitude de soldats et
s chefs nombreux. Il est donc évident pour nous qu'il faut
poser de grands efforts à une aussi formidable puissance; c'est
ujours en faisant trop peu de cas des obstacles que l'on se
lte dans la détresse et dans les périls.

XLVIII

Puisque l'emplacement qu'ils ont choisi pour leur poste est
endu et retranché par la nature, entouré par la mer et par
auts rochers, et qu'il leur offre un abri sûr et protégé de
tes parts, il sera plus utile et plus avantageux de prêter l'o-
lle à leurs paroles et à leurs propositions. Entendons-les sans
contredire. Les écouter seulement, c'est n'enchaîner per-
nne.

XLIX

« Cette mesure ne saurait nous nuire, et cependant vous pou-
z rassembler et armer vos soldats, préparer en secret toutes
s ressources que l'occasion et la nécessité réclament, porter
mède aux embarras sérieux, pourvoir à chaque difficulté,
uper et rendre impraticables les passages ouverts encore [1],
t remettre enfin nos destinées à notre bravoure. »

1   « Alajar y romper os pasos llanos. »

Nous avons rendu le langage de Peteguelén, d'après le sens propre et naturel des

L.

Il ne put en dire davantage ; car, enflammé de colère, le brave Tucapel, d'une voix furieuse, l'interrompt : « Qui tant prévoit, s'écrie-t-il, jamais n'accomplira glorieuse entreprise. Eh bien, si l'État tout entier recule, parce qu'il semble à chacun que l'attaque est dangereuse, moi seul, sans autre compagnie, je prendrai les armes, et pour mon propre compte, je me chargerai de notre cause [1].

LI

« Auriez-vous, d'aventure, perdu vous-mêmes confiance en ces forces dont vous avez donné un témoignage si éclatant, et, tant que vos bras peuvent lancer la pique et brandir l'épée, souffrirez-vous que votre courage semble altéré, que vos victoires restent flétries par une résolution lâche et méprisable, notre honneur et notre renommée couverts d'opprobre ?

LII

« Sachez-le bien, tant que mon bras gardera quelque vigueur, et que j'aurai voix au sénat, quoi qu'il plaise à Peteguelén de prétendre, l'affaire doit être décidée par les armes ; et,

mots. La guerre d'Arauco était souvent, en effet, une guerre de surprises et d'embuscades. Les indigènes profitaient des escarpements, des défilés, des précipices dont leur sol était hérissé, entrecoupé. Leur pays était une forteresse déjà, et ils s'appliquaient à rendre plus inaccessibles les lieux qui pourraient être abordés et surmontés par l'ennemi. C'est à ce détail de la stratégie des barbares que Peteguelén nous semble faire allusion. Winterling traduit :

> Die Wege ebnen, die wir dann bequemer gehn. »

C'est donner aux termes une signification figurée ; ils voudraient dire alors : « explorer et aplanir la route devant nous, » assurer toutes les ressources de la résistance et mieux préparer le succès de nos armes.

[1] La jactance de Tucapel nous rappelle un peu celle de l'Achille de Racine. Ne dit-il pas, lui aussi, avec un tour bien espagnol, en parlant de cette Troie où il court :

> « Et quand moi seul enfin, il faudrait l'assiéger,
> Patrocle et moi, seigneur, nous irons vous venger. »
>
> (*Iphig.*, acte I, sc. II.)

i voudra proposer un autre chemin, devra le frayer avant tout
ravers mon corps. Cette massue de fer, et non des discours,
feront entendre mes raisons et mes arguments.

LIII

« Si vous autres qui vous estimez haut lorsque vous avez bien
rlé, vous aviez assez de cœur et de bravoure pour décider la
estion par un combat dans la lice et l'arme au poing, je vous
uverais de manière plus évidente ce que je puis faire, mais
s tenez à vous montrer assez conciliants pour nommer pru-
ce ce qui n'est que frayeur, ne pas exposer votre vie aux
ils, et vous faire jour partout avec des mots[1]. »

LIV

eteguelén répond : « Puisque jamais chez toi la raison ne
ve d'accueil, seul et vieux, moi, j'accepte le défi, et veux
tier ta folle audace. Combattons armés de pourpoints en cuir
e mailles, avec la lance, l'épée ou la massue, à ton gré ; je
rai voir que dans l'occasion convenable, mes bras valent
oins mes paroles[2]. »

LV

i pourrait peindre le regard méprisant que Tucapel jeta
le ciel, et la flamme étincelante que lancèrent ses yeux,
qu'il daignât les abaisser vers la terre : « Enfin, s'écria-

un autre point de vue, le langage de Tucapel nous remet sous les yeux
du Turnus de Virgile, quand il reproche à Drancès son éloquence que ne justi-
pas la bravoure et les exploits:

> « ..... An tibi Mavors
> Ventosa in lingua pedibusque fugacibus istis
> Semper erit ?..... »
>
> (*En.*, XI, 389-391.)

caractère de Peteguelén mérite une place tout à part dans l'analyse de l'A-
na. Il n'a plus la première ardeur des héros, et ne peut pas être compté parmi
ucapel, les Rengo, les Lincoya et les Lautaro ; mais il n'est pas réduit non
au rôle de simple conseiller, comme le Nestor d'Homère et comme Colocolo.
ne verte vieillesse, excellente au sénat et bonne encore dans la mêlée. Nous
rons bientôt remplir un rôle intrépide. Le mélange du courage et de la pru-
est personnifié dans ce cacique, objet à la fois de crainte et de respect.

Reliure serrée

t-il, voilà un orgueil altier, digne au moins de la fureur de Tucapel ; mais je souhaiterais pour mon honneur et pour ton âge, que tu amenasses avec toi d'autres champions. »

LVI

Le vieillard répondit : « Jamais de forces étrangères en aucun temps, je ne me suis aidé, ni de sang mes veines ne sont assez appauvries, ni mon bras n'éprouve assez de faiblesse, que je ne pense encore le pouvoir donner à faire. » Mais Rengo, son neveu, se lève et s'interpose : « J'accepte le défi, moi, à la place de mon oncle, si tu y consens. »

LVII

« J'y consens, je le demande, j'en suis ravi, s'écriait Tucapel, et que dix autres encore viennent avec toi. » Mais Orompello quitte son siége et s'élance : « Toi, Rengo, dit-il, c'est moi que tu auras à combattre. » — « Je punirai aussi ta hardiesse, repartit le superbe Rengo, et sache de plus que ta menace et ton cartel ne sont qu'un jeu pour moi, lorsque j'en aurai fini avec ton cousin. »

LVIII

Alors Tucapel : « Je pense te châtier tout d'abord, et de telle façon qu'Orompello ne trouvera plus qu'une tâche légère ; car, pour le moins qui puisse t'arriver, tu resteras mon captif. Place donc ! place ! allons, rangez-vous ; il ne s'agit point d'ajourner l'épreuve, nous avons les armes, le temps, la volonté ; c'est sur l'heure, ici même, qu'il faut décider la question. »

LIX

Rengo et Peteguelén allaient lui répondre à la fois avec les armes et avec la parole, si au milieu, dans cet instant, ne se fussent placés beaucoup de caciques nobles et vaillants, et qu'ils ne les eussent invités à suspendre et à différer leurs menaces et leurs querelles, jusqu'à ce que la fortune se déclarât et vînt donner à leur entreprise une issue favorable.

LX

Caupolicán était enfin impatienté de voir que Tucapel chaque jour, en guerre, en paix, avec justice ou non, sans aucun égard, fit naître le désordre parmi eux [1] ; mais il se voyait contraint de le mener par la douceur ; le moment et la circonstance le voulaient ainsi ; et d'un ton calme, avec de bienveillantes instances, il réprima la fougue des rivaux et apaisa leur fureur.

LXI

Entre eux il demeura consenti et réglé qu'aussitôt la guerre finie, le vieillard et Tucapel, dans la carrière, seraient libres de combattre seul à seul ; qu'ensuite Tucapel et Rengo, les armes à la main, de même, videraient leur débat. La rumeur apaisée, Colocolo commence à les haranguer, et seul se fait entendre :

LXII

« Généreux caciques, s'il nous est permis de dire ce que nous pensons, nous à qui les longues années et l'expérience font diriger les yeux sur les événements futurs, nous voyons nos forces et notre puissance se consumer pour notre seule ruine et l'épée de nos tyrans, plus maîtresse que jamais, suspendue sur nos têtes.

LXIII

« Oui, le signe manifeste qui annonce votre chute certaine et justifie mes craintes, c'est que déjà la fortune hésite, et que notre ciel commence à se troubler. Lorsqu'un édifice penche, il n'est pas loin de s'écrouler, et l'échafaudage qui s'appuie à faux sur sa base est entraîné par sa propre pesanteur.

LXIV

« C'est pourquoi, si mon esprit ne me trompe, s'il faut en croire ce qui se passe et l'avertissement que les faits nous donnent, je

---

[1] Cf. *Arauc.*, ch. ii, oct. 21 ; ch. viii, oct. 27-31, oct. 44-59 ; ch. xi, oct. 17-29.

crains, oui, et à bien juste titre, de voir par terre nos constructions mal fondées, le métier de la guerre changé bientôt contre des exercices indignes et serviles [1], et votre opiniâtreté brisée à la fin, pour n'avoir eu d'autre appui qu'un immense et vain orgueil.

LXV

« Lautaro est tué. Nous avons perdu, vous le savez, à notre grand déshonneur, trois bannières. Mis en pièces, nos bataillons gisent au vent et au soleil, pour devenir la pâture des bêtes sauvages. Nos forces, nos opinions sont divisées, le territoire tout rempli de troupes étrangères, et nos bras irrités et séditieux se soulèvent ici même pour frapper mutuellement nos poitrines.

LXVI

« Songez qu'ainsi, par votre aveugle imprévoyance, la patrie meurt et la liberté succombe, puisque avec leurs propres armes et leur propre puissance, elles favorisent les droits que s'arroge l'ennemi. Incurable et mortelle est la maladie qui se montre indocile à la médecine ; grossière et détestable est la passion qui ne souffre pas les conseils salutaires.

LXVII

« Pourquoi d'une si grande rage nous efforcer d'appauvrir notre sang et notre vigueur, et, livrés tout entiers à des luttes intestines, donner agrandissement et autorité au parti de nos adversaires ? Pourquoi avec une telle fureur réduire en lambeaux cette union invincible, condamner nous-mêmes une cause approuvée, des armes légitimes, et justifier si bien d'injustes conquérants ?

[1]
« Y convertido el uso de la guerra
En serviles y bajos ejercicios. »

A cette pensée, qui présente un contraste si naturel, celui de l'existence libre et guerrière des Araucans, opposée à leur vie dépendante et laborieuse sous des maîtres étrangers, à cette grande et belle image Winterling a substitué une idée toute différente :

« Der Sieg, den wir errungen, trägt
Nicht die gewünschten Segensfrüchte. »

LXVIII

« Quel courroux, quelle haine insensée avez-vous conçus contre vous, pour vouloir ainsi pousser l'État araucan à se détruire de ses mains, l'étouffer dans son éclat et dans sa force, et le laisser avec un nom infâme, soumis aux lois et à l'ordre de l'étranger, dans une dure servitude et sous un joug éternel?

LXIX

« Rentrez en vous-mêmes ; car, sans y réfléchir, vous courez en toute hâte à votre précipice. Réfrénez cette fureur et cet emportement qui vous mènent à la destruction et à la ruine. Hé quoi! vous souffrez sur votre territoire un ennemi qui veut devenir votre maître pour vous traiter en bêtes de somme [1], et vous ne pouvez souffrir ici, dans votre impatience, les conseils et les avis utiles à votre cause!

LXX

« C'est un manque de courage assurément, c'est un signe auquel se trahit assez une faiblesse secrète, tandis qu'on a l'ennemi tout près devant soi, de retourner le glaive contre son propre sein, pour ne pas attendre, d'une âme persévérante, les terribles coups de la fortune irritée, que brave un cœur intrépide peu soucieux de s'en affranchir par la mort [2].

---

[1] C'est là le sens qui ressort, à notre avis, des mots espagnols :

« Que quiere como á brutos conquistaros. »

Winterling le modifie un peu.

« ..... Der euch wie scheues Wild zu jagen
Gedenkt..... »

Il faudrait traduire alors : « Qui veut vous poursuivre comme des bêtes fauves. » Mais Ercilla, selon nous, a voulu placer dans la bouche du vieux cacique la description des résultats de la conquête, l'asservissement bien plutôt que celle de son action même et de ses fureurs, le massacre sans pitié.

[2] Toute cette 70ᵉ octave ne nous paraît renfermer qu'une comparaison morale. Celui qui, par faiblesse, en face de l'ennemi, s'affranchit par la mort des coups de la fortune qu'il redoute pour l'avenir, mérite le renom de lâche et de poltron. Mais vous (et c'est la pensée que développe l'octave 71ᵉ), mais vous qui êtes des héros, comment auriez-vous l'indignité, en cherchant la mort dans les guerres

LXXI

« Mais, animés comme vous l'êtes par un si fier courage, dont quelquefois je condamne la grandeur, et lorsque vos exploits remplissent non-seulement cette terre, mais encore le monde entier, ah! mettez un terme à vos fureurs et à la guerre civile, et, pour le bien de tous, consentez enfin à ne pas rompre d'une manière aussi honteuse les liens de notre fraternité, puisque tous nous sommes les membres d'un même corps.

LXXII

« Si la vieillesse affaiblie et les longs jours méritent quelque respect et quelque confiance, regardez ces cheveux que l'âge a blanchis sur ma tête; songez que c'est le bien public et le zèle qui me transportent, et suspendez toutes vos contestations pour quelque temps, pour un court délai, jusqu'à ce que la fureur de l'Espagnol soit amortie et notre cause commune décidée.

LXXIII

« Et comme j'espère de votre raison qu'elle saura vous ramener à la voie la plus utile, je ne veux pas prolonger ces discours, puisque la sagesse a sur vous assez d'empire. Je laisse donc de côté tout autre propos, pour vous dire qu'un premier obstacle nous empêche de venir aux mains et met une infranchissable

civiles, de vous dérober à des devoirs sacrés, aux magnanimes efforts qu'exige de vous la défense de notre commune patrie ? Tel est l'ordre naturel des idées. Winterling nous semble s'éloigner beaucoup de cette interprétation :

> « Denn es verräth nicht grosse Tapferkeit
> Und lässt nur grosse Schwäche mich vermuthen,
> Wenn wir, da uns so nah der Feind bedräut,
> An Wunden, die wir selbst uns schlagen, uns verbluten.
> Ermannt zu frischen Heldenthaten euch
> Und setzet, eh ihr alles gleich
> Verloren gebt, des Schicksals harten Schlägen
> Ein unverzagtes Herz entgegen. »

Il sera facile au lecteur de choisir entre les deux versions. Le reproche que j'adresse à celle de Winterling, c'est d'entrer déjà, dès la 70e octave, toute de comparaison, dans une idée qui ne se déploie qu'à l'octave suivante.

borne à notre ardeur; c'est la faiblesse même des ressources dont nous disposons.

LXXIV

« Puis, de tous côtés nous sépare de l'Espagnol ce bras de mer qui sous vos yeux se déroule entre les deux camps. Il arrête nos projets et notre marche, et nous n'avons aucun moyen de franchir le passage. Eh bien ! l'ennemi montre la pensée de traiter avec nous et de régler des conventions nouvelles ; sans que nous songions à les accepter jamais, il ne peut nous être nuisible de les entendre.

LXXV

« C'est pour nous l'occasion de laisser nos adversaires nous exprimer leurs vues et leurs desseins, et, comme ils ne sont pas fondés, nous gardons le pouvoir de recourir à une irréconciliable rupture. Nous hâterons aussi en même temps nos préparatifs d'armes et de munitions ; car c'est la guerre qui en réalité doit à la fin déclarer la justice de nos titres.

LXXVI

« Mais il faut prendre soin, guerriers illustres, pour conduire notre plan avec adresse, de laisser voir toujours des esprits enclins en apparence à la paix ; ne montrer ici que des cœurs abattus, des forces et des espérances brisées, une terre riche en mines d'or ; c'est l'appât friand sur lequel cette race aime à s'abattre.

LXXVII

« Peut-être de la sorte pourrons-nous les attirer hors de l'île, leur solide retranchement, faire naître leur sécurité par une paix trompeuse, et les conduire par notre stratagème à la mort. Sans bruit, sans appareil de bataille, ouvrons-leur un assez large espace pour qu'ils viennent à la terre ferme, rassurés par une descente sans obstacle et par le libre accès de notre patrie [1]. »

[1] C'est la seconde ou plutôt la troisième fois que nous voyons le sage cacique in-

LXXVIII

Le sage vieillard mit fin à ses paroles. Il s'éleva des opinions contraires. L'on disait que les périls étaient bien faibles pour soulever tant d'alarmes et de difficultés. Mais Purén, Lincoya et Talcaguano, Lemolemo, Elicura, d'une plus haute prudence, se rangèrent à l'avis du vieux cacique, et le petit nombre se soumit aux suffrages du parti le plus nombreux [1].

tervenir dans les délibérations des barbares (Cf. ch. ii, oct. 28, sq. ; ch. viii, oct. 33, sq) ; et si le poëme d'Ercilla avait atteint son terme naturel au lieu de rester suspendu avant sa conclusion véritable, la même voix eût éclaté encore pour apaiser les esprits émus (Cf. ch. xxxiv, oct. 43). Des critiques sévères ne manqueront pas de reprocher à don Ercilla d'avoir plusieurs fois renouvelé une situation identique pour l'un de ses personnages principaux, comme les censeurs de Virgile n'ont pas négligé de faire ressortir les répétitions d'idée ou de passion que présentent dans l'*Énéide* deux discours de la reine des dieux (eb. i, 37 sq; ch. vii, 293, sq.) ; M. Tissot, un juge si éclairé des anciens, a blâmé chez Virgile la similitude trop exacte des deux scènes que notre mémoire met aussitôt en parallèle et le retour de sentiments semblables, quelquefois affaiblis dans leur seconde expression (Voy. *Étude sur Virgile*, t. II, pp. 16-17). Mais n'est-ce pas là faire le procès au sujet lui-même, au fond de la composition poétique? Quel est l'obstacle sérieux à l'établissement des Troyens en Italie, à la fondation de Rome? La colère vindicative de Junon, sa haine et toujours sa haine, *æternum vulnus* (*En*, I, 36); or, toutes les fois que cette sourde rage se reproduira et fera explosion pour accumuler les périls sur la tête d'Enée, tantôt sur les rivages d'Afrique, tantôt sur le sol même où le conduisent les destins, le poète ne devra-t-il pas nous offrir l'image de la déesse courroucée, nous faire entendre son pathétique langage? Et cette tribu barbare dont Ercilla nous peint l'héroïque résistance à l'invasion espagnole, qu'est-elle autre chose qu'un de ces peuples enfants, en qui l'orgueil individuel et farouche, l'ambition effrénée disputent la place aux instincts de la discipline et à une éclatante bravoure? Toutes les fois que dans les réunions des indigènes les entraînements de leur âme orgueilleuse, leur ardente et indomptable nature compromettront le sort de la liberté commune, les chefs pleins de jours et d'expérience ne devront-ils pas intervenir à chaque instant pour rétablir le calme, faire triompher le bon sens, la justice et la concorde tutélaires? N'est-ce pas là un des aspects de la vie morale que l'*Araucana* nous présente, le tableau de la réalité la plus active au camp des barbares? et ne faut-il pas féliciter Ercilla d'avoir su nous offrir tant de fois, d'une vérité forte et saisissante, la forme toujours variée, dramatique et harmonieuse?

[1] Ici se termine la peinture de cette grande assemblée des caciques où tant de caractères différents, les rôles audacieux et les rôles sages et avisés, se sont produits tour à tour avec une singulière richesse de coloris et de nuances, avec tous les tons de l'éloquence et de la poésie. Au lieu de traduire ces belles et fortes scènes d'Ercilla, comme l'exigeait le devoir qu'il s'était imposé, voici comment M. Gilibert de Merlhiac résume ces majestueux développements de l'écrivain espagnol : « Caupolicán se hâta d'assembler le sénat ; tous ces barbares, encore enflés de leurs victoires, ne s'inquiétaient ni de notre nombre ni de nos armes; le seul objet de leur délibération, *qui fut très-orageuse*, était de trouver les moyens de nous débusquer de notre formidable position de Talcabuano. » (Cf. pp. 185-186). Quelques mots, qui

LXXIX

Aussitôt ils se hâtèrent d'envoyer aux Espagnols Millalauco[1], jeune homme issu d'une haute origine[2], habile à parler, d'heureuse expérience, cauteleux, pénétrant, toujours en garde et plein de fourberie. Avec des dehors imposteurs, derrière le voile d'un prétexte bienséant et d'une démarche honorable, il doit pénétrer nos résolutions et nos desseins, étudier notre emplacement, nos forces, le nombre de nos soldats.

LXXX

Le guerrier, après avoir reçu les ordres et les instructions nécessaires à son entreprise, monte dans une gondole élégante, et, sans aucun retard, poursuit sa route. Secondé par les agiles avirons, bientôt il arrive aux lieux où notre camp était assis; et là, sans aucun trouble, d'un air libre, il s'élance aussitôt, rempli de confiance, avec son escorte.

LXXXI

Au port étaient aussi arrivés par une fraîche brise, trois navires de notre escadre, chargés d'armes, de combattants et de

sont presque tous de l'invention du traducteur, résument ensuite l'avis de Colocolo, à qui le critique français donne des pensées que vous chercheriez inutilement dans Ercilla. Caupolicán, Peteguelén, Tucapel, leur colère, l'intervention de Rengo et d'Orompello, la vie même, l'ardeur de ces discussions violentes entre barbares effrénés, la voix écoutée d'un sage vieillard, ses accents élevés et patriotiques, sa haute prudence, tout a disparu, la poésie est morte.

[1] Le personnage de Millalauco est une nouveauté dans la vaste galerie de portraits ouverte par Ercilla. La hardiesse, la pénétration, la ruse et la grâce unies ensemble dans l'ambassadeur des Araucans, nous rappellent ce que pouvait être dans sa jeunesse l'Ulysse d'Homère, lorsqu'il allait réclamer à Troie l'Hélène de Ménélas, et que des paroles, *plus pressées que les flocons de neige pendant l'hiver*, tombaient de sa bouche (Cf. *Iliad.*, III, voy. 209-221). La dissimulation habile, avant l'expérience que donnent les années, l'empire exercé sur toutes ses impressions, le charme tout personnel des gestes et des mouvements, le beau langage, la persuasion qui s'épanche de ses lèvres lorsqu'il s'adresse à don Garcia et aux capitaines qui l'entourent, font du jeune Indien un des caractères les plus originaux de l'épopée, et offrent une opposition frappante avec tant d'autres caractères, presque tous héroïques, prodigués à dessein dans un poëme de nature batailleuse.

[2] « Generoso. » Gilibert de Merlhiac voit ici l'avantage d'une naissance illustre (p. 186). Nous partageons cet avis. Le mot est pris dans son acception latine, très-fréquente chez les meilleurs écrivains de l'Espagne.

provisions [1]. Nos troupes se trouvaient ainsi renforcées, et tels étaient le bruit et l'agitation du belliqueux appareil, que, frappé de surprise, le sage Millalauco s'arrête un instant confondu.

LXXXII

Mais il ne laisse pas apercevoir son trouble, et, dissimulant son impression, il passe au milieu du tumulte, jette autour de lui des regards intelligents, observe les armes, les soldats et les sentiments qui les animent. Réfléchissant à la tâche qu'il accomplit, il songe que le but désiré est plein de périls; la mer est couverte, la terre est hérissée de soldats armés et d'instruments de guerre.

LXXXIII

Cependant il arrive à la tente de don García. Nous étions là présents, moi et d'autres [2]. Plein d'une modeste courtoisie, il nous salue à sa manière, et, avec assurance élevant la voix...; mais la mienne qui se sent affaiblie à force de chanter, ne saurait prendre désormais un ton aussi fier, et la voilà contrainte à s'arrêter ici.

---

[1] Les historiens ne s'accordent pas sur le nombre de vaisseaux dont la flotte de don García était composée. Ils varient entre les chiffres 5, 8 et 9. Le poëte Pedro de Oña, dans son « Arauco domado » déclare qu'il y en avait quatre :

> « ..... Esperan cuatro naves artilladas,
> Pendientes de las ancoras ferradas. »   (Canto I^{ro}, oct. LVII)

Cl. Gay adopte ce nombre (t. I, p. 384). Cependant nous avons sur cette matière quelque hésitation. Ercilla, qui était sur la capitane, déclare qu'elle arriva seule d'abord en vue de la Concepcion. Ici, le poëte ajoute que trois navires la rallièrent au mouillage de Quiriquina; mais il ne fixe nulle part le total des galères, et les expressions qu'il emploie n'impliquent nullement cette idée que l'escadre partie de Lima fût désormais au complet. Nous savons même qu'un des navires avait été poussé par la tempête jusque dans la baie de Valparaíso. En supposant qu'il ait rejoint la flotte plus tard que les autres, nous pourrions admettre qu'elle était forte de cinq galères.

[2] Ce n'est point par un sentiment d'orgueil ni de froide personnalité que don Ercilla nous parle ici de lui-même. Il saisit l'occasion de justifier son témoignage. Il était sous la tente du général, et les faits qu'il rapporte ne sauraient être mis en doute. C'est ainsi que, pour accréditer ses récits auprès de Philippe II, il affirme, au xiiie chant de son poëme, que depuis son arrivée au Pérou, il a toujours été mêlé aux événements, et que la vérité trouvera en lui un narrateur irréprochable; Cf. oct. 69-71. L'égoïsme et la forfanterie ont peu de place dans l'âme sincère du poëte espagnol et ne nous choquent jamais dans ses peintures.

CHANT XVII

I

Jamais vous ne devez refuser d'entendre vos ennemis ou des mis suspects ; ils vous laissent d'autant mieux sur vos gardes, ue vous découvrez en eux plus d'astuce. Écoutez-les ; vous péétrez plus avant leur pensée, qu'ils vous présentent la vérité u des ruses perfides. Toujours un signe, un mot viennent rééler le fond de leurs desseins.

II

Lorsqu'ils s'imaginent vous abuser davantage, à l'aide de ur masque trompeur et de leur piége le plus habile, ils vous onnent l'éveil, ils vous avertissent, vous mettent sur leur voie, t par le soin qu'ils prennent pour le couvrir, dévoilent leur ratagème. Vous voyez leur but et le point où ils tendent, le ur et le contre, l'avantage et la perte. Il n'y a langage si uble et si cauteleux que l'on ne puisse en faire sortir quelque nséquence.

III

Non, il n'y a bouche si pleine d'artifices [1], qui en s'ouvrant

Winterling a supprimé cette octave dans sa traduction. L'insistance du poëte

ne trahisse quelque projet, et à la fin ne rende parfois un service véritable, surtout quand celui qui écoute sait être avisé. La parole n'a jamais manqué de fournir des indices; et jamais le silence n'a dévoilé un secret [1]. Rien n'est plus difficile, si l'on y regarde bien, que de deviner même le plus vulgaire des hommes, pourvu qu'il ait l'esprit de se taire.

IV

C'est une condition importante et indispensable pour un général de connaître l'adresse et le caractère de son ennemi, ses vues et ses plans, ses intentions; de savoir s'il est prudent et réfléchi ou téméraire, d'action lente ou rapide, indolent ou expéditif, cauteleux ou imprudent, mobile et indécis ou résolu.

V

Aussi voyons-nous que le sénat barbare, pour sonder la volonté de l'ennemi, avait envoyé le rusé Millalauco, avec le rôle apparent et les discours de l'amitié. D'un visage et d'un cœur dissimulés, sous les dehors les plus honnêtes, comme déjà mon récit l'a fait savoir, il promène de tous les côtés son regard, élève une voix forte et s'exprime en ces termes :

sur le même ordre de pensées a sa raison d'être, et les détails nouveaux ou piquants qu'il ajoute à son idée première, méritaient d'être conservés.

1 Sans doute

« Il est bon de parler et meilleur de se taire, »

comme disait une intelligence excellente. Sans doute,

Le silence est l'esprit des sots
Et l'une des vertus du sage.

disait un autre. Mais prétendre que le silence n'a jamais dévoilé aucun secret,

« Ni el callar descubrió jamas secreto, »

c'est exagérer une bonne maxime et l'exposer à recevoir les démentis de l'expérience. Le silence a son expression. Bossuet le croyait bien ainsi, lorsque, parlant du prince de Condé, il fait de lui cet éloge : « Il tire d'un déserteur, d'un transfuge, d'un prisonnier, d'un passant, ce qu'il veut dire, *ce qu'il veut faire*, ce qu'il sait, et pour ainsi dire ce qu'il ne sait pas; tant il est sûr dans ses conséquences. » (*Orais. fun. de Louis de Bourbon;* œuvr. complètes, t. VII, p. 765, édit. de Besançon, 1840.)

VI

« Heureux capitaine, et vous ses compagnons, vers qui, pour
bien de la paix je suis envoyé de l'État et des domaines d'A-
uco, par le suffrage et l'autorité de ses puissants caciques [1],
 pensez pas que la crainte et la pusillanimité nous aient ja-
ais réduits, par l'excès do nos misères, à la nécessité de re-
urir aux honteuses démarches et aux ressources flétrissantes.

VII

« Car vous n'ignorez pas jusqu'où les Araucans ont propagé
ur nom glorieux et leur puissance, toujours prêts à soutenir
s contrées les plus lointaines et à étendre sur elles la protec-
n de leurs bras [2]. Et vous, de votre côté, nous savons déjà
c, mus par votre zèle et par l'intérêt de la foi chrétienne,
ec une grande modération et un ordre parfait, vous venez
ur répandre votre croyance.

VIII

Puisqu'il en est ainsi, comme la conduite que vous avez

1. « Con voz y autoridad del gran Senado. »

illalauco veut faire connaître l'origine de son mandat. C'est par l'assemblée
caciques qu'il est accrédité. Ce sont leurs suffrages qui l'ont créé ambassadeur
rès de Garcia. Il n'était pas nécessaire d'aller au delà, et de déclarer avec Win-
ing, que Millalauco avait reçu de pleins pouvoirs pour résoudre toutes les an-
nnes difficultés :

     Mit Vollmacht, alte Zwistigkeiten beizulegen. »

2. « Que los extraños términos defiende
   Y asegura debajo de su mano. »

interling :

     « Und wie sein Volk mit starker Hand
     Und unverzagtem Muth für seine Gränzen streitet. »

C'est amoindrir l'idée d'Ercilla. Le texte original va beaucoup plus loin. Non
ulement les Araucans savent défendre leurs frontières ; mais ils donnent aide et
otection à d'autres peuples que la conquête espagnole opprime ou menace comme
rauco. Nous avons déjà vu un exemple de cette intervention, sollicitée par les
incas et accordée par les héroïques défenseurs de l'indépendance. Cf. T. I,
hant ix, oct. 27-36.

tenue jusqu'à présent le démontre, et comme votre bonne renommée et votre gloire le proclament d'une voix si haute et si éclatante, je viens moi aussi vous assurer, au nom de ma patrie, et ma bouche vous le déclare expressément, que la paix offerte, objet de tous les désirs, sera bien reçue par les caciques.

IX

« Oui, l'illustre sénat, auquel sont parvenues maintes relations sur les Espagnols, dans un sage accord et une sage pensée, dirigé par des motifs que le bon sens et la raison inspirent, veut accepter la paix, veut admettre des conditions justes et honorables, afin de ne pas laisser dans la détresse une si grande foule, innocente et pauvre multitude.

X

« Que si la foi inviolable et le serment demandés par vous avec amitié, si le gracieux et loyal accueil offert à votre nation, par notre libre et volontaire hommage, peuvent donner une base ferme et solide à une alliance où l'honneur soit égal et la justice respectée, sans que nos sujets et nos États aient désormais rien à souffrir,

XI

« Dès lors, sans lutte et sans résistance, nous accepterons Carlos pour ami et pour seigneur, et nous lui offrirons, de notre plein gré, l'obéissance et la soumission que nous ne lui devons pas [1]. Mais si vous voulez les obtenir par violence, vous nous verrez plutôt dévorer nos enfants mêmes, et pousser vaillamment nos propres glaives à travers nos poitrines.

XII

« Mais par de paisibles voies, vous pouvez sans crainte lever la bannière de votre monarque; car l'Arauco a mis bas les

---

1 « El servicio indebido. » Ils ne doivent rien à Carlos; leur hommage est libre et volontaire. Winterling se trompe, en traduisant :

« Den wir ihm schuldig sind..... »

armes et vous attend avec des bras ouverts. Il reconnaît que la
faveur des cieux l'appelle à une paix sûre et durable, et il veut
aisser pour toujours le passé enseveli dans le plus profond
ilence. »

XIII

Ici l'Indien cessa de parler et nous fit, à sa manière, suivant
'usage de son pays, un geste affable et caressant. Toutes ses
nsinuations flattaient nos desseins et secondaient sa perfidie.
'n dépréciant les ressources des barbares, il augmentait notre
ourage, nos désirs. Il nous laissait entendre que l'ennemi était
ible, que sa patrie regorgeait de biens et de richesses.

XIV

Après avoir entendu l'ambassadeur, don García fit à l'Arau-
n un accueil gracieux. Le fond de sa réponse fut qu'il agréait
alliance et les conditions proposées ; qu'au nom du roi, il don-
it satisfaction à leur bon vouloir, et qu'ils seraient non-seu-
ment traités de manière à ne plus ressentir aucun nouveau
t, mais aussi affranchis d'une foule de charges.

XV

t aussitôt, pour confirmer son langage, il fait apporter par
x serviteurs quelques présents, des costumes de mille cours différentes, des chaussures et des toques ornées, des ver-
eries et des rubans, des insignes et des parures convena-
s à de nobles capitaines et à des guerriers. Millalauco les
ut avec des paroles et une grâce parfaites.

XVI

Aussi, avec le visage et toute l'apparence d'un ami reconnais-
nt et obligé, il demande, avec empressement, à García la per-
ission de rejoindre les siens. Il retourne vers la barque qu'il
ait laissée ; et, grâce à sa promptitude ordinaire, au moment
le soleil se plongeait dans les flots, il arrive chez les bar-

bares, et est reçu avec allégresse par tous ces nobles chefs réunis.

XVII

Instruits de leur succés, les rusés caciques rompent l'assemblée, feignent de disperser leurs soldats et se retirent paisiblement dans leurs maisons; là, sans bruit, ils préparent avec mystère leurs armes perfides, animent les courages de la multitude, toujours disposée aux entreprises nouvelles.

XVIII

Pleins de méfiance, et non sans motifs, nous gardons encore notre poste plus de deux mois, battus par les pluies et les vents rigoureux de l'implacable hiver. Mais lorsque ce temps fut écoulé, avides de connaître les projets des barbares, nous nous déterminons à quitter l'île où nous étions retranchés, et à porter notre camp sur la terre ferme.

XIX

Cent trente guerriers, florissante jeunesse, furent choisis dans notre armée, tous exercés aux travaux, vaillants, désignés parmi les plus robustes. On les munit en secret et dans un profond silence des armes et des instruments nécessaires. Moi aussi j'étais avec eux, car je n'ai pas omis une seule fois de tenter la fortune.

XX

Une légère éminence s'élevait, isolée, près du rivage de la mer qu'elle domine [1]; c'est là qu'ils doivent construire une ci-

1 L'ingénieur Frézier, dans son voyage aux mers du Sud, entrepris par les ordres de Louis XIV, donne, nous l'avons vu (Cf. *supra*, p. 10), une excellente description de la baie de Penco. Le cap qu'il décrit rappelle au mieux l'emplacement dont parle Ercilla. Voyez tout le tracé de Frézier. Sa *Relation* d'une visite aux côtes du Chili et du Pérou faite pendant les années 1712-1714, mais publiée seulement en 1716 et dédiée au duc d'Orléans, ne se borne pas aux détails nautiques, d'une précision merveilleuse ; l'auteur, l'on s'en souvient, s'est informé aussi des mœurs espagnoles et indiennes, et à tous égards il est cette fois le plus exact commentateur du poëte. Claude Gay ajoute ici quelques traits de lumière. Il nous apprend que le fort élevé par les Espagnols, dans la baie de *Concepcion*, s'appela le

tadelle régulière, défendue par un fossé large et profond, afin que notre petite armée puisse y être établie sans péril, jusqu'à l'arrivée de notre cavalerie. Déjà nous avions appris qu'elle était en marche.

XXI

Une fois sur le continent, si nos guerriers apprenaient que les barbares eussent des projets coupables, et qu'à la dérobée ils préparassent la guerre, sous la fausse apparence et derrière le voile d'une amitié trompeuse, — de la forteresse, au moindre mouvement, on devait leur infliger, par une attaque subite, un châtiment sévère pour briser leur orgueil et leur courage, et les contraindre par la seule épouvante à invoquer la paix [1].

XXII

C'était une illusion frivole de songer que les superbes Arauans voulussent recourir à la concorde, tant qu'ils auraient les rmes à la main. Aussi, avec toute la vitesse qu'ils devaient y ettre, nos cent trente jeunes audacieux passèrent sur la rive pposée, sans autre secours que la faveur d'une nuit silencieuse.

XXIII

Et quoique alors, dans ces régions, ce fût le temps où la erge allongeait avec hâte la courte durée des jours, et leur ndait ces heures mobiles que l'ombre avait usurpées, avant ue l'aube eût chassé toutes les nocturnes étoiles, apparaissait haute cime de la colline, chargée de soldats et de matériaux.

XXIV

Les uns, armés de leviers, de pics et de hoyaux, ouvrent les

ort de *Pinto*, parce qu'il fut construit sur l'*Otero de Pinto*, à la partie occiden-
ale de la vallée de Penco, et qu'on l'arma de huit pièces de canon (Cf. *Hist. física
e Chili*, t. I, p. 396) ; récit non moins conforme que celui de Fréxier à la narra-
ion d'Ercilla.

1 Les octaves 20 et 21 ont disparu dans la version de Winterling. La clarté de la
arration souffre beaucoup de ces retranchements. Le site choisi par les Espa-
nols, la pensée qui dirige cette première occupation du sol ennemi, sont loin d'être
ndifférents à la suite de l'épopée.

fossés profonds et la place des fondements ; les autres, avec de larges lames recourbées, des haches, des scies, des cognées, des couperets, abattent de vastes rameaux et des troncs énormes, les fixent en terre ; puis, à l'aide de planches, de liens de bois et de fascines, ils élèvent des flancs de bastions et des murs qui les relient.

XXV

Avec moins d'ardeur le peuple tyrien construisait l'enceinte de sa cité fameuse, s'empressait de toutes parts au travail et déployait son activité inquiète [1] ; avec moins de promptitude César bâtit à Dyrrachium ce retranchement merveilleux dont il entoura, si développée qu'elle fût, l'armée ennemie [2], en trompant la vigilance de son gendre [3] ;

XXVI

Tant est grande la vitesse que mettent les nôtres à couronner la colline d'une forte muraille, protégée par un fossé large et profond, et par huit grosses pièces d'artillerie. A la vue de l'Arauco, se dresse la bannière de Felipe, roi d'Espagne, elle prend possession de ces États, comme des autres auxquels son père avait renoncé [4].

XXVII

On regarde comme une action inouïe pour l'audace et pour la bravoure, et les hommes d'expérience y virent plus de témérité que de courage, qu'en un pays superbe et redouté, au nombre de cent trente soldats, et en moins d'une journée, nous eussions pu mener à fin un projet aussi difficile que dangereux.

1 Cf. Virgile, *En.*, I, 425-440.
2 Cf. Lucain, *Pharsal.*, VI. 29-63.
3 Winterling a fait disparaître cette octave, dont les deux comparaisons, puisées dans l'histoire ou plutôt dans les souvenirs littéraires d'Ercilla, ne sont pas conformes peut-être au goût moderne, mais devaient plaire à l'époque de la Renaissance et charmer alors, surtout par le savoir qu'elles supposent.
4 L'abdication de Charles-Quint et son renoncement volontaire à une si haute puissance ont été célébrés plus loin par don Ercilla. (Cf. octaves, 53-54).

XXVIII

Notre armée tout entière se réunit alors et se dirigea aussitôt avec sécurité vers la forteresse, dont le haut emplacement et les canons terribles avaient rendu le chemin sûr et facile. Répartis dans les spacieuses courtines, et suivant l'ordre nécessaire, nous nous mettons à l'abri de ce poste tous ensemble, sous la protection de la fortune.

XXIX

Cependant la Renommée, qui publie tout, volait à travers les canons et le territoire d'Arauco, et allait grossissant de bouche en ouche la petite armée chrétienne. La foule du peuple était saisie e crainte, à la sourde rumeur et au vain bruit qui affirment souent les choses douteuses et qui exagèrent les désastres réels.

XXX

Lorsque le son de cette voix parvient à l'oreille des ennemis njurés contre nous, ils ne songent plus aux pactes et aux ventions arrêtés entre les deux partis. Dans leur fougueuse eur, ils préparent munitions, armes, soldats, et, sans tarder vantage, décident aussitôt de nous assaillir et de tout mettre feu et à sang.

XXXI

Pour exécuter leur projet, ils se réunissent au val de Talcauano, à plus de deux milles de notre forte position. Là un une et vaillant guerrier, Gracolano, plein d'énergie et d'auace, s'écrie à haute voix : « Noble Caupolicán ! si mon offre eut avoir à tes yeux quelque valeur, je te promets que demain ans l'assaut je planterai mon étendard sur le sommet de ce etranchement.

XXXII

« Et comme je veux, seigneur, vous satisfaire, toi et les aures, par mes exploits, avec cette lance que j'ai coutume de manier, je m'engage à vous frayer un chemin à travers les poitrines ennemies. Mon bras sera le premier à confondre leurs armes et leurs instruments de guerre, quelque obstacle qui m'empêche de gravir la muraille, et dût tout l'univers s'opposer à mes efforts. »

XXXIII

Il dit, et à l'instant, comme déjà les étoiles se montraient, les barbares, en bataillons serrés, à la faveur de la nuit, d'un pas rapide, s'approchent de la forteresse. Dans un vaste ravin, poste inaperçu, ils s'arrêtent, au pied de la montagne, et attendent, silencieux, l'heure où chaque matin reparaissent les clartés de l'aurore.

XXXIV

Cette nuit-là, je n'étais point calme, et je ne pouvais reposer un seul moment, soit que je pressentisse le péril, soit que le souci d'écrire me tînt alors éveillé. En proie à des visions capricieuses et à l'insomnie, abandonné au vol de mon imagination inquiète, je voulais raconter quelques détails de ce récit, afin qu'à l'aide de ma plume je pusse décharger ma mémoire.

XXXV

Dans la paix de la nuit obscure, au milieu du sommeil de l'armée, comme je tâchais de poursuivre cette histoire, il me survint un accident étrange. Tout à coup le froid engourdit tous mes membres; ma vue se troubla, et, comme je m'efforçais en vain de me ranimer, la plume échappa de mes doigts.

XXXVI

J'aurais voulu me plaindre, mais la plainte me fut impossible ; ce mal subit s'y opposait, une douleur aiguë et pénétrante me fit perdre la force et les esprits ; mais lorsque cette crise terrible fut passée, et que je fus rendu à mon premier état, le tourment qui m'avait saisi me laissa comme si je sortais d'une maladie prolongée.

XXXVII

Aussitôt qu'avec de profonds gémissements ma souffrance fut
xhalée et affaiblie, mes paupières pesantes et abattues se fer-
èrent, tant j'étais ébranlé par cette secousse ! et mes mem-
res, vaincus par la fatigue, se livrèrent au doux sommeil,
andis que la puissance de sentir restait recueillie dans la plus
oble partie de mon être [1].

XXXVIII

J'avais à peine abandonné au repos et au charme du sommeil
on corps épuisé, que j'entendis un bruit retentissant ; la terre
e parut trembler. Le regard altier, le geste impérieux, se
ressa devant moi une femme qu'à l'instant je reconnus, à sa
ille et à sa haute stature, pour la robuste et âpre Bellone.

XXXIX

Une tunique la couvre de la ceinture aux pieds. De la cein-
e à la tête, elle est protégée par une armure d'acier, aux
illes luisantes. Le bouclier au bras, au côté son large glaive,
brandit de la main droite une lance formidable. Les hi-
uses furies l'environnent, le visage en courroux, le teint
imé, tout enflammé du feu de la guerre.

XL

Elle me dit : « O guerrier craintif ! ranime ton courage et ta
nfiance, et reconnais l'occasion heureuse que t'offrent ton
nheur et ta fortune prospère. Fuis le repos honteux et inerte,
isse grandir ton cœur et ton espérance, et aspire à des objets
lus dignes de ton ambition ; le ciel te protége, comprends ses
veurs.

---

[1] Cette octave et les trois précédentes contiennent une de ces belles et savantes
alyses que l'on croirait empruntées quelquefois aux écrits d'un habile physio-
giste moderne, et que don Ercilla a su rendre immortelles par la justesse et la
écision pittoresque de son langage.

XLI

« Tu es, je le vois, passionné pour l'art d'écrire, et ton penchant se révèle par des marques éclatantes; car jamais ta plume n'a perdu sa trempe, au milieu même des fiers combats et des rudes exercices de la guerre. Pour récompenser tes travaux si constants, je veux, inspirée seulement par le rôle que j'accomplis [1], te conduire dans un lieu où ton esprit pourra se déployer sans bornes [2],

XLII

« Dans une campagne fertile, remplie de mille fleurs, où s'offrira devant toi une riche matière de batailles plus fameuses et plus importantes, bien capables d'alimenter ta veine. Et si tu veux de dames et d'amour célébrer en vers la douce peine, tu rencontreras un plus vaste sujet et une beauté plus grande que n'en connurent les siècles passés, que n'en connaîtront les siècles futurs [3].

---

[1] « Solo movida de mi mismo oficio. »

Winterling traduit avec bonheur : « Aus blossem Pflichtgefühl. » *Oficio* indique la charge guerrière de Bellone. L'intérêt seul de ses fonctions l'émeut; elle est portée par sa nature même et par ses devoirs à encourager et à récompenser un tel chantre.

[2] L'ordre et l'enchaînement des idées, des expressions, exigent que cette octave et la suivante ne soient séparées que par une simple virgule. La ponctuation de don Roselli et d'Ochoa obscurcit tout ce passage. Les mots « en campo fértil, » etc. ne sont que la description poétique du lieu enchanteur qui est annoncé, dans la première des deux octaves, par les mots « en una parte, » etc. Avec l'orthographe des deux éditeurs que nous citons, les quatre premiers vers de la deuxième octave n'auraient pas de construction possible et formeraient une phrase incomplète :

> « En campo fértil, lleno de mil flores,
> En el cual hallarás materia llena
> De guerras mas famosas y mayores,
> Donde podrás alimentar la vena :
> Y si quieres, etc..... »

Ces vers sont évidemment une dépendance grammaticale et toute naturelle de ceux qui les précèdent.

[3] « Nil oriturum alias, nil ortum tale fatentes. »
(Horace, II Epist., I, 17.)

XLIII

« Suis moi ! » dit-elle, en finissant. Et moi, étonné, lui voyant reprendre la route qui l'avait amenée, d'un pas rapide et d'un cœur hardi je commençais à suivre le même chemin, laissant à ma gauche et à ma droite deux montagnes dont Atlas et l'Apennin sont bien loin d'égaler la hauteur, les fourrés épais et es escarpements.

XLIV

Nous arrivons à une plaine étendue, où la Nature de ses ains libérales et ingénieuses étalait sa richesse et sa grâce ans les prodiges de ses ouvrages variés. Elle mettait, parmi les euilles et la verdure, lis éclatants de blancheur et roses vercilles, jonquilles et orangers, œillets et lilas, jasmins et viottes.

XLV

Là, des ruisseaux limpides, en murmurant, traversaient la licieuse contrée, et le souffle caressant des zéphyrs réjouist l'herbe verte et les fleurs. Des oiseaux à mille nuances voleaient de toutes parts sur les arbres touffus, et leurs chants lodieux formaient un concert de la plus suave harmonie.

XLVI

De tous côtés je vis répandues par groupes une foule nomuse de nymphes enchanteresses. Les unes étaient occupées ans des jeux divers ; les autres cueillaient des fleurs odorantes, u, avec un accord charmant, faisaient retentir de douces channs d'amour [1], tandis que la cithare ou la lyre vibrait aux ains des satyres adroits, des faunes et des sylvains.

---

1 « Letras amorosas. » La *letra*, et plus ordinairement *letrilla*, était une fore de composition courte et rapide, qui n'avait rien de commun avec le genre pistolaire, comme son nom même pourrait le faire supposer. Elle offre quelquefois e petites satires, ou plutôt une série d'épigrammes, terminées toutes par le même ers ou par une sentence laconique. Iglesias a excellé dans ce genre de littérature. ais la letrilla comportait beaucoup d'autres matières, et surtout les sujets amoureux.

XLVII

Ce lieu frais est disposé pour tous les divertissements et pour tous les exercices. Il y en a qui, tantôt d'un côté, tantôt de l'autre, suivent les rudes plaisirs de la chaste Diane. Ici passe le sanglier, et là le cerf s'élance, ou bien le lièvre bondit, et, avec des sauts capricieux [1], chamois, biches et chevreuils foulent le gazon et les plantes délicates.

XLVIII

Tel, sur la trace du cerf blessé, court de la plaine vers les hauteurs; tel, harcelant le sanglier aux rudes soies, anime ses hardis lévriers; tel autre donne l'essor à ses faucons apprivoisés, qui planent au-dessus de l'oiseau de proie; ils atteignent, ici le héron, ailleurs la corneille. D'un côté le daim timide, et d'un autre la biche tombent frappés.

Elle devait alors n'offrir que des pensées délicates et naturelles, des expressions faciles, une versification coulante, légère, une prosodie qui pût être chantée. Les critiques espagnols citent, comme des modèles sous ce rapport, Juan de la Encina, Mendoza, Gongora, Cadalso, le même Iglesias et Melendez. On employait surtout, dans les letrillas, les vers de cinq ou six syllabes :

> « Á la mas dulce
> De cuantas niñas
> Del feliz Turia
> La márgen pisan, etc.
>
> « La niña morena
> Que yendo à la fuente
> Perdió sus zarcillos,
> Gran pena merece. »

(Cf. Gil de Zarate, *Manual de literatura*, édit. de Paris, 1853, p. 35, 105, 106-107.)

[1] « Con el vicio. » Winterling traduit :

> « *Brunstheisse* Gemsen, Ziegen, Rehe hüpfen
> Durch den beblümten Rasengrund. »

Le terme espagnol ne peut guère être employé ici dans cette acception. « El vicio » marque bien plutôt, et ce sens lui est donné fréquemment, ce qu'il y a de capricieux dans la nature des êtres, leurs bonds irréguliers. On l'applique aussi à la vigueur des blés trop épais, aux fantaisies des enfants gâtés, sans que l'idée de vice ou de *plaisir* y ait aucune place. Tout ce qui entoure l'expression d'Ercilla justifie notre commentaire :

> « Retozan por la yerba y florecillos. »

Cf. *infra*, chant xx, oct. 40.

XLIX

Au milieu même de cette plaine s'élevait, en forme de pyramide, une montagne aux flancs découverts et régulièrement arrondis. Elle dominait toute la région. Sans savoir comment, en un clin d'œil, entraîné par la fière Bellone, je me trouvai sur la cime superbe où je demeurai tout surpris et troublé d'une pareille marche.

L

En me sentant tout à coup sur le faîte, je restai un instant saisi de telle sorte que je n'osais regarder, et je me bornai à tourner d'un côté ou d'autre avec hésitation mes yeux craintifs. Cependant, chargé de parfums, un vent agréable remplissait 'un souffle délicieux, jusqu'à son haut sommet, la montagne ouronnée de verdure et de fleurs.

LI

Si grande était l'élévation qu'un aigle aux ailes rapides n'eût y atteindre. Aussi n'était-ce pas sans frayeur que, regardant -dessous de moi, je croyais être près du ciel. De là mes yeux couvraient la vaste sphère de la terre immense, avec les États rbares inconnus, jusqu'aux plages les plus lointaines et les us cachées.

LII

Sur le sommet qu'elle m'avait fait gravir, Bellone me dit : Le temps qui te reste pour que tu puisses contempler ce que e l'ai promis est bien court, et il m'empêche de m'arrêter moi-ême davantage. Vois cette grande armée en mouvement, cette paisse fumée noire et ce tourbillon de poussière, sur les conns de la Flandre et de la France, autour d'une forte et puisante citadelle.

LIII

« Après que Charles-Quint eut triomphé de tant d'ennemis et de tant de nations, et foulé aux pieds, en prince invincible, les

régions du nord et les contrées australes, il triompha de la fortune même et de ses vaines grandeurs, et mit à l'abri des revers
ses projets et toutes ses vastes pensées, en abandonnant l'inves-
titure impériale, au moment prospère et à l'heure du succès.

LIV

« Mû par cette pieuse et sainte ardeur qui l'animait dans le
gouvernement des affaires, il pensa que le pouvoir sur la terre
était peu de chose auprès du bien que son âme rêvait, et, tournant vers le ciel ses vues et son ambition, — le poids que portaient ses épaules, il le dépose sur celles de son fils, et renonce
à tous ses royaumes, à ses titres et à ses États [1].

[1] Cf. M. Amédée Pichot, *Charles-Quint*, 1853, et M. Mignet, *Charles-Quint,
son abdication, son séjour et sa mort au monastère de Yuste.* Paris, 2e édit., 1854.
Quant aux motifs mêmes de l'abdication, si diversement expliqués par les historiens, il nous semble malaisé de les découvrir ailleurs que dans un profond sentiment religieux et dans le dégoût de toute grandeur humaine. C'est un peu la situation d'Auguste, dans Corneille; c'est la même satiété du pouvoir attristé et
fatigué par la certitude de sa vanité, de ses excès et des périls qui l'entourent.
Nous ne saurions nous empêcher de vous citer ici quelques lignes fort éloquentes
dans lesquelles la scène admirable du monologue d'Auguste, je parle de l'Auguste
français, a été analysée de main de maître ; elle peut s'appliquer en partie aux
deux octaves du poëte espagnol : « Quel sentiment du néant des choses humaines
dans le tableau qu'il trace de la suprême puissance ! Quel aveu découragé des
amertumes secrètes, des cruels soucis qui en corrompent toute la félicité, et font
du trône même le siége des chagrins et des ennuis ! Quelle soudaine lassitude de
ce pouvoir ambitionné avec tant de persévérance et d'ardeur ! Quel prompt dégoût
de cet édifice de grandeur et de puissance si laborieusement élevé ! Quelle immense satiété après l'assouvissement de ses désirs toujours croissants avec la fortune, et quel vide de son âme au sein de cette souveraineté du monde ! »

« Et, monté sur le faîte, il aspire à descendre. »

Il est impossible de contempler sans trouble cette mélancolique image de la
toute-puissance d'Auguste; Bossuet lui-même, le sublime contempteur de tout ce
qui passe et de tout ce qui meurt, n'a ni dit ni vu avec plus de hardiesse et avec
plus de profondeur, le dernier mot des grandeurs et des royautés humaines. C'est
l'éloquente tristesse d'Alexandre, maître de tout l'Orient. « La terre se tut devant
lui ; après cela, il connut qu'il devait bientôt mourir. » (Voy. *Étude sur le Cinna
de Corneille*, par M. Roux, professeur à la Faculté des lettres de Bordeaux, 1868.)
Cependant évitons d'outrer le rapprochement. L'histoire ne répète jamais exactement l'histoire ; et, malgré la sublimité du type créé par l'imagination de Corneille, il ne participe en rien à cette sainteté chrétienne qui abandonne librement
le diadème pour diriger tous ses regards vers le ciel.
Cf. Diego Ximenez de Enciso, *La mayor hazaña de Carlos V.* Les derniers vers de
l'octave d'Ercilla semblent reproduits dans une belle scène de Enciso, traduite par

LV

« Les yeux fixés sur l'heureuse carrière qu'a parcourue, avant sa retraite, son père victorieux, Felipe, afin de justifier les espérances qu'il a toujours fait concevoir de son avenir, pour le début de son règne, pour son premier exploit, a réuni cette armée nombreuse. Il veut abaisser de la France, son ennemie, la présomption, l'orgueil et l'arrogance.

LVI

« Saint-Quentin est cette ville que découvrent tes yeux [1]. Vainement elle pense échapper à sa ruine. Boulevard important et

M. Antoine de Latour. Don Juan a été envoyé de Yuste par Charles-Quint, pour rapporter à Philippe II les insignes de la Toison-d'Or. Le jeune héros se présente au roi : « César, dit-il, m'a chargé d'une mission auprès de Votre Majesté. Il se egarde comme mort, et, en conséquence, il envoie à son roi et maître cette toison, ernier honneur d'une grande royauté qu'il va échanger contre un trésor plus sûr t plus grand. » (*L'Espagne religieuse et littéraire*, p. 70.)

Une partie des expressions d'Ercilla semblent revivre aussi dans une autre scène u même drame, où Philippe II feint de vouloir associer à son tour son fils don rlos aux affaires de l'État : « Commencez dès aujourd'hui à prêter l'épaule à ce rd fardeau d'un royaume. » (*Idem, l. c.,* p. 103.)

Quelques détails sur les événements sont nécessaires ici pour bien comprendre arche du poëte dans ces dernières octaves et dans le chant qui va suivre. Nous empruntons à l'excellente *Histoire de France* par M. Henri Martin. Il importe ne pas confondre la bataille même, connue plus particulièrement sous le nom de int-Laurent, parce qu'elle fut livrée le 10 août 1557, le jour de la fête de saint urent, et le siége même de la ville. La bataille n'a presque pas de place dans le écit d'Ercilla. Les troupes espagnoles, commandées par le duc de Savoie, commençaient à investir Saint-Quentin. Coligny s'y jeta pour la défendre. Le connétable de Montmorency s'était avancé jusqu'à La Fère. Avec des forces bien inférieures à celles de Philibert-Emmanuel, il tente de ravitailler la place. Le 10 août, n projet s'exécute, mais il ne réussit qu'à demi. D'Andelot pénètre dans la ville, vec cinq cents hommes seulement, à travers les marais de la Somme. Le connétable tâchait de se retirer vers les hauteurs d'Essigny et de gagner les bois de Giercourt. Une attaque furieuse des Espagnols rompit ses escadrons entre Essigny et Lizerolles. Après une vaillante résistance, Montmorency, avec beaucoup de personnes de rang, demeure prisonnier. L'infanterie, à son tour, est rompue à coups de canon, après que la gendarmerie eut été détruite et dispersée. Telle fut l'issue de la journée de Saint-Laurent. Les Français craignirent que l'ennemi ne laissât Saint-Quentin derrière lui, comme chose tout acquise, et ne marchât droit à Paris. On dit que la nouvelle de la bataille et de la position respective des deux partis étant arrivée jusqu'à Charles-Quint, au fond de son couvent de Saint-Just, ses premières paroles furent : « Mon fils est-il à Paris? » — « Philippe II n'en prit point la route; il accourut au contraire de Cambrai au camp du duc de Savoie, pour em-

doutable forteresse, elle est digne d'attirer la fureur du grand
elipe. Dans les remparts s'est enfermé l'amiral[1]; sous sa
onduite et sous ses ordres se rangent des hommes de guerre
ombreux et expérimentés, défenseurs et gardiens de leur pa-
rie.

eber Philibert-Emmanuel d'exécuter le plan hardi que conseillaient les princi-
ipaux capitaines. Philippe II avait la profondeur et la persévérance, mais non
audace des grands desseins... Il défendit à ses généraux de se hasarder au cœur
u pays ennemi, avant d'avoir assuré leur retraite par la prise de Saint-Quentin et
es places voisines... Il n'y avait plus entre Saint-Quentin et Paris de place capable
arrêter l'ennemi. Coligny sentait combien importaient *non-seulement les jours,
is les heures que l'on pourrait garder la ville*. Malgré la faiblesse des remparts,
algré le découragement d'une partie des habitants et de la garnison, l'amiral
ut encore dix-sept jours en échec la puissance de Philippe II; enfin, après vingt
urs de tranchée et six jours de batterie, le 27 août, un assaut général fut donné
ux murailles, ouvertes par onze brèches; la résistance fut héroïque sur presque
us les points; un seul poste de gendarmes, accablé par la multitude des assail-
nts, abandonna la brèche qui lui était confiée, et s'enfuit vers l'intérieur de la
ille, où l'ennemi se précipitait en foule après les fuyards. L'amiral fut fait pri-
nnier aussitôt, comme il accourait à l'aide; les soldats et les citoyens qui dé-
ndaient les autres brèches furent cernés et tous tués ou pris, sauf d'Andelot et
uelques autres qui s'échappèrent à travers les marais; beaucoup de bourgeois et
squ'à des moines périrent bravement les armes à la main. *La belle et riche ville
e Saint-Quentin* fut livrée à toutes les horreurs du sac et au pillage, et ses habi-
nts furent expulsés en masse. Les ennemis y conquirent un magnifique butin; car
int-Quentin était le principal entrepôt du commerce de la France avec les Pays-
as. Les dix-sept jours perdus par Philippe II devant Saint-Quentin furent peut-
re le salut de la France.... Philippe prit encore par capitulation la forteresse du
telet et de Ham (7-12 septembre), et fit occuper Noyon et Charny... Mais il ne
ussa pas plus loin; il s'occupa de munir et *remparer* Saint-Quentin et Ham;
is, avant le milieu d'octobre, il repartit pour Bruxelles. » (T. IX, p. 585-593.) L'his-
rien fait remarquer en finissant que cette invasion formidable, qui avait paru me-
cer l'existence même de la France, n'aboutit qu'à la conquête du Vermandois.

[1] Il s'agit de Coligny, celui-là qui périt en 1572 victime des fureurs de la Saint-
rthélemy. La Bibliothèque impériale possède le manuscrit de ses *lettres* et *né-
iations*. Nous avons aussi de la main même de l'amiral une Relation imprimée
siège de Saint-Quentin : Discours de Gaspar de Colligny, seigneur de Chastillon,
miral de France, où sont sommairement contenues les choses qui se sont passées
rant le siège de Saint-Quentin. (Cf. Collect. compl. de Mém. relatifs à l'Histoire
  France, par M. Petitot, t. XXXII; Paris, 1823, p. 417-467.) Les détails que le
llant général nous donne sur sa captivité font connaître au lecteur ce Cáceres
nt parle Ercilla, et qui dirigeait une des colonnes d'attaque des Espagnols : « Ce-
i qui me prit, après m'avoir fait un peu reposer au pied du rempart, me voulut
mener en leur camp, et me fit descendre par la brèche mesme que je gardois,
r où il n'estoit encore entré un seul ennemy. De là me fit entrer en une des mines
ils avoient faites, pour gagner votre fossé, où je trouvay à l'entrée le capitaine
lonze de Cazeres, maistre de camp des vieilles bandes espagnoles, où survint in-
ntinent le duc de Savoye, lequel commanda audit Cazere de me mener en sa
nte. (*Loc. cit.*, p. 465-466.)

LVII

En trois corps, ainsi que tu le vois, est partagé le camp de
r ennemi [1]. Cáceres avec son *tercio* [2] est à main droite où se
t l'étendard de Felipe. L'impétueux Navarrete se montre à
auche avec le comte de Mega; et, tout près de la ville, c'est
ian avec ses bandes de trois nations, espagnoles, tudesques et
llonnes.

LVIII

Nous arrivons à temps pour que tu puisses en sûreté voir le
e opiniâtre et les gens de Felipe, sans échelles, par la mu-
lle écroulée, entrant le glaive à la main. Tu verras l'assaut
ieux et ses chances formidables, et à la fin la vaillante France
erte à nos soldats. Car il n'y a contre les rigueurs de l'inflexi-
destin ni lutte possible ni place inexpugnable.

LIX

Il faut que je parte d'ici à l'instant pour me jeter au milieu
ces bataillons et animer d'une nouvelle furie le cœur des
erriers rivaux. Toi, de ce lieu, tu pourras regarder d'un œil
entif les armes opposées des deux peuples, écrire ce que la
tune répartit à l'un et à l'autre, et donner à chacun sa juste
compense. »

LX

Aussitôt la déesse irritée et son cortége, à travers les airs, à la
te prennent l'essor, et en un clin d'œil, parcourant une

Cf. *supra*, t. Ier, p. 351, note 2.

Tercio. C'est le nom que l'on donnait aux régiments espagnols. Quelques-uns
ntre eux acquirent dans les guerres de Flandres et d'Italie une renommée ter-
le, témoin celui de don Lope de Figueroa qui *faisait trembler la terre sous ses
usquets*, et que le poëte Calderon ranime sous nos yeux dans une de ses meil-
res comédies, *El Alcalde de Zalamea*. C'est une armée composée de ces for-
lables tercios, si bien décrits par Bossuet, que le vaillant comte de Fontaine
nmandait à Rocroy; mais ils ne purent tenir contre le prince de Condé, qui
levait, nous dit l'orateur, en achever les restes dans les plaines de Lens. » (Bos-
t, *Or. fun. de Louis de Bourbon; œuv. compl.*, t. VII, p. 759, édit. de Besançon,
0.) Mais l'histoire moderne a bien prouvé que les tercios d'Espagne sont im-
rtels.

droite ligne, comme la foudre impétueuse s'abattent à Saint-Quentin. Là, elles excitent le feu qui déjà brûlait, et se joignent à la Discorde leur amie qui marchait entre les armées et les compagnies et versait la rage dans tous les cœurs.

LXI

A ce moment, l'armée terrible et courroucée, mise en branle par un dernier signal, au milieu d'un tourbillon épais et poudreux, court à la muraille détruite, mais défendue. Qui possède un assez riche langage pour déployer le spectacle que je vis alors? Ma veine poétique est loin d'y suffire; mais du moins j'y consacrerai tous mes efforts dans un autre chant.

CHANT XVIII

I

uel présomptueux aurait la témérité de restreindre votre
rage et votre grandeur dans les étroites limites d'un simple
gé ou d'abaisser au niveau de son humble style une si
ute élévation? Lors même que, parcourant une lice heu-
use, le talent saurait déployer une veine féconde et un rade essor [1], le sujet même et la matière ont ici une telle beauté

[1] Ercilla ne songe pas à lui-même, mais à un poëte quelconque. Sa pensée est d'abord générale; il la précise et l'applique dans l'octave suivante. Winterling exprime autrement, et croit que tout d'abord l'écrivain a voulu parler de sa personne :

> « …… Denn obschon auf diesem Feld
> Sich meine Muse sonst mit Leichtigkeit ergehet. »

Aucun mot dans le texte espagnol n'est assez spécial pour justifier cette traduction, et elle prête au caractère d'Ercilla une nuance de vanité orgueilleuse qu'il ne montre nulle part :

> « Aunque por campo próspero la pluma
> Corra con fértil vena y ligereza….. »

Ajoutez que cette jactance formerait contradiction avec la modestie dont Ercilla

qu'il ne parviendrait pourtant qu'à les altérer et à les affaiblir.

II

Vouloir affronter une si noble tâche sera, je le crois, estimé folie de ma part. En y réfléchissant, je vois bien moi-même que je franchis les bornes de la prudence ; mais le zèle ardent qui me porte à vous servir toujours et qui toujours m'a dirigé sur cette route, peut-être aiguisera ma plume grossière et enhardira ma langue appesantie et silencieuse [1].

III

Ainsi donc votre faveur qui fait naître ma confiance et mon audace, voilà ce que j'invoque aujourd'hui. C'est elle qui peut enrichir ma pauvre imagination ; et si par vous, seigneur [2], m'est accordé ce que vous ne refusez à personne, je donnerai vaillamment carrière à ma voix rude et craintive, trop indigne de chanter d'aussi grands exploits.

IV

M'assurant en vos bonnes grâces, que j'implore à juste titre, j'espère que vous daignerez m'entendre, et ce me sera une mar-

fait preuve dans la 2e octave, comme dans toute son épopée, lorsqu'il est amené à parler de lui-même.

1 « La lengua muda. » Il y a plus ici qu'une simple métaphore. Le poëte éprouvait toujours quelque trouble lorsqu'il était en présence de Philippe II, et ne put jamais vaincre une certaine hésitation bégayante dès qu'il avait à parler au souverain ; si bien que Philippe lui dit un jour : « Don Alonso, parlez-moi par écrit. » — « Hablando algunas veces á Felipe II, don Alonso de Ercilla y Zúñiga, siendo muy discreto hidalgo, que compuso el poema la Araucana, se perdió siempre, sin acertar con lo que queria decir, hasta que, conociendo el Rey, por la noticia que tenia de él, que su turbacion nacia del respeto con que ponia los ojos en la majestad, le dijo : « Don Alonso, hablad me por escrito. » Así lo ejecutó, y el Rey le despachó é hizo merced. » (Cf. *Avisos para palacio*, à la suite de *Carta y Guia de casados*, fol. 194.)

2 Tout ce préambule s'adresse, comme celui du 1er chant, au roi Philippe II. Ercilla pouvait croire que le souvenir de sa Dédicace et celui de ses premières octaves étaient bien loin déjà de la mémoire de son oublieux souverain, et lorsqu'il publia la seconde partie de son ouvrage, il ne pensa pas qu'il fût inutile de lui adresser quelques nouveaux hommages, inspirés par une loyale et respectueuse admiration.

que suffisante de votre bienveillance. Je reviens à mon propos
et continue le récit commencé. Au chant qui précède, j'ai dit
que l'armée, avec fureur, avait attaqué, dans trois directions,
les brèches ouvertes par l'artillerie.

V

D'une course fougueuse, malgré les coups et lés barrières
u'on lui oppose, elle va brisant et renversant tout devant son
urage intrépide et sous l'effort de ses vaillantes mains. Lors-
u'elle arrive au pied des remparts écroulés, par les endroits et
ur les points les plus favorables, les deux partis se heurtent
t montrent ce que peuvent leurs armes et leur héroïsme.

VI

Les Français, avec une ardeur bouillante, avec tout l'appa-
il et les instruments de la défense, bravent l'assaut impétueux
l'ennemi altéré de leur sang. Mais le soldat espagnol, que
us de résistance irrite davantage, d'une bravoure obstinée et
iniâtre, se fait jour à travers tous les dangers et tous les
lacles.

VII

n voyait aux passages défendus une lutte acharnée, une
lée confuse, des morts affreuses, des coups [1] et des blessures
s que devaient les porter ces bras puissants et valeureux,
têtes fendues jusqu'aux dents et plus loin, et des corps ha-

---

[1] Winterling compare ces coups drus et pressés à la grêle battante :

> « Wie Hagel fallen überall
> Die Todesstreiche..... »

C'est fort bien, mais c'est inventé ; il y a là une de ces additions poétiques qu'il
t peut-être accepter avec résignation dans un poëte lorsqu'il en traduit un autre.
lille ne s'est pas toujours montré aussi discret. Winterling cependant devait
iter ici une pareille similitude, avec d'autant plus de soin qu'elle lui deviendra
cessaire dans la 9e octave, et qu'il lui faudra se répéter :

> « Y à vueltas un granizo y lluvia espesa
> De lanzas y saetas arrojaban. »

> « Oft werfen einen dichten Hagelschauer
> Von Speeren und geschossen sie. »

chés en pièces; car ne suffisaient ni cuirasses ni casques contre l'impitoyable tranchant des épées.

VIII

La place est attaquée et combat de toutes parts avec une héroïque bravoure. C'était chose à voir que le choc bruyant du fer et les armures fracassées, les ravages effrayants de l'artillerie, les bombes et tous les projectiles que lance la poudre, le goudron et la poix ruisselants; les flots d'huile, de plomb, de soufre et de térébenthine;

IX

Et souvent une grêle, une pluie battante de lances et de flèches; des pierres, des ais et des poutres qu'ils arrachent en toute hâte des murs et des toits. Leur terrible courroux et l'ardeur qui les enflamme ne se ralentit pas. Ils frappent, ils massacrent, ils renversent; et ainsi allaient les uns et les autres dans une lutte furieuse, dans un tourbillon de feu, de sang et de rage.

X

Ceux-ci défendent l'entrée, intrépides, avec une libre et brave confiance. Ceux-là combattent par crainte et pour vivre; c'est l'espoir qui leur inspire le courage; d'autres, qui ne comptent pas sur une plus longue existence, ambitionnent du moins de venger leur mort, et veulent tomber de façon que leurs cadavres ferment le chemin à leur adversaire.

XI

Voyez la puissance indomptée et la force d'un débordement impétueux et subit [1]. S'il trouve un obstacle qui lui résiste,

---

[1] Winterling voit dans *corriente* un substantif, et suppose deux objets au lieu d'un, à comparer au courage des Français.

« Wie die unbändige und zügellose Wut
Des Stromes oder einer Wasserfloth, etc. »

'onde arrêtée bouillonne et s'élève; enfin d'un choc plus raide et plus violent, mugissante, elle fraye sa route, et s'élance,
près avoir détruit et brisé les barrières que disperse son irré-
istible fureur.

XII

Ainsi l'armée française, malgré sa résistance et son énergie
puissantes, est entraînée par le cours heureux des destins de
elipe et par sa fortune. Incapable de lutter davantage et
incue par la nécessité, elle cède au sort implacable, et, sur le
int où commandait Cáceres, elle livre entrée à la troupe
harnée des ennemis [1].

XIII

Et, bien qu'à cette place l'amiral s'oppose aux coups des as-
illants, il ne suffit pas, il ne peut suffire à la fin contre l'élan
rmidable qui le presse. Il reste prisonnier avec d'autres; et
ujours en avant la bande triomphante et superbe, laissant
pleurs éternels et un éternel souvenir, allait guidée par le
tin et par la victoire.

XIV

ce moment, par un autre endroit où l'habile Navarrete
battait, sans que l'armée française pût résister davantage [2],
er en main les soldats d'Espagne se précipitent, et malgré

« À la enemiga gente encarnizada. »

ne s'agit ici que de l'animation guerrière et de l'acharnement du courage.
terling traduit :

« Die nur nach Raub und Feindes Blut begehren. »

est ajouter au poëte un trait d'histoire fort exact, mais auquel, dans ce mo-
t, à titre d'Espagnol, il ne devait pas songer. Les simples soldats de Cáceres, les
os de Philippe II, pourront bien, après la victoire, lui apparaître comme des
mes de sac et de rapine (Cf. octaves 17 et suiv.), mais, à l'heure où nous som-
, Ercilla n'a voulu parler que de leur indomptable bravoure.

« Sin ser ya la francesa gente parte. »

o ser parte, ou no tener parte, signifie souvent dans la langue espagnole n'avoir
une part à une chose, n'y entrer pour rien, n'y avoir aucun droit, n'y rien pou-

tous les efforts du redoutable Mars qui anime le bras de leurs
adversaires, après un grand carnage et un combat furieux,
vainqueurs, ils poussent en avant leur marche rapide.

XV

C'est là que fut pris l'héroïque Dandelot [1], à qui de ce côté
avait été confiée la défense. Alors encore Julian Romero arrive
par la troisième brèche qu'il avait assaillie. La fortune incertaine s'est déclarée, et, livrant carrière au destin irrésolu, elle
tend la main à don Felipe; cette victoire lui ouvre toute la
France [2].

voir. Il s'agit de la résistance de l'armée française, désormais impossible ; comme
parti opposé à un autre parti, ils n'existent plus. Winterling, en traduisant :

« ..... Da Frankreich ihm den Zugang nicht mehr wehrt, »

a placé sous les yeux du lecteur les conséquences militaires et politiques de la
prise de Saint-Quentin plutôt que l'impuissance à laquelle sont réduits ses défenseurs. Et ce changement est encore malheureux; car ces résultats dont nous parlons sont indiqués par Ercilla à la fin de l'octave suivante :

« La mano à don Felipe dió (*la Fortuna*) de modo
Que vencedor en Francia entró del todo. »

Winterling, une fois de plus, sera obligé à se reproduire :

« Und dergestalt beut es Don Philipp itzt die Hand,
Dass ihm, dem Sieger, bald ganz Frankreich offen stand. »

[1] Dandelot, que don Ercilla et Winterling, d'après lui, appellent *Andalot*, n'était
autre que François de Coligny, frère de l'amiral. Il s'était distingué déjà, en 1544,
à la bataille de Cérisoles, et fut envoyé au secours de Marie-Stuart. Dandelot partagea vaillamment avec son frère la défense de Saint-Quentin, et s'illustra l'année
suivante à la prise de Calais, ce qui rend difficile d'admettre le fait même de sa
captivité. L'histoire nous apprend qu'il s'échappa de Saint-Quentin à travers les
marais de la Somme ; rien ne défend d'admettre qu'il fut captif un instant et parvint à se dérober.

[2] En poëte habile, Ercilla reporte l'honneur du siége à Philippe II. Le monarque
espagnol devait effacer tous les autres personnages qui préparaient sa gloire; mais l'historien, plus équitable, conservera tous ses titres à Philibert-Emmanuel de Savoie.
L'écrivain ne le désigne que dans l'octave 31e, et lorsqu'il s'agit de régler pour
les vainqueurs le partage des dépouilles au traité de Cateau-Cambrésis. Mais ce
fut bien le duc de Savoie qui eut la gloire et de la bataille et du siége de Saint-
Quentin. Philippe II, comme le fait observer M. Eugène Poitou (*Voy. en Esp.*,
p. 419), n'a jamais, de sa personne, gagné une bataille. « Il n'aimait ni les chevaux
ni les armes. Charles-Quint eut beau lui faire apprendre par des seigneurs flamands
les exercices de la chevalerie, il n'en put faire un chevalier. Dans les joutes, il
était timide et maladroit. La seule fois qu'il parut, en Flandre, dans un tournoi, il
reçut sur la tête un coup de lance qui le renversa : on l'emporta évanoui. » (Id.,

XVI

Aussitôt la terreur, qui arrête et glace le sang dans les veines,
suspend les esprits du peuple découragé. De toutes les bouches
un gémissement et un cri de douleur vont frapper la voûte des
airs et le vaste ciel. Ils jettent là leurs armes sur le sol, ne songent plus désormais qu'à sauver leurs jours, et, par une
fuite honteuse, ils se déterminent à perdre la place et à conserver la vie.

XVII

Mais les vainqueurs, à l'aspect de ce grand effroi, et lorsqu'ils
voient qu'aucun obstacle ne s'élève plus devant eux, laissent
retomber leurs bras et leurs épées menaçantes, pour ne pas
souiller leur succès par le carnage. Ils mettent fin au combat.
Leur fureur sanguinaire se change en cupidité, et ils se portent au sac de la ville, objet de leur désir et récompense des
simples gens de guerre.

XVIII

Tel frappe violemment les portes garnies de fer et en ébranle

. *cit.*, p. 419-420). Philippe était à quatre lieues seulement du théâtre où se passa
'etion, mais il n'avait pas encore paru au camp, et l'austère critique, que je ci-
is tout à l'heure, ne rapporte pas sans quelque mélange d'ironie cette tradition
que le fils de Charles-Quint se trouva un peu humilié de n'avoir pas assisté à
ne bataille livrée si près de lui » (p. 419). M. Poitou ne témoigne pour Philipp II
u'une très-faible sympathie, et il combat avec une singulière vigueur, comme un
aradoxe aussi faux en politique que blessant pour le juste orgueil de l'Espagne,
ette admiration exagérée qui fait de la monarchie de Philippe II, le type d'une
,uveraineté puissante, glorieuse et véritablement espagnole (Cf. pp. 427-431). De-
ant ses entreprises chimériques et la politique improductive de cette intelligence
'troite et opiniâtre, qui reçut en partage une immense domination, et ne sut que
'ensanglanter et l'affaiblir, M. Poitou retrace du terrible despote un portrait dont
le commerce habituel de notre savant moraliste avec le génie de Saint-Simon n'a
pas contribué beaucoup à adoucir les couleurs. M. Poitou est resté juste, et l'analyse qu'il fait des deux toiles où le pinceau du Titien et celui de Pantoja nous ont
conservé les traits de Philippe II (p. 411), prépare au jugement véridique et amer
qu'il exprime sur le rôle de cette royauté active, mais inhumaine, sans grandeur
véritable, sans générosité. Cependant le siècle de Philippe est un siècle de gloire
pour l'Espagne. La grave Péninsule a eu la même destinée que plusieurs autres
États; elle a fait elle-même sa noblesse et sa gloire. La foule de ses grands hommes
a comblé et dissimulé les énormes lacunes de son pouvoir public.

les solides verrous. Tel autre grimpe à l'aide de piques et de cordes et entre par les fenêtres ou par le toit. De toutes parts on brise, on bouleverse, sans épargner les plus intimes retraites. On fouille les maisons de la base au faîte; et ils vont sans s'arrêter, courant à l'aventure [1].

XIX

Ainsi, lorsque tout à coup un incendie furieux s'allume dans un quartier ou dans une habitation, à l'alarme soudaine, la foule s'élance avec hâte et apporte secours; de tous côtés librement on entre et on sort, l'on monte et l'on descend; qui entraîne, qui emporte les meubles et les dérobe aux flammes dévorantes.

XX

De même les soldats farouches et victorieux, aux mains rapides, aux pieds légers, avides d'une riche proie, ouvrent les portes et les fenêtres, sondent jusqu'aux plus étroites fissures, enlèvent, avec vitesse et empressement, coffres, tentures, lits et butin entassé, tout ce qui offre plus ou moins de valeur, et ne laissent pas le moindre objet dont ils puissent profiter.

XXI

Ni les prières, ni les cris, ni les plaintes que faisaient monter au loin jusqu'aux cieux les veuves et les vierges orphelines, ne calmaient la soif insatiable de leur âme. Tout au contraire, ils se précipitaient sans pitié au milieu d'elles, et se jetaient sur le point qu'elles semblaient le plus défendre, persuadés qu'ils trouveraient de meilleures dépouilles là où la résistance se révélait davantage.

XXII

Vous eussiez vu les jeunes filles courir sans gardiens et au hasard dans les rues, meurtrissant d'une main désespérée leur

1 Les détails du sac de Saint-Quentin rappellent plus d'une fois à la mémoire ceux du pillage de la « Concepcion, » au viiᵉ chant de l'*Araucana*. Cf. *supra*; t. I, pp. 182-191.

eau visage, et maudissant leur destin et leur sort cruel.
l'infortunées religieuses franchissent leurs statuts et les limites
e leur clôture ; la frayeur les aveugle et les emporte ; elles
ont çà et là tout égarées.

XXIII

Mais le pieux Felipe, avant de forcer les remparts, avait or-
onné aux guerriers de toute nation, de ménager avec grand
in les femmes et les maisons de prières. Il voulait qu'o-
éissant à l'amitié et à la concorde, ils évitassent les querelles
angereuses et les démêlés ; que chacun ne dût qu'à la fortune
a part incontestée de prise et de pillage.

XXIV

Les femmes qui, de tous côtés, entraînées par l'épouvante, à
'aventure allaient éperdues, réunies par l'ordre de Felipe, sont
ienées à l'écart dans un lieu sûr où des gardes fidèles les défendent et les mettent à l'abri des fureurs de la guerre. Bien
ue les habitations soient en proie, l'honneur de chacune de-
eure respecté.

XXV

Les soldats impitoyables, soumis à cette volonté chrétienne
et formelle, montrèrent en ceci du moins leur modération, et
surent même comprimer leur premier mouvement. Mais le
trouble, l'agitation des guerriers, leur tumulte confus et leur
imprudence firent que le mal s'accrut encore dans la ville.
Tout à coup le feu s'y déclara.

XXVI

A l'instant même, excitée par tout ce qui l'alimente, la flamme
lance un tourbillon de fumée et d'étincelles. Le souffle frais du
zéphire la pousse, et elle semble vouloir monter jusqu'aux étoiles ; et la malheureuse foule, abandonnée par la fortune, avec
des accents douloureux et plaintifs, levant ses yeux attendris

vers le ciel, par son désespoir augmentait encore cette scène de deuil [1].

XXVII

De tous côtés des cris déchirants retentissent en vain dans les airs, et les Français, malgré leur tristesse et leur crainte, se jettent au milieu des rangs ennemis. Contraints par la force, animés par la honte, le genre de mort devant lequel ils ont reculé, ils le choisissent, plutôt que d'aller, comme des lâches et enveloppés de feu, périr consumés au sein des flammes ardentes.

XXVIII

Mais la grande clémence du roi miséricordieux avait émoussé les armes inhumaines. Des secours prompts et actifs apaisent toute cette fureur et les ravages de l'incendie [2]. A la fin, sans que personne songeât désormais à se défendre et à résister, Felipe prit ses quartiers dans Saint-Quentin. Sa main à présent tient la clef de la France [3] ; tous les passages lui sont ouverts et libres jusqu'à Paris.

[1] A cette image si touchante,

« Desmayando, esforzaban mas el duelo, »

le traducteur allemand a substitué une pensée assez vulgaire :

« Das Volk, an Glück und Gut verarmt,
Schickt mit verzweifelnder Geberde
Die stummen thränenfeuchte Blicke von der Erde
Zum Himmel auf, *der seiner Noth nicht erbarmt.* »

Ercilla rivalise de pathétique avec Tacite, lorsque le grand historien de Rome nous dépeint les femmes, les vieillards et les enfants qui se lamentent, fuient et s'embarrassent, au milieu de toutes les horreurs de l'incendie allumé par la froide cruauté de Néron (*Annal.*, l. XV, ch. 38).

[2]   « Todo el furor y fuego fué apagado. »

La version de Winterling est insuffisante :

« Des Feuers wilde Brunst sich stillte. »

Le vers espagnol renferme deux idées, celle du désespoir des soldats français qui aiment mieux chercher la mort dans les rangs ennemis que périr dans les flammes (*furor*), et celle de l'incendie même (*fuego*).

[3]   « Con la llave de Francia ya en la mano.

Cette belle image a complètement disparu chez le traducteur de Nürnber. Il s'est borné à dire :

« Und bis Paris stand nun der Weg ihm offen. »

XXIX

Peu à peu le soleil penchait vers l'hémisphère antarctique [1] enflammé de ses rayons, lorsque moi, qui ressentais une joie vive au spectacle de tout ce que vous avez entendu dans mes vers, j'aperçus à mes côtés une femme qui me parlait. Son vêtement surpassait la blancheur de la neige ; son air était grave et vénérable, et annonçait une personne digne d'un respect profond.

XXX

Elle me dit : « Si les choses que je te révélerai comme une prophétie certaine et authentique te semblent quelquefois étranges, crois-moi, elles ne sont pourtant ni une fiction ni un rêve capricieux ; mais ainsi le veut et l'ordonne l'éternel créateur là-bas sur son trône sublime, dans sa souveraineté à laquelle est soumise ce qu'il y a de plus puissant, le Destin, la Fortune, le Temps et la Mort.

XXXI

« A cette guerre et à ces haines ardentes, si invétérées, entre l'Espagne et la France, succéderont des traités et des arrangements, sollicités par chacun des deux partis. Grâce à cet accord, ses États seront restitués au duc de Savoie, et beaucoup d'autres conventions utiles seront adoptées pour le bonheur de la France et pour l'honneur de l'Espagne [2].

---

[1] « Al hemisferio antártico. » Winterling traduit avec goût

« Schon löschte ihrer Strahlen rothe Gluten
Die Sonne in des Abendmeeres Fluthen. »

Ercilla et la plupart de ses contemporains donnaient quelquefois au mot *antarctique* beaucoup plus d'étendue qu'il n'en a réellement ; ils l'appliquaient avec un peu de vague confusion à toutes les contrées découvertes vers l'ouest à la suite de Christophe Colomb, et ils ne considéraient pas toujours si la route de la conquête avait un peu changé. Il fallait tout d'abord cingler vers l'ouest pour arriver au Pérou et au Chili ; et le soleil, pour les poëtes, se couchait dans les *vastes régions antarctiques*. L'expression d'Ercilla n'a pas besoin d'une justification plus précise.

[2] Cette octave fait allusion au traité de Cateau-Cambrésis, par lequel Philippe II, en 1559, sut rendre la couronne de Savoie à Philibert-Emmanuel qui lui était tout dévoué, tandis que la France, qui perdait le Piémont, sauf Pignerol, Casal et le

XXXII

Afin que la paix demeure mieux établie sur de fraternels et solides fondements, avec la fille bien-aimée de Henri don Felipe formera les liens de l'hymen [1] ; mais la mort, cruelle et hâtive, d'un coup prématuré, détruira cette union. Ainsi le décident la puissance du ciel et le fatal décret et l'ordre divin [2].

XXXIII

« Dans ce temps la France égarée, altérant la loi catholique, refusera l'obéissance due à son roi, et lèvera des armes sacri-léges. L'appât trompeur de la liberté donnera force aux par-jures, et, formée de soldats infidèles, une armée s'assemblera, complice du même serment, contre l'Église et contre son propre monarque.

marquisat de Saluces, garantissait sa frontière par l'acquisition de Toul, de Metz et de Verdun.

[1] L'on sait que, parmi les clauses du traité de Cambrésis, était le mariage de Philippe II avec la fille de Catherine de Médicis et de Henri II, Isabelle ou plutôt Élisabeth de France. La jeune reine d'Espagne mourut prématurément en 1568, de mort naturelle suivant de Thou, par un crime qu'inspira au roi sa jalousie contre don Carlos, disent les accusateurs de Philippe II. Ce fut durant les fêtes célébrées pour le mariage, que le malheureux coup de lance de Montgommery blessa Henri II, au milieu d'un tournoi, et ainsi furent ramenés pour le royaume tous les troubles et toutes les factions qui accompagnent la minorité des souverains.

[2]   « Que el alto cielo así lo determina
                 Y el decreto fatal y órden divina. »

Rien n'autorisait Winterling à ajouter aux expressions d'Ercilla cette idée nou-velle :

              « So hab' ich in den Sternen es gelesen. »

Sans doute le personnage mystérieux qui développe devant Ercilla toute cette page de l'histoire du XVIe siècle présente un rôle prophétique. Il lui révèle les faits les plus importants qui allaient suivre ce siége de Saint-Quentin dont le poëte avait le tableau et la réalité même sous les yeux. Mais le rôle de la prophétesse n'est pas celui d'un astrologue, et rien dans le récit de l'*Araucana* ne vient nous ap-prendre qu'elle ait *lu dans les étoiles* les événements qu'elle résume. Les vers es-pagnols indiquent seulement la volonté du ciel et ses ordres immuables que pou-vait connaître, dans la sphère inconnue qu'elle habite, cette femme vénérable, placée à côté d'Ercilla, au moment où ses regards se détournent de Saint-Quentin; substituée à Bellone, elle montre à Ercilla les objets qui sont là dans la plaine et ceux que l'avenir cache encore dans ses voiles ; elle connaît si bien l'histoire d'Es-pagne que l'on est tenté de voir en elle le génie même de la Péninsule.

XXXIV

« Pour de vieilles offenses et des fautes passées, le royaume touchera de près à sa ruine, et Charles par ses guerriers perfides se verra réduit à de funestes extrémités [1]. Sans respect seront abattus les temples somptueux, et l'on verra offenser jusqu'au Dieu suprême et jusqu'aux sacrés mystères, et les coupables enhardis par l'excès de la céleste patience.

XXXV

« Mais notre roi, à l'aide de promptes et prudentes mesures, préviendra le mal menaçant et arrêtera aussitôt en Espagne ce fléau par les sévérités nécessaires et par le feu vengeur [2]. Après avoir guéri cette peste fatale, ses armes, ennemies du repos, se tourneront avec vaillance vers l'Orient; et il enverra contre Peñon sa flotte et son armée.

[1] Il s'agit de Charles IX. C'est à son règne ou plutôt à la longue et triste régence de Catherine de Médicis qu'appartiennent les premiers démêlés des deux cultes et les premières guerres de religion. La bataille de Dreux, puis celle de Saint-Denis, puis les combats de Jarnac et de Moncontour, la Saint-Barthélemy, le siége de la Rochelle, défendue par Lanoue, sont les différents actes de ces affreuses luttes auxquelles fait allusion l'octave d'Ercilla.

[2] Les rigueurs de l'Inquisition auxquelles applaudissait Ercilla, comme presque toute la cour de Philippe II, furent plus funestes qu'utiles à la grandeur du roi d'Espagne et au maintien de cette monarchie universelle qu'il avait rêvée. Sa conduite envers les Maures d'Espagne, trop conforme à celle de Ferdinand le Catholique et à celle de Charles-Quint, augmenta pour l'Espagne les causes de sa dépopulation et la ruine de son industrie. Milan et Naples se soulevèrent pour ne pas accepter l'Inquisition, et, par la dureté de son despotisme intolérant, le roi vit se détacher de son autorité les sept belles provinces du nord qui formèrent en Europe un nouvel État indépendant. Philippe II était aussi fanatique qu'ambitieux, et l'on sait qu'il prétendait faire la leçon au souverain pontife. Il menaça Sixte-Quint de ne plus obéir au Saint-Siége, s'il continuait d'accorder à Henri IV, encore protestant, la bienveillance qui portait ombrage à ses sombres et altiers desseins. Mais l'avenir devait justifier aux yeux de l'histoire cette bienveillance de modération, comme un exemple de haute et politique sagesse. Ce ne sont pas les violences de Philippe II,

« Con rigor necesario á puro fuego, »

qui sauvèrent l'unité religieuse de l'Espagne, mais ce fut l'action exercée avec tant d'empire par la sainte réformatrice d'Avila. Sa persuasive douceur et l'intrépide confiance de sa piété firent d'elle une rivale de Luther, plus dangereuse que la répression des cachots et des bûchers, et plus puissante que tous les souverains de l'univers. M. Antoine de Latour a supérieurement retracé (*Études sur l'Espagne*

XXXVI

« Et, bien qu'il ne puisse dès son premier effort obtenir l'effet désiré, il reviendra une seconde fois de telle sorte que les âpres sommets de Peñon seront emportés d'assaut; et c'est seulement après avoir assuré la route des mers et glacé d'épouvante le rivage mauresque, que l'asile des ports où elle doit passer l'hiver s'ouvrira pour la flotte victorieuse.

XXXVII

« Viendront alors de Hongrie en Espagne deux princes, de dignité souveraine, issus de César le Grand et de Marie, fille de de Carlos et sœur de Felipe. Ils augmenteront la joie et l'allé-

1835, t. I, p. 318-321) cette mission pacifique de Sainte-Thérèse. Elle porta le combat dans les âmes. C'est là qu'elle voulut faire au catholicisme d'imprenables citadelles. Elle trouva pour auxiliaires, dans cette grande expédition morale, les plus beaux génies mystiques que l'Espagne eût encore produits, les san Francisco de Borja, les san Pedro de Alcantara, les san Juan de la Cruz. Si Luther trouble les esprits et jette la pensée dans les plus étranges dérèglements, sainte Thérèse et ses aides merveilleux raniment l'amour dans les cœurs, opposent aux ravages du Nord, avec plus d'énergie que jamais, les deux éternelles puissances du Christianisme, la pénitence et la prière. Ils rendirent ainsi l'Espagne plus inviolable que Philippe II n'a pu le faire avec toutes ses barbaries et ses *auto-da-fe*. M. Adolphe de Puibusque (*Hist. compar. des litt. esp. et fr.*, 1844, t. I) avait exprimé déjà, mais à un point de vue tout littéraire, ces fortes et mâles appréciations d'une justice tardivement rendue par notre époque à ces touchantes et pieuses figures de l'Espagne au XVIe siècle. Il associe dans le triomphe d'une œuvre commune, les noms glorieux de Luis de Léon, de Luis de Granada et de sainte Thérèse. « Lorsqu'ils se mirent à l'œuvre, dit-il, l'unité religieuse et l'unité politique avaient été successivement ébranlées et chancelaient encore. C'était une double crise. Le danger de l'attaque avait exaspéré la défense. L'emportement et la violence éclataient dans toutes les paroles, dans tous les écrits, dans tous les actes. Torquemada, fondateur du tribunal de l'Inquisition, avait refusé le baptême aux hérétiques qui le demandaient à genoux, il avait mieux aimé les envoyer tous mourir en exil que de s'exposer à recevoir une seule conversion suspecte. Ximènes, régent du royaume, avait dit aux provinces insurgées : « Je rangerai avec mon cordon de Saint-François tous les grands à leur devoir, et j'écraserai leur fierté sous mes sandales. » Des lieutenants impitoyables, des prêtres fanatiques s'étaient faits les aveugles instruments de ce système de rigueur; et l'appliquaient chaque jour de manière à rendre la religion et l'autorité également odieuses. On ne songeait qu'à effrayer les esprits. Luis de Granada, sainte Thérèse et Léon essayèrent de les convaincre. Leur douceur, au milieu de tant d'excès, fut la consolation de l'humanité » (p. 165). Oui, ces pures et belles âmes ont plus et mieux fait pour les Espagnes que l'atroce despotisme, « à puro fuego, » dont Ercilla semble se faire l'apologiste.

gresse de cette cour et de ce siècle glorieux [1]. L'aîné est Rodolphe et l'autre Ernest [2]. Bientôt ils donneront ample matière à
la renommée.

XXXVIII

« Et de leurs hauts exploits promettant dès l'âge le plus tendre
grande espérance, en années et en vertus ils iront grandissant,
en années et en vertus dignes de toute louange. Chez eux re-
luira la splendeur d'une bravoure surhumaine, et des qualités
qu'aura développées dans ses élèves le baron Dietrichstein [3], si
bien fait pour former d'aussi nobles princes.

XXXIX

« A peine s'ouvrira l'année qui doit venir ensuite la première, voilà que, menaçant toute la chrétienté, la flotte formi-

1   « Harán aquella corte y era ufana. »

Les deux jeunes princes doivent devenir, selon Ercilla, la gloire de la cour de
Madrid et celle de tout leur siècle. C'est réduire la pensée de l'original que de traduire avec Winterling :

          « Stolz ist auf sie der Hof, die Stadt, das ganze Land. »

2 Rodolphe et Ernest étaient fils de Maximilien II et de Marie d'Autriche, fille de
Charles-Quint. L'aîné seul parvint à la couronne impériale. Il régna, sous le nom de
Rodolphe II, depuis l'an 1576 jusqu'à l'an 1611. Il eut pour successeur Mathias,
son frère et quatrième fils de Maximilien. Rodolphe avait été élevé par les jésuites à
la cour de Philippe II. Les rigueurs qu'il exerça dans l'empire contre les protestants
l'ont rendu moins célèbre que ses études astronomiques. Tycho-Brahé et Képler
furent attirés près de lui, et ce fut pour ce prince, dont les dernières années
comme celles d'Alfonse le Savant, son émule dans la science des astres, présentent
une série de calamités, qu'ils rédigèrent les fameuses *Tables Rudolfines*. Il y travailla, dit-on, lui-même. Sur le portrait, le caractère et le règne tourmenté de
Rodolphe II, voyez Schiller, *Geschichte des dreissigjährigen Kriegs*, édit. Hachette,
1866, p. 24-64, et *Œuvres complètes* de Schiller, trad. nouvelle par A. Régnier,
1860, t. VI, p. 23-25.

3 « Del baron Dietristan. » Winterling, par son droit de reprise assez naturel,
aurait pu rendre au nom propre, légèrement défiguré par la langue espagnole, la
forme qu'il avait primitivement en Allemagne. Les Dietrichstein sont originaires de
Carinthie, et l'histoire les rencontre dès le XIIe siècle. Celui dont parle Ercilla
s'appelait Adam et eut un rôle dans la politique de l'Europe. Il travailla aux traités
de Passau et d'Augsbourg, fut chargé d'une ambassade à la cour d'Espagne, et
devint le précepteur de Rodolphe II. Il compte aussi parmi les historiens, et a
laissé une curieuse relation sur la mort de don Carlos. Tout près de nous, en 1845,
un comte de Dietrichstein, éminent diplomate, était encore ambassadeur d'Autriche
à Londres. (Cf. M. Guizot, *Mémoires*, t. VIII, p. 443.)

dable du puissant Infidèle naviguera vers l'Occident avec tant
de soldats et un si vaste appareil, qu'elle fera trembler au loin
les rivages. Arrivée à Malte, elle jettera l'ancre devant cette île,
dont les bords déroulent une ceinture de vingt lieues.

XL

« Là, le grand-maître et ses chevaliers, enveloppés dans ce
centre d'ennemis avec d'autres capitaines des terres étrangères, prodigueront leur vie pour sauver la place. Toujours
fermes et inébranlables, ils soutiendront longtemps le terrible
siége, et exécuteront dans la défense de si beaux exploits qu'on
pourra les tenir pour merveilleux.

XLI

« L'île sera battue avec énergie par terre, par mer, en haut,
en bas, et le fort Saint-Elme emporté avec une valeur farouche
dans le neuvième assaut. Ce triomphe mettra les héros assiégés
dans un grand péril et dans de vives alarmes, car les vaisseaux
des Turcs auront au port une libre entrée par sa double ouverture [1].

XLII

« Là se verront : faits illustres, tentatives difficiles et dangereuses, courages intrépides et toujours résolus, alors que l'es-

---

1 Ercilla n'a voulu peindre que le danger des défenseurs de Malte. L'octave suivante est destinée à nous faire connaître leur mâle résistance. Elle nous étonnera
davantage devant les périls croissants que le poëte vient de décrire. Il s'apitoie
sur la position terrible à laquelle ils sont réduits :

> « El cual suceso á la cercada gente
> Pondrá en grande peligro y sobresalto,
> Porque en el puerto la turquesa armada
> Tendrá por las dos bocas franca entrada. »

Winterling à l'idée d'Ercilla ajoute prématurément cette autre idée que le désastre de Saint-Elme n'affaiblit en rien le courage et les espérances des héros
chrétiens :

> « Doch dieser Unfall wird dem Volk vom Christenglauben
> Nicht allen Muth und alle Hoffnung rauben,
> Obgleich jetzt beide Hafen mündungen
> Dem türkischen Geschwader offen stehn. »

pérance semble devoir succomber ; postes, fossés et remparts nivelés ; blessures terribles, morts douloureuses, grandes actions, succès innombrables, dignes d'être chantés à jamais [1].

XLIII

« Mais, lorsque la valeur humaine ne suffira plus, et que la force sera domptée par la fatigue, que les murs seront rasés, les fossés remplis, l'espérance brisée et abattue, lorsque le barbare sanguinaire et cruel brandira le cimeterre sur les têtes, alors aux yeux de tous éclateront la puissance de Felipe et la crainte qu'il inspire.

XLIV

« Avec une seule partie de sa flotte et un petit nombre de soldats que guident sa fortune et sa renommée, il refoulera le destin des Ottomans. L'infortunée Malte respirera, et les ennemis prendront la fuite, livrant au souffle des vents leurs voiles fugitives, après des pertes inouïes et un châtiment sévère.

[1] L'octave espagnole est d'une rare beauté :

> « Alli se verán hechos señalados,
> Dificiles empresas peligrosas,
> Animos temerarios arrojados,
> Cuando las esperanzas mas dudosas :
> Postas, muros, y fosos arrasados,
> Crudas heridas, muertes lastimosas,
> Casos grandes, sucesos infinitos,
> Dignos de ser para en eterno escritos. »

Winterling, contre ses habitudes, et malgré la flexibilité d'un idiome qui se prête facilement à toutes les formes des autres langues, a traduit cette octave avec une indépendance excessive, et a subtitué aux détails d'Ercilla des circonstances qui ont beaucoup éloigné de son modèle l'octave allemande :

> « Mit unerhörtem Muth wird hier gestritten,
> Da ist kein Wagestück, das mann nicht wagt ;
> Und ob sie schon das Aeusserste gelitten,
> Die tapfern Helden bleiben unverzagt.
> Mit aller Kraft wird um den Sieg gerungen,
> Der List setzt man die gleiche List entgegen,
> Und ob die Mauern gleich von der Kanonen Schlägen
> Zerschellt, die Ritter Malta's bleiben unbezwungen. »

C'est là un style nouveau sur un même fond d'idées. Ce n'est plus ni l'expression ni l'image du texte espagnol.

XLV

« Une autre année s'annonce à peine qu'avec une armée immense, Soliman [1] s'avancera lui-même par terre contre l'illustre César Auguste, empereur des Romains [2]. Précipitant sa course par la grande Pannonie, il laissera à droite le Transylvain, derrière ses pas la vaste province des Dalmates, et s'abattra sur les frontières de la Croatie.

XLVI

« Szigeth [3], place forte et abritée, soutiendra un siége de quatre semaines, et à la fin, privée de tout secours, deviendra la prise du farouche Soliman ; mais là se termineront tout ensemble la difficile entreprise de l'infidèle et son existence. A la borne fixée pour sa carrière, la mort irritée arrêtera et confondra tous ses desseins [4].

[1] Le poëte parle ici de Soliman le Magnifique, dont le règne célèbre n'embrasse pas moins de quarante-six ans (1520-1566), et qui, en 1529, assiégea Vienne avec une armée de 120,000 hommes, sans pouvoir la prendre, malgré vingt assauts. Il lutta successivement contre trois empereurs, Charles-Quint, Ferdinand Ier et Maximilien II.

[2] Il s'agit de Maximilien II, roi des Romains en 1558, empereur de 1564 à 1575.

[3] « Siguet. » Le véritable nom de cette place est *Sigeth* ou *Szigeth*. Ercilla modifie les noms propres, suivant les convenances de sa prosodie nationale, comme, tout à l'heure, il donnait une appellation plus douce au baron Dietriebstein. (Cf. *supra*, p. 67, note 3.) Il y avait deux Szigeth : l'une dans l'est de la Hongrie et sur les bords de la Theiss, est fameuse par ses salines ; où la nomme encore Nagy-Szigeth ; l'autre est au sud-est, c'est Szigeth-Var, illustrée par la défense héroïque du comte Zrini. Le témoignage de l'histoire et les circonstances qui accompagnent le récit d'Ercilla désignent ici cette seconde ville, qui est très-forte et assez rapprochée des frontières de la Croatie, au comitat de Schümeg. Dans l'octave précédente, le poëte nous a déclaré que Soliman a traversé

« ..... la gran Panonia presuroso, »

et par la Pannonie, Ercilla entend toujours la Hongrie ; Cf. chant xxvi, oct. 4) ; il appelle Presbourg, qui se trouve du comitat de Bude, « cité pannonienne sur le Danube. » Il est donc difficile d'hésiter entre les deux Szigeth.

[4] Lorsque Soliman II vint mettre le siége devant Szigeth, ce n'était pas la première fois qu'il envahissait l'empire d'Allemagne. En 1521, il avait enlevé aux Hongrois Belgrade et Peterwardein.

En 1526, durant une seconde invasion, il écrase à Mohacz l'armée de Louis II, et bientôt il donne Ofen aux Ottomans qui le gardent depuis 1530 jusqu'en 1686. Vienne, inutilement assiégée en 1529 et en 1532, ne le découragea pas.

En 1541, il partage la Hongrie avec Sigismond Zapolski, reprend les hostilités

XLVII

« D'autre part, en Flandre, les États alors séparés de Dieu
roubleront le repos. Empoisonnés par les funestes erreurs de
'hérésie et conjurés contre le roi Felipe, ils tenteront les di-
erses voies de la perversité, et pousseront les affaires dans de
elles détresses que longtemps la destinée publique flottera
ncertaine.

XLVIII

« Sous le même prétexte de liberté, dans l'heureux royaume
e Grenade, les Morisques courront à la révolte, et refuseront
'obéissance jurée au souverain. Leur soulèvement dédaigné et
aissé dans l'origine sans répression causera de grands désas-
res, et coûtera un sang illustre et des soldats valeureux.

XLIX

« A cette guerre ira un jeune homme qui marche caché sous
'humbles vêtements, et sous une humble apparence. Son ilustre lignage impérial lui réserve des exploits périlleux. Le
ort lui a promis une fortune brillante et soudaine. Il est fils
e Carlos. Maintenant il croît encore dans l'ombre, et pour quel-
ue temps restera déguisé [1].

1552, et s'empare de plusieurs cités hongroises, entre autres de Temeswar .
près son échec devant Malte, en 1565, il court se venger de l'Europe, est arrêté
evant Szigeth, et meurt sans avoir pu triompher de cette ville, qui ne fut em-
ortée d'assaut qu'après sa mort. Toutes ces guerres de Hongrie et d'Autriche,
ns cesse mêlées aux affaires qu'il avait en Orient, soit avec la Syrie révoltée, soit
ec la Perse ou l'Yémen, forment à Soliman une des existences de roi guerrier les
us occupées et les plus voyageuses dont l'histoire ait gardé le souvenir. Après lui,
paix fut rendue quelque temps à l'Europe. Maximilien II termina la guerre avec
Turquie en 1563.

[1]   « Este es hijo de Carlos, que aun se cria,
            Y encubierto estará por algun dia. »

Winterling a substitué à l'idée principale de ces derniers vers une nuance dif-
rente :

         « Noch lebet in verborgnen Carol's Sohn,
         Doch einst kommt sein Verdienst ans Licht. »

L.

Il sera, je l'ai dit, couvert comme d'un voile, jusqu'à ce que son père, au temps de la mort, le déclare hautement son fils et le fasse monter en un instant à cette belle dignité. Tous lui donneront leur amour [1], et c'est justice envers un héros franc, courageux et intrépide. Il s'appelle don Juan ; mais sur ce point, je ne saurais rien te dire ni te rien révéler au delà [2].

LI

« Qu'il te suffise de savoir qu'aux Morisques soulevés il fera la guerre dans sa première jeunesse, et, après avoir ruiné et conquis leurs citadelles, il les contraindra de chercher un refuge au sein des montagnes. Là, il les serrera de si près, qu'à la fin, il verra soumise la contrée rebelle, et transplantera dans diverses provinces ses mauvaises racines et ses tristes semences [3].

---

[1] Les historiens se sont exprimés comme le poëte sur l'attachement que toute l'Espagne portait à don Juan d'Autriche. Luis de Marmor Carvajal (*Rebelion y castigo de los Moriscos de Granada*) s'exprime en ces termes : « Tambien partió don Juan de Austria de Guadix cinco dias despues, y á las once entró en la ciudad de Granada, y con él el duque de Sesa. Fué alegremente recebido de todos los tribunales y gente de guerra, *porque cierto le amaban mucho.* » (Bibliot. Rivaden., t. XXI, p. 362.)

[2] Le silence de la prophétesse sur le glorieux avenir de don Juan ne doit rien faire perdre au lecteur. La victoire navale de Lépante aura plus loin sa place dans les narrations belliqueuses de l'Araucana. Le poëte réserve ce grand fait d'armes pour une autre circonstance où un récit très-poétique et heureusement placé, complétera toute cette peinture des gloires de la monarchie espagnole. (Cf. *infra*, chant xxiv.)

[3] Don Diego de Mendoza (*Guerra de Granada*), rapporte que le projet de don Juan, vainqueur des Alpujarras, était de faire passer les Maures en Afrique. Mais les pensées du prince furent contrariées par quelques-uns des ministres de Philippe II. Les captifs se virent horriblement maltraités. Il ne resta plus d'habitant dans la montagne. Ceux qui ne purent passer le détroit furent dispersés dans toute l'Espagne (Cf. Bibliot. Rivad., t. XXI, pp. 115 et 121) : « Y aquella guerra quedó acabada, la tierra libre de los enemigos, parte muertos, y parte esparcidos á Berbería. » Il fallut repeupler le pays avec des Espagnols : « Quedó la tierra despoblada y destruida ; vino gente de toda España á poblarla, y dábanles la shaciendas de los Moriscos con un pequeño tributo que pagan cada un año. » (*Ibid.*, p. 122.) C'est à cette dispersion des Morisques que fait allusion le vers d'Ercilla. L'expression de Winterling, « In ein fernes Land » nous semble trop précise et paraît indiquer exclusivement l'Afrique.

LII

« Cette guerre finie, viendra d'Allemagne, entourée de dames
d'un cortége nombreux, l'infante Anna, reine des Espagnols,
·ncée au roi don Felipe. Avec une pompe et une majesté
prèmes sera célébré 'hymen solennel dans l'antique Ségovie,
'ge autrefois des fameux rois de Castille.

LIII

« Ensuite les deux jeunes princes seront rappelés par l'empe-
ur ; car leur père voudra dans ce temps-là donner un nouvel
dre à ses États, et créer Rodolphe roi de Hongrie. Embarqués
ur Gênes, ils traverseront la Lombardie, et, par les belles rives
Danube, ils arriveront dans les remparts illustres de Vienne.

LIV

« Quand la sédition et les troubles de cette époque sembleront
ès de leur fin, que la fureur belliqueuse et les révoltes paral-
nt s'apaiser et s'éteindre, alors dans les contrées barbares
mmenceront de nouveau à s'agiter les armes des Turcs fa-
uches contre la puissance de Venise.

LV

« Ils lèveront une flotte redoutable, appelée de toutes leurs
vinces, et sur les bords de Chypre, île célèbre et voisine, s'a-
ttra leur colère jusque-là comprimée. La fureur du glaive
pitoyable les rendra maîtres de cette terre. Ils entreront
ns les remparts déjà ébranlés de Famagouste, à l'aide de pales trompeuses et d'une foi parjure [1].

1 Sélim II saccagea Famagouste en 1571. Il n'en dut l'entrée qu'à la parole
ompeuse et à la perfidie d'un traître, ainsi que le rappelle le beau vers d'Ercilla :

« Sobre palabra falsa y fe mentida. »

. de Thou, *Hist. univers.*, liv. XLIX.
Nous avons traduit le vers d'Ercilla, d'après le texte de Baudry, sans vouloir com-
ttre celui de M. Cayetano Rosell qui réunit *fe* et *mentida* en un seul mot ; il
mpose ainsi un adjectif fort usité, et qui se rapporterait, comme le précédent, à
labra.

LVI

« Si grande sera en eux l'arrogance d'une telle conquête, que, chargeant leur flotte de plus nombreux guerriers, avec des projets et des plans superbes, ils parcourront les flots qui mènent vers l'Italie, pleins de mépris pour l'univers tout entier, de mépris pour le pouvoir même des cieux. Telles seront leur fierté et leur superbe jactance, dues à vos fautes et à vos égarements.

LVII

« Mais Dieu Très-Haut n'en a pas ordonné ainsi ; et pour votre bien, dans sa miséricorde, il veut que, là où manque le mérite, son sang et ses souffrances acquittent une dette étrangère. Pour un seul soupir, aussitôt il remet le châtiment et les peines les plus justes. Il ébranlera d'un coup terrible le faste du barbare ambitieux.

LVIII

« Affligé des maux qu'endure un peuple coupable, mais chrétien, contre cette race d'ennemis perfides il déploiera son bras invincible. Par son inspiration, il se formera une ligue où le Pape et le Sénat de Venise réuniront leur puissance, leurs forces, leurs armes avec celles du redoutable roi de la Catholicité.

LIX

« A la joie de tous, sera choisi, pour le digne général de cette alliance, le jeune héros qui, dans ses premières années, marche inconnu sous un modeste costume parmi les soldats. Mais il ne m'est pas encore permis, ce n'est pas à moi qu'il est accordé de révéler et d'éclairer l'avenir à tes yeux [1]. Il suffit que

[1] C'est la seconde fois que, sans oser y insister davantage, la prophétesse patriotique ramène sous nos regards l'image de don Juan d'Autriche. Il est facile de voir que le poëte affectionne cette grande matière de la bataille de Lépante, et que, s'il ne lui est pas possible de la faire entrer directement dans les cadres mêmes de sa narration, il saura bien l'y introduire sous une autre forme, et par la bouche d'un oracle.

tu sois assuré de le voir; car le destin te réserve une existence plus longue que fortunée [1].

LX

« Cependant si tu veux connaître entièrement le résultat futur de cette expédition et l'exploit le plus grand, le plus illustre qui jamais aura frappé les yeux des hommes, lorsque tu franchiras la vallée que le Rauco baigne de ses ondes, tu verras au pied d'un cèdre, sur le bord du fleuve, une biche paisible et apprivoisée [2].

LXI

« Il te faut la suivre d'un œil attentif [3], jusqu'à ce que tu arrives à une vaste plaine, à l'extrémité de laquelle tu apercevras sur un des côtés l'âpre lisière d'une forêt obscure. Tu t'enfonceras dans ce bois épais sur les traces de la biche timide, et, au milieu, sous une roche grossière et profonde, tu découvriras une demeure humble et retirée.

LXII

« Là, bien que ce lieu paraisse inhabitable, sans vestige humain ni sentier, vit un vieillard, digne de respect et accablé par l'âge. Autrefois il était un guerrier fameux. De lui tu sauras où séjourne l'inaccessible Fiton, le plus grand des magiciens et

[1]
                  « .... Pues te aseguro
        Mas larga vida el hado que ventura. »

Winterling nous rappelle ici les Parques :

       « Da Magres Leben dir als Glück die Parzen gönnen. »

Leurs traits un peu vieillis et trop mythologiques ne contribuent pas beaucoup à orner les vers d'Ercilla qui sont d'une si touchante simplicité.

[2] Cf. *Araucana*, chant XXIII, oct. 24 et suiv.

[3] « Con cuidado. » Winterling traduit :

       « Du magst ihm folgen ohne Furcht und Bangen. »

C'est fausser le sens de l'original. Il est tout naturel qu'Ercilla n'éprouve aucune crainte à suivre la biche dont on lui parle, et l'encourager est au moins inutile; mais il pourrait être distrait et perdre de vue son guide mystérieux; c'est à le surveiller qu'il doit mettre tous ses « soins » (*con cuidado*).

des enchanteurs, qui te dévoilera une foule de choses merveilleuses cachées encore dans les ombres de l'avenir.

LXIII

« Je ne puis t'en dire davantage sur les événements futurs.
Il me semble qu'un assez brillant sujet et une carrière assez
vaste te sont offerts par le tableau qui est maintenant sous tes
regards, pour enrichir le tissu de tes ouvrages. Jamais occasion
plus heureuse ne s'est présentée à ton génie. Pour moi, j'ai
atteint la limite qui m'est imposée; je ne puis rien te faire
savoir au delà de ce que tu as entendu.

LXIV

« Si la fureur de Mars et sa bravoure ont fatigué ta plume,
et que tu veuilles mêler à toutes ces rudes images une autre
matière douce et souriante, tourne tes regards; contemple la
beauté de ces dames espagnoles. Certes, en voyant quels trésors
elles renferment, je reste surprise que l'amour n'embrase pas
toute la terre.

LXV

« Mais prends garde, et je te dois cet important avis, avant
de te fier à tes yeux trop faciles à séduire, prends garde au
péril qui te menace, et ainsi puisses-tu à temps l'éviter! Ne
diffère pas jusqu'à la dernière heure, et ne compte pas sur ta
force ni sur mon aide. Quand même je voudrais me porter à
ton secours, tu fermerais la paupière afin de ne pas me voir. »

LXVI

O condition humaine! Au moment où elle me recommandait
de ne point tourner la tête, sa défense à elle seule suffit pour
enflammer mes rapides désirs, et, sans attendre qu'elle conti-
nuât plus avant ses sages conseils, je tournai aussitôt les yeux
de ce côté, et à l'instant j'aperçus (oserai-je le dire?) un
Paradis!

LXVII

Dans un site fertile et charmant, environné de belles plantes
t de beaux arbres, et au-dessus duquel se déployait toute
pureté d'un ciel d'azur et où le sol était émaillé de mille
eurs, près d'un ruisseau limpide et sonore, dont les eaux tra-
ersaient la verte et fraîche prairie, m'apparurent à la fois tous
s attraits que jamais la nature sut former de ses mains puis-
ntes.

LXVIII

Les dames de cette enceinte étaient celles qui florissaient
ans l'heureuse Espagne. Le soleil avec toute sa clarté, la lune
t les étoiles auprès d'elles semblaient obscurs. Toutes, sur leur
te, portaient des guirlandes embaumées, et en cent façons
iverses les entouraient leurs tresses blondes, nœuds et rubans.

LXIX

Répandus de tous côtés, marchaient une foule de nobles
moureux domptés par les attrayantes séductions de l'amour.
s couraient à leur but et suivaient leurs pensées, les uns
leins de grandes espérances, d'autres se fiant à leurs richesses.
ous se réjouissaient et se livraient aux transports de joie que
ur inspirait leur douce et haute ambition.

LXX

A ce moment, avec une vitesse et une impétuosité singulières,
ncé à travers l'espace vide, je quittai la haute cime de la mon-
gne, et descendis jusqu'à la plaine délicieuse et féconde. Là, si
a mémoire n'est pas trompeuse, à main droite je vis ma con-
uctrice toute craintive et le visage troublé pour m'avoir mis
n tel péril et tel hasard.

LXXI

Aussitôt que j'eus posé le pied sur le sol, mes yeux avides
attachèrent librement aux objets qu'un voile épais et grossier

avait jusque-là dérobés à ma vue. Une flamme brûlante et un
doux frisson parcouraient mes veines charmées, et mon courage
rebelle, mon cœur encore endurci, restèrent vaincus et soumis
à l'amour [1].

LXXII

Je voulais à l'heure même m'occuper d'œuvres et de chan-
sons amoureuses, changer mon style et ne plus avoir souci des
guerres cruelles et homicides. Je n'avais qu'un besoin : j'aspirais
à m'informer de ce beau lieu et de ces dames ravissantes, et en
particulier de l'une d'elles entre toutes qui vit ma fortune enchaînée à ses lois.

LXXIII

Elle était d'un âge tendre, mais elle montrait dans son calme la
discrétion de l'âge mûr; et à me regarder semblaient l'enhardir
son étoile, son destin et mon bonheur. Et moi, qui désirais
connaître son nom, vaincu et docile aux attraits de sa beauté,
j'aperçus à ses pieds une devise avec ces mots :

« *De la tige de Bazan, Doña María* [2]. »

LXXIV

Et d'elle, pour en savoir davantage, j'allais reporter mes
regards vers mon guide prudent, et m'apprêtais à lui parler [3]...

[1] Winterling traduit avec une heureuse brièveté :

> « ...., Und meine Brust
> Noch jüngst von roher Kriegeslust
> Geschwellt..... »

Enthousiasmée encore par le spectacle de la grande bataille qui vient de se dérouler devant elle, l'âme d'Ercilla paraissait devoir être moins accessible aux impressions amoureuses. C'est là le sentiment que le vers espagnol exprime, et que la
version allemande fait très-bien ressortir.

[2] Ercilla épousa, à Madrid, en janvier 1570, doña María de Bazan, dame d'honneur de la princesse doña Juana d'Autriche, et fille de Gil Sanchez Bazan, allié au
marquis de Santa-Cruz. L'allusion est pleine de charme et de délicatesse. Cf. *supra*,
t. I. pp. CLXXXVIII-CXC.

[3] C'est ici que se termine le long épisode dans lequel la critique a eu le tort de
ne voir que le siège de Saint-Quentin. Il renferme encore un vaste tableau de toute
l'époque, dont l'histoire est retracée à grands traits, au point de vue de la gloire des

out à coup le tumulte et le bruit affreux des Barbares, l'har-
onie sauvage de leurs armes m'arrachèrent au doux songe.
'n cri retentissait : « Aux armes! vite, vite, aux armes! » La
oûte du ciel semblait s'écrouler au fracas des voix et des ins-
ruments divers.

LXXV

Dans cette confusion, à moitié endormi, je me jette en toute
âte sur mes armes qui étaient près de moi, et, à l'instant, je
e range, tout préparé, à la place où mon poste était désigné
'avance, lorsque, avec des clameurs farouches, sur la pente
scarpée de la colline, apparut une multitude de guerriers, et
'Aurore au teint de rose montait dans l'Orient.

LXXVI

Des deux côtés à la fois, avec les mêmes cris et la même va-
eur, tant de soldats se montrèrent, que dans l'âme du superbe
lars leur témérité eût fait naître de l'effroi. Mais il nous faut
arder pour chaque sujet une marche régulière, et la fatigue
'interdit d'aller plus avant. Au chant qui va suivre, je me
ropose de déployer un plus vaste récit.

spagnes. L'honneur du royaume catholique semble devenir l'objet principal du
ême d'Ercilla, et la conquête des Araucans n'être plus qu'un des fleurons qui
ouronnent la monarchie universelle de Philippe II.

CHANT XIX

I

Belles dames [1], si mon faible chant ne commence pas encore à répandre vos louanges, si mes humbles vers ne s'élèvent pas aux pensées amoureuses et aux œuvres d'amour, c'est qu'il me faut continuer en toute hâte, et j'ai tant de choses à dire que mille écrivains, libres de leur temps et qui travailleraient à un tel sujet la nuit et le jour, trouveraient tous une carrière assez vaste et une inspiration suffisante.

II

Et, bien qu'à mon regret je me voie écarté de vous, d'un sujet et d'un dessein nouveaux, à cette route me ramènera le grand désir que j'ai d'acquitter ma dette envers vous. Si l'ornement et la parure convenables me font défaut, que mon bon vouloir vous satisfasse. J'accomplirai ce que mes forces permettront, et vous suppléerez ce qui pourra manquer à mon art.

---

1 « Hermosas damas. » Le mot *dama* qui se trouve déjà au premier vers du chant I, est le synonyme poétique de *señora*. On le rencontre dès les époques les plus reculées de la littérature espagnole. Gonzalo de Berceo (*Milagros de nuestra señora*, copla 630, Bibliot. Rivaden., t. LVII, p. 123).

> « Disso el omne bono a los de la aljama :
> Estí es nuestro sire, e esta nuestra dama. »

III

Mais l'armée espagnole, qui se plaint à juste titre et pour des causes légitimes, m'appelle et me sollicite. Elle ne me laisse pas le loisir de chanter une autre matière. Les guerriers barbares sont là qui la pressent; ils enveloppent de toutes parts la forteresse en un instant, avec des menaces et des cris formidables, comme, dans le chant qui précède, vous l'avez appris.

IV

Aussitôt qu'en trois bataillons puissants ils ont atteint le faîte le plus élevé de la montagne, tous en même temps ils s'arrêtent, et de là reconnaissent la citadelle. Ils contemplent le fossé, le rempart; et, lorsque le signal de l'assaut terrible a retenti, les trois groupes s'ébranlent et brandissent leurs armes si fièrement qu'il semble que personne ne doive échapper à la mort.

V

Le jeune Gracolano n'avait pas mis en oubli son offre arrogante et son audacieuse promesse. La tête ceinte de plumes hautes et variées, brandissant une énorme pique éprouvée par le feu, et laissant un grand intervalle entre lui et les premiers barbares, il se jetait à travers la fumée et la pluie épaisse de balles et de projectiles lancés par les bras et par les canons formidables.

VI

Arrivé à une juste distance, il saisit l'extrémité de sa longue pique, se précipite avec fureur, et, plongeant contre le sol la forte poignée de son arme, traverse d'un bond le large fossé, la même hampe lui sert encore à gravir le mur, et il parvient victorieux sur le rempart, malgré le fer ennemi, malgré les lances, les piques, les épées et les arbalètes.

VII

Blessé par l'aiguillon, le taureau irrité n'envahit pas l'arène
d'une telle vitesse, et ne rencontre pas une aussi vigoureuse
résistance dans les dards épais et dans le groupe de ses adversaires. Le brave et intrépide barbare, avec une audace égale
à son bonheur, se frayant une route difficile à travers les plus
rudes obstacles, atteint vaillamment la muraille défendue.

VIII

Il jette là ses armes qui l'embarrassent et dont il ne peut
tirer aucun avantage. Avec les dents, de ses pieds, de ses bras,
il se démène, et prétend à lui seul conquérir la citadelle. Les
traits et les coups, les tranchants et les pointes, il les évite avec
une adroite et agile prestesse. Sa poitrine et ses épaules suffisent
pour arrêter le choc et l'impétuosité de tant d'adversaires.

IX

Entouré de glaives, il garde une ferme contenance, et, tout
désarmé qu'il est, fidèle à sa promesse, sans crainte, avec une
invincible opiniâtreté, il n'aspire qu'à perdre la vie plus avant
au milieu des rangs espagnols [1]; et dans ses vains mais héroïques désirs, frappé déjà de mille atteintes, il lutte avec audace.
L'heureux caprice de sa fortune et sa bonne destinée tenaient
suspendu le coup de la mort.

X

Obstiné dans son aveugle entreprise, il se jette au milieu du
fer, et s'élance comme le dogue blanchi d'écume se précipite
vers la place d'où partent les coups les plus nombreux. Ainsi le

1   « De morir mas adentro procuraba. »

Le sentiment héroïque que renferme ce vers est remplacé par une autre pensée
dans la version de Winterling:

« Sucht er, was er gelobet, treulich zu erfüllen. »]

barbare dédaigne le péril et la vie. Il affronte les points où
l'attendent les hasards les plus terribles, et autour de lui volent en éclats mille épées qui cherchent le chemin de sa poitrine héroïque.

XI

Se voyant seul en un tel lieu, et traité qu'il était selon sa téméraire bravoure, aussi confiant dans son ambitieux orgueil,
mais désormais avec moins d'espoir, il court étreindre de ses
bras un combattant, lui arrache des mains sa lance, et, à la
faveur de ce soutien, en un clin d'œil, il pense franchir le fossé
et ensemble sauver sa vie.

XII

Mais la volage Fortune, déjà fatiguée d'être la protectrice de
ses jours, dirigea contre lui, dans cet instant, l'essor d'une
pierre. Poussé par un bras vigoureux, le projectile atteint la
cavité de la tempe, s'y plonge presque tout entier [1], et abat le
guerrier du haut de la lance, comme il traversait l'air, et lorsque son bond avait parcouru déjà la moitié de l'espace.

XIII

Ainsi le Troyen Eurytion, tandis que la colombe timide franchissait les vastes cieux, faisant avec une grande vitesse partir
un trait de son arc recourbé, la perce dans l'élan de son vol [2];
elle se replie sur elle-même, semble revenir à tire-d'ailes, et,
comme un peloton inerte, roule à terre. De même le guerrier,
frappé à découvert, dans le fossé profond tombe expirant.

[1]
       « Que en la concava sien la arrebatada
       Piedra gran parte le quedó sumida. »

Winterling passe rapidement sur ce détail expressif, et se borne à dire :
« Welch seltnes Wunder ! »

[2] Cf. Virgile, *En.*, V, 512-518. Cette comparaison ingénieuse, mais recherchée
et savante, comme une foule de similitudes chez les poètes du XVIe siècle, plaisait
aux philologues et aux lettrés contemporains d'Ercilla. Aujourd'hui, elle nous semble
un peu froide et trop directement puisée dans le domaine de l'érudition pour devenir populaire.

XIV

Trente-six blessures[1], non moins, avaient frappé le soldat
infortuné, sans y comprendre la dernière qui l'atteignit auprès
du front ; elle vint s'ajouter au nombre et l'accomplir. La pique
que le vaillant barbare avait conquise après une lutte franche
et loyale trouva un appui contre le bord du fossé, de telle
sorte qu'une partie demeurait en dehors et frappait les yeux.

XV

Le jeune Pinol avait promis d'accompagner le barbare à
l'assaut ; mais, fidèle compagnon dans l'attaque jusqu'au fossé,
il ne s'était pas aventuré à le franchir d'un bond puissant. Dès
qu'il voit son intrépide ami abattu et aperçoit le sommet de la
pique, il la saisit, et pense se sauver avec elle, en mettant, d'une
course rapide, un large espace entre lui et les adversaires.

XVI

Mais il n'y a ni ruse ni adresse contre la cruelle nécessité ou
les rigueurs du destin, et les pieds les plus légers et les plus
agiles ne suffisent pas pour échapper aux mains de la Mort.
Celui qui pense la fuir, plus prompte elle le saisit et le frappe
de son bras inévitable, comme l'éprouva l'Araucan, malgré sa
prestesse, lorsqu'il lui fallut abandonner son projet et changer
de route.

XVII

A peine avait-il fait quatre pas, que deux fortes balles l'atteignirent. De l'épaule à la poitrine, il est traversé à la fois des
deux côtés[2], et va s'étendre sur le sol. Il n'avait pas rendu

---

[1] Nous ne savons pourquoi Winterling a substitué à ce chiffre celui de trente-
deux. Cette réduction n'était pas nécessaire à la marche du vers allemand, et n'a-
joute rien à la vraisemblance du récit.

[2]
         « Y de la espalda al pecho atravesado
         A un tiempo por dos partes, le tendieron. »

Le sens des vers espagnols n'est pas obscur. Deux balles atteignent à la fois l'âme, que de deux soldats accourus pour le secourir, l'un s'empare de cette pique chèrement achetée, et l'emporte au milieu des périls.

XVIII

Aussitôt les trompes retentissent à grand bruit. Les barbares élèvent dans les airs l'énorme lance, et, dans leur fureur extrême, s'avancent en ligne régulière et arrivent au fossé d'une marche impétueuse. Là, contraints de s'arrêter, ils font une décharge de leurs traits et de leurs flèches, en si grand nombre, qu'il semblait que la terre immense et le soleil en fussent tout couverts [1].

XIX

A cet instant, Martin de Elvira (c'était le nom du soldat espagnol) de loin aperçoit la lance perdue pour lui et que lui avait enlevée Gracolano, maintenant parmi les morts. Enflammé d'une noble honte et de colère, résolu à recouvrer son honneur, par une porte étroite qui se trouvait près de là, seul et sans pique, il sort pour combattre.

XX

Un jeune audacieux s'avançait, méprisant ciel et terre, guerrier à la taille et aux membres de géant. A droite et à gauche, le barbare brandissait une lance. D'un mouvement gracieux et maniant avec agilité son arme longue et puissante, tantôt par

---

Pinol aux deux épaules et elles ressortent par la poitrine. Il succombe à cette double blessure. Winterling imagine que l'Araucan est coupé en deux.

> Wodurch er in zwei Stücke ward zertheilt. »

1.
> « En tanta multitud que parecian
> Que la espaciosa tierra y sol cubrian. »

Les vers d'Ercilla rappellent ce que dit l'histoire du nombre des Perses à la bataille des Thermopyles. Leurs flèches devaient aussi couvrir le soleil. « Tant mieux, répondait une âme héroïque, nous combattrons à l'ombre. » (Cf. Hérodote, VII, p. 226.) Le poëte fait peut-être allusion à l'historien. L'expression de Winterling altère un peu la grandeur de ce noble style :

> « Ein solches Heer von Pfeilen schicken, dass es schien
> Als wollten Erd' und Sonne sie damit bedecken. »

un côté, tantôt par un autre, et quelquefois droit en face, il cherchait à frapper la poitrine de son agresseur.

XXI

Il lui porte un coup violent dont le choc irrésistible force l'Espagnol à reculer de six pas. Le vaillant guerrier, tout étourdi, se voit presque aux mains de la mort. Courageux toutefois comme il l'est, et résolu [1], il se remet avec énergie, tient ferme, et pense saisir la pique de l'Araucan, mais il ne peut exécuter son projet.

XXII

Le barbare avisé fait à propos un vaste bond en arrière, se donne de l'espace, et, agitant sa lance avec vigueur, prétend d'un autre coup achever le combat. Mais son rival adroit et agile esquive l'atteinte, s'attache à la pique, la suit avec rapidité, en dépit de son adversaire, et bientôt commence avec lui une lutte corps à corps.

XXIII

D'une main prompte, il tire une dague qu'il portait cachée; cinq ou six fois dans les flancs du soldat il chercha le chemin de ce cœur intrépide. Le barbare expire épuisé de sang, et rend, par ses nombreuses plaies, son âme indignée. Son vaste corps tombe froid sur la terre, pâle et sans souffle.

XXIV

Le héros espagnol voit son ennemi étendu et sa victoire certaine. Il a conquis la pique et retrouvé l'honneur, et se retire avec fierté vers la porte. Ses amis le reconnaissent et avec empressement la lui ouvrent sur l'heure. Il est reçu avec trans-

1 « ..... Como animoso y reportado. »

« ..... Ces épithètes n'indiquent pas une bravoure du moment et passagère, mais l'état habituel du héros espagnol ; telle était sa nature connue, et Winterling traduit fort bien :

« Doch muthig und gefasst, wie man ihn stets befand. »

rt dans l'enceinte et au milieu des vifs applaudissements et
es cris de toute l'armée.

XXV

Alors déjà de toutes parts les ennemis assaillaient la place.
éterminés à vaincre ou à mourir, ils se jetaient à travers les
eux et les coups; et sur des monceaux de cadavres, les vivants
'élevaient pour frapper. De là, ils découvraient mieux le but
aché jusqu'alors et portaient des atteintes plus sûres.

XXVI

Les uns avec des branches, de la terre et des troncs d'ar-
res [1] se hâtent de combler le fossé profond. D'autres, plus fiers
e leur légèreté, se distinguent par des bonds périlleux; et
eux qui s'indignaient d'être au dernier rang, jaloux d'en venir
ux mains, font de si grands efforts pour arriver en première
igne, qu'ils précipitent ceux qui les devancent.

XXVII

La multitude des blessés et des cadavres, de ceux que du
rempart avaient frappés nos arquebuses, et de ceux que d'autres

[1]
>   « Unos con ramos, tierra y con maderos
>   Ciegan el hondo foso presurosos. »

Nous nous sommes conformé, avec Winterling, au sens que le mot *cegar* présente
habituellement dans de pareilles expressions : « Cegar los pasos; » « Cegar los
conductos. » Il implique l'idée d'un vide que l'on obstrue et que l'on encombre. Au
chant xx, oct. 20, nous lisons encore :

>   « El ciego foso al rededor limpiamos. »

Il s'agit des travaux auxquels se livrent les Espagnols, après que l'armée barbare
a disparu, pour nettoyer les fossés de leur citadelle. Mais, dans cette même octave,
Ercilla nous dit aussi qu'ils détruisent de larges traverses et des ponts jetés par les
Araucans :

>   « Anchas traviesas y formadas puentes. »

Sans doute, à certaines places, les agresseurs comblaient le fossé; ailleurs ils le
franchissaient sur des poutres, et *maderos* se prête fort bien à cette acception. Le
verbe *cegar*, qui signifie littéralement *aveugler*, pourrait s'appliquer à la fois au
fossé qui disparaît sous un amas de matériaux, et au fossé que recouvrent et cachent les madriers des ponts volants.

causes avaient atteints et abattus, remplissait le fossé et bientôt le combla jusqu'aux bords. Ce fut par ce chemin que les ennemis, dépouillant toute crainte, vinrent sur les points les mieux gardés porter leur attaque intrépide, et mesurer leurs glaives avec les nôtres.

XXVIII

Et, poursuivant leur dessein courageux, de nouveau ils commencent une lutte opiniâtre. Quelques-uns, avec une témérité plus grande encore, gravissent le mur à l'aide de leurs piques. Contre l'élan et la furie des barbares, aucun lieu, si haut qu'il soit, n'est abrité, et partout, malgré la roideur des escarpements, ils grimpent et combattent.

XXIX

Les nôtres, amassés sur les fortifications, les refoulent, les poussent et châtient leur audace. Les coups de lance et les balles rapides frappent les soldats et les renversent. Mais le reste en est peu effrayé et n'interrompt point la dangereuse escalade. Loin de là, pleins de courroux, ils s'efforcent aussitôt d'occuper la place de ceux qui sont tombés.

XXX

Les uns après les autres, ils s'avancent, avides de gloire, étrangers à l'épouvante. Toujours leur ardeur et leur foule allaient croissant, et croissait aussi la rage des coups implacables. Ils franchissent les lignes que nous défendions, et, couverts de leurs boucliers concaves, nous mettent en tel péril et telle détresse, qu'un revers, estimé impossible, semblait pouvoir se réaliser.

XXXI

A cet instant, Tucapel furieux apparut dans toute sa fierté sur la muraille. Il brandit une massue forte et noueuse et son corps est couvert d'une cotte de mailles étincelante. Tel le lion de Libye, à la crinière emmêlée, perce à travers la foule timide

roupée en bataillon épais, et, dans sa formidable colère, débar-
asse le chemin intercepté [1].

XXXII

Tel, dans son courroux, l'arrogant Indien parcourt le rempart, renverse tout ce qu'il trouve à ce endroit sur son passage,
oulant les Araucans eux-mêmes et ses propres compagnons.
Que n'ai-je langue et voix suffisantes pour rapporter en un récit
succinct la bravoure singulière et la vaillance que l'héroïque
Ucapel déploya dans cette journée !

XXXIII

Ni les coups de feu ni les piques serrées qui se dressent à
l'encontre ne suffisent pour l'arrêter; ni les bras vigoureux et
les robustes poitrines ne peuvent, en s'opposant, lui former une
assez forte barrière. Vainement les hommes et le fer se pressent et s'amoncellent; il brise et détruit leur impuissante résistance, et, non content de cet exploit, il se jette même avec
résolution jusqu'au centre de ses adversaires.

XXXIV

Ses forces augmentent au milieu des périls. Il fait tourner autour de lui sa puissante massue, terrasse ou écrase les guerriers. Toujours il s'avance et sa gloire va grandissant. Ainsi,
sans fléchir sous des coups redoutables, il courait à travers ar-

[1] Cette intrépidité du lion se frayant passage à travers une troupe de chasseurs
n'a pas été oubliée dans les récits de Jules Gérard, celui peut-être de tous les
hommes qui a connu de plus près le roi des déserts. Voici ce que nous raconte le
brave et malheureux officier. L'Arabe Smaïl ramenait vers son *douar* sa jeune
épouse. L'escorte de la mariée comptait neuf fusils. Un énorme lion vint se mettre
en travers du sentier. Smaïl ordonna aux siens de s'arrêter. Puis il dit à sa
femme : « Regarde, si tu as épousé un homme. » Et il marche droit au lion. L'ennemi se prépare à bondir. Smaïl l'ajuste et fait feu. Le lion blessé est sur Smaïl,
le terrasse, le met en pièces en un clin d'œil. Puis il charge avec fureur le carré
au milieu duquel se tenait la mariée. Tous firent feu en même temps, sans savoir
où allaient leurs balles, et le lion tomba sur le carré qu'il culbuta, broyant les os,
déchirant les chairs de ceux qu'il trouva devant lui. (Voy. le *Tueur de lions*, III;
une *Excursion dans la Mahonnah*, le *Paradis des lions*. Cf. le *Moniteur universel*,
1 mars 1855.)

mes et guerriers, frappait sans cesse de toutes parts, avec des dangers terribles pour lui, et pour l'Espagne des pertes cruelles.

XXXV

Vers le côté du couchant, Peteguelén avait aussi porté l'attaque, et, malgré les efforts de nos soldats, avait gravi jusqu'au sommet du bastion. De son cœur ardent et valeureux, s'était répandu dans tout son être un feu guerrier, comme si le héros eût encore été dans l'âge de la verte et robuste jeunesse.

XXXVI

Mais cette fougue ne dura pas longtemps; car bientôt un boulet impétueux enleva la tête du barbare de ses fortes épaules, et mit fin au cours de ses succès. Aussitôt après, retentit un seconde pièce, dirigée sur le même point. Le coup emporte Guampicol qui venait ensuite, et Surco, Longomilla, Lebopía.

XXXVII

Les soldats qui étaient restés dans les navires, au bruit de l'attaque soudaine, s'élancent sur le pont, celui-ci à l'instant et sans armes, celui-là muni de son bouclier, un autre avec sa cuirasse. Qui se jette dans une barque ; qui en nageant croit arriver plus vite au rivage. Chacun appelle les siens; mais personne n'attend de compagnon.

XXXVIII

De leurs bras, de leurs avirons, avec de grands efforts, ils coupent les longues vagues d'une mer fatigante, et sur le sable de la côte désirée, ils prennent pied presque tous à la fois. Là, guidés par la discipline et en bon ordre, ils forment aussitôt un bataillon serré, pour marcher au secours des leurs à travers les armes et les ennemis.

XXXIX

A peine sont-ils sortis des flots, que déjà, sur le bord du rivage se jette au-devant d'eux une troupe bruyante d'Araucans; elle les charge avec fureur et avec de grands cris. Le premier, d'un pas rapide, venait l'agile Feniston, jeune homme audacieux [1], qui voulait devancer tout autre, plein du désir ambitieux de faire briller ses exploits.

XL

L'Espagnol, avec ordre et bravoure, poursuit sa route et son ferme projet. Il court aux ennemis qui veulent l'arrêter; son impatience se refuse à les attendre; et, pour accueillir Feniston, s'élance d'une marche aussi prompte, avec la même hardiesse, l'adroit Julian de Valenzuela, l'épée à la main, le bouclier devant la poitrine.

XLI

Le premier qui alors commença l'attaque fut l'impétueux Feniston. Il prévient son adversaire par un bond léger et imprévu, et en même temps décharge sa massue pesante. Mais Valenzuela, le bouclier en l'air, de ses deux mains arrête le coup. Il demeure tout étourdi du choc, comme si une montagne se fût abattue sur lui [2].

XLII

Le large bouclier était revenu heurter la tête; tant le coup avait été violent et sans mesure. Le jeune soldat, tout hors

---

[1] « Mozo atrevido. » Winterling, dominé par un souvenir d'Homère, ajoute mal à propos : « Und Mavors liebster Sohn. » L'on se rappelle la qualification que l'*Iliade* donne souvent aux héros : « Ὄζος Ἄρηος. » (Cf. *Iliade*, B´, 540 et *passim*.)

[2] « Como si encima un monte le cayera. »

Winterling a fait disparaître cette comparaison hyperbolique, si bien dans le goût espagnol.

de lui, un instant battit l'air de ses bras, privé de sentiment [1]; mais aussitôt, malgré son trouble, il se raffermit, et, tout à fait rendu à ses esprits, il put s'esquiver par un bond oblique et fuir la massue qui descendait encore de tout son poids [2].

XLIII

L'arme pénètre dans le sol à une grande profondeur. Telle était la violence, telle était la pesanteur du coup assené. Valenzuela voit l'embarras du barbare et l'occasion qui se présente à lui-même. Il avance rapidement le pied, le bras, perce avec son épée le sein de l'ennemi, et, au moment où il la retire chaude et rouge de sa poitrine, d'un revers il l'atteint au milieu du visage.

XLIV

Tout en délire, l'Araucan entoure l'Espagnol de ses bras égarés; mais le héros recourt à d'autres moyens. Il répond en saisissant la dague, et, d'une main prompte et ferme, trois fois il la lui plonge au corps, si bien que le barbare étend ses pieds presque roidis par le froid et ses bras à l'étreinte puissante.

XLV

A cette heure il n'y avait personne qui un seul moment restât sans agir; mais chacun avec empressement courait où son aide était nécessaire. Tel était le tumulte et tel était le choc

---

1   « Fué rodando de manos aturdido. »

Le court évanouissement de l'Espagnol a la durée de l'éclair. Il peut échapper ainsi, par un mouvement heureux, à la mort qu'un second coup de massue allait lui apporter. Winterling suppose que Valenzuela *roulé* à terre un instant sans connaissance :

     « Der beliaubte Jüngling rollt ein gutes Stück
     Am Boden hin, da ihm die Sinne schier vergangen. »

Mais comment peut-il s'abattre ainsi, se relever et bondir de côté, avant que la massue de Feniston l'ait frappé une seconde fois?

2 « Que calaba de alto. » Ercilla ne le dit point; mais le détail même des circonstances nous oblige d'admettre que Feniston cherchait à porter à son ennemi une nouvelle atteinte plus formidable que la première, et Winterling commente ici le poëte avec bonheur :

     « ..... Mit einem zweiten Schwunge. »

rapide des armes qu'il semblait que de ses gonds éternels le ciel ébranlé fondît sur la terre [1].

XLVI

D'un autre côté, sur le haut des remparts, toujours avec rage et dans une mêlée furieuse, se développait la bataille plus acharnée que jamais, et la victoire hésitait embarrassée, incertaine. Dans les airs volent les mailles brisées, et d'un sang écumeux et bouillant des ruisseaux si nombreux inondent le fossé, que déjà les cadavres flottaient.

XLVII

Ainsi les deux armées combattaient avec obstination pour la forteresse et pour l'honneur. Tel s'empresse de monter sur un cadavre, et là un mort tombe sur un vivant. Don Garcia de Mendoza, plein de résolution, défend sa citadelle avec héroïsme. A la violence et au courroux opiniâtre des barbares il oppose une énergique résistance.

XLVIII

Don Felipe Hurtado sur un autre point, don Francisco de Andia, Espinosa, don Simon Pereira le Lusitanien, don Alonso Pacheco, Ortigosa, arrêtent tout l'effort des Araucans, et, déployant un courage qui tient du prodige, disputent l'entrée à cette immense multitude, avec la seule vigueur de leurs bras et leur vaillante épée.

XLIX

Ailleurs Vasco Juarez, Carrillo, don Antonio de Cabrera, Arias Pardo, Riberos, Lasarte, Córdoba, Pedro de Olmos de Aguilera, debout sur le rempart élevé, frappent aussi leurs adversaires de façon que, malgré leur foule infinie, de tout ce côté la muraille n'avait rien à craindre.

[1] Cf. *Arauc.*, chant iv, oct. 17, note 1.

L.

Non moins hardis se montraient au combat Juan de Torres, Garnica, Campo-Frio, don Martin de Guzman, don Hernando Pacheco, Gutierrez, Zúñiga, Berrio, Ronquillo, Lira, Osorio, Vaca, Ovando. Tels furent leurs exploits que mon génie, lors même qu'aucun obstacle ne s'opposerait à sa marche, ne pourrait raconter tant de merveilles.

LI

Le carnage croissait si bien, que de ce côté les superbes Araucans fléchirent, et, voyant leur force brisée, la face toujours vers l'Espagnol, à pas réglés, ils se retirèrent. Les autres, à l'aspect de ce désastre, auquel ils ne s'attendaient pas, renoncèrent également à leur folle entreprise, et laissèrent dans la forteresse Tucapel qui toujours frappe, renverse et prodigue la mort.

LII

Il ne perd point pour cela courage, mais s'enflamme d'un courroux plus terrible et d'une plus vive colère. A droite, à gauche, furieux il s'élance, et de toutes parts accumule cadavre sur cadavre. Il terrasse Bustamante et Mejía, fait mordre le sol à Diego Perez et à Saldaña. Mais il est juste, après avoir à ce point soutenu ma voix, que je mette fin à tout ce massacre et à un chant aussi prolongé.

CHANT XX

Sommaire. — Comment Tucapel s'élance de la forteresse des Espagnols. — Ses nouveaux exploits sur le rivage. — Il rejoint ses compagnons. — Sortie des Espagnols et leur retour dans la citadelle. — Ils réparent les ravages causés à leurs fossés par l'attaque des Barbares et complètent leurs défenses. — Ercilla, durant sa garde de nuit, voit une jeune Indienne qui, sur le champ de bataille, essaye de découvrir le cadavre de son époux. — Cet épisode, plein de charme et de pathétique, apprend au poëte comment Tegualda est devenue, à la suite d'un tournoi, la femme du vaillant Crepino, que la guerre devait, à peine un mois après, enlever à sa tendresse. — Ercilla confie l'Indienne désespérée aux mains de femmes espagnoles; il est résolu à l'aider le lendemain matin dans sa triste recherche.

I

Que personne ne fasse de promesse, avant d'examiner d'abord jusqu'où peuvent aller ses ressources et sa force [1]. Quiconque à promettre est trop léger, la maxime le déclare, aura de longs repentirs. La parole est un engagement véritable que le devoir nous oblige d'exécuter. Le droit commun et une loi formelle nous imposent de garder à l'ennemi même la foi donnée.

II

Bien en dehors de ces prescriptions s'égare l'usage qui prévaut dans ces temps malheureux. Mille promesses grandissent votre espoir; mais aucune d'elles ne s'accomplit avec fidélité.

---

[1]
   « ..... Sin mirar primero
Lo que de su caudal y fuerza siente. »

Cf. Horace, *Art poét.*, 39-40, et Boileau, *Art. poét.*, I, 12 :

  « Et consultez longtemps votre esprit et vos forces. »

Ercilla exige pour les engagements d'honneur la même prudence que Boileau et Horace réclament des poëtes pour le choix d'un sujet; et il veut que l'on examine avec attention la limite du possible; aucun homme ne doit dépasser, par ses promesses, ce qu'il a le pouvoir de réaliser. C'est la prescription du bon sens, appliquée à la conduite comme à la composition littéraire.

Aussi la frivole et imprudente confiance, qui nous soulève sans autre appui que les airs, retombe brisée sur le sol, et le désenchantement arrive, quand le mal réel dépasse nos rêves flatteurs.

III

Pour mon compte, je saurai dire combien fatigue ma mémoire et la tient en souci la parole bien téméraire, aventurée par moi, de conduire à son terme cette œuvre commencée. La matière sèche et rebutante, la carrière si déserte et si stérile que j'ai choisies, ne m'assurent jusqu'à la fin qu'ennuis extrêmes. Combien n'est-il pas difficile de tirer quelque sève d'une glèbe aride!

IV

Qui m'a jeté au milieu des ronces et des rocs escarpés, à la suite des rauques trompettes et des tambours, lorsque je pouvais aller à travers jardins et bosquets, cueillant fleurs variées et odorantes, mêlant au récit des aventures et des requêtes, contes et fictions, fables et amours? Là, se présentait une course sans limites; là, il m'était possible de réjouir et d'être charmé moi-même [1].

V

Faut-il donc que j'aie toujours à parler de batailles et d'horreurs? Rien que discorde, que feux, que sang répandu, inimitiés, haines, ressentiments, irritation et furie, délire, rage, audace, courroux, colère, vengeance et férocité, meurtre, extermination, carnage, barbarie, capables d'inspirer du dégoût à Mars lui-même, et d'épuiser un génie moins intarissable que le mien?

---

1 Plusieurs fois déjà nous avons entendu les plaintes de l'écrivain sur l'aridité que lui présente la nature sévère de son épopée. Il regrette de ne s'être pas déterminé plutôt pour des récits d'aventures amoureuses, pour une matière plus charmante et plus féconde. Cf. chant i, oct. 1, et surtout les prologues des chants ir et xix. Mais, cette fois, le poëte paraît avoir un autre but, celui de préparer le lecteur à l'épisode de Tegualda, qui doit servir, aux yeux d'Ercilla, de correctif à la prétendue pauvreté de son poëme héroïque.

VI

Mais je suis contraint de prendre patience, puisque je me
suis enchaîné par mon propre vouloir, et je vous demande,
puissant Prince, avec humilité, que de m'écouter vous ne pre-
niez aucun déplaisir. Aussi bien, le courageux et intrépide Tucapel ne me laisse pas le loisir de me justifier ; telle est la vio-
ence et la fougue de son élan, que de son côté ma plume doit
oler en toute hâte.

VII

Semblable à une bête farouche entourée de chasseurs, tantôt
sur un point et tantôt sur un autre, il se fraye un chemin terrible
et sanglant, et sème en tous lieux le même carnage. Son orgueil
est tel, qu'il attaquerait là-haut, sur son trône de la cinquième
sphère, le redoutable Mars, s'il trouvait une route pour monter
au ciel : tant est superbe l'ardeur qui le transporte !

VIII

Mais voyant qu'il est seul désormais et couvert de blessures,
l'armée d'Arauco débandée, tous les glaives menaçants tournés
contre sa courageuse et vaillante poitrine, il se retire vers un
endroit où la montagne escarpée et taillée à pic, sans mur d'enceinte, lui laissait apercevoir au-dessous de lui une hauteur de
plus de vingt brasses à franchir.

IX

Comme si alors il eût eu un vol plus assuré que celui de Dé-
dale [1], il bondit de cette élévation et semble soutenu par des
ailes. Il déploya tant de vigueur et de souplesse, qu'un pareil
saut, qui pouvait donner l mort, fut   u de chose à ses yeux.

[1] Nouveau rapprochement   e l'auteur a puisé dans se connaissances littéraires,
mais qui offre du moins le so venir d'un rôle très-conn   d'une fable presque populaire. Cf. Ovide, Métamor   , VIII, 183-259.

L'intrépide barbare toucha le sol ainsi que l'eût fait une once légère ou un agile léopard [1].

X

Dès qu'il se fut précipité, après lui une infinité de traits étaient partis pour l'atteindre. La pensée même eût eu peine à le suivre ; mais les coups furent si rapides, qu'il les sentit avant que ses pieds effleurassent la terre. La décharge fut si grande qu'au même instant il se vit frappé en plus de dix endroits, non pas assez pour qu'il tombât, ni pour qu'il dérangeât son allure ou mît le moindre désordre dans sa marche.

XI

Une fois au bas de l'escarpement, et criblé de blessures, aussitôt il se repent d'avoir agi de la sorte, de s'être élancé du rempart. Dans son transport, et enflammé de tous les feux de la rage, terrible et plus courroucé que jamais, il voudrait retourner au jeu des combats et se venger du mal qu'il a reçu. Mais c'était folie que de rêver une telle entreprise ; la montagne présentait une coupe abrupte et impraticable.

[1] Virgile, au IXe livre de l'*Énéide*, nous montre aussi Turnus, qui s'engage dans de merveilleux exploits et dans une longue lutte contre les ennemis. Seul au milieu de la ville bâtie par les Troyens, il résiste à leur armée entière. Brisé enfin par la fatigue, et pressé par les ordres menaçants de Jupiter, il s'élance du haut des remparts dans le Tibre, avec toutes ses armes, et, mollement porté par les eaux du fleuve protecteur, revient triomphant vers ses compagnons (v. 801-818). C'était beaucoup oser déjà ; don Ercilla va plus loin. La vraisemblance n'est pas en faveur du rôle de Tucapel, mais le poëte a pris ses précautions, et vous n'avez pas oublié comment il a su rendre presque naturelles chez les Araucanos des actions qui, partout ailleurs, choqueraient notre esprit incrédule. Il suffit de se rappeler le genre d'éducation auquel était soumise la jeunesse barbare. (Cf. *Araucana*, ch. I, oct. 15-16.) Après le bond prodigieux qu'il a fait, et malgré les nouvelles blessures qu'il a reçues en l'achevant, Tucapel ne va pas immédiatement rejoindre ses compagnons d'armes, comme le guerrier rutule. Il regrette d'avoir abandonné les retranchements espagnols. Il voudrait venger les coups qui viennent de lui être portés du haut de la forteresse. Il cherche un chemin qui lui permette de gravir cette pente abrupte, et ce n'est qu'en désespoir de cause, qu'avant de s'éloigner avec le reste des Araucanos, il se détermine à un dernier exploit. Pour se réunir aux siens, il traverse, en la chargeant avec fureur, la troupe d'Espagnols qui était descendue des navires afin de prendre part à la bataille. Le caractère sauvage mais héroïque de Tucapel brille ici du plus vif éclat, et il nous retrace quelques traits de ces guerriers farouches dont les épopées anciennes et modernes ont conservé l'image, les Mézence et les Capanée, les Argant et les Rodomont ou les Adraste.

XII

Cinq ou six fois il essaya cette rude montée et les chances de la fortune. Une route impossible lui semblait devoir s'aplanir devant son courage et devant la fureur qui l'anime. Il court cherchant un accès de toutes parts, et promène ses pas autour de la montagne [1], comme le loup affamé, furieux, rôde autour de l'étable où s'abritent les agneaux [2].

XIII

Mais voyant à la fin que son projet est sans résultat, et que les coups tombent sur lui comme une grêle épaisse [3], il se retire par un des côtés, et aperçoit la lutte engagée dans la plaine et l'ardente mêlée. Comme le faucon qui plane avec fierté dans les airs, si, pendant que le héron s'élève au plus haut de l'espace, vient à passer le lâche milan, du ciel se jette sur sa proie d'un vol impétueux [4].

[1] C'est Hercule parcourant les pentes du mont Aventin, et cherchant, en frémissant de rage, l'accès de la caverne de Cacus. L'imitation de Virgile par Ercilla est évidente :

> « Ecce furens animis aderat Tirynthius, omnemque
> Accessum lustrans huc ora ferebat et illuc,
> Dentibus infrendens. Ter totum fervidus ira
> Lustrat Aventini montem ; ter saxea tentat
> Limina nequicquam ; ter fessus valle resedit. »
>
> (Én., VIII, 231-232.)

[2] Cf. Virgile, Én., IX, 59-64 :

> « Ac veluti pleno lupus insidiatus ovili,
> Quum fremit ad caulas, ventos perpessus et imbres,
> Nocte super media ; tuti sub matribus agni
> Balatum exercent ; ille, asper et improbus ira
> Sævit in absentes ; collecta fatigat edendi
> Et longo rabies et sicca sanguine fauces. »

[3] Nouvelle imitation du poëte latin :

> « ..... Il toto turbida cœlo
> Tempestas telorum, ac ferreus ingruit imber. »
>
> (Virg., Én., XII, 283-284.)

[4] Cette comparaison, dont il ne faut pas trop presser les petits détails, car l'épithète de *lâche,* donnée ici au milan, convient fort peu à la troupe espagnole venue des navires, cette similitude expressive offre une frappante justesse dans les circonstances principales qui la constituent. Le bouillant Tucapel est le faucon

XIV

Ainsi l'intrépide Tucapel abandonne son dessein téméraire et stérile, se porte vers l'autre armée et se dirige au lieu où se livrait un combat acharné et sanglant. A ce moment, la troupe des infidèles, à bout de courage, après avoir perdu beaucoup de sang et de guerriers, reculait sur la trace de ses bannières qui suivaient les flancs des coteaux [1].

XV

Mais ce n'est pas une raison pour que d'un seul pas, il se détourne de son entreprise, le vaillant barbare. Loin de là, il pousse à l'Espagnol, et dans les rangs par où il l'aborde, fait tomber sous ses coups une foule de soldats. Il jette dans les âmes une horrible épouvante, traverse bravement la troupe d'un bout à l'autre, frappe, renverse, de façon à laisser derrière lui une carrière bien frayée.

qui ne peut plus atteindre le héron perdu dans les airs, les Espagnols abrités derrière leurs hautes murailles ; il s'élance sur le milan qui passe au-dessous de lui, sur cette partie des envahisseurs qui combat près du rivage, et vers laquelle il descend avec furie.

1   « Se retiró siguiendo las banderas
              Que iban marchando ya por las laderas. »

Ercilla s'attache à nous dépeindre à grands traits la retraite hardie des Barbares. Ce n'est pas une fuite ; ils ne s'écartent pas, ils ne se dispersent pas ; ils reculent en bataillons formés et guidés par leurs bannières. L'octave xvii nous fait assez voir quelle est la pensée du poëte. Lorsque Tucapel, après de nouveaux faits d'armes, se rallie enfin à ses Araucans, l'écrivain nous les montre encore fermes toujours et compactes :

          « Arriba á los amigos, que siguiendo
          Iban la retirada á paso llano,
          Con el concierto y órden procediendo
          Que vemos ir las grullas el verano
          Cuando de su tendida y negra banda
          Ninguna se adelanta ni desmanda. »

Ercilla ne nous dit rien, pour le moment, des Espagnols. Il ne les représente pas jusqu'ici à la poursuite des Indiens. Aussi nous ne comprenons pas comment dans les deux derniers vers de la xive octave, Winterling a pu voir les soldats de l'Espagne gravissant les hauteurs et s'attachant à suivre, enseignes au vent, les traces de l'infidèle :

          « ..... Und die span'schen Compagnieen
          Verfolgen und umzingeln sie von allen Seiten. »

XVI

L'un reste là mutilé ; un autre, perclus, qui se plaint, qui gémit, qui se lamente ; celui-ci d'un côté, celui-là de l'autre, tombe étourdi. Tel autre s'éloigne et fait place au héros, dont le bras a ouvert dans l'épais bataillon, hérissé d'armes, une large brèche et un vaste chemin. Telle la foudre irritée, impétueuse, vole et déchire l'air pressé et la nue épaisse ;

XVII

Ainsi Tucapel, perçant d'outre en outre l'armée chrétienne, arrive jusqu'à ses amis qui continuaient de battre en retraite, à pas lents, et marchaient avec l'ordre et la disposition qu'au printemps nous voyons suivis par les grues, lorsqu'en dehors de leur longue et noire volée aucune d'elles ne s'avance ni ne s'écarte.

XVIII

Bien qu'en petit nombre, lorsque nous vîmes les Araucans tourner l'épaule et s'éloigner du combat, nous sortons à grand bruit de notre retranchement, et, réunis en bataillon dans la plaine, nous les suivons à pas mesurés, pour user de tous les avantages de la victoire ; mais nous revînmes à la hâte, craignant quelque embuscade des barbares [1].

---

[1] Ici est le terme de cette grande bataille qui a commencé presque au début du chant XIX et dont nous venons de voir les derniers incidents. C'est l'acte sanglant, mêlé d'épisodes divers, par lequel se renouvelle la lutte des deux nations, depuis qu'une armée entière est arrivée du Pérou pour réparer les désastres de la Concepcion et mettre le frein aux héroïques insurgés de l'Arauco. Rien ne manque à cette riche et poétique peinture, ni la variété des caractères, ni l'incertitude du dénoûment, ni l'éclat et la grandeur des images, la beauté et l'élévation du style poétique. C'est un des exemples les plus remarquables du talent d'Ercilla et les plus capables de nous prouver combien il se rapproche des grands maîtres de l'art. L'obligation du traducteur est de n'enlever à l'original aucun ornement, aucune nuance ; et n'est-il pas douloureux de lire ces belles et vivantes pages de don Ercilla réduites aux humbles proportions que Gilibert de Merlhiac leur inflige ? C'est le poëte couché sur le lit de Procuste. « Les Barbares se mettent en marche, et se présentent, en tumulte et avec de grands cris, devant le fort. Les Espagnols, quoique surpris de cette attaque, préparent une vigoureuse défense ; mais, malgré leurs formidables dispositions, la rage de nos ennemis est aveugle, et les remparts sont

XIX

L'attaque opiniâtre avait duré jusqu'à l'instant où le soleil, au plus haut point de sa carrière, avait encore autant do distance à parcourir au couchant qu'il avait déjà franchi d'espace depuis l'aurore. Rassurés désormais, en attendant qu'il achevât sa course ordinaire, et ramenât les heures nocturnes qui apportent à chacun le repos de ses fatigues,

XX

Nous débarrassons tout à l'entour les fossés remplis, sans interrompre un seul moment notre tâche active. En beaucoup d'endroits nous détruisons de larges traverses et des ponts jetés par les Barbares. Nous fortifions avec soin les places les plus faibles ; nous y ajoutons les travaux suffisants, et notre citadelle devient assez puissante pour résister à l'assaut le plus furieux.

XXI

La nuit ténébreuse avançait et couvrait le monde abandonné par la lumière. Les soldats se retirèrent dans le lieu que le devoir assignait à chacun, formant la garde et distribués en sentinelles. Dans cette circonstance difficile, personne n'était exempté de veilles. J'eus en partage le premier quart de la nuit, et fus placé près du fort, au pied d'un coteau.

XXII

J'étais épuisé par la lutte, et depuis cinq jours je n'avais pas quitté mon armure. Le sommeil importun m'accablait, mes membres étaient brisés et anéantis. Mais je résistais par un exercice continuel; j'allais sans cesse d'un côté à un autre

assaillis de tous côtés. Ils commencèrent à éprouver, dans cette occasion, qu'enfin la fortune était lasse de les favoriser ; après avoir fait des prodiges de valeur, ils furent repoussés avec une grande perte, et le plus féroce d'entre eux, le sanguinaire Tucapel, reçut pour prix de sa témérité une horrible blessure (p. 193). » Voilà ce qui remplace un vaste tableau presque digne du génie d'Homère!

sans m'arrêter jamais ; j'en étais réduit même à ne plus pouvoir compter sur mes pieds chancelants.

XXIII

Ce n'était pas une nourriture substantielle et des mets fumants, ni un vin plusieurs fois transvasé, ni le costume commode et l'habitude d'un repos réglé [1] qui avaient amené pour moi cette pesante somnolence. Du biscuit horriblement noir et moisi, que donnait avec mesure une main avare, une eau de pluie dégoûtante : voilà quelles étaient mes subsistances.

XXIV

Et souvent la ration se changeait en deux chétives poignées d'orge ; nous faisions cuire des herbes, et, faute de sel, c'était l'eau salée de la mer qui les assaisonnait. La couche délicate où j'allais dormir était la terre humide et fangeuse. Toujours armé, toujours en ordonnance, j'avais constamment ou la plume ou le fer à la main.

XXV

J'allais donc ainsi, luttant contre le sommeil qui me pressait, et, au milieu d'un silence profond, j'arpentais dans toutes les directions le poste qui m'était confié. Je vis qu'un des flancs de la colline était tout blanchi par les cadavres qui le chargeaient. Nos arquebuses ce jour-là n'avaient pas cessé, en effet, de frapper et de détruire.

XXVI

Peu de temps s'était écoulé ; j'avais l'œil aux aguets et l'o-

---

[1]   « Ni el habito y costumbre de reposo. »

Winterling traduit avec plus de grâce que d'exactitude :

« Noch der gewohnten Ruhe süsses Pflegen. »

Il est visible que chaque détail de cette octave est opposé, trait pour trait, à un détail de l'octave suivante. Au sommeil habituel, à la couche délicate que donne la paix, au vêtement commode que l'on prend pour dormir, forment contraste avec le repos souvent interrompu, la terre boueuse et froide, l'armure toujours endossée.

reille attentive, lorsque je m'aperçus que, de temps à autre, se
faisait entendre, du côté des corps étendus, un bruit qui à chaque fois se terminait par un soupir triste et prolongé. Le bruit
en se renouvelant semblait changer de place et errer de cadavre en cadavre [1].

XXVII

La nuit était si lugubre et si obscure que je ne pouvais distinguer de ce fait la cause certaine. Aussi, pour approfondir ce
qui se passait, et mieux encore pour accomplir mon devoir, je
me glissai en me baissant derrière les buissons, vers le lieu
d'où le bruit partait. Là, je vis marcher mystérieusement entre
les morts, et s'avancer, comme à quatre pieds, une forme noire.

XXVIII

Peu satisfait de cette apparition, avec un frisson que maintenant encore je ne songe pas à nier, le glaive au poing, le
bouclier sur la poitrine, invoquant Dieu, je poussai droit vers
l'image confuse; mais elle se dressa sur ses pieds, et d'une voix
craintive me fit cette humble prière : « Ah ! seigneur, je vous
demande grâce ; je suis une humble femme, et je ne vous ai
jamais offensé.

XXIX

« Si ma douleur et mon infortune cruelle ne vous inclinent
pas à l'attendrissement et à la pitié, si votre épée sanguinaire
et votre colère farouche franchissent les bornes permises, quelle
gloire peut vous revenir d'un tel exploit, lorsque la clarté des
justes cieux vous montrera que c'est contre une femme que
votre fer s'est assouvi, contre une veuve triste et malheureuse,
disgraciée par le sort?

1 Cette veillée en présence du champ de bataille, tout couvert de cadavres, est
d'une vérité saisissante et d'une expression terrible. Des tableaux semblables ont
souvent frappé nos soldats et nos officiers durant la guerre de Crimée, et surtout à
la suite de la sanglante journée d'Inkermann. Les relations du temps sont pleines
de ces peintures lugubres.

XXX

« Je vous en conjure, seigneur, si par votre bonne destinée, ou par une infortune semblable à la mienne, avec un amour sincère et une foi pure vous avez jamais tendrement aimé, laissez-moi donner la sépulture à un corps qui est mêlé à toute cette compagnie morte. Songez que s'opposer à la justice, c'est approuver déjà le mal et commettre l'iniquité.

XXXI

« Ne portez pas obstacle à cette tâche pieuse que n'interdit pas la guerre même des Barbares. C'est une espèce de tyrannie, oui, c'est la marque d'un tyran, que d'user de toute sa puissance. Laissez-moi chercher le corps de celui qui fut toute mon âme; ensuite exercez envers moi toute votre rigueur et toute votre furie. Aussi bien, telle est l'extrémité où la peine m'a mise, que la vie est pour moi plus redoutable que la mort.

XXXII

« Je ne connais aucun mal qui puisse désormais me sembler tel, et aucun bien qui surpasse pour moi le bonheur d'avoir possédé un tel ami. S'achève donc et disparaisse ce qui me reste encore de temps à vivre, puisque mon bien-aimé n'est plus ! Et si les dieux cruels ne m'accordent pas de mourir unie à son cadavre, ils n'empêcheront pas, quelle que soit envers moi la dureté de leurs arrêts, que mon âme attristée ne suive la sienne.»

XXXIII

Alors avec instance elle me conjurait de mettre fin d'un coup à sa douleur. Mais moi, j'étais en doute et en perplexité. Dans la crainte qu'elle ne me trompât, je me défiais même des marques les plus certaines, jusqu'à ce que je me fusse un peu mieux convaincu. Je soupçonnais en elle un émissaire qui venait épier l'état où nous nous trouvions.

XXXIV

Quoique j'hésitasse, cependant, malgré l'ombre qui me dérobait encore sa figure, je vis aussitôt, au peu d'effroi qu'elle
éprouvait et à sa grande résolution, que tout était vérité dans
son langage ; le perfide, l'ingrat, l'aveugle amour l'entraînait à la recherche de son époux qui, dès la première attaque,
en courant vers la gloire, avait perdu la vie.

XXXV

Puis, ému de compassion, en écoutant cette femme si courageuse à exécuter le dessein de son chaste amour, je quittai ce
lieu et vins avec elle à la place et au poste dont j'ai parlé[1].
Là, je lui demandai de me faire connaître, depuis le commencement jusqu'à la fin, le sujet de sa plainte, avec un esprit tranquille et résigné, et de calmer sa souffrance en épanchant son
âme.

XXXVI

« Hélas ! quel calme, dit-elle, peut-il y avoir désormais pour
moi jusqu'à la mort ? Sans remède est ma cruelle douleur et
plus forte que toute patience. Mais, bien que ce récit me doive
causer une peine accablante[2], je vous dirai quel fut le cours
de ma destinée amère. Peut-être ma tristesse pourra-t-elle, en
s'aggravant encore, mettre par son excès un terme à mes jours.

[1]   « A mi lugar y señalado asiento. »

Winterling traduit

            « ..... Wo mir mein Posten angewiesen. »

C'est-à-dire « au poste qui m'était assigné. » Rien ne s'oppose à cette interprétation
des termes espagnols. Cependant Ercilla nous a déjà fait savoir que ce poste lui
avait été donné, et l'on ne voit pas nettement pourquoi il le répéterait ici. Mais, en
emmenant avec lui Tegualda, il était naturel qu'il nous apprît où il la conduisait, et il
nous fait savoir que c'est au poste même dont il nous a déjà parlé (señalado) et où
il va être instruit, par la bouche de l'héroïne, de toutes ses tristes aventures.

[2]   « Quamquam animus meminisse horret luctuque refugit,
Incipiam ..... »
                                        (Virg., Æn., II, 12-13.)

XXXVII

« Je suis Tegualda, la fille malheureuse de Bracol, ce cacique infortuné. Beaucoup m'aimèrent en vain pour ma beauté. Longtemps je fus libre d'amour et de soucis. Mais trop tôt la fortune, irritée de voir mon indépendance et ma vie souriante, troubla si bien ma joie, qu'à la fin je meurs du mal que je bravais.

XXXVIII

« Une foule de prétendants sollicitèrent ma main. Je les dédaignai tous avec la même fierté. Mon excellent père, mécontent de ce refus, me conjurait d'accepter un époux. Mais mon orgueil libre et déterminé résistait à sa prière importune. Vouloir me changer était folie ; c'était battre le fer froid avec de stériles efforts.

XXXIX

« Cependant mes franches et rudes réponses ne rebutèrent pas les prétendants opiniâtres. Loin de là, renouvelant épreuves et requêtes, ils persistaient dans leur vaine pensée, et s'efforçaient par les charmes de la danse, par les jeux et d'autres fêtes, à modifier ma ferme détermination. Mais aucune adresse, aucun artifice ne leur suffit pour faire chanceler mon inébranlable vouloir.

XL

« Trop tôt cependant arriva le dernier jour de cette liberté et de ma puissance souveraine. Oh ! que n'a-t-il été aussi le dernier jour de ma vie ! Mais le sort ne m'accorda pas ce qui eût été mon bonheur. Dans un lieu voisin de nos habitations, le Gualebo, après avoir de son tranquille et limpide cours arrosé ses champs plantureux, [1] perd son nom et ses ondes qu'il abandonne au vaste Itáta.

---

[1] « Viciosos campos. » Rien de plus fréquent que cette acception du mot *vicio* et de l'adjectif qui en est formé, *vicioso*. Et cela, dès le premier âge de la langue espagnole. Cf. *Libro de Cantares del Arcipreste de Fita*, 384 :

XLI

« Là, je devais être punie de ma dédaigneuse fierté. Ils me
prièrent d'y venir assister à leurs divertissements ; et, comme
ma perte était décidée, ils obtinrent sans peine ce qu'ils me
demandaient. Aussitôt avec un ordre et un art merveilleux, ils
parèrent de branches la voie, et le sol fut jonché de feuilles,
comme si les meilleurs chemins n'eussent pas été bons pour
mes pieds, et que le soleil ne fût pas digne de m'effleurer de
ses rayons.

XLII

« J'arrivai par ces dômes de verdure jusqu'à la place où
m'avait été préparé un trône haut et magnifique. Pour le
composer, la nature, le plus grand des maîtres, avait prêté à
l'art ses ornements. Tout à l'entour murmurait une eau transparente. Agités au souffle du zéphyr, les arbres par leur balancement et leur bruit réjouissaient les yeux et les oreilles.

XLIII

« A peine étais-je assise, que d'une voix retentissante et solen-
nelle ils ordonnent de quitter la barrière et la vaste lice, à la
foule qui l'encombrait. Chacun se retire à sa place, et ils commencent la lutte accoutumée, au milieu d'un tel silence que
les témoins eussent pris tous les spectateurs plutôt pour des
statues que pour des hommes vivants.

XLIV

« Bien qu'il y eût là une troupe nombreuse et brillante de

> « Tiene omen su fija de coraçon amada,
> Loçana é fermosa, de muchos deseada,
> Encerrada é guardada, é con vicios criada,
> Do coyda tener algo, en ella tiene nada. »

Don Florencio Janer traduit *vicio* par les mots *regalo* et *deleite*, dans son « Voca-
bulario general. » Cf. Bibliot. Rivad., t. LVII, p. 588. *Viciosos* peut donc être
considéré, chez Ercilla, comme synonyme de *deleitosos*: Cf. *supra*, ch. XVII, oct. 11,
note 1, et ch. XXVI, oct. 19.

'eunes guerriers qui tous paraissaient rivaux, tous différents de fortune et de costume, tous ambitieux d'un succès trompeur; 'e ne faisais attention ni à ceux qui étaient vaincus, ni à ceux qui avaient remporté la victoire. Je cherchais autour de moi quelque passe-temps, et donnais un libre cours à mes pensées oisives.

XLV

« Je ne pouvais arrêter mon âme à tous leurs spectacles et désirais la fin de ces combats. Tantôt, contemplant les ouvrages de la nature, je regardais les arbres élevés, et tantôt l'onde qui traversait la prairie. Je complais les petites pierres nuancées [1]

---

[1] Les critiques de don Ercilla ne manqueront pas de rappeler ici les réprimandes sévères adressées par Boileau à quelques détails analogues de Saint-Amant :

> N'imitez pas ce fou qui, décrivant les mers,
> Et peignant au milieu de leurs flots entr'ouverts
> L'Hébreu sauvé du joug de ses injustes maîtres,
> Met, pour les voir passer, les poissons aux fenêtres;
> Peint le petit enfant qui va, saute, revient,
> Et joyeux à sa mère offre un caillou qu'il tient;
> Sûr de trop vains objets c'est arrêter la vue. »
>
> (Boileau, *Art poét.*, ch. III, 261-267.)

Voici les vers de Saint-Amant :

> « Là, l'enfant éveillé, courant sous la licence
> Que permet à son âge une libre innocence,
> Va, revient, tourne, saute et par maints cris joyeux
> Témoignant le plaisir que reçoivent ses yeux,
> D'un étrange caillou qu'à ses pieds il rencontre
> Fait au premier venu la précieuse montre;
> Ramasse une coquille, et d'aise transporté,
> La présente à sa mère avec vivacité. »
>
> (*Moïse sauvé*, t. I, pp. 103 et 222.)

Mais de ce rapprochement il serait difficile de rien conclure contre le goût du poète espagnol. Boileau n'a voulu que proscrire les circonstances petites et puériles dans les grands tableaux de la poésie, et, pour saisir sa vraie pensée, il suffit de rapprocher les vers de l'*Art poétique* de la réflexion VIe sur le rhéteur Longin. Il veut, dans les sujets sérieux et nobles, faire le procès aux détails mesquins et mièvres. Ercilla, tout au contraire, veut nous peindre une âme généreuse et indépendante qui, loin de s'arrêter au spectacle d'un tournoi qu'elle dédaigne et aux luttes de jeunes héros dont aucun n'a su fixer jusqu'ici ses goûts indifférents, se promène avec distraction sur les incidents les plus ordinaires de la nature, les cours d'eau et les arbres et jusque sur les moindres objets, plutôt que de s'arrêter sur la lice qui se déploie devant elle :

> « Lás varias pedrezuelas numerando. »

Ercilla n'a rien qui tombe sous le coup de la censure de Boileau.

et me croyais affranchie de toute contrainte, fort bien abritée
contre le souci, l'amour et l'infortune,

XLVI

« Lorsqu'un grand tumulte et de grandes clameurs, accom-
pagnement assuré de semblables jeux, partirent des rangs de
cette multitude, et vinrent m'arracher à mes réflexions et à ma
tranquillité. Je voulus savoir ce que ce pouvait être, et à mon
proche voisin je demandai la cause qui avait fait naître tous ces
cris. Il eût mieux valu pour moi ne l'apprendre jamais.

XLVII

« Il me répondit : « N'as-tu pas vu, Souveraine, comme le
jeune et robuste Mareguano a lutté contre tous ses émules et
leur a fait mesurer à tous la plaine avec les épaules? Et lorsque
déjà il espérait, plein de confiance, que ta main allait ceindre
son front superbe et joyeux de la belle guirlande, récompense
et distinction du plus vaillant,

XLVIII

« Voilà que ce héros vigoureux, à la taille bien prise, que tu
aperçois habillé de vert et de rouge, le jette par terre avec la
plus grande aisance et lui enlève l'honneur qu'il avait conquis.
La foule mobile et volage, émerveillée de cet exploit comme de
toute nouveauté, élève ce tumulte confus, en exaltant la force
du jeune athlète.

XLIX

« Et Mareguano s'efforce de son côté de renouveler la lutte.
Il prétend qu'il n'y a eu qu'un accident fatal et une mésaven-
ture, qu'en force et en adresse son adversaire est loin de
l'atteindre; mais les règlements et les conventions expresses du
cartel s'opposent à sa demande, bien que son rival s'écrie d'une
voix généreuse que volontiers il consent à reprendre l'épreuve.

L

« Mus par la raison, les juges repoussent les instances des
eux guerriers, et en aucune manière ne veulent permettre
u'il y ait sur ce point innovation et changement. Ils leur ordon-
ent de renoncer à leur projet [1], si après avoir tous deux
aru d'abord ensemble en la présence d'un consentement
ommun, ils n'obtiennent de ta part une formelle autorisa-
ion. »

LI

« A ce moment, vers la place que j'occupais se dirigea une
roupe confuse de cette multitude. Lorsqu'elle fut arrivée
rès du trône, le bruit discordant et les cris cessèrent, et le
eune vainqueur, élevant la voix, avec une humble et modeste
ourtoisie : « Señora, dit-il, je vous demande une faveur, sans
ourtant que mes actions l'aient méritée.

LII

« Si je suis étranger, et qu'à ce titre je ne sois pas digne que
ous fassiez pour moi ce qui appartient tellement à vos préro-

1   « Mas que de su propósito se quiten. »

Winterling entend ce vers d'autre façon et parait le rapporter aux juges eux-
mes plutôt qu'aux deux antagonistes :

        « Doch liessen sie es noch geschehen. »

Il faudrait alors traduire : « Mais qu'ils renoncent à leur sentence, si tous deux,
une volonté unanime, ils paraissent devant toi et obtiennent une autorisation for-
elle. » Cette explication est admissible; cependant le mot *quiten* semble impliquer
obéissance des deux émules à un ordre impérieux des juges du combat, et, dans la
nstruction générale de la phrase, le verbe *quiten*, aussi bien que le verbe *alcan-
áren* paraissent bien dépendre du même sujet. Le lecteur décidera :

        « Pero los jueces, por razon, no admiten
        Del uno ni del otro el pedimento,
        Ni en modo alguno quieren ni permiten
        Inovacion en esto y movimiento :
        Mas que de su propósito se quiten,
        Si entrambos de comun consentimiento,
        Pareciendo primero en tu presencia,
        No alcanzáren de ti franca licencia. »

gatives, je me propose avec sincérité pour être votre esclave, de
vivre et de mourir sous vos lois. Bien qu'en faveur de mon
rival je me relâche ici de mes droits et à mon préjudice, afin de
vous prouver ce que vaut mon hommage, pour peu que mon
offre puisse vous agréer, je voudrais tenter avec Mareguano les
chances d'une seconde lutte,

LIII

« D'une troisième, d'une quatrième et plus encore. S'il le
veut, je m'y prête, jusqu'à ce qu'il demeure entièrement satisfait. Je consens aussi à ce que le premier succès et le premier
résultat terminent l'épreuve et confèrent tous les droits de la
victoire [1]. Puisque le combat doit avoir lieu en votre présence,
j'ai l'espoir et la certitude de sortir de la lice avec une gloire
plus éclatante. Accordez-nous d'en venir aux prises. Suspendez
la loi avec votre pouvoir suprême et sans limites. »

LIV

« Il dit, et dans une attitude respectueuse, les yeux attachés
sur moi, il attendait une réponse. Et moi qui sans réfléxion et
sans prudence l'écoutais, en le regardant d'un œil attentif, non-
seulement je désirais consentir à sa requête, mais je faisais déjà
des vœux pour sa victoire. Je lui répondis de la sorte : « Si j'ai
en ceci quelque pouvoir, je vous accorde sans hésitation et
volontiers cette faveur. »

---

[1] Les paroles du jeune guerrier sont empreintes de générosité. Il aurait pu demander que, s'il était vaincu dans cette deuxième épreuve, une troisième lutte vînt
décider de la victoire. Il ne se réserve même pas cette chance, et laisse à Mareguano la liberté de s'en tenir au second essai ou de recommencer autant de fois
qu'il lui plaira, si Tegualda consent à la reprise des jeux :

> « Y consiento que al punto y ser primero
> Se reduzca la prueba y el derecho. »

Winterling s'éloigne un peu de la littéralité qui lui est habituelle, lorsqu'il traduit
ainsi :

> « Mir gilt es gleich, ob auch die Probe sich
> Erneuere; als wäre nichts geschehen. »

LV

« Aussitôt les deux émules, avec grâce et avec enthousiasme, s'éloignent d'un pas rapide, et, au milieu des longs cris de la foule, on les conduit dans le champ clos, où les parrains leur partagent également la lice, de telle manière qu'aucun d'eux n'eût l'avantage du soleil déjà penché à l'occident. Ils les laissent seuls dans la carrière, et tous deux se portent avec impétuosité l'un contre l'autre.

LVI

« Ils se joignent en un instant, et, dans une lutte obstinée, ils parcourent un long espace de terrain. Tantôt en cercle ils tournent sur eux-mêmes; tantôt obliquement, tantôt en ligne droite, ils traversent la plaine; tantôt ils se dressent de toute leur hauteur, tantôt s'abaissent, ou bien se réunissent, poitrine contre poitrine, et se pressent avec un gémissement profond et avec tant de force qu'il leur est malaisé de reprendre haleine.

LVII

« Ils recommencent la lutte avec un souffle si bruyant que c'était chose étrange de les voir et de les entendre. Mais le jeune étranger, tout indigné que sa vigueur et son adresse soient demeurées encore impuissantes, soulève de terre son rival, et poussant un soupir, l'envoie battre la terre des épaules d'un coup si terrible qu'au triste Mareguano il ne reste ni sentiment ni membre intact [1].

---

[1] Nous devons faire remarquer ici, à l'honneur d'Ercilla, avec quelle rapidité, cette fois, il retrace le tableau de cette joute. Il n'a pas à nous faire assister à des fêtes publiques et variées, comme au xe et au xie chant de l'*Araucana*. Tout l'intérêt est maintenant dans l'âme de la jeune Indienne, dans la naissance et dans le progrès de sa passion. C'est dans cette fine et poétique analyse que l'écrivain a mis tout son art et toute sa puissance de coloriste. Le reste n'est qu'un accident et une occasion, et devrait être abrégé.

LVIII

« Accompagné d'une foule nombreuse, le vainqueur est mené par les juges devant moi. Il s'agenouille à mes pieds, et l'on me prie de lui remettre sa récompense. Je ne sais si ce fut l'influence de son étoile ou de ma destinée; j'ignore les causes qui le voulurent ainsi; mais je commençai à trembler et une flamme ardente pénètre en courant jusqu'au fond de mes os[1].

LIX

« Je me trouvai si confuse et si agitée de cette émotion nouvelle, de ce tressaillement inconnu, que je restai un instant surprise et troublée, en face du péril, devant cette foule réunie; mais revenue à moi, et reprenant mon sang-froid, avec toute dignité, au vainqueur qui était là, incliné, presque à mes genoux, je posai la guirlande sur la tête.

> « No sé si fué su estrella ó fué mi hado,
> Ni las causas que en esto concurrieron,
> Que comencé á temblar, y un fuego ardiendo
> Fué per todos mis huesos discurriendo. »

L'imitation de Virgile est visible dans ces beaux vers d'Ercilla :

> « Vulnus alit venis et cæco carpitur igni. »
> « ..... Est mo'lis flamma medullas
> Interea, et tacitum vivit sub pectore vulnus. »
>
> (Én., IV, 2, 66-68).

La passion de Tegualda pour Crepino ressemble à celle de Juliette dans Shakspeare, et sa vivacité ressort avec plus d'éclat, lorsque vous songez à la profonde indifférence que l'Indienne avait jusque-là montrée à tous ses prétendants. Cet amour instantané, qui naît du premier regard, comme celui de Juliette et de Roméo, n'a rien qui nous doive surprendre. Il y a des passions graduées et progressives ; il y en a d'impétueuses ; énergiques les unes et les autres. Il en est qui s'accroissent par nuances, par évolutions successives; il en est à fougueuse allure; un instant les fait naître et les achève; un clin d'œil les embrase; elles jaillissent ardentes et tombent dans une âme comme la foudre. Virgile, cet admirable peintre de la nature humaine, ne dit-il pas dans un vers aussi laconique que Thucydide l'eût fait s'il avait été poëte :

> « Ut vidi, ut perii ! Ut me malus abstulit error !
>
> (Eclog., VIII, 41.)

Et ce vers si expressif, presque proverbial, est traduit de Théocrite, autre témoin sur une matière dont il était si excellent juge. (Cf. Εἰδύλλ., γ′, 42). Théocrite et Virgile absoudront Ercilla.

LX

« Cependant, je baissai aussitôt les yeux, contenue par la
onte et l'honneur, et le jeune homme, par un long hommage,
e fit prêter l'oreille à ses paroles. Enfin, il se retira emportant
a tranquillité et laissant mes sens tout bouleversés. J'étais
rrivée tout à la fois et dès les premiers pas au dernier degré
'amour et de peine [1].

LXI

« Je sentais un mal étrange assujettir mon orgueil indépen-
ant et mon âme rebelle. A ses lois s'enchaînaient ma raison,
ia liberté, tout mon vouloir. Lorsque mon esprit fut redevenu
aîtré de lui-même, moi dont le cœur glacé brûlait déjà d'un
eu dévorant, je levai mes yeux timides et séduits que la modes-
ie jusque-là tenait abaissés.

LXII

« Une puissance soudaine, irrésistible, brisa le frein de la
onte et de la réserve. Je le suivais de mes regards avides. Je
iourrissais ma blessure et le poison qui m'enivrait. Le voir, rien
ue le voir, pour ma souffrance, était alors le seul remède.
ussi partout où se portait sa marche, sur ses pas il entraînait
es yeux et mon âme.

LXIII

« Je le vis alors s'apprêter à courir vers l'étendard qui, selon
l'usage, à plus d'un mille de distance, était le but indiqué aux
émules. A l'agile vainqueur était promis un anneau orné d'émail
et d'une précieuse perle richement ouvragée; et cette main
malheureuse la devait offrir.

---

[1] Tout ce passage montre au mieux quel genre d'émotion Ercilla voulait peindre.
Son projet était d'opposer à la première indifférence de Tegualda, l'amour soudain,
rréfléchi et irrésistible dont nous parlions tout à l'heure, et dont les auteurs dra-
matiques aiment à représenter les troubles et les éclatantes explosions.

LXIV

« Plus de quarante guerriers parurent dans la lice pour se disputer la récompense. Chacun, le pied sur la raie tracée, attend, prêt et dispos; et à peine le signal a retenti, tous sur une même ligne s'élancent avec une telle vitesse qu'ils ne marquaient sur le sable presque aucune empreinte de leur passage[1].

LXV

« Mais Crepino, c'était le nom que portait le jeune étranger, devance tous les autres d'un essor si rapide, qu'il laisse après lui le vent aux ailes légères. Enfin, il touche le premier l'étendard de pourpre qui termine le long parcours, et son air gracieux charme la foule qui l'environne.

LXVI

« Avec solennité, ils le portent en triomphe tout autour de la vaste lice encombrée. Ensuite, ils se dirigent vers le lieu où j'étais et me conjurent de lui offrir le prix. Moi, je dissimule un tremblement craintif. Tous me regardaient avec attention. Je fais taire l'embarras et la timidité, et livre du même coup mon indépendance avec l'anneau.

LXVII

« Señora, me dit le vainqueur, je vous supplie de le recevoir de ma main. Le don peut vous sembler bien pauvre et bien humble; mais soyez certaine que vive est l'affection qui vous le présente. Si vous l'agréez, votre faveur est pour moi une richesse, et à tel point par là s'agrandiront ma force et mon courage, que ni dangereuse entreprise, ni chose au monde ne pourra désormais me former obstacle. »

[1] Cf. Virgile, *Én.*, VII, 808-811.

LXVIII

« Pour user de toute courtoisie, mérite suprême des dames, je lui réponds que j'accepte l'anneau, et plus volontiers encore l'hommage d'une telle personne. Au même instant, toute cette foule se presse autour de moi en cercle épais, m'enlève de ma place désormais si douce à mes yeux, et me reporte à la demeure paternelle.

LXIX

« Ce ne fut pas avec un faible effort, ni sans recourir à toute mon énergie, que, pour donner au monde une haute idée de moi-même, je dissimulai trois semaines ma douleur, pendant que toujours croissaient mon mal et ma flamme ardente. Paraissant à la fin céder, en fille soumise, à l'autorité d'un père, avec ruse, je lui fis entendre, par quelques indices détournés, que je voulais accomplir sa prière et ses vœux.

LXX

« Je lui rappelai qu'il me conseillait lui-même de prendre des parents et un mari, à mon gré et avec le respect des convenances ; que, pour lui obéir, j'avais choisi un époux, le jeune Crepino, dont la valeur égalait la fortune et l'illustre origine ; sage, bienséant, affable, son caractère et ses nobles procédés ne méritaient que des éloges.

LXXI

« Mon père, d'un air content et heureux, jusqu'au bout avait écouté mon langage. Il me baisa le front et dit : « En cela et pour tout le reste, je me confie à ta propre décision. Je suis assuré que ta prudence et ton vouloir honnête feront un choix digne de louange, et par sa courtoisie Crepino montre assez que l'on ne peut attendre de lui que sentiments nobles et grandes espérances. »

LXXII

« Lorsque j'eus satisfait à la fois ma volonté et l'ordre de mon père, mon honneur et mon désir, et mis fin à la vaine ambition et aux projets de mes jeunes prétendants, mon triste et malheureux hymen fut célébré publiquement et selon les formes régulières. Un mois s'est depuis écoulé à peine. O dure destinée! Combien l'infortune est voisine du bonheur!

LXXIII

« Hier, je me voyais heureuse de mon sort, sans crainte de revers et sans défiance. Aujourd'hui, la sanglante et inexorable mort a tout renversé, tout abattu. Quelle consolation me viendrait à telle détresse [1]? Comment le ciel saurait-il compenser pour moi un mal qu'aucun remède n'a le pouvoir de guérir, et lorsque nul bien ne peut égaler une perte aussi affreuse?

LXXIV

« Voilà quelle est mon histoire; tu en connais le détail et la fin trop véritable d'une douce existence. Hélas! ma liberté et ma courte gloire sont devenues une amertume éternelle, et puisqu'à ta demande ma mémoire a renouvelé cette plaie douloureuse, pour prix de ma souffrance, je t'en conjure, laisse-moi donner la sépulture à mon époux.

---

1 Winterling substitue aux locutions poétiques mais simples d'Ercilla, des métaphores un peu recherchées et hors de place :

    « Heut hat die strenge Hand des Todes ohn' Erbarmen
    Die schöne Blume abgepflückt !
    Wo wächst ein heilend Kraut für solche Wunden? »

« Todo lo haderribado por el suelo » exprime, dans le texte original, la ruine de tout le bonheur et de toutes les espérances de Tegualda; c'est un édifice renversé. Le traducteur allemand a remplacé cette grande image par celle d'une belle fleur arrachée du sol ; c'est ce que l'on eût pu dire d'une jeune fille enlevée à la tendresse de sa famille, plutôt que d'un guerrier mort en combattant pour sa patrie. Le troisième vers, que nous avons cité de la version de Winterling, présente une figure beaucoup plus éloignée encore de la noble simplicité d'Ercilla.

LXXV

« Il n'est pas juste que les oiseaux de proie déchirent son
orps malheureux, que les chiens et les bêtes féroces apaisent
vec sa dépouille l'avidité de leur faim insatiable [1]; mais si ton
me est de marbre et ne veut pas consentir à une prière si légi-
ime et si raisonnable, avec ton épée, avec ton bras inflexible,
ais-nous partager le même trépas et la même tombe. »

LXXVI

Ainsi elle acheva de parler, et elle se prit tellement à gémir que
la colline en retentissait. Si grandes étaient son angoisse et sa
tristesse qu'il me fallut bien lui tenir compagnie dans son affliction. J'avais beau la rassurer et lui promettre tout ce qui était
en mon pouvoir, elle n'implorait que la mort et le coup du
sacrifice pour dernier remède et comme bienfait.

LXXVII

Je me serais trouvé alors en peine et en embarras, si Don
Simon Pereira qui, d'un autre côté, faisait aussi la garde, n'était
venu me dire que le temps était achevé, et, non moins troublé
de ce qu'il avait appris, car, placé à une faible distance, il avait
tout entendu, il m'aide à consoler Tegualda, il lui prodigue de
nouvelles assurances qui lui confirment la sincérité de mes
promesses.

LXXVIII

Déjà la voûte du ciel tournant avec rapidité faisait disparaître
les étoiles dans la mer, et les feux de la Croisette [2] qui dési-

---

[1] L'idée de son fils, abandonné comme une proie aux chiens et aux vautours, est
aussi, après la douleur même que lui cause sa mort, ce qui tourmente le plus, dans
Virgile, la mère d'Euryale :

> « Heu ! terra ignota canibus date præda Latinis
> Alitibusque jaces..... »
>
> (Én., IX, 485, 486.)

[2] « El crucero. » Il s'agit de la Croix du Sud, une des plus belles constellations

gnaient les heures, s'inclinaient entre le sud et le sud-ouest.
Au milieu du silence et des ténèbres, lorsque Tegualda, com-

de l'hémisphère austral. Les marins lui donnent le nom de *croisette* ou de *croisade*.
Elle annonce aux navigateurs des cieux inconnus pour nous. M. Ampère, le fils,
reconnut, comme il longeait la côte de Porto-Rico, cette constellation qu'il avait
aperçue en Nubie, à la même latitude dans le vieux continent (Cf. *Promenade en
Amérique*, t. II, p. 410). Cependant tous les voyageurs n'en parlent pas avec une
admiration égale. Madame Ida Pfeiffer s'exprime sur le ton du mécompte : « Nous
étions très-près de la ligne, et nous aurions désiré, comme tant d'autres passagers,
voir les constellations si vantées du Sud. J'avais surtout beaucoup entendu parler
de la *Croix du Sud*. Comme je ne pouvais la distinguer moi-même au milieu des
étoiles, je priai notre capitaine de me la montrer. Il prétendit n'en avoir jamais
entendu parler et le premier pilote nous en dit autant ; le second pilote seulement
crut qu'elle ne lui était pas tout à fait inconnue ; avec son aide, nous trouvâmes, à
la vérité, dans le firmament, quatre étoiles qui formaient à peu près une croix légèrement penchée ; mais elles n'avaient rien de particulier et nous laissèrent assez
froids. En revanche, nous en vîmes de magnifiques : Orion, Jupiter et Vénus ;
cette dernière brillait d'un si vif éclat, que sa lumière traçait sur les flots un beau
sillon argenté... » (*Voyage d'une femme autour du monde*, p. 17, trad. par M. de
Suckau.) Améric Vespuce, au contraire, s'extasie sur la merveilleuse beauté des
quatre étoiles de la Croix du Sud. Il pense que ce sont elles que Dante a voulu
peindre dans son *Purgatoire*. Mais à l'époque de Vespuce elles ne se nommaient
pas encore des noms qu'elles portent aujourd'hui, et il les figure sous l'image non
d'une croix, mais d'un losange (*mandorla*). M. de Humboldt semble admettre que
la dénomination de *crucero* est due à des navigateurs chrétiens, soit dans la partie
septentrionale de la mer Rouge, soit sur les côtes occidentales de l'Afrique, où les
Catalans étaient arrivés déjà, en 1346, jusqu'à 23° 40' de latitude N. Nous apprenons encore par M. de Humboldt que, seize ans plus tard, le voyageur florentin,
Andrea Corsali, naviguant de Lisbonne au cap de Bonne-Espérance, vit en 1514 une
croix merveilleuse, si belle qu'il n'osait la comparer à aucun signe céleste ; et,
comme Vespuce, il croit que c'est de ce *crucero* que Dante a parlé dans son *Purgatoire* avec un esprit prophétique, « con spirito profetico. » Ceci a fort étonné
quelques commentateurs. Ils ne pouvaient comprendre que Dante, antérieur au
XV° siècle, eût connu les étoiles du Sud. « Portant ma pensée sur l'autre pôle qui
était à ma droite, dit le poëte de Florence, *j'aperçus quatre étoiles* qui ne furent
jamais vues que de la race première. On eût dit que le ciel se plaisait à leur rayon-
nement. O septentrion, région vraiment veuve, puisqu'il t'est refusé de les contempler ! Lorsque je fus arraché à ce spectacle, en me détournant un peu vers
l'autre pôle, là où le Chariot avait déjà disparu, je vis près de moi un vieillard ; il
était seul et digne, à le voir, de tant de vénération, qu'un fils à son père n'en doit
pas davantage. Il portait une longue barbe blanchissante comme ses cheveux dont
une double tresse tombait sur sa poitrine. *A la sainte lumière des quatre étoiles*, sa
figure rayonnait d'un tel éclat, que je la voyais comme si le soleil eût été devant
lui. »

> « Li raggi delle quatro luci sante, etc. »
> *Purgat.*, I, terz. 8, et suiv., trad. de M. Mesnard, 1855, p. 5.

Laissons de côté Caton d'Utique avec sa belle barbe blanche et tous les autres
détails de cette étrange conception, pour ne nous occuper ici que de la Croix du
Sud, « el crucero. » M. Artaud de Montor (*Hist. de Dante*, 1811, p. 344, 493),
M. Ampère (*loc. cit.*), M. Mesnard (*Purgat.*, note 2, p. 451), ont tous pensé qu'il
s'agissait ici de la brillante constellation de l'hémisphère austral, décrite avec tant

,renant ce qu'elle devait à nos offres, eut réprimé ses soupirs,
nous la conduisîmes au camp espagnol.

LXXIX

Là, elle demeura remise à la garde honnête de femmes mariées, jusqu'à ce que le jour attendu et déjà voisin eût fait

de poésie par M. de Humboldt. Il n'était pas nécessaire de voir ici exclusivement les quatre vertus cardinales dont parlent les théologiens, c'est-à-dire la prudence, la justice, la force et la tempérance. Sans doute, à côté des vues savantes que nous rencontrons chez l'Alighieri, l'imagination du poëte mêle ses tendances poétiques et religieuses qui vivifient son épopée entière. « A côté de l'existence réelle ou matérielle des objets, Dante leur assigne, pour parler avec Humboldt, une existence idéale; il y a là comme deux mondes dont l'un est le reflet de l'autre. » Ainsi, au chant xxix du *Purgatoire*, Dante décrit la marche du célèbre char figuré; à la gauche, il voit danser quatre femmes habillées de pourpre; elles suivaient une d'elles qui avait trois yeux à la tête: c'est la Prudence; ses trois compagnes sont les trois autres vertus. Au chant xxxi, Dante est plongé par une personne emblématique dans les eaux d'un fleuve épurateur, et confié à quatre femmes, aux quatre vertus qui disent d'elles-mêmes : « Ici, nous sommes des nymphes; dans le ciel nous sommes des étoiles. »

« Noi sem qui Ninfe, e nel Ciel semo stelle, »

et c'est pour leur caractère sacré qu'il les appelle de saintes lumières, « luci sante ».

Mais il n'y a pourtant pas là une pure imagination; l'écrivain cache sous un indice aussi précis, une connaissance astronomique très-réelle. Non-seulement Dante s'est éclairé sans doute de la tradition des Égyptiens et des Phéniciens, recueillie par les Arabes ; et M. Ampère fait très-judicieusement remarquer qu'il a pu connaître par les planisphères arabes la Croix du Sud; mais les érudits d'une grande autorité sur lesquels nous nous appuyons, ont pour ainsi dire marqué l'itinéraire scientifique de Dante : « On sait, nous dit M. Artaud de Montor, que les Génois, les Pisans et les Vénitiens allaient par l'Égypte jusqu'au cap Comorin, promontoire de l'Inde, dans la partie la plus avancée de la presqu'île en deçà du Gange. En faisant des observations au cap Comorin, on était placé à 7 degrés 56 minutes de latitude nord, et l'on pouvait apercevoir distinctement les *quatre étoiles* formant la *Croix du Sud*, à plus de 20 degrés d'élévation au moment de leur passage au méridien. Il y a plus. Il existe un globe dressé en Égypte, à la date de 1225, l'an de l'hégire 622, par Caïssar ben Abou Cassem. On y voit d'une manière positive la *Croix du Sud*. Dante a pu voir ce globe vers 1310 ou 1314. J'en ai eu connaissance par mon confrère M. Reinaud. Comment tous les commentateurs n'ont-ils pas eu quelque soupçon de ce fait? Ce globe acquis par le cardinal Borgia, en 1784, provenait d'un cabinet de Portugal. Assemani a illustré ce globe en 1790, et jusqu'ici, personne n'avait pensé à s'appuyer sur ce monument pour expliquer ce que la vision de Dante offrait de singulier, on a été jusqu'à dire, de prophétique... M. l'abbé de Césaris, astronome du collége de Bréra, avait mis sur la voie les personnes qui pouvaient chercher à résoudre cette question. » Mais sans recourir au globe de 1225 ni à l'opinion de l'illustre astronome de Milan, pourquoi Dante, *dont l'érudition*, suivant M. de Humboldt, *égalait le génie poétique*, n'eût-.l

replier le noir manteau de la nuit. Cependant, puisque tous se
délassent tandis que je chante, il ne serait pas moins raisonnable
de différer à demain mon récit suspendu. Un peu de repos
m'est aussi nécessaire.

pas connu la Croix du Sud, puisqu'on a pu l'observer de son temps et que des voyageurs peuvent l'en avoir entretenu ? Reste à examiner la vraisemblance plus ou
moins grande qu'il l'ait réellement connue, et la solidité des objections que l'on
oppose à l'avis affirmatif. M. de Humboldt nous donne sur ce point de grandes lumières. Un traducteur éminent de Dante, M. Streckfuss (*Göttliche Comödie des
Dante Alighieri*, 1834, pp. 179 et 223) ne conteste pas la possibilité du fait, mais il
doute que le poëte ait voulu désigner des étoiles réelles vues par des voyageurs et
des peuples méridionaux. Pourquoi, en effet, Dante eût-il dit alors des quatre
étoiles :

« Non viste mai fuor della prima gente. »

« J'ose opposer à ce raisonnement, dit M. de Humboldt, que d'après les idées de
cosmographie systématique que la *Divine Comédie* a empruntées aux Pères de
l'Église, l'hémisphère inférieur du globe est tout aquatique. Comme par la chute du
premier homme, l'îlot montagneux du paradis qui s'élève au milieu de l'immensité
de l'océan, a perdu ses premiers et seuls habitants, « la prima gente », Adam et
Ève, cet hémisphère est un « mondo senza gente » (*Inferno*, XXVI, 117). Cette circonstance ne justifie-t-elle pas les paroles de Dante, qui, sans doute, ne veut pas
parler de navigateurs venus accidentellement de la partie du globe dont Jérusalem est le centre, mais de la partie qui est déserte, depuis qu'Adam et Ève ont
été chassés du paradis ? » (Cf. Alex. de Humboldt, *Hist. de la géogr. du nouveau
continent*, in-8°, 1837, t. IV, p. 321 : cité par M. Artaud de Montor, pp. 499, 500.)
Une lettre de Vespuce à Pier Francesco de' Medici, datée de 1503, et mentionnée
encore par M. de Humboldt, confirme l'opinion que partagent de nos jours tant de
savants et habiles critiques, et ne permet plus de douter à présent que Dante n'ait
fait une allusion sérieuse à un fait établi, contemplé plus d'une fois par don Ercilla dans le ciel de cet hémisphère austral où il place le théâtre de son épopée.
A mesure que les mers du Sud furent plus fréquentées par les navires de l'Espagne,
du Portugal et de l'Italie, le ciel austral devint plus célèbre et sa beauté fit l'admiration des hommes. Le *crucero* ne fut pas seulement un groupe céleste, mais devint comme un palladium pour l'audace des navigateurs. Oviedo, qui passa trente-
cinq années de sa vie en Amérique (15.3-1547), obtint de Charles-Quint de pouvoir
ajouter aux armes de sa famille, pour les embellir (por mejoramiento de mis armas) les quatre grandes étoiles de la Croix du Sud ; il les considère comme les
« gardes du pôle antarctique » (*las guardas del polo antártico*. Gonzalo Oviedo y
Valdes, *Histor. gener. de las Indias*, Séville, 1535).

CHANT XXI

ARGUMENT. — Au point du jour, Ercilla accompagne la jeune femme barbare sur le champ de bataille où bientôt Tegualda retrouve son époux glacé par la mort. — Peinture de son désespoir. — Le poëte la fait escorter par ses Yanaconas qui portent le cadavre de Crepino jusqu'au lieu où elle retrouve ses propres serviteurs et où elle n'a plus rien à craindre des surprises de la guerre. — Les Espagnols apprennent que leur cavalerie arrive de Mapocho. — Mais un Indien et un Cacique qui leur est dévoué, leur annoncent une attaque prochaine de toutes les forces réunies des Araucans. Tout à coup ils voient apparaître les compagnons d'armes qu'ils attendaient. — A la nouvelle de ce secours inattendu, les Araucans ajournent leur attaque, jusqu'à ce qu'ils soient mieux informés de la puissance véritable du renfort. — Une seconde troupe d'auxiliaires vient de Cauten se joindre à l'armée de don Garcia. — Caupolican se prépare à poursuivre la guerre. — Il passe en revue ses nombreux soldats, conduits par leurs chefs. — Le général espagnol met ses troupes en mouvement ; il leur adresse un langage héroïque et franchit le Biobio.

I

Qui jamais d'amour a donné preuve si éclatante ? Qui jamais en a vu si grande marque ou si pieux témoignage qu'aujourd'hui à nos regards les offre cette belle et infortunée Indienne ? Que la Renommée, pour exalter ce dévouement, élève ma faible voix ; qu'elle la rende haute et sonore, et que pour répandre la gloire éternelle de cette action, elle vole de bouche en bouche et de contrée en contrée.

II

Arrière l'emploi coupable et le mordant office de ces langues empoisonnées qui ont la coutume et qui se font un devoir d'offenser les femmes vertueuses ! Si vous l'examinez bien, ce seul exemple, lors même que tant d'autres motifs ne la combattraient pas, suffit pour confondre leur malice et les contraint d'accepter un frein qui les réprime et de subir la honteuse peine du silence.

III

Combien, ah ! combien nous voyons d'héroïnes gravir jusqu'au
faîte escarpé de la gloire ! Judith, Camille, la Phénicienne Didon,
que Virgile couvre d'un injuste opprobre, Pénélope, Lucrèce
qui lava avec son sang le lit outragé de son époux ; Hippo,
Tuccia, Virginie, Fulvie, Clélie Porcia, Sulpicia, Alceste, et Cor-
néiie [1] !

---

1 Le poëte consacre à Didon une apologie directe et fort étendue dans les chants
xxxii et xxxiii de son épopée. Cf. aussi, *supra*, t. I, p. CXC-CXCVI.

— Hippo et Miletia, filles de Scédasus, homme pauvre de Leuctres, sont violées
et ensuite tuées et jetées dans un puits par deux voyageurs lacédémoniens, au mépris de l'hospitalité qu'ils avaient reçue du père. Celui-ci porte en vain ses plaintes
à Lacédémone. Scédasus se donne la mort. Il apparaît à Pélopidas, la veille de la
bataille de Leuctres, et lui annonce la victoire par laquelle ses filles vont être
vengées (Voy. Plutarque, *Récits d'amour*, III). Suivant une tradition un peu différente, les deux filles de Scédase se nommaient Hippo et Molpia ; ce furent elles-
mêmes qui, dans leur désespoir, se donnèrent la mort, et ce fut Epaminondas qui,
sans aucune apparition, invoqua Scédase et ses filles avant la bataille de Leuctres.
Ercilla a sans doute suivi cette dernière tradition qui se trouve dans Pausanias,
IX, 13. — Nous devons ces détails à l'érudition toujours prête et toujours obli-
geante de notre ami M. Martin, l'un des hommes les plus versés dans toutes les
littératures, et l'éminent doyen de la Faculté des lettres de Rennes.

— Tuccia. En l'année 619 de Rome, la vestale Tucia, Tutia ou Tuccia, accusée
d'avoir été infidèle à son vœu de chasteté, prouva son innocence en portant de
l'eau dans un crible depuis le Tibre jusqu'au temple de Vesta. Voyez Denys d'Halicarnasse, *Antiqvités romaines*, II, 69. Valère Maxime, VIII, 1, § 5, et Pline,
H. N., XXVIII, 2, sect. 3, § 12, [, IV, p. 236 (Sillig). (*Communication de
M. Martin.*)

— Virginie. Qui ne connaît le drame sanglant si bien exposé par Tite-Live ? Le
rôle personnel de Virginie est peut-être moins pathétique que celui de son père,
du centurion Virginius ; mais dans cette magnifique peinture de l'honneur, de la
pudicité et de la justice aux prises avec tous les excès d'un pouvoir capricieux et
violent, si la jeune fille intéresse par cela seul qu'elle est victime, elle nous touche
pourtant aussi par ces sentiments d'héroïque chasteté que Lessing prête, après
Tite-Live, à son Émilia Galotti, la Virginie de Guastalla. Tite-Live n'avait pas à
créer une tragédie, mais à retracer les faits de l'histoire et le berceau des institutions, le renversement des décemvirs. Cependant sa Virginie est pleine de puissance et d'action souveraine, surtout quand elle est tombée sous le fer paternel.
Après avoir montré, fidèle narrateur, les conséquences du soulèvement populaire,
Appius emprisonné et se donnant lui-même la mort dans son cachot, ses collègues
égorgés ou proscrits, Tite-Live termine son récit par une noble et touchante réflexion que nous avons déjà citée (Cf. *supra*, t. I, p. XCIII, *note* 4), et qui nous
représente l'ombre de Virginie accomplissant sur les décemvirs une légitime vengeance. Cette douce et triste image de la pudeur, sauvée par le sacrifice et pro-
menant après sa mort la justice des dieux sur la terre, appartenait de droit au
sujet d'Ercilla.

— Fulvia. Le lecteur peut hésiter entre deux Romaines célèbres qui, toutes deux,

IV

A bon droit parmi elles peut être placée la belle Tegualda,
conduite rare et noble montre ce dont elle est digne pour sa

..t porté ce nom. L'une d'elles, maîtresse de Q. Curius, complice de Catilina,
révéla le complot à Cicéron, sans nommer son amant. Voy. Salluste, *Catilina*, ch. 21.
L'autre Fulvia est celle qui fut la femme d'abord .. tribun Clodius, puis de
Marc-Antoine. Lorsque son premier mari eut été assassiné et son cadavre apporté à
Rome, Fulvia le fit placer dans le vestibule de sa maison et donna, à la multitude
qui accourait, le spectacle d'une grande douleur. Quand Lucius, le frère de son
second époux, se renferma dans Pérouse, où il fut assiégé par les lieutenants d'Octave et par Octave lui-même, Fulvie montra une force d'âme et un courage tout
viril. Elle paraissait au milieu des soldats, ceinte d'une épée, donnait le signal,
arrangeait les troupes. Elle mourut à Sicyone de la douleur que lui causait la passion d'Antoine pour Cléopâtre. Cette seconde Fulvie est beaucoup plus célèbre que
la première, et si elle s'est montrée odieuse en perçant à coups d'aiguille la langue
de Cicéron assassiné, pour le punir de l'éloquence avec laquelle il l'avait flétrie,
elle a pourtant fait éclater une rare tendresse pour les deux époux auxquels elle a
tour à tour appartenu. Sa place est marquée dans l'histoire, bien qu'à des titres
fort différents, comme celles de Porcia et de Cornélie.

—C'élia. Tout le monde connaît cette vaillante Romaine, qui, donnée en otage à Porsena, revint en traversant le Tibre à la nage. Rendue au roi des Étrusques par les
Romains, elle reçut sa liberté et celle de ses compagnes. Porsena lui fit même présent
d'un cheval harnaché, et l'admiration des citoyens lui érigea dans la voie Sacrée une
statue équestre. Virgile lui accorde l'immortalité d'un beau vers (*Énéide*, VIII, 651).

— Porcia. Le poëte veut parler de cette fille de Caton d'Utique qui devint la
femme de Junius Brutus, et qui, après la perte de son mari, se donna la mort, en
avalant, dit-on, des charbons ardents. (Cf. Dezobry, *Dict. génér. de biogr. et
d'histoire*, p. 2172).

— Sulpicia. Allusion à cette femme célèbre qui, sous Domitien, vengea par une
satire les philosophes proscrits. Épouse de Calenus, quand cette noble Romaine vit
son mari condamné avec tant d'autres par un empereur qui voulait que rien d'honorable ne vînt plus choquer ses regards (*ne quid usquam honestum occurreret*,
Tacite, *Agric.*, 11), elle ne laissa pas cet outrage impuni et composa, contre le décret tyrannique, sa courageuse invective, seul poëme de l'antiquité latine qu'une
femme nous ait légué. Cf. Schlæger, *Sulpitiæ Eclogæ*, Mittau, 1816; et la traduction en vers français, par M. Théry, *Paris*, 1887.

— Alceste. La tragédie d'Euripide fait assez connaître le dévouement conjugal
d'Alceste. Elle s'offrit aux Parques pour sauver son époux Admète, que la maladie
menaçait de mort; mais Hercule, hôte d'Admète, dispute et enlève aux enfers la
femme généreuse.

— Cornélie. Il ne s'agit pas de la mère des Gracques, si admirable pourtant par sa
tendresse maternelle et à laquelle ses vertus et son noble caractère firent ériger
dans Rome une statue de bronze, mais bien de la fille de Métellus Scipion, qui fut
mariée au grand Pompée. Elle accompagna Pompée, après sa défaite de Pharsale,
fut témoin de sa mort sur la côte d'Égypte, et se réfugia à Chypre. La Cornélie
d'Ercilla est celle que Lucain, poëte favori des Espagnols, a célébrée. Cf. *Pharsale*,
chant V, 722-815; chant VIII, 40-159, 517-775. La plupart des héroïnes de la mythologie ou de l'histoire que rappelle Ercilla dans cette 3e octave, sont des modèles

pieuse tendresse. Aussi, sur le piédestal d'un acte sublime, elle brille parmi les plus illustres, et son nom toujours célébré appartient désormais à un avenir immortel.

V

Elle était restée, je l'ai dit, dans une retraite sûre, au milieu d'une compagnie honnête, et se montrait, pour ce léger service, pleine d'une reconnaissance proportionnée au mal que lui faisait craindre sa situation périlleuse[1]. Lorsque l'aurore eut ra-

d'affection et de fidélité conjugales. Didon, que justifie une tradition opposée à celle de Virgile, Pénélope, Lucrèce, Fulvie, Porcia, Sulpicia, Alceste, Cornélie, offrent des exemples éclatants de tendresse dévouée, analogue à celui de Tegualda. Mais le poëte n'a pas voulu seulement relever à tous les yeux l'honneur des épouses constantes. Son hommage est plus général et plus étendu. Il veut défendre la femme contre les attaques mordantes de la satire :

> De las mordaces lenguas ponzoñosas,

contre ces accusations banales qui semblent vouloir interdire au sexe tout accès à la gloire. Au souvenir de tant de pieuses et loyales épouses, il associe celui de Judith qui s'est exposée pour sauver toute la nation juive des fureurs d'Holopherne; de Camille qui meurt, les armes à la main, en partageant les exploits de Turnus; d'Hippo, qui meurt de désespoir pour se dérober à la honte de l'outrage qu'elle a souffert; de Tuccia, dont le ciel même, par un prodige, absout la vertu; de Virginie, qui tombe victime de son propre père, mais pour échapper à la fureur d'un décemvir; de Clélie, dont l'ennemi même des Romains admire la forte résolution. Tous ces nobles types féminins répondent aux froides censures contre lesquelles proteste l'âme chevaleresque du poëte ; toutes ces héroïnes ont mérité, comme Tegualda, une place dans la renommée :

> « ..... Han subido
> A la difícil cumbre de la fama. »

[1]
> « Del poco beneficio agradecida,
> Segun lo que esperaba en su ventura. »

Winterling ne me semble pas donner aux deux vers espagnols leur véritable sens :

> « Indem sie dankend oft die arme Wohlthat pries,
> Die ihr durch mich das Schicksal angedeihen liess. »

Ercilla ne songe nullement à s'attribuer le moindre mérite dans son acte d'intervention. Loin de là, il cherche à l'atténuer avec une abnégation parfaite. Il n'y avait eu dans sa conduite, semble-t-il nous dire, qu'un assez mince bienfait, « el poco beneficio, » ce que Winterling traduit avec bonheur par les mots « arme Wohlthat »; mais l'Indienne témoignait pour ce faible service une reconnaissance proportionnée aux appréhensions qu'elle avait conçues, aux périls qu'elle avait pu craindre. La recherche du cadavre de son époux, pendant la nuit, sur un champ de bataille resté aux vainqueurs, était une témérité qui pouvait lui coûter cher; elle pouvait devenir captive, être outragée; le traitement humain et courtois qu'elle

...né une nouvelle lumière, quoique un agréable sommeil eût enchaîné doucement mes membres brisés par la fatigue, je fus éveillé par le vigilant souci.

VI

En toute hâte je vins au lieu où elle était ; toujours fidèle à son affliction et à ses tristes plaintes, elle ne laissait pas même un seul instant s'affaiblir sa peine douloureuse et ses soupirs. Moi, avec grande compassion, je la consolais, et promettais avec assurance de lui rendre le corps de son époux, et de lui donner une escorte pour qu'elle pût repartir en liberté.

VII

Elle, encore incrédule, pleurait, et les bras étendus, sollicitait de moi, une sûreté entière. Alors j'appelai les Indiens que j'avais à mon service, et avec elle je sortis cherchant le cadavre de tous côtés. A la fin, parmi les morts qui gisaient dans cet endroit, nous trouvons la dépouille sanglante et froide. Une balle avait traversé l'Araucan de part en part.

VIII

Lorsqu'elle voit devant elle cette face flétrie et mutilée, la malheureuse Tegualda, entraînée aussitôt par un aveugle transport, tout en délire, se jette sur son époux, presse son visage contre le sien et, baignée d'un intarissable torrent de larmes vivantes, embrasse les lèvres, la blessure de l'Araucan et s'efforce de lui rendre l'existence avec son haleine.

1 reçu lui inspire une gratitude mesurée sur l'attente des graves dangers qui planaient sur elle,

« Segun lo que esperaba en su ventura. »

Il n'y a rien, selon nous, dans cette expression, qui puisse mener au sens de Winterling : « Reconnaissante du faible service que le destin lui avait accordé par mon intermédiaire. » Ce n'est plus traduire un écrivain, c'est substituer à son idée une idée fort différente.

IX

« Infortunée ! disait-elle, que fais-je au sein d'une telle douleur et d'une telle détresse ? Pourquoi ne pas contenter le
cruel amour, dans ce moment qui semble choisi pour y satisfaire ? Pourquoi, lâche Tegualda ! ne pas en finir d'un coup avec
une si grande amertume ? Qu'est-ce donc ? Et l'injustice du sort
en est-elle venue à ce point que même une mort violente me
soit refusée ? »

X

Et dans son transport, pour mourir elle étreignait de ses mains
impitoyables son cou d'albâtre [1] ; et comme ses forces la trahissaient, elle n'épargnait ni ses joues où la tristesse était peinte,
ni sa chevelure ; et, bien que je tâchasse de l'arrêter, j'avais
beaucoup de peine à contenir ses mouvements. Telles étaient
ses angoisses et son agitation profonde ; telle était l'ardeur avec
laquelle elle désirait la mort.

XI

Lorsque cette douleur exaltée eut fait place à un peu de calme
devant mes longues instances et més prières, et que ses promesses
m'eurent enfin rassuré sur les projets et les égarements de cette
âme païenne, mes agiles Yanaconas placèrent sur une large
et forte planche le cadavre roidi et glacé, et leurs épaules vi-
goureuses le portèrent jusqu'aux lieux où l'Indienne était attendue par ses propres serviteurs.

1   « ..... Por morir echaba
        La rigurosa mano al blanco cuello. »

Il s'agit bien réellement d'une tentative de suicide. Winterling ne dit pas assez,
lorsqu'il traduit :

        « Sich schlägt mit strenger Hand die weisse Brust und heischt
        Zu sterben nur mit glühendem Verlangen, »

Tegualda ne se borne pas à se frapper la poitrine et à désirer la mort ; elle s'efforce de se la donner elle-même, et c'est lorsque cet effort impuissant (*no podiendo
mas*) a été comprimé par Ercilla, qu'elle se contente de meurtrir son visage et de
s'arracher les cheveux dans son désespoir.

XII

Mais pour que dans les périls de cette guerre elle n'eût à souffrir aucun outrage ni aucun excès, jusqu'au delà d'une terra voisine je l'accompagnai avec les miens. Arrivée à une terre désormais sûre, et lorsqu'elle n'eut plus à suivre qu'un chemin facile, elle prit congé de moi, me rendant grâces de ce que j'avais fait pour elle et du service qu'elle avait reçu[1].

XIII

Revenus au retranchement, nous fûmes livrés toute cette semaine au travail, pour refaire ce qui était détruit, pour réparer le fossé d'enceinte et la muraille ébranlée[2]. Nos soins actifs et nos efforts y eurent bientôt pourvu. Pleins de courage et en bon ordre, nous attendions chaque jour les troupes ennemies, dont la rumeur publique nous annonçait l'approche.

XIV

Nous reçûmes aussi la nouvelle que nos guerriers étaient partis de Mapochó, approvisionnés d'armes et de munitions, avec mille chevaux et deux mille archers. Mais le pluvieux hiver avait fait croître les torrents, les marais et les lagunes. Ils perdaient bétail, effets, soldats, et la nécessité avait ralenti leur marche[3].

[1] Tout l'épisode de Teguaïda, l'un des plus pathétiques de l'épopée entière et qu'Ercilla oppose avec tant d'art aux scènes de carnage qui l'ont précédé ou qui vont le suivre encore, a été non pas appauvri cette fois et desséché, mais complétement supprimé dans l'analyse de M. Gilibert de Merlhiac.

[2] Cf. supra, ch. xx, oct. 20.

[3] La cavalerie, partie de Lima, et qui devait franchir le désert d'Atacama (ch. xiii, oct. 27), avait déjà trouvé un point de repos à la Serena (ch. xv, 63); mais à peine a-t-elle réparé ses forces, qu'elle poursuit sa marche sur Santiago (ibid., oct. 64). C'est de Santiago qu'elle arrive à la citadelle de Pinto, pour prendre bientôt sa part au combat de « las Lagunillas ». Don Ercilla n'a pas nommé le chef qui la commande. Au chant xiiie, il dit simplement « un caudillo ». Claude Gay place les cavaliers sous les ordres de Luis de Toledo (t. I, p. 374); mais Pedro de Oña désigne à leur tête Julian de Bastida (Cf. Arauco domado, I, 45). Cependant il n'y a ici rien de contradictoire : pour un corps d'expédition aussi considérable, composé de mille che-

XV

Telle était notre situation, lorsqu'un matin arrive en toute hâte un Indien dans la forteresse. Il s'écrie : « O peuple téméraire! peuple insensé ! Fuyez, fuyez la mort qui déjà vous environne. L'indomptable puissance des Araucans fond sur vos têtes. Ni vos remparts ni vos défenses ne parviendraient à leur résister, et je ne sais quel lieu pourra vous garantir. »

XVI

Le même avis fut apporté vers le milieu du jour par un cacique de la montagne, notre allié. Il affirmait avec certitude que toutes les troupes et toutes les forces de l'Arauco s'avançaient dans un appareil superbe, avec des instruments et des machines de guerre, des ponts, des échelles, des madriers, des planches et mille autres préparatifs dangereux.

XVII

La bravoure des nôtres ne fut point ébranlée par ces récits. Loin de là, ils désiraient en venir aux prises ; le moins courageux avec résolution cherchait la place où il aurait le plus de périls à courir. Avec la promptitude, avec la régularité convenables, on dispose les ressources nécessaires, et l'armée toute prête attend le jour qui menace un si grand nombre d'existences.

XVIII

Des Indiens, nos émissaires, nous avertirent encore que sans doute l'assaut nous serait livré par trois côtés à la fois, à la dernière veille de la nuit silencieuse. Aussi nous avions renoncé à l'espoir de tout secours, non pas de Dieu, mais des hommes, lorsqu'au sommet d'une colline tout à coup parut à nos yeux, marchant en bel ordre, la troupe espagnole.

vaux et de deux mille archers, il fallait plusieurs officiers ; Gay et Pedro de Oña auront cité les deux principaux, l'un celui-ci, l'autre celui-là, sans mériter ni l'un ni l'autre aucun reproche d'inexactitude.

XIX

Qui pourrait peindre l'immense joie, le ravissement qui
clate des deux parts, les saluts échangés, le concours, le rauque
t tumultueux fracas que Mars fait entendre, toutes ces ban-
ières déployées au vent, ces guidons, ces devises, ces étendards,
es trompettes, les clairons, les cris, les appels et les hennisse-
ents des coursiers qui frémissent ?

XX

Nous échangions les uns avec les autres des paroles d'amitié et
e bienvenue. Pour les chevaux et les gens de pied nous mar-
uons un séjour et un emplacement commodes. Des tentes
rnées, des pavillons, des abris, se dressent dans l'étroite plaine,
t leur nombre est si grand que toute une ville semblait avoir
ailli du sol.

XXI

L'arrivée de ces combattants fit que l'armée barbare, déjà
oisine, guidée par des vues nouvelles et par un avis prudent,
bandonne ses projets et rebrousse chemin. Colocolo oppose
n conseil sage et habile à celui de beaucoup d'autres caciques,
t il les harangue avec tant d'art et de persuasion qu'il sait attirer à ses plans tous les suffrages.

XXII

Ils engagent auparavant, il est vrai, un grand débat et une
discussion animée ; mais à la fin ils ajournent pour l'heure
l'exécution de leur terrible sentence, et ils replient leurs bandes formidables, jusqu'à ce qu'ils puissent être exactement
instruits des forces que l'armée espagnole vient d'amener et
dont la renommée avait déjà grossi le nombre.

XXIII

Cependant les nôtres, avides de montrer cette valeur à la-

quelle se reconnaît la nation [1], impatients du repos, jaloux
d'entrer sur la terre ennemie pour la dévaster, s'efforcent, dans
leur ardeur fougueuse, de hâter les combats que leurs vœux
sollicitent. Ils s'empressent, ils mettent tout en œuvre, pour
préparer les objets que réclame la guerre.

XXIV

Bientôt est réparé tout l'équipement où une route longue et
fatigante avait marqué ses ravages. La troupe intrépide et
bouillante, animée par la valeur et par l'amour de la gloire,
murmure librement contre l'inaction et demande un prompt
départ. Elle veut que l'on hâte le moment appelé par toutes les
espérances. Il est fixé enfin au cinquième jour.

XXV

Lorsque eut paru l'heure joyeuse et désirée, comme allait
s'ouvrir la première marche, voilà que de l'Impériale, arrivait
une grande foule de cavaliers et de fantassins. Pour nous rejoindre, elle avait traversé un pays rebelle et soulevé, avec des
serviteurs nombreux, une quantité de bagages et de munitions,
des armes, des approvisionnements.

XXVI

Quand une fois à cette même place furent réunis tant de
soldats armés, équipés, que tous les préparatifs utiles eurent
été faits, et toutes les ressources nécessaires disposées, on répartit
dans un ordre égal les campements, les quartiers, les escadrons,
afin qu'à la moindre alarme et au premier signal, chacun pût
accourir à sa bannière.

---

1   « Pero los nuestros' de mostrar ganosos
       Aquel valor que en la nacion se encierra. »

Winterling traduit avec éclat, mais avec plus d'esprit et d'aisance que d'exactitude :

      « Allein die Unsern, v n Begier entbrannt
       Den angestammten Muth der Väter zu bewahren. »

XXVII

Caupolicán, avec non moins d'habileté, avec des soins vigi-
nts et une prévoyance qui embrassent tous les détails, confie
s troupes d'Arauco à des chefs illustres et capables. C'est
ns la guerre, c'est dans cet art difficile que son génie et son
périence éclatent davantage. Et lorsqu'il eut tout réglé, il
ulut voir un jour combien d'hommes portaient le fer sous ses
is.

XXVIII

Le premier qui se montre devant lui est le cacique Pillolco.
s'avance couvert d'une armure à l'épreuve et sa main droite
utient une énorme massue garnie du fer le plus dur[1]. Il
il à la tête de ses compagnons, habiles maîtres à lancer les
ards d'un bras exercé et toujours sûr. Tous s'avancent fidèles
u bon ordre, tous avec une belle attitude, treize par treize, en
les toujours égales.

XXIX

A peine les dernières ont passé, déjà paraît sur leurs traces le
aillant Leucoton que suit une foule épaisse d'archers. De toutes
arts ils font voler d'innombrables flèches. Après lui, c'est Rengo
vec ses hommes chargés de massues. D'un pas égal et grave, il
arche arrogant, présomptueux et hardi. Un cèdre entier repose
ans sa main[2].

---

[1] Les vers d'Ercilla indiquent avec clarté l'armure défensive et l'arme d'attaque :

> « ..... El cual armado
> Iba de fuertes armas, en la diestra
> Un gran baston de acero barreado. »

Le traducteur allemand ne parle que de la massue, de l'arme offensive, et il y
voit le meilleur des remparts pour le guerrier :

> « Der erste, der an ihm vorüberzog,
> War der Kazick Pillolco, der
> Zu Schutz und Trotz als seine beste Wehr
> Den eh'rnen Kolben in der Rechten wog. »

[2]

> « Con un entero libano en la mano. »

Ce vers nous rappelle aussitôt le vers de Virgile sur lequel il semble calqu.

> « Et tenerâm ab radice ferens, Silvane, cupressum. »
>
> (*Georg.*, I, 20.)

XXX

Puis d'un air superbe vient le sauvage et robuste Tulcoman.
Il revêt, au lieu d'armure, la peau d'un tigre farouche qu'
lui-même a tué. La gueule effrayante du monstre lui environne
toute la tête et encadre son front et ses joues d'une double et
forte rangée de dents blanches, aigües, unies et brillantes.

XXXI

A grand bruit l'accompagnent ses sujets, rudes et âpres soldats, qui l'entourent d'un cercle épais, tous couverts de la dépouille des animaux. Et à leur tour, les Talcamávidas se présentent. Leur maintien surpasse leur courage[1], ils obéissent
aux ordres de leur jeune chef, le présomptueux Caniolaro.

XXXII

Sur les pas de leur dernière file marche Millalermo, dans la
fleur de l'âge et fier de ses armes peintes. Il descend du fameux
Picoldo et gouverne les peuples qui habitent les rives du vaste
Nibequeten dont le cours impétueux entraîne tant de sources
et de ruisseaux tributaires, pour les verser tous dans le sein du
Biobio.

[1]   « Que son mas aparentes que esforzados. »

Ercilla ne représente jamais les Araucans comme des lâches. Loin de là, il relève,
en mainte occasion, la bravoure de cette héroïque peuplade, et il croit honorer
l'Espagne et rehausser sa gloire en lui montrant quels adversaires elle a chaque jour
à combattre. Deux fois seulement dans l'épopée entière, Malleo, au chant xv de
l'*Araucana*, oct. 49-55, et un cacique condamné à mourir (chant xxvi, oct. 33 et suiv.)
trahissent quelque faiblesse, tout individuelle. Encore le repentir suit bien vite la
faute, et ils savent l'expier. Nulle part le poëte n'accuse cette race courageuse. Il
veut dire que les Talcamávidas étaient intrépides, mais qu'ils n'étaient pas moins
jactancieux, qu'ils avaient le courage et l'apparence du courage, qu'ils faisaient
mille bravades, portaient des armures brillantes, brandissaient leurs piques avec
orgueil et d'un air menaçant, se mettaient tout en dehors, de sorte qu'intrépides en
effet, ils attiraient encore plus le regard par leur maintien qu'ils n'inspiraient l'effroi par leur valeur, et nous croyons que telle était aussi la pensée de M. Winterling lorsqu'il traduisait en ces termes :

« Die tap'frer schienen, als sie *wirklich* waren. »

XXXIII

Puis aux yeux du chef s'offre Mareande [1], avec un cimeterre
t un énorme bouclier. Son âme est altière et grand est son
rgueil. A sa haute stature répondent des membres vigoureux.
rès du héros est placé son parent Lepomande dont l'épaule
upporte une large épée, tranchante et nue. Tous deux n'ont
u'un seul drapeau, et à l'entour de ces braves se pressent
vec leurs armes des soldats éprouvés.

XXXIV

Après eux Lemolemo continue la marche. Il traîne derrière
ui une pique formidable, à la tête de son bataillon qui surpasse
e beaucoup tous les autres par son éclat et son air superbe [2].
n peu plus loin vient Gualemo couvert de la peau dure et velue
'un cheval marin que son père avait immolé en défendant la
ère du guerrier.

XXXV

On rapporte (j'ignore si le récit est fabuleux [3]), qu'elle se
baignait dans les eaux de la mer, un peu à l'écart, lorsqu'un
cheval marin arriva dans le même lieu et la saisit avec impé-

---

[1] Mareande a figuré avec éclat dans la première rencontre des Araucans et des Espagnols, lorsque ceux-ci éprouvèrent un si cruel désastre devant les murs de Tucapel, sous les ordres de Valdivia. Cf. *Arauc.*, ch. iii, oct. 22-28.

[2] Nous avons, comme Winterling, rapporté les épithètes *lucida* et *vistosa* au mot *escuadra*, dont elles sont plus rapprochées et auquel toutes deux nous semblent mieux convenir qu'à « una pica poderosa ». Cependant Ercilla présente des constructions assez libres pour justifier celle que nous écartons cette fois. Le lecteur jugera, devant le texte, les motifs de notre préférence :

> « Seguia el órden tras estos Lemolemo,
> Arrastrando una pica poderosa,
> Delante de su escuadra, por estremo
> Lucida entre las otras y vistosa. »

[3] « No sé si es fábula, » Le poëte semble presque admettre la vérité de la fiction. Il ne conteste pas, tout au moins, qu'elle ne soit possible. L'on voit que la tradition indienne sourit à son imagination émerveillée, et l'intérêt qu'il sait y prendre augmente celui du lecteur. Il ne décrédite pas d'avance l'aimable mensonge. Winterling traduit avec plus de sincérité que de grâce :

> « Es wird erzält, doch nicht verbürg' ich solche Sagen. »

tuosité. Le mari accourut à la hâte aux cris de sa femme chérie que le monstre emportait, et dans le transport de la douleur et de la tristesse qu'il avait de la perdre, il se lance aussitôt dans les flots après elle.

XXXVI

Tel fut le pouvoir de l'amour que le jeune audacieux atteignit le ravisseur au moment où il s'éloignait, et s'attachant à ses membres avec adresse, tout en nageant, il le rapprochait du rivage voisin ; là, le monstre des mers, qui se maintenait à la surface des eaux (l'amour aussi bien l'avait aveuglé) donne avec violence sur le sable, à l'heure où le reflux ramenait en arrière les vagues fugitives.

XXXVII

Il lâche sa captive affranchie, et secouant sa queue terrible, il laboure le sol, tourne son énorme corps, et se dirige vers le jeune homme intrépide. Lui, sans perdre ni le temps ni l'occasion favorable, court à ses armes qu'il avait laissées près de là, et entre les deux adversaires commence une bataille si furieuse que la mer calma ses flots, le soleil arrêta sa course, pour les contempler.

XXXVIII

Avec adresse le vaillant barbare qui unissait la force à la légèreté, frappe d'un coup vigoureux le monstre en courroux, il l'atteint de sa massue garnie de fer ; et bientôt l'Indien par sa bravoure donne à cette lutte un dénouement heureux. Il laisse son gigantesque ennemi étendu sur l'arène. Trente pieds n'eussent pas mesuré l'espace qu'il recouvrait.

XXXIX

En mémoire de cet exploit héroïque, digne d'être célébré par les écrivains, de la dépouille épaisse et velue du monstre il se fit une cuirasse flexible et solide. Après la mort de Guacol, le rave Gualemo hérita de ses armes et de Quilacura, immense vallée où abondent une riche population, l'or, les troupeaux [1].

XL.

Aussitôt après lui passe Talcaguano. La mer forme une ceinture autour de ses domaines. Dans sa main droite est un vaste mât qu'il brandit comme un faible roseau. Sa tête est ornée de hautes plumes qu'il balance avec fierté. Sur ses pas volent des combattants dont la poitrine est couverte de bandes obliques, où l'azur, le blanc et le rouge alternent leurs couleurs.

XLI

Puis vient Tomé. Sur ses traces s'avancent les Puelches, soldats factieux, dont les armes sont des hallebardes à la pointe effilée, longue d'une brasse et de forme arrondie. Ensemble marchent les Trules, armés de glaives, peuple d'une foi mobile et d'humeur inconstante; peu d'effets, beaucoup de démonstrations; grande force, petit entendement.

XLII

Andalican ne manque pas à l'appel avec sa troupe brillante, exercée, toujours en ordre. Il est revêtu d'une cotte de mailles de la trempe la plus fine, et brandit une lance énorme, formidable. Orompello que l'âge n'a pas encore mûri, mais plein d'éclat et de grande espérance, conduit un autre bataillon de combattants éprouvés, et l'adroit Ongolmo accompagne ses pas.

XLIII

Après eux paraît Elicura richement armé. Il conduit une bande de jeunes héros aux membres vigoureux, dont l'arrogance égale le grand courage. Suivent les Llauques dont la face est

---

[1] Cette peinture épisodique enlève à l'énumération d'Ercilla l'aridité pour ainsi dire inhérente à ce genre de revue. Des détails pittoresques et personnels peuvent seuls distraire et charmer l'attention du lecteur.

teinte de rouge, peuplade robuste et intrépide. Au milieu des
rangs est leur chef, le fils du célèbre Ainavillo[1].

XLIV

Puis c'est Cayocupil. Sur ses traits brillent la bravoure et le
désir de la gloire. Il gouverne sa troupe de vétérans et marche
d'un pas grave, sous une armure étincelante. Purén vient après
lui. Son corps se balance avec fierté. A la suite de leur chef se
montre une vaillante troupe de soldats, consommés dans les
durs travaux de la guerre.

XLV

Ensuite Lincoya paraît, haut comme un géant. Plus orgueilleux et plus redressé que tous les autres, il est couvert d'une
cuirasse rayonnante et solide, et son casque est chargé de panaches. D'un air dédaigneux, le héros devance son bataillon aux
files brillantes et serrées. Le jeune Paycavi[2], aussitôt après ce
chef, guide une autre foule de braves combattants.

XLVI

Il vient aussi à cette revue avec des soldats en bon ordre, le
grave Caniomangue, attristé par la mort de son père, vieillard
illustre, auquel il a succédé dans sa charge. Son armure blanche est toute couverte de noir, et sa troupe, vêtue de la même
couleur, mesure sa marche lente aux sons irréguliers et rauques
prolongés par les tambours.

---

[1] Cf. *Araucana*, ch. 1, oct. 61; ch. 11, oct. 38.
[2] Eugenio Ochoa et M. Cayetano Rosell donnent également *Peicavi*. C'est cet
Indien qu'au 11e chant du poëme (oct. 13) ils ont appelé *Paicibi*, et Winterling lui
restitue ici encore à peu près la même dénomination :

« Ihm folgte Paycavi mit raschem Schritte. »

Ces différences d'orthographe pour les noms propres se rencontrent chez les
écrivains et chez les éditeurs les plus attentifs.

XLVII

Le dernier à paraître ici, mais le premier des héros, est l'aucieux Tucapel. Son pourpoint éblouissant est couvert de larges
rreaux tissés de brun et d'or. Sa taille est élevée, son regard
rouche. D'une démarche superbe et à pas lents, il précède un
as de guerriers superbes, arrogants et téméraires.

XLVIII

Le magnanime Caupolicán avec les autres guerriers et le
este de l'armée araucane, plus enflammé d'ardeur que le terible Mars, s'avance tenant son court bâton à la main. A l'omre de son pouvoir et de son étendard viennent le vaillant Curgo
t Mareguano, Colocolo, le grave et éloquent cacique, Millo, Teuan, Lambecho et Guampicolo.

XLIX

A la suite de Caupolicán se pressent tous ses sujets, les Pilmaiquenes [1], les Tuncos, les Renoguelones, les gens de Penco,
ceux des rives de l'Itáta et du Maule, les Cauquenes, qui peignent leurs guidons et leurs drapeaux, les soldats du Nibequeten,
les Puelches et ceux de Cauten, avec un épais bataillon de
peones et une multitude confuse de combattants, tribus amies,
voisines ou étrangères.

L

Comme on voit la mer déployer et multiplier ses vagues, ainsi
se presse cette vaillante foule de guerriers. La terre tremble et

---

[1] « Pilmaiquenes. » Autre preuve du fait que nous venons de signaler. L'édition
Baudry, celle de Rivadeneyra, la traduction allemande écrivent ici « Plimaiquenos,
Plimaiquenes, Pilmayquenen, » bien qu'il s'agisse des habitants du pays que, dans
le IIe chant de l'*Araucana*, elles désignent sous les noms de « Palmaiquen, Pilmaiquén et Pilmayquen » (oct. 17). Il suffit d'avoir signalé deux exemples de ces
inadvertances du poëte et des critiques ou des imprimeurs, pour que nous n'ayons
plus à y revenir.

frémit à l'entour, foulée et battue par des pieds innombrables[1].
Plein de bruits confus, l'air est obscurci par un amas de poussière soulevée, qui, en vaste tourbillon, monte jusqu'au ciel,
telle qu'un brouillard épais et sombre ou telle qu'un nuage ténébreux [2].

LI

Dans notre camp, je l'ai dit, régnait un ordre égal. Au moment du départ, don García se place au-devant de sa brave armée, et de cet air confiant, de ce visage serein qui déjà promettent un succès heureux, il anime d'une ardeur nouvelle des
cœurs enthousiastes, et se met à nous parler en ces termes :

LII

« Valeureux compagnons, le courage dont vous êtes dotés par
la nature, vous a seul conduits à découvrir le pôle austral;

---

[1] C'est l'image ou plutôt c'est le ton d'Homère avec des images différentes, à la
fin de son dénombrement des soldats et des chefs de la Grèce :

> Οἳ δ' ἄρ' ἴσαν, ὡς εἴ τε πυρὶ χθὼν πᾶσα νέμοιτο,
> Γαῖα δ' ὑπεστενάχιζε Διὶ ὣς τερπικεραύνῳ
> Χωομένῳ, ὅτε τ' ἀμφὶ Τυφωέϊ γαῖαν ἱμάσσῃ
> Εἰν Ἀρίμοις, ὅθι φασὶ Τυφωέος ἔμμεναι εὐνάς·
> Ὣς ἄρα τῶν ὑπὸ ποσσὶ μέγα στεναχίζετο γαῖα
> Ἐρχομένων· μάλα δ' ὦκα διέπρησσον πεδίοιο. »

(Iliade, II, 780-785.)

[2] Cette belle peinture d'Ercilla est un des passages de son poëme où se dénote
le mieux, auprès d'une imitation intelligente de l'antique, l'originalité de l'écrivain
moderne. L'on ne peut se lasser de rapprocher, à ce double point de vue, les vers
espagnols de ceux que nous admirons au IIe chant de l'Iliade, et dans l'Énéide,
chants VII et X. Don Ercilla avait à lutter contre une difficulté de plus. La plupart
de ses héros avaient figuré déjà au IIe chant de son poëme dans l'énumération des
caciques et dans la rivalité d'ambition qui s'était élevée entre eux. Ils avaient paru
derechef dans les jeux publics célébrés au Xe et au XIe chant de l'Araucana. Mais,
sous une forme nouvelle et avec des détails saisissants, ils repassent devant nos regards, sans que ces intrépides défenseurs du sol et de l'indépendance perdent un
seul instant à nos yeux l'intérêt qu'ils nous ont d'abord inspiré. Le tableau se déroule devant nous avec je ne sais quelle fougue guerrière; ils semblent tous en
marche déjà pour l'attaque projetée. Le motif de la revue que le chef des Araucans
fait de son armée est d'ailleurs bien naturel. Il voit les secours nombreux que Mi-
pochó et Caulen ont envoyés au camp de don García. Ne devait-il pas s'assurer
des ressources qu'il avait à leur opposer et animer ses barbares compagnons par
le déploiement de toutes leurs forces?

eul il vous a fait braver la zone que le soleil brûle de ses feux ;
eul il vous a poussés à franchir les lointains tropiques que ja-
ais Apollon, quand il atteint les bornes des cieux et tourne sa
ourse autour de leur voûte [1], ne saurait en aucun temps dépas-
er, contenu qu'il est par l'arrêt du souverain Créateur. »

LIII

Avec tant d'efforts vous avez suivi jusque dans ces contrées les
bannières du catholicisme et soumis au pouvoir de l'Espagne
d'innombrables nations étrangères ; vos cœurs intrépides, vos
âmes persévérantes, opposez-les énergiquement à ces barbares ; et, lorsque vous aurez vaincu leur faible obstacle, vous
tiendrez sous vos mains tout l'univers prosterné.

LIV

« Tant que vous n'aurez pas accompli cet exploit et couronné ainsi l'œuvre entreprise, vous n'avez rien fait ou peu de

---

[1] Apollon. Ce souvenir ou plutôt cette métaphore mythologique nous étonne
aujourd'hui dans la bouche d'un général qui conduit contre les Araucans une armée chrétienne, et qui, dans l'octave suivante, va parler à ses soldats des bannières
catholiques dont ils doivent porter la gloire jusqu'au bout du monde. Mais l'idolâ-
trie des savants et de beaucoup d'autres pour l'antiquité, était si grande au xve et
au xvie siècle que de simples allusions et des figures de style empruntées au paganisme n'étonnaient pas les intelligences et semblaient un langage assez naturel.
Quelquefois ce pédantisme dans le goût était porté jusqu'au ridicule. Que dirions-
nous maintenant d'un poëte auquel échapperait, comme à ce contemporain de
Léon X, un vers tel que le suivant :

« Tum Christus sociis Bacchum Cereremque ministrat. »

Que penserions-nous d'un historien qui désignerait l'excommunication sous les
termes que les anciens consacraient à l'exil : « *Aquæ et ignis interdictio*, » et qui,
parlant de l'élection d'un pape, s'aviserait de déclarer qu'il a été choisi par un
bienfait des dieux immortels ? Ces locutions de Pierre Bembo et une multitude qui
leur ressemblent, décelaient du moins le culte de l'époque pour les chefs-d'œuvre
latins auxquels ces formules étaient empruntées. Ercilla s'est en général main-
tenu dans des limites plus sévères, et où il est presque toujours facile de le défendre.
Quelquefois même il corrige immédiatement son expression et y substitue une
formule plus exacte ; ce qui prouve tout au moins que ses emprunts à la langue
mythologique n'étaient qu'un ornement de diction. Au chant xxiv, oct. 84, en parlant de la mort de Barbarigo, le poëte s'exprime ainsi : « Il ne peut résister à l'inflexible destinée ou, pour mieux dire, à l'ordre divin. » Il est bien visible qu'Ercilla ne croit ni à la destinée ni aux Parques.

chose, et l'honneur même que vous avez conquis ne vous appartient pas. Jusqu'à ce que la sentence soit prononcée, votre farouche ennemi, armé dans la plaine, peut prétendre avec un droit égal à toutes nos gloires et à toute notre fortune, un seul succès les lui livre encore.

LV

« Ce que je vous demande, ce dont je vous adjure, c'est que dans ces batailles et dans ces luttes, bien que l'ennemi soit l'agresseur, vous ne frappiez jamais l'épaule des fugitifs. Défendez plutôt votre adversaire comme un ami, s'il revient à vous, déposant les armes et tremblant devant la mort au milieu du combat. Mieux vaut accorder la vie que de l'arracher au vaincu[1].

LVI

« Rappelez, rappelez à votre pensée le but pour lequel vous avez toujours pris les armes. Si la colère vous entraîne au delà des limites, le droit s'efface et perd tout son empire. Lorsque la raison ne met pas un frein modérateur à la furie et à l'aveugle courroux, l'excessive rigueur dans le châtiment justifie la cause des rebelles[2].

LVII

« Je ne sais quelle parole ajouter encore sur cette matière, et je n'ai plus rien à vous dire ni à vous conseiller. Déjà depuis trop longtemps je vous importune et comprime l'élan de vos courages. A l'œuvre donc, à l'œuvre ! Enlevez, faites disparaître à l'instant palissades, tentes et pavillons, et tous ensemble quittons ces lieux pour aller où nous appelle désormais la fortune. »

[1] La générosité chevaleresque et chrétienne du discours de Garcia rappelle le noble langage que, dans sa tragédie d'*Alzire*, Voltaire prête à son Alvarez, et surtout à don Guzman au moment où il succombe.

[2] Les maximes que le poëte met ici dans la bouche de don Garcia sont celles qu'il professe lui-même dans toute son épopée et dont partout il réclame avec énergie l'application. Elles constituent pour ainsi dire la moralité de l'*Araucana*.

LVIII

Aussitôt les escadrons en toute hâte se déploient fièrement [1], et marchent avec une vaillante résolution vers les rives sablonneuses du large et profond Biobio. Sur de grandes barques préparées, ils franchissent sans retard le fleuve impétueux, et, rangés en ordre, pénètrent dans ces contrées dont l'accès leur était défendu.

LIX

Cependant, à l'aspect de la carrière laborieuse qu'il me faut parcourir, il est bon de goûter quelque repos, afin de reprendre l'haleine nécessaire. Ma voix fatiguée s'éteint, et je sens que le torrent s'épuise. Mais si mes forces me le permettent, je ferai de mon mieux pour que le chant qui va suivre contente votre esprit.

---

[1] « Con grande alarde. » *Alarde* a un sens précis, celui de parade et de déploiement pompeux. Il ne faut pas le confondre avec *alarido* (bruit et grande clameur), comme l'a fait Winterling :

« ..... Mit Krieges-Jubel und Gesang. »

CHANT XXII

I

Perfide et tyrannique amour, quel avantage penses-tu retirer de mon trouble? N'es-tu pas satisfait de ma promesse [1], pour vouloir m'accabler dès à présent? Hélas ! je sens déjà dans mon cœur soucieux une flamme brûlante qui peu à peu me ravage, et désormais, avec un doux transport, pénètre dans mes veines et dans mes os.

II

Dieu cruel ! de quelle importance peut-il donc être à tes yeux que je renonce à l'âpre style du sanguinaire Mars, pour qu'avec tant de force de toutes parts ton importun souvenir s'attache à me poursuivre? Laisse-moi, et ne va pas faire dire que, ne trouvant personne qui veuille chanter ta puissance, tu viens me

[1] Le poëte n'avait pas fait de promesse formelle; mais plus d'une fois il exprime le regret d'avoir entrepris un sujet épique, où il se croit enchaîné à la réalité même, aux simples récits de l'histoire. Le désir ne lui manque pas de chanter les exploits amoureux. La chevalerie héroïque et galante sourit à son imagination, et s'il se propose de célébrer plus tard les dames et les prouesses d'amour, c'est avec lui-même qu'il a pris cet engagement, à moins toutefois que l'on ne regarde comme une promesse réelle et précise aux señoras de Castille, les pensées qu'il développe dans les octaves 1 et 2 du chant xix.

hercher jusqu'au dernier coin du monde, et là, déployer toutes
les ressources pour me tourmenter.

III

Ne vois-tu pas que c'est honte à toi et grande lâcheté, lorsqu'il y a tant d'illustres écrivains, de venir mendier à un pauvre
poëte, si dépourvu de pensées et de paroles, et au milieu des
armes, parmi les rudes combats, quand je suis plongé dans mille
embarras périlleux, de m'accabler à ce point et de si lourdes
peines, pour un songe peut-être sans réalité ?

IV

Laisse-moi ; car la trompette terrible de l'ennemi barbare qui
s'approche ne me permet pas d'être attentif à d'autres objets, et
je ne dois pas quitter la route que j'ai prise. J'entends la mêlée
qui retentit. A un génie plus rare et plus extraordinaire, engagé
dans ce tumulte affreux, ne saurait appartenir un seul moment d'inaction.

V

Que pourrai-je faire, puisque je me vois déjà dans la plaine
et au milieu de la lutte, si ce n'est de remplir jusqu'à la fin
l'engagement que j'ai pris, bien que mon désir m'entraîne d'un
autre côté ? Ainsi donc, réduit à mon simple sujet, par la voie la
plus courte et sans détour, je me propose de suivre le rôle que
j'ai commencé, avec un style dénué d'art et de parure.

VI

Je reviens à mon récit. Notre armée en bon ordre marchait
d'un tel pas qu'en peu d'instants elle fut à une grande distance du territoire de Talcaguano et des bords du fleuve. Mais
lorsque le soleil, de sa hauteur, déjà penchait à son déclin,
près d'un lac, au pied d'une colline, dans un lieu commode,
dont l'emplacement était uni, nous établissons notre premier
séjour.

VII

Nous étions à peine campés sur cette plaine qui se prolonge vers la mer, lorsqu'un cri se fait entendre de toutes parts : « Aux armes ! aux armes ! à cheval ! à cheval ! vite ! vite ! » Aussitôt les soldats qui s'étaient dispersés à droite et à gauche, dociles à l'ordre prescrit et à la discipline, volent sous leurs bannières et sous leurs drapeaux, forment les files et les escadrons.

VIII

Nos éclaireurs, qui parcouraient le territoire, sur cette vaste étendue bornée par une sierra, près de la haute montagne d'Andalican, virent descendre de ses sommets des guerriers qui, à main gauche, leur fermaient le passage, et criaient : « Attends ! attends ! arrête ! arrête[1] ! Nons verrons ici même aujourd'hui quel est le plus vaillant. »

IX

Les nôtres, à la faveur d'un monticule, se réunissent et se groupent en escadron. Là, d'un air belliqueux et d'une âme intrépide, ils se préparent à recevoir leurs innombrables adversaires. Mais les barbares, superbes et résolus, sans suspendre un instant leurs pas, les attaquent et leur font prendre aussitôt la fuite, sans ordre, sans direction et à toute bride.

X

Cependant, quelquefois rassemblés en partie, ils forment corps, présentent le front, et reviennent sur leurs pas ; avec plus

---

1. « ..... Espera ! espera ! Tente ! tente ! »

Winterling traduit à tort, selon nous :

« ..... Se wartet, wartet doch... »

Il est visible que l'expression espagnole ne s'adresse qu'à chacun des éclaireurs éparpillés. A la vue de l'ennemi, devant ses cris menaçants, ils se réunissent, forment un groupe, et attaquent les barbares. Mais ce n'est pas sans motif que dos Ercilla emploie ici la formule du singulier.

de bravoure que n'en montrent des vaincus, ils attaquent l'orgueilleux vainqueur; mais, entraînés par un choc impétueux, ils reprennent la route commencée, laissant toutefois, mort et foulé aux pieds de leurs chevaux, plus d'un des Araucans qui les poursuivaient en masse confuse [1].

XI

D'un pied léger, avec une ardeur toujours croissante, et en bandes plus nombreuses, les hardis Indiens, enveloppés d'une épaisse poussière, volent sur leurs traces et s'acharnent à les poursuivre. Les nôtres ne retiennent plus leurs chevaux ni du jarret ni du frein, et guidés plutôt cette fois par la crainte que par la raison, ils lancent leurs coursiers qui n'ont plus de bouche [2], et leur appuient le fer contre les flancs.

[1] « Alguna de la gente desmandada. » Il s'agit bien des Araucans et non pas des Espagnols. Ercilla songe aux adversaires qui, de temps à autre, tombent sous les coups des chrétiens pendant leur retour offensif. Les Araucans pressent les fuyards, à des distances inégales, suivant que le besoin de se distinguer des autres les entraîne plus avant; leur poursuite est un peu confuse, un peu désordonnée ; et lorsque l'escadron espagnol revient sur ses pas, il trouve, comme l'Horace de Tite-Live, des adversaires dispersés, « gente desmandada ». Dans l'octave 40e, Ercilla renouvelle cette expression pour caractériser la manière même dont les Araucans s'attachaient à la piste des Espagnols :

« La esparcida y *desmandada* gente. »

De ces adversaires isolés, dans leurs brusques retours, les Espagnols faisaient prompte justice; c'était l'avantage assuré momentanément, même à une faible troupe, par cette cohésion que donnent la discipline et la tactique. Mais bientôt arrivaient les gros bataillons serrés et hérissés de fer, contre lesquels se brisait toute résistance.

[2] « Los caballos desbocados. » Winterling a supprimé cette belle image qui représente si bien la fougue emportée du cheval, que presse avec fureur le cavalier fugitif. Le « keuchend Jagen » de la traduction allemande ne remplace pas l'original. Fénelon a trouvé très-heureusement une expression analogue et qu'il a fait passer dans notre langue littéraire. Il compare le roi d'Égypte, Bocchoris, entraîné par un courage déréglé, à « un beau cheval qui n'a point de bouche. » (*Télémaque*, II.) Les Grecs avaient déjà cette locution dans leur langue si vive et si pittoresque, et, bien que nous disions en termes de manége, « ce cheval n'a ni bouche ni éperon, » ou « ce cheval n'a pas de bouche, » pour marquer qu'il n'est pas assez sensible et docile, c'est aux Grecs sans doute que Fénelon est redevable de cette figure. Sophocle appelle « ἵππους ψάλια », des chevaux qui, dans l'hippodrome, n'écoutent plus le frein ni la voix (*Électre*, 720-721); et, à ce propos, le docte Boissonade indique dans ses notes, p. 363, le passage de Fénelon que nous citions tout à l'heure. Il n'est peut-être pas sans intérêt de constater ces analogies de locutions entre le grec, le français et l'espagnol.

XII

Mais quelque vitesse qu'ils leur impriment par leurs cris et leurs mouvements, avec leurs bras et leurs talons, les barbares à pied les atteignent, et leur font perdre les étriers. A la fin, contraints, ils combattent comme les ours blessés et les lions, lorsque, traqués par une meute, ils voient leur tanière et les passages interceptés.

XIII

Un vent furieux et soudain, d'un vol sinistre et à grand bruit, va balayant le chemin et la plaine poudreuse avec une violence indomptée. En un vaste et impétueux tourbillon, il soulève, emporte et disperse la poussière, et, dans son élan irrésistible, arrache du sol les arbres malgré leurs puissantes racines.

XIV

Tels et aussi facilement, emportés par la fougue et l'impétuosité des barbares, les Espagnols harassés de fatigue ne pouvaient s'arrêter ni opposer aucune résistance. Quelques-uns, à la voix sévère de l'honneur, reviennent sur leurs pas et montrent fièrement leur visage ; mais une autre vague de combattants s'avance qui les enlève plus vite encore et avec de plus grandes pertes.

XV

Ainsi les Araucans malmenaient leurs adversaires et poursuivaient le cours d'une destinée et d'une fortune heureuses. Leur rage inhumaine s'assouvissait sur les captifs sans aucune pitié. Retentissant par la vaste vallée, le tumulte et les clameurs sinistres des barbares sont portés sur l'aile légère des vents, et répandent la nouvelle rapide jusqu'au camp des Espagnols.

XVI

Sur ces entrefaites, du côté du couchant, à toute vitesse et à

rand bruit, Juan Remon arrive avec une troupe nombreuse.
Il avait, le premier, reçu avis de l'attaque, et, d'un choc furieux, avec vaillance, poussant un cri formidable, il se jette
sur l'armée de nos ennemis en courroux, déjà échauffée par le
sang et par la victoire.

XVII

Mais ce fut un rempart de lances à franchir, une solide muraille de fer que les nôtres trouvèrent devant eux, et lorsque
plusieurs eurent succombé de part et d'autre, après une charge
brillante, ils s'arrêtèrent. Ceux-ci avaient le corps traversé;
ceux-là avaient volé loin de leurs arçons; d'autres étaient blessés, d'autres mutilés, d'autres foulés aux pieds de leurs chevaux.

XVIII

Ce n'est pas bien, ô ma plume! de passer aussi légèrement
sur des exploits illustres et dignes de mémoire, et sur les coups
terribles que frappèrent en ce jour les vaillantes lances et les
épées. Un plus beau génie saurait à peine suffire à les conserver
tous; mais il est juste de célébrer, dans cette foule de grands
faits, la portion que tu peux sauver de l'oubli.

XIX

Le brave Lincoya guidait avec fierté le premier bataillon.
Animé de courroux, le visage farouche, il précipite à grands
pas sa marche assurée. Le voilà qui abaisse son énorme pique,
en assujettit l'extrémité entre ses pieds et la terre, et reçoit
sur sa cruelle et forte pointe le corps de l'audacieux Hernan
Perez.

XX

Plongée dans le flanc droit, l'arme aiguë ouvre une grande
plaie, après avoir traversé un double corselet brodé et une solide cotte de mailles. Le fer large et meurtrier sort sanglant

entre les épaules, et, la face déjà blême, le guerrier, perdant les arçons, reste suspendu à l'étrier.

XXI

Tucapel, toujours intrépide, se porte à la rencontre du vaillant Osorio. L'Espagnol accourait avec plus de courage que de prudence, et ses talons éperonnés s'agitaient sans relâche. Le barbare se présentait en face ; mais, au moment opportun, il bondit de côté, brandit sa massue, et la fait retomber avec tant de force et de pesanteur qu'il ne laisse à Osorio ni un membre ni un ossement intact.

XXII

Cáceres venait un peu plus loin. D'un autre coup Tucapel le renverse aussi de cheval. Mais lui, avec résolution et vaillance, serre son bouclier, presse fortement son glaive, et contre toute la troupe des adversaires, seul se présente pour supporter la bataille. Le visage vers l'ennemi, de pied ferme, il montre tant d'audace [1] qu'il inspire la crainte aux plus téméraires.

XXIII

Et pourtant, bien qu'il se soutînt à force de courage, sa vigueur ne pouvait suffire contre une telle multitude. Déjà la foule compacte, avec des gestes menaçants, l'entourait de sa masse confuse, quand tout à coup plus de cinquante hommes de cavalerie toute fraîche, sous les ordres de Reynoso, qui venait d'arriver fort à propos avec eux, se précipitent sur le lieu du combat.

---

[1] Winterling ajoute : « Mit dem Flammberg. » Le goût habituel du traducteur aurait dû lui interdire ce terme. Sans doute, le mot *flamberge* est employé de nos jours, dans la langue usuelle, comme synonyme d'*épée*. Mais dans la sphère de la poésie épique, il est, comme la *Durandal* de Roland, consacré à désigner l'épée d'un héros célèbre de l'Arioste et ne peut pas y recevoir d'autre acception. Il en est de même de la *Basilarde* de Bernardo (Cf. Balbuena « *El Bernardo*, » ch. 19), de la *Tizon* et de la *Colada* du Cid campeador (Cf. *Poema del Cid*, 3156, 3310).

XXIV

L'attaque fut si violente que, malgré le mur que les fortes
piques leur opposent, ils ouvrent l'épais bataillor., et envoient
plus de dix Araucans mesurer le sol. Ils délivrent le valeureux
Cáceres qui, dans un cercle de soldats, était mal en sûreté, n'a-
vait plus d'autre appui que son inébranlable valeur, et n'écar-
tait la mort qu'en prodiguant le massacre.

XXV

Don Miguel et don Pedro de Avendaño, Escobar, Juan Jufré,
Cortés et Aranda, sans regarder aux périls et aux hasards de
cette lutte terrible, soutiennent tout l'honneur du parti [1]. L'on
voit bien faire aussi et multiplier le carnage, Losada, Peña,
Córdoba, et Miranda, Bernal, Lasarte, Castañeda, Ulloa, Martin
Ruiz, et Juan Lopez de Gamboa.

XXVI

Mais bientôt après, l'armée d'Arauco, altérée du sang espagnol, les contraint de retourner sur leurs pas et de suivre aussi la
route commencée. Après eux, un second escadron tout à coup
s'élance contre les rangs barbares avec une folle furie ; mais, sans
pouvoir gagner le moindre terrain, il lui fallut regarder ailleurs
et tourner bride.

XXVII

Et quoique de temps en temps, par des retours subits, Juan
Remon et les autres osassent assaillir l'ennemi, ils étaient forcés
bientôt, après des pertes nouvelles, de continuer avec plus de

[1] Don Ercilla aime à conserver le souvenir de ses principaux compagnons d'armes. C'est un hommage que dans ses beaux vers il rend à leur bravoure. On peut
même dire qu'il obéit en cela à l'un des sentiments qui lui ont fait entreprendre son
épopée. Il ne voulait pas laisser périr la mémoire de tant de braves capitaines et
celle de leurs exploits guerriers : « El agravio que algunos Españoles recibirian
quedando sus hazañas en perpetuo silencio faltando quien los escriba. » (*Parte
primera*, Prólogo del autor; Cf. *supra*, t. I, p. 5.)

vitesse le chemin qu'ils venaient de prendre d'abord ; et, enveloppés dans un épais nuage de poussière, tous ensemble ils
arrivaient [1], lorsqu'à leur vue se présente le camp espagnol,
dans un bel ordre et rangé pour la bataille.

XXVIII

Les barbares s'avançaient avec tant d'acharnement qu'ils se
jetèrent jusque sur nos piques. Mais revenus à eux-mêmes, et
avec plus de réflexion, ils continrent leur fougue furieuse.
Plus circonspects et d'une marche régulière, ils se retirent
aussitôt obliquement à travers la plaine, au pied d'une montagne, à leur main droite, auprès d'une lagune et d'un vaste
marais [2].

XXIX

Là, de notre aile [3], se porte à l'attaque un grand nombre de
fantassins armés. A peine en présence de l'ennemi, nous lui
envoyons, en toute hâte, une formidable décharge, une pluie
de balles. Ils se retirent dans la fange, et nous nous y mettons
à leur suite, afin de croiser le fer avec les barbares ; et, pour
essayer contre eux, sur ce nouveau théâtre, notre force et notre

---

[1] « Usos y otros. » L'expression espagnole est assez vague pour donner lieu à des
interprétations diverses. M. Winterling croit que ces mots s'appliquent aux Espagnols fugitifs et aux Araucans qui les poursuivent : « Verfolger und Verfolgte. »
Nous pensons qu'il s'agit plutôt de ceux-là mêmes qu'Ercilla vient de désigner au
commencement de l'histoire, « Juan Remon y los otros. » Outre les éclaireurs, deux
petits corps de cavalerie ont été engagés dans la lutte, celui de Juan Remon et celui
de Reynoso. Ils sont entraînés dans la même déroute jusqu'en vue du camp espagnol, et le nuage de poussière qui les enveloppe, empêche tout d'abord les Araucans
d'apercevoir l'armée qu'ils ont devant eux. Leurs premières bandes vont donner
contre les piques de Castille. Mais bientôt, à la vue de ce puissant obstacle, ils
changent de projet, renoncent à la poursuite, traversent de côté la plaine, et, selon
leur usage, vont chercher dans un marais voisin un asile mieux abrité. Tel est l'ordre d'idées que nous offrent cette octave et la suivante.

[2] Entre la bataille du fort Pinto que raconte Ercilla aux chants XIX et XX, et celle
de Millarapué, décrite aux chants XXV et XXVI, le combat auquel nous assistons
doit aux circonstances mêmes dont parle ici le poëte, le nom de « combate de las
Lagunillas. » Il le tient des llanos qui portent cette dénomination. (Cf. Gay,
t. I, 396.)

[3] Il s'agit de l'aile gauche des Espagnols, plus rapprochée du marais où la bataille continue.

courage, nous nous avançons d'un air résolu, d'un pas ferme
et d'un cœur inébranlable.

XXX

Jamais les Allemands, dans une lutte acharnée, front à front,
ne combattirent, ni jamais, seul à seul, ils ne donnèrent et ne
reçurent des coups infatigables, portés de toute leur énergie,
comme firent alors les deux troupes rivales. Elles se pressent
avec tant de violence dans le limon, qu'il leur est impossible
de reculer d'un seul pas; elles frappent avec ardeur, avec ardeur sont frappées.

XXXI

L'un, dans la boue jusqu'à la ceinture, se bat quelquefois
contre deux ou trois adversaires. L'autre, pour déployer plus
de souplesse, veut se mouvoir et s'embourbe davantage. Un
troisième veut essayer sa vigueur et tenter le destin, il saisit
l'Araucan le plus rapproché, le mord, l'aveugle avec de la
fange, cherche à vaincre, n'importe par quel moyen.

XXXII

Égale est la furie qui les anime à blesser et à frapper. Incertaine est la fortune. Aucun signe, aucun indice ne montre
qu'elle se déclare par le moindre avantage pour l'un des deux
partis. Tantôt ceux-ci paraissent l'emporter; tantôt ceux-là
semblent maîtres du marais; et le sang de tous, versé à flots,
teignait de rouge les eaux troublées.

XXXIII

Rengo, que la haine et les transports de la colère avaient
aveuglé et entraîné fort avant, ne se fut pas plutôt vu à la
portée du camp espagnol et assuré qu'il allait droit à la mort,
qu'il se replia dans le marais voisin. Son fier visage, sa poitrine hardie semblaient affronter l'armée entière, et, d'une voix
effrayante, il s'écriait:

XXXIV

« Venez, venez à moi, troupe méprisable ! c'est contre moi
qu'il faut tourner toute votre fureur. C'est moi qui vous pour-
suis, plus avide de votre mort que jaloux de garder la vie. Je
ne veux plus de repos avant d'avoir vu la nation espagnole ex-
terminée, et dans votre chair, oui, dans votre sang odieux je
pense assouvir ma faim et ma soif brûlante. »

XXXV

Ainsi menaçant le ciel et la terre, il apparaît au milieu du
marais, brandissant une massue ensanglantée, et portant la
terreur chez les guerriers d'un faible courage. Mais à peine
fut-il reconnu à sa voix, que, sans être ébranlés par ses propos
audacieux, quelques Espagnols, plus près de lui, dirigent en
toute hâte contre Rengo leurs rapides efforts.

XXXVI

Juan l'Yanacona, qui s'avance avec hardiesse un peu plus loin
que les autres, a la tête broyée d'un coup, et d'un autre est
brisé le corps de Chilca. Contre le jeune Zúñiga, Rengo dirige
une troisième atteinte, avec tant de rage et de furie, que, semblable à un clou qui s'enfonce dans un terrain humide [1], le
corps du guerrier est plongé dans le limon jusqu'à la poitrine.

XXXVII

Cependant une pluie épaisse de projectiles dirigés contre le
héros indien, offusquait la clarté des airs, et se déchargeait sur
lui avec impétuosité de toutes parts. L'Araucan superbe n'en
est point arrêté. Avec plus de rage et redoublant ses coups, entré
dans le marais jusqu'à la ceinture, vaillamment il servait de
rempart à tous les siens.

---

1 Au *clou* dont parle Ercilla, Winterling substitue un *pieu*, « einem Pfahl. » Ce
changement importait peu à la noblesse du langage épique.

XXXVIII

Tel le sanglier couvert de soies, lorsque blessé il se retire dans un défilé fangeux, toujours combattu par les limiers ardents et par les adroits chasseurs qui l'environnent, souffle, frémit tout en courroux, frémit encore, se tourne et se retourne de tous côtés, s'élance, heurte, foule à terre, déchire et tue, et déconcerte les coups qui lui sont prodigués [1].

XXXIX

Tel l'intrépide barbare, enflammé de colère et d'une folle rage, inondé de sueur, de sang et de boue, seul au milieu du marais, supporte la multitude innombrable et tout le choc des coups qui obscurcissaient l'air et venaient de toutes parts s'abattre sur lui comme une tempête.

XL

Déjà les guerriers qui, par bandes éparses et sans ordre, avaient poursuivi avec acharnement les traces de nos soldats, instruits à l'aspect de notre armée dans la plaine, étaient maintenant recueillis en arrière et groupés. Seul, Rengo, farouche, audacieux, balance le sort d'une lutte inégale; car la boue du marais était profonde et des bois épais s'étendaient à l'entour.

[1] C'est devant de pareilles comparaisons, si fréquentes dans l'*Araucana* et dignes en tout d'Homère ou de Virgile, que Gil de Zárate rapprochait Ercilla du premier de ces deux grands maîtres. Cf. *Manual de literatura, segunda parte*, p. 119, édit. Paris, 1853. Ceux de nos jeunes lecteurs qui aiment à comparer les formes de deux génies différents sur un sujet analogue, ne liront pas sans intérêt la même similitude développée par Cristóbal de Viruës :

> « Cual jabalí valiente y enojado
> De cuatro nuevos perros circuido,
> Que al uno deja el pecho atravesado,
> Y al otro por el vientre dividido,
> Y otro á sus piés derriba degollado,
> Y al otro tiende casi en dos partido ;
> Tal el valiente monstruo á golpes fieros
> Hizo de aquellos cuatro caballeros. »

(*El Monserrate, XIV, 44*)

XLI

Mais il voit qu'il n'y a plus à espérer de succès, que sa perte est assurée devant les nombreux assaillants qui le pressent et qui, en toute hâte, avec ordre et avec ensemble, s'approchent des deux côtés à la fois ; aussitôt, par une route infréquentée et secrète que protégeaient les escarpements de la sierra, il résolut de se retirer à temps, pour sauver ses troupes et pour se sauver lui-même.

XLII

Il s'écrie : « Compagnons, n'épuisez pas vos forces dans un moment et dans un combat stériles. Le sang qui nous reste, gardons-le pour le vendre à plus haut prix. Il faut nous arracher de ces lieux, avant que sur le sol de ce marécage, pressés par le péril, nous perdions notre gloire, et l'ennemi son respect. »

XLIII

Il dit, et obéissant à la voix de Rengo, les mains promptes à frapper s'arrêtent, et par le passage étroit et couvert, ils se retirent au son des tambours. L'endroit par lequel ils s'échappèrent était abrupt ; aussi les Espagnols ne purent les suivre davantage. Quelques-uns même des nôtres restèrent tellement enfoncés dans la bourbe, qu'il fut bien nécessaire de leur porter secours.

XLIV

Par les flancs de la haute montagne, les barbares farouches faisaient leur retraite. Rengo, tout souillé de sang et de fange, rassemble et conduit l'arrière-garde ; comme le taureau, amant jaloux, suit la troupe des vaches tardives et tourne de tous côtés avec lenteur sa puissante nuque et son front élevé.

XLV

Lorsque nous fûmes rentrés par ordre dans le camp et que l'ennemi eut entièrement disparu, quelques-uns des nôtres sairent un barbare qui s'était beaucoup écarté des Indiens ses amis. Le hasard voulut qu'on le traînât à mon quartier. On crut utile de lui infliger un châtiment exemplaire, capable de frapper toutes les tribus indigènes révoltées, et l'on ordonna de lui couper les deux mains.

XLVI

Sur un tronc dégarni de ses rameaux, il pose la main droite (j'étais présent); un coup terrible la trancha, et à l'instant il avance avec fierté la main gauche qui fut aussitôt séparée du bras et abattue, sans qu'il bougeât les paupières, sans qu'une ride lui sillonnât le front. Avec hauteur, avec dédain du supplice, il tendit alors le cou et présenta la tête,

XLVII

Disant : « Frappez cette gorge qui a toujours été altérée de votre sang. Je ne crains pas la mort et ne m'effraye ni de vos menaces ni de votre cruel appareil; eh! qu'importe une semblable perte ? Ma main coupée n'est rien. Il en reste assez d'autres aussi courageuses qui savent avec adresse manier un glaive.

XLVIII

« Et si vous pensez qu'il soit utile pour vous de ne pas m'ôter jusqu'au dernier souffle que je respire, eh bien ! malgré vous, je périrai. Vous voulez que je vive, mais, je ne le veux pas. J'irai à la mort avec joie, et mon bonheur saura la trouver en dépit de vous; oui, je veux vous déplaire en mourant, puisque je n'ai plus d'autre moyen de vous offenser. »

XLIX

Alors, dans sa fureur acharnée, il cherchait le trépas et nous couvrait d'outrages, et, toujours plus violent et plus opiniâtre, il se jetait sur le sol rougi. Là il se roulait dans son propre sang, avide d'en finir avec l'existence, et ses dents mordaient avec une rage impuissante ses poignets mutilés.

L

Tel était son aveugle entêtement, et déjà la pitié adoucissait notre colère, lorsqu'il aperçut un esclave qui descendait de la hauteur, chargé de butin barbare. Comme une bête féroce en furie, dont les yeux ont découvert une proie égarée, d'un élan impétueux il l'assaille de travers à l'improviste.

LI

Il le presse de ses pieds et de ses bras, l'étend sur le sol humide, et de ses poignets roides et sanglants, il le frappe aux narines et dans les yeux. A la fin, devant nous, il l'eût déchiré à coups de dents, sans que le malheureux eût pu se défendre, si notre aide ne fût arrivée à temps. Encore, quelque rapides qu'eussent été nos bras, l'esclave resta cruellement blessé [1].

LII

Le barbare, vrai fils des enfers, se relève, et d'une voix intrépide : « Puisqu'il me reste quelque force, dit-il, et que je conserve assez de sang pour faire encore du mal aux chrétiens, oui, je veux bien recevoir, quoi qu'il m'en coûte, une vie qui m'est accordée comme un don ignominieux. Sans mes mains, j'espère m'acquitter envers vous; je ne manquerai pas de vengeurs.

---

[1] « Aunque fué presto, » dans la construction de la phrase espagnole, semble se rapporter à l'esclave blessé, et c'est ainsi que l'entend Winterling lorsqu'il traduit :

« Und so gelang es ihm, sich durch die Flucht zu retten. »

Mais deux motifs s'opposent à cette interprétation-là. D'abord, blessé comme il l'était (mal *herido*), l'esclave eût eu quelque peine à s'enfuir. Et en second lieu, qu'avait-il besoin de prendre la fuite, protégé désormais par l'intervention des Espagnols? *Aunque fué presto* doit s'entendre d'une manière plus générale : « bien que la chose se fût rapidement exécutée, » — « bien que le secours ne se fît pas longtemps ait attendre. » Et s'il fallait rappeler ici un sujet sous-entendu, nous songerions volontiers à *socorro*, qui se trouve implicitement contenu dans *socorrido*, au vers précédent.

LIII

« Ah ! vous pouvez y compter, maudits ! je vous le déclare,
vous aurez en moi un ennemi plein de haine et de rage implacables, un ennemi qui vous tourmentera et vous harcèlera sans
cesse, s'il n'est plus en son pouvoir de vous causer d'autre dommage. Trop tôt vous comprendrez combien je m'attache à vous
poursuivre, et combien pour vous il eût mieux valu me faire
expirer ! » Il dit encore d'autres choses que je ne rapporte pas,
et nous quitta, léger comme le vent [1].

LIV

Il n'est pas juste que nous laissions dans l'oubli le nom de ce
barbare obstiné. A cause de son courage et de sa vaillance, on
l'appelait l'*audacieux* Galvarino. Mais j'ai eu à traverser tant de
rudes combats, que la force et la voix me trahissent ensemble.
Il faut que je m'arrête, car je me sens épuisé ; il ne me reste
ni parole ni haleine.

---

[1] Winterling : « eilt er weg. » Le traducteur supprime la comparaison « ligero
como el viento, » qui revient assez souvent chez Ercilla pour que nous puissions
y voir une nuance et une habitude de sa diction poétique.

CHANT XXIII

I

Jamais, ô prince, il ne faut mépriser un ennemi vivant. Nous savons que d'une étincelle peut jaillir un incendie qui nous dévore, et il y a sagesse à montrer quelque défiance, lorsque nous nous voyons au comble du bonheur; car ceux qui se réjouissent au souffle de la prospérité, sont aussi plus exposés aux coups des vicissitudes.

II

Une douce mort peut décider seule si au cours éphémère de la vie a présidé une destinée souriante [1]. Pendant la durée de notre incertaine existence, jamais rien n'est en effet à l'abri du

---

1 Ercilla exprime une vérité, mais il ne cite personne, et il est loin de désigner l'écrivain auquel il emprunte cette maxime. Winterling qui commente quelquefois, en traduisant, ajoute : « wie jener Weise lehrt. » Le sage dont veut parler Winterling n'est autre que l'historien Hérodote, *cf. supra*, ch. ii, oct. 3 et note; voyez aussi, ch. xxii, oct. 1.

angement. Aussi l'homme qui n'a reçu aucune faveur de la
rtune, on peut dire qu'il est véritablement fortuné. Sans avoir
n sort prospère, il vit content, parce qu'il ne redoute aucune
plorable catastrophe.

III

Et puisque nous tenons pour certain qu'il n'y a jamais ni
ien ni repos assuré, que telle est l'antique loi, l'ordre prescrit
t la leçon de l'expérience, que le plus heureux doit subir cet
névitable partage : perdre le temps à le démontrer serait im-
ortunité pure, et afin d'éviter toute longueur et tout ennui,
e veux conter seulement quels résultats entraîna notre dé-
lain pour le brave Galvarino.

IV

Quoique blessé et tout épuisé de sang, soutenu par son courage et par sa fureur, il arrive sur l'Andalican, où le chef a fait
camper ses soldats. C'était l'heure à laquelle les illustres caciques, réunis en conseil secret, discutaient sur les intérêts et
les besoins de la guerre, donnaient leur opinion et recevaient
celle des autres.

V

L'un, à bon droit alarmé, exposait les difficultés de certains
projets ambitieux et imprudents. L'autre, pour montrer sa valeur, aplanissait tous les embarras et tous les obstacles. Celui-
ci approuvait un plan de sage conciliation ; celui-là exprimait
un avis contraire, et tous, par leurs harangues, s'efforçaient de
faire prévaloir leurs idées et leurs desseins.

VI

Au milieu de ces débats contraires et confus, arrive Galvarino, avec un souffle de vie à peine. Il demande la permission
d'entrer au sénat. Elle lui est accordée avec bienveillance ; et là,

du ton respectueux qu'il devait aux caciques [1], ranimant les
restes d'une voix affaiblie, les veines épuisées, et tout couvert
de son propre sang, il fait entendre sa plainte :

VII

« Si naguère vous aviez coutume, héros vénérés, de venger
sévèrement les injures d'autrui, si les contrées et les nations
étrangères frissonnaient en voyant flotter vos étendards, comment aujourd'hui, lorsque sur votre propre territoire un peuple
abâtardi, venu d'un sol lointain, s'avance pour vous opprimer
et pour vous conquérir, comment êtes-vous si indolents à vous
venger vous-mêmes?

VIII

« Voyez mon corps mutilé! Je suis un de vos membres, et,
pour vous insulter mieux, ils m'envoient, marqué de leurs outrages, vers le sénat, pour que je puisse vous en rendre compte.
Voyez quel mépris on fait de votre valeur; voyez quelle menace les tyrans vous adressent dans mon supplice. Ils ont juré
d'en faire autant à tous les caciques; tous vous devez tour à
tour perdre ainsi vos membres abattus [2].

---

1 Sans doute, les instances de Galvarino pour être admis au conseil, sa pâleur,
son affaiblissement physique, tout fait pressentir aux caciques assemblés que le
malheureux guerrier va leur communiquer une nouvelle extraordinaire. On suppose
en eux une attente inquiète; mais il était inutile de l'exprimer, et Ercilla se garde
bien de le faire. Winterling complète la pensée du poëte :

    « Jeder etwas ungewöhnliches vermuthet. »

2 Les Espagnols n'ont prononcé aucun serment semblable. Ils ont voulu effrayer
les Barbares en faisant subir à l'un des prisonniers un châtiment atroce, pour amener les autres à la soumission par l'épouvante « para ejemplar castigo » (ch. XIII,
oct. 65). Mais Galvarino fait voir aux caciques ce que leur courage indomptable
peut attendre de la clémence des vainqueurs, et il attribue aux Espagnols contre
tous les chefs de l'Arauco un serment d'extermination qu'ils n'ont pas prêté. Galvarino conclut de ce qu'ils ont fait déjà, tout ce qu'ils peuvent faire encore et affirme qu'ils ont juré de le faire. Il veut enflammer la fureur des caciques, les
pousser à la vengeance et à une résolution désespérée.

IX

« Certes, c'est bien en vain que nos aïeux ont acquis tant de
loire et d'honneur, et que la renommée d'Arauco, par l'élan
e leur vertu, s'est élevée jusqu'aux cieux, si, maintenant flé-
rie, abattue et foulée aux pieds, traînée d'opprobre en oppro-
re, il faut qu'elle rampe dans la poussière, et que votre illus-
re sang refroidi soit versé dans des fanges obscures [1].

X

« Quelle province ne tremblait au seul bruit de votre nom, à
votre voix redoutée? Quelle nation ne vous rendait les armes,
aincue par l'épouvante ou par votre puissance? Et ne sommes-
ous montés à ce faîte, que pour en tomber d'une chute plus
profonde, ou pour voir notre ignominie poussée aussi loin que
la gloire de nos ancêtres?

XI

« Car enfin cette race d'étrangers odieux, sous le titre et sous
le beau nom d'humanité, offre de vous accepter pour amis, et
c'est à la soumission qu'ils prétendent vous réduire; et si vous
ne leur obéissez pas, ils menacent de châtier et d'abattre votre
insolence, sans que puisse échapper au glaive ni le sexe, ni le
culte, ni l'âge, ni la qualité.

XII

« Songez, songez-y bien; ne prêtez pas l'oreille à leurs four-
beries, à leurs complots et à leurs intrigues. Car ils n'ont qu'une
pensée, n'aspirent qu'à un résultat qui doit ternir vos exploits.
Le motif qui les a conduits dans ces lieux à travers les flots et
les terres lointaines, c'est l'or dont ils sont affamés, et que renferment les veines fertiles de notre patrie [2].

[1] « En los sucios rincones. » Allusion au combat qu'ils viennent de soutenir
dans la fange d'un marais.

[2] Ercilla lui-même et pour son propre compte a tant de fois exprimé dans son

XIII

« C'est un prétexte, c'est un faux semblant que de vouloir montrer leur but principal dans le désir d'étendre la foi chrétienne, lorsque le seul intérêt les inspire. Leur projet découle de leur avidité. Tout le reste est mensonge. Ne les voyons-nous pas livrés plus que tout autre peuple, à l'adultère, au vol, à l'outrage?

XIV

« Si un sort contraire, si l'inflexible destin nous menacent d'une ruine prochaine et assurée, nous pouvons choisir du moins une mort honorable ; remède prompt, facile et dont nous sommes les maîtres. Opposez à la fortune votre puissante poitrine, à la dure adversité un cœur plus dur encore. Une âme vaillante, une invincible bravoure aplanissent les obstacles et rendent aisé l'impossible même. »

XV

Il ne put en dire davantage, anéanti, après avoir perdu des flots de sang, le cou fatigué, affaissé, il ne pouvait plus soutenir sa tête ; sur son visage altéré se peignait la mort ; il tombe sur le sol sanglant, et les courages les plus endurcis, demeurent attristés de sa fin prochaine.

XVI

Mais comme la blessure qu'il avait reçue n'était pas telle qu'elle pût donner entrée à la Mort, il retint la vie déjà près de fuir, dès qu'une fois le sang fut étanché ; et la forte nature du soldat, promptement secourue, se vit soulagée par tant de remèdes, sa jeunesse l'aida si bien qu'il retrouva sa première vigueur.

poëme des sentiments semblables, et il leur donne, dans la bouche de Galvarino, une telle énergie, qu'il est difficile de ne pas admettre que le langage du guerrier soit ici l'organe de l'écrivain.

XVII

Ses paroles avaient eu un si grand empire, elles avaient excité une haine si violente contre l'Espagnol, que les cœurs les plus tièdes furent enflammés de colère et de rage. Les opinions les plus opposées se ramenèrent à un seul avis et à une même vue, et sans réserve eût été proscrit à ce moment tout conseil de paix et de conciliation.

XVIII

Les jeunes guerriers, impatients et avides d'en venir aux armes, exhalaient leurs sentiments de bravoure, et leur fougue ardente pressait les heures tardives. Cependant les esprits plus mûrs et plus circonspects calmaient ce courroux illimité et tous les emportements indiscrets; mais ils approuvaient aussi la détermination commune.

XIX

Laissons-les un instant s'entretenir non de la bataille, mais de cent batailles qu'ils veulent livrer, des plans de l'exécution, du temps et des lieux, chacun avec son avis et tous avec le même but. Je reviens au camp espagnol que j'ai négligé peu à peu et où l'émotion avait été profonde [1]. Nous étions tous abrités dans notre enceinte, bien gardés et prêts aux événements.

XX

Mais lorsque la lumière désirée du jour eut paru, la troupe des cavaliers, rangée en ordre, se mit en marche, laissant derrière elle les fantassins et tout le reste de l'armée. Telle fut

---

[1] « Alborotado. » Il ne peut être question de l'agitation même de la bataille. L'armée s'est repliée dans ses retranchements et tout était rentré dans l'ordre :

« Nuestro campo por órden recogida. »

Cf. *supra*, ch. XIII, oct. 45.) Mais les esprits étaient encore émus du rôle farouche de Galvarino, de ses menaces, de son héroïsme sauvage et patriotique.

notre vitesse, qu'au milieu du jour nous gravissions la côte
redoutée et sauvage [1]. Blanchie au loin par les os des chrétiens,
elle éveille nos soucis, attriste nos cœurs [2].

XXI

Puis nous descendons au val d'Arauco que la mer vient battre
au couchant, et nous campons dans une plaine où ne manquaient ni le fourrage ni la nourriture. Nous envoyons aussitôt
quelques hommes du pays porter nos promesses aux peuples
voisins et leur offrir une paix assurée avec la loi chrétienne.

XXII

Mais comme au terme fixé ils ne revenaient pas à nous, et
que déjà plusieurs jours s'étaient écoulés, sans que, par la ruse
et l'adresse, nos émissaires eussent rien pu savoir de leur dé-

1 Il s'agit de la côte d'Andalican, que les Espagnols ont nommée quelquefois la
montagne de Villagran depuis la sanglante défaite qu'Ercilla raconte au chant ve de
l'*Araucana*. Le combat que s'y livrèrent les Espagnols et les Barbares est appelé
par plusieurs historiens la bataille de *Marigueña* (Cf. Cl. Gay, *Historia fisica y
política de Chile*, t. I, p. 293). C'était le nom spécial de la colline entourée de
précipices, où Lautaro avait retranché l'armée indienne. Voy. t. I, ch. iv, oct. 89-92.

2
  « Subimos la temida y agria cuesta
  De blancos huesos de cristianos llena,
  Que despertó el cuidado y nos dió pena. »

Winterling n'a conservé que le trait pittoresque, l'image de cette côte toute
blanchie par les os des Espagnols.

  «Wo wir, vom heissen Sonnenstrahl gebleicht,
  Gebeine der erschlagnen Christen schimmern sehen. »

Le troisième vers, le plus beau de tous, celui qui exprime la tristesse patriotique
des conquérants, est tout à fait supprimé. A la vue de ces restes abandonnés, les
Espagnols de don García éprouvaient ces sentiments de douleur profonde et ces
désirs de vengeance que Tacite a si bien décrits (*Annal.*, I, 62), quand il nous
montre les soldats de Germanicus ensevelissant au bois de Teutberg les débris des
trois légions de Varus. Ils étaient à la fois affligés et irrités : « *Mœsti simul et
infensi*. Mais Tacite joint à cette sombre peinture un détail que don Ercilla se
garde bien d'oublier et que Winterling a fait disparaître avec tout le reste. Les
soldats, rapporte l'historien, gémissaient sur les événements de la guerre et sur le
sort de l'humanité : *Ob casus bellorum et sortem hominum* (chap. 61). Le poëte
espagnol s'est rappelé ce coup de pinceau et ce retour si naturel sur l'idée de la
mort toujours possible pour chacun dans ces luttes acharnées : « despertó el cuidado. » Toute la sublimité de l'octave est dans cette imitation habile et pathétique, que le traducteur allemand aurait dû respecter.

rmination, il fut convenu que plusieurs des nôtres se dissé-
neraient dans les villages et dans les huttes, à l'heure tardive
se lève la lune décroissante, afin de prendre des informations
d'obtenir quelques renseignements [1].

[1] Cette octave a été diversement comprise. Voici quel serait l'ordre des idées
suivant Gilibert de Merlhiac : « Don Garcia envoya à tous les peuples voisins des
émissaires pour leur offrir la paix, et les inviter à rentrer sous l'obéissance de
l'Espagne. Déjà plusieurs jours s'étaient passés et nous n'avions reçu aucune nouvelle de nos députés. Don Garcia, inquiet de leur sort, m'ordonna ainsi qu'à plusieurs autres cavaliers, de parcourir, pendant l'obscurité de la nuit, les lieux en-
vironnants, et de tâcher d'y prendre quelques renseignements sur nos envoyés. »
Laissons de côté les erreurs de détails, et attachons-nous au principal. Si cette
explication était fondée, il faudrait admettre que les Espagnols envoient aux
Araucans pour sonder leurs dispositions, quelques indigènes qui ne reviennent pas,
qu'ensuite ils font partir pour retrouver leurs envoyés des hommes, des officiers
de leur propre nation, qui reviennent après une tentative inutile. Sans doute, cela
était possible ; mais nous croyons que les choses se passent ici d'une manière toute
différente et beaucoup plus simple. Il ne s'agit pas, pour don Garcia, d'expédier
coup sur coup des hommes à la découverte les uns des autres, et il ne compromettait pas ainsi des officiers de son armée. Il a un but bien plus important à poursuivre. Il lui faut connaître les dispositions réelles de ses adversaires, afin d'éviter,
s'il est possible, l'effusion du sang. Il envoie aux Araucans des espions, des *indios
amigos*, chargés des promesses de l'Espagne. Ceux-ci reviennent, leur mission ac-
complie, mais sans être parvenus, malgré leur finesse, ni à persuader les Araucans.
ni à sonder les projets des caciques. Ces premiers agents de Garcia sont les mêmes
que le poète nomme encore dans cette octave « nuestras espías ». Il n'y a eu jusqu'ici qu'une seule tentative. Elle a échoué. Les Araucans ne sont pas revenus
faire hommage à la bannière de Castille et à la loi chrétienne. Un délai avait cependant été fixé aux Barbares. On laisse quelques jours s'écouler encore, et c'est
lors seulement que don Garcia, voyant que son premier essai n'a pas réussi, expédie
quelques officiers intelligents, non pas à la recherche de ses émissaires, ce qui
n'aurait pas de sens désormais, mais pour sonder par eux-mêmes les sentiments du
pays, et pour connaître les desseins pacifiques ou belliqueux des Barbares :

> « A tomar relacion y lengua alguna. »

Pendant la course nocturne tentée par Ercilla, d'étranges révélations lui sont
faites; mais l'objet même qu'il a été chargé d'explorer échappe à sa pénétration
et à celle de ses frères d'armes, comme il avait échappé aux premiers émissaires,
et à la fin du chant XXIV (oct. 93 et 99) nous apprenons que les Espagnols restèrent
encore là deux semaines, dans une attente infructueuse, et qu'ils ne se portèrent en
avant pour continuer la guerre, qu'après avoir perdu toute espérance de pouvoir
sonder les résolutions de l'ennemi :

> « ..... Nunca supimos
> De nuestros enemigos cautelosos,
> Ni su designio y animo entendimos,
> Que nos tuvo suspensos y dudosos. »

Telles étaient les vues de don Garcia. Il voulait connaître les plans de Caupolicán,
et c'est quand il a perdu l'espoir de l'amener à la soumission qu'il se décide à faire
un mouvement offensif.

XXIII

Je fus de ce nombre. Mes préparatifs se firent en secret, et au milieu du silence et des ombres de la nuit, je pénétrai à l'improviste par un bois vaste et touffu jusqu'à des hameaux dont les habitants dénués et misérables vivaient, à cause de leur pauvreté, dans un repos profond. Le bruit et le fracas de la guerre ne les avaient pas encore arrachés à leurs demeures.

XXIV

Je ramenais ma course vers Chaillacano où notre camp était posté, lorsque je vis sur un tertre au bout d'une plaine, dans un étroit sentier qui croisait ma route, un Indien fatigué, chancelant et si vieux qu'à peine ses pieds le pouvaient soutenir, courbé, lent et faible, semblable aux racines sèches d'un arbre.

XXV

Étonné de l'aspect et des traits caducs que m'offre ce portrait de la pesante vieillesse, je m'approche pour l'aider dans sa marche pénible, et pour apprendre de lui ce qu'il pourrait savoir [1]. Mais avec moins de vitesse devant les lévriers agiles s'élance à travers les champs le daim timide et fugitif, que le vieillard n'en mit à bondir sur la pente du coteau.

XXVI

Aussitôt, et sans y réfléchir davantage, je pressai plus vivement mon cheval, et, à toute bride, je me précipitai sur les traces de l'Indien. Bien qu'il parût avoir des ailes, j'espérais l'atteindre; mais le vieillard volait plus rapide que le vent; et

[1] L'idée de ce vers est essentielle dans le rôle assigné à Ercilla :

« Y tomar lengua del si algo sabia. »

Winterling l'a complétement supprimé. Le poëte ne songe pas seulement à être utile au vieillard. Il voudrait encore le faire parler et tenir de lui quelque information.

fus contraint, à mon regret, d'abandonner sa poursuite. En
instant il fut hors de ma vue, et je ne pus m'attacher plus
ngtemps à ses pas.

XXVII

Je me trouvai à la descente d'une colline, devant deux che-
ins infréquentés, et tout près de là, dans un lit plus étroit,
urait le Rauco, dont deux hauteurs encaissaient les ondes.
mme mes yeux plongeaient en bas et droit devant moi, sous
s rameaux d'arbres épais, j'aperçus une biche familière qui
ur les bords du fleuve, broutait parmi les herbes et la rosée.

XXVIII

Aussitôt à la mémoire me revint un souvenir. La voix pro-
hétique m'avait dit dans mon sommeil que je devais rencontrer
in jour par hasard une jeune biche sur le bord de ce fleuve [1].
nimé de la joie la plus vive, je me mis à descendre par le flanc
e la colline, pas à pas, suivant le chemin qui me conduisait à
a biche et jusqu'à ce que je fusse auprès d'elle.

XXIX

Aisément mon approche lui resta cachée. A travers les ravins
rand était le fracas des eaux, et d'un pas tranquille, sans prêter
'oreille, elle paissait l'herbe fine en liberté. Mais lorsqu'elle
ut entendu mes pas et qu'au bruit elle eut levé sa tête altière,
lle quitta son doux pâturage et sa futaie pour un étroit et rude
entier.

XXX

Je commençai à la suivre en toute hâte et frappai mon cheval
de l'éperon. Mais elle prit un autre sentier qui croisait le précédent, et courut par des coteaux escarpés. A la fin elle se dirigea
vers une forêt épaisse, remplie d'arbres serrés et de buissons, où,

[1] Cf. *Araucana*, ch. xviii, oct. 60 et suiv.

preste, elle choisit sa route, et moi je m'élançai après elle à toute vitesse.

XXXI

Je perdis sa direction, et tout chemin disparut pour moi. Un vent furieux vint à souffler, et tantôt par ici, tantôt par là, j'allais en aveugle d'un bois dans un autre, sans pouvoir me guider. Je me repentais de mon imprudence, et, dans mon embarras, regrettant les premiers pas de ma vaine entreprise [1], au lieu d'aller plus avant, je me serais replié en arrière, si j'avais pu découvrir un sentier ou la moindre trace.

XXXII

Depuis longtemps j'errais ainsi égaré, et ne parvenais pas à trouver l'issue mystérieuse, quand sur ma gauche et près de moi j'entendis le murmure d'un ruisseau. Je m'acheminai vers cette rumeur voisine. Au pied d'un chêne qui s'élevait sur la rive, je vis une humble et pauvre cabane, et la biche à côté d'un homme aux longues années.

XXXIII

« Quel sort ou quel malheur, me dit-il, t'a conduit aussi loin du chemin dans ces bois inhabités et profonds, où je n'ai jamais connu personne? Si un destin funeste, si une dure fatalité te contraignent à fuir ta bannière, je ferai ce qui dépendra de ma puissance pour remédier à tes maux et pour te sauver. »

XXXIV

Charmé de l'offre et de l'accueil que me faisait l'étrange et

---

1 « Del primer intento. » Winterling traduit librement : « Was ich gethan. » Mais le poëte veut marquer un point précis de sa conduite. Il ne saurait être ici question de la hardiesse avec laquelle il a suivi le vieil Indien. Ceci rentrait dans la mission qui lui est confiée. Il pouvait obtenir du Barbare quelques renseignements. Mais il s'est écarté de son rôle, lorsque apercevant, sur les bords du Rauco, la biche dont une personne mystérieuse lui a parlé au XVIIIe chant de son épopée, il se jette sur les traces de l'animal fugitif. C'est là que commence pour lui la curiosité dont il se doit repentir. C'est là le « primer intento. »

mable vieillard, plus heureux que je ne l'avais été jamais dans
a vie en trouvant un tel secours et une telle bonté, je l'ins-
uisis de la cause qui m'avait entraîné vers ces lieux, et le
riai de me donner quelque indice pour découvrir la grotte
abitée par le magicien Fiton dont je cherchais la demeure [1].

XXXV

Le vénérable et expérimenté vieillard, avec un soupir et
âme tout émue, me prit doucement par la main, en sortant
e sa pauvre chaumière. Nous étions au commencement de
'été, et nous cherchâmes à l'ombre un lieu frais auprès d'une
ontaine sauvage et pierreuse. Là, il se mit à me parler en ces
ermes :

XXXVI

« L'Arauco est ma patrie. On m'appelle le vieux, l'infortuné
'vaticolo. Dans l'âge de la force, j'étais soldat et je remplissais
vant Colocolo la charge dont il est revêtu. Mille fois [2] dans la
ice je donnai la preuve de ma valeur et seul à seul vainquis
mes adversaires; mille fois le rameau triomphal ceignit ce front
chauve et flétri par la vieillesse.

XXXVII

« Mais comme dans cette vie le bonheur n'est pas durable et
que tout est soumis à l'inconstance, ma fortune se changea

[1] Les bords du Rauco, la biche qui a guidé le poë.e, ce vieillard à l'air vénérable, évoquent dans l'âme d'Ercilla d'autres souvenirs, celui de Fiton, l'enchanteur, qui est destiné, d'après la même prophétie du chant xviii, à lui apprendre
bien des merveilles. Le désir de visiter le magicien est naturellement éveillé chez
le poëte, lorsqu'il voit réunis déjà sous ses yeux tant d'objets qui lui ont été annoncés. Il ne doute pas que le vieillard dont on lui a parlé et qui doit le conduire
à la grotte de Fiton, ne soit celui-là même avec lequel il s'entretient, et il lui demande aussi où habite

« El mágico Fiton à quien buscaba. »

[2] « Siete campos. » Ce chiffre spécial est employé pour un nombre indéfini dans
beaucoup d'expressions espagnoles. Ainsi l'on dira : « siete estados debajo de
tierra, » pour faire entendre qu'une chose est très-cachée, très-voilée. « Siete campos
en estacado » indiquera un grand no..bre de combats privés.

bientôt en revers et ma dignité en une honte éternell
hasard inouï, malheureux, me mit aux prises avec Ainavil
dès lors toute ma gloire fut ternie. Je perdis la renommée,
perdre l'existence.

XXXVIII

« Il ne me restait plus qu'une vie déshonorée. Ah!
j'eusse mille fois préféré que la mort m'eût atteint plus
Sans espoir de reconquérir ma réputation, je me rendis
ce désert que tu vois, et j'y ai demeuré plus de vingt an
sans y être jamais découvert par personne, si ce n'est pa
maintenant, et ta présence n'est pas à mes yeux un fa
prodige [1].

XXXIX

« Puisqu'il y a si longtemps que je vis dans cette hutte .
taire, et que la Fortune t'a conduit jusqu'à mon triste et h
ble toit, je ferai volontiers ce que tu me demandes. Filon
m'est pas inconnu. Son caractère est intraitable et rude ;
il est mon oncle, il est le frère de Guarcolo qui m'a donn
jour.

XL

« A la base d'une âpre montagne, où rarement le pied
hommes a marqué sa trace, il fait son habitation et mène u
vie bizarre, dans un séjour secret et lugubre que jamais le sol
ne baigne d'une joyeuse lumière. Sa retraite est en harmo
avec son humeur. Farouche à l'excès, il est mortel ennemi
toute relation avec les hommes.

[1] Si un homme aussi expérimenté que ce vieillard regarde comme un fait pr
digieux la présence d'Ercilla, si, à ses yeux, un pouvoir surnaturel doit ar
guidé les pas du poëte, les autres mortels, Ercilla lui-même et le lecteur d'Erci
que pourront-ils voir dans cette excursion où se réalise un songe prophétique? Ri
autre chose qu'un acte de cette volonté divine qui s'est révélée d'avance au xvi
chant de l'*Araucana*. Et le poëte, en se mêlant ainsi à l'action de son épopée,
semble-t-il pas obéir à une sorte de fatalité singulièrement étrange? Le merve
leux trouve encore ainsi sa place dans le récit espagnol; il circule dans l'œuv
d'Ercilla. Le souffle de la muse épique intervient et entraîne l'imagination
lecteur.

XLI

« Mais telle est la science de Fiton, et sa puissance est te
sur les pierres, les plantes et les animaux, que par l'art et
savoir il égale toutes les forces mystérieuses de la nature. D
le royaume sombre de l'Épouvante, il contraint les silenci
génies de l'Enfer à écouter ses formidables conjurations e
lui révéler le passé, le présent et l'avenir.

XLII

« Lorsque le soleil règne et verse de purs rayons, le magic
sait couvrir la terre de profondes ténèbres, et sans le se
des vents, il fait contre toutes les lois descendre d'un ciel se
la pluie et le tonnerre. Il met un frein au rapide cours
fleuves [1], et au milieu de leur vol les oiseaux tout à c
s'abattent assoupis, attirés par ses irrésistibles paroles.

[1] Cf. Ovide (*Hypsipyle Jasoni*) :

« Illa (*Medea*) reluctantem curru deducere Lunam
Nititur et tenebris abdere Solis equos.
Illa refrænat aquas, obliquaque flumina sistit :
Illa loco silvas vivaque saxa movet. »

(*Héroïd.*, VI, 85-88.)

Ailleurs, dans Ovide, Médée fait une imprécation où elle décrit encore
voirs surnaturels, analogues à ceux de l'enchanteur Fiton :

« Nox, ait, arcanis fidissima.....
Dique omnes nemorum, Dique omnes noctis, adeste
Quorum ope, cum volui, ripis mirantibus, amnes
In fontes rediere suos : concussaque sisto,
Stantia concutio exutu freta ; nubila pello ;
Nubilaque induco, ventos abigoque vocoque :
Vipereas rumpo verbis et carmine fauces :
Vivaque saxa, sua convulsaque robora terra,
Et silvas moveo ; jubeoque tremiscere montes,
Et mugire solum, manesque exire sepulcris.
Te quoque, Luna, traho, etc. »

(*Métamorph.*, VII, 190 sqq.

Les lecteurs aimeront peut-être à rapprocher de ces passages qu'Ercill
certainement sous les yeux, une inspiration plus originale et plus poétique
que celle d'Ovide, je veux parler des vers de Shakspeare, dans lesquels
s'adressant aux génies qui le secondent durant ses opérations, nous fait la
ture de son pouvoir magique : « Vous êtes des maîtres bien faibles, et cepe
grâce à votre aide, j'ai pu, dans tout l'éclat de son midi, obscurcir le solei

XLIII

« Les herbes mûries pour la moisson, il les fait reverdir; il
sait toutes leurs vertus. Devant lui la mer s'émeut, les vents
obéissent, malgré l'influence et les phases de la lune. La masse
de la terre tremble et frémit à sa voix puissante, sans que nulle
cause intérieure l'agite et la soulève, et elle se contracte violemment vers son centre.

XLIV

« Toutes les forces des autres éléments sont assujetties à ses
ordres, et aux lois mêmes d'en haut [1], aux mouvements des cieux
il fait perdre tout effet et toute énergie. En un mot, avec sa
science et ses enchantements, il sonde, il découvre les mystères
et pénètre, par l'action des astres, jusqu'au sort et jusqu'aux
destinées des peuples.

XLV

« J'ignore comment te peindre avec assez de richesse tout ce
que sait accomplir cet habile devin. Seulement, pour ton projet,
je veux te donner l'aide que peut t'offrir le fils de son frère.
Afin de mieux atteindre le but, il serait à propos de nous mettre

quer les vents à la rage séditieuse, et déchaîner la guerre rugissante entre la verte
mer et la voûte azurée, allumer le tonnerre aux grondements redoutables, et déca-
piter, avec la propre foudre de Jupiter, le chêne orgueilleux qui lui est cher, faire
trembler les promontoires sur leurs bases massives, et retourner par leurs racines
le cèdre et le pin, ordonner aux tombeaux de réveiller leurs dormeurs, d'ouvrir
leurs portes et de les laisser sortir. » (*La Tempête*, act. V, scène unique; trad.
de M. Émile Montégut.)

     « Las causas de *arriba* y movimientos. »

Winterling traduit fort bien:

1   « Die Wirkungen von obenher. »

Il ne s'agit nullement ici des *pouvoirs d'en haut*, de la puissance divine, mais de
la création et de ses lois. Le poëte espagnol peut bien déclarer que Dieu abandonne
à l'enchanteur de suspendre par sa puissance magique tout le mécanisme de l'univers et la marche même des sphères célestes; mais il ne peut pas lui accorder le
moindre empire contre la volonté de Dieu même. Ceci impliquerait contradiction.

n route, car voici l'heure où il se livre à quelque loisir, et
instant où il sera mieux disposé à nous faire accueil. »

XLVI

Aussitôt nous nous levons l'un et l'autre. J'attache mon
heval par la bride [1], et nous marchons à pas pressés par un
ntier étroit et difficile. Après l'avoir suivi quelque temps,
ous nous trouvons dans une forêt d'une sombre profondeur.
à, jamais les rayons du jour, jamais l'azur du ciel n'ont brillé
ur le sol ténébreux.

XLVII

Au pied d'un roc miné, que des arbres masquaient de leurs
ranches inextricables, nous vîmes l'entrée d'une gorge étroite,
t, plus à l'intérieur, une petite porte qu'entouraient des têtes
e bêtes fauves; elle était entièrement ouverte. Le robuste
vieillard pénètre par le défilé et m'y entraîne en me saisissant
la main.

XLVIII

Nous faisons environ cent pas, non sans que j'éprouve quelque terreur; puis nous arrivons sous une grande voûte. Au
milieu brillait une lampe éternelle, et, de toutes parts à l'entour, nous apercevons, rangées par ordre, des tablettes avec une
multitude de fioles étiquetées, des onguents, des herbes, d'innombrables liquides [2].

---

[1] Winterling traduit avec raison :

> « ..... Ich band beim Zaum
> Mein Pferd an einem nahed Baum. »

Gilibert de Merlhiac suppose qu'Ercilla marche sur les pas de Guaticolo, en tenant son cheval par la bride. Mais ce cheval, dont il ne parle plus, va devenir fort
embarrassant pour lui dans les lieux qu'il parcourt. Il va de soi qu'après avoir
quitté la demeure de Fiton, le poëte et Guaticolo reviendront ensemble jusqu'au
lieu où il a quitté son cheval, et ce n'est qu'après avoir pris congé du vieillard
qu'Ercilla reviendra de toute sa vitesse au camp espagnol (Cf. ch. xxiv, oct. 98).

[2] Balbuena, dans son épopée « El Bernardo », a imité et fort exagéré la peinture
qu'Ercilla fait ici de la grotte de son magicien Tlascalan qui nous révèle, dans le
XIXe livre du *Bernardo*, toute la gloire future de Cortés et la suite des rois de

XLIX

Nous voyons habilement apprêtés les yeux perçants du Lynx
dont les effets sont merveilleux quand on les arrache au temps
et sous la conjonction nécessaires; les yeux du Basilic, chargés
de poison [1], le sang d'hommes rouges, toujours prompts à la
colère [2]; l'écume de ces chiens qui dans leur rage ont horreur de l'eau; et la dépouille du Chersydre [3], qui se couvre de
taches lorsqu'il vieillit [4].

Castille, depuis Alphonse le Chaste jusqu'à Charles-Quint, occupe, au pied d'un
volcan, entre Tlascala et Mejico, une demeure trop semblable à celle de l'enchanteur Fiton, pour n'être pas un souvenir, une copie et une altération d'Ercilla, (Cf.
ibid., ch. xviii). C'est particulièrement le mobilier des deux savants naturalistes,
des deux nécromanciens, qui offre de singulières analogies. Mais presque toujours,
lorsque les deux poëtes se ressemblent, Ercilla se montre plus national que Balbuena et plus sobre de détails bizarres. Les notes suivantes contiennent quelques
rapprochements propres à justifier notre assertion. Les deux écrivains ont pu
trouver les éléments de leurs tableaux dans le cabinet de quelque *Faust* contemporain, dans le laboratoire d'un de ces empiriques qui aimaient à s'entourer d'objets rares puisés dans tous les règnes de la nature; mais les traces de l'imitation
d'Ercilla par Balbuena ne sont pas moins évidentes. Cependant, sans recourir, soit
aux réalités, soit à la poésie contemporaine, Balbuena, comme Ercilla, pour peindre l'atelier de son enchanteur et son hideux entourage, trouvait chez les anciens
d'assez riches couleurs. (Cf. Ovide, *Metam.*, VII, 264-278; Lucain, *Pharsal.*, VI,
657-630).

[1] La description que Lucain fait au IXe livre de la *Pharsale* de tous les serpents
de l'Afrique, a plus d'une fois inspiré Ercilla. C'est dans ce poëte qu'il va chercher
assez souvent ses données d'histoire naturelle et ses leçons d'erpétologie.

> « *Ante venena nocens, late sibi summovet omne*
> *Vulgus, et in vacua regnat basiliscus arena.* »
>
>   (*Pharsal.*, IX, 725-726.)

[2] Au sang d'hommes rouges, toujours prompts à la colère, Balbuena substitue
« le sang corrompu d'une femme jalouse » (*El Bernardo*, ch. xviii, oct. 111), et à
l'écume des chiens enragés, celle de l'amphisbène, qu'il appelle *doblada*, comme
Ercilla dans l'octave suivante l'appelle *biforme*.

[3] Cf. Lucain, IX, 711.

[4]
> « .... Y el pellejo
> Del peeoso chersidros cuando es viejo. »

Winterling modifie un peu la pensée d'Ercilla. Il suppose que c'est dans sa vieillesse que le chersydre change de peau:

> « .... Und dann des Chersidros
> Gefleckte Haupt, die er im Alter wechseln muss. »

L

D'un autre côté se montrent la mâchoire de l'hyène farouche [1], le Cenchris, que nourrissent les sables brûlants de l'Afrique [2] ; un morceau d'une aile de Harpie, le fiel de l'Amphisbène à la double marche [3], et la queue tortueuse de l'Aspic, qui donne la mort en faisant glisser dans les veines un doux sommeil [4] ;

LI

Le crâne moisi, détaché d'un corps qui n'a pas reçu de sépulture, la chair d'une petite fille près de naître, mais arrachée des entrailles maternelles par un autre chemin que celui de la

---

[1] Balbuena remplace la mâchoire de l'hyène par celle de la panthère (oct. 145) ; mais il conserve de la première les griffes qu'elle fait retentir sur la pierre des tombeaux (oct. 146).

[2] Cf. Lucain, IX, 713.

[3] Les anciens attribuaient à l'amphisbène la faculté de marcher en avant et en arrière. Ce qui, peut-être, a donné origine à cette croyance, c'est que le corps de ces reptiles est d'une venue et leur queue aussi grosse que leur tête.

[4] Balbuena résume cette idée dans l'épithète même qu'il donne à l'aspic, « soñoliento. » Lucain dit que ce serpent est le premier de tous ceux que fit éclore, en Libye, le sang de Méduse :

> « Hic quæ prima caput movit de pulvere labes,
> Aspida somniferam tumida cervice levavit.
> Plenior huic sanguis, et crassi gutta veneni
> Decidit ; in nulla plus est serpente coactum. »
>
> (V. 700-703.)

C'est aussi dans Lucain que don Ercilla et, après lui, Balbuena, ont pris cette idée que le poison de l'aspic circule sans douleur comme un sommeil dans les membres de la victime :

> « At tibi, Leve miser, fixos præcordia pressit
> Niliaca serpente cruor : nulloque dolore
> Testatus morsus subita caligine mortem
> Accipis, et socias somno descendis ad umbras. »
>
> (V. 816-819.)

Winterling change l'idée du poëte espagnol :

> « Die tödtlich einen Schlafenden gebissen, »

et l'on s'explique mal pourquoi le traducteur veut rendre la morsure de l'aspic plus mortelle à une victime endormie, lorsque don Ercilla, comme Lucain son modèle, fait du sommeil même qui se propage avec le poison, le caractère curieux de cette morsure.

nature, et les vertèbres disloquées du Céraste [1], et la langue terrible de l'Hémorrhoïs, qui fait rendre à sa victime une sueur de sang, jusqu'à ce qu'elle meure épuisée [2];

LII

Le poil de tous les monstres les plus étranges qu'ait enfantés le sein trop fécond de la nature [3]; la bave des serpents venimeux [4], les deux ailes de l'Acontias si redouté [5], et les dents

[1] Lucain (v. 717) :

> « ... Spinaque vagi torquente cerastæ. »

[2] Balbuena, oct. 142 :

> « De la serpiente Emórois el veneno
> Que despide en sudor la sangre humana. »

Lucain est l'autorité commune des deux poëtes espagnols

> « At non stare suum miseris passura cruorem,
> Squamiferos ingens hæmorrhois explicat orbes. »

(V. 709-710.)

[3] Ercilla eût montré un goût moins douteux en résumant plus d'une fois ainsi, par quelques vers expressifs, les objets dont il fait une énumération prolixe. Les développements de Balbuena sont plus fastidieux encore, au point qu'un critique célèbre d'Espagne, Quintana, les qualifie avec une juste sévérité, « los desatinos de vieja delirante. » Nous préférons cependant toutes les folies de Balbuena et sa hideuse nomenclature, à la sécheresse déplorable que Gilibert de Merlhiac s'est cru en droit de substituer aux détails d'Ercilla. Le phénix, le céraste, le griffon et le dragon, le lynx et le basilic, dont Ercilla parle en poëte, des animaux empaillés et l'*Aqua Tofana*, dont il ne parle pas, forment chez l'interprète français de 1824 tous les frais d'un court tableau, destitué de cette bizarrerie saisissante qui laisse en émoi l'imagination du lecteur. Avec Balbuena du moins, et surtout avec Ercilla, nous sommes transportés dans un de ces capricieux laboratoires d'alchimiste ou de sorciers auxquels nous ont un peu accoutumés les hardiesses de Goethe et de Shakspeare. Cf. *Faust* et *Macbeth*.

[4] Winterling traduit « escupidos » par « Schlangenbälge ». Il substitue à la salive des serpents leur dépouille, ces fourreaux que l'on voit suspendus aux plafonds et aux murailles des plus ordinaires naturalistes. Mais si nous adoptions le changement introduit par Winterling, n'aurions-nous pas le danger d'une répétition à l'octave 55e :

> « Y morbiferas sierpes..... »

[5] Balbuena, oct. 142e.

> « La ala del presto jáculo..... »

L'Acontias ou *Jaculus* a déjà figuré dans l'*Araucana*, ch. III, oct. 30. Lucain ne l'avait pas oublié dans la liste interminable des serpents dont il peuple la Libye :

> « ..... Jaculique volucres. »

(V. 721. Cf. 821-827.)

cruelles du Seps, dont la morsure fait enfler tout à coup, comme
une outre, les animaux et les hommes, et réduit en pourriture
leur chair et leurs os [1].

LIII

Dans un grand vase diaphane était le cœur transpercé d'un
Griffon et la cendre d'un Phénix, qui, en Orient, se brûle lui-
même lorsqu'il est fatigué de vivre ; la graisse du Scytale et le
Hérisson des mers qui dans les flots les plus agités suspend la
course des navires et les arrête en dépit des vents [2].

LIV

Là, ne manquaient ni les têtes de Scorpions [3], ni les vipères,
au poison mortel, ni les Alacranes, ni les queues de Dragon, ni
les pierres engendrées par des aigles [4]. On y voyait des estomacs
de requins affamés, les menstrues et le lait de femmes frappées

[1] Lucain :

> « Ossaque dissolvens cum corpore tabificus seps. »
>
> (V. 723.)
>
> « ..... Miserique in crure Sabelli
> Seps stetit exiguus...... »
> Parva modo serpens ; sed qua non ulla cruentæ
> Tantum mortis habet : nam plagæ proxima circum
> Fugit rapta cutis, pallentiaque ossa retexit.
> Jamque sinu laxo nudum et sine corpore vulnus.
> . . . .
> Cinyphias inter pestes tibi palma nocendi est :
> Eripiunt omnes animum, tu sola cadaver. »
>
> (744-733.)

[2] Balbuena désigne sous le nom de *Rémora* l'Échineis d'Ercilla, et il lui attribue
la même puissance :

> « ..... Y el pece
> Rémora, que á un navio enfame el vuelo. »
>
> (Oct. 149.)

[3] Balbuena (oct. 140e) :

> « Y de dos scorpiones cuello y pecho. »

[4]

> « Y las piedras del aguila preñadas. »

Cf. Balbuena, oct. 144e :

> « Con la piedra de la águila, que dentro
> Va con preñados secos á su centro. »

avec le fouet [1], des tumeurs, les ulcères de la peste, des sucs
homicides, et tout ce que la nature produit de venins divers.

[1] Cf. Balbuena, oct. 144e :

« ..... Menstruo de vieja. »

Les rapprochements nombreux que présentent le tableau de Balbuena et celui
d'Ercilla, prouvent jusqu'à l'évidence l'imitation du chantre de *Bernardo*. Cependant sa copie contient plusieurs traits qui semblent avoir été puisés directement
dans la *Pharsale*. Ainsi, en parlant du *Jaculus*, il nous le montre s'élançant à distance d'un rocher voisin :

« ..... Que al seno
De la peña se arroja mas cercana... »

(Oct. 131.)

comme Lucain nous le décrit qui s'élance d'un chêne :

« Ecce procul sævum sterilis se robore trunci
Torsit, et immisit (Jaculum vocat Africa) serpens. »

(V. 823-824.)

Il classe aussi parmi les reptiles de sa collection le *Dipsas* :

« Dipsas, que al que su lósigo salpica,
La sed hasta la muerte multiplica. »

(Oct. 132.)

Ercilla n'en parle pas, mais Lucain ne l'a pas oublié :

« ..... Torrida Dipsas. »

(719.)

« Signiferum juvenem tyrrheni sanguinis Aulum
Torta caput retro Dipsas calcata momordit;
Vix dolor aut sensus dentis fuit....
Ecce subit virus tacitum carpitque medullas
Ignis edax, calidaque incendit viscera labe.
. . . .
Nec sentit fatique genus mortemque veneni ;
Sed putat esse sitim : ferroque aperire trementes
Sostinuit venas, atque os implere cruore. »

(738-761.)

La peinture de Balbuena diffère encore de celle de son devancier espagnol par
d'autres fictions. Qu'il y ait introduit la salamandre et le bibou, nous n'y trouvons
rien à reprendre. Le cœur d'un enfant pouvait y trouver sa place. Nous ne dirons
rien contre ces deux estomacs d'autruche, ou cet œil gauche de fresaie, dont nous
parle Balbuena, et qui nous rappellent les œufs et les plumes de chouette, délayés
par Canidie dans le sang d'un immonde crapaud (Horace, *Epod.*, v). Il pouvait
convenir au magicien Tlascalán de réunir dans son laboratoire des dents de crocodile, la cendre d'un homme foudroyé, deux os de huppe et de perroquet, du
lierre cueilli sur un mur ruineux et une plume rouge enlevée à l'aile du phénix.
Tout cela, plus ou moins, sauf le phénix pourtant, s'étalait dans le cabinet de
presque tous les alchimistes qui se respectaient un peu. Mais la suie de la barque
de Caron, une dent et deux griffes de Cerbère, mais des cheveux de Proserpine,
quelques bribes de la quenouille de Clotho et la laine de Sirius, donnent au mobilier de Tlascalán certaines apparences de pédantisme mythologique et d'impossibi-
lité auxquelles don Ercilla est presque toujours parvenu à soustraire celui de l'enchanteur Fiton. A l'exception du phénix dont il parle aussi, et dont, sur la foi de

LV

D'un œil attentif, je parcourais avec surprise le vaste dépôt
u magicien, lorsque, par une porte qui s'ouvrit dans un des
oins de la salle, je vis entrer un vieillard exténué de mai-
reur. Il s'appuyait sur un jonc recourbé, et à l'instant même
'e le reconnus pour celui que j'avais vu courir sur la colline,
vec tant de vitesse qu'à peine eût pu l'atteindre le trait d'une
arbalète.

LVI

« Ce n'est pas une médiocre témérité que la tienne, me dit-
il, en osant aujourd'hui, malgré ta jeunesse, t'aventurer jusqu'à
cette demeure solitaire, où, sans ma permission, aucun homme
n'a porté ses pas [1]. Mais je sais qu'un noble motif te pousse à
venir aussi loin chercher ma retraite. Je t'accorde donc volontiers, pour cette fois, une faveur à laquelle je pensais bien ne
devoir jamais consentir. »

l'antiquité presque entière, il semble, comme Balbuena, ne pas révoquer en doute
l'existence, Ercilla se fonde sur la science si erronée de son temps, sur les êtres
qu'elle admettait, sur les attributs qui leur étaient généralement accordés par ses
interprètes. Malgré toute l'infériorité de composition que nous offre la description
beaucoup moins naturelle de Balbuena, elle renferme cependant quelques traits
qui ne manquent ni de force ni d'originalité. Ainsi dans l'attirail de sa grotte et
de son formidable arsenal de magie, se trouvent des statues sombres et sinistres;
vous croiriez des œuvres d'art. Mais à ces sculptures sont enchaînées des existences.
De puissantes incantations ont attiré des âmes maudites du sein des lugubres et té-
nébreuses demeures. Elles sont là sous la main souveraine du magicien, et prêtes
à répondre aux questions qu'il voudra leur adresser. Ajoutons que la grotte que
nous dépeint Balbuena est éclairée par une magnifique illumination de pierreries
mêlées à ses parois et surtout à sa voûte étincelante. Mais cette poésie orientale
un peu verbeuse est encore une imitation d'Ercilla qui place ailleurs (oct. 66),
avec une richesse de parure beaucoup plus sobre, ces féeriques splendeurs, sans
épuiser, comme le fait Balbuena, tout le savoir d'un vrai lapidaire.

[1] Tous ces devins tiennent à peu près le même langage. Protée, surpris durant
son sommeil par le berger Aristée, et rendu enfin à sa forme naturelle, ne dit-il
pas au fils de Cyrène :

« ... Quis te, juvenum confidentissime, nostras
Jussit adire domos? Quidve hinc petis ?..... »

                                        (Virgile, *Georg.*, IV; 445-446.)

LVII

Mon doux compagnon comprit que la circonstance et le moment étaient heureux. Le vieux devin, si rude et si sévère, se
montrait accessible et maniable. Guaticolo, avant d'agir, me
regarde d'abord d'un air courtois et amical, pour voir si je
voulais répondre moi-même, et, comme je restais en silence, il
parla de la sorte :

LVIII

« O grand Fiton, toi qui sais pénétrer les secrets des cieux et
suspendre la course éternelle de leurs sphères, indociles à la
règle qui les conduit pour n'obéir qu'à tes commandements!
toi qui à ton gré sais révoquer les arrêts de la Fortune et de
l'inflexible Destin, ou changer et intervertir l'ordre de la nature, pour plonger dans les mystères de l'avenir !

LIX

« Toi dont la science magique et l'infini savoir, entr'ouvrant
la masse dure et profonde de la terre, peuvent, jusque dans
les abîmes du royaume sombre, répandre les rayons et la lumière étincelante du jour, tourmenter par d'invincibles conjurations la troupe infernale et la faire trembler d'effroi devant
un maître souverain, assez puissant pour briser les lois immuables qui la régissent ;

LX

« Tu sauras que ce jeune guerrier a été attiré par ta haute
renommée et par cette gloire merveilleuse, qui, répandue dans
toutes les régions indiennes, s'étend même jusqu'au pôle septentrional. Il a bravé mille obstacles pour n'écouter que son
désir qui l'appelle à célébrer les actions guerrières et les sanglants désastres de cette contrée.

LXI

« Une nuit il s'était retiré pour écrire les exploits du jour pré-

édent. Tout à coup il fut ravi en songe et vit le spectacle de
out ce qui se passait en Europe. Alors il lui fut même révélé
ue dans ta caverne mystérieuse il apprendrait d'étranges événements dignes de mémoire et propres à jeter un grand éclat
ur ses récits;

LXII

« Que tu lui ferais connaître des choses passées, présentes et
à venir, des prouesses et conquêtes prodigieuses, des entreprises
et des succès lointains, des tentatives téméraires, inouïes, telles
que jamais l'histoire n'a rien conservé de pareil. Cette magnifique promesse le tourmente, et c'est avec inquiétude que nous
attendons ta réponse [1]. »

LXIII

Le magicien se réjouit en apprenant combien vers le Nord
était propagée la gloire de son nom: Il tourna vers moi son visage flétri, et ses yeux se promenèrent de ma tête à mes pieds.
A la fin, d'une voix beaucoup plus puissante et plus ferme que
ses cheveux blancs ne le faisaient présager, d'un air grave e
avec une expression de physionomie austère, il m'adressa s
réponse en ces mots :

LXIV

« Bien qu'avec raison il soit défendu de prophétiser les évé
nements futurs, et qu'il soit moins difficile de prolonger la vi
d'un homme malgré le décret irrévocable des destins, comm
tu as cherché mon asile par des chemins pénibles et imprat
qués, je veux t'être agréable, grâce au fils de mon frère qui s
présente ici pour te servir d'organe et de protecteur. »

LXV

Il dit, et d'un pas lent et tardif, me tenant par la main,

[1] Winterling supprime l'octave 62e, la mieux faite pour déterminer l'enchante
à céder aux vœux d'Ercilla, et sans laquelle aussi le discours de Guaticolo rester
sans conclusion.

franchit de nouveau la porte étroite et voûtée, et me conduit dans une autre pièce. Je me trouvai aussitôt après dans une salle brillante, dont l'architecture et la décoration étaient si splendides, d'un travail si parfait et si somptueux qu'aucune langue ne saurait les décrire ni aucune imagination les concevoir.

LXVI

Le sol était régulièrement pavé de cristaux limpides, dont les nuances variées s'entremêlaient pour former un ordre et des aspects différents. La voûte était haute, transparente, étoilée d'innombrables pierres au vif éclat. Toute la salle était réjouie de la lumière qu'elles faisaient jaillir en mille reflets colorés.

LXVII

Soutenues sur des colonnes d'or, cent statues étaient rangées à l'entour. L'art leur avait prêté une si vive animation, qu'un sourd eût pu s'imaginer qu'elles parlaient. Les titres de tous ces personnages étaient figurés et se déployaient sur les vastes murailles, et l'on y pouvait reconnaître les plus rares mérites et la plus noble gloire des armes et des lettres, de la tempérance et de la vertu.

LXVIII

Au milieu de cette salle spacieuse, qui contenait la moitié d'un mille en carré, s'élevait un globe immense et merveilleux, revêtu de toutes parts d'une sphère brillante. Par un art et un travail surnaturels, il semblait se soutenir lui-même en l'air, comme si sa grande enveloppe et le mécanisme intérieur se fussent appuyés sur leur propre centre.

LXIX

Lorsque j'eus un instant satisfait mes regards curieux avec es peintures, et considéré, des parois, du sol et du ciel les riches résors et les sculptures nombreuses, le magicien me conduisit roit à la sphère, et là, tournant le visage vers les statues, de

son bâton recourbé, il me les désignait et se mit à me les faire
connaître en ces termes :

LXX

« Apprends, ô mon fils, que ces hommes ont, pour la plupart,
quitté l'existence ; que, pour de grandes actions, leur renommée
a été et sera toujours célèbre dans le monde, et que plusieurs,
d'une humble origine et de noms obscurs, debout sur leurs
hauts faits, ont été placés par la fortune prospère au sommet
le plus élevé de la gloire [1].

1   « En el mas allo cuerno de la Luna. »

Winterling a pu traduire avec cette heureuse littéralité qu'autorise le génie de
la langue allemande :

                    « ....., Haben sie
        Sich auf des Mondes höchstes Horn geschwungen. »

Ercilla avait déjà employé cette métaphore; cf. *supra*, chant x, oct. 2, et Winterling l'a rendue avec la même exactitude que cette fois. Cf. *l. c.*, note 1. C'est
dans les expressions de ce genre qu'il serait possible de reconnaître quelque trace
des influences arabes sur l'imagination espagnole. Chez les musulmans de la Péninsule, l'hyperbole avait une large place dans la poésie, comme chez leurs frères
d'Orient, et les chantres dans leurs complaisantes flatteries mettaient souvent leurs
héros au-dessus de la région même des astres. Dans son excellent écrit, *Voyage
en Espagne*, M. Eugène Poitou nous rappelle ces inscriptions en beaux caractères
cufiques qu'un art ingénieux mêlait aux arabesques de l'Alhambra et faisait concourir à l'ornementation. Quelques-unes sont à la louange du sultan qui a construit
telle ou telle partie du palais. Dans le *patio* des myrtes, on lit cet éloge : « O fils
de la grandeur, de la prudence, de la sagesse, du courage et de la libéralité, qui
surpasses la hauteur des étoiles dans les régions du firmament ! Tu t'es élevé à
l'horizon de l'empire comme le soleil pour dissiper les ombres créées par l'oppression et l'injustice... Tu as garanti du souffle de la bise d'été jusqu'aux plus tendres branches, et fait trembler les étoiles mêmes dans la voûte des cieux... »
(p. 278). Combien le bon sens et le goût plus austère de l'Espagnol supprimera de
cette parure excessive et de ces exagérations bouffies ! Pour l'esprit calme et rassis
des Septentrionaux, il en restera toujours assez et trop encore. Mais à chaque peuple, à chaque société, son génie et ses formes favorites ! Toujours est-il que la
tendance de l'Espagnol à l'hyperbole est un legs de l'Arabe. Elle domine chez les
Andalous dont les Arabes ont le plus longtemps occupé les provinces. Le sang
arabe se reconnaît encore dans la population de l'Andalousie, et si cette brillante
contrée, soumise pendant des siècles à la même influence, a conservé pour trait habituel et distinctif un peu d'emphase et d'exagération, il n'est pas surprenant que
le reste de l'Espagne ait subi la même action avec moins d'empire. La race orientale, venue d'Afrique, passait bien vite du domaine des réalités à celui de l'imagination. L'histoire a de ceci mille traces. Quelque merveilleux que soient, par
exemple, les travaux exécutés à Cordoue par les khalifes musulmans, il est certain
qu'ils ne ressemblaient pas à cette féerie tout idéale de constructions impossibles

LXXI

« Le globe dont tu vois ici l'artifice est un abrégé du vaste univers. Cette construction difficile m'a coûté quarante années d'études ; mais il n'y aura, dans les longues années de l'avenir, aucun événement, aucun arrêt de l'immuable destin qui ne s'offre avec clarté à mes yeux, et qui n'ait sur cette sphère sa forme et son éclatante image.

LXXII

« Mais, puisque ta plus vive ambition est d'écrire les faits de guerre, et que, sous l'influence d'astres sinistres, tu ne trouveras dans cette contrée qu'une matière trop fertile, je ne prendrai pas le soin d'éclaircir pour toi quelques événements de ce globe et du monde qu'il te présente ; je ne te ferai voir qu'une action bien capable de te surprendre, et pleine d'intérêt pour le but auquel tu aspires.

LXXIII

« Notre patrie, l'Arauco, contient un sujet en harmonie avec

dont les historiens arabes ont entassé les peintures. Une capitale qui, d'après leurs rêveries, comptait deux cent mille maisons, six cents mosquées, quatre-vingt mille palais et pour faubourgs douze mille villages, n'aurait pu disparaître sans laisser d'elle quelques ruines considérables. Ni le temps, ni la fureur des hommes, ni les convulsions de la nature qui renversent les ouvrages de nos mains, n'anéantissent ainsi jusqu'aux décombres. Zahra, la voisine de Cordoue, qu'Abdérame II éleva au ıxe siècle pour une esclave favorite, est dépeinte avec le même excès et la même intempérance de fantaisie. Douze mille colonnes de marbre ou de granit, des murs que tapissait l'or ouvragé, donnaient, dans les récits du conteur, au palais de la jeune sultane toutes les apparences d'une architecture capricieuse, digne des *Mille et une Nuits* (Cf. Godard, *l'Espagne*, p. 196-197). C'était là le caractère du peuple oriental, de la société arabe. Le réel et l'idéal se confondent fréquemment dans ses descriptions ; le rêve a sa place dans l'histoire agrandie et ornée. Mettez une telle société, hardie et victorieuse, en contact avec un peuple doué lui-même d'une sève puissante ; prolongez leur commerce de chaque jour pendant des siècles, et faites que l'imagination de la race triomphante ne laisse pas quelques marques de ses habitudes, quelques signes distinctifs de sa nature à ses sujets séculaires, à l'Andalous, à toute l'Espagne ! De là ces jets de pétulante hyperbole, de métaphores et de fictions téméraires, ces audaces de style qui ont paru quelquefois à la critique des vices indigènes de la poésie espagnole, sous certaines plumes et à quelques époques de son développement.

s chants belliqueux. L'épée et la maille tutélaire trouvent ici
lus d'emploi que dans toute autre région. Il te manque seu'c-
ent la peinture d'une bataille navale pour rehausser l'éclat
e tes récits, et pour faire de toi le poële de la guerre, aussi
ien sur les flots que sur la terre ferme.

LXXIV

« Tu verras sur cette sphère un combat de ce genre, si terible, que les hommes, après en avoir eu le spectacle, je te le
ure, douteront encore de sa réalité[1]. Jamais, ni dans les temps
assés ni dans l'avenir, on ne vit, on ne verra, une lutte aussi
formidable. La mer Méditerranée restera libre pour l'armée
victorieuse, et, pour la race vaincue, mise en déroute, la puissance sur les flots sera détruite.

LXXV

« Cependant que mes paroles ne te troublent pas ; ne tremble
point à mes effrayantes évocations. Si tu gardes un esprit attentif, les choses futures vont être présentes sous tes yeux, et tout
ce que tu verras, les destins le préparent de point en point. Tu
pourras, je te le dis et je te l'affirme, être ici de ces merveilles
le témoin oculaire et le véridique historien. »

[1]
    « La cual verás aquí tal, que te juro
    Que vista la tendremos por dudosa. »

Winterling traduit :

    « Die siehst du hier und so, dass auf mein Wort
    Du deinen eig'nen Augen kaum wirst trauen. »

Mais il n'y aurait rien d'étonnant que don Ercilla, témoin de la bataille navale
de Lépante en réduction sur la sphère de l'enchanteur, pût à peine croire à la
réalité future d'un tel prodige ; aussi le poëte ne dit rien de semblable. Pour
Fiton du moins, l'exploit des chrétiens ne peut être douteux ni sembler impossible,
et pourtant il parle de lui tout aussi bien que d'Ercilla : « la tendremos por du-
dosa ; » c'est qu'il songe en effet à tous ceux qui seront un jour les témoins du
combat célèbre ou qui en apprendront les exploits. Lorsque cette merveilleuse action sera, non pas, comme ici, une image et un abrégé, mais un événement, un
spectacle réel, et qu'elle frappera tous les yeux, alors même on aura peine à y
croire ; elle semblera aux hommes un rêve encore :

    « .... Vista la tendremos por dudosa. »

LXXVI

De plus en plus enflammé de désir, j'approchai mon visage
sur un point du globe transparent, et je vis à l'intérieur l'ingé
nieux travail de tout un monde, aussi grand, aussi étendu qu
le nôtre. Ainsi, quand nous plaçons notre œil tout près d'u
miroir bombé, nous voyons se dessiner au dedans, avec netteté
un superbe palais, et, sous une enveloppe étroite, apparaît
un espace immense [1].

LXXVII

A cette place je découvrais, séditieux et troublés, les fleuves
d'Ausonie, où se vida la grande querelle entre César et Marc-
Antoine. Sous le même espace, se trouvait encore, vers le ri-

[1] Pour nous, il y a dans la seconde partie de l'octave d'Ercilla une simple similitude, un rapprochement entre la sphère merveilleuse de Fiton et ces boîtes d'optique, où, à l'aide d'un miroir convexe, les images apparaissent amplifiées. Winterling, en traduisant, n'exprime pas de comparaison, et, avec un léger accessoire, semble des quatre derniers vers de don Ercilla, faire une répétition des quatre premiers :

> « Als wir das Angesicht dem Spiegel näher brachten,
> Um nun das Einzelne genauer zu betrachten,
> Sahn wir darinnen ein ragenden Pallast
> Und einen kleinen Raum, der Grosses in sich fasst. »

On se demande avec surprise, pourquoi cette répétition, puis, comment l'image en raccourci de notre univers terrestre devient-elle un *palais*? Qu'est-ce que ce palais? L'interprète entend-il par là la machine entière, la structure de notre globe? Mais, en acceptant la métaphore, la seconde partie de l'octave ne serait toujours au fond qu'une redite. Nous devons citer toute l'octave originale, pour que le lecteur puisse plus facilement trancher le débat :

> « Yo con mayor codicia por un lado
> Llegué el rostro á la bo'a trasparente,
> Donde vi dentro un mundo fabricado
> Tan grande como el nuestro y tan patente :
> Como en redondo esprjo relevado
> Llegando junto el rostro, claramente
> Vemos dentro un anchísimo palacio
> Y en muy pequeña forma grande espacio. »

Si Winterling songe à un palais réel, et veut dire qu'Ercilla en aperçoit un sur la *bola*, la version est plus étrange encore. Fiton a promis au poëte de le faire assister à une bataille navale, et tout autre objet disparaît devant ce grand intérêt national. Ni avant ni après la description de cette lutte heroïque des chrétiens contre les musulmans, il n'est question une seule fois d'un incident qui lui soit étranger.

rage de Lépante, du côté du couchant, depuis les îles Courzolaires [1] jusqu'au port, la vaste mer couverte de navires [2].

LXXVIII

En voyant les célèbres bannières du Pape, de Felipe et de Venise, je compris aussitôt que c'étaient là les escadres de Turcs infidèles et des chrétiens, et que, rangées en ordre d bataille, elles s'apprêtaient à lutter ensemble. Il ne me semblai pas qu'elles remuassent, et elles ne me paraissaient autre chos que des peintures.

LXXIX

Mais le devin Fiton me dit : « Tout à l'heure tu verras u combat naval terrible, et qui fera briller à tous les yeux la va leur souveraine de votre Espagne [3]. » A l'instant, le regard irrit et farouche, de son bâton, il frappe le globe magnifique, un fois en droite ligne, une autre fois en travers, et, tirant de s poitrine une voix rauque et effroyable,

---

[1] Les Courzolaires composent un groupe de cinq petites îles que les anciens no maient *Echinades*. Les rochers arides et aigus que l'on y voit leur donnent e effet quelque rapport avec le herisson (Ἐχῖνος). Elles sont situées à l'entrée d golfe de Naupaktos ou Lepante. Leur formation est due aux sables et à la boue qu pousse l'Achéloüs, et elles appartiennent reellement à l'Acarnanie. C'est à la h teur des îles Courzolaires que se livra la fameuse bataille navale si désastreuse pou Sélim II, et qui donna à Juan d'Autriche plus de gloire encore que sa lutte cont les Alpujarras. Les îles *Curzolari*, qui n'avaient jusque-là que leur illustratio mythologique (voyez dans Ovide, *Métamorph.*, VIII, 568-589, la fable des cin naïades changées en îles par Achéloüs et par Neptune), sont restées célèbres d puis par la victoire des chrétiens.

[2] Cf. Virgile, *En.*, VIII, 676 :

> « .... Totumque instructo Marte videres
> Ferrere Leucaten, etc. »

[3]   « El supremo valor de vuestra España. »

Winterling traduit : « Spaniens überlegene Gewalt. » Mais le vieux magicien peut tout à fait oublier que lui aussi est Araucau et qu'il s'adresse à un Espagn à l'un des envahisseurs de sa patrie. Il ne parle pas de l'Espagne comme un gé graphe indifferent ; les gloires de l'Espagne ne lui appartiennent pas, il n'en trio phe pas ; c'est Ercilla seul qui pourra se réjouir de leur peinture prophétiq « c'est *votre* Espagne, dit l'enchanteur, qui deploiera devant Lépante son héroïq bravoure. Ce seul mot est plein d'expression et ne devait pas disparaître.

LXXX

Il s'écrie : « Pâle Érèbe, aboyant Cerbère, Pluton, maître suprême de l'abîme des enfers, vieux Caron, nocher décrépit, et vous, fleuves du Styx, lac de l'Averne, ô Démogorgon, toi qui habites au fond de l'empire éternel du Tartare, vous, ondes bouillantes de l'Achéron et du Léthé, du Phlégéthon et du Cocyte,

LXXXI

« Vous, Furies, qui, par des peines si cruelles, tourmentez les âmes damnées, que même les déités infernales craignent de voir vos fronts à la chevelure de vipères ; et vous, redoutables Gorgones, fléchissez sous la puissance de mes paroles ; faites qu'ici se déploie avec clarté le spectacle de cette bataille navale que recèle encore l'avenir.

LXXXII

« Et toi, Hécate aux traits enfumés et hideux, fais éclater à nos regards ce que je demande !... Holà !... à qui parlé-je ? Que signifie ce retard ? Et ne tremblez-vous pas aux accents de ma terrible voix ? Prenez garde que je ne brise la terre jusqu'à son centre, que je ne fasse luire sur vous ces rayons du jour dont vous avez horreur [1], et qu'avec une force invincible, avec un nouveau pouvoir, je ne renverse toutes les lois de l'Érèbe ? »

---

[1] C'est la tradition poétique depuis Homère. Si les dieux de l'Olympe redoutent le spectacle des demeures souterraines (*Iliad.*, Y, 62-66), ceux de l'Érèbe n'ont pas moins horreur de la lumière, et Virgile dépeint avec la plus haute poésie l'effroi qu'éprouveraient les Mânes, si le jour tout à coup pénétrait dans les *pâles royaumes* :

> « Non secus ac si qua penitus vi terra dehiscens
> Infernas reseret sedes, et regna recludat
> Pallida, dis invisa, superque immane barathrum
> Cernatur, trepidentque immisso lumine Manes. »
>
> (*Én.*, VIII, 243-246.)

Ercilla n'est pas le seul poëte espagnol qui ait rappelé cette tradition lugubre et

LXXXIII

Il n'avait pas entièrement achevé de parler, que les eaux de
la mer se troublent; le vent sec d'Est-Nord-Est se prend à souffler; les cordages et les vastes voiles se tendent. Les troupes,
animées tout à coup, commencent peu à peu à s'ébranler, et
de la même manière, tous les autres objets s'agitent sous l'empire des causes qui les font mouvoir.

LXXXIV

Avec attention, malgré ma surprise, je suivais cette multitude
de soldats, et je lus des caractères qui, tracés sur leur front,
indiquaient le nom de chacun et la charge qu'il occupait. Quel
fut mon étonnement à la vue de ceux que je connaissais alors
dans le premier âge de la vie, et qui étaient là pleins de vigueur et dans une vaillante maturité, et d'autres dont la florissante jeunesse était déjà remplacée par les cheveux blancs [1] !

formidable; nous la retrouvons chez un de ses plus dignes rivaux en imagination et
en style poétique :

> « Las horribles montañas entretanto
> El gran Tifeo deshacer procura ;
> Tiembla la tierra, teme Radamanto
> No se abra de Pluton la cueva oscura,
> Y entrando por la boca, cause espanto
> Del enviado dia la luz pura
> A las crueles sombras del infierno
> Y al mismo Rey del tenebroso Averno. »
> (Acevedo, *de la Creacion del mundo*, Dia tercero, Oct., 75.)

Fiton ne pouvait pas adresser aux divinités de l'enfer une menace plus terrible
ni mieux faite pour les réduire à l'obéissance.

[1] Rien de plus touchant que ce regard jeté sur l'avenir des jeunes capitaines, alors,
pour la plupart, compagnons d'armes du poëte au Chili et qu'il se représente déjà à
Lépante plus avancés dans la vie et dans la renommée. D'autres illustrations commencèrent à la même bataille. Cervántes y combattit à l'âge de vingt-six ans, et y gagna
de glorieuses blessures, auxquelles il fait une allusion éloquente dans son *Quijote*
(prologue de la seconde partie). Les poëtes de cette époque-là écoutaient la voix des
muses, comme Eschyle, sur les champs de bataille, aussi souvent que dans le repos
des cités et des pueblos. Garcilaso de la Vega, Lope, Cervántes, Ercilla, maniaient le
mousquet et l'épée aussi souvent et aussi bien que la plume. Cf. *suprâ*. t. I, p. CXLIII-
CXLV. Cf. Charles de Mazade, *l'Espagne moderne*, p. 212-214 ; M. Eugène Poitou,
Voyage en Espagne, p. 51-53, et plus particulièrement encore, M. Antoine de Latour, *Espagne, traditions, mœurs et littérature*, p. 311-343.

LXXXV

A ce moment, les chrétiens font retentir un coup de canon, c'est le signal de l'attaque. Ils arborent la croix dans les airs, et cette vue augmente et enflamme leur courage. Tous, avec une grande ferveur et un humble respect, saluent la bannière sous l'ombre de laquelle se pressent les armes des fidèles confédérés [1].

LXXXVI

Alors, au bruit de mille instruments divers, ils s'approchent toujours davantage. Les étendards, les enseignes et les guidons flottent au vent sur les hautes poupes. Les bandes rangées et les bataillons, brandissant leurs armes, se montrent autour des galères garnies de leurs canons de bronze et de leurs pavois [2].

LXXXVII

Mais avec cet accent qui s'affaiblit et qui baisse, je ne dois pas célébrer un si merveilleux exploit. Certes, il m'est nécessaire de reprendre haleine et de retrouver une langue plus libre, une voix plus puissante. Aussi, plein de crainte, je n'ose m'aventurer cette fois, Seigneur, à pousser plus avant. Pour le nouveau chant que je vais faire entendre, gardez-moi, je vous en prie, votre faveur et une oreille attentive.

---

[1] L'imitation du Tasse se trahit encore cette fois dans les vers du poëte, non moins que l'accent du patriotisme espagnol :

> « ..... L'ordinato esercito congiunto
> Tutte le sue bandiere al vento scioglie ;
> E nel vessillo imperiale e grande,
> La trionfante Croce al ciel si spande. »

(La Gerus., lib. I, 72.)

[2] Le caractère de haute inspiration épique qui éclate au chant xxiv de l'*Araucana*, s'annonce avec grandeur dans ces dernières octaves. Il faut lire, après ces belles et fortes images de la bataille de Lépante, celles du lyrique Herrera, le *divin*, sur le même sujet, ou mieux encore, la partie du VIIIe livre de l'*Énéide* que Virgile a consacrée à la bataille d'Actium.

CHANT XXIV

I

Le moment est venu, puissant Felipe ; ma voix, fière de votre appui, doit chanter cette grande bataille où combattit l'univers entier et dont furent témoins les flots de la mer ausonienne. Je dirai l'orgueil des Ottomans terrassé, leur force maritime détruite, les chances variées, les destins divers, les désastres sanglants et l'horrible carnage.

II

O saintes Muses[1], ouvrez-moi votre source ! Donnez-moi un nouveau souffle et un nouvel enthousiasme, avec le style et les paroles dignes de ma grande et audacieuse entreprise, afin que je retrace dans tous ses détails et dans tout son jour la rencontre violente des escadres et les nations qui réunies sur les mêmes vagues venaient braver ce terrible coup de la fortune.

[1] L'accent d'Ercilla est presque religieux dans cette invocation. Vous sentez que les muses auxquelles il s'adresse ont le même caractère que la muse dont parle

III

Qui suffirait à décrire les batailles et l'immense quantité de galères, la multitude et le mélange des peuples, les drapeaux, les étendards déployés, les moyens de défense, les équipements, les munitions, toutes les armes et leurs usages divers, les machines, les artifices, les instruments, les apprêts, les ornements et les devises?

IV

Je vis assemblés Croates et Dalmatiens, Esclavons, Bulgares, Albanais, Transylvains, Tartares, Thraces, Grecs, Macédoniens, Turcs et Lydiens, guerriers d'Arménie et de Géorgie, Syriens et Arabes, gens de Lycie et de Lycaonie, Numides, Sarrasins, Africains; des janissaires, des sangiaks [1], des capitans, des tchaouchs [2], des beylerbeys [3], des pachas.

V

Je vis en même temps la florissante et vaillante jeunesse de la nation espagnole, la noblesse d'Italie et celle d'Allemagne,

Tasso (*Gerusal. liberata*, I, oct. 2). Il leur donne le titre de *sacras*, et il les appelle à son aide pour chanter la victoire des chrétiens sur l'islamisme. Winterling fait disparaître l'épithète et ranime le souvenir de l'Hippocrène :

« Ihr, Musen öffnet mir die Hippocrene. »

et air de paganisme aggrave et altère mal à propos l'expression du poète espagnol, où une critique rigide pourrait trouver déjà une métaphore presque mythologique : « Abrid vuestra fuente. » S'il ne faut pas contester les égarements du goût du XVIe siècle, nous ne devons pas non plus les exagérer dans la traduction de ses écrivains.

1 Le mot *sangiak* signifie *bannière*. L'on disait indifféremment sangiak ou sangiakbegh. Ce nom répondait à peu près à celui de nos anciens chevaliers *bannerets*. Le sangiak était le commandant d'un lieu considérable dans une province, et avait sous ses ordres un certain nombre de spahis.

2 Les *tchaouchs*, que le traducteur de l'historien de Thou appelle chiaous (Cf. t. VI, p. 165, et *passim*), formaient au sultan un nombreux et brillant cortége de cavaliers. La richesse de leur costume et de leur armure faisait des tchaouchs, avec les spahis, une garde d'honneur privilégiée.

3 Les *beys* ou *begs* étaient les gouverneurs des pays ou villes maritimes de l'empire turc. Le mot en lui-même signifie *seigneur*, et ils accompagnaient souvent ce nom du titre de sangiak. Le *beylerbey* ou seigneur des seigneurs, était le gouverneur général auquel obéissaient tous les sangiaks d'une même province.

brave et intrépide compagnie. Tous sont parés avec une grande richesse. Le courage et l'audace éclatent sur leurs traits. Aux poupes, aux hunes, aux misaines flottent les banderoles, les flammes et les gaillardets [1].

VI

Ainsi les deux flottes s'avançaient [2]. Vous eussiez dit, à les voir glisser sur les ondes, qu'elles ressemblaient à deux forêts épaisses qui peu à peu se rapprochent [3]. Les armes polies étincelaient et frappaient de leur éclat les vagues sans repos; de loin les yeux étaient éblouis de leurs vifs et brillants reflets [4].

VII

Au milieu de notre escadre de tous côtés volait une frégate légère. Elle portait un jeune homme de haute taille, d'un air intrépide et vaillant. Une riche et solide cuirasse couvre sa poi-

---

[1] On appelle *gaillardet* le pavillon échancré, arboré sur le mât de misaine.

[2] Les détails historiques sur la bataille navale de Lépante sont exposés avec une grande lumière par de Thou, *Histoire universelle de 1543 à 1607*, trad. de Guyot Desfontaines, t. VI, liv. L, p. 226-250, et par Ferreras, *Histoire générale d'Espagne*, trad. d'Hermilly, t. X, p. 245-262. Nous puiserons largement dans ces deux écrivains et ailleurs encore, pour les notes du chant xxive. — Voyez la curieuse *Relacion* en prose du poëte Herrera, et la « *Historia del combate naval de Lepanto*, » savant écrit, publié à Madrid par don Cayetano Rosell, en 1853. L'ouvrage de don Rosell a été couronné par l'Académie espagnole.

[3] Les mâts des navires, nombreux et serrés, ont été souvent comparés à une forêt. Fénelon emploie cette similitude, en nous peignant la flotte des Tyriens : « Dans ce port on voit comme une forêt de mâts de navires. » (*Télém.*, II.) Ercilla fait plus; il nous montre deux forêts épaisses qui s'ébranlent et vont se heurter, à peu près comme Virgile compare les vaisseaux opposés d'Octave et d'Antoine, à des îles et à des montagnes prêtes à s'entre-choquer :

> « ..... Pelago credas innare revulsas
> Cycladas, aut montes concurrere montibus altos. »
>
> (*Én.*, VIII, 691-692.)

[4] Cf. Virgile, *Én.*, VIII, 677 :

> « ..... Auroque effulgere fluctus. »

Cf. Idem, *ibid.*, lib. IX, 260-271 :

> « Stans celsa in puppi : clypeum quum deinde sinistra
> Extulit ardentem. . . . .
> Ardet apex capiti, cristisque a vertice flamma
> Funditur, et vastos umbo vomit aureus ignes. »

trine. La marque du commandement est si imposante en lui,
que son attitude, ses traits, son maintien semblent révéler le fils
de la Fortune et du dieu Mars.

VIII

Jaloux de connaître le nom du héros, charmé de sa bonne
mine et de sa fierté, je contemplais, d'un œil attentif, ses manières, tout son extérieur, ses gestes et son armure, et sur le
devant de son casque impénétrable, j'aperçus, repoussés par
un fond rouge comme le sang, ces caractères d'or gravés en
relief : « *Don Juan, fils du César Charles-Quint.* »

IX

De toutes parts il allait sans cesse au milieu du bruit et du
fracas. Sur le même navire était près de lui le secrétaire Juan
de Soto. Le magicien Fiton m'apprenait qu'en toute chose, la
voix du vieillard avait une grande autorité. Sa raison et son
expérience découvraient une foule de moyens et de ressources.

X

Don Juan exhortait alors ses soldats à la bataille et aux dangers de la lutte. Son courage et son héroïsme présentaient la
victoire comme assurée et fixaient les incertitudes. Son grand
cœur faisait disparaître les difficultés que montrait la crainte, et
répandait dans toutes les âmes le feu des combats et une ardente furie.

XI

« Braves compagnons, disait-il, rempart inexpugnable de
l'Église, voilà l'occasion, voilà le jour où vous pouvez conquérir
pour votre nom une place dans la mémoire. Maniez à l'envi
vos armes et vos agiles avirons ; et votre invincible puissance,
votre foi inviolable, faites-les voir à ces perfides païens qui ne
viennent ici que pour expirer sous vos coups.

XII

« Celui qui désire retourner vivant de ce champ de bataille vers son nid paternel et vers sa chère demeure, qu'il y songe bien, c'est à travers ces rangs armés qu'il doit se frayer une issue avec le fer. Que chacun réfléchisse qu'il combat pour son Dieu, pour son roi, pour sa vie même, et qu'il ne peut autrement la sauver que par le massacre et la destruction des ennemis.

XIII

« Oui, c'est de votre valeur et de vos glaives que dépendent aujourd'hui le sort et le grand avenir du monde. Sachez que chacun de vous a dans sa main tout l'honneur et la récompense auxquels il aspire. Hâtons notre succès, les longs retards nous outragent, et pour remplir tous vos vœux, il ne vous reste plus qu'à franchir quelques vagues encore [1].

XIV

« Courons donc au triomphe. N'arrêtons pas la fortune heureuse qui nous appelle. Suivons le cours prospère du destin. Fournissons à la Renommée une matière éclatante. D'un seul coup, brisons ici l'orgueil des barbares, et que le retentissement sonore de cette bataille se répande jusqu'aux derniers confins de la terre.

XV

« Contemplez ces flots, et voyez avec bonheur quelle gloire vous est déjà préparée ; Dieu n'y a réuni cette armée formidable que pour l'exterminer devant vous, pour qu'ici dans cette

---

[1] Octave supprimée par Winterling. L'éloquence entraînante qui s'y révèle comme dans toute cette harangue, véritable chef-d'œuvre oratoire, méritait les respects du traducteur. Le discours de Juan d'Autriche peut être compté parmi les meilleurs discours d'un écrivain qui excelle dans ce genre de création. Les paroles de Lautaro, de Caupolicán, de Colocolo, à leur troupe ou dans les conseils, celles de Garcia aux soldats espagnols ne sont pas plus saisissantes que ces éclairs d'enthousiasme qui étincellent dans l'héroïque et impétueuse allocution de don Juan.

journée, tout l'Orient fléchisse sous notre joug sa tête obéissante, et qu'à ses princes, à ses rois redoutés nous puissions
dicter à notre gré des lois souveraines.

XVI

« Aujourd'hui sur leur ruine établissons dans tout le monde
l'empire des chrétiens. Dieu le veut! brisons l'arrogance et la
fureur des Musulmans. Quel péril, vaillants amis, aurions-nous
à craindre, en combattant à l'ombre d'un tel bras? Qui saurait
résister à vos glaives dirigés par une main divine [1]?

XVII

« Je ne vous fais qu'une prière : fiez-vous au Christ, qui s'offre pour vous à la mort de la croix ; que pour lui chacun com-
batte et montre qu'il mérite d'être nommé son soldat. D'une
âme ferme, soyez résolus à vaincre ou à mourir. Si le succès
vous présente une foule d'avantages et est plein de gloire, la
mort pour un si grand Dieu n'est pas d'un prix inférieur [2].

[1] Le langage religieux et presque lyrique de don Juan d'Autriche rappelle celui de
Herrera. Ce poëte, souvent sublime, gloire de l'école de Séville, ne s'est pas borné
à raconter en prose la bataille de Lépante ; il y a consacré une de ses plus belles
odes, et les sentiments de patriotisme exalté dont elle est remplie, ne perdent rien
de leur valeur parce que l'écrivain puise dans la Bible et dans l'Évangile des formes consacrées aux saintes choses. Un pareil style était comme l'expression naturelle de cette grande croisade du catholicisme. Don Juan rencontre, lui aussi, les
couleurs de son langage dans la verve chrétienne et nationale qui l'anime. C'était
la nuance de toutes les imaginations contemporaines. Placée à la tête de cette glorieuse insurrection de tout l'Occident contre le culte que Philippe II avait proscrit
dans les Alpujarras, et que, depuis le terrible drame du Guadalete, la Péninsule
avait constamment combattu, l'Espagne, à Lépante, associait comme toujours l'idée
de patrie et l'idée de religion. Sous l'étendard de Juan d'Autriche, elle n'ignorait pas
qu'elle luttait non-seulement contre des barbares, mais contre des infidèles, et le
général de Castille savait bien qu'il s'adressait aux soldats de l'Évangile ; tout autre
langage eût été mal compris. Tel aussi il devait être devant cette foule de jeunes
seigneurs distingués, que leur courage et une inspiration divine avaient engagés, selon De Thou, à sacrifier leur vie à la religion et à la gloire. Cf. De Thou, *loc. cit.*,
p. 228.

[2] C'est presque le sentiment de ce troubadour qui osait dire : «Seigneur, vous êtes
mort pour moi, je suis mort pour vous!...» Cf. Pierre d'Auvergne (Raynouard, *Choix
de poésies des troubadours*, t. IV, p. 113). Le sacrifice de la vie dans une croisade
semblait à ces âmes hardies et naïves un échange, un libre et exact échange avec
la volontaire immolation de Dieu sur la croix ! Mourir pour Dieu était la plus belle

XVIII

« Voilà le but pour lequel nous bravons les dangers et les hasards de cette lutte terrible. C'est pour défendre la loi de Dieu que nous marchons contre la race des infidèles et des renégats. Aussi la juste cause que nous soutenons nous garantit le triomphe ; le ciel nous le promet ; oui, je vous l'affirme, la victoire est à nous ! »

XIX

Aussitôt les cœurs les plus glacés s'enflamment d'une fureur généreuse. De leurs membres engourdis et inactifs ils chassent toute honteuse crainte. Tous lèvent le bras droit et jurent de vaincre ou de mourir, et, de ce moment, peu leur importerait que les forces de l'univers entier s'armassent ensemble contre eux.

XX

L'intrépide guerrier loue leur constante vaillance. D'un essor rapide fendant les flots, il traverse le milieu de l'escadre et trace derrière lui un sillon d'écume blanche. Ainsi une comète étincelante, franchissant d'un vol impétueux le vaste espace des airs, a coutume d'y laisser longtemps l'empreinte de ses feux [1].

XXI

A peine a-t-il avec promptitude rangé en bataille galères et combattants, qu'il se hâte de rejoindre son poste royal où il est salué avec enthousiasme [2]. A chacun il a désigné sa place, et

des victoires, et par cet héroïque et fier sentiment, don Juan d'Autriche gagnait tous les cœurs, enflammait tous les enthousiasmes.

[1] Cf. Virgile, *Georg.*, I, 365-367 :

> « Sæpe etiam stellas, vento impendente, videbis
> Præcipites cœlo labi noctisque per umbram
> Flammarum longos a tergo albescere tractus. »

[2] Ercilla, en véritable poëte d'épopée, laisse le premier rôle et le plus héroïque au fils de Charles-Quint. L'histoire est plus complète et partage plus également les honneurs. De Thou et don Cayetano Rosell nous rapportent que don Juan, après

aussitôt, selon le plan et dans l'ordre le plus convenables, l'artillerie armée et toute prête, il s'avance contre la flotte des Ottomans.

XXII

L'aile droite obéit au successeur de l'illustre André Doria[1],

avoir arboré le pavillon bénit par le Pape et où étaient figurées les armes des princes confédérés, se mit dans une barque, donna ordre à Requesens de faire la même chose, et que tous deux allèrent de rang en rang, don Juan à droite, Requesens à gauche, exhorter les chrétiens à combattre avec courage sous les enseignes de Jésus-Christ; après quoi l'amiral espagnol, retourné à sa place, fit une harangue militaire, qui fut suivie d'enthousiastes acclamations. Il remonta ensuite sur son vaisseau; Requesens et Colonna étant aussi retournés sur les leurs, les deux armées donnèrent le signal par un coup de canon (De Thou, p. 211; don Rosell, p. 93-96). Dans ce récit, conforme à celui de Ferreras (t. X, p. 255), le personnage de don Juan d'Autriche n'est pas isolé et mis en relief, à l'exclusion de ceux qui l'entourent. Les historiens rendent compte de la réalité; le poëte épique sépare son héros de la foule et fait converger vers lui tous les rayons, en sorte qu'il apparaît non pas seul, mais un peu à l'écart, au-dessus de tous et idéalisé sur le théâtre de sa gloire. De son côté, la poésie lyrique a d'autres plans et d'autres procédés; elle s'élève vers une sphère plus haute, et c'est Dieu qui devient le principal acteur dans l'ode de Herrera. C'est un chant au Seigneur, et don Juan d'Autriche n'apparaît que pour s'incliner devant le Dieu des batailles qui vient d'assurer son propre triomphe et d'écraser l'infidèle. Cf. M. Antoine de Latour, *Séville et l'Andalousie*, t. I, p. 209.

1 Il s'agit de Jean-André Doria, le fils (el sucesor) du grand André Doria, l'amiral de Charles-Quint. Les éloges d'Ercilla se rapportent tous au père, à cet homme célèbre que de misérables intrigues de cour firent perdre à François Ier, et poussèrent sous le drapeau de son ennemi. Winterling s'abuse et fait passer le panégyrique au compte du fils :

> « Dem rechten Flügel unsrer Flotte war
> Andrea Doria als Führer beigegeben,
> Des rühmliches Gedächtniss immerdar
> Wird auf des Mittelmeers Gewässern leben. »

Nous ne saurions croire que Winterling ait voulu parler ici du grand Doria lui-même. La bataille de Lépante fut livrée le 7 octobre 1571 (Cf. De Thou, t. V, p. 239), et le vainqueur de Coron et de Patras était mort en 1560. C'est donc bien du fils qu'il est question. Ercilla est très-précis dans son langage. Il nomme ici André-Jean « el sucesor del inclito Andrea Doria, » et lorsqu'il le désigne une seconde fois (oct. 88e), il l'appelle « Juan Andrea. » Toute illusion est impossible. Winterling, dans ce dernier passage, lui donne encore le nom « d'Andrea Doria, » en sorte que, chez le traducteur allemand, on ne sait à quoi s'en tenir. Le poëte et l'historien ne laissent aucune hésitation. Nous ne pouvons pas nous persuader cependant que M. Winterling, devant les termes si explicites d'Ercilla, ait pu confondre le fils et le père, et le seul reproche que nous soyons tenté de lui faire, c'est d'avoir laissé au fils l'éclatant hommage qu'Ercilla a rendu au père seul. Déjà au service de Philippe II dans l'attaque dirigée contre Tripoli, en 1560, André-Jean laissa enlever Chypre aux Vénitiens par les Turcs et il montra peu d'ha-

ont les rivages les plus lointains de la Méditerranée perpétue-
ont la gloire dans tous les siècles. Augustin Barbarigo [1], de
enise, provéditeur de la flotte sénatoriale, conduit l'aile gau-
he avec une aussi belle ordonnance et dans le même appareil.

XXIII

Entre les deux ailes égales et régulières, le digne fils du
rand Carlos guidait la bataille; à ses deux côtés sont les galères
de Malte et de Lomelin [2], et tout près de lui les capitanes du
Pape et de Venise. Ainsi voguait l'escadre, et dans une égale
mesure, avec la même ardeur, l'onde est frappée par les larges
pales des rames immenses.

XXIV

En avant étaient six galéasses, chargées d'hommes et de ca-

bi'eté à Lépante, où il dirigeait l'aile droite des confédérés. Cependant, pour ê're
juste envers le second Doria, nous devons ajouter que son inaction au milieu des
périls de Nicosie et de Famagouste, était peut-être dans ses instructions; que ce
fut lui, selon Ferreras, qui régla dans le conseil de guerre la marche des vaisseaux
chrétiens en sortant de Messine (elle devint à peu près le plan de la bataille de
Lépante) et que ce fut lui encore qui donna, suivant De Thou, à don Juan d'Autriche
l'avis de faire surveiller la mer par la réserve de Santa-Cruz, dans la crainte que
l'ennemi ne vînt tenter, à la suite d'un long combat, quelque attaque imprévue
contre une flotte épuisée (p. 239).

[1] Des trois chefs qui commandaient le centre, l'aile droite et l'aile gauche de
l'escadre espagnole, Juan d'Autriche, Doria et Barbarigo, le dernier est le seul qui
périt dans cette glorieuse lutte, au lendemain de la bataille, et Ercilla célèbre la
mort de l'illustre capitaine avec un accent digne du héros (Cf. oct. 83-85).

[2] Il faut éviter ici toute confusion entre la *Lomellina* et les *Lomelines*. La Lomellina est une contrée du Milanais, entre Pavie et Casal, le long du Pô qui la sépare en deux parties; Mortara en est la ville principale. C'était une province des
anciens États sardes, dans la division de Novarre. Elle appartenait au duc de Savoie qui avait fourni pour Lépante deux mille fantassins et une partie des galères du
centre, celles qui, à la gauche de la *reale*, venaient après le capitaine de Venise, et
obeissaient à François-Marie de la Rovère, fils du duc d'Urbin. Ercilla aurait pu
donner aux galères du duc de Savoie le nom d'une portion de ses domaines. Mais
des faits historiques très-précis nous empêchent d'accepter cette explication. Il y
avait à Gênes une illustre famille du nom de *Lomelines*, et c'est bien de ceux-
ci qu'il est question. Ils établirent, vers le milieu du XVe siècle, dans l'île de Ta-
barka, à vingt kilomètres à l'ouest du cap Nègre, une colonie génoise chargée de la
pêche du corail, et ce fut là pour eux une source de richesses. Le bey de Tunis
leur avait accordé cet ilot en toute propriété. Ils figurèrent en grand nombre à
Lépante. Au centre de bataille, mais tout à gauche, était la capitane de Lomelin,

nons. Elles cinglaient deux par deux sur le front de bataille [1].
Leur disposition imitait le croissant de la lune [2], et derrière
la flotte, trente galères, destinées à porter secours en tout

commandée par Pedro Bautista; elle portait Paolo-Jordano des Ursins, qui fut une
des victimes de la bataille. La patronne de Lomelin était à l'aile droite que dirigeat
Doria. Il y avait aussi des Lomelines à l'aile gauche, sous les ordres de Barbarigo.
La capitane, désignée cette fois par Ercilla, était à l'extrème centre vers l'aile de
Barbarigo, comme la capitane de Malte se tenait à l'extrème centre, vers la droite.
C'est ce que les vers espagnols expriment avec une rare netteté :

> « ..... Cerranlo los dos lados
> Las galeras de Malta y Lomelino. »

Voy. pour les détails, les documents réunis par don Cayetano Rosell, « Historia
del combate naval de Lepanto (p. 84, 99, 100 et *passim*).

[1] C'est le poste que don Juan leur assigna, sous le commandement de François
Duodo, pour qu'elles soutinssent le premier choc et que leurs puissants projectiles
contribuassent à rompre la ligne des vaisseaux turcs. Cerbellon était le général de
l'artillerie. Chaque couple de galéasses devait préparer par son feu l'attaque d'une
des grandes divisions de l'escadre. Dans la marche de Messine à Lépante elles faisaient partie de l'avant-garde de Juan de Cardona et elles étaient remorquées tour
à tour par une des galères du corps d'escadre qu'elles étaient destinées à couvrir.
Construites sur le même modèle que les autres galères, elles étaient beaucoup
plus grandes; leur proue et leur poupe avaient comme des châteaux forts, armés
pour le moins de quarante pièces (voy. Marco-Antonio Arroyo, *Relacion del pro-
gresso de la armada de la santa Liga*, cap. V; Cf. don Cayetano, p. 88). Ces si
énormes vaisseaux vénitiens, qui formaient avec leurs éperons et surtout par leurs
canons formidables, de vraies citadelles, n'auraient pu que difficilement et par intervalles, à cause de leur pesanteur, prendre part aux rapides manœuvres des galères. C'est d'eux seuls qu'il faut entendre ici l'arrangement en demi-lune dont
parle Ercilla, car l'historien De Thou, bien qu'il soit contredit par Ferreras
(p. 255) et par Mariana (t. II, pag. 398, Libl., Rivad., t XXXI), déclare d'une
manière positive que l'escadre espagnole s'étendait sur une ligne à peu près droite,
et que la flotte ottomane avait renoncé cette fois à se courber en croissant, selon
sa tactique ordinaire (p. 240). Il est vrai que don Cayetano Rosell (p. 106) semble
justifier l'avis des vieux historiens espagnols : « La armada de Aalé, » dit-il, « mas
numerosa que la de la Liga, ocupaba major espacio, extendiéndose en hermosa vista
y en línea continuada, aunque avanzando sus dos estremos, de manera que formaba
una perfecta media luna. » Mais de ce texte même il résulte que le corps principal de l'escadre ottomane, qui ne comptait pas moins de quatre-vingt-seize galères, se développait en ligne droite, et la saillie, formée par les deux ailes, ne
suffit pas pour infirmer l'assertion de De Thou.

[2] Winterling rend ceci avec beaucoup d'élégance :

> « Die parweis sieh dem feindlichen Geschwader nah,
> Indem sie einen Halbmond bildeten. »

Les mots « en las fronteras » ne nous paraissent pas désigner le front de bataille
de l'ennemi, mais bien celui de l'armée espagnole. Les deux flottes rivales étaient
encore en ce moment à une certaine distance l'une de l'autre. Le sommet du
demi-cercle décrit par les galéasses devait correspondre au centre de l'escadre
confédérée et faire face à la capitane des Turcs.

ieu ¹, avaient pour maître le marquis de Santa-Cruz ²,
qu'entoure une vaillante compagnie.

¹ Cette réserve n'était pas destinée seulement à porter secours aux galères les plus engagées et les plus compromises. A cette mission d'auxiliaire, pendant la bataille, Santa-Cruz devait en joindre une autre, celle de surveiller la mer. Don Juan porta même la circonspection jusqu'à laisser hors de bataille, outre les trente vaisseaux de Santa-Cruz, aux banderoles blanches, dix galères pour les cas imprévus. L'escadre chrétienne se trouvait forte de deux cent six voiles, et, pour couper court à tous les froissements d'orgueil, aux rivalités ambitieuses, Juan d'Autriche voulut qu'on se rangeât pour la marche et pour le combat, dans chaque division, non pas selon les titres ou la naissance, mais pour le bien public et de manière à donner aux lignes de bataille la plus grande force possible d'attaque et de résistance. Les dix galéasses d'avant-garde, les trente galères de réserve dont parle Ercilla aussi bien que l'histoire, et les dix autres galères de supplément que mentionne De Thou, ne formaient que la partie accessoire de l'escadre. Cent soixante galères s'étendaient sur un front, soixante au corps de bataille, avec des banderoles bleues, sous Juan d'Autriche, à qui Philippe II avait donné pour lieutenant et pour conseiller Luis de Requesens, le *comendador mayor* de Castille, et que Mariana (*l. c.*) a le tort de placer à l'arrière-garde avec Santa-Cruz. Les galères que Doria dirigeait à l'aile droite, étaient au nombre de cinquante, et avaient des banderoles vertes; là se trouvait la patronne de *Lomelin*. Cinquante autres à l'aile gauche, du côté du rivage, étaient sous les ordres de Barbarigo et se distinguaient à leurs banderoles jaunes. La galère de Barbarigo se trouvait la plus rapprochée du rivage. Les chiffres donnés par Ferreras ressemblent d'assez près à ceux de notre historien français pour qu'il soit inutile de tenir compte d'aussi légères différences. Les Turcs opposaient à cette escadre à peu près deux cent soixante-quatre galères. Mais ce qui devait assurer la prépondérance des chrétiens, c'est l'armement même de leurs vaisseaux. Ceux des Turcs étaient faiblement équipés. Les parapets des galères espagnoles protégeaient les tireurs et assuraient la justesse de leurs coups, le nombre de leurs arquebuses et de leurs canons l'emportait de beaucoup, et près de vingt-cinq mille hommes de troupes régulières chargeaient la flotte. Ces troupes avaient été réunies longtemps d'avance avec de sages prévisions, pendant que Venise subissait d'éclatants désastres. Gabriel de la Cueva, duc d'Albuquerque, gouverneur général du Milanais, les avait levées dans toute la Lombardie, pour la guerre contre les Turcs. Dirigées sur le littoral de Gênes, elles furent embarquées, à l'arrivée de don Juan, et suivirent bientôt les régiments de Moncade et de Figueroa que Juan d'Autriche amenait lui-même de Barcelone. Il recueillit sur sa route, par ses lieutenants Santa-Cruz, Doria, Juan de Cardona, à la Spezzia, à Naples et ailleurs, de nouveaux tercios. Sous les ordres d'une noblesse valeureuse et enthousiaste, il eut plus de vingt-deux mille hommes de pied, 8,500 Espagnols, 11,000 Italiens, 3,000 Allemands, et il prit si bien ses mesures, qu'outre une nombreuse artillerie et toutes sortes de provisions de guerre, à Lépante, chacune de ses galères, habilement construite, portait de cent cinquante à deux cents combattants et tous ces soldats avaient de fortes armures presque assurées contre les flèches de l'ennemi. La plupart des galères ottomanes, sans parapets, ne comptaient que trente ou quarante soldats au plus. Il y en avait une centaine dans les navires des principaux chefs; soixante corsaires à peu près étaient seuls parfaitement armés. Le prudent Ulucciali, celui que don Ercilla appelle Ochali, et dont le véritable nom est Uluch Aali, avait eu le soin de se bien pourvoir, et il sut prouver aux chrétiens qu'il était pour eux un digne adversaire.

² Don Alvaro de Bazan, marquis de Santa-Cruz, fut un des meilleurs amiraux d'Espagne, sous Charles-Quint et sous Philippe II. Il prit part au siège de la Gou-

XXV

Tel était l'ordre, telle était la disposition dans lesquels che-
minait l'escadre catholique à l'encontre des infidèles. Ceux-ci
prennent le vent en gagnant la mer, et prétendent ainsi se
donner l'avantage. Mais tout à coup, et contre leur espérance,
le vent se calma, la mer aplanit ses hautes vagues, et la Fortune remit la décision du succès à la valeur des bras et à la
supériorité du courage [1].

XXVI

En face de Barbarigo, à l'aile droite des adversaires [2], s'a-
vance Siroco, vice-roi [3] d'Alexandrie, avec Méhémet-Bey [4],
corsaire et chef célèbre, alors gouverneur de Négrepont.
Ochali le renégat [5] est à la gauche, et près de lui son fils

lette, s'empara de Peñon, et, onze ans après la victoire de Lépante, battit une flotte
française à la hauteur des Açores. Ce fut pour cette victoire et à l'occasion du récit
qu'en publia le *licencié Mosquera* de Figueroa, l'an 1596, que Cervántes écrivit
l'excellent sonnet : « *No ha menester*, etc. » Cf. Rivadeneyra, *Biblioth.*, I, p. 703.
A Lépante, Santa-Cruz était sur l'*Angelo*, la capitane de Naples. Les galères qu'il
avait sous son commandement étaient prises dans toute l'escadre, mais surtout dans
les contingents de Naples et de Venise. De Thou désigne parmi les vaillants gentilshommes qui accompagnaient Alvaro de Bazan, à la réserve, Alphonse Appiano,
que don Ercilla n'a pas nommé dans son récit poétique (Cf. p. 243).

1 Ercilla, dans tous ces détails, s'est conformé avec une grande exactitude aux
données de l'histoire. Rien ne pouvait être plus heureux pour l'escadre de don
Juan que ce calme qui permettait d'en venir aux prises comme dans un combat
de terre et qui laissait aux Espagnols tout l'avantage du nombre et de leurs excellents préparatifs.

2 Après avoir décrit l'ordre de bataille des chrétiens, le poëte veut nous faire
connaître les forces, les généraux et l'arrangement de l'armée ennemie.

3 Nous conservons, en traduisant Ercilla, les noms de dignités qu'il puisait dans le
vocabulaire de sa patrie; il donne à l'empire turc des vice-rois d'Alexandrie et
d'Alger, comme il y avait pour la monarchie espagnole des vice-rois de Naples ou
du Pérou. L'historien plus scrupuleux appelle Siroco *sangiac* d'Alexandrie; cf. De
Thou, t. VI, p. 163.

4 Ce chef habile s'opposa inutilement au projet de combattre les chrétiens, et
lorsque l'idée guerrière eut prévalu, Hali l'envoya au fond du golfe de Lépante
pour ramasser des troupes. Il ramena 3,000 cavaliers, faible secours dans un combat
naval. Un pacha de Morée tira des places 1,500 chevaux, et Caracosa (Caracush,
abrégé de Cara-Jusuf), corsaire actif et entreprenant, attaché à l'aile gauche, dut
s'approcher de l'armée chrétienne et les reconnaître (De Thou, p. 235).

5 C'est le vice-roi d'Alger, que Ferreras et De Thou appellent Ulucciali et Ma-

ra bey. Dans le centre de tous ces navires pressés, c'est Hali, grand amiral de la flotte [1].

322 *Uchali* (cf. *Historia d'España*, t. II, p. 393 ; Bibl. Rivad., t. XXXI), corsaire capitaine fort habile. Ce renégat célèbre, naquit au royaume de Naples, dans un petit village de la Calabre, près du cap des Colonnes. Ses parents étaient pauvres et misérables. D'abord pêcheur et batelier, il fut pris par un renégat grec, corsaire Aali Amet. Au milieu de ses compagnons de servitude, la cruauté des mauvais traitements et des outrages le fit, par esprit de vengeance, passer au mahométisme. Il dut sa fortune à Piali, et devint gouverneur d'Algérie en 1563. Cf. don Josef, p. 62, *note* 15. Avant la bataille et dans les conseils des chefs musulmans, il parut flotter entre les opinions opposées d'Hali et de Pertau. Il représentait tantôt l'honneur qui les obligeait à ne pas reculer devant les chrétiens, tantôt le péril d'un combat décisif ; ce fut lui pourtant qui lut à haute voix l'ordre de Sélim, dont la publication rendit la bataille inévitable. Quand le conflit fut engagé, c'est lui encore qui causa le plus de désordres dans l'escadre espagnole de Lépante, et sut le mieux profiter des fautes de Doria. Il échappa au désastre et parvint à ramener quelques navires à Sélim II qui l'honora et l'éleva au pouvoir, au lieu de le faire étrangler comme les sultans en usèrent plus d'une fois envers les généraux vaincus. Il est vrai que Sélim était en grand péril. D'Andrinople il était revenu en toute hâte dans sa capitale où il craignait de voir éclater une sédition. Il ne lui restait de vaisseaux que ceux qu'Ulucciali avait sauvés, et Ulucciali était le seul homme de mer qu'il pût opposer aux chrétiens. Hali était mort, Caracosa était mort ; Caragiali et Méhémet étaient prisonniers du Pape. Pertau était dépopularisé par cette immense défaite. Ce fut peut-être la cause qui sauva Ulucciali. Quoi qu'il en soit, la flotte ottomane comptait à Lépante un grand nombre de corsaires, comme Ulucciali. Ils étaient les meilleurs marins de l'empire, et le vieux Caragiali fit preuve à Lépante d'une audace singulière ; il osa pénétrer la nuit dans la flotte et compter à son aise le nombre des vaisseaux. Il descendit tranquillement à terre, prit quatre soldats qui se promenaient à l'écart sur le rivage, et les conduisit à Pertau. On les questionna isolément, et l'on sut d'eux que la flotte chrétienne se composait de deux cent six galères et de six grosses galéasses. Ce fut même la certitude de la supériorité numérique des vaisseaux turcs qui inspira à Hali, à la suite de cet exploit téméraire, une folle sécurité ; le jeune et fougueux pacha, avide de guerre et de gloire, insista pour que la bataille fût livrée aux chrétiens, lorsque la plupart des amiraux les plus expérimentés proposaient l'ajournement. Si Hassan, petit-fils de Barberousse et Caya beg, sangiak de Smyrne, voulaient, avec Hali, combattre l'armada de Philippe II, Mahomet (Méhémet), bacha de Négrepont, Siroco, Carabaxi, bacha de la côte de Caramanie, vieux officiers expérimentés, penchaient pour un avis différent. Mahomet citait les exemples de Malte, de Sigeth, de Famagouste, où les chrétiens n'avaient pas succombé à la force, mais à la faim et à la disette ; il ne les croyait pas tant à mépriser, et il rappelait encore la belle défense de Rhodes. La flotte turque s'était affaiblie, ajoutait-il, parce qu'on ne songeait plus à donner bataille cette année même, et les ordres que Pertau avait rapportés de Constantinople, ne pouvaient s'étendre jusqu'à provoquer une imprudence. Cependant lorsque l'ordre du sultan fut connu et divulgué, Pertau même se laissa, malgré lui, emporter par le torrent. Cf. De Thou, p. 233-235.

[1] Il y a pour le nom de l'amiral en chef quelque contradiction, plus apparente que réelle, entre Ercilla et De Thou. Celui-ci met le pouvoir principal entre les mains de *Pertau*, dont Ercilla parle aussi en le nommant « Portau bajá » (Cf. oct. 31e), mais le poëte donne, comme Ferreras, la direction générale à Hali, le plus actif, le plus ambitieux des pachas, celui qui avait le plus entraîné les au-

XXVII

Hali reconnaît que les destins le condamnent, que l'heure fatale de sa ruine est arrivée. Mais, comme un prudent et hardi capitaine, de la haute poupe du vaisseau commandant, avec l'expression de la joie et de la confiance, qu'il simule et qu'il fait éclater sur ses traits [1], il déprécie les forces des chrétiens, et adresse à ses guerriers de rapides paroles :

XXVIII

« Soldats, s'écrie-t-il, je ne pense pas qu'il soit nécessaire de vous exciter et de vous enflammer avec des mots [2]. Je lis assez dans tous vos traits les sentiments de bravoure qui vous animent. Donnez un libre cours à la colère et à l'ardeur qui remplissent vos âmes intrépides, et brandissez ces armes auxquelles le destin remet aujourd'hui la défense de vos droits.

---

tres et qui les avait décidés à livrer bataille. C'est bien à lui qu'appartenait le commandement réel ; il avait le pouvoir sur la flotte, et Pertev-pacha (c'était là son nom tant de fois défiguré par les écrivains d'Occident), était le général en chef sur terre. C'est Hali qui harangue les soldats turcs et leur inspire son enthousiasme belliqueux. Ercilla insiste beaucoup moins sur la disposition de l'armée de Sélim que sur celle de la flotte de Philippe II. Cependant sa description est encore en tout point conforme à la relation des historiens. Ferreras, qui désigne également Hali comme le chef suprême et ne cite même pas le nom de Pertau, nous apprend qu'à l'aile droite, en face de l'aile gauche des chrétiens commandée par Barbarigo, se trouvaient Siroco, vice-roi d'Alexandrie, Méhemet, gouverneur de Négrepont, nommés aussi par Ercilla, et quelques autres hommes de mer célèbres, presque tous corsaires. Il y avait là une soixantaine de galères. Les vingt galères de l'extrême droite obéissaient à Ferrat que nous appelons Farta. Le centre de bataille en comptait cent trente, qui se déployaient surtout à la droite de Pertau. Hali s'était posté plus près du rivage que son rival ; soixante galères séparaient l'un de l'autre les deux chefs jaloux. Ils etaient soutenus par des hommes de mer intrépides et entre autres par Caracush. Ulucciali commandait la gauche ; Cara-bey, fils d'Uluccialì, et Cará-Hosia en partageaient avec lui la direction. Ils avaient cinquante-trois galères et presque tous les corsaires barbaresques à opposer aux forces de Doria. L'arrière-garde des infidèles, composée de vingt-deux galeres, fut confiée à Hasan, petit-fils de Barberousse et gouverneur de Tripoli.

[1] Cf. Virgile, *Én.*, I, 212-213 :

> « ..... Curisque ingentibus æger
> Spem vultu simulat, premit altum corde dolorem. »

[2] Cf. Salluste, *Catil.* « Compertum ego habeo, milites, verba viris virtutem non addere, neque ex ignavo strenuum, neque fortem ex timido exercitum oratione imperatoris fieri. » Édit. Elzevier, 1659, p. 43.

XXIX

« Jamais la fortune à nos yeux ne s'est montrée avec un visage plus riant et plus découvert. Chargée de gloire et de dépouilles, elle vient se placer au milieu de nous. Mettez un terme aux travaux et aux ennuis de cette longue guerre, en justifiant l'espérance et la haute opinion que votre valeur a toujours inspirées.

XXX

« Ne vous laissez pas ébranler par le bruit et l'appareil avec lesquels s approche la flotte des ennemis. Cette armée qui s'agite, sachez-le bien, cette foule, ramas confus de mille États, la fortune l'a réunie, afin qu'il n'y eût qu'une tête que nous pussions abattre d'un coup [1] et qu'en un seul jour vos bras donnassent au Grand-Seigneur la monarchie de l'univers.

XXXI

« Toutes ces nations qui accourent sans ordre, inférieures à vous en nombre [2] et en courage, sont celles qui nous attardent et qui nous empêchent encore d'être les vainqueurs du monde entier. Que vos armes montrent ce qu'elles savent accomplir. Arrachez à leurs indignes possesseurs les provinces et les royaumes du couchant qu'ils viennent vous livrer en aveugles.

XXXII

« Leur orgueilleux capitaine, trop jeune et dépourvu de mérite, indignement porté à leur tête, sans lumières, sans discipline et sans expérience, présomptueux et téméraire, avec son ardeur et son étourderie juvéniles [3], ne mène cette multitude

---

[1] Ces paroles rappellent le vœu horrible de Caligula : « Je voudrais que le peuple romain n'eût qu'une tête pour la trancher d'un seul coup. »

[2] Hali ne pouvait se faire illusion sur la supériorité numérique des soldats chrétiens. Le chiffre plus élevé des galères musulmanes était seul de nature à justifier son langage.

[3] Ce jugement dédaigneux, prononcé par Hali pacha, n'est pas confirmé par l'his-

condamnée que pour en faire la proie de votre fureur et de vos glaives.

XXXIII

« Ne croyez pas que le destin veuille nous vendre à haut prix la victoire de ce jour. La plus grande portion de cette bruyante escadre appartient à la seigneurie de Venise. Ce sont des hommes mal préparés à la guerre, inactifs, adonnés aux festins, à la mollesse et aux douces délices de leur climat plutôt qu'aux mâles exercices de la guerre [1].

toire. Don Juan méritait son poste d'honneur. Philippe II avait d'abord, il est vrai, désigné pour général en chef de la ligue, Emmanuel Philibert de Savoie; mais celui-ci ne put s'éloigner de ses domaines, et Juan d'Autriche le remplaça. La maturité précoce qu'il avait déjà montrée dans la guerre de l'Alpujarra, explique la confiance du roi d'Espagne. Don Juan ne déploya pas moins les qualités d'un chef supérieur, lorsque pressé par l'impatient Veniero de quitter Messine et d'aller chercher la flotte ottomane, il sut résister, tout jeune qu'il était, à cette grande ardeur belliqueuse, et déclarer que, malgré les ravages soufferts par les possessions de Venise, il ne partirait que lorsque les galères attendues de Candie seraient arrivées; que l'escadre ennemie l'emportait sur la leur, et qu'il n'exposerait pas une armée qui était l'unique ressource de la confédération, à une perte certaine, en livrant bataille avant que toutes les forces fussent réunies (De Thou, l. c., p. 335). Cette politique de *temporiseur* laissait aussi aux corsaires de Sélim le temps de ravager les possessions de Venise, comme les lenteurs de Doria avaient désespéré en 1570 les amiraux de la république; mais elle était une sagesse réelle pour l'exécution des projets de l'Espagne contre les infidèles. Le génie cauteleux du roi d'Espagne, devant l'immense intérêt où il engageait la catholicité presque entière, avait, par surcroît de prudence, placé près de Juan d'Autriche d'excellents conseillers; et Marco Antonio Colonna, le chef des galères pontificales, homme de grande bravoure et de grande expérience, était à la droite de la *reale* sur la capitane du Saint-Siège, comme un second chef, toujours prêt à modérer par ses avis le caractère impétueux du fils de Charles-Quint. Nous n'admettrions qu'avec peine le sentiment de jalousie que l'on a prêté à Philippe II contre don Juan. Il lui a donné trop d'occasions de gloire, la guerre contre les Morisques, Lépante et tant d'autres. On se fonde mal à propos sur l'impassibilité froide de son visage où pas un muscle ne s'agita, lorsqu'on lui apprit la grande victoire des chrétiens. Il était alors à l'Escurial, à genoux, dit-on, au milieu de ses moines, et ce flegme imperturbable a donné prise à la malignité de quelques historiens. Mais Charles-Quint ne s'était pas montré moins calme en apprenant la victoire de Pavie. Philippe II avait reconnu le dévouement de son frère. Le 29 novembre 1571, il lui adressa une lettre où il le félicite de sa victoire (Cf. don Rosell, p. 210, *Apéndix* XV). Il l'envoya cueillir de nouvelles palmes à Tunis, à Biserte, partager avec Requesens les dangers du gouvernement des Pays-Bas, et mit encore à profit, en 1580, son courage et ses talents militaires, lorsqu'il voulut joindre le Portugal à sa vaste monarchie. A Lépante, Hali pouvait ne pas connaître la véritable nature de don Juan et les sages dispositions de Philippe II. Il s'adressait à une foule ignorante et aveugle, toujours penchée vers les paroles de hardiesse et de mépris.

[1] Cf. Q. Curce, livre III, chap. 2.

XXXIV

« Et toute cette autre tourbe entassée n'est qu'un peuple ab-
ject, un ramas de barbares, empruntés à diverses nations et
entre lesquels il ne règne aucune harmonie; race qui n'a jamais appris ce que c'est qu'une épée, et qu'avant le commencement de la bataille, avant les sons terribles de l'artillerie,
vous verrez mise en déroute par ses propres cris, confus et désordonnés.

XXXV

« Mais vous, guerriers invincibles, nourris au milieu des
armes et des horreurs des combats, et qui, dans les guerres,
dans les travaux accablants, avez tant de fois mérité une si
grande renommée, quels dangers assez terribles, quelles armées
d'ennemis conjurés peut-il y avoir qui puissent vous inspirer
la moindre crainte ou refroidir votre valeur et votre héroïsme?

XXXVI

« Déjà il me semble voir le carnage et la mort, glorieusement
semés par vos mains, la mer qui nous sépare de l'ennemi se
gonfler et le sang répandu rougir l'écume blanchissante.
Frayez donc votre chemin à travers cette multitude. Précipitez
dans l'abîme la puissance chrétienne et d'un seul coup prenez
possession de la terre du Gange au Chili [1], de l'un à l'autre
pôle. »

---

[1] L'allusion au Chili nous étonnerait partout ailleurs que sous la plume d'Ercilla.
Sans doute, dans l'armée turque, peu d'esprits étaient familiarisés avec le nom
de cette contrée lointaine de l'Amérique du Sud; mais si Hali devait être mal initié,
comme ses soldats, à la géographie du monde austral, nous devons pardonner cette
légère distraction au poëte qui avait adopté la conquête d'une partie même du
Chili pour la matière de son épopée et qui était ardemment préoccupé, comme tous
ses compatriotes de cette lointaine expédition. Winterling a supprimé ces détails et
y a substitué une locution moins expressive, dont la généralité judicieuse et sans
couleur pourrait appartenir à tout autre écrivain :

« Denn diese einz'ge sieggekrönte Schlacht
Wird den Besitz des Erdballs euch verschaffen. »

XXXVII

Ainsi le pacha durant les courts instants qui lui restent, anime ses braves guerriers [1] et leur affirme que cette noble entreprise, que leur vaillante attaque sera couronnée d'un succès heureux. Mais dans les plis cachés de son cœur, il comprend de plus en plus la difficulté de vaincre; et déjà il découvre de sinistres pronostics dans la   olution intrépide de son adversaire.

XXXVIII

Ce fut bien pis, lorsqu'un chrétien, dont la contrainte avait fait un janissaire, et qui du haut de la gabie découvrait au loin les objets, après s'être bien assuré qu'il ne se trompait pas et qu'il reconnaissait les galères de chaque nation, s'écria : « Le centre de la flotte, l'aile droite et aussi la réserve qui cingle derrière l'escadre, si d'ici je puis me fier à mes yeux, sont des navires et des soldats de l'Occident [2]. »

[1] Don Ercilla, malgré son patriotisme national et religieux, traite les Ottomans comme il traite les Indiens, avec l'impartialité d'un adversaire magnanime et rend partout au courage les mêmes honneurs.

[2] Par les soldats de l'Occident, « gente ponentina, » le poëte a voulu évidemment désigner les Espagnols, bien que le *Ponant* s'entende quelquefois de l'Occident tout entier. La vigie ne signale pas l'aile gauche, mais le centre où don Juan était pressé par une foule d'hidalgos, ses amis, et par les braves du régiment de Sardaigne. Mais l'arrière-garde où commandait Santa-Cruz, entouré d'une noble jeunesse castillane; mais l'aile droite dont Juan d'Autriche avait fortifié les galères en les chargeant d'Espagnols. Aussi les sinistres pressentiments de Hali augmentent encore, lorsque la voix du janissaire lui dénonce que dans le corps de bataille, à la droite et à l'arrière-garde, il n'aperçoit que des Espagnols. C'est un hommage indirect rendu par Ercilla au courage de ses compatriotes. Leur seule présence, la vue seule de leurs armes, de leurs enseignes, suffisent pour imprimer l'inquiétude et l'effroi et pour affaiblir dans l'âme du général ennemi l'espérance de la victoire. Winterling nous semble avoir méconnu cette fois l'intention d'Ercilla. Le traducteur allemand ne distingue pas de l'aile gauche, plus exclusivement italienne, bien que don Juan y eût aussi envoyé des renforts importants, les trois autres corps d'armée qui apparaissent au lointain. Winterling ne parle que d'une *escadre*, et selon lui, le janissaire déclare que, s'il ne se trompe, la flotte qu'il découvre est celle de l'Occident. Eh! l'amiral turc le sait fort bien; il n'attendait pas des jonques chinoises; mais il est vivement ému et forme des présages douloureux, lorsqu'il apprend que ce sont les galères de l'Espagne, les drapeaux de l'Espagne, les soldats de l'Espagne qui semblent couvrir presque tout l'espace. Nous savons, en effet, par l'historien de Thou (p. 231-232), que Juan d'Autriche renforça de ses soldats les galères de Gênes et de

XXXIX

Le pacha entendit, la terreur au fond de l'âme, ce que la voix du chrétien lui attestait; mais sans perdre les dehors de la confiance, avec sagesse il dissimule sa secrète douleur, et vers le centre formidable où étaient fixés sa place et son ordre de bataille, droit en face, il pousse ses vaisseaux plus nombreux et abrités par ses deux énormes ailes.

XL

Le moment était venu, que l'arrêt du destin avait marqué pour l'attaque. Avec une égale ardeur et le même élan, les puissantes flottes se joignirent. De toutes parts au même instant les canons chargés résonnent, et leur explosion terrible est telle que tout l'univers en semble ébranlé.

XLI

Le feu, la fumée, l'effrayante détonation des coups que l'artillerie vomit avec fureur, le choc affreux des proues, le bruit des mâtures qui se rompent et s'abattent avec fracas, le retentissement formidable des armes, les clameurs confuses, les cris, les appels, tout cet immense désordre forme le spectacle le plus horrible et la plus lugubre harmonie.

XLII

Non, la cité de Priam, couchée par terre, n'offrait pas autant de feux nourris par ses ruines enflammées; non, l'épée des

---

Savoie et qu'il envoya même aux Vénitiens, dont les forces avaient été si maltraitées dans leurs luttes précédentes, 1,500 Espagnols et 2,500 Italiens. Les beaux vers de Winterling,

> « ..... Das Geschwader, das dort in der Sonne Glanz
> Mit weithin ausgespreizt'n Flügeln fliegel,
> Ist, wenn mein Aug mich nicht betrügel,
> Die Flotte und das Heer des Abendlands. »

Ces vers harmonieux et élégants n'offrent donc pas une reproduction exacte de a pensée d'Ercilla et trompent le noble sentiment que l'orgueil patriotique inspirait au poète espagnol.

Grecs ne faisait pas entendre ce triste cliquetis au milieu des
horreurs du carnage [1]. Plus effrayantes étaient l'escadre des
Turcs et celle des chrétiens, enveloppées de fumée et de flammes. Vous eussiez cru voir la mer brûler, l'abîme s'ouvrir, le
ciel même descendre avec sa voûte croulante.

XLIII

L'intrépide don Juan reconnaît le vaisseau amiral des ennemis qui s'avance en tête et sillonne avec vigueur les flots rejaillissants. Il pousse à lui avec audace ; mais le Turc d'un essor
impétueux vole pour le recevoir, et tous deux ils s'attaquent à
l'envi dans une rencontre violente où se heurtent leurs éperons de fer [2].

XLIV

A peine les *réales* étaient aux prises qu'arrivent à grand
bruit sept galères ottomanes bien armées. Elles engagent aussitôt la lutte contre la nef chrétienne ; mais animés d'un égal
enthousiasme, accouraient contre elles, au secours du héros,
à droite et à gauche, le navire commandant du Pape et celui
de Venise.

XLV

Sur l'un venait, second en pouvoir, comme général du grand

1 Encore une de ces allusions classiques, toutes littéraires, que le goût du xvie siècle
acceptait plus facilement que le nôtre, et qu'il ne faut pas trop censurer dans les
écrivains de cette époque rénovatrice. Leur admiration pour l'antiquité aveuglait
quelquefois leur critique, et ce qui exaltait leur imagination leur semblait pouvoir
facilement devenir populaire. Ils ne doutaient pas des prestiges du savoir et ne
pouvaient croire qu'un souvenir de Virgile fût jamais déplacé.

2 Juan d'Autriche, dont la *reale* était conduite par Juan Vasquez Coronado (Cf.
Ferreras, t. X, 252), avait auprès de lui quatre cents hommes, le tercio de Figueroa
et grand nombre de jeunes gentilshommes très-vaillants, dont la mission était de défendre à outrance les différentes parties de son vaisseau et de se prêter un mutuel
secours. La proue, les flancs, la poupe avaient leurs champions désignés, Priego,
Moncade, le secrétaire Soto, Bernardino de Cardenas. A la poupe de la reale venaient
la patronne d'Espagne et la capitane montée par le *comendador général*, Luis de
Requesens ; Mariana le relègue à tort dans le corps de réserve que Santa-Cruz avait
reçu l'ordre de tenir à un mille de distance. A l'élite de héros que don Juan a
placée près de lui, Hali oppose trois cents janissaires et cent archers (De Thou, p. 242).

ie V, Marco Antonio Colonna, qu'accompagne une troupe de
eunes gens, enflammés d'ardeur. Après lui volaient à l'aide, se
rayant la route par les plus libres passages, la patronne et la
apitane d'Espagne, pour détourner les coups de la foule
aïenne [1].

XLVI

Le valeureux prince de Parme [2], porté sur la capitane génoise [3] qui fend la mer soulevée et écumante, se ette en toute

[1]
    « Tras la cual al socorro arremetia
    Por el camino y paso mas vaci »
    La patrona de España y capitana,
    Rompiendo el golpe y multi.ud pagana. »

Ce texte donne lieu à une double interprétation. Voici les vers de Winterling :

    « Und diesem folgte ungestümet
    Vom aufgewühlten Meer umk·äuselt und umschäumet,
    Hispaniens Capitana nach,
    Die Bahn sich durch der Heiden Schiffe brach. »

Cette traduction ne laisse voir au lecteur qu'un seul navire et confond ensemble
la patronne et la capitane d'Espagne. Or celle-ci était, après la réale, la première
galère d'une flotte, elle était montée par le capitaine général des galères; la patronne était la deuxième et obéissait aux ordres du lieutenant général. Il nous a
donc semblé plus conforme à l'histoire d'admettre ici deux vaisseaux au lieu d'un
seul. Le verbe est au singulier, parce qu'il se construit directement avec l'un des
deux sujets; il est sous-entendu avec l'autre. Ce genre de syntaxe est assez fami-
lier à la langue espagnole. Ajoutons que sept galères ottomanes menacent la *reale*
de don Juan aux prises avec le vaisseau amiral des Turcs. Il semble naturel que
sept galères espagnoles aillent à l'encontre. Ercilla les a nommées. Ce sont : la
capitane du Pape, celle de Venise, la capitane et la patronne d'Espagne, dont la
première portait Requesens, la galère genoise du prince de Parme, celle de Mons
de Ligny, et celle du prince d'Urbin. Il n'en désigne nominativement aucune autre.

[2] Alexandre Farnèse, troisième duc de Parme et Plaisance. Il n'avait que seize
ans à Lépante et devint un des premiers capitaines du siècle. Il ne fut duc de Parme
qu'en 1586, à la mort d'Octave Farnèse, son père, le mari de la fameuse Marguerite
d'Autriche, qui gouverna les Pays-Bas de 1559 à 1567, et qui remplit une si belle
page dans l'*Egmont* de Gœthe. Alexandre ne parut jamais dans ses États, tant sa
vie fut occupée dans la guerre, au service de l'Espagne. Blessé à Caudebec, il
mourut en 1592, et sa mort affranchit la Hollande de son plus habile et plus dangereux adversaire.

[3] Nous avons vu qu'auprès de la *reale* de don Juan d'Autriche étaient placées, à
gauche, la capitane de Venise, et à droite, la capitane de Pie V. A gauche de la
capitane de Venise venait celle de Savoie, et à droite de la capitane du Pape, celle
de Gênes; en sorte que don Juan avait, du côté de la terre, pour voisins immé-
diats, d'abord, Veniero, puis, avec Monsieur de Leni, François-Marie de la Rovère,
qui fut plus tard duc d'Urbin; du côté de la mer, après Marco-Antonio Colonna,
Hector Spinola avec Alexandre Farnèse, fils du duc de Parme. Toute la division du
centre finissait à gauche par Paul Jordan des Ursins que portait la capitane des

hâte au milieu de l'escadre. La confusion de cette mêlée tumultueuse et un nuage épais et sombre de fumée empêchaient ma
vue de percer plus avant malgré mon désir, et il y en eut ainsi
beaucoup à cette place que je ne pus reconnaître [1].

XLVII

Mons de Ligny [2] avec sa galère, s'empresse de son côté à
l'attaque et dispute le passage à l'ennemi, là où, placé au premier rang, le prince d'Urbino [3] oppose à la fougue des barbares

Lomelines, à droite par le gouverneur de Messine, général des galères de Malte,
qui découvrit, durant la bataille, l'imprudence commise à l'aile droite par Jean
Doria. Don Juan avait fait éloigner les petits bâtiments afin d'ôter à tout le monde
l'espérance de pouvoir se sauver par la fuite; cf. De Thou, p. 210.

[1] Une double raison engageait Ercilla à s'exprimer ainsi. Il voulait nous rappeler
que toute cette narration n'était qu'une prophétie, et que l'art merveilleux de
enchanteur le faisait assister d'avance, au fond de sa grotte, devant un globe magique, à un événement qui n'avait encore aucune réalité. Ensuite le poëte craignit
sans doute, et il est plus d'une fois revenu à cette pensée, il craignait d'omettre
quelque nom célèbre, et d'attrister l'amour-propre d'une famille par un oubli involontaire. Chacun pouvait se placer à l'aise sous ce nuage dont l'écrivain couvre un
instant la mêlée confuse de Lépante.

[2] Par un de ces changements dont les exemples abondent dans l'*Araucana*, et
qui sont presque toujours inspirés au poëte par un délicat sentiment d'harmonie,
don Ercilla écrit *Mons de Leñi*. Les historiens n'ont pas tous altéré le nom original. Ainsi Porreño, dont nous aurons plus d'une fois à citer le témoignage, écrit
« Filipo, conde de Ligui ; cf. Dichos y hechos del senor Rey, don Felipe segundo,»
Sevilla, 1639 p. 110, r° (nous citons ainsi la pagination de ce curieux petit volume
dont les r° seuls sont numérotés). Cependant don Cayetano Rosell écrit constamment *Monsieur de Leñi*; cf. p. 103, etc. C'est un scrupule analogue à celui d'Ercilla. Les poëtes espagnols ont parfois des susceptibilités singulières ; ainsi don
Diego de Jimenez Enciso, dans sa pièce intitulée : *Le plus grand exploit de Charles-
Quint*, donne pour mère à Juan une *Leonor*, pour ne pas effrayer l'oreille avec le
nom flamand de *Barbe Blomberg*. Ainsi, sous la plume de Lope de Vega, le
Romeo de la nouvelle italienne, le Roméo immortalisé par le génie de Shakspeare,
devient, on ne sait trop par quel motif, le *Roselo* d'une *comedia* espagnole. Francisco de Rojas l'a bien changé en *Romero*. Pourquoi pas ? Les Montecchi et les Ca-
pelletti de Vérone ne sont-ils pas devenus chez Lope des *Casteloines* et des *Mon-
teses* (cf. Bibl. Rivad., t. LII, p. 1, *Comedias escogidas de Lope*, t. IV)? L'œuvre
d'Ercilla, nous le répétons, est remplie d'altérations analogues.

[3] Il s'agit de François-Marie de la Rovère (cf. De Thou, p. 231), dernier duc d'Urbin
(1541-1631). Il monta sur le trône en 1574, trois ans après la bataille de Lépante,
et n'usa du pouvoir que pour protéger les sciences et les lettres. Ses largesses
permirent à l'Aldobrandini de former son beau Musée. Le duc d'Urbino est une des
lumières de sa race entre son fils qui s'éteignait de bonne heure dans les débauches
et son père Guid'Ubald de la Rovère, dont la dureté envers des sujets rebelles et
toute la folle existence avaient déterminé le souverain pontife à lui enlever le
duché de Camerino.

ne héroïque bravoure, une valeur incroyable, et donne une
marque éclatante de ce qu'osent entreprendre son courage et
on audace [1].

XLVIII

Aussitôt avec même élan et même intrépidité, les galères
'abordent les unes les autres, et se serrent de si près que, de
ied ferme, on peut se frapper avec le glaive. L'aspect de la
ort n'a plus rien qui effraye. L'on ne recule en face d'aucun
danger, bien que les assaillants voient l'artillerie faire éclater
sa foudre droit contre leur poitrine.

XLIX

Ainsi les soldats courroucés, impatients de porter à l'ennemi
leurs atteintes, se joignent et, comme une tempête déchainée
avec violence, ils déchargent leurs coups et font retomber leurs
bras. C'était merveille de voir avec quelle hâte et quelle rage ils
brandissaient leurs armes menaçantes, et la mer, soudain couverte de sang, commence à recevoir les cadavres précipités.

L

Par les proues, les poupes et les flancs, on s'attaque, on se
heurte sans relâche. Ceux-ci tombent et meurent dans les flots;
ceux-là sous le tranchant du fer; d'autres au milieu des flammes.
Mais aux postes les plus maltraités, il n'en manque pas qui
viennent aussitôt succéder aux morts. Le carnage et le canon
destructeurs ne peuvent faire qu'il reste aucun vide dans les
rangs [2].

---

[1] Winterling a supprimé cette octave. Elle a pourtant son importance et achève
heureusement l'énumération des vaisseaux qui viennent les premiers s'opposer aux
sept galères ottomanes, si menaçantes pour la *reale* de don Juan. C'est autour de
ces vaillants navires que le poëte a groupé presque tout l'intérêt de la lutte, au
centre même des deux escadres.

[2] Ercilla rend ici encore à la bravoure des combattants infidèles de Lépante, le
même hommage qu'il accorde ailleurs à l'intrépidité des soldats araucans de Lautaro. Cf. chant XIV, oct. 33e :

« Apenas los mortales van á tierra
Cuando estaban sus plazas ocupadas, etc. »

LI

Tel veut sauter dans un vaisseau ennemi, et au milieu de sa
essor, est transpercé. Tel veut frapper mal à propos un adversaire et tombe dans les vagues où l'entraîne le coup porté avec
furie. Tel, plein d'une résolution acharnée et audacieuse,
habile nageur et fier de sa force, étreint de ses bras un odieux
adversaire et se jette avec lui dans la mer soulevée.

LII

Quel homme n'eût redouté la fin du monde et sa ruine entière,
en voyant tous ces soldats qui mouraient ensemble, et tant de
canons, tant de bombardes et de coulevrines? Le soleil couvre la
clarté de ses rayons; la face troublée, d'une couleur sanglante,
il se cache derrière de sombres nues, pour ne pas voir les mas-
sacres de cette journée [1].

LIII

De toutes parts, respirant le courroux et le regard étincelant
sur son char qui roule avec impétuosité, s'élance, accompagné
de Tisiphone et d'Alecto, le superbe et homicide Mars. Tantôt il
agite son bras armé et terrible, tantôt il frappe son bouclier

---

[1] Il y a dans ces vers quelque souvenir de l'antiquité, soit une réminiscence du
soleil couvrant sa face pour ne pas voir le repas de Thyeste, soit du même astre
cachant son disque derrière un sombre nuage pour n'être pas témoin du meurtre
de César :

> Ille etiam exstincto miseratus Cæsare Romam,
> Quum caput obscura nitidum ferrugine texit,
> Impiaque æternam timuerunt sæcula noctem. »
>
> (Virgile, *Georg.*, I, 466-468.)

Ou plutôt ne devons-nous pas reconnaître ici une imitation directe de Lucain, modèle privilégié d'Ercilla et de tous les poëtes espagnols au xvie siècle, comme celui
du grand Corneille :

> « Ipse caput medio Titan quùm ferret Olympo,
> Condidit ardentes atra caligine currus,
> Involvitque orb in tenebris, gentesque coegit
> Desperare diem ; qualem fugiente per ortus
> Sole Thyesteæ noctem duxere Mycenæ. »
>
> (*Pharsale*, I, 537-540.)

où jaillit l'éclair [1], et dans le cœur des braves et intrépides combattants, il verse la colère, les transports, la fureur et la rage ardente [2].

LIV

L'un, lorsque le plomb lui manque, saisit un fragment de vergue ou d'aviron; l'autre renverse le forçat [3] et lui enlève les

[1] Ce terrible « escudo fulminoso, » qui figure tant de fois chez les poètes anciens avec l'égide de Pallas, fait songer involontairement au bouclier qu'Eschyle, dans une de ses tragédies épiques, met au bras de Tydée, et qui *sonne l'épouvante :*

« ...... ἐπ' ἀσπίδος δὲ τῷ
Χαλκήλατοι κλάζουσι κώδωνες φόβον. »
Ἑπτὰ ἐπὶ Θήβας, 371-373, édit. Boissonade, 1825.

On pourrait écrire un livre sur les armures célèbres des dieux et des héros, leurs dignes émules dans la guerre.

[2] Toute cette octave respire l'accent de la plus haute poésie antique, et Virgile ne parle pas avec plus d'éclat du dieu de la guerre, lorsqu'il le peint qui se précipite avec son lugubre cortége :

« Qualis apud gelidi quum flumina concitus Hebri
Sanguineus Mavors clipeo increpat, atque furentes
Bella movens immittit equos : illi æquore aperto
Ante Notos Zephyrumque volant : gemit ultima pulsu
Thraca pedum, circumque atræ Formidinis ora,
Iræque, Insidiæque, dei comitatus, aguntur. »
(Én., XII, 331-336.)

[3]
« Quien trabuca al forzado y lo deshierra
Arrebatando el grillo y la cadena. »

Winterling substitue à ce détail expressif un autre qui l'est beaucoup moins :

« Der reisst die Haken aus den Winden,
Womit er um sich haut und sticht. »

Les vers d'Ercilla nous rappellent qu'au milieu de ces guerriers qui combattaient avec tant d'héroïsme et d'enthousiasme, il y avait de malheureux condamnés qui, sous le nom de chiourmes, remplissaient l'office de rameurs, et n'étaient pas comptés parmi l'équipage. Ils ne quittaient pas leurs chaînes, et lorsque le poëte nous montre ces soldats qui les renversent et leur enlèvent leurs fers pour trouver contre l'ennemi de nouveaux projectiles, il nous fait vivre au milieu des mœurs du xvie siècle. Au sein même des lumières du xviie siècle, Colbert réclamait des magistrats des punitions sévères pour donner aux galères du roi des chiourmes dont elles manquaient. L'on éprouve une impression douloureuse en lisant la lettre du grand ministre à Nicolas Brûlart, premier président à Dijon; elle est datée du 11 avril 1662 : « Le Roy m'a commandé de vous écrire ces lignes de sa part pour vous dire que Sa Majesté désirant restablir le corps de ses galères et en fortifier la chiourme par toutes sortes de moyens, son intention est que vous teniez la main à ce que vostre compagnie y condamne le plus grand nombre de coupables qu'il se pourra, et que l'on convertisse mesmo la peine de mort en celle des galères. » Voy. *Lettres, instructions et mémoires de Colbert*, par Pierre Clément, 1864, t. III,

fers, pour lancer à l'ennemi ses entraves et sa chaîne. Il n'est
objet de métal, de bois ou de terre, qui ne semble bon à devenir
un projectile, bancs rompus, postes et bastingages, vases, écoutilles et sabords.

LV

Les lances et les balles, dont les coups rebondissent sur l'acier
impénétrable, trouvaient dans les ondes ensanglantées assez
d'ennemis pour les recevoir. Brûlants de fureur, jusque dans
la froide mer ils combattaient [1], sans fléchir sous la rigueur du
destin, jusqu'à l'instant inévitable et suprême où la force et la
vie leur échappaient à la fois.

1re partie, p. 1. Ce n'est que fort avant dans le XVIII° siècle, en 1748, que les forçats
furent employés aux travaux des ports, lorsqu'on supprima les bâtiments à rames.
Winterling eût dû éviter, en traduisant, de remplacer par une circonstance vulgaire
un trait fondé sur l'histoire et qui figure avec tant d'énergie l'acharnement de la
mêlée.

1   « Y ardiendo, en la agua fria peleaban. »

Cette médiocre antithèse doit être rangée parmi les aberrations d'un talent heureux, comme un vers sans goût échappé au génie d'Horace ou de Racine.

          « Brûlé de plus de feux que je n'en allumai, »

dit Pyrrhus dans *Andromaque* (act. I, sc. iv). Une expression semblable s'est glissée
dans la langue si pure, si raisonnable et si châtiée d'Horace :

          « ..... Empedocles ardentem frigidus Ætnam
          Insiluit. »
                                        (*Art poét.*, 463-465.)

Voltaire ressaisit cette pensée, mais avec quel bonheur n'en a-t-il pas modifié la
forme !

          « Je n'imiterai pas ce malheureux savant
          Qui des feux de l'Etna scrutateur imprudent,
          Marchant sur des monceaux de bitume et de cendre,
          Fut consumé du feu qu'il cherchait à comprendre. »
                                        (*IV° Discours sur l'Homme.*)

Racine a été séduit quelquefois par le style d'Héliodore qu'il étudiait trop à
Port-Royal, et Ercilla par le penchant qui l'entraînait vers les manières recherchées
de Lucain. Mais on est accoutumé à l'emphase et aux antithèses de la *Pharsale*,
aux prétentions et aux tours ingénieux du roman de *Théagène et Chariclée*. L'on
s'étonne et l'on s'afflige de rencontrer ces froideurs sur des pages que dicte presque
toujours le bon sens et qu'enflamme la passion ou l'enthousiasme.

LVI

Qui, avalant l'onde mêlée de son propre sang[1], expire submergé; qui s'empare d'une planche ou d'un cordage et, rendant l'âme, les garde et s'y cramponne[2]; qui, sans puissance
pour nuire encore, de ses bras entoure un ennemi moins
blessé, et, malgré sa résistance, se laisse enfoncer dans l'abîme,
heureux de mourir en arrachant la vie.

LVII

Il est impossible de retracer l'immense mêlée, son tumulte
confus et son horrible fracas. L'étoupe vole, portant partout
l'ardente flamme qui l'enveloppe. Le goudron, la résine, la
poix s'embrasent. Avec le brai, l'incendie roule et se précipite;
il envahit le bois desséché; et avec des craquements affreux et
mille étincelles, en grandissant il va menacer les étoiles.

LVIII

Les uns se jettent à la mer pour sauver leurs jours poursuivis
par le tranchant du glaive et par les flammes. Les autres, qui
ont déjà éprouvé le danger des flots, environnent de leurs bras
des bois tout en feu. Avec le désir d'échapper au trépas, à
quelque vaine ressource qu'ils s'attachent, au milieu des eaux,

[1] L'édition Rivadeneyra écrit « su propria sangre resolviendo. » Nous avons
adopté le texte de Baudry, beaucoup plus clair et plus précis :

« .... Su propria sangre resorbiendo. »

[2] « Cuáles tablas y gúmenas asiendo
Quedan rindiendo el alma enclavijados. »

Winterling ne rend ici que le mot *tablas*, et traduit, en faisant disparaître une
difficulté :

« Die andern hielten Breter fest anfangen,
Und gaben ihren Geist in dieser Lage auf. »

Dans Ercilla chacun de ces malheureux expire en serrant avec force par un instinct naturel l'objet qu'il tient entre les mains et auquel il espère encore devoir son
salut, l'un une planche, l'autre un cordage. *Enclavijar* est synonyme d'*apretar*.

ils meurent embrasés; au milieu des flammes, l'onde les ense-
velit [1].

LIX

Beaucoup, qui déjà luttent contre la mort, même en expirant,
combattent pour leur croyance; ils saisissent les traits et les
piques qui rebondissent sur les solides armures, et, soutenus
par les vagues fugitives, on les voit agiter toujours leurs bras
épuisés, et déployer contre ceux que leurs atteintes rencontrent
toute leur rage et le peu de force qui leur reste encore [2].

LX

La fureur s'accroît et avec elle le bruit terrible des coups qui
se précipitent sans cesse. Frappée en tous les sens, la mer bouillonne et, resserrée dans un étroit espace, vomit les cadavres.
Sanglante, émue, excitée, comme si elle eût obéi au souffle de
vents contraires, elle se change tout entière en une écume
épaisse, et heurte de ses flots pressés les navires doublés de fer [3].

LXI

Sur sa haute poupe, tout près de l'étendard, l'illustre don
Juan étincelait. Il jette plus d'éclat que Mars dans sa colère [4], et
autour de lui brillent ses glorieux compagnons. De là, sa prudence sait diriger partout le remède nécessaire. Tantôt il hâte

[1] Cf. oct. 55, note 1. C'est le même défaut et l'inspiration malheureuse du même
modèle.

[2] La traduction de Winterling s'éloigne beaucoup du texte original :

« Wo zwischen Christ und Muselmann
Des fast erloschnen Hasses Flamme sich erneut. »

[3] La poésie descriptive d'Ercilla, malgré ses fortes images, était devenue trop
générale dans les treize dernières octaves, pour qu'elle pût soutenir longtemps encore l'intérêt. Aussi l'écrivain fait reparaître devant nous les personnages principaux et le rôle individuel des grands acteurs de Lépante, don Juan d'Autriche,
Luis de Requesens, Santa-Cruz et d'autres chefs dignes de la gloire qu'ils conquirent dans cette célèbre journée.

[4] Que de fois, sous leur casque brillant et avec leur bouclier d'or, Achille, Dio-
mède, animés du feu des batailles, n'ont-ils pas été comparés par Homère au
dieu Mars; comme don Juan d'Autriche par Ercilla !

les guerriers, tantôt il envoie des secours ; il garantit à chacun sa faveur, le superbe triomphe et la couronne navale.

LXII

Don Luis de Requesens, d'un autre côté, provoque, sollicite anime, ébranle, encourage. Il court, va, revient, retourne encore, et se porte aux lieux où le péril réclame sa présence. Il donne des forces, il répare, s'élance, dispose, ordonne ; il presse, il hâte, il pousse, il conjure, à droite, à gauche, à la poupe, à la proue ; il se couvre d'honneur et d'une éternelle gloire [1].

LXIII

Et le comte de Priego, don Fernand [2], actif, empressé, soucieux, vole sur tous les points, et montre le remède, là où tout remède semblait impuissant et désespéré. Ainsi du côté des Chrétiens et des Turcs, chacun, jaloux de tomber avec distinction, s'efforce, je le répète, en frappant lui-même, de mourir sur le vaisseau de son adversaire [3].

[1] Don Luis de Zúñiga y Requesens est une des plus mâles physionomies que nous offre l'Espagne sous le règne de Philippe II, et tout ce que le poète nous rapporte ici de son activité est de nature à justifier le choix intelligent qui l'avait placé auprès de Juan d'Autriche. Deux ans après la victoire de Lépante, il succède au duc d'Albe dans le difficile gouvernement des Pays-Bas, où il mourut en 1576. Les cruautés d'Albe avaient fait des contrées néerlandaises un embarras et une possession onéreuse pour la couronne d'Espagne. Requesens eut à lutter contre un pays soulevé, et chercha vainement à y ramener l'ordre, en y rétablissant une administration douce et bienveillante comme celle de Marguerite. Il échoua dans une double opération militaire contre la Zélande et la Hollande. Sa flotte fut détruite et la victoire resta à l'insurrection. Mais les qualités personnelles de Requesens, sa valeur et sa haute prudence faisaient de lui le meilleur lieutenant que Philippe pût associer à son frère.

[2] Don Fernand de Priego était premier majordome de Juan d'Autriche. Voyez Ferreras, p. 250. Il assistait aux conseils de guerre (De Thou, p. 231), et ce fut lui que don Juan envoya, de Gênes, au Saint-Père pour lui baiser le pied en son nom et lui donner avis de son arrivée (Ferreras, p. 250) ; ce fut lui encore qui porta au souverain pontife, de la part de son maître, la nouvelle de la victoire (*ibid.*, p. 260). Le titre de comte de Priego était dû à la ville du même nom qui se trouve dans la province de Cordoue, au sud-est et à 75 kilom. de la vieille cité.

[3] Cette octave est encore effacée par le goût un peu arbitraire de M. Winterling. Elle sert, avec l'octave suivante, dans la pensée d'Ercilla, à résumer les faits de guerre, à rappeler l'acharnement des deux escadres, lorsque Santa-Cruz intervient avec ses galères d'arrière-garde. Elle ajoute aussi un nouveau nom à la liste glorieuse sur laquelle le poète semble ne vouloir laisser aucune omission involontaire.

LXIV

Telle était la furie et si grande l'ardeur des soldats, que vous eussiez cru à la fin du monde et au dernier des jours. Les coups qui se précipitent comme une grêle épaisse et violente, obscurcissent l'azur du ciel et cachent les flots rougis de la mer. Le courroux grandit, et sans cesse s'augmente le fracas des continuelles et rapides explosions, et au cliquetis des épées répondent les plus lointains rivages de la mer [1].

LXV

Le brave marquis de Santa-Cruz, prêt à donner aide en tous lieux, voit combien la mêlée est sanglante et sur quelques points le résultat inégal. Il n'attend pas davantage et se jette au milieu du combat, au sein de l'affreux tumulte. D'un élan impétueux, il court à la place où se montrent le plus de résistance et de péril.

LXVI

Il s'aperçoit que la galère royale est environnée d'adversaires acharnés et opiniâtres, et qu'un autre navire bien armé s'apprête encore à la heurter avec violence. Aussitôt il se porte en travers de toute sa vitesse, oppose à l'encontre un utile obstacle et par son mouvement agile arrête l'essor des Barbares et leur projet menaçant.

LXVII

Puis, animé de colère, il court sans retard de tous côtés par l'ardente bataille, entre dans les lignes, sort, revient en auxiliaire, et résiste parfois à trois ou quatre assaillants. Quelle

[1] Le ton de l'historien de Thou s'est élevé quelquefois au niveau de celui d'Ercilla : « La mer était rouge de sang, nous dit-il, et couverte de têtes coupées, de bras et de jambes. L'air, obscurci par la fumée de l'artillerie, retentissait de tous côtés des hurlements et des voix lamentables d'hommes à demi-morts, qui périssaient au milieu des eaux et des feux avec des tourments effroyables ; et ce bruit était encore augmenté par les cris affreux des combattants et par le fracas horrible des arquebuses et du canon » (t. VI, p. 243). C'est la sombre poésie de la réalité.

voix pourrait dire sans en omettre aucune les illustres épées
qui ce jour-là se signalèrent au milieu de la mêlée et avec
le sang des Turcs firent croître les flots [1] ?

LXVIII

Et don Juan, qu'enflamment le courroux et l'impatience,
hâtait la Fortune tardive; il anime, il presse de l'aiguillon ses
guerriers qui marchent tout inondés de leur sang et du sang
ennemi. Non moins actif, Hali Pacha bouillant d'ardeur excite
les siens, et présente sans cesse à leur esprit les magnifiques
récompenses et l'honneur de la victoire [2].

LXIX

La réale chrétienne à qui l'éclatante bravoure de son chef
assure l'avantage, par la force des bras et le tranchant terrible
des glaives ouvre violemment sur le vaisseau turc une large
brèche [3], et aussitôt une troupe de soldats, sans que l'ennemi

[1] Nouvelle suppression de Winterling. Ercilla n'eût certes pas consenti à effacer
une octave toute à la louange de cet Alvaro de Bazao, dont il célèbre la valeur à
peu près comme une gloire de famille. Lui-même avait épousé doña María de Ba-
zau, et, nous l'avons vu, il a fait quelque part à ce mariage une touchante allusion.
Cf. chant xviii, oct. 72, 73.

[2] Ce sont là les derniers mots consacrés au chef de l'escadre ottomane. Le poëte
parle encore de Pertau, dans l'octave 81e; mais il laisse dans l'ombre ces deux amiraux et ne place au dénoûment que l'audacieux et rusé Ulucciali. Hali fut tué et,
suivant une tradition, le spectacle de sa tête placée au bout d'une pique acheva de
décourager l'armée turque (Voyez Ferreras, p. 236, 237). Ercilla ne le dit pas. Outre
qu'il y a quelque cruauté dans le fait lui-même, l'habile poëte aime mieux attribuer
à d'autres causes, à l'héroïsme des Espagnols et à l'ascendant de Juan d'Autriche, le
succès réel de la bataille. Don Cayetano Rosell se conforme aux données d'Ercilla.
Il combat le récit des historiens pittoresques qui font planter au bout d'une pique
la tête d'Aali : elle fut coupée en effet; mais comme un soldat la portait à don Juan,
dans le trajet, elle tomba et s'enfonça dans la mer ; personne ne la revit. On arbora
sur la réale turque le drapeau de la croix. (*Historia del combate naval de Lepanto*,
p. 111). Le général ennemi était tombé, au milieu de ses janissaires refoulés et
massacrés, les armes à la main et en digne rival. Don Rosell rend hommage à sa
bravoure, et s'exprime avec le même accent chevaleresque que don Ercilla fait
entendre dans son épopée (*Arauc.*, I, 2) : « Que tanto es mas ilustre una victoria,
cuanto de mayor estimacion son los vencidos. » Les deux fils du bacha, l'un de dix-
sept, l'autre de treize ans, furent faits prisonniers, suivant Mariana (t. II, p. 398).
par don Juan d'Autriche sur la galère où leur père fut tué ; mais Ferreras les place
sur une autre galère qui fut prise par celle de Requesens (*Don Rosell*, p. 238).

[3] C'est à l'arrière de la réale ottomane que cette brèche est pratiquée. La réale

puisse faire de résistance à leur masse armée, s'y jette à grand bruit et ardente de fureur. Ils criaient : « Attaque! attaque! Espagne! Espagne[1]! »

LXX

Les Turcs voient leur galère envahie, et, animés par la crainte même que le danger leur inspire, ils reviennent en avant avec tant de rage que les Chrétiens sont repoussés à leur tour. Mais nos vaillants Espagnols s'indignent ; ils redoublent leurs efforts obstinés, triomphent des nouveaux coups de leurs adversaires et les contraignent à reculer

LXXI

Jusqu'au grand mât. Là, les infidèles s'affermissent et présentent de nouveau la face avec hardiesse. Ils recommencent la bataille. L'affreux carnage se ranime et le barbare verse des flots de son sang. A l'aide on court de part et d'autre. Ce qui les afflige et les irrite, c'est de ne pas vaincre plus tôt, c'est de ne pas rencontrer plus vite la mort du désespoir, en hâtant l'arrêt des destinées incertaines.

LXXII

La grande multitude de ceux qui, couverts de blessures, se retiraient à la proue attaquée, formait quelquefois obstacle et embarrassait les combattants; mais aussitôt que leurs plaies étaient bandées, ils revenaient avec acharnement pour disputer l'avantage aux forces chrétiennes, et ils semblaient réparer toujours leurs pertes.

de don Juan, nous dit Ferreras, fit sauter avec son artillerie la poupe de la galère d'Hali et en découvrit la place d'armes. Les mousquets et les arquebuses d'Espagne tuèrent un grand nombre de janissaires. Enfin, au bout de deux grandes heures, Lope de Figueroa, don Bernardin de Cardenas et don Miguel de Moncada, forcent la galère d'Hali qui fut tué d'un coup d'arquebuse (p. 256, 257).

1 « Cierra! España! » C'était le cri de guerre des anciens Espagnols, comme les Français allaient autrefois à la bataille en répétant : « Montjoye-Saint-Denys! » et les Anglais sous l'invocation de « Saint-Georges. »

LXXIII

Dans ce vaste tumulte et dans le choc furieux, plus terrible
en cet endroit que partout ailleurs, au moment où il s'avance
pour porter du secours, don Bernardino, moins riche de jugement que de bravoure [1], est avec une brusque violence renversé
en son chemin par un énorme boulet de fauconneau. Le coup
impitoyable arrête la marche du guerrier et son dessein courageux.

LXXIV

Telle fut l'atteinte puissante, et telle la pesanteur avec laquelle
tomba le projectile que rien ne lui put résister, ni la puissante
cuirasse, ni le bouclier dont la solidité était à l'épreuve ; si bien
que le soldat, dans une mort glorieuse, trouva le repos entier
pour son inquiète existence, et fit rentrer dans le fourreau
mille épées qui, en Espagne, étaient tirées contre lui et avaient
juré sa perte.

LXXV

A cet instant, de trois côtés la célèbre capitane de Malte est
assaillie, serrée de près, chargée avec une vieille haine [2], une

[1]   « Mas que de vista de ánimo dotado. »

Winterling traduit ainsi le vers d'Ercilla :

          « Der zwar am Aug, doch nicht am Muthe krankt. »

Mais il ne s'agit pas ici des *yeux* du corps. Bernardino manquait de jugement,
comme l'avait assez prouvé sa conduite en Espagne. Elle avait soulevé contre lui
une foule d'adversaires. Ercilla s'en explique dans l'octave suivante ; cette octave,
il est vrai, n'existe pas dans la version de Winterling. Il est clair que le mot *vista*
ne saurait être pris cette fois au physique. Il ne peut être question que d'un esprit
étroit, toujours prêt à suivre une conduite aveugle et irritante. La narration de
Cabrera et celle de don Cayetano Rosell sur la mort de Bernardino sont d'accord avec
celle d'Ercilla. Le premier s'exprime ainsi : « Un esmerilazo que dió en la rodela
sin pasarla, á don Bernardino de Cardenas derribó y quebrantó mortalmente. »
(*Felipe II, rey de España*, por Luis Cabrera de Cordoba, p. 690.) C'est en re-
nant au secours de Figueroa vivement pressé par l'ennemi, que Bernardino fut atteint : « Cayó entre los remiches, nous dit don Rosell, de un esmerilazo, con que
le acertáron en la rodela, y de la fuerza del golpe, sin herida alguna, fué su des-
gracia tal, que murió á otro dia » (p. 107).
    [2] La haine des Turcs contre les chevaliers de Malte était vieille en effet. Déjà cet

furie opiniâtre. Mais la valeur et le courage si connu de cette
intrépide chevalerie chrétienne arrêtent la foule des païens et
sur tous les points assurent son triomphe.

LXXVI

Cependant le vice-roi d'Alger, habile corsaire, qui jusqu'alors
n'a fait qu'épier la bataille, voit qu'à l'aile droite le passage est
libre, que la ligne n'est pas entièrement fermée. Avant que l'on
pût se concerter contre son dessein, il se précipite par cet
endroit avec impétuosité et y jette trois navires tout frais, que
couvre un nombre immense d'infidèles [1].

ordre fameux, maître de Rhodes depuis 1309, l'avait défendue près d'un siècle contre tous les efforts de l'islamisme. Lorsqu'il succomba sous le génie de Soliman le
Magnifique, en 1522, et que Malte, huit ans plus tard, fut devenue enfin le siège de ces
vaillants hommes, ils repoussèrent avec le même héroïsme les attaques renouvelées
par les infidèles. A Rhodes, Villiers de l'Ile-Adam, à Malte, Jean de la Valette, sont
restés célèbres par leur défense opiniâtre. Bien des armées et bien des flottes musulmanes ont laissé leurs débris sur les rochers dont ces âmes intrépides firent un
boulevard pour le christianisme. Le mot d'Ercilla est profondément juste. Les Turcs
avaient raison d'en vouloir à la galère de Malte :

    « Con vieja enemistad y furia insana. »

L'éloge de ces pieux défenseurs de l'Occident est aussi fondé que l'arrêt le plus
équitable de l'histoire.

1 L'habileté d'Uluceiali faillit être funeste à l'expédition chrétienne. Il voulait
détacher l'aile droite de l'escadre, afin de tomber sur le centre épuisé. Il sut ménager ses forces et feignit de vouloir déborder les galères de Doria. L'amiral génois
se laissa tromper. Au lieu de pousser en ligne directe sur l'ennemi, suivant l'ordre
qui avait été donné à tout le monde, il hésita, craignit d'être enveloppé, et ajusta ses
manœuvres à toutes celles de son adversaire. La maladresse, l'impéritie de Doria
compromit la victoire. A force de se laisser entraîner vers la haute mer, il étendit
et lâcha les rangs de l'escadre, qui, par sa faute et malgré le prudent rappel de Jean
d'Autriche, présenta bientôt une ligne de trois milles; c'était livrer passage aux Turcs,
et Uluceiali, débarrassé du Génois, sut profiter de cette fausse manœuvre, pour revenir
avec vitesse et faire une charge vigoureuse sur les galères du centre droit laissées
à découvert et déjà fort affaiblies. Doria ne put être là à temps pour les soutenir,
et ce ne fut que par des prodiges de valeur et grâce à l'énergie de Juan de Cardose,
qu'elles repoussèrent un ennemi aussi expérimenté. Mais elles ne parvinrent pas à
le détruire; elles espéraient que Doria reviendrait de la pleine mer, et qu'ainsi,
Uluceiali, pressé de toutes parts, ne leur échapperait pas. Doria ne revint qu'à la
nuit, lorsque l'ombre et la mer trop forte empêchèrent la poursuite. L'on peut
donc affirmer avec raison que la charge d'Uluceiali contre les galères de Malte et
le salut que trouva dans la fuite une faible partie de l'escadre ottomane, sont les
deux conséquences de la faute de Doria. Elle mit la flotte en péril. A un moment,
Uluceiali tenait captives dix galères ; il versa des flots de sang, et ce fut par hasard
que le prieur de Messine, Pedro Justiniano, avec deux autres, ne fut pas égorgé,

LXXVII

Les vaillants chevaliers combattent, résistent à cette attaque fougueuse. Mais à la fin, Seigneur Felipe, la foule excessive des ennemis l'emporte sur la bravoure. Ils entrent, égorgent avec rage, sans prendre pour la rançon un seul homme en vie, et font couler dans la mer qui se soulève courroucée, des flots écumeux du sang chrétien.

LXXVIII

Les galères de Malte aperçoivent leur capitane envahie par d'homicides guerriers. Elles abandonnent avec mépris les courageux adversaires contre lesquels elles ont déjà commencé la lutte, et, battant les ondes de leurs avirons, elles s'élancent avec un acharnement nouveau et de toute la vitesse de leur essor, vers les païens innombrables, bourreaux des martyrs catholiques.

LXXIX

Tel était le transport des soldats et telle leur soif de vengeance que des Turcs attaqués en flanc ils font un horrible carnage. Vainqueurs et vengés, ils recouvrent leur gloire et leur galère [1] dont les chefs seuls étaient encore vivants, le général et quatre chevaliers.

LXXX

Marco Antonio Colonna dédaigne la furie et la valeur des Musulmans. Il combat d'un grand courage. En lui l'amour de

encore avait-il reçu cinq coups de flèches. Mariana s'accorde avec de Thou sur le désastre partiel qu'Ulucciali fit éprouver à l'escadre chrétienne. Cf. *B. U.* Rivad., t. XXXI, p. 393.

[1]   « Recobraron su honor y la galera. »

Expression brève et elliptique, tout à fait dans le goût de l'antiquité et dans le génie de la langue espagnole. Nous en avons cité ailleurs quelques paroles (cf. ch. III, oct. 21, *note* 3, et oct. 29, *note* 3). Winterling traduit tous les mots de la phrase, mais il en détruit le mouvement :

        « Begeistert für den Glauben, für die Ehre,
        Erobern sie von neuem die Galeere. »

la gloire égale la bravoure. Et Sébastien Veniero, en arrêtant
l'ardeur des infidèles et leur barbare audace, venge dans sa
colère et dans son juste courroux, l'insulte qu'il a reçue à
Famagouste [1].

[1] C'est Veniero que sa mauvaise fortune et l'infériorité de son escadre avaient empêché de lutter contre Sélim II, quelques mois avant la bataille de Lépante, et de
lui disputer les murs de Famagouste. Le sultan n'y laissa que des ruines. L'amiral
devait avoir à cœur de venger le drapeau de Saint-Marc humilié dans l'île de
Chypre. Cf. De Thou, livre XLIX. Il avait reçu l'ordre d'attaquer les Turcs partout
où il pourrait le faire. Augustin Barbarigo, moins fougueux que son collègue, avait
des raisons aussi fortes que les siennes pour venger les blessures du lion de Saint-
Marc. C'est sous le gouvernement de Barbarigo que Chypre avait été réunie aux
États vénitiens. Malheureusement Charles VIII l'entraîna dans une guerre continentale, et ce fut là une des principales causes qui déterminèrent les Turcs à enlever
à la république de Venise ses provinces grecques. Le désastre de Famagouste ne fut
qu'une suite naturelle de la jalousie qui divisait la cour d'Espagne et la république
de Venise, et Sélim II sut habilement profiter de la rivalité des sociétés chrétiennes. Il convoitait l'île de Chypre, trop voisine de ses côtes d'Asie pour ne pas l'inquiéter un peu, tant qu'elle serait au pouvoir des Vénitiens. Le doge alarmé s'a-
dressa au pape Pie V, afin de provoquer les secours de l'Europe contre un aussi
dangereux adversaire. La puissance grandissante des Turcs menaçait l'Italie et
toute la chrétienté; le souverain pontife n'hésita pas. Philippe II promit des troupes
et des galères, et leur donna Jean-André Doria pour commandant. La flotte espagnole se forma lentement; mais lorsqu'elle fut une fois réunie à Messine, Doria,
malgré les instances du pape qui, par la voix de Marc-Antoine Colonna, le pressait
d'agir, affecta des lenteurs nouvelles, prétexta la nécessité de compléter les rameurs ou ses troupes. Obéissait-il à des instructions particulières? toujours déclara-
t-il qu'il ne mettrait à la voile que sur d'autres ordres venus d'Espagne. Ces retards
ruinèrent la flotte de Venise, dévastée par les maladies. La haine en retomba sur
les Espagnols. Enfin Doria se rend à Candie où il trouve l'escadre vénitienne presque incapable d'agir. Cependant on se décide à chercher les infidèles; mais on
apprend en route que déjà les Turcs étaient maîtres de Nicosie. Les secours arrivaient trop tard, et Doria tout aussitôt ramène ses galères en Sicile; il dénonce
l'insuffisance de ses vivres et cingle vers Messine. Le récit de Ferreras est conforme
à peu près à celui de l'historien de Thou. C'était là véritablement abandonner ses
alliés; mais Philippe II paraissait avoir à cœur d'abaisser la prépondérance maritime
des Vénitiens. Les lenteurs d'abord de Doria, puis son départ, sa défection entraînèrent en 1570 la perte de Nicosie, et, au printemps de 1571, celle de Famagouste. Entre ces deux désastres, au commencement de 1571, les Vénitiens cassè-
rent leur amiral Zanni, parce qu'il n'avait pas combattu les Turcs, et ils lui
donnèrent pour successeur Veniero; celui-ci eut pour collègue Barbarigo, destiné
à refréner sa fougue ardente. Veniero part aussitôt pour Corfou. Réduits à leurs
propres forces, les Vénitiens se défendirent vaillamment dans Famagouste, et ne
succombèrent qu'après de terribles assauts devant les troupes considérables et les
énormes canons du visir Mustapha. Celui-ci ternit sa victoire par des cruautés affreuses. La prise de Chypre coûta aux Turcs 20,000 hommes. Veniero n'avait pu
la secourir ni affronter l'escadre ottomane, supérieure en force; Colonna lui-même
s'était décidé à le rappeler à Messine, et Veniero eut encore l'amer déplaisir de voir
les corsaires ennemis lancés contre lui par Sélim II, Hali, Perlau, Ulucciali, tous
les acteurs futurs de Lépante, le pacha de Négrepont, Caracosa, Caragiali, dévaster
les côtes de Candie et d'Esclavonie. Philippe II n'avait qu'un grief assez futile

LXXXI

La capitane de Sicile était en même temps combattue par le

contre Venise; il lui reprochait d'avoir des pourparlers avec Sélim, pendant qu'il demandait pour elle les secours de la chrétienté. Le fait est qu'il voulait la république plus basse. Famagouste fut pour lui le premier acte du drame. Dans le second acte, à Lépante, il sauva la chrétienté, et assura la prépondérance de l'Espagne. Mais à Lépante même les dissentiments de Venise et de l'Espagne se font encore sentir. Avant la bataille, un des capitaines que Juan d'Autriche avait donnés aux Vénitiens pour renforcer leurs galères, faisait tous les jours mille insultes et mille extravagances. Averti, il répond avec hauteur. En vertu de ses pouvoirs sur les troupes qu'on lui avait prêtées, Veniero donna ordre de l'arrêter. Le capitaine tue l'envoyé de Veniero. Veniero fait pendre le capitaine avec tous ceux qui veulent le soutenir, et sans en parler à Juan d'Autriche. Le jeune amiral était excité à faire subir le même traitement à Veniero. Mais Colonna et Barbarigo ménagèrent une réconciliation; Colonna engagea don Juan d'Autriche à se vaincre lui-même et à ne songer qu'à la cause publique; mais don Juan exigea que Veniero ne parût pas devant lui et que Barbarigo vint à sa place au conseil. Veniero sut réparer sa faute par beaucoup de mesure. (Cf. De Thou, p. 236.) Il y eut là une heure d'irritation qui pouvait devenir dangereuse pour les confédérés. Venise se plaignit aussi que, dans le fort de la mêlée, lorsque Barbarigo, à l'aile gauche, se défendait et mourait avec héroïsme au milieu d'une foule de galères ennemies, Santa-Cruz ne lui eût pas envoyé les secours nécessaires. Enfin, les mêmes animosités, les mêmes oppositions d'intérêt et de puissance, empêchèrent la ligue de donner à un si beau succès tous ses corollaires. Porreño déclare positivement que les Turcs tremblaient de voir les vainqueurs à Constantinople : « Perdieron en este trance los Moros veinte mil hombres, ciento y cincuenta galeras, cinco mil cautivos, treinta y quatro capitanes, de mucho nombre, cien gobernadores de galeras, y cobraron los infieles tan grande temor, que pensaron tener á los christianos dentro de los muros de Constantinopla. » (*Dichos y Hechos del señor rey don Felipe segundo, el Prudente, Potentisimo, y Glorioso Monarca de las Españas y de las Indias*, por el licenciado Baltasar Porreño, en Sevilla, por Pedro Gomez de Pastrana, año de 1639; p. 117, v°., 118, r°). Pourquoi la flotte chrétienne ne franchit-elle pas les Dardanelles ? Il y eut conseil de guerre, et l'on se détermina au repos, aux quartiers d'hiver, sauf à poursuivre dès le printemps les résultats de la victoire. La raison apparente et avouée était le nombre des morts, la faible quantité de vivres qui restait à l'armée. Mais tous les esprits étaient consternés à Constantinople et dans les îles voisines. On blâma Veniero de ne s'être pas opposé au projet de retraite, on le plaisanta, on dit qu'il était plus soucieux de soigner une blessure qu'il avait à la jambe que de chercher l'ennemi. Mais Veniero connaissait les Espagnols. Il savait qu'ils avaient le plus possible ajourné la bataille, et il pensait qu'ils n'y avaient consenti que parce qu'ils comptaient que les Turcs ne la risqueraient pas. L'intérêt de Venise était de conquérir les forteresses de la Morée; celui de l'Espagne était ailleurs, et Juan d'Autriche ne voulut pas entrer dans les vues de Veniero. Ainsi les sourdes rivalités des deux pays firent perdre à l'Occident Nicosie, Famagouste et les plus belles suites du triomphe de Lépante. Cette faute resta irréparable. Bientôt Venise et l'Espagne eurent d'autres soucis plus graves que ceux d'une contestation pour la priorité maritime; Venise eut à lutter contre l'ascendant tour à tour prédominant de la maison d'Autriche et de la maison de France, et l'Espagne vit naître de l'émancipation d'une de ses provinces, une marine plus redoutable pour elle que toutes les galères des la-

pacha Pertau [1]. Déjà, de l'un et de l'autre côté, il l'avait enveloppée de ses galères. Mais telle est la vaillance des Chrétiens, qu'elle supplée à l'inégalité des forces, et non-seulement elle maintient égales les chances de la guerre, mais semble même faire pencher la fortune en sa faveur [2].

LXXXII

C'est que don Juan, du sang de Cardona [3], remplissait là son vieil office; il expose sa personne à tous les périls et donne de son héroïsme un éclatant témoignage. Le brave peuple de Barcelone fait tomber les ennemis en sacrifice, et plonge jusqu'à la garde le fer des épées, tout baigné de sang barbare [4].

gunes. Il était nécessaire pour nous d'entrer dans ces détails, pour mieux nous expliquer, chez Ercilla, les vrais sentiments de Veniero à Lépante, avec le souvenir qu'il gardait de Famagouste et ses méfiances mêmes contre un allié toujours prêt à la défection et à la menace.

[1] Portau ou Pertau, comme l'appelle de Thou, n'apparaît plus dans le récit d'Ercilla. De Thou a consacré quelques lignes à la destinée de ce chef prudent qui avait voulu éviter la bataille : « Pertau avait soutenu pendant deux heures l'attaque de nos galères ; mais enfin, comme il ne lui restait plus de soldats, et que ses galères, dont le gouvernail était brisé, allaient au gré des vagues, il jugea que tous les efforts devenaient inutiles. Ainsi, après mille imprécations contre Hali et tous ceux dont les avis téméraires l'avaient précipité malgré lui dans l'extrémité où il se trouvait, ce brave commandant se jette dans un brigantin qu'il avait gardé pour le besoin, se retire du combat et laisse à la merci du vainqueur les troupes turques et toutes les forces maritimes de l'empire ottoman » (p. 213-214).

[2] « Pero dentro del mar ganando tierra. »

Gagner terre, en espagnol, est synonyme de vaincre, d'avoir la supériorité; et la figure est empruntée des coureurs qui se disputent le prix de la vitesse. Mais comme cet avantage des chrétiens est ici remporté sur mer, il y a quelque abus de style à dire : « Ganar tierra dentro del mar. » Le sens primitif des mots semble protester contre leur abus métaphorique, et il nous a été impossible de garder cette fois dans notre langue française une association de termes qu'elle ne comporte pas. Nous partageons ici la réserve de M. Winterling qui se borne à traduire la pensée :

« Es weiss sogar sich Vortheil zu verschaffen. »

[3] Il a été question déjà de Juan de Cardone dans les notes qui précèdent. Il était général des galères de Sicile. (Cf. de Thou, t. VI, p. 227.) La mission spéciale que don Juan lui avait confiée, était de harceler l'ennemi devant l'aile droite où commandait Doria; mais on voit par les détails de l'Araucana, qu'il ne l'imita point dans sa faute, et qu'il demeura sur le vrai champ de bataille.

[4] Le brave peuple de Barcelone a gardé dans ses murs un curieux souvenir de Lépante. C'est la proue de la galère Victoria qui portait don Juan d'Autriche. Elle se trouve dans la chapelle du Palau. Cette magnifique demeure avait appartenu

LXXXIII

Avec non moins de courage et non moins de succès combattait le sage Barbarigo. Sa valeur est au niveau de l'espérance que faisait naître sa haute renommée. Tantôt il châtie la confiante arrogance des Turcs ; tantôt il semble parer les coups de la Mort elle-même, et faire suspendre la flèche menaçante que déjà elle tenait ajustée droit contre sa tête.

LXXXIV

Mais bien qu'avec audace et avec une résolution intrépide, il lutte contre la fureur musulmane, il ne peut résister à l'inflexible destinée, ou, pour mieux dire, à l'ordre divin. Son dernier terme était arrivé. Une flèche rapide et soudaine se plonge dans son œil à découvert ; il tombe, et bientôt après il expire [1].

d'abord aux Templiers, et était devenue celle des comtesses de Barcelone. Le *Palau* se trouve dans la « calle dels Templaris, » et sa chapelle, ornée d'un monument aussi national, est l'un des sanctuaires les plus privilégiés de la Péninsule. La proue de la *Victoria* n'est pas le seul souvenir que l'Espagne ait conservé de cette action célèbre. M. Antoine de Latour raconte qu'il a vu avec émotion à San Fernando, dans un atelier de l'arsenal presque ruiné de la Carraca, une chaîne rapportée de Lépante (cf. *la Baie de Cadix*, p. 117), et à l'école des jeunes marins qui est à deux pas de la Carraca, dans la chapelle, sur l'autel, la Vierge que don Juan d'Autriche portait à Lépante sur son navire (*ibid.*, p. 118). Tout respire un profond sentiment religieux dans l'exploit national de Lépante et dans les traditions qui s'y rattachent. En se rendant de Madrid à Barcelone où il devait s'embarquer, don Juan n'oublie pas de visiter le célèbre sanctuaire de Monserrat (Ferreras, t. X, p. 249). C'est du pape qu'il reçoit, par les mains du cardinal de Granvelle, vice-roi de Naples, le bâton de généralissime et l'étendard de la ligue, où se voyaient brodées les armes du Saint-Siége, au milieu de celles de Philippe II et de Venise (*ibid.*, p. 251); c'est un crucifix à la main qu'il harangue son armée à Lépante avec l'enthousiasme de la foi (*ibid.*, p. 255). et après la prise de la *réale* turque, il arbore l'image du Christ au grand mât de l'ennemi. Don Juan représente l'Espagne et la catholicité entière. Lépante est une croisade ; c'est la victoire du christianisme.

[1]   « Donde á poco de rato cayó muerto. »

Cela signifie que « Barbarigo tombe et meurt peu de temps après, » et non pas comme le dit Winterling :

          « ..... Worauf er todt zu Boden fiel. »

Ce n'est pas avec le verbe *cayó*, mais avec « á poco de rato, » qu'il faut construire le mot *muerto*. Barbarigo tomba sur le champ, il est vrai; mais il ne mourut

LXXXV

C'était grand dommage et grande douleur de voir tomber un tel capitaine; mais cette perte ne trouble point la pensée hardie qui anime les vaillants soldats de Venise. Loin de là, leur courage s'agrandit et s'enflamme, et, avides de justes représailles, ils frappent le meurtrier avec tant de fureur que déjà le trépas de leur chef est vengé [1].

LXXXVI

Cependant la bataille se poursuivait avec acharnement du côté de l'aile droite où l'habile et rusé Juan Andrea se montrait en maître expérimenté [2]. Hector Spinola [3] soutient le choc de

dé sa blessure que le lendemain, selon deux graves dépositions, et le texte d'Ercilla se concilie fort bien avec le récit de l'histoire. Cf. de Thou, p. 242, et Ferreras, p. 257. Suivant don Rosell, Barbarigo ne serait mort que trois jours après, « de alli á tres dias » (p. 107). Les Turcs dépassèrent les deux galéasses chargées de rompre avec leur artillerie la ligne de l'aile droite et ils formèrent un gros qui enveloppa Barbarigo. Il fut mis hors de combat par un coup de flèche dans l'œil. Son neveu Contarini, qui prit le commandement, fut tué. Son fils André Barbarigo fut tué. Mais les Turcs ne purent, malgré tant de pertes successives infligées aux Vénitiens, tenir contre les rois de la mer, et ils furent obligés de se jeter à la côte.

[1] Il est curieux de rapprocher ici les sentiments des galères de Barbarigo et ceux qu'éprouvèrent les soldats de Gustave Adolphe, lorsqu'à la bataille de Lutzen, ils apprirent tout à coup la mort de leur souverain, de celui qui, tant de fois, les avait conduits à la victoire. « L'affreuse nouvelle, nous dit Schiller, parcourt en peu de temps toute l'armée suédoise; mais, au lieu d'anéantir le courage de ces bandes valeureuses, elle les enflamme au contraire d'une ardeur nouvelle, farouche, dévorante. La vie n'a plus de prix depuis que la vie la plus sacrée est perdue, et la mort n'a plus de terreur pour l'homme obscur, depuis qu'elle a frappé la tête couronnée. Avec la rage des lions, les régiments uplandais, smalandais, finnois, d'Ostgothie et de Westgothie, se précipitent pour la seconde fois sur l'aile gauche des ennemis, qui n'oppose plus au général de Horn qu'une faible résistance, et qui maintenant est mise en pleine déroute, etc. » (*Histoire de la guerre de Trente ans*, livre III, trad. Régnier, p. 269.)

[2] Ce témoignage d'Ercilla, rapproché des faits mêmes de l'histoire, semble presque une moquerie. Cependant il n'en est rien. Pour les contemporains du poëte, tous les combattants de Lépante étaient des héros. Les maladresses disparaissaient dans l'éclat de la victoire, et il n'y avait pas encore de Jomini pour redresser les fautes des triomphateurs mêmes. De Thou ne laisse aucun doute sur les fautes de l'amiral génois. Du reste, les deux vers consacrés ici à Doria forment un panégyrique assez modeste à côté des trois nobles octaves où le poëte élève comme un monument funèbre à la gloire de Barbarigo. Ajoutons que l'éloge de Doria est bien partagé par Hector Spinola et par les vaillants matelots de Gênes.

[3] Les Spinola étaient une des quatre grandes maisons de Gênes. Cf. Saint-Simon,

deux navires dont chacun presse un de ses flancs, et au milieu de cette lutte sanglante se signalent l'expérience et l'adresse des Liguriens.

LXXXVII

Pendant près de trois heures avait duré déjà le combat opiniâtre, sans qu'aucun des deux partis eût l'avantage et sans que la victoire se fût déclarée, lorsque l'héroïque don Juan, enflammé de courroux et indigné de voir que le destin hésitait encore, commence à fixer les incertitudes de la Fortune et la contraint à se déclarer sans détour.

LXXXVIII

Voilà qu'avec une fougue impétueuse et à grand bruit, les vaillantes épées chrétiennes accablent la bravoure des Mahométans. La réale turque est envahie de tous côtés, l'étendard de l'infidèle abattu, et arborée la croix du Rédempteur. Au milieu d'un triomphe solennel et d'une gloire immense, ils chantent ouvertement la victoire.

LXXXIX

Aussitôt l'épouvante pénètre les malheureux Turcs, déjà troublés, et glace leurs membres. Leurs bras à l'instant s'engourdissent; ils demeurent sans force et sans espoir; ils rendent leurs épées, renoncent à combattre, et, se livrant à leur triste destinée, abandonnent, comme je le raconte, un libre passage à l'ennemi qui s'élance et se précipite [1].

Mémoires, édit. Chéruel, t. XVIII, p. 423. Ces familles prédominantes étaient celles des Doria, des Spinola, des Fieschi et des Grimaldi, trop souvent divisées entre elles.

[1] Personne n'a mieux décrit, avec Ercilla, les désastres des Ottomans à Lépante, que le poëte même qui faillit y perdre la vie. Cervántes était sur la *Marquesa*, à l'aile droite, sous les ordres de Santo Pietro. Il avait la fièvre et était couché ; mais au moment du péril, il voulut se lever et combattre, malgré la vaine résistance qu'on lui opposa. Durant la bataille, il reçut les glorieuses blessures dont il parle avec une juste fierté. Cf. Navarrete, *Vida de Cervántes*, p. 317. Dans une épître assez récemment découverte parmi les archives de la maison d'Altamira, par don Luis Buitrago y Peribañez, et dont une trentaine de vers étaient seuls connus (cf. *Il

XC

De ce moment, aux deux ailes de la flotte, l'Espagnol use des droits sanglants de la victoire, et dans son inexorable colère, frappe et massacre de toutes parts. Qui se plonge dans les flots la poitrine fendue; qui se jette dans la flamme et recule devant le tranchant terrible du glaive, convaincu que le feu sera pour lui un adversaire moins impitoyabl [1].

trato de Argel) Cervántes peignait ainsi à Mateo Vasquez, secrétaire d'État de Philippe II, le désastre des Turcs et ses propres joies au milieu de ses douleurs:

« Je vis la tourbe ennemie rompue et défaite, et du sang infidèle comme du sang chrétien, le lit de Neptune rougi en mille endroits.

« Et la mort irritée, au gré de sa furie insensée, s'emportait à droite et à gauche, et à l'un devait apparaître tardive, à l'autre prématurée.

« Le bruit confus, l'épouvantable tumulte, les gestes désespérés des malheureux qui, entre le feu et l'eau, s'en allaient mourants,

« Les profonds et lamentables soupirs qui s'échappaient de leurs poitrines ouvertes maudissant leur sort déplorable.

« Le reste de leur sang se glaça quand le son de la trompette chrétienne leur révéla leur défaite et notre gloire.

« De sa voix haute et triomphante, le son perçait l'air et leur apprenait que le bras des chrétiens était le plus fort.

« En ce doux moment, moi j'étais triste, et l'épée dans une main, tandis que par l'autre tout mon sang coulait.

« Je sentais mon cœur atteint d'une blessure profonde, et ma main gauche brisée en maint endroit.

« Mais si grande fut la joie qui m'entra dans l'âme de voir le peuple infidèle vaincu par le chrétien,

« Que je ne m'apercevais plus que j'étais blessé, quoique ma souffrance fût telle que parfois je sentais la vie me quitter. »

Nous empruntons ici la belle traduction de M. Antoine de Latour (*Études littér. sur l'Esp. contemporaine*, p.357). Cet éloquent et aimable écrivain est le premier qui ait fait connaître à la France la belle épître de Cervántes; elle ne renferme pas moins de quatre-vingt-un tercets, et forme un touchant appel à Philippe II pour l'affranchissement des vingt mille chrétiens avec lesquels il languissait alors dans les fers.

[1] Le tableau de l'histoire a quelque chose de plus navrant encore : « Jamais spectacle, s'écrie de Thou, ne fut plus affreux ni plus digne de pitié. On voyait des Turcs qui venaient à la nage vers nos galères et qui, prenant les armes ou le gouvernail, imploraient la miséricorde des vainqueurs. Mais les soldats furieux, à qui l'ardeur du combat avait ôté tout sentiment d'humanité, leur coupaient impitoyablement les mains. Il s'en trouva pourtant quelques-uns qui, moins cruels ou plus avares, leur jetèrent des cordes et les tirèrent dans les vaisseaux, pour les vendre comme esclaves ou en tirer quelque argent » (p. 243).

XCI

L'astucieux Ochali, à l'aspect de ses soldats anéantis par la
valeur des Chrétiens, à l'aspect de la flotte entièrement détruite,
livrée au fer, au feu, à la vague, se dirige vers le couchant, et
il est suivi par les malheureux fugitifs, par les débris des Barbares en déroute, à grand'peine échappés au glaive et à la
flamme.

XCII

Mais le fils de Carlos a compris le lâche vouloir du traître
renégat. D'un élan rapide il sillonne la mer agitée et vole à la
suite du fugitif en lui donnant la chasse. Sur les pas de l'ennemi
d'une course oblique, Bazan et Doria prennent le dessous du
vent et avec une escadrille de leurs galères réunies cherchent à
lui couper la retraite [1].

XCIII

Aussitôt le triste et méprisable ramas, voyant devant lui le
passage et la vaste mer se rétrécir, plein d'épouvante, la proue
tournée vers la côte voisine, pousse à terre d'une grande vitesse,
et telles qu'on aperçoit souvent bondir les sauterelles en multitude confuse, de même à l'envi s'élance la foule dans les flots
soulevés, pour échapper au péril qu'elle redoute le plus.

XCIV

L'un, de ses bras, de ses épaules, de la tête et de la poitrine
fend les vagues au long reflux; l'autre ne songe ni à la profondeur ni à l'étendue de l'espace à franchir; il ne sait pas nager, et
le danger le lui apprend. Il n'y eut plus alors aucun lien de
parenté ni d'affection étroite; le père lui-même ne songe plus

---

[1] Ercilla n'était pas tenu d'achever le récit, de nous apprendre qu'Ulucciali parvint à échapper aux chrétiens avec quelques vaisseaux et que le sultan le créa commandant de ses galères. L'important pour le sujet qu'il traite est de nous montrer
le désastre des Ottomans, leur puissance navale qui s'abîme, et l'Occident vainqueur sous la bannière catholique de l'Espagne.

à son fils aimé. La crainte fait taire tous les devoirs ; et jamais
dans les périls sut-elle connaître l'amitié ?

XCV

L'effroi même augmentant leurs forces, ils prennent pied sur
la plage sablonneuse, et par les rochers, par les bois épais, ils
se dérobent d'une fuite légère. Ainsi, les infortunés Barbares
restèrent complétement défaits et anéantis. Le fer à la main,
à lutte ouverte, devant le glorieux nom d'Autriche avait succombé la puissance de l'Ottoman [1] !

[1] Les résultats de la bataille de Lépante furent considérables. Les chrétiens eurent sept mille hommes tués et trois mille périrent de leurs blessures ; mais vingt-
cinq mille Turcs restèrent sur le théâtre de cette sanglante action, et, parmi les
morts, il y eut beaucoup de sangiaks. Trois mille cinq cents infidèles demeurèrent
prisonniers. Ce sont les chiffres de l'historien de Thou (p. 247), un peu exagérés
par Ferreras (p. 254). Au matériel, les chrétiens en furent quittes pour quinze galères, et ils en prirent à l'ennemi cent trente. Il s'en échappa à peine cinquante,
et Ulucciali sauva trente voiles. Tout le reste fut brûlé, coulé, brisé au rivage. Il
est vrai que les chrétiens eurent parmi leurs morts, Barbarigo, Bernardin de Cardenas, Paolo-Jordano des Ursins ; mais quinze mille chrétiens se virent arrachés à
la servitude. Le partage des dépouilles se fit à Corfou. Philippe II eut sa part de
lion : 53 galères communes et demie ; 6 petites galères et demie ; 58 canons et demi ;
8 gros pierriers et demi ; 120 plus petits ; 1713 prisonniers. Les Vénitiens eurent
39 galères communes et demie ; 4 petites et demie ; 39 gros canons et demi ; 5 pierriers et demi ; 86 plus petits ; 1162 prisonniers. Le Pape reçut 19 galères communes,
2 petites ; 19 gros canons ; 3 pierriers ordinaires et 42 petits ; 881 prisonniers (cf.
de Thou, p. 249). Ce partage était conforme aux conventions stipulées. Des frais et
préparatifs, en hommes et en matériel, la moitié avait été à la charge du roi d'Espagne, les trois quarts de l'autre moitié à celle de Venise ; Rome avait fourni le
reste ; et il avait été arrêté entre les trois puissances que les profits seraient partagés de la même manière (Ferreras, t. X, p. 216). Cependant les intérêts contraires des confédérés leur firent perdre, nous l'avons dit, les plus beaux fruits de
cette grande action. Le retentissement de la victoire n'en fut pas moins immense.
La première nouvelle du succès devait être portée au roi d'Espagne par Figueroa
qui partit, sur l'ordre de don Juan, avec dix galères. Plus tard, le prince envoya
à son frère Angulo, son courrier, avec l'étendard royal des Turcs. Mais Angulo arriva le premier des deux. Figueroa fut contrarié dans sa marche par le mauvais
temps. Angulo se rendit à l'Escurial où Philippe II était à vêpres avec ses religieux,
dans le chœur de l'Escurial. Don Pedro Manuel, gentilhomme de la chambre, courut, plein de joie, annoncer au souverain la présence du messager de la victoire.
Philippe II l'admit à l'instant, lut les dépêches, fit chanter un *Te Deum* dans le
couvent, et expédia le même courrier à Madrid, afin que ce grand exploit fût ho-
noré par toutes sortes de réjouissances. Figueroa arriva peu après dans Madrid et
raconta au roi tout le détail de l'héroïque journée. Tel est du moins le témoignage
de la plupart des historiens. Mais don Cayetano, mieux informé par des documents
précieux, nous enseigne que Philippe II ne pouvait se trouver dans le *chœur du*
couvent qui n'était pas achevé en 1571 ; que le roi était derrière le rideau dans la

XCVI

Et moi, j'étais ravi de voir l'éclatant succès promis à nos ar-
es, lorsque le magicien frappe le globe de sa baguette puis-

hapelle du palais, et que la première nouvelle lui fut donnée par l'ambassadeur
.e Venise. Cf. la lettre du secrétaire Alzamora à don Juan d'Autriche, datée du
11 novembre 1571. Cf. don Rosell, *Apéndices*, XIII, p. 208. Un anniversaire religieux fut fondé dans la cathédrale de Toléde, où l'on déposa l'étendard du Grand-
Turc et d'autres drapeaux enlevés aux infidèles, et l'Église universelle célèbre le souvenir de cette éclatante victoire de la foi le premier dimanche d'octobre sous le
nom de Notre-Dame du Rosaire, touchant hommage rendu par les victorieux à
celle dont ils avaient imploré la protection. La nation entière célébra ce beau
triomphe avec un prodigieux élan d'enthousiasme. Les historiens, les poëtes, les
orateurs, les artistes de tout genre, redirent les joies de la chrétienté. Le théâtre
mêla le souvenir de Lépante à ses *comedias*. Herrera lui consacra sa prose et ses
vers et des merveilles d'élégance savante et sonore (Cf., outre l'ode admirable que
tout le monde connaît, « Versos de Fernando de Herrera, » Séville, 1619, chez
Gabriel Ramos Vejarano, p. 284, sonnet LXXXVII). Cervántes, un des soldats de
Lépante et dont un coup d'arquebuse avait brisé la main, fixa dans l'imagination le
souvenir de cette victoire par quelques lignes de sa prose immortelle. Il rappelle
qu'il a gagné sa blessure « dans la plus mémorable et la plus glorieuse rencontre
qu'aient encore vue les siècles passés et qu'espèrent voir les siècles futurs, en combattant sous la bannière du fils de ce foudre de guerre, Charles-Quint, d'heureuse
mémoire. » (Cf. *Novelas ejemplares*, prólogo.) Dans son *Viaje del Parnaso*, en
présence de la mer où Juan d'Autriche se couvrit de gloire, il s'écrie encore avec
noblesse :

> « Alli con rabia y con mortal despecho
> El otomano orgullo vió su brio
> Hollado y reducido á pobre estrecho. »

Et un peu plus loin, par un retour personnel, rempli d'émotion et de grâce touchante, il se fait dire par Mercure :

> « Bien sé que en la naval dura palestra
> Perdiste el movimiento de la mano
> Izquierda, para gloria de la diestra. »

(Cf. *Bibliot.* Rivad., t. I, p. 680-681.) Cf. *supra*, t. I, p. CXLIII, note 1. Cristóbal de Virués, qui fut à la même bataille, a consacré à la peindre un épisode de
son *Monserrate*, et une *Egloga* (cf. *Obras trágicas y lyricas*, publiées par
Alonso Martin, à Madrid, 1609). D'autres poëtes encore figurèrent à Lépante, Agui-
lar et le Portugais Cortereal. Le poëme de Cortereal, publié en 1578, exprime jusque
dans son titre toute la vivacité de l'orgueil national et religieux des contemporains :
« Felicísima victoria concedida del cielo al señor don Juan de Austria en el golfo
de Lepanto de la poderosa armada otomana. » Qui ne connait l'*Austríada* de Juan
Rufo? La collection d'Augustin Duran, t. II, p. 179-187, *Bibl.* Rivadeneyra,
t. XVI, contient un certain nombre de *románces* « sobre la Liga santa y batalla de
Lepanto. » D'autres poëmes imprimés ou manuscrits, en langue espagnole ou latine, en catalan ou en limosin, célébrèrent la *fameuse journée*. Don Rosell en a
fait la savante revue dans l'écrit auquel nous avons tant de fois dû nos citations
(p. 126). Les peintres disputèrent aux poëtes l'honneur de conserver à l'avenir le

sante et recourbée. L'air aussitôt se trouble et s'obscurcit. Le
vaste tumulte cesse tout à coup. La mer s'apaise et demeure

grand exploit de l'Occident. En Andalousie, à Saint-Paul de Séville, une toile précieuse dénote l'impression qui frappa tous les esprits. M. Émile Chasles, dans sa
très-belle et fort éloquente étude sur Cervántes (*Michel de Cervántes, sa vie, son
temps, son œuvre politique et littéraire*, Paris, 1866), nous rapporte (chap. III,
p. 53) qu'il a « vu à l'Escurial de vieux tableaux, sans valeur comme œuvres d'art,
précieux comme témoignages historiques, qui représentent les anges frappant de
leur glaive et bouleversant de leur souffle les puissantes galères des Turcs. » « Ces
peintures médiocres, ajoute l'habile écrivain, font sourire et sont oubliées pour le tableau du Titien qui a tiré du triomphe de la ligue, le sujet d'une apothéose royale;
mais elles traduisent naïvement la pensée de tout un peuple. « *Cela devoit avoir esté
faict de par Dieu*, s'écriait Brantôme (*Vies des grands capitaines*; don Juan d'Au-
trie). C'était la croyance du peuple espagnol et de la chrétienté tout entière. Le Titien
sut donner à cette foi publique l'éclatante formule du génie. Le tableau de cette
apothéose dont parle M. Chasles, est au musée de Madrid. Le Titien le peignait à quatre-vingt quatorze ans ! C'est la victoire de la ligue. A gauche on voit des trophées;
sur le sol est assis un captif turc ; au haut est une Renommée avec la palme et la
couronne; Philippe II remercie le ciel pour cette victoire et pour la naissance de
don Fernando qu'il tient dans ses bras et qu'il offre au service de Dieu. Au fond se
livre la bataille. Don Cayetano Rosell cite encore un buste de Pie V, qui se trouve
au musée numismatique de la bibliothèque nationale (Est. 37, Cajá núm. 9). On y
voit la flotte de Lépante; un des côtés est orné de deux châteaux couronnés de
demi-lunes; ils représentent les Dardanelles. Sur un des navires, l'ange de la religion porte la croix dans la droite, un calice dans la gauche; en haut est saint Pierre
qui lance la foudre contre les galères turques. Nous avons déjà signalé quelques-uns des débris de Lépante que garde avec fierté l'orgueilleuse Péninsule. On
montre encore dans l'arsenal royal le casque d'Aali, les armes de don Juan. C'est
dans la chapelle funéraire des rois, à l'Escurial, que reposent, auprès des os de
Charles-Quint, les restes du héros. Les meilleurs généraux, à leur retour, étalèrent
dans leurs demeures ou consacrèrent dans les églises quelques trophées de leur
victoire. L'église de Notre-Dame de Palau à Barcelone conserve des souvenirs de
Requesens. Les marquis de Santa-Cruz, dans leur magnifique palais de Viso, dé-
coré de si riches peintures, ont respecté les fanaux de don Alvaro de Bazan. Moncade
avait envoyé au couvent des Unitaires déchaux de Valence, à *Nuestra Señora de
los Remedios*, plusieurs objets enlevés à l'ennemi, entre autres l'étendard de la
réale d'Aali. Tous ces glorieux vestiges ont disparu en 1812; les Français firent du
couvent un parc d'artillerie. Affreuses nécessités de la guerre ! En Italie, ce fut le
même transport qu'en Espagne. A Venise, il y eut une ivresse de sentiments proportionnée à la douleur qu'avait causée à la république le désastre de Famagouste.
A la suite du *Te Deum* chanté à Saint-Marc, un savant médecin, qui enseigna aussi
avec éclat les belles-lettres, Rasario, reçut du doge l'ordre de haranguer le peuple
sur la célèbre victoire; il montra dans cette mission un rare talent, trois jours
après, dans la même église. Attiré plus tard à Pavie par Philippe II, Rasario professa encore l'éloquence dans cette ville pendant quatre ans, bien que sexagénaire,
et avec le même succès qu'à Venise, lorsqu'il exaltait la victoire toute récente de
la catholicité (Cf. de Thou, t. VII, 647-648). Zarlino, l'un des meilleurs musiciens
du xvie siècle, le maître de chapelle de la Seigneurie de Venise, composa pour les
fêtes publiques du temps des airs qui furent partout chantés et applaudis. Dans
Rome, Colonna fut conduit en triomphe. Le peuple romain lui éleva à la porte
Saint-Sébastien deux arcs, ornés d'éloges magnifiques ; le général du Saint-Siége,
acclamé comme autrefois Rienzi, suivit la voie Appienne, précédé de tous les pri-

ans un calme profond; ses flots se couvrent de brouillards et
'épaisses ténèbres.

XCVII

Alors Fiton me conduisit dans toute la salle et, charmant
otre promenade par ses paroles ingénieuses, sans omettre une
eule merveille, il m'expliquait la nature de chaque objet. Je
raindrais de vous fatiguer par une relation prolixe; je laisserai
onc de côté tous ces détails, dignes cependant de votre souve-
ir, mais dont l'intérêt n'offre pas un lien assez direct avec
on récit.

XCVIII

Je me bornerai à dire que, plein de joie, après avoir pris

souciers, du sangiak de Négrepont et des fils d'Hali dont Philippe II lui avait fait
présent; autour de lui flottaient les étendards qu'il avait illustrés; il monte au Ca-
pitole; il se rend à Saint-Pierre, puis, le lendemain, à l'Ara-Cœli où était autrefois le
temple de Jupiter Férétrien, et où don Juan consacra à la Vierge une colonne d'argent.
Le pape y fait attacher les dépouilles des ennemis, et, après les solennités religieuses,
le grand latiniste de l'époque, Muret, y prononce le panégyrique de Colonna. C'était
une scène d'ovation chrétienne et nationale, digne d'être contemplée et chantée par
Pétrarque. A Rome, ce souvenir fut durable. Dans Sainte-Marie-Majeure, sur un
des bas-reliefs qui accompagnent le sarcophage de saint Pie V, on voit encore aujourd'hui le souverain Pontife qui remet un drapeau à don Juan d'Autriche, et un
touriste enthousiaste s'écrie avec éloquence à l'aspect du monument superbe : « Il
me semblait voir le nom glorieux de Lépante flotter dans les plis » (Mlle Fleuriot,
Itr, p. 375, Paris, 1868). Personne ne ressentit plus vivement que Pie V la beauté
t la grandeur de ce triomphe. L'on voit encore au Vatican les peintures exécutées par
ses ordres pour l'immortaliser, et si Messine fit ériger en l'honneur de don Juan une
colossale statue de bronze, le Pontife reconnaissant envoya au roi d'Espagne et à son
frère deux tables en riches mosaïques que vous admirez encore au Musée de Madrid :
celle qui était destinée à don Juan représente des trophées maritimes. En Angleterre même, dans une contrée qui était alors le centre des croyances protestantes,
et l'ennemie acharnée de Philippe II, l'on rendit justice à la grandeur du succès,
et Bacon, des sommets de la philosophie, l'a comparé aux plus belles victoires :
« L'empire de la mer, dit-il, est un abrégé de la domination universelle... Combi-
en les batailles navales sont ordinairement décisives, nombre d'exemples nous le
prouvent. La bataille d'Actium fixa jadis l'empire du monde; celle des îles Cur-
solaires mit de nos jours le frein aux narines du Turc (circulum in naribus Turcæ
posuit). *De augmentis scientiarum*, lib. VII, cap. III, § 9; The Works of lord Bacon, London, 1513, t. II, p. 417. Malgré les rivalités jalouses des États, Lépante
était donc aux yeux de tous la victoire de l'Europe sur l'Orient, du christianisme
sur le culte de Mahomet, de la civilisation sur la barbarie; et M. de Bonald a pu
dire avec raison dans sa *Législation primitive*: « La Turquie ne s'est pas relevée
depuis la bataille de Lépante; elle perdit ce jour-là l'ascendant moral qui avait
fait sa force depuis trois siècles et demi. »

congé du devin et de Gualicolo, j'arrivai, quoique bien tard, à mon logement où déjà l'on m'estimait perdu. Ma plume revient ici à mon propos, dont une longue digression m'a détourné. Deux semaines nous restâmes dans ce lieu, avec nos armes inactives et de vaines espérances.

XCIX

En définitive, nous n'apprenions rien sur nos prudents ennemis. Leurs plans, leurs projets restaient pour nous un mystère et le doute tenait toujours nos esprits suspendus. Aussi, nous nous décidons à partir. Nous franchissons les défilés périlleux pour chercher les Barbares, et pénétrons sur leur territoire, avides et résolus de mettre fin à la guerre.

C

Un soir, comme déjà le soleil penchait, nous atteignîmes une vallée très-populeuse, que traversait un grand fleuve et qu'entouraient des collines cultivées [1]. Sur la hauteur le plus doucement inclinée, à l'ouverture même du vallon, notre armée occupe un site convenable, se loge par détachements, et dresse tentes et pavillons.

CI

A peine le camp était assis, que d'un bouquet d'arbres sort un Araucan audacieux, bien armé. Il cherche la demeure de don García, et, arrivé en sa présence, le barbare sans donner aucune marque, sans faire aucun geste de courtoisie, commence à parler de la sorte... Mais il est bien temps d'arrêter ici ma longue carrière.

[1] C'est le val de Millarapué.

CHANT XXV

I

C'est un spectacle digne de nos regards et sur lequel nous ne devons pas glisser facilement que celui d'un peuple aussi inconnu, aussi éloigné de tout rapport et de tout commerce avec les autres nations, tout environné de golfes dangereux aux navigateurs, et qui s'élève pourtant à une gloire que n'ont su conquérir qu'avec difficulté, par les travaux de la guerre, les héros les plus illustres de ce monde.

II

Que les écrivains cessent de vanter ceux qui ont possédé la science des combats; qu'ils ne célèbrent plus les inventeurs dont la main a forgé le fer et l'impitoyable acier : les plus lointains habitants de l'Inde, les barbares d'Arauco ont porté si loin l'ordre de la guerre et la discipline, que nous pouvons les prendre pour maîtres.

III

Qui leur a montré à former des bataillons, à se présenter en armée régulière, à élever des bastions et des redoutes, à se fortifier derrière des fossés et des murs, par des tranchées, par des obstacles nouveaux, des stratagèmes, toutes les ressources de l'art militaire ? Ne sont-ce pas là des marques suffisantes et manifestes de la valeur de cette nation et de son expérience exercée [1] ?

IV

Nous lui devons surtout cette louange qu'à la guerre elle sait respecter le silence et la subordination ; que jamais chez elle un secret n'a pu être arraché par les présents, par la menace, par la force, comme déjà mon récit l'a ouvertement démontré [2]. Ni la ruse, ni les émissaires, en un si grand nombre de jours, ne nous avaient révélé sur eux aucune nouvelle.

V

Dans les villages voisins beaucoup d'hommes avaient été saisis par surprise ; mais ils avaient résisté à la rigueur des tortures avec une rare fermeté et une contenance inébranlable ; si bien que souvent ils nous inspiraient de graves inquiétudes. Quels maux sérieux n'avions-nous pas à craindre, si leur astuce toujours croissante parvenait à nous entraîner dans une croissante erreur !

VI

Cependant l'armée espagnole, comme je l'ai dit, avait à peine choisi son campement [3], qu'un jeune et hardi guerrier se pré-

---

1 Ces témoignages de sympathie pour le courage et l'habileté des Araucans ont été quelquefois reprochés à don Ercilla par une critique exclusive et timorée ; mais le poëte a pris ses précautions et s'est justifié d'avance :

> « Pues no es el vencedor mas estimado
> De aquello en que el vencido es reputado ». »

(Arauc., I, oct. 11.)

2 Cf. Arauc., ch. xxiv, oct. 98, 99.

3 Dans la vallée de Millarapué. Cf. ch. xxiv, oct. 100, 101. Ercilla n'a pas cité le nom de l'emplacement, mais il est désigné dans le sommaire espagnol du chant xxiv :

> Asientan los españoles su campo en Millarapué.

Ces sommaires auxquels nous avons attribué une origine douteuse (cf. supra, t. I, p. 11, note 1), semblent pourtant bien appartenir à don Ercilla. Ils se trouvent

nte et s'enquiert de la demeure du capitaine. Arrivé devant
lui, le barbare, d'un ton haut et sans respect, au milieu de la
foule nombreuse qui s'est réunie, fait entendre ces libres paroles :

VII

« Capitaine des chrétiens ! Si tu es ambitieux d'une gloire
justement acquise, voici qu'à propos ton heureuse destinée t'a-
mène pour saisir l'occasion opportune. Le magnanime Caupolicán, jaloux de mettre à l'épreuve ta valeur si fameuse, si tels
sont en effet ta bravoure et ton courage, t'appelle à un combat
singulier.

VIII

« Bien des personnes l'ont informé que tu es un noble héros
dans la fleur de l'âge, habile dans l'art de la guerre, chef suprême de ces soldats. De son plein gré, il t'assure un avantage ;
il veut que tu sois libre du choix des armes, et ne se réserve
aucune condition ; son unique désir est d'éprouver ta vaillance
et sa fortune.

IX

« Et, comme il lui est parvenu que tu exprimes le désir de
rencontrer l'armée d'Arauco, il te fait savoir qu'à la pointe du
jour elle viendra se présenter dans cette plaine. Là, avec une
sécurité entière des deux parts [1], entre les deux camps, seul à
seul, si tu veux combattre pour vider cette querelle, il confiera
aux armes la décision de tous les droits.

dans l'édition *princeps* de 1569, que nous n'avions pu rencontrer jusqu'ici, et qu'il
nous a été donné de consulter à la bibliothèque impériale. Cf. *supra*, p. 3, note 1.
Nous profitons de l'indication historique que nous présente ici l'abrégé trop succinct
conservé, comme les autres, par tous les éditeurs de l'*Araucana*.

[1]   « ... Con firmeza de ambas partes llana. »

Winterling pense qu'il s'agit ici d'une escorte de sûreté :

       « ... Mit Verwahrungen von beiden Seiten. »

Nous croyons plutôt que le poëte a voulu parler de la sécurité garantie par la
bonne foi de part et d'autre. C'est le sens que paraît entraîner ici l'épithète *llana*.

X

« Il ne propose d'autre pacte et d'autre accord, que de soumettre, si tu es le vainqueur, son pays à ton empire ; de lui tu pourras faire ce que tu voudras, sans user ni d'égards ni de clémence ; et quand tu auras été vaincu par lui [1], il te laissera libre dans ta haute dignité ; car il ne veut d'autre prix et d'autre gloire que l'honneur même du succès.

XI

« Considère que le bruit même de ce combat suffit pour t'acquérir le renom et la célébrité d'un vaillant, et tant que le soleil fera jaillir les rayons de sa lumière, ta mémoire régnera parmi les peuples ; car, toujours on dira que pour une lutte noble et intrépide, tu es entré en lice avec le magnanime Caupolicán, et que seul à seul tu lui as résisté en champ clos.

XII

« Voilà pourquoi je suis venu, et je te prie de prendre, à ton gré, une rapide détermination, de me dire si tu veux, aux termes qui te sont offerts, accepter ou refuser ce défi. Le péril, je le sais, est grand et reconnu ; mais ta fierté et ton courage me donnent l'assurance que tu satisferas vaillamment et à ta belle réputation et au désir du chef qui m'envoie. »

XIII

Don García lui répond en ces mots : « Je suis ravi d'accepter le combat et je déclare à ton maître qu'à l'heure dite et au lieu convenu, il pourra venir à son vouloir et avec toute sécurité. » L'Indien qui écoutait attentif, reprit avec joie : « Je te

[1] Dans le langage du messager, la victoire de don García n'est qu'une hypothèse : « si vencieres. » Celle de Caupolicán est une affirmation : « Cuando tú por él vencido fueres. » C'est là une nuance de l'orgueil barbare, mal saisie et mal rendue par Winterling :

Doch würdest du durch ihn besiegt.

Je jure, ta réponse audacieuse te rendra fameux à jamais dans le souvenir de tous les hommes. »

XIV

Il dit, et sans aller plus avant, il tourne l'épaule et reprend son chemin; sa mine arrogante montrait assez combien peu de cas il faisait de nous. Quelques-uns à sa physionomie le prirent pour un espion fin et rusé, dont la visite n'avait d'autre but que de reconnaître nos troupes et le camp où nous nous étions retranchés.

XV

Lorsque la nuit fut venue [1], nous rangeâmes nos soldats en ordre de bataille. Appuyés sur la hampe de nos piques dressées, nous étions là comptant les astres, et pourtant envahis par le sommeil, accablés par nos armes pesantes, en dépit de la méfiance que nous avaient laissée les paroles du barbare. Nous pensions qu'il s'était présenté seulement pour s'informer de nous et pour procurer à ses compagnons un moyen de vaincre [2].

XVI

Déjà la lente nuit se dérobait et faisait passer au couchant ses étoiles; déjà l'aurore qui perçait à l'orient éclipsait toutes leurs lumières; elle répandait sur les fleurs sa fraîche rosée et leur rendait ces teintes que les ténèbres importunes avaient ramenées à une seule et lugubre nuance [3];

[1] « Venida pues la noche. » Il nous est malaisé de comprendre pourquoi Winterling, à cette expression simple, a substitué une élégante phraséologie :

 « Die Nacht liess ihren Schlummersaft
 Auf Berg' und Thäler niederthauen. »

Avec la justesse du génie, Ercilla réserve tous les trésors de sa langue poétique à l'octave suivante, lorsqu'il voudra opposer les cris désordonnés et la fureur de l'attaque des Barbares aux scènes paisibles et charmantes de la nature.

[2] Don Garcia ne s'y trompa point. Il laissa tous les Espagnols sous les armes et prêts à combattre. Une folle confiance eût plongé ses soldats dans le repos du sommeil, et la ruse du barbare n'avait d'autre but que de livrer au fer des Araucans des troupes surprises et troublées.

[3] Cf. Arauc., ch. II, oct. 53-55. L'on ne saurait assez admirer la variété des expressions, toujours inépuisable chez Ercilla, dans la description des mêmes objets.

XVII

Lorsque tout à coup avec des cris éclatants apparut à gauche et à droite en trois masses distinctes et bien rangées l'armée des Indiens. Chaque bataillon regorgeait de guerriers qui s'avançaient dans une attitude belliqueuse, à pas rapides, d'une marche régulière, et venaient, je le répète, envelopper notre étroit campement.

XVIII

Nos cavaliers étaient prêts, et, bride en main, attendaient l'ennemi ; mais avant son arrivée, ils prennent les devants, s'élancent par une âpre descente, et courent se jeter sur le bataillon gauche des Araucans. Ils l'attaquent avec tant de fureur qu'un terre-plein et une solide muraille n'auraient opposé à leur choc terrible qu'une vaine résistance.

XIX

Caupolicán marchait un peu en avant de ce bataillon qui obéit à ses ordres ; il recule jusqu'à ses guerriers, et en un clin d'œil il fait abaisser leurs piques. Le pied ferme, le bras tendu, sur leurs pointes aiguës et meurtrières ils reçoivent le fougueux escadron qui vole à leur rencontre et font dans les premiers rangs un cruel ravage.

XX

Les uns, tout surpris, sans ailes, quittent d'un vol léger leurs arçons ; d'autres, les pieds tournés vers le ciel, de leurs côtés vont battre le sol ; et ceux mêmes qui pour avoir serré le genou avec plus de vigueur, n'ont pas mesuré la terre, malgré la force dont ils ont fait preuve, de l'attaque restent bien mal traités.

XXI

Les nôtres ne manquaient pas leurs coups, ils les acheminaient tout droit à leur but; ceux-ci traversent leurs adversaires d'un flanc à l'autre; ceux-là leur labourent la poitrine. En un instant tous les guerriers sont confondus; on en vient aux épées, corps à corps, avec tant d'ardeur et de fracas, que l'on croirait entendre le bruit formidable des forges de Vulcain.

XXII

Le vaillant général des barbares, Caupolicán, sa pique une fois rompue, frappe de la massue, à droite et à gauche, il blesse, il mutile, et tue et terrasse. Il se trouvait tout auprès de Berzocano. Il serre les dents, et de son bras vigoureux décharge sur la tête de l'ennemi un tel coup qu'il lui brise le crâne sous le casque défoncé.

XXIII

Après Berzocano, il en renverse un autre, en immole un troisième, qui pour leur malheur étaient alors ses plus proches voisins; il se fraye passage, il massacre, il brise, il renverse, et aplanit au loin sa rude carrière. Il attaque Tambo l'yanacona, et, comme le faucon lie un poussin ou une jeune colombe, sans que ses compagnons présents le puissent secourir, ses mains terribles l'écrasent, l'anéantissent [1].

[1] Winterling traduit ici trop à la lettre les métaphores d'Ercilla, dans cette octave et dans la précédente :

« Descargándole encima tal puñada,
 . . . .
Le ahoga y despedaza entre las manos. »

« Bul't knirschend er zur Faust die Hand.
 . . . .
So packt und zerreisst er ihn. »

Ces locutions-là laissent croire au lecteur que Caupolicán d'un coup de poing enfonce le casque et le crâne d'un Espagnol, et de ses mains en saisit un autre et le déchire, comme ferait de sa proie une bête fauve ou un oiseau carnassier. Mais le poète vient de nous dire que Caupolicán, après avoir vu son épée en éclats, avait saisi sa massue, et rien ne nous apprend qu'il l'ait aussitôt quittée. Le premier vers signifiera donc que le chef des barbares serre fortement la poignée de sa massue et porte à Berzocano un coup mortel. Le second indique, à notre sens, qu'un coup semblable atteint l'yanacona Tambo, que la massue l'abat, lui enlève le souffle (*ahoga*; Cf. *infra*, oct. 43 et 65), et le laisse brisé. Don Ercilla compare cette fois Caupolicán au faucon qui saisit une jeune colombe; mais l'idée ne lui

XXIV

Bernal et Leucoton, qui ambitionnent de se rencontrer dans le jeu des glaives, s'attaquent avec furie, et déchargent leurs bras avec une égale colère et une égale ardeur. Tous deux inclinent leur tête hautaine, et par un acte de courtoisie involontaire, tous deux courbent ensemble le genou; ils sentent battre leurs dents et tous leurs muscles.

XXV

Mais chacun d'eux aussitôt se redresse, et ils commencent un combat cruel et acharné; tantôt ils visent en bas, et puis à la tête; d'un coup ils faussent le casque, de l'autre le bouclier: ainsi quelque temps ils bataillent; mais leur lutte ne peut avancer davantage; car une grande foule de guerriers se jeta à l'attaque, et les contraignit, malgré eux, à se séparer.

XXVI

Don Miguel et don Pedro de Avendaño, Rodrigo de Quiroga, Aguirro, Aranda, Cortés et Juan Jufré, au milieu de grands périls, soutiennent l'honneur de tout leur parti. Font aussi éclater leurs prouesses et prodiguent le carnage Reinoso, Peña, Córdoba, Miranda, Monguía, Lasarte, Castañeda, Ulloa, Martin Ruiz et Juan Lopez de Gamboa.

XXVII

Et aussi, don Luis de Toledo, Carranza, Aguayo, Zúñiga et Castillo résistent à grands coups à la fureur des bandes indiennes, avec Diego Cano, Perez et Morcillo [1] : les deux cousins de Alvarado, Juan et Hernando, Pedro de Olmos, Paredes et Carrillo,

vient pas de comparer les mains du guerrier aux serres de l'oiseau chasseur. Ce qui est rapproché de part et d'autre, c'est la promptitude avec laquelle la victime est saisie et dominée.

1 Winterling et Cayetano Rosell substituent à ce nom celui de *Rengullo.*

jettent vaillamment à leurs pieds, quelque sang qu'il leur en coûte, une multitude de combattants [1].

XXVIII

Le bataillon des Barbares qui marchait entre les deux autres voit le combat engagé à notre aile droite ; il se hâte et précipite sa course, pour voler au secours des siens avec un élan formidable. Mais déjà nos guerriers, rangés en tercios, courent à toute vitesse le recevoir. A leur bruit terrible, au fracas du choc, vous diriez que la terre frémit et s'affaisse sur son centre.

XXIX

Il y eut là beaucoup de chutes glorieuses, de beaux coups de massue et de lance ; piques, javelots et hallebardes volent jusqu'au ciel en mille éclats ; sans retard on en vient aux épées, quelques-uns même plus entraînés par la fureur s'étreignent, et, avec la dague et le poignard, se portent des blessures profondes et mortelles.

XXX

Le superbe Tucapel a frappé en plein et étendu mort un vaillant Espagnol. Non satisfait de ce coup de maître, il arrache au mort son épée luisante, et avec elle perce la poitrine de Guillermo ; puis d'un revers et d'une violente estafilade, il abat deux têtes armées de leurs casques, et loin de leur tronc les envoie rouler.

XXXI

Il frappe une seule fois, et le jour est enlevé à Torbo ; il porte à Juan Yanaruna [2] une telle blessure que la tête du guerrier, si défendue qu'elle soit, partagée depuis le front, retombe des

[1] Observez avec quelle exactitude Ercilla forme une fois de plus l'énumération des guerriers espagnols, de ses compagnons d'armes. Ce sont les témoins de sa véracité. Il ne veut pas les offenser par un oubli injuste, ni les priver de leur part de gloire. Cf. *infra*, oct. 40.

[2] Le traducteur de Nürnberg et la collection Rivadeneyra lisent *Ynaruna*.

deux côtés sur les épaules [1]. Puis il vise d'estoc avec adresse et arrache la vie au robuste Picol. Mais au même instant, sans qu'il ait pu les prévenir, plus de dix épées l'ont atteint.

XXXII

Sur le héros fondent avec vitesse une foule de combattants, attirés par le bruit de la mêlée retentissante ; ils forment autour de lui un cercle redoutable, et, confusément amassés, le harcèlent et le fatiguent ; mais lui, d'un regard fier, où se peignent le dédain et l'orgueil, fait tourbillonner son bras avec tant de vigueur que beaucoup d'entre eux, punis et corrigés, sentent se réduire leur enthousiasme et leur audace.

XXXIII

Le courroux et la fureur du héros s'animent à mesure que grandissent l'embarras et le péril. L'honneur et la gloire, il les demande aux plus rudes obstacles ; il se jette au milieu des risques et des tentatives les plus dangereuses. Tout ce qui est possible lui semble aisé. Son grand cœur et son courage indomptable aplanissent et facilitent à ses yeux ce que l'homme peut exécuter.

XXXIV

Le dernier bataillon, le plus nombreux des trois, poursuivait sa marche et son dessein, d'un pas régulier, mais rapide, et gravissait la côte allongée. Arrivé sur un plateau vaste et commode, d'où il peut découvrir toute notre armée, il s'arrête un instant avec prudence pour reconnaître l'emplacement et le nombre de nos soldats.

[1] Cf. Virgile, *Æn.*, IX, 753-755 :

> « Collapsos artus atque arma cruenta cerebro
> Sternit humi moriens ; atque illi partibus æquis
> Hoc caput atque illuc humero ex utroque pependit. »

XXXV

Devant cette troupe, s'avançait le brave Galvarino [1] comme
s'il l'eût commandée. Il montrait ses poignets mutilés, étalait ses plaies encore saignantes, courait avec transport d'un
rang à l'autre, leur peignant le fléau commun qui doit les atteindre, et enflammait de rage tous les cœurs, par les gestes
et par le langage les plus expressifs :

XXXVI

« Intrépides soldats, s'écriait-il, vous qui méritez si bien ce
beau nom, braves à qui la fortune et les destins favorables ont
confié aujourd'hui l'existence et la gloire de l'Arauco! soyez
sûrs de la victoire. Malgré leur grand bruit et tout ce vain appareil, ces hordes ne sont que le misérable reste et la lie de
ceux que vous avez battus tant de fois.

XXXVII

« Voici votre dernière bataille, vous l'avez souvent appelée de
vos vœux, et, lorsqu'elle sera finie, il n'y aura plus devant vous
aucun obstacle, ni lance dressée, ni glaive menaçant. Songez à
la mort infâme ou à la vie déplorable préparée pour le vaincu,
à l'excès des plus affreuses tortures que le conquérant promet
en ce jour à ceux qui vivront encore.

XXXVIII

« Si vous êtes défaits dans cette rencontre, la loi et la liberté
sont abattues; vous restez soumis à un joug écrasant, inhabiles
désormais aux travaux de la guerre. Attelés pourtoujours avec
les stupides animaux, vous aurez à labourer, à cultiver la plaine,

[1] Nous nous rappelons quelle fermeté de caractère et quels sentiments de farouche indépendance avait déployés Galvarino ; cf. *Arauc.*, ch. xxiii, oct. 42-54 ;
xxiii, oct. 1-18. Nous ne sommes nullement surpris du rôle qu'il va remplir ici
encore; il anime les guerriers de sa haine vengeresse ; mais le véritable chef de
cette partie de l'armée araucane était Liacoya ; cf. ch. xxvi, oct. 3.

à remplir les plus durs offices de l'esclave, les métiers avilissants de la femme.

XXXIX

« Souvenez-vous, guerriers, ah! souvenez-vous, que l'opprobre dure toujours, et que pour toujours ici la victoire affermit vos illustres exploits. Soldats, considérez la gloire que le succès vous tient toute prête, et le noble prix, l'honneur immense, je le répète, qui s'attache à un si court effort.

XL

« Celui qui va se montrer brave combattant, aura dans sa main le sort qu'il désire. Tout ce que nous avons souhaité, la fortune aujourd'hui a pris soin de nous en faire les maîtres. Ah! réfléchissez aussi que l'on demeure condamné comme rebelle et perfide lorsqu'on ne sait pas vaincre; que les vaincus n'ont jamais raison, et qu'il ne leur appartient que le châtiment, puisqu'ils n'ont plus que l'ennemi pour arbitre. »

XLI

C'est ainsi que le vaillant barbare éveillait la colère et l'espérance. A peine le bataillon pouvait obéir encore, se soumettre à l'ordre et retarder l'attaque; mais aussitôt qu'ils entendent le dernier signal, résolus et pleins de confiance, les Indiens abaissent leurs piques, et, à rangs épais, se laissent emporter par leur fureur.

XLII

Sur le terrain plat et pierreux, que pouvait mesurer le jet d'un arc, nos cavaliers aussi, au même instant, s'élancent ensemble au-devant des Barbares; transportées de courroux et de rage inhumaine, remplies du feu qui brûle dans tous les cœurs, se heurtent les troupes furieuses, et les corps morts tombent et s'amoncellent.

XLIII

Les piques ne restent pas longtemps intactes, leurs tronçons
lent de toutes parts dans les airs; les longues files et les
ngées de combattants se choquent et se rompent. La mort
ange mille fois d'aspect. Beaucoup, sans blessure, périssent
ouffés par la poussière et par les armes, d'autres brisés dans
- rencontres violentes.

XLIV

Affreuse est la lutte qu'ils se livrent, extrême leur ardeur et
ur fougue inouïe. Tous à résister avec même constance dé-
oient les derniers efforts, leur vigueur et leur adresse. Jus-
u'aux cieux le bruit terrible s'élève, toute la campagne frémit
l'entour et toutes les places que l'on voyait à découvert sont
chées comme d'une abondante pluie de cadavres [1].

XLV

Le courage s'enflamme; la mêlée grandit, et le cliquetis non
terrompu des armes devient plus sonore; il n'est cotte de
ailles, ni trempe si fine qui, d'entrer et de se frayer route,
mpêche la mort impétueuse. Dans son essor formidable, dont
ien ne peut réparer les désastres, elle change tout à son image,
t du cruel et horrible massacre, elle fait naître un vaste lac
e sang épais et noir.

XLVI

L'orgueilleux Rengo, qui, à l'aile gauche, allait animant tou-
ours la bataille, aiguillonné par l'affront qui le ronge, et qu'il
reçu d'André à Mataquito [2], fait entendre une voix rauque

[1] Winterling altère profondément la métaphore d'Ercilla :

« Und jede unbedeckte Stätte
Dient Leichnamen zum Ruhebette. »

[2] Cf. Araucana, ch. XV, oct. 29. On ne regrette pas que le poète ait fait
r Rengo à la mort qui frappe tous les Araucans de Lautaro dans la f

et brandit son arme; il parcourt et visite tout le champ de bataille, et de toutes parts, à droite et à gauche, fait en vain retentir le nom de son ennemi.

XLVII

André faisait la même recherche. Il brûlait aussi de vider la querelle; mais ce que voulaient l'un et l'autre, le destin de tous deux semblait se plaire à l'éloigner. Le héros italien s'escrimait ailleurs à distance dans un autre bataillon, et avec sa force effrayante accomplissait des exploits dont la grandeur légitime n'excitait pas moins la pitié.

XLVIII

D'un coup il abat Trulo et dirige sa pointe meurtrière contre Pinol qu'elle transperce. Il envoie Teguan, le bras tranché, rouler au loin sur le sable. Il fait voler la tête de Changle, divise Pon en deux par le milieu du corps, pourfend Narpo jusqu'à la poitrine, et laisse Brancolo debout sur un seul pied comme la grue.

XLIX

Voyez-vous Orompello qui arrive de ce côté, semant la mort sur son passage? il accourt aux cris et au vaste fracas et voit le sol couvert partout de cadavres. A peine a-t-il reconnu l'intrépide Génois, que, semblable au tigre affamé, il l'attaque, la massue haute, le visage enflammé de fureur, fièrement dressé sur la pointe de ses pieds.

L

André reçoit l'arme pesante sur la haute crête de son casque; le cimier se défonce et reste plongé dans le coussin de colon qui le tapisse. L'Italien, tout étourdi, rejette le sang et change de couleur; ses mains touchent le sol; il ne voit plus que des étincelles et des éclairs.

où ils étaient retranchés, orsque l'on se reporte aux exploits qui lui sont encore réservés; cf. infra, oct. 61-72; ch. xvvi, oct. 10-12. Cf. ch. xxix et xxx.

LI

Le vaillant Indien redouble aussitôt ses efforts, avec plus de fureur et moins de justesse ; s'il n'eût frappé à faux, le jeu terrible entre les deux guerriers était fini. Le Génois, hors de lui-même et aveuglé, penche un peu sur le côté ; mais il reprend ses esprits, se redresse avec une agilité inattendue, et lève à deux mains son large glaive.

LII

Avec une rage extrême et une vigueur extraordinaire, sur le jeune homme il le fait retomber de telle sorte que si celui-ci n'y eût opposé sa massue garnie de fer, de haut en bas il était partagé. Le tronc puissant est coupé comme un roseau ou une baguette légère, et même n'était que le tranchant du glaive se fût détourné, la blessure eût pénétré assez avant pour arracher la vie au héros.

LIII

L'Araucan se voit privé de son arme. Mais sa bravoure ne baisse point pavillon [1]. Loin de là, d'un mouvement rapide, il

[1]   « No por eso amainó el furor la vela. »

Heureuse langue allemande ! Elle permet à Winterling de traduire avec une incroyable exactitude :

          « Strich darum nicht die Segel gleich der Wilde. »

Nous avons cru pouvoir adopter une figure analogue, due à Molière :

          « J'ai conçu, digéré, produit un stratagème,
          Devant qui tous les tiens, dont tu fais tant de cas,
          Doivent sans contredit mettre pavillon bas. »

                              (*L'Étourdi*, act. II, sc. II.)

Boileau, dans cette Xe satire qui lui a été si sévèrement et si justement reprochée, présente la même métaphore :

          « Avec elle il n'est point de droit qui s'éclaircisse,
          Point de procès si vieux qui ne se rajeunisse ;
          Et sur l'art de former un nouvel embarras,
          Devant elle Rolet mettrait pavillon bas. »

Peut-être serait-il excessif de contester à la langue épique, avec une légère modification, une figure accréditée dans l'épître et dans la comédie par le génie de Boileau et de Molière, surtout lorsqu'il s'agit de traduire un poëte dont l'idiome ne manque ni d'abandon ni de quelque familiarité.

saisit sur la place un débris de bouclier; il s'en couvre aussitôt et, sans craindre le péril, avec le seul tronçon écourté qui lui reste, plein de confiance, il pousse à son adversaire [1].

LIV

Il le frappe à la tête, et bondissant de côté d'un élan adroit et vigoureux, dérobe son corps de manière que l'Italien ne fouette que l'air vide avec son glaive. Orompello veut recommencer, mais il ne réussit pas; l'autre l'assaille avec vivacité, au moment où il s'écarte et le Génois est si agile que son rival peut à peine se couvrir de son bouclier rompu.

LV

L'épée vole et abat sur la terre un large fragment de l'armure défensive, descend avec violence contre le casque qui ne peut abriter la tête, et le fer pénètre jusqu'au crâne. Le jeune homme reste un instant éperdu; mais il revient à lui-même, et se voyant serré de si près, sans hésiter, il étreint l'ennemi entre ses bras puissants.

LVI

Le hardi Génois, qui se croit capable de dompter même le redoutable Mars, saisit l'Araucan avec vigueur; mais il est déçu dans son espoir; car dans l'art de la lutte, personne ne surpassait l'adresse d'Orompello; ils se poussent, deci delà, se refoulent pied contre pied [2]; ils embarrassent l'un l'autre leurs jambes

1 « Confiado, » que Winterling rapporté à Andrea, et qui peut s'y rapporter dans la construction espagnole, sans que la raison ait aucune réclamation à faire, nous semble pourtant mieux appartenir à Orompello. Il y a dans cette épithète un écho du vers qui précède :

« Como quien peligro no recela. »

Il fallait une singulière audace, en effet, et une rare confiance en sa propre fortune et en son courage, pour aller avec un tronçon de massue affronter un guerrier tel qu'Andrea, encore armé de son glaive.

2   « El uno el pié del otro rebatia. »

La traduction vague de Winterling échappe aux difficultés que présentent ici les détails de l'art gymnastique :

« Sie winden, drehen, rütteln, renken
Sich hin und her mit aller Kraft und Müh. »

et leurs genoux avec des entrelacements adroits et trompeurs.

LVII

Cependant don García de Mendoza ne demeure pas oisif. Brave et vigilant, tantôt il combat avec ardeur, tantôt il anime le courage de ses guerriers. Non moins actif, Juan Remon également formé à la discipline et au maniement des armes, remplit à la place qu'il occupe les nobles devoirs d'un soldat et d'un prudent capitaine.

LVIII

Santillane et don Pedro de Navarre, Avalos, Vierma, Caceres, Bastida, Galdamez, don Francisco Ponce, Ibarra, donnent la mort et défendent bien leur vie; l'intendant Vega, Segarra le trésorier, ont de leur côté engagé une action, où les suivent Velasquez et Cabrera, Verdugo, Ruiz, Ribera et Riberos.

LIX

Sur un autre point de la bataille, mal serait advenu aux nôtres, tant l'ennemi accourait en foule, si don Felipe, don Simon et Prado, don Francisco Arias, Pardo et Alegria, Barrios, Diego de Lira, Coronado et don Juan de Pineda, tous ensemble combattant avec une héroïque valeur, n'eussent arrêté l'élan des Barbares.

LX

Là aussi augmentaient le carnage Florencio de Esquivel et Altamirano, Villarroel, Moran, Vergara, Lago, Godoy, Gonzalo Hernandez et Andicano. Si je ne rappelle pas ici le souvenir de tous, que l'on n'accuse pas la volonté, mais seulement la main; elle ne peut retracer les nombreux hauts faits qui alors s'accomplirent à la fois [1].

LXI

A ce moment retentissait un grand tumulte parmi ceux de

Cf. *supra*, oct. 27, page 249, note 1.

nos soldats qui luttaient au midi ; là, le farouche Rengo, outré
de fureur, entraîné par son audace et par sa vaillance, s'était
tellement engagé parmi les Espagnols, qu'il ne pouvait plus
revenir vers les siens. Un cercle de combattants obscurs l'enveloppait. Ils l'accablent de coups et s'acharnent contre lui de
toutes parts.

LXII

Il a beau se démener au milieu de la foule et frapper à
droite et à gauche, de manière à tenir le cercle à distance et à
les corriger presque tous par l'exemple de leurs compagnons ;
cependant la troupe agile le harcèle deçà, delà, le presse de
tous les côtés, avec ses javelots, ses épieux, ses armes acérées
qu'elle lui darde de loin comme s'il eût été une bête sauvage.

LXIII

Ceux qu'il atteint, il les meurtrit ou les tue, sans que puissent leur être utiles ni heaume ni cuirasse. Ses coups, assenés
sur des membres à découvert, les déforment, les rendent méconnaissables ; et de ses atteintes, lorsqu'elles sont le moins
énergiques et le moins fermes, il brise pourtant ou bras, ou
jambes, ou jointures. On n'apercevait qu'armes rompues et casques pleins encore de têtes broyées.

LXIV

Mais, je l'ai dit, bien que dans cette lutte il déploie un courage et une valeur indomptables, ils finissent par le serrer si
vivement et de si près, qu'il ne pouvait plus à la fin leur échapper. Après tout, il était de chair ; son corps était doué de sentiment, et son agitation vive, continuelle, épuisait sa force et tout
son souffle [1].

[1] Winterling rapporte *movimiento* aux Espagnols :

« Und des beständ'gen Andrangs wilde Wuth
Beugt seine Kraft und lähmet seine Muth. »

Nous n'avons rien à dire à cela ; mais les mêmes termes peuvent très-bien s'appliquer à la résistance de Rengo ; elle épuise toute sa vigueur. Ce qui le fatigue, ce

LXV

Déjà sur le sol un de ses genoux était posé, et à peine, dans
cette attitude, Rengo se pouvait-il soutenir ; l'ennemi se presse,
s'amoncelle, et sans lui laisser reprendre haleine, le harasse ; lorsque, par la rampe de la haute colline[1], Tucapel arrive d'un autre
côté, et avec l'énorme massue qui arme toujours son bras, partout
où il poursuit sa marche, se fraye une libre et vaste carrière.

LXVI

Comme un taureau farouche[2], qui n'a plus de jarret[3], mugit
et déjà laisse pendre sa langue ; une foule nombreuse l'entoure, et chacun sur lui veut essayer son épée ; tout à coup sur
un point différent de l'arène, le cou tendu, le front haut, apparaît un autre nourrisson illustre de Jarama[4] ; à son aspect la
multitude fuit et se disperse[5].

sont les efforts qu'il est réduit à faire. « El furioso y continuo movimiento, » rappelle ici les vers de l'octave 62e :

> « ... Se envuelve entre ellos de manera
>
> . . . .
>
> Que en rueda los haris tener á fuera. »

[1] Cf. *Arauc.*, ch. xxiv, oct. 100 ; xxv, oct. 31.

[2] Comparaison puisée dans les mœurs nationales de l'Espagne.

[3] « Desjarretado. » Allusion à une circonstance des combats de taureaux, aussi
cruelle que les combats eux-mêmes. Elle sera plus vivement saisie dans l'incident
que nous livre le récit d'un témoin oculaire : « La trompette sonne ; le matador paraît, il va droit à la bête furieuse. Devant les regards de l'homme, la frénésie de
l'animal se glace ; il regarde un moment la pointe scintillante de l'épée, puis il
en détourne lentement les yeux. Tout sanglant, il court autour de l'arène, il fuit,
il demande grâce. « La demi-lune ! *la media luna !* » répond en mugissant la foule
qui lui réserve une mort infâme. Un des *banderilleros* s'avance armé d'un tranchant recourbé au bout d'une longue lance ; par derrière, d'un seul coup, il *tranche
les jarrets du lâche.* Le grand taureau suppliant tombe, il se traîne sur les genoux
autour du cirque. A ce moment, une foule de spectateurs, emportés par la rage
et le mépris, se précipitent dans l'arène ; ils se ruent les uns les autres sur cette
masse sanglante qu'ils enfourchent et qui traîne quelque temps ce fardeau de furieux sous lequel elle finit par crouler et rester ensevelie. » (Edg. Quinet, *Œuvres
complètes*, édit. Pagnerre, 1857, t. IX, p. 36-37. Cf. *ibid.*, pp. 31-45, et Nicolas
Moratin, cité par M. Antoine de Latour, *Tolède et les bords du Tage* (p. 76-81).

[4] « Otro famoso de Jarama. » Il y avait des taureaux célèbres comme de célèbres
toreadores. (Cf. M. de Latour, *Espagne, tradition, mœurs et littérature*, p. 317.)
Les pâturages du Jarama fournissaient les plus terribles et les plus admirés. C'est

> « Que deshace la junta y la derrama. »

(Voir cette note page 260.)

LXVII

Ainsi, le glorieux Rengo, un genou appuyé dans la poussière, combattait encore au milieu de la troupe entassée qui, sans crainte, peu à peu le venait assaillir, lorsque l'homicide et brave Tucapel, attiré par les cris de la bataille, le voyant traité de la sorte, sans hésiter un instant, se jette à travers les agresseurs pour lui porter secours.

LXVIII

Il étend par terre quatre ou six guerriers dont la chute lui livre une petite place et un étroit passage; les autres s'écartent et rompent le cercle dont ils pressaient Rengo chancelant. Furieux, c'est contre Tucapel qu'ils tournent leurs armes et leurs cris; mais il règle si bien ses comptes avec eux[1], qu'ils se tiennent à longue distance.

une bête des bords du Jarama qu'abattit devant toute la Cour, sur la Plaza Mayor de Madrid, ce brillant don Juan de Tarsis, dont les prétentions imprudentes devaient être si promptement châtiées par la jalousie de Philippe IV ; cf. *Románces históricos*, du duc de Rivas, « Conde de Villamediana, » *Romance* 1ro. Aujourd'hui encore les meilleurs taureaux viennent de la même contrée, et la grande prospérité agricole du Jarama ne s'est pas amoindrie. « A Aranjuez, nous dit M. de Latour (*Tolède et les bords du Tage*, p. 61), le Tage prend dans ses eaux le Jarama, qui donne à son cours plus d'ampleur et de majesté. C'est dans l'angle formé par le fleuve et la rivière que M. le duc de Veragua, le descendant et l'héritier de Christophe Colomb, entretient cette race d'admirables taureaux parmi lesquels, chaque année, Madrid vient chercher les héros de ses courses. » Sur les combats des taureaux, voyez surtout Fernan Caballero (« la Señora Böhl de Faber »), *Scènes de la vie espagnole*, et M. le docteur Blatin, *les Courses de taureaux*, Paris, 1863. Cf. M. l'abbé Léon Godard, *l'Espagne*, p. 204-230, et M. Eugène Poitou, *Voyage en Espagne*, p. 130-161. Ces deux critiques ont discuté, avec une grande élévation de vues et de langage toutes les fausses raisons que l'on a cherché à faire valoir jusque dans ces dernières années pour le maintien de ces tristes et sanglants spectacles.

» « Que deshace la junta y la derrama. »

Ce vers ne veut pas dire que le taureau atteint la foule et la disperse à coups de cornes, comme le ferait croire la version de Winterling:

« Und bricht durch das Gewühl sich reissend Bahn ; »

mais bien que l'apparition du formidable quadrupède suffit pour que la multitude s'enfuie et se dissipe.

[1] L'expression un peu familière d'Ercilla,

« El daba de sí tan buen descargo, »

est empruntée aux relations d'intérêt, aux habitudes du commerce. *Dar descargo* signifie, au propre, donner une quittance, un écrit de décharge. Pour *l'acquit de sa*

LXIX

Il se dirige vers Rengo : « Bien que nous soyons ennemis, lui dit-il, courage, Rengo, courage ! tiens ferme aujourd'hui ; l'incomparable Tucapel est avec toi, et tu ne peux succomber à un sinistre destin ; le ciel favorable et une fortune amie te préparent une mort meilleure ; elle est remise à mon bras, si, à l'heure voulue, tu te rappelles mon défi [1]. »

LXX

Rengo lui répond : « Si je ne craignais en ce moment de passer pour ingrat, j'acquitterais ici ma dette envers toi et envers moi-même ; car je ne suis pas aussi épuisé que tu le penses. » Et à ces mots, plus léger que s'il se fût reposé durant dix heures sur un lit, il se retrouve sur ses pieds, et s'apprête à marcher sur nos soldats, le corps ferme et vigoureux, et en brandissant la massue.

LXXI

« Ce serait bassesse, réplique Tucapel, ce serait action condamnée parmi les braves, que de me battre avec un homme aussi faible, quand j'ai l'avantage de la force et de la circonstance. Recouvre seulement, recouvre ta vigueur et ton énergie, le temps viendra où cette arme te donnera le châtiment et le trépas que tu mérites, comme aujourd'hui elle t'a évidemment, à cette place, donné l'existence. »

LXXII

Ils ne parlèrent pas davantage ; et dans leur marche les deux

conscience, l'on dit également « en descargo de su conciencia. » Tucapel solde vaillamment ce qu'il regarde comme sa dette envers l'ennemi. Winterling ne laisse pas soupçonner cette nuance du style d'Ercilla dans sa traduction :

« Doch dieser weiss die feindlichen Gewalten
Sich rüstig und geschickt vom Leib zu halten. »

[1] Cf. *Araucana*, ch. XVII, oct. 56-61 ; XXIX, oct. 11-53 ; XXX, oct. 1-21.

rivaux Araucans, amis et compagnons, allaient comme s'ils eussent été deux frères[1]. Ils se gardaient et se défendaient l'un l'autre. Avec rapidité, leurs mains vaillantes leur ouvrent à travers nos troupes un rapide passage, et bientôt ils rejoignent leurs soldats.

LXXIII

Cependant, de tous côtés la bataille continuait opiniâtre et sanglante ; tel est le courroux, tel est l'acharnement, que pas un guerrier n'est sans blessure, que pas une arme ne reste oisive. La terre est jonchée de mailles rompues, et jusque dans les antres lointains de la Turquie[2], portées par le souffle impétueux des vents retentissent les rudes et âpres clameurs.

LXXIV

Le fracas des deux armées, le choc furieux des armes rappelaient ces nuées orageuses et sombres qui, poussées par le Vulturne ou par le Zéphyre, lancent tout à coup la grêle, laissent les branches dépouillées de leurs feuilles et battent les murailles, les toitures et les combles à coups pressés et terribles[3].

[1] « Itzt Arm in Arm, » ajoute Winterling. C'est dépasser les limites de toute vraisemblance. Ils avaient assez à faire de porter leur massue avec le reste de leur armure, et de se frayer un chemin à travers les rangs espagnols, sans marcher *bras dessus, bras dessous*, comme des étudiants réconciliés qui se rendent paisiblement à la brasserie voisine.

[2] L'hyperbole est audacieuse, même pour un écrivain castillan. Winterling traduit aussi *Turcia* par *Türkei*. Cependant le seul mot espagnol qui soit usité de nos jours, est *Turquía*. Le poëte a-t-il voulu parler d'autres lieux plus rapprochés du théâtre de la lutte et qui nous sont inconnus ? ou plutôt a-t-il employé un terme générique pour désigner toutes les contrées barbares et infidèles ?

[3] Les vers d'Ercilla sont d'une harmonie expressive, digne des plus habiles maîtres :

  « Como ventosa y negra nube cuzado
  De Vulturno ó del Zéfiro arrojada
  Lanza una piedra súbita, dejando
  La rama de sus hojas despojada,
  Y los muros, los techos y tejados
  Son con priesa terrible golpeados. »

On se rappelle, malgré soi, les beaux vers de Virgile, que don Ercilla avait sous les yeux, mais qu'il métamorphose avec un grand éclat d'invention :

  « Nec mora, nec requies : quam multa grandine nimbi
  Culminibus crepitant, sic densis ictibus heros
  Creber utraque manu pulsat versatque Dareta. » (Æn., V, 458-460.)

LXXV

Ainsi et plus formidable encore se multiplient les armes homicides. De larges et profondes blessures épuisent de sang les corps les plus vigoureux. Le tumulte, les cris terribles font résonner les monts d'alentour, et la mer émue à ce bruit sinistre fait reculer au loin ses vagues frémissantes [1].

LXXVI

Mais ceux de nos soldats qui à la gauche de l'ennemi [2] avaient les premiers supporté la bataille, là où par sa bravoure Caupolicán balançait la rigueur impitoyable de la destinée, oui, nos soldats chrétiens enchaînés par les efforts des Barbares, domptés par leurs puissants adversaires, commençaient peu à peu à perdre le terrain vers les penchants boisés de la montagne.

LXXVII

Le choc à ce moment fut si impétueux, la fougue des Indiens si irrésistible, que déjà, dans toute l'armée araucane, à grands cris on chantait hautement victoire; mais la fortune railleuse

[1] Cf. Virgile, *Én.*, VII, 514-518 ; VIII, 240.
[2] La description de la bataille n'a pas été un seul instant obscure pour le lecteur. L'ordre des Araucans est nettement dessiné. Ils se partagent en trois corps d'armée. L'aile gauche, que commande Caupolicán, est arrêtée d'abord par la droite des Espagnols. Caupolicán, Leucoton se distinguent parmi les barbares. Une foule d'Espagnols combattent de ce côté avec une rare bravoure; mais le destin paraît se décider pour Caupolicán. Le corps d'armée qui forme le centre des Araucans, est reçu par les *tercios* d'Espagne. C'est là que Tucapel se couvre de gloire. Le troisième, le dernier bataillon des Indiens, forme l'aile droite de leur ordonnance. C'est le plus nombreux, c'est celui que Galvarino remplit de son ardeur farouche et que Lincoya commande. Il s'avance vers le sommet du plateau et engage un combat terrible dans lequel Orompello et Andrea forment un héroïque épisode. Mais don Garcia de Mendoza et beaucoup d'autres y soutiennent aussi l'honneur du drapeau chrétien. C'est sur ce point de la mêlée que Rengo, entouré d'adversaires, est dégagé par Tucapel qui accourt de loin à sa défense. Le tumulte de la bataille est affreux, mais la victoire paraît se décider pour les Barbares; Caupolicán fixait la fortune et les Espagnols fléchissaient devant lui, lorsqu'un escadron de réserve, dont Ercilla faisait partie (cf. ch. XXVI, oct. 3), malgré le courage d'Ongolmo et de Lincoya, vient changer les destins.

tourne scudain la roue contre le même parti qu'elle avait d'abord favorisé, et rétracte ses premiers décrets.

LXXVIII

Restait un escadron sur lequel se fondaient encore nos dernières ressources et notre espérance. Lancé contre l'ennemi, il combattait en semant partout le carnage et la mort. Ni le courage d'Ongolmo, ni la vigueur athlétique de Lincoya ne suffisent pour l'arrêter; ni moi non plus je ne saurais conter d'un jet tant d'exploits, et je suis contraint d'ajourner la suite à un autre chant.

CHANT XXVI

I

Personne ne peut s'appeler heureux jusqu'à ce qu'il ait vu le terme inconnu de la vie [1]. Personne n'est garanti de la mer orageuse, avant que son navire soit mouillé dans l'intérieur du port. Il est douteux qu'à un premier bien il en succède un autre; mais il est certain qu'après un mal vient toujours un autre mal. Jamais un temps prospère ne fut durable; c'est de l'infortune que la durée est continuelle.

II

Nous en avons l'exemple sous la main, et l'histoire même ici nous montre avec évidence de quelle vitesse s'évanouirent pour les Araucans leur naissante joie et leur gloire trompeuse. Ils avaient remporté l'avantage sur les Chrétiens; déjà ils avaient chanté triomphe; mais voilà qu'ils sont refoulés par des destins contraires, et c'est aux vaincus que reste la victoire.

[1] Cf. *Arauc.*, ch. XXIII, oct. 2, et *note* 1. Cf. Pétrarque, *Sonnets*, XLIII (in «Vita di Laura») :

« Che' innanzi al dì dell' ultima partita
Uom beato chiamar non si convene. »

III

Je vous l'ai dit, notre dernier escadron (j'étais dans ses rangs et je suis témoin des faits) [1] gagnait toujours plus avant le champ de bataille et faisait refluer les Barbares, nos adversaires. Vainement, à leur tête, l'intrépide Lincoya résiste contre la fortune ennemie. Il ne peut à la fin s'opposer davantage au choc impétueux de nos soldats.

IV

Par une gorge âpre et couverte qui plonge entre deux montagnes, les bandes indiennes, leur funeste orgueil brisé, leur audace abattue, dominées par une honteuse frayeur, tournaient leurs vaillantes épaules, pour fuir la face irritée de la mort, qui déjà leur avait offert de près à tous son menaçant aspect [2].

V

Les nôtres en toute hâte poursuivent leur victoire. Ils ne veulent pas même admettre de quartier. Du fourré sauvage et de l'épaisse forêt ils sondent les retraites mystérieuses. Le meurtre affreux, le carnage ne sont pas interrompus ; les bruits de mort, l'âpre tumulte retentissent ; les projectiles et les estocades plongent aveuglément dans le bois profond, dans les halliers impénétrables.

[1] Nouveau détail qui témoigne de la sincérité du narrateur, de l'idée que don Ercilla se faisait du récit épique, et du soin avec lequel il cherchait à convaincre le lecteur de sa bonne foi, véridique comme celle d'un historien. Cf. *Arauc.*, ch. XII, oct. 69-71.

[2]
    « Finyendo de la Muerte el rostro airado,
      Que clara á todo ya se habia mostrado. »

Brillante et poétique personnification qui disparaît dans la faible copie de Winterling :

    « .... und Beben vor dem Tode,
    Der sie von allen Seiten her bedrohte.

VI

Jamais par les veneurs, dans une battue, la chasse n'est donnée avec cette ardeur et cet acharnement, lorsque le vaste cercle où ils enveloppent leur proie, se rétrécit sur un étroit espace. Non, dans leur ardeur impatiente, quand les passages sont interceptés, la fuite impossible, ils ne lancent pas sur les bêtes fauves, piques, dards, épieux et javelines,

VII

Avec la même furie que les nôtres sur les Araucans. Chrétiens jusque-là, ils franchissent maintenant les bornes permises. Leurs cruelles armes et leurs actes inhumains ternissent tout l'éclat d'une grande victoire. L'ennemi qui se rend et qui joint les mains, qui jure obéissance et vasselage, ne parvient pas à désarmer ces soldats sans entrailles, ni à suspendre le tranchant du glaive.

VIII

Aussi mon génie et ma plume, si familiarisés qu'ils soient avec les horreurs de la guerre, reculent devant le massacre épouvantable que ce jour vit exécuter contre des hommes qui défendaient leur patrie, devant les flots de sang qui sillonnaient de leur cours les profonds défilés de la montagne [1], devant les plaintes, les cris, les gémissements des infortunés suppliants barbares [2].

---

[1] Les défilés que le poëte appelle « las abiertas grietas de la sierra, » n'étaient souvent qu'un lit de torrent ou l'une de ces *quebradas* que les secousses d'une terre volcanique avaient creusées à des profondeurs inouïes. Ces expressions, nées du sol, pour ainsi dire, et qui forment un des caractères distinctifs du style d'Ercilla, sont faiblement reproduites dans la version allemande :

« .... flieht vor den Bächen Blutes, die mit Lechzen
Die durst'ge Erde in sich schlingt. »

[2] La noble nature d'Ercilla se révèle tout entière dans les sentiments qu'il exprime. Il a combattu pour sa patrie avec enthousiasme et a contribué à la victoire; mais il aime la victoire clémente, et l'accent de l'humanité retentit dans sa chevaleresque et religieuse protestation contre les excès de la valeur espagnole.

IX

Lorsque les Araucans qui combattaient à gauche, virent leur plus nombreux bataillon dispersé [1], ils perdirent tout leur courage et laissèrent là, avec l'honneur, tout le terrain qu'ils avaient conquis. Le clairon fit entendre le signal de la retraite, et, d'un pas allongé, mais en bon ordre, toujours bataillant et drapeaux déployés, ils descendirent le flanc des coteaux qu'ils avaient gravis.

X

Il serait mal de passer sous silence l'héroïsme sans mesure de Rengo. Ses soldats étaient brisés et mis en déroute; honteusement, ils fuyaient; mais lui, fier, présomptueux, indomptable, impatient, sans songer au péril de sa vie, brandit avec fureur sa massue bardée de fer, et dispute seul toute la place enlevée à l'Espagnol.

XI

Et là, invincible et valeureux, longtemps il reste seul à combattre. Il voit combien ses efforts sont infructueux; aucun de ses compagnons n'est plus à ses côtés. Alors, d'un pas modéré, grave et tardif, tournant de temps à autre la face vers l'ennemi, il prend à main droite un sentier qui le conduit à l'entrée d'un bois épais.

XII

Déjà, dans leur effroi, quelques guerriers de l'armée vaincue y avaient cherché un refuge. Mais, à la vue de Rengo qui leur arrive, leur âme abattue reprend aussitôt courage. Leur bravoure se ranime, et, avec une attitude pleine de confiance, ils se reforment, se serrent en bataillon, et opposent avec audace leur visage et leur poitrine à la fureur déchaînée du destin.

[1] Les Araucans, qui triomphaient à l'aile gauche, sous les ordres de Caupolicán, et qui avaient été soutenus par les guerriers du centre, reculent, lorsqu'ils voient battre en retraite, devant le succès de la réserve espagnole, les Araucans de l'aile droite qui formaient la partie la plus considérable de leur armée, sous le commandement de Lincoya.

XIII

J'allais dans cette direction à droite et à gauche, lorsque, sollicité par les rumeurs, par les cris et le nouveau tumulte qui retentissaient dans la futaie voisine, je hâtai ma marche et accourus guidé par les clameurs ; j'aperçus à l'entrée du bois, tout incertains, quelques Espagnols qui m'étaient connus.

XIV

Là, Juan Remon criait aux siens : « Cavaliers, entrez, ce n'est rien. » Mais, eux, réfléchissant au péril, hésitaient à pénétrer dans l'enceinte mystérieuse. C'était le moment même où j'arrivais à toute vitesse [1] près de nos soldats irrésolus. Juan Remon me voit en face de lui, et pense à m'entraîner par une provocation publique.

XV

« Don Alonso ! me dit-il, pour qui veut conquérir de la réputation et se placer au-dessus des autres, voici le temps, voici l'occasion de se signaler et de se couvrir de gloire. Ne laisse pas se dresser comme une barrière devant ta fortune cette forêt où les Araucans pensent trouver un asile ; celui qui saura nous en affranchir l'accès, à lui tout l'honneur de la victoire ! »

XVI

Lorsque j'entendis mon nom ainsi attesté, et comme tous les regards étaient attachés sur moi, aiguillonné par un sentiment d'amour-propre et d'orgueil, sans pouvoir reculer devant l'obstacle, dans la partie la plus épaisse de la forêt et la plus redou-

---

[1] « ... à la sazón à pié arribando, »

À pié est un idiotisme espagnol que nous ne devons pas traduire à la lettre. Jamais don Ercilla ne s'est placé parmi les fantassins. Tout à l'heure encore il faisait partie du groupe de cavaliers qui a déterminé la victoire, et rien ne nous a fait savoir qu'il eût perdu sa monture. Juan Remon commande à des cavaliers.

tée, je me précipite à toute aventure. Venaient à ma suite Arias,
Pardo [1], Maldonado, Manrique, don Simon et Coronado.

XVII

Décidés à mourir, ils attaquent les opiniâtres Indiens qui,
réunis en cercle et pressés les uns contre les autres, attendent
les armes espagnoles. A cet instant, attirés par le bruit de guerre,
une foule de nos soldats accourent de toutes parts, et, dans leur
ardeur enthousiaste, ils commencent la lutte périlleuse et sanglante.

XVIII

Le carnage se renouvelle et les chances de la victoire flottent encore une fois incertaines; les moins hardis se jettent
avec résolution au milieu des obstacles les plus périlleux. Qui
pourrait décrire l'agitation de tous ces bras irrités et tous les
combattants qui reçoivent des blessures et ceux qui arrachent
alors l'existence, et à quel adversaire?

XIX

Les uns fendent leurs antagonistes de haut en bas. D'autres
traversent de part en part leur poitrine guerrière, ou coupent

L'expression d'Ercilla est donc toute figurée. À *pié* est synonyme de « à pié ligero, » et rappelle ce qui vient d'être affirmé déjà dans l'octave précédente :

« *Apresuré los pasos, acudiendo*
Hacia donde el rumor me encaminaba. »

Cette locution équivaut encore à « teniendo piés. » Or il n'y a rien de plus fréquent, dans l'idiome de nos voisins, que de rencontrer *tener piés* pour *correr*.
« Tenir pied, » en français, signifie résister. L'Espagnol dirait « estar en pié, »
ou « hacer pié. » Mais « tener piés, » selon le Dictionnaire de l'Académie, » se dice
del que anda ó corre mucho, ligero y veloz ; » *à pié* a la même valeur. Ceux qui
seraient surpris d'entendre les mots *piés* ou *pasos*, lorsqu'il est question d'un homme
à cheval, pourraient consulter, au chant XXVII, l'oct. 61°, et ils y liraient :

« *Yo tras ella los prestos piés batiendo*,

dans un passage où Ercilla déclare expressément qu'il est à cheval :

« *Luego de mi caballo fué alcanzada.* »

1 Winterling et Rivadeneyra font d'Arias Pardo deux personnages distincts et
placent une virgule entre les deux noms. Nous avons suivi leur exemple, sans
oublier que dans cette octave, et au ch. XXV, oct. 59, ces deux noms juxtaposés de
semblable manière pourraient bien ne désigner qu'une même personne.

les jambes, ou laissent le corps sans bras. Il en est qui tombent, les membres un à un dépecés. Toute la forêt répète le bruit lugubre des coups. Les deux troupes se heurtent sur un terrain si étroit que beaucoup, dans leur impatience fougueuse, en viennent à s'étreindre, à se frapper du poing, à se déchirer de la dent.

XX

Mais la mort allait imposer un terme à cette lutte cruelle et acharnée [1]. Auxiliaire des vainqueurs, elle acheva la rude et longue bataille. En peu de temps, l'armée araucane anéantie sur ce champ clos resserré, aima mieux se livrer au tranchant du fer que de se rendre à l'Espagnol qu'elle abhorre [2].

XXI

Ils restèrent couchés sur le sol, par monceaux, les barbares indomptables ; et les autres, à pas réglés, comme je l'ai dit, se retirèrent. Dès lors nos soldats, recueillant les dépouilles [3], avec

---

[1] « Alli definidora. » Winterling ne tient pas compte du premier de ces deux termes, et traduit plus généralement, avec un tour fort ingénieux :

> « Der Tod der jedem Ding ein Ende macht. »

Le vers d'Ercilla nous rappelle l'hémistiche si mélancolique de Virgile :

> Hic tibi mortis erant metæ, etc.
>
> (Én., XII, 546.)

[2]
> « Quiso rendir al hierro ántes la vida
> Que al odioso Español quedar rendida. »

Nous croyons que cela signifie : « Les Araucans aiment mieux mourir le fer à la main, en combattant, que de se rendre à un odieux ennemi ; » et Winterling traduit dans le même sens :

> « Ergaben lieber sich der tödtenden Gewalt
> Des Schwerts, als dass sie sich den Spaniern ergaben. »

Cependant, la phrase du texte original (la gente quiso rendir la vida al hierro, etc.), pourrait s'entendre d'un acte de désespoir des Araucans se donnant une mort mutuelle ou se frappant eux-mêmes de leur propre main pour échapper aux horreurs de la servitude. Comparez à ce passage les énergiques expressions de Galvarino, oct. 26°.

[3] Les dépouilles dont parle ici le poëte, sont principalement les armes qui forment des trophées militaires, et les prisonniers. Le butin devait être fort peu de

un nombre considérable de captifs, revinrent à leur campement et à leurs pavillons.

XXII

Parmi les prisonniers furent choisis les douze les plus hardis et les plus vaillants, ceux que leurs nobles insignes et leurs costumes dénotaient comme les principaux chefs. On prononça leur sentence. Afin de jeter l'effroi et la consternation au sein des tribus, ils furent condamnés par un châtiment exemplaire à rester suspendus aux arbres et à flotter au vent.

XXIII

J'arrivai à l'heure de l'exécution, et, affligé de ce jugement cruel, je voulus sauver l'un d'eux, alléguant qu'il s'était rendu vers notre armée. Mais lui aussitôt leva les bras qu'il avait cachés sous son vêtement et montra, en les tenant au-dessus de sa tête, que les deux mains lui manquaient, que ses poignets mutilés saignaient encore.

XXIV

Ce Barbare était Galvarino dont je vous ai parlé dans le chant qui précède [1]. Pour le punir et pour frapper les autres d'épouvante, on lui avait tranché les mains sur l'arrêt des juges [2]. Avec son audace accoutumée, il fit éclater sa haine pro-

chose pour les vainqueurs d'une population guerrière, mais pauvre, et le langage d'Ercilla ne va pas au delà :

« Recogiendo el despojo que hallaron. »

Il était inutile d'exagérer ce style exact et simple, comme a fait le traducteur de Nüraberg :

« Die mit Tropha'n und Beute schwer beladen. »

[1] Non-seulement Ercilla nous a parlé de Galvarino dans le chant qui précède, où il nous le montre haranguant les soldats de Lincoya pour leur inspirer contre l'Espagne toute la haine dont il est lui-même animé ; mais il nous a dépeint, au chant XXII, oct. 45-51, le supplice infligé par les chrétiens à leur ennemi et les affreuses menaces dont il les accable à son départ.

[2] Cf. ibidem.

fonde. Sans songer à la mort et sans la craindre, il nous regarda tous, et s'écria :

XXV

« Peuple de félons ! race odieuse, indigne de la victoire que vous remportez aujourd'hui ! Satisfaites votre soif insatiable, abreuvez-vous de notre sang détesté. La colère de la destinée inconstante s'efforce en vain d'anéantir la monarchie des Araucans ; nous pouvons être tués ; mais nous ne pouvons être vaincus, et nos âmes libres ne se rendront pas [1].

XXVI

« Sachez que nous ne reculons pas devant la mort, c'est sur elle que se fonde désormais notre espoir. Si nous prolongeons une vie qui nous est à charge, c'est pour nous voir mieux vengés. Mais lorsque nous n'accomplissons pas nos légitimes desseins, notre recours est le glaive. Tourné contre nous-mêmes, il vous enlèvera l'honneur de pouvoir vous faire présent de l'existence.

XXVII

« Eh bien, donc ! qu'attendez-vous ? ou quelle raison vous empêche de me donner ma récompense et mon juste salaire ? C'est le trépas, non la vie, qu'il me faut. En mourant, j'acquitte ma dette envers vous. Mais si quelque déplaisir et une peine amère se mêlent pour moi à la fin que j'ambitionne et sollicite, c'est de ne vous avoir pas auparavant réduits en lambeaux avec mes dents et ces bras meurtris. »

XXVIII

C'est ainsi que le vaillant Barbare provoquait à haute voix la mort, fatigué d'une vie infortunée qui durait trop longtemps

[1] Cf. Cicéron (*de Oratore*, III, 1), avait mis dans la bouche de l'orateur Crassus quelques traits de cette vigueur mâle et obstinée : « Non tibi illa sunt concidenda (*pignora*) si Crassum vis coercere : hæc tibi est excidenda lingua ; quâ vel evulsâ, spiritu ipso libidinem tuam libertas mea refutabit. »

selon ses vœux. Opiniâtre dans sa fière détermination, il nous lançait l'outrage, et espérait ainsi recevoir une glorieuse atteinte d'une épée glorieuse, pour achever sa misérable carrière.

XXIX

J'étais auprès de l'Indien. Touché d'un vouloir si fier et si résolu, je m'opposais à plusieurs des nôtres, et m'efforçais de conserver la vie au barbare qui la dédaignait; mais à la fin les juges persistèrent à déclarer que sa mort importait au salut commun. Je m'éloignai plein de regret, et il fut entraîné, avec les autres caciques, au lieu où il devait subir le supplice.

XXX

Au pied d'un coteau voisin de notre campement, sur un terrain incliné, par le milieu duquel une large route conduisait en ligne droite vers le val de Lincoya, avec une grande solennité et une grande extravagance, on leur infligea cet outrageux et injuste châtiment, et ils payèrent là de leur vie une dette[1] que, dans l'estime de beaucoup, ils n'avaient pas contractée.

XXXI

Faute de bourreau, car il n'y avait au camp personne qui fût investi de l'office accoutumé, l'on résolut d'employer ce jour-là un genre d'exécution tout à fait inconnu. A chacun des Indiens qui formaient le petit groupe, on remit la corde nécessaire, et on leur dit de choisir un arbre et de s'y pendre eux-mêmes comme ils l'entendraient.

---

1   « Pagan lo allí la deuda con la vida
       En muchas opiniones no debida. »

La pensée d'Ercilla n'est pas équivoque. Ils payent de la vie leur dette envers l'Espagne, c'est-à-dire le crime de leur insurrection. Encore, était-ce un crime? Beaucoup en doutaient; les Barbares n'avaient fait que défendre vaillamment leur patrie. Winterling fait ici une étrange méprise :

       « Dort zahlten der Natur sie den Tribut,
       Den sie nach vieler Meinung noch nicht schuldig waren. »

XXXII

Lorsque retentit le dernier signal de l'assaut, par les échelles, les madriers et les piques, des soldats consommés montent, en grimpant, à la muraille avec moins de vitesse que les agiles caciques ne gravissent sur les arbres les plus élevés. Déjà, ils atteignent la cime, et c'est aux plus hautes branches qu'ils s'affranchissent avec le lacet.

XXXIII

Mais l'un d'eux regrettant son active et prompte résolution, prêt à rendre hommage désormais à notre puissance, revient et demande qu'il lui soit permis de se faire entendre. Tous lui accordent la parole, et d'une voix émue, d'un visage troublé, il attendrit l'âme des chrétiens, par le langage d'un humble repentir.

XXXIV

« Valeureuse nation, peuple invincible, modèle de la plus héroïque bravoure, sachez que je suis cacique et que la tige de ma famille est la plus ancienne de l'Arauco. J'ai perdu père, frères, parents. Ils sont tous morts dans les combats, et puisque je suis le seul membre survivant de ma race, je vous en conjure, usez envers moi de quelque clémence. »

XXXV

Il allait poursuivre; mais Galvarino, qui fixait sur lui un regard irrité, traverse tout à coup son projet et arrête court ses paroles suppliantes : « Homme vil et lâche! lui dit-il, opprobre d'ancêtres glorieux! Faut-il qu'à tant de bassesse te pousse la honteuse crainte d'une mort si rapide!

XXXVI

« Dis-moi, traître infâme, infidèle à tes serments, penses-tu donc faire un meilleur choix, te préparer une plus belle fortune, si tu vis comme un esclave misérable, plutôt que de mourir comme le doit faire un cœur intrépide? Suis ton destin; il est dur, mais il se peut supporter, et la mort est la fin des douleurs. Quelle petitesse de recourir à cette ignoble prière qui t'arrache des mains le remède dont tu disposes! »

XXXVII

A peine avait-il achevé ces mots, que le noble cacique, honteux de lui-même, livre sa tête au nœud coulant et reste suspendu à une branche élevée. Après lui, trouva sa fin l'audacieux et opiniâtre Barbare, indompté jusque dans la mort. Les robustes chênes où les victimes flottaient portèrent cette année-là des fruits qui leur étaient inconnus [1].

XXXVIII

Nous avions remporté la victoire que j'ai décrite, et l'ennemi en déroute s'était retiré de toutes parts. Nous quittons notre triste séjour tout jonché de cadavres indiens, et bientôt, sans accident et sans obstacle, nous arrivons dans la vallée, et sur l'emplacement sinistre où Valdivia avait bâti une forteresse, et où il avait ensuite reçu une mort ignominieuse [2].

[1]
> « Y los robustos robles desta prueba
> Llevaron aquel año fruta nueva. »

Cette triste métaphore se renouvelle déjà, sous une autre forme, dans les vieilles poésies espagnoles. Gonzalo Gustios de Lara est prisonnier du calife de Cordoue. Almanzor le traite en héros à sa table. Cependant les sept fils de Gonzalo succombent dans une embuscade où une perfidie les engage, et leurs têtes tranchées sont portées à Cordoue. Un large bassin, couvert d'une nappe, a reçu les sept têtes; Gonzalo Gustios, assis au festin de l'Arabe, considère le bassin où reposent les branches mortes du tronc dépouillé (de aquel tronco muertas ramas), et le cœur serré, il s'écrie :

> « ..... Ay ! fruta temprana,
> Quien vos trasportó de Burgos
> Á los campos de Arabiana ? »

(Cf. Bibl. Rivad., t. X, *Romancero general*, p. 450, n. 681 : « Presenta Almanzor á Gustios las cabezas de sus hijos ».)

Mudarra 'e bâtard vengera la mort de ses frères et la douleur de Gonzalo. (Cf. ibid., p. 453-457.)

[2] Cf. *Arauc.*, ch. iii, oct. 65-67.

XXXIX

En peu de temps, nous élevons un mur qui environne l'ancienne place d'armes. Là, notre bagage, nos serviteurs et le reste de l'armée étaient plus à l'abri des désastres et des périls. Le pays entier pouvait facilement être assailli sans qu'il pût nuire à nos soldats, et toujours nous le pressions avec instance pour le ramener, sans combat, au frein de la soumission.

XL

Un matin, comme le jour venait à poindre, j'étais sorti pour parcourir la contrée. Des avis certains annonçaient que des guerriers barbares avaient paru. Je laissai derrière moi mes compagnons à quelque distance, et près d'un bois épais, au pied d'une haute montagne, j'entendis près de moi une voix de vieillard qui me disait : « Où vas-tu? Par ce lieu, point de passage. »

XLI

Je tournai mes regards et ma bride vers l'endroit où la voix étrange avait retenti, et j'aperçus Fiton, le magicien, appuyé contre le tronc d'un vaste chêne, miné par les ans, la main sur un jonc garni de fer. A peine eus-je reconnu l'enchanteur, que je sautai légèrement de mon cheval et saluai le vieillard avec joie et courtoisie.

XLII

« Sans doute, je pourrais, me dit-il, tirer une légitime vengeance et de toi et de tes compagnons aventurés hors des remparts. Vous avez fait des nôtres un assez cruel massacre. Mais, bien que j'eusse assez de raisons pour agir ainsi, puisque tu as eu un abord si plein de confiance, je ne te causerai aucun injuste dommage; tout au contraire, autant qu'il m'est permis, je veux te prêter secours.

XLIII

« Il est dans l'ordre des cieux que cette nation indomptable souffre son châtiment ; avant que son orgueil s'élève contre Dieu, elle doit être abaissée sous ses fiers ennemis. Mais vous-mêmes, bien que votre bonheur doive s'accroître encore, vous ne le verrez pas durer longtemps. Je te le déclare, pour vous comme pour les autres, l'inflexible destinée tient en réserve ses expiations toutes prêtes.

XLIV

« Si la fortune aujourd'hui, selon vos plus chers désirs [1], vous offre au premier abord une heureuse carrière, grandes peines et faible profit, voilà ce qu'enfin vous tirerez de votre entreprise. Il ne me convient pas d'en dire davantage, et je vais me retirer dans ma demeure ; de ce côté, elle a aussi une ouverture, mais inconnue et masquée à tous les yeux. »

XLV

Étonné de le voir et plus encore d'entendre son oracle sinistre, j'attache par la bride mon cheval à un cèdre et propose au devin de l'accompagner un instant. Il finit par céder à mes prières. Le vieillard décrépit me sert de guide. Nous traversons la forêt et sa sombre profondeur jusqu'à ce que nous arrivions au pied même de la montagne.

XLVI

A un endroit ignoré et secret, où il n'y avait ni fente ni crevasse, de son bâton magique et recourbé il toucha doucement le roc inébranlable ; et soudain avec un bruit affreux s'ouvre

---

1 « A pedir de boca. » C'est notre locution familière « à bouche que veux-tu ? » Nous avons cru devoir modifier un peu ce langage trop naïf pour le génie de notre idiome. Winterling l'avait fait avant nous avec une grande justesse d'expression :

« .... Was das Herz ersehnet. »

une étroite porte, et par un enfoncement obscur je pénètre, après lui, mais les cheveux hérissés et d'un pas mal assuré, dans l'ombre, sur un sol pierreux.

XLVII

Puis, nous arrivons à une belle et verdoyante prairie qui charmait le cœur et les yeux [1]. Là, se dressait devant nous un vaste mur de forme carrée et d'une splendeur telle que je n'avais rien vu de semblable, échiquier magnifique, où toutes les nuances du jaspe alternaient avec celles du porphyre. Aux angles de toutes les cases brillait une améthyste, et sur les portes de cèdre massif mille beaux événements étaient sculptés.

XLVIII

Au seul aspect de l'enchanteur, elles roulèrent sur leurs gonds, et à nos regards se déploya un jardin spacieux où se trouvaient réunis, je puis le dire, tous les trésors de l'art et de la nature. Là, nulle feuille qui ne ressemblât aux autres, et toutes elles dessinaient des carrés ou des cercles gracieux. Au centre, je vis un bassin limpide où des sources murmurantes envoyaient et réunissaient leurs eaux.

XLIX

Non, la terre ne produit nulle part autant de fleurs lorsque le plus riche printemps les prodigue, ni autant de couleurs variées, qu'en présentait ce fertile jardin [2]. Les plus fraîches et les plus suaves odeurs, les mélodieux accords des oiseaux laissaient tous les sens et toutes les facultés sous l'empire de je ne sais quelle douce nonchalance.

[1] Dante employait le même style avec un sentiment contraire:

« Che m' area contristati gli occhi e 'l petto. »

(Purgat., I, terz. 6.)

[2] « Aquel jardin vieloso. » Sur le sens de vieloso, cf. ch. xx, oct. 40, note 1.

L

J'aurais oublié mon but et ma route, tant mon âme ravie restait en suspens, si Fiton lui-même ne m'eût appelé en me faisant un signe de sa tête blanchie. Il me conduisit par la main dans une salle voûtée, brillante d'albâtre; oui, c'était bien celle où était la sphère merveilleuse, et que déjà une autre fois mes yeux avaient admirée.

LI

J'aurais désiré contempler le globe; mais je n'osais m'en approcher sans la permission de l'enchanteur. Il pénétra ma pensée, et tout prêt à satisfaire mes vœux, il me fit avancer, et me montra lui-même le vaste univers dont il me développait l'image, comme si j'avais eu sous les yeux sa forme réelle et véritable.

LII

Mais afin de retracer par ordre tout ce que j'aperçus dans ce globe immense et transparent, il est nécessaire que je reprenne un chant nouveau et que je recueille mes souvenirs. Ainsi, Seigneur Felipe, pendant que je vais rendre quelque force à ma voix affaiblie, pardonnez-moi, je vous en conjure, si j'interromps ici une matière que je ne puis achever d'une seule haleine.

CHANT XXVII

Sommaire. — Sur la sphère enchantée que lui montre Filon, Ercilla aperçoit tous les lieux de la terre, célèbres par les beautés de la nature ou par les événements de l'histoire. — L'Asie et les grandeurs de l'antiquité, l'Afrique et ses merveilles, les découvertes des modernes, l'Europe et surtout l'Espagne sur laquelle le poëte insiste avec un enthousiaste patriotisme, les régions inconnues du Nouveau Monde conquises par ses hardis navigateurs; les possessions des Moluques sont tour à tour indiquées au poëte dans le magique panorama. — Lorsque don Ercilla est de retour au camp espagnol, de nouvelles démarches sont faites pour ramener les Barbares à l'obéissance; mais après de nombreuses et stériles tentatives, don Garcia prend la résolution de faire occuper définitivement la forteresse de Tucapel. — Pour ravitailler la place, un détachement est envoyé à Cautén. — Ercilla fait partie de la petite troupe expéditionnaire. — Pendant qu'elle revenait et traversait avec ses bagages le défilé de Purén, une jeune femme barbare qui fuyait avec terreur est aperçue par don Ercilla; il la poursuit de toute la vitesse de son cheval et bientôt parvient à l'atteindre.

I

Toujours et avec grande raison la brièveté reçoit d'unanimes éloges, et nous voyons que la parole est plus goûtée selon qu'elle est plus concise et moins prétentieuse [1]. Quelque utiles que puissent être des détails prolixes, ils nous importunent, nous fatiguent et nous ennuient. Le mets le plus savoureux et le mieux assaisonné nous rebute par son excès.

[1] La brièveté est l'âme du conte, disait La Fontaine; sans elle, il languit nécessairement; mais à quel genre de littérature cet excellent précepte n'est-il pas applicable? Boileau n'a-t-il pas formulé cet axiome :

« Qui ne sait se borner ne sut jamais écrire. »

Seulement, il ne faut pas confondre la brièveté qui ne dit rien de trop, et celle qui ne dit pas assez; elle devient alors la sécheresse. La véritable règle nous semble exprimée par Pascal : « Trop de longueur et trop de brièveté obscurcissent le discours. »

II

Tel est le péril où je me vois engagé, et, dans le regret d'avoir pris une si vaste carrière, je ne sais comment en parcourir les longs détours, sans cesser de flatter à la fois le goût et l'oreille. Bien que j'aie le désir de plaire, me voilà désormais au milieu des embarras; car l'on ne peut faire en un seul pas une grande marche, ni renfermer dans un petit vase une matière abondante.

III

Si, à quelqu'un, Seigneur, je semble m'attarder dans ma course, qu'il considère que ma route est immense et que j'ai plus d'une poste à fournir. J'abrégerai autant qu'il me sera possible, et, revenant aussitôt à mon récit, je vous rappelle que le vieil enchanteur indien, du geste, me désignait la sphère merveilleuse.

IV

Elle était d'une telle grandeur que vingt personnes n'eussent pu en envelopper de leurs bras le cercle entier. Tous les objets y apparaissaient dans leur forme réelle, clairs et distincts : les campagnes et les cités, les hommes livrés à leur trafic et à leurs agitations diverses, les volatiles, tout ce qui respire, jusqu'aux lézards, jusqu'aux plus humbles vermisseaux.

V

Le magicien me parla ainsi : « Comme personne ne saurait nous causer en ce lieu ni trouble ni interruption, tu verras, sans qu'un seul point reste obscur à tes regards, le vaste plan de l'univers, tout ce qu'il y a du nord au sud, de l'aurore au couchant, et tout ce que l'Océan contient, tout ce que l'air enveloppe, les fleurs et les montagnes, les lacs, les mers et les terres, les lieux que la nature ou les combats ont rendus célèbres.

VI

« Sur la plage où commence l'Asie, vois Chalcédoine, près
du Bosphore, en regard de la Thrace; vois la Lydie, la Carie, la
Lycie, la Lycaonie, la Pamphylie, la Bithynie et le pays des
Galates [1]. Près du Pont-Euxin, la Paphlagonie, les plaines de
la Cappadoce et le territoire de Pharnacie [2]; et les eaux fameuses de l'Euphrate qui entrent dans le golfe Persique avec
tant de majesté.

VII

« Vois la Syrie, la Judée, terre bénie, indigne des promesses
de son Dieu, et l'heureuse Nazareth, en Palestine, où Gabriel
vint porter le message à Marie. Tu vois les reliques saintes et
la ruine de la cité que démantela Titus, l'endroit où l'auteur

[1] Si don Ercilla s'était borné partout à ce genre d'aride énumération, il eût été
mieux classé parmi les géographes que parmi les poëtes du xvɪᵉ siècle; mais il
justifie souvent par des détails expressifs le caractère que l'enchanteur vient
d'annoncer pour sa description. Il parlera des lieux que la nature ou les combats ont
rendus célèbres :

« Famosas por natura y por las guerras; »

et il saura choisir pour les villes et pour les peuples les traits essentiels et pittoresques de leur histoire ou du théâtre de leur existence.

[2] « Farnacia. » Winterling conserve cette désignation, mais nous ne connaissons
pas de *Pharnacie* parmi les royaumes de l'Asie Mineure. S'agit-il du royaume du
Pont où régna Pharnace Iᵉʳ? S'agit-il de ce royaume du Bosphore que gouvernait
Pharnace II, le fils du grand Mithridate et qu'il reçut des Romains en récompense
de la défection qui détermina son père à se donner la mort? Le nom de « Pharna-
cia » conviendrait aux deux hypothèses. Mais non, il s'agit de tout autre chose.
Ercilla donne ce nom au territoire de la ville de Pharnacie, l'ancienne Cérasus,
fondée sur le littoral du Pont, et d'où Lucullus apporta le premier cerisier à
Rome. Pharnacie était une petite ville fortifiée dont parle Strabon, livre XII, ch. ɪɪ.
Cependant Strabon (chap. ɪL) fait de Cérasus et de Pharnacie deux villes différentes; mais, suivant Arrien, une si grave autorité, Pharnacie était le nom que
portait, de son temps, la ville de Cérasus; elle était une colonie de Sinope. Cf.
Géogr. de Strabon, trad. de 1815, t. IV, 2ᵉ partie, p. 39; Ptolémée, partageant
l'erreur de Strabon, désigne Φαρνακια comme une ville située entre Κερασος et
Ἱερον λιμην (livre V, chap. vɪ, p. 123, édit. d'Amsterdam 1603). Mais Étienne de
Byzance est plus explicite et justifie le mot d'Ercilla : « Φαρνακια, χω α και εθνις εν-
τα σπαρχις τη Τραπεζουντι. » Pline l'appelle *Pharnacea* et la place à cent mille pas
de Trapézonte. Ptolémée (V, 6) et Strabon (p. 555) la nomment Φαρνακια, et Arrien
Φαρνακια. — Ce qui nous frappe chez Ercilla, c'est le rapprochement qu'il fait de la
Cappadoce et du territoire de Pharnacie comme pour ne laisser aucun doute sur sa
pensée; les deux contrées, en effet, n'étaient séparées que par le fleuve Thermodon.

do toute vie, au milieu des outrages, fut traîné à une mort ignominieuse [1].

VIII

« Jette les yeux sur la vaste mer Méditerranée, qui sépare l'Europe de l'Afrique, et sur la mer Rouge qui s'allonge de cet autre côté, et dont Moïse avec sa baguette ouvrit les vagues [2]. Ici, c'est le golfe d'Ormuz et la mer de Perse; et bien que plusieurs parties de ces régions soient un peu voilées, tu apercevras sur la zone qui est à découvert, les deux Arabies, l'une appelée Heureuse et l'autre Déserte.

IX

« Puis, c'est la Perse et la Carmanie, tout près de la Su-

Balbuena, qui, au XIVe livre de son *Bernardo*, à propos de la naissance d'Angélique, prend occasion de décrire l'Asie entière, présente le même rapprochement, et son vers est plus explicite encore :

> « Y el bravo Termodonte sonoroso,
> Fines de Capadocia y de Farnacia. »
>
> (Oct. 103e.)

Ce n'est pas là toutefois le seul trait de ressemblance que le xive chant de Bal-buena présente avec le xxviie chant de don Ercilla, et ceux de nos lecteurs qui voudront comparer les deux tableaux, trouveront ici une preuve de plus des nombreux détails que le poëme du *Bernardo* emprunte à l'*Araucana*.

[1] Le poëte de la religieuse Espagne, en trouvant sur son itinéraire la Syrie et la Judée, ne pouvait oublier ni les souvenirs de Nazareth, ni ceux de Jérusalem, ni l'éclatante image du Dieu Rédempteur. Tout le reste disparaissait pour lui devant les grandes traditions du Christianisme et de la foi catholique, et, en prêtant à son enchanteur le langage respectueux de ses propres croyances, il donnait au rôle de Fiton une nuance particulière, fort différente de celle que le Tasse et Balbuena donnent à Ismen et à Tlascalan.

[2] La mer Rouge ne rappelle pas à don Ercilla les merveilles de l'ancienne Égypte ou les courses des rois pasteurs; c'est la Bible, c'est Moïse qui obsèdent son imagination. Ainsi, lorsque après des fatigues inouïes et de longues recherches, où il eut à déployer toutes les ressources de la sagacité, de la patience et du courage, le capitaine Speke arrive enfin à l'extrémité septentrionale du lac N'yanza et découvre le large cours d'eau qui s'en épanche et donne naissance au Nil, ce ne sont pas les Pharaons, ce n'est pas Sésostris, ce ne sont pas les Hycsos qui préoccupent l'intrépide voyageur; c'est Moïse, c'est l'histoire du culte religieux commun à tout l'Occident et répandu dans tout l'univers : « L'expédition avait désormais atteint son but, dit-il; je voyais l'antique Nil sortir du Victoria-N'yanza. Je m'assurais que, selon toutes mes prévisions, ce grand lac donne naissance à la rivière sacrée sur laquelle a flotté Moïse enfant. » (*Les Sources du Nil*, par John Hanning Speke, trad. par M. Forgues, 1864, p. 441.) C'est le plus grand et le plus glorieux souvenir en effet que puisse évoquer la vue du fleuve pour une intelligence religieuse.

siane qui la touche à l'ouest. Là, se forge cet acier poli, d'une trempe si fine et si parfaite; et la Drangiane, la Gédrosie qui s'avance jusqu'à la mer de l'Inde et jusqu'aux marchés de l'Orient; et plus loin, si tu suis la même direction, tu découvres la brûlante Arachosie.

X

« En deçà et au delà du Gange, considère toutes ces contrées de l'Inde qui se prolonge au levant. Tu vois le Cathay et sa ville de Canta [1], bâtie sur le rivage de la mer indienne; la Chine et le

[1] Le Cathay partage à la fois le domaine de la géographie et celui de l'imagination poétique. Dans les fictions de l'Arioste, qui ont maîtrisé les poëtes du xvie siècle, c'est le royaume idéal de la belle Angélique. Mais au milieu de toutes les féeries dont le moyen âge enveloppe cette contrée, la plupart des critiques ont voulu y voir la Chine, quelquefois la Grande-Tartarie, plus souvent la partie septentrionale de l'empire chinois; d'autres l'ont confondu avec la *Serica* des Romains, dont l'emplacement a toujours été un peu vague pour les modernes, et dont les habitants avaient peu de contact avec le reste des hommes : « Σῆρες, ἔθνος Ἰνδικὸν ἀπρόσμικτοι ἄλλοις» (Étienne de Byzance, p. 230). Plusieurs ont cru que le Cathay était la Κήτις de Strabon (*Géogr.*, lib. XV, édit. de Xylander, Basle, 1571, p. 802), qu'Étienne de Byzance appelle Κήτεια ('Ἐθνικῶν quæ supersunt, edente Anton. Westermann, Leipzig, 1839, p. 153). Mais si Strabon désigne une contrée indienne, Étienne de Byzance désigne par le même nom une ville seulement πόλις Ἰνδική (p. 153). Il est assez difficile de déterminer nettement la situation du Cathay. Quelques savants hésitent entre le Népaul, la Cochinchine et le Céleste Empire. C'est notre *extrême Orient*; et, chez les poëtes, il ne faut pas trop serrer l'expression. La libre fantaisie a des jeux sans frein à de telles distances, dans les siècles où la navigation à la vapeur et la télégraphie électrique n'exerçaient pas encore leur rapide contrôle. Nous ne demanderons pas non plus à don Ercilla si sa ville de *Canta* est le *Canton* des temps modernes. L'écrivain espagnol paraît pourtant distinguer le Cathay de la Chine elle-même, puisqu'il nomme ce dernier pays aussitôt après. La grande majorité des érudits voient dans le Cathay la partie la plus orientale du pays des Tartares. Dès le xviie siècle cette opinion était soutenue par Pierre d'Avity, seigneur de Montmartin. Il établit que le Cathay et la Chine ont été confondus à tort, et il se prononce pour la Tartarie, en prodiguant sur cette matière les plus curieux détails. Cf. *le Monde*, in-f°, Paris, 1643, p. 841; sqq. Dans les *Relations de divers voyages curieux*, par Melchisédec Thévenot (Paris, 1696, t. I, p. 19 et suiv.), nous voyons l'*Itinéraire* d'Anthoine Jenkinson pour découvrir le chemin du Cathay *par la Tartarie*. Jenkinson écrivit lui-même le compte rendu de son exploration aux marchands anglais de la compagnie de Moscou qui l'avaient obligé à faire cette recherche pour laquelle il s'embarqua en 1558, à Astrakan. Un autre voyageur qui avait de beaucoup précédé Jenkinson, le cordelier Rubruquis, au milieu du xiiie siècle (chap. XIX, édit. de 1830, p. 295 et suiv.), distingue deux Cathay, l'un au sein de grandes montagnes dont il ne détermine pas la latitude, l'autre vers l'orient, le long de la mer. A-t-il voulu désigner la Mongolie et la Mandchourie ? Il est heureux pour la science que nos explorateurs modernes, les Humboldt, les Barth, les Speke et les Baker, secondés par la perfection de leurs instruments, aient fixé avec plus de précision sous quels degrés s'accomplissaient leurs belles découvertes.

groupe des Moluques [1], et tous ces flots qui roulent à l'est leur immensité ; et la lointaine, la célèbre Taprobane, que les anciens regardaient comme la dernière limite du monde oriental [2].

XI

« De ce côté, s'aperçoivent l'Hyrcanie, la Tartarie et les Albaniens qui s'étendent jusqu'à Trébizonde, et d'autres petits États voisins, tributaires ou alliés des Persans ; les Ibères qui se nomment Géorgiens, les Circassiens, pauvres et dispersés, dont le sol comme un croissant étroit se développe sur toute la côte de la mer Noire [3].

[1] Ercilla fait de ce magnifique archipel une description spéciale, dans l'octave 51, lorsque le voyage de Magellan nous ramène vers l'Océanie. — Nous avons adopté ici le sens donné par Winterling, mais sans être bien convaincu que le poëte n'ait pas voulu désigner la presqu'île de Malacca. Il y a chez les géographes du xvi° siècle d'étranges confusions entre les noms propres de ces contrées lointaines. Nous en signalerons plus bas de nombreux exemples. Cependant, comme Ercilla dans l'octave 51° désigne les îles Moluques par l'expression même qu'il donne ici « El Maluco », il est assez improbable qu'il ait voulu la consacrer à deux régions différentes.

[2]
        « ..... Y la apartada
    Trapobana famosa, antiguamente
    Término y fin postrero del Oriente. »

C'e... le texte de Baudry, et la traduction de Winterling y est conforme. Don Cayetano Rosell adopte une leçon différente :

    « Trapobana, famosa antiguamente,
    Término y fin postrero del Oriente. »

La ponctuation de don Rosell, moins plausible, laisserait supposer que dans l'esprit d'Ercilla, l'île de Taprobane (Ceylan) serait en effet, comme elle l'était aux yeux des anciens, la limite du monde, une sorte de *Thulé* orientale. Cette idée est démentie par toute la description du poëte.

[3] « Mar Mayor. » Winterling entend par ces mots la mer *Caspienne*.

    « ..... des casp' schen Meeres Wogen. »

Mais il est certain que l'arc de cercle formé par le pays des Tcherkesses enveloppe la côte orientale de la mer Noire et non la mer Caspienne. D'autre part, cette dernière n'avait qu'un synonyme ; elle s'appelait encore la mer d'Hyrcanie. La mer Noire s'appelait, il est vrai, *Pont-Euxin*, et l'on se demande pourquoi Ercilla la désigne sous le nom de « mar Mayor ». Cette épithète ne semble lui avoir été donnée que par comparaison avec les autres mers intérieures de l'Asie, d'une surface moins étendue, telles que la mer Caspienne ou le lac d'Aral ; et il paraît qu'au temps d'Adrien, c'était là son nom habituel : voilà du moins ce qui semble ressortir des termes de Ramusio. Il dit au titre de son second volume : « Porti d'intorno al mar Maggiore, come si nominavano al tempo dell' Imperator Adriano. « Marco Polo, dont

XII

« Tu vois le Cyrus aux flots impétueux, qui sépare les Ibères de l'Albanie, le mont Caucase aux escarpements terribles, et dont les pics élevés dominent un si vaste horizon [1]. Contemple le royaume de Colchide, fameux par l'île [2] illustre de Médée,

Ramusio publie les voyages, s'exprime de la même manière ; il nomme la mer Noire *Mer majeure* et l'oppose à la mer d'Hyrcanie, c'est-à-dire à la mer Caspienne : « Della provincia di Zorzonia et de' suoi confici sopra il mar Maggiore e sopra il mar Hircano, ahora detto di Abaccu. »... « Guarda duoi mari, uno dei quali si chiama il mar Maggiore, quale è dalla banda di tramontano, l'altro di Abaccu, verso l'oriente » (libro primo ; Coll. *Ramusio*, 3 vol. in-f°, *Delle navigazioni e viaggi*, t. II, p. 5). Un nouveau motif doit nous détourner du sens adopté par Winterling ; c'est que dans l'octave 14°, le poëte parlera de la mer Caspienne et lui donnera auprès de son nom véritable, son synonyme classique et reconnu :

« El Caspio mar, por otro nombre, Hircano. »

Il serait difficile d'admettre qu'Ercilla eût voulu la désigner par un troisième titre quelques lignes auparavant.

1   « Que su cumbre gran tierra señorea. »

Cette haute chaîne du Caucase qui se développe depuis Anapa jusqu'au promontoire d'Apchéron, entre la mer Noire et la mer Caspienne, compte en effet des pics d'une grande élévation. Celui d'Elbrouz monte à plus de 5,000 mètres. Comme l'Elbrous, le Karbek, le Shat-Tag sont couverts de neige éternelle. L'indépendance des tribus, menacée dès le règne de Pierre le Grand, a été vaillamment défendue derrière des retranchements presque inaccessibles formés par la nature. Des populations guerrières ont trouvé des chefs dignes de les conduire. Schamyl a tenu longtemps en échec toutes les forces de la Russie. Mais le succès de l'empire moscovite, préparé avec une singulière persévérance et par d'immenses sacrifices, semble aujourd'hui décidé. Une partie des montagnards se sont expatriés et sont devenus les hôtes infortunés et turbulents de la Sublime Porte. Les couleurs employées par Ercilla pour décrire les hauteurs inaccessibles où si longtemps s'était abritée cette nation guerrière, offrent une vérité parfaite et cette heureuse précision dont il serait difficile de surpasser le trait juste et pittoresque.

2   « ..... Ian famoso
        Por la isla celebrada de Medea. »

Il ne s'agit pas ici d'une île célèbre dans l'histoire de Médée et des Argonautes, de *Peuce*, par exemple, aux bouches du Danube, où la magicienne épousa Jason, après leur fuite (*Valer. Flacc.*, *Argon.*, VIII, 217 et sqq.); l'île de Peuce n'appartena t pas au royaume de Colchide. Le poëte veut assurément parler de l'île formée par les deux branches du Phase avant son embouchure dans le Pont-Euxin; c'est l'île d'Æa; la mythologie l'a rendue célèbre par les incantations de Médée. Apollonius de Rhodes donne même à l'amante de Jason une épithète tirée du nom de cette île :

et où Jason vint, avec tant de peine [1], faire la conquête de la toison d'or.

XIII

« Regarde la grande Arménie que distingue sa florissante cité de Tauris. Au sud, c'est la religieuse et vénérable Sulta-nia [2]. Elle a été sans pitié changée en ruine par le chef des Tartares, par l'inflexible fureur de Tamerlan, qui mettait au niveau du sol tout ce qu'il rencontrait sur son passage, pareil à la colère du ciel [3] ou à la soudaine explosion de la foudre.

XIV

« Vois le Tigre et l'Euphrate qui forment les limites de la Mésopotamie et vont ensuite courir ensemble [4] jusqu'au golfe de la Perse. Ils laissent d'un côté l'Égypte et la Syrie. Là, c'est le pays des Parthes, là, celui des Mèdes, qui se courbe, et, de sa frontière arrondie, enveloppe au sud la mer Caspienne [5], que

Alcin Méhus (III, v. 1136), et M. Lehrs, dans sa belle version latine, traduit par « Colchica Medea ». Winterling s'exprime librement :

> « ..... Colchis
> Das durch Medea so berüchtigt ward. »

Mais il ne donne ainsi que le sens général et enlève au style sa précision.

1 « El trabajado Jason. » Le poëte ne veut point parler des efforts tentés par Jason pour vaincre les taureaux gardiens de la toison d'or. Tous les obstacles devaient s'abaisser devant un héros qui avait à sa disposition les enchantements de Médée; mais bien de tous les travaux et des périls qu'il eut à braver, avec les Argonautes, avant d'atteindre au rivage même de la Colchide, et au milieu desquels il eut à déployer tant de persévérance et d'audace. Winterling traduit la pensée d'Ercilla avec une grande justesse :

> « Wohin nach mühevoller Fahrt
> Einst Jason kam, sich mit dem goldnen Vliess zu schmücken. »

2 Les ruines de Sultanieh, dans l'Irak-Adjémi, sont encore célèbres. Cette ville opulente, autrefois séjour des rois mongols de Perse, n'offre plus aujourd'hui debout que des mosquées, restes de son ancienne splendeur. C'est là que le schah de Perse vient encore tous les ans passer en revue son armée.

3 On se rappelle que ces terribles exterminateurs, Attila, Timour, se disaient avec orgueil les fléaux de Dieu.

4 Ces vers nous décrivent d'abord le cours séparé des deux fleuves qui enveloppent la Mésopotamie, puis leur réunion depuis Korna jusqu'au golfe Persique, sous le nom de Chat-el-Arab.

5 La contrée que désigne ici le poëte est aujourd'hui, en partie du moins, vers le

l'on appelle encore la mer d'Hyrcanie, et dont la surface ovale se présente en travers au souffle du vent d'est [1].

XV

Vois l'Assyrie et la cité célèbre, témoin de la confusion des langues, les remparts, œuvre merveilleuse, élevés par Sémiramis, mère de Ninus. Une mort rapide et imprévue devait y intercepter les jours d'Alexandre. Ce fut là qu'au milieu des prospérités du héros, elle coupa le fil de ses destins et arrêta son existence.

XVI

« En Afrique, s'étendent vers le sud les vastes États du Prêtre-Jean [2]. Là, plus brillante et plus belle que toutes les autres

sud-est de la Caspienne, cette vaste région connue sous le nom général de Boukharie. Occupée par un grand nombre de nations, assez rudes encore, dont quelques-unes font un commerce de caravanes avec la Russie, l'Inde et la Chine, elle est le centre le plus actif des intrigues de Saint-Pétersbourg, qui veut s'y assurer une forte position militaire et politique et se donner d'utiles auxiliaires. C'est une des routes de l'Inde. Elle conduit, comme la Perse, au pays des Afghans.

[1] Cette octave a été supprimée par Winterling. Elle concerne pourtant deux États illustres entre tous et qui sont bien, suivant la promesse d'Ercilla :

« *Famosas por natura y por las guerras.* »

Mais elle renferme quelques détails qui eussent obligé le critique allemand à modifier la traduction qu'il a faite de l'octave 11e, et le sens qu'il a donné aux mots, « *toma del mar mayor toda la cuesta.* »

[2] Sous ce nom étaient connus au moyen âge et au temps de la Renaissance des personnages très-divers. Il représente plusieurs souverains de régions lointaines, de la Tartarie ou du Cathay supposés chrétiens, et aussi en Afrique, l'empereur d'Abyssinie, le grand Négus ou Néguça, comme l'appelle d'Anville (*Mém. de l'Acad. des Inscriptions*, t. XXVI, p. 59). Une opinion assez probable confond le prêtre Jean avec le Dalaï-Lama, le grand pontife des Kalmouks et des Mongols, qui réside près de H'Lassa, au Thibet. De Guignes a cru pouvoir être plus précis; il voit dans le prêtre Jean un prince tartare, Onk-Khan, celui dont Tchingiskan fit encadrer d'argent la tête après sa mort. Il était chrétien Nestorien, et ses coréligionnaires l'appelaient le roi Jean. De Guignes voit en lui le fameux personnage dont il est si souvent parlé. Il résidait à Kara-Koroum. Il avait pris le nom de Jean, lorsqu'il embrassa le christianisme, et Aboulfaradge le désigne ainsi. A l'égard du titre de prêtre, il lui fut conféré probablement parce qu'il avait été sacré prêtre par les nestoriens. Ceux-ci, peu scrupuleux, donnaient cette dignité à tous ceux qui la demandaient et même aux enfants. (Cf. de Guignes, *Hist. générale des Huns, des Turcs, des Mogols*, etc., 1757, t. III, p. 13-20.) Les premiers voyageurs européens qui ont visité le fond de l'Asie, du Plan Carpin, Rubruquis, Marco-Polo, parlent du prêtre Jean comme d'un souverain asiatique. L'on sait quels intérêts

cités, Sebbah dresse dans les airs ses magnifiques édifices.

avaient attiré les deux premiers en Orient. M. Walkenaër les a nettement fait connaître : « Dans le commencement du xiiie siècle, dit-il, les conquêtes de Genghiz-Khan, empereur des Mongols, et le vaste empire qu'il fonda attirèrent l'attention de l'Europe sur cette Scythie dont on n'avait point auparavant soupçonné la vaste étendue. Les puissances chrétiennes de l'Europe avaient dissipé d'immenses richesses et consommé de nombreuses armées dans leurs sanglantes croisades ; elles se voyaient sur le point de perdre entièrement le fruit de tant de sacrifices et d'être expulsées de Jérusalem. Ces longues guerres leur avaient procuré de nouvelles connaissances sur les contrées orientales et elles conçurent l'espoir de trouver dans Genghiz-Khan un appui contre les Turcs et les Arabes. Tels furent les motifs qui donnèrent lieu aux missions de Carpini, de Ruysbroeck ou Rubruqui et d'Ascelin. Ces voyageurs pénétrèrent par le nord de la mer Caspienne, jusqu'à Karakoroum, la célèbre capitale du Cathay, situé sur l'Orchon qui se décharge dans la Selinga (*tributaire du lac Baïkal*). Carpini et Ascelin publièrent leurs relations et apprirent à l'Europe étonnée que des peuples nombreux et de grands pays occupaient cette partie du globe que les géographes avaient couverte des eaux de l'Océan (*Collection des voyages en Afrique*, 1842, t. I, *Introd.*, p. 50-52). C'est dans le récit de Jean du Plan Carpin que le nom du *prêtre Jean* apparaît pour la première fois. Carpini fut envoyé en 1246 vers les Tartares par Innocent IV, avec plusieurs autres religieux. L'extrait de sa relation fut donné par Vincent de Beauvais, dans le XXXIIe livre de son *Speculum historiale*. Le vieux traducteur français du *Miroir historial* qui appelle le messager apostolique *Jehan de pleine Carpie* (livre XXXII, chap. II et suiv.), avait popularisé toute cette singulière narration, avant que Reinerius Reineccius l'eût fait entrer dans son grand recueil de l'*Histoire orientale* (1585). Déjà pour tout l'Occident le roi de la *grande Inde* s'appelait prêtre Jean. Du Plan Carpin l'avait montré vainqueur d'un des fils de Genghiz-Khan, qu'il combattit à la tête des chrétiens de son royaume (Cf. *Voyage de Benjamin de Tudelle, de Jean du Plan de Carpin*, etc. Paris, 1830, in-8°, p. 176-177). Un peu plus tard, l'an 1253, Guillaume de Rubruquis, cordelier, fut envoyé en Tartarie et en Chine par Louis IX, pendant que la guerre l'occupait en Syrie contre les Sarrasins. Celui-ci, dans sa relation adressée au roi lui-même, nous apprend qu'un prêtre nestorien se fit roi du pays des Naymans, qu'il était frère d'un autre prêtre nommé Unc, qui habitait au delà des montagnes de Cara-Cathay (Edit. de 1830, chap. XIX, p. 243 et suiv.). Ce récit de Rubruquis est confirmé par celui de Marco-Polo. Les données fournies par du Plan Carpin, et par l'ambassadeur de saint Louis facilitèrent au courageux Vénitien les moyens d'exécuter les étonnants voyages (1271-1297), où il fut entraîné par des spéculations commerciales, et qui ouvrirent à l'Europe de plus larges perspectives. Il s'accorde avec Rubruquis : « Davano (*Tartari*), dit-il, tributi ad uno gran Signore, che (como intesi) nella lingua loro, si chiamava Uncan, quale è opinion di alcuni, che voglie dire nella nostra *Prete Gianni*. A costui i Tartari davano ogni anno la decima di tutte le lor bestie. » (Marco-Polo, lib. I, *Collect. Ramusio*, t. II, p. 13, édit. de 1559.) Une lutte sanglante eut lieu entre Genghiz-Khan et cet Uncan ; le second fut vaincu et tué ; son adversaire prit sa fille pour femme (cf. p. 14 et 16). Rubruquis et Marco-Polo semblent avoir été sous les yeux du savant de Guignes. Enfin une note marginale au Mémoire d'Jenkinson que nous citions il y a un instant (cf. *supra*, p. 285) dit, à propos d'un chef nommé Reshit-Can : « Ce Reshit-Can est peut-être le *prêtre Jean*, que l'on a placé en ces quartiers (*entre Boghar et le Cathay* ; cf. le *Recueil de Thévenot*, t. I, p. 27). Ainsi quel que soit le texte que l'on consulte, c'est à l'Orient, c'est au lointain Orient que paraît appartenir un nom que l'Afrique dispute pourtant à l'Asie. La même note marginale dont nous venons de rapporter le début, rapproche en finissant, du mot

Trois fois par an, elle recueille de riches moissons; trois fois

Reshit-Can, celui de Térist-Chan qui a fait nommer l'empereur des Abyssins prêtre Jean : « Térist-Chan en langue persane, conclut l'écrivain, signifie l'*envoyé*, et exprime bien le titre d'apôtre que prend ce prince » (p. 27). Ainsi une autre tradition rattache le *prêtre Jean* au continent de l'Afrique ; et au xv⁰ siècle, au commencement même du xvi⁰, cette tradition était encore en pleine vigueur. Elle était assez accréditée pour que dom Emmanuel, roi de Portugal, ait envoyé en 1515 une ambassade en Abyssinie au *prêtre Jean*. Le chef de cette ambassade était Odoardo Galuau. Il était accompagné d'un chapelain d'Emmanuel, nommé Francesco Alvarez, qui nous a laissé le récit de cette singulière légation, un des plus curieux que l'on puisse imaginer. Les précieux renseignements qu'il présentait sur une région si peu et si mal explorée jusque-là assurèrent à l'ouvrage une prompte popularité. L'ambassade n'arriva qu'en 1520 au port de Maczua (Massaoua), par lequel on avait alors avec l'Abyssinie de bien rares communications. Alvarez ne fut de retour qu'en 1527, lorsque Jean III avait déjà succédé depuis six ans à son père Emmanuel. Le récit d'Alvarez publié à Lisbonne en 1540 (Verdadera informaçom das terras do preste Joam) fut traduit en espagnol, en français, en italien. La version italienne figure au *Recueil de Ramusio*, Venise, 1563, t. I, p. 189-251. Dès lors le prêtre Jean fut transféré en Abyssinie. Les envoyés du roi de Portugal étaient dirigés vers le *prêtre Jean*. Dans tout l'ouvrage assez prolixe du chapelain, l'empereur d'Abyssinie est constamment appelé *prete Janni*. Admis en présence du roi David, après une foule de tribulations, c'est toujours comme au prêtre Jean que les envoyés parlent (p. 123, v⁰). A leur départ, ils sont accompagnés de l'ambassadeur du prêtre Jean. Ils étaient venus avec cette idée du prêtre Jean; ils retournent avec elle. A la relation d'Alvarez, sont jointes quelques pièces, elles-mêmes d'un grand intérêt, entre autres une lettre de Jean, roi de Portugal, successeur d'Emmanuel, au pape Clément VII, où constamment le chef des Abyssins est appelé prêtre Jean. Comment devant de pareils faits l'erreur populaire ne se fût-elle pas de toutes parts enracinée? Il est vrai qu'Alvarez ne semble pas avoir été doué d'une critique fort judicieuse, s'il déclare qu'au *prêtre Jean* appartenait, avec beaucoup d'autres principautés, le royaume de Gojam, où le Nil sort de *deux grands lacs*, vastes comme des mers (p. 249, v⁰). Il dit aussitôt qu'ils étaient habités par des hommes marins et des femmes marines; il semble presque ajouter foi aux Tritons et aux Sirènes. S'il trouve partout la religion établie, de nombreux monastères et les principales fêtes du Christianisme, vaincu par la réalité il avoue que le prêtre Jean demandait volontiers à l'ambassade tout ce qui était à sa convenance (p. 235 et suiv.). A la bonne heure, je reconnais là du moins ces souverains avides et pillards avec lesquels le capitaine Speke et après lui Baker ont eu affaire dans le Karagué et dans l'Uganda. Nous le trouvons là plus au naturel que dans ces belles lettres d'obéissance et de vasselage que l'ambassade rapporta pour le Saint-Siège et par lesquelles l'empereur d'Abyssinie se reconnaissait le fils bien dévoué du Saint-Père.

Quel dommage pour l'existence du prêtre Jean que les missionnaires jésuites aient eu à visiter, à parcourir, à évangéliser l'Abyssinie! Après le « Viaggio della Ethiopia, » tel que le traduit Ramusio, nous arrivons au *Recueil de Thévenot*, aux dépositions du R. P. Manoël d'Almeida, extrait et traduit de la copie portugaise du R. P. Balthazar Tellez, et au témoignage du R. P. Hieronimo Lobo. Oh! ceux-là ont passé et repassé le Nil, traversé et traversé encore toute l'Abyssinie. L'un d'eux (Lobo) a laissé son nom à un lieu où l'on franchit sur des roches le Nil naissant au pays des Agaws. Eh bien! pour ces hardis explorateurs, missionnaires audacieux de la foi chrétienne, le nom de prêtre Jean est un titre inconnu aux princes même de l'Éthiopie. Chez les Abyssins, *Nugé* signifie roi. Ils appellent leur souverain *Nugea Negasto*, c'est-à-dire, roi des rois. L'ombre du prêtre Jean a disparu.

elle voit ses campagnes labourées¹ et ornées d'une verdure nou-

Tout ce que nous savions avant Tellez sur l'Éthiopie était fabuleux. Nous n'étions pas mieux informés de l'étendue de cet empire ; on le faisait beaucoup plus grand, de tous sens, qu'il n'est en effet (Cf. *Collect. Thévenot*, t. II, p. 24, sq.). Le père Lobo qui franchit le Nil, dans le Gojam, en 1679, se demande d'où a pu venir que l'on ait attribué le nom de prêtre Jean, au roi des Abyssins, lorsqu'aucun prince de cette nation ne l'a jamais pris, et voici la solution qu'il donne : Le prêtre Jean, révéré par l'imagination, avait pour symbole de son culte une croix, et quand il ouvrait une guerre, l'on portait une croix devant lui. De plus les empereurs d'Abyssinie étaient des prêtres, selon leurs traditions ; cela a pu faire croire qu'ils étaient ce prêtre Jean dont personne ne trouve plus de traces. Ainsi, prêtres en effet, ils auraient reçu ce titre bizarre du mot *Jean*, qui dans l'idiome de l'Illabes-b, selon quelques savants, est synonyme du mot *roi*. Cette étymologie expliquerait le caractère mixte d'une royauté à la fois sacerdotale et guerrière ; mais elle ne nous dit pas assez comment le même titre a pu être donné dans le XIIIᵉ siècle à un prince oriental par Jean du Plan Carpin, par un autre cordelier qui le suivit de près, Ruysbroeck, et par le Vénitien Marco-Polo. Pour nous une grande obscurité règne encore sur la véritable origine de cette expression bizarre. Mais don Ercilla suit visiblement le système africain ; il place en Abyssinie le séjour du personnage mystérieux. Bien des localités que désignent les voyageurs et les écrivains du XIIᵉ siècle appartiennent à une géographie systématique ; il y avait aussi des rôles, des acteurs auxquels tout le monde croyait et dont l'existence est pourtant un problème, alors elle était acceptée et consentie. Le nom même de *Prêtre Jean* était assez populaire pour que la comédie ait pu s'en emparer, sans la crainte de ne pas être comprise. Dans *Beaucoup de bruit pour rien*, lorsque Benedict conjure don Pedro d'imaginer quelque moyen de l'employer pour qu'il puisse éviter la présence de Béatrice, Shakespeare lui prête ce langage : « J'irai vous chercher un cure-dent jusqu'au dernier pouce de terre de l'Asie ; j'irai vous prendre la longueur du pied du prêtre Jean, etc. » (cf. act. II, sc. 1).

    1 « Sceva, » que Winterling traduit par *Sabe*, et qu'il serait peut-être plus exact de rendre par *Seba* ou *Sebbah*, était une des villes les plus importantes de l'Abyssinie ; mais il est très-difficile d'en déterminer la situation. Le royaume d'Abyssinie avait des limites fort élastiques ; l'imagination des premiers voyageurs lui a donné quelquefois une étendue prodigieuse et le prolongeait bien avant dans l'Afrique australe. Sur un si vaste espace, où était la cité, peut-être imaginaire, dont nous parle Ercilla ? On pourrait hésiter entre plusieurs villes : 1° en face de l'île de Dhalak (autrefois Elæa), est Massouah, dont le mouillage moderne ne rappelle aucune splendeur, et que les Anglais dans leur récente expédition organisée à Bombay, voulaient d'abord faire servir de base à leurs opérations militaires contre Théodoros. Aux environs de Massouah et sur la baie même, il y avait autrefois une ville de *Saba*, d'origine sans doute arabe ; celle que Ptolémée appelle Σαβὰτ πόλις (*Géogr.*, édit. Montanus, *Amsterdam*, 1605, livre IV, chap. VII, p. 112, et trad. latine de Pirckheimher, p. 77, édit. Basle, 1540). 2° Sur les côtes d'Abyssinie, dans la baie d'Asâb, près du détroit de Bab el-Mandeb, il y avait une ville de *Sabæ* ; ce second port était, par sa situation, beaucoup plus important que le premier ; c'est le même sans doute qu'Étienne de Byzance (édit. Westermann, p. 244) appelle Σαβαὶ et qu'il désigne comme une grande ville sur les bords de la mer Rouge (πόλις μεγάλη), et comme une forteresse (φρούριον). Strabon qui fait, d'après Artémidore, la description de la côte occidentale du golfe Arabique, cite également Σαβαὶ, πόλις εὐμεγέθης (édit. Xylander, p. 898). Le traducteur français y reconnaît Asâb (t. V, p. 275, *note* 2). — 3° enfin Sôbah, dont les vastes ruines dans l'île de Méroé, couvrent encore un espace d'une lieue de circonférence. Selon M. Cailliaud (*Voyage à Méroé*, de 1819 à 1822,

relle. C'est à son vingt-deuxième degré que le pôle antarctique
a vu s'élever cette ville somptueuse.

XVII

« Voici devant toi Gógia¹ et ses hautes montagnes, qui do

publié à Paris en 1826, 4 vol. in-8°), les débris de Sôbah, sur le fleuve Bleu, attestent l'existence de grands établissements dans cette partie de l'île de Méroé
(t. III, p. 168). Il espérait y trouver quelques restes imposants (t. II, p. 203); mais
sa déception fut profonde; tous les matériaux avaient été enlevés; les briques
mêmes n'avaient pu résister à l'humidité délétère du climat; de cette ville ancienne, il ne restait plus que des amas de terre et de gravier (ibid., p. 206). Cailliaud
penche à croire que le nom de Sôbah donné à ces décombres, n'est qu'une altération
de celui de Saba; il rappelle que selon Josèphe (Antiq. jud., II, 10, Coll. Didot;
t. I, p. 66), Méroé se nommait originairement Saba; que la reine de Saba, qui vint
de si loin écouter les sages préceptes de Salomon, était reine d'Éthiopie (ibid., VIII,
chap. VI, § 5; voy. Cailliaud, t. III, p. 170-171). Or les ruines de Sôbah se trouvent à huit lieues au-dessus de Khartoum, et Pline cite à 17 journées de Méroé,
c'est-à-dire précisément au point où nous amène cette distance, une ville nommée
Isar, qu'il appelle aussi Sape. Elle était florissante au Xe siècle, s'il faut en croire
les historiens arabes, cités par M. Vivien de Saint-Martin (le Nord de l'Afrique, 1863,
p. 43), et au commencement du XVIe elle existait encore (cf. Francesco Alvarez,
dans la traduction ital. de 1563; Ramusio, t. I, p. 203). Ce nom de Saba, suivant
l'avis de M. Vivien de Saint-Martin, avait sans doute été apporté dans le royaume
de Méroé, par quelques immigrations des Sabéens Jectanides de l'Arabie méridionale (l. cit.). Aujourd'hui il n'est plus représenté, dans le sud de l'île de Méroé,
que par une tribu de Sobéh. Est-ce à la petite bourgade arabe de la baie de Massaoua, ou à l'importante cité de la baie d'Asâb, ou à la capitale maintenant détruite du royaume d'Aloa, toutes deux également arabes d'origine, que se sont re-
portés les souvenirs d'Ercilla? Laissons de côté cette question purement hypothétique, et qu'il est fort difficile de résoudre. L'Araucana enlève toute place aux
conjectures; le poëte indique la latitude de Séba et fixe au 22e degré austral
l'emplacement de la ville dont il parle. Au 22e degré, nous nous trouvons sur
la côte de Sofala, et plus particulièrement au pays de Sabia, à peu près inconnu. Y avait-il autrefois une ville du même nom? C'était assez l'usage chez les
nations primitives de désigner, par un même terme, le pays, son fleuve, sa capitale.
Zimbaoé était l'ancienne capitale du Monomotapa, un des vieux rêves de l'imagination poétique des peuples. Les richesses de Sofala qui ne forme en quelque sorte
que le littoral de ce vaste plateau, étaient proverbiales, parmi les Arabes, et l'ancien
empire de Monomotapa qui bornait le Sofala à l'ouest, avait tous les genres de
splendeur. L'esprit encore naïf des conteurs du XVe et du XVIe siècle ne craignait
pas d'étendre jusqu'à ces contrées féeriques, la colossale monarchie des Abyssins,
du prêtre Jean. Peut-être cependant est-il inutile de chercher ailleurs que dans
Asâb ou dans Sôbah la véritable cité que désigne le poëte espagnol. Il a pu être
trompé par le système de notation si défectueux de Ptolémée qui était encore un oracle réputé infaillible dans les écoles du XVIe siècle, mais dont M. Vivien de Saint-
Martin a démontré par tant de preuves convaincantes les déplorables aberrations
(voyez le Nord de l'Afrique, section VII, p. 217 et suiv., et section VIII,
p. 291-295).

¹ « Gógia. » C'est la province de Godjam que le Nil Bleu (Bahr el-Azrak) en-

lours sommets dépassent toutes les autres. Leur tête est blanchie d'une neige éternelle, et à la racine ce sont des précipices et des rochers à pic que hérisse à l'entour une ceinture
de ronces épaisses et de broussailles [1], retraite des ours, des
sangliers et des lions, des tigres, des panthères, des griffons et
des serpents.

XVIII

« De ces roches escarpées et pendantes, que l'on appelle
aujourd'hui les monts de la Lune, jaillissent les fameuses sources du Nil [2], ces cours d'eau sans nom et sans gloire, qui d'a-

serre au sud du lac Dembea ou Tzana, et sépare de la province du Bedjemder ou
Béghamider, qui est plus à l'est, que Ramusio (*Delle navigationi*, t. II, p. 189) appelle Baguamitri, et qu'Ercilla désignera tout à l'heure sous le nom de Beguame-
tros. Plus au midi que Bedjemder, est la province d'Ambara, que le Nil Bleu sépare aussi de Godjam. Elle est peuplée d'une race belliqueuse et prédominante. La
province de Dembea entoure le lac presque entier, et renferme Gondar, une des
villes les plus importantes de l'Abyssinie, mais réduite à six mille habitants, après
en avoir compté cinquante mille. La réunion de ces différentes provinces porte le
nom général d'Amhara. C'est la plus vaste et la plus riche portion de l'Abyssinie
moderne. On peut consulter sur la géographie, aujourd'hui mieux connue déjà, de
l'Abyssinie ou Habesch (du nom d'Abaxa, capitale du royaume d'Adel, autre portion
de l'Éthiopie), l'excellent écrit dû à la plume de M. Desvergers (*l'Univers pittoresque*,
nos 56, 58 et 59). Mais l'état du pays est loin de répondre au tableau enchanteur
que l'Europe s'en faisait même au xvie siècle. L'empire du prêtre Jean perd presque tous ses prestiges pour les premiers observateurs; cependant le mirage fantas-
tique, une fois commencé, dura longtemps pour les esprits prévenus. L'ambassade,
envoyée au souverain d'Éthiopie dès 1515 par le roi de Portugal, et dont nous avons
déjà parlé, dissipa en partie les charmes de cet Eldorado africain, où l'ambassade
lusitanienne fut quelquefois assaillie à coups de pierres. Il faut lire les détails de ce
curieux voyage d'exploration et d'affaires, que nous citons plus haut et dont le
chapelain de l'ambassade, Francesco Alvarez, a rédigé le récit. C'est au fond, malgré les illusions qui lui restent encore, l'historique d'un immense mécompte.
L'itinéraire des envoyés portugais les conduisit à travers bien des fatigues et des
périls, dans Axoum qui fut longtemps la ville principale des Abyssins. L'historien
a beaucoup à recueillir de cette relation. Cependant, parmi les curieux résultats,
le plus remarquable est qu'elle réduisit singulièrement l'étendue et les trésors in-
calculables que l'imagination des Européens avait prêtés au roi de ces vastes contrées si rarement visitées alors.

1 Ce n'est pas seulement la région montagneuse dont parle ici Ercilla, c'est toute
l'Afrique orientale qui présente au voyageur ces bois touffus de ronces et d'épines,
obstacle sérieux qui se dresse devant l'homme comme pour arrêter ses plus hardies
explorations. Il suffit de feuilleter les attrayants récits de Burton et de Speke,
pour savoir ce que de nos jours les deux intrépides capitaines anglais eurent à
souffrir pour vaincre ces formidables barrières.

2   « .... Del Nilo las famosas fuentes. »

Les véritables sources du Nil sont restées à peu près inconnues aux anciens. Au

bord se détournent et s'éloignent les uns des autres, pour se
réunir ensuite dans un même lac [1], assez immense pour que ses

temps d'Auguste, on les ignorait encore. Devant l'ignorance comme devant les chevaux du soleil, égarés par la main imprudente de Phaéton, il dérobait son inaccessible origine :

> « Nilus in extremum fugit perterritus orbem,
>   Occuluitque caput, quod adhuc latet. »
>
> (Ovide, *Métam.*, II, 251-255.)

Le César de Lucain eût abandonné, s'il faut en croire le poëte, toute pensée de
guerre civile, s'il avait pu se promettre de découvrir les sources mystérieuses :

> « Spes sit mihi certa videndi
>   Niliacos fontes ; bellum civile relinquam, »
>
> (*Phars.*, X, 191-192.)

Lucain, qui discute avec une science froide et prolixe le phénomène des déborde-
men's du Nil, décrit avec ampleur la majesté de ses cataractes :

> « ..... Quis te, tam lene fluentem,
>   Moturum tantas violenti gurgitis iras,
>   Nile, putet ? sed quum lapsus abrupta viarum
>   Excepere tuos et præcipites cataractæ,
>   Ac nusquam vetitis ullas obsistere cautes
>   Indignaris aquis, spuma tunc astra lacessis ;
>   Cuncta fremont undis, ac multo murmure montis
>   Spumeus invictis canescit fluctibus amnis. »
>
> (*Ibid.*, v. 313-322.)

Mais il renonce par la bouche du vieux prêtre Achorée, interlocuteur de César,
à dévoiler le secret de la création, l'origine même du fleuve :

> Arcanum Natura caput non prodidit ulli,
> Nec licuit populis parvum te, Nile, videre,
> Amovitque sinus et gentes maluit ortus
> Mirari, quam nosse, tuos..... » (*Ibid.*, v. 295-298.)

Cependant il ne faut pas croire, d'après les poëtes, que les anciens n'avaient fait
aucune tentative pour s'expliquer les débordements du Nil ou pour en déterminer
la source. Voyez une note complémentaire à la suite de ce xxviie chant.

[1] Le Nil Bleu, dont Ercilla nous donne ici la description, n'est pas le fleuve qui
descend des montagnes de la Lune. Il dérive du lac Dembéa ou des sources voisines de sa côte sud-ouest. Cette branche tributaire du grand fleuve était connue
dès l'antiquité, et au xvie siècle, les Portugais eurent l'honneur de la découvrir une
seconde fois ; mais le véritable Nil, le Nil Blanc, celui que les anciens faisaient
déjà descendre des montagnes de la Lune, bien qu'ils connussent assez peu leur
emplacement, n'a été livré à la science que par les récentes et infatigables explorations de Speke et de Grant, par celles de l'indomptable Baker et de sa courageuse femme. Ptolémée connaissait le lac Dembéa sous le nom de *Coloé*. C'est de
là que sort le bras oriental du Nil, le Bahr-el-Azrek des Arabes, l'Abaï ou Abawi
des Abyssins. Les anciens le nommaient quelquefois Astasoba. Il se réunit au Nil
Blanc (l'Astapus, le Bahr-el-Abyad) à la pointe du Sennâr ; et il ne faut le confondre ni avec ce dernier fleuve dont l'origine est bien loin de là au sud, ni avec
l'Atbara, qui n'est autre que l'Astaboras des anciens, et dont le Takazzé forme le
cours supérieur. Le jésuite Tellez se fonde sur les mémoires de sa compagnie
dont les missionnaires ont séjourné longtemps en Éthiopie et l'ont traversée dans
tous les sens pour nous donner sur le Nil Bleu d'excellents détails. La relation du

enfoncements et ses replis aillent baigner les bords de trois
provinces [1],

XIX

« Celles de Gógia et de Beguemetros [2], à l'orient, et à l'ouest
celle de Dambaya. Du côté de Dambaya, sont des îles habitées par
des tribus nombreuses, et tout l'immense circuit est couvert
de populations. C'est de là que les flots illustres du Nil naissent
doucement. Bientôt plus grand et plus majestueux [3], il sépare

R. P. Hieronimo Lobo place les sources de l'Abavi (*le père des eaux*) dans le pays
de Tonkoua, chez les Agaws, et il attribue les crues de ce fleuve aux torrents des
montagnes dont l'Abyssinie est couverte. Il combat ceux qui attribuent à la fonte
des neiges la cause des inondations de l'Égypte, et déclare que les montagnes éthio-
piennes ne sont pas assez hautes pour garder un amas de neiges éternelles. C'est
aux pluies du mois de juin qu'il assigne la vraie origine du débordement. Lobo
nous rapporte qu'il a vu les deux fontaines, les deux *yeux*, larges comme des
roues de carrosse, éloignées l'une de l'autre d'environ vingt pas, et d'où le Nil
Bleu s'épanche du sein des bois, à travers un lit abrupt et entrecoupé de rochers.
Le jésuite traversa le Nil de roche en roche, à l'endroit, déjà très-fréquenté par
les crocodiles, où passent d'ordinaire les gens qui vont de Dembéa à Gojam. A deux
journées de là, le fleuve tombe dans le Dembéa qui a vingt-cinq lieues de long et
quinze lieues dans sa plus grande largeur. Le lac a plusieurs îles habitées; la plus
grande a deux lieues, mais elle est très-étroite et sert de lieu d'exil. Le Nil entre
dans le Dembéa, d'une course rapide à son extrémité méridionale, et en ressort au
bout d'un quart de lieue, puis il fait un vaste coude, et enveloppe le Gojam, province aussi vaste que le Portugal. Bientôt il n'est plus éloigné de sa source que de
deux journées; de là il ne tarde pas à se diriger vers l'Égypte. Son cours général
est du sud-est au nord-ouest, mais il ne forme qu'un affluent de l'Abyad.

[1] Quoique cette description soit toute spéciale au lac Dembéa, elle offre une remarquable analogie avec celle du N'yanza. Mais c'est au sud du lac Dembéa que
le poëte, avec tous les géographes, a placé la naissance du Nil Bleu, c'est au nord
du N'yanza que le capitaine Speke nous montre le Bahr-el-Abyad s'épanchant
avec ampleur pour former le fleuve des Pharaons. Depuis le pays d'Uganda jusqu'à
Gondokoro, sous le 5e degré de latitude boréale, bien des cataractes, la plupart
inconnues jusque-là, se sont révélées au hardi voyageur anglais, avant son arrivée
à celle de Syène.

[2] « Beguemetros. » Cf. *supra*, p. 293, note 1.

[3] Le capitaine Speke, accoutumé au vaste cours du Nil Blanc, du véritable fleuve,
traite avec quelque dédain le modeste auxiliaire, issu du lac Dembéa, le Bahr-el-
Azrek qui verse près de Khartoum un contingent assez humble au Bahr-el-Abyad,
au royal courant. Entre Gondokoro et Khartoum et au-dessous même de Khartoum,
d'autres fleuves se jettent dans le Nil; mais le Nil Bleu a paru à l'illustre voyageur
le plus faible de tous ces tributaires :

« Il faut parler maintenant, dit-il, de ce fameux Nil Bleu qui, même comparé à
la Gérafle, simple branche de la Sobat, n'est qu'une très-mesquine et très-insigni-
fiante rivière. Alimenté, selon toute apparence, par quelques chaînes de montagnes,
il doit être sujet à de grandes fluctuations périodiques. J'ai rarement subi un dé-
sappointement pareil à celui que m'a procuré la vue de ce cours d'eau si célèbre,

gégia d'Amhara [1], et promène ses larges flots que ne contient aucune rive,

XX

« Jusqu'à un passage étroit et abrupt qui resserre ses flancs, et par où, avec un bruit furieux, il se décharge dans les cataractes [2]; puis, plus étendu, plus grave et plus solennel, il arrive à Méroé [3], île immense qu'il côtoie, et qui renferme trois

et je suis convaincu que, si on l'isolait du Nil Blanc, le Bahr-el-Azrek se perdrait absorbé dans les sables avant d'atteindre la basse Égypte. Ce que j'ai dit du fleuve Bleu s'applique à la rivière Atbara, le dernier des affluents que je passe en revue. C'est encore un torrent de montagnes qui déborde pendant la saison des pluies, et qu'ensuite les ardeurs du soleil dessèchent à peu près complétement. J'en avais assez vu désormais pour être convaincu que le fleuve Blanc, qui sort du N'yanza, par les chutes Ripon, est bien le vrai Nil, le père des fleuves, car il l'emportait d'une manière éclatante sur tous ceux qui venaient s'y embrancher, et cela dans la saison sèche, qui est la meilleure époque pour apprécier l'importance permanente et les forces relatives de ces rivières. » (*Les Sources du Nil*, par John Hanning Speke, p. 553, trad. par M. Forgues, 1864.)

[1] *Cf. supra*, p. 293, note 1.

[2] La cataracte du Nil Bleu dont parle Ercilla, est probablement celle de Nubie, au-dessous de Khartoum, entre cette dernière ville et Chendy; elle est la sixième cataracte en remontant le fleuve depuis Assouân (Syène) où se voit la première. Mais depuis Khartoum, le Nil Bleu est entr'ssué et ne compte plus, et si au-dessous de Khartoum, le véritable Nil forme encore six chutes avant d'arriver à Syène, du lac N'yanza jusqu'à Gondokoro, le capitaine Speke en avait énuméré déjà onze, depuis celle de Ripon. C'est à la géographie du Bahr el-Abyad qu'appartiennent ces grandes merveilles de la nature.

[3] « Méroé, gran isla. » Le royaume de Méroé était moins une île qu'une presqu'île. L'on a cru longtemps que l'Atbara et le Nil Bleu communiquaient ensemble au sud, comme ils semblaient se joindre à leur confluent; mais le premier a sa source au nord de Dembéa, et tous deux à une forte distance l'un de l'autre se jettent dans le Bahr el-Abyad. Célèbre chez les anciens et considérée comme un des plus vieux États du monde, l'île de Méroé passe, aux yeux d'une foule de savants, pour le berceau des institutions égyptiennes. M. Vivien de Saint-Martin a victorieusement établi (*Cf. le Nord de l'Afrique*, sect. I, p. 471 et suiv.), que « la civilisation de la haute vallée du Nil, loin d'avoir été la source de la civilisation égyptienne, n'en a été qu'une émanation et un reflet très-affaibli. A toutes les époques de l'histoire, la civilisation a remonté et non descendu le cours du fleuve. » Mais il y avait là tout au moins une puissante et assez vaste société qui s'étendait presque de Damer à Khartoum, entre les deux embouchures de l'Atbara et du Bahr-el-Azrek dans le Nil Blanc, jusqu'au Dembéa. L'on a cru reconnaître au village d'Assour, au nord de Chendy, les ruines de Méroé, florissante capitale de cet empire (cf. Caillaud, *Voyage à Méroé et au fleuve Blanc*, et supra, p. 293, note 1.) Le voyageur écossais Bruce, qui visita l'Abyssinie dans le dernier quart du XVIIIe siècle, rapporte que, dans la saison des pluies, un ruisseau qui court de l'est à l'ouest, forme en effet la jonction du Nil Bleu et de l'Atbarah. Cette circonstance suffirait pour expliquer l'antique dénomination du pays, adoptée par Ercilla, mais elle n'est nullement nécessaire; ailleurs (*Arauc.*, ch. xvi, oct. 11), il donne le nom d'*isla* à la

Élats florissants, régis par des lois et des coutumes différentes [1].

presqu'île de Talcaguano; le mot peut s'appliquer à un pays compris entre deux
mers, entre deux fleuves. « L'île de Méroé avait pour limites, à l'est et au nord,
l'Atbara; à l'ouest, la partie du cours du Nil comprise entre le confluent de l'Atbara et celui du Bahr-el-Azrek, au sud-ouest le Bahr-el-Azrek depuis son confluent
jusqu'à l'entrée de la région montagneuse du sud. Enfin, du côté du midi, le royaume
de Méroé se terminait au pied du plateau abyssin, occupé par une race sauvage
dont les Agaws sont les descendants actuels) avec laquelle il ne paraît pas qu'on
eût encore noué de relations. Ajoutons enfin que la qualification d'*île*, appliquée à
ce vaste territoire et que des écrivains postérieurs et Ptolémée lui-même ont prise à
la lettre, doit s'entendre ici dans l'acception du terme arabe *djésireh* qui désigne
aussi bien une mésopotamie qu'une île proprement dite. » (M. Vivien de Saint-Martin, *le Nord de l'Afrique*, sect. III, p. 66.)

[1] Damer, Chendy et Halfay. Cette 20ᵉ octave et la 19ᵉ, si remarquables par leur
exactitude géographique, la précision des renseignements et les détails pittoresques destinés à nous rappeler les lieux 'où florissait une des plus hautes civilisations de l'antiquité, ont été supprimées par M. Winterling. À l'intérêt réel et historique qui les caractérise, se joignait pourtant ici un grand intérêt littéraire. Il est
difficile de se montrer plus poëte qu'Ercilla dans ces deux octaves. Il s'agissait de
peindre le cours majestueux du Nil. Ercilla imagine la plus heureuse combinaison
de prosodie. Il a coutume d'arrêter sa pensée avec chaque octave. C'est une règle
qu'il s'impose, et qui est propre à la stance épique. Il y fait pour cette fois une
infraction qu'il a rarement renouvelée, et les quatre derniers vers de l'octave 19ᵉ
commencent la peinture du Nil, mais ne l'arrêtent pas; elle continue d'un cours
paisible et abondant et enveloppe la 19ᵉ octave tout entière. La longue et opulente
phrase s'avance comme les flots du fleuve et roule en large nappe comme lorsqu'il
s'écroule pour continuer encore sa marche imposante et royale. Il y a dans le procédé du grand écrivain une richesse et une harmonie imitative incomparables :

> « De aqui el famoso Nilo mansamente
> Nace, y despues mas grande y reforzado
> Parte á Gógia de Amara, y va tendido
> Sin ser de las riberas restringido,
>
> Hasta un angosto paso peñascoso
> Que le va los costados estrechando,
> De donde con estrépito furioso
> Se va en las cataratas embocando ;
> Despues, mas ancho, grave y espacioso
> Llega á Meroé, gran isla, costeando,
> Que contiene tres reinos eminentes,
> En leyes y costumbres diferentes. »

Pour retrouver cette ampleur et cette intarissable force de mouvement, il faut
nous reporter à Virgile, à la peinture qu'il nous fait de ce même fleuve dans toute
la puissance de son large courant (*Georg.*, IV, 287-294), ou à Chateaubriand et
aux riches couleurs qu'il prodigue pour son Meschascébé, ou plutôt encore à Spenser, à l'inimitable Spenser de la « Fairy Queen, » à cette description du Mulla,
son doux fleuve irlandais dont il aimait à chanter les rivages verts et les cascades
écumantes :

> « Old father Mole (Mole hight that mountain gray
> That walls the north side of Armulla dale :
> He had a daughter fresh as floure of May,
> Which gave that name unto that pleasant vale ;

XXI

« Vois le Caire qui renferme trois cités[1]. Vois le royal palais

> Mulla the daughter of old Mole, so hight
> The Nimph, which of that water course has charge,
> That, springing out of Mole, doth run downe right
> To Buttevant, where spreading forth at large,
> It gives name unto that auncient cillie,
> Which Kilnemullah cleped is of old ;
> Who : ragged ruines breed great ruth and pillie
> To travailers, which it from far behold. »

(Zdm. Spenser, *Colin Clouts come home again.* London, 1849, édit. Bohn, t. V, p. 219.)

Je ne sais ce que nous devons le plus admirer ici dans Spenser, comme dans Ercilla, ou des détails pittoresques et originaux, ou de cette longue circonvolution de période qui nous conduit d'une haleine depuis la source du beau fleuve, jusque sur son cours bien loin dans la plaine, à travers des royaumes populeux ou des ruines mélancoliques.

1   « Mira al Cairo, que incluye tres ciudades. »

Il est visible que les vers d'Ercilla ne sauraient faire allusion aux trois enceintes de la citadelle ; il s'agit de villes réelles, et non pas des enceintes diverses que la citadelle peut présenter. En élargissant son horizon, un voyageur moderne pourrait être tenté de croire que, par ces trois villes, le poëte entend Boulaq, le port du Caire, où stationnent les vaisseaux qui ont remonté le Nil, et dont la population s'élève aujourd'hui à près de 15,000 habitants; le Vieux-Caire, dont le port reçoit les navires qui viennent de la haute Égypte, et qui renferme les greniers d'abondance de la capitale ; enfin la ville Neuve, ou le *Grand-Caire*, le *Victorieux* (El-Kâhirah). Sa circonférence est de 23 kilomètres. Elle est environnée, mais pas complétement, d'un mur de pierre surmonté de beaux créneaux, et fortifié, à la distance de chaque centaine de pas, de superbes tours rondes et carrées. (Maltebrun, *Géogr. univ.*, édit. Lavallée, t. VI, p. 39.) Il y a bien là « tres ciudades ; » mais cette explication serait encore inexacte, et les « tres ciudades » de don Ercilla nous semblent autre chose. Boulaq est plus moderne, et le Vieux-Caire, situé sur le Nil, devait être à cette époque le seul port de la capitale nouvelle. Voici des faits plus concluants. Salah-Eddyn, quand il bâtit sa citadelle, voulut envelopper dans une même enceinte : 1o Fostatt, qui est le Vieux-Caire ; 2o la nouvelle capitale ou le Grand-Caire ; et 3o l'antique Babylone, assise sur une des croupes du Mokattam, vieille forteresse, bâtie, dit-on, par les rois de Perse, lorsqu'ils avaient été maîtres de l'Égypte. Ce vaste projet ne put être réalisé ; mais il nous semble que Fostatt, le Grand-Caire et Babylone forment bien les trois cités d'Ercilla. C'est ainsi que la ville de Prague renferme trois et même quatre cités, contenues dans les mêmes temparts. Si vous séparez les constructions de la rive gauche de la Moldau, c'est-à-dire le Schlossberg ou Kleinseite (*le petit côté*), qu'un pont magnifique réunit au reste de la ville, vous trouvez, sur la rive droite, trois villes distinctes et juxtaposées, comme celles du Caire : la vieille ville ou Altstadt ; la ville Neuve ou Neustadt, ou Karlstadt, en souvenir de Charles IV, son fondateur ; et la ville des Juifs Judenstadt, que l'on appelle de nos jours Josephstadt. — Nous avons été heureux de pouvoir consulter sur la géographie du Caire un des hommes les plus compétents qui aient visité l'Égypte. En matière d'érudition historique, M. Eugène Poitou, garde cette même supériorité, qu'il a montrée comme écrivain moraliste ou comme

de Dultibea [1], les terres, les jardins, les domaines qu'environne

critique littéraire et qui a valu plusieurs distinctions académiques à sa plume élégante et ferme. Nous ne saurions assez reconnaître ici l'obligeance et la libéralité de son savoir.

[1] « Dultibea. » Quel est ce palais et d'où vient ce nom propre ? Il est naturel de chercher le monument dont parle don Ercilla parmi les plus beaux édifices dont il ait eu connaissance. Le poëte a-t-il voulu désigner le *palais royal* de Salah-Eddyn, dont les ruines subsistent encore, et dont, suivant Balbi, le *salon de Joseph* (le véritable nom du sultan était « Salah-Eddyn-Joussouf ») est le plus important débris? « Selon M. Champollion jeune, continue le docte géographe, un incendie a dévoré, il y a quelques années, les toits de ce grand et beau monument et l'on a démoli le reste. » (*Abrégé de Géogr.*, 3e édit., 1842, p. 862.) Les ruines du palais de Salah-Eddyn, le célèbre sultan ayoubite, se voient dans l'enceinte de la citadelle qu'il bâtit en 1176, et qui est garnie, en effet, comme l'indique l'expression d'Ercilla, de fortes tours. Ce château fut construit par le conquérant sur le Mokkatam, le point culminant de la ville. En acceptant que le poëte espagnol ait voulu désigner dans ses vers cette demeure magnifique, le lecteur trouvera des renseignements conformes à ceux de Balbi, dans un récit aussi instructif qu'original, *les Nuits du Caire*, par M. Charles Didier (Paris, 1860). « Le palais de Salah-Eddyn, habité après lui par les sultans mamelouks, et que le peuple prétend avoir été celui du Joseph de la Bible, ministre de Pharaon, est aujourd'hui presque entièrement ruiné, mais d'un effet grandiose et pittoresque dans sa dévastation. Ce que l'intérieur offre de plus remarquable est une vaste salle carrée, soutenue par trente-deux colonnes de granit rose, enlevées aux anciens temples romains ou grecs, et où l'on distingue encore des restes de dorure. On les avait couronnées d'autant de chapiteaux pharaoniens apportés de Memphis et retouchés dans le goût arabe. La plupart gisent au milieu des décombres et l'on voit sur plusieurs des caractères hiéroglyphiques. Ceinte de hautes et fortes murailles, la citadelle fut en partie renversée, en 1824, par l'explosion d'une poudrière qui n'épargna pas le palais de Saladin, et elle fut reconstruite dans sa forme actuelle par Méhémet-Ali » (p. 19-20).

Assurément ces nouveaux détails n'ont rien qui contredise le texte d'Ercilla, et au XVIe siècle le palais dont il s'agit, beaucoup mieux conservé alors, a pu être choisi par le poëte de préférence à d'autres constructions. Mais le nom même que lui donne l'*Araucana* déroute notre esprit. D'où vient ce nom de *Dultibea* ? Et entre les palais somptueux élevés autrefois en grand nombre dans cette ville par les architectes arabes, ne peut-il pas y en avoir eu un autre qui ait porté ce nom ou à peu près ? *Dultibea* doit être un nom estropié. Ercilla, comme tous ses compatriotes, transforme les noms propres de la façon la plus étrange et la plus despotique. Il change à son gré le vocabulaire des langues latine et allemande. Le baron de *Dietrichstein* devient *Dietristan* dans l'*Araucana* (chant XVIII, oct. 33). Le poëte supprime ou ajoute des lettres. Le val d'Elicura est chez Ercilla « el licureo valle » (IV, 10) ; les meurtriers d'Ibicus sont appelés par lui « de Libico homicidas » (ch. XII, 1). Lorsqu'il parle des tribus américaines du Sud (XXVII, 43), ou des peuples de l'Afrique occidentale (*ibid.*, oct. 23), il est un très-médiocre guide pour les recherches du géographe. Dans ce même chant XXVIIe, oct. 19, le *Bedjemder*, province d'Abyssinie, est métamorphosé en « Beguemedros. » Les *Tchaous* de l'empire turc deviennent sous la plume d'Ercilla des « Chauces » (*Arauc.*, XXIV, 4). Dans le chant XXIVe encore, oct. 26, il appelle *Ochali*, un corsaire que de Thou et Ferreras nomment « Ulucciali ». Il est vrai que l'usage de ces transmutations est presque consacré en Espagne. Si dès l'origine de la littérature castillane, Joan Lorenzo de Segura appelle « maestre Natanao » le roi d'Égypte *Nectanebo* (*Poema de Alejandro Magno*, Copla 19); longtemps après, Antonio Perez, écrivant à Southampton, l'appelait Milord *Sudampton* (Cf. *Carta XXXI* ; Bibl.

sa vaste enceinte. Vois les pyramides et l'orgueil de cette

Rivad., t. XIII, p. 469). Ces remplacements de lettres et de syllabes, ces altérations parfois étranges, tiennent, chez les bons écrivains, à un sentiment d'euphonie ; il y en a de nombreux exemples ; plus souvent ils naissent de l'ignorance générale qui règne dans certaines époques et dans certaines intelligences sur les hommes et sur les lieux. Lord Holland a consigné dans ses *Souvenirs* (1850) les bizarres méprises de don Manuel Godoi, le trop fameux ministre, favori de Charles IV. Il était depuis quelque temps déjà à la tête des relations étrangères, avant de s'apercevoir que la Russie et la Prusse étaient deux contrées distinctes. En écrivant au chargé d'affaires des villes hanséatiques, il désignait ces États par le nom de *islas asiaticas*, au lieu de *villas hanseaticas* (*Souvenirs de lord Holland*, publiés par son fils ; *Bibliothèque des Mémoires*, par Barrière, Paris, 1862, t. XXVII, p. 101). Mais c'est plus particulièrement aux noms arabes, que don Ercilla, comme tous les écrivains espagnols, applique ces procédés de changement. Là, un respect absolu était peut-être impossible. L'on sait par quelles substitutions singulières le grand physicien, le moraliste musulman Ebn-Badjeh est métamorphosé en Abenpacé ; le génie le plus encyclopédique de l'islamisme Ebn-Roch, n'en ont-ils pas fait Averrhoès, et d'Ibn-Sina Avicenne? Les khalifes eux-mêmes sont devenus, dans la langue de Castille, presque méconnaissables. Les écrivains d'une nation qui de Abou-Abdallah a fait Boabdil, sont bien capables d'avoir fait Dultibea avec quelque Abdul-Thaleb ou Thaleb.

L'origine réelle et historique de cette appellation ne reste pas moins assez mystérieuse à nos yeux. S'il nous est permis d'exprimer une simple conjecture, voici du moins celle qui nous paraît la plus vraisemblable, sur le nom lui-même et sur l'emplacement de l'édifice.

Macrizy, dans sa description des rues du Caire, parle, à propos des grandes maisons ou plutôt des palais ou châteaux de la ville, de la maison de Doulbay; puis il dit qu'on l'appelait aussi *Doulinbay*, ou *Doulibé*, ou encore *Doulibié*. Or dans la transcription arabe des noms mongols il y a souvent des erreurs, et dans la copie des manuscrits de nombreuses confusions sont dues à l'oubli des points diacritiques. Macrizy, de *Doulbay* passe à *Doulinbay*; si l'on ajoute un point de plus, et un copiste a pu l'oublier, nous avons Doultibay, c'est-à-dire le mot d'Ercilla; car l'a final n'est qu'une désinence des noms féminins, dans les langues latines et néolatines. La lettre t ne saurait nous embarrasser; dans certains idiomes orientaux, elle remplace notre préposition *de*, et sous le nom de *Szafet*, écrite ou non, sert à lier deux mots ensemble. Quant au titre de *bey*, il était donné autrefois à tous les grands personnages turcs, hommes ou femmes. *Dultibea* pourrait donc, chez Ercilla, être un nom de femme, et la terminaison même du mot nous porte à croire qu'il en est ainsi. Mais l'histoire prête-t-elle quelque lumière à cette supposition ? Si vous ouvrez le quatrième volume de l'histoire des Mongols par M. Ohsonn, vous y verrez qu'un sultan d'Égypte « El malek Nacer Mohammed, fils de Quálaoun, eut une femme qui lui fut envoyée par Esbek, roi Turkoman, et que cette femme était de la race de Tgingiskhao, étant fille de Bérékai, ou Barcaï, fils de Batou Khan, fils de Djoudchi Khan, fils de Tgingiskhao. Avec ces indications nouvelles nous sommes assez loin du palais de Salah-Eddyn. La maison citée par Macrizy était près de la porte *Bab-el-Nasr*, au commencement du quartier *Hareb-el-Djauanieh*. Un de nos amis qui réside au Caire, M. Le Gay, nous a donné sur cette matière les plus amples informations. Selon lui, cette maison a disparu; seul le tombeau de la princesse mongole existe encore. Voici du reste le récit que nous fait M. le baron d'Ohsonn: « Depuis l'époque des premières hostilités entre Houlagou et Barcaï, les sultans d'Égypte avaient soigneusement entretenu des relations d'amitié avec les Khans du *Descht Kiptchac*, au moyen de fréquentes ambassades. Il était arrivé au Caire, en avril 1314, un envoyé du khan Euzbeg, accompagné, comme d'ordinaire, d'un envoyé de l'empereur de Byzance. De son côté, le sultan d'Égypte fit partir

aveugle antiquité. Le gigantesque monument témoigne de ses deux ambassadeurs pour la cour d'Euzbeg, lesquels revinrent à la fin de 1315, avec de nouveaux envoyés. L'année suivante Nassir lui fit porter des présents de grand prix et demanda en mariage une princesse du sang de Tchinguiz-Khan. Son ambassadeur, après avoir remis les lettres dont il était chargé, témoigna le désir d'obtenir une audience privée du Khan ; mais l'interprète lui dit au nom d'Euzbeg, que, s'il avait autre chose à exprimer qu'un simple compliment, il devait s'adresser aux émirs. En conséquence l'ambassadeur fit la proposition de mariage dans une réunion des principaux chefs militaires, convoqués pour l'entendre ; ils étaient au nombre de soixante-dix. Ils parurent très-choqués de cette demande, observèrent qu'il n'en était jamais arrivé de semblable depuis le temps de Tchinguiz-Khan, et dirent qu'ils ne savaient pas pourquoi on enverrait en Égypte une fille de la race de cet empereur. Ainsi, le premier jour, ils rejetèrent la demande du sultan ; mais le lendemain après qu'ils eurent reçu les présents que ce prince leur avait destinés, le même sujet étant repris dans leur assemblée, ils se montrèrent plus faciles et finirent par donner leur consentement... Lorsqu'il fut question du contrat de mariage, les délégués d'Euzbeg demandèrent pour la main de la princesse, la somme de cent *toumans* d'or, c'est-à-dire un million de dinars, outre un nombre très-considérable de chevaux et d'armures complètes, ainsi que d'autres articles. Ils voulaient que le sultan envoyât, pour recevoir la princesse, plusieurs grands émirs avec leurs femmes ; ils exigèrent enfin des conditions qu'il était impossible d'accorder. Aussi le sultan renonça-t-il à sa demande.

« Les deux souverains s'envoyèrent de nouvelles ambassades ; mais Nassir ne fit pas la moindre mention de son premier projet. Ses lettres ne contenaient que les compliments d'usage. Enfin, lorsque l'émir Seïf-ud-din vint de sa part à la cour d'Euzbeg et lui apporta, entre autres présents, une robe royale brochée d'or et ornée de pierreries, dont Euzbeg se revêtit, ce prince lui parla du mariage. « J'ai pourvu, lui dit-il, à ce qu'a demandé mon frère, le sultan Nassir ; je lui destine une fille du sang de Tchinguiz-Khan, issue du roi Bérékaï, fils de Batou-Khan. » L'ambassadeur répondit que le sultan ne l'avait pas envoyé pour cet objet, lequel était d'une haute importance ; que, lorsque le sultan serait instruit des intentions du Khan, il enverrait sans doute à sa cour des présents dignes de lui être offerts. Il voulait par là gagner du temps ; mais Euzbeg reprit qu'il lui enverrait la princesse, et l'ambassadeur ne put que se soumettre à sa volonté... La Khatoune partit accompagnée d'ambassadeurs, de plusieurs dames et du Cadhi de la ville de Sérai. Elle s'embarqua le 17 octobre 1319, et, après avoir essuyé beaucoup de contre-temps et de dangers, elle arriva à Alexandrie dans le mois d'avril 1320. Lorsqu'elle quitta le vaisseau, on la fit entrer dans une tente dorée, placée sur une voiture, qui fut traînée jusqu'au palais par des mamelouks. Le sultan lui envoya des chambellans et dix-huit barques. A son arrivée au Caire, elle fut reçue au bord du fleuve par l'émir Seïf-ud-din Argoun, le lieutenant du sultan, à la tête des principaux officiers des mamelouks de ce prince, et portée dans un palanquin, sur les épaules des mamelouks, depuis la barque royale jusqu'au pavillon de la place nommée *Meïdan-us-Souïtaniyn*. On lui avait dressé sur cette place une tente d'étoffe de soie, dans laquelle on lui servit un repas splendide. Trois jours après, le sultan donna audience aux ambassadeurs d'Euzbeg et à ceux de l'Empereur grec et du roi de Géorgie qui les avaient accompagnés. Ensuite la Khatoune fut conduite du *Meïdan* au château de la montagne, dans un chariot couvert (*araba*), tiré par une mule que conduisait l'un de ses esclaves, *et fut logée dans un hôtel que le sultan avait fait bâtir pour elle avec une élégance inconnue jusqu'alors dans les pays musulmans*. Nassir congédia, dans le mois de septembre, les ambassadeurs d'Euzbeg et la suite de la princesse, après les avoir tous comblés de largesses, et il envoya des présents magnifiques au Khan et à ses courtisans. » (*Hist. des Mongols*, t. IV,

richesses; mais ce qui le surpasse encore c'est la folie qui le fit construire [1].

XXII

« Vois les solitudes sablonneuses de la Libye déserte, brûlante et aride, et le pays des Garamantes [2], ses villages où, sous un ciel de feu, vit la race brute des Nègres. Ici les Troglodytes belliqueux [3]; plus loin ceux qu'arrosent les flots de la Gambie,

p. 632-656; *Amsterdam*, 1852. M. le baron Constantin d'Ohsonn, qui avait déjà fait imprimer cet excellent ouvrage à La Haye en 1835, est fils de Mouradgea d'Ohsonn, celui même qui s'est illustré par son *Tableau général de l'empire ottoman*, publié en 1787-90, 2 vol. in-f°, et par d'autres écrits d'un grand savoir.)

1   « ...... Que aunque sea
           Señal de sus riquezas la hechura,
           Fué mas que el edificio la locura. »

Cf. Bossuet, *Disc. sur l'hist. univers.*, IIIe partie, ch. 3 : « Les inscriptions des pyramides n'étaient pas moins nobles que l'ouvrage. Elles parlaient aux spectateurs (Hérod., lib. II, cb. cxxxvi). Une de ces pyramides, bâtie de brique, avertissait par son titre qu'on se gardât bien de la comparer aux autres, et qu'elle était autant au-dessus de toutes les pyramides que Jupiter était au-dessus de tous les dieux. » Mais, quelque effort que fassent les hommes, leur néant parait partout. Ces pyramides étaient des tombeaux (Hérod., *ibid.*; Diodore, liv. I, sect. 2, n. 15, 16, 17); encore les rois qui les ont bâties, n'ont-ils pas eu le pouvoir d'y être inhumés, et ils n'ont pas joui de leur sépulcre. » Cette pensée, digne des oraisons funèbres, mais peut-être inexacte pour le détail, était déjà résumée dans la poésie expressive d'Ercilla; elle est au fond même des grandes et fortes maximes du Christianisme.

2 Les Garamantes, peuple considérable de l'Afrique, se partageaient en deux corps de nation. Les uns appartenaient à la population sédentaire du Fezzan; leur capitale s'appelait Garama, la *Djerma* des géographes arabes, et que Pline désigne comme une ville célèbre. Ils faisaient partie des peuples intérieurs qui occupent la chaîne d'oasis située sur la limite du grand Désert. Les autres Garamantes figuraient parmi les tribus de la zone littorale; ils étaient cantonnés vers les montagnes qui dominent la Syrte, peut-être dans le Ouâdi Gadâma, immédiatement au-dessus des monts Ghariân, à trois ou quatre journées au sud de Tripoli (Voy. M. Vivien de Saint-Martin, *le Nord de l'Afrique*, sect. II, p. 50-51). Célèbres dans les poëtes (Cf. Virgile, *Én.*, IV, 198, VI, 794), les Garamantes ne le sont pas moins dans l'histoire, et l'on connaît la grande expédition que Cornélius Balbus dirigea contre eux l'an de Rome 732. Cf. Pline, *H. N.*, V, 5, édit. Lemaire, t. II, p. 429.

3 Les Troglodytes les plus connus étaient moins un peuple particulier qu'une foule de tribus que les anciens plaçaient au sud-est de l'Égypte, le long du golfe Arabique, jusqu'au détroit de Bab-el-Mandeb. Leur nom désigne bien plutôt un état social qu'une race et un peuple. Ils avaient des demeures souterraines (τρώγλη, caverne, δύναι, entrer dans); mais rien n'indique qu'ils habitassent toujours l'abri naturel des antres, comme les premiers humains dont parle Lucrèce (*De nat. rer.*, V, 953). Ainsi nous savons que les *Schangallas*, situés sur la rive droite de

les Mandingues, les Moniconges, les hideux Zapas, les Biafres,
les Ghiolofs[1] et les hommes de Guinée[2].

XXIII

« Dirige les yeux sur toute l'étendue de la côte d'Afrique,
vers les ports et les pays fameux depuis les bouches du Nil
jusqu'au détroit par où communiquent les deux mers. Ce sont
Apollonie, les Syrtes et, en face, Tripoli, Tunis[3]. Près de là, si

l'Atbarah, entre l'Atbarah et le Mareb, et dont les plaines nourrissent les troupeaux
qui approvisionnent le marché de Gondar, se réfugient dans les montagnes du Tigré à l'est, quand leur sol est inondé par les débordements et ils deviennent alors
des *Troglodytes*. L'épithète de *belicosos* que le poëte donne aux Troglodytes convient au mieux à ces barbares, fléau des Abyssins. Mais les géographes désignent
encore, sous le nom de Troglodytes, un autre peuple du nord de la Libye, voisin
des Garamantes, et que M. Vivien de Saint-Martin (*l. c.*) croit reconnaître dans les
Tiboù Réebadèh. Les Garamantes leur donnaient la chasse pour ramener des esclaves. Le roi du Fezzan qui réside aujourd'hui à Mourzouk, fait encore ainsi et
poursuit les Tiboù, dont la vente est l'un de ses principaux revenus. Le nom
même de Tiboù Réebadèh signifie Tiboù *des rochers*, et ils le doivent aux asiles
impénétrables où ils se réfugient avec leur indépendance toujours menacée. le
rapprochement que fait Ercilla des Garamantes et des Troglodytes nous dispose à
croire qu'il est question dans l'*Araucana* de la tribu saharienne plutôt que des riverains du golfe Arabique.

[1] Les Mandingues au sud de la Gambie, au nord les Djolofs (que les navigateurs
appellent aussi Jalofs, Jollofs, Ghialofs et Yolofs ou Oualofs, *Collect. des voyag.
en Afrique*, t. IV, p. 115, t. V, p. 33), étaient les riverains les plus redoutables
du fleuve et les nations les plus puissantes de cette partie de l'Afrique. Les *Biafras*
et les *Guineos* indiquent assez par leur nom, les côtes qu'ils habitaient. Les *Zapes*
sont-ils les habitants de *Djaba*, dans le Fouta, sur la rive gauche du Sénégal? Et
par les *Monicongos*, Ercilla veut-il désigner, avec une légère altération, les Mouchicongos, le peuple le plus belliqueux du royaume de Holo-ho? L'on sait que Holo-ho
est le plus vaste des États situés au sud du Coango, et que sur le territoire des
Mouchicongos est situé Ambriz, naguère un des plus grands entrepôts maritimes
pour la traite.

[2] Winterling ajoute les *Cafres* à l'énumération d'Ercilla. Mais bien que le poëte
espagnol ne suive pas toujours dans son tableau géographique une méthode bien
rigoureuse, il ne réunit pas, comme le traducteur allemand, des populations très
écartées les unes des autres, sans prévenir du moins le lecteur qu'il change d'horizon :

    « Die Guineaner, Aethiopen, und die Caffern. »

Dans les derniers vers de sa description, il ne quitte pas l'Afrique occidentale,
les contrées que la conquête ou le commerce des Portugais avaient surtout appris
à connaître.

[3] « Tunez. » Souvenir glorieux pour les armes espagnoles sous le règne de
Charles-Quint; glorieux aussi pour les annales de la poésie : Garcilaso de la Vega
combattit avec courage à la prise de la Goulette.

tu y regardes [1], tu verras encore les décombres et les débris de
la glorieuse Carthage.

XXIV

« Au-dessus, la Sicile féconde et plantureuse, la Corse, et,
tout près, la Sardaigne, et sur la côte d'Italie, toute cette plage
fertile [2] qui se prolonge vers l'occident. C'est Naples, illustre et
brillante capitale; c'est Rome [3] qui longtemps se vit avec orgueil
la dominatrice de l'univers, et que, depuis, toutes les nations
ont foulée sous leurs pieds [4].

XXV

« Vois, en Toscane, Sienne et Florence, et, tournant le dos à
la côte méridionale, vois Bologne, Ferrare, et la reine des îles,
haute et puissante maîtresse [5]; puis, Padoue et Mantoue, Crémone et Plaisance, Milan, les plaines et le parc de Pavie, où,
après lui avoir fait subir une sanglante défaite, Carlos vit parmi
ses prisonniers français, le souverain des Gaules.

XXVI

« Vois Alexandrie [6], et, entrant sur la terre des Ligures, la

1 « Si miráres. » Il faut y regarder de près, semble dire le poëte, car c'est à peine
si l'on aperçoit encore les débris de cette cité fameuse, rivale des Romains, et dont
les palais dévastés et l'orgueil sont maintenant sous l'herbe :

« ..... Etiam periere ruinæ. »

2 « La viciosa tierra. » Cf. *supra*, ch. XXVI, oct. 49, *note* 2, et ch. XX, oct. 40,
note 1.

3 Rome et Jérusalem occupent dans la peinture d'Ercilla la haute place qu'elles
avaient dans sa pensée religieuse.

4 Souvenir triste, moins peut-être des barbares qui foulèrent l'empire d'Occident
au ive et au ve siècle, que de ces barbares plus dangereux que, sous Charles-Quint,
y avait précipités naguère (1527) le connétable de Bourbon.

5 Venise, dont Ercilla ne parle jamais qu'avec admiration; cf. *Arauc.*, ch. II,
oct. 16.

6 Alexandria *della paglia*, place forte du Piémont. Elle s'appelait ainsi parce
qu'au xiie siècle, les habitants de Crémone et de Milan se hâtèrent de la construire en
bois et en chaume, comme un abri contre Frédéric Barberousse qui avait ruiné
leurs villes natales; et ce fut le pape Alexandre III qui lui donna son nom. La citadelle de la ville domine le Tanaro et la Bormida. Alexandrie a été le chef-lieu
du département de Marengo.

superbe Gênes et Savona. Si tu traverses le Piémont et la Savoie, tes yeux aperçoivent Lyon, Toulouse, Bayonne. Puis, te dirigeant contre le souffle du Caurus [1], tu découvres Bordeaux, Poitiers, Orléans, Paris, Péronne, les Flandres, le Brabant, les Gueldres, les Frisons, les Hollandais, l'Angleterre, l'Écosse, l'Hibernie ou Irlande.

XXVII

« Le Danemark, la Dacie et la Norwége, vers la mer de Dantzig [2], et son rivage couvert de glaces, et, sur les confins de la Gothie, la Suède à qui les flots forment un retranchement. Delà on navigue jusqu'en Islande [3]. Jette de ce côté ton regard sur le Groënland en dehors de la route du soleil et de la route du zodiaque, et où, à six mois de ténèbres, succèdent des jours de six mois.

XXVIII

« Au nord se présente la Moscovie, estimée la dernière région du monde habitable. Ses frontières et son immense territoire se terminent aux monts Riphées d'une part; elle s'étend de l'autre depuis les sources du Tanaïs jusqu'aux monts Hyperboréens et à la mer Glaciale, touche à la fois aux Tartares et aux Sarmates, et se développe vers l'Auster jusqu'à la Russie [4].

« Y sobre el viento Coro volteando. »

Winterling traduit, en rectifiant Ercilla :

« Verfolge jetzt den Lauf der rauschenden Garonne. »

C'est en effet la direction qu'il faut prendre, si l'on regarde le Caurus comme le vent du N.-O., mais il est assez d'usage chez les poëtes de confondre un peu les uns avec les autres tous les vents du nord, Aquilo, Boréas, Caurus, et tous les vents du midi entre eux, quelle que soit leur position précise sur la rose des vents.

2 La Baltique.

3 « Zelandia » (suivant Baudry), « Gelandia » (selon Rivad.), est traduit par *Seeland* dans la version de Nürnberg. Mais pourquoi le poëte eût-il nommé la *Seeland*, lorsqu'il vient de parler du Danemark dont cette île n'est qu'une portion? Nous sommes sur la route de Suède au Groënland; l'Islande était désignée d'avance. Ce n'est pas la première fois que nous voyons Ercilla modifier les noms propres. Ici encore il appelle le Groenland, *Orolandia*; la langue vulgaire le nomme *Groealandia*.

4 Cette description qui, au premier abord, semble un peu confuse, est pourtant

XXIX

« Contemple la Livonie, la Prusse, la Lithuanie, la Samo-
gitie, la Podolie, la Russie, la Pologne, la Silésie, l'Allemagne,
les Moraves, la Bohême, l'Autriche, la Hongrie, les Croates, la
Moldavie, la Transylvanie, la Valachie, la Bulgarie, l'Esclavonie, la Macédoine, la Grèce, la Morée, Candie, Chypre, Rhodes
et la Judée [1].

XXX

« Au couchant, vois l'Espagne et les âpres sommets de l'antique Biscaye, d'où la renommée fait naître et s'étendre la noblesse répandue dans toutes les provinces. Ici, environné de
ses forêts s'élèvent Bermeo, origine et souche primitive de toute
une race héroïque, et la tour d'Ercilla, qui domine le port
abrité derrière de hautes montagnes [2].

conforme à l'histoire la plus sévère. La contrée que don Ercilla appelle Moscovie,
de Moscou sa capitale, est la Grande-Russie, c'est-à-dire le nord et le centre de la
Russie d'Europe. Elle confinait au sud, c'est-à-dire vers l'*Auster* (« por el Aus-
tro »), à la Russie, ou à cette partie de l'empire que l'on désigne encore quelquefois sous le nom de Petite-Russie, et qui forme avec la nouvelle Russie toute la
partie méridionale de cette gigantesque puissance. Depuis les sources du Don,
l'ancien Tanaïs, jusqu'aux monts Ourals (monts Hyperboréens) et à l'Océan glacial
du Nord, est tracée la ligne brisée qui forme à l'est la limite de l'ancienne Moscovie. A l'ouest, Ercilla voit ses frontières dans les Karpathes; c'est bien en effet
cette haute chaîne de montagnes que le poëte espagnol appelle ici les monts
Riphées.

[1] Dans cette rapide et austère nomenclature, la baguette du magicien a souvent
à se déplacer pour diriger sur tant de points divers les regards de son hôte; mais
l'œil curieux d'Ercilla ne peut se détacher de ce spectacle qui l'émerveille. Pour
venir à bout de son immense panorama, il lui faut abréger les données de la science,
supprimer quelquefois les détails et racheter une concision nécessaire par la
beauté de ses peintures, dès qu'il aborde un sujet auquel le patriotisme national est
intéressé.

[2] Le passage d'Ercilla présente une différence notable, lorsque vous rapprochez
l'édition de Baudry et celle de Rivadeneyra. Voici la leçon donnée par la première
en 1840 :

> « Ves á Bermeo cercado de maleza,
> Cabeza y primer tronco desta rama.
> Y la torre de Ercilla sobre el puerto
> De las montañas altas encubierto. »

Rivadeneyra donnait en 1851 une leçon moins simple, mais très-espagnole et
conforme au texte que suivait Winterling :

> « Mira á Bermeo cercado de maleza,
> Cabeza de Vizcaya, y sobre el puerto

XXXI

« Tu vois Burgos, Logroño, Pampelune, et si tu plonges tes

> Los anchos muros del solar de Ercilla,
> Solar antes fundado que la villa. »

Ce qui nous empêche d'adopter, comme Winterling l'a fait en 1831, les expressions un peu jactancieuses préférées par don Cayetano Rosell (*Bibliot.* Rival), c'est qu'Ercilla ne parle jamais de sa personne qu'avec une sincère modestie et une grande délicatesse. « Les larges murailles du Solar de Ercilla » me touchent beaucoup moins que le souvenir de cette tour que rappelle ici l'enchanteur :

> « Tu torre de Ercilla sobre el puerto. »

Je ne comprends pas non plus assez nettement pourquoi le poëte eût nommé deux fois le mot *Viscaya* dans la même octave. La convenance de la simplicité dans les formes me paraît ici une loi chez un écrivain que les faveurs de la cour ne gâtaient pas, qui se plaint en plus d'un passage des revers de sa mauvaise fortune, et que la détresse oblige bientôt à interrompre avant terme l'œuvre de son génie. Cependant, je l'avoue, la comparaison des vieux textes imprimés pourrait seule décider la question. Il n'y a pas ici un problème de goût et de préférence, mais un simple fait à établir. Nous ignorons quel est le texte primitif suivi par Baudry ou plutôt par don Eugenio de Ochoa. De toutes les anciennes éditions d'Ercilla, les seules qu'il nous ait été possible de consulter, sont l'édition des 15 premiers chants, donnés en 1569 (Bibliothèque impériale), la reproduction de ce texte en 1574 (Bibliothèque de la Sorbonne), et l'édition complète de l'*Araucana*, par Andrés Baexij, *Anvers*, 1597 (Bibliothèque de l'Arsenal). Or dans cette dernière, nous avons lu un éloge du poëte par Cristóbal Mosquera de Figueroa, daté de 1585 ; c'est assez dire que cet éloge a été écrit entre la publication de la IIe partie de l'*Araucana* (1578) et la IIIe (1589) ; et Mosquera de Figueroa cite l'octave en débat avec tous les termes que nous présente l'édition de don Cayetano Rosell. Il y a là une forte présomption en faveur du texte que nous avons repoussé. L'*Araucana* de Baexij garde les mêmes termes ; sont-ils reproduits simplement de l'édition de 1578, ou bien Figueroa a-t-il modifié l'octave primitive ? est-ce l'octave primitive que don Eugenio de Ochoa reprend pour constituer le texte de son édition en 1840 ? Voilà le fond unique de la discussion. Nous n'avons jamais pu mettre la main sur l'*Araucana* de 1578 nécessaire pour l'éclaircir. L'excellente édition d'Ercilla donnée en 1733 par Francisco Martínez Abad et celle de Sancha (1778) justifient encore le choix adopté par don Cayetano. Quoi qu'il en soit, il y a une certaine grâce et une certaine courtoisie de la part du vieux magicien à commencer de la sorte. En dirigeant d'abord les yeux de son visiteur sur la Biscaye, il rend justice à ces provinces du Nord qui ont tant de fois prodigué leur sang pour l'indépendance de la patrie espagnole ; mais il sait aussi que la Biscaye est le berceau du poëte ; et quel est l'écrivain de la Péninsule qui jamais ait laissé échapper l'occasion de célébrer les lieux qui l'ont vu naître ? Quels vers mélodieux Meléndez n'a-t-il pas consacrés aux rives du Tormés ? Quel poëte andalou n'a redit le Bétis que Stace avait chanté déjà en souvenir de Lucain ? (*Sylvar.*, II, « Geneth. Lucan. ».) Ce n'est pas seulement la gloire des exploits et des conquêtes nationales que célèbrent les poëtes de Castille ; mais la nature extérieure, mais le territoire, les villes, les foyers de la patrie espagnole sont immortalisés en beaux vers.

regards à l'est sur la gauche[1], c'est Saragosse, Valence, Barcelone; à droite, Léon et la Galice. Plus loin, c'est Lisbonne, la cité fameuse, Coïmbre et Salamanque[2] qui se montre heureuse

Cf. Angel de Saavedra, « El moro espósito », et M. Charles de Mazade, *l'Espagne moderne*, p. 213-215. Qui ne sait la charmante tirade consacrée par Jovellanos à sa chère Gijon, et quelle raillerie délicieuse contre la forfanterie habituelle de ses compatriotes il a su mêler au plus sincère enthousiasme :

> « Dile que en la ancha orilla
> Del mar Cántabro un pueblo
> Sobre otros mil levanta
> Su erguida frente al cielo,
> Mil timbres le ennoblecen,
> Ganados en el tiempo
> Antiguo, cuando cuna
> Sus altos muros fueron
> De claros capitanes
> Y heróicos semideos.
> De aquellos santos reyes
> Que á España redimieron
> Del yugo berberisco
> Fué corte y real asiento;
> En él nací, del sumo
> Rector del universo
> Sin duda descendido;
> Que á santo Dios debieron,
> Si no mintió la Fama
> Su origen mis abuelos. »

(Letrillas, Bibl. Rivad., t. XLVI, p. 5.)

« Y bajando al poniente á la siniestra, » etc.

En ramenant ses regards des grandes îles de l'Archipel, de Candie, de Chypre et de Rhodes, le poëte a placé l'Espagne à l'occident, « Al poniente ». Le lecteur suit sans peine un pareil itinéraire. Mais voilà que des hauteurs de Burgos, de Logrono et de Pamplone, il met encore, sur sa gauche, Saragosse, Valence et Barcelone, « al poniente ». Évidemment la même expression ne signifie plus cette fois la même chose. Winterling traduit avec bonheur :

« Und abwärts nach der Linken hingewandt. »

De Burgos et des autres villes nommées, c'est en descendant vers la Méditerranée que l'on rencontre en effet Saragosse, Valence et Barcelone; c'est à l'est que nos jeux se dirigent. Comment « Al poniente » se prêtera-t-il à cette nouvelle explication ? *El poniente* désigne souvent l'Espagne entière opposée à tout le reste de l'Europe, et surtout à l'Italie qu'Ercilla désigne par le mot El Levante. » (Cf. *Arauc.*, t. I, p. 337, *note* 1). Voy. chant XXIV, oct. 28, et note 2. Le *Ponant* désignera donc aussi bien le côté oriental que le côté occidental de la Péninsule. Et ainsi, « Bajando al poniente à la siniestra », voudra dire : En descendant *le pays*, l'Espagne, sur la gauche.

2 L'école de Salamanque, qui date de 1239, a compté jusqu'à quatorze mille étudiants. Elle jouissait dans toute l'Europe d'une grande réputation de savoir et d'éloquence. Une opinion assez accréditée, mais puissamment combattue par M. Antoine de Latour (*Espagne, traditions, mœurs et littérature*, p. 293-309, et Appendice, p. 369-372), veut que par une délégation régulière des rois catholiques Ferdinand

en toute science, et qui avait coutume d'enseigner même la nécromancie [1].

XXXII

« Vois Valladolid qui, entourée tout à coup d'une vive lumière, sortira renouvelée de sa tombe comme le phénix [2]; et Medina-del-Campo, sa voisine, plus illustre par ses marchés. Vois Ségovie et son pont célèbre [3]. Traverse le bocage et les hauteurs de

et Isabelle, cette université savante ait été officiellement consultée par Christophe Colomb sur ses magnifiques projets. Il est certain qu'il y compta quelques adhérents, esprits supérieurs et convaincus. Henri VIII chercha parmi les docteurs de Salamanque des approbateurs pour son divorce avec Catherine d'Aragon. Cette école fameuse a repris à la fin du xviiie siècle un éclat littéraire qu'elle avait commencé de perdre dès le xviie; Melendez Valdes y puisa le goût de fortes études et devint le premier poëte pastoral de notre siècle. Ce fut là que Diego Gonzalez fit renaître pour l'Espagne quelques accents dignes de Luis de Leon. Jovellanos dit, en parlant de Gonzalez, qu'il appelle *Delio*.

> « ..... Hijo ilustre
> Imágen y heredero
> Del gran Leon..... »

(*Letrillas*, Bibl. Rivad., t. XLVI, p. 7.)

Ce fut à Salamanque que José Iglesias écrivit d'élégantes satires et Cadalso la plus fine de toutes, ses « Eruditos à la violeta ». Ainsi, tout près de nous encore, Salamanque mérite le laurier que lui décerne don Ercilla : « Felice en todas ciencias. »

[1] Nigromancia ». Nous ignorons par quel sentiment excessif d'harmonie la langue espagnole a si étrangement détourné ce terme de son origine réelle (νεκρός, μαντεία), et plus encore pourquoi l'Académie française a respecté le mot *négromancie*. Nous devons dire nécromancie, comme nécrologie, comme nécropole. Les nègres n'y sont pour rien; il ne s'agit que des morts. L'art d'évoquer les morts, pour surprendre par leur bouche les secrets de l'avenir, était un genre de divination en grand crédit autrefois. Depuis qu'il a disparu avec beaucoup d'autres, le mot qui l'exprime a pourtant fait fortune, et il s'applique aujourd'hui à toute sorte d'enchantements.

[2] Valladolid, autrefois séjour des rois de Castille, sembla renaître comme le phénix au milieu d'une flamme ardente, lorsqu'une destinée heureuse y plaça le berceau de Philippe II (1527). Cette ville antique, célèbre déjà par le mariage de Ferdinand et d'Isabelle, qui cimenta en 1469 l'unité de l'Espagne, est encore mieux sanctifiée aux yeux de l'histoire par la tombe de Christophe Colomb qui vint s'y éteindre en 1506. Charles-Quint y fit construire de beaux monuments. Philippe II lui accorda des faveurs singulières; mais, dès que la cour d'Espagne se déplaça et vint à Madrid, le déclin de Valladolid commença presque aussitôt. De cinquante mille âmes, le chiffre de sa population descendit rapidement à vingt mille.

[3] Le poëte veut parler de l'aqueduc attribué au règne de Trajan ou d'Adrien, et qui depuis deux mille ans amène de trois lieues à Ségovie les eaux pures du *Rio Frio*. Sur les cent neuf arches dont il est composé, et que les Goths avaient respectées, trente-cinq furent détruites en 1071 par les Mores de Tolède. Une intelli-

Fonfria, et tu es au Pardo, puis dans Aranjuez, où la nature a versé toutes ses fleurs et ses verts ornements [1].

geste mais tardive réparation fut faite en 1483, sous le règne d'Isabelle, par un moine du couvent *del Parral*. Juan Escoredo eut le bon goût de suivre fidèlement le modèle que les Romains lui avaient donné, et il est difficile aujourd'hui de distinguer le travail moderne de l'œuvre primitive. La plus grande hauteur de l'aqueduc s'élève dans Ségovie à 102 pieds et il présente dans toute cette partie des arcades superposées, comme le pont du Gard. Mais il est loin d'offrir ce caractère dans tout son parcours. Il est en granit gris, le même qui a servi à la construction de l'Escurial. La solidité de ce monument est due à la précision avec laquelle les pierres ont été taillées et ajustées. Il n'y a dans tout l'ouvrage aucune trace de ciment. La partie qui plonge sous terre a été faite avec le même soin et avec les mêmes matériaux. Cf. *Itinéraire descriptif de l'Espagne* par le comte Alexandre de Laborde, t. I, p. 369-373 ; et Richard Ford, *a Handbook for traveller in Spain*, 1855, t. II, p. 767-769.

[1] Personne n'a mieux décrit ce séjour enchanté que M. Antoine de Latour, celui de nos écrivains qui a le mieux fait connaître l'Espagne à la France et la France à l'Espagne, le seul aussi qui ait pu s'écrier un jour avec justice en s'adressant aux deux sociétés voisines : « Chers lecteurs de mes deux patries. » (*Espagne, traditions, mœurs et littérature*, p. 361.) Qu'il nous soit permis d'enrichir ces notes de quelques lignes empruntées à sa belle publication de 1855 (*Étude sur l'Espagne*) : « Aranjuez est un séjour délicieux, une ville bâtie autour d'un palais et pour ce palais même ; une ville qui a des églises, un théâtre, une place de taureaux. *En esta corte* « dans cette cour, » cette expression de la langue espagnole peint tout à fait Aranjuez, c'est-à-dire une cité dont chaque maison fait cortége au palais, parce que chaque habitant est plus ou moins un serviteur de la reine. Situé au sein d'une vallée que les montagnes défendent contre le vent aigu qui désole Madrid, et où les eaux bienfaisantes du Tage créent mille enchantements, Aranjuez est l'oasis du printemps. Les montagnes ou, pour mieux dire, les collines qui l'entourent, semblent vouloir l'isoler du reste de l'Espagne. Partout de charmantes promenades ; mais aucune n'égale la beauté des jardins pleins d'ombre et de fraîcheur et peuplés de rossignols. Des arbres d'une hauteur immense se courbent en arcades sur de profondes allées, que le murmure incessant des eaux sauve de la monotonie de Versailles. Partout des fleurs dont les parfums revendiquent le droit de la nature parmi les merveilles de l'art, et enveloppent d'une poétique atmosphère les blanches statues de marbre. Ne cherchez pas à recomposer dans votre imagination les jardins d'Armide, allez les voir à Aranjuez. Le terrible poëte qui les a créés, c'est tout simplement Philippe II. Pour bâtir l'Escurial, il a trouvé dans la nature âpre et nue, à San Lorenzo, l'alliée toute prête de son génie sombre. A Aranjuez, il s'est laissé vaincre par sa majestueuse et pénétrante douceur : disons aussi que l'œuvre primitive de Philippe II a quelque peu disparu dans celle de ses successeurs. » (T. I, p. 7-8.) A côté de cette charmante description l'on nous pardonnera, je l'espère, un rapprochement tout naturel. Velasquez, celui des peintres espagnols qui partage le mieux avec Murillo la première place dans l'admiration de la Péninsule et de toute l'Europe, a laissé une toile d'une beauté rare et que possède le musée de Madrid ; c'est une allée des jardins d'Aranjuez ; mais laissons le soin de l'apprécier à un spirituel écrivain que nous avons cité plus d'une fois et dont le nom reviendra souvent encore dans nos discussions : « Dans le fond, le soleil se couche derrière une futaie de beaux arbres, qui dessinent leurs silhouettes élégantes sur un ciel légèrement orangé. Sur le devant, d'autres arbres minces et clair-semés où s'enroulent des lierres et se balancent des guirlandes de lianes. Cela est doux, tranquille, harmonieux, léger de ton. On a, en regardant ces beaux ombrages, comme l'impression du calme et de la fraî-

XXXIII

« Vois ce site inculte et montueux, au fond d'une gorge âpre et isolée; il ne présente encore que des rocs et un désert; mais il sera bientôt habité. C'est là que le roi don Philippe vainqueur, pour avoir dompté le Français à Saint-Quentin, comme un signe de ce bel événement, élèvera un trophée catholique,

XXXIV

« Un temple fameux et sans pareil, de magnifique et vaste structure [1]. Ce monument fera éclater le zèle religieux du mo-

---

cheur du soir. Le nom de Velasquez est écrit au-dessus de ce tableau. Cette tête et une ou deux autres prouvent qu'il eût porté, s'il l'eût voulu, le même génie dans l'interprétation de la nature que dans celle de la figure humaine. » (Eugène Poitou, *Voyage en Espagne*, p. 395-397.)

[1] Il s'agit de l'Escurial, du monastère de San Lorenzo. Philippe II en avait juré l'érection le jour même où Philibert de Savoie gagna pour lui la victoire de Saint-Quentin, et qui coïncide avec la fête de saint Laurent. Or la bataille de Saint-Quentin fut livrée en 1557, et le vaste édifice, commencé en 1563, ne fut terminé qu'en 1584, après que don Ercilla eut publié la seconde partie de son poëme. Il y a là une difficulté spécieuse et comme une contradiction dans les dates. Malgré les apparences, l'*Araucana* pouvait désigner le gigantesque édifice plusieurs années avant son achèvement. Tout le monde s'entretenait depuis longtemps déjà en Espagne de cette merveille. Elle s'élevait sous les habiles mains de Juan Herrera; Juan Batista Manegro, le premier architecte du monument, lui avait légué ses dessins. Herrera était un homme d'un vrai génie, c'est lui qui donna le plan de l'admirable *Lonja* de Séville, et qui consolida avec des clefs de fer les voûtes ruineuses de la cathédrale de Tolède. Il construisit aussi, dans Tolède, avec Covarrubias, l'Alcazar de Charles-Quint dont il ne reste que des ruines imposantes; c'est lui encore qui en avant de l'Alhambra bâtit à Grenade pour Charles-Quint et pour Philippe II un autre palais dont les débris mêmes respirent la force et la grandeur. Il achèvera l'Escurial. Nous ne devons pas être surpris que don Ercilla ait touché en passant à cette grande création du souverain qu'il chante dans ses vers, et dont il célèbre avec éclat les deux triomphes à Saint-Quentin et à Lépante. — Le monument en lui-même a été apprécié de manières bien diverses par les touristes. Les uns n'ont voulu voir dans ce parallélogramme de 207 mètres, qu'une construction ennuyeuse et maussade. D'autres, se rappelant qu'il était à la fois un monastère et une nécropole, un couvent de Hiéronymites et la sépulture des rois et des reines d'Espagne, sont convenus qu'il ne fallait réclamer ici aucune des grâces merveilleuses que l'on rencontre à Aranjuez ou à la Granja. Le sentiment austère de l'infini, de la pénitence et de la mort est le seul qui puisse résulter de cette puissante et imposante architecture de granit. Le grave et froid édifice est en harmonie avec la sévérité même du paysage âpre et nu que déploient les montagnes du Guadarrama, et il conserve si bien le caractère qu'il avait reçu de son fondateur et de l'excellent architecte qui sut réaliser avec force la pensée du souverain, qu'aujourd'hui encore cette grandeur y reste comme empreinte, malgré les dévastations révolutionnaires. Les

narque et ses inépuisables richesses ; édifice éternel et mémorable[1], de majesté immense et de parfaite beauté ; œuvre, en un mot, digne d'un tel roi et d'un aussi grand chrétien, d'un bras si généreux et si puissant[2].

tableaux ont disparu. Les trésors littéraires de la bibliothèque ont été seuls respectés. Les bâtiments de tout ce vaste ensemble sont alignés comme les barres de l'instrument sur lequel expira le saint auquel le palais de l'Escurial avait été promis. Ils présentent dix-huit cloîtres, tristes et dépeuplés, et, grâce à leurs nombreuses galeries transversales qui se croisent entre les quatre côtés principaux, vous y voyez réellement l'image d'un gril. La résidence des rois qui se relie à l'une des façades, forme le manche du modeste ustensile, tant de fois consacré au martyre ; ses pieds sont les quatre tours angulaires. Voilà ce qui coûta au roi Philippe II soixante millions ! Et pourtant le palais, les sombres cellules sont vides aujourd'hui comme les cloîtres, et les moines ont été chassés du couvent. Il ne reste plus là que des livres, des tombes et des ruines. Cf. *L'Espagne*, par M. l'abbé Léon Godard, 1863, 2e éd., p. 157-159 ; et surtout M. Eugène Poitou, *Voyage en Espagne*, 1869, p. 419-437. Un seul scrupule s'est présenté à notre esprit en lisant les éloquentes peintures que M. Poitou nous a tracées de l'Escurial, de ses voûtes surbaissées, froides et tristes, froides comme le sépulcre ; il nous semble avoir trop cherché dans le monument l'image du roi qui en est le fondateur. Que si l'Escurial représente Philippe II, si partout dans ces longues galeries, comme l'écrivain nous le dit avec une saisissante imagination, cette sinistre figure vous poursuit et vous obsède, si « l'esprit ne peut s'en distraire, » expliquez-nous, ô bien cher et docte voyageur, comment ce même monarque, taciturne et glacé, a pu aussi fonder le délicieux Aranjuez. Aranjuez sera-t-il encore l'allié naturel de ce génie dur et sinistre comme la tombe ? Ne devons-nous pas avouer plutôt que l'implacable nature de Philippe (l'Espagne la juge tout autrement que la France) n'était pas aussi complétement logique dans sa violente et stérile froideur, dans son orgueil étroit et opiniâtre, et que, dans cette âme irrésolue et cruelle, il y avait place pour quelques rayons plus heureux, comme on les voit percer parfois à travers les nuages entassés sous un ciel sombre. Je ne sais trop si même à l'Escurial quelques teintes plus adoucies ne se produisent pas jusque dans cette chapelle funéraire que M. Poitou nous décrit avec un style si poétique et si éclatant.

[1] Ercilla déclare au commencement de cette octave que le monument de l'Escurial est sans rival, « templo incomparable. » Pourquoi donc faut-il que M. Winterling le compare à Saint-Pierre de Rome ?

« Wetteifernd mit sanct Peters Haus in Rom. »

[2] Les quatre derniers vers de l'octave où Ercilla insiste sur le caractère religieux de Philippe et de son œuvre architecturale, sont rendus chez Winterling par ces détails un peu vagues que Pope substitue souvent dans sa prosodie élégante à la vive et pittoresque diction d'Homère. Ordinairement exact, le traducteur allemand semble avoir oublié que l'Escurial n'était que l'acquittement d'une promesse faite par le roi d'Espagne à San Lorenzo. Je regrette de voir disparaître ce mot si expressif d'Ercilla, qui donne à Philippe II le titre de *grand chrétien* « Tan gran cristiano. » Vous ne reconnaissez ni le monarque ni son époque, dans cette phraséologie générale :

« Ein ungeheurer Bau voll Majestät und Pracht,
Der einem solchen König Ehre macht
Und unberechenbare Schätze in sich schleusst. »

XXXV

« Ici apparaît Madrid, une haute fortune lui est préparée par la faveur des cieux. Là, c'est Tolède, fondée sur un emplacement inexpugnable, près du Tage aux flots d'or. Plus avant, c'est Cordoue, c'est Grenade que déjà menace la mort irritée, où déjà le glaive est brandi sur la tête de tant de chefs et contre d'innombrables poitrines [1].

XXXVI

« Vois Séville, admire la beauté royale de ses temples, de ses édifices, de ses maisons, le concours du peuple, la grandeur de son commerce avec les Indes lointaines [2]. Chargées d'or, d'argent, de perles et de richesses, deux flottes tous les ans viennent dans son port, et deux autres en sortent avec des marchandises, des soldats, des munitions et de l'artillerie.

XXXVII

« Vois Cadix, où l'invincible Hercule, poursuivant le cours heureux de ses destins, fixa de ses mains triomphantes les deux colonnes et sur le marbre grava ces mots : « *Nihil ultra.* » Mais Fernando le Catholique, souverain glorieux, franchit la barrière prescrite, ouvrit le chemin de l'immense Nouveau-Monde [3],

[1] Allusion à cette guerre des Alpujarras, qui devait être si glorieuse pour don Juan d'Autriche et si funeste pour un long temps à l'avenir de l'industrie et de l'agriculture espagnoles.

[2] Sur l'ancienne opulence de Séville, sa prospérité commerciale, la « Contra'a-cion de Indias, » voyez M. Ant. de Latour, *Études sur l'Espagne*, t. I, p. 101-116.

[3] Ercilla semble rapporter ici tout l'honneur de la découverte du Nouveau Monde à l'initiative du roi Ferdinand. Lope de Vega, respectueux comme tout son siècle envers la monarchie espagnole, sait cependant reconnaître tous les titres de Colomb, et sa belle tragédie « *El nuevo mundo* » laisse à chacun son partage de gloire. Isabelle s'est montrée plus tutélaire que Ferdinand pour l'audacieuse entreprise ; mais sans cette autre souveraineté du génie dont Dieu dota un de leurs sujets, le sublime navigateur de Palos, les deux souverains d'Espagne n'eussent peut-être pas doublé leurs domaines. La puissance de Charles-Quint, le froid orgueil de Philippe II n'eussent pas commandé à l'Europe avec les trésors du Mexique et du Pérou, ni appris un jour que le soleil ne se couchait plus sur leurs États ; c'est pour Philippe II que le mot célèbre a été prononcé : « De quien dijo agudamente un Por-

parce que déjà un seul monde ne le pouvait contenir [1].

XXXVIII

« Abaisse ton regard sur la mer, entre l'humide Notus et l'occident tu apercevras les îles Canaries. Arrête-toi surtout à l'île de Fer [2], où le sol est privé d'eau, mais où les mains de la nature offrent aux oiseaux, aux quadrupèdes et à l'espèce humaine un breuvage qu'un arbre distille et fait descendre dans une auge immense et habilement façonnée [3].

XXXIX

« Voici, à main droite, les Terceras, que les Portugais oc-

---

tegues que no se ponia el sol jamas en casa del rey Filipo. » (Porreño, visitador general del obispado de Cuenca, « *Dichos y Hechos,* » etc., p. 124, v°.)

[1]   « Porque en un mundo solo no cabia. »

C'est presque le mot de Philippe à Alexandre, lorsque le jeune héros eut dompté Bucéphale sous les yeux de son père : « Mon fils, cherche un royaume qui soit digne de toi ; la Macédoine ne peut te suffire » (Plutarque, *Vie d'Alex.,* chap. IX ; Cf. Juvénal, *Sat.* X, 168-170 :

> « Unus Pellæo juveni non sufficit orbis :
> Æstuat infelix angusto limite mundi,
> Ut Gyara clausus scopulis parvaque Seripho. »

Cf. Quinte-Curce, lib. VII, cap. 8.

[2] « Del Hierro. » Cette île a servi longtemps à fixer le premier méridien chez les différents géographes de l'Europe. Son terrain volcanique n'a que peu de sources, mais l'humidité du sol est entretenue par de fréquents brouillards.

[3] « L'arbre saint de l'île de Fer, objet de tant de récits fabuleux, paraît avoir été un *laurus indica.* Il ne fournissait pas l'île entière d'eau fraîche, mais les vapeurs condensées sur ses feuilles en donnaient néanmoins une quantité considérable, et qui, dans les sécheresses, était une véritable ressource. Cet arbre, gardé avec soin, fut détruit en 1612, par un ouragan terrible » (Malte-Brun, *Géogr. univers.,* refondue par Th. Lavallée, t. VI, p. 361). Dans son beau poëme de la *Création,* Acevedo n'a pas oublié la merveille dont parle Ercilla, et il la décrit avec son élégance habituelle :

> « Hay en Canarias una dulce fuente
> Que brota sobre el aire, y se levanta
> El natural humor de su corriente,
> De los continuos llantos de una planta
> Que de los brazos y de la ancha frente
> Está vertiendo en abundancia tanta
> El suave licor, que la sed quita
> De la gente que entorno della habita. »
>   (*De la Creacion del mundo,* Dia tercero, oct. 62.)

cupent, et en courant au sud-ouest, vois les premières îles que découvrit Colomb, toutes peuplées de races étrangères, inconnues. Entre toutes se font remarquer les Lucayes, San Juan, Dominique et Saint-Domingue, Cuba et la Jamaïque.

XL

« Tu vois l'étroit canal de Bahama, et toujours plus vers l'occident la Floride ; puis, la terre stérile et le rivage sinueux qui se prolonge jusqu'à la Nouvelle-Espagne [1] ; là, Cortès, avec d'énormes fatigues, des efforts inouïs et au péril de ses jours, fit si bien qu'il agrandit sans bornes les domaines et la couronne de Castille.

XLI

« Vois Jalisco et Mechoacan, célèbre par la racine que les médecins lui doivent [2] ; et Mexico, cité opulente et remplie d'habitants ; aujourd'hui encore elle garde l'antique nom indien. Au sud, c'est la terre montueuse et peuplée, qui se prolonge en pointe et dont les deux vastes mers qui battent ses rivages, compriment et amincissent les flancs.

XLII

« Panama et Nombre de Dios [3] disputent leurs étroites limi-

1 Après avoir décrit les principales régions et cités de l'Espagne européenne, le poëte va passer en revue les conquêtes de sa patrie et ses riches colonies. Les îles qu'il rencontre d'abord sur sa route en quittant le vieux monde ne sont que des jalons qui lui indiquent le chemin des grandes découvertes, la Nouvelle-Espagne, Panama, le Pérou, l'immense Océanie.

2 Le Mechoacan ou Valladolid, sol montagneux et volcanique, renferme des mines d'or et d'argent ; il est riche en céréales, en bestiaux et en abeilles. Il possède aussi cette racine dont parle Ercilla ; elle appartient au genre liseron, et contient à peu près les mêmes propriétés que la racine du jalap. Peu usité aujourd'hui, le mechoacan était fort employé autrefois en médecine.

3 Panama, qu'un chemin de fer relie aujourd'hui à l'Atlantique, au port de Chagres, joua un très-grand rôle au XVIe siècle, dans l'histoire de la découverte du Pérou. Par lui-même, il n'offre pas une situation fort attrayante. Il manque de fruits ; mais il en est dédommagé par son magnifique archipel et ses coquilles perlières. Aux environs des îles du *Roi*, de Taboga, de Taboguilla, son humble voisine, et de beaucoup d'autres, au nombre de 43, qui sont connues sous le nom général d'îles

les aux vagues opposées qui, avec courroux, ambitionnent de
briser leur barrière et de l'ensevelir. Vois la Sierra escarpée
de Capira [1], Carthagène, et les terres qui s'étendent depuis

les Perles, se rencontrent ces bancs précieux dont les produits sont exportés pour
l'Europe et surtout pour Lima d'où ils se répandent dans tout le Pérou (Cf. *Relacion histórica*, par don Jorge Juan et don Antonio de Ulloa, Madrid, 1748, t. I,
p. 172, 173-176). Il ne faut pas confondre le Panama actuel avec le vieux Panama,
une des premières colonies fondées par les Espagnols pour assurer la communication des deux mers. Celui-ci fut détruit par Morgan en 1670, et le nouveau Panama
s'élève quatre lieues plus loin sur la baie, où il se voit encore aujourd'hui (Cf.
Voyage de Francesco Coreal aux Indes occidentales, trad. franç. de 1772, t. I).

— *Nombre de Dios*. Il ne s'agit point ici de la ville du même nom qui se trouve
au Mexique, dans l'État de Durango, mais d'une colonie espagnole, autrefois considérable par son commerce, et située dans le nord de l'isthme de Panama. C'était
le point d'arrivée pour les Européens. Christophe Colomb avait d'abord découvert
Porto-Bello, le 2 novembre 1502 ; la belle disposition du port lui fit donner son
nom ; mais en continuant sa marche, le grand navigateur atteignait une côte mieux
préparée encore par la nature, et dit en la voyant : « Que allí se haria de hacer
asiento en *Nombre de Dios*, » et ce fut là, en effet, que Diego de Niqueza fonda
Nombre de Dios en 1510. Les Indiens du Darien la ruinèrent, mais on la rétablit
quelques années après et la ville reconstruite fut habitée jusqu'en 1584. L'air humide et chaud y était empesté par un marais voisin, à l'ouest de la ville, et un
ordre du roi d'Espagne, Philippe II, la fit alors abandonner. On revint pour la
remplacer, à Porto-Bello, six lieues plus à l'ouest, et on l'agrandit sous le nom de San
Felipe de Porto-Bello, et c'est là que fut désormais fixé le commerce. Ce changement
fut accompli par le président de Panama, don Iñigo de la Mota Fernandes (Cf. *Relacion histórica del viaje hecho de órden de S. M. á la América meridional*, por
don Jorge Juan, comendador de Aliaga, y don Antonio de Ulloa ; Madrid, 1748,
1ª parte, t. I, p. 118). Cependant le site de Porto-Bello est lui-même un des plus
meurtriers pour les Européens. M. de La Condamine déclare que les flottes d'Espagne y perdent souvent le tiers et quelquefois la moitié de leurs équipages, ce
qui a fait donner à Porto-bello le nom de « Tombeau des Espagnols » (*Voyage à
l'Équateur*, Paris, 1751, t. I, p. 6, de l'introd. historique). Coreal, dans le voyage
que cite la note précédente (p. 87 et suiv.), donne sur l'ancien Nombre de Dios et
sur Porto-Bello des détails nombreux et fort instructifs : « L'air de Porto-Bello, dit-il,
n'est pas meilleur que celui de Nombre de Dios, mais le havre est bien meilleur
et de plus facile défense. » Autrefois l'isthme n'était approvisionné que par l'Europe.
Les marchandises et les vivres venaient de la métropole à Nombre de Dios ; de là,
sur des bateaux plats, ils étaient expédiés par le rio Chagre jusqu'à la Venta de
Cruz, d'où un facteur espagnol les menait au vieux Panama, pour les diriger sur
le Pérou, aux Charcas, au Chili. C'est à Porto-Bello que les galions d'Espagne, au
temps de Coreal, venaient encore prendre les trésors du Pérou qui étaient apportés
de Panama par la voie de terre. Il apprécie à 16 et 17 lieues la distance qui séparait d'une mer à l'autre, Nombre-de-Dios et Porto-Bello de Panama. Les deux
villes, Nombre de Dios et Porto-Bello, jouent un rôle dans la *Dragontea* de Lope,
et sont tour à tour le théâtre des événements que le poème retrace.

[1] La géographie d'Ercilla nous présente de graves difficultés à cause des changements que les noms propres ont subis. Bien des lieux ont perdu leur ancienne appellation, comme l'Indien sous le baptême. Le golfe de Darien était le golfe d'U-
raba, et le rio Atrato, qui s'y jette, n'était autre que le Dabeiba. Ces titres
géographiques si mobiles, si facilement remplacés par la conquête, troublent à
chaque pas le lecteur le plus attentif. Souvent, après avoir nommé et dévasté une

Sainte-Marthe et le cap de Vela, jusqu'au lac et jusqu'à la cité
de Venezuela [1].

XLIII

« Vois Bogota [2] et Cartáma [3], qui touche aux confins d'Arma

région, l'Européen quittait le désert qu'il avait fait. Que de lieux admirés et occupés d'abord par les envahisseurs, ont été voués par eux à leur insalubre solitude! Veragua, le premier *pueblo*, le premier fortin érigé par l'Espagne sur la terre ferme, et qui a donné son nom de noblesse à Christophe Colomb, Uraba, le Darien, Cubagua, la côte de Paria, rivages autrefois très-fréquentés et bien connus de toute l'Europe jusqu'à la moitié du xvie siècle, sont aujourd'hui presque inconnus ou cachés sous un déguisement trompeur ; plusieurs sont oubliés et presque déserts (Cf. de Humboldt, *Géogr. du Nouv. Continent*, t. III, p. 381). Cependant la Sierra de Capira n'a pas subi le même sort, elle est fort connue et fait partie de la chaîne centrale. Le mont Capira est à 4 lieues de *Nombre de Dios* et à 11 de Panama. A 8 lieues des ruines de Nombre de Dios et à 10 lieues de Panama se trouve une seconde hauteur fort escarpée, presque du même nom, et qui d'un cours d'eau qui arrose sa base, a été appelée Capireja (Voy. l'Atlas maritime de Bellin, *Amérique méridionale*, t. II, pl. 13). C'est dans les montagnes dont parle Ercilla et que le poëte eut lui-même à traverser deux fois, que Lope place une des scènes les plus héroïques de sa *Dragontea* (chants v, vi). Don Diego Suarez y cherche un refuge contre l'invasion anglaise et contre le courage heureux de Drake, jusqu'à ce que la victoire soit rendue au drapeau espagnol (Cf. *Coleccion de las obras sueltas* de Lope de Vega, Madrid, 1776, t. III).

1 Venezuela signifie *la petite Venise*. Les Espagnols nommèrent ainsi le golfe qui précède le lac de Maracaibo, et non pas la colonie qu'ils y fondèrent. Celle-ci est appelée *Coro*, et le nom de Venezuela est affecté à la province entière. Coro se trouve dans la partie orientale, mieux connue sous le nom de golfe de Coro, et à la naissance de la presqu'île de Paraguana. De nos jours Caracas est la capitale du pays que M. Torres Calcedo a si dignement représenté auprès du cabinet français. Le nom de Venezuela fut donné dans l'origine au village d'Indiens que les conquérants trouvèrent près de la côte. M. de Humboldt nous offre sur ce point des renseignements précieux : « L'ouvrage rare et très-remarquable de Fernandez de Enciso, alguazil mayor dans la Castille d'or, dit : Il y a un golfe très-large dans lequel se trouve un hameau (*lugar de casas de Indios*) construit sur une roche (peña) très-grande et à sommet plat. Ce hameau s'appelle Venecinela. Cette description diffère un peu de celle de Hojeda et de Vespuce. L'un et l'autre parlent de troncs d'arbres (*estacas*, pilotis), sur lesquelles les maisons étaient construites. Un hameau placé sur une roche à fleur d'eau, aurait pu paraître de loin fondé dans l'eau ; mais les navigateurs virent lever de près les ponts par lesquels les habitants communiquaient les uns avec les autres » (Navarre III, 19). Cf. *Géogr. du Nouveau Continent*, t. IV, p. 306-307. La ressemblance de cette position avec celle de Venise sur quelques îlots de l'Adriatique, dut frapper les explorateurs espagnols : « Una popolazione fondata sopra l'acqua come Venezia. » (*Premier voyage d'Amér. Vespuce* ; Navarre, III, 219). — « Pueblo sobre el acqua en un golfo que llamaron golfo de Venezia. » (Alonso de Hojeda ; Cf. Navarr. et Oviedo). C'est à leur arrivée même que les Espagnols donnèrent au groupe de cases indiennes le nom qui est resté au golfe et à toute la contrée.

2 Santa-Fé de Bogota a été la capitale de toute la Colombie ; elle est aujourd'hui celle de la Nouvelle-Grenade.

3 Cartáma, grande province à l'est de Caramanta. C'est à cette contrée que Pedro

et de Cali, immense et long territoire[1], Popayan[2], Pasto[3] et
Quito[4], séjour tempéré sous les feux mêmes de l'équateur. Là,
c'est Puerto-Viejo, où fut trouvée une mine de riches émerau-
des; là, ce sont d'autres contrées qui s'étendent vers l'Auster,
le Vulturne et le Midi[5].

de Ciera de Leon marque la limite des découvertes de Sebastian de Belalcazar (Cf.
Historiadores primitivos de Indis, t. II, p. 363, chap. xv. *Bibl. Rivad.*,
t. XXVI). Belalcazar connut mal cette province et ne fit que la traverser

> « Pasaron por Ancermas y por Cartamas. »
>
> (Castellanos, *Elegias*, canto, IV, p. 461.)

[1]   « Con Arma y Cali tierra prolongada. »

Il s'agit de cette grande et belle province qui se développe en deux vallées parallèles depuis Popayan jusqu'à la mer, entre la Cordillère orientale et la Cordillère de l'ouest. Elle est arrosée dans toute son étendue par les eaux de la Magdalena
et du Cauca, son puissant tributaire, qui se joint au fleuve au-dessous de Mompox,
une vingtaine de lieues de la mer des Antilles. Le bassin du Cauca et celui de la
Magdalena sont séparés par la Cordillère centrale. Dans le premier se trouvent Cali,
Cartago, Anserma, Arma, et beaucoup d'autres stations de la conquête espagnole.
C'est dans Juan de Castellanos (*Elegias de Varones ilustres de Indias, Bibl.
Rivad.*, t. IV, p. 506-565) qu'il faut lire le récit de cette conquête et les exploits
de ces hardis aventuriers d'Espagne qui furent aussi des fondateurs.

[2] Popayan, dans la Nouvelle-Grenade, à 400 kilomètres de Bogota, est l'entrepôt
du commerce entre Bogota et Quito.

[3] « Pasto. » San Juan del Pasto est le chef-lieu d'un département de la Nouvelle-
Grenade. La province des Pastos, où se trouvent encore aujourd'hui un grand nombre d'Indiens indépendants, terminait au nord le gouvernement de Quito, lorsque
François Pizarre, après la chute d'Almagro, partagea le royaume de Quito en
deux parties : le sud appartint à Gonzalo Pizarro ; le nord fut donné, sous le nom
de Popayan, à Sébastien de Belalcazar.

[4]   « ..... Y Quito que vecina
Está à la equinoccial linea templada. »

Templada se rapporte à Quito et non pas à *linea*. C'est le même contraste et la
même construction que dans l'octave 45e :

> « Mira los grandes montes y altas sierras
> Bajo la zona tórrida nevadas. »

Dans les hautes régions qu'elle occupe, près des volcans de Pichincha et de Cotopaxi, Quito, bien que placée sous l'équateur, jouit d'une température assez douce
et la magnifique plaine d'Ioa-Quito, qui la touche au nord, est d'une richesse incomparable. La ville indienne fut conquise en 1533 par Sebastian de Belalcazar, et la
ville espagnole fondée par Diego de Almagro en 1534.

Pour bien comprendre l'importance que don Ercilla et ses contemporains attachaient à tous les noms propres que renferment cette octave et la suivante, il n'est
pas sans utilité de jeter ici un rapide coup d'œil sur la conquête même du Popayan.

Le héros de cette conquête est Sébastien de Belalcazar, que le poète Castellanos
appelle toujours Benalcazar. Né dans le village d'Estrémadure dont il porte le nom, il

XLIV

« Tu vois Guayaquil; des bois abondants couvrent ses monts

devint pour l'expédition du Pérou l'un des meilleurs officiers de Francisco Pizarro et d'Almagro. Il contribua beaucoup par son courage et son habileté au succès de leurs armes, et Pizarre le chargea de soumettre les riches contrées qui dans la partie septentrionale du Quito se déploient sur une étendue de cent soixante lieues du S. au N. et d'environ cent lieues de l'est à l'ouest. « La conquista de todo el país que comprehende el gobierno de Popayan ó de la mayor parte de él, fuè hecha por el célebre adelantado Sebastian de Belalcazar » (*Relacion histórica*, p. 139). Le Popayan est borné à l'ouest par le grand fleuve Magdalena, au couchant par la côte de la mer du Sud et les pays indépendants du Darien. Ce vaste pays est entouré au sud de hautes montagnes et se développe vers le nord entre trois cordillères. Celle du milieu sépare la Magdalena et le Cauca que Cieza appelle « Río grande de Santa Marta ». L'un et l'autre fleuve reçoivent une foule de rivières qui descendent des sierras et arrosent d'immenses plaines et des vallées magnifiques. Les populations du Popayan eussent été moins à plaindre, si elles n'avaient connu l'invasion que par Belalcazar lui-même; car Juan Velasco, dont nous abrégeons le récit, vante sa bonté pour les Indiens à l'égal de sa vaillance (t. II, p. 329); mais le malheur de ce hardi capitaine fut d'avoir associé à son entreprise des lieutenants cruels et odieux, tels qu'Ampudia, dont les actes barbares retombèrent sur Belalcazar lui-même. Il envoie vers le nord Ampudia comme éclaireur avec de sages instructions qui lui recommandaient de rechercher l'affection des Indiens et des caciques; mais ses ordres ne furent pas respectés, et Belalcazar, jaloux d'exécuter ses vastes plans de fondation, se vit dans l'impuissance de réprimer les atrocités commises. Il suivit Ampudia, à la trace des ruines, et guidé par la cendre des villages incendiés. Son lieutenant fonda la ville d'Ampudia; mais Belalcazar n'approuva point le choix de l'emplacement; il n'y voyait pas un lieu assez sûr de repos et de retraite, il lui fallait un point central, dépôt d'armes et de munitions dans ses conquêtes ultérieures. Il adopta d'abord sur la rive orientale du Cauca, sur le territoire des Gorones, un lieu où en 1537 il fonda la ville de Santiago de *Cali*, à 30 lieues de la côte du Pacifique et du petit port de *Buenaventura*; mais le climat était malsain, et la même année, par son ordre, Miguel Muñoz la transféra sur la rive occidentale, où elle est encore; bientôt Ampudia cessa d'exister. Certain désormais d'avoir une place d'armes, Belalcazar retourna vers le sud. Il voulait explorer les deux fleuves du Popayan. Le Cauca lui présentait de grands obstacles. Son cours impétueux et tourbillonnant rendait toute navigation impossible. Il résolut de le reconnaître depuis sa source, pour diriger ses expéditions sur les deux rives. Il rencontra dans les montagnes une résistance opiniâtre; mais il triompha du cacique Popayan, et au pied de la grande Cordillère, dans un climat excellent, à la place même de la ville indienne, il créa en 1537, la ville de Popayan, sa résidence principale, capitale de ses conquêtes, et dont le nom s'étendit au gouvernement tout entier. Il est vrai que ce gouvernement par la suite fut diminué; on joignait au nouveau royaume de Grenade le cours de la Magdeleine et les villes que Belalcazar avait établies sur ses rives (J. Velasco, t. II, p. 105); mais sous la main du vaillant fondateur, il atteignit ses plus vastes limites. Après sa victoire sur l'Indien Popayan, il cherche d'abord les sources du Cauca, sur les montagnes de Cocomicco; il soumet les belliqueuses tribus qui l'habitent, et il s'assure que le fleuve s'écoule comme la Magdalena du petit lac des Papas. Il se détermine à descendre d'abord le dernier de ces larges cours d'eau, et à assujettir les peuples riverains. Il dompte les peuples d'une rivière qu'il nomme la Plata, parce que

bouffus et sombres; Tumbez, Païta et son port, le premier

les montagnes du pays étaient riches en minerai d'argent; sur les hauteurs il fonde un *asiento de minas*, et au pied de la sierra la ville de San Sebastian de la Plata (1538). Ce pays était aussi riche que celui de Potosi dont on fit plus tard la découverte; mais Belalcazar fut obligé de suspendre sa marche pour aller soutenir Francisco Pizarro assiégé dans Lima par le rebelle Manco-Capac. Il se rend d'abord à Popayan, fait frapper 500.000 *pesos* d'or qu'il apporte à son chef, outre le *quinto* du roi. Il apprend en chemin qu'Alvarado, rappelé du pays des Chachapoyas a livré aux Péruviens un combat heureux, que le siége est levé et que Pizarre a refoulé ses ennemis dans les montagnes. Mais une autre guerre a éclaté entre Pizarre et Almagro, et après divers incidents de guerre et de ruse diplomatique, Almagro, vaincu et prisonnier aux *Salinas*, est étranglé dans sa prison, décapité en public, à l'âge de soixante-quinze ans. Pizarre partage le Pérou avec son frère Gonzalo; il lui donne le Quito à l'exclusion de Belalcazar. Mais celui-ci arrive dans Lima; son mérite, son dévouement, les richesses qu'il apporte, les services qu'il a rendus, décident Pizarro à partager le royaume entre lui et Gonzalo. Le dernier reçoit le Quito proprement dit jusqu'aux Pastos; Belalcazar devait avoir, depuis les Pastos, tout le pays qu'il avait déjà subjugué, et tout ce qu'il découvrirait encore vers le sud, l'ouest et l'orient. Alors enfin, il peut reprendre le cours de ses conquêtes. Quito ne lui appartenait plus; il se fait suivre par tous ceux qui lui sont attachés; et c'est alors que Popayan devient le véritable foyer de ses opérations. Il établit un grand nombre de familles à Sebastian de la Plata, continue sa marche vers le nord, et à la source du Nare qui se jette dans la Madeleine sur la rive occidentale, il bâtit Piacenza qui dura peu; car on fit dans les environs des *asientos* plus importants pour l'exploitation de mines. Là il apprend avec surprise que plus au nord, sur les bords du Cauca, l'on a vu des guerriers européens. Bientôt les émissaires de Belalcazar l'instruisent des faits. Le gouvernement de Carthagène avait débarqué des troupes dans le golfe d'Uraba, sur lequel on avait fondé peu auparavant San Sebastian de Buenavista. L'expédition était provoquée par l'espoir de découvrir de grands trésors; c'était partout la même fièvre; l'on était en recherche d'un sol d'or.

> « En busca y en demanda del Dorado. »
>   (Castellanos, *Varones ilustres de Indias*, parte III, canto tercero.)
>
> « à los descubrimientos del Dorado. »
>   (Ibid., p. 439.)

Un détachement avait pénétré plus loin dans le sud, sous le commandement du capitaine Robledo. Il se trouvait dépourvu de toutes ressources, et ne pouvait plus ni avancer ni reculer. Il apprend des émissaires de Belalcazar que leur chef est le gouverneur de Popayan, qu'il faisait des conquêtes, fondait des colonies. Robledo et les siens s'offrent à le servir. Belalcazar leur prodigue des secours, confie ses pouvoirs à Robledo et l'envoie conquérir pour le Pérou, le nord du Popayan. Ainsi ces vastes régions furent promptement colonisées dans le nord par Robledo, dans le sud par Belalcazar. Celui-ci revint par les bords du Cauca, pour soumettre de riches tribus et les joindre à Cali. Il éprouva dans cette entreprise de grandes difficultés, et il consuma toute une année à assurer les communications entre la province de Cali et le nord, pour transporter les secours nécessaires (1541). Robledo fonda en 1541 dans la vallée d'Hebexico, chez la nation des Abiles la Ciudad de Antioquia, la dernière de toutes celles du Pérou vers le nord. La même année, sur le Cauca, il crée la ville de Santa-Fé, où trois ans plus tard (1544), Antioquia est transférée par le capitaine Juan de Cabrera. La ville prit alors le nom de Santa-Fé de Antioquia. En 1542, Robledo et Aldana fondent Anserma ou Santa-Ana de los Caballeros, sur la rive occidentale du Cauca. La même année Robledo élève Cartago sur la rivière du

abri où les navires puissent jeter l'ancre[1]; Piura, Loja, la

même nom qui se jette dans le Cauca. Cieza prétend que la ville fut ainsi nommée parce que la plupart des soldats et colons qui accompagnèrent comme lui, le capitaine Robledo, étaient partis de Carthagène (chap. XXV, p. 377). Une conquête plus difficile attendait Robledo dans la province d'Arma. Cette contrée riche et étendue pouvait mettre sous les armes vingt mille Indiens, tout couverts d'or et fiers de leurs superbes étendards. La résistance de ces peuples fut vigoureuse et prolongée par la rupture qui éclata entre Belalcazar et son lieutenant. Les vrais motifs de cette discorde sont restés obscurs. Belalcazar fit trancher la tête à Robledo; si les deux adversaires eussent eu des forces égales, le Popayan eût vu se reproduire la lutte de Pizarre et d'Almagro dans le Pérou. Belalcazar fonde Santiago de Arma. Sept ans plus tard, en 1519, cette ville fut transférée dans une grande plaine sur le même Rio de Arma. De Popayan à Cali, l'on compte 22 lieues; de Cali à Cartago il y a 45 lieues; du même Cali à Anserma, sur l'autre bord du Cauca, il y a 50 lieues. D'Anserma, que Castellanos appelle Encerma (canto IV, p. 461) à Santa-Fé de Antioquia, vous avez 70 lieues. Une distance de 142 lieues séparait donc les deux points extrêmes des fondations de Belalcazar. C'est au milieu des guerres civiles du Pérou que se formaient tous ces établissements. La conduite de Belalcazar fut toujours fidèle à la monarchie. Lorsque Vaca de Castro aborda au Pérou, il y fut jeté pour ainsi dire par la tempête au petit port de Buenaventura (1541). Buenaventura était un lieu si modeste de la côte du Popayan que ceux mêmes de Cali le connaissaient à peine, bien qu'il n'en fût séparé que d'une trentaine de lieues. Ce fut pour Vaca une marche de six à sept jours. Belalcazar revenait à ce moment de sa course sur les bords des deux fleuves et avait laissé la garde de sa conquête à Robledo. Il reçut avec respect l'envoyé de Charles-Quint. Blasco Nuñez trouva chez Belalcazar le même accueil, et il associa ses armes aux siennes à la bataille d'Iña-Quito, après laquelle le vice-roi eut la tête coupée; Belalcazar ne dut la vie qu'à la magnanimité du vainqueur. Gonzalo Pizarre lui donna même des soldats, des armes, et l'argent nécessaire pour retourner dans son gouvernement de Popayan. Lorsque la Gasca vint mettre un terme à la rébellion et pacifier le Pérou, Belalcazar, toujours fidèle, fut moins heureux. Les barbaries commises par Ampudia et ses semblables, la mort de Robledo, furent autant de griefs contre lui. La Gasca le déposa du pouvoir, confisqua ses biens et l'envoya prisonnier à la cour. Privé de ses richesses et de ses honneurs, le héros mourut de chagrin en arrivant à Carthagène (1549). — Nous avons suivi de préférence pour tous les détails l'histoire du royaume de Quito par Juan de Velasco. Il a pu consulter non-seulement les anciens *Historiadores de Indias* que nous avons sous les yeux, tels que Jerez, Cieza, etc., mais aussi des documents inédits d'une grande importance, tels que « la informacion de Palomino », et plusieurs autres. Velasco composa son ouvrage dans le dernier quart du XVIIIe siècle. Tout au moins la dédicace de son livre adressée de Faenza à don Antonio Porlier est datée du 15 mars 1789.

[1] « Guayaquil » est une des villes les plus considérables de l'*Écuador*. L'administration intelligente du président García Moreno a beaucoup fait pour relever et Guayaquil et toute la république des désastres qu'avaient fait peser sur l'État équatorien les crises politiques, la détresse financière et le tremblement de terre de 1859, si tristement renouvelé en 1868. C'est Moreno qui a fait reprendre les travaux de la route tracée de Quito à Guayaquil, vaste chaussée qui doit compter plus de 400 kilomètres. Il a commencé un autre chemin entre le port de las Esmeraldas et la province d'Imbabura, la plus importante après Guayaquil. Cette seconde route, si utile aux provinces d'Imbabura et de Pichincha, doit se combiner avec une autre encore qui doit relier Ibarra et Olavalo au port de San Lorenzo del Pailon. Les premiers conquérants espagnols songeaient plus à la spoliation du pays qu'à ces prudentes

arza[1] et la Cordillère d'où naissent et descendent ces vastes

essres le gouvernement qui féconde l'activité des indigènes, en lui préparant des
voies de communication et des débouchés faciles, mais que trop souvent déconcer-
tent les bouleversements de la nature. Guayaquil doit sa première fondation à Belalcazar (1535). Pendant que son lieutenant général Ampudia dévastait les provinces
du Nord, et détruisait en quelque mois cent mille pacos et lamas, Belalcazar continuait la lutte contre les Indiens du Quito méridional. Almagro lui avait recom-
mandé de s'occuper particulièrement des provinces maritimes de l'ouest et d'y établir des colonies, surtout à Cancebi, à ce *Puerto-Viejo* qu'Ercilla cite dans l'octave
précédente, et qui se trouve dans le golfe de Guayaquil. Mais Belalcazar songeait
surtout aux provinces du Nord où il espérait de plus grandes richesses, un *el Do-
rado*. Cependant il obéit à son chef, envoie son odieux lieutenant devant lui avec
ordre de suivre le chemin pratiqué entre les deux Cordillères jusqu'à l'endroit qui
lui paraîtrait le plus propre à l'établissement d'une première colonie, et d'y attendre son retour des ports de mer. Il fonda Santiago de Guayaquil ; mais les révoltes
des Indiens furent si violentes que, deux ans après, en 1537, Guayaquil en était
à sa troisième reconstruction ; elle fut rétablie alors par Francisco de Orellana. Cf.
Relacion histórica, par Jorge Juan et Antonio de Ulloa, t. I, p. 231.

— Tumbez est le point de la côte où Francisco Pizarro fit sa première exploration
du Pérou. Ce fut à Tumbez qu'il reçut les renforts de Belalcazar, l'habile capitaine
qu'il avait connu dans la Terre-Ferme et qu'il chargea de conquérir le Quito.

— A Paita s'arrêtaient les vaisseaux qui se rendaient de Panama vers Truxillo,
Los Reyes, Arequipa. A la silla de Payta ils trouvaient un mouillage sûr, après avoir
doublé le cap Blanco et la pointe de Parina. Winterling a rendu l'idée du poète
avec une grande justesse.

> « ..... Und Payta mit dem Hafen, der
> Den Schiffen dient zum sichern Ankerplatz. »

« Paita es muy buen puerto donde las naos limpian y dan cebo ; es la principal
escala de todo el Perú y de todas las naos que vienen á él » (*La Crónica del Perú*, por Pedro de Cieza de Leon, *Bibl. Rivad.* Historiadores primit. de Indias,
t. XXVI, p. 358).

[1] En quittant Tumbez, pour se ménager une place de retraite, de ravitaillement
et de renfort, Pizarro avait fondé San Miguel de Piura, avant de marcher sur
Caxamarca et sur Cuzco. Il y laissa une garnison considérable sous le commandement de Belalcazar, avec le dessein de l'envoyer contre le Quito, quand il aurait
reçu les secours de Panama et de Nicaragua (1532-1533). Cf. *supra*, t. I, p. 331,
note 4.

— Loja et la province de Zarza appartenaient au gouvernement de Gonzalo
Pizarro. Lorsqu'après la chute d'Almagro, Francisco eut partagé entre son frère et
Belalcazar le sud et le nord du royaume de Quito, Gonzalo, avant d'entreprendre
sa malheureuse expédition vers l'Est, en se rendant de Cuzco à Quito eut à lutter
contre les Indiens des provinces de la Zarza et des Paltas, placées sur la route de
Quito à San Miguel. Elles étaient habitées par des peuplades barbares que les Incas
n'avaient jamais pu soumettre. Gonzalo en fit un horrible carnage, et pour assurer
la route, bâtit Oña chez les Paltas avec un petit fort (1539) ; mais cette fondation
était insuffisante et la situation peu favorable ; elle fut détruite, et il fallut plus
tard élever une barrière plus imposante. Gonzalo, en 1546, envoya Mercadillo
fonder Loja, dans la Zarza. Les Paltas formaient un petit État composé de trois
tribus ; mais la Zarza qui touchait le pays des Pacamoros au sud, et à l'est celui
de Yaguarzongo, était une grande et belliqueuse province qui ne renfermait pas
moins de treize tribus ; outre leurs noms distinctifs, elles portaient un nom collec-

**fleuves qui arrosent pendant plus de mille lieues des pays tou-
jours privés des pluies du ciel [1].**

tif, celui de la contrée principale, la Zarza. Oña et Loja furent la première et la
dernière fondation de Gonzalo. Entre ces deux dates extrêmes, il créa d'autres établissements. En 1541, il envoie Juan de Salinas faire la conquête des Pacamoros
chez lesquels il fonda Valladolid, et ce n'est qu'alors, après avoir fortifié et peuplé
les asientos de minas, qu'il sortit de Quito pour l'exploration de l'Amazone.

1 Allusion au vaste cours du fleuve des Amazones et à ses immenses affluents.
Nul doute que le poëte, par les mots *tantos rios*, n'ait voulu désigner ici, outre le
fleuve principal, quelques-uns de ses immenses tributaires, tels que le Putumayo qui
n'a pas moins de trois cents lieues, et le Caqueta qui, par l'un de ses bras (l'Yupura),
va par huit bouches rejoindre le fleuve et par l'autre, qui se bifurque au nord est
et au sud-est, met en communication l'Amazone et l'Orinoco; tels encore que le
Madeira et l'*Ucayalé*, réputé longtemps la haute source du Marañon, avant que des
recherches plus exactes eussent fait remonter le cours des Amazones jusqu'au lac
Lauricocha. L'Ucayalé a une grande importance, il entraîne avec lui une foule
d'autres rivières, qui mériteraient d'être appelées des fleuves; l'Apurimac, par
exemple. Ce cours d'eau est assez impétueux pour ne pouvoir être franchi aujour-
d'hui encore, comme par les Oréjones des Incas et par les soldats de Pizarro, que
sur des *crisnejas*, ponts suspendus fort solides, fabriqués avec des lianes et d'un
développement qui atteint parfois 200 *varas*. Ces ponts en escarpolettes s'appellent
des crisnejas ou des maromas, selon leur mode de structure et leur balancement
plus ou moins prononcé (Cf. M. Paul Marcoy, *Scènes et paysages dans les Andes*,
1re série, p. 269, Paris, 1861, et M. de La Condamine, *Mém. de l'Acad. des sciences*
de 1745, p. 103. Voy. aussi *Relacion histórica* de don Jorge Juan et Antonio de Ulloa,
parte 1, t. II, p. 576-577). Depuis le lac de Vilafro, qui doit son nom moderne à
un ancien chercheur d'or, et qui est situé dans la province de Calloma, entre Cuzco
et Arequipa, l'Apurimac, faible ruisseau d'abord, roule bientôt dans des vallées profondes où il est grossi par des torrents, reçoit plus de vingt rivières à droite et à
gauche avant d'aller gonfler le vieux Marañon, l'Ucayalé. Celui-ci, aussi large à son
embouchure que l'Amazone, apporte son tribut au grand fleuve vers le pays des
Omaguas, fort au-dessus du Napo que le P. d'Acuña prenait pour le vrai Marañon,
à cause de l'abondance de son cours depuis la sierra du Cotopaxi. Mais combien
plus encore l'écrivain ne songeait-il pas à l'Amazone même, à ce fleuve merveilleux auquel les récits d'Orellana avaient fait rêver toutes les imaginations! Nous
aurons lieu de parler ailleurs (chant xxxvi, oct. 33), des premiers voyages entrepris
sur le Marañon par Gonzalo Pizarro et Orellana, puis par Pedro de Ursua. Plusieurs
autres tentatives ont été faites après eux. Le xviiie siècle a vu se propager sur l'A-
mazone et sur ses affluents les nombreuses fondations du catholicisme, et elles sont
loin d'être restées inutiles aux progrès de la science. La Condamine a le premier
éclairé tout son cours (1743-1744). Depuis le pueblo de Cuchunga, il a parcouru,
sondé, mesuré le fleuve, décrit ses obstacles, ses coudes dangereux, les *porgos* de
Manzeriche, de Pauxis, autrefois l'épouvante des navigateurs espagnols et portugais.
Il a observé le mouvement de la marée jusqu'à la Desembocadura de Pauxis, à
200 lieues de l'Atlantique; mais il n'a pourtant pas donné sur le roi des fleuves, sur
ses tributaires, sur leurs peuplades, des notions complètes et toujours exactes; et à
bien des égards l'immense artère de l'Amérique méridionale était demeurée presque aussi mystérieuse que l'est encore le centre de l'Afrique. Le dernier voyage de
M. Agassiz l'a fait mieux connaître dans toute sa longueur, et a livré au commerce
du monde une route de 5,400 kilomètres, du lac Lauricocha où est la vraie source
du fleuve dans les Andes, jusqu'à l'océan Atlantique. C'est au prix de dépenses
considérables que l'étude de l'Amazone a été réalisée. Un riche Américain,

XLV

« Ici paraissent les grandes montagnes et les hautes sierras,
chargées de neige sous la zone torride; les Mojos[1], les Braca-

M. Spencer a fait les frais de cette expédition scientifique qui avait à vaincre des périls sans nombre et l'hostilité de populations sauvages encore assez mal définies. Au retour de son glorieux itinéraire, M. Agassiz a raconté à Philadelphie, dans de spéciales conférences, non pas les dangers qu'il avait courus, mais les mœurs des peuplades qui couvrent les deux rives et qui sont à peu près ce qu'elles étaient au XVIe et au XVIIe siècle, à la date de la première invasion de l'Amérique par l'Espagnol. Une foule d'animaux, de plantes, d'insectes et de reptiles servaient de témoins à l'intrépide voyageur. Le corollaire le plus précis obtenu par M. Agassiz est d'avoir désigné à la navigation des voies naturelles et assurées. Son steamer a été suivi de beaucoup d'autres. Le gouvernement brésilien, par d'excellents décrets, favorisait de son côté les résultats que la science éclaire et provoque. Il ouvrait aux bâtiments de toutes les puissances les eaux de l'Amazone, du Tocantins, de la Madera, de San Francisco, etc. C'était d'une main libérale livrer aux relations du trafic et de l'industrie la plus fertile vallée du monde et appeler directement sur l'Atlantique les produits de la Bolivie, du Pérou, de la Nouvelle-Grenade, de la Colombie et de l'Ecuador. C'était rapprocher de nous tout le centre de l'Amérique méridionale, et introduire au milieu de ces jeunes contrées tous les éléments de la civilisation européenne. L'Amazone traverse la Colombie, sépare la Guyane portugaise du Brésil proprement dit, et est partout navigable pour les bateaux à vapeur; l'on peut monter et descendre tous ses affluents. Le rio Madeira le met en contact avec la Bolivie, le Rio Negro avec le Venezuela. L'Ucayale, le Cassiquiare, le Yavari, le Purus, la Madeira, le Topayos, le Napo à l'embouchure duquel s'arrêta l'expédition désastreuse de Gonzalo Pizarre, l'Yapura, le Negro sont tous accessibles aux steamers. Les navires d'un fort tirant sont seuls arrêtés sur les tributaires par des chutes d'eau et des bancs cachés qui les traversent. L'Amazone même peut être remonté par les bâtiments de la plus grande dimension jusqu'au port-frontière de Tabatinga. Au temps d'Ercilla, une expédition sur l'Amazone présentait de tout autres difficultés, avec moins de ressources pour les vaincre; mais le poëte se faisait sur le climat de ces vastes contrées, longtemps impénétrables, des idées que la science moderne a victorieusement combattues. Cf. *Géographie physique*, par M. F. Maury, 1866, trad. de l'anglais, par MM. Zurcher et Margollé, p. 23-29. Il n'est pas inutile de faire remarquer ici que les *Portugais* appellent le Marañon *rio des Amazonas* depuis sa jonction avec la Madeira; au-dessus, ils lui donnent le nom de *rio de Solimoes*. Les vieux écrivains espagnols disent indifféremment, pour tout le cours du fleuve, *Marañon, las Amazonas* ou *rio de Orellana*.

1 Les Mojos ou Moxos, nation nombreuse, rameau de la race pampéenne (d'Orbigny, t. IV, p. 291) et qui occupe en partie, dans la république de Bolivie, la province appelée de leur nom. Les Mojos représentent ici, chez Ercilla, le chef-lieu d'un département bolivien, Santa-Cruz de la Sierra, que l'on nomme quelquefois San Lorenzo de la Frontera. Santa-Cruz avait d'abord été fondée en 1557 au sud de rio Guapey; mais le voisinage des Indiens, dangereux et redouté, la fit abandonner, et la capitale de la province fut transférée à San Lorenzo qui perdit son nom pour adopter celui de Santa-Cruz de la Sierra; elle se trouve à 110 milles plus au nord que la ville abandonnée. Ñuflo de Chaves fut son premier fondateur en 1548. Né en Espagne près de Truxillo, il donna à sa colonie le nom même du village qui l'avait vu naître.

Le rio *Mamoré* dont le bras principal est connu sous le nom de *Rio-Grande* et

mores, et le sol habité par les sauvages Chachapoyas[1]; Caja-

surtout sous le nom indigène de *Guapey*, baigne les départements de Cochabamba et de Santa-Cruz, et arrose les vastes solitudes que parcourent les Mojos. Cette nation indienne et les Chiquitos, ses voisins, dont l'histoire est presque inséparable de la sienne, étaient, avant les missions, les plus cruels des Indiens; mais la soumission des Chiquitos au christianisme a mis entre eux et les Mojos une différence profonde. Il ne reste plus aujourd'hui aucun Chiquito sauvage. Ils appartiennent tous à l'une des vingt-trois missions fondées par les jésuites avant leur expulsion en 1750 (Cf. Bustamante, p. 179, et M. d'Orbigny, *Voyage dans l'Amérique méridionale*, t. IV, p. 239-260). Il n'en est pas de même des Mojos et des Guaranis, dont un nombreux détachement, sous le nom de Chiriguanos, avaient traversé le Chaco et peuplé le pied des derniers contre-forts des Andes boliviennes, du 17e au 19e degré (d'Orbigny, *l. c.*, p. 314). Ceux-là sont restés sauvages, et préfèrent la grossière indépendance du nomade. Du reste, les noms de *Mojos* et de *Chiquitos* ne sont pas indigènes; ils leur ont été donnés par les Espagnols. Les premiers habitaient toute la partie sud de la province qui porte encore leur nom, au milieu des plaines souvent inondées qui s'étendent entre le cours du Guaporé et du Mamoré jusqu'à la lisière des forêts où cessent à l'orient les Andes de Bolivie, et où commencent les territoires de Santa-Cruz et des Chiquitos sur les affluents des deux rivières. Les Mojos présentent encore dans le pays marécageux qu'ils habitent un effectif de treize mille âmes. Quant aux *Chiquitos*, séparés des Mojos, au nord, par la sierra de Zamoros, si les Espagnols les ont ainsi appelés, ce n'est pas qu'ils fussent petits, mais c'est à cause des portes de leurs habitations tellement basses que l'on ne pouvait y entrer qu'en se traînant sur les genoux et sur les mains. Les habitants des îles Fidgi ou Viti ont des demeures semblables: « Il est particulièrement avantageux, disent les missionnaires, d'être souple de corps, faute de quoi, on risquerait de ne pouvoir pénétrer dans aucune maison, à moins pourtant d'être pourvu de la faculté de marcher à quatre pattes, comme on dit prosaïquement chez nous. » (Lettre du R. P. Montmayeur, dans les *Annales de la Propag. de la Foi*, mars 1869, p. 129.) Les noirs d'Australie n'ont pas d'autres habitations. « Leur camp se compose d'une série de huttes en feuilles sèches; elles sont si basses qu'ils ne peuvent y entrer qu'à *quatre pattes*. » (*Voyage autour du monde*, par le comte de Beauvoir, 1869, p. 171.) Les Chiquitos sont au nombre de quinze mille. Avant d'être réunis en missions, ils occupaient tout le centre de la province qui garde leur nom, principalement sur le plateau et sur les versants des collines granitiques qui constituent le sol montueux de sa partie sud-ouest. Leur pays s'étendait en latitude, du 16e degré sud au 18e, et, en longitude, du 60 au 66e degré ouest. Ils peuplaient ainsi un terrain de figure irrégulière, dirigé nord-ouest et sud-est. Ils se divisaient en une multitude de petites tribus fixées au milieu des forêts qui couvrent toute la province. (Cf. d'Orbigny, *l. c.*, p. 259-260.) Leurs bois ressemblent à ceux du grand Chaco avec lesquels ils confinent au sud, comme au nord ils ont beaucoup de rapport avec ceux des Mojos. Les deux territoires des Mojos et des Chiquitos forment dans le gouvernement actuel du haut Pérou l'immense département de Santa-Cruz de la Sierra.

1 Les Bracamoros figurent ici Jaen de Bracamoros, dans l'ancienne *presidencia* de Quito. Jaen est situé au confluent du Chinchipe et du Marañon, et appartient aujourd'hui à la république de l'Ecuador. (Cf. *supra*, t. I, p. 331, oct. 23, *note* 5.) La province des Pacamoros (car le mot Bracamoros n'est qu'une corruption) était peuplée d'une race guerrière. Après la sanglante victoire qu'il remporta à la bataille de *las Salinas*, Pizarre, pour disperser les Almagristes, avait envoyé Valdivia à la conquête du Chili, Gomez de Alvarado à celle de Guanuco dont Ercilla parle dans l'octave suivante, et Pedro de Bergara contre les Pacamoros aux dernières limites du royaume de Quito (1538). Après deux ans de luttes, Bergara leur

marca[1] et Trujillo[2], qui dans les guerres ont toujours eu un renom éclatant, et l'illustre cité de Los Reyes[3], séjour des audiences et des vice-rois.

XLVI

« Guanuco, Guamanga et la douce région d'Aréquipa[4], et

Et accepter la paix, mais sans être parvenu à pouvoir fonder une colonie sur leur territoire. En 1541, Gonzalo envoie de nouveau contre eux le même capitaine, et il ordonne à Juan de Salinas d'aller dans la même contrée fonder Valladolid sur les bords du Chinchipe. Lorsque Vaca de Castro eut pris le commandement du Pérou et châtié le fils d'Almagro, il envoya coloniser la province des Pacamoros et achever Valladolid. Il distribua les commanderies d'Indiens restées vacantes, et ramena par de sages ordonnances les indigènes à la culture des champs, abandonnée depuis les guerres civiles. Ce fut Diego Palomino qui, sous l'administration dictatoriale de La Gasca, fonda Jaën en 1549, dans l'angle que forment le grand fleuve et le Chinchipe. Cependant le Marañon n'est pas encore navigable à cet endroit. Il faut aller par terre de Jaën à Chuchunga, sur le bord d'une petite rivière du même nom. Là est l'*embarcadero* ou port de Jaën. C'est de là qu'on passe dans le Marañon. Chuchunga est à quatre journées de marche du chef-lieu, journées fort irrégulières, hérissées d'obstacles et fort allongées par le caprice des guides. (Cf. *Relación histórica*, liv. VI, ch. IV, p. 437-439; et M. de La Condamine, *Voyage à l'Équateur*, t. I, p. 187.)

— « Chachapoyas » ou San Juan de la Frontera, ville du Pérou, fondée en 1536 à 240 kilomètres nord-est de Trujillo, sur les bords du Chachapoyas, tributaire du haut Marañon. Elle forme avec Caxamarca deux districts du département de la *Libertad* dont Trujillo est le chef-lieu. Tous ces noms d'anciennes peuplades expriment pour le poëte les villes, les pueblos, les *lavaderos*, fondés par le génie audacieux des envahisseurs. C'est Alonso de Alvarado que l'historien Cieza regarde comme le fondateur de San Juan de la Frontera (Cf. *Crónica del Perú*, ch. LXXVIII, p. 427-423). San Juan exerçait autrefois sa juridiction sur 41 *pueblos*.

[1] Cajamarca, théâtre du supplice et de la mort d'Atabualpa.

[2] Cf. *Araucana*, t. I, p. 331, *note* 6. — Bien que dans la plupart de leurs conquêtes la cruauté des Espagnols ait égalé leur héroïsme, nous devons savoir gré au poëte d'avoir laissé dans l'ombre le souvenir de quelques villes, où leur dureté et leur barbarie ont été les seuls caractères de l'invasion. Cajamarca a été le théâtre d'une grande violence et d'une suprême iniquité; mais pour les Espagnols, il vit du moins disparaître aussi une cause d'agitation incessante et de périls toujours nouveaux. Ercilla pouvait nommer Cajamarca. Eût-il pu nommer Pachacamac, où un temple magnifique s'élevait au Dieu créateur et conservateur du monde? Ce fut là qu'en 1533, les soldats de Pizarre violèrent les vierges consacrées au service de la Divinité, renversèrent les autels et détruisirent le temple. Il était difficile pour Ercilla de toucher à tous les points de ces contrées trop célèbres, sans y trouver souvent la honte et la flétrissure de ses compatriotes. Il choisit et il fait à l'oubli sa part nécessaire. C'est pourtant à Pachacamac que déjà Francisco Pizarro méditait la fondation de Lima.

[3] Cf. *ibid.*, p. 334, *note* 1.

[4] Guanuco ou Huanuco, ville du Pérou, était considérable autrefois (Cf. *supra*, t. I, p. 331); elle montre encore les ruines d'un palais des Incas et d'un temple du Soleil. Son fondateur, en 1539, fut Gomez de Alvarado, frère de l'adelantado don

le territoire de Cuzco[1], cité antique, siége fameux des Incas et
des Orejones[2]. Franchis le solstice et le tropique du Capricorne,
et tu découvres les contrées australes, peuplées de nations variées, barbares, étranges, leurs fleuves, leurs lacs, leurs vallées
et leurs montagnes.

Pedro de Alvarado. Gomez la construisit sous le nom de *Leon de Guanuco* (Cf.
Cieza, *Hi-toriador. primit. de Indias*. t. II, p. 428. Bibl. Rivad., t. XXVI).
— Guamanga ou Huamanga, autre ville du Pérou, fondée par Francisco Pizarro,
en 1539, près de la grande cordillère des Andes. Il la construisit sur l'emplacement même d'un pueblo d'Indiens, appelé Guamanga, et, pour y avoir force Manco-Capac à se retirer dans les montagnes, il l'appela San Juan de la Victoria de
Guamanga (Cieza, *l. c.*, p. 434).
— Arequipa. Nous avons rappelé ailleurs (t. I, p. 332) la triste destinée toute récente qui a bouleversé cette grande et industrieuse ville. Le dernier et terrible
tremblement de terre qui a semé de ruines le Pérou et l'Ecuador a changé pour
longtemps la fortune des cités dont parle Ercilla. Plus encore qu'Arequipa, la
ville d'Arica porte la trace de ces terribles convulsions de la nature. Elle a eu
doublement à souffrir, des secousses volcaniques et de l'invasion des flots. Chef-lieu
de district, avec juridiction sur trente *pueblos*, port célèbre sur le Pacifique, Arica
était le point d'écoulement pour toutes les richesses du haut Pérou. Déjà le 18 septembre 1833, une partie de la ville avait été détruite; la montagne qui sur la côte
servait de signal aux navigateurs disparut alors. Le tremblement de 1868 a détruit
les restes de cette ville malheureuse, comme il a bouleversé Arequipa. Il faudra
toute l'énergie du gouvernement de Lima pour faire renaître l'ancienne pro-périté
d'un centre de population aussi important. Fondée en 1536, Arequipa est une des
principales villes du Perou; elle est (cf. *supra*, t. I, p. 331) presque toujours
tête de parti dans les révolutions si fréquentes de cette jeune république. En 1835,
les troupes opposées au gouvernement et battues à Moquegua par les forces de
l'État que commandait Moran, se retranchèrent dans Arequipa. L'armée du général
Moran les y attaque, est vaincue à son tour et son général est fait prisonnier. Bien
d'autres évenements s'y sont déroulés depuis. La position de la ville est remarquable. Élevée à 7,230 pieds au-dessus du niveau de la mer, au pied d'un volcan, elle
est retranchée dans les Andes, où elle réunit avec quelques villages des alentours,
une population de 40,000 âmes. La nature même de son terrain est pour elle une
défense; il n'y a pas de voitures de transport; tout s'y fait à l'aide des bêtes de
somme, et particulièrement à dos de lamas. Les bêtes à laine sont une des richesses
du pays. Le port d'Islay est le seul qui ait le droit d'exporter la belle laine d'alpaca.
Une loi de la république défend d'exporter un alpaca vivant. Des navires envoyés
pour mener un chargement de ces animaux en Australie, n'ont pu s'en procurer un
seul. L'alpaca n'habite que dans les Andes et loin des côtes; aussi est-il aisé de
faire respecter le décret qui en interdit le commerce. Le nom primitif de la ville
était *Arequipay*. Dans une de leurs conquêtes, les Incas conduisirent leur armée
dans cette magnifique vallée; les capitaines, séduits par la beauté du site, demandèrent la permission d'y fonder un établi-sement. La réponse fut : *Arequipay*, « c'est
bien, arrêtez-vous. » Le volcan qui domine Arequipa, le *Guaga putina*, d'une forme
conique, est la montagne la mieux faite et la plus pittoresque de toute la chaîne
des Andes (Cf. Bustamante, p. 136).
[1] Cf. *Araucana*, t. I, p. 332, *note* 2.
[2] Orejones (Cf. *supra*, t. I, chant I, oct. 43).

XLVII

« De ce côté considère Chuquiabo [1]. Vois sa terre tracée à cet
endroit vers le sud et plus avant, la féconde et haute montagne
de Potosi, dont le métal fin et de la plus grande valeur remplit

[1] Chuquiabo. Lorsque La Gasca eut vaincu Gonzalo Pizarro à Xaquixahuana, il se
hâta, suivant la politique dont Francisco Pizarro et Vaca de Castro lui avaient donné
l'exemple, de disperser les troupes. Son premier soin fut de renvoyer chez eux tous
ceux qui avaient des commanderies ou des *reparticiones*. Il chargea Valdivia, dont
l'habileté lui avait assuré la victoire, de continuer l'importante conquête du Chili
avec tous ceux qui voudraient le suivre. Il fit partir Alonso de Mendoza pour la
province du Pacaxes, entre Cuzco et Charcas, avec l'ordre d'y fonder une ville qui y
devenait nécessaire et à laquelle on donna le nom de *Nuestra Señora de la Paz*
(1513). Cf. *Araucana*, t. I, p. 332, *note*, 1. La vallée de Chuquiabo, où s'éleva *la
Paz*, doit son nom au fleuve qui l'arrose. Le mot Chuquiabo lui même, selon Bustamante, est une altération; le nom primitif est Choqueyapu, qui dans la langue
aimara, celle des indigènes, signifie un sol d'or, « heredad de oro ». (Cf. don Jorge
Juan et don Antonio de Ulloa, *Relacion histórica*, t. III, p. 209).
   La petite vallée où la Paz est bâtie est enclavée entre les hauteurs que dominent
l'Illimani au sud et le Sorata au nord. Le lac Titicaca, dont les eaux sont alimen-
tées par la neige de ces sommets justement comptés parmi les plus hauts du globe,
se développe entre la Paz et Puno, et comme on ne lui connaît pas d'issue, on
pense que l'évaporation seule maintient son niveau. C'est dans une des îles nombreuses qui se voient sur le Titicaca, c'est à Chucuito, dont le lac porte aussi
quelquefois le nom, que les patriotes de la Bolivie étaient enfermés par les Espagnols,
lorsqu'ils ne les décapitaient pas. Ce vaste lac, un des plus grands de l'Amérique du
Sud, compte à peu près 90 lieues de tour; il est soulevé de temps à autre par de
violentes tempêtes. Il reçoit treize rivières et est entouré de beaux promontoires.
Placé à peu de distance de ce lac, à une élévation qui dépasse les plus hauts
sommets des Pyrénées, la Paz est un des centres les plus éclairés de la Bolivie.
Elle est à 100 lieues de Cuzco, à 60 d'Arequipa, à 260 de Los Reyes, à 90 lieues
de la Plata (Charcas). Voici les raisons très-pratiques qui déterminèrent Mendoza à
fixer dans ce lieu sa colonie. « En la parte mas dispuesta y llana se fundó la ciudad,
por causa del agua y leña, de que hay mucho en este pequeño valle » (Pedro de
Cieza, *Crónica del Perú*, capit. cvi). Le nom de *la Paz* lui fut donné en souvenir de la pacification du Pérou. Dans les temps modernes on lui a donné le nom
de *la Paz de Ayacucho*, pour éterniser la mémoire de la capitulation d'Ayacucho
(1824) par laquelle l'Espagne abandonna sa domination sur l'Amérique du Sud.
La victoire du général Sucre assura l'indépendance de sa patrie. Espartero se trouvait alors (1824), au titre de colonel, dans les rangs de l'armée royaliste. Les officiers vaincus restèrent signalés depuis sous le titre d'*Ayacuchos*. Rendus à leur
patrie, ils se trouvèrent souvent aux prises les uns avec les autres dans la guerre
civile des cristinos et des carlistes. Ainsi cette ville de la Paz, fondée au nom du
roi d'Espagne et destinée à célébrer sa victoire sur les rebelles, garde aujourd'hui
dans son nom même les traces d'une rébellion heureuse, et les défenseurs de la monarchie abattue en Amérique, Espartero, Narvaez, Maroto, n'ont traversé de nouveau les mers que pour anéantir les forces les plus vives de la Péninsule dans
une lutte néfaste !

les veines de ce sol fameux[1]; un quintal tiré de la mine produit deux arrobes de l'argent le plus pur[2].

XLVIII

« Tu vois la cité de la Plata[3], la dernière vers le levant à main gauche; et si tu traverses la cordillère élevée, c'est Calcháqui[4], le Pilcomayo[5], le Tucuman[6], les Jurres, les Diagoitas,

---

[1] *Potosi* est le chef-lieu du département bolivien qui porte le même nom. Cette ville ne possède plus aujourd'hui que 12,000 âmes. Les mines d'argent du *cerro de Potosí*, qui n'a pas moins de trois lieues de tour à sa base, étaient autrefois exploitées par cinq mille puits; ils sont presque tous inondés ou comblés, après avoir fourni, suivant les judicieux calculs de M. Alexandre de Humboldt, une masse d'argent égale à 5,750 millions de livres tournois! Le hasard fit découvrir ce gisement en 1547, par un chercheur d'or, nommé Villaroel; la guerre civile et la lutte de Gonzalo contre La Gasca n'empêchèrent pas cette riche exploitation de prospérer. La Gasca, vainqueur, donna la commanderie de Potosi à son lieutenant Centeno.

[2] Winterling a supprimé cette octave et la suivante. Ni Potosí, ni La Plata, ni aucun des autres *lavaderos* dont parle Ercilla, ne devaient disparaître de la carte dessinée par le poëte. Tous avaient une grande valeur par leur richesse métallique et par l'audacieuse conquête des Espagnols dont l'*Araucana* exalte la gloire.

[3] La fondation de *la Plata*, sur la rive gauche du Cachimayo, est bien antérieure à celle de la Paz et à celle de Potosi. Les indigènes s'appelaient les Charcas ; le lieu le plus fertile de la province se nommait Chuquisaca ; c'était le nom du pueblo indien que remplaça la colonie espagnole. Mais la signification du mot est à peu près la même : *Choquechaca* signifie *pont d'or* dans la langue quichua que parlent ces barbares (Cf. d'Orbigny, t. III, p. 271). Après des luttes fort vives, les envahisseurs s'en emparèrent, et la découverte de mines précieuses attira les Espagnols les plus ambitieux (*id., l. c.*, p. 279). Dans les historiens, la ville porte indifféremment les trois noms de *la Plata*, de *Chuquisaca* et de *los Charcas* (Cf., *supra*, t. I, p. 332, et Bustamante, p. 165).

[4] C'est le nom que l'on donne à la partie supérieure du bassin du Rio Salado et au pueblo qui s'y est formé. D'Orbigny, se fondant sur les indications du gouverneur de Santa-Fé de Parana, classe les *Calchaquies* parmi les tribus des pampas du grand Chaco (Cf. t. IV, p. 191).

[5] Vaste rivière qui part du versant oriental des Andes, reçoit plusieurs tributaires, entre autres le Cachimayo sur sa rive gauche, traverse le grand Chaco, territoire de la Confédération argentine, et se jette dans le Paraguay par deux branches au-dessous de l'Assomption. Il appartient ainsi, comme le Bermejo, au bassin du Parana. Le nom de Pilcomayo est donné encore à l'île que forment les deux bras de la rivière. Le Pilcomayo, dont le cours supérieur appartient à la Bolivie, représente ici les *asientos de minas*, fondés autrefois aux environs de Potosi et de Chuquisaca.

[6] Le Tucuman est aujourd'hui l'un des États confédérés de la Plata. Le chef-lieu est San-Miguel de Tucuman que l'on appelle aussi Tucuman, à 1,160 kilomètres de Buenos-Ayres. Cette ville s'est rendue célèbre dans la guerre de l'indépendance. La ville et l'État lui-même doivent leur nom au Tucuman, affluent du Rio Dolce qui sort de la partie montagneuse de la province et va se perdre dans les marais salés de los Porongos. La province de Tucuman appartenait, sous la domination espa-

la rive des Comechingones[1] et l'immense plaine, territoire fer
tile et lointain qui s'étend jusqu'à la forteresse de Gaboto[2].

gnole, à la vaste *audiencia* de Charcas. En 1549, le *presidente* Pedro La Gasca
envoie Juan Nuñez de Prado la coloniser. Il fonde dans ce pays quatre villes :
1° Santiago del Estero sur une rivière du même nom, à 160 lieues au S. de la Plata ;
2° San Miguel de Tucuman, à 25 ou 30 lieues O. de la précédente ; 3° Nuestra Señora
de Talavera, plus de 40 lieues au N.-O. de Santiago ; 4° Córdoba de la nueva Andalucia, à 80 lieues S. de Santiago. Toutes ces fondations se formèrent au milieu
d'Indiens assez dociles et qui n'opposèrent aux envahisseurs qu'une faible résistance (Cf. *Relacion histórica*, t. III, p. 222 sq).

[1] Les Jurres, que Rivadeneyra appelle *Juries*, les Diagoitas qu'il nomme *Diagui-
tas*, les Comechingones, sont trois peuplades indiennes dont il est assez difficile,
pour deux d'entre elles surtout, de déterminer aujourd'hui l'emplacement exact et
les relations mutuelles. Elles habitaient sans doute les vastes espaces qui s'étendent
au nord et au sud du Pilcomayo, dans les llanos du Manso ou de Santa-Cruz de
la Sierra. Les forêts vierges et les plaines tour à tour inondées ou sablonneuses qui
se déroulent à l'est et au sud de Chuquisaca, malgré les nobles et glorieux efforts de
M. Alcide d'Orbigny, n'ont pas encore eu leur historien, comme les sauvages de l'Orénoque ont rencontré le leur dans M. de Humboldt. Nous trouvons des Yuris entre le
rio Yutay et le Yantiatuba, affluents de la rive droite du fleuve des Amazones ; nous
en voyons d'autres encore entre le Putomayo et le Yapura, ses affluents du nord.
Sont-ils quelques branches dispersées d'une nation autrefois puissante ? La conquête et les guerres intérieures ont éparpillé, décimé ou exterminé tant de ces
races dont les Indiens Chupiltas, les Chiriguanos, les Moxos, les Chiquitos et surtout
les Guaranis sont aujourd'hui les principaux représentants ! M. Alcide d'Orbigny
fait des *Juris* une tribu des Guaranis ; il les rattache à la race brasilio-guaranienne
(Cf. *Voyage dans l'Amérique méridionale*, 1835-1847, 9 vol. in-f°, t. IV, p. 351).
Le nom de *Diagoitas*, appartenait sans doute à une tribu du même peuple. Le
géographe de la marine Bellin les place au nord des Calchaquies sur le territoire où maintenant *Esteco* ou *Talavera* s'élève sur la gauche du rio de los Mogo-
las, un des auxiliaires qui forment le cours supérieur du Salado. Quant aux
Comechingones, nous croyons les reconnaître, mais avec une légère altération de
leur nom propre, ainsi qu'il arrive tant de fois à Ercilla, dans les Muchojeones,
dont M. d'Orbigny fait une tribu de la nation Moxo (*l. c.*, p. 291). Le savant naturaliste reconnaît là un nom indigène ; celui de *Moxos*, dit-il, « paraît avoir été
donné par les premiers Espagnols qui entrèrent dans la province. »

[2] Gaboto. Le fort de Gaboto, ou de San Espíritu, est situé sur la rive droite du
Parana, entre Santa-Fé et le Rosario, ou, pour prendre des noms plus rapprochés,
entre Barrancas au nord et San Carlos au midi. Il y avait d'autres pueblos du nom
de Santo Espíritu au sud de la Paz, à l'est de Chuquisaca et de Potosi, et aussi
dans la juridiction de Cuenca au sud du royaume de Quito ; mais ils n'ont pas trait
à notre sujet. Sébastien Gaboto ou Cabot, qui éleva la forteresse en question, était
originaire d'Italie. Son père, Giovanni Cabotto (Cabota ou Gaboto), était de Venise ;
il s'établit à Bristol. De là vient que l'inscription d'un portrait de ce hardi marin
par Holbein, porte ces mots : « Effigies Seb. Caboti *angli*, filii Johannis Cabo i
veneti, » etc. M. Alexandre de Humboldt, dans son livre si remarquable sur la géographie du nouveau continent (1837), a relevé à sa véritable hauteur la renommée
de Sébastien Cabot, trop effacée par celle d'Améric Vespuce. Trois grands événements, dit cet illustre et habile explorateur, une des plus belles gloires scientifiques
de l'Allemagne, trois grands événements qui ont exercé une influence durable et
puissante sur les destinées du monde, la découverte de l'Amérique continentale du
Nord par Jean et Sébastien Cabot, celle de l'Amérique continentale du Sud par

XLIX

« En revenant vers la mer, tu découvres les hauteurs qui
suivent la lisière d'Atacama et sa plage déserte, ses solitudes
où ne se rencontrent ni oiseau, ni animal, ni gazon, ni feuil-

Christophe Colomb et le voyage de Gama se sont trouvés, sinon simultanés, du
moins très-rapprochés les uns des autres, à la fin d'un siècle fécond en choses
extraordinaires. L'expédition de la côte de Paria ne fut point basée sur les succès
des Cabot. Dans le même été où Cabot longea, dans sa seconde expédition, la côte
de l'Amérique entre Terre-Neuve et l'extrémité australe de la Floride, Christophe
Colomb reconnut la Terre-Ferme, depuis Paria jusqu'au cap de la Vela » (*Géogr. du
Nouv. Contin.*, t. IV, p. 263-261). Si la première place parmi les célèbres navigateurs
du xv⁰ et du xvi⁰ siècle est accordée à Christophe Colomb, puisque la découverte
de toute l'Amérique était assurée dès qu'il eut débarqué au rivage de Guanahani,
une belle part est faite encore à Vicente Jañez Pinzon, à Alvarez Cabral, à Sébastien Cabot, à Balboa, à Bartholomé Diaz, à Gama et à Magellan. Rien ne peut enlever
à Colomb la gloire d'avoir donné l'Amérique au monde en 1492. C'était assez, je le
répète, de trouver le premier îlot, et un espace de quarante-deux ans allait suffire,
après Colomb, pour faire connaître aux hommes le contour et la forme de ce nouveau monde. M. de Humboldt, qu'il faut toujours citer en pareille matière, rend une
complète justice à ce navigateur sublime. « La majesté des grands souvenirs, dit-il,
semble concentrée sur le nom de Christophe Colomb. C'est l'originalité de sa vaste
conception, l'étendue et la fécondité de son génie, le courage opposé à de longues
infortunes, qui ont élevé l'amiral au-dessus de tous ses contemporains » (*Géogr. du
Nouv. Cont.*, t. V, p. 177-178). Mais Colomb n'est pourtant pas le premier qui ait
touché l'*Amérique continentale.* Ceci revient à Jean et à Sébastien Cabot, si l'on
fait abstraction des expéditions scandinaves de la fin du x⁰ siècle; ils abordèrent le
continent dans une partie très-boréale, au Labrador, entre les 56⁰ et 58⁰ de latitude, le 24 juin 1497, plus d'une année avant l'atterrage de Christophe Colomb sur
les côtes continentales de l'Amérique du Sud, au Paria (Cf. De Humboldt,
l. c., t. V, p. 181). Améric Vespuce, au contraire, n'a fait aucun voyage au continent de l'Amérique méridionale, avant la troisième expédition de Christophe Colomb, en 1498. Sébastien Cabot, dont les voyages déjà publiés en 1583, ont trouvé
dans Biddle un savant historien (*Memoir on Sebastian Cabot*, 1831), a d'autres titres encore aux yeux de la postérité. Sans lui accorder le mérite d'avoir observé
avant Colomb la déclinaison de l'aiguille aimantée (Cf. de Humboldt, *l. c.*, p. 32-33),
on ne peut lui contester l'honneur d'avoir dressé des cartes importantes, qu'il laissa
à William Worthington, mais qui malheureusement ont toutes disparu. Cabot parcourut le monde toute sa vie. Comme Vespuce et Magellan, il voyagea tour à tour
pour plusieurs princes dont il embrassa les intérêts avec la même loyauté pendant
la durée de service qu'il leur accordait. Jeune encore, il avait accompagné son père
aux Indes occidentales. Il séjourna en Espagne de 1512 à 1516. En 1517, il fit, au
nom de Henri VIII, une nouvelle expédition vers le nord-ouest, sous le commandement de sir Thomas Pertz; puis en 1518, il obtint de l'Espagne l'emploi de « Piloto
mayor de las Indias. » En 1525, il explora, pour le compte de l'Espagne, la rivière
de La Plata. Ce fut dans cette excursion longue et périlleuse qu'il construisit le
fort de Sao Salvador et celui de Santo Espirito dont parle Ercilla. Mal secondé par
l'Espagne, il revint en Europe en 1531, retourna au service de la Grande-Bretagne, et dirigea l'expédition anglaise qui mit le commerce de sa patrie adoptive en
relation avec Arkhangel.

lage[1]. Voici les Copiapos[2], Indiens gigantesques, qui ont la réputation d'archers habiles ; Coquimbo, Mapochó, Cauquén, les flots du Maule, de l'Itáta et du Biobío[3].

[1] Cf. *Araucana*, ch. xiii, oct. 27.

[2] Rivadeneyra les appelle *Copayapos*. C'était une tribu belliqueuse du Chili septentrional.

[3]
« ..... Y el rio
De Maule y el de Itáta y Biobío. »

Nous avons eu plusieurs fois occasion de parler des fleuves de l'Arauco et du Chili (cf. t. I, p. 276, *note* 1), et nous en parlerons ailleurs encore (Cf. t. II, *Suppléments historiques*). mais il y a peut-être lieu de présenter ici l'ensemble du système hydrographique auquel se rattachent les détails et les incidents divers de l'*Araucana*.
Prenons le Biobío pour point de départ ; il forme, au début de notre épopée, la limite qui sépare les Espagnols et les barbares. C'est d'ailleurs le cours d'eau le plus important de tout le Chili. La source de ce fleuve et celle de ses principaux affluents se trouvent au Chillan, au Tucapel, au Callaqui. Le Biobío lui-même descend du Tucapel. Il court d'abord du S.-E. au N.-O. ; puis, après sa jonction avec le Laja (l'ancien Nibequeten), il s'incline un peu plus vers O.-O.-N. Il passe devant Penco et débouche dans le Pacifique entre les forts de San Pedro et de Colcura, entre le mont Marigueñu au S. et *las tetas* de Biobío au N. (Cf. *supra*, p. 9, *note* 3). Ces *tetas* se trouvent entre l'embouchure du fleuve et le port de Talcahuano. Près de se confondre avec la mer, le Biobío a trois quarts de mille. Sa profondeur est très-inégale. Cette inégalité et la rapidité de ses eaux en rendent la navigation difficile. Elle doit être abandonnée à de petits navires et à des steamers. La barre du fleuve présente un obstacle sérieux même pour de gros navires. Sur sa droite, il reçoit le Laja, qui est le plus considérable de ses tributaires. Sa source est au Chillan. Il traverse des pâturages d'une rare fécondité. Cette magnifique rivière a une chute qui mesure quatre-vingts *raras*. Ercilla ne nomme jamais le Laja, mais c'est le Laja qu'il faut entendre toutes les fois qu'il parle du Nibequeten. Il est arrivé pour cette rivière comme tant de fois dans les colonies espagnoles ; un nom moderne a remplacé la vieille appellation indienne. Le *Dabeiba* n'est-il pas devenu, au Darien, le rio *Atrato* ? Ce qu'on appelle *isla de Loja* est un pays de toute richesse, enveloppé au N. par le Laja, au S. par le Biobio, à l'O. par les deux cours d'eau réunis. Sur sa gauche, le Biobío reçoit le Buren et le Vergara. De ces deux affluents, le Vergara est son meilleur auxiliaire. Il est formé de deux rivières, le *Sáuces* et le *Lineco*, qui viennent des hauteurs situées entre le Tucapel et le Callaqui. A peine sont-ils joints ensemble, on les appelle *Pecolquen*, et bientôt après Vergara. Il se jette dans le Biobío en face de Santa-Fé (Cf. Sanchez de Bustamante, p. 298-301). Nous avons fait connaître ailleurs les fleuves qui se dirigent vers le Pacifique plus au nord entre le Biobío et Santiago (Cf. *Arauc.*, ch. xi, oct. 47, *note* 1). Aucun d'eux n'offre un parcours bien remarquable, et leur mesure est toujours décroissante, si nous ne considérons que le nombre de lieues qui leur est compté. Le Mataquito n'a plus que 60 lieues comme l'Itáta, le Rapel 56, le Maypo 50, le Mapochó 38, tandis que le seul tributaire du Biobío, le Laja, mesure 44 lieues. Cependant plusieurs de ces fleuves méritent d'être décrits. Après le Biobío, nous sommes d'abord arrêtés par l'Itáta. Il sort du Chillan, et il porte même ce nom jusqu'à sa jonction avec le Nuble. L'Itáta se fraye un cours rapide à travers des ravins profonds, et forme à son embouchure une barre presque invincible. Puis c'est le Maule aux eaux abondantes (*caudaloso rio*). Il descend du Det-

I.

« Et la ville de Penco, l'État des formidables Araucans, nation libre et puissante; Cañete, l'Impériale, et, vers l'aurore, Villarica et sa montagne fumante, Valdivia, Osorno et le grand Lac[1];

cabezado, arrose une contrée très-fertile, et favorise le commerce de Talca. Ce fleuve fut la limite du grand empire des Incas. Le Delora, le Topocalma et le Maypo nous ont assez occupé à une autre place (*l. c.*). Quant au Mapochó, qu'on appelle aussi le Santiago près de la capitale du même nom, il a, comme le Maypo, des débordements destructeurs. En 1783, il rompit ses digues et effraya la capitale dont il visita les rues, mais sans y produire de grands ravages. Pour contenir ces eaux turbulentes, éviter des désastres à Santiago et couvrir le chemin qui mène à Valparaiso, le général O'Higgins fit exécuter les beaux travaux qui font sa gloire (Cf. Bustamante, p. 305-306).

Au S. du Biobio, entre ce fleuve et le Cauten, le Lebú, le Paycavi ont peu d'importance. Le Paycavi n'offre de remarquable que la largeur de son embouchure. Le Tirua décrit de curieux méandres; mais il faut atteindre les bords du Cauten pour se trouver devant un véritable fleuve. Il n'a pas moins de 700 *varas*, lorsqu'il débouche dans le Pacifique. On l'appelle quelquefois le *Rio de las Damas*, soit à cause de la tranquillité de son cours, soit parce qu'un ruisseau de ce nom se réunit au Cauten, sur la rive droite, à un petit nombre de milles avant son entrée dans la mer du Sud. Le Cauten descend du massif des Andes où fume le volcan de Chinal. Il arrose pendant soixante-huit lieues un des plus beaux pays de l'Amérique, et nous ne saurions assez admirer avec quelle précision de vue les anciens Espagnols savaient choisir l'emplacement de leurs colonies; mais la fortune des armes leur fut bientôt contraire. A quatre lieues de l'Océan ils bâtirent l'*Impériale*, cité opulente qu'ils fondèrent en 1551; l'on y érigea un évêché en 1564; les Araucans la détruisirent en 1599, sans qu'on ait jamais pu la rétablir. Le *Tolten*, qui vient aussi des Andes, après une course de 48 lieues, n'offre, en finissant, qu'une baie sans abri. Le *Quenle*, comme le Potrero, ne donne qu'une barrière de plus pour la defense naturelle du pays. Le *Callacalla* ou *Coral*, auquel Pedro Valdivia a aussi laissé son nom, se rend dans la baie célèbre qui fut à peu près la limite des conquêtes du héros espagnol. En face de la forteresse Valdivia, après une course de 55 lieues, le Callacalla entraine le *Cruces* qui vient lui-même des Andes. Valdivia est l'un des meilleurs ports du Chili. Les deux fleuves, avant de s'y jeter en s'unissant, traversent des champs fertiles et des bois pittoresques que l'on exploite pour Lima. A 30 milles S.-S.-O. de Valdivia, le Rio Bueno, débouche encore sur le Pacifique. Sa source est dans les Andes, aux volcans de Ranco et de Votaco. Il est rejoint dans son cours par le Rio Osorno qui sort du lac même d'Osorno. L'embouchure du Bueno est ample, mais sans profondeur, entre le port de Valdivia et les eaux de l'Ancud-box. Après ce fleuve vous ne voyez plus jusqu'à l'Ancud que l'estuaire de Maulin, que le Rio Peñon, écoulement de l'Osorno, forme en s'unissant à la mer (Cf. Atlas maritime de Bellin, 1764, t. II, *Amérique méridionale*, n° 78).

1 « El Lago. » Winterling traduit par « Lago. » Le texte et la version allemande semblent désigner une ville. Cependant, lorsqu'au 1er chant de l'*Araucana* (oct. 66), le poëte cite les sept villes fondées au Chili par Valdivia, il désigne :

« Coquimbo, Penco, Angol y Santiago,
La Imperial, Villa-Rica y la del Lago. »

La ville de Valdivia n'est pas nommée, mais indiquée par le vaste lac qui se

plus loin, les îles, archipel fameux, et en suivant le rivage,
droit vers le midi, Chiloë, los Coronados [1], et le détroit

LI

« Par lequel Magellan avec ses compagnons vint déboucher
sur la mer du Sud, et, dans sa route vers l'occident, atteignit
jusqu'aux Moluques, en cinglant au nord-ouest. Tu vois les
îles d'Acaca et de Zabú sur la même ligne, et Matan où il mourut les armes à la main; Brunei, Bohol, Gilolo, Terrenate,
Machian, Mutir, Badan, Tidore et Mate [2].

trouve à quelque distance. Pedro Valdivia bâtit cette cité en 1552. Mais ici, au
XXVIII⁰ chant, Valdivia est nommée déjà. « El Lago » ne saurait donc la rappeler.
Aussi nous sommes porté à croire que don Ercilla n'a point parlé ici d'une ville,
mais d'un lac que représentait la sphère merveilleuse et que de sa baguette lui
montrait l'enchanteur Fiton. Ce sera ou le lac de Valdivia déjà signalé dans le
poëme, ou celui de Villarica que les Barbares appelaient Lauquen (« Il Lauquen
nominato dagli Spagnuoli Lago di Villarica. » Cf. Molina, *H. N. del Chile*, p. 11),
le plus grand du Chili, et auquel on donne plus de 130 kilomètres de circonférence
(cf. Bustamante, *Geogr. del Perú*, etc., p. 315) ; ou encore le lac de Llanguihué,
qu'il serait si facile de mettre en communication avec le golfe de Reloncaví sur
l'Ancudbox.

[1] Il y avait sur la côte du Chili qui longe l'entrée septentrionale de l'Ancudbox un village de *Coronado*, au levant de l'*estero* de Maullín, mais nous croyons
qu'il est plutôt question ici du territoire d'une tribu indienne, *Río de Coronados*,
sur la côte sud-est de l'Ancud. Les Espagnols y fondèrent une petite colonie,
« San José de Coronados, » à peu de distance au sud de Corcovado, et qui n'a
jamais eu beaucoup plus d'importance que ces comptoirs que les Portugais ont
établis sur la côte occidentale de l'Afrique. Les Indiens *Coronados* paraissent avoir
formé autrefois une tribu considérable. Il y en avait dans le Chaco; ils faisaient
partie de la nation Mataguaya qui vivait entre le Pilcomayo et le Bermejo (Cf. Alcide d'Orbigny, *Voyage dans l'Amérique méridionale*, t. IV, p. 234).

[2] Quelques-uns des noms donnés par Ercilla aux îles Moluques ont subi de nos
jours de légères modifications. *Badan* n'est probablement qu'une faute de copiste
pour *Banda*. *Terrenate* est le même que *Terrate* ou *Ternate*, et ils se disaient
déjà l'un et l'autre à l'époque de la découverte. Cf. Francisco Lopez de Gomara,
Historia de las Indias, Bibliot. Rivad., t. XXII, p. 218 : « Hay muchos clavos en
Tidore, Mate y Terrenate ó Terrate, como dicen algunos. » Machian et Mutir sont
à présent Machan et Motir. La géographie moderne, beaucoup plus exacte et plus
précise que ne pouvait l'être celle du XVI⁰ siècle, a rapporté à des groupes distincts
les îles que don Ercilla réunit sous une désignation commune de Zabú (notre Cébu
situé avec son îlot de Mactan entre les îles de Negros et Bohol), Bohol même que
Kiepert (atlas de 1861), appelle Pojol, appartiennent à l'archipel des Philippines.
Brunei est sur le sol même de Borneo; Bruni, Bournei, Borneo ne sont qu'un même
nom. Matan n'est qu'une division de Borneo, et forme un petit royaume vassal de
la Hollande. L'étymologie des îles *Moluques* paraît venir de l'arabe. Ce sont les
îles royales. Longtemps on a confondu les îles moluques (los Malucos, las Malucos)
avec la presqu'île de Malacca. « Les différents textes des lettres de Vespuce pré-

LII

« Tu vois ces taches de terre sur les flots, si nébuleuses que l'œil peut à peine les distinguer; elles n'ont jamais été dé-

sentent ces erreurs de noms... Dans une lettre toute géographique du roi Emmanuel de Portugal au pape Léon X (V. Andrea Corsali), et dans les cartes du XVIe siècle, c'est tantôt la Chersonnèse d'or, tantôt le bord oriental du *Sinus Magnus* qui sont appelés *Malacca* et *regnum Malachæ*. L'île de Malaï que le shérif Edrisi, sous l'influence des idées systématiques de Marin de Tyr et de Ptolémée, étend « de la mer résineuse à l'extrémité de la Chine, vers le pays de Zend et à la côte orientale de l'Afrique, » appartient à ces mêmes fantômes de la géographie du moyen âge. Ces fantômes n'ont commencé à disparaître que lorsqu'après la conquête de Malacca par Alfonse d'Albuquerque, en 1511, la véritable configuration des côtes continentales et leurs rapports avec les îles de la Sonde ont été reconnus. » (Alex. de Humboldt. *Géogr. du N. Contin.*, t. V, p. 127-128 . Cependant bien que les îles des épices, « Maluecs », eussent été examinées dès 1511 par Antoine Abreu, le même M. de Humboldt constate que dans les dépêches diplomatiques de l'ambassadeur portugais, Juan Mendez de Vasconcelos (août et septembre 1312, *Archives de Lisbonne*). elles sont toujours confondues avec la péninsule de Malacca (*l. c.*, t. I, p. 353, *note* 1). Depuis la conquête d'Albuquerque, et cette dénomination paraît au savant géographe la plus bizarre de toutes, « les Espagnols nommèrent les Philippines et les Moluques, comme les côtes de la Chine et du Japon, *Indias del Ponente* » (*l. c.*, t. V, p. 123). L'étonnement de M. Alexandre de Humboldt aurait pu disparaître, devant les données qu'il a lui-même réunies. Car nous savons, par des documents authentiques, qu'avant de connaître l'étendue et la forme véritable du nouveau monde, et surtout depuis que Balboa eût vu se dérouler devant lui les flots de la mer du Sud, les navigateurs, selon qu'ils abordaient à une côte ou à une autre, s'imaginaient qu'ils touchaient à des îles, et qu'entre ces îles il devait exister un passage. « Colomb avait conçu, en même temps que le Florentin Paul Toscanelli, le projet hardi d'arriver à l'Inde par la voie de l'ouest, et de s'aventurer dans la *mer ténébreuse* des géographes arabes. Il avait exécuté en marin habile et instruit, ce qui jusque-là n'avait été qu'une stérile spéculation de cabinet. C'est ainsi qu'il devint l'instrument imprévu, presque involontaire de la découverte d'un nouveau continent. Il reconnut progressivement ou la connexion ou la liaison mutuelle des terres qui d'abord n'avaient paru que des îles éparses dans l'immensité de l'Océan, ou voisines de la côte orientale de l'Asie; mais l'amiral mourut fermement persuadé que s'il avait touché à un continent, à Cuba, à la côte de Paria et à celle de Veragua, ce continent faisait partie du grand empire du Kathaï, c'est-à-dire de l'empire mongol de la Chine septentrionale » (M. de Humboldt, *ibid*, t. IV, p. 6-7). Lorsque le continent américain fut affirmé, l'idée d'un détroit ne disparut pas, et les expéditions eurent souvent pour objet de le découvrir. C'était à qui trouverait le plus vite ce passage entre les deux mers, vers ces flots que l'on avait pu contempler de la cordillère de Panama. Il s'agissait d'arriver avant tous les autres vers la *terre des épices*, en cinglant vers l'ouest, « El Ponente, » comme déjà on y abordait en doublant le cap des Tempêtes. Vasco de Gama distrait l'attention du monde de la grande découverte de Colomb; mais lorsqu'on fut convaincu de l'existence d'un second océan, et que le Mexique se fut ouvert à la conquête espagnole, quinze et dix-neuf ans après Gama, les yeux de l'Europe furent ramenés sur le monde trouvé par le navigateur génois (Cf. de Humboldt, t. IV, p. 86). Une route de l'ouest aux îles Moluques, plus courte que

couvertes, et jamais un pied étranger n'en a foulé le sol. Elles
resteront toujours cachées et revêtues de ce brouillard, jusqu'à
ce que Dieu permette qu'elles apparaissent et qu'il fasse éclater ses secrètes merveilles dans toute leur grandeur.

LIII

« Et de même que tu aperçois sous sa forme véritable le
vaste globe que nous habitons, tu pourrais contempler encore,
si le temps ne te manquait, toute la perfection des corps célestes, le mécanisme et l'harmonie de la sphère[1], la vertu et

la voie ouverte par Gama, était le rêve du roi Emmanuel, et il équipait des navires pour devancer les Espagnols : « para buscar detrecho en aquella costa por do
ir à los malucos » (Francisco Lopez de Gómara, *Historia de las Indias*, Bibl.
Rivad., t. XXII, p. 211). La religion, le besoin de changer l'âme des païens et de les
convertir au christianisme avaient sans doute une grande part aux voyages des Espagnols et des Portugais ; l'on peut en voir la preuve dans les récits d'Ercilla ; mais
les intérêts de la vie matérielle y avaient aussi une part immense. Ainsi lorsqu'on
sait que Pedro Alvarez Cabral avait découvert de nouvelles côtes, celles du Brésil
méridional (24 avril 1500), le roi Emmanuel chargea une nouvelle expédition d'a-
bord d'examiner la terre de Cabral, de voir si elle était contiguë au cap Augustin
qui pour tous formait jusque-là une île dans l'océan austral ; ensuite de chercher
une route de l'ouest aux îles Moluques (Malucos). « Dès le voyage de Gama, écrit
M. de Humboldt, on avait entrevu que la véritable patrie des épices était loin au
delà de Calicut, dans le méridien de la Chine, peut-être même dans celui du Japon,
du *Zipangon*. Comme c'était vers ces régions que tendaient toutes les tentatives
des Castillans, en suivant les traces de Colomb, et comme d'après la géographie systématique du temps, la route qui conduit à *Zipangon* et aux îles des épices, paraissait toujours plus courte par l'ouest que par la voie de Gama, le roi Emmanuel
devait se hâter de prévenir les Castillans dans leurs progrès vers le levant »
(*l. c.*, t. V, p. 52). Les régions où conduisait la route de l'ouest, c'est ce que la
géographie encore aventureuse du temps appelait *las Indias del Ponente*. Le génie
des peuples maritimes et celui de leurs souverains ne les trompaient pas sur l'importance des contrées qu'ils voulaient envahir. La Hollande qui possède aujourd'hui
dans l'Océanie les plus belles et les plus riches terres du monde, y règne sur dix-
neuf millions d'indigènes, sur cent cinquante millions d'hectares.

[1] Les expressions d'Ercilla ne disent pas si les nouvelles merveilles dont parle
Fiton eussent été déployées aux yeux du poëte sur la même sphère dont il a été
question jusqu'ici. Peut-être un coup de la baguette magique eût suffi pour les y
faire apparaître, comme ailleurs un coup suffit pour faire évanouir l'image de la
bataille de Lépante (Cf. chant. XXIV, oct. 96). Mais rien n'empêche de croire que
le mécanisme des globes célestes eût été révélé à Ercilla dans une autre partie de
la demeure du magicien et d'une autre manière. Toujours est-il qu'aucun motif
n'autorise à voir ici une ressemblance complète entre la fiction de l'écrivain espagnol et l'élégante invention que Camoens a développée avec tant de richesse dans
ses *Lusiadas*, chant x. La sphère merveilleuse de Camoens et celle d'Ercilla ne manquent pas d'analogie, sauf la différence des genres et des proportions littéraires,
avec le miroir magique de Battista Damiotti (Walter Scott, *Chroniques de la Ca-*

l'influence des astres, leurs révolutions diverses, leurs mouvements, leur course naturelle ou désordonnée[1].

LIV

« Mais bien que mon désir soit de te satisfaire autant qu'il
m'est possible et de laisser tes vœux accomplis, il y a déjà
longtemps que le jour décline, et tu as, pour arriver aux tentes
espagnoles, un grand espace à franchir. » Ainsi parlait le devin,
et, marchant avec moi, il me servait de guide jusqu'à ce qu'il
m'eût remis dans le droit chemin. Là, je rencontrai aussitôt mes compagnons, qui, déjà fort troublés, allaient à ma recherche.

LV

Nous rentrâmes au camp, juste à l'heure où nos amis pre-
naient la garde. L'armée perdit de longs efforts dans ces lieux
pour réduire à la paix nos adversaires, tantôt par des bienfaits
et des caresses, tantôt par des menaces, des sévérités, de continuelles incursions à travers les villages voisins et les métai-
ries des barbares.

LVI

Mais notre activité ardente, nos promesses, nos offres, les accords proposés, rien ne put suffire pour ramener un peuple
toujours plus endurci dans ses premiers desseins et dans ses projets

nongate). Devant la glace révélatrice, le docteur italien fait paraître sous les yeux
des personnes intéressées les faits qu'elles désirent connaître et qui les concernent
plus vivement, comme, d'un coup de sa baguette, Fiton évoque pour le spectateur
les grands événements de l'histoire ; mais Damiotti ne montre que le présent ou
plutôt le passé, l'enchanteur d'Ercilla fait comparaître l'immense avenir ; Damiotti
satisfait une curiosité individuelle, sur des faits individuels, Ercilla et Camoens sont
les prophètes de la grandeur nationale ; Damiotti est une variante de Cagliostro,
Ercilla et Camoens sont les frères de Virgile : Fiton appartient à la famille des Ti-
résias ; il a tout l'éclat et la poésie retentissante des oracles.

1 Winterling :

      « Und wie sol mannigfach durchkreuzter Bahn
      Sie bald sich fliehn und bald sich wieder nahn. »

Les deux vers allemands indiquent le cours naturel des astres. Ercilla dit plus ;
il ajoute *violentos* ; peut-être songeait-il à la marche des comètes, désordonnée en
apparence.

inflexibles. Nous comprenions aussi combien était important le
site occupé par nos armes, combien il nous assurait le centre
du pays. Après une mûre délibération, il fut donc décidé que
l'on se maintiendrait dans ce retranchement solide[1].

LVII

Et afin de le pourvoir, contre les attaques de l'avenir, des
subsistances qui lui manquaient encore (l'année s'annonçait
abondante et fertile[2], mais les champs étaient en herbe et ne
montraient que des bourgeons), don Miguel de Velasco y Avendaño, avec ceux qui étaient le plus prêts à le suivre, et moi
leur compagnon, associés à leurs armes, nous prîmes tous le
chemin direct de Cautén.

LVIII

Malgré les obstacles, nous franchissons sans combat les passages les plus périlleux ; et, à l'heure opportune et prévue, nous
arrivons sains et saufs à l'Impériale. Là, nous déterminons tous
les habitants, les uns après les autres, par des paroles affec-
tueuses, non-seulement à nous accorder avec grâce les vivres
nécessaires, mais à nous offrir aussi leurs biens et leur existence.

LIX

Ainsi, pleins de joie, sans qu'aucune rumeur de guerre se fit
entendre, avec des provisions de pain et de fruits, des grains et

1 Cette octave, omise par Winterling, est indispensable à la clarté du poëme et
à la conduite de l'action.

2 Il s'agissait d'approvisionner la forteresse. L'année s'annonçait avec d'heureuses
espérances ; mais on était au printemps encore, et il fallait des vivres avant l'époque où l'on eût pu se ravitailler dans le pays même. Un détachement est envoyé à
l'Impériale pour chercher les subsistances nécessaires à une place aussi importante
que Tucapel. Winterling répand sur ce tableau de la vie des camps quelques fleurs
étrangères :

> « Denn reichlich sah man überall
> Pomona Feld und Wald mit ihrem Schmucke zieren. »

Le texte original avait négligé Pomone, et dit avec simplicité :

> « Que aunque era fértil y abundante el año.

du bétail, nous revenons aussitôt sur nos pas, à travers des pl
couverts d'Indiens paisibles à la fois et soulevés [1], et au
où se découvrait à nos yeux la sierra de Purén, nous rencon
trons une escorte de soldats, nos amis espagnols, qui venaient
nous garantir contre les dangers de la route.

LX

Le soleil, déjà précipité à l'occident, avait plongé ses rayons
dans la mer. La nuit allégeait pour nos troupes le poids de la
fatigue et des travaux qu'elles avaient endurés. Mais, aux
premières blancheurs de l'aube, se mettent vivement en marche, à grand bruit, nos bêtes chargées de bagages et les troupeaux à l'abri des escadrons qui les enveloppent de toutes
parts.

LXI

J'étais de l'avant-garde et allais à la découverte, dans la profondeur d'un vaste et sombre défilé, lorsque je vis passer sur le
chemin, d'une course rapide, une femme, dont l'extérieur annonçait une âme troublée. Je volai sur ses traces, en pressant
de l'éperon les flancs de mon cheval, et je ne tardai pas d'atteindre la fugitive [2]. Désire-t-on connaître la fin de cet incident, qu'on lise avec attention le chant qui va suivre.

[1]   « ..... Por la tierra
      De pacíficos indios y alterados. »

Winterling traduit avec bonheur :

      « Indem wir rückwärts nach dem Lager unsern Lauf
      Durchs Land der freund- und feindgesinnten Indier richten. »

Tous étaient soulevés, mais ils feignaient de ne l'être pas. C'était une soumission
trompeuse, à laquelle devait bientôt succéder la guerre, comme au calme la
tempête.

[2] Grainville, qui a traduit avec quelque succès tout l'épisode de Glaura (*Cf. les
Quatre Saisons du Parnasse,* par Fayolle, automne de 1866, t. VII, p. 190-193),
fait ici une singulière méprise: « Je pique aussitôt des deux, traduit-il, et je cours
à sa rencontre » (p. 190). Cela est tout à fait impossible. Le texte espagnol dit
tras ella. Glaura était passée, et le poète court après elle, et, comme il est à
cheval, il n'a aucune peine à l'atteindre.

APPENDICE AU CHANT XXVII

NOTE COMPLÉMENTAIRE SUR LES SOURCES DU NIL.

Cf. *Supra*, p. 291, *note 2.*

S'il fallait en croire le jugement des poëtes latins, les sources du Nil seraient restées complétement inconnues même à une époque où les géographes étaient presque parvenus à dévoiler le mystère. Ainsi Claudien, longtemps après Ptolémée, s'exprimait encore de la sorte, en parlant du grand fleuve :

> « Qui rapido tractu mediis elapsus ab antris
> Flammiferae patiens Zonae Cancrique calentis,
> Fluctibus ignotis nostrum procurrit in orbem,
> Secreto de fonte cadens, qui semper inani
> Quaerendus ratione latet; nec contigit ulli
> Hoc vidisse caput : fertur sine teste creatus
> Flumina profundens alieni conscia caeli » [1].

Cependant de fort vieilles indications avaient été fournies aux Grecs; de sérieuses tentatives avaient été faites pour surprendre l'origine cachée du fleuve, et les anciens ont été bien près de la vérité.

Le docte Joachim Vadianus, dans son édition de Pomponius Mela [2], a réuni, mais avec un peu de confusion et trop de brièveté, plusieurs textes assez curieux, et qui prouvent combien ces problèmes avaient, au temps de la Grèce et de Rome, préoccupé les sages et les souverains. Mais des études beaucoup plus approfondies ont été faites depuis sur les curieuses découvertes de l'antiquité et sur ses explorations successives. Nul parmi les modernes ne nous semble pourtant mériter une plus haute place que celle où s'est élevé M. Vivien de Saint-Martin. Le beau, le savant travail consacré par ce critique habile à la géographie du continent de l'Afrique, est bien digne de la distinction qu'il a reçue en 1860 de l'Académie des Inscriptions et belles-lettres; c'est un des monuments les plus précieux de l'intelligence française appliquée à l'ethnographie et à l'histoire. M. Vivien de Saint-Martin nous fait en quelque manière voyager à sa suite dès la plus lointaine antiquité pour nous conduire jusqu'à nos jours. Il nous retrace peu à peu la connaissance de l'Afrique chez les Grecs et chez les Romains, « depuis les premiers indices de l'histoire jusqu'à l'ère de Ptolémée, en s'attachant à expliquer chaque époque par ses causes historiques, à en bien définir le caractère par l'examen des sources, à en fixer nettement les limites par l'étude de la nomenclature [3]. » Ajoutons que M. Vivien de Saint-Martin infirme ou justifie sans cesse les assertions des anciens par le contrôle des auteurs arabes, depuis le VIIe siècle, et par celui des plus récentes explorations européennes. Sans négliger ce que nous devons à d'autres lectures, nous prendrons donc cet excellent écrivain pour notre guide principal.

---

[1] Claudiani *Carmina*, XLVII, *Nilus*, 8-14 édit. Arland, Collect. Le Maire, t. II, p. 350.

[2] Paris, 1540, p. 43-44.

[3] *Le Nord de l'Afrique dans l'antiquité grecque et romaine*. Paris, 1863, p. 489. Composé en 1858, couronné l'Académie en 1860, l'ouvrage a été publié par l'Imprimerie impériale trois

Nous aurons à examiner : 1° comment les anciens ont cru résoudre le problème des sources du Nil ; 2° comment ils ont expliqué ses inondations. Ces deux premières questions se lient étroitement l'une à l'autre ; au lieu de sa source, le Nil obéit sans doute à des lois de climatologie qui déterminent et régissent ses débordements ; 3° quelles sont les véritables sources du fleuve.

La partie du Nil qui était la mieux connue des anciens, quoiqu'ils aient été beaucoup plus au sud, est celle que nous appelons aujourd'hui encore la vallée l'Égypte, depuis le Delta jusqu'à la cataracte de Syène, la moderne Assouan. Les phénomènes que présentait le Nil égyptien provoquèrent tout d'abord l'attention, les accroissements périodiques du fleuve dans les mois les plus chauds de l'année, à l'époque où les autres rivières s'abaissent et se dessèchent, furent de bonne heure attribués à des causes diverses.

Dans leur marche progressive vers les sources du Nil, les anciens ont procédé par trois routes distinctes. Les uns ont remonté le fleuve, et n'ont pas atteint le but désiré par leur généreuse ambition ; les autres ont supposé au Nil une source terminée, sans beaucoup s'inquiéter d'ailleurs de l'espace intermédiaire entre la source et la portion déjà connue du fleuve ; d'autres enfin ont signalé l'origine du Nil en prenant leur point de départ sur les côtes de l'Afrique orientale, comme l'ont fait aussi quelques-uns de nos explorateurs modernes.

Les Pharaons ne semblent pas avoir dépassé le mont Barkal, entre le 17e et le 18e degré de latitude nord ; c'est tout près du royaume de Méroé, dont parle Hérodote, bien que le vieil historien de la Grèce ne paraisse pas avoir connu la grande courbure du Nil qui enveloppe Napata, et que le fleuve dessine entre sa jonction avec l'Atbara et le vieux Dongola. Hérodote lui-même n'a pas dépassé Éléphantine ; mais il a beaucoup consulté les hommes.

Au sud de la grande ville de Méroé, il nomme encore, d'après ses informations, la terre des Automoles, qui est probablement le Sennaar, et qu'un voyageur parti d'Éléphantine met, dit-il, quatre mois à atteindre. Au delà des Automoles, il ne connaît plus rien ; les chaleurs excessives rendent, selon lui, ce pays désert et inhabité. Tout ce qu'il affirme, c'est que le Nil vient de l'ouest et qu'il coupe la Libye par le milieu [1]. M. Vivien de Saint-Martin pense que cette donnée n'a pu être fournie à Hérodote que par des marchands dont les caravanes pénétraient à l'intérieur ; les prêtres n'avaient rien pu lui apprendre, et cette curieuse affirmation d'Hérodote nous aurons à nous la rappeler. Mais cette simple déclaration que le Nil coule de l'ouest ne pouvait suffire au grand historien. Étéarque, le roi du pays d'Ammon, de l'oasis de Siouah, lui fournit d'autres renseignements. Il apprit de sa bouche qu'au pays de Cyrène, cinq jeunes Nasamons, pourvus d'eau et de vivres, avaient quitté leur patrie pour affronter des déserts considérables. Après avoir franchi les premiers espaces, ils se dirigèrent vers l'ouest, traversèrent une grande étendue de contrées sablonneuses, et, après bien des jours, atteignirent une plaine où il y avait des arbres ; et pendant qu'ils mangeaient des fruits que ces arbres portaient, de petits hommes, d'une langue toute différente de la leur, fondirent sur eux et les emmenèrent par des terrains marécageux dans une ville dont tous les habitants étaient noirs. Il serait difficile de dire avec précision sur quel point de l'Afrique les Nasamons étaient parvenus. Quelques-uns les ont conduits au lac Tchad. M. Vivien de Saint-Martin [2] pense qu'il s'agit ici de l'oasis d'Ouargbla. Par les détails mêmes du récit d'Hérodote, il est facile de voir que l'historien voyageur avait une notion très-précise de la nature essentielle de l'Afrique. Il savait que depuis l'Égypte, la contrée est occupée sur le littoral, par des peuples libyques, des colonies grecques et des colonies phéniciennes ; qu'au sud de cette région maritime, le pays est rempli de bêtes sauvages ; qu'au delà, ce n'est plus qu'une région de sable et tout à

[1] Cf. Hérod., II, chap. XXXI.
[2] Cf. p. 19.

fait déserte[1]. Ce sont bien là les trois zones immuables de l'Afrique, le Tell, le Bild el-Djérid et le Sahara. Partis du fond de la Syrte orientale, les Nasamons avaient devant eux, selon le géographe moderne, les parties septentrionales du Fezzan qui appartiennent à sa seconde zone. Leur direction sud-ouest les conduit à l'entrée du désert, au midi de Ghadamès. Ici leur route tourne droit à l'ouest, vers le Sahara algérien, vers les déserts coupés d'oasis, qui se développent au sud de l'Atlas central. Entre l'extrémité occidentale du Fezzan et l'oasis d'Ouarghla, la distance à travers le désert est au moins de cent vingt lieues. On trouve à Ouarghla les vastes marécages dont parle Hérodote, comme dans tous les enfoncements du Sahara algérien. Ouarghla est la plus ancienne ville du désert. La population noire que rencontrent les Nasamons, se voit encore dans les oasis du Sahara algérien et notamment dans l'Ouarghla. Les raisons données par M. Vivien de Saint-Martin en faveur de son opinion, sont nombreuses et bien soutenues[2], et nous n'avons aucun motif de ne pas l'admettre. Mais le texte d'Hérodote contient une circonstance beaucoup plus importante pour la discussion actuelle. Le long de cette ville où les jeunes Nasamons se virent conduits, de l'ouest à l'est coulait une grande rivière, dans laquelle il y avait des crocodiles. Les Nasamons revinrent dans leur patrie et firent le récit de leurs aventures. Quel était le fleuve qu'ils avaient aperçu ? M. Vivien de Saint-Martin suppose, avec sa justesse habituelle, qu'il s'agit ici de l'Ouâdi d'Ouarghla. C'est un fleuve permanent et d'une grande largeur, lorsque les pluies d'hiver l'ont gonflé et lui ont apporté cent tributaires ; il forme un des cours d'eau les plus considérables de cette région de l'Afrique. Cependant il n'y a plus de crocodiles ; mais plusieurs causes naturelles ont pu les faire disparaître. Pline[3] et Strabon[4] attestent aussi la présence du crocodile dans un des lacs de l'Atlas. Toujours est-il que le roi Étéarque, auquel Hérodote devait ces informations, crut que c'était le Nil lui-même que les Nasamons avaient eu sous les yeux[5]. Dans tous les cas, signaler un point incertain de son parcours, ce n'était pas nous révéler l'origine même ou, comme disaient les anciens, la tête du fleuve, et le père de l'histoire ne montre réellement à cet égard aucune prétention. La seule chose qu'il affirme, c'est que le Nil vient de l'ouest, qu'il coupe la Libye par le milieu, et cette simple tradition aura la plus grande influence sur l'avis des géographes ultérieurs.

Vitruve[6] dit que dans la Mauritanie, le *Diris* descend de l'Atlas, et se dirigeant vers l'est, tombe dans le lac Heptabolus, qu'il change de nom, devient le *Nigir* ; qu'en sortant du lac il coule au pied de montagnes désertes, se jette dans un autre lac, le Coloé, qui entoure l'État de Méroé, dans l'Éthiopie méridionale ; qu'en débouchant du Coloé il fait un détour et forme deux fleuves, l'Astasoba et l'Astabora ; que ce n'est qu'au nord d'Éléphantine et de Syène que le nom de Nil lui est donné. Selon Vitruve, la preuve que le Nil et le Diris ne sont qu'un même fleuve parti de l'Atlas, c'est encore que le Diris et le Nil nourrissent l'un et l'autre des crocodiles et des ichneumons. Mais avec de semblables raisons il faudrait aussi relier les cours d'eau des Seychelles ou le San Juan de Nicaragua et le Mississipi aux deux fleuves du vieux monde. Toutefois un pas a été fait en avant. Le fleuve d'Hérodote a reçu un nom spécial, le *Diris* qui devient le Nigir ; son origine est déterminée, il descend de l'Atlas. Vitruve ne doute pas plus qu'Hérodote que le fleuve aux Crocodiles ne soit le Nil égyptien. Au milieu des détails que nous offre la géographie très-systématique de Vitruve, et malgré la confusion qu'elle implique entre le Bahr-el-Abyad et le Bahr-el-Azrek, il donne du moins au fleuve sa source dans l'Atlas.

1 Cf. Hérod., loc. cit., chap. XXXII.
2 Cf. p. 18-20.
3 Voy. Hist. Natur., V, 9.
4 Voy. Strabon, XVII, p. 828.
5 Quelques géographes modernes ont cru que les Nasamons avaient atteint le Niger ; mais en se dirigeant vers l'ouest, il ne leur eût pas été plus possible d'atteindre le Niger que le Nil.
6 Cf. De architectura, VIII, 2e édit., Venise, p. 253.

Cette doctrine et toutes celles qui ont quelque analogie étaient pour ainsi dire
licitées et provoquées parce que les mêmes monstres habitaient les eaux du Nil
les eaux du fleuve que l'on supposait former son cours supérieur. Ceci nous dit
à recourir à d'autres témoignages et à celui de Juba le Jeune tout d'abord. Après
chute de premier Juba et l'annexion de la Numidie à la république romaine, le
encore très-jeune du roi numide fut emmené par César et reçut l'éducation le
d'un Romain. Auguste lui rendit le royaume paternel et finit par lui donner
échange de la Numidie, qu'il réduisit en province, la Mauritanie tombée au
voir des légions. Juba écrivit de nombreux ouvrages, entre autres un traité
plusieurs livres sur l'Afrique, aujourd'hui perdu. Pline en a tiré de nombreuses
tions sur l'intérieur et sur le littoral de la Libye. Or Juba, cité par Pline[1], a
un fleuve *Nigris* ou *Niger*, dans la région de l'Atlas. Il avait sa source dans
montagne de la Mauritanie inférieure ou septentrionale et sortait d'un lac
appelé *Nilis*. Ce lac nourrissait des crocodiles comme le Nil. N'était-ce pas une
de l'identité des deux rivières ? Le lac *Nilis* n'était-il pas l'origine du fleuve
tien ? Comment supposer à cet égard une erreur chez le roi Juba qui devait si
connaître le pays dont il parle ? Et il ne vint à l'esprit de personne de songer
la seule présence des crocodiles avait pu faire donner à la lagune le nom de N.
Ne peut-on pas croire encore, avec M. Vivien de Saint-Martin, qu'il y a eu
« comme un hommage que Juba rendait à la fille des Ptolémées, qu'Auguste lui
« avait donnée pour femme et qui retrouvait là quelque chose de sa patrie ! » ? Le
Nigris ne paraît pas longtemps au delà de son lac générateur ; dans une noble
dignation de n'arroser que des sables immondes, nous atteste Pline, d'après Juba, le
fleuve se cache durant l'espace de quelques journées ; bientôt il sort de nouveau
d'un lac plus grand que le premier, situé dans la Mauritanie césarienne ; là, il se
voit des territoires habités, et, par les animaux que ses eaux renferment, prouve toujours son identité avec le Nil. Absorbé de nouveau par les sables, il reste caché
durant un espace de vingt journées de désert, jusqu'aux Éthiopiens les plus proches. Alors, sentant la présence de l'homme, il jaillit de terre, sans doute au lac
qu'on nomme *Nigris*. De là, il sépare l'Afrique de l'Éthiopie, et s'il ne retrace
pas immédiatement les hommes, il traverse du moins des contrées où il crée des
forêts remplies de bêtes sauvages et d'animaux féroces ; et coupe le pays des
Éthiopiens du centre sous le nom d'*Astapus*. Tout cela n'est pas fort clair dans
description du naturaliste romain ; il est évident toutefois qu'il parle d'un fleuve
qui existait en réalité, mais dont l'imagination a indéfiniment prolongé le cours.
La portion principale de ses indications se rapporte, comme le veut M. Vivien de
Saint-Martin[3], au sud de l'Atlas de Numidie, c'est-à-dire à notre Sahara algérien.
Le lac Nilis était dans la Mauritanie inférieure, dans quelqu'une des hautes vallées
de l'Atlas, dans la région même des sources de la Moloula et du Ghir. Les lieux déserts où la rivière s'engage en s'échappant du lac, forment la région basse et
au sud d'Oran, entre les cours supérieurs du Chélif et de la Moloula. Elle disparaît
et se montre de nouveau dans la Mauritanie césarienne, pour se cacher et reparaître
encore après un espace de vingt journées. L'absorption dans les sables, le souvenir
des Éthiopiens indiquent une direction générale vers le sud. Mais le lac *Nigris*
appartient à la région des sibkhas, des lagunes salées du Sahara algérien ; la
limite de cette région, au sud, comprend les vingt journées de Pline et bien au delà.
Ajoutons que la rivière dont parlent Pline et Juba, sépare l'Afrique de l'Éthiopie.
Or l'Afrique, c'est la zone maritime du nord à l'Atlas, et sa prolongation orientale
vers la Cyrénaïque, ce sont les provinces romaines ; l'Éthiopie (en dehors du bas

1 Cf. *Hist. Natur.*, V, 9.
2 Cf. p. 433.
3 Cf. *Hist. Natur.*, V, 10.
4 Cf. p. 431.

XIII, c'est la lisière alors connue du désert, au sud de la Cyrénaïque et de
das Le cours du *Nigris* suit donc les pentes méridionales de l'Atlas. Or la seule
...ère à laquelle se puisse appliquer à peu près sur nos cartes modernes tous ces
...s de l'antiquité, c'est le Djedi. « L'Oued-el-Djédi est le cours d'eau permanent
plus considérable du Sahara algérien, comme le Chir du Sahara marocain. Son
...est parallèle à la direction de l'Atlas de Numidie, c'est-à-dire de l'ouest à
...Il a ses sources dans le Djebele Amour et va se perdre dans une suite de
...s ou lagunes salées qui couvre au sud la Numidie orientale et la Byzacène.
...v étendue, depuis sa source jusqu'à l'entrée des lagunes, est de plus de 100
es l. » Sa prolongation méridionale, qui a été reconnue pour la première fois en
..., présente encore, vers le sud et le sud-est, un développement considérable.
...quelle que fût l'étendue de son cours, visible ou latent, le *Nigris* ne devait pas
...se confondu avec le Nil, et la continuation de ce fleuve jusqu'à l'Astapus est un
...t purement systématique. Il repose toutefois sur un phénomène singulier, mais
...able et qui tient à la constitution du sol de l'Afrique. Dans le nord comme
la partie australe de ce vaste continent, mais surtout au sud de l'Atlas, dans
...plaines déprimées du Sahara algérien, sous la croûte sablonneuse qui forme la
...ce et où les eaux ne sauraient se maintenir, on a reconnu, nous dit avec tout le
...ge des meilleurs témoignages, le critique sur lequel nous nous appuyons sans
..., M. Vivien de Saint-Martin, on a reconnu presque partout l'existence de cou-
...'argile, à de plus ou moins grandes profondeurs, où des nappes d'eaux courantes
...ment, au sein de la terre, de véritables rivières. Ces eaux souterraines ont été
...occasion de mille légendes [2]; et la moins curieuse assurément n'est pas cette
tra ition antique de l'origine du Nil, auquel Juba fait traverser sous terre d'im-
...espaces inconnus, depuis la perte du *Nigris* jusqu'aux lieux où le fleuve
...rait sous le nom d'Astapus chez les Éthiopiens orientaux. Ajoutons qu'un autre
...it, rapporté par Juba parmi les analogies signalées entre le Nil et le Niger,
...existence du crocodile dans cette dernière rivière, vient aussi d'être confirmé par
...e information toute récente [3]. »

À côté de cette origine légendaire que les récits de Juba et de Pline assignent
...fleuve d'Égypte, nous avons d'autres renseignements dont l'exactitude est incon-
...ble, mais dont les explications diverses ont encore donné lieu à des théories
...risomp euses et qui se relient à la question des sources du Nil. Suétonius Pau-
...s qui joue un rôle si important chez Tacite, dans les expéditions de la Grande-
...Bretagne, fit au sud de l'Atlas la guerre aux Gétules. Ses mémoires contenaient le
...récit de cette guerre; ils ont péri, comme les *Libyques* de Juba, et avec tant d'autres
...documents historiques de l'antiquité; mais Pline y choisit ses détails [4]. Nous savons
...par lui que Suétonius atteignait les passes du grand Atlas en dix marches et qu'au
delà il vit une rivière qu'il appelle *Ger*. Or le nom de Ghir est encore gardé par la
...plus grande des rivières qui descendent du versant méridional de l'Atlas, au sud du
...massif dont la Molouïa suit les pentes septentrionales. Léon l'Africain connaît le
...Ghir dans les mêmes cantons [5]. Le fleuve coupe la grande barrière sablonneuse que
les Arabes appellent El-Areg, et qu'ils regardent comme la limite du Maghreb; et
...puis il va se perdre dans les Sibkhas où dans les sables du désert, à quatre journées
de l'oasis d'Insa äh, à peu près sous le vingt-septième parallèle. Son étendue est de
5 à 6 degrés. Les géographes arabes du XIIe siècle, ceux du XVIIIe ne diffèrent
pas dans leurs récits de ceux de l'antiquité. L'Ouâd Djir de leurs relations est un
beau fleuve, bordé d'arbres et de bourgades. Or, au même lieu Ptolémée place le

---

1 Voy. *le Nord de l'Afrique*, p. 437-438.
2 Cf. *ibid.*, p. 439.
3 Cf. id., *ibid.*
4 Voy. *Hist. Natur.*, V, 1.
5 Cf. *Della descrizione dell' Africa*, Collection Ramusio, t. 1, p. 90.

Nigir (Νιγιρ). Toutes les indications qu'il présente sur le Nigir, se renferment dans la région méridionale de l'Atlas mauritanien, dans la Mauritanie césarienne. Il a donc transposé au *Ger* le nom de *Nigir*, et il donne le nom de Ger, ou Gir, comme il écrit (Γηρ), à une rivière plus à l'est qui ne paraît ainsi être à ses yeux que le prolongement oriental de la précédente. Le Gir, selon lui (le Nigris de Juba et de Pline, le *Djédi* des Arabes), aboutit dans la direction du sud-est à la *gorge garamantique* (φάραγγα τὴν γαραμαντικήν) [1]. Et en effet les dernières explorations des voyageurs ont fait découvrir qu'au delà de Tougourt, le courant dont il est ici question se perd dans les sables pour ne reparaître qu'à une journée de là et continuer sans interruption sur une longueur du nord au sud de plus de 5 degrés. À cette distance il y a une nouvelle perte, et plus loin une réapparition d'un nouveau courant qui cette fois incline au sud-est, et qui conduit à travers un pays accidenté, jusqu'à la profonde et pittoresque vallée de Ghât, dans laquelle nous retrouvons indubitablement la gorge ou vallée garamantique de Ptolémée. La vallée de Ghât, continue M. Vivien de Saint-Martin, est en effet située au pied même de l'escarpement occidental du plateau du Fezzan, qui est le pays des anciens Garamantes. Depuis Ghât jusqu'à la longue chaîne de lagunes ou sibkhas, situées entre Tougourt et le fond de la petite Syrte, aujourd'hui le golfe de Kabès, la partie du désert où se trouvent les rivières permanentes reconnues par nos explorateurs, avec leurs pertes et leurs réapparitions alternatives, ne forme, au rapport de M. Duveyrier, qu'une vaste dépression continue, qui semble la vallée d'un grand fleuve [2].»

Comment le Niger de Ptolémée (le Djir) se rattache-t-il à la question des sources du Nil? Ceci ne peut s'expliquer que par une immense erreur du moyen âge. Certes ce n'est pas le géographe alexandrin qui s'est égaré à ce point de confondre le Nil avec le Niger dont il parle; mais une époque vint où ce mot de Νιγιρ, qui n'a rien de commun avec le mot *Niger* des Latins, parut en être la dérivation, et, sur la foi de Ptolémée qui n'a jamais connu la *Nigritie*, c'est-à-dire le Soudan, pas plus qu'aucun autre savant de l'antiquité, l'on confondit le fleuve du Sahara marocain, le Ger de Suétonius Paulinus, que Ptolémée appelle Nigir, ainsi que le Nigris dont la position ne saurait être douteuse, dans les récits de Juba, de Pline et de Ptolémée, qui l'appelle Gir, avec le Djoli-ba, avec le grand fleuve de la Nigritie, qu'une persistante tradition des indigènes et quelques présomptions de la science moderne mettent en communication avec le Nil égyptien. Du grand désert lui-même les anciens n'ont connu que la lisière septentrionale, et ils n'ont jamais parlé de la région des Nègres au sud du grand désert. Ils n'en ont jamais aperçu que les portions qui touchent immédiatement à l'Atlantique. Mais les Arabes y pénétrèrent au temps de l'établissement du califat, soit par la moyenne région du Nil, soit par l'ouest du désert; c'est par cette dernière route que le commerce et l'enthousiasme religieux entraînèrent les Arabes du Maghreb, et ils nommèrent Soudan la contrée des Nègres. Dès le xe siècle, les auteurs arabes signalèrent l'existence d'un vaste fleuve, dont les tributaires étaient considérables dans cette contrée immense; et ils l'appelaient le *Nil des Noirs*. Alors le *Niger* des anciens, dont le nom était accrédité par la première version latine de Ptolémée, oracle des écoles, fut confondu avec le fleuve de Timbouktou [3], et le Nil des Noirs resta en possession du nom de Niger. De plus une vieille tradition berbère fait venir de l'ouest, comme le récit d'Hérodote, le Nil supérieur. Selon les Arabes, le Djoli-ba avait la même source que le Nil et portait le même nom. Le Niger de Juba était aussi regardé comme la

---

1 Cf. Ptolém., IV, 6.
2 Bouderba et Mr Henry Duveyrier.
3 Cf. le *Nord de l'Afrique*, p. 455.
4 D'Anville lui-même a fait cette singulière confusion. Dans son *Mémoire sur les rivières de l'intérieur de l'Afrique* (Académie des inscriptions et belles-lettres, t. XXVI, p. 64 suiv.): « Le second fleuve, dit-il, (le Niger de Ptolémée), est le véritable *Niger* qui a donné le nom aux Nigrites et à la Nigritie » (p. 69).

de Nil. La ressemblance des mots trompa tout le monde, et l'on resta persuadé que le Niger, le Nil et même le Sénégal avaient la même origine. Ptolémée a tracé son Niger par le 16e degré de latitude; les Portugais avaient relevé de la hauteur du Sénégal, qu'ils réputaient la principale embouchure du Nil Noirs [1]; aussi des cartes assez récentes figurent deux fleuves qui sortent d'un même lac, et l'un d'eux se rend vers l'ouest à l'Atlantique sous le nom de Niger; l'autre court vaillamment et à larges eaux rejoindre le Bahr-el-Abyad. Un texte compris et appuyé par les noms les plus respectés [2], donnait lieu aux aberrations les plus bizarres, bien qu'elles semblent par quelques points fondées sur les faits mêmes.

Revenons à l'immense bassin du Nil d'Éthiopie, et voyons comment les anciens se sont peu à peu approchés des sources fameuses dont l'intrépidité patiente des modernes a eu la gloire de doter enfin le domaine de la science.

Une expédition romaine dont parle Pline (VI, 35), fut dirigée par Publius Pétronius, préfet d'Égypte sous Auguste, contre le royaume de Méroé, en 23 ou 24 de l'ère chrétienne. Pétronius ravagea Napata, la Méroé d'Hérodote suivant une savante conjecture de M. Vivien de Saint-Martin; mais là ne s'arrêtèrent pas les armes du gouverneur. Sa marche le conduisit au moins à trois cents milles plus avant, c'est-à-dire au confluent de l'Abyad et de l'Atbara, à la pointe du pays que nous appelons l'île de Méroé.

Mais une exploration bien plus importante fut décrétée par Néron. Pline et Sénèque en ont conservé le souvenir. Le premier rapporte que l'empereur Néron, ayant en vue, entre autres expéditions, une entreprise militaire sur l'Éthiopie, envoya un de ses tribuns, accompagné d'un certain nombre de soldats prétoriens, aller prendre une connaissance préliminaire du pays [3]. Suivant le rapport du tribun, ils avaient rencontré des solitudes (solitudines renuntiavere). Mais Pline ne fixe pas le terme de l'exploration. Sénèque semble au premier coup d'œil plus explicite. Son texte mérite d'être rapporté; il s'est lui-même entretenu, dit-il, avec deux centurions que Néron avait envoyés à la recherche des sources du Nil. Il ne s'agit plus ici, comme dans Pline, de préparer les voies à une expédition militaire; il est question d'une recherche scientifique; ce qui a fait croire à une double exploration. Cependant nous restons persuadé avec M. Vivien de Saint-Martin qu'il n'y en eut qu'une seule, et que Pline ou Sénèque se sont exprimés chacun selon leurs renseignements. L'expédition devait être d'une certaine importance, puisqu'elle était commandée par un lieutenant, qu'il y avait deux centurions et un certain nombre de soldats prétoriens. Par les deux centurions, Sénèque apprit qu'ils parcoururent un long chemin, qu'ils reçurent les secours du roi d'Éthiopie (a rege Æthiopiæ instructi auxilio), et que celui-ci les recommanda aux princes ses voisins. Les deux officiers continuent en ces termes : « Equidem pervenimus ad immensas paludes quarum exitum ne cincolæ noverant, nec sperare quisquam potest, ita implicitæ aquis herb æsant, et aquæ nec pediti eluctabiles, nec navigio, quod nisi parvum et unius capas, limosa et obsita palus non ferat [4]. » Ils arrivèrent à des marais immenses

1 Nous ne cessons d'emprunter ici nos détails aux belles et lumineuses discussions de M. Vivien de Saint-Martin, p. 445 et suivantes, et souvent nous conservons les formes dont il les a revêtues.

2 Le grand Aristote dans ses *Météorologiques* (I, 13) avait désigné sous le nom de *Chrémétès* le bras septentrional du Sénégal, celui que les navigateurs modernes appellent le Marigot des Maringouins, il le fait déboucher dans la mer extérieure (l'Atlantique), mais il déclare qu'il est la branche principale du Nil τοῦ Νείλου τὸ ῥεῦμα τὸ κράτιστον. Le Chrémétès selon lui a sa source dans la même montagne que le Nil, et cette montagne il l'appelle le *Mont d'argent*. Aujourd'hui nous savons que le Sénégal a sa source au mont Coura, que le Niger a la sienne dans le mont Loma. La constitution même de l'Afrique, son orographie mieux connue ne laissent désormais qu'une faible place aux vieilles théories systématiques.

3 *Hist. Natur.*, VI, 35, Collection Le Maire, t. II, p. 737.

4 Cf. *Quæst. Natural.*, VI, 8, Collection Le Maire, t. V, p. 349-351.

dont les habitants ne connaissaient pas et désespéraient de connaître jusqu'à les bornes. Ce sont des herbes entremêlées avec l'eau qui forment un marais si bourbeux et si embarrassé, qu'il est impossible de le traverser à pied ou même en bateau, à moins qu'il ne soit petit et propre à contenir une seule personne. On se demande quelle est la limite que Sénèque a voulu dépeindre. Car c'étaient là des régions tout à fait inconnues jusqu'alors, et, devant le silence que Pline a gardé, il serait curieux au moins de définir clairement le langage de Sénèque. M. Vivien de Saint-Martin n'hésite pas à déclarer que les émissaires de Néron s'étaient arrêtés au 9e degré de latitude nord, que cette région marécageuse qu'ils dépeignaient à Sénèque est encore la même aujourd'hui et telle que l'ont représentée les chefs des expéditions égyptiennes de 1839 et 1840. « Les rives du fleuve basses et plates, nous dit M. Vivien de Saint-Martin, se dérobent aux regards sous des roseaux gigantesques. La rivière, couverte d'herbes et de végétations spongieuses, ne livre qu'un passage difficile aux embarcations; les eaux noirâtres et comme alourdies semblent elles-mêmes ne plus couler qu'avec peine. Le crocodile et l'hippopotame infestent le rivage; des myriades d'insectes avides semblent sortir du sol; des lagunes innombrables s'étendent à perte de vue; des vapeurs pestilentielles passent sur cette contrée maudite. On est arrivé à la région des marais. Cette région commence immédiatement au-dessus du confluent du Sobat, à peu près sous le 9e parallèle; elle prend bientôt après son caractère le plus intense aux approches d'un lac que forme le fleuve et que les Arabes du Soudan appellent le Bahr el-Ghazal, et elle se maintient ainsi sur une longueur de plus de 40 lieues, jusqu'au 7e de latitude. On comprend donc que les tribus du nord, chez lesquelles s'arrêtèrent les centurions, n'aient pu dire jusqu'où se prolongeait dans le sud cette suite infinie de marécages, que la saison des pluies transforme périodiquement en une vaste mer; l'on comprend aussi que la recherche des explorateurs romains ait dû s'arrêter devant la difficulté et les dangers de cette partie du fleuve [1]. » Cet avis est plausible et il peut être accepté, mais il n'est établi par aucune démonstration sérieuse. Plusieurs incertitudes nous arrêtent; elles nous sont inspirées par des textes mêmes de Sénèque et de Pline, et nous soumettrons aux lecteurs les scrupules qui nous empêchent de croire ici la question complètement résolue.

Parmi les tribus nommées par Pline se trouvent les Olabi, dans lesquels M. Vivien de Saint-Martin voit avec raison les Elliab [2]. Pline leur donne, comme aux Syrbotæ, une taille de géant, huit coudées. Dans son exagération même, ceci rappelle un fait qui a frappé, durant ces derniers temps, tous les explorateurs du haut Nil, la stature colossale des populations de l'extrême sud. Les hommes de 6 et de 7 pieds y sont assez ordinaires, surtout chez les Elliab, les Tchirs et les Baris qui se succèdent sur les bords du Nil Blanc, au sud de la région des marais. Nous nous demandons avec surprise comment Pline les a connus. Pline désigne « entre le Nil et les montagnes, » les Symbari et les Paluogges [3]. M. Vivien de Saint-Martin rapporte ces noms aux Baris, aujourd'hui le peuple le plus considérable du Nil supérieur, ou aux Berris, tribu plus orientale. Les Paluogges se retrouvent dans les Poloudgs plus au sud encore, sur lesquels M. Brun-Rollet, cité par notre habile géographe, a eu des renseignements, en 1851, parmi les Baris [4]. Comment Pline les a-t-il connus? Car enfin mieux encore que les Olabi ou les Syrbotæ, ils appartiennent au sud de la région des marais. Le savant écrivain semble avoir pressenti l'objection. « Bien que les explorateurs romains se fussent arrêtés à l'entrée des marais, dit-il [5], on comprend d'autant mieux qu'ils aient pu recueillir des informa-

<hr>

1 Voy. le Nord de l'Afrique, p. 166-167.
2 Id., ibid., p. 174.
3 Hist. Natur., VI, 35.
4 Cf. Bulletin de la Société de géographie, t. III, p. 350, et le Nord de l'Afrique, p. 174.
5 Le Nord de l'Afrique, p. 174.

tions sur des tribus méridionales, qu'une grande partie des habitants des bords du fleuve, au N. comme au S. de la région des marais, sont des populations de même race et de même langue. » Nous l'accordons sans peine ; mais dans ce cas il est difficile d'admettre que ceux du nord ne sussent pas où était la limite des marais, où commençait le pays occupé par leurs frères du sud ; et s'ils ont pu donner des renseignements sur les peuplades méridionales, pourquoi n'en eussent-ils pas aussi pu donner sur la région qu'ils habitaient ? N'est-il pas plus simple de croire que les émissaires de Néron dont les rapports instruisirent les deux naturalistes romains, avaient passé plus avant leur voyage et complété par eux-mêmes leur enquête ? Pourquoi une troupe de soldats bien conduite et pleine de cœur, n'eût-elle pas franchi des marais que Sélim Bimbaschi franchit en 1839, lorsqu'à la tête de ses Égyptiens, il passa jusqu'au 6e parallèle. L'expédition de 1840 atteignit le 4e degré. Speke n'a-t-il pas eu à les traverser aussi, lorsqu'il revint par Gondokoro, de sa grande découverte ? L'on ne voit pas nettement pourquoi ils eussent arrêté une troupe romaine, secondée par le roi d'Éthiopie et par ses alliés.

Les textes de Pline et de Sénèque ne signalent que des déserts et des embarras que l'industrie des prétoriens a dû surmonter, et ils ne semblaient sans doute invincibles qu'aux plus timorés des indigènes. M. Vivien de Saint-Martin porte plus loin ses réflexions, comme si au fond de son intelligence il avait en lui-même quelque doute sur son assertion principale ; il déclare que Pline, outre les renseignements fournis par les explorateurs de Néron, avait sans doute consulté d'autres récits de voyageurs dont quelques-uns étaient allés très-loin au-dessus de Méroé. Ceci encore est possible ; mais pourquoi l'expédition qu'il signale ne lui eût-elle pas fourni directement et spécialement les informations qu'elle était chargée de recueillir ? En admettant que Pline ait pu les recevoir de plusieurs mains, la région des marais n'était donc pas, au temps de Néron, un obstacle si formidable, puisque d'autres voyageurs, plus isolés sans doute et moins soutenus par de puissants auxiliaires, avaient pu fournir aussi des détails à l'érudition romaine. Le fait en lui-même ne saurait être contesté. Strabon, parlant des crues du Nil, disait vingt ans au moins avant l'exploration dont il s'agit : « Les anciens n'ont guère su que par conjecture, *mais les modernes ont appris en allant sur les lieux*, que les inondations du Nil sont dues aux pluies d'été qui tombent en abondance dans l'Éthiopie supérieure, principalement dans les montagnes les plus reculées [1]. » Ainsi donc les émissaires de Néron ont pu recueillir eux-mêmes et sur place les détails ethnographiques et les notions de géographie dont Pline et Sénèque se sont emparés ; ils ont pu pénétrer chez les Baris, dans le pays desquels se trouve Gondokoro, au 5e parallèle ; et parvenus à ce point, quelles raisons auraient fait reculer les vaillants légionnaires de Rome, avant l'entière exécution de leur mandat ? De Gondokoro, ils avaient à peine deux degrés à franchir pour atteindre le lac Luta-Nzigé, l'Albert N'yanza de Baker, dont l'exploration partielle toute récente a rendu la Grande-Bretagne si justement orgueilleuse. Nulle part la limite de leur voyage n'est déclarée avec précision ; nulle part nous ne trouvons signalé le nombre de stades parcourus par les prétoriens ; autrement, en comparant la mesure des distances à celle que constatent les itinéraires de Speke ou de Baker, nous aurions pu savoir si, avant ces derniers explorateurs, les lacs d'où ils font sortir le Nil, le Luta-Nzigé tout au moins, avaient été aperçus par les officiers romains. Il y a dans le récit de Sénèque un détail que M. Vivien de Saint-Martin a traduit, mais qu'il ne discute pas, et qui est de nature à éclairer la matière. Après avoir parlé des difficultés que présente la région des marais : « Là, continuent les émissaires, nous avons vu deux rochers d'où tombait un grand fleuve. » Puis Sénèque ne s'occupe plus des centurions, et développe ses ingénieuses spéculations sur l'origine des fleuves. « Ibi vidimus duas petras ex quibus ingens « vis fluminis excidebat. » Quels étaient ces deux rochers ? Lorsque les officiers ro-

---

[1] Cf. Strabon, livre XVII, p. 789.

mains disent, « ibi vidimus, » ne sommes-nous pas en droit d'admettre une lacune ou une inadvertance tout au moins dans la reproduction de leur langage par Sénèque ? N'y a-t-il pas une sorte de contradiction entre la peinture qu'ils viennent de faire de ces eaux bourbeuses, de ces marais croupissants et le spectacle de cette double cataracte par laquelle un fleuve s'écroule ? Évidemment il y a un espace voilé pour nous entre ces deux parties de la déposition ; Sénèque a brusqué son récit pour en revenir plus vite à sa théorie privilégiée. Quant aux deux rochers d'où tombe un grand fleuve, nous ignorons où ils se trouvent ; des esprits un peu hardis pourraient être tentés de les contempler avec Baker sur la rive occidentale du lac ; peut-être les centurions de Sénèque les virent-ils de plus près que le courageux chercheur des temps modernes : « A l'aide d'une lunette d'approche, dit le géographe de l'Albert N'yanza, je pus distinguer deux grandes cascades coupant de leurs lignes blanches les flancs des montagnes sur le rivage opposé. Bien que cette haute chaîne se profilât nettement sur le bleu du ciel, et que des ombres profondes y annonçassent des ravins considérables, je ne pouvais distinguer que les deux grandes cataractes semblables à des filets d'argent... Le chef m'assura que de grands canots avaient traversé d'un bord à l'autre du lac, mais que ce voyage prenait trois ou quatre jours... Les deux cataractes que l'on aperçoit au télescope sur les flancs des montagnes Bleues ou monts de la rive gauche, doivent être des cours d'eau fort importants, car sans cela il serait impossible de les distinguer à une distance aussi grande que cinquante ou soixante milles » (l'*Albert N'yanza*, p. 311 à 313). Mais si, en repoussant cette hypothèse, on aime mieux rester en arrière et arrêter les légionnaires de Rome devant quelque cataracte du pays de Madi, celle que M. Brun-Rollet, par exemple, aperçut le premier en 1851, toujours est-il qu'aucune indication complète et décisive n'oblige de les confiner à l'entrée de la région des marais, et que plusieurs circonstances nous déterminent à la leur faire franchir. Cependant le défaut de relations détaillées, l'absence de toute suite dans les explorations ne nous permettent de rien affirmer en une matière aussi obscure. Nous ne connaissons réellement pas le point où les légionnaires se sont arrêtés. Laissons à Baker l'honneur que réclame ce vaillant athlète de la science, d'avoir pu avant aucun autre Européen promener ses regards sur ce magnifique réservoir de toutes les eaux du Nil supérieur ; laissons à l'Angleterre tous les motifs d'un légitime triomphe pour une découverte très-réelle si elle est la première, très-réelle encore si elle n'est que la seconde dans l'ordre des temps, puisqu'après deux mille ans d'oubli, elle est rentrée par eux dans le domaine de l'intelligence. Admettons que les Romains aient vu autre chose. Sénèque ne retire de leur voyage qu'une flatterie à l'adresse de Néron, qu'un récit écourté, et ce corollaire que le Nil sort des entrailles de la terre par une sorte d'éruption, soit que le point observé le montre à la lumière pour la première fois, soit que plongé auparavant dans les abîmes, il en rejaillisse alors de nouveau 1.

Mais si les sources du Nil n'ont pas été vues dès ce moment par les Romains, un texte assez curieux de Ptolémée devait bientôt en fixer l'emplacement véritable, et c'est en suivant avec un héroïsme plein de grandeur les indications qu'il lui fournissait, que Speke, à la grande gloire de sa patrie, fit la découverte du Victoria

1 Il n'est même pas entièrement démontré à nos yeux qu'il s'agisse précisément dans Sénèque des marais dont parle M. Vivien de Saint-Martin, et qui ont été tant de fois franchis. Il n'y a rien dans la narration du philosophe qui ne soit exactement dans la description d'autres lieux dont parle Baker. A la pointe septentrionale de l'Albert N'yanza, aux lieux où le fleuve écroulé par la cataracte de Karouma et plusieurs autres, est venu enfin par une pente insensible se perdre dans les herbes et les épais détritus, à travers lesquels il s'écoule en silence vers le nord, sans plus perdre sa forme, Baker a vu ces terrains perfides, qui appartiennent au règne des eaux et à notre sol, et où ni piéton ni barque ne sauraient pénétrer. Des hauteurs du même lac, près du village de Vacoria, d'un escarpement de 1,500 pieds, il a contemplé de loin, sur les flancs de la rive opposée, deux cataractes.

Nyanza. Pour l'exposition des données nouvelles fournies par Ptolémée, nous n'avons plus qu'à suivre pas à pas l'admirable ouvrage de M. Vivien de Saint-Martin.

Avec Ptolémée, les sources du vrai Nil sont directement au sud. Quatre cents ans avant Ptolémée, le judicieux Ératosthène que Strabon a suivi et qui décrit avec tant d'exactitude les tributaires du Nil à la pointe du Sennaar et plus au nord, avait déjà déclaré que le grand courant du Nil, le corps du fleuve descend directement du sud, où il sort de certains lacs [1]. Il savait aussi que le Nil Bleu, le bras oriental, s'échappe également d'un lac ; mais Ptolémée mesure et précise la distance. Au sud de la ligne équatoriale, à une distance qu'il croit être considérable, il y a, selon lui, une chaîne de montagnes qui se développe de l'est à l'ouest sur une étendue de dix degrés, les montagnes de la Lune (Σελήνης ὄρος). Elles sont couvertes de neiges et les eaux qui en découlent vont se réunir dans deux lacs appelés *lacs du Nil* : ἀφ' ὧν ὑπολήγουσιν τὰς χήνας οἱ τοῦ Νείλου λίμναι [2]. Ces lacs sont situés presque sous le même parallèle, à un assez grand intervalle, celui de l'est un peu plus au midi que celui de l'ouest. De chacun de ces lacs sort une rivière, et ces deux rivières vont se réunir pour former le grand bras du Nil.

A qui Ptolémée doit-il ces informations ? Lui-même nous l'apprend dans ses Prolégomènes. Son autorité est Marin de Tyr, qui vivait trente ans avant Ptolémée, à la fin du premier siècle de l'ère chrétienne ou au commencement du deuxième. Quant à Marin de Tyr, il avait eu recours sans intermédiaire à l'une de ces relations, alors toutes récentes, des navigateurs grecs de l'Égypte qui fréquentaient les côtes de l'Afrique entre le cap des Aromates et le promontoire de Prasum. Un navigateur, nommé Diogène, disait Marin de Tyr, avait été poussé, à son retour de l'Inde, par les vents réguliers du nord, en vingt-cinq jours, jusqu'à une petite distance du promontoire Rhaptum (au fond du golfe de Zanzibar) et des lacs d'où sort le Nil [3]. D'après ces renseignements, Marin de Tyr s'était flatté de pouvoir tracer le cours du Nil conformément à la vérité, depuis ces lacs où pour la première fois le fleuve se manifeste, et de le suivre dans sa marche du sud au nord jusqu'à Méroé. Il ne faudrait pas prendre ce texte trop à la lettre ; il nous forcerait d'admettre que les *lacs du Nil* sont voisins de Rhapta et près de la côte. Marin aura mal rapporté les paroles de Diogène, ou Ptolémée celles de Marin ; peut-être aussi le navigateur a-t-il mal saisi les informations arabes. Les indigènes avaient sans doute appris à Diogène qu'à la hauteur du lieu où il se trouvait, il y avait des lacs qui recevaient les eaux de grandes montagnes neigeuses et que de ces lacs sortaient des rivières qui allaient former le Nil de Méroé.

« Personne n'ignore, continue M. Vivien de Saint-Martin dont nous résumons les doctrines, souvent avec ses propres expressions, que la région équatoriale de l'Afrique était restée jusqu'à ces derniers temps, la partie la moins connue de tout le continent. C'est dans cette zone inexplorée que se déploie le réseau de rivières, indubitablement très-nombreuses, qui forme la tête du Nil ; là doit se trouver ou une région élevée ou un système de montagnes qui domine et alimente ces parties supérieures de l'immense bassin [4]. » Depuis une trentaine d'années, les voyageurs modernes ont confirmé la plupart des indications de Ptolémée ; son unique erreur porte sur la latitude des montagnes de la Lune qu'il avance de 12 degrés trop au midi [5].

Voilà donc enfin les sources du Nil placées dans la région équatoriale, au sud de

<hr>

1 Cf. Strabon, XVII, p. 786.
2 Ptolémée, IV, 8.
3 Cf. ibid., I, 9.
4 *Le Nord de l'Afrique*, p. 480.
5 M. Vivien de Saint-Martin (p. 457-459) explique l'erreur de Ptolémée sur la latitude des montagnes de la Lune. L'unique notion de ces montagnes avait été recueillie par un navigateur grec de l'Égypte pendant une relâche forcée vers l'entrée du golfe de Zanzibar, un peu au N. de Rhapta. Ptolémée a pu se croire autorisé à marquer les lacs du Nil, sous le parallèle même de Rhapta (7° de latit. austr.) et à porter les montagnes de la Lune à quelques degrés encore plus

l'Égypte. Ainsi par l'expérience on arrivait au vrai des choses. Le fond de l'Orient, les extrémités occidentales de l'Éthiopie, les sommets de l'Atlas, les profondeurs inconnues du Midi, avaient été tour à tour le berceau du fleuve enfant. Quelquefois on le faisait couler longtemps sous terre avant qu'il fît éruption au jour. On le promenait sous le lit de l'Océan, sous le sable des déserts. Un homme pratique et observateur, un commerçant, un matelot fit la vérité. Jusque-là les sources du Nil étaient pure imagination. L'inconnu est intolérable; on s'en débarrasse par la conjecture, par le rêve. L'esprit humain donne aux peuples qu'il n'a jamais vus une taille et des formes étranges; il crée des géants; il crée les pygmées incapables de résister même aux oiseaux; il exagère le réel; à des hommes que la renommée a déclarés difformes, la légende met bientôt la tête sur la poitrine; il est question de peuples sans nez, d'autres sans bouche ou sans langue; ou bien elle prête à leur dialecte grossier le bruit strident des chauves-souris. L'antiquité n'a rien connu en Afrique au delà de la lisière du Sahara; le Soudan lui est complètement étranger; elle le supprime avec toute l'Afrique australe, et du golfe de Zanzibar à l'île Cherbro, sur une longue ligne méridionale elle fait rouler l'Océan où elle abîme de si vastes espaces avec leurs immenses populations. De même pour les sources et la direction du Nil, cent hypothèses fantastiques devancent le fait réel, l'observation positive [1].

Est-il étonnant qu'avec ce goût des conjectures, les anciens aient aussi expliqué les crues du Nil par des raisons si diverses? Le refoulement des eaux par la puissance des vents étésiens (c'était l'opinion de Thalès), la fonte des neiges, les pluies excessives des régions intertropicales ont été tour à tour, aux yeux des géographes, la cause des débordements du fleuve. C'est plus particulièrement entre les deux dernières opinions que se produit le débat. Ici, comme souvent ailleurs, la plus haute sagesse appartient à la plus haute antiquité. Le vieux poëte Eschyle, contemporain d'Hérodote et qui plusieurs fois a parlé du Nil avec une curieuse exactitude, qui décrit une de ses cataractes [2], qui nomme le « Marais fécondant des Éthiopiens[3] », désigne aussi les deux causes d'accroissement pour le Nil, entre lesquelles se partagent la plupart des géographes et des historiens de la Grèce et de Rome; il nomme à la fois les pluies tropicales et la neige des montagnes :

> [illegible Greek verse, 7 lines][4]

au midi. Cette méprise avançait de 12° trop au S. les sources du grand fleuve, et par suite, le lac Coloé (Tzana, d'où sort l'Astapus (Nil Bleu) a subi un déplacement analogue; il a été porté sous l'équateur même, au lieu de 12° de latitude boréale, où il est réellement.

1 Malgré les développements de cette note, nous n'avons pu présenter ici qu'un résumé très-incomplet des découvertes de l'antiquité relatives au Nil. Ceux de mes lecteurs qui, après avoir consulté le beau travail qui nous a servi de flambeau, désireraient sur cette matière quelques éclaircissements détaillés peuvent interroger encore avec fruit deux excellentes études de d'Anville, dans les *Mémoires de l'Académie des inscriptions et belles-lettres*, t. XXVI. L'un distingue avec justesse, contre certaines assertions de l'antiquité, le Nil Blanc du Nil Bleu et des autres affluents qu'il reçoit en formant l'île de Méroé (p. 46-63). L'autre (p. 64-81), moins exact et habilement corrigé par M. Vivien de Saint-Martin, concerne les différentes rivières de l'Afrique intérieure, dont les anciens composaient quelquefois le vaste cours, souvent interrompu de 53, depuis les pentes occidentales de l'Atlas.

2 Cf. *Prométhée enchaîné*, v. 807-813.

3 Voyez *Prométhée délié*, collection Didot, fragm. 67, p. 191.

4 Athénée, Coll. Didot, fragm. 199, p. 210.

Comment ces notions étaient-elles arrivées en Grèce cinq cents ans avant l'ère chrétienne ? c'est ce qu'il est assez difficile d'expliquer. Hérodote[1] se rit beaucoup de l'opinion qui rapporte à la fonte des neiges la crue du Nil. Comment ses eaux pourraient-elles voir des neiges, dit-il, lui qui coule de la Libye, par le milieu de l'Éthiopie et sort de là en Égypte ; il vient d'un pays très-chaud dans un autre qui l'est moins. Hérodote eût appris avec surprise l'existence des glaces éternelles du Kénia et du Kilimandjaro ; il admettait peu sans doute que les neiges permanentes tinssent à la latitude des climats. Aussi expliquait-il les progrès périodiques du Nil par les pluies excessives, dont une portion seulement, disait-il, était pompée par le soleil[2]. L'expression même d'Hérodote ne peut s'éclaircir pour nous que par cette doctrine bizarre, adoptée par les anciens, mais sévèrement condamnée par Aristote, que les eaux attirées par le soleil servaient à son alimentation[3]. Sauf une erreur de détail, nous voyons donc que chez Hérodote, et en cela il ne se trompe guère, l'abondance des pluies dans la Haute-Égypte et dans l'Éthiopie est la cause principale des accroissements du Nil[4]. Strabon les attribue aussi aux pluies d'été qui tombent avec abondance dans l'Éthiopie supérieure, principalement dans les montagnes les plus reculées[5]. Les eaux, dit-il, commencent à s'abaisser peu à peu, lorsque ces pluies ont cessé. Parmi les causes de la crue du Nil, Pomponius Méla[6] cite la fonte des neiges sur les hautes montagnes de l'Éthiopie, ce qui paraissait si étrange à Hérodote, et cette opinion du géographe latin est restée, nous l'avons vu, celle de Ptolémée. Sénèque cependant l'avait combattue dans la personne du philosophe Anaxagoras[7], qui l'avait sans doute reçue d'Eschyle et transmise à Euripide son disciple[8], et Sénèque se fondait avec aussi peu de droit qu'Hérodote sur la chaleur excessive de l'Éthiopie inconciliable à ses yeux avec toute idée de neige. Nous omettons ici une foule de noms propres ; ceux de nos lecteurs qui voudraient compléter cet historique pourront consulter Diodore de Sicile qui énumère fort au long tous les avis des philosophes et des naturalistes sur les crues du Nil[9]. Ra-

---

[1] Cf. Lib. II, 22.

[2] Cf. ibid., chap. XXV.

[3] Cf. Larcher sur Hérodote, t. I, p. 303.

[4] L'on a voulu faire remonter jusqu'à Homère l'opinion d'Hérodote ; mais l'épithète de διιπετής qu'Homère (Odyssée, Δ', 581) donne au Nil ne suppose pas une doctrine précise du vieux poète et conforme à celle de l'historien. Nous voyons la même épithète appliquée par Homère à d'autres fleuves, au Xanthe (Cf. Iliade, Φ', 268), au Sperchius (Iliade, Π', 174).

[5] Cf. traduction française, t. V, p. 322 ; édit. Xylander, p. 917.

[6] Cf. De orbis situ, édit. de Bâle, 1530, p. 144-163.

[7] Voyez Quaest. Natur., V, 2.

[8] Cf. Euripid., Hélène, édit. Boissonade, v. 1-3 :

« Νείλου μὲν αἵδε καλλιπάρθενοι ῥοαί,
Ὃς ἀντὶ δίας ψακάδος Αἰγύπτου πέδον,
Λευκῆς τακείσης χιόνος ὑγραίνει γύας. »

Ramusio dans sa lettre à Fracastoro (p. 363, r°) traduit d'autres vers d'Euripide, sans citer la pièce d'où il les tire ; mais il lui fait dire, pour le même débat géographique, en beaux vers italiens :

« La bell' acqua lasciando
Del fiume Nil, che dalla terra scorre
D' huomini neri, ed all' hor gonfia l' onde
Che d' Ethiopia si struggon le nevi. »

[9] Cf. Diodor Sicul., lib. I, 37 et 38.
Diodore, qui expose l'opinion de tant d'écrivains, n'avait lui-même sur le Nil que des vues fort incertaines. Il croyait que le Nil venait du fond de l'Éthiopie, de S. au N., de lieux dont la chaleur repousse l'homme. Il avoue que l'on ne peut avoir sur la source du Nil que des conjectures, qu'aucun de ceux qui en parlent, ne dit l'avoir vue, ni ne déclare la connaître sur le récit de personnes qui affirment l'avoir vue de leurs yeux (I, 37 ; coll. Didot, t. I, p. 30) ; et il rapporte

musio résume leurs doctrines diverses dans sa lettre à Fracastoro, insérée au recueil
« delle navigationi 1 » ; et Fracastoro dans sa Réponse 2, discute toutes ces opinions,
et établit nettement que les pluies tropicales sont la seule cause véritable et sérieuse
de l'inondation qui se produit en même temps dans la vallée du Nil et dans celle
du Niger ; non pas qu'il faille pour cela supposer entre eux (réservons cette matière), la moindre communication, mais les deux fleuves reçoivent à la même époque
le tribut de toutes les pluies équinoxiales ; à 6 et 7 degrés et même 12 de l'équateur, elles sont continuelles durant le solstice d'été 3.

La récente découverte de vastes sommets couverts de neige sous les premiers
degrés de l'équateur n'est pas de nature à infirmer cette théorie. Les glaciers donnent au fleuve sa naissance, les pluies lui donnent ses débordements.

Nous devons à présent jeter un coup d'œil rapide sur les découvertes mêmes
qui ont presque fixé désormais les sources du Nil, du Bahr-el-Abyad. C'est l'annexe
inévitable de tout ce qui précède et elle répand une vive lumière sur les informations de Ptolémée. M. Vivien de Saint-Martin est encore sur ce point notre guide
précieux.

Le vaste bassin d'où s'épanchent les eaux du Nil, semble fermé à l'est par le
Kénia et le Kilimandjaro, au sud par les montagnes de la Lune que les Arabes appellent Djébel-al-Quâmer ; à l'ouest le problème n'est pas encore résolu.

Portons-nous tour à tour dans ces trois directions.

Les premières découvertes sérieuses à l'est appartiennent à deux missionnaires
anglais, MM. Rebmann et Krapf ; Mombaz fut leur centre de recherches. Ce n'est
pas qu'avant eux de belles tentatives n'eussent été faites déjà, et nous devons d'a-
bord jeter sur elles un coup d'œil rapide. L'initiative éclairée de Mohammed-Aly avait
dirigé une exploration sur le Haut-Nil en 1839. Sélim Bimbaschi, capitaine de frégate
égyptien, conduisit jusqu'au 6° degré de latitude N. quatre cents hommes embarqués
sur huit grands navires armés en guerre. Depuis le 9° il poussa constamment au sud,
sans quitter le grand bras du fleuve. Ce ne fut là, il est vrai, qu'une reconnaissance
toute préparatoire. L'année suivante le vice-roi d'Égypte reprit l'exécution du même
projet. Mais cette fois l'entreprise était vraiment scientifique et placée sous la direction de M. d'Arnaud, habile ingénieur français au service de Mohammed-Aly. Il atteignit 4° 42' N., à peu près sous le méridien de Khartoum, point de départ de cette
double mission. M. d'Arnaud constata l'existence des cours d'eau qui, depuis Khartoum jusqu'à 4° 42' N., viennent déboucher dans le Bahr-el-Abyad. Les résultats de
son voyage sont consignés dans sa grande carte du Bahr-el-Abyad qui n'a pas moins
de 4 mètres d'étendue, et que la société de géographie a publiée en extrait en 1842.
M. d'Arnaud se montrait favorable à la source orientale du grand fleuve ; il avait
reconnu l'embouchure du Baco qu'il appelle le Saubat, et sans se fixer sur la vraie
origine du Nil, il nous apprend qu'il avait entendu parler de trois cours d'eau plus au

(p. 31) la tradition d'Hérodote, suivant laquelle le Nil sort d'un lac dans les vastes pays de l'Éthiopie,
« ἐκ τῆς λίμνης.... διὰ χώρας Αἰθιοπικῆς ἀπικνέεται. »

1 Cf. t. I, p. 262-263, édit. Venise.
2 Cf. ibid., 261-263.
3 C'est à Le Mascrier que M. Vivien de Saint-Martin (p. 142, note 1) attribue l'honneur d'avoir le
premier rapporté nettement aux pluies régulières de la zone torride les crues du Nil (Description de l'Égypte, p. 51. Paris, 1735, in 4°). « Seulement, dit-il, comme on ne connaissait encore
que la branche du Nil qui vient d'Abyssinie (l'Abaï), c'était aux pluies de l'Abyssinie que l'on rat-
tachait exclusivement le débordement du fleuve d'Égypte, ce qui n'est pas entièrement exact. » —
Nous lisons dans Malte-Brun (Géogr. univ., édit. Lavallée, t. VI, p. 5) : « On sait que la saison plu-
vieuse qui dans toute la zone torride, accompagne la présence verticale du soleil, amène des averses
continuelles ; les cieux auparavant enflammés deviennent semblables à une mer aérienne ; les eaux
abondantes qu'ils répandent se rassemblent sur les plateaux de l'intérieur, et y forment d'immenses
flaques aquatiques, des lacs temporaires. Lorsque ces lacs sont arrivés à un assez haut niveau pour
dépasser les bords de leur bassin, ils déversent tout à coup dans les fleuves déjà gonflés, un
énorme volume d'eau... »

sal, et dont l'un, venant de l'est, pouvait bien n'être qu'un simple affluent, mais peut-être aussi la branche primitive [1].

Cette préoccupation de la source orientale du Nil, fortifiée par les renseignements que l'expédition recevait des Baris, se montre à découvert dans l'ouvrage que publia un des compagnons de M. d'Arnaud, le docteur Werne qui a fait le récit du voyage [2] ; cependant, quelque utiles que soient les détails fournis par M. d'Arnaud, de quelque sagacité qu'il ait donné la preuve, le but ne fut pas complétement atteint, et la source du Bahr-el-Azrek était encore la seule qui fût connue et plusieurs fois visitée ; mais c'était de toutes ses origines la plus rapprochée de l'embouchure du fleuve, et il s'agissait de trouver quelle était la source la plus lointaine, la plus abondante du Bahr-el-Abyad.

En 1847, MM. Antoine Abbadie et Arnaud son frère qui, depuis dix années, consacraient leur savoir, leur temps, leur courage et leur fortune à chercher la source du fleuve Blanc, crurent l'avoir découverte en Abyssinie même [3]. Personne n'a mieux décrit que ces vaillants voyageurs la nature et la configuration du sol de l'Abyssinie. Ils ont fort bien tracé le parallélisme des terrains parcourus par le Nil Bleu et par le cours d'eau qu'ils appellent le vrai Nil Blanc. Chacun de ces fleuves, dit M. Antoine Abbadie, forme la frontière en spirale d'une île au milieu d'un continent, et les deux îles continentales dont il parle, sont le Gojam, et la presqu'île de Kafa qui l'enveloppe au sud. Leur point de partage est plus près de l'est que de l'ouest, côté par lequel les spirales s'ouvrent et où, sur des pentes longues et boisées, les fleuves s'alimentent de puissants auxiliaires. Rien ne pouvait mieux nous peindre la forme contournée des affluents abyssins du Bahr-el-Abyad ; et M. Abbadie veut que le fleuve reconnu par lui et son frère enveloppe le Saubat, comme le Saubat lui-même, également issu du pays de Kafa, mais plus à l'ouest, tourne le Nil Bleu. Il l'identifie avec cet affluent principal que M. d'Arnaud fait venir de l'est, plus au midi que le Saubat, et dont la source était restée inconnue. Cette rivière est le Paco, que MM. Abbadie regardent comme le Nil Blanc des Européens. Ils en ont déterminé l'origine dans la forêt de Babya, au pays d'Inarya. L'Inarya est entouré de montagnes que couvrent des bois touffus et possède pour frontière méridionale la forêt vierge dont nous parlons. Babya a paru à ces intrépides explorateurs le digne berceau du plus long fleuve de notre globe. Ils ont choisi comme tête du Nil Blanc le *Gibe* d'Inarya, qui devient d'abord l'Uma de Dawro, et change de nom avec les peuples très-nombreux de ses rives. Le chétif Gibe se compose dans l'intérieur même de la forêt, de trois ruisseaux, le Kabanawa, le plus occidental, Bora et Fintirre. Le Fintirre a sa source dans un marais. La réunion de ces trois filets d'eau, grossis de modestes et silencieux auxiliaires, forme le Gibe. Celui-ci, jusqu'à ce qu'il soit le Nil Blanc, reçoit, selon les territoires qu'il traverse, dix-huit dénominations différentes. Ainsi, c'est d'abord le Bora en amont du Fintirre, puis le Gibe ; dans le bas Inarya, c'est l'Uma ; au pays des Gallas, il s'appelle Bago, puis c'est le Bahr-el-Abyad ; c'est le vrai Nil. Le Gibe naissant passe tout près de Dambi et du village de Saka qui se trouve sur sa rive gauche. La longitude de Saka est de 34° 37′ 51″ ; celle de la source du Nil Blanc est droit au sud de ce village, à quelques minutes près. Sa latitude est à 7° 49′. Sa hauteur approximative 2324 mètres. Tous les affluents qui se trouvent plus à l'ouest, le Godjab même, ont paru à MM. Abbadie inférieurs en importance à la spirale dont l'extrémité se trouve dans la forêt de Babya.

La valeur de la découverte de MM. Abbadie consiste réellement, si nous osons le

[1] Voyez ces détails et d'autres encore d'un grand prix dans les excellentes *Remarques de M. Jomard*, au *Bulletin de la Société de géographie*, t. X, p. 304 et suivantes.

[2] Cf. *Expedition zur Entdeckung der Quellen des Weissen Nil, 1840-1841, von Ferd. Werne*; Berlin, 1848.

[3] Cf. Lettre de M. Antoine d'Abbadie, adressée à M. Daussy, le 10 septembre 1847, et datée de Gol a, Ag' amé (Abyssinie). — *Bulletin de la Société de géographie*, t. IX, p. 97, suiv.

dire, à avoir défini le cours supérieur du Saubat, qui, sous les noms de Telf, de rivière de l'Habesch, est le seul grand courant qui vienne de l'est. M. Beke considère le Saubat comme la partie basse de Godjeb. Mais la tête du fleuve n'est pas le Godjeb (Gojab). Après une comparaison attentive, MM. Abbadie ont reconnu une ampleur beaucoup plus grande au bassin de l'Uma qui continue le Gibe d'Inarya; le Godjeb réduit à ses commencements ne reste lui-même, avec un cours distinct, que jusqu'au lit de l'Uma où il se rend, au sud du mont Bor, et confond ses eaux avec les siennes. Pour accorder à MM. Abbadie toute l'importance qu'ils attribuent à leur belle découverte, il faudrait que leur fleuve, né de la source du Bora, vint déboucher au sud du Saubat, et M. Beke [1] affirme qu'il n'y a au-dessous de lui aucune grande rivière venant de l'est et se réunissant au Nil, si ce n'est le Saubat. Ignace Knoblecher, qui a refait le voyage de M. d'Arnaud et qui a dépassé la limite où il s'était arrêté, donne les mêmes affirmations. Ce n'est donc pas la source du Nil Blanc, c'est la source la plus lointaine du Saubat que nous devons aux deux illustres frères. Du reste, M. Antoine d'Abbadie le déclare, « s'il y a aux environs de Polonch un affluent plus grand que le Paco, il devra étendre sa source à 1° ou 2° de latitude australe pour l'emporter sur le Paco même [2]. » C'est bien réellement aussi ce qui est arrivé. Il nous faut gagner l'équateur, et là pourtant, avec les missionnaires de Mombaz, nous serons loin encore d'atteindre aux limites des explorations modernes. L'établissement de Mombaz n'est pas de vieille date, et ne remonte pas au delà de 1843. Bientôt après commencèrent les courses apostoliques chez les tribus de l'intérieur. En 1848 et en 1849, durant un double voyage chez les Djaggas, au N.-O. de Mombaz, Rebmann fut frappé de l'aspect que présentait à l'horizon une haute montagne, au sommet blanchâtre. Elle lui fut désignée sous le nom de Kilimandjaro (grande montagne). Il crut que cette apparence était due à la présence de neiges permanentes [3]. Un voyage ultérieur du baron van der Decken a pleinement confirmé cette supposition [4]. Rebmann pensait que le Kilimandjaro était situé au 3e parallèle de latitude australe, et à 3 degrés au plus de Mombaz en ligne directe, O.-N.-O. Dans la même année 1849, et une seconde fois en 1851, Krapf se dirigea au nord des Djaggas, vers le pays des Oukambani. Non-seulement il eut occasion de vérifier que les blancheurs aperçues par Rebmann étaient des neiges éternelles, mais il découvrit une autre grande montagne, surmontée aussi d'une coupole de neige, le Kénia, à 2 degrés et demi plus au nord, c'est-à-dire à un demi-degré de latitude australe, et à peu près sous le même méridien que le Kilimandjaro, à 5 degrés de Mombaz Les indigènes appellent encore chacun des deux sommets la montagne Blanche. Krapf apprit d'un marchand de l'Ouembou, pays situé à deux journées au N.-E. de la rivière Dana, qu'au pied du Mont-Kénia (ou Kirenia), il y a un lac d'où sortent trois rivières, le Dana, le Tombiri et le Nsaraddi. Les deux premiers, disait le marchand, s'écoulent vers la mer orientale, mais le Nsaraddi a son cours vers un lac encore plus grand, appelé Baringo, dont on n'atteint l'extrémité qu'après beaucoup de journées de marche. Il comptait cinq journées de l'Ouembou au Kénia et neuf jusqu'au Baringo (grande eau) [5]. Or, les Baris qui habitent au 5e degré N., à 6 degrés N.-O du Kénia, donnent à la partie supérieure de leur fleuve, le Bahr-el-Abyad, le nom de Tombirih, et ils comptent dans la direction du S.-E. une lune de marche jusqu'à son origine; ils disent qu'on arrive

<hr>

1 Cf. *Bulletin de la Société de géographie*, t. X, p. 216.
2 Cf. *ibid.*, t. IX, p. 104-105.
3 Cf. *Church Missionary Intelligencer*, I, p. 448, cité par M. Vivien de Saint-Martin, p. 48.
4 Le baron Van der Decken non-seulement a confirmé l'assertion du missionnaire anglais; il s'éleva lui-même à 16,000 pieds, mesura le plus grand des deux pics du Kilimandjaro et lui trouva une altitude d'au moins 6,800 mètres. Sous cette latitude équatoriale, M. Vivien de Saint-Martin déclare que la permanence des neiges indique une hauteur de 16 à 18,000 pieds pour le moins au-dessus du niveau de la mer.
5 Cf. *Church Missionary Intelligencer*, t. I, 462 et 450, p. 170; t. III, p. 87.

alors à un endroit où le fleuve se partage en quatre bras que l'on traverse n'ayant de l'eau que jusqu'à la cheville [1]. Bien que le Toumbiri qui sort du premier lac formé par les neiges du Kénia aille dans une autre direction, cette communauté de nom et la ressemblance de longueur pour les deux itinéraires, trahissent ici un singulier rapport. Un fleuve Toumbiri s'écoule d'un lac formé par les neiges du mont Kenia ; un Toubirih forme pour les Baris la partie supérieure du Bahr-el-Abyad en remontant jusqu'à ses sources. De là on peut conclure, selon M. Vivien de Saint-Martin, que la source du fleuve Blanc sous le nom de Toubirih est dans la montagne neigeuse du Kenia [2]; que le Kenia appartient à la chaîne des montagnes de la Lune de Ptolémée, que le Baringo est l'un des deux lacs du Nil, selon Ptolémée, son lac oriental. Nous sommes loin de contester la justesse de ce raisonnement ; cependant il faut reconnaître que le missionnaire Krapf appelle Nsaradoi le fleuve qui se dirige vers le Baringo ; mais ces confusions de noms propres sont fréquentes, et les Baris ont pu sous un autre nom songer au même fleuve. D'autre part, Speke parle aussi d'un Baringo ; il le place sous l'équateur même, à l'est du Victoria-N'yanza, et en communication directe avec ce lac immense. De la pointe N.-O. du Baringo, il fait sortir un cours d'eau, qui, sous le nom d'Asua, va se rendre dans l'Abyad, au pays des Baris ; ainsi le Baringo, suivant Speke, ne serait qu'un appendice du Victoria N'yanza ou lac Ukéréwé, et c'est bien plutôt toute la masse des eaux lacustres découvertes par le capitaine qui formerait le lac oriental de Ptolémée. Le géographe d'Alexandrie déclare que l'un des deux lacs, celui de l'est, est un peu plus au midi que celui de l'ouest. Or ceci n'a pas lieu pour le Baringo comparé au lac Ukéréwé, mais bien pour l'Ukéréwé comparé à l'Albert N'yanza. Sur un seul détail Ptolémée nous embarrasse. Il dit que de chacun de ces deux lacs sort une rivière et que ces deux courants se réunissent pour former le Nil. Le Nil sort de l'Ukérewe par les chutes de Ripon ; la cataracte de Karouma et celle de Murchison le conduisent au lac Albert N'yanza (Luta-Nzigé), et c'est de ce lac dont il ne touche que la partie nord qu'il se rend à la Méditerranée. Pour avoir deux rivières et un confluent, il faut regarder comme l'une d'elles l'Asua qui sort de l'Ukéréwé, mais à l'extrémité du Baringo son annexe, et l'autre sera le Nil, échappé du Luta-Nzigé et qui entraîne l'Asua un peu au S. de Madi, presqu'en face des collines de Koko dans le territoire des Baris [3].

Au sud la limite du bassin semble jusqu'à présent être constituée par les montagnes de la Lune (Djebel-al-Qâmar), c'est de ce côté qu'ont eu lieu les belles explorations du capitaine Speke et de Grant. Le premier voyage de Speke et de Burton les conduisit de la côte du Zanguebar (Saouahili), par Kazeh ou Tabora, jusqu'aux bords du lac Tanganyika, c'est-à-dire au centre de l'Afrique australe, entre 27° et 28° de longitude. Là leur déception fut immense. Le cours d'eau qu'ils cherchaient comme la source du Nil, entrait dans la partie septentrionale du lac, au lieu d'en sortir. Lorsqu'ils furent revenus à Kazeh, station intermédiaire entre la côte et le Tanganyika, Speke se dirigea seul vers le nord, et il rencontra les eaux du N'yanza. Il affirme dès lors, sans en avoir encore la démonstration, que du nord de ce lac immense dont les indigènes ne connaissaient pas les limites, sortait le Nil. Burton exprimait sur ce point la plus entière incrédulité. Il n'admettait pas que le fleuve d'Égypte vînt de ce lac, puisque l'expédition du vice-roi, qui pénétra jusqu'à 3° 23' latitude nord, avait placé la source du fleuve sur le versant nord du mont Kénia. Mais la conviction de Speke ne le trompait pas, et le second voyage qu'il entreprit avec son ami Grant lui donna gain de cause. L'expédition égyptienne

[1] Cf. Ferd. Werne, loc. cit., p. 313.
[2] Voyez le Nord de l'Afrique, p. 486.
[3] M. Bete n'admet pas, il est vrai, que la bifurcation de Ptolémée puisse être celle de l'Abyad et du Bahr-el-Azrek (15° 37' lat. N.); mais il la reconnaît dans celle du Saubal et de l'Abyad (3° 2?'). Cf. Bull. de la Soc. de géogr., t. X, p. 315.

avait signalé un affluent; Speke vit sortir du lac le véritable fleuve et le descendit jusqu'aux chutes de Karouma. Il rejoignit encore le fleuve plus loin, mais bien au-dessous du lac Albert, et il ne put vérifier si le Victoria N'yanza recevait à l'est par le Baringo d'autres auxiliaires, ceux-là sans doute que signalent les missionnaires de Mombaz, ni le nombre et la nature même des tributaires que l'Ouest lui donne entre les chutes de Karouma et le lieu où il retrouva le fleuve. Mais la chaîne dont parle Ptolémée, et que ce géographe place au couchant des Éthiopiens anthropophages, Speke la connaissait. C'est à tort que Burton, qui ne l'avait pas accompagné dans sa excursion à l'Ukéréwé, s'exprime en ces termes : « Probablement ses sources du Nil étaient nées dans son cerveau, comme ses montagnes de la Lune avaient surgi sous son crayon »[1]. Speke avait vu de très-loin le mont M'fumbiro, comme un pic au milieu d'autres montagnes ; de là descendent les cours d'eau dont la réunion forme la rivière principale, le Kitangulé qui se déverse dans le lac Victoria (Ukéréwé), sur sa rive occidentale vers 2° latitude australe[2]. Ainsi le Victoria-N'yanza de Speke forme un réservoir élevé, recevant les eaux de l'ouest par le canal collecteur dont nous avons parlé, c'est un des Νειλου Λιμναι, que cite Ptolémée, et il est formé réellement par ces montagnes que Burton croyait imaginaires. « La même chaîne qui alimente le Victoria à l'est, doit verser à l'ouest et au nord les eaux qui tombent dans le lac Albert[3]. » Le lac Albert, qui est plus au nord que le Victoria, est donc le second des deux lacs dont parle le géographe antique. « L'écoulement général du Nil, ajoute M. Baker, est du sud au nord, et comme le lac Albert s'avance beaucoup plus au nord que le lac Victoria, il reçoit le débouché de ce dernier lac, et réunit ainsi les sources du Nil. L'Albert est le grand réservoir, tandis que le Victoria est sa source orientale ; les cours d'eau primitifs qui forment ces deux lacs ont la même origine, et les eaux du Kitangulé, après être tombées dans le Victoria, arrivent finalement au lac Albert, exactement de la même manière que les hautes terres de M'fumbiro et des montagnes Bleues déversent leur contingent immédiatement dans le même lac. Tout le système du Nil, depuis le premier tributaire abyssin, l'Atbara, en latitude boréale 17° 37' jusqu'à l'équateur, présente un écoulement uniforme du sud-est au nord-est, chaque ruisseau suivant cette direction pour arriver au Nil. Le Nil Victoria a la même pente ; car, après avoir pris une direction nord, depuis sa sortie du lac Victoria jusqu'à Karouma (latit. N. 2° 16'), il se détourne soudain vers l'ouest et rencontre le lac Albert à Magungo. Ainsi, si l'on suppose une ligne tirée de Magungo aux cataractes de Ripon sur le lac N'yanza, on trouvera que la pente générale du pays est la même que celle qui est suivie par le Nil Bleu et par ses tributaires, c'est-à-dire du sud-est au nord-ouest[4]. »

Pour compléter les belles études hydrographiques de Speke et de Baker, il reste à explorer le côté occidental de l'Albert-N'yanza d'une part, et de l'autre le côté est du lac Baringo, qui forme au levant l'annexe du Victoria. Nous apprendrons un jour quels cours d'eau fournissent au vaste réservoir oriental du Nil Blanc les montagnes considérables qui, sous l'équateur, donnent des tributaires à l'Atlantique, et d'où viennent ces cataractes que Baker voyait de loin sillonner les flancs de ses montagnes Bleues.

Quoique cette grande œuvre d'investigation géographique ne soit pas achevée, les recherches des modernes ne sont pas moins appuyées sur les dernières notions fournies par les anciens, sur le texte même de Ptolémée. Les explorations de notre xix° siècle ont été plus actives et plus pratiques. Nous n'en avons signalé que

1 *Voyage aux grands lacs de l'Afrique orientale*, p. 529 de la traduction française ; 1862.
2 Voyez Baker, *Découverte de l'Albert-N'yanza*, trad. par Gustave Masson, 1868, p. 342.
3 Cf. Baker, loc. cit.
4 Cf. id., loc. cit., p. 342-343. L'on voit par cette découverte combien il est inutile de chercher ailleurs, avec quelques géographes modernes, les deux lacs dont parle Ptolémée, soit dans l'Ouazaméci ou le N'yassi d'une part, et de l'autre le Tchad, que Ptolémée n'a connus ni par lui-même ni par aucun récit de voyageur.

derniers efforts, sans nous arrêter aux indications d'autres voyageurs aussi éclairés intrépides, auxquels revient encore une si belle part de gloire, avant les dernières et triomphantes conquêtes dues à l'Angleterre. Il est positif que jusqu'à Hunning Speke tout était bien désordonné dans les résultats de la science, comme dans les peintures des vieux poëtes. Speke fait sortir le fleuve sacré du lac Victoria Nyanza, qu'alimentent les eaux du Kitangulé, le grand canal collecteur que la nature a donné aux eaux des montagnes de la Lune, sous les premiers degrés de la latitude australe [1]. Samuel White Baker, suivant les instructions formulées par Speke, découvre le lac Albert-N'yanza, presque aussi vaste que le Victoria, mais dont le niveau est beaucoup plus bas et reçoit à son extrémité nord les eaux du lac supérieur, par une série de cataractes. La dernière que Speke ait atteinte est celle de Karouma, dont il n'a pu mesurer la hauteur. Entre le Nil au-dessus de Karouma et le Nil sorti du lac Albert, la différence supposée par Speke est de 1,000 pieds. Sa hypothèse est vérifiée par Baker et la différence reconnue est de 1,276 pieds. Baker a remonté presque tout le canal connu sous le nom de Murchison au-dessous de la grande chute. Il a pu compléter les données de son devancier [2]. Il a contemplé de ses propres yeux l'immense réservoir que celui-ci ne connaissait que par les récits des naturels, sous le nom de Luta-Nzigé, et dont il ne soupçonnait assurément pas les vastes proportions. C'est donc du nord du lac Albert que sort le véritable Nil. Le cours d'eau qui s'écoule du Victoria-N'yanza et que les dernières cartes désignent sous le nom de canal Somerset jusqu'aux chutes de Karouma, sous celui de canal Murchison depuis les chutes jusqu'au lac Albert, n'est qu'un tronçon de fleuve qui se perd dans la partie septentrionale de ce dernier lac. Mais depuis là, il ne quitte plus son nom jusqu'à la Méditerranée.

Circonscrit de la sorte à l'est par les hauteurs qui le séparent de la mer Rouge et de l'océan Indien, au sud et au sud-ouest par les montagnes de la Lune, l'immense bassin du Nil, reçoit à l'ouest de nouvelles eaux tributaires dont les commencements et la direction ne sont pas encore nettement définis. C'est de ce côté que les limites du fleuve ne sont pas jusqu'ici tracées avec une précision suffisante, et des conclusions précipitées ont mis en rapport des courants fort étrangers les uns aux autres. La conjecture s'est donné carrière. Que de relations n'a-t-on pas prétendu établir entre tous les fleuves et tous les lacs de cet énorme continent et dont la plupart, devant la pratique, sont réduites aujourd'hui à l'état de simples rêves ! Les chaînes de montagnes qui hérissent le plateau africain, leurs hauteurs calculées ont suffi pour faire évanouir ces fantômes. Le Tchad, le Niger, le Zambézi lui-même, sur lequel les voyages de Livingstone ont attiré une si ardente curiosité, appartiendraient à un immense réseau aquatique. Qui sait où pourrait conduire, en remontant aux sources du fleuve austral, la rivière Liambye et le Luapura dont l'origine se relie peut-être au lac découvert par Burton ? Si ce ne sont pas les cours d'eau principaux qui forment alliance, ce sont leurs tributaires ou de simples marigots qui servent de traits d'union. Si une chaîne ou un sol élevé contrarie les hypothèses, il est toujours facile d'y pratiquer une crevasse ; combien de quebradas, ou d'imaginaires dépressions, ou d'ouâdi complaisants et dociles n'a-t-il pas fallu creuser pour mettre le Tchad en intimité avec le grand fleuve de Nigritie, et surtout avec le fleuve des Pharaons ! Comment affirmer dans l'état actuel de la science que des rigoles devenues rivières, que des enfoncements devenus lacs durant les mois de pluies et par la fonte des neiges sur les montagnes élevées, ne joignent pas entre eux les fleuves les plus divergents d'une région aussi étendue et aussi faiblement explorée encore ? Ainsi l'on arrive à croire que des courants mobiles, qu'une partie de l'année fait naître et grossir, que d'autres mois amoindrissent ou dessèchent, que des lacs tantôt gonflés, tantôt réduits, rapprochent les

---

[1] Cf. les *Sources du Nil*, trad. franç., par M. Forgues, 1865, p. 232, suiv.
[2] Cf. *Découverte de l'Albert-N'yanza*, trad. franç., p. 314-317.

sources les plus reculées des fleuves qui ont leur embouchure dans des mers différentes. Peut-être Aristote avait-il raison de déclarer que le Sénégal n'était qu'une branche du Nil!... En géographie, comme dans toutes les sciences de nomenclature et d'observation, la fantaisie est mauvaise conseillère; elle ne produit que ces brumes légères que le premier voyageur dissipe devant ses pas. Le Nil en contact avec le lac Tchad! Oui, l'on avait imaginé un écoulement du lac de Nigritie vers l'Égypte, un Bahr el-Ghazal, qui n'est pas celui du Keïlak, et qui finissait à la vallée du Nil; mais le voyage du major Denham, d'Oudney et de Clapperton (1822-24) a démontré que le lac Tchad, comme le lac Fittré plus au S.-E., n'a pas de déversoir [1]. Loin de là, le lac reçoit des cours d'eau assez considérables et il n'en rend aucun; le Yeou, le Sharry se jettent dans le vaste collecteur; les hautes montagnes primitives que Denham a vues et parcourues au delà du lac Tchad, rendent tout effluent impossible vers le sud; au nord, le lac et ses environs sont trop peu élevés pour qu'un cours d'eau qui s'en écoulerait parvînt au bassin du Nil, et jamais aucun explorateur n'a trouvé la plus petite rivière tombant dans l'Abyad, à gauche, depuis son embouchure occidentale jusqu'à Khartoum, sur un long espace de 785 lieues kilométriques. Les indigènes ont déclaré à M. Werne que le bras occidental du Nil vient de la *Barbarie.* Cela est impossible. Denham et Clapperton ont traversé l'Afrique de la Méditerranée au Tchad, et ils eussent rencontré ce cours d'eau sur leur itinéraire. Ajoutons que le grand fleuve sous la même latitude est beaucoup plus élevé que le lac au-dessus du niveau de la mer. La hauteur du lac est de 920 pieds; à Khartoum, celle du Nil est de 1431 pieds. Il faut donc renoncer à mettre le Tchad en communication avec le Nil Blanc [2]. Cependant au sud du Kordofan et du Darfour, il existe de vastes cours d'eau qui se réunissent en un seul pour se rendre à l'Abyad. M. d'Arnaud a constaté l'existence de ce tributaire, vers 9° 20' de latitude N., et il lui semblait venir de très-loin. Il lui donne le nom de Keïlak [3]. Or en conservant au Nil au-dessus de Khartoum la même pente qu'entre Khartoum et le Delta, celle de 2 pieds, 03, par lieue de 25 au degré (Cf. M. Jomard, *Bulletin de la Société de géographie,* t. IX, p. 274), l'Abyad, à 9°, est élevé de 460 pieds au-dessus de Khartoum, et il est plus impossible que jamais de faire venir du Tchad les eaux du Keïlak. Mais d'où viennent-elles? C'est le problème que M. Fulgence Fresnel s'est appliqué à résoudre. Le savant consul de France à Djedda, reprenant la vieille méthode d'Hérodote, interrogea les pèlerins, lorsqu'il ne pouvait lui-même visiter ces contrées lointaines de l'Afrique centrale; et, s'adressant surtout aux Takrouris, à ceux qui venaient des régions à l'ouest du Darfour, il les questionna avec discrétion, avec habileté, et de leurs dépositions presque identiques, contrôlées par d'autres témoignages de Fôriens et de Fellâhs du Bâré, il tira des corollaires sûrs et instructifs. La grande rivière de l'ouest, le Bahr-el-Ada, Bahr-Keïlak, que les gens du Soudan appellent aussi Bahr-el-Ghazal [4],

---

[1] Ce lac découvert par Denham et Clapperton fit naître aussitôt mille folles théories qui échouent devant ce fait très-simple qu'il ne se décharge par aucun point. Ce sont les gens du Bornou qui l'appellent Tchad. Le vieux géographe arabe Ibn Saïd le nomme lac de Koura ou plutôt des Kouri. Les Kouri sont une peuplade barbare qui occupe le pays de Karka, c'est-à-dire les îles situées à l'extrémité N.-E. du lac.

[2] Cf. M. Jomard, *Bulletin de la Société de géographie,* t. X, p. 309.

[3] « Feu le sultan Abou-Madian, prétendant du Darfour, disait que le Nil reçoit des eaux d'une grande rivière, le Bahr-el-Ada ou Bahr-Keïlak, passant au S. du Darfour; une autre s'y jette après avoir traversé le Fertyt. D'un grand lac situé loin dans le S., à trois mois de distance du Ouâli, et appelé comme le fleuve, Bahr-el-Abyad, sort une rivière qui, selon le sultan Teima, est à quatre mois au S. du Darfour. D'après un Baghermbouy (ainsi que nous le savons par M. Koenig), l'Ambirkey, branche du Goula, coule à huit journées au S. de Baghermé, et se porte au N.-E. vers le Nil. Enfin un voyageur récent M. Pallme, rapporte que le fleuve Blanc coule à travers le Rounga au S. du Darfour. » M. Jomard, *loc. cit.,* p. 307.

[4] Il ne faut pas confondre ce Bahr-el-Ghazal avec la mer *des Gazelles,* immense vallée que M. Fresnel la décrite avec tant de soin (*Bull. de la Soc. de géogr.,* t. XIV, p. 187 et 193). Elle

baigne le Darfour au sud; mais il ne vient pas du Darfour même. Un coup d'œil rapide jeté sur l'orographie assez mystérieuse encore de ces vastes contrées, éclaircira cette matière. Ce sont les montagnes du Rounga qui forment réellement la ligne de partage entre le bassin du Tchâd et celui du Nil. En prolongeant ces montagnes vers l'ouest jusqu'au Djabal Mandara, on achève la circonscription du Tchâd au midi, et on l'achève à l'est en les rattachant du côté du nord au plateau sablonneux et désert qui sépare le Ouadây du Darfour pour aller se joindre au groupe de Wadianga. Le Ouadây, ou Borgou, royaume considérable du Soudan oriental, mais plus au couchant que le Darfour, et à peine connu il y a quelques années, a la pente générale de ses cours d'eau dans la direction de l'ouest. Les montagnes du Rounga, dont la prolongation au nord le protége contre le Darfour, lui versent les tributaires de ses pentes occidentales. Les pentes orientales de la même chaîne envoient leurs eaux à l'Abyad. Les hauteurs du Rounga ne sont séparées du mont Marrah au Darfour que par le Zoum. Ainsi les rivières et torrents du Waday viennent du Rounga qui ne relève ni du Waday ni du Darfour, mais que les Wadayens et les Fôriens exploitent et dévastent les uns comme les autres. Le Zoum a sa source dans la partie N.-O. du Marrah, coule d'abord au S.-O., et plus loin au pied du Djabal Mourni, il s'unit à droite au Bâré, dont la source est au N. du Marrah, mais qui, aussi bien que le Zoum, revient au S. par l'O., en décrivant un plus grand arc. Les deux fleuves, réunis sous le nom de Zoum, coupent à ciel ouvert le Djabal-Mourni chez les Dâdjou de Mandalah. Après avoir percé le Mourni, le Zoum court au S. entre le Rounga à droite et le Toumourkié à gauche; puis entre le Benda et le Baya, où il reçoit l'Ada qui vient de l'ouest. A partir de cette jonction, le Zoum, qui avait jusque-là fait perdre leur nom à tous ses affluents, prend ensemble avec l'Ada celui d'Ileiss ou d'Ilès. L'Ilès continue directement le cours de l'Ada vers l'est et se jette dans le Bahr-el-Abyad, au pays des Dinkas, après avoir arrosé celui des Chelouks. Il y a deux mois de parcours de la source du Zoum dans le Marrah, jusqu'à son confluent avec le Bahr-el-Abyad. Tous les affluents du Zoum, en procédant du N. au S., descendent de la pente occidentale du Marrah. Ainsi toutes les pentes du Djabal Marrah, la totalité du Darfour et les pentes orientales des montagnes du Rounga relèvent du Nil Blanc, tandis que du versant occidental de ces mêmes montagnes viennent les courants qui se déchargent soit dans le Fittré (le Bathaa s'y jette par une large embouchure de 400 yards), soit dans le lac Tchâd, comme l'Oâmm-et-Timân et le Robo, par le fleuve Scharry, dont ils sont d'abord tributaires. La ligne culminante du Rounga peut donc être regardée avec raison comme la ligne de partage des deux bassins du Nil et du Tchâd, et marque leur limite de ce dernier au S.-E. du lac [1].

Voilà jusqu'où le problème si difficile de la source occidentale a été conduit avec prudence et régularité. Mais il faudrait une exploration directe sur l'Ilès et sur les fleuves qui le produisent; il faudrait les remonter avant de fixer son opinion sur la source la plus lointaine du Nil Blanc. Quelle est la source de l'Ada, dont la dépense d'eau est beaucoup plus importante que celle du Zoum?

A cette notion simple et positive, nous devons en joindre une autre encore bien conjecturale, mais à laquelle M. Fulgence Fresnel, par la vivacité de ses peintures, donne un singulier attrait. Il tient compte de cette vieille idée d'Hérodote, que le Nil sort de l'ouest et coupe l'Afrique par le milieu. M. Vivien de Saint-Martin fait aussi grand cas de cette affirmation; il pense que ce fleuve dont parle l'historien

part du Kanem; son origine est au plateau d'Abou-Haschim, au N.-O. de Wâra. Entre la vallée et le Tchâd se trouvent les Tebou-Rôreleh. Le Bahr-el-Ghazal du nord n'a de l'eau à la surface du sol que pendant la saison des pluies, à part quelques mares persistantes. Les Beni-Hacya quittent cette vallée tous les ans et se rapprochent du Fittré ou du Tchâd, pour sauver leur bétail lorsque l'herbe du Bahr-el-Ghazal est torréfiée.

1 Voyez « Mémoire de M. Fulgence Fresnel sur le Waday. » *Bulletin de la Société de géographie*, t. XIII, p. 89-92.

et dont les marchands, intrépides voyageurs à travers tous les obstacles, l'avaient sans doute entretenu, ne peut être qu'une des grandes rivières du Soudan. Le fait est que les géographes arabes ont toujours cru à une communication du Nil et du Djoli-ba. Il y a de vieilles cartes où le fleuve de Tombouktou va sans interruption, sous le nom du Nil, se réunir au fleuve d'Égypte. Ibn-Batoutah, qui écrivait au XIVe siècle (trad. fr. de 1858, t. IV, p. 393 et suiv.), croit que le Djoli-ba descend à Dongolah et en Égypte; mais, en général, les géographes arabes font sortir le Nil égyptien et le Nil du Soudan d'une source commune, d'où les deux fleuves courent en divergeant, l'un à l'ouest, l'autre au nord [1]. Le chef des Fellatahs, le sultan Bello, dans la carte qu'il a tracée du Soudan occidental, a écrit en arabe ces mots le long de la rive gauche du Niger : « Ceci est le Kouâra, le fleuve qui coule en Égypte et qu'on nomme le Nil [2]. » Un Fellatah du Foûta-Tôro, qui avait beaucoup voyagé, que M. Fulgence Fresnel vit à Djeddah, et qui connaissait bien le Djoli-ba jusqu'à son embouchure occidentale, interrogé sur cette carte du sultan Bello, s'écria sans hésiter : « Oui, le Kouâra est un bras, » et il étendit la main vers le N.-O., « le Nil est un autre bras; toute la terre depuis Sokkoto (S.kkitou) jusqu'à Khartoum est une île. » M. Fresnel lui parla encore du Bosson, extrème limite des expéditions les plus aventureuses des Wâdayens dans le sud de l'Afrique et à trois mois de Wâra, leur capitale. Le Fellatah en avait entendu parler. M. Fresnel tira immédiatement de ces déclarations les conséquences suivantes : « Que le Boussô ou Bosson, tout à la fois nom de peuplade et nom de fleuve, se divise en deux cours d'eau : celui de l'ouest est la rivière nommée Tchadda par les frères Lander, laquelle se jette dans le Niger au sud de Kakunda. Le bras oriental est le Bahr-el-Abyad de Khartoum. M. Fresnel suppose qu'il y a un grand lac à l'embranchement; le lac lui-même est appelé Bahr-el-Abyad par les Wâdayens. Cependant M. Fresnel s'en remet à plus ample informé, et comme lui, M. Vivien de Saint-Martin espère que la reconnaissance de la rivière d'Adamaoua (le Bénué, la Tchadda), quand elle sera complétée jusqu'aux sources de ce grand affluent du Kouâra, jettera peut-être de la lumière sur ces notions anciennes. Avec une rare justesse, le consul français de Djeddah fait remarquer qu'une grande difficulté attachée aux informations géographiques, lorsqu'on les recueille de la bouche des Africains, c'est qu'ils ne tiennent pas compte de la direction des cours d'eau. Ainsi, quoique la Tchadda porte au Niger le tribut de ses eaux (ou réciproquement), l'un quelconque des deux fleuves, pris en amont du confluent, peut être pris par eux comme la continuation de l'autre. Ils descendent un courant, puis en remontent un autre, et se disent toujours sur le même *bahr*, parce que, effectivement, il n'y a pas solution de continuité entre les deux cours d'eau [3]. Ainsi, pour peu que les données précédentes soient exactes et abstraction faite des cataractes et des gouffres souterrains, on pourrait aller par eau du Niger en Égypte : 1° en remontant le Niger jusqu'à l'embouchure de la Tchadda; 2° en remontant la Tchadda jusqu'à son embranchement avec le Bahr-el-Abyad, qui, comme elle, sort du Bosson; 3° en descendant le Bahr-el-Abyad jusqu'aux dernières cataractes [4]. Ainsi, toute l'Afrique, au lieu d'être ce bloc épais et compacte que l'on se figure d'ordinaire, serait partagée en deux îles : l'une comprendrait toute l'Afrique septentrionale, celle du centre et de l'ouest, enveloppée dans le cours inférieur du Niger, la Tchadda et l'Abyad; l'autre serait toute l'Afrique au sud et à l'est de cette ligne dessinée par les eaux et séparée désormais de l'Asie par le génie patient et opiniâtre de M. de Lesseps [5].

---

[1] Voyez le *Nord de l'Afrique*, section II, p. 20-22, et la note 2 de la page 21. Les notes mêmes de ce savant ouvrage sont plus d'une fois d'excellentes dissertations critiques.

[2] Cf. Denham and Clapperton, *Travels and discoveries in northern central Africa*, t. II. p. 169.

[3] Cf. *Essai de discussion des documents relatifs au cours supérieur du Nil Blanc*, etc., par M. Fulgence Fresnel, *Bulletin de la Société de géographie*, t. XIV, p. 376, note I.

[4] Voy. *Notes sur les sources du Nil*, par M. Fresnel, loc. cit., t. X, p. 301-302.

[5] Il est inutile d'insister sur le caractère encore purement hypothétique de cette opinion.

Mais sans faire reculer jusqu'au lac de Boussô le bassin du Nil à l'ouest, et en le bornant, à titre provisoire, au Djabal-Marrah, toujours est-il que ni le Mississipi ni le rio des Amazones, avec leurs gigantesques auxiliaires, *co' seguaci sui*, ne se peuvent comparer à ce fleuve auquel envoient comme à leur souverain le tribut de leurs eaux confondues et le lac Dembéa, et la forêt vierge de Babya dans la haute Abyssinie, les sommets aux neiges éternelles du Kénia et du Kilimandjaro, les montagnes de la Lune sous l'équateur et les lacs considérables qu'elles alimentent, les courants du Rouuga oriental et la chaîne d'où le fleuve Zoum s'échappe pour former avec l'Ada, le Bahr d'Ilès. Songez qu'au terme même de l'expédition de découvertes, tentée en 1840, et bien loin encore de tant de sources diverses, il compte déjà depuis la Méditerranée un cours de 1,279 lieues kilométriques ou de 1150 lieues de 25 au degré 1! Combien don Ercilla qui décrit avec tant de poésie le Nil de Dembéa, le petit fleuve accessoire qui inspire tant de commisération au noble Hanning Speke devant le spectacle de sa découverte immortelle, combien le chantre de l'*Araucana* aurait plus raison encore de s'écrier :

> « Destos peñascos asperos pendientes
> Llamados hoy el Monte de la Luna,
> Nacen del Nilo las famosas fuentes ! »

Au moment d'envoyer ces pages à la presse, nous apprenons par les feuilles publiques que M. Samuel Baker vient de quitter Londres à l'appel du vice-roi d'Égypte. Le Khedive lui offre le commandement d'une expédition dans les pays qu'arrose le Nil Blanc. Samuel Baker sera, dit-on, accompagné par une petite armée équipée aux frais d'Ismaïl-pacha et par une flottille de bâtiments de guerre. Le vice-roi a l'intention d'annexer à ses États tout le territoire du Nil Blanc et d'abolir dans ces contrées le commerce des esclaves. L'infatigable voyageur anglais transmettra régulièrement à la Société géographique de Londres le récit des événements qui offriront de l'intérêt au point de vue scientifique. Puisse-t-il éclaircir tout à fait pour l'Europe les notions réelles et rigoureuses, les situations précises que tant d'explorateurs héroïques ont laissées dans une certaine pénombre, compléter les résultats que le gouvernement égyptien n'a pu conquérir encore depuis un demi-siècle, et faire disparaître enfin dans le haut Nil l'affreuse industrie dont gémissent Burton, Speke, Livingstone et avec eux l'humanité entière!

L'important pour nous aujourd'hui serait de savoir, comment la branche orientale du Boussô, va rejoindre ou le cours de l'Abyad, ou le lac découvert et décrit par Baker ; il y a là toute une vaste région trop inconnue pour que la science n'ait pas besoin d'y être précédée par l'exploration hardie et investigatrice mais toute pratique de l'Européen. M. Fresnel comptait pour sa rivière sur le lac Ouniaméri, dont les Arabes avaient appris l'existence au révérend docteur Krapf, « grand lac central de huit journées de longueur, situé à trois mois des côtes est et ouest et par 5° environ de latitude sud » (Cf. Fresnel, « Mémoire sur le Waday, » *Bulletin de la Société de géographie*, t. XIV, p. 169). De ce lac, disaient les Djellabs, sort un fleuve qui va au pays des Blancs ; mais combien les récits des indigènes ne sont-ils pas infidèles ! Ne faisaient-ils pas alimenter le fleuve Scharry par le Tchad dans lequel il se décharge ? Si pour M. Fresnel l'Ouniaméci est le Tanganyika, visité par Burton et Speke au pays de l'Ouniamouéri, cette direction est mal choisie ; le lac n'établit pas la communication du Nil et du Niger, puisque le Tanganyika n'a point d'affluent septentrional comme les Arabes l'avaient prétendu. S'il s'agit du lac Albert, la latitude n'est pas exacte. La nécessité d'une exploration sérieuse et complète est évidente. M. Fresnel dit encore ailleurs (*loc. cit.*, p. 377) : « On peut concevoir cette communication, non-seulement en supposant que la Tchadda sort immédiatement du lac Ounyaméci, mais en admettant, entre elle et ce lac, l'existence de deux marigots tels que ceux qui forment, à l'époque des crues, la jonction du Sénégal avec la Gambie. » Oui certainement, cela peut être ; mais il faut toujours *supposer*, et malgré le savoir et la pénétration singulière de M. Fresnel, malgré son expérience réelle et profonde des hommes et des choses, nous penserons avec lui même comme avec M. Vivien de Saint-Martin, malgré toutes les séductions de la science divinatoire dont quelques esprits supérieurs semblent être investis, qu'il faut attendre les explorateurs. Aussi bien, quand la continuité des eaux fluviales serait démontrée, quand la nature aurait ainsi creusé à travers les terres pour la Méditerranée et l'Atlantique un autre canal de jonction que celui de Gibraltar, le bassin du Nil n'y gagnerait pas de reculer davantage. La pente des eaux entraînées vers l'est serait toujours marquée par une ligne culminante aujourd'hui mal définie encore entre le bassin du Nil et celui peut-être du Congo supérieur (Cf. M. Beke, *Bulletin de la Société de géographie*, t. X, p. 210 et suiv., 1848).

1 Cf. M. Jomard, *De la pente du Nil Blanc* (*Bulletin de la Société de géographie*, t. IX p. 269, note I).

CHANT XXVIII

Sommaire. — Glaura fait à Ercilla le récit de ses tristes destinées. — Fille d'un puissant cacique, elle vivait heureuse, lorsqu'un jeune parent de son père, Fresolano est reçu en hospitalité dans sa demeure. Il s'éprend pour elle d'un fol amour qu'elle repousse avec froideur et dédain. — Comme il lui peignait sa tendresse pour elle, un gros de chrétiens enveloppe la maison, et Fresolano meurt en les combattant. — Glaura ne doit son salut qu'à la fuite. — Elle erre dans les bois sans espérance. — Deux misérables veulent faire d'elle leur proie. Cariolan les voit et leur fait subir le châtiment dû à leur audace. Il devient l'époux de Glaura, mais une rencontre funeste les amène devant une troupe d'Espagnols. Sur les ordres de Cariolano, Glaura cherche un refuge dans la forêt voisine, tandis que le jeune guerrier lutte avec courage contre ses adversaires. Lorsque les bruits du combat se sont apaisés, elle sort de sa retraite et cherche inutilement le héros. Est-il mort ou prisonnier? Elle finit par apprendre que les Espagnols se sont rendus à l'Impériale, qu'ils doivent revenir à Tucapel par Purén; elle essayera, sous un déguisement, de surprendre quelque trace de son mari. Mais, hélas! elle est tombée captive entre les mains d'Ercilla, et il ne lui reste plus qu'à mourir. Elle achevait à peine, que la troupe espagnole est enveloppée dans une embuscade des Araucans, au fond même du défilé de Purén. Un Indien accourt pour sauver Ercilla. C'est l'yanacona du poëte. Celui-ci lui avait accordé la vie à cause de la noble résistance que seul il avait osé faire aux soldats chrétiens. Glaura reconnaît Cariolan. Ercilla leur donne la liberté, et court à la défense des Espagnols. — Le danger était extrême; mais Ercilla, suivi d'une poignée d'hommes audacieux, parvient à gravir les hauteurs. L'ennemi, qui déjà courait au pillage, reconnaît des Espagnols à la crête de la sierra et se voit pris entre deux feux. Il se disperse de toutes parts. — Vaincus, mais chargés de butin, les Indiens sont rudement châtiés par Caupolicán pour l'avidité qui leur a fait perdre la victoire. — Les Espagnols rentrent à Tucapel, avec de grandes pertes, mais en triomphateurs.

I

Celui dont l'existence est libre et tranquille, doit rester cependant sur ses gardes; car la chute est toujours imminente, si l'on ne montre aucun souci du péril. Souvent nous voyons une destinée heureuse se changer en sort déplorable, la liberté en une dure sujétion, et la prospérité en détresse.

II

La Fortune est si variée et si mobile! Bien qu'elle nous apparaisse quelquefois en amie, à peine le bonheur a-t-il frappé à la porte, déjà dans l'intérieur même de la maison le mal nous tourmente, et nous tenons pour chose certaine qu'il n'y a aucune faveur que ne suive un revers. Prions les cieux qu'il ne nous arrive pas, et s'il doit arriver, que légère du moins soit cette peine inévitable.

III

Je le comprends trop, car de ceci j'ai grande expérience [1], il faut toujours craindre le malheur. Les temps joyeux passent en un instant; les heures de tristesse durent et se prolongent jusqu'à la mort; et puisque son exemple justifie ma pensée, écoutez la femme barbare que j'atteignois dans la forêt profonde, comme je l'ai dit, et dont les vêtements annonçaient une personne de haut lignage.

IV

Elle était jeune, grande, bien venue. Son front était noble et ses yeux d'une perfection singulière, son nez accompli, sa bouche vermeille, et ses dents semblaient enchâssées dans le plus fin corail. Elle avait la poitrine large et relevée, les mains délicates, les bras du modèle le plus pur, et sa beauté s'accroissait encore par le charme naturel des traits et du maintien [2].

---

[1] « De acuchillado en esto, » littéralement, « j'ai été assez tailladé pour le savoir. » C'est une métaphore empruntée à la vie militaire. Mais, dans l'usage, la langue espagnole emploie souvent cette locution comme un simple synonyme de « experto, » et Winterling traduit avec une exactitude suffisante :

> « Ich selbst nahm aus Erfahrung wahr
> Dass nie zu trauen sei dem günst'gen Glück. »

[2] Grainville traduit avec aisance, mais en abrégeant un peu : « Sa taille était majestueuse; son front parfaitement dessiné; ses yeux noirs et bien fendus, sa bouche fraîche et vermeille; son maintien noble et ses grâces naturelles ajoutaient encore à ses attraits » (l. c., p. 190).

V

Je voulus savoir pourquoi elle venait seule à travers ce bois sombre et sauvage, avec plus de sécurité que n'en permettaient sa gracieuse figure et sa rare gentillesse, et je la rassurai contre l'effroi qui remplissait son âme. Elle fit alors entendre un soupir qui eût touché et attendri le cœur le plus rebelle et se prit à parler ainsi :

VI

« Je ne sais dans mon infortune si je dois me plaindre ou si je dois remercier le sort et les destins, puisqu'ils m'ouvrent une issue et me donnent un libre passage par lequel il m'est possible de recevoir la mort. Mais cependant si tu veux connaître mon histoire funeste et ces cruelles douleurs [1] auxquelles mon esprit émoussé fait insulte et qu'il ressent moins vivement que je ne devrais [2], sois attentif, je te prie, aux détails que tu vas entendre.

VII

« Mon nom est Glaura. Je naquis, hélas ! dans une heure sinistre [3]. Fille du vaillant cacique Quilacura, du sang illustre

[1] De cette octave d'Ercilla, Grainville n'a conservé que les vers 5, 6 et 8 ; cf. p 191.

[2]   « Que aun le agravia mi poco sentimiento. »

Winterling rend le vers d'Ercilla par un équivalent :

                   « Von dem zerrüttet ist mein Herz. »

L'expression d'Ercilla est un peu étudiée dans son pathétique même. Glaura semble se reprocher de ne pas ressentir assez la vive douleur que lui devrait causer son infortune; elle fait par là injure pour ainsi dire à sa peine, et elle en veut à sa molle sensibilité qui ne lui paraît pas au niveau de ses malheurs. Cette formule de passion, toute espagnole, a échappé au traducteur allemand. Les peuples méridionaux mêlent souvent des raffinements étranges et de singulières fleurs de rhétorique au langage de la tendresse la plus sincère; ne retrouvez-vous pas une certaine subtilité jusque dans l'exaltation passionnée de sainte Thérèse, lorsqu'elle n'éprouve plus qu'un désir, celui de voir disparaître le dernier obstacle qui la sépare du Dieu qu'elle aime, et qu'avec une ardente extase d'amour elle s'écrie : « Je meurs de ne pas mourir ! » Quelque sublime que soit le sentiment qui inspire l'éloquente sainte d'Avila, il nous semble voir un peu de recherche dans la forme.

[3] « En suerte hora aciaga. » *Puerie* trouve son commentaire naturel au 6e vers

de Friso, riche de biens, pauvre de bonheur, j'étais entourée de respects et d'hommages par une foule nombreuse, à cause de ma naissance et de ma vaine beauté. Ah ! douleur ! combien il eût mieux valu pour moi n'être qu'une simple et humble gardienne de troupeaux !

VIII

« Dans la demeure paternelle, je vivais à mon gré, comme unique héritière. Toute sa joie, toutes ses pensées, mon père les mettait à me rendre heureuse. Ma volonté et mes ordres étaient en toute chose obéis comme une loi inviolable, et lorsqu'il s'agissait de contenter mon plaisir et mes goûts, pour moi il ne voyait plus rien de difficile.

IX

« Mais bientôt l'Amour, tyran odieux, qui trouble toute paix, conduisit à dessein, sur notre terre et dans notre maison, Fresolano, jeune héros plein de vigueur et de bravoure. Cousin de mon père infortuné, l'amitié les unissait plus encore que les liens du sang. Quilacura n'avait d'autre volonté que la sienne, et ses biens n'avaient entre eux deux aucun maître exclusif.

X

« Ami dévoué, mon père m'ordonna d'accueillir le guerrier avec faveur, et moi je m'efforçais de bonne foi et avec des soins em-

de la même octave : « pobre de ventura. » Le sens qu'Ercilla donne à cette épithète se reproduit dans l'octave 10e :

« Bien que el estado en que me toca es fuerte. »

Le ton poétique lui-même, « en fuerte hora nacida » est profondément espagnol. Il revient sans cesse dans le *Poema del Cid* :

« El que en buen ora ciñxo espada. » (V. 88.)

« ... En buen ora fuestes nacida. » (V. 70.)

« ... La tienda del que en buen ora nisco. » (V. 202.)

etc.

pressés d'être agréable à notre hôte; mais il abusa bientôt de
mes procédés courtois. Sa fidélité chancela; il outragea les
droits de l'amitié, franchit toute limite et s'élança sur une
route coupable.

XI

« Soit que des relations habituelles l'y poussassent, soit, pour
mieux dire, que mon infortune le voulût ainsi, et sans doute
cette cause a été plus puissante que ma beauté illusoire, l'ingrat, oublieux de l'hospitalité reçue, au mépris de la parenté
qui l'unissait à moi et à mon père son ami, s'éprend de passion
pour ma personne, et cherche le moyen de remédier à sa peine
amoureuse.

XII

« Souvent son maintien et des paroles détournées me découvrirent ses sentiments. Je compris que son vouloir et son désir
criminel franchissaient les bornes prescrites. Mais, hélas! par le
tourment que je souffre moi-même, je vois ce que le malheureux souffrait alors. Je suis enfin arrivée aussi jusqu'au pied
du funeste poteau [1], et quel mal puis-je dire du coupable [2]?

XIII

« Mille fois je le surpris soupirant, les yeux arrêtés sur moi
avec tendresse; ou bien il essayait avec timidité de donner jour
à ses projets audacieux. Moi, j'évitais l'occasion dangereuse, et
par ma gravité, par la réserve de mon langage, le plus sûr
moyen pour réprimer les aveux téméraires, je ruinais son chimérique et trompeur espoir [3].

---

[1]   « ..... He llegado al pié del palo. »

La figure employée ici par don Ercilla est empruntée au stade. Tous les coureurs
engagés dans la carrière arrivent, les uns un peu plus tôt, les autres un peu plus
tard, au terme qu'une loi fatale semble leur désigner à tous. Winterling n'a rendu
que la pensée morale : Die liebe wusste meinen Kaltsinn so zu rächen.

[2] Graiaville substitue aux quatre derniers vers de cette octave les mots suivants :
« Mais dois-je vous dire ce que j'ai tant souffert à entendre? » (p. 192).

[3] Graiaville traduit avec quelques ornements supplémentaires : « Souvent d'un
air soumis et timide il se hasardoit à faire de ces coupables larcins.... Un coup d'œil
sévère lui imposait aussitôt et je trompais son fol espoir » (p. 192).

XIV

« J'étais un jour seule dans mon appartement, loin de craindre aucun acte de hardiesse, lorsqu'il vint se jeter à mes pieds, tout rempli de trouble et de délire. Il me disait en tremblant [1] : «Oh! ma Glaura, la raison et la patience n'ont plus d'empire sur mon âme; je n'ai plus la moindre force capable de résister à l'invincible puissance de l'amour.

XV

« Oui, Señora, sache que dès le premier jour où j'eus la fortune heureuse et la joie de venir en ces lieux, l'amour me mena aux limites extrêmes de cette vie douloureuse et misérable; mais puisque je meurs en t'aimant et par toi, je voudrais savoir si cette mort te cause quelque plaisir; car s'il en est ainsi, je ne connais rien au monde qui puisse m'offrir un égal bonheur [2]. »

XVI

« Je le voyais, à n'en pas douter, résolu à quelque violence et à une action outrageuse ; par prudence, je me dérobai et me mis à distance, et alors, sans plus garder aucune réserve, je lui criai de loin : « Homme pervers, incestueux, déloyal, ingrat, violateur de tous les sentiments de l'amitié et des lois que les proches respectent ! »

---

[1] Winterling ajoute mal à propos : « ...er fasste heftig meine Hand. » Ce détail est déplacé. En l'admettant, il eût fallu nous apprendre aussi quelle fut devant cette témérité l'attitude de Glaura, et comme il était naturel qu'elle dégageât aussitôt sa main et se mît à fuir, la scène racontée devenait impossible.

[2] Grainville traduit : « O J, je meurs pour toi. Je veux connaître si tu partages mes sentiments. Ah ! s'il était vrai !... rien n'égalerait mon bonheur » (p. 193). Ce contre-sens reproduit par Gilibert de Merlhiac (p. 227), a été évité par Winterling qui conserve tout le sentiment romanesque du texte original :

> « Doch da ich sterb' um deinetwillen,
> So sag, ob dir mein Tod gefällt.
> Ist 's so, so kenn' ich nichts in dieser Welt,
> Was mich mit gröss'rer Freud könnt' erfüllen. »

XVII

« Ces paroles et d'autres encore, une soudaine colère me les inspirait, lorsque tout à coup, avec fureur et grand bruit, une troupe chrétienne nous vient assaillir. En escadron serré, elle nous presse, et, tout à l'entour, environne notre haute demeure. Fresolano, sous mes yeux, bondit pour lui opposer une juste et digne résistance :

XVIII

« Altière et impitoyable tigresse, me disait-il, âme barbare et cruelle pour les humains ! Reviens sur tes pas, achève de me percer le cœur, et ne laisse rien à faire aux bandes chrétiennes. Reviens ; ah ! vois se terminer ici ma vie, et, puisque je suis privé de mourir sous tes coups, que je puisse du moins mourir sous les leurs ! Cette destinée, sans doute, sera moins belle, mais elle saura peut-être émouvoir ta pitié [1] »

XIX

« Et furieux, il se jette en aveugle au milieu des rangs ennemis. A l'instant, une balle dans son vol le frappe et traverse sa poitrine nue et brûlante. Il tomba, il pâlit, et d'une voix déjà confuse, il s'écrie encore : « Glaura ! Glaura ! reçois ici mon âme expirante, fatiguée de donner la vie à ce corps infortuné ! »

XX

« Mon père accourt aussitôt au milieu du terrible tumulte, armé, quoique seul, de courage et de confiance. Mais bientôt son flanc est percé d'une pique irritée et fougueuse ; il tombe ;

[1] Graïnville : « La mort que je recevrais de tes mains serait moins glorieuse, elle ne serait pas aussi cruelle de la part de nos ennemis » (p. 193). Cela s'éloigne un peu des sentiments exaltés de l'espagnol. Dans l'élan de sa passion, Fresolano déclare que la plus belle gloire pour lui serait de mourir sous les coups de celle qu'il aime ; mais si cet honneur lui est refusé, et s'il doit succomber sous l'épée d'un chrétien, cette mort du moins attendrira peut-être l'âme de Glaura et lui inspirera quelque pitié pour la victime. Winterling ne s'y est pas trompé.

il reste inanimé et sans couleur. Au milieu de ma misère et de
ma triste fortune, derrière notre demeure, par une porte dérobée, je m'élance plus morte, ce me semblait, que les morts.

XXI

« Troublée, errant çà et là, j'arrivai à une montagne où en
toute hâte je m'enfonçai dans les bois. Je me laissais entraîner
par la Fortune qui m'a toujours guidée vers l'abîme. Aussi,
éperdue et sans suivre aucun sentier, je ne cherchais, malheureuse ! qu'à m'éloigner de nos ennemis, et tel était mon effroi,
que, malgré la vitesse de ma course, il me semblait que mes
pieds ne remuassent pas [1].

XXII

« Mais comme souvent il arrive que fuyant un danger et un
mal présents, on se détermine avec résolution pour un chemin
où l'eau débordée vous enveloppe et vous submerge; ainsi,
infortunée ! il m'advint que pour sauver mon importune existence, d'un mal à un autre, d'accident en accident, je tombai
dans un plus grand péril et une détresse plus affreuse.

XXIII

« J'allais toujours, ô douleur ! courant par les ronces, les
broussailles et les pierres déchirantes. Deçà, delà, tout à l'entour, je portais à chaque pas des regards attentifs, lorsqu'en
traversant un bosquet, je vis deux nègres, chargés de butin,
qui à l'instant où ils m'aperçurent, s'élancèrent aussitôt sur
leur malheureuse proie.

[1] Voici les expressions que Grainville substitue à cette belle peinture : « Au plus
fort du tumulte, je parvins à m'évader et à me cacher dans une montagne. Là,
sans guide, sans connaître aucun chemin, tremblant au moindre bruit, je n'osais
m'éloigner des lieux où m'avait d'abord précipitée la frayeur » (p. 194). Grainville,
sage traducteur, altère ainsi très-souvent la poésie du style chez Ercilla en suppri-
mant les détails. C'est là le défaut général de sa version, mais cette même altération est beaucoup plus grave dans l'étude de Gilibert de Merhliac. Le premier
donne du moins le fond de la pensée et traduit à peu près octave par octave.

XXIV

« Je fus par eux rapidement dépouillée de tous les vêtements que je portais alors. Cependant, hélas ! rien ne m'eût fait de perdre mes vêtements et le jour ; mais l'honneur et la précieuse virginité étaient sur le point de m'être ravis, et tels furent mes cris et mes plaintes que les arbres eux-mêmes étaient émus et s'attendrissaient de pitié [1].

XXV

« Le ciel m'écoute avec faveur. Guidé par ma voix gémissante, Cariolan voit l'audace infâme et l'outrageuse insolence de mes ennemis. Il accourt avec ardeur et me sauve de ce péril extrême : « Misérables chiens, s'écrie-t-il, barbares et traîtres que vous êtes, laissez, laissez cette jeune fille, ou la vie même va vous être arrachée avec elle. »

XXVI

« Aussitôt, ils se jetèrent tous deux sur le guerrier ; mais lui fait partir un trait de son arc, et dans le corps du plus avancé et du plus hardi, la flèche s'enfonce jusqu'aux plumes. Cariolan recule de deux pas avec agilité, et lance contre le second adversaire une autre flèche d'un coup d'œil si précis, et avec tant de justesse, qu'il traverse la route de ce cœur sauvage.

XXVII

« Le nègre tombe mort. Son compagnon cruellement blessé, attaque le vainqueur avec rage et comme un dogue furieux. Mais le guerrier vaillant et habile, consommé dans l'art de la lutte,

[1] Grainville : « Ah! mes gémissements auraient touché les êtres les moins sensibles » (p. 195). Ce que le poëte espagnol nous présente comme une réalité, le traducteur le remplace par une simple hypothèse. Winterling, qui conserve mieux l'image poétique, atténue cependant aussi la hardiesse de la forme espagnole:

« Doch so gross war mein Jammern und mein Schrein
Dass es zu Mitleid Stiche bewegte) thren. »

malgré la haute taille et la force redoutable de son ennemi, appelle à son secours son adresse et sa vigueur, le soulève dans ses bras vers le ciel, et des épaules l'envoie heurter le sol.

XXVIII

« Aussitôt il tire sa dague luisante, et veut avec le tranchant du fer achever le combat. Dans le ventre nu et dans le flanc trois fois il la plonge et trois fois il la retire sanglante. Par ces plaies l'âme du nègre s'enfuit avec rapidité, et Cariolan, affranchi de ce péril, se dirige vers moi d'un air de grande courtoisie, et me demande pardon de sa lenteur.

XXIX

« Il sait me tenir alors un si doux langage, et l'amour accomplit si bien son œuvre dans mon âme, qu'afin d'éviter les propos qui portent blessure à l'honneur et lui laissent une mauvaise empreinte, afin d'échapper, en un mot, aux médisantes rumeurs, sans me montrer toutefois ingrate envers un bienfait reçu dans un danger aussi menaçant, je pris le guerrier pour mon défenseur et pour mon époux [1].

XXX

« Craignant que des soldats n'accourussent, nous nous retirâmes dans l'épaisseur de la forêt, sans aucune trace et loin de tout sentier, longtemps nous marchons égarés. Mais comme le jour penchait à son déclin, nous arrivons, Seigneur, sur les bords du Lauquén [2], où se présenta au même instant une troupe

---

[1] Grainville change tout à fait le caractère de cette octave : « Je lui racontai mes malheurs. L'intérêt qu'il m'inspira, le service qu'il venait de me rendre, la crainte de le payer d'ingratitude, le besoin que j'avais de lui dans des circonstances aussi périlleuses, tout me détermina à me mettre sous sa sauvegarde et à le reconnaître pour mon époux » (p. 198). Le traducteur français a trop négligé ce qui domine dans tout ce passage du texte espagnol, le sentiment de délicatesse féminine qui songe avant tout et toujours à mettre l'honneur à couvert : « Medrosa de andar en opiniones; » — « por evitar mormoraciones, etc. »

[2] *Lauquén* était le nom d'un fleuve et aussi le nom primitif du lac de Villarica. Cf. Bustamante, p. 315, et *supra*, chant XXVII, oct. 50, *note* 1.

d'Espagnols, avec dix Indiens captifs, les mains liées derrière le dos.

XXXI

« Ils nous virent approcher, car le destin s'acharnait sans relâche à nous poursuivre, et se précipitant sur nous en foule : « Arrêtez ! halte ! arrêtez ! » s'écriaient-ils à haute voix. Mais mon jeune époux redoutait plus un outrage pour moi que le trépas pour lui-même. Il me conjure de me réfugier dans la forêt, pendant que, pour les arrêter, il saura mourir[1].

XXXII

« Et aussitôt la frayeur, si capable de bouleverser une pauvre femme irréfléchie, me persuada, en plaçant sous mes yeux les horreurs de la mort et le prix de l'existence. Ainsi, lâche, timide, inconstante, docile aux premiers mouvements de l'effroi, en voyant l'ennemi tout proche, je pénétrai en toute hâte sous la partie la plus sauvage de la forêt épaisse.

XXXIII

« Dans le tronc d'un arbre creusé par le temps et que recouvrait de toutes parts un tissu de ronces et d'épines, je me cachai ; je n'avais plus ni souffle, ni esprits, et c'est à peine si l'effroi me laissait respirer encore. Ce fut de cet asile que j'entendis soudain un vaste bruit qui faisait gémir de près et de loin tout le bocage, un retentissement d'épées, de lances, d'hommes qui se précipitent et qui se battent avec fureur.

XXXIV

« Peu à peu, il me sembla que s'apaisaient le tumulte et les

[1] Grainville prête ces pensées à Glaura elle-même, ce qui lui enlève tout caractère de générosité et laisse sans explication la lutte morale qu'elle décrit ensuite en se reprochant sa faiblesse et sa docilité : « Je craignais plus dans ce nouveau péril mon déshonneur que la mort de Cariolan. Aussi, je me précipite dans la forêt tandis qu'il attaque et combat ceux qui nous poursuivent » (p. 196). Dans Ercilla, le combat n'est pas encore engagé, et c'est du fond de sa retraite que Glaura entend avec épouvante le fracas des armes.

cris dont mon oreille était frappée. La conscience du devoir ranima mon sang que l'effroi avait glacé; je revins à moi-même, et compris toute ma honte, toute la perfidie dont j'étais coupable pour n'avoir pas bravé ensemble avec mon époux, même péril, même trépas, même fortune.

XXXV

« Je m'élançai de la retraite où Dieu aurait dû me laisser ensevelie toute vivante[1], et je courus avec vitesse vers les bords du fleuve où je l'avais abandonné, folle que j'étais! mais lorsque je n'aperçus de lui aucune trace et que je ne vis plus aucun moyen de le découvrir, seule et consternée, tu peux imaginer ce que mon âme ressentit; il était évident qu'il n'avait pu échapper à la captivité ou à la mort.

XXXVI

« En vain désormais sans crainte, je fis retentir ma voix; en vain je reprochais au ciel devenu sourd, son injustice et sa cruauté, et m'écriais : « Où est mon Cariolan? » Partout le silence répondait seul à mes plaintes. Tantôt je m'enfonçais dans les bois, tantôt je parcourais la plaine, et le désespoir qui déchirait mes entrailles avec une croissante violence, ne m'accordait pas un instant de repos.

XXXVII

« Je ne veux pas t'importuner, ni m'affliger davantage en te racontant les angoisses que j'ai souffertes[2]. Je ne savais que faire, ni quelle détermination prendre. Emportée par le délire et par les transports de mon affliction, je courais de toutes parts. Souvent j'étais décidée à me donner la mort; puis je regardais comme une honte et comme un grand crime que la

---

[1] Ce vœu si expressif et si passionné n'est pas conservé par Grainville. Glaura se borne à dire froidement : « Je sortis donc de mon horrible repaire, vivante sépulture » (p. 197).

[2] Cf. Virgile, Én., II, 12-13.

douleur n'eût pas sur moi assez d'action et de pouvoir pour m'ôter la lumière.

XXXVIII

« Livrée à cette peine et à ce trouble extrêmes, combattue par des sentiments opposés, j'hésitai longtemps; mais résolue enfin à chercher toujours mon époux, puisque le désespoir ne m'enlevait pas l'existence, je me dirigeai vers le camp espagnol. La nuit, je me cachais et me tenais à l'écart, pour sauver mon honneur qu'exposent à trop de périls ma jeunesse et la fortune ma constante ennemie.

XXXIX

« J'appris que l'armée chrétienne avait franchi le défilé pour gagner Cautén [1], mais qu'elle ne pouvait éviter de revenir par cet étroit passage. Je me préparai à me rendre secrètement ici, avec la pensée que, déguisée au milieu d'une foule nombreuse, j'entendrais parler, je trouverais quelque trace de celui que le destin sépare de moi.

XL

« Et quelle ressource me reste-t-il désormais, pauvre captive, soumise à l'ordre d'autrui et à une volonté étrangère? Je suis sans doute réservée à des maux plus grands encore, puisque la mort ne vient pas et me refuse ses faveurs. Mais quoique le ciel impitoyable veuille que je vive, il faudra bien pourtant que je termine cette immense douleur. Hélas! quelle que soit la détresse que j'éprouve, je le sens, personne ne peut choisir l'heure de son trépas. »

---

[1] « La vuelta de Cautén » signifie « du côté de Cautén. » Il y a là un idiotisme espagnol bien connu. Le retour, de Cautén à Tucapel, n'est annoncé que dans la seconde partie de la phrase. Winterling a pensé que le mot *vuelta* indiquait le mouvement de retour, et que les vers 3 et 4 de l'octave s'appliquaient seulement à l'étroit passage où Ercilla se trouvait engagé avec les siens. Mais « este paso estrecho » désigne le défilé de Purén qu'il fallait franchir en allant et en revenant d'une forteresse à l'autre. Glaura avait appris le départ des Espagnols de Tucapel; elle va les attendre quand ils reviendront de l'Impériale. L'octave ne nous paraît offrir sous ce rapport aucun motif d'hésitation.

XLI

Ainsi la belle jeune femme contait avec des pleurs ses tristes aventures, lorsque de nombreux barbares qui nous attendaient en embuscade des deux côtés, poussent jusqu'au ciel des cris soudains, occupent les issues et les passages. La multitude croissait à tel point qu'elle semblait naître de l'herbe même qu'elle foulait.

XLII

A l'instant même se présente à moi un Yanacona dont j'étais maître depuis un mois à peine par les droits légitimes de la guerre. Il me dit : « Seigneur, cours au fleuve; je te soustrairai au péril; ce pays m'est connu. Ce serait délire de songer à la résistance contre la foule qui se précipite de la Sierra. Tu peux, seigneur, te fier à ma parole; car tu me verras mourir pour sauver tes jours. »

XLIII

Et moi je tournais la tête vers le jeune homme pour le remercier de son offre et de son bon vouloir, lorsque je vis Glaura s'élancer, toute hors d'elle-même, et s'écrier : « O juste Dieu ! Que vois-je ? Es-tu mon époux bien-aimé ? O ma vie ! je te serre dans mes bras et ne puis le croire ! Qu'est-ce donc ? Est-ce un rêve ? ou suis-je éveillée ? Ah ! faut-il qu'un si grand bonheur soit encore un doute pour moi ! »

XLIV

Étonné d'une telle rencontre, je vis avec une joie égale à ma surprise les tristes plaintes de Glaura terminées par un événement heureux. Ce n'était pas la place de courtoises paroles; le temps ne nous laissait que de courtes et étroites limites. Je leur criai : « Mes amis, adieu ! ce que je puis faire, c'est de vous donner la liberté; je vous l'accorde. »

XLV

Et sans rien offrir ni promettre au delà, je pique mon cheval qui s'élance avec rapidité. Mais quoique les Indiens me pressent de leur attaque, il faut toutefois, ô Felipe, que d'abord tu apprennes ici comment, à l'entrée de la forêt ténébreuse, Cariolan tomba captif entre mes mains, tandis que, craignant de perdre la vie, Glaura se tenait cachée dans un arbre creusé par les ans.

XLVI

Sache donc, monarque sacré, que j'arrivais avec quelques amis et quelques soldats, après avoir marché tout le jour à la recherche de nos ennemis dispersés. Je revenais vers notre camp avec dix prisonniers barbares chargés de chaînes, lorsqu'au pied d'une montagne boisée, à l'issue d'une plaine, nos yeux aperçoivent Cariolan tout près de nous.

XLVII

Aussitôt tous les nôtres se précipitent vers lui, pensant que la peur va lui donner des ailes. Mais avec un grand dédain et un visage fier, il prépare son arc et se tient immobile; et quand ils furent à sa portée, il frappe d'une main sûre Francisco Osorio et Acebedo. Puis, il saisit sa dague et se dépouille d'un long manteau qu'il roule autour de son bras.

XLVIII

Telle fut l'agilité, telle fut l'adresse du téméraire et barbare Araucan, que toute la troupe de nos guerriers fut incapable de le faire reculer d'un seul pas dans la plaine. Il bondissait tantôt d'un côté, tantôt de l'autre; si bien que tous les coups tombaient en vain : les uns, son corps leste les esquive; les autres, il les repousse avec son manteau et sa dague.

XLIX

Je ne voulus pas être témoin d'une telle bataille. Ému en
faveur de ce vaillant jeune homme, je me jetai au milieu des
combattants : « Arrêtez ! leur criai-je ; place, cavaliers, et rangez-vous ! Il ne faut pas que cet intrépide guerrier périsse ; il est
digne plutôt d'une récompense ; lui donner ainsi la mort ne
serait pas courage et bravoure, mais lâcheté[1]. »

L.

Tous s'arrêtèrent à la fois et comprirent quelle honte s'atta-
cherait à une action aussi coupable. Seul l'Indien combattait
encore, et semblait voir avec regret sa vie respectée. A la fin,
il suspend les coups de sa dague et sa marche impétueuse, contraint par l'honneur, et se tournant vers moi : « Que t'importe,
dit-il, que mon existence soit longue ou bien qu'elle soit
courte ?

LI

« Toutefois je serai reconnaissant pour ton action pieuse et
ton bienveillant vouloir ; telle est du moins ton intention ; car,
mieux comprise, ta conduite peut être appelée impie et inhumaine. A qui doit vivre une vie misérable, une mort prématurée ne saurait être un malheur. Ainsi, je l'affirme, en ne
m'égorgeant pas, c'est une pitié barbare que tu montres envers moi.

LII

« J'avoue que ma vie est ton bienfait, et, pour que l'on ne
puisse pas prétendre que je le conteste, je me soumets à ton

---

[1] Le caractère chevaleresque d'Ercilla se montre dans tout ce récit. Il éclate avec
générosité lorsqu'il fait tomber des mains de ses compagnons d'armes les épées dirigées contre la poitrine de Cariolan, et lorsqu'il accorde la liberté au jeune et audacieux Indien. C'est ainsi que nous l'avons entendu exprimer plus d'une fois ses
sympathies pour l'intrépidité des Barbares et se révolter contre le traitement atroce
infligé aux caciques pris à la guerre. Il tiendra le même langage lorsque les Espagnols condamneront au supplice l'héroïque Caupolicán.

pouvoir et me livre à la fortune malheureuse qui m'accable. »
Il dit, et à l'instant jette au loin sa dague, aussi docile que naguère indomptable; et, depuis cette époque, il resta toujours fidèle à mes côtés, plutôt sous le titre d'ami que sous celui d'esclave.

LIII

Cependant le choc et le bruit belliqueux des armes et les cris des guerriers retentissaient. D'un côté ils accourent et s'amoncellent. Ailleurs, d'autres appellent à l'aide. Le chemin était étroit. L'on n'y pouvait avancer ni reculer, et l'on attendait, parce que les bagages, les valets et le bétail embarrassaient et remplissaient au loin le défilé [1].

LIV

«La route de Purén est droite jusqu'à la gorge par où l'on pénètre dans l'Arauco [2]. Depuis ce lieu, elle s'avance en ligne oblique; longtemps elle est pressée entre deux âpres montagnes qui finissent par la rétrécir à tel point, qu'à peine deux hommes y peuvent marcher côte à côte, et le chemin est encore resserré par un ruisseau qui le suit et l'accompagne [3].

LV

Aussi par intervalles, sur plusieurs points du sentier, les nôtres allaient s'appelant les uns les autres, troublés et confus, et cherchaient à éviter la tempête des traits. L'acier de la plus fine trempe n'y pouvait résister. Les grèves, les cuirasses, les casques étaient faussés par l'ouragan dont les faisaient tinter tout à l'entour pierres, lances, javelots, flèches et frondes.

---

1 Nous avons déjà vu dans Ercilla des descriptions nombreuses de batailles et de siéges et un combat sur mer; voici un engagement de défilé dont l'intérêt ne le cède à aucune des peintures précédentes.

2 Le point précis de la quebrada où la troupe de Miguel Velasco fut attaquée par les Araucans est la gorge de Cayoeupil. Cf. Gay, t. I, p. 417.

3 Il est impossible de décrire avec plus de précision le théâtre où doit se développer l'action meurtrière qui met aux mains les Espagnols surpris et les Araucans embusqués dans la sierra de Purén.

LVI

Les uns tombent sur le sol, désarçonnés, malgré de longues tentatives pour se maintenir en selle, comme des grenouilles ou des crapauds engourdis, après avoir été violemment battus par l'orage, font de grands mais inutiles efforts pour se mouvoir. Ceux-ci sur les pieds et sur les mains, ceux-là les reins brisés, en se traînant, essayent de se retirer derrière quelque abri, ou dans une cavité de la route qui les puisse défendre contre la tourmente.

LVII .

Dans cet étroit passage, l'ennemi avait disposé avec ordre ses soldats et les projectiles, et avec tout l'avantage du terrain lançait, d'en haut, je le répète, les rochers sur nos troupes. Je le puis affirmer comme témoin, si épaisse et si rapide était la pluie de pierres, que toute la montagne semblait descendre et s'abattre en débris.

LVIII

De même qu'on voit le ciel irrité, obscurci par de profonds et lugubres nuages, s'écrouler tout à coup [1], et vouloir couvrir la terre de ruines, chargé qu'il est d'éclairs, de grêle et de vent furieux; le tourbillon frappe les oiseaux au milieu de leur vol; hommes et bêtes, animaux sauvages et troupeaux, cherchent, en courant éperdus de toutes parts, un asile qui puisse les couvrir et les protéger.

LIX

De même, les Espagnols pressés par cette grêle de coups et par cette violente tempête, cherchent en tous lieux, cruellement blessés, un arbre ou une roche caverneuse. Là, un peu abrités et défendus, avec l'antique bravoure de leur race, tout pleins d'un nouveau courage et d'une nouvelle espérance, ils aspirent à vaincre et à se venger.

[1] « Cœlique ruina. » Virgile, Én., I, 133.

LX

Et aussitôt avec leur promptitude habituelle, dirigeant contre l'ennemi leurs armes ajustées, ils commencent des décharges formidables, qui en peu d'instants ont renversé une foule de Barbares. De la pente raide et abrupte tombent et roulent cadavres et rochers avec une vitesse si étrange et si terrible que les morts eux-mêmes causent encore un mal immense.

LXI

Ainsi continuait la lutte, et pendant que l'on combattait sur un étroit terrain, avec non moins de confusion, d'un autre côté où retentissaient de plus grands cris, les Indiens s'étaient lancés en désordre, pour saccager les faix et les bagages. Ils égorgeaient, ils vouaient à un vaste sacrifice nos soldats de garde et nos serviteurs.

LXII

Tel, avec de la viande, du pain, des fruits ou du poisson, monte légèrement sur la haute cime de la montagne. Tel, chargé d'un coffre ou d'un ballot, court sans embarras et sans peine. En haut, en bas, à droite, à gauche, la multitude s'élance au pillage, comme une bande de ramiers dans la belle saison aime à diriger son vol vers le blé répandu.

LXIII

Devant le désastre que nous ne pouvions éviter, tant était grande la multitude assaillante, je voulus tenter une dernière ressource qui pouvait sauver notre vie et la dérober au péril[1]. Soudain je me porte au milieu de la route où régnaient le trouble et le pêle-mêle, et j'arrive à une place qui servait de retraite

___

[1] Ercilla parle rarement de son intervention personnelle dans les combats, et se représente bien plutôt comme un témoin des exploits d'autrui que comme un des acteurs les plus courageux de cette guerre d'Arauco. Ici pourtant il ne recule pas devant sa propre gloire. Au défilé de Purén, son coup d'audace parvient à sauver la troupe espagnole.

à dix soldats. Ils étaient entassés dans une cavité de la montagne.

LXIV

Je leur dis que si dans ce moment même où la lutte était si acharnée entre les deux partis, nous parvenions à gagner le sommet de la Sierra, la victoire nous appartenait; que tous les soldats araucans ne s'appliquaient plus qu'à piller, et qu'en nous voyant maîtres du faîte, la surprise à elle seule était capable de les vaincre.

LXV

Aussitôt résolus à mourir avec bravoure, réunis tous en escadron, au nombre de onze, nous poussons nos chevaux sur la pente; chacun de nous se soulevait haut en selle, et, quelle que fût la raideur de cette rampe escarpée, nous gravissons la vive et âpre arête, et parvenons à la cime désirée, toute couverte d'arbres et de broussailles épaisses.

LXVI

Nous nous jetons à terre tous à la fois; nos chevaux ne pouvaient plus nous servir. Inondés de sueur, épuisés de souffle, ils n'avaient plus de jambes et battaient des flancs. Sans aucun retard, et sans que rien s'y opposât, du côté que les Indiens attaquaient avec le plus de rage, sur un vaste rocher qui dominait à pic, nous nous faisons voir au-dessus de leurs têtes.

LXVII

Nous déchargeons sur eux une telle pluie de balles et de pierres que malgré les blessures dont beaucoup furent atteints, l'épouvante soudaine fit, je vous l'assure, bien plus d'effet encore. Ils refluèrent lentement [1], et crurent dans ce péril ex-

---

1 « Remollnando torpemente. » Le premier sentiment des Barbares est celui de la surprise. Ils reculent, mais ils ne fuient pas. Ils reculent avec lenteur (*torpemente*), ils tourbillonnent (*remollnando*), la déroute et la fuite ne commencent qu'à la fin de l'octave suivante (*á retirarse comensaron*); et d'abord ce n'est qu'un petit nom-

trôme, que le ciel et la terre se mettaient en branle contre eux, lorsqu'ils virent l'attaque fondre à la fois d'en haut et d'en bas sur leur armée.

LXVIII

Et, à l'instant, avec une valeur constante, plusieurs des nôtres arrivaient à notre secours, avides d'une implacable vengeance. Le danger, l'effroi de l'ennemi augmentent, si bien que, perdant tout espoir, bon nombre commencèrent la retraite et montrèrent à fuir toute la vitesse de leurs pieds. Ils n'avaient pas d'autre voie ouverte pour sauver leurs biens et leur vie.

LXIX

L'un se dirige à droite, un autre à gauche, avec un paquet ou un sac dérobé. Tel, par le bois le plus sombre de la montagne, traîne derrière lui son butin. Tel encore, retenu par une ardente et honteuse avidité, s'attarde uniquement pour emporter une plus riche proie, et à plus de dix barbares coûtèrent la vie le poids de leur fardeau et leur soif insensée du pillage.

LXX

Ainsi se termina la fête. Nous étions pillés en partie, mais nous restions vainqueurs. Notre triomphe et notre gloire furent célébrés par le bruit des trompettes, des clairons et des tambours. Nous marchions à leurs sous guerriers, sous bonne garde et avec d'habiles éclaireurs, et nous arrivâmes enfin à notre corps d'armée, tout blessés, mais accueillis avec des applaudissements.

LXXI

Les Barbares de leur côté s'étaient enfuis par des rochers

bre qui se décident à la retraite (*algunos*), puis la fuite devient générale, parce que chacun d'eux veut sauver sa part de prise. Winterling a donc eu tort de substituer ici, dès l'octave 67, aux expressions d'Ercilla, des termes qui impliquent l'idée d'une fuite immédiate et complète :

« Im Taumel der Bestürzung ließen
Sie aus einander mit des Wildes Schnelle. »

abrupts et par les halliers de la montagne. Ils se retirèrent à
pas rapides, consolés de leur défaite par de nombreuses dépouilles, et parvinrent aux lieux où se trouvait leur général.
A peine eut-il appris le désordre auquel sa troupe s'était livrée
et la licence qui avait rendu la victoire à ses ennemis, qu'aussitôt il fit peser sur plusieurs un châtiment exemplaire.

LXXII

Ce fut à Talcamávida [1], qu'il réunit les restes de son armée
en déroute, et, pour délibérer sur les affaires de la patrie, il
convoqua les principaux et les plus dignes chefs. Dans l'assemblée des caciques, après avoir parlé d'abord des mesures les plus
importantes et les plus sages, il leur dit avec liberté tout ce
que pourront connaître les lecteurs du chant qui va suivre.

[1] Talcamávida. Cf. *supra*, t. I, ch. VII, oct. 24.

CHANT XXIX

Sommaire. — Dans un conseil des caciques, Caupolican propose de dévaster leur patrie et d'incendier leurs maisons, afin qu'il ne leur reste plus d'autre espoir que de vaincre ou de mourir. — L'avis belliqueux du chef entraîne tous les guerriers. — Tucapel s'y associe, mais il veut auparavant vider sa querelle avec Rengo. L'intérêt public a fait ajourner leur combat privé, mais il ne veut pas que la guerre lui dérobe encore son adversaire, comme elle a dérobé déjà Peteguelen à ses coups. — Rengo ne réclame pas le champ clos avec moins de fureur. — Un cartel leur est accordé devant l'assemblée entière. — Lutte acharnée des deux héros barbares.

I

Oh! combien a de pouvoir, oh! combien a pour nous d'entraînement l'amour de la patrie, puisque nous trouvons qu'à juste droit le devoir nous impose de tout sacrifier à ce sentiment impérieux! Il nous fait un jeu du péril et de la mort. Père, fils, épouse, nous abandonnons tout, lorsque nous voyons que la patrie est menacée, et nous lui portons secours à des titres plus sacrés encore.

II

De ceci ont donné d'éclatants témoignages les actions illustres des anciens, qui, pour leur chère patrie, ont tourné leur glaive contre leurs propres entrailles, et dont la renommée glorieuse a été au loin répandue par la plume d'écrivains fameux[1]. Qui ne connaît Marius, Cassius, Philon[2], Codrus l'Athénien, Scévola[3], Agésilas, et le héros d'Utique?

---

[1] « Las plumas de escritores. » Winterling fait intervenir ici la muse même de l'histoire : « Von Clio's Feder. »

[2] Cf. *Arauc.*, ch. III, oct. 43, t. I, p. 97. S'agit-il de ce Publilius Philo qui fut consul avec Papirius Cursor (Tit.-Liv., IX, 7), et qui se distingua, comme lui, dans la guerre des Samnites? (*Ibid.*, chap. 12 et suiv.)

[3] Au nom de « Scébóla, » le texte adopté par Winterling et par don Cayetano Rosell substitue celui de « Régulo. »

III

Parmi ce nombre méritent aussi d'être comptés ces guerriers d'Arauco qui surent déployer tant de courage et de bravoure, et, pour la patrie, offrir leur gorge au tranchant du fer. Et telle fut la constance de leurs desseins, que ni la rigueur du sort, ni toute la violence que la Fortune mit à les frapper, ne purent jamais faire brèche à leur fermeté.

IV

Dans le court espace de trois mois, ils avaient perdu quatre grandes et solennelles batailles ; mais leur cœur n'est ni triste ni abattu. Loin de là, avec une valeur intrépide et inébranlable, comme vous l'avez entendu dans d'autres vers, ils étaient réunis pour un conseil de guerre, et brûlaient de nous livrer une nouvelle attaque, lorsque Caupolicán leur adressa d'abord ainsi la parole :

V

« Caciques illustres et sacrés ! il faut nous résoudre à vaincre ou à mourir. Ce n'est qu'à nos bras indomptables que nous devons nous fier comme à notre suprême ressource. Nos demeures, nos vêtements, nos meubles inutiles, qui nous sollicitent au repos, livrons-les à la flamme. Si la mort nous attend, tout nous est superflu ; et avec la victoire, tout le reste ne sera-t-il pas reconquis [1] ?

VI

« A vos yeux doivent apparaître dans toute leur lumière les avantages immenses qui résultent de cette mesure. Peut-on avec sécurité compter sur son héritage, lorsque l'honneur même est mal affermi ? Et est-il juste que le combattant songe

[1] Sous une autre forme, c'est à peu près la pensée que Salluste met dans la bouche de Catilina, avant sa dernière bataille : « Si vincimus, omnia nobis tuta erunt, commeatus abunde, coloniæ atque municipia patebunt : sin metu cesserimus, eadem illa adversa fient, neque locus, neque amicus quisquam teget, quem arma non texerint. » (Catil., 58.)

à un autre objet que celui dont il a besoin pour vaincre? Ah!
ne laissons pas chanceler nos volontés ardentes devant l'amour
de nos maisons et de nos domaines.

VII

« Ainsi donc, dans cette lutte acharnée, celui qui aspire au
repos, je le répète, qu'il le sache bien, n'a plus aujourd'hui
d'honneur, de propriété, d'existence, que ceux dont il aura dépouillé l'ennemi. La valeur d'un bras invincible, voilà pour
chacun sa rançon et son ami véritable. Il ne doit plus y avoir
désormais d'autre voie, d'autre parti à prendre que de tuer ou
d'être tués. »

VIII

Après que le sénat eut entendu ce langage, beaucoup demeurèrent en suspens et sans parole. Plusieurs, le visage troublé, haussèrent le sourcil et se regardèrent entre eux. Bientôt,
faisant trêve à ce silence, ils donnèrent et reçurent quelque
temps des avis. Mais l'opinion du chef réunissait en sa faveur
tant de motifs qu'il entraîna tous les suffrages.

IX

Le brave Ongolmo, sans attendre qu'à cette fois aucun autre
le précède, approuve à grands cris le général, et demande avec
instance qu'on se mette à l'œuvre aussitôt. Puren adopte le
même sentiment; il jure de ne plus entrer sous un toit avant
d'avoir vu, sans pacte ni trêve, et par la seule force des armes,
sa patrie en liberté, la paix rétablie.

X

Lincoya et Cañlomangue n'hésitent pas à prêter, comme lui,
serment au décret. Ils promettent plus qu'il n'est possible de
tenir, si grand est leur courage et leur audace! Rengo et Gualemo se présentent à leur tour, et les autres caciques orgueilleux, Talcaguan, Lemolemo, Orompello. Le sage Colocolo lui-
même entre dans le dessein commun.

XI

Telle est la résolution des caciques, et la sentence est prononcée comme ce récit l'a fait savoir. Tucapel avait jusque-là toujours gardé le silence, prêtant avec grand calme une oreille attentive ; dès que le bruit est apaisé et le difficile débat arrivé à son terme, il se dresse, et élevant cette voix frémissante qui jamais n'a su prononcer de douces paroles :

XII

« Capitaines, s'écrie-t-il, moi tout le premier, je viens souscrire à l'avis du général, parce qu'il me semble juste ; je veux donc brûler et anéantir, jusqu'au sol, tout ce que je possède. Pour le reste, je m'en remets à ce bras. Si un mois encore il conserve toute sa vigueur, je pense bien recueillir à mon gré un meilleur et plus ample partage.

XIII

« Et si quelque misérable ne consentait pas à une aussi belle proposition que celle qui vous est faite, qu'on le tienne pour ennemi de l'État, qu'on le chasse du rang des guerriers. Notre nation ne peut plus songer à aucune trêve, à aucun arrangement, sans se perdre ; car le bien que nous disputons, c'est notre liberté, c'est le sol de la patrie.

XIV

« Mais bien que résolu à suivre, moi aussi, votre avis et vos décisions, dussé-je paraître, dans des circonstances aussi orageuses, soulever encore querelles et démêlés, je cède au juste aiguillon de l'honneur et à d'autres motifs légitimes, et je viens, aucune raison ne saurait m'en détourner ici, je viens vous occuper d'une sérieuse affaire.

XV

« Vous vous rappelez le duel que Rengo et moi nous avons ajourné [1], et le débat aussi que j'avais à régler avec son oncle. Mais celui-ci a mieux aimé se faire tuer en désespoir de cause [2]. Je vois bien qu'il n'en résulte pour moi que déshonneur et dommage, et puisque c'est à mon regret qu'ont eu lieu tous ces retards, je ne veux pas attendre au delà ; sans autres détours, je réclame l'accomplissement d'un devoir et celui de mes désirs.

XVI

« Assez de gloire, assez de renommée s'attache maintenant au nom de Rengo chez tous les peuples, depuis que partout l'on répète qu'il doit entrer en champ clos avec moi, et il prolonge la jouissance de ces bruits flatteurs. Mais moi, je suis fatigué de tous ces délais. Puisqu'à chaque pas se présente une occasion d'ajournement, je réclame qu'enfin notre combat ait lieu. Il n'est pas juste de laisser souffrir plus longtemps mon honneur.

XVII

« Déjà Peteguelen, l'astucieux, avec une trompeuse apparence de bravoure, s'est jeté pour mourir dans la foule de nos adversaires, afin que son trépas pût exciter plus d'intérêt, et ainsi, il m'a échappé par une ruse. Mais ce fut chez lui simple épouvante et rien de plus. Car s'il avait été animé par l'amour de la gloire, il eût ambitionné de tomber sous mes coups [3].

XVIII

« Comme lui, Rengo, à dessein et avec une réflexion cauteleuse, court se plonger dans les rangs ennemis ; il cherche un

---

[1] Cf. Araucana, ch. xvi, oct. 46-51 ; et ch. xiv, oct. 65-73.

[2] Cf. Arauc., ch. iii, oct. 35-36.

[3] C'est l'expression de l'orgueil héroïque et prétentieux. Il semble que ce soit une assez belle gloire de tomber sous les coups de Tucapel ou d'Enée :

« Mene magni dextra cadis... »   (Virgile, Én., X, 830.)

obstacle, une manière honnête de se soustraire à l'accomplissement de sa promesse, et, sous les dehors de la valeur, il s'efforce de rester mutilé ou perclus, incapable de combattre et
glorieux de m'avoir provoqué en défi [1]. »

XIX

Ainsi parlait l'arrogant barbare. Rengo furieux, jetant feu et
flamme, n'écoute plus aucun frein, s'élance et s'écrie : « La
bataille, je la veux à l'instant. Ni la jactance ni tes airs de fan-
faron ne me sauraient causer aucun souci ; les armes parleront ;
trêve de mots ! ils ne sont bons que pour de vaniteux bra-
vaches [2] ! »

XX

Tucapel allait se jeter sur lui, si à ce moment le général,
déjà prêt à intervenir, ne se fût d'un pas rapide placé entre les
deux champions. Il arrête la réplique du héros et lui barre le
chemin. D'un air grave et d'un visage sévère, il réprime son
fougueux délire, mais pour mettre fin à la querelle qui les divise, il accorde à Tucapel le combat qu'il réclame.

XXI

L'on désigne un champ clos, et les délais sont fixés. C'est
dans quatre jours que doit avoir lieu la rencontre. Aussitôt parmi tout le peuple joyeux s'élèvent une foule de paris sur l'issue
incertaine de la lutte [3]. Celui-ci risque son vêtement ; celui-là

---

[1] Tucapel apparaît dans cette courte harangue plus insolent que jamais. A la
bravade intrépide il joint le persiflage et la moquerie. Ses rivaux se couvrent de
gloire en combattant contre l'Espagnol ; mais, selon lui, ils ne cherchent la mort
que pour se dérober à ses propres coups et pour le frustrer de l'honneur de les
vaincre et de les abattre. Il y a de la déloyauté de leur part à lui échapper ainsi.
Il veut se mettre en garde désormais contre toute éventualité semblable et vider
sa querelle avec Rengo.

[2] C'est le langage de don Diego de Haro, dans Tirso de Molina :

> « Infantes, si á la lengua iguala el brio,
> Intérprete es la espada del valiente;
> El hierro es vizcaino, que os encargo,
> Corto en palabras, pero en obras largo. »
>   (*La prudencia en la mujer*, act. primero, esc. I.)

[3] Cf. Arauc., ch. II, oct. 19.

une tête de bétail ; qui, une terre de labour ; qui, une métairie ; maints autres, dont le vœu n'est pas de réussir, pleins d'expérience, engagent leurs femmes [1].

XXII

On entoure de larges planches un espace choisi dans une plaine libre et découverte, où les deux guerriers indomptables, couverts de leurs armes, doivent combattre seul à seul. Un héraut fait connaître les conditions du défi, dans les termes et suivant la forme adoptée par les Araucans, afin que l'heure du duel fût connue de chacun, et que personne ne pût prétendre qu'il n'en était pas informé.

XXIII

Quand le terme fut venu, aussitôt qu'à l'horizon perça la lumière attendue par la foule avec une impatiente joie, l'assemblée tumultueuse se rendit autour de la lice ; les spectateurs étaient si pressés qu'il n'y avait arbre ni mur, fenêtre ni

[1]
> « Algunos que ganar no deseaban,
> Las usadas mujeres apostaban. »

Winterling traduit avec élégance :

> « Und ein'ge, welche gern verloren hätten,
> Die machten auf die Eheweiber Wetten. »

L'exactitude n'est pourtant pas complète. *Usadas* n'est pas rendu, et c'est dans cette épithète qu'est toute la satire. Risquer sa femme comme prix d'une gageure est un acte de brutalité barbare ; l'exposer dans un pari, avec le désir de la perdre, est une barbarie aggravée de rose. Mais justifier l'un et l'autre par la connaissance que les parieurs ont de leurs compagnes, est une malice qui n'appartient qu'à l'écrivain, d'ordinaire plus juste et plus chevaleresque. Il ne faudrait pas trop essayer de défendre Ercilla, sous le prétexte qu'il met en scène des Araucans. Le poëte, contre son habitude, s'est permis quelques propos analogues contre la femme en général ; cf. ch. IV, oct. 30, *note* 2. Lope de Vega, auteur si courtois et si galant, ne dit-il pas aussi avec une sagacité plus railleuse que profonde, à l'occasion de jeunes Indiennes, qui devant un miroir, de surprise, se jettent en arrière :

> « Poco soliman vendieran
> Si así del espejo huyeran
> Las mujeres de Castilla. »
> (*El nuevo mundo descubierto por Cristóbal Colón*, act. II, esc. II.)

Il faut laisser aux poëtes la licence même de déroger à leur propre loi par quelques exceptions ; qu'il nous suffise de ne pas devenir leurs complices.

toit, aucun lieu d'où le regard pouvait s'étendre [1], qui ne fût
envahi par la multitude.

XXIV

Le soleil enflammé était à peine sorti avec lenteur de l'o-
rient, que d'un côté le fougueux Tucapel parut à grand bruit.
D'autre part, non moins orgueilleux, on vit en même temps
paraître Rengo, avec arrogance et audace ; tous deux d'une
mine fière, d'une démarche lente et calme.

XXV

Leurs corps gigantesques sont revêtus de cuirasses fortes,
impénétrables et bombées, de tassettes [2], de brassards et de
casques. Couverts jusqu'aux pieds, ils portent de courtes masses
d'armes de l'acier le plus dur, d'épais boucliers bardés de fer,
et à leur côté gauche, les deux héros ont suspendu, large et
recourbée, une alfange aux riches ornements.

XXVI

La lice, ô roi Felipe, de chaque côté avait des portes par lesquelles, comme par les barrières d'un tournoi, l'un et l'autre
guerrier [3] entrent en décrivant un long cercle. Quand, avec un
maintien gracieux et courtois, ils eurent achevé leur marche et
leur parade, d'un air menaçant, chacun d'eux s'arrêta sur son
terrain, dans la vaste enceinte de la carrière [4].

---

[1]   « De donde descubrirse algo pudiese. »

Cf. Tacite, *Annal.*, III, 1 : « Atque, ubi primum ex alto visa classis, complentur
non modo portus et proxima maris, sed mœnia ac tecta, *quaque longissime prospec-
tari poterat...* »

[2] « Escarcelas. » C'est le *cuissard* de notre armure féodale, la *cnémide* des héros
grecs dans Homère.

[3] Ercilla dit fièrement: « L'un et l'autre Mars. »

[4] Winterling a supprimé toute cette octave qui décrit si bien la parade cérémo-
nieuse des Barbares, à l'heure d'un cartel ou d'un tournoi.

XXVII

Les témoins remplirent les devoirs dont ils ont coutume de s'acquitter dans des joutes semblables, afin d'éloigner avec scrupule tout ce qui aurait pu sembler un avantage pour l'un des combattants ou un artifice tutélaire [1]; et aussitôt cessèrent le bruit et le tumulte [2]; toute la foule demeure attentive à l'entour des lutteurs, lorsque vient à retentir le son de la trompette qui fait pâlir plus d'un visage.

XXVIII

Les deux champions célèbres n'attendaient plus que le signal trop lent à leur gré. Il éclate, et d'un air audacieux et superbe, d'un pas égal, ils s'avancent pour le combat. Ensemble ils font retomber leurs bras vigoureux et se portent de telles atteintes, que chacun d'eux, étourdi, penche un instant la tête sur sa poitrine.

XXIX

Ils redoublent, et quelle qu'eût été la pesanteur du premier choc [3], si chacun des deux héros n'avait été si bien préparé à parer et à soutenir le second, la lutte ne se fût point prolongée jusqu'à la troisième épreuve. Qui pourrait redire, avec un style égal au sujet, la fureur de ces guerriers barbares, aussi vail-

[1] L'on avait soin surtout, dans nos vieilles mœurs, de partager aux rivaux le soleil, pour que l'un n'en fût pas plus incommodé que l'autre.

[2] Winterling ajoute : « Wie im Grab. » Cette image sinistre convenait peu à la circonstance. La foule reste en silence, parce qu'elle est curieuse et avide d'un spectacle héroïque.

[3] Nous avons adopté le texte de Baudry :

« ... Aunque fueron *pasados* los primeros. »

Rivadeneyra écrit *pasmados*, ce qui implique un sens différent : « Quoique l'impression des premiers coups ne se fît plus sentir. » Winterling a glissé sur la difficulté en ne traduisant pas ce membre de phrase. Avec le texte de Rivadeneyra, il faut entendre que le second coup que se portent les deux adversaires eût pu suffire pour terminer la lutte, quoique le premier n'eût laissé en eux aucune trace et n'eût point affaibli leur vigueur. La leçon que nous avons préférée, signifie que le second coup est beaucoup plus terrible que le premier; celui-ci avait déjà été accablant, mais l'autre fut tel qu'il pouvait, à lui seul, mettre fin au combat.

lauts que l'univers entier, et la colère qui les enflamme montée
à son faîte?

XXX

Un coup terrible s'abat sur le bouclier de Tucapel. Il le
heurte au milieu du front avec tant de vigueur, que le héros
reste un instant tout hors de lui-même; il perd les sens et
l'esprit. Et déjà Rengo a précipité une seconde fois sa massue
rapide; mais l'effet est bien différent. Le bruit de l'arme et la
cruelle douleur réveillent Tucapel de l'assoupissement où l'autre
atteinte l'a plongé.

XXXI

Le serpent n'exhale pas avec autant de rage ses poisons
lorsqu'il défend ses petits dans son repaire, que le Barbare
montra de colère et de fureur, plus touché pour son honneur
même que pour sa souffrance. Dans son transport exalté, plein
d'un orgueil infernal, en un clin d'œil il bondit vers le vaillant Rengo, et décharge à la fois sur lui son courroux et sa
massue [1].

XXXII

Ce fut un hasard heureux pour l'intrépide Rengo que Tucapel eût lâché les rênes à toute sa fougue impétueuse. L'irrésistible levier de fer va trop loin frapper en vain les airs, de son
énorme extrémité. Quelle que fût la violence du coup, il put être
supporté cependant. Le délire de celui qui le dirigeait lui enleva sa portée; si Rengo l'avait reçu en plein, le combat, je le
crois, aurait été terminé au même instant.

XXXIII

Mais bien que frappé sans justesse, l'Indien pencha un peu
de côté, presque évanoui, et finit par appuyer sur le sol une de

1   « Descargando la rabia y maza junto. »

Association de mots beaucoup plus dans le génie de la langue espagnole et des
langues anciennes que dans les usages de la nôtre. Cf. *Arauc.*, I, ch. III, oct. 21,
note 3; et oct. 19, note 3.

ses mains. Il n'avait pu résister tout à fait à la pesanteur du
choc. Pourtant il voit le péril affreux qui le presse; il revient
contre son formidable adversaire, et avec son agilité habituelle, de sa rapide massue, il riposte par un coup plus violent
encore.

XXXIV

C'était chose merveilleuse que l'animosité de ces deux antagonistes, uniques au monde par la valeur. Tels étaient leur
prévoyance, leurs artifices, leur souplesse, leurs attaques, leur
habileté à se frapper et à se couvrir, que je crains de ne pouvoir, avec une plume aussi faible, vous retracer dans les termes
convenables, la bataille la plus singulière et la plus acharnée
dont le récit se soit conservé parmi les Barbares [1].

XXXV

Les chances de la terrible lutte étaient toujours égales, et
les coups se pressaient avec tant de vigueur de part et d'autre,
que les plus légers meurtrissaient les chairs et ébranlaient les
os [2]. De tous côtés, l'air répète le fracas des armes et la respiration rauque des guerriers. Si grand est le bruit et le cliquetis
du fer que vous diriez d'une armée immense [3].

[1] Winterling a supprimé cette octave, sans doute parce que don Ercilla y reproduit une idée qu'il a exprimée déjà dans l'octave 29e :

> « Quién por estilo igual decir pudiera
> El furor destos bárbaros guerreros ? »

Mais qu'y a-t-il d'étonnant que le poëte insiste sur le sentiment de son impuissance, lorsqu'il nous dépeint le cartel le plus étrange de toute son épopée, entre
les deux héros les plus formidables de l'armée barbare ?

[2] « Romper hueso » est susceptible, comme dans notre idiome français, d'une
acception métaphorique. Winterling traduit avec une hardiesse toute germanique :

> « Dass von dem schwächsten, Fleisch und Knochen
> Wie Wachs zermalmet wurden und zerbrochen. »

Il ajoute même à l'original une comparaison qui n'est nullement étrangère au
style habituel d'Ercilla.

[3] Cf. Virgile, *Æn.*, VII, 707 :

> « ... Magnique ipse agminis instar. »

et mieux encore T.-Live, I, 25 : « Infestisque armis, velut acies, terni juvenes
magnorum exercituum animos gerentes, concurrunt. »

XXXVI

Rengo porte un coup vigoureux à Tucapel et le lui assène si bien sur le casque, que l'ennemi voit la terre toute jonchée d'étoiles. Il reste la tête éperdue ; mais il retrouve ses sens, et, blasphémant le ciel, de cet irrésistible essor qui lui est propre, il atteint Rengo avec tant de rapidité, au moment où l'autre se replie, qu'il ne lui laisse pas le temps de se mettre en défense.

XXXVII

La masse tombe avec pesanteur et sans obstacle et s'abat contre la tête de Rengo d'une telle violence que tous le réputèrent mort [1], et il resta quelque temps comme assoupi ; mais à la fin, réveillé par le danger même [2], le casque tout faussé, il se redresse [3], et, furieux, pousse à Tucapel. D'un coup il lui rompt la poignée de son arme.

[1] Winterling exagère le texte d'Ercilla :

« Und ihn für todt zur Erde niederstrecket. »

Il reste debout, mais étourdi un instant du coup qu'il vient de recevoir. *Se enderesa* ne signifie pas qu'il se relève, mais qu'il se ranime et redresse la tête. Abattu, il pouvait être achevé d'une seconde atteinte, et l'on ne voit pas que Tucapel ait rien tenté de semblable. Si les lois de la chevalerie s'y opposaient, il y eût eu lieu de le dire, et Ercilla garde sur l'incident un complet silence.

[2]   « Mas del mismo peligro al fin despierto. »

Rivadeneyra offre ici dans son édition une légère variante :

« Mas del peligro y del dolor despierto. »

Winterling avait sous les yeux un texte analogue :

« Doch diesen macht Gefahr und Schmerz bald wieder wach. »

Mais l'expression donnée par Rivadeneyra a le désavantage de ressembler beaucoup trop à celle que nous a présentée l'octave 36e :

« Que el estruendo del golpe y dolor fiero
Le despertó del sueño del primero. »

[3]   « La abollada celada se enderesa. »

Le sujet du verbe est Rengo, et « la abollada celada » est un incident de la phrase qui n'appartient pas à sa construction directe, une sorte d'*ablati absolu*,

XXXVIII

A la vue de son adversaire privé de sa massue (elle avait sauté au loin, brisée en deux tronçons), lui-même jette la sienne par terre avec mépris, et prend en main sa puissante épée. A ce moment, Tucapel attaque de nouveau, le glaive au vent, haut et suspendu sur le barbare ; mais Rengo s'esquive de côté, et le coup est lancé en vain.

XXXIX

Le glaive ne frappe que la terre, et, malgré la dureté du sol, une grande partie de la lame y plonge et y reste enfoncée. Pendant qu'il est ainsi empêché et retenu dans l'embarras, Tucapel reçoit en travers une blessure. Son brassard gauche tombe abattu d'un coup oblique avec la chair qu'il recouvre. Rengo voudrait redoubler son effort; mais il ne le peut. Déjà il voit descendre l'épée énorme et tranchante.

XL

Recueilli sous son bouclier, il attend le coup démesuré. Le fer partage le bouclier en deux morceaux, entaille le cimier et le haut de la tête. L'Araucan demeure étourdi, et peu s'en faut qu'il n'aille mesurer la terre; mais le rare courage et l'intrépidité qui l'animent, le relèvent de sa profonde douleur et de son trouble profond.

XLI

L'atteinte ne l'effraye point et ne le fait pas reculer. Il songe

comme disent les grammairiens de la langue latine. Winterling traduit de manière à laisser croire au lecteur que Rengo est occupé de rajuster son arme :

> « Er setzt den eingedrückten Helm sich schnell
> Zurecht..... »

Si l'on tenait à faire de *celada* le sujet de la phrase et de *despierto* l'incident, toujours faudrait-il encore sous le casque se représenter la tête du héros qui se redresse avec lui, mais la tournure serait forcée et violente.

plutôt à une cruelle vengeance, et, plein de furie, enflammé d'une colère qu'irrite encore ce nouvel outrage, terrible, il porte un coup de revers, et son arme se décharge avec tant de force et une telle impétuosité, que, n'eût-elle rencontré une cotte de mailles si puissante, Rengo coupait son ennemi en deux à la ceinture.

XLII

Il s'est engagé si avant, qu'il ne peut plus éviter un adversaire trop rapproché. Aussi, il jette là son bouclier rompu, et par nécessité recourt à la force de ses bras. Tucapel, fier de ses membres athlétiques et robustes, à l'instant l'attaque, et le serre lui-même avec tant d'énergie qu'il eût déraciné un énorme et solide chêne.

XLIII

Mais il avait à combattre Rengo dont personne ne triomphait par le courage, et qui, entre dix champions aussi bien qu'entre six ou en face d'un seul adversaire, l'emportait toujours par la vigueur et l'agilité. Une fois aux prises, ils s'éprouvent, et chacun, de vive force et avec d'égales ruses, cherche le moyen de vaincre l'art et l'adresse de son rival.

XLIV

Poitrine contre poitrine, ils se poussent, ils se pressent et se débattent avec une agitation furieuse. De leurs bras, ils forment des nœuds si redoutables que malaisément ils peuvent reprendre haleine. Ils joignent à l'habileté des efforts nouveaux, et, avides de la victoire, tous deux, je le répète, déploient toute leur vigueur pour tâcher d'abattre leur ennemi dans la poussière.

XLV

C'était assurément un spectacle plein d'effroi que de les voir ainsi se saisir de leurs mains robustes et dures, tout couverts de sang et d'une sueur abondante, la face et les yeux enflammés, le souffle rapide et haletant, tendre leurs muscles, gémir d'un

son rauque, sans montrer un instant de fatigue durant la journée entière, sans avoir ni l'un ni l'autre aucune supériorité, aucune chance de succès.

XLVI

Tucapel, courroucé et bouillant de rage, s'accuse déjà de faiblesse et pense qu'il lui est fait affront. Il laboure et retourne
toute la carrière, chargeant avec vigueur l'ennemi d'un côté,
puis de l'autre. Avec une adresse consommée et de prudents
artifices, Rengo, plus recueilli en sa force et plus contenu, soutient sa renommée, combat à outrance et garde un espoir égal
du triomphe.

XLVII

Son ennemi s'est trop avancé. Il le voit, et veut le faire tré-
bucher sur la jambe droite. Mais Tucapel se replie à temps, soulève de terre Rengo contre sa poitrine, et, l'emprisonnant de ses
muscles vigoureux, il l'étreint, il le secoue, il le serre avec tant
de violence que, lié dans ces nœuds indomptables, son rival ne
peut ni retrouver terre, ni reprendre haleine.

XLVIII

Déjà, il croyait pouvoir ainsi achever sans aucune peine la
bataille, lorsque Rengo, employant toute son adresse et toute
sa puissance, par un effort suprême, sait reprendre pied et
s'affermir sur le sol. Aussitôt, s'y appuyant avec force, il tourne
d'un élan brusque, se dégage, et emporte, dans ses mains serrées, tout ce qu'il avait saisi, quand il se tenait vivement cram-
ponné à son antagoniste.

XLIX

Tucapel fut un instant tout hors de lui-même. Il chancelle à
droite et à gauche, et Rengo, entraîné par son propre mouvement, va de ses deux genoux toucher la terre. Puis, l'un et
l'autre courent avec vitesse à leurs armes. Chacun fait voler en
éclats le bouclier de son ennemi, sous une tempête de coups
impétueux, plus violents qu'au début et plus formidables.

L

L'assemblée était saisie de surprise à la vue d'un tel courage
et de cette inflexible valeur. Déjà, ils étaient couverts de mille
plaies; leur sang rougissait le sol humide; leurs cuirasses et
leurs boucliers étaient brisés; et nul terme, nulle issue, ne s'offraient pour cette lutte, si ce n'est que l'un des guerriers restât
mort sur la place, et il semblait plus certain que tous les deux
y devaient rester à la fois[1].

LI

Rengo dirige contre Tucapel un coup qui retombe en travers
sur le bouclier. Vainement l'armure est garnie d'énormes cercles. Le tranchant y pénètre comme dans un cuir flexible, et
l'épée ne s'arrête pas à cet obstacle; elle fait une large coupure
dans le cuissard, tranche un double haut-de-chausses, épais
tissu, et plonge dans les chairs jusqu'à l'os.

LII

Il n'y eut cœur si tranquille qui ne fît sentir dans la poitrine
quelque battement, quand on vit l'air terrible et le visage furieux de l'impatient barbare offensé. Il jette loin de lui les
pièces de son bouclier, et, en proie à une rage infernale, si haut
il lève son épée, que personne, je vous le jure, ne se crut alors
à l'abri de son atteinte.

LIII

Prends-y garde, Rengo! gare! gare! menaçant, irrité, d'un
essor irrésistible, il descend le coup de cette main, la plus vaillante qui jamais ait manié une épée barbare. Mais que celui

<hr>

[1] Ercilla, comme tous les grands maîtres de la poésie, sait intéresser la foule
à l'action qui se développe devant elle. Jamais le drame de l'*Araucana* ne se passe
dans le vide. L'héroïsme a des spectateurs que la lutte agite et inquiète. Cette
narration même nous offre de cette habileté de l'écrivain plusieurs exemples. Cf.
infra, oct. 54e.

qui attend la fin de ce combat me pardonne si je laisse à cet endroit mon récit interrompu, je pense que, de la sorte, il m'attendra d'un plus vif désir [1].

1 On peut être surpris de voir don Ercilla suspendre deux fois la marche de l'*Araucana* au milieu même d'un récit, à la fin du xv° chant, avant d'avoir achevé la description de sa tempête, et à la fin du chant xxix, avant de nous avoir appris le résultat du cartel entre les deux Barbares. Ce n'est pas là une division rationnelle de l'action. Mais il est à propos de nous rappeler ici que ce partage est purement matériel. Il n'est pas fondé sur la conduite de l'épopée, et indique seulement des dates d'impression. Cf. ch. xvi, note 1.

FIN DE LA DEUXIÈME PARTIE.

CHANT XXX

SOMMAIRE. — Suite du combat de Rengo et de Tucapel. — On les emporte de la lice presque expirants l'un et l'autre, sans qu'il y ait de vainqueur. — Réconciliation des deux adversaires. — Les Espagnols retranchés dans la forteresse de Tucapel, sons le commandement du capitaine Reynoso. — Le reste de l'armée se rend à l'Impériale par les défilés de Purén, et Garcia met fin aux désordres qui affligeaient cette colonie. — Les Araucans profitent du départ de l'armée pour projeter une nouvelle attaque. — Aussitôt trente Espagnols, et don Ercilla parmi eux, se dirigent vers Tucapel par les bois de Tirua et atteignent la citadelle au moment même où elle devait être assaillie. — Caupolicán avait eu recours à un stratagème. — Il voyait décroître son ascendant avec son heureuse fortune et voulut tenter un coup décisif. — Pour le jour qu'il a fixé, tous les Barbares ont reçu l'ordre de s'armer en secret et d'être présents au rendez-vous de guerre. — Il leur annonce avec tant d'assurance la prise de la citadelle et l'anéantissement des chrétiens, qu'ils obéissent sans hésiter à ses prescriptions. — Cependant Prano est chargé par le chef de s'aboucher avec un Espagnol. — Doué d'une rare prudence, il finit par s'entendre avec l'yanacona Andrésillo. — Séduit par les apparences les plus trompeuses, Prano communique à l'yanacona le projet d'attaque et lui promet de magnifiques récompenses s'il consent à seconder les armes de Caupolicán. — Le lendemain, une entrevue doit mettre Andrésillo en présence de Caupolicán lui-même.

I

Tout appel au combat est réprouvé par la loi divine et par le droit naturel, s'il n'a pour but direct le bien de tous et l'a-

---

[1] La troisième partie de l'*Araucana* parut en 1589. La même année la vit publier de nouveau, jointe aux deux premières. Le poëme ne contenait alors que trente-cinq chants, et c'est sous cette forme qu'il fut encore reproduit dans Anvers, en 1597, par Andrés Bacxil; mais entre 1589 et 1595, date présumée de la mort d'Ercilla, l'auteur a inséré dans son œuvre deux fragments, l'un assez court, et l'autre d'une certaine étendue. Le premier occupe six octaves du XXXIIIe chant (48-53). Le

vantage commun, s'il n'est déterminé, non par une cause personnelle et une fin particulière, mais par l'autorité publique. C'est là le seul motif qui dans les luttes et les champs clos justifie les armes condamnées.

II

A beaucoup il plaira de dire que le duel est légitime et d'usage invétéré, puisqu'avec la vie et la liberté de l'homme, la colère en même temps a pris naissance. Oui, mais elle est soumise au frein et au commandement de la raison, qui reste chargée de sa tutelle, pour la comprimer et ne pas souffrir qu'elle dépasse les bornes prescrites [1].

III

Le prophète lui-même [2] ne nous apprend-il pas à céder au courroux dans l'occasion et à propos, mais avec réserve et avec mesure, afin de ne pas franchir la ligne qui nous est tracée?

second morceau embrasse la fin du xxxive chant, depuis l'octave 43e, le xxxve chant en entier, et presque tout le xxxvie chant, à l'exception de ses quatre dernières octaves. Avec ces accroissements, le xxxve chant primitif est devenu le xxxvii. Don Miguel de Burgos, dans l'édition qu'il a donnée de l'*Araucana* (Madrid, 1828), en tête de la IIIe partie, a soin de prévenir de ces détails, et marque d'un signe particulier les pages de don Ercilla qui reproduisent les fragments complémentaires. A l'exemple d'Eugenio de Ochoa, nous mettrons une croix au commencement de ces deux passages intercalés par le poëte lui-même dans son œuvre, et à la fin un astérisque, pour que nos lecteurs se puissent faire une idée précise de l'ouvrage dans son ancienne constitution et dans celle qu'Ercilla lui a laissée ultérieurement. Toutes les éditions, depuis 1590, excepté celle d'Andres Baexii, renferment les morceaux ajoutés.

1 Cf. Boileau, *sat.* X, 113-116 :

    « L'homme en ses passions toujours errant sans guide,
    A besoin qu'on lui mette et le mors et la bride.
    Son pouvoir malheureux ne sert qu'à le gêner,
    Et, pour le rendre libre, il le faut enchaîner. »

2 Plusieurs fois dans la Bible, nous voyons les prophètes de Dieu s'indigner contre les souverains ou contre le peuple, lorsqu'ils oublient ses commandements. Serait-ce une allusion plus particulière à Moïse, brisant au pied de la montagne les tables de la loi (Exode, xxxii, 19)? Est-ce un souvenir du livre des Rois et de la colère de Dieu contre David, exprimée par la bouche de Nathan (liv. II, chap. xii)? Est-ce la colère sainte de quelque autre messager divin que le poëte a voulu rappeler à l'esprit du lecteur?

Si nous nous laissons entraîner par nos transports, nous per-
dons le caractère et la raison d'homme. Il est certain qu'il y a
fort peu d'intervalle entre l'homme irrité et l'insensé en proie
au délire [1].

IV

Bien que l'on prétende, et c'est vérité, que la fougue qui
nous emporte est dans la nature, et que ce soit la révolte de la
colère qui détermine notre volonté à combattre, l'engagement,
le fait lui-même, la lutte, voilà ce qui est défendu, proscrit, si
la passion qui nous dirige ne s'assujettit pas au joug de la raison.

V

Oui, que l'on y réfléchisse, et l'on verra clairement, et avec
une inévitable évidence, que la colère est un mouvement naturel de l'esprit humain ; mais le jugement doit la trouver
obéissante ; et si l'on considère la cause commune, un champion
peut contre un autre champion s'abandonner à sa furie, dans
une occasion où elle a droit de se déployer et comme en face
d'un adversaire légitime.

VI

Mais si l'on combat par valeur, par vaine jactance ou pour
être vanté, ou afin de faire éclater sa force ou par bravade, ou
par ressentiment, par haine, par vengeance ; si l'on n'a d'autre
but que la querelle, en remettant aux armes la décision du débat,
le duel est injuste et réprouvé, bien que la coutume l'accrédite.

VII

Nous en avons ici la preuve sous les yeux dans Rengo et
dans Tucapel ; ils ne sont armés que par la présomption et par
un frivole orgueil, et se mettent en pièces comme des bêtes féroces, avec une obstination et une bravoure inhumaines ; ils

[1] Horace, I, *Epist.* II, 62-63 :

> « Ira furor brevis est ; animum rege, qui nisi paret
> Imperat : hunc frenis, hunc tu compesce catena. »

font des efforts inouïs pour atteindre le trépas, et ils étaient en
effet l'un et l'autre beaucoup plus près de mourir que de pouvoir justifier leur bataille.

VIII

Je dis que les cartels, malgré leur fréquence, introduits par
la corruption du siècle, sont défendus par toutes les lois et in-
terdits par la discipline militaire, sauf quelques circonstances
réservées et dont je parlerai lorsqu'il le faudra[1]. C'est un sujet
qu'il importe aux soldats de connaître, comme nous le verrons
plus avant[2].

IX

Je laisse pour cette fois la matière indécise, parce qu'à la vue
de Tucapel dont le glaive se dresse menaçant, je me reproche,
je me blâme et m'accuse de l'avoir si longtemps laissé suspendu.
Je reviens donc au cours de mon récit. Vous m'avez entendu
crier au farouche Rengo que sur lui descend l'épée terrible,
maniée par le bras de son intrépide adversaire[3].

X

Rengo se voit engagé, il ne se peut dérober au coup furieux
près de s'abattre. Il élève avec les deux mains son bouclier, et
se recueille tout entier sous cet abri. La lame tranchante ne
s'y arrête pas, le casque, tout solide qu'il est, ne supporte pas
cette atteinte ; il est fendu et le fer arrive jusqu'au front d'où il
fait jaillir une source abondante et rouge.

XI

Le guerrier reste quelque temps étourdi, et se maintient avec
peine sur ses pieds ; une profonde douleur lui enlève les esprits,

[1] Cf. le début du chant xxxvii.
[2] Il est difficile de ne pas admirer chez Ercilla cette droite et ferme raison qui le
rendait si supérieur à la plupart des esprits du xvie siècle, et qui lui faissait condamner le duel comme un préjugé barbare à une époque où il était pour ainsi dire
entré dans les mœurs.
[3] Cf. supra, chant xxix, oct. 53.

et, hors de lui-même, il va chancelant ; mais bientôt il retrouve ses sens ; il voit le péril extrême où il est réduit, et il attaque Tucapel avec tant de vigueur qu'il est sur le point de lui faire battre la poussière.

XII

Il le surprend si rapproché et si mal affermi que peu s'en fallut qu'il ne le renversât. L'effort gigantesque qu'il venait de faire avait forcé Tucapel à perdre l'équilibre ; mais il sut le ressaisir à l'instant, et, se voyant ainsi pressé par son rival, il jette vers lui ses bras robustes et nerveux et brûle de le réduire en mille pièces.

XIII

Et avec sa vigueur sans mesure, il l'enlève, le remue, le secoue ; mais Rengo sait reprendre pied, et met en usage à la fois toute son énergie et son adresse [1]. Ni les flots de sang qu'ils ont perdus, ni la longueur et la violence d'une lutte opiniâtre, n'affaiblissent leur force et leur ardeur ; loin de là, leur courroux ne fait que s'accroître.

XIV

Voilà que Rengo avec vitesse change de pied, enveloppe la jambe droite de l'inébranlable Tucapel, et le pressant entre ses bras athlétiques, le charge vivement de tout l'effort de sa robuste poitrine. Telle fut la violence du choc que l'un et l'autre, sans pouvoir éviter la chute, à leur grand déplaisir, donnèrent ensemble du flanc sur le sol, pareils à une muraille ou à une vaste tour qui s'écroule.

XV

Pleins d'un acharnement et d'une rage croissante [2], ils com-

---

[1] « La *tuya* » rappelle *fuerza* du premier vers de l'octave, malgré la distance qui sépare les deux termes, et malgré l'emploi que le poëte fait, dans l'intervalle, du mot *persona*.

[2] Winterling ajoute :

        « Als gab die Erde ihnen Kraft. »

Mais aucun détail du texte original ne fait, comme l'expression du traducteur allemand, songer au géant de la fable grecque.

mençaient à se rouler sur la terre, et aussitôt avec des poignées de poussière, ensemble ils cherchent à l'envi à s'aveugler; de telle sorte qu'à la fin, aveugles tous deux, ne pouvant plus se servir de leurs armes, on les vit de leurs ongles tranchants et de leurs dents se mordre et se déchirer avec frénésie.

XVI

Farouches, ensanglantés, furieux, tantôt sous le corps de l'adversaire et tantôt reprenant l'avantage, ils font résonner d'un bruit rauque l'acier qui gémit sous leurs poitrines serrées; mais pas un instant ils ne se ralentissent. Leur courroux et leur ardeur sont toujours les mêmes, et une épreuve si longue et si opiniâtre semblait leur donner un nouveau souffle et des ressources nouvelles [1].

XVII

Déjà trois heures s'étaient écoulées, lorsque les deux champions, d'égale bravoure, sentirent décliner leur vigueur jusque-là grandissante, et montrèrent à des marques trop sûres qu'ils étaient mortels. Après avoir épuisé leur dernier effort, impuissants tous deux à vaincre leur rival, ils restèrent là, sans qu'aucun de leurs membres pût encore se mouvoir, et tous deux ils semblaient plus morts que vivants.

[1] Cette idée, qui nous rappelle trop exactement la fin de l'octave 13ᵉ, peut sembler aux yeux du lecteur une exagération du poëte, puisque, dès l'octave suivante, il doit nous représenter les deux Barbares épuisés, immobiles, près l'un de l'autre et semblables à des morts. Ercilla paraît préoccupé du soin de faire reluire dans sa belle langue de Castille ce génie de résistance si profondément espagnol, et que Rome opposait à ses ennemis, toujours plus énergique après ses désastres :

« ...... ab ipso
Ducit opes animumque ferro. »

(Horace, IV, Od., iv, 59-60.)

Mais dans leur lutte obstinée, Rengo et Tucapel durent sentir leurs forces décroître progressivement, et nous passons ici avec quelque brusquerie du tableau qui nous offre l'acharnement le plus indomptable, au tableau de la vigueur anéantie et impuissante.

XVIII

Ils étaient l'un contre l'autre, évanouis, les veines épuisées, sans force et sans haleine ; leurs poitrines soulevées râlaient. Inondés de poussière et d'une sueur sanglante, les jambes et les bras entrelacés, ils ne donnaient plus signe d'existence. Seulement chez Tucapel, on pouvait remarquer une tentative suprême pour se dresser encore.

XIX

Sa jambe droite et son bras droit étaient, à ce moment, étendus sur son émule ; ses amis virent dans cette circonstance un avantage marqué ; ils lui donnèrent la victoire ; mais, bien que ce soit aujourd'hui même un sujet de discussion pour beaucoup, ni l'un ni l'autre ne remuaient, et si tous deux laissaient voir qu'ils vivaient encore, ce n'était que par une respiration sourde et par le battement de leurs cœurs.

XX

Le noble Caupolicán, qui assistait comme juge à la bataille, craint d'avoir un malheur sinistre et une perte à déplorer. Il se hâte de descendre au champ clos, et sans tarder un seul instant, assuré qu'il y avait encore en eux un peu de sang et de vie, il les fait poser sur deux brancards et porter par les douze guerriers les plus illustres.

XXI

Lui-même suivait leurs pas avec le reste de la noblesse, et avec les combattants les plus renommés. Chacun des deux rivaux, avec des honneurs solennels et pompeux, fut ramené sous son brillant pavillon. Aussitôt on eut recours aux remèdes, le sang fut promptement étanché, et les soins furent si actifs que peu de temps suffit pour ranimer dans les deux héros le sentiment de l'existence.

XXII

Lorsque fut passé l'instant où l'on pouvait craindre encore pour leurs blessures, l'on vit les forces de l'un et de l'autre se réparer à la fois; mais Tucapel, irrité du résultat, retardait sa guérison et prodiguait les menaces. Le sage et patient général, avec douceur, calmant cette colère, le ramena peu à peu, et le rendit plus docile à l'empire de la raison.

XXIII

La concorde est établie entre les adversaires. Par un engagement solennel, ils s'obligent à ne plus revenir durant toute leur vie sur leurs vieux démêlés, quelque grief que l'avenir fît naître, dans aucun lieu ni public ni privé ; ils ne devaient plus combattre ou soulever de querelles entre eux, ou se braver par la parole et par l'insulte.

XXIV

Mais à toute heure et en toute occasion, ils auraient à se traiter comme des amis généreux, et au milieu des circonstances et des aventures dangereuses, à s'aider l'un l'autre et à se prêter un rapide secours. Telle fut la convention arrêtée entre les deux chefs célèbres, et pour que leur accord s'affermît davantage, ils mangèrent et ils burent ensemble, à la grande joie et aux applaudissements de toute la foule [1].

XXV

Je les abandonnerai pour le moment à leur réunion et à cette bonne harmonie; car il m'importe de revenir vers les

---

[1] Cf. Arioste, *Orlando furioso*, I, 22 :

« Oh gran bontà de' cavalieri antiqui !
Eran rivali, eran di fe' diversi,
E si sentian degli aspri colpi iniqui
Per tutta la persona anco dolersi ;
E pur per selve oscure e calli obliqui

rives du fleuve qui change de nom à chaque contrée nouvelle [1].
Il y a longtemps que je m'absente et me promène loin de notre
camp tourmenté, et je dois en redire la fortune depuis nos
derniers périls et notre dernier combat.

XXVI

Aussitôt que nous eûmes remporté la victoire, avec plus de
pertes et de dommages que de profits, d'une marche rapide nous
gagnâmes l'abri de notre forteresse, qui se trouvait à une
grande distance du défilé. Et bien que peu après, Roi mon
maître, nous ayons eu encore beaucoup d'autres rencontres
dangereuses, qui nous coûtèrent des flots de sang et de grands
efforts, je suivrai, pour éviter toute fatigue, un chemin abrégé.

XXVII

Je passe une seconde bataille acharnée qui enleva maints

[1] Il s'agit du Biobio. Le fleuve lui-même ne change réellement pas de nom, suivant les provinces qu'il traverse ; mais ses différents tributaires, dont chacun peut s'arroger l'honneur d'être son courant principal, portent des noms distincts. La source du fleuve et celle de ses affluents les plus considérables, se trouvent dans la partie des Andes où se dressent les cimes volcaniques du Chillan, de Tucapel et de Callaqui. Le Biobio lui-même descend des environs de Tucapel, court de l'est à l'ouest, à travers un sol aurifère, arrose les campagnes de Santa-Barbara, de Santa-Fé et de la Concepcion. Il se jette dans le Pacifique entre le mont Mari-gueñu au sud et *las Tetas de Biobio* au nord. Le Biobio forme la limite australe du Chili et la limite septentrionale des Araucanos. Ses affluents de droite les plus dignes d'être cités lui versent leurs eaux dans la première moitié de son cours. Ce sont le Duqueco, le Huaque, le Laja. Au-dessous du Laja, il ne reçoit plus que des ruisseaux. A gauche, le pays des Araucans lui envoie le Recalhué, le Buren, le Vergara, le Taboleyo. De toutes ces rivières qui le grossissent, le Laja est son plus puissant auxiliaire. La source du Laja est voisine du Chillan. Il traverse un pays d'une admirable fertilité et, en perçant une barre de rochers, forme une cascade haute de quatre-vingts *varas*. Le beau terrain qu'enveloppe le Laja au nord, au sud le Biobio, à l'ouest les deux fleuves réunis, a été nommé l'*île de Laja* (Cf. Bustamante, *Geografia del Perú, Bolivia y Chile*, p. 298 et suiv.). Déjà au premier chant de l'*Araucana*, oct. 62°, Ercilla nous a parlé du Nibequeten comme de l'un des plus gros affluents du Biobio. Il le caractérise par ses eaux abondantes, « copioso rio ». Il désignait ainsi par son nom primitif et barbare la rivière de Laja. « Nibequeten hoy se llama la Laja, » Claudio Gay, *Historia fisica y politica de Chile*, 4 vol. in-8°, t. I, p. 216, *note*. Le nombre des cours d'eau qui se joignent au fleuve justifie l'expression poétique qu'emploie ici don Ercilla :

en cada asiento. »

guerriers aux deux partis; j'évite d'être long et je garde ici
silence; mais cet exploit trouvera pour en célébrer les détai
un autre narrateur[1]. Lorsque nous vîmes la place garnie pou
deux mois de munitions et de vivres, le dessein, qui dès lo
parut le meilleur, fut de la laisser sous les ordres de Reynoso.

XXVIII

Car les autres villes, fatiguées par les horreurs de la guerre[2]
nous réclamaient. Les lois sans force et refoulées de toute
parts, bien que muettes, nous adressaient de loin leur appel[3]
Tout était déplacé, bouleversé[4], et chacun gouvernait sans se
gouverner soi-même. Le royaume était sur le penchant de sa
ruine, faute d'une main assez puissante pour le régir.

XXIX

Aussi, en voyant que la contrée d'alentour était riche en
verdure, féconde et pleine d'abondance, pourvue de tout ce qui
est nécessaire à la fondation d'une ville, et la position même
alors d'une haute importance, l'on commença par tracer le
plan d'une cité, dont nous parlerons plus tard, et qui, malgré
son excellente base et ses débuts heureux, changea bientôt de
nom et d'emplacement[5].

1 Calvete de Estrella, qui a écrit en latin une histoire du Pérou et du Chili. Cf.
Arauc., ch. iv, oct. 70.

2 « De las pesadas guerras. » Winterling traduit fort bien : « Von den largen
blut'gen Kriegen. » Rivadeneyra écrit : « Pasadas. » Rien de plus fréquent dans les
textes espagnols que la confusion de ces deux termes.

3 Ainsi les lois, quoique muettes, semblaient adresser à Socrate cet éloquent
langage que Platon a rendu immortel. Cf. *Criton*, édit. Hirschig, *Collect.* Firmin
Didot, 1856, p. 39-43.

4   « Las cotas de su asiento desquiciadas. »

A cette expression familière et simple Winterling a substitué une image poétique,
mais assez pompeuse :

       « Die Anarchie schlägt ihre mächt'gen Flügel. »

5 Winterling a fait disparaître cette octave. Elle prépare cependant le lecteur
aux faits qui vont suivre. La forteresse de Tucapel doit s'illustrer en repoussant
une attaque furieuse des Araucans. Plus tard les Espagnols construiront un autre
Tucapel, plus à l'ouest, ou plutôt transféreron |

XXX

Nous laissons ensuite à la garde du pays les soldats les plus
habiles et les plus exercés, et, en ordre de bataille, aux sons des
instruments belliqueux, nous traversons la contrée rebelle; et,
franchissant la sierra de Purén, épuisés de faim, accablés du
poids de nos armes, nous atteignons, sains et saufs, les remparts
de l'Impériale, où toute la troupe reçut l'accueil de l'hospitalité.

XXXI

A peine arrivé dans la ville, le gouverneur rend leur libre
empire aux lois enchaînées. Il réforme la justice et les usages
que ces temps de trouble avaient corrompus. Il fait disparaître
les excès et les désordres introduits par une folle avidité, ramène toutes choses dans le droit chemin, imprime aux affaires
l'ordre et une sage direction [1].

XXXII

Nous n'avions pas fait goûter le repos à nos corps ni réparé
la faiblesse que laissent les tourments de la faim, quand nous
apprenons qu'autour de nous tout le pays est insurgé, que la
suspension d'armes a cessé, que la trêve est rompue. A l'aspect
de nos forces divisées, les Barbares réunissent les leurs, résolus
à ne pas laisser une forteresse debout ni un Espagnol vivant.

Cay, l. c., p. 462). Chargé de mettre cette place d'armes en état de défense, Rey-
nass remplit sa mission avec la célérité d'un capitaine habile. La garnison du
fortin était destinée à envahir les llanos de Angol, et à établir à *Colhue* la *ciudad
de los Infantes*, et le premier Tucapel resta nommé « Tucapel-el-viejo. » Peut-
être la nouvelle fondation devait-elle être encore le théâtre de combats dans les
chants ultérieurs du poëte, dans cette partie qui est demeurée ensevelie sous les
voiles de son imagination attristée et réduite au silence par la douleur.

[1] Cette octave est encore supprimée par Winterling, comme tant d'autres qui
contribuent à éclairer la suite des événements et la marche de l'épopée. Nous apprenons avec joie, de la bouche d'Ercilla, que don Garcia, le fils du marqués de
Cañete, vice-roi du Pérou, se montre digne du commandement que lui a livré la
confiance de son père. Après avoir fait triompher plusieurs fois les armes espagnoles, il sait, comme son père à Lima, réprimer dans l'Impériale le désordre et l'a-
narchie, et nous serons sans inquiétude lorsque nous verrons ce chef intrépide et

XXXIII

Sur l'heure, au nombre de trente environ, qui nous tenions prêts déjà, et le mieux équipés pour la guerre, nous nous aventurons dans les bois épais de Tirú[1], à travers les gorges profondes et les défilés trompeurs. Harcelés par mille surprises, sans nous arrêter et sans dormir ni jour ni nuit, nous arrivons au fort espagnol et parmi nos compagnons.

XXXIV

Déjà les nôtres savaient la perfidie et le mouvement des révoltés. Une circonstance étrange était survenue et avait fait connaître la réunion et le projet de nos adversaires. Aussi accueillit-on avec joie un secours et un appui qui n'étaient pas attendus, et nous apprîmes en détail un événement dont voici, puissant Felipe, l'exacte relation.

XXXV

L'armée des Araucans avait compris que déjà son heureuse destinée penchait vers son déclin, que Caupolicán perdait peu à peu la haute puissance qui l'avait fait vaincre. Dans de secrètes assemblées, mille propos se faisaient entendre et l'on murmurait contre un chef devenu odieux. La guerre, disait-on, il la traînait en longueur pour se maintenir dans les dignités de sa charge.

XXXVI

Cependant aucune voix n'était assez libre ni assez audacieuse pour que l'on ne vît encore quelque crainte chez le plus fier et le plus intrépide. Pas un n'eût risqué de faire un seul pas pour s'écarter du moindre de ses édits ou de ses commandements. Telles étaient sa sévérité et ses rigueurs, que l'on ne vit jamais personne exprimer un blâme hardi sur l'ordre qu'il avait donné; il les contenait tous par la terreur et le respect.

[1] Cf. infra, Suppléments historiques, § 1er.

XXXVII

Mais sa prudence lui fit redouter à la fin les retours irrésistibles du sort. Il sentait s'affaiblir la subordination de ses guerriers devant ses tentatives malheureuses ; car, si la fortune entraîne toujours et sans peine après elle la foi inconstante, un désastre, suivi d'un autre, refroidit chaque jour le dévouement le plus enthousiaste [1].

XXXVIII

Aussi voulut-il faire une nouvelle épreuve de la destinée, afin qu'avec lui elle se déclarât tout à fait et qu'il n'y eût aucun remède, aucune ressource, dont, pour remplir son devoir, il eût négligé l'emploi. Et voilà qu'entre une foule de projets, il en choisit un ; mais, avant de communiquer sa résolution, avec la rapidité et l'ordre nécessaires, il amasse des munitions et des armes.

XXXIX

Et sans retard, pour ne pas laisser à la peur le loisir d'examiner le péril, pour qu'aucun incident, nul soudain caprice, ne pût venir changer et refroidir les esprits, d'un langage hardi et assuré, il ordonne, lorsque le temps aura ramené l'heure du profond silence, que le plus grand nombre possible de combattants se tiennent préparés.

XL

Il fit au sénat une longue harangue, où il annonça qu'il fallait donner l'assaut à la forteresse du côté où était le poste d'Ongolmo [2], et cela en plein midi ; qu'un espion sûr lui avait

[1] Octave supprimée par Winterling. Elle nous fait pénétrer dans les secrètes pensées de Caupolican, dans celles qui déterminent sa conduite, et nous initie de plus à de belles réflexions morales que don Ercilla fait jaillir du sujet même qu'il traite.

[2] « De la posta de Ongolmo. » Du côté du val d'Ongolmo. Winterling n'a pas tenu compte de ce détail, qui donne un attrait de plus au style poétique d'Ercilla. celui de la *couleur locale*, comme on dit de nos jours. Il est rare que le poëte

appris que les troupes chargées de la défendre, pleines de sécurité et d'insouciance, étaient peu nombreuses, composées de recrues et sans armes;

XLI

Que le capitaine était absent et avait emmené l'élite de ses troupes, les soldats formés à la guerre; qu'il avait résolu de ne revenir sur ses pas que lorsqu'il aurait soumis la contrée[1]; il était occupé de nouvelles conquêtes, et la place ne pouvait recevoir aucun secours. Ainsi, en peu de temps, l'assaut devait leur frayer une entrée facile et leur livrer toutes les têtes à trancher.

XLII

Les paroles de Caupolicán furent si graves et si sérieuses, et telle était l'autorité attachée à sa présence, qu'il entraîna tous les avis et tous les suffrages. L'assentiment fut unanime, et, sans qu'il y eût aucun débat, chacun, plein d'une ferme résolution, s'empresse de lui prêter de nouveau le serment d'obéissance, et de protester qu'il suivra fidèlement jusqu'à la mort la bannière du chef dans l'une et l'autre fortune.

XLIII

Aussitôt celui-ci, ses plans arrêtés, s'entretient avec Prano[2],

espagnol ne désigne pas soit, par un nom propre, soit par un trait distinctif, le lieu où se rassemble le conseil des caciques, le site où se livre une bataille, où se produit un grand événement. Le val d'Ongolmo était l'un des plus fertiles de la contrée entière, et comme Caupolicán voulait attaquer la forteresse du côté qui regarde cette vallée, il la nomme avec précision pour déterminer la marche des Barbares. Nous pouvons supposer aussi que chacun des caciques, dont le nom se confondait avec celui de son territoire spécial, avait une charge plus formelle de veiller à sa défense, ce qui justifie mieux encore l'expression d'Ercilla.

1 Il ne s'agit pas cette fois de la réduction de l'Arauco, mais de l'expédition plus au sud où va bientôt s'engager don Garcia. Après la pacification de l'Impériale, après avoir ramené l'ordre dans les esprits et rendu force aux actes de l'administration, le fils de Mendoza devait s'aventurer en effet dans un voyage de découverte dont la description ne sera pas un des tableaux les moins curieux et les moins attachants de l'épopée entière. Caupolicán a pu être informé de ce projet du jeune gouverneur.

2 Ce Barbare que don Ercilla appelle *Pran*, est nommé *Parda* par Claudio Gay (p. 451). Le premier terme n'est qu'une contraction du mot original.

soldat d'esprit souple, d'une apparence simple, d'un grossier
aspect, mais pénétrant, subtil et cauteleux. La prévoyance et
la sagacité se joignaient en lui à la ruse et à l'astuce. Trompeur, dissimulé, plein de malice, beau parleur, fin, expérimenté, circonspect, délié, actif, d'une grande vigilance et d'une
grande réserve[1].

XLIV

Lorsqu'il fut exactement instruit de son rôle et de tout ce
que réclamait la difficile entreprise, couvert de pauvres vêtements et sous un humble extérieur, il dirige ses pas vers la
place espagnole ; et, feignant d'être un Indien fugitif et errant,
il pénètre dans les habitations chrétiennes parmi les autres
barbares employés à leur service ; son costume vulgaire aidait
à l'illusion.

XLV

Sous cette fausse apparence, d'un œil attentif, mais qui semblait indifférent, il considère ce qui se passe, et son examen,
qu'il dissimule, pénètre dans les projets les plus mystérieux.
Quelquefois il s'avance jusque dans l'enceinte gardée, et, à
l'abri de sa physionomie rustique, il observe les soldats, les
armes, toutes les dispositions, la citadelle et son dessin, où en
est la force et où en est la faiblesse.

XLVI

D'un autre côté, il écoute, il interroge les personnes les
moins défiantes, et son adresse plongeait dans les replis les
plus cachés et les plus intimes. En sondant les esprits les uns
après les autres, il cherchait, avec un langage couvert, un vase
qui pût contenir sa pensée, un cœur fait pour recevoir le secret
que voulait épancher son âme trop remplie[2].

[1] Nouvel exemple de ces portraits sommaires dans lesquels excellait le génie
d'Ercilla.

[2] Winterling supprime cette octave. Elle peint avec les couleurs les plus riches
et les plus élégantes la situation de l'émissaire barbare, ses incertitudes, ses prudentes démarches. Effacer d'un trait de plume toutes ces parures poétiques qui
servent à nous initier au caractère des hommes, c'est retrancher à l'épopée une

XLVII

En étudiant ainsi les gués et les chemins par lesquels il pourrait marcher à son but toujours voilé, de hasard en hasard et d'épreuve en épreuve, il vint donner dans un port dangereux. Il se laissa tromper par la finesse d'un Barbare, nommé Andresillo. Tous deux de concert sortirent ensemble pour chercher des vivres, suivant la liberté dont jouissaient les Yanaconas.

XLVIII

Aux paroles équivoques et détournées dont Prano attendait le succès de sa ruse, l'autre se mit à retracer les vexations que souffrait le peuple d'Arauco, les insultes, les outrages, les caprices, les meurtres, les spoliations, les violences, la tyrannie; et il rappelait à la mémoire affligée la perte de leurs biens, la liberté évanouie.

XLIX

Le crédule Prano, voyant que cet ami trompeur a si vite répondu à son appel, qu'il rencontre une volonté toute prête et un accueil favorable, que le temps, que l'occasion le secondent, entraîné par les perfides apparences, jette là son déguisement et son masque, ouvre le fond de son cœur et révèle en ces mots sou stratagème secret.

L

« Soldat, lui dit-il, si tu ressens la ruine douloureuse d'Arauco, la triste situation et les désastres de notre patrie malheureuse et écrasée, aujourd'hui la fortune et la destinée puissante nous montrent un visage souriant et viennent d'ellesmêmes remettre en tes seules mains la vie et la conservation de tout un peuple.

de ses forces vitales et une partie de sa grandeur littéraire. Un pas de plus dans cette voie, et nous substituons à la poésie son résumé ou son ombre. Winterling avait trop de goût pour tomber souvent dans cette faute. Il ne l'évite pourtant pas encore assez, et semble avoir subi quelquefois l'influence de la fausse théorie de M. Gilibert de Merlhiac.

LI

« Le héros auquel toute la terre n'a jamais opposé ni un égal ni un émule, celui qui, dans la paix inactive ou dans la sanglante guerre, occupe la première place et reçoit notre hommage, le magnanime Caupolicán a su apprécier ta haute bravoure, ton adresse, tes rares talents, et veut, dans une circonstance aussi opportune, confier à ton étoile le sort commun de l'État.

LII

« Il veut qu'à toi, comme à leur source, on attribue le commencement et la fin d'une si grande action; à toi sera toute la gloire, à toi l'honneur; à toi les profits et la renommée. Il ne se réserve quu'n titre personnel, et ce titre suffit à sa fierté et à sa joie, c'est d'avoir su te choisir parmi ses sujets, toi si digne d'atteindre ces vastes et magnifiques résultats.

LIII

« Librement confiés à tes mains, de tels projets ne peuvent inspirer que l'espérance d'un succès heureux. Attachés à ta bonne et prospère destinée, abrités par elle, ils doivent s'exécuter avec hardiesse; et c'est pourquoi, travesti sous cet humble appareil, afin de pouvoir ne provoquer aucune défiance, je viens, tel que tu me vois, pour que tu saches le but de l'entreprise et que tu en deviennes l'âme toute-puissante.

LIV

« Apprends donc que le chef est résolu, si aucun obstacle caché ne s'y oppose, à livrer en plein midi un assaut furieux à la forteresse, avec une troupe nombreuse de combattants. Un émissaire fidèle lui a donné l'avis qu'à cette heure du jour, les soldats espagnols se reposent avec sécurité sur leurs couches, et réparent les fatigues de leur nuit inquiète.

LV

« Dans l'oubli de toute précaution, la porte de fer n'est remise alors à personne et laisse un accès toujours libre et facile, pendant que les guerriers dorment sans souci. Il est aisé de les assaillir à l'improviste et de les massacrer tous; et la place une fois démantelée, dans les régions australes que reste-t-il encore qui soit capable de s'opposer à nos coups?

LVI

« Aussi, plein de confiance en ton aide qui aplanit et assure notre attaque, Caupolicán s'est avancé à trois lieues de cette enceinte, à la faveur de la nuit et de son ombre profonde[1]. C'est là qu'à l'écart de son armée, sous la garantie de la promesse mutuelle et de la bonne foi, il veut s'entretenir avec toi seul, et te faire connaître en détail les plans dont je t'ai retracé l'ensemble.

LVII

« Élargis donc et ouvre ton âme aux vastes espérances. Si tu veux jouir du bonheur qui t'est offert, outre l'honneur éclatant que tu acquiers en réparant les maux de la patrie, c'est toi seul qui feras ta gloire, c'est de toi seul que tous auront reçu l'existence, et chacun de nous reconnaîtra sans cesse qu'il la doit à ton bienfait.

LVIII

« Vois, et ne ferme pas les yeux à l'évidence. Considère combien l'occasion est favorable. Ne sois pas ingrat envers le ciel qui te demande seulement d'accepter une si honorable entreprise. Tends les mains à ta patrie qui succombe dans un dur et honteux esclavage. Tu peux toi-même fixer ta récompense; car, dès à présent, il n'en est aucune qui ne t'appartienne. »

[1] Cf. Virgile, *Æn.*, VIII, 658:

« Defendit tenebris et dol., nebulis opaca. »

LIX

Il cessa de parler, et son regard s'arrêta sur l'Indien impassible. Celui-ci était resté sans trouble et sans émotion, jusqu'à ce que Prano eût achevé son discours. Alors, couvrant d'un sourire et d'un air satisfait les ruses d'un cœur perfide, aux offres et au langage qui lui sont adressés, sans plus de retard, il répond en ces termes :

LX

« Par quel signe pourrais-je ici faire éclater assez ma joie intérieure et le transport que j'éprouve, en voyant qu'entre mes mains repose le bonheur de ma chère et douce patrie ! Ni richesse, ni honneurs, ni charges, ni dignités, ni le commandement et la souveraineté du monde ne sauraient dans cette action balancer à mes yeux l'utilité générale de l'État.

LXI

« Comment souffrir encore l'orgueil de cette race ambitieuse et sans frein, cet empire despotique et la violence avec lesquels elle usurpe notre liberté ? Déjà pour l'Espagnol la justice divine a prononcé la sentence, elle tient préparé le châtiment exemplaire qu'il mérite et qu'elle a confié à la valeur de l'Arauco.

LXII

« Retourne vers Caupolicán, et, pour ce qui me concerne, offre-lui l'assurance d'une volonté résolue. Quelque promesse illimitée que tu lui transmettes, je m'engage, moi, à garantir le succès ; et demain, sans hésiter, dans la partie la plus inculte du rivage désert, je me rendrai auprès du chef ; afin de m'entretenir longuement avec lui de ce projet. Dès aujourd'hui, j'en accepte la charge.

LXIII

« Dans la crainte que des soupçons ne se puissent éveiller, il sera bien de nous séparer ici. Mettons un terme pour cette fois à notre entretien, et rendons-nous là où chacun de nous est attendu. Demain, tout à loisir, à midi même, nous nous parlerons avec moins d'obstacles, et tu seras plus satisfait de mon concours. Adieu; il est tard; adieu! il me reste un grand espace à franchir. »

LXIV

Ils se quittèrent aussitôt, et chacun se retira par un chemin différent. L'un se rendit au camp de l'armée araucane, et l'autre dans la place des Espagnols. L'âme remplie d'une joie malfaisante, Andresillo vint parler en secret au capitaine, et lui dit de point en point tout ce qu'on peut apprendre en écoutant le chant qui va suivre.

CHANT XXXI

I

L'action la plus coupable, la plus basse et la plus odieuse, celle qui offense le plus la bonté divine, est la trahison sous le voile de l'amitié. Elle indigne le ciel, la terre et l'enfer. Qu profite de la perfidie peut bien l'accueillir; mais il hait et déteste le traître. Tel est ce crime abominable qu'il soulèv même celui dont il seconde les intérêts [1].

II

Rarement vous verrez un homme déloyal mener jusqu'a terme une vie tranquille. Il n'est aimé de personne et tou l'abhorrent. On a beau recueillir les fruits de sa conduite; o le méprise. En tout temps il n'est qu'un ami suspect. Dit-il l

[1] Démosthène, dans son admirable plaidoirie contre Eschine, a souvent décrit rôle des traîtres, leur infamie et l'horreur qu'ils inspirent. Il parle, comme Ercill de l'aversion qu'éprouve pour leur personne celui-là même qui met à profit les services. Voy. *Discours sur la couronne*, trad. Plougoulm, 1834, p. 145-147. Ma aucun écrivain peut-être n'a mieux retracé que Dante les sentiments de mépris d'indignation que le traître laisse dans tous les cœurs honnêtes. C'est au dern cercle de son Enfer, c'est au fond des *male bolge* qu'il relègue cet être odieu Cf. la *Divina Commedia, Inferno*, capit. XXXII-XXXIV, trad. de M. Mesnard, t. p. 407-447.

vérité, on ne le croit pas. Enfin, il ne saurait se dérober au châtiment que la méchanceté traîne toujours à sa suite [1].

III

Si d'après les droits de la guerre, celui-là est perfide qui, malgré une garantie protectrice, attaque son adversaire; que dire de celui qui vend à l'ennemi la liberté et le sang d'un ami, de celui qui, sous les traits de la fidélité, ne vise, comme dans ce récit même, qu'à livrer sa patrie, et vient avec haine et fureur lui mettre à la gorge le tranchant du glaive?

IV

Un esprit habile et prudent peut se préserver contre un rival déclaré et connu, contre le pervers et l'insolent qui le menace, mais non contre le traître qu'il n'a jamais offensé, et qui dans les plis de son vêtement, ami trompeur, tient caché un poignard nu. Est-il un port qui soit un lieu de sûreté contre son âme déloyale? Est-il un ennemi plus dangereux que l'ennemi couvert?

V

J'en ai la preuve dans Andresillo. Il avait quitté son ami trompé et satisfait. De toute la vitesse de ses pas, il franchit en peu de temps un vaste espace, se rend auprès de Reynoso, qui, tranquille et insoucieux, ne soupçonnait rien de semblable. Le traître tirait vanité de sa finesse, et fit connaître à la fois en ces termes sa ruse et le complot:

VI

« Sache, dit-il, que le destin t'accorde aujourd'hui une généreuse faveur. Il a dirigé les affaires de telle sorte que je puis être pour toi un ami utile; car il a remis à ma libre volonté la mort ou la conservation de tes ennemis. Il a confié aux mains d'Andresillo la suprême sentence et l'épée.

VII

« C'est en abjurant mon devoir et la fidélité due à mon pays et à ma nation, c'est par respect envers toi, que je veux, Seigneur, sacrifier ma vie, afin de soustraire la tienne au péril. Je veux diriger contre une patrie odieuse la force des armes et les décrets du destin, pour détourner l'innombrable multitude de glaives préparés contre ta poitrine. »

VIII

Et alors il lui raconte tout ce qui s'était passé entre lui et Prano, tous les détails que vous connaissez; car si ma mémoire ne m'égare, dans le chant qui précède, un long récit les a développés. Reynoso resta surpris et confondu. Le cœur touché, la reconnaissance peinte sur le visage, de ses bras il enveloppe Andresillo avec affection, et il lui prodigue d'amples remerciements.

IX

Il vante la ruse et la finesse avec lesquelles il a noué cette double trame, exalte l'immense, l'éclatant service qu'il vient de rendre au royaume et à la chrétienté, ajoute qu'un si grand bienfait restera toujours gravé dans notre mémoire, et que dès à présent une glorieuse distinction, une riche récompense doit devenir son partage.

X

Puis ils conviennent entre eux que le jour suivant, sans rien révéler de ce projet à personne, dans le temps et au lieu qu'il avait choisis, Andresillo se rendrait à l'entretien du capitaine son compatriote, qu'il aurait à saisir du regard et de l'oreille tous les détails utiles à leur plan, afin de le mener par la ruse et par l'artifice jusqu'au but de leur désir et de leur espérance.

XI

Andresillo accomplit ses vues. Mais d'abord au débouché d'une vallée profonde, il trouva son ami posté en sentinelle et qui l'attendait pour lui servir de conducteur. Caupolicán, d'un air joyeux, fait quelques pas à sa rencontre, assez loin en avant de son armée, et l'accueille avec affection et courtoisie :

XII

« Capitaine, lui dit-il, car dès ce moment, au nom du ciel je te confère cette dignité, puisqu'aussi bien l'affranchissement du sol de notre patrie est, avec justice et à bon droit, confié à ton adresse ; je sais qu'animé par la pure et noble ardeur de la vertu même et du courage, tu aspires à un but si élevé que jamais aucun homme n'aura porté plus haut son illustration.

XIII

« J'ai pénétré les desseins de ton âme et ton but héroïque. Inspiré par la fortune qui te favorise et te promet un succès heureux, je suis énergiquement déterminé à marcher avec une foule innombrable de soldats, sans autre guide que ta personne, à l'assaut du camp espagnol, au milieu du jour.

XIV

« Aussi mon arrivée dans ce lieu a-t-elle été mystérieuse et secrète. J'ai voulu m'y rendre afin de pouvoir (et tu fixeras toi-même la limite de tes vœux) te garantir une légitime récompense. J'ai voulu m'assurer si, pour l'entreprise qui t'est confiée, tu consentais à te charger du commandement et de notre existence, à nous donner, comme chef et souverain arbitre, l'ordre et les instructions, les plans et les mesures nécessaires.

XV

« Outre les dignités, je te promets, au nom du sénat, une

seigneurie, et je te jure par le grand Eponamon qu'elle sera choisie à ton gré. Je me place désormais en tes mains, je m'y abandonne; je renonce à tous mes sentiments personnels, pour adopter les tiens. Dicte la loi la plus utile, et que le succès espéré ne soit pas différé davantage.

XVI

« Fort de ton aide et de mon espoir qui m'annoncent une tentative heureuse, j'ai placé près d'ici, dans un lieu caché et couvert, mes troupes en armes. Avant qu'elles soient soupçonnées de personne, avant que la citadelle ennemie se puisse préparer, et c'est le seul danger de notre entreprise, il faut presser l'exécution.

XVII

« Hâte-toi donc, guerrier courageux, et suivant notre confiance en toi, précipite tes décisions; car derrière cette montagne, vers le rivage, se tient une armée nombreuse et obéissante; et pour que tu en apprécies la discipline, la valeur, les armes et la multitude, tu pourras te rendre toi-même en ces lieux. Je t'y attends, l'âme toute remplie d'une espérance inébranlable. »

XVIII

Le traître obstiné, attentif aux offres que lui faisait le général, ne fut ébranlé dans ses projets criminels ni par les promesses ni par les récompenses. Cependant, il eut un instant d'effroi. Il hésite à l'aspect du chef intrépide, devant cette valeur, ce visage où éclate la bravoure, devant cette haute stature et ces membres gigantesques.

XIX

Caupolicán avait revêtu sa poitrine large et robuste d'une forte et puissante cuirasse. Un dragon couvert d'écailles se dresse sur le cimier de son casque menaçant. Sa main droite tient une massue de fer et à son côté est suspendu un glaive

homicide. Sa taille et son attitude représentent le dieu Mars irrité.

XX

Mais voyant avec quelle facilité il peut réussir dans son détestable projet, qu'en si peu de temps il a mené si loin son artifice perfide et trompeur, Andresillo, la joie sur la figure et
d'un air de reconnaissance, bien que son cœur renfermât la
fourberie et la ruse, fléchit les deux genoux, se prosterne et
fait cette réponse à Caupolicán :

XXI

« Noble seigneur [1] ! ne pense pas que ce soit par l'attrait des
honneurs, des richesses et des dignités, que je viens à tes pieds,
sujet obéissant, résolu à te servir et à te sacrifier ma vie. Tout
ce que tu m'as offert, tout ce qui peut être le plus souhaité par
les hommes, ne me sollicite pas et ne m'enflamme pas autant
que la grande raison qui m'enchaîne à ce devoir.

XXII

« Grâce au ciel, je sens que mon espérance, fondée sur ton
génie et sur ton insigne valeur, s'achemine, au souffle d'un
vent prospère, vers le port désiré; et pour qu'aucune lenteur
ne nuise à nos desseins, il sera bon que tu hâtes l'attaque et
suives la fortune qui se déclare avec évidence en faveur de
notre cause.

XXIII

« Les ennemis, accoutumés à se voir assaillir durant la nuit,
restent sans crainte, lorsque le soleil marche au plus haut des
cieux, se reposent désormais sous leurs tentes, et libres de leurs
vêtements, se jettent sur la terre, plongés dans l'ivresse et dans
le doux sommeil. Les heures brûlantes de la sieste s'écoulent
dans un profond repos, jusqu'à ce que l'astre de feu penche
vers son déclin.

---

1 « O gran Apó. » Cf. infra, in calce, Suppléments historiques, Declaracion de algunas cosas, etc.

XXIV

« Que si tu es préparé comme tu le dis, si ton armée en ordre
est près de ces lieux, je t'en conjure, saisis l'occasion sans retard et n'en laisse pas échapper les faveurs. Il est difficile de
retrouver l'instant auquel on a permis de fuir, et surtout de
réparer les dommages de notre inaction. Si rien ne t'arrête
plus, toi, n'arrête pas tes destins et ta fortune.

XXV

« Je m'engage à te livrer la victoire, non que j'espère la récompense de mon service ; car la vertu apporte avec elle son
salaire et est à elle-même son véritable prix [1] ; il me suffit que
je te puisse être utile. Aussi je m'empresse, d'une âme désin-
téressée, à livrer à tes coups, sans péril pour tes armes, la
gorge nue de notre oppresseur.

XXVI

« Demain, sous un déguisement, lorsque le soleil s'avancera
au milieu de sa carrière [2], Prano doit se rendre à ma cabane
où j'attendrai sa présence avec un impatient désir ; il entrera
dans la forteresse ; il visitera cette place ouverte, verra les
Espagnols, abandonnés alors, suivant leur usage, au sommeil,
sans souci, sans préparatifs, et, en apparence, sans aucun
maître [3].

[1]   « Que la virtud la paga trae consigo
         Y ella misma es el premio verdadero. »

Cf. Virgile, Én., IX, 252-254 :

         « Quæ vobis, quæ digna, viri, pro laudibus istis,
         Præmia posse rear solvi ? Pulcherrima primum
         Di moresque dabunt vestri..... »

[2] Winterling a substitué au mot simple, au *soleil* de don Ercilla, la divinité grecque « Hélios, » sans que rien ait préparé l'esprit du lecteur à ce changement.

[3]   « Sin prevencion, y al parecer sin dueño. »

Winterling a rendu le vers espagnol avec une brièveté heureuse et fort expressive :

         « Als sei kein Herr, als sei kein Feind zugegen. »

XXVII

« Cette nuit que tes soldats, étouffant toute voix et tout bruit prennent un détour sur la droite de la route, et viennent se placer en bataillons à un mille de la citadelle et plus près encore ; et lorsque le soleil paraîtra dans l'orient, pressés en rangs épais, les armes basses pour éviter les reflets du jour, qu'ils attendent là mon signal et mon ordre.

XXVIII

« Cependant, je désire voir cette armée qui t'obéit, pour que rien ne manque à mon bonheur et à ma joie [1]. Armée heureuse, réservée à cette grande et mémorable entreprise, et par la bravoure de laquelle, rendu à tous ses droits et à sa puissance première, l'Arauco, après avoir renversé la tyrannie espagnole, étendra au loin sa gloire et sa souveraineté. »

XXIX

Caupolicán resta convaincu de la franchise d'un tel langage et du succès de la tentative. Il lui répondit par des paroles qui eussent touché non-seulement une âme accessible à l'émotion, mais un rocher ; et pour marquer leur accord loyal, le chef lui donna un brillant diadème de l'or le plus fin, avec une garni-

---

1

« Quiero ver, puesque dello eres servido,
(Por ir del todo alegre y satisfecho)
Tu dichoso escuadron..... »

Cette pensée répond à la proposition faite par Caupolicán à Andresillo, oct. 17e. Winterling a complétement changé le sens du texte original :

« Ich hoffe, dass ich dich froh und zufrieden seh,
Und dass du meinen Freundesdienst wirst loben
Wenn nun durch mich zur höchsten Höh
Des Glücks und Ruhms dein siegreich Heer erhoben. »

Rien dans les vers d'Ercilla ne donne ouverture à une pareille interprétation. L'appel adressé par le chef des Araucans au Barbare rusé et trompeur, et la visite même qu'Andresillo fait immédiatement après au camp des Indiens (oct. 31-31, justifient le sens que nous avons adopté et que les termes mêmes du poète présentent sans aucune équivoque.

ure de perles précieuses [1], ornements auxquels ces barbares
attachent une haute valeur.

XXX

Accompagné de Prano, qui ne se contient plus de joie, au
pied d'une montagne grande et escarpée, l'Yanacona découvrit
bientôt l'armée des Araucans enfoncée dans son embuscade.
Elle était nombreuse et composée de vaillants soldats. A cette
vue, le traître demeura un peu troublé; il sentit chanceler sa
résolution trompeuse et perfide; car souvent, dans un esprit
inconstant et mobile, la crainte fait ce que la vertu n'a pas su
faire.

XXXI

Mais bientôt la perversité l'emporte; elle l'aiguillonne et lui
inspire l'audace nécessaire, chasse l'incertitude qui l'obsède et
pousse en avant son projet criminel. L'Indien masque sa détestable pensée. D'un visage et d'un air imposteurs, l'infâme exagère ses louanges, et vante l'emplacement, l'ordonnance, les
armes et les guerriers.

XXXII

Lorsqu'il eut pris ses renseignements et observé tout ce qu'il
lui fallait savoir, considéré ce terrible appareil, calculé le
nombre de soldats que l'armée renfermait, bien instruit et am-
plement informé, il revint à la forteresse comme le jour finissait. Reynoso attendait son retour, et déjà ce long retard éveillait en lui quelque défiance.

XXXIII

L'Indien lui fit, avec des détails minutieux, le récit complet
de sa mission. L'assurance du capitaine et son courage gran-
dirent encore quand il nous vit arriver si fort à propos; car
si vous avez été attentif à mes chants, vous vous rappelez que

---

[1] « Chaquira. » Cf. infra, in calce; Declaracion de algunas cosas, etc.

par la montagne et par des chemins escarpés, je vins au secours des nôtres ce jour même avec trente Espagnols qui m'accompagnaient.

XXXIV

Nous passâmes cette nuit-là à préparer nos armes et les instruments de guerre, à examiner fossé, murailles, fortifications, à désigner son poste à chaque soldat, jusqu'au moment où l'aurore de sa lumière voilée découvrit les retranchements profonds et fit éclater les tristes pronostics d'un jour qu'appelaient nos désirs, mais que devaient marquer tant de sang et de carnage.

XXXV

Jamais on ne vit dans les régions australes le soleil se lever aussi tard pour fournir sa carrière, et refuser ainsi de montrer aux mortels sa clarté et ses rayons à l'heure ordinaire. A la fin, il s'élança entouré de présages sinistres, et la lune, éteignant ses feux devant les siens, tourna vers le ciel sa face mobile et pâlissante, pour ne pas regarder la malheureuse terre d'Arauco [1].

XXXVI

Les préparatifs étaient faits avec une pleine confiance et avec mystère de part et d'autre. Les projets et l'espoir étaient égaux dans les deux camps ; mais qu'ils étaient loin d'avoir même sort et mêmes destinées ! Voyez-vous Prano qui seul et en toute hâte, comme les Indiens désignés pour le travail [2], sous un faix de froment pur, s'avance et cherche à ce moment son déloyal ami ?

XXXVII

Sur la porte de sa demeure, Andresillo s'occupait à regarder les chemins. Il lui semblait que le temps convenu était écoulé,

1 Winterling qui, dans l'octave 24e, a remplacé le mot *sol* par *Hélios*, n'hésite pas cette fois encore à substituer *Selene* à *luna* ; il y a là un goût quelque peu suranné de mythologie.

2 « Mitayos. » Cf. *infra*, *in calce* ; *Declaracion de algunas cosas*, etc.

bien qu'il ne fût pas arrivé encore, tant son dessein coupable le pressait et lui faisait sentir l'éperon d'une maudite furie. Toujours à nos désirs impatients, l'heure même qui vole paraît immobile.

XXXVIII

Prano survient et le rassure, lui affirmant que les Indiens, partagés en deux bataillons, ont aperçu les murs de la citadelle, sans que personne les ait ni découverts ni soupçonnés. A pas silencieux, dans un ordre parfait, fidèle à la discipline, la troupe marche à rangs serrés, et, le corps incliné, les armes trainantes, elle s'avance droit sur Tucapel.

XXXIX

Avec la pensée d'un but bien différent, Andresillo laisse éclater sa joie. Il dit à Prano que déjà probablement, selon leur habitude, les Espagnols étaient endormis ; et aussitôt, tranquilles et dissimulés, sans plus de retard, entrent de compagnie dans la forteresse prévenue, le rusé trompeur et le barbare trompé.

XL

Ils virent retirés dans leurs chambres tous les officiers et les soldats, étendus sur leurs lits, endormis sans dormir ; avec adresse et avec précaution, tous paraissaient oublier la prudence. Ici les armes étaient détachées, et là les chevaux étaient sans selles. Tous suivent un plan concerté, et comme plongés dans un silence profond et dans un profond sommeil, ils semblent prêts pour le massacre [1].

---

[1] « Al parecer resuelto. » C'est le texte de Baudry, et nous l'avons adopté. La *Biblioteca* de M. Rivadeneyra offre une leçon différente, judicieuse et fort acceptable : « Todo de industria al *parecer* resuelto. » Cette sécurité, ce faux sommeil, ce silence, tout avait été arrangé pour abuser le barbare, pour produire une simple apparence. Cependant l'explication que nous avons préférée s'accorde mieux avec quelques détails de la diction d'Ercilla ; cf. oct. 23e.

XLI

A l'aspect de ce calme, de cette sécurité et de la faible surveillance qui règne dans la forteresse, aussi heureux de ces
apparences qu'aveugle et obstiné à ne pas ressentir les soupçons qu'elles devaient faire naître, Prano ne s'arrête pas un
seul instant, et par un court sentier qu'il connaît, de toute la
vitesse de ses pieds et de toute sa vigueur, il s'élance et porte
aux Barbares la nouvelle qu'ils attendent.

XLII

A peine a-t-il disparu, qu'Andresillo fait éclater sa voix :
« Braves guerriers, s'écrie-t-il, qui tenez dans vos mains le terme
désiré de cette guerre, saisissez, saisissez vos armes victorieuses,
rompez désormais un silence inutile, levez-vous en toute hâte,
car, je vous le dis, vous avez l'ennemi à vos portes. »

XLIII

Non, jamais, de son hamac laineux, quand il entend les cris
du pilote et qu'un soudain orage le vient assaillir, le matelot
ne s'élance avec autant d'agilité que le firent nos soldats,
quand, à l'appel puissant d'Andresillo, nous bondîmes, légers
et impétueux, hors de nos tentes, et courûmes aux armes voisines.

XLIV

L'un vole à sa cuirasse accoutumée, l'autre ajuste son gorgerin
et son casque ; celui-ci équipe son cheval ; celui-là sort avec
l'arquebuse, la lance ou l'épée. En un instant, la puissante artillerie est dressée aux portes ouvertes ; des milliers de projectiles, cent apprêts destructeurs arment les bastions, les courtines et les embrasures.

XLV

Dès que la citadelle fut en état de défense, et qu'à chacun, suivant son poste, son rôle eut été marqué, sur l'ordre prescrit, le plus profond silence enchaîna toutes les langues, et le calme remplaça le tumulte. Nos remparts étaient si tranquilles qu'au dehors les hommes de service, à la vue de cette paisible sécurité, jugeaient que tout était également enseveli dans le repos du sommeil.

XLVI

Prano ne s'était pas ralenti dans sa course. A peine étions-nous armés, que les ennemis tout à coup furent aperçus près du fort, de deux côtés. Ils venaient à pas mystérieux et lourds, les armes contre terre, le corps penché, et ils nous auraient surpris, si l'œil n'eût été plus rapide et plus alerte que l'oreille.

XLVII

Le chasseur expérimenté qui a reconnu la piste de sa proie et son gîte, s'avance peu à peu, tout incliné, et dissimule sa marche à travers les herbes et les broussailles ; il hâte ou suspend sa marche ; il fait un pas et s'arrête, sans bruit, jusqu'à ce qu'il soit parvenu tout près, et que, sans être vu, il puisse diriger un coup sûr.

XLVIII

Avec le même mystère et plus de précautions encore, les Araucans, toujours cachés, apparurent enfin et en un clin d'œil se montrèrent tout près du fort, à moins de trente pas ; puis, sans faire retentir ni la trompette ni aucun autre instrument, en troupe silencieuse, plus de deux mille Barbares courent assaillir les portes qu'un soin prudent, plutôt que la négligence, tenait ouvertes.

XLIX

Je ne sais avec quelles paroles ni avec quel sentiment de plaisir je pourrais raconter ce sanglant et cruel assaut. Comment exprimer une juste compassion et ma juste haine ? car elles me remplissent l'une et l'autre à la fois. Mon âme et s'apitoie et s'endurcit, et me tient ainsi en suspens entre deux impressions contraires. Si je satisfais à l'ardeur de ma pitié, je condamne et j'estime blâmable ce que je fais.

L.

Si je me détourne de l'attaque et du péril, je sens bien pourtant que ma place est au centre de l'action et à la défense des retranchements; si j'abandonne la citadelle à cette heure et dans cette lutte, je suis coupable et j'accomplis mal mes promesses. L'esprit incertain, embarrassé, combattu tout ensemble par des pensées différentes, je remets à un autre chant d'éclairer mes doutes irrésolus; un conseil m'est nécessaire.

CHANT XXXII

I

C'est une vertu excellente, c'est chose digne de louange et célébrée par tous à juste titre que la clémence illustre et généreuse. Jamais elle n'habite dans une âme abjecte. Par elle, Rome devint toute-puissante et vainquit plus de nations qu'avec l'épée. Par elle, on vit cette cité soumettre et ranger à ses lois la tête indomptée des plus grands monarques.

II

Non, la gloire ne consiste pas seulement à vaincre; ce n'est pas là qu'est la grandeur ni la noblesse, mais bien à savoir user de son triomphe en lui donnant son plus beau lustre, la magnanimité. Le vainqueur mérite de passer à l'avenir, si dans la colère il se résiste à lui-même; à l'homme clément appartient la plus belle victoire; ne sait-il pas aussi vaincre les cœurs?

III

Si le succès est glorieux pour un capitaine cruel et inexorable, moins prodigue de sang, il aura plus de grandeur et méritera plus d'éloges. Que l'épée coure de toutes parts, pendant

que dure la fureur, je l'excuse; mais lorsque le sang-froid est
revenu, frapper encore, c'est vengeance, cruauté, tyrannie.

IV

Les flots de sang que l'on a répandus (si mon jugement et
mon avis ne s'égarent) ont été la cause qui a fait entièrement
disparaître les fruits espérés de cette région. Avec une affreuse
inhumanité, on a franchi les lois et les droits de la guerre.
L'invasion et la conquête ont été accompagnées de barbaries
sans exemple.

V

Et, bien que l'événement dont je parle soit une de ces cruautés, selon moi, la voix commune, qui m'est contraire, me prouve
que désormais, suivant les lois du monde et de la fortune, tout
est juste et permis pour le vainqueur. Mais terminons ce discours importun. Le temps est venu, ce me semble, où doit commencer le terrible carnage, l'exécution affreuse, juste à quelques égards, mais si digne de pitié[1].

VI

J'ai laissé le camp des Indiens près de la forteresse, au milieu des fureurs, volant à l'attaque, la Mort silencieuse et voilée,
et mille armes diverses prêtes à partir de ses mains. Entraîné
par la destinée et par le sort cruel, d'un pas rapide, d'une
course fatale, voilà que s'engouffre, par la porte et par l'entrée
perfide, un épais bataillon de combattants entassés.

1 La critique et la philosophie modernes n'ont pas exprimé sur les exactions et
sur les cruautés commises par les Espagnols dans le Nouveau-Monde, un jugement
plus ferme et plus intelligent que celui d'Ercilla. Malgré son attachement à sa
patrie et au drapeau national, il ne se dissimule pas l'excès des maux qui ont soulevé
les Araucans et les actes d'oppression qui justifient leur révolte. Ercilla est le
chantre de la gloire espagnole, mais il est aussi le poëte de l'humanité même, et ce
double caractère, souvent reproduit dans son œuvre, en constitue la haute et forte
moralité.

VII

Dieu tout-puissant ! quel fracas épouvantable ! quel carnage ! quelle destruction ! que de corps abattus dans cette foule malheureuse, qui tombait en aveugle dans le piége où elle croyait nous surprendre ! Qui pourrait retracer ce triste massacre, les décharges effrayantes d'une formidable artillerie, l'ouragan impétueux des projectiles que tout à coup et tous à la fois elle lance sur les agresseurs !

VIII

Vous eussiez vu les uns percés à jour, d'autres dont la tête et les bras étaient emportés, d'autres tellement broyés qu'il ne leur restait aucune forme, et beaucoup étaient traversés par les piques ; membres sans corps, ou corps dépouillés de leurs membres ! Au loin pleuvaient tronçons et lambeaux, viscères, intestins, os brisés, entrailles qui palpitent et cervelles fumantes.

IX

Comme une étroite mine, bien amorcée, éclate avec un grand fracas, lorsque la violence soudaine du feu fait sauter les tours et voler au vent les machines ; avec plus de bruit encore et un plus vaste ravage, la force vive de la poudre fait explosion, et dans un instant réduit en pièces tous ceux de l'armée barbare qui avaient atteint la muraille.

X

La fortune cruelle, aux mobiles caprices, avait anéanti cette première troupe d'Araucans. Pas un coup, pas une arme ne s'était trompée de chemin et n'avait inutilement frappé. Jamais on ne vit tant d'hommes mourir à la fois, et, quelque hâtive que soit ma plume, je ne puis achever ce récit et m'arrête, tant il y eut là de coups, de blessures et de morts !

XI

Le fracas de la décharge avait à peine cessé, que, jaloux de
paraître en rase campagne, les chevaux dociles à l'éperon, tous
à la fois s'élancent par la porte et par le passage embarrassé, et
dans la deuxième troupe des Indiens, qui se tiennent amassés
et comme stupéfaits, nos guerriers sèment le trépas et font plus
de carnage que n'en avait pu faire l'artillerie.

XII

Tel frappe de sa lance celui-ci, cet autre encore, et s'ouvre
une route large et sanglante. Tel plonge ses coups à gauche, à
droite, et prive de la vie une foule de combattants. Il n'y eut
alors ni âme, ni main assez tendre pour ne pas abaisser le fer
et enfoncer la blessure. De nulle épée le tranchant ne fut assez
faible ni assez émoussé pour ne pas ruisseler d'un sang toujours
frais.

XIII

Je voudrais ici représenter à loisir les victimes et peindre
leurs attitudes. Les uns étaient foulés aux pieds des chevaux,
les autres, la poitrine ou la tête fendue ; d'autres, et c'était
grand'pitié de les voir, les entrailles et la cervelle à nu ; d'autres, mutilés et en lambeaux ; d'autres, corps entiers mais sans
tête.

XIV

Les cris, les lamentations, les gémissements, les tristes et
douloureuses plaintes, le bruit des armes et les clameurs remplissent l'air et la voûte du ciel. Luttant contre la mort, les soldats abattus se tordent et se roulent sur la poussière, et toutes
ensemble une foule d'âmes s'élancent par le chemin que leur
ouvrent mille blessures.

XV

Dès que son esprit se fut retrouvé lui-même, après une brusque épouvante, Prano, que la ruse a égaré, et qui était libre et hors du péril, voit sous ses yeux le désastre manifeste, et sent que le perfide Andresillo n'a fait que l'abuser par des paroles trompeuses. La douleur et la honte ont sur lui une telle puissance, que le malheureux, bien qu'il pût échapper à l'ennemi, sans armes, au milieu des armes se jette en désespéré.

XVI

Mais plus heureux, les derniers Indiens, ceux auxquels n'était parvenu que le fracas de la guerre, tournent l'épaule en toute hâte et montrent la plante de leurs pieds fugitifs. Les nôtres, avides de les atteindre, s'attachent à leurs pas dans la rapide carrière. Ils frappent et renversent les plus rapprochés, moins diligents et moins vites.

XVII

Cependant quelques Barbares valeureux, qui mettent leur vieille gloire à plus haut prix que l'existence, présentent leur poitrine et leurs armes et arrêtent d'un grand nombre la fougue et l'élan. Mais en vain ils combattent avec une bravoure opiniâtre; le sort de la guerre était décidé, et la Mort furieuse leur faisait sentir son glaive au double tranchant homicide.

XVIII

Comme en un ciel troublé, lorsque les nuages se forment sur mille points, les uns grossissent, les autres diminuent, d'autres naissent à l'instant même; si le souffle glacé du nord-ouest s'élève, il les chasse, il les précipite en amas, jusqu'à ce qu'ils aillent chercher le refuge du midi, et abandonnent l'espace libre et les airs épurés;

XIX

Ainsi les Araucans, effrayés et confondus, se divisent et s'éparpillent de tous côtés; parfois ils se rejoignent, reviennent avec bravoure, par groupes, nous présenter le visage; mais, cé-

dant à l'impétuosité du vainqueur, ils perdirent ce jour-là leur
camp et leurs drapeaux, et de leurs bataillons dissipés il ne
resta qu'une multitude de morts et de captifs.

XX

Les Barbares étaient vaincus, écrasés, anéantis; on avait cessé
de voler à leur poursuite; les prisonniers et les dépouilles
étaient répartis. Nous retournons au campement que nous
avions quitté. Là, treize caciques, choisis entre tous, par châtiment exemplaire et solennel, sont attachés à la bouche d'une
forte pièce de canon; le feu luit, et ils tombent exécutés.

XXI

Beaucoup de personnes voudront savoir si, dans cette foule
d'un peuple nombreux, quelques-uns des chefs distingués par
leur vaillance ne restèrent pas là pêle-mêle avec les morts; car
dans tous les exploits périlleux, Rengo, Orompello, le brave
Tucapel avaient coutume de marcher au premier front de bataille, et d'ouvrir toujours hardiment aux leurs la carrière.

XXII

Je leur réponds, ô mon Souverain, qu'il n'était venu cette
fois ni guerrier, ni cacique éminent. Ils voyaient que le général avait usé de fraude et de ruse, et ils réprouvaient de pareils
artifices; à leurs yeux, c'était vilenie et lâcheté de surprendre
un ennemi au dépourvu, et c'était une victoire indigne de
louanges et d'applaudissements qu'un succès obtenu par d'indignes manœuvres.

XXIII

Ainsi, une généreuse arrogance les déroba au péril et à la
mort cruelle. Ni prières ni aucun motif ne purent déterminer
un seul d'entre eux à venir donner son appui à l'entreprise. Ils
ne voyaient qu'un acte honteux à triompher de soldats dénués
et sans armes; c'est dans les hasards de la guerre qu'ils pla-

çaient la gloire, et vaincre sans ces dangers leur semblait
vaincre sans honneur.

XXIV

Depuis cette tentative, Caupolicán resta brisé, ruiné, décrédité. Des flots de sang avaient été répandus sans que la cause
de la patrie eût reçu vengeance. Aussi, voyant la foule saisie
d'épouvante, l'ardeur et l'espérance glacées, il dispersa son
camp, quelque avantage qu'il lui offrît, et il congédia des soldats fatigués.

XXV

Il voulait ajourner ses projets à l'heure où les destinées contraires eussent cessé de le poursuivre. Convaincu que désormais
il n'avait pour soutien, dans sa lutte, qu'une fortune surannée
et languissante, il renvoie de toutes parts son armée, avec
l'ordre de se tenir prête, dès la moindre occasion, pour se
mettre en mouvement, à son premier avis et à son premier
appel.

XXVI

Retiré avec dix guerriers seulement, hommes de confiance,
pleins de valeur, tantôt sur une montagne déserte, tantôt dans
un village, il dérobait toutes ses traces. Choisissant des retraites
mystérieuses, il n'occupait jamais longtemps la même, et usait de
son arrogance barbare pour maintenir ses sujets dans la crainte
et dans l'obéissance.

XXVII

Nous poursuivions en aveugles des recherches incertaines et
faisions mille tentatives. Il n'y eut pas un lieu d'alentour à
l'abri de nos attaques ou de nos surprises nocturnes; et dans
les asiles les plus éloignés des routes, nous trouvions les chaumières partout occupées par les misérables soldats qui fuyaient
le théâtre de la guerre.

XXVIII

Tous nous disaient que volontiers ils retourneraient à leurs

solitudes, dans leurs biens et leurs habitations ; mais que leur
général les forçait à se réunir, en exerçant contre eux d'affreuses barbaries, et que, s'ils pouvaient trouver un remède à
leurs misères, leur décision était toute prête : les soldats lais-
seraient là leurs armes; ils se voyaient assez écrasés dans cette
lutte éternelle [1].

XXIX

Bien que ce langage fût une imposture, nous mîmes les plus
grands soins à sonder tout le pays. Nous ne négligions aucun
endroit, si désert qu'il parût, montagne, vallée, rivage, plaine
ou sierra, pour découvrir le refuge du Barbare. Mais, ni bien
ni punition, ni la paix ni le ravage, et partout nous avons tout
essayé, ne purent nous donner ni un indice, ni un mot révéla-
teur.

XXX

La menace, le châtiment, la torture ne parvinrent pas à leur
arracher la moindre marque capable de nous mettre sur sa
piste. Les séductions, l'intérêt, les récompenses furent impuissants à les corrompre. Tout surpris de ce résultat, nous conti-
nuons nos marches à l'aventure, suivant que le caprice guidait
chacun de nous, de jour, de nuit, égarés dans des directions
diverses, accablés de sommeil et du poids de nos armes.

XXXI

Un jour, j'étais sorti du camp pour gravir la montagne, par
des chemins et des passages infréquentés. J'avais pour escorte
et pour compagnie, une troupe de soldats excellents. Nous atteignîmes une habitation reculée, dont les Indiens à qui elle
appartenait, étaient absents. La profondeur des bois, l'isole-

---

1 Cette octave et la suivante ont disparu dans la traduction de Winterling. Elles
so·t pourtant, l'une et l'autre, essentielles au récit épique; elles nous montrent la
persistance des deux nations, celle-ci à poursuivre Caupolican, celle-là à ne pas le
trahir et à ne pas désespérer de la cause de leur patrie. De tels morceaux tiennent
à la contexture et à l'action principale de l'Araucana.

ment de la demeure leur faisait penser qu'elle était à l'abri
d'une surprise.

XXXII

Là, sur un amas d'herbe arrachée au sol, gisait une femme
blessée à la tête. Sa jeunesse ne dépassait pas quinze ans. Son
air et le costume dont elle était revêtue annonçaient la noblesse. La pâleur de son teint montrait que ses veines étaient
presque épuisées, et le sang répandu sur sa robe blanche et
légère ajoutait encore à la beauté de ce visage et à la compassion.

XXXIII

Je lui demandai quels événements l'avaient conduite dans
ce lieu sauvage et retiré, comment et pourquoi elle était blessée ainsi, et avait éprouvé un traitement si cruel et si inhumain. Alors d'un air abattu et désespéré, sans pouvoir affermir
les sons d'une parole affaiblie : « C'est pour nous, dit-elle, un
destin assuré et inévitable, de rencontrer une triste mort après
une vie comblée de bonheur.

XXXIV

« Comprends par mon exemple toutes les détresses et l'insta-
bilité qu'entraîne avec elle la félicité des hommes. Il n'y a pas
encore un mois entier que mon père, avec la tendresse singulière qui l'attachait à moi, me donna un époux choisi à mon
gré, un époux à la fois et l'ami le plus cher. Telle était sa nature et telles étaient ses qualités, qu'en lui, je le crois, pouvait
se trouver l'accomplissement de tous les désirs.

XXXV

« Mais son rare courage et la vaillance dont nul autre n'était
aussi richement doté, le conduisirent à une mort précoce, le
jour où notre armée fut mise en pièces; c'est alors que près de
moi, sa compagne inséparable, un coup lui traversa les flancs,

moins cruel et moins injuste s'il se fût d'abord frayé un passage par ma poitrine.

XXXVI

« Il tombe et expire, et moi, la vie me fut gardée, vie plus douloureuse que la mort. Un soldat m'aperçut dans mon accablement ; il compatit à la destinée qui m'était échue, et pour m'achever, il me porta cette blessure, d'un bras armé par la pitié, mais trop faible cependant pour que mon âme pût se dégager et suivre mon époux, et pour qu'une joie vînt succéder à une telle infortune.

XXXVII

« Il n'eut aucune peine à me faire donner contre le sol, bien qu'il ne m'eût pas privée de mes esprits. Le tourbillon confus des combattants passa d'une course précipitée, à grand bruit ; mais bientôt un cacique, mon parent, qui durant le désordre de la fuite resta caché au fond d'un ravin, me saisit entre ses bras, m'arracha à l'affreux tumulte, et me transporta dans ce bois, au sein de cette retraite isolée.

XXXVIII

« Ici, à chaque instant, mon espérance est dans la mort ; mais, comme tous les biens que demandent nos vœux, le trépas se montre lent à venir. C'est l'ordinaire fantaisie du bonheur de tarder à se rendre vers celui qui l'appelle ; et quoique déjà je sente approcher la fin de mon existence, le ciel semble ne vouloir pas m'accorder le terme où j'aspire. La mort que j'invoque hésite à paraître, comme si mes désirs étaient pour elle un embarras et un obstacle.

XXXIX

« Oui, la lumière me fatigue et m'est odieuse, depuis que mon époux, que mon doux amant n'est plus. Chaque heure ajoutée à ma vie me paraît un crime que je commets envers celui que je devrais suivre; et puisque le hasard m'offre cette occasion, seigneur, use de pitié envers moi, achève aujourd'hui, à cette place, ce qu'a laissé à son commencement le bras débile du soldat. »

XL

Ainsi, dans sa tristesse, la jeune femme réclamait la mort, une prompte mort, si bien que plus d'un esprit simple, par compassion, à sa prière eût montré une condescendance barbare. Mais moi, dont ce transport passionné avait aussi, dans sa temps, désolé l'âme novice [1], je vis que l'amour de son cœur était plus cruel que sa blessure, et je m'empressai de lui présenter le remède qui devait sauver ses jours.

XLI

Je la consolai d'abord quelque temps, et l'amenai à comprendre jusqu'à l'évidence que mourir était pour elle une ressource coupable et mal faite pour réjouir l'époux qu'elle avait

---

[1]
    « Mas yo, que un tiempo aquel rabioso fuego
    Labré en mi inculto pecho... »

Winterling traduit :

    « Ich aber, der ich der Gewalt
    Des Mitleids widerstand... »

La phrase espagnole présente quelque difficulté, et l'ordre naturel des sentiments doit diriger ici l'interprète. Si nous adoptions le sens de Winterling, « rabioso fuego » indiquerait la pitié dont l'impression ardente eût un instant subjugué le cœur d'Ercilla, mal conseillé et entraîné par un aveugle et irrésistible mouvement ; mais la réflexion le porte bientôt à une autre détermination. Cependant nous ne croyons pas que telle soit la véritable pensée du poëte. « Rabioso fuego » nous semble assez mal approprié à la compassion, et beaucoup mieux fait pour décrire une passion violente comme celle de l'amour. Pourquoi donc Ercilla ne se laisse-t-il pas emporter, comme d'autres auraient pu faire, à une pitié barbare? C'est qu'il avait compris que la plaie de Lauca était sans gravité, et que son plus grand mal, sa blessure la plus profonde, était son incurable amour. Il est plus clairvoyant qu'un autre, parce que lui aussi a aimé; et c'est sur ce point qu'il veut porter un prompt remède. Il soigne la douleur physique; il bande la plaie causée par le fer; mais, avant tout, il console, il montre que la mort volontaire et cherchée est un crime, et que l'époux qu'elle pleure se réjouira davantage de la savoir vivante. Instruit du mystérieux entraînement de la passion, Ercilla cherche à le modérer chez l'infortunée Indienne :

    « Haud ignara mali, miseris succurrere disco. »

perdu[1]. Puis j'appliquai le suc des herbes que ces peuples em
ploient d'ordinaire, et bandai la triste plaie, plus large qu
dangereuse.

XLII

Enfin, je laissai près de cette femme un Barbare plein
ruse et d'expérience, pour la ramener lentement à sa demeure
et qui dans les passages qu'il prendrait, et durant sa route, pî
la mettre à l'abri des périls imprévus. Mon devoir était de re
prendre ma marche; mais, avant de me séparer de l'Indienne,
j'appris qu'elle se nommait Lauca, qu'elle était la fille de Millalauco et son héritière.

XLIII

Nous revenions vers la forteresse, et aucun fait important ne
signala notre retour. Je cheminais en parlant avec les soldats
de la fidélité et de la constance des Indiennes; je louais, bien
qu'elles fussent des sauvages, l'amour inébranlable d'un grand
nombre et leur ferme persévérance. « Non, disais-je, la chaste
Didon elle-même ne garda pas à son époux la foi d'un plus
sévère amour, »

XLIV

Lorsqu'un jeune soldat, qui prêtait l'oreille à mon propos,
m'arrête et déclare que Didon ne lui semblait pas si pure et si
austère; que dans l'Énéide de Virgile on la voit enflammée d'un
amour licencieux, poursuivre la fin coupable de son désir, et
outrager le serment consenti à Sichée, son époux.

XLV

Devant une offense aussi injurieuse, devant une attaque aussi
cruelle, et quand le guerrier invoquait le plus imposant des
témoignages contre l'honneur de cette reine fameuse, je crus
qu'il était raisonnable de lui montrer dans quelle étrange

---

1 Winterling traduit heureusement :

    « .... und dass den Todten ihre Ruh
    Zu gönnen sei.... »

2 Cf. Arauc., chant XVI, oct. 79-83, et chant XVII, oct. 5-16.

erreur ils étaient plongés, lui et tous ceux qui m'écoutaient ;
car ils partageaient la même opinion.

XLVI

J'avançai que le poëte de Mantoue, voulant embellir son
brillant Énée, parce que César-Auguste Octavien se vantait
d'être issu de la race du héros, avait tenu contre Didon un indigne langage et l'avait flétrie dans un récit injuste [1] et men-

[1] *Cf. supra*, t. I, p. ccc-cccvi. — C'est à Virgile que don Ercilla et beaucoup
d'autres imputent le tort d'avoir outragé la gloire de Didon. Il doit cette accusation
à la supériorité même de son génie poétique qui a éclipsé par sa gloire les œuvres
de ses devanciers. Le délit appartient au faux système des origines troyennes du
peuple romain, et peut-être aussi aux modèles de Virgile, aux vieux écrivains de
Rome, à Nævius, à Ennius. Le poëte Nævius, qui écrivit une épopée sur la première
guerre punique, avait imaginé longtemps avant Virgile de rattacher aux fables de
la mythologie orientale les premières traditions de Rome, et sans doute d'expliquer
ainsi la rivalité de Carthage et de la ville éternelle. C'est à lui peut-être, mais sans
qu'on le puisse affirmer, que revient l'anachronisme dont se plaint Ercilla. Est-ce
Nævius qui, par une fiction heureuse et hardie, a rapproché Didon et Énée ?
M. Martin hésite à le croire (*Cf. note suivante*). M. Patin, *Études sur la poésie
latine*, 2 vol. in-12, 1869, t. I, p. 363-364), conclut, comme lui, que si les témoignages de l'antiquité, ni les fragments du poëme de Nævius ne permettent d'affirmer que ce poëte, en mentionnant d'une part Énée et l'origine troyenne de
Rome, d'autre part Didon, sa sœur Anna et les origines phéniciennes de Carthage,
a mis en relation les deux personnages que Virgile met en présence. Dans un
fragment de ce poëme (voyez Nonius Marcellus, aux mots *Perconto* et *Linquo*), une
question est adressée à Énée sur son départ de Troie. Mais par qui ? Niebuhr
(*Hist. rom.*, I, 223 sq.), veut que ce soit par Didon ; mais d'autres veulent que ce
soit par Évandre, par Latinus, ou même par Amulius, roi d'Albe, que Nævius, qui
le nomme dans un fragment de son IIIe chant, avait peut-être fait, comme on va
le voir, contemporain d'Énée. La question est encore à résoudre. Nous ferons remarquer cependant qu'avant Niebuhr, Lipse (*Ant. lect.*, I), avait déjà reconnu
Didon pour l'interlocuteur d'Énée, que les expressions de Nævius, pleines de douceur, semblent indiquer une femme plutôt qu'un personnage viril :

> « Blande et docte percontat, Æneas quo pacto
> Trojam urbem liquerit,.... »

que, dans la recension des fragments de Nævius, par J. Vahlen, *Leipsig*, 1854, ce
fragment (n° 15, p. 12), vient précisément après un autre qui se rapporte aux préparatifs d'un festin (*ferunt pulchras creterras aureas lepistas*), et M. Vahlen, comme
M. Klussmann, n'hésite pas à voir dans ce festin celui que Didon offre à Énée et
dont parle Virgile (*Én.*, I, 728).

Ce qui est certain, c'est que par un anachronisme plus fort que celui qu'on reproche à Virgile, Ennius avait supprimé presque tout l'intervalle entre la ruine de
Troie et la fondation de Rome, et qu'effaçant ou ignorant la longue généalogie
des rois d'Albe, descendants d'Énée, telle que Tite-Live (*Hist.*, I, 3) et Virgile
(*Én.*, VI, 760-778) la donnent, il avait fait d'Ilia, mère de Romulus, la fille même
d'Énée et d'Eurydice (Voyez Servius, sur l'*Énéide*, VI, 778 ; Cf. I, 273, les fragments xxiv, xxxvi et xxxix d'Ennius dans le recueil de Vahlen, *Ennianæ poesis Re-

songer; qu'il est facile de voir par le calcul des temps que l[a]
vie d'Énée a précédé d'un siècle celle de Didon[1].

liquiæ, 1834, in-8; et M. Patin, t. II, p. 45-46). Servius reprochait à Virgile d'avoir fait contemporain d'Énée et de la ruine de Troie, Didon qui fonda Carthage un peu plus d'un siècle seulement avant la fondation de Rome (vers [?] avant J.-C., suivant la plupart des chronologistes. Les données anciennes relatives à la fondation de Carthage, en phénicien *Karthada*, la ville-neuve, sont [?] et elles varient quant à la date précise. Toutes néanmoins se renferment à peu [près] dans la limite du IXe siècle. M. Movers, qui a discuté longuement cette ques[tion], s'arrête à la date de 813 ou 814. Cf. *Die Phönizier*, t. II, 2e partie, p. 150 suiv., 1850; — Voy. M. Vivien de Saint-Martin, *le Nord de l'Afrique*, p. [?], note). Ennius plaçait Énée à une époque *postérieure* à cette date généralement acceptée pour Didon. M. Patin (t. II, p. 43), dit que Nævius avait fait de même. Les trois monographies dont il a rendu compte (t. I, p. 327 et suiv.; ce sont: 1° Sch[?], *De Cn. Nævio poetæ particula prima*, Herbipoli (Würzburg), 1841; 2° *Cn. Nævii poetæ romani vitam descripsit, carminum reliquias collegit, poesis rationem exposuit* Ern. K. (Klussmann), Iéna, 1843; 3° surtout, *De Nævii poetæ vita et scriptis disseruit* Max. Josephus Berchem, Monasterii (Münster), 1861, 111 pages in-8), en avaient peut-être indiqué une preuve que je n'ai pas trouvée. S'il en est ainsi, Nævius n'avait qu'à rajeunir d'un siècle Didon, pour la mettre en relation avec son Énée, grand-père de Romulus. Au contraire, Virgile avait dû vieillir Didon de plusieurs siècles, pour la mettre en relation avec son Énée, antérieur de seize générations à Romulus. Dans tous les cas, l'anachronisme, plus ou moins considérable, revient réellement aux prédécesseurs de Virgile. Il aimait à faire son butin de tout ce minerai antique, il l'a fondu dans son creuset; il en a fait sortir l'or fin et pur qui n'appartient plus qu'à lui seul.

[1] Entre la fondation de Rome et celle de Carthage, la chronologie est fort élastique. L'année où Rome fut bâtie est fixée à 753 avant Jésus-Christ, mais l'origine de Carthage est beaucoup plus contestée. Qui sait combien de fois les Phéniciens essayèrent de jeter leurs colonies et leurs comptoirs sur les côtes d'Afrique, avant de réussir, ou combien de siècles ils eurent à lutter contre les peuplades indigènes, avant de pouvoir s'assurer la possession même du littoral? « Antérieurement aux colonies carthaginoises, avant même la fondation de Carthage, nous dit M. Vivien de Saint-Martin (*loc. cit.*), les Phéniciens de Sidon et de Tyr eurent des établissements sur la côte Libyenne de l'Atlantique, comme ils en avaient sur les côtes extérieures de l'Ibérie et peut-être plus loin encore vers le nord. » (Cf. Movers, *l. c.*, p. 5[?].) Carthage a été sans doute bâtie, détruite et rebâtie à plusieurs reprises. La première fondation de cette ville paraît remonter à un demi-siècle avant la prise de Troie, et est attribuée à Carchédon par Appien (*Punic.*, I); ce qui nous donne à peu près d[eux] cents ans avant l'ère chrétienne. D'autres historiens font naître Carthage 173 ans [plus] tard; et par là nous sommes conduits vers l'an 1025 avant Jésus-Christ. Enfin, et c'est la date préférée par Josèphe (*in Apion.*, I, 18), le berceau de Carthage appartiendrait, 190 ans plus près de nous, à l'année 861, soit, en termes classiques, à la dernière partie du IXe siècle. Le nom de Didon, qui ne doit, selon toute probabilité, se rattacher qu'à cette dernière époque, se trouve mêlé pourtant aux deux autres par l'inadvertance des historiens. Ainsi donc, en chiffres ronds, et suivant cette dernière hypothèse, Carthage aurait été fondée au moins un siècle avant Rome. Mais lorsqu'il s'agit de Didon, c'est à elle-même que la fondation de Carthage est attribuée, tandis qu'Énée n'est pas le fondateur direct de la ville éternelle. Plus de trois siècles s'écoulent entre le berceau d'Albe-la-Longue (1066 avant J.-C) et celui de Rome, c'est-à-dire entre Iule, le fils d'Énée, et Romulus. Assez d'années se sont donc passées entre Énée et Didon, pour que la date du premier soit en effet, comme

XLVII

Ils restaient surpris de m'entendre dire que Virgile eût ainsi

Et Ercilla, d'un siècle antérieur à la date de la seconde. Il aurait pu les éloigner l'un de l'autre plus encore et de beaucoup. Ceci n'implique de notre part aucun assentiment à cette critique méticuleuse qui reproche à Virgile d'avoir mis en présence deux personnages que trois siècles peut-être ont séparés l'un de l'autre. Dans une carrière fort illimitée, où les historiens eux-mêmes s'entendent assez mal, le poète romain pouvait librement disposer de l'espace et du temps. Il trouvait devant lui, à quelques égards, l'exemple de Nævius et d'Ennius (Cf. *supra*, p. 449-50, note I); il se fût bien gardé de ne pas suivre une fiction qui lui permettait de dé- velopper le drame si pathétique du IVe livre de l'*Énéide*, et de rivaliser ainsi avec les plus belles peintures d'Homère dans son *Odyssée*, d'Apollonius de Rhodes dans ses *Argonautiques*. Il s'agissait pour Virgile de charmer l'esprit du lecteur, plutôt que de redresser un anachronisme dont il n'est même pas tout à fait inventeur; il suit à vaincre ces merveilleuses créations de Calypso, de Circé, de Médée, et à joindre un nouveau type de beauté à cette admirable galerie qui s'ouvre par Androma- que et par Hélène, et que Shakespeare et Milton n'ont pas achevée avec leur Ève et leur Desdémone. Chaque art et chaque science ont leur sphère spéciale, l'histoire celle de l'exactitude sévère, la poésie celle de l'imagination et de la sensibilité. (L. Heyne, Virgile, *Énéide*, IV, Excursus I, collection Lemaire, t. II, p. 353-361.)

Consulté par nous sur cette difficile et délicate matière d'origine et de chrono- logie, le Doyen de la Faculté des lettres de Rennes, M. Th. H. Martin, a bien voulu interroger son inépuisable érudition, et il nous a transmis la note suivante; nous demandons au célèbre helléniste la permission de la reproduire; nos lecteurs, nous en sommes certain, y verront, comme nous, une solution définitive du débat :

« L'anachronisme par lequel Virgile a mis Énée en relation avec Didon était-il autorisé par l'exemple de Nævius ?

« Bochart, dans une lettre publiée par Ségrais (à la suite de sa traduction en vers des six premiers chants de l'*Énéide*, p. 1-37, Paris, 1668, in-4), a montré que, d'après la tradition grecque primitive, constatée par l'*Iliade* (XX, 302-308), par l'hymne homérique à Vénus (197-193), par le vieil historien grec Acusilaüs (*Hist. gr. fragm.*, Didot, *Acusilai fragm.*, 26, t. I, p. 103), et par Strabon (XIII, 53, p. 608, Casaubon), Énée et ses descendants avaient régné en Troade après la ruine de Troie et l'extinction de la famille de Priam. Plus tard, on altéra le sens du texte d'Homère pour lui faire dire qu'Énée et ses descendants devaient régner sur les Troyens (Τρώεσσιν) ; mais *en Italie*, comme l'expliquent Denys d'Halicarnasse (*Antiq. rom.*, I, 53), et Eustathe (*Sur l'Iliade*, XX, 302-308). Strabon (XIII, 53, p. 608, Casaubon), nous apprend que d'autres, plus hardis, avaient altéré le texte d'Homère, en mettant πάντεσσιν au lieu de Τρώεσσιν, et prétendaient qu'Homère, inspiré par les dieux (ou instruit par une sibylle, comme Eustathe le suppose), avait prévu l'empire *universel* des Romains. Mais Agathocle de Cyzique (cité par Festus, au mot *Roma*), qui croyait à l'origine troyenne des Romains, avouait pour- tant que, suivant beaucoup d'auteurs, le tombeau d'Énée se trouvait en Phrygie, et Bochart montre qu'il n'y a rien de troyen ni dans la langue, ni dans la religion, ni dans les institutions des Romains durant les premiers siècles de Rome. Or, si Énée est resté en Troade, il n'a pas pu rencontrer Didon à Carthage.

« Il y a pour cela une autre raison, développée par Bochart dans une autre lettre (en tête des Remarques de Ségrais sur le IVe livre de l'*Énéide*, à la suite de sa tra- duction en vers, p. 89-91) : c'est que l'époque assignée à Didon par les anciens serait très-différente de celle d'Énée. Du reste, la tradition antique ne mettait pas

calomnié cette reine ; et tous me demandaient, me pressaient
de leur faire connaître l'existence et les courses errantes de
l'infortunée. Je pensai que je trouverais moi-même une dis-

Didon en rapport avec Énée, mais disait que la fondatrice de Carthage s'était tuée
sur un bûcher dressé en l'honneur du mari qu'elle avait perdu, pour ne pas être
contrainte d'épouser un roi de Mauritanie (Voy. Justin, XVIII. 4 ; Servius, *Sur l'É-
néide*, I, 340, IV, 36, 335, 674, et Macrobe, *Saturn.*, V, 17).

« Comme poëte, Virgile avait bien eu le droit d'accepter la fable de l'origine
troyenne des Romains, fable entièrement accréditée à Rome, comme Bochart l'a
montré, non-seulement par des poëtes tels que Nævius et Ennius, mais par tous
les historiens romains, comme Denys d'Halicarnasse l'assure (*Antiq. rom.*, I, 49,
et en particulier par Q. Fabius Pictor (Voy. Plutarque, *Romulus*, ch. III). vers
la fin du IIIe siècle avant Jésus-Christ, par Numerius Fabius Pictor (Voy. Cicéron,
Div., I, 21), et par Caton l'Ancien (Voy. les fragments de ses *Origines*. Compar.
Denys d'Halic., *Antiq. rom.*, I, 6-7 et 45-60, et M. Chassang, *Histoire du roman
dans ses rapports avec l'histoire dans l'antiquité grecque et latine*, p. 83-89
et 125-129, Paris, 1862, in-8), de même que par Tite-Live et par ses successeurs.
Suivant la remarque de Bochart, les deux derniers vers de la prophétie d'Anius sur
l'empire *universel* des descendants d'Énée, est, dans le poëme de Virgile (*En.*, III, 97-
98), la traduction d'un texte d'Homère, altéré, comme nous l'avons dit, par une
flatterie grecque, qui avait substitué le mot βασιλεύσει au mot ἡγήσεται.

« C'étaient des Grecs qui avaient donné cours à cette fable de l'origine troyenne
des Romains. Q. Fabius Pictor, historien romain écrivant en grec, n'avait fait que
suivre en cela Dioclès de Péparèthe (Voy. Plutarque, *Romulus*, ch. III. Comparez
Céphalon de Gergithe, Apollodore, Alcime et Agathocle de Cyzique, cités par Festus
au mot *Roma*), et dès le ve siècle avant notre ère, Hellanicus de Lesbos (*Histor.
græc. fragm.*, Didot, *Hellanici fr.* 53, t. I, p. 52) désignait Énée comme fondateur de Rome en Italie.

« Quant à la rencontre d'Énée et de Didon, l'on ne cite aucun historien grec qui
en ait parlé avant Virgile, et Denys d'Halicarnasse ne connaît pas cette fable.
Cependant un historien grec, Timée, de Tauromine, a pu y donner prétexte ; il disait
(*Hist. græc. frag.*, Didot, *Timæi frag.* 21, *ibid.*, p. 157) que Rome et Carthage
avaient été fondées en même temps, 308 ans avant la première olympiade, c'est-à-
dire 1084 ans avant l'ère chrétienne. Cette époque pouvait être à peu près celle
d'Énée, fondateur de Rome suivant Hellanicus, mais nullement l'époque vraie de la
fondation de Rome ; cette même époque pouvait être celle de la première fondation
de Carthage, mais nullement celle de Didon.

« Virgile n'est pas le premier poëte romain qui ait chanté l'origine troyenne de
Rome. Nævius (Voy. Servius *Sur l'Énéide*, I, 273 ; III, 10, etc.), et Ennius (Voy.
Servius, *Sur l'Énéide*, I, 273), lui avaient donné l'exemple. Nævius avait-il chanté
avant Virgile la fable des amours d'Énée et de Didon à Carthage ? Des critiques
l'ont prétendu (Voy. par exemple, M. Sainte-Beuve, *Études sur Virgile*, p. 123,
Paris, 1857, grand in-18), mais d'après une interprétation conjecturale de certains
textes qui peuvent s'expliquer autrement. Nævius, dans son poëme sur la première
guerre punique, avait parlé de Didon, de sa sœur Anna et de leur père (Voy. Servius, *Sur l'Énéide*, IV, 9), mais peut-être seulement pour expliquer la fondation de
Carthage. Nævius, dans le premier chant de son poëme, avait montré Énée battu
par la tempête, Vénus se plaignant à Jupiter, et le père des dieux la consolant par
les espérances de l'avenir ; Virgile avait imité tout ce passage de Nævius dans le
premier chant de l'*Énéide* (Voy. Macrobe, *Saturn.*, VI, 2, p. 280 de l'édit. de
Basle, 1535). Mais Nævius avait-il, comme Virgile, rattaché cette tempête à la fable
des amours d'Énée à Carthage ? Cette conjecture me paraît possible, probable

traction en essayant de donner quelque relâche à l'ennui de leurs fatigues, et je me rendis à leur désir ; mais je veux d'abord à cette place justifier aussi moi-même ce récit à vos yeux [1].

XLVIII

$\frac{1}{4}$ Je raconte une vie chaste et une foi pure qu'outragèrent

zire, mais nullement certaine. Un fragment du second chant du poëme de Nævius renferme une question sur Énée et sur son départ de Troie ; mais on n'y voit pas que cette question soit adressée à Énée par Didon (dans Nonius Marcellus, où il faut lire *Æneas* ou *Æneam*, au lieu d'*Ennius*).

« Quoi qu'il en soit, Virgile est plus qu'excusable d'avoir fait son admirable épisode des amours d'Énée et de Didon, soit qu'en cela Nævius lui ait ou non servi de modèle. L'histoire et l'époque de Didon ne sont pas tellement claires, que la chronologie ait dû lui interdire cette heureuse invention dans un poëme qui repose tout entier sur une fable, sur celle de l'origine troyenne des Romains. L'érudit Bebart et l'habile critique M. Sainte-Beuve sont d'accord pour absoudre Virgile. »

1 Les textes de don Ochoa et de don Cayetano Rosell nous offrent ici deux leçons bien différentes. Le premier éditeur s'exprime ainsi :

« Recorriendo de nuevo la memoria
Les comencé á decir así la historia. »

« Je me retraçai le souvenir des événements et je commençai la narration en ces mots. » Suivant cette version, le récit d'Ercilla à ses compagnons d'armes s'ouvrirait avec l'octave 48e. Cela est assez invraisemblable, et cette octave même semble appuyer notre assertion. Un homme généreux et poli comme Ercilla pourrait-il adresser directement à ses auditeurs un langage aussi dur que celui des quatre derniers vers ?

« Y una falsa opinion que tanto dura
No se puede mudar tan de corrida,
Ni del rudo comun mal informado
Arrancar un error tan arraigado. »

Il ne peut faire sonner de telles paroles à l'oreille même de ceux qui l'écoutent et qui partageaient l'erreur commune, accréditée par le génie de Virgile. Il ne peut leur attribuer sur ce ton de rudesse la crédulité du vulgaire qui fait accueil à des contes malveillants, ou l'obstination avec laquelle il les conserve et les propage. L'octave 50e et la 51e nous fournissent de nouvelles preuves. Pourquoi Ercilla parlerait-il à ses compagnons du sujet de son épopée ? Cela ne pourrait s'expliquer que par une hypothèse, en supposant que durant les haltes de la guerre, tant de fois consacrées par le poëte à la rédaction de son œuvre, il lui arrivait aussi d'en lire quelques fragments à ceux qui l'entouraient et pour qui le sujet de l'*Araucana* contenait un intérêt si naturel, celui de leur propre existence, de leurs exploits et de leur gloire ; mais il n'y a là qu'une simple conjecture et à laquelle rien n'a jusqu'ici donné place dans l'épopée d'Ercilla, c'est toujours à Philippe II qu'il se plaint, c'est à lui qu'il parle de l'aridité que présente, selon lui, à l'imagination son poëme batailleur. Enfin, dans l'octave 51e, les expressions :

« Viendo que os tienen sordo y alterado
El rumor de las armas inquieto. »

la Renommée et la voix commune. Dans cette circonstance i
prévue, je les cite comme un exemple rare et comme le plu
beau des modèles. Mais l'opinion fausse qui dure depuis
longtemps ne se peut changer en un clin d'œil; de la rude i
telligence d'un peuple mal renseigné, il est difficile d'arrache
une erreur dont les racines sont si profondes.

XLIX

Et puisque d'ici à la forteresse je ne rencontre nulle ch
qui offre quelque plaisir ou quelque charme, sans cesser
presser ma monture, sans perdre un seul instant, comme je n
puis ni refuser ni éviter ce récit d'une aventure pleine d'inté
rêt, je veux consacrer à le faire entendre, s'il ne vous ennuie
pas, les heures d'une marche désœuvrée.

L

L'âpre et fatigant sujet, si aride, si stérile, si ingrat, la carrière étroite que j'ai suivie, et qu'il m'a fallu frayer avec peine
et avec d'inouïs efforts, m'ont anéanti et mis à bout, et je

ne peuvent pas s'entendre de plusieurs personnes; il est visible que le poëte se
parle qu'à un seul auditeur. — Le texte de Cayetano Rosell s'éloigne beaucoup de
celui d'Ochoa, mais il nous semble bien plus judicieux. Il ne présente aucun des
embarras, aucune des invraisemblances que nous avons signalés :

> « Los quise complacer, y también quiero
> Daros aquí razon de mi primero. »

Ceci ne s'adresse pas aux soldats qui entourent Ercilla. Les octaves 47-53 forment
un *aparté* du poëte. Vingt fois nous l'avons vu s'adresser à Philippe, et interrompre sa narration soit pour accuser le caractère monotone de l'action épique
qu'il a choisie, soit pour développer un sentiment moral ou pour justifier un épisode. Il voit ici une bonne fortune dans une digression qui le conduit à une aventure plus attrayante, à un récit où il lui est possible d'étendre les ailes et de se
faire le vengeur enthousiaste d'une héroïne outragée, et c'est avec Philippe II qu'il
s'entretient. Ainsi le poëte et son royal protecteur ont, comme Didon elle-même,
leur place dans ce curieux intermède. Lorsque l'*aparté* cesse, le poëte reprend
au commencement de l'octave 54e, l'exposition des faits qu'il avait abandonnée à
la fin de l'octave 45e. Tout ce début (48-53) est supprimé par Winterling. Il n'appartenait pas en effet à l'édition *princeps*, et a été ajouté, depuis, par Ercilla. Cf.
supra, ch. xii, p. 403, *note* 1.) Mais il contient pour nous l'ordre même du récit
général et l'enchaînement de l'épisode avec le poëme tout entier, l'idée chevaleresque et courtoise qui inspire Ercilla et qui rattache l'incident de Didon aux aventures de Lauca, de Glaura, de Tegualda, ces héroïnes du monde barbare.

cherche un espace, un champ découvert, où je puisse avec liberté et sans fatigue divertir à la fois votre esprit et le mien.

LI

Vous êtes importuné et assourdi, je le vois, par l'éternel
fracas des armes ; c'est toujours l'écho du même bruit, un son
qui jamais ne change, une matière sans variété. Pour donner
un peu de repos à votre lassitude, je profite de ce temps opportun et tranquille, et fais une excursion que le hasard propor-
tionne à la mesure du chemin qui me reste à parcourir.

LII

Si une insolente fiction qui détruit l'honneur est bien écoutée,
si par elle la reine de Tyr voit sa vertueuse existence injustement accusée et flétrie, pourquoi la vérité, cette loi du monde,
par qui sa gloire est rétablie, pourquoi la vérité, lorsqu'on fait
entendre ses accents, ne trouverait-elle pas à toute heure des
oreilles prêtes à les recevoir ?

LIII

La cause puissante qui m'excite, outre les instances dont je
suis pressé, vous en êtes témoin [1], c'est l'honneur de la fidèle Didon que l'on a condamnée sans y réfléchir. Que celui-là donc me
prête une attention docile, qui est enclin à accueillir la vérité.
Les malins propos font leur blessure, même quand ils ne sont
que le langage du passe-temps, et pour dire le bien, l'heure
est toujours opportune [2].

LIV

Carthage fut bâtie soixante-dix ans avant Rome, s'il faut en

---

[1] Ercilla fait allusion aux vers 3 et 4 de l'octave 47e :

« Haciendo instancia todos en pedirme
Que su vida y discurso les contase. »

croire les calculs ordinaires [1]. Elle dut son origine à la célèbre Didon, que le peuple de Tyr vénéra quelque temps comme déesse. Le roi Bélus, son père, la donna pour épouse au souverain pontife, gardien du grand temple d'Hercule; c'était, après la charge de roi, la première des dignités.

LV

Ce prêtre était Sichée, dont on a déjà prononcé le nom [2] et à qui Didon garda une foi inviolable. Instruit dans tous les rites de son culte, il était comblé de biens et d'inépuisables richesses. Mais les trésors qu'il avait amassés pour son repos, amenèrent sa fin déplorable; car ce que beaucoup désirent, personne ne le possède jamais avec sécurité.

LVI

Bélus laissa deux héritiers, Pygmalion et Didon, à qui, dans ses conseils suprêmes, il recommanda la fraternité, l'union et la tendresse. La concorde se maintint pendant les premiers jours; mais corrompu par son avarice, pour s'emparer de ce que possédait son beau-frère, Pygmalion lui donna la mort en mêlant le poison à sa nourriture.

LVII

La veuve ressentit de ce coup une affreuse douleur. Impuissante à combattre sa peine, elle s'abandonne à de tristes et sombres plaintes, et laisse couler à large veine un torrent de larmes. D'un voile sombre et lugubre elle enveloppe ses beaux membres et son noble visage, et avec toute la pompe des fu-

[1] Le chiffre d'Ercilla n'est pas suffisant. Les dates que nous venons de citer (p. 450, note 1), comprennent un intervalle plus étendu. Mais ne cherchons pas dans un poëme des calculs trop exacts.

[2] Cf. supra, oct. 44°. Winterling traduit avec distraction :

« ... den ich euch schon genannt. »

Ce n'est pas Ercilla, c'est son contradicteur qui a nommé l'époux de Didon.

nèbres cérémonies, elle donne au cadavre une somptueuse sépulture.

LVIII

Et bien que de ce chaste amour la tombe et le superbe monument aient été une marque éclatante, l'édifice n'égala pas en grandeur les souffrances et les tristesses de la reine. Toujours avec de pieuses offrandes, avec des sanglots et des soupirs sans fin, elle appelait l'ombre sourde à sa voix ; et, compagne fidèle de ces froides dépouilles :

LIX

« Est-il juste, disait-elle, grands dieux ! que je survive dans cet appartement solitaire ? Ah ! quelle foi et quel amour chancelants ne prouve pas une douleur qui n'achève pas de me faire mourir [1] ? Combien faible est un mal qui se peut supporter ! Et combien courte est une souffrance trop vive pour qu'on l'endure ! Mais pour moi sans doute les cieux veulent ajourner la mort afin de prolonger un chagrin dont la force est plus grande que la sienne [2]. »

LX

Bien qu'elle dissimulât son ressentiment et sa haine contre un frère perfide et puissant, sans cesse elle criait au ciel vengeance, avec une colère concentrée et des soupirs implacables ; et quand elle se trouvait quelquefois seule, exhalant les pensées fougueuses qui l'étouffaient, à voix basse et gémissante, elle donnait cours à sa rage contenue et l'exprimait en ces termes :

[1] Ordre de sentiments que nous avons rencontré déjà plus d'une fois dans l'expression des grandes douleurs et du désespoir. Cf. *Arauc.*, ix, 31-32 ; xxviii, 37 ; et *supra*, xxii, 38-39.

[2] Pour notre goût sévère, il règne dans ce passage quelque obscurité et quelque recherche. « Il y a, semble dire la veuve désolée, il y a dans ma douleur une force plus grande que celle de la mort, car la mort, si elle était la plus puissante, mettrait fin à ma douleur. » Il faut nous rappeler qu'avec Ercilla nous sommes au xvie siècle, que le poète est un élève de Lucain, et que la douleur, si grave et si muette chez les hommes du Nord, est expansive, tumultueuse dans les sociétés méridionales, avec je ne sais quel mélange de subtilité et de raffinement qui nous semblent excessifs.

LXI

« Traître ! dis-moi, quelle raison sinistre, sous les dehors de l'affection et d'une feinte loyauté, t'a porté à commettre un crime aussi affreux contre ton propre sang ? Si c'était la soif insatiable des richesses, ne pouvais-tu lui enlever ses trésors sans lui ravir l'existence, et laisser fléchir ton impiété et la fureur coupable par amour et par tendresse pour ta sœur ?

LXII

« Sans égard pour les services que tu recevais de lui comme beau-frère, au moins, ingrat, devais-tu songer à l'horrible sacrifice que tu faisais du frère de ta mère [1], et à l'attentat ignoble et criminel que tu as roulé dans ton âme durant de si longues journées, car tu ne saurais dire qu'il y ait eu résolution soudaine. Jamais aucun homme n'a passé subitement à la scélératesse [2].

LXIII

« Si quelque signe m'eût averti de ton projet infâme et de

1 Bélus eut pour enfants Pygmalion et Didon. La femme de Bélus avait pour frère Sichée ; Sichée épousa donc sa nièce. Et quand Pygmalion fit périr Sichée, c'est à la fois d'un oncle et d'un beau-frère qu'il était l'assassin.

2 Winterling a supprimé cette octave, destinée à faire ressortir l'indignité du crime commis par Pygmalion. La pensée du dernier vers

« Que nunca nadie es malo de repente »

a été développée avec une singulière richesse d'expression et d'élégance par Racine :

« Quelques crimes toujours précèdent les grands crimes;
Quiconque a pu franchir les bornes légitimes,
Peut violer enfin les droits les plus sacrés ;
Ainsi que la vertu le crime a des degrés ;
Et jamais on n'a vu la timide innocence
Passer subitement à l'extrême licence.
Un seul jour ne fait point d'un mortel vertueux
Un perfide assassin, un lâche incestueux. »

(Phèdre, act. IV, sc. II.)

La différence entre les deux poëtes est que l'un veut montrer qu'il y a une progression sensible de la vertu au crime, et que l'autre nous signale les degrés franchis par le criminel dans la méditation silencieuse du forfait qu'il veut accomplir. Ercilla veut ôter à Pygmalion toute circonstance atténuante, en laissant à son acte le caractère d'une scélératesse réfléchie.

ton délire, c'est par un chemin moins rude et moins âpre que tu aurais obtenu le trésor ambitionné; mais le mal, quand le destin nous l'envoie, ne peut être conjuré à temps. Hélas! que sert-il de me lamenter à cette heure? Il est toujours trop tard quand nos larmes coulent.

LXIV

« Pourquoi, ennemi barbare, as-tu voulu te laisser ainsi entraîner par ta passion, aveugler assez par ta convoitise pour ne pas voir que tu immolais Didon avec Sichée? Si grande est la méchanceté qu'a déployée aux yeux des hommes ton action atroce et hideuse, que le souvenir n'en périra pas et que tous les siècles en apprendront l'abominable histoire [1].

LXV

« Entre-t-il dans la raison, peut-il être admis que, traître et tyran, pervers et cruel, sacrilége et homicide, tu puisses à tous ces noms joindre aussi celui de frère? Habitant avec toi, je verrai ma gloire mise en pièces par toutes les mains; mon honneur souffrir d'injustes dommages; car quels récits exacts peut-on attendre de la Renommée?

LXVI

« Si je fuis loin de toi, farouche ennemi, je t'anime à voler à ma poursuite. Si je veux suivre la fortune de mon époux, tout ce que tu ambitionnais reste en ton pouvoir; et si je demeure avec toi, assassin de Sichée, je flétris ma réputation, je me souille dans tous les esprits; car il paraît presque déjà consentir au mal, celui qui accorde un pardon rapide et facile.

LXVII

« Où me faut-il chercher un remède dans une telle détresse? Le ciel et la terre ne m'en offrent aucun; et la ressource déses-

[1] Voyez surtout l'admirable narration de Virgile, *Énéide*, I, 344-372.

pérée et dernière, mon sort me la refuse pour que je souffre davantage. Hélas ! s'il est mal de désirer la mort, il est pire de la craindre lorsqu'elle se présente à propos. Mourir n'est pas une peine pour l'infortuné : c'est pour lui le terme des soucis et des douleurs.

LXVIII

« Ton titre de roi et ton esprit cauteleux m'interdisent une vengeance ouverte [1]; mais je m'efforcerai de tromper ton espoir maudit par de faux semblants et par une amitié mensongère ; et lorsque tu penseras voir le triomphe de tes désirs, mon départ soudain te laissera sans ta sœur, sans trésor et sans pouvoir, avec la seule ignominie d'un forfait odieux. »

LXIX

Ainsi la plaintive reine, dans sa douleur, se lamentait près du riche sépulcre ; elle passait sa vie solitaire, appelant et vengeance et occasion favorable. Mais elle redoutait la violence, et pleine de réserve et de circonspection, avec le langage le plus soumis, le plus doux et le plus affectueux, elle écrivit à son frère, qui était alors absent.

LXX

Elle lui faisait entendre que, fatiguée de cette vie solitaire et douloureuse qu'elle avait à souffrir dans le palais où elle habitait, et où, dans un autre temps, elle avait eu riante compagnie, l'âme navrée par son amer souvenir, pour donner quelque soulagement à sa peine [2], elle voulait, mettant un terme à ses larmes, aller vers le roi avec toutes ses richesses et son trésor.

---

[1] L'espagnol dit « legitima ». La seule vengeance légitime est celle qui s'accomplit avec des armes courtoises et à découvert, et Winterling traduit fort heureusement : « Meiner offnen Rache. » C'est le désespoir qui réduit Didon aux ressources de la ruse et de l'artifice.

[2] Winterling ajoute ici un détail dont le naturel ne rachète pas la trivialité :

« ..... um den Schmerz zu widerstreben,
Der ihre Tugend und Gesundheit untergrabe. »

LXXI

Dans ce but, il lui devait envoyer mystérieusement et en
toute hâte, des navires bien équipés, sur lesquels, avec toute sa
fortune et sa cour, elle pût s'embarquer, dès qu'ils seraient
entrés au port, afin qu'avec une sécurité suffisante elle par-
tît à franchir la mer, qui les séparait l'un de l'autre : c'était
là le seul obstacle qu'elle redoutât encore pour l'accomplissement de ses vœux et de ses dernières espérances.

LXXII

Lorsque la nouvelle de ce qu'il souhaitait avec tant d'ardeur
fut apportée à l'ambitieux souverain, à la vue de cette fortune
heureuse qui acheminait vers l'abri du port le cours de ses
prospérités, plus joyeux et plus avide que jamais, il expédie
aussitôt une flotte puissante, des vaisseaux et des galères, chargés de soldats, de présents et de vivres.

LXXIII

L'escadre désirée touche à l'improviste au rivage où l'a
menée un vol rapide. Les guerriers de Pygmalion débarquent
et vont aussitôt prêter obéissance à la reine. Elle se montre
heureuse de leur arrivée, et met tous ses soins et la plus noble
diligence à offrir à toute cette foule l'hospitalité la plus brillante, la plus complète et la plus généreuse.

LXXIV

Quand l'heure fut venue, Didon, pleine de vigilance, commande aux siens de se tenir prêts, et d'embarquer à grand
bruit, et aux yeux de la foule, les meubles encaissés. De nuit
et en secret, elle ordonne de charger le trésor dans son navire,
avec tant de mystère que personne ne pût rien en savoir ni
saisir aucun indice [1].

---

[1] Cette octave est destinée à peindre deux opérations contraires : l'une consiste
à faire embarquer sous les yeux de tout le monde,

LXXV

Soixante coffres étaient préparés, pleins de gros sable et très-pesants, garnis de fortes serrures, et ferrés avec d'épaisses lames de métal. Ce fut eux que l'on traîna à travers le peuple sur le port où, mis sur la flotte, sous les regards de tout le monde, ils semblaient emporter dans leur sein l'argent, les bijoux, les richesses et le magnifique trésor.

LXXVI

Aussitôt Didon, au milieu des tendres sentiments d'une multitude affligée, monte sur son navire, et déploie rapidement la voile au doux Zéphire qui soufflait en poupe et secondait sa course. D'un élan tranquille, le vaisseau fendait la mer unie et paisible. Toute la flotte se mit à suivre dans la direction où cinglait la haute capitane [1].

« ..... con alarde y público ruido. »

les caisses dont l'octave suivante doit nous donner une description plus complète; l'autre est toute mystérieuse et nous montre les préparatifs réels de Didon, l'embarquement du trésor qu'elle veut soustraire à l'avidité de Pygmalion. Winterling s'y est mépris, et, au lieu de traduire Ercilla, il imagine quelques détails, de sorte que l'octave tout entière est mise en contraste avec l'octave 75e :

> « So bald der günst'ge Zeitpunct da,
> Liess Dido rasch die Ihrigen sich regen,
> Und ohne dass es von den Gästen einer sah,
> Zu Schiff in Kisten bringen ihr Vermögen, etc. »

C'est là corriger, c'est motifier le poëte, ce n'est plus l'interpréter.

[1] L'octave 76e offre un exemple nouveau de l'art d'écrire que don Ercilla possédait à un si haut degré. Il est impossible de peindre en vers plus doux et plus mélodieux la marche tranquille d'un navire sur une mer unie :

> « Dando presto la tela al manso viento
> Que favorable en popa respiraba,
> La nave con sereno movimiento
> El llano y sosegado mar cortaba, etc. »

Il était inutile d'ajouter à cette grâce naturelle et simple, riche d'harmonie imitative, des comparaisons et des épithètes d'ornement comme le fait M. Winterling. Ainsi pour le traducteur allemand le vaisseau tyrien glisse sur les flots comme un cygne « wie ein Schwan »; la mer est brillante comme un miroir « auf spiegelhellem Meere »; la capitane de Didon est royalement parée « königlich geschmückten. » La souplesse élégante et poétique d'Ercilla l'emporte de beaucoup sur ces décorations de style qui ne lui appartiennent pas.

LXXVII

Cette nuit-là et le jour suivant, la flotte s'avança poussée par un vent favorable. Mais lorsque derrière les eaux eut disparu le rivage, et que Didon se vit de toutes parts engagée dans la pleine mer, elle réunit à son bord ses nobles et dociles compagnons, fit approcher tout autour le reste de l'armée, afin que tout entière elle fût présente à ce qui devait se passer.

LXXVIII

Elle leur déclara, d'une âme vaillante, que son dessein et sa volonté n'étaient point d'aller vers son injuste et astucieux frère; qu'elle n'était pour lui qu'une ennemie véritable depuis que, par un forfait et une manœuvre perfides, sous les dehors d'une amitié et d'une foi sincères, enflammé d'un désir sacrilége, il avait donné la mort à son cher Sichée.

LXXIX

Aussi, peu assurée elle-même contre ses piéges, ses ruses et ses trahisons, elle voulait quitter sa douce et bien-aimée patrie, son royaume, sa demeure, ses domaines, et, livrée aux chances incertaines de la mer et des vents, chercher de nouvelles provinces et d'autres contrées où elle pût vivre à l'abri, loin d'un maître tyrannique.

LXXX

Et comme ses richesses avaient été la cause de ses malheurs et de sa perte, comme c'était pour elles qu'elle avait vu périr son époux, que pour elles peut-être le meurtrier volerait à sa poursuite, elle les avait toutes emportées dans cette ferme et inébranlable résolution de les précipiter au fond de l'Océan, où elles devaient disparaître, afin que jamais elles ne tombassent au pouvoir du perfide.

LXXXI

Et, après ces mots, elle fit à l'instant apporter les coffres d
sable fortement fermés, et voulut que par un acte bien visibl
et solennel [1], ils fussent lancés dans les abîmes de la mer. I
ministres du roi, d'un air triste, stupéfaits, confus et troublés
se regardaient, et ne pouvaient revenir de l'étrange action d
cette reine audacieuse.

LXXXII

Ils réfléchissaient sur cette grave situation qui les remplissait d'épouvante et les rendait silencieux. Ils connaissaient l'esprit irascible de leur jeune maître que la perte du trésor allait
exciter davantage. Incertains, tremblants, ils ne savaient quelle
raison ou quelle excuse imaginer pour se soustraire aux re-
proches d'un prince en courroux, ou pour éviter qu'il ne déchar-
geât sur eux sa fureur [2].

LXXXIII

L'intelligente reine vit bien que la route était affranchie et
l'occasion heureuse pour réduire à sa discrétion les soldats
effrayés de son frère, avant que le temps et les délais leur
laissassent former quelque combinaison inattendue. Elle calme
toute l'armée, et continue en leur adressant les paroles suivantes :

1   « Y con a'arde y auto manifesto. »

Winterling :

          « Mit lautem Jubel und der Instrumente Klingen. »

Les mots espagnols ne se prêtent pas à une pareille traduction. « Alarde » n'est
pas un synonyme de « alarido ». La reine veut seulement que l'acte auquel elle procède soit publié, comme elle a voulu rendre public l'embarquement de ses fausses
richesses : « Con alarde y público ruido. » Cette double ruse est nécessaire à la
réussite de ses projets.

2 Il est malaisé de comprendre pourquoi Winterling a supprimé cette octave.
Didon va dans un instant profiter de l'effroi qu'inspire aux soldats de son frère le
caractère violent et impétueux de leur souverain. Pourquoi donc faire disparaître
la peinture que don Ercilla nous fait ici de leurs sentiments et de leur crainte ?

LXXXIV

« Amis, que mes projets soient irrévocables, vos yeux mêmes ont déjà pu vous en convaincre, et vous voyez comme la Fortune m'emporte et me promène à son gré sur la vaste mer. Vous pourrez retourner sur vos pas, à moins que ce ne soit folie, pour donner au roi la triste nouvelle du trésor enseveli dans les flots et de ma fuite vers une terre et des rives inconnues.

LXXXV

« Mais vous connaissez par expérience combien son irrésistible colère éclate avec impétuosité. Lorsque vous vous présenterez devant lui à votre retour, sans le trésor, sans la proie qu'il désire, lui, dans sa barbare impatience, appesantira sur votre tête un bras furieux; il n'écoutera ni votre justification ni vos excuses, et ajoutera ainsi d'autres crimes à ses premiers forfaits.

LXXXVI

« Vous avez donc à craindre la violence et la tyrannie d'un jeune roi courroucé. Ce sont elles qui me poussent loin d'un pays qui m'est doux, et loin d'une belle patrie, à la recherche de contrées nouvelles. Eh bien ! qui voudra me suivre et s'attacher à mon sort, ne se verra pas abandonné par moi. Dans tous les avantages et dans tous les biens que j'espère, il sera mon compagnon et mon associé.

LXXXVII

« L'occasion, les moyens préparés, tout nous seconde et m'anime à vous donner mes conseils. Vous êtes des hommes avisés, que chacun de vous, entre deux maux, sache donc choisir le moindre. Si vous retournez vers le roi, aucun n'échappera à sa vengeance. La douleur et la pitié que j'en éprouve, me portent à vouloir, par mes prières vous engager à me suivre, afin que je ne devienne pas la cause de votre châtiment.

LXXXVIII

« Figurez-vous les supplices et les meurtres prêts à fondre su
vous. Ne songez ni à vos demeures ni à vos possessions. N
faut-il pas tout abandonner pour sauver votre existence? Dan
les revers de la fortune et dans les orages terribles, nous n
devons songer qu'à soustraire notre tête, convaincus que tou
les biens sont exposés à des périls et aux caprices les plus in
constants. »

LXXXIX

Attentifs aux paroles de la reine, les ministres bouleversé;
en proie à leurs réflexions et à toutes les perplexités de l'âm?,
roulaient tout à la fois mille pensées diverses. A la fin, quoiqu
leurs projets ne se ressemblassent pas, tous se décidèrent,
comme d'un assentiment commun, à suivre la reine jusqu'au
terme de son voyage et à lui prêter obéissance en dociles
vassaux.

XC

Ils lui jurèrent une fidélité inébranlable. Pas un ne s'y refusa ; et, livrant ses voiles au vent, Didon ordonne à sa flotte de
diriger vers l'île de Chypre sa course suspendue. Là, elle reçut
une hospitalité courtoise; et lorsqu'elle y eut déclaré ses desseins, le peuple des Cypriotes, ses amis, lui accorda quatre-
vingts jeunes vierges.

XCI

Elle devait un jour les donner pour épouses aux guerriers qui
l'entouraient de leurs soins et de leur dévouement. Tandis
qu'elle cherchait un rivage conforme à ses projets, où elle pût
fonder une cité, elle longeait les côtes de l'Afrique, et un souffle
prospère poussait les navires vers l'occident. Mais, à la fatigue
que j'éprouve, il m'est nécessaire de partager en deux portions
cette histoire.

CHANT XXXIII

I

Il en est beaucoup qui entrent avec ardeur dans la carrière étroite et raide de la vertu, et puis vont donner dans la route plus fréquentée du vice d'où il est si difficile de revenir. La sortie est douce et le passage tout aplani d'une existence régulière au large chemin de la foule; mais plus âpre est le sentier, plus rudes sont les efforts du mal au bien que de l'honneur à la pauvreté.

II

Ainsi Pygmalion avait révélé d'heureux indices dans sa jeunesse. Ses beaux débuts offraient un gage de justice et de générosité, et ouvraient de grandes espérances; mais corrompu par la convoitise, ses changements furent rapides et profonds. Avide de richesses, il devint en outre inhumain, perfide et sanguinaire.

III

C'est ce que nous atteste trop bien la trahison qui fit périr son beau-frère d'une mort mystérieuse. Sichée vivait heureux et plein d'une joie confiante dans la loyauté des sentiments fraternels; ce qui aggrave encore le forfait, c'est que le roi sembla alors fidèle à la droiture, et jamais le crime n'est plus perfid et plus trompeur que lorsqu'il se couvre du voile de la vertu.

IV

Mais ce faux semblant ne réussit pas au gré de ses vœux Loin de là, les résultats furent tout opposés. Non-seulement i ne vit pas couronner ses espérances, mais il perdit ses navire et ses soldats. Didon, comme je l'ai rapporté, naviguait vent e poupe vers les régions du couchant; elle se bornait à fait toucher de temps à autre ses nefs et ses galères aux rivages d ces terres lointaines.

V

En louvoyant, elle détourne sa course vers la droite, pour éviter les Syrtes aux bas-fonds dangereux; puis vient présenter son travers en vue de Licudia [1], et rasant toujours de près la rive sablonneuse de l'Afrique, passe enfin entre Zerbi [2] et Lampédouse [3], et arrive, sans aucune perte, avec son escadre, à Tunis où l'avaient guidée les arrêts du Destin.

[1] *Licudia* se trouve sur la côte d'Afrique, au golfe de la Sidre (grande Syrte), à l'est de Zirraffeh (État de Tripoli), entre Zirraffeh et Geria. Il ne faut pas le confondre avec *Liconda*, à la base d'un cap du même nom, qui se trouve aussi sur cette côte, mais un peu plus à l'ouest. Le Licudia d'Ercilla est séparé du cap Liconda ou Liconta par le cap des *Torrents*. Liconda est entre la ville ruinée de Sora à l'ouest et Serte à l'est. Le lieu désigné par le poëte est entre Djérid et le cap Soltan. Les cartes modernes le donnent sous les noms de Kudia, Kaudia ou Kodia, Koudiab, et même de Julia. Comparez Dufour (*Atlas universel*, 1860, pl. 30), Balbi (*Abrégé de Géogr.*, 3ᵉ édit., 1842, p. 822, carte d'Afrique), Lapie (1829, *Atlas universel*, cartes 39 et 41). Brué (*Atlas univ. de Géogr.*, 1844, n. 32), Garnier (*Atlas sphéroïdal et univ.*, 1852). Voy. encore la carte spéciale de M. Bonne, ingénieur-hydrographe de la marine. — Par une altération différente de toutes les autres, les vieilles cartes de Sanson (1602) donnent au même endroit le nom de Larcudia. L'excellent atlas de M. C. Müller pour les petits géographes grecs (pl. XX) place *Ichudia* entre le Ras Bergaval à l'ouest et le Ras Ali à l'est, au sud de la Grande Syrte.

[2] « El Ciervo, » Zerbi, que les géographes nomment encore *Gerbi* ou *Girbi*, l'ancienne Ménial, dans la partie sud du golfe de Cabès, appartient au bey de Tunis. Maîtres de cette île au XVIᵉ siècle, les Espagnols en furent dépossédés par les Turcs en 1560. Les vainqueurs y dressèrent un affreux trophée, une pyramide haute de 10 mètres, formée avec les têtes des vaincus.

[3] « Lampadosa. » Cette île déserte se trouve également sur les côtes de la régence de Tunis. Mais elle appartient à l'Italie. Le roi de Naples en prit possession l'an 1843; c'est un lieu de déportation pour les condamnés politiques. De Lampédouse dépendent les îlots du *Lampion* et de *Linosa*.

VI

Là, elle aperçut une contrée vaste et fertile, ornée de fruits abondants, un air pur, un ciel serein, un climat qui lui parut doux et tempéré. Déjà la crainte de son frère s'évanouissait pour elle, à cause de la distance qui la séparait de ses États, et elle se décide à jeter les fondements d'une cité nouvelle, en fixant dans ces lieux le choix de sa demeure.

VII

Aussi, à l'instant même, elle propose aux habitants de ces parages de lui vendre tout l'espace de terrain qu'une peau de bœuf pourrait entourer. Les indigènes séduits par les avantages attachés à un pareil arrangement, déterminent un prix avec la reine et règlent les clauses de la convention.

VIII

On livre la somme et la place est désignée. Didon fait chercher en toute hâte un bœuf énorme et puissant, ordonne qu'on le dépouille et qu'en sa présence on étende la peau de l'animal; puis, elle la fait découper en fines lanières, et avec elles environne un si vaste espace, qu'à la prudence de cette reine habile et à son extrême adresse on voulut donner le nom de tromperie.

IX

Mais elle dédommagea les habitants et les laissa contents et payés. Ensemble elle révélait aux siens que des trésors secrets avaient été sauvés par elle; que c'était seulement par ruse et par stratagème qu'elle avait fait lancer dans la mer des coffres de sable, afin que son frère, à cette nouvelle, croyant les richesses perdues, ne s'acharnât pas à la poursuivre.

X

Didon corrigea les désordres et les défauts dangereux pour la

paix d'une société. La reine prudente choisit des consuls, des
magistrats, des officiers publics ; elle appela d'habiles artisans
et des architectes, fit venir tous les matériaux nécessaires, et
alors cette vaillante fondatrice commença les travaux de sa
ville fameuse.

XI

La cité s'éleva d'après un plan régulier, et sous les auspices
des destins les plus favorables. Bientôt elle se vit embellie et
illustrée par de vastes et somptueux édifices ; et, dans la nouvelle république élevée par elle, Didon établit des lois, créa des
institutions capables de maintenir l'ordre parmi les habitants
et de les faire vivre au sein de la paix et de l'harmonie civile.

XII

La fermeté et la haute intelligence qu'elle mit à gouverner
un peuple obéissant à sa voix, attiraient sans cesse une foule
plus nombreuse, et les étroites limites de son État s'étendaient
toujours davantage. Le commerce, la beauté du site provoquaient et séduisaient les esprits, et une multitude d'hommes,
pour aller s'établir dans ces lieux, quittaient de toutes parts
leurs foyers et leur patrie.

XIII

Et comme dans ces temps la fabrication du papier, réservée
à une autre époque, n'était pas encore connue, et ce étaient
des peaux de bêtes qui recevaient l'écriture, et qu'à chaque
peau l'on donnait le nom de *carta*, dont l'Espagnol garde même
aujourd'hui l'usage, cette ville qui occupait un emplacement
mesuré avec la dépouille d'un bœuf, du mot *carta* fut appelée
Carthage par sa fondatrice [1].

[1] La philologie moderne a un peu dérangé les prétentions nationales d'Ercilla.
Cartha, Cirta, Certa, veulent dire *ville* en phénicien ; de là les noms de Tigrano-
certa, Semiramocerta, etc. Le nom même de *Carthage* (Cartha-Hadath) signifie *la
ville neuve*. Cette question d'étymologie, débattue dans une octave d'épopée, donnerait prise aux censeurs inflexibles qui ont noté chez Ercilla des excès de géographie descriptive ; mais nous pardonnons ces légères intempérances à un écrivain

XIV

Une courte durée lui suffit pour devenir célèbre ; elle grandit en étendue et en splendeur, à tel point que c'était merveille d'y voir le trafic et le concours des populations ; et l'intrépide reine sut montrer tant de prudence à gouverner ses sujets, que beaucoup de rois et de princes adoptèrent les lois de la cité naissante.

XV

Telle était sa vertu et telle était sa sagesse que l'on en vint à la prendre pour une divinité ; et de plus aucune femme de son temps ne pouvait, pour la beauté, se placer comme rivale auprès d'elle. Aussi, on allait pour la voir comme une merveille de la nature et comme un prodige inouï. Et je ne sais à quelle femme idolâtre sur notre globe le ciel ait accordé des qualités supérieures [1].

XVI

Il y eut des dames fameuses qui, pleines de cœur, pour la gloire se livrèrent à la mort ; d'autres qui, par de magnifiques exploits, affranchirent leur patrie opprimée ; mais toutes les distinctions nobles et parfaites, aucune ne les présenta au même point que Didon. Elle réunissait richesse, beauté, pudeur [2], sagesse, pénétration, fermeté, prudence.

du xvi⁰ siècle qui croyait le savoir partout à sa place, et qui faisait une erreur de linguistique pour rattacher un mot de l'idiome castillan à la langue de cette reine célèbre dont il chante la grandeur et relève les titres discutés.

[1] « Las idólatras. » Winterling traduit par « von den Göttinnen der Erden. » L'expression est exagérée ; il s'agit seulement des héroïnes du paganisme, des Lucrèce, des Clélia. Si Winterling a donné au mot « Göttinnen » un sens métaphorique, il s'éloigne encore davantage de la simplicité d'Ercilla.

[2] « Fué castísima. » Winterling ajoute ici encore une comparaison déplacée : « Keusch wie Cynthia. » Ce rapprochement mythologique ressemble, chez le traducteur allemand, à l'altération de style que nous venons de constater dans la note précédente, il tient à la même faute de goût et de réserve littéraire.

XVII

Le bruit de ses vertus parvint bientôt aux oreilles du bouillant Iarbas [1], roi des Massyliens, jeune homme audacieux et vaillant, redouté dans toutes les vastes contrées de l'Afrique. Plein d'une ardeur juvénile, entraîné par un amour impatient et encore dans toute la fougue de la nouveauté, il envoie vers la reine comme ambassadeurs les premiers de son conseil et de son royaume.

XVIII

Il lui demandait qu'en récompense de l'amoureux tourment que pour elle il éprouvait à chaque heure, elle voulût bien par un heureux hyménée devenir maîtresse de sa personne et de ses États ; sinon, avec un juste ressentiment contre celle qui aurait méprisé un tel souverain, il marcherait sur Carthage avec son armée, et anéantirait habitants et remparts.

XIX

L'ambassade fut reçue dans le sénat. La reine ne voulut pas être présente. Les sénateurs apprirent à la fois la prière et la menace du monarque. Le trouble remplit toutes les âmes. On songeait au vœu de chasteté de la reine, à la vie pudique adoptée par sa fidèle tendresse et si contraire aux projets d'Iarbas.

XX

A peine les vieillards eurent-ils entendu l'arrogante requête, qu'ils imaginèrent de conduire au but cette affaire difficile par un stratagème. Ils parurent devant Didon avec un air triste et une contenance embarrassée ; les yeux attachés à la terre, le visage pâle, ils montraient combien leur avait déplu la mission des envoyés.

1 Cf. Virgile, Én., IV, 36-43, 193-197.

XXI

« Sache, lui dirent-ils, qu'Iarbas pour avoir entendu exalter par la Renommée aux cent bouches le génie avec lequel tu gouvernes les États, et les accroissements de la ville ouvrage de tes mains, entraîné par une louable émulation, demande que sans aucun délai vingt de tes conseillers les plus habiles aillent réformer les lois de son peuple.

XXII

« Mais il est dur, intolérable et mal en harmonie avec notre âge et nos dignités, de quitter une patrie bien-aimée et la tranquillité si douce, pour aller dans des régions incultes et chez des peuples grossiers, corriger les mœurs d'une race séditieuse et ses vieilles coutumes. Aussi, chacun de tes conseillers recule devant cette tâche et se récuse avec les plus justes motifs.

XXIII

« Tous comprennent que ce serait là perdre leur chère et dernière heure de repos, sans espoir de revenir, et, en résistant à la demande hautaine d'Iarbas, nous jetons la cité dans un péril extrême ; car bientôt nous aurons sur les bras, avec de grandes forces et une armée nombreuse, le jeune roi irrité, prêt à renverser avec le fer, à livrer à la fureur des flammes les nobles remparts, et à faire disparaître toute ta gloire.

XXIV

« Voilà, en peu de mots, ce qu'il sollicite de toi. Sa prière est accompagnée de menaces ; mais notre vieillesse fatiguée ne permet pas de la recevoir, et les lois nous ont affranchis par vétérance. Oui, la raison, si la raison est ici la mesure des choses, ne veut pas qu'ébranlés par de longs travaux, nous abandonnions nos foyers et notre séjour, à la fin d'une vie qui expire.

XXV

« Si dans le premier âge, pour mériter de l'honneur, nous nous précipitons dans les dangers, il est juste qu'au terme d'une existence épuisée, nous jouissions d'un loisir conquis, et qu'à notre chevet désert, lorsqu'approche le temps incertain de la mort, nous ayons qui nous ferme les yeux avec tendresse et donne la sépulture à notre dépouille.

XXVI

« Et puisque notre devoir est de placer sous tes yeux la demande qui renferme tant de maux, le tien est d'employer toute ton adresse et la prudence pour découvrir le remède et donner la réponse nécessaire. Que ton intelligence prévoyante conjure l'orage que fait gronder le roi des Mauritaniens, de manière à conserver la paix et la concorde et à nous délivrer de fatigues nouvelles. »

XXVII

La reine de Carthage écoutait avec attention leur langage composé et artificieux. La satisfaction sur le visage et avec un sourire mêlé de majesté, bien que dans son âme elle éprouvât d'autres sentiments, elle les accueillit tous et leur jeta un regard si bienveillant, si doux et si affectueux, que s'ils ne lui eussent exprimé que des paroles sincères, elle les eût fait renoncer encore à leur demeure et au seuil de leurs maisons [1].

[1]
> « Que si en verdad la relacion pasara,
> De sus casas y quicios los sacára. »

Winterling modifie un peu le sens de cette phrase :

> « Als ob man ihr die Wahrheit hinterbrächte
> Und sie von Haus und Hof zu locken dächte. »

Ercilla veut dire que, si le sénat eût été sincère et ne se fût pas présenté avec des intentions trompeuses, le langage de la reine était de nature à provoquer de leur part un nouvel acte de dévouement. Les vers de Winterling expriment plutôt le fond des sentiments de la reine que l'effet qui peut s'attacher à ses paroles.

XXVIII

«Chers amis, leur dit-elle, vous que je n'ai jamais vus une seule fois vaincus par le Destin, vous si résolus dans les plus grands périls, et qui avez toujours fait face à la Fortune, comment, oublieux de ce noble passé, lorsque l'occasion réclame si bien votre appui, et qu'il ne s'agit pour vous que d'un seul et court embarras, celui d'un simple voyage, aimez-vous mieux assister à l'écroulement de votre patrie ?

XXIX

« Tout le monde reconnaît, et il est évident pour tous, que, membre d'un corps auquel il est étroitement uni, chaque citoyen doit dévouer à l'État non-seulement son repos, mais sa vie même ; et, au nom de la raison, comme par tous les droits de la société humaine, enchaînés par une dette légitime que la nature nous impose, nous sommes tenus de ne compter pour rien notre bonheur particulier, au prix de la tranquillité publique.

XXX

« Ah ! s'il plaisait au grand et puissant Jupiter que le sacrifice de ma vie pût cette fois suffire, bientôt, juste appréciateur, le monde verrait avec quelle joie j'en ferais l'offrande. Et vous qui, en parcourant votre carrière, avez affronté des chemins si âpres et si étroits, est-il bien, au terme de ce long espace, d'effacer et d'anéantir toute la gloire que vous avez acquise ? »

XXXI

Les sénateurs, voyant que Didon, entraînée par le sentier où leur stratagème l'avait conduite, était tombée dans le piége tendu, et se trouvait enveloppée dans le filet de ses propres paroles, changent aussitôt, et laissent éclater la joie sur leur visage attristé jusque-là. Ils lèvent leurs bras et d'une voix forte s'écrient : « Tous, tant que nous sommes, nous approuvons les paroles convaincantes.

XXXII

« Rien de plus juste, ô Reine, que ta sentence ; elle nous arrache à notre doute et à un sérieux embarras. Nulle raison n'est assez puissante pour prévaloir contre l'autorité de ton jugement, et, afin d'éviter tout délai stérile, nous devons te dévoiler notre secret ; car il n'y a ni égard ni convenance qui puissent t'armer contre ta propre décision.

XXXIII

« Sache-le donc, ô Reine, Iarbas n'a pas envoyé vers toi pour réclamer tes vieux conseillers affaiblis. Un sage gouvernement et une administration excellente maintiennent dans l'ordre les peuples de ses États. Il ne veut que toi-même et ta gracieuse compagnie, et il t'offre pour dot de nombreux avantages ; toutes ses conditions sont aussi précieuses qu'honorables, et les présents qu'il te destine ne connaissent pas de bornes.

XXXIV

« Songes-y bien ; si par hasard tu n'acceptais pas cette sainte union conjugale, et que par une décision égarée, tu dédaignasses une telle demande et des propositions aussi généreuses, tu serais cause que, le fer et la flamme à la main, ses soldats viendraient saper Carthage jusqu'en ses fondements. Ainsi, de ton choix et du parti que tu vas adopter, vont dépendre les destins de la paix ou de la guerre.

XXXV

« Si le citoyen dévoué doit se sacrifier avec joie pour une patrie qu'il aime, par combien de raisons et de motifs plus pressants encore la loi t'oblige, toi qui es notre reine ! Tu n'as aucun prétexte suffisant   ur

c'est à toi d'assurer notre bonheur et de nous garantir, au temps béni par le ciel, les fruits heureux de ton hymen, et une lignée pour ta couronne [1].

XXXVI

« Que si tu étais résolue à suivre la loi d'un chaste et stérile veuvage, vois tout ce peuple prosterné devant toi, déjà près de périr par le lacet fatal. Il a renoncé pour toi au sol chéri qui t'a vu naître, sous la garantie de ta promesse et de tes serments. À ton repos et à ton calme personnels tu jurais de préférer la tranquillité commune. »

XXXVII

La reine sentit si vivement l'objet de cette sérieuse demande et la proposition qui lui était faite à l'improviste que, malgré tous ses efforts pour dissimuler sa douleur, elle en trahit cependant les signes sur son visage. Mais avec sa réserve et sa rare prudence, elle ne fit que bien peu attendre sa réponse, et d'une voix tranquille et pure, que son agitation profonde avait un instant enchaînée,

XXXVIII

Elle prononça ces mots : « Amis, j'aurais voulu, pour éviter toute rumeur indiscrète, pouvoir vous répondre sans retard et avant qu'Iarbas nous fasse éprouver d'autres périls. Mais telle est cette affaire, telle est la nature des circonstances, que par respect pour mon titre de reine et pour ma grandeur, je ne puis me résoudre à vous faire connaître aussitôt ma résolution

---

[1]
   « Dándonos con el tiempo prosperado
   La sucesion y fruto deseado. »

Winterling traduit un peu vaguement :

   « Damit die segensreiche Zeit
   Uns auch von dir gewünschte Früchte lasset sehen. »

L'espagnol est plus précis, il parle d'une lignée royale, d'une *succession*, d'u[n] hé[ri]ti[er] donne à la cité nouvelle la sécurité et les garanties de l'avenir.

sur un projet que pourtant vous croyez tous conforme à l'honneur.

XXXIX

« Ce serait faire preuve de légèreté, et plus encore, ce serait
manquer aux lois de la fidélité et du devoir, si, au premier
appel de la persuasion, je m'écartais de la solitude promise et
de mes formels engagements, si j'effaçais sous une autre empreinte l'inviolable cachet scellé par mon premier amour.
Aussi, combattue par des pensées contraires, j'ai besoin de prendre du temps et de réfléchir.

XL

« Je vous demande trois mois seulement, chers amis, afin de
peser ce que je dois faire, et pour que le peuple soit satisfait
de sa reine, en voyant qu'elle ne précipite pas sa détermination ;
car le vulgaire, dans sa libre médisance, aime à calomnier
même les projets les plus honnêtes, et, comme instituteurs des
lois, les souverains fixent davantage tous les regards [1].

XLI

« Iarbas ne peut se déclarer notre ennemi, avant que le
terme de ces trois mois arrive ; et, cette limite une fois passée, je
m'engage à répondre avec bienveillance à sa demande ; mais
prendre un délai à d'une moindre étendue, c'est ce que refusent
et la décence et le soin de ma dignité, et il ne sied pas que

---

[1]   « ..... Como instituidores de las leyes,
         Tienen mas ojos sobre sí los reyes. »

« Ita in maxuma fortuna minuma licentia est. » Salluste, *Catil.*, LI. Cf. Massillon,
Serm. pour la fête de la Purific. « Les princes et les grands ne semblent nés que
pour les autres... Leur vie se reproduit pour ainsi dire dans le public, et si leurs vices
trouvent des censeurs, c'est d'ordinaire parmi ceux mêmes qui les imitent. Aussi la
même grandeur qui favorise les passions, les contraint et les gêne, et, comme dit
un ancien, plus l'élévation semble nous donner de licence par l'autorité, plus elle
nous en ôte par les bienséances. »

Didon exprime une excuse. Se justifier, c'est reconnaître une erreur et avouer une faute. »

XLII

La reine garda le silence ; et l'on fut contraint de faire accepter aux envoyés d'Iarbas cette première convention : ils devaient attendre l'époque fixée par la souveraine pour déclarer si elle consentait à ce mariage. Les ambassadeurs, émus par la prière du sénat et par l'accueil d'une hospitalité gracieuse, restèrent à Carthage pendant toute cette durée, au milieu des fêtes et des jeux les plus brillants.

XLIII

Le sénat faisait à Didon les instances les plus vives dans l'intérêt commun et pour la tranquillité de son peuple, mais elle ajournait toujours sa réponse, bien qu'elle prêtât à leurs paroles une oreille complaisante ; et cependant elle se disposait en secret au dessein qu'elle avait formé depuis longtemps : c'était de mettre fin à une vie malheureuse avant de renoncer à son inviolable constance.

XLIV

Lorsqu'arriva le triste et dernier jour, le peuple fut réuni sur la vaste place. La reine, pompeusement parée, monta sur une estrade haute et bien découverte, et au pied de laquelle se trouvait un bûcher où devait être immolée la victime ordinaire. De sa place, à toute la foule attentive qui l'entoure, Didon fait entendre ces paroles :

XLV

« Fidèles compagnons, qui m'avez, dans toutes mes infortunes, montré un attachement infatigable, et qui, pour accompagner mes destinées errantes, avez renoncé à vos demeures et à votre patrie, voilà que le sort, par un arrêt cruel, pour mettre un terme aux coups dont il m'accable, me force à vous quitter, ô douleur! à quitter un peuple aimé, et qui mérite de l'être.

XLVI

« S'il m'en coûte de me séparer de pareils amis, si ce départ m'est ainsi plus douloureux, les divinités du ciel que j'ai consultées, n'ont pas moins prononcé ma sentence et ne la peuvent révoquer ; et, comme, pour soustraire Carthage aux grands désastres dont la menace la tient dans l'épouvante, elles ont placé le remède entre mes mains, je veux faire disparaître la cause de votre effroi.

XLVII

« Puisque la volonté sévère des Dieux ne souffre pas que je puisse être heureuse, et qu'à la vue de mon peuple exposé au péril, je me sens poussée à outrager mes serments ; oui, je veux ôter à Iarbas le sujet de l'amour insensé qui l'entraîne, je veux trancher mes jours, et, de la sorte, avec la cause qui le produit, tout le mal aura disparu.

XLVIII

« Oui, il en sera ainsi lorsque je me serai donné la mort[1], et, bien que le remède puisse vous sembler extrême, il est le plus simple, le plus rapide, et réclame le moins de courage ; il ne touche que moi, et la perte que je fais est peu de chose : ainsi je vous dérobe au danger, Iarbas reviendra de la passion qui l'aveugle, et moi je conserverai sans insulte et sans tache l'honneur d'un lit chaste et solitaire.

---

[1] Winterling a placé en tête de cette octave une image très-poétique, mais qui lui appartient tout entière et qui relève d'une inspiration toute moderne :

« Ich sehe schon den Todesengel winken. »

Ce langage-là n'est ni d'Ercilla ni d

XLIX

« Pour prix d'une éphémère existence, je rachète Carthage
de l'oppression, je laisse un exemple et une loi impérissable
qui vous oblige de vous sacrifier comme je le fais moi-même, et
avec les flots purs de mon sang, ici répandu, je satisfais au ciel
et à la terre; je meurs pour mon peuple et je garde tout entière, avec un inviolable amour, la foi de mon premier hymen.

L

« Ne pleurez point mon trépas précoce; le ciel le loue et l'approuve. Une courte douleur et une fin glorieuse assurent la
vie à jamais. Si le glaive de la Parque irritée intimide celui
qui veut garder le souffle, vous, vous ne devez pas gémir de
voir Didon expirer; car il ne cesse pas de vivre celui qui se
frappe quand il veut mourir.

LI

« Adieu, adieu, mes amis ! je vous vois libres et je contente
mon époux. » Elle n'en dit pas davantage, pleine du désir d'a-
chever son action intrépide; elle invoque le nom de Sichée, et
ouvre d'un coup de poignard sa chaste poitrine; puis aussitôt
se laisse tomber sur les flammes du bûcher dévorant.

LII

Sa mort fut profondément regrettée. Longtemps on la pleura
dans Carthage; et, en souvenir de cette fin magnanime, un
temple somptueux fut élevé, où Didon reçut des sacrifices et
un culte public. Tant que dura le cours prospère de ses destins,
la noble ville qu'elle avait fondée honora sa reine comme
déesse de la patrie.

LIII

Elle prit en horreur le nom de roi, depuis qu'elle avait perdu
ce fut tou ours ar

cent sénateurs, sages vieillards, que l'État fut gouverné. L
foule de ses habitants s'accrut sans cesse, et ce peuple devi
si puissant et si redoutable, qu'un jour, au temps de leur plu
grand éclat, les Romains furent par lui tenus en péril et e
échec.

LIV

Tels sont les faits exacts et incontestables de la vie de Dido
Le renom de cette reine a été outragé. Virgile, sans égard,
falsifié son histoire, et n'a pas tenu compte de sa chasteté glo
rieuse, afin de donner quelque parure à ses propres fictions.
Poursuivie par une importune recherche, lorsqu'elle pouva
prendre un époux au lieu de se brûler, ne la voyons-nous p
préférer la flamme du bûcher à l'hymen ?

LV

Nos soldats s'avançaient, tous attentifs au récit de ces étrang
et singuliers événements. Lorsque nous arrivâmes à la forte
resse, il s'achevait en même temps que notre marche. Nou
eûmes une nuit de repos derrière les remparts. Dès que l'au
rore se fut montrée, il fallut nous apprêter à de nouveau
efforts pour découvrir la retraite où se cachait l'ennemi.

LVI

Mais un Indien, comme nous nous y attendions le moin
tomba captif au pouvoir d'un de nos détachements. Chez lu
l'apparence annonçait un homme au courage intrépide, à l
main preste, aux pieds agiles. Vaincu par nos présents et pa
nos promesses : « Oui, dit-il, je me décide et je m'engage
vous livrer aujourd'hui, soyez sans crainte, le grand génér
Caupolicán [1].

[1] Cl. Gay, t. I, p. 448, nous rapporte que l'Indien qui vendit Cau
un de ses amis, et qu'il se nommait Tongolmo.

LVII

« Au sein d'un bois épais et profond, éloigné d'Ongolmo [1] à une distance de neuf milles, est un site fortement retranché par la nature ; des marais et des fossés l'entourent. C'est là que dans un asile assuré, il séjourne avec dix compagnons seulement, jusqu'à ce que le cours de votre prospérité s'arrête et cesse de tout entraîner dans ses flots vainqueurs [2].

LVIII

« Par un sentier étroit et inconnu, sans qu'il puisse rien prévoir, je serai votre guide dans la nuit obscure, et je conduirai votre troupe en toute sûreté. Avant que le jour montre sa lumière, vous atteindrez cette mystérieuse retraite. Là, je m'oblige, et ma tête est votre otage, à remplir tous mes engagements. »

LIX

La proposition du jeune Barbare fut écoutée avec faveur. Il nous paraissait ferme dans sa promesse. Aussitôt on prépare une troupe de soldats éprouvés et en nombre suffisant contre tous les piéges possibles. L'Indien, notre ami, est placé en tête des Espagnols pour guider leur tentative, et ils partent à l'entrée de la nuit, dans le plus profond secret, à pas lents et d'une marche tranquille.

LX

Par une route resserrée que les broussailles encombraient, ils

[1] On se rappelle que la forteresse de Tucapel était construite à l'entrée du val d'Ongolmo.

[2]
        « Hasta que vuestra próspera creciente
    Aplique el gran furor de su corriente. »

Winterling est loin de rendre cette métaphore hardie et originale dans ces vers traînants et communs :

    « Bis sich das Glück, das endlich aufgehört
        ihm wieder zu kehrt.

gravissent, ils descendent de grands coteaux, sous la conduit
du Barbare inquiet. Ils cheminent à pas traînants. Mais quan
les sombres ténèbres furent un peu éclaircies par l'aurore voi
sine, l'Indien s'arrêta près d'un ruisseau dont la source jail
lissait des rochers, et se retournant vers les soldats, il leur dit

LXI

« Je n'avancerai pas davantage. Il m'est impossible de pour
suivre ma route plus loin; l'entreprise est au-dessus de mes
forces, et une frayeur affreuse enchaîne mes pas tremblants. Je
m'imagine, je vois le regard formidable du grand Caupolican
irrité contre moi, lorsqu'il viendra à savoir que seul j'ai été
soldat assez perfide pour le vendre.

LXII

« Suivez le courant de ce ruisseau, il vous guidera, bien qu'il
n'y ait plus aucune trace ni aucun sentier, et bientôt vous atteindrez le lieu où l'habitation du guerrier se cache au milieu
d'un massif d'arbres épais. Avant que le jour déjà près de paraître vienne à luire, hâtez-vous d'arriver, afin que de la montagne la sentinelle ne puisse découvrir votre approche mystérieuse et mon propre forfait.

LXIII

« Pour moi, je vais vous quitter ici. J'ai rempli ma tâche, en
vous laissant à la place où vous êtes, et où je vous ai conduits
à l'abri de toute épreuve, mais en m'exposant moi-même à un
danger visible. Vous voilà au point où vous désiriez être. Maintenant, il faut presser vos pas et atteindre le but au plus vite.
En toute chose, perdre le temps est un mal irréparable et un
péril [1].

<hr>

[1] Octave supprimée par Winterling. Elle est nécessaire à l'ordre et à l'enchaînement des idées. Le Barbare, plus fidèle aux étrangers qu'à son général, veut établir qu'il a rempli ses engagements envers les Espagnols, et leur donne un utile
conseil en les poussant à agir avec rapidité. Cette idée mène au développement de
l'octave suivante. S'ils procèdent avec lenteur, continue l'Indien, il est facile à
l'ennemi d'échapper à leur poursuite sur un terrain si escarpé.

LXIV

« Au moindre bruit de votre approche, dans un lieu tout rempli d'obstacles et de précipices, la fuite est facile et protégée par les escarpements de la montagne. Songez que déjà cet instant de retard nuit à votre succès. Poursuivez aujourd'hui votre fortune heureuse. Moins d'un mille encore à parcourir, et l'ennemi, dont vous êtes tout près, est entre vos mains. »

LXV

Ni séductions, ni présents, ni promesses ne purent décider l'Indien à faire un pas de plus, ni la menace de la mort ou des plus rudes châtiments ne sut vaincre son opiniâtreté. L'heure pressait, et il était nécessaire dans ce moment d'agir en toute hâte. On laissa le Barbare attaché au tronc d'un énorme pin ; mais on suivit ses indications pour continuer la marche.

LXVI

Au bout d'un mille, à l'entrée d'un bois sombre et lugubre, au-dessus d'un ravin profond et escarpé, les Espagnols se trouvèrent devant une grande cabane couverte de paille. L'emplacement fortifié tout à l'entour, défendu par un précipice et par un ruisseau, montrait tout à côté de l'habitation et avec leurs toits de glaïeul, des huttes, de petites demeures, d'humbles réduits et des chaumières.

LXVII

Cependant la sentinelle, de la pointe d'un rocher, aperçoit notre troupe, pousse un cri, et donne le signal d'alarme au vaillant général, qui ne prévoyait pas une attaque. Mais les nôtres s'élancent avec rapidité, enveloppent à l'improviste sa demeure, comme le Barbare superbe bondissait vers la porte, qui à ce moment se trouvait ouverte.

LXVIII

Il voit que le passage est partout intercepté et qu'un dang
imminent menace son existence. Avec une hache d'armes
lide et puissante, il veut frayer sa route ordinaire, et levant
fer avec ses deux mains, il se dresse sur la pointe des pie
pour le faire retomber avec plus de vigueur; mais il frappe u
poutre qui passait au-dessus de sa tête [1]. Le tranchant y
nètre et y reste engagé.

LXIX

Un soldat saisit l'occasion, se jette en avant et, s'approche
de la porte, il atteint le guerrier au bras; la blessure pénèt
dans les muscles et dans les chairs que rien ne garantit. Ac
coup, l'Indien se retire; il voit que les ressources et la lutte
incertaines, et il ordonne à tous les siens de se rendre, de n'e
sayer aucune résistance.

LXX

Il sort de sa demeure sans armes, adjure l'Espagnol d'entre
avec toute sécurité dans son habitation; qu'ils étaient de pauvre
soldats, fuyant tout effrayés loin du théâtre des batailles; voi
pourquoi, dans sa hâte mêlée de trouble, craignant d'être assailli
par des scélérats, il s'était élancé vers la porte qu'il voyait entourée, et avait saisi ses armes comme à l'ordinaire.

LXXI

Les nôtres entrèrent précipitamment. Ils virent là huit ou
neuf guerriers de haute valeur, qui rendirent les armes et se
livrèrent avec toute l'apparence de la simplicité. A tous on lia
les mains derrière le dos. On se partagea les dépouilles et le
butin. Le rusé capitaine, retenu par une double attache, fut
gardé avec des soins plus vigilants.

[1] Le linteau de la porte, ce que Winterling nomme si justement « die Oberswel ».

LXXII

D'un visage calme, il assurait qu'il était un soldat de rang
vulgaire ; mais sa taille imposante et la vigueur de ses membres trahissaient l'importance de son caractère. On perdit
beaucoup d'instants et de longues heures à recueillir des autres
quelques indications. Tous affirmaient que c'était un homme
de renom commun et de petit lignage.

LXXIII

Cependant nos gens se mettaient avec une grande ardeur à
piller, comme on le leur avait permis, et poussaient des cris
selon la coutume. Il n'y avait maison, ni chaumière, ni refuge qui ne fussent bouleversés, saccagés, lorsque d'une tente
voisine, qui s'élevait à l'extrémité même du vaste ravin, une
femme s'élança, fuyant en toute hâte vers la partie la plus
sauvage de l'épaisse forêt.

LXXIV

Mais elle se vit atteinte à une faible distance par un nègre
qui s'était attaché à ses traces sur le penchant du coteau. L'é-
troit sentier arrêtait par mille obstacles la fugitive, peu accoutumée à une pareille course. Elle portait contre son sein un
jeune enfant, mal enveloppé dans ses langes, et âgé de quinze
mois à peine, gage d'amour d'un malheureux père prisonnier,
objet pour elle comme pour lui d'une tendresse profonde.

LXXV

Le nègre entraînait sa captive tout en désordre, sans savoir
quels étaient le rang de cette femme et la valeur de sa prise. A
cet instant, nos soldats s'éloignaient déjà, guidés par les eaux
murmurantes du ruisseau. Lorsque cette noble dame [1] infor-

---

[1] « La triste Palla. » Cf. *infra*, *in calce*, Suppléments historiques, *Declaracion
de algunas cosas…*

tunée aperçut son époux, captif lui-même, et qui marchait
leur tête, dépouillé de ses insignes et de ses armes, enchaîn
au milieu de la foule du vulgaire,

LXXVI

Elle ne fit pas éclater par des larmes sa grande douleur; e
ne vit pas en elle les marques d'une faible femme; mais plei
de colère et d'une bouillante indignation, montrant à son m
le fils qu'elle tenait dans ses bras : « La robuste main de l'
tranger, dit-elle, qui a chargé de liens ton bras efféminé, se fû
conduite envers toi avec plus de douceur et de pitié, si elle eû
percé ta lâche poitrine [1].

LXXVII

« Es-tu bien ce vaillant qui en peu de jours remplit toute la
terre du bruit de ses actions, et dont le nom seul faisait trembler au loin les nations les plus inconnues? Es-tu ce capitaine
qui promettait de faire bientôt la conquête des Espagnes, de
soumettre l'autre hémisphère au joug d'Arauco et aux ordres
de cet empire ?

LXXVIII

« Ah ! malheur à moi ! comme je m'abusais dans mes altières
et superbes pensées, en voyant que par tout le monde je portais le nom de Fresia, femme du grand Caupolicán [2], et voilà
que misérable, infortunée, tout en un instant s'est éclipsé pour
moi ! Je te vois captif, dans un désert, lorsque tu pouvais tomber
avec honneur.

[1] Qui ne se rappellerait ici le beau langage que Tacite, dans de tout autres circonstances, met dans la bouche de Germanicus : « Melius et amantius ille qui gla-
dium offerebat. » (Ann., I, 43.)

[2] La femme de Caupolicán, qui déploie dans cette scène un caractère si noble et si
sauvage, occupe une place assez restreinte dans l'épopée d'Ercilla. Elle figure aussi,
sous le même nom de Fresia, mais avec une tout autre physionomie, dans une
description pleine de grâce voluptueuse, due au pinceau de Pedro de Oña.
(Arauco domado, canto V.)

LXXIX

« Où est le fruit de ces exploits périlleux qui ont coûté tant de sang et de vies ? Que sont devenues ces entreprises difficiles et téméraires où t'engageait si résolûment ton courage. Où sont ces glorieuses victoires, remportées par ces bras accablés de chaînes ? Tout devait donc avoir un terme et aboutir à te voir traîné au milieu de cette ignoble foule !

LXXX

« Dis-moi, est-ce le cœur qui t'a manqué, est-ce le glaive, pour triompher de l'inconstante déesse ? Ne sais-tu pas qu'une fin rapide et honorable assure une existence immortelle et glorieuse [1] ? Que ne songeais-tu à ce gage malheureux ? Car de toi il ne reste autre chose. Pour moi, à peine la nouvelle de ton trépas me serait parvenue, que je t'aurais suivi avec bonheur dans la tombe [2].

LXXXI

« Tiens, maintenant, prends ton fils. C'était le nœud par lequel un amour légitime me tenait attachée. Une douleur aiguë, un coup pénétrant ont desséché les seins qui l'allaitaient. Va, nourris-le toi-même, puisque ton sexe, mâle guerrier, s'est changé contre le sexe qui tremble. Non, je ne veux plus être la mère, infâme fils d'un père infâme [3]. »

[1] Cf. *supra*, *Arauc.*, XXXIII, oct. 50[c].

[2] Voici l'ordre des idées : Fresia, en apprenant la mort de Caupolicán, n'eût pas hésité à se frapper elle-même. Que ne songeait-il donc à son fils, que sa captivité déshonore et à qui la mort héroïque de son père eût assuré la gloire ?

[3] Ainsi pensaient aussi les femmes barbares du Nord. Fresia nous rappelle par l'ardeur guerrière de ses sentiments ces Germaines dont Tacite nous a laissé une si brillante peinture. « Dans la mêlée, elles portent aux combattants de la nourriture et des exhortations. On a vu, dit-on, des armées chancelantes et à demi rompues, que des femmes ont ramenées à la charge par l'obstination de leurs prières, en présentant le sein aux fuyards, en leur montrant devant elles la captivité que les Germains redoutent bien plus vivement pour leurs femmes que pour eux-mêmes. » (Cf. *De morib. Germ.*, cap. 6-7, trad. Burnouf, t. VI, p. 17.)

LXXXII

En disant ces mots, irritée et furieuse, elle jette aux pieds
de son époux le tendre enfant, et, dans le transport de sa frénésie et de sa rage, elle court aussitôt ailleurs. Enfin, pou[r]
abréger ce récit, rien au monde, ni prières ni menaces ne fut
capable de faire revenir cette mère cruelle et de la ramener à
son fils innocent.

LXXXIII

On donne à l'enfant une autre mère et nous nous mettons en
devoir de reprendre le chemin du fort. La troupe marcha d'un
pas rapide, et, en passant, elle rendit à la liberté le guide
fidèle, que, par précaution, elle avait attaché au tronc d'un
arbre. Le jour baissait déjà, lorsqu'en longue file elle rentra
dans la citadelle pavoisée, au milieu de vifs applaudissements
et de cris de joie.

LXXXIV

L'on mit tout en œuvre auprès des Indiens pour vérifier avec
plus de certitude si le prisonnier était Caupolicán, bien que
l'air du captif semblât donner une preuve assez éclatante;
mais, ni en son absence ni devant le héros, dans un si grand
nombre, il n'y en eut un seul qui osât reconnaître en lui autre
chose qu'un soldat inconnu, d'origine vulgaire et de rang inférieur.

LXXXV

Quelques-uns toutefois, bientôt plus enhardis lorsqu'on les
pressait en particulier, et assurés que sa mort était prochaine,
nous dénonçaient sa tromperie que nous soupçonnions; mais
aussitôt qu'ils étaient amenés devant lui, ils tremblaient épouvantés, et rétractaient leurs aveux, niaient la vérité dont nous
possédions déjà les preuves et qu'ils avaient déclarée lorsqu'ils
n'étaient pas sous ses regards [1].

[1] Winterling a omis cette octave destinée à peindre l'ascendant magique exercé

LXXXVI

Voyant qu'on le serrait de près, que la ruse n'est qu'un péril
plus, et qù'il ne peut faire douter de lui longtemps encore,
abandonne un stratagème inutile, et veut essayer le dernier
yen qui lui reste. Il demande le capitaine Reynoso, qui aussi se rend à sa prière. D'un air plein de calme et de dignité,
Barbaro lui adressa les paroles que plus loin reproduiront
· vers.

... plicán sur la nation entière des Arauvans. Presque toutes les suppressions
... traducteur allemand affaiblissent ou décolorent la pensée originale.

CHANT XXXIV

I

O misérable et triste existence, soumise à tant de revers! prospérité humaine toujours suspecte! Est-il un seul bonheur qu'une disgrâce n'ait suivi? Y a-t-il chose au monde si agréable et si douce qui ne se change un jour en dégoût et en amertume? Quelle joie, quel plaisir n'a sa déception? La fin même de nos délices n'est-elle pas un tourment?

II

Que d'hommes fameux ici-bas dont une longue vie a terni la gloire! On les eût estimés plus grands, si la mort se fût hâtée pour eux. De ceci Annibal a été un exemple mémorable, et le consul aussi qui, renversé à Pharsale, perdit, grâce à des jours trop prolongés, non pas la seconde, mais la première place de l'univers.

III

Témoin encore, et témoin solennel de cette vérité fut Caupo-

Enfin, illustre capitaine, grand guerrier, qui, dans les contrées américaines occupées par les Indiens, acquit avec les armes le rang le plus glorieux. Mais la Fortune appesantit si durement le bras sur sa tête, en différant pour lui l'heure suprême, que l'éclat de son élévation ne peut être comparé à celui de sa chute malheureuse et soudaine [1].

IV

Il avait compris que la fidélité de ses sujets s'ébranlait et chancelait ; que le cours longtemps prospère de son destin décroissait avec rapidité ; aussi voulut-il parler ouvertement à Reynoso. Le capitaine se présente pour l'entendre, et en présence de tout le monde assemblé, le Barbare, d'un ton grave, s'exprime en ces mots :

V

« Si j'étais réduit à une honteuse détresse par l'impitoyable et inflexible destinée, et que ma fortune eût succombé devant un homme et devant un capitaine indigne de vaincre [2], mon bras n'était pas encore tellement affaibli que je fusse incapable de frayer moi-même un chemin à la mort avec mon épée à travers ma poitrine, et de mettre un terme à mes jours et à ma triste carrière.

VI

« Mais je t'ai jugé assez grand pour que je pusse de toi recevoir la vie sans déshonneur ; et aussitôt que tu me l'auras accordée, je suis prêt à me soumettre à ton vouloir. Ne pense pas que je redoute la mort ; c'est aux heureux de la craindre ; mais

---

[1] Cf. Bossuet, *Sermons*, édit. de Besançon, 1840-41, t. V, p. 174 : « L'ambition a ses captivités, ses empressements, ses défiances et ses craintes, dans sa hauteur même qui est souvent la mesure de son précipice. » Cf. *supra*, t. I, p. 47, *notes*. Voy. encore Bossuet, *ibid.*, sermon sur l'Honneur, p. 554-555 ; sermons sur l'Impénitence finale, p. 592-593 ; sur l'Amour des plaisirs, p. 610-611 ; sur nos Dispositions à l'égard des nécessités de la vie, p. 688, 689, 693 ; sur l'Ambition, p. 701-707 ; sur la M... rt, p. 731, 733, etc.

[2] Winterling nomme *Reynoso* ; c'est enlever à la louange une partie de sa grâce insinuante.

en moi l'expérience fait bien voir que la vie ne peut être qu'un tourment pour l'infortuné.

VII

« Oui, je suis ce Caupolicán, dont le destin a renversé la grandeur, mais à qui l'empire des Araucans obéit comme à son chef et à son souverain absolu. Je suis le maître et l'arbitre de la paix ; je puis contracter et sanctionner toutes les conventions. La dignité de ma charge place l'État tout entier sous mon sceptre et sous mon obéissance.

VIII

« C'est moi qui ai fait tomber Valdivia dans Tucapel. C'est moi qui ai détruit Purén. C'est moi qui ai anéanti Penco jusque dans ses fondements, et qui ai gagné sur vous tant de batailles. Mais le ciel a changé et s'est déclaré contre moi, et avec tout le cortége de mes victoires et de mes triomphes, me voici à tes pieds pour solliciter une existence dont la durée ne saurait être longue désormais.

IX

« Quand ma cause ne serait pas juste, considère qu'au pardon se mesure la générosité, et si la passion te pousse à la vengeance, ne te suffit-il pas de voir Caupolicán te demander la vie ? Apaise ton cœur irrité. La colère messied au pouvoir. Mais si tu es résolu à me donner la mort, il y aura une sorte de pitié à me frapper à l'instant.

X

« Ne crois pas que, si je meurs ici sous ta main, l'État manque d'une tête pour le gouverner. Il y aura sur l'heure mille autres Caupolicans, et pas un ne sera aussi malheureux que moi. Tu connais les Araucans ; tu sais que je suis le moindre de leurs soldats. Ce serait donc une faute de vouloir de nouveau tenter la fortune, bien que je sois abattu à tes pieds.

XI

«Songe que tu vaincras une foule d'hommes, si tu sais te
vaincre toi-même. Mets un frein à la fougue nuisible de la colère. La colère est l'épreuve du héros, et c'est par la clémence
que se venge une âme magnanime. C'est détruire la paix commune que de me donner la mort. Suspends donc le coup du
glaive meurtrier, dont le tranchant menace à la fois ma poitrine
nue et ta fortune [1].

XII

« Aspire plus haut ; vise à une plus grande gloire, et n'étouffe
pas la renommée sous un faible flot [2]. Tout ce que la Fortune
réclame ici de toi, c'est que tu veuilles profiter seulement de
ses bienfaits. Sache comprendre la chance que te présente sa
faveur. Je suis en ton pouvoir et soumis à tes ordres. Mon supplice, de tout ce que tu as pu faire, ne laisserait entre tes mains
qu'un stérile cadavre.

XIII

«Que si ma tête désignée au malheur était nécessaire, ô
capitaine, à la satisfaction de tes vœux, je la tendrais volontiers,

[1] Il y a quelque analogie entre le langage de Caupolican et celui que Tacite
prête à Caractacus, lorsque le Breton prisonnier s'adresse dans Rome à l'empereur
Claude : « Si statim deditus traderer, neque mea fortuna, neque tua gloria inclar-
uisset, et supplicium mei oblivio sequeretur ; at, si incolumem servaveris, æternum exemplar clementiæ ero. » (Annal., XII, 37.)

[2]   « Aspira á mas, á mayor gloria atiende ;
                         No quieras en poca agua anegarte. »

Winterling a rendu trop librement ces deux vers :

                    « Dir blühet grösrer Ruhm aus meinem Leben,
                      Als dir mein Überschütter Tod kann geben. »

Cette traduction n'est que le résumé des huit vers, et la fin de l'octave reproduira
la même pensée. L'expression « en poca agua anegarse », répond littéralement à
l'idiotisme français, « se noyer dans un verre d'eau ». Mais notre locution est trop
familière pour être conservée cette fois ; non que le style du poëme épique n'ad-
mette toutes les nuances ; mais l'élévation pathétique du discours de Caupolican
ne la comporte pas.

pour que ton épée achève ici mon déplorable sort. Mais ce serai
abandonner la vie en coupable que d'ambitionner une fin hâ
tive, surtout dans un temps où ma mort bouleverserait la pai
universelle [1].

XIV

« L'expérience t'a clairement démontré que, libre ou captif,
en public ou en secret, je suis craint et chéri de mes soldats,
que tout obéit à ma volonté. Eh bien ! je ferai accepter la loi du
Christ ; je ferai abandonner les armes, et je te promets que
tout mon peuple viendra, en ma présence, jurer d'obéir au roi
Felipe.

XV

« Retiens-moi cependant par prudence à l'écart et dans les
fers, jusqu'à ce que tes prescriptions soient accomplies. Je sais
que l'armée et le sénat approuveront tout ce que j'aurai fait, et
lorsque le délai fixé, lorsque l'heure convenue seront écoulés,
tu pourras tout aussi bien me faire mourir, si je manque à mon
serment. Choisis ce qui te plaît le mieux ; car je suis prêt à
l'une et à l'autre fortune. »

XVI

L'Indien n'en dit pas davantage ; et, regardant le vainqueur,
il attendait sans trouble sa réponse. Silencieux, c'était du même
visage qu'il allait recevoir le don d'une vie précieuse ou une
prompte mort. Quelque effort que fit la destinée ennemie pour
l'abattre, elle n'y pouvait réussir. Vaincu et captif, il conservait
encore la même liberté de manières et la même gravité de
maintien [2].

[1] Noble sentiment qui fait supporter au chef des Barbares une existence désormais pesante et odieuse, pourvu que sa patrie puisse tirer encore de sa vie infortunée les bienfaits de la paix ! Cette beauté, cette grandeur morale a disparu de la
version allemande avec l'octave entière.

[2] Voyez encore dans Tacite (*l. c.*, cap. 36), l'attitude que l'historien donne à
Caractacus, lorsqu'il comparait devant l'assemblée des Romains : « Viennent ensuite
ses frères, sa femme et sa fille ; enfin lui-même est offert aux regards. Les autres

XVII

Quand il eut fini de déclarer ce qui précède, aussitôt avec
plus de rigueur et de précipitation que de prudence, il fut condamné par jugement public à être empalé vif et percé de flèches. Ni l'idée de la mort ni celle de l'affreux supplice ne purent altérer ses nobles traits. Jamais, quels que fussent ses
revers, jamais la Fortune ne parvint à le faire changer de visage.

XVIII

Mais Dieu changea son âme en un moment. Sa main puissante agit sur lui; la lumière de la foi éclaira l'infidèle. Il voulut être baptisé et devenir chrétien. Son sort excitait la pitié et
en même temps la joie des nombreux Castillans qui l'entouraient[1]. Tous étaient grandement émerveillés, et les Barbares
présents frémissaient.

s'abaissèrent par crainte à des prières humiliantes ; lui, sans courber son front, sans
dire un mot pour implorer la pitié, arrivé devant le tribunal, parla en ces termes... » Le langage de Caractacus, plein d'une généreuse fierté et de mesure à
la fois, lui valut de l'empereur Claude un accueil meilleur que celui dont les Espagnols payèrent l'héroïsme de Caupolicán. Le Romain pardonna au Breton, ainsi
qu'à sa femme et à ses frères ; l'Araucan expia par un supplice infâme le tort d'a-
voir trop aimé sa patrie.

[1] Nous sommes étonnés aujourd'hui d'entendre Ercilla parler de propagation religieuse au milieu des supplices et à propos de la guerre, ou de croyance intimée
à coups d'épée et sous toutes les formes de la vengeance. La douceur du génie
social et les mœurs plus clémentes de l'humanité moderne nous rendent plus difficile à saisir l'accord admis par les meilleurs esprits du xvie siècle entre la force
du pouvoir et les maximes indépendantes et désintéressées de la vie morale. Mais
nous devons éviter de juger l'un par l'autre deux siècles aussi éloignés l'un de
l'autre que le xvie et le xixe. Dès le xve siècle et dès les premières années du siècle
suivant, la haute et belle intelligence de Christophe Colomb avait accepté le droit
de souveraineté des peuples chrétiens sur les peuples idolâtres du Nouveau-Monde.
Comment accordait-il ses nobles et pures inspirations de chrétien avec les besoins
de la société espagnole, que ses guerres et ses désordres rendaient si avide des
trésors qui lui étaient annoncés? Nous l'ignorons ; mais il est certain que Christophe
Colomb voulait, dès l'année 1502, faire servir aux guerres de ses souverains l'or
produit par ses découvertes. Il est vrai qu'il s'agissait, dans sa pensée, de conquête
en Terre-Sainte, et ses vues religieuses persistaient ; mais il ne s'agissait pas
moins d'employer aux combats de la royauté espagnole contre ses ennemis l'or enlevé à d'autres peuples. Il y avait là une application politique et positive des richesses trouvées en Amérique, et lorsque les rois catholiques Isabelle et Ferdinand
déclaraient qu'ils continueraient leurs explorations, dussent-ils ne découvrir que des

XIX

Le jour même, triste et heureux à la fois, où on lui donna le baptême avec solennité, et où il fut instruit de la croyance véritable, autant que le court espace de temps le permettait, au milieu d'une troupe nombreuse de gens bien armés, il fut emmené pour subir cette mort à laquelle il se résignait avec l'espérance désormais d'une vie meilleure.

XX

Sans chaussure, nu-tête, à pied, dépouillé de ses habits, il s'avançait traînant deux chaînes pesantes, le cou pressé par une corde fortement nouée que tirait le bourreau, et de toutes parts

rochers sans valeur, pourvu que la foi s'étendît avec leurs armes, ils ne paraissent pas plus que Christophe Colomb, être complétement d'accord avec eux mêmes. Tout au moins croyaient-ils tous pouvoir user des forces nouvelles remises en leurs mains, pour achever la soumission d'une croyance ennemie de la leur; et l'asservissement des Maures d'Espagne les conduisait aussitôt à l'idée même d'une croisade en Palestine. Malgré la supériorité de son austère et virile nature, Colomb appartenait au XVIᵉ siècle, et était prêt à tous les abus du pouvoir heureux et intolérant. Il était trop exclusivement religieux pour ne pas vouloir changer les Indiens et les frapper à son image. En 1496, après son second voyage, on le vit dans les rues de Séville en habit de moine franciscain. La foi qui inspirait ses audacieuses entreprises et le rendait invincible à l'adversité, se mêlait à la vie active et justifiait presque à ses yeux les intempérances de la tyrannie. Lorsque Grenade musulmane eut succombé, au lendemain de ce sanglant échec, le plus cruel pour les Arabes depuis *las Navas de Tolosa*, la religion et la nationalité se confondaient ensemble dans l'âme des chrétiens vainqueurs, et, pour les esprits les plus purs, la rigueur devenait un droit et une nécessité. De là ce caractère violent et sévère que prit la conquête de l'Amérique. Colomb conjurait les souverains d'Espagne de ne pas souffrir qu'un étranger, qui ne fût pas catholique, s'établît dans des régions qui n'avaient été découvertes que pour la gloire et l'agrandissement de la chrétienté. L'esprit qui avait proscrit les Maures et les Juifs animait aussi Christophe Colomb; et lorsque Ferdinand, qui à la prise de Malaga seule fit 11,000 esclaves, traçait par *cédules royales* à l'amiral les plus minces détails de son administration aux colonies, on peut bien croire que les droits naturels de l'homme rencontraient peu de respect. L'esclavage semblait justifié par un motif religieux, et il avait commencé par les Morisques, en Europe même. Aussi, tout en ménageant d'abord la propriété privée, Christophe Colomb ne craignait pas de proposer l'envoi en Espagne d'un chargement complet d'Indiens idolâtres. Les premiers Américains qu'il présenta aux rois catholiques furent renvoyés après leur baptême; mais bientôt tout changea de face. Il est facile de voir que les mêmes idées, les mêmes vues et les mêmes passions animèrent les premiers conquérants du Nouveau-Monde et les soldats de Reynoso ou de Garcia dont le poëte nous retrace l'image.

entouré d'armes. Par derrière, le menu peuple regardait et regardait encore, comme s'il eût jugé impossible ce qui se passait, et dont le témoignage même de ses yeux ne le pouvait entièrement convaincre.

XXI

C'est ainsi qu'il arriva jusqu'à l'échafaud, que la distance d'un jet d'arc séparait du camp; on l'avait élevé au-dessus du sol de la hauteur d'une demi-pique, et de tous les côtés il était exposé aux regards. Là, avec son héroïsme ordinaire, sans changer de couleur, sans aucune marque d'émotion, Caupolicán monta les degrés aussi légèrement que s'il eût été libre de toute entrave [1].

XXII

Parvenu au sommet, il tourna de côté et d'autre son visage serein, et il resta quelque temps à considérer ce vaste concours et cette multitude d'hommes, qui, attentive et confondue, regardait l'événement étrange, incroyable, étonnée et pleine d'effroi devant une telle puissance de la Fortune.

XXIII

De lui-même, il s'approcha du pieu, où la sentence atroce devait être exécutée; et telle était son assurance qu'il ne semblait tenir aucun compte d'une si terrible épreuve. « Puisque le destin et ma fortune, dit-il, ont préparé pour moi cette

[1] Il est difficile de ne pas se rappeler ici ces vaillants souverains du Pérou et de Méjico qui subissaient avec une si grande constance les tourments et la mort infligés par les vainqueurs espagnols à leurs victimes. Montaigne s'emeut au récit du traitement qu'ils firent souffrir au cacique Atabualpa : « On luy apposta une fausse accusatiõ et preuue qu'il desseignoit de faire souleuer ses Prouinces, pour se mettre en liberté. Sur quoy par beau iugement, de ceux mesme qui lui auoyent dressé cette trahison, on le condamna à estre pendu et estranglé publiquement : luy ayant faict racheter le tourmãt d'estre bruslé tout vif, par le baptesme qu'on luy donna au supplice mesme. Accident horrible et inouy : qu'il souffrit pourtant sans se desmentir, ny de contenance, ny de parolle, d'une forme et grauité vrayment royalle. » (*Essais*, liv. III, p. 187.)

mort [1], qu'elle vienne, je la demande, je la réclame ; aucu
mal n'est grand, s'il est le dernier. »

XXIV

Aussitôt s'avance le bourreau diligent, un nègre yolof, ma
vêtu. En le voyant devant lui se disposer à lui donner la mort
bien que jusque-là, d'un visage et d'un cœur patients, il eû
souffert tous les autres affronts, le Barbare ne put supporte
cette dernière offense, et d'une voix retentissante, il s'écria :

XXV

« Comment ! dans des âmes chrétiennes, enflammées pa
l'honneur, a donc pu naître cette pensée monstrueuse, de faire
donner la mort à un homme aussi renommé que moi par une
main aussi abjecte ! C'est assez, ah ! c'est assez que la mort pour
le plus coupable ; sa vie ne suffit-elle pas pour tout payer ? Et
user d'un tel outrage envers moi, n'est-ce pas une vengeance
inhumaine plutôt qu'un châtiment [2] ?

XXVI

« Entre toutes les épées qui à l'envi sortaient du fourreau
contre moi, n'y en a-t-il donc pas une seule ici qui, habituée à
se plonger dans la gorge des malheureux Araucans, veuille d'un

---

1 Caupolicán se garde bien de qualifier ni son destin ni le supplice qui lui est
réservé :

> « ... Pues el hado y suerte mia
> Me tienen esta muerte aparejada. »

Aucune épithète n'exprime qu'il se plaigne ou qu'il regrette ; il brave froidement
tous les apprêts de la mort ; il réclame la torture. Ercilla ne pouvait mieux peindre
le dédain et le grand cœur du Barbare. C'est gâter ce simple et naïf héroïsme que
de traduire avec Winterling :

> « ... Da mich ein grausam Loos,
> Ruft er, bestimmt zu solchem Tod voll Schmerzen. »

Non, Caupolicán ne s'attendrit pas ainsi sur la douleur qu'il va souffrir. Il affronte
ses vainqueurs avec l'impassibilité des Indiens, et est plus sublime encore sur son
échafaud que sur les champs de bataille.

2 Cf. La Fontaine, Fables, III, 14.

seul coup trancher la mienne? Non, quoique la Fortune en ce jour exerce contre moi de tant de manières son pouvoir, elle ne fera point encore qu'une main avilie touche le grand général Caupolicán. »

XXVII

Il dit, et, soulevant le pied droit, bien qu'embarrassé par les chaînes, il frappe le bourreau avec tant de rudesse qu'il l'envoie loin de lui rouler en bas, tout blessé. Cependant il se reproche cette action d'impatience, revient de son accès de colère, et se laisse poser, sans contrainte, sur la pointe du pieu acéré.

XXVIII

L'instrument aigu du supplice eut beau pénétrer dans son corps, lui percer et lui déchirer les entrailles, il ne se rendit pas à l'atroce douleur. Son air était serein, son visage calme, et l'on ne put voir aucun pli se former à sa lèvre ni à sa paupière; il demeura aussi paisible que s'il se fût assis sur un lit nuptial [1].

XXIX

A ce moment, six archers d'élite, qui avaient été préparés pour ce service, placés à une distance de trente pas, le visèrent tour à tour et lentement [2]. Faits à tous les genres de cruauté, ils sentaient pourtant leur main vaciller en lançant leur flèche; tant ils craignaient de frapper un tel homme [3], dont le nom et l'autorité étaient répandus au loin!

[1]   « Que si asentado en tálamo estuviera. »

Winterling ajoute un détail qui lui est fourni par l'histoire du Mexique et par les généreuses paroles de Guatimozin posé avec son ministre sur des charbons ardents :

            « Als ob auf Rosen ihm gebettet sei. »

[2] « Despacio. » La lenteur du tir ajoutait à l'horreur du supplice. Winterling a eu le tort de traduire : « Mit Schnelle. »

[3] L'histoire a consigné des faits analogues. On rapporte qu'au moment de cette triste exécution qui frappa Mallet Du Pan et ses complices, le sang-froid courageux du général qui commandait lui-même la manœuvre et se montrait peu satisfait pour la précision et l'unité du premier mouvement, déconcerta les hommes chargés de la besogne funèbre; les fusils destinés à lui donner la mort, chancelèrent dans plus d'une main; le trouble fut extrême.

XXX

Mais la Fortune cruelle qui avait tant fait déjà, et à qui r
fait peu de chose à faire encore, si une flèche se détournait
la route, en redressait le vol et la dirigeait à son but. Bientô
elle ne laissa plus aucune place à découvert. La poitrine d
guerrier était percée de cent flèches. Ce fut par ces plaies qu
la grande âme de Caupolicán expira; elle n'aurait pu s'écha
per par moins d'ouvertures[1].

XXXI

Il me semble que je vois s'attendrir le cœur le plus endu
et le plus cruel au récit de cette barbare exécution. Je n'
assistais pas, roi Felipe; j'étais parti pour une nouvelle con
quête, celle d'une région lointaine, et que personne n'avait en
core visitée[2]. Si je m'étais trouvé présent alors à Tucapel, l
supplice inhumain eût rencontré un obstacle.

XXXII

La victime demeura les yeux ouverts et dans un tel état qu'
venait la voir comme si elle eût été encore vivante. La pâle e

---

[1] Ces expressions exagérées ne répugnaient pas au goût espagnol. L'imitation
Lucain les avait mises à la mode, et depuis le XVIe siècle, après trois cents ans de
culture littéraire, nos meilleurs écrivains ne les ont pas toujours repoussées avec
assez de scrupule. Virgile lui-même, dont le style est d'une si ravissante justesse,
offre quelquefois de ces excès, plus dignes de l'école d'Alexandrie que de son propre
génie. Turnus, dans l'*Énéide*, fait tomber Bitias sous les coups d'une phalarique,
« Un javelot, dit le poëte, ne lui eût pas arraché la vie :

« Non jaculo, neque enim jaculo vitam ille dedisset. »

(*En.*, IX, 705.)

Shakespeare, dans son idiome puissant, laisse quelquefois apparaître ces taches
dues à l'influence de l'euphémisme qu'il a pourtant combattu par ses théories comme
par ses chefs-d'œuvre.

[2] Ercilla était en ce moment avec don García, engagé dans un voyage d'exploration au sud de la province de Valdivia. Son courage l'associait toujours aux entreprises les plus périlleuses. Il se rend de Tucapel à Canten avec le détachement
qui doit ravitailler la citadelle, et ne rentre dans la place qu'après un combat en
défilé. Il quitte encore une fois Tucapel avec son chef pour l'Impériale; mais le
bruit répandu d'une agression prochaine des Barbares la fait revenir sur ses pas,
et il rejoint Reynoso la veille même de l'attaque. Après la victoire des Espagnols,
il retourne auprès de García, et n'attend pas la prise de Caupolicán, pour aller partager avec son général les dangers d'une nouvelle expédition.

...euse mort, malgré cette horrible attitude, ne put le défigu-
rer. La crainte qu'il inspirait aux Indiens était si grande qu'ils
n'osaient pas envers lui désapprendre le respect, et aucun d'eux
ne fut assez hardi pour ne pas éprouver encore en sa présence
quelque frayeur.

XXXIII

La Renommée au vol rapide répandit en un instant dans
toute la contrée la nouvelle de cette mort ignominieuse que
tous étaient si loin de prévoir. On ne voyait que soulèvements
et agitation; et la foule empressée, incrédule et incertaine,
dans un trouble extrême et dans le délire, se précipitait en
toute hâte, et, le cœur inquiet, accourait pour voir si réellement son chef était mort.

XXXIV

Si grande était la multitude qui descendait de la montagne
et affluait des champs voisins, qu'elle formait un vaste cercle
et couvrait en masse compacte toute la plaine spacieuse. On
ne voulait même pas en croire ses yeux, à moins d'avoir touché
le cadavre avec la main; et même après l'avoir touché, chacun
encore pensait plutôt être le jouet d'un rêve ou de l'imagination.

XXXV

Ni cette mort odieuse et outrageante, décrétée pour effrayer
les Barbares, ni la perte d'un capitaine aussi habile, à laquelle
se rattachaient pour nous de plus belles espérances, ne contri-
buèrent à les rendre pusillanimes ou lâches. Loin de là, provoqués par l'injuste condamnation, ils aspirent à une vengeance
cruelle; ils s'abandonnent à une nouvelle fureur et à une plus
grande colère.

XXXVI

Les uns, aveuglés par les transports de la rage, pour châtier
sur l'ennemi l'injure et l'opprobre qu'il leur a infligés; les autres,
parce qu'ils désirent et espèrent la dignité et le signe du pou-

voir qui brillent à leurs yeux, avant que les lenteurs puissen
apaiser l'élan du peuple soulevé, échauffent et fortifient l
passion de la guerre, et soufflent le courroux dans toutes les
âmes.

XXXVII

S'il me fallait peindre les folles jactances de Tucapel, de
Rengo, de Lepomande, d'Orompello, de Lincoya, de Lebopia,
de Purén, de Cayocupil, de Mareande, un long espace ne me
suffirait pas, et il faudrait plus de feuilles à mon livre; car
chacun dans sa fougueuse et bouillante prétention ambitionne
le commandement.

XXXVIII

Mais Colocolo a compris le danger que présentent tous ces
émules. Il sait, le sage et prudent cacique, qu'un bien petit
nombre est digne de cette charge difficile et, interposant sa
vieille autorité, il leur adresse à tous des messagers actifs, pour
les inviter à se réunir en conseil dans une retraite solitaire et
mystérieuse [1].

XXXIX

Ceux qui veulent abréger tous les délais, se disposent aussitôt
pour se rendre à l'assemblée, et beaucoup, dont la seule crainte est
d'arriver trop tard, précipitent leurs préparatifs et leur marche.
D'autres, qui se proposent un but différent, pour ne se pas déclarer, ne se refusent pas à l'appel, et ainsi il n'y eut pas un

[1] Cette octave et les deux suivantes sont négligées par Winterling. De pareilles
suppressions semblent presque toujours nous révéler chez le traducteur une pensée
défavorable à l'écrivain qu'il veut nous faire connaître, une critique de son goût
littéraire ; et pourtant chacune des octaves omises nous semble ici encore indispensable à la clarté, à l'ordre et au naturel du récit. Comment, malgré la déception
de leurs espérances, les Barbares vont-ils se réunir ? Qui prendra le soin de cette
convocation ? Ercilla nous le fait savoir. C'est le vieux cacique dont la sagesse
s'est tant de fois révélée dans le cours du poëme. Les motifs qui font agir Colocolo, ceux qui déterminent les autres guerriers, le choix même du lieu, la prudence
avec laquelle chacun devra se rendre au conseil, les ruses par lesquelles il faut
tromper l'Espagnol : voilà ce que nous enseignent les vers si imprudemment effacés
par la version allemande de 1831.

seul homme qui manquât de se conformer à la sage décision de
Colocolo.

XL.

Il avait été convenu entre eux qu'ils se rendraient à la réunion, isolément, à la dérobée, sans fracas, pour que leur adversaire ne pût avoir aucun indice de la nouvelle assemblée. Ils
devaient aussi faire en sorte que de toutes parts des Araucans
sollicitassent, à dessein et par ruse, cette paix qu'on leur avait
toujours offerte, et qu'ils se missent à l'implorer avec tous les
dehors d'un repentir humble et trompeur.

XLI

L'heure une fois fixée, la place marquée dans un vallon
commode et solitaire, les guerriers, à l'appel du sénat, se rassemblent, suivant la convention établie. Parmi eux se montrait
Tucapel, bien résolu par un moyen ou par un autre à fixer sur
lui le choix du conseil. D'autres, avec moins de titres, laissaient
éclater des vues aussi hautaines.

XLII

J'entends de nouvelles dissensions qui fermentent, les luttes et
les discordes qui s'agitent; l'ambition enflamme tous les cœurs,
et voilà que renaissent les vieilles haines et les vieilles rivalités,
au milieu du choc des volontés et des opinions, sans que l'on
puisse voir ni pressentir aucun accord, parce que chacun des
émules donne pour appui à son délire la force de son bras et
son caprice.

XLIII

Lorsque furent, comme je l'ai dit, entrés au conseil les caciques et les nobles convoqués, tous avec leurs insignes et leurs
marques distinctives, et tous armés, suivant leur antique privi
lége, Colocolo, le cauteleux et vigilant vieillard, à la vue d

leurs traits altérés, après avoir attendu longtemps [1], élève enfin la voix et s'exprime en ces termes.....

XLIV

Mais si la fatigue ne te gagne pas, ô roi Felipe, avant de te rapporter les paroles de Colocolo, je veux entreprendre une longue route dans une autre direction et ramener mes pas vers notre pôle. Car, quoique je me propose de te faire encore bien des récits, le sujet nouveau que j'aborde est seul capable de relever ma voix qui baisse et qui s'épuise, faute jusqu'ici d'une matière qui la soutienne.

XLV

† Et pourtant, non..... Si tu me le permets, pour réserver ceci encore à un temps plus opportun, j'aime mieux d'abord me mettre, pourvu que je puisse l'atteindre, sur les traces de don García, quels que soient de cette carrière la longueur et le détour [2]. Il avait introduit d'utiles réformes dans un État

---

[1]   « Aunque aguardaba á la sazon postrera. »

Winterling traduit fort bien :

        « Und als er schweigend lang im Kreise
        Sich umgesehn... »

C'était l'usage des Barbares, et l'*Araucana* nous a donné de cette coutume plusieurs exemples, de promener lentement les yeux sur l'auditoire avant de rompre le silence. Ils semblaient ainsi se recueillir avec gravité et ne vouloir ouvrir les lèvres qu'après avoir bien pesé leur avis ou leurs conseils. Ici Colocolo avait une raison de plus. L'assemblée était fort émue; chacun apportait à la réunion ses pensées secrètes; les prétentions rivales se faisaient jour. Il fallut du temps sans doute avant que cette mer agitée eût repris un peu de calme, et l'orateur se tait jusqu'au moment suprême, jusqu'à celui où les dernières oscillations et les derniers murmures de la foule s'arrêtent. C'est alors seulement que le vieux cacique put faire entendre sa parole.

[2] Avec cette octave commence le long récit d'exploration dans les contrées du Sud, qu'Ercilla ne termine qu'avec l'octave 12e du chant xxxvie. C'est assurément l'un des épisodes les plus curieux et les plus saisissants de toute l'*Araucana*. Nous avons établi ailleurs (t. I, p. ccxxxviii, sq.), comment il se rattache à l'ensemble de la conception poétique. Mais ce que nous devons plus particulièrement remarquer ici, c'est la variété des objets dont l'écrivain se propose d'enrichir son épopée. Il voudrait, avant de retracer les détails de l'élection nouvelle, nous entretenir des grands événements qui, à la même heure, s'accomplissent en Europe, et il tiendra plus tard

bouleversé, et, avec des soins extrêmes, fait reparaître la justice et rétabli un sage gouvernement [1].

XLVI

Il traversa la fertile plaine de Villarica, terminée au sud par
la montagne immense, forge, assure-t-on, du dieu Vulcain [2], et
qui sans cesse vomit des flammes. De là, se dirigeant vers la
droite, il parcourut les terres indiennes, et enfin arriva au vaste
lac et au grand estuaire [3], dernière limite où s'était arrêtée la
marche de Valdivia [4].

sa promesse ; mais pour le moment il se ravise et songe à des faits plus rapprochés
du théâtre même où se déploient ses fictions. Il nous racontera d'abord l'excursion
de Garcia vers les terres magellaniques. Lui-même a fait partie de ce voyage, qui
a été à la fois une guerre et une découverte. Ainsi, outre la matière principale de
l'*Araucana*, qui est le triomphe des armes de Philippe II à l'autre bout du monde,
voilà deux autres exploits annoncés pour la gloire de son souverain : un premier
épisode, la conquête du Portugal que le poëte voudrait développer afin de jeter
quelque intérêt sur son canevas essentiel (la guerre d'Arauco), mais qu'il ajourne ;
un second épisode dont il commence immédiatement la narration, et qui n'est qu'une
autre face de son sujet, un nouvel incident destiné à glorifier les bannières du roi
d'Espagne. De ces deux récits annoncés par Ercilla, un seul est indiqué ici dans la
version de Winterling. Les faits qui s'accomplissent en Europe, la prise de possession de la couronne du Portugal, qui figurent au xxxviiie chant de l'*Araucana*,
sont signalés par le poëte dans l'octave 44e, et cette octave a disparu de la traduction de Nürnberg.

[1] Cf. *supra*, chant xxxe, oct. 28-31.
[2] Contrairement aux habitudes de sa traduction, Winterling supprime ici l'allusion mythologique qu'il aime ailleurs à insérer dans le style d'Ercilla. Vulcain disparaît cette fois et fait place à la lave étincelante :

« Und Flammen ausspeit und der glühen Lava Bäche. »

[3] Le lac de Valdivia se trouve à quelque distance de la ville. Le port est magnifique. Un fleuve s'y jette : c'est le Callacalla qui porte aussi le nom de Valdivia.
Le *desaguadero ou estuaire* est le golfe que forment entre les deux rives les eaux
du fleuve en se dégorgeant dans celles de la mer. Cf. *infra*, Suppléments historiques, *Declaracion de algunas cosas*, etc.   .
[4] Winterling confond le *desaguadero* de Valdivia avec celui de l'Ancudbox, et
semble désigner dès à présent le but que don Garcia devait atteindre :

« Kam er zum grossen Archipel zuletzt,
Der einst Valdivia's Lauf ein Ziel gesetzt. »

Le poëte espagnol ne fixe que le point de départ. Valdivia n'avait point dépassé
le rio Bueno, petit fleuve qui se jette dans le Pacifique entre la baie de Valdivia
et la bouche septentrionale de l'Ancudbox, plus rapproché cependant de la baie
que du détroit. Cf. Gay, *Historia fisica y politica de Chile*, t. I, p. 140. Il n'a
pas connu l'archipel de Chiloé et s'était borné, au sud de la ville qui porte son nom,

XLVII

J'atteignis ces lieux en même temps que le héros ; car, sans me ralentir un seul instant, je m'attache à suivre ses pas. Appelées du sein des villes, les troupes accouraient en foule, habituées déjà aux campagnes et aux conquêtes. Le bruit de la guerre grossissait de toutes parts et retentissait en sons confus et sourds ; tous les lieux voisins frémissaient d'épouvante.

XLVIII

Portée par les vents rapides et répandue au loin par la Renommée, la rude et odieuse harmonie va frapper l'oreille des Indiens les plus reculés. Dans le trouble qui les agite, ils fuient les nouveaux et terribles accents qu'ils redoutent, comme les brebis craintives se dispersent, effrayées par les hurlements des loups [1].

à quelques excursions rapides dont le Bueno fut certainement l'extrême limite. De Valdivia il revint à Santiago et envoya en Espagne son lieutenant Alderete, celui-là même qui, par ses ordres, avait fondé Villarica. La mission d'Alderete était de faire comprendre au gouvernement toute l'importance des conquêtes de son chef. Il la reçut en 1552. Après quatre ans de luttes et d'efforts, il se vit accorder de grandes ressources et six cents hommes qu'il devait mener au gouverneur. La nouvelle de la mort de Valdivia changea tout à coup la fortune d'Alderete. Il se rendit d'abord à Londres pour informer de ce triste événement le roi Philippe II et pour recevoir ses instructions. Il fut nommé lui-même *adelantado* et s'embarqua avec ses six cents hommes à San 'ucar de Barrameda. A bord se trouvaient près de huit cents personnes, soldats, femmes, moines et marins. Mais presque en vue de Puerto-Bello, un incendie éclata. La belle-sœur de l'*adelantado*, en se couchant, n'avait pas éteint sa lumière. Le capitaine du navire, son fils et Alderete se sauvèrent seuls. Encore le dernier ne dut-il la vie qu'à la promptitude avec laquelle il s'échappa des flammes, vêtu d'une simple chemise. Le reste sauta. Alderete mourut de chagrin à Taboga. Cf. *supra*, t. I, p. 331-333, et *note* 1. Ceci se passait en 1554. (Cf. Gay, *l. c.*, t. I, p. 363, 331.) Quant à Valdivia dont il avait été le meilleur officier et l'éphémère successeur, il s'était borné depuis le départ de son lieutenant à l'exploitation des minières. Une révolte violente des indigènes le força de recourir aux armes. Il perdit la vie en cherchant à la réprimer. Cf. *supra*, t. I, p. 102-103. Son successeur réel fut don Garcia, le fils de ce Cañete qui avait été institué vice-roi du Pérou par Charles-Quint en 1555. Il reprit les anciens projets de conquête au midi, traversa la province d'Osorno qui n'avait jamais vu l'Espagnol et découvrit l'archipel que Winterling a le tort de comprendre dans l'itinéraire de Valdivia.

[1] M. Winterling réunit ensemble cette octave et la précédente, et il résulte de cet amalgame quelque contradiction entre l'écrivain et son traducteur. Ainsi là où Er-

XLIX

Jamais le voile obscur et ténébreux des nuages entassés tout à coup, ni la foudre impétueuse qui déchire le ciel et descend avec fracas dans un tourbillon de flamme étincelante, ni les tremblements du sol qui tressaille et fuit sous leurs pieds, ne confondent et n'épouvantent les hommes autant que le tumulte affreux de la guerre trouble et alarme toute la contrée.

L.

L'un publie sans hésitation que les Espagnols entrent sur leur territoire, et détruisent partout les troupeaux et les vivres ; d'autres, qu'ils saccagent les champs et les habitations, et enlèvent la vie aux caciques ; d'autres encore, qu'ils déshonorent les nobles âmes, outragent les vierges modestes, prodiguent l'insulte et les crimes et ne savent respecter ni les lieux, ni le sexe, ni l'âge.

LI

Le désordre s'augmente et les âmes s'effarent davantage avec tous les bruits que sème la Renommée. Ils tiennent pour certaines et affirment toutes les misères dont l'horrible frayeur

Ella nous montre les guerriers espagnols accourant des cités, Winterling croit apercevoir des Indiens qui grossissent les rangs de Garcia :

> « Aus Dörfern und aus Städten eilt
> Der Wilden Volk in Menge uns entgegen
> Und mischt sich Kriegsgewühl in unsre Reihn. »

Ajoutez que la contradiction règne même entre les deux parties de l'octave allemande, puisqu'aussitôt après, elle nous représente les Indiens effrayés et tremblants :

> « Sogleich verbreitet sich der laute Schall
> Von unsern Waffen überall
> Und jagt den fernsten Indiern Furcht und Schrecken ein. »

Enfin qu'est devenue, grâce à cette méthode de réduction, la similitude qui termine l'octave 48e d'Ercilla :

> « Cual medrosas ovejas derramadas
> Del sollido del lobo amedrentadas. »

leur retrace l'image [1]. Ils ne doutent que du pouvoir d'échapper au péril ; voilà ce qui les inquiète et les tourmente. Tantôt ils courent avec des cris, tantôt reviennent sur leurs pas. Ils croient toute chose et ne savent se résoudre à aucun parti.

LII

Mais enfin cette terreur délirante, qui avait dispersé la multitude, se calme dans les esprits, et à la place qu'elle avait remplie laisse rentrer le discernement ; le peuple, revenu de sa surprise et rendu à la réflexion, songe à éviter sa ruine entière, et se réunit pour discuter, au milieu de sa détresse, les moyens qui pouvaient le sauver encore.

LIII

Dans cette assemblée confuse se trouvait Tunconabala [2], guerrier plein d'expérience, de valeur et de sagacité, élevé à l'école des Araucans. A l'occasion d'une querelle et d'un malheur, il s'était vu exiler de sa patrie et de sa famille, et réduit à une existence privée, loin des armes et du fracas de la guerre.

LIV

A l'aspect de cette multitude agitée, livrée à une grande crainte et à un grand trouble, et qu'effrayaient non les accents de la trompette ni la vue des soldats, mais ses propres clameurs [3], en un lieu vaste et convenable il groupe autour de

[1] Cf. Virgile, *Én.*, VIII, 556-557 :

> « ..... Trepidisque periclo
> It timor..... »

[2] Le rôle attribué ici par le poète à Tunconabala est prêté par Cl. Gay à un Orompello ; mais il ne faut pas le confondre avec le jeune guerrier qui déploie tant de courage dans l'*Araucana*, et qui figure avec éclat à la bataille de Millarapué. (Cf. Gay, t. I, p. 430, note.)

[3] Winterling modifie les métaphores d'Ercilla :

> « Denn selbst das Lüftchen, das etwa ein Blatt
> Bewegt, kann sie in Furcht und Schrecken jagen. »

lii tous ses nobles compagnons [1], et quand le mouvement et
les rumeurs se sont calmés, il se met à leur tenir ce langage :

LV

« Amis, il est superflu que je vous retrace la situation dangereuse que nous devons à de perfides ennemis ; il est certain
qu'ils sont à nos portes, et la peur qui nous tient tous abattus,
nous force impérieusement à livrer au tyran nos demeures et
notre liberté, à le laisser pénétrer au milieu de nous, sans résistance et sans obstacle.

LVI

« A quelle muraille garnie de fossés, à quel rempart, dans
quelle forteresse, dans quelle ville ou quel château pouvez-vous
songer à demander un refuge, au milieu de cette détresse ? Où
trouveriez-vous pour une heure une protection suffisante ? Si
vous voulez faire face aux adversaires et leur présenter votre
poitrine, nous l'offrons toute nue à leurs épées, puisque cette
soudaine attaque nous surprend sans armes, sans chef et sans
discipline.

1   « Junta toda la noble compañía. »

Winterling traduit : « Die Edelsten des Volks, » l'élite des Indiens. Nous croyons
qu'il s'agit de toute la multitude. Rien ne nous a fait savoir que les tribus dont il
s'agit eussent une organisation politique analogue à celle des Araucanos. Ceux
dont parle Ercilla sont les mêmes dont il disait tout à l'heure :

> « El afligido pueblo....
> Se junta á consultar..... »
>
> (Oct. 52.)

L'octave 65e nous représente le peuple « la gente », qui approuve à grands cris
la proposition de Tunconabala et qui l'exécute aussitôt, sans qu'un seul détail
nous apprenne qu'il y ait eu un décret des chefs, transmis à la foule et réalisé
par elle ; ce que le poëte ne manque jamais de nous annoncer après les décisions
prises par le sénat des caciques. L'épithète noble qu'il donne ici au mot compañía,
peut désigner aussi bien la noblesse du courage que celle des fonctions, du rang
et de la naissance ; mais ne faudrait-il pas voir ici plutôt une légère ironie du poëte
qui vient de nous décrire la frayeur extrême de ces malheureuses peuplades ?

LVII

« Ces guerriers à barbe touffue [1], cruels et formidables,
usurpateurs de toutes les terres, sont courageux, puissants, invincibles, ils triomphent dans toutes leurs entreprises: ils lancent la foudre avec un bruit affreux, combattent sur des animaux rapides, grands et fiers, farouches, pleins de feu et qu'à
elle seule la pensée gouverne.

LVIII

« Si contre les armes et la bravoure de nos agresseurs nous
n'avons pour nous défendre ni force ni citadelle, il faut que
l'habileté vienne au secours de notre faiblesse, il faut nous
soustraire par la précaution au mal qui nous menace; en leur
montrant de l'obéissance et de la douceur, vous pouvez leur
promettre un libre passage, comme à une nation voisine et à
des guerriers amis. Une promesse arrachée par le péril n'oblige
personne.

LIX

« Faites pendant le peu d'heures qui vous restent encore,
faites transporter en silence et par une sage mesure vos vêtements, vos provisions et vos troupeaux dans les abris les plus
reculés de la montagne; laissez des aliments assez rares pour
que chacun s'imagine que nos campagnes sont stériles, dessé-
chées sous un horrible climat, et habitées par une race pauvre
et malheureuse.

LX

« Ces hommes avides et insatiables, devant un sol maigre et
sans butin, changeront, je l'espère, leurs projets, et abandon-
neront une entreprise estimée par eux inutile. Lorsqu'ils n'a-
percevront que peu d'habitants et peu de vivres, ils se détour-

---

1 « Estos barbudos. » Les Indiens ne manquent pas de caractériser les Européens
par la barbe, et le visage imberbe des naturels d'Amérique avait frappé les conquérants espagnols. Cf. Arauc., ch. 1, oct. 46, supra, t. I, p. 22, et note 3.

 seront bien vite de notre territoire, et nous les conduirons par
des bois et de vastes escarpements d'où ils ne reviendront peut-
être pas avec la vitesse qui les amène.

LXI

« Vous avez le pas d'Ancud, défilé que ferment de toutes parts
des halliers ou des rocs à pic. La nature en les formant semble
avoir voulu mettre une barrière à toute relation entre nous et
les peuples qui nous entourent. A travers ces forêts immenses
et touffues, les animaux eux-mêmes ne sauraient se frayer un
chemin, et les oiseaux, en y franchissant l'espace des airs, sentent se ralentir l'essor de leurs ailes [1].

LXII

« Conduits de ce côté, je n'hésite pas à croire qu'à l'aspect
de la haute et périlleuse montagne, ils ne mettent un frein à
leur ardeur et à leur ambition, et qu'ils ne se hâtent de revenir
sur leurs pas. Si, au contraire, ils veulent chercher une autre
direction, il leur faudra s'éloigner de notre pays, et ce territoire, où ils n'apercevront que la misère, restera affranchi de
leur insupportable arrogance [2].

LXIII

« Quel que soit le danger auquel, je ne l'ignore pas, j'expose
ma liberté et ma vie même par cette entreprise, je consens,
avec une troupe d'apparence rustique et pauvre, à m'aventurer
sur le passage des envahisseurs. Je feindrai de ne pas les connaître, et avec les dehors de la joie, caché sous un vêtement
grossier et sordide, j'aurai à leur offrir en présent une indigence
que dénoncera par un signe expressif notre extérieur délabré.

[1] Cf. Virgile, *En.*, VI, 239-241 ; et Fénelon, *Télém.*, livre XVIII, t. II, p. 169-
170, édit. de Dijon, 1791.
[2] Winterling fait disparaître cette octave, qui résume pourtant le fond même de
la pensée de Tancoubala. Ou l'Espagnol n'osera point passer outre, et il retour-
nera sur ses pas, ou, s'il s'obstine à franchir l'obstacle dans une autre direction,
leur pays n'en sera pas moins débarrassé de sa présence.

LXIV

« Peut-être devant la perspective de tant de fatigues et de si faibles avantages, seuls biens qu'ils puissent espérer de notre misère ; peut-être à l'aspect d'un sol aride en tributs et d'une race obscure et rude, renonceront-ils au projet qu'ils méditent, et, au lieu de chercher ici des propriétés et des richesses, détournés par notre ruse et notre prudence, iront-ils porter leurs armes et leurs desseins sous d'autres climats. »

LXV

L'Indien n'avait pas fini de parler qu'il s'éleva une grande rumeur dans la foule ; on approuvait à grands cris, et personne n'exprima contre un tel langage un avis différent. Aussitôt on hâte l'exécution d'une mesure dont chacun reconnaissait la nécessité ; tous courent à l'œuvre [1], et mènent au fond de leurs retraites meubles, vivres et troupeaux.

LXVI

Déjà le chef espagnol, avec sa promptitude ordinaire, était arrivé sur la ligne des confins. Il venait d'atteindre, dans sa dernière marche, la frontière jusque-là reconnue, et, le pied sur la limite établie, suspendant sa course impétueuse, il fit entendre, s'il ne vous est pas importun de les écouter, les paroles que vous rapporteront mes vers, lorsque vous aurez tourné la feuille.

[1] Winterling ajoute inutilement :

« Und munter regt sich Jung und Alt
Vieh, Nahrung und Geräth auf das Gebirg zu flüchten. »

CHANT XXXV

SOMMAIRE. — Don García harangue ses compagnons d'armes, et ils s'élancent avec enthousiasme dans leur nouvelle carrière. — Ils s'avançaient depuis quelques jours, lorsque dix sauvages se présentent à leur rencontre. — Tuscoubals, qui les conduit, adresse aux Espagnols des paroles insidieuses propres à les détourner de leur tentative et à leur faire rebrousser chemin. — Mais lorsqu'il les voit déterminés à poursuivre leurs projets, il leur propose un guide. — Les Espagnols acceptent, et le petit groupe d'Indiens les escorte pendant deux jours. — Tuscoubals, en prenant congé d'eux, leur laisse un conducteur qui les égare de plus en plus et leur échappe après quatre journées de marche pénible. — — Voyage des Espagnols à travers des bois épais. — Souffrances de tout genre qu'ils éprouvent durant toute une semaine dans les forêts vierges des Cordillères. — Ils parviennent enfin à s'affranchir de ces lieux inextricables et atteignent la plaine fertile d'Ancudbox devant l'archipel de Chiloé. — Là, ils trouvent des fruits savoureux et des hôtes compatissants.

I

Quelles montagnes l'intérêt n'abaisse-t-il pas? Quel obstacle ne brise-t-il pas? Où est le cœur fidèle et l'intègre volonté que par son poison il ne trouble et ne corrompe? Il détruit les relations de la vie humaine, altère et suspend toute harmonie; il n'est abord si étroit ni porte si bien close qu'il ne les rende faciles et ne les franchisse[1].

II

Des parents et des amis il relâche l'union et les liens puissants; il change les affections en inimitiés et fait désapprendre le doux amour[2]. Source de désastres et de misères, il trou-

[1] Cf. Horat., *Carm.*, III, 16.
[2] Winterling traduit par ce vers languissant

    « Treppt nie dein nicht, wns Liebe fest vereinte ?

le beau vers de don Ercilla :

    en desamor convierte. »

ble la raison, il intervertit la destinée, donne la chaleur à la glace et refroidit la flamme; il ferait remonter une colline aux eaux d'un fleuve.

III

C'est ainsi qu'à travers mille dangers et mille détresses, par les golfes profonds et les mers que personne n'avait sillonnées, jusqu'aux régions les plus lointaines et les plus inconnues, il a poussé sans repos tant de soldats. Entraînés dans des espaces arides et reculés, par son attrait excitateur, ils ambitionnent de sonder tout ce que renferme le globe immense de la terre[1].

IV

J'ai dit que don García était arrivé avec une troupe courageuse et brillante à la frontière du Chili, borne reconnue et que personne n'avait encore dépassée. Il pose le pied sur la limite qui séparait les deux nouveaux mondes. J'étais présent et attentif à ses ordres, et j'entendis ces paroles sortir de sa bouche :

V

« Peuple invincible, dont la bravoure n'a pu trouver de barrière ni dans les périls ni dans les plus rudes fatigues, que n'ont arrêté ni les mers furieuses, ni les vents contraires, ni tous les obstacles les plus formidables, ni l'hostilité des astres ou des éléments, et qui vous frayant partout carrière, êtes arrivés là où finit l'univers connu;

[1] Le sentiment moral du poëte et de l'historien, nous l'avons constaté, triomphe chez Ercilla de toutes les préoccupations de l'Espagnol et du conquérant. Si la foi ardente du chrétien, si l'amour et l'orgueil de la patrie ont eu leur place dans ces hardies entreprises, l'aveu d'Ercilla est accablant, l'avidité et la soif de l'or ont été pour la plupart les mobiles les plus énergiques de ces lointaines explorations. De là ces spoliations, ces barbaries et ces crimes si justement reprochés aux aventuriers européens, et dont l'odieux a rejailli sur la religion même apportée en Amérique comme un remède ou tout au moins comme une consolation malgré tous les vices des envahisseurs. La noble figure de Las Casas ne perd aucun trait de sa beauté, à côté des figures farouches que nous présentent trop souvent les compagnons de Pizarre et de Cort

VI

« Vous voyez devant vous un autre nouveau monde. Jusqu'ici le ciel l'avait tenu caché ; l'honneur d'y parvenir et d'en tracer le chemin difficile n'était réservé qu'à votre courage. Voilà le prix assuré de tant de souffrances, et la fortune vous est fidèle dans toutes ses promesses. Oser entreprendre une si belle conquête, c'était ne plus reconnaître de bornes à votre empire.

VII

« La Renommée aux cent voix, dans son vol jusqu'aux derniers confins de la terre, tout en rapportant vos anciens exploits, mettra celui-ci à la première place, puisque deux vastes mondes ne suffisent pas à vous contenir, et que vous venez en soumettre un troisième où, loin d'une étroite contrainte, pourront plus librement se déployer vos grandes âmes.

VIII

« L'occasion favorable nous appelle, et les discours sont peu nécessaires ; je ne veux pas arrêter votre fortune, ni perdre le temps à parler davantage. En avant ! prenez tous possession à la fois de ces nouvelles provinces, de ces royaumes nouveaux où les destins vous tiennent toutes prêtes à votre entrée une si grande gloire et de si grandes richesses ! »

IX

Et aussitôt, à la hâte, toute l'armée qui se contenait à peine tandis qu'il parlait, s'élance librement sur le nouveau territoire que le pied d'aucun étranger n'avait foulé encore. Avec ordre et d'un pas rapide, par un sentier étroit et infréquenté, en longue file régulière, nous commençons notre première marche.

X

ction certaine et

sans autre conseiller que le cours du soleil. Lorsque la route se ferme devant nous, nous frayons le passage pour n'aboutir souvent qu'à des rochers en précipice. Puis des guides trompeurs et fugitifs nous égarent dans des lieux où il semblait impossible que le plus fier géant revînt sur ses pas ou poursuivît plus avant [1].

XI

Déjà entraîné par le premier mobile [2] le soleil revenu sur ses pas [3], avait quatre fois rendu au monde et plongé à l'occident sa lumière, échauffant de ses feux la constellation humide des Poissons [4], lorsqu'en descendant la pente d'un mont escarpé,

[1] Octave supprimée sans motif par M. Winterling. Il était naturel que le poëte esquissât d'abord quelques-uns des obstacles de la route. Des guides trompeurs mais isolés contribuent à égarer toujours davantage les Espagnols; et quand ils sont tout à fait engagés dans des contrées inconnues, la ruse de Tuscombalu les expose aux derniers périls d'où ils ne sortent qu'à force de courage, de patience et après des maux extrêmes.

[2] Ercilla suit dans cette peinture le système de Ptolémée, si répandu au moyen âge et encore accrédité de nos jours dans une bonne partie de l'Orient. Ptolémée faisait de la voûte apparente des cieux un tout matériel et solide. Le *premier mobile* était, selon lui, une sphère de cristal, animée d'un mouvement continu et uniforme, qui, d'orient en occident, tourne avec une rapidité effrayante et avec une incalculable force d'impulsion. Cette sphère entraîne les étoiles, points brillants, fixés dans sa concavité, et le même mouvement se communique encore à d'autres sphères intérieures qui conduisent les planètes, le soleil et la lune.

[3] « Contra su curso. » Ercilla parle ici d'abord du retour du soleil dans la constellation du zodiaque que l'astre avait visitée l'année précédente, puis des jours qui s'étaient accomplis dans le même mois.

[4] L'allusion astronomique du 4e vers, « Calentando del pes la húmida frente, » rappelle la date de l'expédition. Le soleil entre dans le signe des Poissons au mois de février, et c'est aussi au mois de février qu'Ercilla a fixé lui-même l'exploit audacieux des Espagnols (Cf. chant xxxvi, oct. 29). Le texte a été rendu par Winterling avec une merveilleuse exactitude :

« Und trocknete der Fische feuchte Stirne. »

Les Allemands, il est vrai, désignent ordinairement cette constellation par le pluriel « die Fische, » et les Espagnols par le terme latin « Piscis ; » mais la langue des poëtes a sa liberté. Villaviciosa, l'un des écrivains les plus purs de l'idiome castillan, dit dans sa *Mosquea*, en peignant la marche du soleil :

« Visitó en la distancia de un momento
Las aguas puras, donde el Pez habita,
En memoria trayéndole las linfas
El espanto de Vénus y las ninfas, »

Et plus loin :

;îmes paraître tout à coup dix Indiens, au débouché d'un
.. épais et sombre; ils étaient mal vêtus, marchaient sans
.. re et avec rapidité.

XII

L'air, la pluie, le soleil les avaient brunis. Couverts d'une
... longue et épaisse, ils n'avaient que de courts caleçons
...chés par des cordes à la ceinture. Leur poitrine était haute,
... cou nerveux, leur teint et leurs yeux d'une couleur foncée;
... portaient les ongles dans toute leur longueur et la cheve-
...re pendante. Fils rustiques des champs, grossiers sauvages,
...'une mine fière et d'une face hardie.

XIII

A leur tête marchait un robuste vieillard[1]. Il couvrait la
moitié de son corps avec un vêtement tout en lambeaux, d'une
... vulgaire, gage d'une misère extrême. Ce chef, que j'ai
... nommé plus haut, était Tunconabala; il avait résolu de chan-
...ger nos desseins et nos plans, par des conseils et des discours
trompeurs.

« Volviendo del Carnero hasta los Peces. »

(Canto II, oct. xv et xvi.)

Dans le même passage, oct. 17, Villaviciosa parle aussi du premier mobile et il le nomme *primero mobile*. Ptolémée triomphait encore dans les écoles, même en Espagne, quoique le roi Alfonse X. le Savant, eût déjà dès le xiii° siècle exprimé quelque inquiétude contre ses doctrines.

[1] Winterling ajoute ici un détail qui n'existe pas dans le texte original :

« ... Gestützt
Auf einen knotigen Wacholderstock. »

Ce bâton de genévrier, mis à la main de Tunconabala, est dû à l'imagination du traducteur, et peut-être au souvenir de celui de Leocato. Le lecteur se rappelle ce vieillard qui, au iii° chant de l'épopée (oct. 65-68), fait tomber à ses pieds le malheureux Valdivia :

« Y apaleado á Valdivia en el celebre
Descargua un gran baston de duro enebro. »

Mais cette réminiscence n'est pas heureuse; car, dans l'octave suivante, nous voyons ici la petite troupe des Barbares, pour exciter mieux la confiance des compagnons de Garcia, déposer tous à terre leurs arcs et leurs flèches. Le mot *todos* indique assez que Tunconabala était armé de la même manière que les autres.

XIV

Nous nous dirigeons aussitôt à leur rencontre, soupçonnant en eux des montagnards fugitifs. Mais ils vinrent croiser notre marche, gravirent avec vitesse la colline, et ne s'arrêtèrent qu'au pied d'une roche élevée devant laquelle roulait un ruisseau rapide. Tous, nous attendant sans crainte, avaient déposé à terre leurs arcs et leurs flèches.

XV

De loin, le vieillard nous dit à haute voix et dans une langue étrangère que notre interprète comprenait : « Guerriers malheureux, que des récits faux et perfides ont conduits dans cette montagne ! C'est à peine si les serpents et les bêtes fauves les plus sauvages peuvent ici trouver leur nourriture ; le Barbare même dont cette terre est le berceau n'y rencontre pour subsister que de pauvres racines [1] !

[1] Le passage d'Ercilla nous semble devoir être constitué ainsi :

« *De la serpiente y áspera alimaña*
Apenas sustentar pueden la vida,
Y donde el hijo bárbaro nacido
Es de incultas raíces mantenido ! »

C'est le texte que Winterling avait aussi sous les yeux et que reproduit la collection Rivadeneyra (t. XVII, p. 129). Mais Baudry nous offre une variante : « *De la serpiente*, etc. » Avec ce changement, nous avons une phrase mal liée et d'une contexture équivoque. S'il faut voir dans l'édition de Paris autre chose qu'une faute d'impression, Tucomabala voudrait alors insinuer à García que la seule nourriture des malheureux habitants leur est fournie par les reptiles et par les bêtes les plus repoussantes. Et en effet, les aliments qu'il propose aux Espagnols (oct. 34), ressemblent assez à cette description :

« . . . .
Carne seca de fieras salvajinas
. . . .
Langosta al sol curada, y lagartijas,
Con mil varias inmundas sabandijas. »

En adoptant la variante de Baudry, nous devrions traduire : « Les reptiles et les bêtes fauves y fournissent à peine une nourriture suffisante. » Mais plusieurs motifs nous empêchent de l'accepter. Le premier est la rudesse de la construction, sensible même pour un étranger. Puis on se demande avec étonnement pourquoi, après avoir affirmé que les naturels se nourrissent de reptiles et de bêtes fauves, Ercilla viendrait ajouter que les Barbares du pays ne trouvent pour aliments que de

XVI

« Quels tristes renseignements, quelles indications malheureuses ont poussé vers nous votre courage invincible ? Quels
conseils funestes ou insidieux vous ont présenté comme facile
ce projet inexécutable ? Réprimez, quelque glorieux qu'il soit,
le désir de cette conquête ; l'entreprise est dangereuse et terrible, et, trompés par la fraude, vous marchez tous, victimes
assurées, à une mort déplorable.

XVII

« Dussiez-vous ne rencontrer aucune troupe de soldats prêts
à vous interdire le passage, vous trouverez une montagne, puis
une autre montagne, une forêt et une autre encore, et cent autres ; et toujours est-il que cet âpre territoire qui ne produit ni
fourrages ni nourriture, et qu'infecte un air contagieux, est,
dans sa stérilité, l'ennemi de toute créature vivante.

XVIII

« Bien que vous ne puissiez voir en moi qu'un homme trans-

misérables racines. Quel est le projet de Tuncombala ? C'est d'éloigner les Espagnols. Il leur présente l'image d'un pays infesté de serpents et d'animaux sauvages. Encore peuvent-ils à peine y trouver une nourriture chétive. Les hommes
eux-mêmes sont réduits à vivre de racines. Et pour gage de ses tristes assertions,
il leur offre de partager leurs mets habituels dont le tableau est peu encourageant
et donne à son propos un triste, un irrécusable témoignage. Cependant, quoique
nous nous rangions à l'avis de Winterling et de don Rosell, nous ne pouvons découvrir dans les mots « áspera alimaña » que les bêtes de proie, aussi dangereuses
que les reptiles pour l'Indien et pour l'Espagnol, et non pas l'aigle, comme le voudrait M. Winterling :

> « Das kaum der Schlange und dem Aar
> Des Lebens knappen Unterhalt gewähret. »

Le sens du mot espagnol ne laisse aucune hésitation au lecteur. Il signifie toujours les animaux carnassiers :

> « De las cavernas y profundas bocas
> Saldrán al llano cuantas alimañas
> Crió la tierra, y con terribles gritos
> Atronarán los míseros distritos »
>
> (Acevedo, de la Creacion del mundo, Dia séptimo, oct. 60.)

formé en brute et réduit à vivre dans les bois, sachez qu'il y e
un temps où j'étais soldat et revêtu, comme vous, d'une a
mure. Aussi, au souvenir de mon ancienne profession, à l'asp
de votre armée qui court à sa perte, la pitié me gagne et m
pousse à vous conseiller de ne point aller plus avant et de r
tourner sur vos pas.

XIX

« Ces campagnes stériles, ces forêts, qui s'étendent jusqu'a
Sud glacé, seraient le terme et le tombeau de toutes vos expé
ditions heureuses. Voyez les figures de ces barbares, semblable
à des animaux féroces et qui seuls habitent ces contrées; voye
les vivres que nous accorde ce sol avare, et dont je puis vo
faire une misérable offrande. »

XX

A ces mots, d'une besace tressée à la manière d'un filet avec des
algues marines, il tire quelques fruits agrestes, durs et verts, d'un
goût aigre et rebutant, des lambeaux séchés de bêtes sauvages et
d'autres provisions grossières et rustiques, des sauterelles apprê-
tées aux seuls rayons du soleil [1], de petits lézards et mille sortes
de reptiles immondes.

---

[1] « Langosta. » Les sauterelles séchées au soleil ne sont pas chez tous les peuples un mets dédaigné. Ainsi, dans son *Voyage à Madagascar* (trad. par M. W. de
Suckau, 1862, p. 264-265), Mme Ida Pfeiffer nous rapporte qu'à la première visite
de M. Lambert à Tananariva, la reine donna en son honneur un banquet composé
de plusieurs centaines de mets qu'on avait fait venir de toutes les parties de l'île.
« Les friandises les plus exquises (naturellement pour les palais des indigènes) furent servies sur la table, entre autres des coléoptères de terre et d'eau, qui, les
derniers surtout, passent pour délicieux, *des sauterelles*, des vers à soie et d'autres
insectes. » William Ellis (*Three visits to Madagascar during the years* 1853-54-56)
donne des détails plus précis encore et cite les sauterelles parmi les approvisionnements les plus recherchés des Malgaches. « Les sauterelles, dit-il, volent généralement à deux ou trois pieds de terre, et dès que leur approche est signalée,
c'est une clameur universelle; tout le monde se précipite à leur rencontre en essayant à l'envi de les abattre ou de les prendre au vol dans les *lambas*. Les femmes
et les enfants les ramassent dans des paniers. On leur détache les jambes et les
ailes en les secouant d'un bout à l'autre d'un long sac, comme font les épiciers
pour nettoyer leurs raisins secs. Ailes et jambes sont ensuite séparées des corps au
moyen d'un vannage, et les corps, séchés au soleil, ou quelquefois frits dans la
graisse, sont conservés en sacs pour être mangés ou envoyés au marché. Dans cer-

XXI

Nous étions surpris du spectacle étrange que nous présentaient
cette curieuse troupe d'Indiens, leur rudesse et leur triste aspect,
leurs regards fiers et leur maintien intrépide. Nous songions
aux forêts et aux escarpements des sierras, aux productions de
ce sol misérable, terre stérile, déserte et presque inhabitée,
loin de tout commerce et de toute relation avec les hommes.

XXII

Nous demandons alors au vieillard si en poursuivant notre

tines parties de l'Ankova et dans le Betsileo, vers le sud, on ramasse ainsi d'immenses quantités de cigales et de vers à soie à l'état de chrysalides. » (Cf. *Revue
européenne*, août 1859.) Dans l'ouest de l'Afrique, les populations nigritiennes ont
les mêmes appétits. Ainsi M. Vinwood Reade (*l'Afrique sauvage. Voyage au sud-ouest et au nord-ouest de l'Équateur*), rapporte que dans un dîner, en Sénégambie,
sur les bords de la Casemanche, on servit quelques plats de sauterelles frites, et le
même voyageur dit encore que sur le fleuve Sénégal les indigènes mangent les sauterelles et prétendent que la chair n'en est pas désagréable. Cependant ce sont les
peuplades les plus malheureuses et les moins civilisées qui ont recours à ce genre
de nourriture. Dans sa curieuse étude sur l'Abyssinie, M. Desvergers décrit les
mœurs des Sebangallas et nous apprend que les sauterelles ne sont pour eux qu'une
ressource contre la famine, et non pas un régal choisi entre tous. « Demeurant dans
des contrées basses et humides où les plantes alimentaires seraient tour à tour brûlées par le soleil ou noyées par les pluies, ces peuplades se nourrissent du produit
de leur chasse, poursuivant l'autruche et l'éléphant, souvent même *n'ayant d'autre
aliment que des sauterelles*, bouillies d'abord, puis séchées au soleil afin qu'elles
puissent se conserver longtemps. » Hérodote nous avait déjà parlé de cette singulière nourriture. Il dit que les Éthiopiens Troglodytes vivaient de lézards, de serpents et d'autres reptiles (IV, 183). Les Grecs trouvaient cela si étrange, que leurs
premiers voyageurs, au lieu de désigner les tribus de l'Éthiopie par leurs noms
précis, les désignaient par des dénominations empruntées à leur nourriture même.
Ils signalaient des peuples *acridophages* ou mangeurs de sauterelles. Et en effet,
telles sont, à certaines époques, les quantités incroyables de sauterelles qui apparaissent dans ces régions, que les habitants y ont cherché une subsistance. Ils les
font griller sur une plaque fortement chauffée, après leur avoir enlevé les ailes et
les cuisses. (Cf. M. Vivien de Saint-Martin, *le Nord de l'Afrique*, p. 93-96.) —
L'on ne saurait imaginer toutes les variétés culinaires des différentes parties du
globe. Les naturels de l'Australie ne se nourrissent pas seulement de la chair du
kanguroo et de poisson, mais aussi de racines, de larves et de reptiles. Il faut consulter Maltebrun sur la singulière nourriture des Ottomaques, tribu riveraine de
l'Orénoque ; cf. *Géogr. univ.*, édit. Lavallée, t. VI, p. 610. Les fourmis mêmes n'échappent pas à l'appétit féroce des peuplades orientales de l'Afrique. « Les indigènes, nous dit Burton, se vengent des termites en assouvissant sur eux leur passion pour la nourriture animale; ils font bouillir l'espèce la plus grosse et la
plus grasse, la mêlent à leur pâtée insipide et la mangent avec délices » (p. 180).

chemin nous trouverions toujours une terre aussi montagne
Il nous répondit en souriant que le sol devenait de plus en pl
difficile et offrait toujours plus de rudesse et d'âpreté ; que l
hauteurs croissaient sans cesse et à tel point qu'il y aurait en
treprise impossible et téméraire à se jeter dans ces bois profond
et pleins de broussailles, derrière lesquels la nature semblai
avoir voulu cacher ses secrets.

XXIII

Mais lorsqu'il reconnut combien notre esprit avait d'ambition,
et que nous voulions pousser toujours plus loin notre tentative,
que ses conseils astucieux et menteurs ne suffisaient pas pour
nous faire renoncer à nos desseins, il affecta les sentiments d'une
tendresse amicale, et, montrant par l'expression de son visage
tous les dehors de la tristesse, après avoir paru réfléchir quelques minutes, il nous déclare qu'il y avait bien à quelque distance un autre passage moins embarrassé ;

XXIV

Qu'en se dirigeant à droite, vers le couchant, là où nous ver-
rions sur notre gauche s'abaisser la montagne, il y avait un
sentier suivi dans les temps anciens, masqué maintenant par
les herbes grandies. C'est dans cet endroit que pouvait passer la
troupe sans périls, bien que l'espace à franchir fût long et désert ; lui-même devait nous donner, pour nous y conduire, un
guide fidèle, interprète expérimenté.

XXV

Nous l'écoutions tous avec joie[1] ; car déjà plusieurs d'entre

1 L'ironie cachée sous les paroles de cette octave trahit assez la pensée d'Ercilla.
Il savait trop ce que valaient à l'ordinaire ces échanges souvent forcés entre le
conquérant et l'indigène dans les colonies espagnoles. Ici nous ne voyons que des
échanges volontaires et dont la peinture éveille un peu l'hilarité du poëte et celle
du lecteur. Ils ne ressemblent guère à ces trocs arbitraires imposés par la violence
et de capricieux réglements dont l'Amérique eut tant à gémir. La métropole qui,
par un abus d'odieuse administration, s'était déjà réservé la vente des denrées de
première nécessité, imagina de forcer encore les malheureux Indiens à acheter
des objets de nul usage parmi eux, des bas de soie, des lunettes.

us étaient pleins d'hésitation. Nous acceptâmes le magnifique
.ent du Barbare, et en échange nous lui en fîmes un autre
w moins splendide. C'était un manteau en coton, d'une
teinture rouge, une superbe queue de renard, quinze colliers
m verre de couleur et douze grelots retentissants [1].

XXVI

Notre don plut au vieillard ; ces peuples mettent quelque
prix à de tels hochets. Le guide diligent arrive, et lorsqu'il eut
achevé tous ses préparatifs, nous nous mîmes aussitôt en route.
Les Indiens nous suivirent pendant deux jours ; puis ils s'en re-
tournèrent par un autre chemin, laissant leur compagnon à
notre service.

XXVII

Le guide indien nous assurait toujours que nous découvri-
rions grandes richesses, troupeaux et populations nombreuses.
Il donnait de l'essor à nos espérances timides, et au milieu de
ses récits faux et trompeurs, il nous disait : « Lorsque Phébus
dans son cours aura dix fois ramené sa lumière sur ces régions [2],

---

1 Les étoffes éclatantes et les verroteries ont toujours été le grand objet d'é-
change entre les Européens et les sauvages ou la plus belle récompense offerte
aux tribus barbares. Burton est très-explicite sur cette matière. Son chargement,
en quittant Zanzibar, était composé de cotonnade, de grains de verre ou de porce-
laine et de fils de métal, qui, dans ce pays de troc, servent de monnaie courante et suppléent aux espèces (*Voyage aux grands lacs de l'Afrique orientale*,
p. 132). La plupart des chefs qu'il rencontre dans l'Uzaramo étaient vêtus avec élégance et drapés dans des écharpes aux vives couleurs. Le turban africain était leur
coiffure privilégiée (*Id.*, p. 82, 97-100). Les Araucanos affectionnaient le panache
de plumes (Cf. *supra*, XVII, oct. 15 ; la queue de renard donnée par Garcia devait
avoir un attrait tout particulier. Un autre Barbare, le Goth Roderic, dans une civilisation plus brillante pour les arts, s'avance au combat sur un char orné d'ivoire,
avec une couronne de perles sur la tête, un manteau de pourpre brodé d'or sur les
épaules.

2 Ce n'est pas autant la métaphore trop mythologique que nous aurions à blâmer
ici, que la place qu'elle occupe. Si le poëte parlait en son propre nom, il y aurait
peut-être un abus de langage provoqué par son éducation littéraire. (Cf. *supra*,
t. I, p. ccrcr, et p. 85, *note* 1.) Mais l'agent de Tucuonabala, qui est cette fois mis en
scène, n'a pas reçu d'instruction classique et ne connaît encore ni Phébus ni Diane.
Cependant, il faut l'avouer, l'inadvertance que nous sommes tenté de reprocher
à Ercilla, était peut-être loin de présenter le même aspect à ses contemporains.
Au moyen âge et même au XVIe siècle, ces bizarreries-là ne choquaient pas trop les
meilleures intelligences. C'est au mélange de toutes les civilisations du passé détruit

je vous promets, sous peine de la vie, de combler la mesure
tous vos désirs. »

XXVIII

Je ne saurais peindre avec assez de force notre orgueilleu
présomption, nos esprits fiers et courageux, notre espoir av
de biens et de trésors, et nos vaines chimères et nos vains di
cours. Montagnes, escarpements, rochers, précipices n'étaie
plus que chemins faciles et unis. Le péril et les fatigues les pl
redoutables n'osaient plus nous apparaître avec leurs trist
images.

XXIX

Nous allions, sans nous soucier des subsistances, par l.
cimes et par les vallées profondes et les cordillères. Nous co
struisions, dans la candeur de notre égarement, un fol édific
d'illusions et de chimères étranges. Ainsi, joyeux et superbe
nous passons avec bonheur les trois premières journées. Mais

et des sociétés naissantes, barbares ou chrétiennes, c'est à la confusion de tu'
d'idées diverses et incohérentes encore, qu'est dû cet amalgame d'expressions littéraires contradictoires, l'étrange entassement de noms propres et de souvenirs mal
distingués. Il semble que toutes les dates, tous les faits et tous les personnages
fussent alors rapprochés et présentés aux yeux comme à la même distance et sur u
même tableau pour l'humanité indécise. Il n'y avait pour elle ni lointain ni per-
pectives, mais agglomération indigeste de toutes choses dans l'espace et dans la
durée. Ainsi, « lorsque la popularité du cycle d'Alexandre eut ouvert à la poésie
chevaleresque les souvenirs poétiques de l'antiquité, les vieilles fables de l'expédition des Argonautes, de la guerre de Thèbes et de celle de Troie, prirent place
dans les romans de chevalerie et formèrent un nouveau cycle. Une ancienne tradition, consignée dans le roman de Brut, par Robert Wace, assurait d'avance à ce
cycle une vogue et une popularité non moins grande qu'au précédent; c'était celle
qui faisait bonheur aux anciens Francs et aux premiers Bretons d'une prétendue
filiation directe avec Hector ou Énée. Du reste, à cette prétendue généalogie près,
tout restait français et purement chevaleresque dans les événements, dans les personnages et dans leur langage et leurs mœurs. On n'y voyait que des costumes et
souvent même des figures connus du temps, sous des noms grecs ou latins; comme
les tableaux de Paul Véronèse, qui se place lui-même sans façon, et une viole à la
main, au banquet des noces de Cana. Peintres et poëtes en usaient ainsi au moyen
âge, sans que l'orthodoxie s'en offensât, ou que la critique y trouvât rien à dire, et
dans les miniatures de l'un de ces romans sur la guerre de Troie, on voit un évêque qui marie Jupiter et Junon, et un autre qui, accompagné de prêtres et de
moines, célèbre les funérailles d'Hector. Au besoin, Pâris irait à confesse et Hélène ferait ses pâques. » (M. Émile Delaunay, *Discours prononcé à la Faculté des
lettres de Rennes, 1849-1850*, p. 14-15. Cf. *supra*, t. I, p. 299, *note* 1.)

quatrième, comme le soleil disparaissait derrière les hauteurs,
nous fûmes abandonnés par le traître qui nous guidait.

XXX

Cet indice alarmant, qui nous découvrait un piége trop certain, porta le trouble dans les cœurs les plus résolus ; la trame
la perfidie venait de se révéler à nous, et nos rudes épreuves
trouvaient portées à un excès nouveau. Toutefois, sans route
sûre et sur une terre déserte, bien que nous fussions mena-
d'un plus grand péril, lorsque la faim et la fatigue s'unissaient
tre nous, rien ne put arrêter notre marche un seul ins-

XXXI

Nous poursuivons notre carrière, dans d'autres bois aussi
profonds et aussi épineux, où, malgré les obstacles qui nous en-
rent, nous frayons le passage avec les haches, les couperets
les cognées. Quelques-uns, armés du pic et de la lance, bri-
le roc, arrachent le buisson enraciné, pour que le cheval
dompté et inquiet pose avec plus de confiance son pied craintif.

XXXII

Jamais par autant d'embarras la nature n'a voulu s'opposer à
la marche des hommes, jamais elle n'a ordonné que les arbres
s'arrassent aussi loin la hauteur des cieux qui les dominent,
mais parmi tant de rochers et de marais elle n'a mêlé tant de
ces et d'arbres touffus, comme dans le chemin qu'elle sem-
ait nous interdire et où elle formait un tissu inextricable de
buissons, de fourrés et de futaies[1].

[1] Il serait curieux de comparer le récit d'Ercilla et ceux de Burton ou de Speke,
franchissant, eux aussi, avec d'incroyables efforts les bois épineux et touffus de
l'Afrique orientale. Les descriptions du poëte et celles des hardis capitaines qui
ont ajouté tant de riches notions à celles des anciens explorateurs, dans leur
lignée de Zanzibar à Kazeh, au Tanganyika et au N'yanza, offrent des analogies
frappantes, malgré la variété naturelle des incidents semés sur leurs dangereux
itinéraires.

XXXIII

Le ciel aussi était conjuré contre nous; il nous dérobait
lumière avare et terne, et, se couvrant de nuées épaisses et
nistres, changeait le jour en nuit ténébreuse. Chargé de g
et d'ouragans, il dé endait le passage avec une telle fureur, q
la guerre d'en haut était devenue plus formidable que les
rils et les fatigues de la terre.

XXXIV

Les uns appelaient un prompt secours, ensevelis dans d
broussailles profondes. D'autres criaient : « A l'aide ! à l'aide
de la fange humide où ils étaient embourbés. Ceux-ci gri
pant, ceux-là roulant, les pieds, les mains, le visage écorch
entendaient deçà, delà, des appels impuissants, sans être
même de se soutenir entre eux et de se tendre la main.

XXXV

C'était pitié d'ouïr les cris d'alarme, de voir nos gênes et n
détresses. Les chevaux tombaient découragés et brisaient da
leur chute les jambes et les bras de leurs cavaliers. Nos frél
et légers vêtements restaient en lambeaux à toutes les ronce
Sans chaussures et sans habits, nous n'avions plus que n
armes; le sang, la boue, la sueur, nous couvraient tout
tiers.

XXXVI

Outre ces fatigues inouïes, les vivres qui réparent les fo
nous manquaient, et l'affreuse faim avec ses souffrances no
étreignait encore d'un plus vif supplice[1]. A la pensée d'un bie
trop douteux et d'une infortune trop évidente, nous perdi
dans le désespoir, notre énergie et notre courage. Un friss
glacé enlevait à nos membres épuisés et engourdis toute leu
mâle vigueur.

---

1 Sur la détresse d'une troupe d'Espagnols, pressée par la faim et réduite
vivre de racines, Cf. *Hist. de la Floride*, par le capitaine Laudonnière, p.
et suiv.

XXXVII

Mais nous souvenant aussi que la gloire était le prix assuré de nos travaux, le cœur à l'instant ranimait notre élan et nous faisait mépriser les obstacles. Nous bravions les plus terribles barrières, et l'avenir n'offrait plus rien à nos yeux qui pût nous résister. La valeur ne se montre-t-elle pas avec plus d'honneur et d'éclat, lorsque grandissent les puissances qui l'arrêtent ?

XXXVIII

Ainsi notre armée frayait sa route, et, soutenue par la seule espérance, franchissait tout par l'effort de ses bras. Elle découvre enfin le ciel, ce ciel désiré qui était caché à ses yeux. Déjà les broussailles nous opposent un tissu moins épais, et la forêt dont les arbres nous fermaient tout passage, écarte maintenant ses branches tout à l'heure entrelacées et livre à nos pas des abords plus faciles.

XXXIX

Tantôt d'un côté, tantôt de l'autre, ouvrant un libre accès à la lumière, le rocher à pic, la côte escarpée abaissent leurs cimes altières. Le brouillard épais et congelé qui était devant nous, exhalant à l'entour sa forte et humide vapeur, diminue, s'éparpille, et déjà la vue peut s'étendre au loin.

XL

Sept jours, nous marchâmes égarés, brisant à l'aventure les obstacles qui nous retenaient; et pendant tout cet espace, nous n'eûmes pas où pouvoir reposer un instant nos corps harassés; lorsqu'enfin pourtant, un matin, nous découvrons la vaste et fertile plaine d'Ancud, et, au pied de la montagne, au pied de son penchant escarpé un lac étendu et un immense rivage.

XLI

C'était un grand archipel, couvert d'îles innombrables et charmantes. De toutes parts le traversaient gondoles et pirogues empressées. Jamais le matelot désespéré au milieu des vagues furieuses ne vit le port voisin avec cette même joie que montrèrent les nôtres, lorsqu'ils aperçurent devant eux le ciel découvert.

XLII

A l'instant tous ensemble, nous nous mîmes à genoux, pleins d'une joie profonde et d'attendrissement ; nous rendons grâces à Dieu de nous avoir soustraits ainsi au péril et à l'infortune[1] ; et oubliant toutes nos angoisses, tout entiers à l'heureux événement et à notre bonheur, livrés à l'espérance et l'âme affermie, nous descendons avec vitesse vers la plaine féconde.

XLIII

Tous les faibles, les blessés, les estropiés, les boiteux, les manchots, les infirmes, les perclus, ceux qui n'ont plus ni vêtement ni chaussure ou qui les portent en lambeaux, ceux qui succombent au désespoir, à l'épuisement et à la faim, retrouvent la santé, le courage et la force ; une nouvelle résolution, une nouvelle audace les animent ; toute la terre leur paraît une carrière bien étroite ; et il leur semble facile d'accomplir la conquête même du ciel[2].

1 Le sentiment religieux qui inspire les paroles du poëte, élève et attendrit l'âme du lecteur. Dans les grands périls et dans les grandes victoires, nous aimons à voir ainsi l'homme se courber sous la main de Dieu qui donne ou qui refuse son appui à tous nos efforts. Ainsi, avant la bataille de Granson, les Suisses « se jetèrent à genoux un moment pour prier. Puis, relevés, les lances enfoncées en terre et la pointe en avant, ils furent immuables, invincibles. » (Michelet, *Hist. de France*, t. VI, p. 355.) Ainsi Condé après Rocroi : « Le prince fléchit le genou, et dans le champ de bataille, il rend au Dieu des armées la gloire qu'il lui envoyait. » (Bossuet, *Orais. fun. du prince de Condé*, édit. de Besançon, t. VII, p. 758.) Dans des circonstances plus analogues à celles que décrit Ercilla, voici ce que raconte Agustin de Zárate, de Gonzalo Pizarro et de ses amis, lorsqu'ils rentrèrent à Quito après leur tentative sur le Marañon. Abandonnés par Orellana dont la caravelle devait les attendre au confluent du Napo, ils eurent à traverser deux cents lieues de forêts vierges et de déserts avec des souffrances et des pertes énormes (Cf. *infra*, ch. xxxvi, oct. 33 et *note*). Ceux qui revinrent eurent le même mouvement de reconnaissance envers Dieu : « Besaron la tierra, dando gracias à Dios, que los habia escapado de tan grandes peligros y trabajos. » (*Historia del Perú*, lib. IV, capit. 5, Bibl. Rivad., t. XXVI, p. 493.)

2 Winterling supprime cette octave qui résume à la fois l'idée de toutes les souffrances endurées par les Espagnols et celle de leur indomptable énergie.

XLIV

Mais avec tout ce beau transport, lorsqu'en quittant la pente
qui mène au rivage et où nous eûmes encore quelques escarpements à franchir, nous trouvâmes les petits fruits couronnés
que produit le myrte au doux arome [1], bien qu'ils fussent d'un
goût agreste, sauvage et acide encore, cependant ils se montraient à nous tellement à propos et nous furent si agréables,
que la manne céleste et les marmites de l'Égypte [2] n'eussent
pas davantage aiguisé notre appétit.

XLV

Comme une bande de ces sauterelles, envoyées quelquefois
pour être une plaie du genre humain, et qui, s'abattant sur les
épis lourds et chargés, s'y attache pour les brouter avec un
bruit sourd et ne laisse pas un grain dans son enveloppe [3]; ainsi,

[1] « La murta virtuosa. » Nous sommes heureux de pouvoir nous fonder ici pour
notre traduction sur l'avis d'un savant naturaliste, autrefois notre collègue dans
Rennes et qu'une mort précoce a enlevé à ses immenses travaux. M. Dujardin,
consulté par nous sur le genre de myrte désigné par don Ercilla, n'hésita pas un
instant à déclarer qu'il s'agissait du *myrte aromatique*. Le petit fruit dont parle
Ercilla est une sorte de fraise; le mot *frutilla* est même le nom par lequel on désigne la fraise au Chili et au Pérou. Un ingénieur français dont nous avons plus
d'une fois cité l'ouvrage et qui a laissé une *Relation du voyage de la mer du Sud*,
consacre à la *frutilla*, la planche XI de son volume, p. 70, et en dessine la forme.

[2] « Ollas de Egito. » Détail expressif omis par Winterling. Les allusions bibliques
ont ici une grâce particulière sous la plume de l'écrivain. Toute cette armée qui,
échappée au désastre de la famine et aux plus rudes épreuves, a fléchi le genou à
l'heure de sa délivrance, peut se rappeler en effet et la manne qui soutint les Israélites au désert, et ces marmites de l'Égypte que le peuple hébreu regrettait dans
les inquiétudes de son existence nomade et tourmentée.

[3] Cette piquante et poétique similitude est encore amenée par un souvenir de la
Bible, par celui d'une des plaies de l'Égypte. Ces nuées de sauterelles qui dévastaient
quelquefois la vallée du Nil, peuvent bien être regardées comme un des fléaux de
Dieu, aujourd'hui comme au temps des Israélites. La Palestine, l'Arabie, la Syrie
connaissent ces insectes dévastateurs, comme le Sénégal et comme notre Algérie.
Nulle part les ravages de ces légions innombrables de sauterelles. leurs espèces, leur
histoire même, n'ont été mieux décrits que dans l'excellente étude publiée e
1863 par M. André, conseiller à la Cour impériale de Rennes. Le docte magistra
a réuni sous les yeux du lecteur, dans une disposition très-habile, les textes bibliques
où les sauterelles sont tant de fois mentionnées, et il a justifié par les faits moder
nes les récits de l'Écriture sainte sur ces étranges invasions contre lesquelles il n'
a d'aide possible que le repentir et la prière. Celui qui gouverne les vents
aussi le seul qui précipite l'ennemi ailé de toute végétation dans les eaux de l
mer Rouge ou de la Méditerranée. M. André rappelle avec une singulière vivacit

en petites troupes éparses, toute notre armée se répand sur la

d'imagination le fléau qui est venu désoler l'Algérie en 1845, et l'année 1846 a de
nouveau effrayé et désolé les champs de la Sénégambie, la Mitidja, le Sahel avec
ces épaisses colonnes de visiteuses qui dévorent les récoltes et jusqu'aux feuilles des
arbres, et laissent toute une contrée sans verdure. On ne saurait dire les ravages
qu'elles ont causés dans les vignes et dans les autres productions de notre colonie
au nord de l'Afrique. Oran et Constantine ont supporté les mêmes ravages. Mostaga-
nem, Tlemcen, Mascara, Relizane et l'Harba, Sidi-bel-Abbès et Sidi-Brahim, Bugie,
Batna, Sétif, Bone, Djidjelly, ont été cruellement traités par ces masses affamées.
Les figuiers, les oliviers, même les cultures cotonnières, les céréales, les plantes
de tout genre, tout disparaît sous une morsure tranchante. Les Arabes éloignent
par leurs cris ces terribles faucheurs et l'on est réduit, sous peine de famine et
même de peste, à leur faire une guerre implacable, hélas! impuissante. Chassées
d'une propriété, les sauterelles retombent sur une autre, jusqu'à ce qu'il plaise à
Dieu d'envoyer le Qably (le vent du sud), qui les entraîne par tourbillons dans les
flots où s'ouvre enfin pour elles une tombe. C'est au mois d'avril que paraît en
Algérie la première colonne de ces insectes formidables. Elles débouchaient par les
gorges des montagnes et par les vallées dans les plaines du littoral. (Cf. *Moniteur
du soir du 7 juillet 1856*.) Mais le fléau était beaucoup plus général et semble s'être
étendu à l'Afrique presque entière. Nous lisons en effet dans une lettre de Zanzibar, en date du 16 juillet 1866, et signée du P. Horner : « J'apprends qu'une
grande famine sévit dans l'Afrique centrale, elle est causée par des nuées de sauterelles qui ont ravagé les récoltes ; son intensité est telle que pour cinq épis de
maïs on peut acheter un esclave. » (*Annal. de la Propagat.*, t. XXXIX, p. 33.)
Quinze mille esclaves venaient d'arriver à Zanzibar, et dans ce nombre une foule
étaient des enfants. Leur valeur vénale, en temps ordinaire, s'élevait à 25 francs
pour les garçons, à 40 francs pour les petites filles. La famine avait fait baisser à
cinq épis de maïs le prix de la chair humaine! Quels désastres de tels faits ne dé-
voilent-ils pas! et sur quelle vaste étendue de territoires ce fléau des sauterelles
n'a-t-il pas dû s'exercer pour produire de semblables conséquences! L'armée des-
tructrice qui a désolé nos possessions avait donc derrière elle dans les profondeurs
du sud, des armées congénères. Ces innombrables essaims vont aussi dans l'année
et à l'heure que Dieu leur a fixées, dévaster le pays des Abyssins d'où l'Égypte les
reçoit à son tour. M. Desvergers, dans sa description de l'Abyssinie, rappelle une
irruption de ce genre qui eut lieu dans le royaume de Tigré et dont la relation a
été laissée par un missionnaire célèbre, M. Gobat. « Il était enfermé chez lui, lorsqu'il entendit tout à coup un bruit semblable à celui de la grêle qui tomberait à
quelque distance. Il sortit à l'instant et fut surpris de voir la lumière du soleil
comme obscurcie ; les sauterelles remplissaient l'air, et ce n'était encore que
l'avant-garde. Bientôt du côté du nord on vit s'élever de terre comme un faible
nuage, puis, cette espèce de vapeur devenant un brouillard épais, produisit une
obscurité si grande que les gens du pays eux-mêmes avaient peine à croire qu'elle
pût être causée par les sauterelles. Quelques instants après il n'y avait plus moyen
d'en douter. On en était entouré de manière à ne point distinguer autre chose.
Elles faisaient un bruit semblable à celui de la mer après un orage ; et si un enfant
s'éloignait de quelques pas dans les champs, il s'élevait un tel tourbillon autour de
lui qu'il disparaissait comme sous un voile. Ce fléau si terrible pour les provinces
orientales paraît être beaucoup plus rare au delà du Tacazé » (*l. c.*, p. 41). La
peinture d'Ercilla n'est inférieure à aucune de celles que nous avons indiquées, et
le « sordo rozar » qu'il attribue à ces bêtes dangereux de toute l'Afrique, est heureusement commenté pour nous par les similitudes expressives que M. Desvergers
reproduit du père Gobat.

vaste plaine, et dégarnit mieux encore de leurs fruits, de leurs branches et de leurs feuilles, les myrtes dépouillés.

XLVI

Les uns mangent les fruits à poignées, tant les aiguillonne la faim importune. D'autres engloutissent les petites branches et les feuilles, et n'ont pas la patience de cueillir les baies une à une. D'autres encore, pour éviter de partager avec leurs compagnons, cherchent quelque endroit isolé, où ils puissent se rassasier avec le rameau qu'ils ont coupé et qu'ils dérobent à des mains rapaces.

XLVII

Ainsi lorsqu'une volée de poules, de la cour qui les enferme, partent dans les champs, et deçà delà cherchent avec diligence le froment dispersé sur l'aire ; de la patte et du bec, en grattant, si l'une d'elles déterre des reliefs ensevelis, elle se redresse avec son butin, s'enfuit, et aussitôt toutes les autres la poursuivent[1] ;

XLVIII

De même celui de nous qui a saisi une belle branche, loin de ses compagnons qui le suivent de toutes parts, se retire aussitôt en fuyant dans un lieu où il puisse manger plus à l'abri. Personne ne consent à partager ce qu'il trouve ; ce n'était pas l'instant où l'on se montre généreux, et la charité, engourdie au fond des âmes, ne parvenait pas à s'étendre jusqu'a prochain[2].

---

[1] C'est là une de ces comparaisons simples et naïves qui fourmillent chez Dant et dont l'élégance familière et sans apprêt a valu à Ercilla les éloges unanimes d[e l]a critique espagnole.

[2] Ercilla est assurément l'un des poëtes d'Espagne qui ont exprimé, selon le géni[e] de leur nation, les sentiments les plus héroïques et les plus chevaleresques ; mai[s] quelle que soit son élévation morale, il est aussi le chantre exact de la réalité et, observateur pénétrant du cœur humain, il sait nous dire devant quelles néce[s]sités cruelles, la foule des hommes, pressée par les besoins de la faim, ne partag[e] plus avec des frères le fruit qui doit l'apaiser, ou dans quelles circonstances l[e] fuyard dont l'épée ennemie menace les épaules, n'attend plus son ami pour le dérober, sur la croupe de son cheval, au milieu du désastre commun.

XLIX

Pendant que nous goûtions avec délices ce repas rustique, voilà qu'arrive une légère gondole à la proue recourbée, que douze longs avirons poussaient en avant. Elle vient donner fortement au rivage. Les rameurs agiles et toute la troupe qu'elle renferme s'élancent à terre d'un pied vif et hardi, avec tous les signes de l'amitié et d'une douce franchise.

L

Mais si vous désirez apprendre quels étaient ces hommes et la cause qui les amenait ainsi, je ne saurais à cette place vous le dire maintenant ; car je suis épuisé par la fatigue de ma longue route. Il vaut donc mieux tout ajourner à un moment plus opportun et en rester à cet endroit, pour que cependant je puisse réparer mes forces, et pour que vous prêtiez à mes paroles votre oreille avec moins d'ennui.

CHANT XXXVI

I

Qui voit beaucoup de contrées, voit beaucoup de choses que le monde estime des fables ; et lorsqu'elles offrent un caractère merveilleux, moins on les raconte, plus on montre de prudence. Cependant, s'il est bon de se taire, quand elles sont incertaines, et qu'il ne faille pas m'exposer au péril d'un blâme inévitable, je déclare que la vérité se rencontre encore ici-bas, bien que l'on affirme qu'elle soit partie pour les cieux [1].

[1]   « Por mas que afirmen que es subida al cielo. »

C'est un souvenir ou plutôt une application particulière de ce que les anciens disaient de la Justice :

>   .... Extrema per illes
> - Justitia excedens terris vestigia fecit. »

(Virgile, *Georg.*, II, 473.)

II

Elle s'était retirée dans cette région lointaine, après avoir été chassée de tous nos climats. La dissimulation cauteleuse, la tromperie et l'artifice n'avaient encore jamais été accueillis par ses habitants. Mais je laisse de côté cette matière, et je reviens en toute hâte, selon ma promesse, vers la barque remplie d'hommes et de rameurs qui d'un prompt essor venait d'engager sa proue dans le sable du rivage.

III

Un jeune homme s'avance, gracieux et bien fait, escorté d'une quinzaine de compagnons. Sa chevelure était noire et crépue, sa figure blanche, et il paraissait le chef de la troupe entière. D'un air grave et modeste, comme nos soldats éparpillés venaient de se réunir, il nous salue, avec un visage courtois et souriant, et dans sa langue étrangère prononce les paroles suivantes :

IV

« Hommes, ou dieux champêtres [1] nés dans ces bois sacrés et dans ces montagnes, et qu'une céleste influence fait sortir de vos âpres et impénétrables profondeurs, quel hasard ou quelle fortune vous a conduits, par des chemins et des sentiers inconnus, jusque dans nos lointains et pauvres asiles, derniers coins du monde où ne soient pas entrés la confusion et le désordre [2] ?

V

« Si votre désir, si votre projet est de chercher un plus vaste territoire et si, pour exécuter vos desseins, quelque objet vous soit nécessaire, tout ce qui peut vous être utile et toute nourriture, à pleines mains, avec un vouloir complaisant et généreux,

[1] Cf. Virgile, *Én.*, I, 327-329 ; Fénelon, *Télémaque*, I, édit. de Dijon, 1731, page 3.

[2] Cette légère satire d'allusion et de contraste, rappelle trop au lecteur que c'est un poëte espagnol qui fait parler ici le jeune Indien.

vous seront prodigués durant votre marche dans toute la contrée d'alentour.

VI

« Si votre plan est de rester sur notre terre, nous vous y
donnerons le sol que vous désirez ; que si la montagne vous
plaît et vous sourit davantage, nous vous y conduirons à l'abri
de tout péril. Voulez-vous notre alliance ? Voulez-vous la guerre ?
Nous vous offrons l'une ou l'autre avec la même loyauté. Choi-
sissez ce que vous aimez le mieux. Pour moi, si j'avais à choisir,
j'adopterais la paix et la concorde. »

VII

Nous fûmes charmés des manières, de la bonne grâce, de la
mise du brillant et hardi jeune homme, de sa conduite franche,
du langage ouvert et décidé avec lequel il s'adressait à nous,
de cette hospitalité sincère qu'il nous offrait, de la taille et du
visage fier de ses soldats. Ils étaient blancs, et leurs proportions
heureuses annonçaient la vigueur. Revêtus d'un manteau et
d'une tunique flottante,

VIII

Ils avaient la tête couverte et parée d'un chapeau terminé en
une pointe qui se renversait et pendait par derrière. Ajustée
autour de leurs tempes, cette coiffure d'une toison fine et frisée,
où se jouaient des couleurs diverses et éclatantes, montrait
assez par sa laine épaisse quel était le climat de ce froid territoire [1].

IX

Nous rendons grâces au jeune homme de sa bienveillance et
de la volonté courtoise dont il nous donnait la preuve. Nous lui
offrons aussi l'assurance de notre amitié, tout prêts à lui être
utiles et complaisants à notre tour ; et, au terme de ces échan-

---

[1] L'octave 8e et la précédente, qui nous font si bien connaître les mœurs et le
costume de ces peuples primitifs, ont disparu dans la version allemande.

ges, lui révélant l'extrême besoin et la détresse que la faim nous faisait sentir, nous lui demandons des vivres réparateurs, avec promesse de payer les aliments fournis.

X

Aussitôt il s'empresse de faire entendre ses ordres, et devant la nécessité qui nous presse, il commande à ses compagnons dociles et actifs de tirer de la gondole toutes les provisions qu'elle renferme, et ils les distribuent toutes d'une manière libérale à nos soldats affamés, sans vouloir accepter de personne un cheveu seulement, ni même l'expression de notre gratitude.

XI

Ainsi rendus à la vigueur et tout remplis d'espérances nouvelles, nous nous remettons en marche le long du rivage, et en ordre, suivant notre coutume. Nous faisons une grande lieue; et tout près de la mer, en un endroit qui nous paraît une halte commode et fortement située, nous choisissons notre premier campement.

XII

Nous ne l'avions pas encore assis tout à fait ni rien établi avec régularité, lorsque de droite et de gauche à la fois, fendant l'onde écumante, toutes chargées de maïs, de fruits et de poissons, arrivent des pirogues légères ; elles apportent des vivres à notre armée dépourvue; ils nous sont prodigués en don gratuit, sans nombre et sans mesure.

XIII

La bonté sincère et affectueuse des hommes simples qui habitaient ces régions, nous faisait voir que l'avidité n'avait pas encore pénétré dans leurs montagnes, et que le crime, la rapine, l'injustice, aliment accoutumé de la guerre, n'avaient pas trouvé accès auprès d'eux ni altéré les lois de la nature.

XIV

Mais sans retard, détruisant tout ce que nous touchons sur
notre passage et nous frayant une route avec notre arrogance
ordinaire, nous donnâmes à tous ces vices large place et libre entrée. Sur les ruines des mœurs antiques, corrompues par cette
nouvelle invasion, l'avide avarice planta son drapeau dans ces
contrées avec plus d'impunité que partout ailleurs [1].

XV

Après cette première nuit, durant le jour qui la remplaça,
deux caciques attirés par notre présence dont le bruit s'était
répandu dans les îles, vinrent ensemble souhaiter la bienvenue
aux étrangers et leur faire une riche et somptueuse offrande.
C'étaient des provisions et des substances de tout genre, une
brebis accablée de sa laine et deux de ces vigognes qu'en chas-
sant ils prennent à la main dans la sierra.

XVI

Ils demeuraient tout saisis de surprise et d'admiration en
voyant des hommes dont la couleur unissait le blanc et le rouge,
à chevelure épaisse, à menton barbu, dont la langue et les vêtements différaient des leurs. Ils s'étonnaient devant nos coursiers fougueux, contenus au plus fort de leur élan ; mais ce
qui les effrayait davantage, c'était le bruit terrible de la poudre,
dont l'explosion les frappait de stupeur.

XVII

Nous fîmes route dans la direction du sud, en côtoyant la rive
sinueuse, et sans quitter la grève du détroit. Nous mesurions

[1] Jamais peut-être don Ercilla ne s'était exprimé avec cette vigueur de l'âme
contre la conquête espagnole, contre les désordres, l'ingratitude et tous les vices
mêlés à leur invasion. Ce sont les critiques contre les violences et l'avarice des do-
minateurs, plus encore que sa sympathie vingt fois manifestée pour l'héroïsme des
Araucans, qui ont fait accuser le poëte d'avoir dans son épopée fait cause commune avec les Barbares.

par degrés la terre que nous parcourions ; mais plus notre marche avançait, plus aussi le vaste archipel se développait sous nos yeux et nous découvrions à d'énormes distances des îles nombreuses et verdoyantes.

XVIII

Beaucoup de caciques venaient à notre rencontre pour nous contempler comme des êtres merveilleux ; mais aucun ne s'offrit à nous sans que sa main généreuse apportât quelque présent. L'un nous faisait accepter un beau vase de nacre pure ; un autre, la peau velue d'un mouton ; tel, un arc et son carquois, tel, une trompe ; tel autre, un coquillage étranger aux riches couleurs.

XIX

Moi à qui mon penchant a toujours fait aimer les recherches et qu'il incline à pénétrer l'inconnu, moi que l'influence de mon étoile a entraîné au milieu de tant de périls, je m'embarquai, accompagné de quelques jeunes soldats, dans une gondole rapide et passai dans la principale île du voisinage, dont le sol s'étendait en plaines, et dont la population semblait hospitalière.

XX

Je vis les Indiens, leurs demeures formées de petits murs et d'humbles toits, les arbres, les plantes qu'ils cultivent, leurs fruits, comment ils ensemencent, quels légumes ils possèdent. J'observai chez ces peuples leurs singularités les plus curieuses, les rites, les cérémonies, les coutumes, le commerce, toutes les relations de la vie, les lois auxquelles tous se soumettent avec docilité.

XXI

J'entrai dans deux autres îles et me promenai sur leurs plages vertes et fécondes. Je fis le tour entier de quelques autres encore et environné de paisibles indigènes dans leurs pirogues. J'appris d'eux en détail des merveilles inouïes, jusqu'à l'heure et l'ombre et le vent qui fraîchissait me ramenèrent sans accident au rivage.

XXII

Le lendemain l'armée poursuivit sa route ; c'était le troisième jour de marche, et depuis trois heures déjà elle s'avançait ; mais bientôt nous nous aperçûmes que, pour marquer notre limite et la fin de notre entreprise, le grand lac se déchargeait dans la mer par une profonde et rapide embouchure ; ses flots impétueux et son immense largeur nous interdisaient sur ce point tout passage.

XXIII

Une sombre tristesse et un nuage de douleur s'étendirent sur nos âmes et sur nos traits, lorsque nous vîmes nos pas ainsi interceptés par le vaste courant qui grondait devant nous. Tenus à la bride, les chevaux ne pouvaient en nageant triompher de ce puissant obstacle, et d'étroites gondoles ne suffisaient pas au lourd fardeau dont nous les eussions surchargées.

XXIV

Nous replier sur nous-mêmes, après nos fatigues immenses, terribles, insupportables, semblait avec raison une tentative désespérée et d'où pas un homme ne devait sortir vivant. Rester en ces lieux, il ne fallait pas y songer ; et la résolution courageuse et téméraire de poursuivre nos premiers desseins était combattue par tous les avis et par la saine raison [1].

[1] Nous ne devons pas nous exagérer les limites qu'atteignait l'expédition de don Garcia. Elle n'a pas franchi les rochers qui forment la base du Corcovado ; et les étapes de l'itinéraire ont été soigneusement indiquées par le poëte. Nous pouvons dire hardiment que l'exploration se borne au littoral de l'Ancudbor, et l'archipel de Chonos n'a pas été aperçu par les troupes de Garcia, ni, à plus forte raison, les véritables terres magellaniques qui ne commencent qu'à la hauteur où l'isthme d'Ofqui joint au continent la péninsule des *tres montañas*. L'archipel de Chonos a bien été réuni quelquefois par les géographes à celui de Chiloé et compris sous la même dénomination ; mais en général on ne donne le nom d'archipel de Chiloé qu'à ce groupe de quatre-vingts îles ou îlots, dont la plupart sont inhabités, et qui séparent du continent américain la grande île de Chiloé, large de 23 milliers

XXV

En voyant notre embarras et notre détresse, un jeune Indien à l'air intelligent s'engage avec confiance à nous enseigner pour le retour un autre chemin plus facile. Beaucoup laissèrent

longue de 40 lieues. Elle occupe un espace égal à celui qui se trouve sur la terre ferme entre la forteresse de Mandin et le village de *los Coronados* (San José, le seul port de cette côte. Il est certain, par les détails mêmes de l'*Araucana*, que le drapeau de l'Espagne ne fut pas cette fois porté plus avant. Depuis que le fils de Cañète a dépassé les frontières de la province de Valdivia, ses jours de marche sont faciles à compter. Pendant quelque temps les Espagnols s'avancent au hasard :

> « Caminamos sin tino algunos dias. »

(Chant XXXV, oct. 14.)

Cette course irrégulière et aventurée, avec des guides sans expérience, dure *quatre jours* :

> « Ya del móvil primero arrebatado
> Contra su curso el sol hácia el poniente
> Al mundo cuatro vueltas había dado
> Calentando del pez la húmida frente. »

(Ibíd., oct. 11.)

Les Indiens de Tunconabala escortent l'armée pendant *deux jours* :

> « Siguiéndonos los indios dos jornadas. »

(Ibíd., oct. 35)

Lorsque Tunconabala quitte les Espagnols, il leur laisse un guide qui leur promet des terres fertiles après six jours de fatigues ; mais celui-ci les abandonne à la fin *du quatrième jour* :

> « Pero á la cuarta, al tramontar del dia
> Se nos huyó la mentirosa guia. »

(Ibíd., oct. 23.)

L'armée erre sept jours sans direction, avant de découvrir le littoral fertile d'Ancud :

> « Siete dias perdidos anduvimos. »

(Ibíd., oct. 44.)

Depuis leur départ des frontières de Valdivia il s'est donc écoulé dix-sept jours. Mais dès les premiers instants, ils ont été induits en erreur, et avec les difficultés de tout genre qu'ils trouvaient devant eux, depuis le début de leur tentative, ils ont pu à peine parcourir quelques lieues dans des bois épais, marécageux et inextricables. Leur carrière devient plus libre et plus facile, lorsqu'ils suivent le détroit d'Ancud, après qu'ils ont été accueillis et ravitaillés par des caciques amis et bienveillants. Ils vont d'abord camper à une lieue de distance, près de la mer (ch. XXXVI, oct. 11) « andando una gran legua. » Ce qui les frappe le plus, en continuant leur route, c'est la grandeur de cet archipel inconnu (*ibíd.*, oct. 11o). Ercilla va même visiter la plus grande de ces îles, Chiloé sans doute (oct. 19o), et quelques autres moins importantes (oct. 20-21), Lemuy et Quinchao peut-être, qui ont é ce

éclater leur joie excessive, et l'on se décida immédiatement au départ. Déjà l'hiver si rude dans les contrées australes commençait à se faire sentir par de sinistres avant-coureurs.

lui lieues de tour, la plupart des autres en comptent deux ou quatre tout au plus. Après *trois* jours de marche à peine,

« Pues otro día que el campo caminaba,
Que de nuestra viaje fue el tercero,
Habíanle ya tres horas que marchaba, »

ils s'aperçurent que le lac se décharge dans la mer. Depuis qu'ils avaient atteint le golfe d'Ancud, au nord, ils s'étaient avancés d'abord d'une lieue, puis, pendant deux jours et trois heures de marche, quand la barrière des rochers, à gauche, et à droite une mer infranchissable se présentent devant eux et les forcent à s'arrêter. En rapprochant les chiffres fournis par Ercilla de l'espace à parcourir, il est bien évident pour nous que l'armée de Garcia se trouvait arrêtée par les escarpements de Nicalo de Coronado et par les flots turbulents du *desaguadero* de l'Ancudbox. Ce *desaguadero* n'est autre chose que le golfe même de Corcovado par lequel l'Ancal débouche au sud sur le Pacifique par une immense ouverture. L'étendue de l'Ancudbox est de 120 milles du N. au S., et elle varie de l'E. à l'O. entre 26 et 31 milles. Il n'a cette dernière largeur que dans la partie méridionale. N'est-il pas aisé de voir par le chiffre qui exprime la plus vaste dimension du détroit que l'armée espagnole n'a pu franchir les bornes de son rivage dans les limites de temps fixées par Ercilla, depuis leur sortie des *esperanas*. Quant au retour de don Garcia, il peut être comparé à une véritable retraite; l'hiver, les difficultés, le découragement le firent renoncer à son entreprise. Il revint en disant qu'il n'y avait rien à espérer d'un pareil pays couvert de montagnes et de quebradas, et d'où les petits vallons étaient noyés par beaucoup de marais infects. (Cf. Cl. Gay, t. I, p. 123.) Les affaires publiques le retinrent encore deux ans au Chili. Mais l'année suivante, de Santiago, il se rendit à Valparaiso avec le projet de s'embarquer pour Lima; ce fut à Valparaiso et avant d'être sorti du port même, qu'il apprit, le 3 février 1561, la mort de son père, le deuxième marquis de Cañete, le vice-roi du Pérou qui lui avait confié le commandement contre les Araucanos. Garcia devint lui-même vice-roi du Pérou de 1590 à 1596. La durée normale de ce pouvoir était de six années. Don Garcia Hurtado de Mendoza, le quatrième marquis de Cañete, fut le huitième vice-roi et le dixième président de l'audience de Lima. Ces dignités n'étaient pas toujours conférées ensemble. Le titre commun à tous les chefs suprêmes du Pérou était celui de *gobernador y capitan general*. Blasco Nuñez Vela fut le premier investi du titre de *vi-so-rey*, et le premier il reçut aussi la dignité de *presidente de la audiencia de Lima*. Les dangers que courait alors l'autorité monarchique forçaient souvent la métropole à concentrer de grands pouvoirs entre les mêmes mains, celui de la justice comme celui du glaive. Le père de Garcia fut le troisième vice-roi et le quatrième président. Garcia lui-même a eu pour historiographe, disons mieux, pour panégyriste, Cristóbal Suarez de Figueroa. Lorsqu'il revint à Lima, il trouva le nouveau gouverneur en possession du pouvoir. Lui-même n'égala jamais les talents de son père. Don Andres Hurtado de Mendoza, dont le poète nous a longuement retracé la vigoureuse administration (*Arauc.*, XII. XIII), fidèle et courageux serviteur de la monarchie, *guarda mayor de Cuenca*, *montero mayor* du roi, n'avait été nommé *virey* du Pérou, le 6 juillet 1555, qu'après de grands services militaires rendus en Allemagne et en Flandre. La nouvelle de l'abdication de Charles Quint arriva au Pérou assez vite pour qu'il inaugurât sa charge au nom de Philippe II. Il eut à comprimer des esprits rebelles, à lutter contre les

XXVI

Mais moi, dont le projet arrêté était d'atteindre jusqu'aux
dernières limites possibles de notre expédition, accompagné
d'une dizaine de mes amis, troupe vaillante et résolue, faite à
braver tous les périls, j'équipe de rameurs une barque, et je
franchis le vaste bras de mer et ses ondes rapides. Bientôt notre
proue s'enfonce sur la rive, où, avec de puissants efforts, nous
ont poussés l'agile aviron et la vigueur des bras.

XXVII

Nous avançons à quelque distance sur la terre sablonneuse,
sans interprète, sans aucun renseignement, au hasard. Le sol
était rude et pierreux et parfois couvert de bois épais. Poursuivre notre excursion paraissait plein de périls, et nous risquer
plus avant semblait folie ; nous revînmes donc sans plus de retard vers la pirogue, et nous nous apprêtions à traverser de
nouveau le courant furieux.

XXVIII

Mais pour assouvir ma pensée ambitieuse qui était de fouler
cette terre plus loin que tous les autres, feignant de vouloir y
laisser une marque de notre passage, précaution importante
pour tous ceux qui découvrent un pays [1], je franchis environ

Araucans et confia au brave Pedro de Ursua une expédition contre les Omaguas de
l'Amazone dont la péripétie devait être si désastreuse. L'on prétend que Andrés
Hurtado mourut de chagrin. Son successeur, à son arrivée dans Lima, le traita
avec quelque hauteur et ne lui rendit pas dans sa correspondance le titre d'*Excel-
lencia* qui s'échangeait ordinairement entre les deux dignitaires. Il succomba avant
même d'avoir remis ses pouvoirs. Son corps fut déposé au couvent de San Francisco de Lima. (Cf. *Relacion histórica*, par Juan Jorge et Antonio de Ulloa, t. Ier,
Resumen histórico, p. cv-cvIII.)

[1] Le premier voyageur qui a constaté par un signe visible la trace de son passage
ne peut plus se voir enlever l'honneur de la découverte. Il lui importe donc de
prendre date et de laisser à ceux qui le suivront un indice, une inscription, une
marque extérieure qui les empêche d'usurper sa conquête. Ainsi le *cairn* érigé par
les compagnons du capitaine Franklin, et trouvé par Mac-Clintock, en 1859, sur la
pointe nord de la terre du roi Guillaume, attestait que le hardi navigateur, mort
en 1847, avait au sud des terres Wollaston et Victoria, précédé Mac-Clure dans la

l'espace de cinq cents pas, et dans un lieu où je désirais fixer
par écrit un souvenir suffisant, je choisis le tronc d'arbre le
plus vaste que j'aperçus, et je gravai ces lignes avec le fer sur
l'écorce :

XXIX

« Jusqu'ici a pénétré, avant tout autre mortel,
Par Alonso de Ercilla, qui le premier
Sur une petite barque sans lest,
Avec dix hommes seulement, ait franchi le détroit,
Lorsque déjà une cinquante-huitième année
S'ajoutait à quinze siècles révolus, le dernier jour
Du mois de février, à deux heures de l'après-midi,
Au moment de revenir vers les compagnons qu'il avait laissés. »

XXX

A peine fûmes-nous arrivés au camp espagnol qui attendait
notre retour pour partir, car l'hiver rigoureux commençait et
menaçait la campagne déserte, guidées par l'Indien expérimenté, notre ami, les troupes se mirent en marche d'un pas
rapide et joyeux ; et malgré les obstacles qui se présentèrent encore, le chemin nous parut facile auprès de celui que nous
retraçaient nos souvenirs.

XXXI

Le barbare insulaire accomplit sa promesse. Il ne montra pas
un instant d'hésitation, et à travers une épaisse et profonde forêt il nous fit sortir, selon ses engagements, de la terre où nous
étions [1]. Je franchis en toute hâte la route que nous parcou-

découverte du passage nord-ouest. Ainsi, Mac-Clure, en 1852, découvre dans un
cairn, à Winter-Harbour un document par lequel il est informé que Mac-Clintock, le
lieutenant d'Austin, avait passé là l'année précédente. Il plaça à tout hasard dans le
même cairn un nouveau document que Kellet y retrouve en 1853.

[1] Le guide des Espagnols en les ramenant à l'Impériale suivit sans doute un de
ces défilés connus des Barbares, une de ces dépressions du sol qui rendaient leur
retour moins fatigant et dont les avait détournés la ruse de Tunconabala et de ses
émissaires.

rûmes, pour éviter autant que possible la prolixité des détails
bien que nos fatigues aient duré longtemps, il est nécessaire
d'en abréger le récit[1].

XXXII

Nous voilà rendus à l'Impériale, dont les habitants nous prodiguent l'hospitalité la plus généreuse. Des mets variés char-
ment et rassasient nos estomacs affamés. Bientôt la réunion
dans cette ville de tous ces jeunes guerriers, vaillants et hardis,
inspire l'idée d'une joute et d'un tournoi où chacun puisse
faire éclater sa bravoure.

XXXIII

Un accident imprévu troubla cette fête, et la précipitation
du juge fut si grande que je me trouvai sur le tapis[2], la gorge
déjà prête à recevoir le tranchant du fer. Tout mon crime, forfait énorme, excessif, la Renommée et la rumeur publique ont
eu soin de le répandre, a été de mettre la main sur la garde
d'une épée que je n'ai jamais sans de bonnes raisons fait sortir
du fourreau.

XXXIV

Voilà l'événement, voilà les circonstances dont la suite rigoureuse fut pour moi d'être condamné à l'exil. Mais c'est une
longue détention que l'on résolut ensuite de me faire subir.

---

[1] Winterling, en retranchant cette octave, précipite trop vivement les faits du
récit. L'Impériale est le but où tendent les Espagnols sans doute, mais encore Ercilla a-t-il raison de nous dire que l'Indien exécute avec fidélité sa promesse; et si
dans la narration des faits l'écrivain n'insiste pas sur les incidents du nouvel itinéraire, ne peut-il nous déclarer qu'il a quelques bonnes raisons d'agir de la sorte?
Gilibert de Merihlac a desséché la poésie d'Ercilla par de nombreuses et in-
qualifiables suppressions; mais Winterling, plus exact et plus vrai, a jeté aussi de
temps à autre sur la peinture de l'espagnol quelque incertitude et quelque obscurité par l'abus de procédés analogues. L'un défigure et refroidit l'Araucana,
l'autre fait trop souvent disparaître des détails que son goût croit inutiles, et qui
presque toujours répandent autour de la pensée des traits de lumière et un charme
de description pittoresque.

[2] « Que estuve en el tapete. » Il s'agit du lieu préparé pour l'exécution, et
Winterling traduit par un équivalent fort exact : « Auf dem Blutgerüst. »
```
```

Ainsi se modifia une première faute commise à mon égard [1]. Cependant, quoique j'eusse été maltraité de la sorte, armé de patience et le fer en main, je ne manquai pourtant depuis à aucun exploit, à aucune expédition; nuit et jour, je servis à la frontière.

XXXV

Il y eut là des escarmouches sanglantes, toutes les surprises, toutes les embuscades de guerre, des rencontres et des mêlées pleines de périls, des assauts, des combats pour lesquels les deux peuples ennemis s'ajournaient, des stratagèmes extraordinaires et trompeurs, des ruses et des artifices inconnus, dont les uns furent pour nous couronnés de succès, dont quelques-uns nous jetèrent en de cruelles détresses [2].

[1]   « Por remendar con esto el primer yerro. »

Yerro ne désigne pas une faute commise par Ercilla; il ne se reconnaît pas un instant coupable. Il veut parler de l'erreur dont il a été victime. Condamné d'abord à perdre la vie, il a vu sa peine commuée en celle du bannissement, puis en une simple incarcération. Aux yeux d'Ercilla c'était encore beaucoup trop, et la première faute de don Garcia envers lui était mal corrigée. Ce n'est point pour avoir porté la main à la garde de son épée, dans une discussion un peu vive entre jeunes officiers (« gallardos jóvenes briosos »), qu'il est juste de prononcer une sentence capitale, ni même d'envoyer en exil ou de condamner à la prison. La première faute, mal corrigée, dont parle le texte original, est donc la faute du commandant inexpérimenté (il n'avait en effet que vingt-deux ans), et c'est contre la pensée du poëte que Winterling a traduit :

          « Um für mein unverschuldetes Vergehen zu büssen. »

Trompé sur les causes du désordre et du tumulte, Garcia suppose trop légèrement qu'il y a une émeute militaire. Il veut faire passer Ercilla par les armes. Ramené à plus de modération, c'est l'exil qu'il décrète, et ses conseillers lui font même changer cette nouvelle peine contre celle de l'emprisonnement :

          « Por remendar con esto el primer yerro. »

Mais Ercilla, sensible à l'outrage qui lui a été fait, ne quittera pas moins le camp de Garcia, après avoir donné encore, au préalable, de nombreuses marques de son courage et de son dévouement à la bannière de Philippe II.

[2] Winterling supprime cette octave qui est loin de ressembler à un vain remplissage. Don Ercilla tenait à honneur de ne pas quitter l'armée, sans avoir fait preuve nouvelle de bravoure, afin que personne ne pût supposer qu'il partait avec joie pour se soustraire aux dangers. Il ne se borne pas à dire :

          « ...... ne por eso
          Falté en alguna accion y correria,
          Sirviendo en la frontera noche y dia. »

Il décrit encore par quelques détails expressifs cette existence du soldat à la frontière, c'est-à-dire sur les points du territoire où l'Espagnol était partout en contact journalier avec les Barbares. Tel est l'objet précis de l'octave 35e. Enfin

XXXVI

Mais ce fut seulement après l'attaque et la grande bataille
des redoutables retranchements de Quipeo[1], où tant de mailles

l'octave suivante fait allusion à la grande bataille de Quipeo, et ce n'est qu'après
avoir pris part encore à cette terrible affaire, après avoir fourni cent gages de sa
valeur, qu'enfin, toujours mécontent et aigri par l'offense reçue, il abandonne l'armée
de don Garcia. L'insistance d'Ercilla avait donc ses motifs. Elle s'explique par le
pundonor du généreux Castillan.

1 « De la albarrada de Quipeo. » C'est le même lieu que les historiens nomment
el palenque de Quiapo. (Cf. Gay, *Historia física y política de Chile*, t. I, p. 617.)
L'attaque des retranchements de Quipeo forme peut-être le plus brillant exploit
de don Garcia. Pour mieux contenir les Barbares dans toute la région qui se développe à l'ouest de la Concepcion, il avait construit plusieurs fortins, celui de Lebú,
celui du nouveau Tucapel à Talcamabida, et principalement l'importante place de
Cañete, qu'il ne faut pas confondre avec le port de Cañete au Pérou, situé dans
la vallée de Guarco et dont les riches mines de nitre approvisionnent la fabrique
de poudre de Lima. Le Cañete *de la frontera*, bâti par don Garcia, est un peu à
l'ouest de Tucapel el Viejo, à six lieues de la mer, sur les bords du Togoll-Togoll.
Le plan de guerre du général barbare était d'isoler ces places de refuge et de
rompre toute communication entre Cañete et Concepcion. Differents corps de
troupes devaient inquiéter les forteresses, et le point de retraite des Araucans était
entre les deux citadelles, dans les retranchements de Quipeo. Ce lieu devenu
célèbre (Cujapu, Quiapo ou Quipeo chez les historiens) avait été choisi avec une
grande habileté dans un pays montagneux, entre le Chaucapil et le Pilpilleo, deux
affluents du Lebú. Là, un petit nombre d'hommes pouvaient se défendre avec succès contre tout un corps d'armée qui n'eût pas été soutenu par de l'artillerie, et
la guerre pouvait facilement être traînée en longueur. L'ennemi avait construit un
excellent fort sur une montagne escarpée et enveloppée de marais; il paraissait
imprenable, et Claudio Gay fait ici cette réflexion que si, en élevant cette défense,
les Barbares ne prouvèrent pas leur supériorité sur les envahisseurs, ils firent assez
voir du moins avec quelle adresse ils parvenaient à imiter les courtines, les bastions, les ravelins dont les Espagnols couvraient le sol conquis. (*Loc. c*, t. I, p. 437.)
Don Garcia se présenta d'abord avec deux cents cavaliers et quelques pièces de
canon; mais il vit bien que sa tentative serait inutile, et il s'efforça d'attirer son
adversaire dans la plaine. Colocolo prévint de ce piège le fougueux toqui. Il était
trop important pour Garcia de briser cet obstacle, avant de s'engager dans son
expédition de Chiloé, et il réunit des forces plus considérables, surtout en artillerie. Il remporta une victoire sanglante et il la rendit aussi cruelle que celle de
Millarapué. Les meilleures troupes et les meilleurs officiers des Barbares restèrent sur la place, deux mille Araucans périrent dans cette affaire (13 décembre 1557).
Les pertes des Espagnols durent être sérieuses, bien que les documents officiels
soient assez discrets: « De los nuestros faltaron algunos, » disent-ils. (Cf. Gior-
Ignazio Molina, *Saggio sulla storia civile de Chile*, Bologne, 1787, p. 173-178; Cf.
Gay, *Historia física y política de Chile*, t. I, p. 436-441.) Dans ce résumé des faits
nous avons laissé à part les dissidences de Molina et de Claudio Gay. Le premier, se
fondant sur l'ordre des faits tel que le présente Ercilla, place la défense de Quipeo
après l'expédition de Chiloé et la confie à un Caupolicán II dont l'existence est
fort problématique. Claudio Gay, se basant sur des raisons assez spécieuses, met
l'expédition de Chiloé après l'affaire de Quipeo, et croit à une distraction du

brisées, où coula tant de sang barbare, ce fut lorsque le
poste et les remparts eurent de nouveau été fortifiés, ce fut
alors que je hâtai tout à coup mon départ. Mon injure, dont le
sentiment s'avivait chaque jour, m'excitait et me dévorait sans
cesse.

XXXVII

Sur un fort bâtiment, navire du commerce, qui, les voiles
hautes, s'apprêtait à partir, je quittai ce royaume et cette terre
ingrate, qui m'avait coûté tant de sang et de fatigues. Aucun
obstacle ne vint m'arrêter. Secondé par l'Auster qui soufflait en
poupe, presque toujours longeant la côte, et quelquefois gagnant la pleine mer, j'arrivai à ce port célèbre, à Callao de
Lima.

XXXVIII

J'y séjournai jusqu'au moment où nos soldats entrèrent dans
le grand Marañon [1], pour une conquête durant laquelle Lope

poète. Il semble difficile en effet d'admettre que don Garcia ait pu laisser derrière
lui un pareil élément de résistance nationale, au moment où il s'apprêtait à une
conquête nouvelle. L'attaque de Quipeo, la prise et la mort de Caupolicán qui
eurent lieu presque aussitôt, et la découverte de Chiloé qui se fit pendant le procès
du chef barbare à Tucapel, se suivent de près. Mais le moyen d'admettre une erreur
pareille, le renversement de faits aussi graves chez un écrivain engagé lui-même
dans cette guerre comme l'était Ercilla? Nous ne croyons pas que chez le poëte il
y ait erreur; nous pensons plutôt que, dans les phases diverses que présente cette
longue et opiniâtre guerre des Araucans. Quipeo a été plusieurs fois pris et repris
par les Barbares et par les Espagnols. Garcia n'a pas dû s'avancer vers l'Ancudbox
sans avoir frappé ce grand coup à Quipeo; Claudio Gay ne s'y est pas trompé;
mais lorsque le poëte nous affirme qu'à son retour de Chiloé il a pris part à l'attaque de Quipeo, nous sommes bien obligé de convenir que pendant l'absence de
Garcia, le successeur de Caupolicán, un Tucapel, un Lincoya, un chef assez mal
défini (Eizaguirre le nomme *Antiguéñu*; cf. *Hist. de Chili*, trad. par M. Poillou,
1855, t. I, p. 51) aura soulevé de nouveau les Barbares et repris des fortifications
que don Ercilla contribua depuis à reconquérir. Dès lors, il n'est plus nécessaire de
rejeter, comme le veut Claudio Gay, à l'année 1559 l'expédition de Chiloé et la
mort de Caupolicán. Ercilla dit formellement qu'il visita les îles de l'Ancudbox
en 1558, au mois de février. (Cf. *Araucana*, chants XXXV, oct. 11, et XXXVI, oct. 29.)
Il déclare d'une manière tout aussi positive que le chef des Araucans avait subi
son supplice pendant qu'il marchait lui-même sur les traces de Garcia. La première
prise de Quipeo, la captivité et la mort de Caupolicán, l'expédition de Chiloé, sont
des faits presque contemporains par la rapidité de leur succession. Ils s'échelonnent de décembre 1557 à février 1558. L'affaire d'Ercilla et de Pineda, au tournoi de l'Impériale, après l'excursion de Chiloé, est du 7 avril 1558.

[1] Il y eut plus d'une expédition célèbre sur l'Amazone et sur ses affluents. La

de Aguirre, plus barbare que Néron et qu'Hérode, fit passer

première est celle que tenta, sur les ordres de son frère, Gonzalo Pizarro. Pour l'aider dans son entreprise, Gonzalo avait fait revenir de Guayaquil son lieutenant Orellana. Jamais voyage de découverte n'avait encore été fait avec de plus vastes préparatifs. Gonzalo emmenait 350 Espagnols, 150 chevaux, 4,000 Indiens, 3,000 pacos et lamas, 3,000 porcs, une quantité de fer et d'autres matériaux. Son exploration n'avait pas de but précis; l'on songeait vaguement à des royaumes plus riches que le Pérou. La trahison fit tout échouer. Sur les bords mêmes du Coca, Gonzalo équipe un brigantin; lui-même devait continuer par terre avec le gros des troupes. Orellana devait recevoir à bord les matériaux et les riches trésors qu'ils avaient déjà conquis. Si les courants entraînaient le brigantin, il devait du moins attendre les fantassins à la jonction du Coca et du Napo. Parvenu au Napo, Orellana révéla à ceux qui l'accompagnaient ses projets de défection, et tout d'abord ne rencontra que résistance; mais il leur présenta avec tant d'éloquente séduction, l'avenir de richesse et de gloire qui les attendait, qu'ils finirent par céder, à l'exception d'un héroïque jeune homme qu'il fit débarquer, certain qu'il serait dévoré dans ces profondes solitudes. Deux mois après, Pizarro le retrouva, presque semblable à un spectre, et fut par lui informé de l'horrible perfidie. Il pousse cependant jusqu'au confluent du Napo et de l'Amazone, où il comptait sur l'hospitalité d'un cacique indien. Il ne se trompait pas; mais ce cacique le confirma dans la nouvelle qu'il avait reçue. Ainsi Orellana seul allait recueillir la gloire de l'expédition, et pour la conquérir, il avait livré ses compagnons à une mort presque certaine! Gonzalo ne songe plus qu'à ramener ses troupes à Quito. Il tourne le dos au fleuve et se dirige d'abord vers le nord, à travers les *espesuras*, puis vers l'ouest. Leurs souffrances furent infinies. Tous les Indiens, toutes les bêtes de somme périrent. Quatre-vingts Espagnols rentrent seuls dans la ville, brisés, anéantis. Après deux ans et demi d'absence, Gonzalo revit sa capitale, pour apprendre que son frère venait d'être égorgé et que Vaca de Castro était à la tête des affaires. Cependant Orellana qui avait disparu avec les siens, parcourut le premier toute l'Amazone, depuis son confluent avec le Napo jusqu'à l'Atlantique. Il recueillit seul le fruit de cette expédition et de sa hardiesse; mais il ne jouit pas longtemps de son heureuse fortune. Une autre expédition, celle dont il s'agit plus particulièrement ici, fut confiée en 1559 à Pedro de Ursúa. Actif et vaillant homme de guerre, général au royaume de Grenade où il fonda Pamplona, tout accoutumé à cette vie d'accidents et d'aventures que menaient les colons espagnols, Pedro de Ursúa reçut du marqués de Cañete de nombreux témoignages de faveur et fut chargé par lui de faire la conquête des Omaguas et de reconnaître la vérité des récits d'Orellana. Entre l'Apurimac et le Santiago, débouche sur l'Amazone le Guallaga, qui vient des Cordillères situées à l'est de Guamanga. Il a pour tributaire un rio qui vient des montagnes de Moyambamba. A la moitié de son cours est le petit village de *Llamas* où s'embarqua Pedro de Ursúa pour son expédition. De sérieux obstacles arrêtèrent plus d'une fois sa carrière. Ceux qui naissaient du fleuve même ou des Indiens n'étaient pas les plus à craindre. Les embarras de la route et la difficulté de se pourvoir des vivres nécessaires aigrissaient souvent l'esprit de ses 400 compagnons; et parmi eux il s'en trouvait de farouches, d'intraitables. Lope de Aguirre s'était enrôlé dans sa troupe; originaire d'Oñate, en Guipuzcoa, il fut aussi l'un des principaux instigateurs des mécontents. Un complot formé aboutit bientôt à la sédition et à la violence. Le capitaine, prévenu de l'attentat, mais incrédule et confiant, fut frappé dans son hamac, et son cadavre n'eût même pas reçu la sépulture, sans l'affection dévouée d'une belle Péruvienne, la fille de Blas de Atienza, doña Inés, qui l'avait accompagné dans son audacieuse entreprise. Les conspirateurs élurent pour chef Don Fernando de Guzmán, dont l'incapacité était notoire, et Lope de

jut d'amis par les armes et avec eux sa propre fille chérie,

jurre fut choisi pour maître de camp. Tous voulaient poursuivre l'expédition.
Lope de Aguirre s'y opposait. Dominant la foule de ses soldats par des flatteries
ambitieuses, il se défit bientôt des officiers les plus distingués et les plus habiles.
Caractère odieux et cruel, Lope est dépeint en ces mots par Juan de Castellanos :

> « Todo cautelas, todo maldad pura,
> Sin mezcla de virtud ni de nobleza;
> Sus palabras, sus tratos, su gobierno
> Eran á semejanza del infierno. »
>
> (*Elegías de varones ilustres de Indias*, primera parte, eleg. XIV, canto III,
> Bibliot. Rivaden., t. IV, p. 165.)

Il fit poursuivre dans les bois où elle s'était réfugiée la courageuse compagne de
Pedro de Ursúa, et on lui coupa la gorge. Lope se débarrassa bientôt du fantôme
de chef que les complices s'étaient donné. Guzmán fut frappé au moment de son
réveil, et tout couvert de blessures ne parvint à s'échapper un instant que pour
tomber sous une balle. Il avait régné quatre jours.

> « Y el Aguirre, traidor, malo y horrendo
> Hizo y deshizo rey en cuatro dias. »   (*Loc. cit.*, p. 167.)

Tous les officiers furent désormais au choix de Lope, et il usa du pouvoir avec
la dernière barbarie. Juan de Castellanos qualifie sa conduite de « furor luciferino »
(*ibid.*). Un jour il menaça Pero Alonso de faire de sa peau un tambour. Ses atrocités à l'égard des Indiens étaient inouïes. Plusieurs de ses compagnons avaient
déjà pris la fuite ou succombé sous sa tyrannie, lorsqu'il atteignit l'île de Marga-
rita. Elle se vit tout entière sous les ordres de ce monstre et il la couvrit de
sang. Les vieillards et les femmes étaient indignement massacrés par les bandes
d'Aguirre. Chargé de dépouilles, il quitte avec ses sicaires l'île infortunée et gagne
la côte en se dirigeant vers la Nouvelle-Valence. Mais de toutes les parties du
royaume de Grenade de vaillants capitaines se réunissaient pour mettre un terme à
tant de désordres et d'excès. Lope de Aguirre eut à livrer un combat sanglant.
Vaincu, son projet était de profiter des ombres de la nuit, pour retourner vers la
mer. Il était loin de toute forêt où il pût chercher un abri, et, craignant de tomber entre les mains de ses adversaires, il poussa la fureur jusqu'à tuer sa propre
fille, pour qu'elle ne lui survécût pas. « Muere tu, s'écria-t-il, puesque yo muero. »
(*L. c.*, p. 177.) C'est le sentiment que lui prête Ercilla aussi bien que Castellanos.
Vainement la jeune fille lui adressa les plus tendres supplications. Lope, dans sa folle
rage, lui répondait : « Mi dia se llegó, llegue tu hora. » Et il lui perça le cœur de
plusieurs coups de poignard. Abandonné de tous, il tomba sous les coups des
premiers capitaines qui pénétrèrent auprès de lui, sur les pas de Diego García de
Paredes. Sa tête fut tranchée et portée à Tocuyo. Ceux de ses compagnons qui
s'étaient signalés par leurs cruautés, furent sévèrement punis, écartelés par les ordres
de Pablo Collado, gouverneur de Baraquecineto (depuis Barquesimeto dans le Venezuela). Tel fut le dénoûment du second voyage de découverte sur l'Amazone,
commencé sous Pedro de Ursúa. M. de Humboldt voit dans ces événements que
nous abrégeons d'après Castellanos, l'épisode le plus dramatique que nous présente
l'histoire des conquêtes espagnoles. Southey en a fait un récit plein d'intérêt et de
tristesse. L'avenir réservait à Orellana d'autres successeurs plus dignes que lui
d'éclairer la science et de préparer une vaste carrière à la civilisation. (Cf. *supra*,
ch. XXVII, oct. 44, note 59.)

sans autre raison ni sans autre prétexte que de la faire mourir
à l'heure où il allait mourir lui-même[1].

XXXIX

Et, bien que deux mille milles au moins s'étendissent devant
moi, à travers des régions souvent désertes, je n'hésitai pas; mais
je pris la route de mer, accoutumé à de plus vastes trajets. J'arrivai à Panama[2], où le même jour était venue par les airs la nouvelle de la défaite et de la mort du tyran. En vain je m'étais
consumé d'efforts; en vain j'avais précipité ma course[3].

XL

Je fus retenu dans la Terre-Ferme par une maladie longue et
douloureuse; mais aussitôt que je sentis mes forces renaître,
je partis, je touchai aux Terceires[4], je revis l'Espagne. Toute-

---

[1]
« No por otra razon ni causa alguna.
Mas de para morir juntos una. »

Les vers de Castellanos que nous avons cités, ne laissent aucun doute sur le sens
d'Ercilla. Lope ne songeait pas, comme le croyait Winterling, à joindre encore à
tant de victimes une victime de son propre sang.

« Aus keinem andern Grund, als dass mit so viel Leichen
Er auch die ihrige vereinte. »

[2] Pour aller d'Europe au Pérou, on passait alors par Nombre-de-Dios (Portobello)
et Panama; du Pérou, pour se rendre en Europe ou au Venezuela, on gagnait de vitesse par Panama et Nombre-de-Dios.

[3] Le sentiment de la loyauté qui inspirait Ercilla et qui le portait à diriger ses
armes contre Lope de Aguirre, animait la plupart des Espagnols du royaume de
Grenade et du Venezuela. De tous côtés, à l'appel de Pero Bravo de Molina, qui
commandait à Merida, ville frontière du royaume, ils se réunirent en foule, et
parmi eux figuraient les plus beaux noms de Castille; les Morales, les Reynoso, les
Caravajal, Gonzalo Quesada, Garci Arias Maldonado, tout un peuple, accouraient
de Tunja, de Santa-Fé; et Lope fut anéanti avant que don Ercilla fût en état de
prendre part à l'action. Le poëte quitte l'armée espagnole en 1558, reste à Lima
jusqu'au moment où arrive dans cette ville la nouvelle des cruautés que Lope faisait ressentir au Venezuela. Il se détermine à marcher contre lui comme tant d'autres vaillants, et veut abréger sa route par mer, jusqu'à Panama. Ce fut là qu'il
apprit la mort de Lope; et au lieu d'une expédition désormais inutile, il eut à
lutter contre une longue maladie, avant de pouvoir songer à partir enfin pour
l'Europe.

[4] Sur l'île de Terceira et sur le caractère volcanique de toutes les Açores,
Voy. M. Fouqué, et en particulier sa 4e lettre à M. Ch. Sainte-Claire Deville
(*Comptes-rendus hebdomadaires des séances de l'Académie des sciences*, 1867.
2me semestre, p. 1153).

 ... je ne m'y arrêtai pas longtemps. Je parcourus la France,
l'Italie, l'Allemagne, la Silésie et la Moravie jusqu'à Presbourg,
cité pannonienne sur le Danube.

XLI

Je passai et repassai dans ces royaumes, et dans maint autre
pays, par des routes périlleuses. Je fus en contact et en relation, avec des peuples divers, chez lesquels je vis de bizarres
objets et des événements singuliers, des institutions variées
et étranges, des animaux extraordinaires sur la terre et dans
les ondes, des contrées que jamais la rosée du ciel ne désaltère
et d'autres qui sont condamnées à une pluie éternelle [1].

XLII

Comment me suis-je éloigné de mon but, et d'un élan rapide comment me suis-je écarté du chemin que je suivais naguère? Pourquoi ai-je ainsi oublié ma promesse et le récit où
je parlais d'abord de l'Arauco? Je veux revenir à mon entreprise abandonnée, si la satiété n'a pas encore affadi votre
goût; mais j'essayerai de vous raconter des actions dont l'intérêt pourra excuser toutes mes longueurs.

XLIII

Je reviendrai à ce conseil où, dans son lieu désigné, comme
je l'ai dit [2], commençaient entre les plus illustres capitaines les
contestations et la lutte. Je ferai savoir l'élection disputée et
comment à la fin tous les esprits se réunirent, les assauts, les
rencontres, les batailles. J'ai besoin d'une assez vaste carrière
pour les retracer [3].

---

[1] Octave supprimée par Winterling. Elle est tout à fait dans les nuances du
talent d'Ercilla. Nous avons plus d'une fois remarqué avec quel soin il s'attache à
faire connaître les lieux qu'il parcourt, et comme le savant, le naturaliste, le géographe se réunissent et s'accordent dans ses vers.

[2] Cf. chant xxxiv, oct. 43.

[3] Ici se termine le second fragment, le récit de découverte, ajouté par don
Ercilla à l'action principale de son poëme épique. Winterling a retranché cette der-

XLIV

Mais que fais-je, et quel sujet m'occupe ? Pourquoi fatiguer
mon esprit et ma verve languissante à chercher au bout du
monde les guerres de quelques Indiens inconnus ou obscurs,
tandis qu'en Europe même de toutes parts je trébuche sur les
armes, que mes oreilles retentissent du tumulte et des âpres
rumeurs de la guerre et qu'un violent incendie s'allume par
tous les États [1] ?

XLV

Je vois l'Espagne soulevée, toute hérissée de ses armes victorieuses, et la France turbulente et sans repos, qui déploie ses
bannières hostiles. En Italie, dans la Germanie lointaine, j'entends battre les bruyants tambours. Chez tous les peuples on
amasse des soldats, des équipements, des armes, des munitions.

XLVI

Pour chanter ce vaste ébranlement, ce bruit de guerre et ce
fracas, il me faut d'autres forces, un souffle nouveau et ta faveur, puissant monarque. Mais puisque ma résolution téméraire m'a lancé sur cette mer orageuse, avec ton aide, j'ai la
confiante espérance d'atteindre jusqu'au port sur ma barque
fatiguée.

XLVII

Que si mon humble style et la faiblesse de mon talent arrê-

niére octave, qui rappelle avec tant de netteté et de précision le sujet par lequel le
poëte voulait rentrer dans le cadre même de l'*Araucana*. Elle nous replace vivement dans le conseil des Barbares, au milieu de leurs dissensions et de leurs farouches rivalités, mais pour un instant; car une seconde fois l'imagination du poëte
l'entraîne et nous reporte vers les affaires et les demêlés de l'Europe.

[1]   « Y abrasarse en furor toda la tierra ? »

Par une inadvertance ou plutôt par une habitude de sa diction poétique, Winterling nous ramène encore cette fois en pleine mythologie:

     « ...... Da in dem Vaterland
     Bellonens wilde Wuth entbrannt ? »

kent ma voix intimidée, le sujet me promet et m'assure qu'elle sera écoutée avec une attention bienveillante. Et cependant, Seigneur, puisque je dois fournir une immense carrière, il y aura prudence à recueillir mon imagination troublée, jusqu'à ce qu'elle ait puisé quelque vigueur dans la matière qu'elle aborde[1].

[1] Winterling efface la dernière octave du chant XXXVI. Si Ercilla ne l'avait pas écrite, il eût manqué à ses propres habitudes, aux manières un peu cérémonieuses de sa modestie littéraire. Lorsqu'il croit avoir épuisé l'attention du lecteur et du roi son maître par de longs récits de batailles, il exprime quelque regret de s'être engagé dans une matière aride; il se plaint de sa veine stérile et ingrate. Comment n'eût-il pas fait entendre le même accent de réserve et d'inquiétude, quand il entreprend de parler au monarque de ses intérêts européens, et de l'entretenir de ses droits sur la couronne du Portugal?

CHANT XXXVII

I

Je chante les transports du peuple castillan animé d'une juste colère et d'une ambition légitime, et les droits à la couronne de Lusitanie confiés aux armes homicides, la paix, l'union et le lien des âmes chrétiennes changés en discorde furieuse, les lances irritées de part et d'autre, dardées contre des poitrines fraternelles.

II

La guerre a été précipitée du ciel et envoyée à la race humaine lorsque par le fruit défendu notre nature fut pervertie; c'est par la guerre que la paix est conservée et l'insolence humaine combattue; par elle quelquefois Dieu afflige le monde, le châtie, l'améliore et le corrige [1].

[1] Cette octave et les vingt-quatre suivantes n'existent pas dans la traduction de

III

Par elle, il abaisse les rebelles insolents et courbe leur front superbe, défait et renverse les pouvoirs, et impose des limites à l'ambition illimitée. La guerre est dans le droit des nations. L'ordre militaire et la discipline conservent et soutiennent les États : ils garantissent les lois politiques.

IV

Mais la guerre est injuste aussitôt qu'elle s'égare et n'a plus la paix même pour objet, ou lorsque c'est par vengeance, par une aveugle rage, pour une fin personnelle qu'elle éclate. Il ne doit y avoir, dans le repos public, qu'une seule cause de trouble, une raison publique, et un membre isolé, en aucune façon, ne peut rompre la paix et l'harmonie du corps tout entier.

V

De même que nous faisons profession d'être des alliés et des frères en Dieu, concorde que le Christ lui-même recommande avec tant de force dans le Nouveau Testament, œuvre éternelle, de même aussi ne peuvent être dissoutes la paix et l'union de tous, si ce n'est pour un motif ou pour un ressentiment général, et par l'autorité du roi défenseur de l'État.

VI

Alors comme un ange pur de toute faute, les yeux attachés sur la cause commune, le soldat peut prendre les armes et faire tomber son courroux sur l'ennemi ; et lorsqu'une considération

Winterling. Ce beau fragment de philosophie morale et religieuse, de haute politique et de droit international, inaugure à merveille le sujet que le poëte voulait traiter et s'enchaîne au fond même que développe le xxxvii° chant de l'*Araucana*, beaucoup mieux que les élégantes préfaces de Salluste à la guerre de Catilina ou de Jugurtha. L'infidélité dont le critique allemand s'est ici rendu coupable, est une des plus graves et des plus considérables que nous puissions reprocher à sa belle et savante traduction.

particulière, un but privé, ralentit son bras, le comprime et l'enchaîne, outre qu'il met en péril le succès, il est coupable et offense le droit de la société entière.

VII

Aussi dans le cours d'une guerre équitable et permise, une armée victorieuse et courroucée peut frapper, dépouiller, tuer les vaincus, réduire l'homme libre à l'esclavage et à la soumission ; car celui qui est le maître et le seigneur de la vie, l'est aussi de la personne, et c'est avec justice qu'il fera de l'ennemi dompté ce qu'il voudra ; tout est permis au vainqueur[1].

[1] Pour justifier les grandes sentences que renferme tout ce passage d'Ercilla et pour modifier la dureté de quelques-unes de ses maximes, nous citerons au lecteur une double autorité, celle de Montesquieu et celle de Rousseau. Voici d'abord les trois admirables chapitres par lesquels Montesquieu ouvre le Xe livre de l'*Esprit des lois*.

CHAPITRE 1er. *De la force offensive.* — La force est réglée par le droit des gens, qui est la loi politique des nations considérées dans le rapport qu'elles ont les unes avec les autres.

CHAPITRE II. *De la guerre.* — La vie des États est comme celle des hommes : ceux-ci ont droit de tuer dans le cas de la défense naturelle, ceux-là ont droit de faire la guerre pour leur propre conservation. Dans le cas de la défense naturelle, j'ai droit de tuer, parce que ma vie est à moi, comme la vie de celui qui m'attaque est à lui ; de même un État fait la guerre, parce que sa conservation est juste comme toute autre conservation. Entre les citoyens, le droit de défense naturelle n'emporte point avec lui la nécessité de l'attaque. Au lieu d'attaquer, ils n'ont qu'à recourir aux tribunaux. Ils ne peuvent donc exercer le droit de cette défense que dans les cas momentanés où l'on serait perdu si l'on attendait le secours des lois. Mais, entre les sociétés, le droit de la défense naturelle entraîne quelquefois la nécessité d'attaquer, lorsqu'un peuple voit qu'une plus longue paix en mettrait un autre en état de le détruire, et que l'attaque est dans ce moment le seul moyen d'empêcher cette destruction. Il suit de là que les petites sociétés ont plus souvent le droit de faire la guerre que les grandes, parce qu'elles sont plus souvent dans le cas de craindre d'être détruites. Le droit de la guerre dérive donc de la nécessité et du juste rigide. Si ceux qui dirigent la conscience ou les conseils des princes ne se tiennent pas là, tout est perdu, et lorsqu'on se fondera sur des principes arbitraires de gloire, de bienséance, d'utilité, des flots de sang inonderont la terre. Que l'on ne parle pas surtout de la gloire du prince : sa gloire serait son orgueil ; c'est une passion, et non pas un droit légitime. Il est vrai que la réputation de sa puissance pourrait augmenter les forces de son État ; mais la réputation de sa justice les augmenterait tout de même.

CHAPITRE III. *Du droit de conquête.* — Du droit de la guerre dérive celui de conquête, qui en est la conséquence ; il en doit donc suivre l'esprit. Lorsqu'un peuple est surpris, le droit que le conquérant a sur lui suit quatre sortes de lois : la loi de la nature, qui fait que tout tend à la conservation des espèces ; la loi de la lumière naturelle, qui veut que nous fassions à autrui ce que nous voudrions qu'on nous fît ; la loi qui forme les sociétés politiques, qui sont telles que la nature

VIII

Et si dans tous les temps et en toute circonstance, lorsqu'il

n'en a point borné la durée; enfin la loi tirée de la chose même. La conquête est
une acquisition; l'esprit d'acquisition porte avec lui l'esprit de conservation et
d'usage, et non pas celui de destruction. Un État qui en a conquis un autre le traite
d'une des quatre manières suivantes : il continue à le gouverner selon ses lois, et
ne prend pour lui que l'exercice du gouvernement politique et civil; ou il lui donne
un nouveau gouvernement politique et civil; ou il détruit la société et la disperse
dans d'autres; ou enfin il extermine tous les citoyens. La première manière est
conforme au droit des gens que nous suivons aujourd'hui; la quatrième est plus
conforme au droit des gens des Romains : sur quoi je laisse à juger à quel point
nous sommes devenus meilleurs. Il faut rendre ici hommage à nos temps modernes,
à la raison présente, à la religion d'aujourd'hui, à notre philosophie, à nos mœurs.
Les auteurs de notre droit public, fondés sur les histoires anciennes, étant sortis
des cas rigides, sont tombés dans de grandes erreurs. Ils ont donné dans l'arbitraire; ils ont supposé dans les conquérants un droit, je ne sais quel, de tuer : ce
qui leur a fait tirer des conséquences terribles comme le principe, et établir des
maximes que les conquérants eux-mêmes, lorsqu'ils ont eu le moindre sens, n'ont
jamais prises. Il est clair que, lorsque la conquête est faite, le conquérant n'a plus
le droit de tuer, qu'il n'est plus dans le cas de défense naturelle et de sa propre
conservation. Ce qui les a fait penser ainsi, c'est qu'ils ont cru que le conquérant
ait droit de détruire la société : d'où ils ont conclu qu'il avait le droit de détruire les hommes qui la composent; ce qui est une conséquence faussement tirée
d'un faux principe. Car, de ce que la société serait anéantie, il ne s'ensuivrait
pas que les hommes qui la forment dussent aussi être anéantis. La société est l'union
des hommes, et non pas les hommes; le citoyen peut périr, et l'homme rester. Du
droit de tuer dans la conquête, les politiques ont tiré le droit de réduire en servitude; mais la conséquence est aussi mal fondée que le principe. On n'a droit de
réduire en servitude que lorsqu'elle est nécessaire pour la conservation de la conquête. L'objet de la conquête est la conservation : la servitude n'est jamais l'objet
de la conquête; mais il peut arriver qu'elle soit un moyen nécessaire pour aller à
la conservation. Dans ce cas, il est contre la nature de la chose que cette servitude
soit éternelle. Il faut que le peuple esclave puisse devenir sujet. L'esclavage dans
la conquête est une chose d'accident. Lorsqu'après un certain espace de temps
toutes les parties de l'État conquérant se sont liées avec celles de l'État conquis,
par des coutumes, des mariages, des lois, des associations et une certaine confor-
mité d'esprit, la servitude doit cesser : car les droits du conquérant ne sont fondés
que sur ce que ces choses-là ne sont pas, et qu'il y a un éloignement entre les deux
nations, tel que l'une ne peut pas prendre confiance en l'autre. Ainsi le conquérant
qui réduit le peuple en servitude doit toujours se réserver des moyens (et ces
moyens sont sans nombre), pour l'en faire sortir. » (Cf. *Œuvr. compl.* de Montesquieu, édit. de Bure, 1835, p. 255-257.) Voilà sans doute de nobles et bien éclatantes doctrines, fort opposées aux quatre derniers vers d'Ercilla :

> « Que el que es señor y dueño de la vida,
> Lo es ya de la persona, y justamente
> Hará lo que quisiere del vencido,
> Que todo al vencedor le es concedido. »

Le jugement de Montesquieu est aussi fondé en histoire qu'en spéculation : « Je

s'agit des intérêts collectifs, chacun peut sans reproche, en bataille rangée et en escadrons, déployer la force des armes, par

ne dis point ici des choses vagues, continue-t-il. Nos pères qui conquirent l'empire
romain, en agirent ainsi. Les lois qu'ils firent dans le feu, dans l'action, dans
l'impétuosité, dans l'orgueil de la victoire, ils les adoucirent : leurs lois étaient
dures, ils les rendirent impartiales. Les Bourguignons, les Goths et les Lombards
voulaient toujours que les Romains fussent le peuple vaincu; les lois d'Euric, de
Gondebaud et de Rotharis firent du Barbare et du Romain des concitoyens. Charlemagne, pour dompter les Saxons, leur ôte l'ingénuité et la propriété des biens.
Louis le Débonnaire les affranchit : il ne fit rien de mieux dans tout son règne. Le
temps et la servitude avaient adouci les mœurs; ils lui furent toujours fidèles. »
(Id., l. c., p. 237.) Quant au principe même de l'esclavage, on sait assez que
Montesquieu ne l'a jamais reconnu et qu'il le trouve aussi opposé au droit civil
qu'au droit naturel. (Cf. *ibid.*, livre XV, chap. i-xii.)

Rousseau ne s'élève pas avec moins de force contre les principes absolus mais
illogiques d'Ercilla : « Grotius et les autres, dit-il, tirent de la guerre une autre
origine du prétendu droit d'esclavage. Le vainqueur ayant, selon eux, le droit de
tuer le vaincu, celui-ci peut racheter sa vie aux dépens de sa liberté; convention
d'autant plus légitime qu'elle tourne au profit de tous deux. Mais il est clair que ce
prétendu droit de tuer les vaincus ne résulte en aucune manière de l'état de guerre.
Par cela seul que les hommes, vivant dans leur primitive indépendance, n'ont point
entre eux de rapport assez constant pour constituer ni l'état de paix ni l'état de
guerre, ils ne sont point naturellement ennemis. C'est le rapport des choses et non
des hommes qui constitue la guerre; et l'état de guerre ne pouvant naître des
simples relations personnelles, mais seulement des relations réelles, la guerre privée
d'homme à homme ne peut exister ni dans l'état de nature, où il n'y a point de
propriété constante, ni dans l'état social où tout est sous l'autorité des lois. Les
combats particuliers, le duel, les rencontres sont des actes qui ne constituent point
un état... La guerre n'est donc point une relation d'homme à homme, mais une
relation d'État à État, dans laquelle les particuliers ne sont ennemis qu'accidentellement, non point comme hommes, ni même comme citoyens, mais comme soldats; non point comme membres de la patrie, mais comme ses défenseurs. Enfin
chaque État ne peut avoir pour ennemis que d'autres États, et non pas des hommes,
attendu qu'entre choses de diverses natures on ne peut fixer aucun vrai rapport.
Ce principe est même conforme aux maximes établies de tous les temps et à la pratique constante de tous les peuples policés. Les déclarations de guerre sont moins
des avertissements aux puissances qu'à leurs sujets. L'étranger, soit roi, soit particulier, soit peuple, qui vole, tue ou détruit les sujets, sans déclarer la guerre au
prince, n'est pas un ennemi, c'est un brigand. Même en pleine guerre, un prince
juste s'empare bien, en pays ennemi, de tout ce qui appartient au public; mais il
respecte la personne et les biens des particuliers; il respecte des droits sur lesquels sont fondés les siens. La fin de la guerre étant la destruction de l'État ennemi, on a droit d'en tuer les défenseurs tant qu'ils ont les armes à la main; mais
sitôt qu'ils les posent et se rendent, cessant d'être ennemis ou instruments de l'ennemi, ils redeviennent simplement hommes et l'on n'a plus droit sur leur vie. Quelquefois on peut tuer l'État sans tuer un seul de ses membres : or, la guerre ne
donne aucun droit qui ne soit nécessaire à sa fin. Ces principes ne sont pas ceux
de Grotius, ils ne sont pas fondés sur des autorités de poëtes, mais ils dérivent de
la nature des choses et sont fondés sur la raison. A l'égard du droit de conquête,
il n'a d'autre fondement que la loi du plus fort. Si la guerre ne donne point au
vainqueur le droit de massacrer les peuples vaincus, ce droit qu'il n'a pas ne peut
fonder celui de les asservir. On n'a le droit de tuer l'ennemi que quand on ne peut

les mêmes et plausibles raisons, il est admis de combattre un à un, à pied, à cheval, avec ou sans armure défensive, en pleine carrière ou en champ clos.

IX

Durant une guerre loyale, le défi est justifié, lorsque nul obstacle ne vient du prince dont la main puissante et souveraine étend son autorité sur tout l'ordre public; mais si, pour un fait ou pour un caprice individuels, un cartel est résolu et se dénonce, celui qui provoque et celui qui accepte la provocation font œuvre illicite, injuste et réprouvée.

X

Et les princes chrétiens ne doivent jamais accorder ni appui, ni consentement à une lutte coupable que dirigent la haine, la vengeance ou l'ambition; jamais ils ne doivent souffrir qu'un

le faire esclave; le droit de le faire esclave ne vient donc pas du droit de le tuer: c'est donc un échange inique de lui faire acheter au prix de sa liberté sa vie, sur laquelle on n'a aucun droit. En établissant le droit de vie ou de mort sur le droit d'esclavage, et le droit d'esclavage sur le droit de vie et de mort, n'est-il pas clair qu'on tombe dans le cercle vicieux? En supposant même ce terrible droit de tout tuer, je dis qu'un esclave fait à la guerre, ou un peuple conquis, n'est tenu à rien du tout envers son maître, qu'à lui obéir autant qu'il y est forcé. En prenant un équivalent à sa vie, le vainqueur ne lui en a point fait grâce; au lieu de le tuer sans fruit, il l'a tué utilement. Loin donc qu'il ait acquis sur lui nulle autorité jointe à la force, l'état de guerre subsiste entre eux comme auparavant, leur relation même en est l'effet, et l'usage du droit de la guerre ne suppose aucun traité de paix. Ils ont fait une convention, soit, mais cette convention, loin de détruire l'état de guerre, en suppose la continuité. Ainsi, de quelque sens qu'on envisage les choses, le droit d'esclavage est nul, non-seulement parce qu'il est illégitime, mais parce qu'il est absurde et ne signifie rien. Ces mots *esclave* et *droit* sont contradictoires, ils s'excluent mutuellement. Soit d'un homme à un homme, soit d'un homme à un peuple, ce discours sera toujours également insensé : « Je fais avec toi une convention toute à la charge et toute à mon profit, que j'observerai tant qu'il me plaira, et que tu observeras tant qu'il me plaira. » (Œuvr. compl. de J.-J. Rousseau, *Du contrat social*, livre I, ch. IV, édit. de Deux-Ponts, 1782, t. II, p. 13-16; édit. Hachette, 1856, t. II, p. 582-544.) La morale de don Ercilla, ordinairement si généreuse et si humaine, se ressentait trop ici des usages et des intérêts accrédités en Espagne; elle favorisait trop bien les passions et la cause des armateurs de Séville et de ses impitoyables négriers, et elle fléchit devant la raison sévère de nos deux logiciens français. — Voy. les beaux articles de M. Ad. Franck, sur le *Traité de la paix et de la guerre*, par Hugo Grotius, *Séances et travaux de l'Académie de sciences morales et politiques*, t. LXXXII, p. 226 et 321; t. LXXXIV, p. 221.

démêlé se décide par une épreuve où à la force est remis |
soin de la sentence. Par un arrêt mystérieux, je vois, en effet
trop souvent la victoire appartenir à l'agresseur.

XI

Le jugement sanguinaire des armes est condamné par |
droit et à juste titre. Le résultat n'est-il pas incertain et douteux,
suivant l'arrêt de la Providence toute-puissante ? Tantôt sinistre, tantôt prospère, ce n'est pas l'issue qui rend une cause ou
bonne ou mauvaise, et sous aucun rapport la justice n'est jamais abandonnée au hasard ni à la fortune.

XII

J'ajoute qu'aucun devoir ne contraint le diligent soldat à se
demander si la guerre est permise et avantageuse, si c'est la
justice ou non qui la fait entreprendre ; car au roi seul, à qui
la raison soumet l'obéissance et le service de l'armée, comme
gouverneur de l'État, est réservée l'appréciation de la cause
commune.

XIII

Et puisque au roi, comme chef suprême, sont dévolus la
charge de la guerre et ses pesants devoirs, puisque tous les
maux et tous les désastres qu'elle entraîne, seul il en porte le
fardeau sur ses épaules, longtemps il doit examiner ce qu'il
veut entreprendre, et avant de lâcher les rênes à la fureur déchaînée, mettre le droit de son côté lorsqu'il prépare les armes
et ne pas les brandir au gré de son ambition et de sa convoitise.

XIV

Ainsi Felipe, dans l'occasion présente, contraint par une nécessité rigoureuse, s'est justement déclaré en faveur des lois et
n'a pris que des armes consacrées par elles. Il n'a pas fondé le
droit sur la puissance ni écouté le désir avide de la couronne ;

car son sceptre et sa monarchie s'étendent jusqu'aux lieux où le soleil achève sa carrière[1] ;

XV

Mais libre de l'ambition et de l'avidité qui altèrent et corrompent les âmes les plus saines, appelé par le droit et par l'équité, il marche de sa personne contre le royaume rebelle. Au déplaisir et au mépris des pervers qui lui refusent et lui contestent la couronne, il veut, le glaive en main, se frayer et s'aplanir l'entrée d'un État qui ne s'ouvrait pas à la raison.

XVI

Bien que justement enflammé de courroux, il dissimule pourtant sa force et sa puissance, retient son bras déjà levé et près de s'abattre, et ajourne le remède du sang. D'une âme circonspecte et patiente, il justifie ses armes et ses titres, pour ébranler ensuite à coups terribles la résistance et l'opiniâtreté des rebelles.

XVII

D'une main forte, dans sa colère, il accablera sous le joug la tête orgueilleuse des traîtres, et dispersera la formidable escadre des pirates gaulois, leurs protecteurs. Avec une sévérité inflexible et motivée, ces hommes perturbateurs de la paix, après la mort de Philippe Strozzi, leur chef, seront tous livrés au tranchant du fer[2].

---

[1] Les contemporains de Philippe II avaient coutume d'exprimer autrement cette pensée et sous une forme plus louangeuse pour la monarchie espagnole ; cf. *supra*, chant XXVII, oct. 37, note 50.

[2] L'appréciation tout espagnole et presque domestique que don Ercilla fait ici de la conduite de Santa-Cruz et de Philippe II, ne saurait être partagée par l'histoire. Philippe Strozzi était un habile et vaillant capitaine, et la flotte qu'il avait sous ses ordres n'était pas une réunion de pirates. Né à Venise en 1541, Strozzi prit de bonne heure du service dans les armées françaises, et se fit remarquer au siége de Calais. Lorsqu'en 1581, Catherine de Médicis envoya une escadre au secours d'Antonio de Crato, reconnu roi de Portugal à Santarem et à Lisbonne, Strozzi, à qui elle en donna le commandement, vaincu par Santa-Cruz à la hauteur des Açores, couvert de blessures, fait prisonnier, se vit traiter avec indignité par l'amiral espagnol. Saint-Simon rend un compte fort exact de cette affaire. Comme la reine était

XVIII

Ce sang ne souillera pas la gloire de sa bonté, sang d'un race perfide et ennemie ; car lorsque graves sont le délit et l'in solence, celui qui châtie ne montre que douceur et comp sion. Pardonner au crime, c'est autoriser un crime plus gran encore à éclater aussitôt. C'est être cruel de pardonner tout tous, comme c'est être cruel de ne jamais rien pardonner.

XIX

Ce n'est pas dans le pardon que réside la clémence, si la rigueur est utile, est nécessaire ; qui arrête et punit le mal présent, évite d'être impitoyable dans l'avenir ; qui souffre le crime y consent, et peut en être nommé le complice ; épargner les malfaiteurs publics, c'est ravager, c'est empoisonner la société même.

XX

Je ne prétends pas déclarer que la clémence n'est pas une grande chose, une vertu inestimable ; le pardon est une victoire glorieuse, et l'honneur qui en rejaillit s'accroît avec le pouvoir ; mais les bienfaits de la paix commune ne sauraient être durables sans la justice ; et c'est l'emploi opportun des récompenses et des châtiments qui soutient les gouvernements et les États.

toute-puissante en France, « ce fut à qui s'embarquerait sur cette escadre de toute la noblesse de la cour, et Strozzi même, parent proche de la reine et fort avant dans ses bonnes grâces. Le marquis de Sainte-Croix ayant battu cette escadre. 26 juillet 1582, fit mettre pied à terre à tout ce qui la montait, fit égorger de sang-froid dans l'une des Terceires Th. Strozzi qui les commandait, toute cette jeune noblesse et tous les officiers, et emmena les vaisseaux et les équipages en Espagne. Une si monstrueuse inhumanité fut détestée dans toute l'Europe, mais elle plut si fort à Philippe II qu'il fit aussitôt le marquis de Santa-Cruz grand d'Espagne. » *Mémoires*, éd. Chéruel, t. XVI, p. 433. C'est dans l'île de San-Miguel que de Thou place le théâtre de cette horrible boucherie. Il rapporte que vingt-huit seigneurs, cinquante gentilshommes, en tout trois cents hommes, périrent sur un échafaud par la main du bourreau des troupes allemandes qui les fit mourir quatre à quatre. Ce spectacle causa une grande horreur parmi les troupes victorieuses. Cf. t. VIII, p. 592-593.

XXI

Tous les excès, toutes les fautes qui se commettent ne peuvent être corrigés ou punis : le temps quelquefois et l'occasion exigent que l'on abandonne sur certains points le remède et la poursuite. Qu'un prince qui aime à tout savoir, sache qu'il est obligé de remettre beaucoup ; que c'est le procédé d'un médecin dur et impitoyable de vouloir dans tous les cas ôter la chair jusqu'à l'os.

XXII

La clémence apaise des ennemis même la haine, le courroux et l'indignation ; elle engendre le dévouement et fait naître des amis ; elle attire l'amour et la tendresse du peuple, tandis qu'une rigueur continuelle dans les châtiments suscite contre le prince l'aversion et l'horreur ; car le devoir propre et l'attribut des souverains est d'émousser le glaive des lois[1].

XXIII

On peut dire, il est vrai, qu'il n'y a pas avantage à dissimuler le mal accompli déjà, si le méchant doit puiser dans cet oubli assez d'audace pour commettre de nouveaux crimes et d'autres méfaits. Il est évident que la crainte des peines réprime les esprits corrompus ; la vue du criminel exposé au gibet corrige la perversité et amende les pervers.

[1] Cette belle définition de la clémence mérite d'être rapprochée de celle que formule Portia dans le *Marchand de Venise* de Shakspeare : « Le propre de la clémence est de n'être pas contrainte ; elle tombe comme tombe la douce pluie du ciel sur la plaine qui est au-dessous d'elle ; elle est deux fois bénie ; elle bénit celui qui la donne et celui qui la reçoit. C'est ce qu'il y a de plus puissant dans ce qui est tout-puissant ; elle sied mieux que la couronne au monarque sur son trône ; le sceptre peut bien montrer la force du pouvoir temporel, l'attribut de la majesté et du respect qui fait craindre et redouter les rois ; mais la clémence est au-dessus de cette autorité du sceptre ; elle a son trône dans les cœurs des rois ; elle est un attribut de Dieu lui-même, et le pouvoir terrestre approche autant que possible du pouvoir de Dieu, lorsque la clémence tempère la justice. » (Act. IV, sc. ire.)

XXIV

Mais aussi le châtiment ne doit pas être appliqué comme fait un chirurgien ignorant et inhabile; que le mal soit léger et la plaie insignifiante, il ne plonge pas moins l'acier dans les parties saines, et avec le tranchant impitoyable jette le désordre où la guérison allait naître sans que la main s'y fût portée. Et qu'importe le traitement et l'expérience, s'ils sont plus pénibles et plus douloureux que notre infirmité même?

XXV

Je veux éclaircir ma pensée, de peur qu'un esprit exigeant ne trouve mon langage semé de quelques contradictions: oui, c'est une vertu de savoir frapper lorsqu'une punition publique est devenue indispensable, nécessaire. Oui, c'est aussi une vertu, lorsqu'on est au pouvoir, de pardonner l'outrage d'un ingrat et d'un ennemi, lorsque l'offense est personnelle, ou qu'il est facile d'admettre qu'elle puisse être réparée sans châtiment.

XXVI

Mais de point en point, je vais m'écartant toujours, et courte est la durée et longue est la matière; au lieu d'alléger mon fardeau, je place sur mes épaules une charge plus accablante. Ainsi désormais j'abrége les détails qui importent le moins et m'embarrassent le plus; je reviens au Portugal, et veux que ma plume retrace un tableau court et sommaire.

XXVII

Qu'est-ce donc, ô Lusitaniens? Quelle erreur vous fait tourner contre votre roi vos poitrines obstinées? Pourquoi vous acharner avec des armes et des bras coupables à violer la règle et les droits? Rien ne peut-il donc émouvoir vos âmes furieuses, ni la paix commune et l'utilité de chacun, ni les liens.du sang, la religion, la nature, ni le pouvoir de Felipe ou sa grandeur?

XXVIII

Voyez avec quelle largesse il vous a garanti domaines, libertés, priviléges, non pas sous la contrainte d'une rude nécessité,
mais à la tête d'un camp formidable et de nombreux escadrons,
et, sans écouter leurs murmures, a contenu leurs armes afin de
vous persuader par la parole, comme un père qui par la clémence ramène à la soumission un fils désobéissant.

XXIX

Quel égarement aveugle ! Quelle folle présomption ! Quelle
passion opiniâtre et irréfléchie trouble ainsi le calme de votre
jugement et bouleverse votre esprit en délire? Comment une
nation que les mêmes sacrements unissent et qui portent le
même signe, la croix de Jésus-Christ, peut-elle, revêtue d'armes
cruelles et meurtrières, diriger les coups du fer contre ses
propres entrailles !

XXX

Quoi ! les mêmes devises, les mêmes bannières sortiraient de
tentes opposées, et guideraient mille nations étrangères, prêtes
à verser un sang innocent, à introduire l'erreur, d'autres coutumes, des vices insolents et contagieux, et à laisser la catholique Espagne tout inondée de ce poison dévastateur [1] !

---

[1] Baudry et Rivadeneyra offrent ici deux ponctuations bien différentes. Le premier fixe de la sorte le texte d'Ercilla :

> « ¡ Y introducen errores y maneras !
> De pegajosos vicios insolentes,
> Dejando con su peste derramada
> La católica España inficionada ! »

Ainsi, c'est avec *inficionada* que doit se construire « de vicios, » etc. A côté de ce
texte dont le mouvement est plus accentué peut-être, la leçon de Rivadeneyra présente une syntaxe plus simple et plus directe :

> « Y introducen errores y maneras
> De pegajosos vicios insolentes,
> Dejando con su peste derramada
> La católica España inficionada. »

Avec les deux variantes, l'idée reste la même, la construction seule est changée.

XXXI

A toi, Père souverain et éternel, je demande la grâce et l
faveur nécessaires, je te supplie de vouloir diriger ma main,
car c'est en toi et par toi que tout reçoit l'impulsion, afin que
au Portugais et au Castillan je rende avec impartialité ce qui
leur est dû, sans que me détourne ou m'égare loin de la justice aucune considération particulière ni aucune fantaisie.

XXXII

Toi qui connais le fond des cœurs et les sentiments équitables qui m'enflamment ; toi qui dans toutes les bonnes pensées
et les bonnes actions es le commencement et dois être la fin ;
donne-moi un esprit égal pour tous, accorde-moi un langage
qui polisse ma plume assez téméraire pour oser, dans sa hardiesse aventureuse, avec de si pauvres mérites, une si vaste
entreprise [1].

XXXIII

Le roi de Lusitanie, Sébastien, voulait, dans l'élan de son ardeur juvénile, envahir l'immense territoire de l'Afrique, et
abattre l'audace des infidèles ; une entrée et un passage faciles
lui étaient promis par son altière et orgueilleuse présomption.
Bientôt il eut réuni les trésors, le pouvoir, la force et les soldats de son royaume.

XXXIV

Mais le roi Felipe, qui voyait son neveu se jeter dans cette expédition avec tant de légèreté, opposa à ses aveugles projets les
conseils d'un véritable père, et, pensant l'écarter d'une route
qui le menait à un immense précipice, il provoqua une entre-

[1] Octave supprimée par Winterling qui abrége à tort cette magnifique invocation.
Ercilla ne pouvait s'entourer de trop de précautions de tout genre pour soutenir la
cause de Philippe II, assez embarrassée devant les jugements de l'histoire. Le
chantre de la monarchie espagnole devait attester le ciel même de l'impartialité
de son langage.

me à Guadalupe [1], pour qu'ils pussent y conférer de ce dessin.

XXXV

Rien ne suffit à le convaincre, ni les raisons puissantes, ni
la prière, ni le langage persuasif de son oncle, si grave, ni une
multitude d'obstacles qui eussent été capables de faire refluer
en torrent, ni la folie d'exposer la tête de tant de guerriers
à un seul coup de la Fortune, au caprice de l'inconstante et
mobile déesse, avide de bouleverser le monde.

XXXVI

Le superbe jeune homme promettait la victoire là où de
justes craintes signalaient des périls ; il repoussait les avis de la
prudence et foulait aux pieds toutes les objections ; puis il
courait, dans sa libre volonté, hâter sa mort et sa ruine ;
hélas ! les conseils et les avertissements ne peuvent rien contre
les arrêts du ciel et la sentence fatale [2].

---

[1] « Guadalupe, » *pueblo* de l'Estremadura, près d'un ruisseau du même nom, au
pied de montagnes très-boisées que les Romains appelaient *Carpetani montes*. Guadalupe avait une célèbre abbaye d'hiéronymites, fondée au xive siècle, aujourd'hui
en ruines, décorée autrefois de belles toiles dues à Jordaens et à Zurbaran.

[2] La circonspection de don Ercilla est extrême. Le chant xxxvii de son *Araucana*
n'est tout entier qu'une plaidoirie politique, pleine d'élévation et d'éloquence en
faveur de Philippe II. Il prend tous les ménagements possibles pour justifier l'usurpation, mais sans parvenir à convaincre le lecteur. Philippe II, selon lui, a détourné,
autant qu'il a pu le faire, le roi don Sébastien de sa folle entreprise ; mais l'histoire
ajoute qu'il l'encourageait encore plus en feignant pour son héroïsme chevaleresque un véritable enthousiasme et une admiration approbatrice ; qu'il lui envoya, en
Afrique même, le casque et la cotte de mailles que le grand empereur Charles-
Quint avait portés à Tunis. Il alla jusqu'à lui fournir quelques soldats espagnols, et
le capitaine Francisco de Aldana, qui a aussi sa place dans les annales de l'épopée
castillane, périt avec eux, ainsi que tant d'autres braves, à la bataille d'Alkasr-
Quivir. Si Philippe II avait voulu faire renoncer don Sébastien à sa téméraire
croisade, le moyen le plus simple et le plus sincère n'était pas de lui faire connaître
les difficultés de son entreprise par une lettre du duc d'Albe ou de lui envoyer le
duc de Medina-Celi pour le ramener par de sages conseils de cette funeste et im-
prévoyante résolution (Cf. Porreño, *Dichos y hechos de D. Felipe*, p. 61-62, dans
le chap. viii, où il vante *la rare et admirable prudence de son souverain*) ; c'était de
ne lui prêter aucune assistance effective. Loin de là, il l'accueille avec splendeur
et lui promet d'abord des secours importants, et, bien qu'il l'engageât à rester en
Europe et à confier sa conquête à ses généraux, il s'oblige à lui fournir quinze mille
hommes, 5,000 aux frais de l'Espagne, 10,000 entretenus par le Portugal. Philippe
devait encore équiper pour cette expédition de Larrache, cinquante galères. Il les

XXXVII

Qui chantera la catastrophe lamentable, eût-il la voix la plus résolue ? Qui retracera la fin sanglante et malheureuse de cette guerre et de cette armée mal conduites, l'écroulement irréparable de l'État, l'antique gloire perdue en un seul jour, et le tout par l'opiniâtreté d'un jeune prince que son ardeur entraînait sans réflexion dans tous les hasards ?

XXXVIII

Qu'un autre dise ce jour funeste qui surpasse en infortune les plus tristes jours ; bien que ma plume soit ensanglantée, elle ne peut courir à travers de telles douleurs. Je veux suivre

vrai qu'il donna l'ordre au capitaine Aldana de visiter, sous un déguisement, toutes les places fortes de cette côte, et de se rendre de là en Portugal pour exagérer aux yeux de don Sébastien tous les périls de son projet. Le jeune roi était alors déterminé; il offre à Francisco de Aldana une chaîne de mille écus d'or et lui donne rendez-vous en Afrique. Le vaillant capitaine y fut fidèle et mourut en héros. Philippe II abandonna tout à fait le roi Sébastien, lorsque celui-ci était trop avancé déjà pour reculer; il retira les armements consentis. Sa guerre de Flandre lui créa son prétexte; il avait besoin, disait-il, de toutes ses forces de ce côté-là. Rien ne peut arrêter don Sébastien, il laisse son royaume sans argent, sans noblesse, sans héritier, sans gouverneur éclairé, et il court abîmer sa fortune et celle de sa patrie devant Alcazar-Kebir. L'héritier immédiat de don Sébastien fut le vieux cardinal don Enrique, qui vivait alors retiré du monde, dans le monastère d'Alcobassa, et ce fut auprès de lui que Philippe II fit tout d'abord valoir ses droits. Dans le débat de succession, le roi d'Espagne, suivant Ercilla, commence par s'appuyer sur des négociations habiles ; sans doute, il lui paraissait plus commode d'être appelé par tout un peuple que d'avoir à triompher de ses résistances. Mais Enrique et la nation entière obéissaient à d'autres sentiments. La société portugaise était trop fortement constituée dans son indépendance souveraine, et trop illustrée déjà par d'immortels exploits, pour qu'elle pût accepter ainsi le joug d'une puissance étrangère. Cela est si vrai qu'après la mort du cardinal Enrique, dont les droits étaient sans rivaux, le Portugal soutint Antonio de Crato, malgré sa bâtardise, et deux femmes célèbres, Catherine de Médicis et Élisabeth d'Angleterre, le soutinrent tour à tour (1582 et 1589). Les droits de Philippe II étaient donc fort équivoques aux yeux de ces deux reines. Dans le Portugal même, ils étaient repoussés avec tant d'énergie que plusieurs faux Sébastiens ont pu se produire, et qu'après un intervalle de soixante années (1580-1640), le pays recouvra son autonomie sous la maison de Bragance. Si Philippe a provoqué sur les droits en litige la décision de docteurs expérimentés, on sait pourtant qu'il pouvait et savait choisir les arbitres, et que personne en Espagne n'eût osé toucher aux fleurons qu'il voulait s'approprier. La bataille d'Alcantara (1580), l'épée du duc d'Albe, les succès de Santa-Cruz aux Açores, lui donnèrent raison et justifièrent des titres qu'il cherchait vainement ailleurs à faire prévaloir contre l'antipathie des Lusitaniens.

mi carrière commencée, pourvu que la faveur puissante du ciel
m'accorde assez de souffle encore ; car de ce côté aussi je vois
s'élever un grand et furieux orage.

XXXIX

Après que ce jeune roi d'une volonté sans frein, attaquant
l'armée africaine, eut succombé dans un tourbillon tumultueux et confus de poussière, au milieu d'une lutte pêle-mêle
et désordonnée[1], que la fortune d'un choc furieux eut entraîné
quatre rois [2], éteint l'honneur et la gloire d'une si grande armée, et brisé les armes de l'Occident ;

[1] La bataille ordinairement désignée sous le nom d'Alcazar-Kebir, en 1578.
Cinq galères, cinquante vaisseaux, neuf cents bateaux plats portèrent à Arzilla l'armée portugaise, ses munitions et ses vivres. C'est là que don Sébastien établit son
premier camp et commença contre l'ennemi quelques escarmouches. Il avait sous
lui 10,000 Portugais, 1,000 Espagnols, 2,000 Allemands, 500 Italiens, une foule de
gentilshommes volontaires. 800 cuirassiers fortifiaient encore sa petite armée,
et 200 hommes furent tirés des garnisons de Barbarie. Il avait 10,000 pionniers et
12 pièces d'artillerie. Mahamet, dont il avait embrassé la cause, vint le rejoindre
sur la flotte avec 800 arquebusiers. Le shériff du Maroc aurait voulu éloigner don
Sébastien de la flotte à l'ancre devant Arzilla. L'imprudence et l'audace du roi portugais coururent au-devant de ce projet. Les plus sages conseillers de Sébastien
voulaient que l'on se rendît par mer à Larrache. Il y envoya la flotte sous les ordres
de Sosa. Lui-même s'élance hardiment à la recherche de l'ennemi vers Alcazar-
Kebir. Le premier jour il va camper à trois lieues d'Arzilla ; le lendemain, il atteint Menera, où Aldana lui remet des lettres du duc d'Albe et l'armure de Charles-
Quint. Le troisième et le quatrième jour, il franchit les montagnes de Cabeza,
d'Ardana et de Barcain, franchit à gué le Mucacen, qui va un peu plus bas se jeter
dans le Luco, et forme son camp le long d'un ruisseau qui sort des marais voisins
d'Alcazar-Kebir. Muley-Melue s'avance à sa rencontre, passe le pont que cherchaient les chrétiens, et enveloppe dans les campagnes de Tamila avec ses quarante
mille hommes, l'intrépide et malheureuse armée de don Sebastien. Les chrétiens
ne purent que mourir sur des monceaux de cadavres musulmans. Il ne s'échappa
presque personne. Huit mille morts restèrent sur le champ de bataille, autant de
prisonniers furent aux mains de l'ennemi. Sosa, qui avait commencé le siège de
Larrache, ramena tristement la flotte dans Lisbonne consterné. (Cf. de Thou,
livre LXV, t. VII, p. 599-644.)
[2] Ercilla nomme quatre rois ; l'histoire en désigne trois seulement : 1° don Sébastien, roi du Portugal ; il meurt, percé de mille coups, après des prodiges de
courage, à la suite d'un combat long et opiniâtre. 2° Muley-Melue ou Molue ; ce
shériff intrépide, prudent et éclairé, se faisait porter dans une litière ; mais à la
vue d'un gros de ses troupes qui battait en retraite, il monte à cheval, malgré le
mal qui l'accable, et se jette au milieu des fuyards pour les arrêter. La colère le
suffoque ; on le rapporte dans sa litière où il expire ; mais il peut encore ordonner,
par signes, de cacher sa mort, de crainte de décourager ses soldats. 3° Mulei Maha-
d trôné par son oncle Muley-Molue, et

XL

Le Portugal aussitôt prêta serment au roi don Enrique, qui avait eu pour frère l'aïeul de Sébastien. Ordonné prêtre et cardinal, plein de piété et de zèle religieux, appesanti par l'âge et par les infirmités, il semblait moins fait pour cette terre que pour le ciel, et en lui offrant la couronne, le Destin la lui apportait pour quelques jours seulement et le laissait sans héritier.

XLI

Le grand Felipe, profondément affligé d'un désastre qui frappait à la fois et le prince massacré et tout le royaume, considérait aussi de don Enrique malade la grande vieillesse et les jours mal assurés. Comme son neveu et comme son successeur, il voulut mettre en lumière le droit éventuel que par ligne collatérale la plus proche parenté lui donnait à la couronne et à tous ses titres.

XLII

Avec une active et louable prévoyance, il fait assembler les hommes les plus instruits, remplis des plus hauts sentiments chrétiens et de lumières, inaccessibles à l'intérêt et à l'ambition, des hommes qui fidèles aux règles du droit et de la cons-

qui avait provoqué l'expédition portugaise afin de ressaisir la couronne. Mahamet, après le désastre de don Sébastien, s'enfuit vers Arzilla, poursuivi par un More qui fit en vain ses efforts pour l'arrêter et lui apprendre que Moluc n'existait plus; sa trop grande précipitation le fit périr au passage du Mucacen. « Ainsi, nous dit de Thou, la maladie, le feu et l'eau, enlevèrent trois rois dans le même jour » (t. VII, p. 632). Ferrera tient le même langage : « Trois rois périrent ce jour-là, savoir, le roi don Sébastien, de la manière que je l'ai dit; le roi Moluc, dans sa litière..., et le shérif Mahamet qui se noya dans la rivière de Mucacen, en voulant s'enfuir » (t. X, p. 324). C'est par inadvertance sans doute, que le poëte Ercilla a écrit *cuatro reyes*. Plus heureux dans son désastre même que les deux autres princes, don Sébastien fut du moins célébré par un poëte de génie. Fernando de Herrera a composé sur la perte de ce roi chevalier une des odes les plus pathétiques et les plus brillantes de son recueil (Cf. Bibl. Rivad., t. XXXII, p. 319, cancion VI, *Por la perdida del rey don Sebastian*, et M. Antoine de Latour l'a traduite pour nous, en conservant à son langage les grandes figures, le tour hardi et l'essor soutenu de l'original. Cf. *Études sur l'Espagne*, t. I, p. 210-212.)

cience, loin des fausses raisons et des voies détournées, doivent examiner si les liens du sang à ce degré lui confèrent le trône auquel il aspire.

XLIII

Doña Catalina, duchesse de Bragance, intéressée au débat, prétendait comme fille de l'infant don Duarte, qu'à elle revenait l'autorité légitime. Et d'autre part encore, don Antonio disputait le sceptre et le diadème. Mais, bien que favori de la multitude, il était exclu par sa naissance irrégulière.

XLIV

Après avoir pesé cette cause avec tout le soin que son importance réclamait, chacun d'eux, sans s'inquiéter ni se préoccuper de rien au monde, devait librement exprimer son avis; afin qu'en temps opportun et à loisir, Felipe pût se préparer à une lutte plus sérieuse, et, dans le cas où le Portugal ne s'inclinerait pas devant la raison, faire triompher ses armes et sa puissance [1].

XLV

Tous les arbitres virent clairement que d'après les lois établies et les statuts, la ligne collatérale ne représente point le père; que la succession appartient dès lors au parent le plus rapproché et d'un berceau légitime; que le mâle doit être préféré à la femme, et le plus ancien à celui qui compte des années moins nombreuses; que le droit de succession et de prérogative relève du sang et non de l'hérédité.

XLVI

Don Antonio fut mis à l'écart et hors de cause, au nom de la

---

[1] Cette octave est supprimée, comme la précédente, par M. Winterling. Ercilla, en les écrivant, obéissait à la loi même de sa matière; il devait poser d'abord les principes qui dominent la cause, avant d'en faire l'application à Philippe II et à Catalina.

loi humaine et de l'institution divine [1] ; et avec une égalité par
faite on balança les droits de don Felipe et de doña Catalina.
Tous deux au même degré appartenaient à la tige royale ; l'u
était le neveu de Enrique, et l'autre était sa nièce ; mais l'u.
avait les droits de mâle, et l'autre n'avait que ceux de l
femme ; Felipe était un roi redouté, il avait la supériorité de
l'âge, et sortait d'une plus éclatante origine [2].

XLVII

Attentifs à la règle, aux coutumes, à l'histoire et à beaucoup
d'autres motifs encore, jugeant avec un esprit équitable et
droit, impartial et sage, tous en harmonie et d'une voix unanime, ils déclarèrent que don Felipe était le successeur réel, et
au nom de la loi ils lui adjugèrent le royaume, avec les terres
et les mers, avec tous les titres et les États conquis et dépen-
dants de la couronne.

XLVIII

Lorsque don Felipe eut vu la justice de ses droits proclamée
par des hommes d'un tel savoir, se défiant de la haine et du
mauvais vouloir que nourrissait contre lui la foule toujours
insolente, et de l'aversion profonde et invétérée qui avait pris
racine dans beaucoup de cœurs, il voulut au milieu de ces

[1] Antonio, de l'ordre de Malte, et grand prieur de Crato, était enfant naturel de doña Yolande et de don Luis, deuxième fils d'Emmanuel le Fortuné. Fait captif à la désastreuse bataille où périt le roi Sébastien, il fut racheté et se fit proclamer roi en même temps que Philippe II, à la mort de Enrique. Forcé de quitter le Portugal par les succès du duc d'Albe, il vit échouer les deux expéditions que la France et l'Angleterre tentèrent en sa faveur, et il mourut à Paris en 1595.

[2] Ces deux prétendants sérieux étaient bien en effet Philippe II et Catherine. Philippe était le fils d'Isabelle, sœur d'Enrique et fille aînée du roi Emmanuel. Catherine, fille d'Edouard, frère d'Enrique, était sœur cadette de Marie et épouse de don Juan, duc de Bragance. Voici comment Catherine faisait valoir ses droits : « Fille d'Édouard, frère d'Isabelle, la mère de Philippe II, elle succédait au titre d'Édouard ; ce prince l'eût emporté sur sa sœur ; elle-même doit donc être préférée à Philippe. » Philippe II répondait : « Édouard étant mort, il ne faut plus avoir égard à ses droits. Dans le même degré de proximité, les mâles doivent l'emporter sur les femmes. » Ces prétentions contraires furent portées devant les plus célèbres universités de l'Europe ; on les examina dans Bologne, à Padoue ; les meilleurs juris-consultes d'Espagne et d'Italie virent invoquer leurs suffrages, mais Philippe II tenait en réserve la plus puissante des raisons, *la dernière loi des souverains.*

évènements nouveaux sonder l'esprit du peuple et ses résolutions.

XLIX

Avec un soin miséricordieux, désirant le bien du royaume et le repos public, son âme inquiète recherchait comment il pourrait verser l'eau sur l'incendie allumé, s'efforçant par tous les moyens de calmer l'agitation commune, qui déjà, en toute liberté et sans plus se contraindre, commençait à se manifester dans la multitude.

L

Pour cet objet à l'instant même, il choisit don Cristóbal de Moura[1] en qui don Felipe avait reconnu tous les mérites divers que réclamait une si grave négociation. Né en Portugal, d'un sang illustre, il saurait inspirer au roi Enrique, dont il est le vassal, une entière sécurité, le meilleur espoir et une confiance égale à la sienne[2].

[1] Don Cristóval de Moura, seigneur portugais qui avait suivi la reine Jeanne, mère de don Sébastien et sœur de Philippe II, à la cour d'Espagne où elle tenait un rang considérable. Le sujet apparent des messages était d'exprimer à don Enrique la part que Philippe II prenait au désastre de don Sébastien. Mais Moura devait surtout sonder le nouveau roi et les personnages principaux de la cour sur le choix d'un successeur à la couronne.

[2]
« De quien como vasallo el rey podria
Con animo seguro y esperanza
Hacer tambien la misma confianza. »

Winterling traduit :

« Aus portugiesischem Geschlecht, ward ihm ein Lehen
Durch König Philipps Huld verliehn,
Der seinerseits mit desto grösserm Vertrauen
Auf seine Treu und Tüchtigkeit darf bauen. »

Cette version semble impliquer que « el rey », dans les vers espagnols, désigne le roi Philippe II, et que c'est lui qui prend ses précautions, que c'est lui qui fonde ses espérances et le succès de son ambition sur l'habileté de Moura. Mais cette pensée-là est exprimée déjà plus haut :

« ... ... En quien habia
Tantas y tales partes conocido
Cuales el gran negocio requeria. »

Le choix de son ambassadeur est aussi dicté à Philippe II par l'idée même de la confiance que Cristóval de Moura doit inspirer au roi-cardinal. N'est-il pas né en Portugal ? N'est-il pas le feudataire de la couronne portugaise ? Il s'agit dans cette

LI

Par lui le roi pourrait connaître à fond les désirs et les vue
légitimes, que tant de fois il lui avait exposés, et reconnaître
toute la force et la solide base d'une cause et d'un droit authen
tiques; que don Felipe ne cédait pas à un entraînement de vio
lence, à une ambition désordonnée du trône, mais à l'empire d
la seule justice, à l'ascendant des lois de la raison, des statut
et de la nature [1];

LII

Que, ces principes une fois admis par le roi, comme on l'attendait d'un aussi sage souverain, il eût à considérer le grand
péril où se trouvaient ses États paternels et la chrétienté, et
qu'il regardât comme un véritable avantage d'apaiser le trouble
qui éclatait, en déclarant don Felipe, suivant les formes régulières, son successeur direct et légitime;

LIII

Qu'une telle conduite mettrait fin au tumulte et aux étranges
désordres d'un peuple déchaîné, et que cette déclaration com-
primerait aussitôt les excès de l'insolence et de tous les maux
qui menaçaient; il suffisait de faire prêter à la nation, dans les
formes accréditées depuis les plus beaux siècles, le serment
conforme aux statuts et qui proclamerait le neveu d'Enrique
juste héritier de la couronne.

LIV

Cristóbal s'acquitta de son ambassade, et fit connaître les intentions de Felipe; mais Enrique n'y opposa qu'un tiède accueil,

octave et dans les trois suivantes, d'une sorte de délibération de Philippe II avec
lui-même, et deux fois le mot *rey* y rappelle le souverain qu'il aspire à remplacer.
Il est visible que le roi d'Espagne ne songe qu'à tranquilliser le plus possible don
Enrique en lui adressant le conseiller que don Enrique eût préféré lui-même, s'il
avait pu signaler son nom à Philippe II.

[1] Cette octave et les deux suivantes, qui contiennent tous les arguments de la
négociation, disparaissent dans Winterling.

une réponse ambiguë et futile, et, si bien que les droits réels
de l'Espagne fussent mis en lumière, lui faisait tous ses efforts
pour s'envelopper de prétextes et ne voulait ni éclaircir les titres ni se prononcer.

LV

Réduit à différer l'exécution d'une affaire si difficile et si sérieuse, devant ces délais qui donnaient à l'audace populaire des
forces nouvelles et toujours croissantes, don Felipe envoya,
muni d'autres instructions et avec un pouvoir assez vaste et
assez étendu pour déterminer quelque résolution positive, don
Pedro Giron, duc de Osuna [1],

LVI

Et avec lui le docte Guardiola [2]. De toute leur insistance et
de toute leur activité, lorsque le retard causait de graves périls
et compromettait la paix et la concorde des deux États, ils devaient faire nettement comprendre combien il était nécessaire,
au milieu de la fermentation et de la lutte des esprits, que le

[1] Don Pedro Giron, duc d'Osuna, un des hommes d'État les plus éclairés de la
cour de Philippe II, et d'une rare causticité. Après avoir été employé dans quelques négociations par son maître, il fut obligé de quitter Madrid, visita la France
et le Portugal, et s'attacha plus tard au duc de Lerme, premier ministre de Philippe III. Éloigné de nouveau à cause de ses virulents sarcasmes, qui lui attiraient la
haine des courtisans, il alla combattre en Flandre, fut rappelé, devint gentilhomme
de la chambre du roi, chevalier de la Toison-d'Or, vice-roi de Sicile, et bientôt
vice-roi de Naples. Il refusa de laisser l'Inquisition s'établir dans son gouvernement
et trama la conspiration des Espagnols contre Venise. Le but apparent d'Osuna était
de livrer Venise à l'Espagne; mais cette conjuration cachait plutôt des desseins d'indépendance. L'habile ministre fut dénoncé et remplacé par le cardinal Borgia.
Lorsque le duc de Lerme fut disgracié, lui-même fut renfermé au château d'Al-
meila. Il y mourut.

[2] Guardiola. De Thou (t. VII, p. 611) cite comme Ercilla, le licencié Guardiola,
en compagnie de Pedro Giron. Ils devaient discuter avec Enrique lui-même les
droits de Philippe à la succession. L'historien de Philippe II, Cabrera, trace ainsi
le portrait de Guardiola : « Fiscal de su real consejo por el conocimiento que avia
tenido con el siendo su Abogado. Era docto, mas con falta del estilo, por la igno-
rancia que de los negocios de Estado y espedientes de embaxadas tenia, como los de
su profesion detenidos en su continuo estudio hasta ser fuera del ejercitados. »
(Felipe II, Rey de España, por Luis Cabrera de Córdoba, criado de su majestad.
Madrid, 1619, p. 1039.)

roi intervint par un décret, et, en se déclarant, enlevât leur prétexte à mille complots.

LVII

Et enfin, pour ne laisser aucun moyen sans épreuve, pour
tenter toutes les ressources, pour que l'aveugle passion ne trou-
blât pas le repos et la tranquillité des royaumes, avant que la
haine secrète fît explosion, deux hommes éminents et illustres,
choisis parmi les membres de son royal conseil, furent envoyés
par le prince à don Enrique.

LVIII

L'un est Rodrigo Vasquez[1] qui, plein de circonspection et de
droiture, nourri de savantes études, avait donné bien des preuves de sa grande expérience, de sa pénétration judicieuse et de
ses lumières. L'autre, doué d'une aussi vaste capacité et célèbre
dans les lettres, était le docteur Molina[2]; tous deux esprits distingués et rares, tous deux en grand relief et de haute renommée.

[1] Rodrigo Vasquez. Nous croyons qu'il s'agit ici du savant jésuite Gabriel Vasquez, né dans la Nouvelle-Castille. Il mourut en 1604, après avoir professé la
théologie dans les principales universités espagnoles et à Rome même. De Thou le
nomme Rodrigue Vasquez, comme Ercilla; mais cette confusion de noms propres
est très-fréquente chez les écrivains, soit parce que sur deux prénoms ils omettent
l'un ou l'autre, soit parce que le prénom originaire disparaît sous celui que le personnage désigné reçoit en religion et garde en définitive. Quoi qu'il en soit, Vasquez
et Molina sont cités comme *licenciés* par Ferreras, comme *célèbres docteurs en
droit*, par l'historien de Thou. Parmi les jurisconsultes de son temps, Philippe II
aimait surtout à choisir les casuistes les plus renommés pour soutenir les intérêts de
sa politique. Les jésuites, aussi doctes qu'habiles, étaient ses diplomates.

[2] Le docteur Molina. Il s'agit du célèbre jésuite espagnol, né à Cuença en 1535,
et qui professa vingt ans la théologie à l'université d'Evora. Il mourut en 1601. Sa
doctrine, connue sous le nom de *Molinisme*, a eu un grand retentissement en Europe,
et tout récemment l'éloquent Jaime Balmes s'appuyait encore sur ses maximes politiques (Cf. « El protestantismo comparado con el Catolicismo en sus relaciones con
la civilisacion europea. ») Le choix que le roi d'Espagne fit de Vasquez et de Molina était dicté par une prudence vigilante. Comme Christophe de Moura, le duc
d'Osuna et le licencié Guardiola, s'étaient convaincus de bonne heure que don Enrique favorisait le parti du duc de Bragance. Pour lui faire perdre ce sentiment,
Philippe II employa les Jésuites qui avaient une grande autorité sur l'esprit du roi,
et qui en effet réussirent mieux auprès du souverain cardinal. Don Enrique devint
bientôt plus froid pour la cause qu'il avait préférée, et Bragance lui-même fut habilement désintéressé par les sages manœuvres de l'Escurial. Cependant Vasquez e

LIX

Ils devaient décider don Enrique, l'informer de tous les détails, le satisfaire sur ses moindres doutes, afin que les cortés, qui étaient déjà assemblées, fussent aussi instruites par lui des droits de Felipe, et que celles-ci à la multitude opiniâtre et passionnée pussent retracer les avantages communs, promettre libertés et fueros, pour l'amener sous son obéissance.

LX

Mais quoique le vieux et prudent monarque comprît bien que tel était l'intérêt général, et que les termes exprès de la loi attribuaient directement à son neveu la couronne, il ajournait toujours sans motif, toujours hésitait et suspendait la solution, pour que ses sujets et le peuple de ses États recueillissent de ses lenteurs de plus complets priviléges [1].

LXI

Mais tandis que ce roi lent, temporiseur et circonspect, reculait sans cesse le terme et différait sa réponse, arriva pour lui tout à coup le terme fatal de la mort, fixé par l'auteur de la création. Aussi son successeur fut-il contraint, devant un peuple rebelle et obstiné, pour aborder le territoire et dompter les esprits révoltés, de joindre les armes et la force à la justice.

LXII

Auparavant quels ne furent pas ses efforts envers tous? Quels moyens de pacification ne mit-il pas en œuvre? Il sollicitait les plus opiniâtres et les plus résolus par des présents, des promes-

Molina, tous deux malgré leur science et leur adresse, n'eussent peut-être pas obtenu ce changement mieux que les amba-sadeurs auxquels Philippe les joignit, sans une autorité plus personnelle et plus directe sur l'âme du chef portugais. « On assure qu'il n'y eut que le jésuite Leon Enriquez, confesseur de Henri, qui lui rendit ce service. » (De Thou, t. VIII, p. 210.)

[1] Octave supprimée par Winterling. Elle est destinée par l'écrivain à nous faire connaître la véritable cause des hésitations du roi Enrique.

ses, des emplois ; mais la populace mutine et obstinée, méprisait les biens qui lui étaient offerts, laissait éclater son aveugle inimitié, et fermait tout accès au droit et à la raison [1].

LXIII

Qui pourrait vous dire tous les événements dont ici le tableau se retrace à mes yeux, tout ce bruit de trompettes retentissantes, et ces étendards qui frémissent déroulés au vent, les armes meurtrières qui s'apprêtent sur les frontières du Portugal et de l'Espagne, l'appareil et les machines de guerre, les batailles livrées sur la terre et sur les flots ?

LXIV

Au milieu des armes cruelles, on verra éclater aussi des actions de droiture et de justice, des exemples de clémence et de randeur auprès de la haine acharnée et persévérante, la libéalité magnanime et prodigue qui gonfla les sacs de l'avarice, t d'autres traits encore où se puisent toutes les couleurs et utes les vives nuances, capables d'enrichir le pinceau des écriins [2].

LXV

Qu'ils chantent désormais, ceux-là qui ont la veine poétique, 'ils enfantent des vers harmonieux. Felipe leur donne une atière belle et inspiratrice, un champ libre et spacieux. L'ocsion favorable et la fortune heureuse ont plus de valeur que le vail infructueux ; travail infructueux comme le mien ! qui jours a porté sur le roc ou dans le vide [3].

Winterling efface cette octave, nécessaire à une intention très-prononcée du le qui est de nous faire admirer la longue patience de Philippe II, même à tant où la force des armes semble désormais devoir seule trancher la question. Ces huit vers sont encore supprimés par Winterling. Ils nous offrent cependant bleau abrégé de toutes les conséquences d'une guerre que l'auteur renonce à ire. Il y a là un procédé aussi laconique que compréhensif et une marque de t que la version allemande n'aurait pas dû faire évanouir.

« Que siempre ha dado en seco y en vacío. »

cilla parle ici des travaux de sa vie entière. S'il a commencé le poëme de

LXVI

Combien de terres j'ai parcourues! Que de nations j'ai traversées vers le nord chargé de glaces et dans les basses régions
antarctiques, à la conquête de l'antipode inconnu! J'ai franchi
cent climats, j'ai changé de constellations, parcouru des mers
que personne n'avait bravées, pour étendre, Seigneur, votre
couronne jusqu'à la froide zone de l'Auster.

LXVII

Quels voyages aussi avez-vous entrepris jamais sur terre et sur
mer, sans que j'aie suivi vos pas, en Italie, à Augsbourg, en
Flandre, en Angleterre, quand ce pays vint pour vous demander à être son roi? C'est de là que le fracas terrible de la guerre
m'a entraîné pour votre service jusqu'au Pérou; des milliers
de glaives arrachés du fourreau étaient brandis avec fureur
contre votre pouvoir.

LXVIII

L'Indien rebelle fut châtié, et tout le royaume rendu à l'obéissance [1]. Je passai chez les lointains et rebelles Araucans où
toutes les têtes avaient secoué le joug. A peine furent-ils
domptés après une longue guerre et soumis à une domination
qui leur était odieuse, que je suivis aussitôt vos armes à la con-

---

l'*Araucana* dans sa jeunesse, il insiste sur la stérilité continue de ses efforts, sur sa
mauvaise fortune obstinée, et rien n'autorise la restriction imposée ici par Winterling à la pensée originale :

> « Als einer Arbeit, wie ich sie
> In meinen grünen Jahren unternommen. »

[1] Ercilla ne veut pas dire qu'il ait pris part à la compression des factieux dont le
marquis de Cañete châtia les derniers efforts, mais bien qu'il se rendit dans l'Arauco, à l'instant où cette compression était achevée. S'il parle d'Indiens rebelles,
à propos du Pérou, c'est que les discordes civiles des Espagnols provoquaient toujours quelque rébellion du peuple assujetti, comme à l'époque de Pizarre et d'Almagro.
Ercilla n'eut de place réelle que dans la guerre contre les Araucans et dans l'exploration de l'Ancudbox par don Garcia. Il a déclaré sans doute qu'il s'était rendu au
Pérou pour le service du roi; mais par le Pérou l'on entendait alors toute cette
immense vice-royauté dont le Chili et le Popayan n'étaient que des provinces.

quête de terres plus reculées, plus éloignées que toutes les autres et que personne n'avait visitées.

LXIX

Je laisse là pour ne pas vous causer d'ennui, et parce que j'y
eus ma part, les prodigieuses fatigues que nous avions à souffrir, la soif, la faim, la chaleur, le froid, nos vêtements en lambeaux et irréparables, les montagnes que j'ai gravies, les vastes
fleuves, la solitude de déserts non encore affrontés, les hasards,
les périls, toutes les aventures et les caprices de la fortune, dont
le récit même pourrait être importun.

LXX

Je ne rappelle pas non plus comment à la fin pour le plus léger incident, par l'ordre d'un capitaine jeune et fougueux, je
fus injustement conduit sur la place pour y avoir la tête tranchée en public ; ni cette longue et inique détention, dont sans
motif j'eus à subir le cruel outrage, ni ces mille misères d'un
genre différent, plus pénibles à supporter que la mort.

LXXI

Et, bien que ma volonté toujours inébranlable soit aujourd'hui
plus vive encore pour vous servir, mon espérance est découragée et brisée, en voyant que j'ai toujours à lutter contre le courant ; et à la fin de ma longue et vaste expédition, je trouve
que, tout délabré, mon esquif, éternel jouet de la fortune ennemie, erre encore loin du but et du port désiré.

LXXII

Mais quoique l'obstination de mon étoile me tienne aujour-
d'hui abattu et renversé, l'on verra cependant que j'ai suivi le
droit chemin, en parcourant ma difficile carrière. Quelque persévérance qu'un sort funeste mette à m'accabler, la récompense
consiste à être digne de la récompense ; l'honneur n'est pas

d'obtenir l'honneur, mais seulement de l'avoir mérité par ses
efforts [1].

LXXIII

L'humiliante défaveur qui me repousse et me relègue dans la
misère extrême, c'est elle qui suspend et enchaîne ma main et
me fait poser ici la plume. C'est donc ici mon point d'arrêt ; car
pour célébrer la grande et innombrable multitude de tes exploits et tes pensées sublimes, il faut un autre génie, une autre
voix, d'autres accents.

LXXIV

Et puisque désormais mon navire ne peut pas flotter bien
loin de son but et de sa dernière rive, et que le pilote le plus
habile ne connaît pas l'endroit redouté et mystérieux où il doit
arrêter ses voyages, songeant qu'il ne me reste qu'un léger
délai, je veux du moins bien achever de vivre, avant que se
termine le cours incertain d'une incertaine existence, qui tant
d'années fut distraite et errante.

LXXV

Quoique, pour moi, j'aie beaucoup tardé, et que j'aie attendu
l'instant suprême avant de revenir sur mes pas, je n'ignore
point qu'à toute heure et en toute place, pour retourner vers
Dieu il n'est jamais trop tard, que jamais sa munificence ne se
dissimule ni ne nous trompe, et qu'ainsi le grand pécheur ne
se doit pas effrayer, car il s'adresse à un Dieu très-clément dont
le propre est d'oublier l'offense et de se rappeler les bonnes
œuvres [2].

[1] Cette noble maxime est conforme à l'esprit de l'*Araucana* tout entière. L'âme
d'Ercilla s'y reflète avec sa fierté chevaleresque. A ce point de vue, il n'est pas de
livre qui représente mieux l'Espagne de tous les siècles. C'est bien le chant des fils
du Cid, depuis l'ère du Campeador jusqu'à celle de Riego :

    « El Castellano á las derechas. »

[2]   « El olvidar la ofensa y no el servicio. »

Il y a dans ce vers d'Ercilla je ne sais quel sourd reproche adressé à la froideur
de Philippe II. Le monarque ne sut reconnaître ni les services militaires d'Ercilla ni

LXXVI

Moi qui ai livré au monde si complétement et sans frein les
jours les plus florissants de ma vie, et toujours par des sentiers
escarpés ai poursuivi mes vaines espérances, je vois maintenant quelle maigre moisson j'ai recueillie, et combien je me
suis rendu coupable envers Dieu. Je reconnais mon erreur, et
de ce moment il y a raison que je pleure et que je cesse de
chanter [1].

l'honneur que son poëme allait faire rejaillir sur le règne de Philippe et sur la nation espagnole. Dieu du moins oublie les offenses et tient compte des bonnes œuvres ;
les rois de la terre ont plus courte mémoire que le roi du ciel, semble nous dire le
poëte dans ses mélancoliques mécomptes.

1   « Será razon que llore y que no cante. »

Il est difficile de n'être pas frappé du ton de tristesse qui règne dans cette octave
et dans toute la fin de l'épopée. Malgré soi l'on se rappelle ici le langage sombre et
grave de Prospéro dans Shakespeare : « De là je me retirerai dans mon Milan, où,
sur trois de mes pensées, il y en aura une pour ma tombe. » (*La Tempête*, act. v.)
Nous observons chez Ercilla comme l'impression d'un mécontentement amer et d'un
profond désespoir. Les dernières années du poëte sont mal connues. Peut-être y
eut-il entre l'écrivain et Philippe II des démêlés pénibles, dans lesquels celui-là sollicitait une récompense qu'il croyait due à son œuvre littéraire, et celui-ci refusait
pour un poëme qui lui était consacré le prix tout au moins dû à l'épée du vaillant
capitaine. Ces relations, qu'il est facile de supposer, sont restées pour nous assez
secrètes ; mais elles ont été douloureuses assurément, puisque don Ercilla s'est
déterminé à briser sa plume. Il a laissé inachevé son grand travail épique, n'en a
pas relié avec assez de puissance les dernières inventions, et s'est exposé au reproche
si grave de la critique moderne de n'avoir légué à l'avenir qu'un monument sans
unité.

Mais quoi qu'il en soit, le temps a justifié le poëte, et il en est peu dans le chœur
des écrivains consacrés par la Muse pour lesquels il soit plus convenable de rappeler les beaux vers de la méditation à Manuel exilé :

> Ceux qui l'ont méconnu pleureront le grand homme ;
> Athène à des proscrits ouvre son Parthéon ;
> Coriolan expire, et les enfants de Rome
>   Revendiquent son nom.
> Au rivage des morts avant que de descendre,
> Ovide lève au ciel ses suppliantes mains ;
> Aux Sarmates grossiers il a légué sa cendre,
>   Et sa gloire aux Romains. »

Nous laisserions volontiers nos lecteurs sous l'impression de ces beaux vers, dus
à l'éclatant génie que la France vient de perdre ; mais il nous a semblé plus naturel et d'une meilleure justice de réunir encore une fois, au terme de cette traduction, le souvenir des deux écrivains espagnols que nous avons eu si souvent à
rapprocher l'un de l'autre, et qui nous présen... Ici un trait bien frappant de

ressemblance, une analogie plus complète que jamais. Cette tristesse de don Ercilla, à la fin de son œuvre poétique, nous a vivement remis en mémoire les accents mélancoliques que Miguel de Cervántes, captif dans Alger, adressait à l'un des
secrétaires de Philippe II. Les sentiments, les idées, les images que nous offrent ici
ces deux grandes et austères natures, si fortes et si douloureusement éprouvées,
méritent d'être comparés par tous les esprits sérieux. Comme Ercilla, Cervántes,
dans sa noble et pathétique épître, fait une saisissante peinture de sa destinée antérieure et de ses souffrances présentes ; comme Ercilla, il se plaint des rochers
contre lesquels est allée tant de fois se perdre sa fortune ; comme Ercilla, il gémit
sur ses vains efforts, sur ses longues courses par le monde, sur ses années stériles
et trompées; mais tous deux, ils ont dans leurs plus tristes expansions des retours
superbes de fierté et d'honneur. Je ne connais pas deux morceaux poétiques aussi
étroitement unis par le fond même qu'ils expriment ni une pareille fraternité littéraire :

« Celui qui chemine dans la bonne voie, arrive, nous le voyons, à ce port doux
et fortuné qui renferme en lui la félicité.

« Moi qui, par un sentier plus humble et plus rude, ai marché dans la nuit
obscure et froide, je suis allé me briser contre l'écueil;

« Et dans la triste prison, dans la prison amère et dure où me voici maintenant,
je pleure ma lamentable aventure,

« Importunant le ciel et la terre de mes plaintes, obscurcissant l'air de mes soupirs, grossissant la mer de mes larmes.

« Telle est la vie, Seigneur, où je me sens mourir, au milieu d'une race barbare et sans foi, et perdant ma jeunesse stérilement employée.

« Si je suis venu échouer ici, ce n'est pas pour avoir erré par le monde avec la
honte à mes trousses et la raison perdue.

« Voilà dix ans que j'allonge ou change le pas au service de notre grand Philippe, tantôt dans le repos, tantôt épuisé de fatigues ;

« Et dans le bienheureux jour où le sort fut aussi funeste à la flotte ennemie
qu'il fut à la nôtre favorable et propice,

« Tour à tour, cédant à la crainte ou reprenant courage, je fus, de ma personne,
présent à l'action, armé d'espoir plus que de fer...

« Et cependant l'expérience qui avait pesé sur ma tête ne m'empêcha pas, deux
ans après, de me remettre à la merci des vents;

« Et je vis le peuple barbare, sombre, craintif, amoindri, se cachant dans l'ombre
et avec raison redoutant sa chute dernière...

« Et quand le sang coulait de ma principale blessure et des deux autres, je
m'acharnais au combat pour voir fuir le Maure vaincu.

« Dieu sait si j'eusse voulu y rester avec ceux qui n'en revinrent pas, et périr
avec eux ou avec eux me sauver.

« Mais l'implacable destinée me manqua de nouveau et ne voulut pas qu'une si
noble entreprise s'achevât avec ma vie et mes peines...

« Je sentis le pesant fardeau du joug d'autrui, et voilà deux ans que, sous des
mains sacrilèges et maudites, ma douleur ne s'épuise pas.

« Bien je sais que ce qui me retient parmi ces perfides Ismaélites, ce sont mes
fautes sans nombre et l'imparfaite attrition que j'ai dans l'âme... » (Trad. par M. Antoine de Latour, *Études littéraires sur l'Espagne contemporaine*, p. 356-359.)

Mais Cervántes, jeune encore, gardait au fond du cœur l'espoir d'être délivré ou
par ses ruses ou par une escadre de Philippe II, et de fières pensées sur la puissance de la monarchie espagnole remplissent la fin de son épître à Vazquez. Ercilla, découragé, désespéré, vieilli dans les déceptions, faisait d'éternels adieux à la

muse et à son froid souverain. Ce ne fut pas non plus le roi d'Espagne qui accueillit la plainte de Cervántes. M. Antoine de Latour nous dit avec son habituelle éloquence : « Ce cri de détresse qu'il jette à Philippe II, Philippe ne devait pas plus en être touché cette fois que de tant d'autres où, plus tard, Cervántes réclame le prix de son sang et de ses services. Il ne fut entendu que par de pauvres moines dont la charité fit œuvre royale, en acquittant envers Cervántes la dette de l'Espagne. » (Cf. *l. cit.*, p. 361.)

Ainsi, pareillement délaissés par l'ingrate royauté des Espagnes, le plus grand des *novelistas* et le premier poëte épique de la Péninsule n'ont recueilli pour récompense de leur génie incomparable et de leur vaillante loyauté au service de la couronne, que la défaveur et la pauvreté. L'avenir devait bien à leur tombe la consolation de la gloire.

FIN DE LA TROISIÈME ET DERNIÈRE PARTIE.

SUPPLÉMENTS

HISTORIQUES ET GÉOGRAPHIQUES

Il semblera sans doute naturel à nos lecteurs que nous placions ici quelques renseignements sur la peuplade dont l'épopée d'Ercilla célèbre la résistance, et sur plusieurs mots insolites que l'écrivain s'est vu dans l'obligation d'employer. La liste alphabétique et le commentaire de ces termes, que la langue espagnole emprunte au vocabulaire des indigènes, appartient à Ercilla lui-même. Presque tous les éditeurs de l'*Araucana* les ont conservés. Nous les reproduisons, en y joignant des notes indispensables, et nous les ferons suivre des trois documents les plus curieux que nous ayons pu consulter sur les mœurs, le caractère, la situation physique et politique des Araucanos.

EXPLICATION DE TERMES PEU CONNUS

QUI SE RENCONTRENT DANS CE LIVRE

ET REMARQUES SUR QUELQUES LOCALITÉS IMPORTANTES [1]

Comme il y a dans cet écrit certains objets et certains mots particuliers aux Indes et qu'il serait par conséquent difficile de

---

[1] Voici le titre espagnol : *Declaracion de algunas cosas de esta obra*, et l'auteur ajoute le motif qui lui a fait dresser cette liste explicative. « Porque hay en este

comprendre, il m'a semblé utile d'en aplanir ici l'intelligence par quelques éclaircissements.

Angol : Vallée où les Espagnols ont bâti une ville qu'ils ont appelée *los Confines de Angol.*

Apó : Seigneur ou Capitaine dont le pouvoir est absolu sur tous les autres.

Arauco : Petite province de vingt lieues de long et de sept lieues de large, plus ou moins. C'est le pays le plus belliqueux de toutes les Indes. Aussi l'a-t-on qualifié d'*État indompté.* Les naturels doivent à la province leur nom d'*Araucans* [1].

Arcabuco : Bois épais et profond, où les arbres sont d'une grande hauteur.

libro algunas cosas y vocablos que por ser de Indias no se dejan bien entender, me pareció declararlas aquí para que fácilmente se entiendan. » Cette liste, rédigée par Ercilla, est loin d'avoir dans la première édition de 1569 et dans celle de 1574, qui en est la réimpression, un ordre alphabétique aussi régulier que dans la plupart des éditions ultérieures.

[1] « La partie méridionale du Chili est habitée par un peuple sauvage, puissant, belliqueux. Ce peuple est le seul de l'Amérique qui ait su conserver par la force son indépendance. Il est en guerre perpétuelle avec les Chiliens, fait des incursions subites sur leur territoire, et détruit toutes les villes, tous les établissements qu'ils y ont fondés. Ces Indiens sont de taille ordinaire. Ils ont le teint cuivré, d'un brun rougeâtre. Ils cultivent quelques coins de terre, récoltent quelques fruits et font une espèce de cidre, mais leurs richesses consistent dans leurs troupeaux de chevaux, de bœufs, de guanacos et de vigognes. Les bœufs et les guanacos leur fournissent une nourriture abondante ; la laine de la vigogne sert à fabriquer des ponchos. » Malte-Brun, *Géogr. univers.*, refondue par M. Théophile Lavallée, t. VI, p. 720-721. — Consult. sur les Araucanos, particulièrement Claudic Gay, *Historia física y política de Chile.* — Nous avons conservé et nous conserverons partout à ce docte voyageur son nom espagnol. Bien que M. Claude Gay soit Français et né à Draguignan, il a écrit en espagnol, a parcouru pendant quinze ans l'Amérique du Sud, et c'est sous les auspices du gouvernement de Santiago qu'il a publié son bel ouvrage. L'expérience personnelle et l'immense savoir du naturaliste et du géographe lui ont permis de produire une œuvre excellente, la statistique la plus complète et la plus précise que nous connaissions sur le climat, les richesses et l'histoire du Chili : 24 volumes in-8°, et atlas en 2 volumes in-4° : Paris et Santiago, 1843-1851. Voyez encore Söppig, *Reise in Chile, Perú*, etc., 1827-1832. — M. Poillon a traduit en français (3 vol. in-8°, Lille, 1855) une histoire ecclésiastique, politique et littéraire du Chili, due à la plume de M. l'abbé Eyzaguirre, vice-président de la chambre des députés au congrès, ouvrage de grande autorité et de grande valeur. En 1845, M. Ignacio Domeyko, aujourd'hui recteur à Santiago, et en 1863, Orllie-Antoine Iᵉʳ, qui un instant a gouverné l'Araucanie, ont donné sur cette race indomptable des détails pleins d'intérêt. Nous en présenterons un résumé à nos lecteurs, après ces notices préliminaires de don Ercilla.

Ruka : Demeure spacieuse, couverte en paille, d'une seule pièce et sans étage.

Cacique : Ce terme désigne un chef qui a des vassaux, et qui entretient une troupe de guerriers. Les Caciques prennent le nom de la vallée dont ils sont les maîtres. Leur nom passe à leurs fils ou à ceux qui occupent leur domaine après eux. Je fais cette remarque afin que si l'on entend citer quelquefois dans une bataille le nom de guerriers déjà morts en combattant, l'on sache bien qu'il s'agit ou de leurs fils ou de leurs successeurs au pouvoir [1].

[1] Il y a quelque chose d'inexact ou plutôt d'incomplet dans les détails que le poète nous donne ici et qu'il nous a donnés dans le premier chant de l'*Araucana*, sur le gouvernement intérieur du pays. Il a fort bien apprécié le régime aristocratique et féodal de la société ; mais il semble trop assimiler tous les caciques supérieurs et ne reconnaître de démarcation entre eux que pour le chef suprême élu par ses pairs. Au fond, toute la noblesse de ces tribus guerrières se partage aujourd'hui en trois classes fort distinctes. Il y a les *toquis* au nombre de quatre ; puis viennent les *apó-ulmenes* ou gouverneurs de provinces, et enfin les *ulmenes*, dont le titre répond plus spécialement à celui de caciques chez les autres nations indiennes. Une hache de porphyre est l'insigne des *toquis* ; les *ulmenes* portent un bâton à poignée d'argent. Ce sont les *ulmenes* qui administrent directement la justice dans le territoire de leur juridiction. Les affaires publiques se décident dans le grand conseil que les toquis ont seuls le pouvoir de convoquer. (Cf. Don Sanchez Bustamante, *Geografía del Perú, Bolivia y Chile*, Madrid y Lima, 1843, p. 313-314.) On voit dans l'*Araucana* (ch. ı, oct. 12-13) que les principaux caciques, sans doute les « Apó-ulmenes », étaient au nombre de seize, et qu'ils possédaient toute la contrée. Dans un autre passage du poëme (vııı, oct. 15), c'est au chiffre de cent trente qu'est fixé le nombre des caciques qui font partie du sénat ou conseil public. Mais on conçoit que le nombre des chefs augmente ou diminue, suivant la paix ou la guerre, selon que les limites du pays s'étendent ou se rétrécissent. Les mœurs des Araucanos offrent ici de singuliers rapports avec celles d'autres peuplades sauvages et belliqueuses de l'ancien continent ou de l'Amérique du Nord. Une excellente notice insérée par M. le comte Scala au *Moniteur universel* (2 juillet 1854) nous donne sur ce point de curieuses révélations. Les Tchuktchis, l'une des nations les plus importantes de la Sibérie orientale, peuple mal connu des géographes et des historiens, mais appelé, suivant M. le comte Scala, à jouer un grand rôle dans le développement des sociétés asiatiques, appartient, selon lui, au groupe des hommes cuivrés de la vallée du Mississipi, et sortent de la même souche que les Pawnees de la rivière Plate et de la rivière Rouge, dans l'ouest des Arkansas. M. Scala, après des renseignements historiques pleins d'intérêt, où il montre, par des faits précis, combien les Tchuktchis sont redoutables aux Russes, qui ne s'en vantent pas, donne quelques détails sur les mœurs de ce peuple singulier, et d'où l'écrivain conclut qu'il est d'origine américaine ; puis il ajoute : « Chez le Tchuktchis, ainsi que chez les Pawnees, les Dahcotahs et les Chippeways du Missouri et du Canada, les tribus sont gouvernées, en temps de paix, par des chefs civils héréditaires, et, en temps de guerre, par des braves que l'élection élève à cette dignité. Aussitôt après la campagne, ces derniers perdent leur pouvoir. » Rien n'est plus conforme aux coutumes des Araucanos que celles de la

Caupolicán : était fils de Leocán, et Lautaro, fils de Pillán. C[e]
sont les deux chefs de guerre les plus remarquables, et le réci[t]
les ramène bien souvent sous les yeux. Aussi, pour n'avoir pas
sans cesse à répéter leur nom, je me sers quelquefois de celui
de leurs pères (*le fils de Leocán, le fils de Pillán*).

Cautén : Vallée très-belle et très-fertile, où les Espagnols fondèrent la cité la plus florissante [1] de toutes ces contrées. Elle
avait à son service trois cent mille Indiens mariés [2]. On la

race asiatique dont parle M. Scala; et il est facile de comprendre que les nécessités de la guerre aient provoqué, chez une foule de peuplades, la même organisation de résistance, oubliée, affaiblie durant la paix.

[1] « La mas próspera *ciudad*. » A aucune époque de la langue espagnole le mot
ciudad n'a été employé arbitrairement ni confondu avec les termes analogues de
villa, pueblo ou *asiento*, et bien que les vieux poëtes, tels que Ercilla, n'y aient
pas toujours regardé de fort près, il est certain que la distinction de tous ces
mots est fondée sur l'histoire. Elle est nettement établie par l'historien du royaume
de Quito. Après avoir déclaré que les conquérants espagnols donnèrent ces noms
divers à leurs diverses fondations, « cette différence mal comprise, ajoute-t-il, ne
consiste pas en ce que ces colonies sont plus grandes ou plus petites, dans la
forme ou dans la grandeur de leurs édifices ou dans le nombre de leurs habitants.
On voit très-souvent qu'une *villa* est plus grande et mieux bâtie que les autres
ciudades, de même qu'un *asiento* ou un *pueblo* peut être plus considérable que
toute autre villa ou ciudad. La ciudad comme la villa, en Espagne, doit avoir un
corps municipal de *regidores* (avec juridiction ordinaire et d'autres priviléges) que
les étrangers appellent magistrats ou conseil de vieillards. La seule différence
entre elles, c'est que les ciudades ont des armoiries données par le roi et un étendard royal, que n'ont pas les villas; l'asiento n'a ni conseil municipal, ni armoiries,
ni étendard, mais seulement un lieutenant, un notaire public et un alguazil-major
ou alcade provincial. Le village n'a qu'un sous-lieutenant qui dépend en tout de
quelque ciudad, villa ou asiento. Les ciudades ou villas d'Amérique sont toutes des
cités dans l'esprit des nations qui emploient un même terme pour les désigner
toutes. Les asientos et les pueblos répondent à ce qu'on appelle en France et en
Allemagne des *bourgs*, en Italie *terra* ou *castello*, en Espagne *lugar*. » (Juan de
Velasco, t. II, p. 205-208, Collection T.-Compans.) Mais comme *pueblo* dans l'origine désignait toute réunion d'hommes, toute agglomération plus ou moins considérable, Ercilla a quelquefois appliqué ce terme à des cités opulentes, à l'Impériale. (Chant II, oct. 6; Cf. t. I, p. 214, *note* 2), à la Concepcion (chant X, oct. 5;
t. I, p. 248, 249, *note* 1.)

[2] Au VII° chant de son poëme (oct. 58), Ercilla reproduit la même expression.
Penco (la *Concepcion*) comptait, dit-il, cent mille sujets mariés :

> « Cien mil casados súbditos servian
> A los de la ciudad..... »

Montesquieu nous explique cette qualification, au livre XXIII, chap. VII de l'*Esprit des Lois*, où il parle du consentement des pères au mariage de leurs enfants.
Les Espagnols avaient grand intérêt à marier les Indiens pour accroître le chiffre
de leurs tributaires, et ils usurpèrent le droit paternel : « Dans les petites républiques ou institutions singulières dont nous avons parlé, dit le grave publiciste, il peut

xomma l'*Impériale*, parce que, à leur arrivée, les Espagnols trouvèrent sur toutes les portes et sur les toitures des aigles en bois, aigles impériales, à double tête, comme dans les écussons d'armoirie; rencontre étrange et digne d'être constatée; car ce n'est pas dans la nature de leur pays assurément que les Araucans ont jamais aperçu le modèle d'un pareil emblème[1].

voir des lois qui donnent aux magistrats une inspection sur les mariages des enfants des citoyens, que la nature avait déjà donnée aux pères; mais dans les institutions ordinaires, c'est aux pères à marier leurs enfants: leur prudence à cet égard sera toujours au-dessus de toute autre prudence. La nature donne aux pères un désir de procurer à leurs enfants des successeurs, qu'ils sentent à peine pour eux-mêmes: dans les divers degrés de progéniture, ils se voient avancer insensiblement vers l'avenir. Mais que serait-ce, si la vexation et l'avarice allaient au point d'usurper l'autorité du père? Écoutons Thomas Gage (*Relation*, p. 171) sur la conduite des Espagnols dans les Indes: «Pour augmenter le nombre des gens qui payent le tribut, il faut que tous les Indiens qui ont quinze ans se marient; et même on a réglé le temps du mariage des Indiens à quatorze ans pour les mâles, et à treize pour les filles. On se fonde sur un canon qui dit que la malice peut suppléer à l'âge.» Il vit faire un de ces dénombrements: C'était, dit-il, une chose honteuse. Ainsi dans l'action du monde qui doit être la plus libre, les Indiens sont encore esclaves.» (Cf. Montesquieu, Œuvres complèt., édit. de Bure, Paris, 1831, p. 394-395.)

[1] Nous ne saurions avoir aucun doute sur la pensée d'Ercilla. L'analogie que présentent ici à ses yeux l'Arauco et quelques États de l'Europe, l'adoption qui leur est commune de l'aigle à deux têtes pour blason, excitent son étonnement; mais le poète n'a pas expliqué cette ressemblance. Il n'est pas indispensable d'admettre cette fois une importation étrangère. Si Constantin inventa l'aigle à deux têtes, et qu'elle ait pu être adoptée depuis, par imitation, pour les armoiries de l'Autriche, de la Russie et de la Prusse, pourquoi s'étonnerait-on d'une invention semblable sous un autre méridien, en songeant au goût des barbares pour les images et au penchant qui les entraîne vers les allégories? Voici ce que rapporte don Alvaro Tezcoco, traduit par Ternaux-Compans (*Histoire du Mexique*, t. I, p. 2): «Après avoir été vaincu par les Culhuas, les Aztecas arrivèrent guidés par leur dieu Huitzilopochtli, sur les bords du lac de Mexico, à deux lieues de l'endroit où est maintenant la ville de ce nom. Là ils aperçurent une petite île sur laquelle était un rocher. Au sommet de ce rocher il y avait un *tunal* ou figuier d'Inde. Pour se rendre dans cette île, les Mexicains fabriquèrent des radeaux avec des roseaux; en y arrivant, ils aperçurent au sommet du *tunal* un aigle qui dévorait un serpent, et au pied du tunal une fourmilière. C'est pour cela qu'ils donnèrent à cet endroit le nom de Tenuchtitlan. Ils adoptèrent pour eux-mêmes le nom de *Tenuchcas*, et choisirent pour armoiries un aigle perché sur un figuier.» La double tête donnée à l'aigle n'est qu'une fantaisie de plus. L'on sait que l'aigle à deux têtes formait les armes de Montezuma, et M. Antoine de Latour nous rapporte que dans la ville de Ronda, rendant visite au dernier Montezuma, héritier dépossédé de l'empire du Mexique, au-dessus de la porte de sa maison, il vit encore en relief sur son écusson de pierre les mêmes armes, et tout autour un collier de couronnes. (Cf. *Séville et Andalousie*, t. II, p. 232.) La même idée, le même caprice d'imagination n'ont-ils pu naître avec spontanéité chez un peuple hardi et belliqueux, jaloux de formuler par un symbole expressif l'étendue et l'autorité rapide de son commandement? Un poète italien, faisant allusion aux armoiries de l'empereur d'Allemagne et à l'ambition

Coquimbo : C'est la première vallée du Chili. Le capital Valdivia y fonda une ville à laquelle il donna le nom de la Serena, parce que lui-même était né à la *Serena* [1]. Cette colon

insatiable de Charles-Quint, expliquait ainsi, sur le ton de la satire, l'aigle à deux têtes :

> « ..... L'aquila grifagna
> Che per più divorar due becchi porta. »

(L'Alamanni).

Cependant, en lui-même, le fait rapporté par Ercilla mérite d'être recueilli par la science moderne. Il constate une affinité de plus entre deux mondes regardés longtemps comme étrangers l'un à l'autre. Les recherches de l'érudition ont constaté entre certains usages des Indiens d'Amérique et ceux des sociétés de l'ancien continent beaucoup d'autres affinités, dont l'origine est aussi obscure et non moins inexplicable. Leur ensemble a permis à de hardis et judicieux ethnographes de chercher en Asie le berceau des populations américaines. (Cf. *infra*, p. 608, note i. Ces ressemblances en effet abondent de toutes parts. Les *teocalli* des Mexica rappellent les temples pyramidaux des Birmans et des Siamois. On pourrait le rapprocher encore des monuments de la Russie, connus sous le nom de *Tumuli tchoudes*, décrits avec tant d'intérêt par M. Eichwald (*O tchoudskikh Kopiakh.* Saint-Pétersbourg, 1855). Les voyageurs qui ont exploré la Sibérie entre l'Oural et l'Altaï et la Russie méridionale, ont reconnu l'existence de ces tumulus. Ce sont d'anciennes sépultures comme les *teocalli.* Ils se partagent en deux classes. Les uns, connus sous le nom de *mogily*, renferment des instruments en cuivre et en fer ; les autres, appelés *kopi*, contiennent des objets en pierre et en cuivre. Ils peuvent, les uns comme les autres, éclairer l'histoire des vieilles industries métallurgiques du peuple Tchoude. (Cf. M. Köppen, *Bulletin de l'Académie des sciences de Saint-Pétersbourg.* t. I, n° 18, p. 138 ; M. G. Rose, *Reise nach dem Ural, dem Altaï und dem Kaspischen Meere*, t. I, p. 118, 274, 509, Berlin, 1837 ; cités par M. Alfred Maury, *Revue archéologique, nouvelle série*, 9e année, t. VII, juillet 1862.)

Ce qu'ils offrent de curieux pour nous, c'est que les monuments funéraires, composés d'une cavité intérieure et d'un tertre qui la surmonte, renferment presque toujours, à côté du squelette de l'homme, celui du cheval. Ceux qui les élevaient, enterraient donc, comme les Araucanos, avec le guerrier le fidèle compagnon de ses courses et de ses combats.

L'analogie que présentent les *teocalli*, les temples birmans, les tumulus tchoudes et les sépultures araucanes, ne sont pas les seuls traits de parenté que les érudits ont découverts entre les deux continents. Le tatouage est commun aux Toungouses de Sibérie, aux Aïnos du Japon septentrional et aux sauvages du lac Supérieur. Les Scythes scalpaient leurs ennemis comme les Hurons. Les quatre grandes fêtes du Pérou coïncident avec celles de la Chine. Les Incas, comme les empereurs chinois, cultivaient de leurs propres mains une certaine étendue de terre. Les Chinois, il est vrai, possèdent dans leur langue des relations de voyages qui les autorisent et nous portent à croire qu'ils ont découvert l'Amérique huit siècles avant Christophe Colomb, et il est possible d'expliquer ainsi ces rapports de coutumes. (Cf. de Guignes, *Mémoires de l'Acad. des Inscript. et belles-lettres*, t. XXVIII, 1761.)

Autres ressemblances. Le Mexique avait, comme l'Égypte, une écriture figurée, et les petites cordes qu'employaient les anciens Chinois pour fixer les souvenirs de l'histoire, rappellent les *quipos* du Pérou. (Cf. Malte-Brun, t. VI, p. 376, 377.)

[1] Dans la province de Badajoz. En transportant ainsi aux villes qu'ils fondaient dans le Nouveau-Monde les noms empruntés à la métropole, les Espagnols cédaient à leurs plus chers souvenirs, comme firent aussi les Français en donnant les déno-

possède un excellent port de mer. On l'appelle aussi Coquimbo, du nom de la vallée [1].

Chaquiras : Ce sont des fils ou chapelets de ces petites perles que les naturels recueillent sur leurs rivages. Plus elles sont menues et plus ils les estiment. Ils en brodent et en embellissent leurs llautos (*Voy.* ce mot), et les femmes leurs *hinchos,* sortes de bandelettes dont les indigènes se ceignent le front. Ces *chaquiras* ressemblent à la guipure, à ces points d'or placés sur les bérets de velours dont on se couvrait autrefois. Les Araucans vont toujours les cheveux flottants sur le cou et sur les épaules.

Chili : Vaste province qui en renferme beaucoup d'autres. On l'appelle *Chili,* du nom de la vallée principale. Cette vallée fut soumise à l'Inca roi du Pérou, et chaque année on lui apportait de là une grande quantité d'or. C'est pour cette raison que les Espagnols en eurent connaissance, et quand ils firent leur entrée sur cette terre, comme c'était la vallée du Chili qu'ils venaient conquérir, ils appliquèrent ce même nom à toute la province jusqu'au détroit de Magellan [2].

minations de leur patrie à tant de localités de la Louisiane et du Canada. C'est un sentiment de tous les temps et de tous les peuples. Cf. *Énéide,* III, 349-351 :

> « Procedo, et parvam Trojam simulataque magnis
> Pergama, et arentem Xanthi cognomine rivum
> Adgnosco Scæaque amplector limina portæ.

« Pedro Valdivia choisit cette belle situation, en 1544, pour y bâtir une ville qui lui servit de retraite sur le passage du Chili au Pérou. Charmé de la beauté du climat, il l'appelle « la Serena », du nom de sa patrie, qui lui convenait mieux qu'à aucun lieu du monde. » (Frézier, p. 118.) C'est la seconde ville qu'il ait fondée au Chili.

[1] La province de Coquimbo est, avec celle d'Atacama, une des plus importantes de toute la contrée par ses richesses minières. Coquimbo est située à l'embouchure d'un *rio* qui porte le même nom. « Le port est vaste et d'un accès facile ; c'est par là que s'exportent les cuivres qui forment la principale richesse de ce pays, et qui sont expédiés pour la plupart en Angleterre... Au sud-est de Coquimbo, Herradura, au fond de la baie de ce nom, possède le plus bel établissement métallurgique du Chili. » (Malte-Brun, *l. c.,* p. 718.) Cf. *Araucana,* t. I, p. 378, *note* 1.

[2] Rien n'est plus vraisemblable que cette opinion d'Ercilla. Elle est soutenue par l'ingénieur Frézier : « La vallée de Quillota, dit-il, est un des premiers endroits où les Espagnols aient commencé à faire des établissements et à trouver des Indiens qui s'opposassent au cours de leurs conquêtes. Cette résistance rendit célèbre cette vallée et la rivière de Chile qui la traverse, et, comme les premiers noms d'un nouveau pays sont ceux que l'on remarque le plus, celui-ci... a été dans la

Eponamon : Ils désignent de la sorte le démon. C'est par lu

suite appliqué à tout ce grand royaume que les Espagnols appellent *Chile*, et n'y
autres, par corruption, *Chili*. C'est là sans doute la véritable étymologie de c
nom » (p. 104-105). Les Espagnols ont trouvé le mot et ils n'ont fait que l'etenïre
D'autres savants ont voulu voir ici une appellation significative, et ils ont tiré l
nom de ce pays du simple gazouillement d'un oiseau ; ceux-là se fondent sur l'au
torité de M. Bustamante : « Chili, especie de tordo negro, de cuya voz toma orizen
segun se cree con bastante fundamento, el nombre de Chile que lleva aquella re
gion, y le fué puesto por las primeras familias de indigenos que se establecieron
en ella. » (*Geografia del Perú, Bolivia y Chile*, p. 270-271.) Il est bien plus pro
bable que le nom fut donné au pays par les Péruviens, peu de temps avant l'arrivé.
des Espagnols : car les habitants s'appelaient *Promaucaes*.

« Tchili » veut dire *neige* dans la langue indienne. Les Incas, après avoir franchi
la plage déserte et sablonneuse d'Atacama, durent être frappés de l'aspect que présente la Cordillère aux neiges éternelles, à laquelle sont adossées vers l'est les premières provinces qu'ils voulaient conquérir. Elle ne le cède pas en hauteur aux
montagnes du Pérou. Le volcan d'Aconcagua compte 7,150 mètres au-dessus du
niveau de la mer ; c'est le point culminant des Andes, et il dépasse les nevados de
Sorata (6,488 m.) et d'Illimani (6,455 m.). L'Aconcagua dépasse même les plus
hautes cimes de la Bolivie. Le Sahama ne s'élève qu'à 6,810 mètres. Les sommets
du Gaurisankar ou mont Everest (8,840 m.), du Kunchinjunga (8,588 m.), du
Dawalaghiri (8,180 m.), du Djawahir (7,813 m.), dans la superbe chaîne de l'Hima-
laya, celui du Dapsang (8,625 m.) dans le Thibet occidental, dépassent seuls cette
prodigieuse altitude. Le Tupungato, à l'est de Santiago, est un autre géant des
Andes du Chili, et il égale, dit-on, le Chimborazo lui-même dont le faîte est à
6,530 m. ; le sommet du Descabezado atteint à 6,430 m. ; le Maypo compte encore
5,830 mètres. Une contrée que domine cette immense chaîne avec des pics aussi
élancés pouvait bien être appelée le pays des neiges par ses éphémères agresseurs.
Les Espagnols, qui entrèrent au Chili par le nord, comme les Péruviens, adoptèrent
le nom accrédité et le propagèrent avec leurs armes victorieuses jusqu'au terme de
leur conquête. M. Orllie de Tounens résume le débat en ces mots : « Suivant les
uns, dit-il, ce nom a été donné lors de la découverte, par les Espagnols, qui l'ont
tiré du gazouillement d'un oiseau ; suivant d'autres, il est venu des indigènes qui
appelaient la neige *chili*. Je crois que les Espagnols arrivèrent d'abord au milieu
d'une tribu qui portait ce nom, et qu'ils en baptisèrent tout simplement la contrée
qu'ils soumirent dans cette partie de l'Amérique. » (*Relation*, p. 106.)

Quoi qu'il en soit, il n'y a personne dont les yeux n'aient été frappés, devant une
carte de l'Amérique méridionale, de ce long territoire qui s'étend de l'isthme de
Panama au détroit de Magellan. La vaste chaîne de montagnes qui l'enclave à
l'est du nord au sud, la Cordillère des Andes traverse quelquefois sur trois et plus
souvent sur deux lignes parallèles, la Nouvelle-Grenade, la république de l'Ecuador,
le Pérou, le Chili et la terre des Patagons. Entre le Chili et le Pérou, vous rencontrez la côte aride et sablonneuse d'Atacama, où se trouve la seule possession maritime de la Bolivie. C'est du 25e au 43e degré que se développe le Chili, la portion
la plus montagneuse de l'Amérique méridionale ; et au centre du Chili se trouve la
tribu guerrière des Araucans. Les villes les plus importantes du Chili sont, en par-
tant du nord : Copiapo, riche en mines de cuivre, comme tout le reste du Chili ;
Coquimbo, le port de la Serena ; Valparaiso (*la vallée du Paradis*), le plus beau
port de commerce de toute la région, qui reçoit, après qu'elles ont parcouru de
riches contrées, les eaux du Chile ou Quillota ou Aconcagua, car le fleuve porte
ces *trois noms* ; puis c'est Santiago, la capitale politique du pays. Entre la province
de Santiago et celle de la Concepcion s'offrent à nos regards les provinces de

qu'ils jurent, lorsqu'ils veulent s'engager d'une manière irrévocable à exécuter leurs promesses [1].

Jota : (Voy. *Ojota*).

Llauto : C'est une espèce de cercle ou de bourrelet, large de deux doigts, dont ils ceignent leur front et la tête entière. Il est

Cachagua et de Maule où commence pour nous un intérêt plus vif, puisqu'elles nous présentent le premier théâtre des exploits de Lautaro. La province de la Concepcion est le Penco de l'*Araucana*. De la Cordillère descendent des fleuves qui rendent plus facile la défense du pays, le Mataquino, le Maule, l'Itáta entre Santiago et la Concepcion. Près de la Concepcion même, le Biobio roule jusqu'à la mer, grossi de ses affluents assez nombreux, le Vergara, et surtout la belle rivière de Nibequen ou Laja. C'est entre le Biobio au nord, la rivière de Cautén au midi, qu'était placé le gros des Araucans. Sur le Cautén, les Espagnols fondèrent l'importante colonie de l'Impériale. Au sud de Cautén, ils bâtirent Villarica et Valdivia. Toutes leurs villes depuis la Concepcion ne sont presque plus que des ruines. Là, plus qu'ailleurs encore, le lecteur, en parcourant les atlas détaillés, rencontre avec tristesse ce que nous pourrions appeler les inscriptions funèbres dont sont couvertes les cartes du Panama et du Venezuela : *Nombre-de-Dios*, ville ruinée; *Coro*, ville abandonnée! Villarica, l'Impériale, ne sont plus que de misérables villages où l'herbe envahit les décombres des vieux palais espagnols. Osorno, fondée en 1553 par Hurtado de Mendoza, ruinée par les Araucans en 1599, brûlée par eux, vit les Espagnols égorgés, leurs femmes entraînées captives. O'Higgins la releva et la cour d'Espagne lui décerna le titre de marquis d'Osorno, qui a survécu à son œuvre. Au Pérou, c'est le même spectacle. M. de La Condamine (*Voy. à l'Équat.*, t. I, p. 186), voulant revenir par l'Amazone, après un séjour de sept années à Quito et sur les Océans qui l'avoisinent, passe par les villes de Loyola et de Valladolid, et près de Cumbinama, fondées dans les commencements de la conquête. Leurs grands noms peuvent servir tout au plus d'ornement à une carte. « Il y aurait à peine de l'exagération à dire, déclare le savant académicien, que quelques-unes tiennent plus de place sur le papier que les villes mêmes n'en tiennent aujourd'hui sur le terrain. Il ne reste nul vestige de celle de Cumbinama : les deux autres ne méritent pas le nom de hameaux. Je laisse à juger de l'état des ponts de lianes qui conduisent à ces lieux inhabités. » Mais revenons au Chili et à l'Arauco. La Concepcion renaissante ni leurs fut encore dévastée par les Indiens à la faveur des troubles qui mirent aux prises les royalistes et les indépendants. Au centre même du pays des Araucanos, les Espagnols élevèrent d'abord les deux forteresses de Tucapel et de Puren, qui, depuis, furent déplacées, et leurs premiers sites s'appelèrent *Tucapel-el-viejo* et *Puren-el-viejo*. Dans la marche de l'invasion décrite à la fin du 1er chant de l'*Araucana*, les Espagnols partent du nord, franchissent le Maule, l'Itáta, le Biobio et poursuivent leurs conquêtes vers le midi.

[1] A leur première rencontre avec les Araucanos, les Espagnols n'ont aperçu qu'un ou deux détails de leur vie religieuse, et ont cru que le démon était le seul dieu de ce peuple sauvage. Plus tard et même au xviiie siècle, cette erreur était encore partagée. Cependant, depuis le xviie siècle, les voyageurs ont étendu leurs recherches, et ont mieux apprécié les véritables croyances des naturels. Nous les verrons traitées avec beaucoup plus de justice par M. Domeyko. Quelques-unes de leurs pratiques dénotent la doctrine de l'immortalité de l'âme. « Ils enterrent les morts dans des fosses carrées, le corps assis, en mettant à côté les armes et les vases à boire, et en plaçant à l'entour les squelettes des chevaux immolés en l'honneur du défunt. » (Malte-Brun, *Géogr. univers.*, édit. Lavallée, t. VI, p. 731.)

brodé d'or et de *chaquiras*, avec beaucoup de pierres fines d'embellissements. Ils y ajoutent les plumes ou panaches pour lesquels ils ont un goût prononcé [1]. Ils ne portent point cette parure dans les combats; elle est alors remplacée par le casque.

Mapochó : Belle vallée où les Espagnols ont bâti la ville d Santiago. Le nom de *Mapochó* est donné aussi à la ville elle même [2].

Mita : C'est l'impôt dont est chargé l'Indien tributaire.

Mitayo : Par ce mot on désigne l'Indien qui paye ce tribut.

Ojota, et, par contraction, *Jota* : Chaussure dont se servaien les Indiennes et qui ressemble aux « alpargates » d'Espagne. Le prétendu l'offrait à sa fiancée au temps du mariage. Si la future était vierge, « l'ojota » était de laine; sinon, elle était en sparterie.

Paco : Espèce de mouton indien, un peu plus fort que le mouton ordinaire. Il porte beaucoup de laine et a le cou très-long. Il y en a de différentes couleurs, de blancs, de noirs et de gris. C'est un animal d'une grande utilité. Sa chair est savoureuse et très-nourrissante. Il sert au commerce et au transport des marchandises et des denrées d'une contrée à l'autre. Les « pacos » quelquefois s'irritent d'être chargés; ils se rebutent, se jettent par terre avec leur fardeau et l'on ne réussit par aucun moyen à les faire se relever [3].

---

[1] Cf. *Araucana*, ch. xxxi, oct. 29.

[2] Santiago, capitale du Chili, est peuplé de 80,000 âmes. Elle doit sa fondation à Pedro Valdivia (1541), et il la nomma d'abord *Ciudad de la nueva Andalucia*. La vallée, le fleuve qui l'arrose et la ville, portent chez les Indiens la même dénomination de Mapochó. Cette brillante colonie reçut à son origine le nom de *Santiago del nuevo estremo*. Elle s'élève sur une plaine de sept lieues de long et six de large; c'est une ville régulière, charmante, dans un pays délicieux, mais elle est souvent visitée par les tremblements de terre. Elle a été détruite quatre fois en quatorze ans. (Cf. Bustamante, p. 298.) Les secousses de 1822 et de 1829 ont été les plus funestes. (Cf. id., *l. c.*, p. 317-319.) Après l'établissement de Santiago e grâce à cette place forte, Valdivia put s'assurer du pays jusqu'au nord du Maule. Ce ne fut qu'en l'année 1550 qu'il s'avança jusqu'au bord du Biobio et bâtit la Concepcion. Il eut alors à lutter contre une insurrection formidable qu'il comprima.

[3] Ercilla, sous le nom de *paco*, désigne le *lama* qui porte en effet jusqu'au poids de quatre arrobes ou de 45 kilogrammes. Un fardeau supérieur l'excède et le rebute. (Cf. Bustamante, p. 26-27. Sur les bêtes à laine des Andes, le paco ou al-

Palla : C'est le même nom que chez nous «señora». Mais parmi
les Indiens il ne se donne qu'à une femme de noble lignage, à
une *señora* qui a beaucoup de biens et de vassaux [1].

paco, la vicuña, le lama, le guanaco, tous animaux congénères, et sur leur acclimatation en Europe, voyez un curieux travail de M. Émile Colpaert dans le *Bulletin mensuel de la Société d'acclimatation*, année 1864, p. 27-37, 122-132, 161-174, 34-235.) Envoyé en mission scientifique dans l'Amérique du Sud par le ministre de l'instruction publique et des cultes, M. Colpaert a étudié sur les Cordillères mêmes, au berceau, les mœurs de ces utiles ruminants. Ils ne sont plus que le reste des magnifiques et innombrables troupeaux de bétail, richesse des Indiens au temps des Incas. Le savant naturaliste analyse avec une grande sagacité l'organisation physique et le caractère, les habitudes de ces animaux si cruellement décimés par la rapacité brutale des premiers conquérants. Il reconnaît au lama et à l'alpaca la douceur qui fléchit facilement sous le joug de la domesticité, tandis que, selon lui, le guanaco et la vigogne n'obéissent qu'à l'instinct de la liberté. Les variétés avaient été mal observées à l'époque d'Ercilla. Il est visible que la plupart des détails que le poëte fournit sur le *paco*, appartiennent au *lama*, qui transporte aujourd'hui encore les fardeaux de la sierra à la côte et de la côte à la sierra. Tout au contraire, la petite taille de l'alpaca, sa faiblesse musculaire, la délicatesse de son tempérament n'ont pas permis de l'utiliser comme bête de travail. Il ne porte donc aucun fardeau, ne rend aucun service de corps, mais en revanche, il procure au commerce des Indiens une véritable richesse. Il leur donne une robe laineuse magnifique, dont les poils mesurent au moins en longueur vingt centimètres. » (Cf. *l. c.*, 3° série, t. I, p. 122). M. Colpaert regarde l'alpaca comme le véritable *paco-che* des Indiens. La vigogne et le guanaco sont les deux espèces sauvages que M. Colpaert met en opposition avec les lamas et les pacos. Pleine de fierté et de finesse, la vigogne est moins farouche que le guanaco. La chasse de cet animal leste et indépendant coûte des sommes considérables. Sa laine, moins précieuse que celle de l'alpaca, sert à une foule de petits ouvrages, à des couvertures, des *ponchos* et des chapeaux. Le guanaco habite les parties les plus inaccessibles de la Cordillère. Sa chair est excellente et sa peau très-estimée ; mais la couleur constamment fauve de sa toison la fait moins rechercher. La chasse, la tonte et l'acclimatation des bêtes à laine des Andes, sont décrites avec les indications les plus précises et les plus intéressantes par l'observateur auquel nous empruntons ces rapides détails. (Cf. *l. c.*, p. 27, 122, 161 et 230.) — Aux curieuses études de M. Colpaert, on peut joindre le Rapport de Geoffroy-Saint-Hilaire, *ibid.*, p. 321 ; la note si instructive de M. Rufz de Lavison, *ibid.*, séance du 1er avril 1864 ; le Rapport de M. Cornulier-Lacinière au ministre de la marine et des colonies, *ibid.*, 10 juin 1864 ; et le Rapport de M. Lévêque, capitaine de vaisseau, à M. le président de la Société impériale d'acclimatation, *ibid.*, 10 juin 1864. — Tous ces travaux nous font connaître les tentatives entreprises pour transporter et pour acclimater en Europe les lamas et les alpacas, mais il est visible que la plupart des essais ont été faits sur le *lama*. M. de Lavison nous affirme que les divers établissements de l'Europe ne possèdent que cent quatre lamas, quatre alpacas et onze guanacos. Il paraît qu'il ne se trouve de vigognes nulle part. Le même naturaliste ajoute : « La distinction du lama d'avec l'alpaca n'ayant pas toujours été faite, il est très-probable qu'il n'y a que fort peu d'alpacas. Une des principales causes de ce résultat doit être cherchée dans une loi du Pérou qui interdit l'exportation. Cf. *Supra*, p. 328, *notes*. Voyez aussi Frézier, *Relation du voyage de la mer du sud*, p. 137-139, et Bustamante, *Geogr. del Perú*, p. 16-28.

[1] Ce nom, dans l'*Araucana*, est donné à la femme seule de Caupolicán (ch. xxxiii, oct. 75).

Penco : Vallée petite et accidentée, mais comme elle a u
port de mer, les Espagnols y ont fondé une ville qu'ils nom
ment *Concepcion* [1].

[1] Parmi les neuf provinces qui de nos jours composent l'État de Chili, celle d
Maule, dont le chef-lieu est Cauquenes, et celle de Concepcion passent pour l
greniers du pays. « Outre les céréales, elles lui fournissent du vin, des bois propr
aux constructions, des légumes en abondance, de l'huile, du chanvre, et pour plu
de deux millions de francs de bestiaux. La partie orientale est occupée par d
nombreuses tribus d'Indiens cultivateurs, qui viennent échanger leurs grains e
leur bétail contre des eaux-de-vie, draps, cotons, verroteries. *Concepcion* a et
longtemps la seconde ville du Chili. Sa population dépassait vingt mille âmes
tandis qu'elle est à peine de trois ou quatre mille aujourd'hui. Son délicieux cli
mat y attirait les principales familles espagnoles ; mais, saccagée plusieurs fois pa
les « Araucanos », détruite par les tremblements de terre, elle n'offre plus que l'imag
de la dévastation. » (Malte-Brun, *Géographie universelle* refondue par Th. Lavallée
t. VI, p. 720.) Cependant il faudrait se garder de croire, malgré la similitude de
noms et des destinées, que la *Concepcion* de nos jours soit encore la ville do
parle Ercilla. Celle-ci présente au voyageur qui pénètre dans la baie de la Con
cepcion, le spectacle de ses tristes ruines, dans la vallée d'Andalieu, entre le ri
Penco et le rio Andalien. Fondée par Valdivia, en 1550, dévastée par Lautaro
quatre ans plus tard, relevée, dévastée encore en 1603, les tremblements de terre
l'ont achevée, et l'on comprit la nécessité de la reconstruire ailleurs. Elle se
trouve aujourd'hui (depuis 1764) sur la rive droite du Biobio à trois lieues de l'an
cienne, à deux lieues de Talcahuano, dans la vallée de la Mocha. La vieille cité
porte le surnom de *Penco ;* la nouvelle, celui de *Mocha.* Plus éloignée du Pacifique,
elle est soustraite désormais aux terribles inondations qui accompagnent les tremble
ments de terre ; mais les Araucans lui firent encore leurs visites destructrices, ils y
revinrent en 1823 ; les invasions des barbares, l'incendie de 1819, le tremblement
de terre de 1835 lui ont donné l'aspect le plus désolé ; ses belles églises en ruines,
ses édifices publics, autrefois d'une grande richesse, portent la trace des flammes,
et l'herbe croissante envahit les jardins et les rues. — La paix lui a rendu quel
ques habitants, mais elle a peine à se relever, bien qu'elle soit le chef-lieu du
département. Située à 70 lieues de Santiago, son évêché, son collége et ses établis
sements scientifiques luttent avec peine contre les terribles assauts de la nature et
de la barbarie. (Cf. Bustamante, p. 339-342.) « A douze kilomètres au nord-ouest
de *Concepcion,* continue Malte-Brun, se trouve Talcahuano, qui paraît destinée à
prendre toute l'importance qu'a perdue le chef-lieu de la province. Elle est située
sur une presqu'île, dans un pays bien boisé et très-sain. Ce n'est encore qu'une
bourgade de deux mille âmes, mais sa baie forme le port le plus vaste et l'un des
meilleurs du Chili » (*l. c.*). Talcahuano se souvient à peine d'avoir été en 1817 et
1818 le théâtre de combats acharnés entre les Royalistes et les Indépendants. C'est
près de ce même port, à l'île de Quiriquine, qu'Ercilla fait aborder la flotte espa
gnole, après une violente tempête (*Arauc.*, ch. XVI). De son côté, M. Domeyko
(*Araucania y sus habitantes,* p. 8) considère la ville centrale de Talca avec ses
belles tours neuves, près de la rive droite du Maule, comme une des cités aux
quelles l'avenir réserve les plus glorieux destins. Elle a été fondée en 1742 par le
comte de Superunda. Ainsi déclinent une foule d'anciens établissements, de villes
populeuses, tandis que d'autres s'élèvent et prospèrent, et que Santiago, restée flo
rissante et capitale d'un gouvernement heureux, s'accroît par l'industrie et par le
crédit public. Valparaiso a sa banque d'escompte. Un chemin de fer, inauguré
en 1855, sous les yeux d'une population enthousiaste, et qui, livré au public, de

Puelches : Ce sont les Indiens de la montagne. Ils sont très-braves et légers à la course; mais ils ont moins d'intelligence que les autres [1].

Valdivia : Cité riche et florissante. Elle a un port de mer, à l'embouchure d'un fleuve. L'eau y est si calme qu'il suffit aux navires de s'échouer sur le sable de la rade. La ville a été construite à faible distance d'un grand lac. A la ville et au lac, Valdivia a donné son nom. L'on sait qu'à l'époque où ces divers établissements furent fondés, Valdivia était capitaine général des Espa-

puis 1363, entre Santiago et Valparaiso, passe à travers les rocs et les vallées, doit se développer vers le sud jusqu'à Curico et Talca, relier les points intermédiaires, mettre en communication Chillan, Concepcion, Talcahuano et amener dans le nord du Chili toutes les productions des provinces méridionales, aujourd'hui presque sans débouchés et sans appui. (Voy. le discours prononcé par M. Perez, le 1er juin 1861, à l'ouverture de la session du congrès). Ces progrès sont dus à la sagesse d'un État qui permet aux navires de toutes les nations de faire le commerce sur les côtes du Chili, et qui a ouvert par un seul décret à l'activité étrangère les ports de Vajilones, de Coquimbo, de Caldera, de Huasco, de Tomé, de Coronel, de Valdivia, d'une foule d'autres villes, sans que la marine marchande des Chiliens ait en rien souffert de cet appel fait à la concurrence exotique. Loin de là, dans un espace de dix ans, de 1819 à 1837, le chiffre des navires indigènes a presque triplé, celui du tonnage, quadruplé. Les lieux mêmes où l'Espagnol et l'Araucan se livraient des guerres sanglantes, sont exploités par l'activité des fabricants, et les machines à vapeur remontent le cours du Biobio. Pour ouvrir un débouché plus facile et plus sûr aux produits agricoles de la province de « Concepcion », le privilége de transports par les steamers sur le plus vaste fleuve du pays jusqu'à son embouchure, a été accordé pour huit ans, en 1851, à Robert Cunningham, et, en faveur de M. Mittam, son cessionnaire, ce privilége a été prorogé de deux ans, pour faciliter l'exécution d'un projet qui intéresse la fortune même de toute la contrée. (Cf. *Annales du commerce extérieur.*) Quelle métamorphose du théâtre où Ercilla place les héros de son épopee! Contrats de tout genre, priviléges, navigation à la vapeur, transports du commerce, industrie, fécondité par le travail et les arts agricoles, substitués aux scenes de carnage et d'horreur!

[1] Les Araucanos sont répandus sur les deux revers des Andes et dans une partie de la Patagonie. Le nom même qu'ils portent et qu'ils prennent dans le poëme d'Ercilla, leur a été donné par les Chiliens; il signifie *brigands.* Ils l'ont adopté avec fierté, comme les *Klephtes* de la Grèce et les *Gueux* des Provinces-Unies se sont fait un titre d'honneur des noms que les Turcs et les Espagnols leur donnaient pour les outrager. Leur véritable nom est celui de « Mo uches » (guerriers) ou « d'Aucaes » (hommes libres). Ceux d'entre eux qui habitent au delà des Andes, occupent, dans le voisinage de la Cordillière, le nord et le sud du Rio Negro. Les Puelches, qui sont de grande taille et peu nombreux, s'étendent au S.-E. du même fleuve. Ercilla les a bien caractérisés: nous ne savons que fort peu de détails sur cette tribu guerrière. Après les Puelches, viennent les Tehuelches ou Patagons, qui s'étendent jusqu'au détroit de Magalhaës. Les Araucanos les désignent sous le nom de Huilliches (hommes du Sud). C'est Magalhaëns qui, en 1520, leur a donné celui de Patagons (hommes aux grands pieds). Eux-mêmes s'appellent Tehuelches ou *Inaken,* suivant leur position relative au nord ou au sud. (Cf. Malte-Brun, l. c., p. 724.)

gnols, et c'est à lui que l'on attribue la gloire d'avoir découvert
et colonisé le Chili [1].

Vicuña : Chèvre des montagnes, particulière aux Indes. Elle
n'a pas de cornes et est plus haute que nos plus grandes chè-
vres. Sa laine est très-fine et ne perd jamais sa couleur [2].

Villa-Rica : Autre ville, bâtie par les Espagnols sur le bord
d'un petit lac [3]. Dans le voisinage se trouvent deux volcans
dont les éruptions sont quelquefois si fortes et s'élèvent à
une telle hauteur qu'une pluie de cendre vient s'abattre sur la
ville.

Yanacónas : Ce sont de jeunes Indiens amis, qui servent les
Espagnols, et dont quelques-uns sont très-bien traités par eux.
Ils conservent leur costume et attachent une grande impor-
tance à la parure de leurs vêtements. Souvent ils combattent

[1] C'est à l'an 1552 que remonte la fondation de Valdivia. Son port passe pour
l'un des plus beaux du Chili. Il a d'imposantes fortifications ; mais la ville est bien
déchue. Elle fut bâtie à l'embouchure du Calla-Calla. Les Araucans la prirent
en 1599, y détruisirent cinq couvents de Dominicains, et ne laissèrent rien sur
pied. Mais les Espagnols s'en ressaisirent, et en 1643 la défendirent avec succès
contre une attaque des Hollandais. En 1645 ses fortifications furent achevées. Mais
un nouveau désastre, un tremblement de terre, la ruina en 1737. Dans leur guerre
d'affranchissement, les Chiliens s'emparèrent de Valdivia, sous le commandement de
l'amiral Cochrane. Située à 65 lieues de la Concepcion, elle est pour le nord du
Chili le grand marché de bestiaux, de grains et de fruits. (Bustamante, p. 317-318.)

[2] M. Colpaert (*Bull. de la Soc. d'acclimat.*, 2e série, t. I, p. 161) nous rappelle que la laine précieuse des vigognes appartenait à l'Inca. « Suivant Garcilaso
de la Vega, continue M. Colpaert, le manteau impérial était tissé avec cette laine
dans laquelle étaient entremêlés avec beaucoup d'art des filaments d'or et d'argent si finement travaillés qu'ils n'ôtaient rien à la souplesse et à l'élasticité du
vêtement. Mais le même auteur se trompe quand il prétend que la laine de la
vigogne était réservée exclusivement à l'usage de l'Inca et des personnages de sang
royal, et que nulle autre personne ne pouvait s'en vêtir, sous peine de mort. Les
découvertes que l'on a faites dans les sépulcres indiens où plusieurs momies ont été
trouvées la tête enveloppée dans *una uncuna*, espèce de mouchoir tissé avec de la
pure laine de vigogne, et parfaitement conservé depuis des siècles, prouvent le
contraire. » Cependant ce pourrait être là une dérogation rare, consentie par les
Caciques pour honorer les funérailles de quelque mort illustre, et sans qu'il y ait
lieu d'infirmer le témoignage d'un historien aussi accrédité que Garcilaso. M. Colpaert ne partage pas tout à fait l'opinion d'Ercilla sur la laine de la vigogne. Il
établit que la couleur de cette laine, café clair sur le dos, et fauve clair sous le
ventre, n'est pas parfaitement fixe ; que « dans les préparations qu'on lui fait
subir, elle s'altère et passe au rose pâle. » (*L. c.*, p. 127.)

[3] Ce lac que le poëte qualifie de *pequeño* est la *Llauquen* près du volcan qui
porte le même nom ; mais il n'a pas moins de trente-trois lieues de tour. Au centre
s'élève une colline conique fort pittoresque (Cf. Bustamante, p. 315).

pour la cause de leurs maîtres [1], et plusieurs avec beaucoup de courage, surtout lorsque les Espagnols quittent leurs chevaux et livrent bataille à pied ; car, ordinairement, dans les retraites, on les laisse aux mains des ennemis, qui les massacrent avec une impitoyable cruauté [2].

[1] C'est dans un combat de ce genre que les Espagnols furent tout à coup abandonnés par Lautaro, yanacóna de Valdivia et héros de la première partie du poème. Le terme même de *yanacóna* répond au mot espagnol *criado* dans la langue péruvienne ou quechua. Cette langue avait de nombreux dialectes, et a laissé sa trace dans beaucoup de noms, de localités, de fleuves et de montagnes. (Cf. Bustamante, *Geogr. del Perú*, p. 15 et 11.)

[2] Cf. *Araucana*, ch. vi, oct. 17-33.

LES ARAUCANS

DE M. DOMEYKO, DE M. ORÉLIE DE TOUNENS, ET DE M. ALCIDE D'ORBIGNY.

Nous avons promis [1] de compléter les explications préliminaires de don Ercilla par quelques détails empruntés aux Opus-
cules que M. Domeyko et M. de Tounens ont publiés sur l'A-
raucanie en 1845 et en 1863. Ce sont des écrits d'un caractère
bien différent, mais dont le premier explique le second, et qui
tous deux sont dus à des hommes qui ont visité les Araucans, se
sont initiés de près à leurs coutumes et à leur existence. Nous
ne craindrons pas d'insister sur les détails qu'ils nous fournissent et qui jettent une vive lumière sur le poëme entier d'Ercilla. Nous y ajouterons quelques renseignements ethnographiques puisés dans le grand ouvrage de M. Alcide d'Orbigny,
Voyage dans l'Amérique méridionale, et qui avait paru déjà
entre 1834 et 1843.

§ 1

L'ouvrage de M. Ignacio Doméyko, recteur actuel de l'Université chilienne, est daté de Santiago, sous le titre de *Araucania
y sus habitantes*. Nous le résumerons et nous le traduirons souvent. L'auteur est à coup sûr l'un des hommes les plus éclairés
du Nouveau-Monde. Professeur autrefois au collége de Co-

---

[1] Cf. *supra*, p. 588, note 1.

quimbo, il s'est occupé de toutes les matières qui touchent à la civilisation et à l'industrie nationales. Sous l'influence de ses idées, l'éducation littéraire et scientifique s'est profondément modifiée au Chili. Mais il ne s'est pas borné à cette première réforme. Il a donné une impulsion vive et décidée aux sciences métallurgiques et à l'exploitation des richesses minières de sa patrie. Il s'est montré explorateur laborieux et intelligent. Il a parcouru en géologue les provinces du nord, puis les Cordillères de Santiago, où il a révélé des minéraux précieux. Enfin, et dans un intérêt tout social, il a désiré s'asseoir au foyer des tribus qui, au milieu même du territoire chilien, ont su garder leur indépendance, se font craindre encore aujourd'hui comme des Espagnols du xvi⁰ siècle, et partagent pour ainsi dire en deux le vaste littoral gouverné par les mêmes institutions. Le but de M. Domeyko était d'étudier l'état physique du pays, l'Araucanie extérieure pour ainsi dire, le caractère moral et les coutumes des indigènes, les raisons qui s'opposent à ce qu'ils admettent chez eux les progrès de la civilisation, et les moyens les plus sérieux que le Chili pourrait employer à les réduire. M. Domeyko est inspiré par une pensée patriotique, celle de relier en un seul faisceau toutes les forces du même territoire et d'entraîner les tribus encore à demi barbares qui le morcellent, dans le même courant de législation, de foi et d'intérêts commerciaux.

Il est impossible de mieux décrire, de mieux développer sous les yeux du lecteur, que ne le fait M. Ignacio Domeyko, le plan général des montagnes, des côtes et des « llanos » de tout le Chili, et en particulier des régions de l'Arauco qui le continuent. C'est des hauteurs de Chacabuco, où les Chiliens commencèrent en 1817 le triomphe de l'indépendance achevé à Maypú deux mois plus tard, que le savant géologue nous fait regarder vers le sud, et dessine, met en relief et déploie devant nous la physionomie extérieure du pays avec toutes ses saillies et toutes ses directions.

Une côte, deux chaînes parallèles de montagnes, deux *cordilleras* et un « llano » tantôt plus large et tantôt plus étroit qui s'allonge entre les deux lignes de hauteurs, comme un golfe entre deux rivages, telle est, en peu de mots, la configuration

générale du sol. A droite, la « cordillera de la cuesta » est beaucoup moins élevée, et présente mille formes irrégulières,
comme celles des flots d'une mer qui s'apaise après une violente tempête. A gauche est la chaîne des Andes, aux arêtes
escarpées, aux précipices rapides et nombreux. Sur ce premier
plan ainsi déterminé se déroulent les accidents qui changent la
surface de la nature chilienne. Toutes les variations qu'elle
présente, M. Domeyko les énumère avec une complaisance qui
révèle sa tendresse filiale pour le pays qui l'a vu naître, et
chacun de ses coups de pinceau est une acquisition pour la
science. Il n'oublie pas de signaler sur son passage les lieux où
se trouvaient les mines d'or exploitées par Valdivia, à l'endroit
même où le Biobío forme un coude et promène son courant
large et majestueux vers l'ouest, à travers une végétation luxu-
riante [1]. Des bords mêmes du fleuve, en descendant vers les
ruines de *Concepcion* tant de fois ravagée par les désordres de la
nature et par la barbarie, vous embrassez d'un coup d'œil les
deux charmantes baies de San Vicente et de Talcahuano, tandis
qu'en face vous plongez jusqu'à l'île *de* Quiriquine, si fameuse,
dans le poëme de don Ercilla, par le débarquement du fils de Men-
doce [2]. *Concepcion* même n'a plus qu'un fortin aux armes de
Castille. Quelques familles de pêcheurs dressent leurs chau-

[1] C'est avec la tendresse d'un Chilien pour sa patrie, c'est avec l'enthousiasme du
naturaliste pour les grandes scènes de la création que Domeyko dépeint la contrée
qu'il parcourt. Le *Salto* de la Laja est pour lui le Niagara du Chili. Un llano de
vingt lieues s'étend à l'est jusqu'aux villes de Yumbel et de San Cristóbal. Il est
tout couvert de bois épais et traversé par la Laja qui au centre de la plaine forme
une chute rapide et produit des nuages de vapeur où vous admirez les vives couleurs de l'arc-en-ciel. En face de la cascade, le volcan d'Antuco lance ses flammes
éternelles. Près du volcan se dressent les blanches cimes de Beludo. A la base
même de l'Antuco, se développe en hémicycle un beau lac d'où s'écoule le Laja.
Le fleuve précipite ses eaux écumantes et bleuâtres sur les laves qui descendent du
volcan élevé de 3,300 *varas*, au-dessus du niveau de la mer. L'immense plaine
qu'enveloppent le Laja et le Biobío, se nomme « la isla de Laja ». De là, au sud, le
regard s'étend sur les terres des Araucans ; au nord, sur les forêts du nouveau
Tucapel et sur des pampas illimitées (cf. p. 12). Le docte explorateur n'oublie jamais
de faire ressortir toutes les richesses végétales que l'Arauco présente. En décrivant
les forêts de rouvres, de rauli, de coligües qui ombragent son plantureux territoire, il parle du *quila*, plante fine et flexible, qui s'élance jusqu'au sommet des
chênes et des lauriers gigantesques, et dont les tendres branches et les feuilles
effilées donnent aux troupeaux une abondante pâture (p. 22).

[2] Cf. *Araucana*, ch. XVI, oct. 18 et suiv.

mières parmi les décombres des vieux temples et des édifices écroulés.

C'est sur la rive gauche du Biobío que commence la terre classique de l'Arauco, et qu'à chaque pas nous rencontrons les souvenirs que la poésie d'Ercilla immortalise. L'Arauco est resserré entre le littoral du Pacifique d'une part, et de l'autre, sur la ligne de l'ouest, les deux volcans d'Antuco vers le nord, de Villarica vers le midi. Cependant le Biobío ne forme plus la frontière réelle du territoire des Indiens indépendants et du territoire placé sous les lois du gouvernement chilien. Plus de trente lieues de côtes ont été abandonnées par les naturels. L'Andalican où don Ercilla place les exploits de Lautaro, le fort d'Arauco, les alentours même de Tucapel, dont les ruines voient s'élever des chênes deux fois séculaires, appartiennent aux chrétiens; le cours supérieur du Biobío voit pourtant encore près des chutes du fleuve quelques tribus indiennes. Tucapel, Nacimiento, Santa Bárbara sont les points extrêmes de la civilisation. Du *Rio de Cruces*, les Indiens occupent un espace de plus de mille lieues carrées, deux degrés entiers de longitude et de latitude, où jamais n'a pénétré la loi d'un gouvernement fixe, depuis qu'au commencement du xviie siècle, ont été saccagées les sept villes espagnoles fondées par la conquête.

La forme du sol araucan, nous l'avons vu, est la même que pour le reste du Chili depuis Chacabuco. Toujours une côte, des prairies à l'embouchure des fleuves, de longs rubans de sable que baigne une mer orageuse, et où se dressent parfois des rocs majestueux, des collines qui encadrent de petits golfes; puis un premier cordon de hauteurs; puis une *pampa* ou *llano*, et au delà, les Andes. Figurez-vous encore deux bourrelets qui limitent à l'est et à l'ouest, le llano intermédiaire et longent le cordon de la côte et la haute cordillère. Vous avez ainsi un terrain qui se développe comme en six bandes parallèles, en six régions géologiques. Voilà le Chili, et voilà l'Arauco.

M. Domeyko ne décrit pas avec moins d'exactitude et de précision les cours d'eau qui arrosent le territoire de l'Araucanie. Ceux qui naissent en grand nombre dans la cordillère occidentale au milieu de bois touffus et vont directement à la mer, forment à leur embouchure de larges estuaires, mais sans pro-

fondeur. Nommons parmi eux le Paycaví, le Tirua. Ceux au
contraire qui partent des mêmes hauteurs, et suivent leur pente
opposée, courent arroser les plaines de la zone intermédiaire.
Là ils se réunissent à une foule d'autres courants dont quelques-
uns descendent des sommets ou des lacs des hautes Andes, ou de
la région subandine de la cordillère orientale. L'on ne connaît
encore ni leur nom, ni leur quantité, ni leurs embranchements.
Mais avant de franchir la cordillère de la côte, ils sont réunis
dans trois canaux collecteurs, fleuves navigables, magnifiques
artères pour le commerce de l'avenir : le Biobío, le Cautén (ou
l'Impériale) et le Tolten.

Sur la double ligne de terrain que les montagnes encadrent
du nord au sud, croissent, au milieu d'une forêt de végétaux, le
rouvre qui s'élance à quatre-vingts pieds dans les airs, et dont
le tronc vigoureux et droit ne reçoit ses premières branches
qu'à la moitié de son essor. Son compagnon, son rival est le
raulí, hêtre gigantesque. Ils dominent une forêt d'arbustes
qui déroulent sous eux leur verdure et leurs fleurs au parfum
délicieux et aux mille nuances. Dans ces bois vous rencontrez
encore le *copigué*, aux fleurs rouges, toujours entouré de lianes
innombrables et de ces roseaux acérés et durs qui fournissent
à l'Araucan la pointe de sa lance. De tous côtés, à l'intérieur de
ces forêts, se présentent devant le voyageur des espaces impénétrables, fourrés profonds, véritables murailles d'arbres, d'arbustes, de plantes entrelacés. Avec les lianes qui l'enveloppent et
l'embarrassent, tel arbre y ressemble à un navire chargé de ses
cordages, dont une partie flotterait au gré des vents, et dont les
autres le contraindraient à courber son mât superbe. Au sommet le plus élevé de la cordillère des côtes et de la région subandine, s'élève la tige hardie et svelte de l'araucaria; ferme
et immobile comme une colonne de marbre, il s'élève à plus de
cent pieds. A l'extrémité de ses branches supérieures mûrissent
les « piñones », véritable pain que la nature fournit aux tribus
indiennes.

Tel est, suivant Domeyko, le système général du pays, depuis
le Biobío jusqu'au Valdivia. La cordillère de la côte est une suite
de forts naturels qui interceptent les communications entre le
llano intermédiaire et les vallons du littoral; et, comme pour

défendre encore mieux l'asile de l'indépendance, quelques rameaux de collines chargées de bois, partent de la cordillère et vont plonger jusque dans les flots du Pacifique, deux surtout sont des obstacles sérieux pour les communications de la côte, celui qui s'étend entre le rio de Tirua et le rio de l'Impériale; il est à moitié chemin de Concepcion à Valdivia, et s'appelle la « montaña de Tirua ». L'autre se dresse entre les rivières de Q*ule* et de *Lingue*, à quelques lieues seulement des eaux de Valdivia. Il y avait un troisième obstacle du même genre entre le fort d'Arauco et Tucapel-le-Vieux; mais tout le pays a perdu son caractère sauvage, depuis que les chrétiens l'habitent et ont substitué aux « espesuras », des bois et des prairies qu'il est facile de franchir.

La plus grande partie de la population indienne est établie au pied des hauteurs dans le llano intermédiaire; on les appelle « llanudos »; les « costeños » occupent le pied de la cordillère occidentale et s'échelonnent depuis cette cordillère jusqu'à l'Océan. Il est facile de voir qu'entre les *llanudos* les communications sont faciles et rapides, et ne trouvent d'obstacle que dans quelques cours d'eau; mais les *costeños* sont séparés les uns des autres par ces mêmes cours d'eau agrandis et par les ramifications de la cordillère, qui se détachent du cordon principal et courent vers la mer du Sud.

L'étude de Domeyko n'est pas moins curieuse lorsqu'elle s'applique au caractère moral des Araucans, et il comprend sous ce nom les tribus indépendantes qui vivent entre Concepcion et Valdivia. Il constate la justesse de la peinture que don Ercilla faisait de cette race au premier chant de son épopée [1]. On les reconnaît encore tels qu'ils étaient il y a trois siècles. Mais Domeyko n'admet pas avec Malte-Brun [2], qu'ils rappellent le type mongol. Il leur trouve plus de rapport avec la race caucasienne. La tête oblongue, le sourcil étroit et bien arqué, le nez moins large, plus allongé que chez l'Indien du Chili septentrional, quelquefois même le nez aquilin, des lèvres bien dessinées, les cheveux noirs, jamais crépus, une physionomie

____

[1] Cf. *ibid.*, ch. 1, oct. 46.
[2] *Géogr. univ.*, t. VI, p. 720.

fière et calme à la fois : tels sont les traits qui dominent chez
l'Araucan et qui justifient l'assertion de Domeyko [1].

[1] Que ce soit au type mongol ou au type caucasien qu'il faille rapporter la race
des Araucans, c'est par le vieux monde que le nouveau a été peuplé. M. Gustave
d'Eichthal et M. l'abbé Lehir ont porté une grande lumière sur cette question.
Déjà dans les séances du 10 et du 17 juin 1861, M. d'Eichthal avait fait à l'Académie des inscriptions et belles-lettres une curieuse communication relative au caractère asiatico-bouddhique de quelques bas-reliefs de Palenqué. Depuis,
quatre articles de la *Revue archéologique* (t. X, p. 187 et 31; t. XI, p. 41 et 171)
M. d'Eichthal, élargissant le cercle de ses premières recherches, a constaté les
origines asiatico-bouddhiques de la civilisation américaine. Ce ne sont plus seulement les ruines de Palenqué qu'il interroge au Mexique, bien qu'elles offrent un
développement de trente-deux kilomètres; c'est tout un ensemble d'antiquités et de
documents qu'il consulte; et, bien qu'il reconnaisse que les origines de la civilisation du Nouveau-Continent soient diverses, même du côté de l'Asie, il ne cherche
pas moins, avec le docte de Guignes, quels rapports géographiques se sont d'abord
établis entre le nord-est de l'Asie et le nord-ouest de l'Amérique. Un double itinéraire le conduit de Samarkande au Kamschatka, et de là à la presqu'île d'Aliaska
à l'aide de la chaîne protectrice que les îles aléoutiennes présentent au navigateur.
Il y a eu aussi des exemples, mais tout récents, de barques japonaises poussées par
la tempête ou les courants sur les rivages d'Amérique; ces accidents de mer
ne peuvent pas faire supposer qu'il y ait eu autrefois une navigation régulière et
directe entre les côtes de Nippon ou d'Yeso et le continent américain. Tout au contraire, par les points indiqués, le trajet était facile et provoqué d'étape en étape.
La question essentielle était de constater les ressemblances, les analogies propres à
confirmer ces données premières. Et, en effet, le Nouveau-Mexique, que l'on peut
regarder comme le point de départ de la civilisation méridionale de l'Amérique,
présente des rapports curieux avec la civilisation chinoise. L'on a trouvé au Nouveau-Mexique des maisons à plusieurs étages, avec des chambres, des salles, des
étuves; les habitants étaient vêtus de robes de coton, portaient des souliers et des
bottes de cuir, avaient des villes murées, fabriquaient des étoffes, des baches. Dans
l'ancien royaume de Cibola, à Zuni qui en était la capitale, les Européens ont trouvé
des Indiens blancs. (Cf. Castañeda, *Collect. Ternaux-Compans*, Paris, 1838.) Les
Mandans ont le teint aussi clair que celui des métis. La vieille relation chinoise qui désigne l'Amérique sous le nom de *Fou-Sang*, parle de bœufs indigènes;
la baie d'Hudson et la vallée de Mississipi n'ont-elles pas offert à l'Européen des
troupes de bisons? Mais la relation chinoise contient encore d'autres révélations
auxquelles de Guignes n'accorda et ne pouvait accorder de son temps qu'une attention médiocre et qui forment la base même du travail de M. d'Eichthal. « Autrefois,
ces peuples, dit de Guignes, n'avaient aucune connaissance de la religion de Fo.
L'an 458 de J.-C., sous la dynastie de *Sum* (Sung), cinq bonzes de Samarkande allèrent porter leur doctrine dans ce pays; alors les mœurs changèrent. » Aujourd'hui,
mieux qu'au temps du savant de Guignes, l'identité de la religion de Fo et du
bouddhisme est reconnue, et l'on sait que Samarkande était un des grands foyers
du culte de Bouddha. « On était là d'ailleurs au centre de l'Asie, au contact, d'une
part, avec la Perse, de l'autre, avec le Turkestan, au débouché de toutes les
routes qui conduisaient de ce point central à la frontière nord de la Chine et dans
tout le nord-est de l'Asie jusqu'aux rives de la mer Pacifique. » Il ne s'agissait plus,
après ces constatations si utiles au point de vue de l'histoire et de la géographie,
que de compléter les affinités nombreuses déjà signalées par M. de Humboldt
entre l'Asie orientale et les diverses civilisations américaines, et c'est ce que
M. d'Eichthal a fait, au point de vue religieux, avec une plénitude singulière de

Parmi les caciques, aujourd'hui fort nombreux, il n'est pas rare de rencontrer des visages aussi blancs qu'en Europe, et en

...ts et d'arguments. Voyez ses trois derniers mémoires, de novembre 1864, de ... et d'avril 1865. Que des Européens naufragés, ou les descendants de ces Scandinaves, qui depuis le xie siècle ont visité le Groënland, Terre-Neuve et peut-être même la Nouvelle Écosse, aient contribué à la population de l'Amérique, et aient formé de la sorte une des origines de sa civilisation, le fait ne saurait être contesté; mais la cosmographie des Mexicains, la hiérarchie, les congrégations, les pratiques religieuses, l'austérité des pénitences forment une parenté morale bien significative entre les peuples du Nouveau-Monde et ceux de l'extrême Orient. De sa côté, M. Lehir a fait valoir en faveur des éléments européens, des preuves non pas exclusives, mais singulièrement puissantes. Il les a développées dans ses *Etudes bibliques* (Paris, 1869, t. II, p. 474-489). Là, à propos de l'ouvrage d'un ancien missionnaire, publié à Montréal en 1866, M. l'abbé Lehir s'est montré le très-savant et très-remarquable défenseur des origines occidentales de la civilisation américaine. L'habile Sulpicien accepte les résultats de la science. Il accorde que les traditions, les usages, les données linguistiques, le système d'écriture, la conformation du crâne, conduisent à reconnaître pour les nations d'Amérique une origine touranienne, mais il ne croit pas que l'Asie soit leur unique berceau.

D'un côté, les deux idiomes principaux de l'Amérique, « les deux troncs vieux et robustes autour desquels s'épanouissent des ramifications nombreuses de dialectes qui ont couvert la face du Nouveau-Continent, » l'algonquin et l'iroquois lui semblent bien relever de l'Orient. La multitude des voyelles qui donne à ces langues une mâle et brillante sonorité, et le caractère synthétique qu'elles présentent, une foule de détails grammaticaux importants, analogues entre les deux langues américaines et les langues touraniennes, sont signalés par M. l'abbé Lehir et paraissent constater la source orientale des idiomes comme des peuples ultra-atlantiques. M. Ch. J. Bunsen, qu'il cite, est à cet égard très-affirmatif: « Les données de la linguistique dont nous disposons, combinées avec les traditions et les usages, et spécialement avec un système d'écriture qui ne se compose que de dessins et de quelques signes mnémoniques, me permettent d'affirmer qu'autant l'unité qui relie les tribus américaines les unes aux autres est certaine, autant leur origine asiatique est-elle pleinement démontrée. Les langues indiennes (de l'Amérique) sont sorties d'un idiome touranien du nord. » (*Christianity and Mankind*, Londres, 1854, t. IV.) Outre les preuves données par Prichard, M. Bunsen rappelle ce fait, établi par M. Schoolcraft (*Historic. et statist. information respecting the history, condition and prospects of the indian tribes of the United States*. Philadelphie, 1851-1853, trois vol. grand in-4°), « que des tribus sibériennes (où le même système d'écriture dessinée a eu cours), ont traversé les îles septentrionales pour pénétrer dans le Nouveau-Continent. »

— « La conformation toute mongolienne du crâne, le type du chasseur, la coutume de s'initier par de longs jeûnes et par des songes à l'état de clairvoyance et de visions, l'identité des croyances fondamentales et des symboles religieux (sans excepter la tortue), tout nous ramène au touranisme primitif. » — M. Bunsen ajoute qu'il n'y rien dans les langues américaines qui contrarie cette conséquence tirée de l'histoire et de la physiologie.

Mais M. Lehir fait remarquer, avec un sens profond, que M. Bunsen hésite à rien conclure directement de la philologie, et que M. Max Müller se maintient dans les mêmes limites (Cf. *Lettre de M. Müller à M. Bunsen*, au t. III de *Christianity and Mankind*, et *Leçons sur la science du langage*, t. Ier); que selon M. Müller la philologie ne s'oppose pas plus que la physiologie à l'unité de la race humaine; que les langues touraniennes (toutes les langues de l'Europe et de l'Asie qui ne sont ni ariennes, ni sémitiques, ni chinoises) ont en commun des éléments

général la noblesse araucane est beaucoup moins *cuivrée* qu
dans les provinces du nord. Le docte naturaliste explique cett

qu'elles ont dû puiser à la même source (voy. Leçon VIII, p. 313 et suiv.; trad
fr. de M. George Harris). « Mais, continue le savant prêtre de Saint-Sulpice, l'au
teur est moins affirmatif sur la parenté des langues touraniennes avec celles
l'Amérique. Il semble toutefois partager l'opinion de ses prédécesseurs les plus ex
perts en cette matiere, de ceux dont il fait le plus grand cas, tels que Rask, Cas
tren et M. Schott qui ont étendu graduellement la famille turque (ou touranienne)
sur l'Asie septentrionale et sur le nord de l'Europe et de l'Amérique. » (H. Xe
Journal asiatique, 5e série, t. VIII, p. 67, ann. 1856).

Devant ces résultats, M. Lehir conclut que la science n'a pas dit son dernier mot
et il appelle l'attention de ses lecteurs sur certains traits d'affinité qui, malgré le
dissemblances les plus profondes, lui apparaissent entre la langue algonquine et le
langues indo-européennes, dans ses racines et surtout dans plusieurs formes gram
maticales. L'ancien missionnaire dont le livre sur les langues sauvages d'Amériqu
a été son point de départ, avait rapproché les pronoms personnels algonquins de
mêmes pronoms en hébreu, et la ressemblance en effet est frappante, selon le doct
professeur d'Écriture sainte; « mais il aurait pu également, dit-il, les compare
avec les pronoms égyptiens, ariens et touraniens; car, dans toutes ces familles d
langues, les racines pronominales sont pour la plupart identiques, et il y a assu
rément un fait d'une importance majeure dans la question de l'unité de race hu
maine. Mais précisément à cause de cette universalité de pronoms, j'évite de les
faire entrer dans la recherche des rapports spéciaux dont je m'occupe ici. » Et
l'excellent critique s'attache à constater les ressemblances qu'offrent, entre les
langues en débat, quelques racines attributives qui tiennent au fond même des
idiomes; il compare les formes grammaticales, les pluriels, les diminutifs; il si
gnale une foule d'autres rapports entre les langues ariennes et la langue algonquine,
et il achève par cette conclusion : « Jusqu'à la preuve du contraire, il reste pro
bable à mes yeux, que des émigrants européens ont, dès une époque très-reculée
— et bien avant le xe siècle où des Irlandais abordèrent au Groënland, — contribué
pour leur part à peupler l'Amérique, en se mêlant toutefois à d'autres races, et que,
malgré leur petit nombre, ils ont laissé dans les langues ultra-atlantiques une im
pression encore vivante de leur passage. Ce serait dans la race de Gomer, dans la pos
térité de ses trois fils, Ascenez, Ripbath et Togorma, c'est-à-dire parmi les Germains,
les Celtes et les Arméniens, qu'il faudrait chercher la source de cette émigration
lointaine et si complétement oubliée. » (T. II, p. 188-89, *Des langues américaines*.)

Il n'y a au fond aucune contradiction entre ces corollaires et ceux de M. d'Eich
thal, puisque M. Lehir avoue l'origine touranienne de l'Amérique et que M. d'Eich
thal reconnaît d'autres sources pour sa population que les bouddhistes d'Asie. Tout
se borne à un problème de mesure et de proportion qu'il est peut-être impossible
aujourd'hui de résoudre. Les types de races ne sont pas ici une objection sérieuse,
et pour cette dernière face de notre matière, qui intéresse à un si haut degré la
question fondamentale de l'unité de l'espèce humaine, nous avons la bonne fortune
de pouvoir transcrire ici quelques lignes aussi judicieuses que concluantes, em
pruntées à un ouvrage tout récent et où les plus hautes spéculations de la pensée
sont toujours dirigées par la méthode la plus sévère et l'investigation toujours
complète des faits : « M. Agassiz, nous dit M. Th. Henri Martin, exagère les dif
férences entre les races humaines; il croit que certaines d'entre elles sont essen
tiellement et originairement séparées les unes des autres, et qu'elles ne peuvent
pas remonter à une source commune. (Cf. *De l'espèce et de la classification en zoo
logie*, trad. fr., Paris, 1869, p. 208-299, 265-267.) En un mot, sans aller aussi loin
que d'autres *polygénistes* des États-Unis, par exemple M. Morton et ses disciples

inconstance par le croisement des races. La guerre, l'invasion
sans cesse renouvelées, livraient aux déprédateurs des milliers
de jeunes filles et de femmes espagnoles ; ils en achetaient aussi
aux Puelches, leurs voisins, les adoptaient pour épouses, et il
n'y a rien d'étonnant que la race des caciques se soit ainsi modifiée plus vite que le reste de la nation [1].

M. Nott et Gliddou, qui distinguent dans le *genre* humain de nombreuses *espèces,*
L. Agassiz est *polygéniste.* En cela je ne puis le suivre, et ses preuves me paraissent tout à fait insuffisantes. Les raisons scientifiques par lesquelles M. de Quatrefages (*L'unité de l'espèce humaine,* Paris, 1861) a combattu cette hypothèse, sont
les plus fortes, et ses conclusions seraient inattaquables, si, au lieu d'être pré-
sentées comme une démonstration du *monogénisme,* c'est-à-dire de la communauté
d'origine de toutes les races humaines, elles s'arrêtaient à ce qu'il a vraiment
établi, c'est-à-dire à la très-grande *probabilité scientifique* de cette doctrine. En
effet, les croisements des races humaines entre elles offrent tous les caractères du
métissage, qui ne sont pas des limites de l'espèce, et non les caractères très-diffé-
rents de l'*hybridation,* qui est le croisement de deux espèces distinctes; la distribution géographique des races humaines ne paraît offrir aucune correspondance
précise avec celle des groupes d'espèces animales formés chacun autour d'un
centre particulier de création, et l'origine des races humaines, à partir d'une
souche commune, peut s'expliquer suffisamment par la *variabilité restreinte,* telle
que M. Faivre (*La variabilité des espèces et ses limites,* Paris, 1868) l'a définie et
constatée dans l'ensemble du règne animal et du règne végétal, c'est-à-dire par la
variabilité des caractères inférieurs aux caractères spécifiques. Cette probabilité de
l'origine commune des races humaines a été fortifiée, et l'un des principaux arguments des *polygénistes* a été détruit, par M. de Quatrefages, sur l'origine, certainement asiatique, des populations prétendues *autochthones* de la Polynésie (*les Po-
lynésiens et leurs migrations,* Paris, 1865). La probabilité du *monogénisme* est
d'ailleurs confirmée par un caractère spécifique de haute importance et trop négligé en général par les zoologistes qui se sont occupés d'anthropologie : je veux
dire le caractère psychologique, qui montre bien l'unité de l'espèce humaine au
milieu de la diversité des races (voy. M. Ladevi-Roche, *De l'unité des races humaines d'après les données de la psychologie et de la physiologie,* Bordeaux et
Paris, 1861). L'unité originelle des races humaines est confirmée aussi par l'identité primitive d'un certain fonds de traditions commun à toutes ces races, identité
encore reconnaissable sous la diversité de leurs traditions actuelles. Je crois donc
voir de bonnes raisons scientifiques qui s'accordent avec le sentiment de la fraternité humaine, pour repousser l'hypothèse *polygéniste* adoptée par M. Agassiz en
ce qui concerne les races humaines actuelles. » (*Les Sciences et la Philosophie,*
Paris, 1869, p. 497-499.)

[1] L'explication donnée ici par Domeyko éclaire une des faces du problème; mais
le résout-elle entièrement? Rend-elle assez compte de l'état physique de provinces entières? Or, s'il faut en croire Molina, les habitants de la province de
Boroa qui se trouve au centre de l'Arauco, sous le 39e degré de latitude australe,
sont plus blancs et plus rouges que les autres, ont les cheveux blonds, les yeux
bleus, comme en Europe sous la zone tempérée du Nord. (Cf. *Saggio sulla storia
natura e del Chili,* p. 273.) Il est vrai que d'Orbigny, et il avait vécu pendant huit
mois chez les Araucans (Cf. *Voy. dans l'Amérique mérid.,* t. IV, p. 179,) exprime
aussi l'opinion que Domeyko a reproduite, et il ne croit pas à l'exactitude du propos de Molina.

Domeyko est beaucoup plus réservé lorsqu'il veut nous initie
aux croyances religieuses des Araucans. Il trouve tant de jugements précipités, tant d'idées obscures et contradictoires, même
dans les dépositions des missionnaires qui avaient vécu chez ce
peuple encore mal connu, qu'il hésite à se prononcer sur cette
matière. Tout ce que l'on sait d'une façon positive, c'est qu'il
n'avaient pas de culte extérieur, ni prêtre, ni temple, pas d'i-
doles, pas de cérémonies religieuses. C'est à cause de cela sans
doute que don Ercilla [1] voyait en eux des adorateurs du démon.
Plus juste et plus profond dans ses recherches, Molina [2] déclare
qu'ils reconnaissent un Être suprême, auquel ils donnent le
nom de « Pillan », c'est-à-dire, de « grand Esprit »; que de
plus ils croient à des dieux subalternes, parmi lesquels le
premier rang appartient à « Quecubú », être méchant, auteur
de tout mal et de toute infortune; qu'à ces dieux ils n'offrent
aucun hommage visible; mais qu'ils croient à l'immortalité de
l'âme [3]. Invoquent-ils un dieu dans leurs désastres? s'adressent-
ils au dieu du mal pour apaiser sa colère? au Dieu bon pour
appeler ses secours? C'est un point discuté : mais il est
incontestable qu'ils ont toujours eu la croyance en Dieu,
créateur de tout l'univers, et celle d'une âme immortelle. Faute
de lumières, ils admettent deux principes opposés, celui du
bien et celui du mal; tout le bien est, dans leurs croyances, au
pouvoir du premier, tout le mal au pouvoir du second. Ils ne
sauraient s'imaginer que le mal et la souffrance puissent venir
d'un être infiniment bon; aussi n'ont-ils pas recours à lui pour

---

[1] Cf. *Araucana*, I, 40.

[2] Cf. Abbate Giov. Ignazio Molina, *Saggio sulla Storia civile del Chile*, Bologna, 1787, in-8. Gravel traduisit cet ouvrage en français, *Paris*, la même année;
Saggio sulla Storia naturale del Chili, Bologna, 1810, petit in-4.

[3] « Essi riconoscono un Ente supremo, autore d'ogni cosa, a cui danno il nome
di Pillan. Questa voce deriva da *pulli* o *pilli* (l'anima), e denota lo spirito per eccel-
lenza. *Saggio sulla storia civile de Chili*, lib. II, cap. v, p. 79 ; *ibid :* « Alla prima classe di questi Dei subalterni appartengono l'*Epunamun* ch' è il loro Marte o
sia il Dio de la guerra, » etc. « Sono d'accordo circa l'immortalità dell' anima.
Questa consolante verità è radicata e come ingenita nel loro spirito. » (*Ibid.*, p. 83.)
L'opinion de Molina, partagée par Domeyko, l'est aussi par M. Alcide d'Orbigny.
Voy. dans l'Amérique mérid., t. IV, p. 184, et nous n'hésitons pas à croire que
c'est à cause de l'erreur exprimée par Frézier sur cette matière, que ce naturaliste
éminent a déclaré que cet ingénieur d'un mérite très-réel n'avait sur les peuples
de l'Araucanie que des connaissances insuffisantes. (Cf. *supra*, p. 11, *notes*.)

soulager leurs misères; et tout porte à supposer qu'ils s'adressent directement à celui qu'ils regardent comme la cause de leurs peines et qu'ils estiment assez puissant pour les délivrer. De là vient que, dans leurs assemblées, ils offrent au Dieu bienfaiteur les prémices de leurs boissons et du sang des animaux qu'ils immolent, tandis que dans le cas d'infortune, de maladie et de mort, c'est le génie du mal qu'ils s'efforcent d'adoucir; ou bien encore ils cherchent à conjurer l'ennemi des hommes en se livrant à des pratiques superstitieuses. De là cette conviction chez les Espagnols, chez Ercilla, qu'ils adoraient le démon, croyance incompatible avec la nature même du cœur humain et les instincts de notre intelligence. Bien qu'ils estiment l'âme immortelle, les Araucans n'en conservent pas moins sur la nature de l'âme et sur la vie à venir des idées aussi grossières que sur l'origine du mal. Ce peuple enfant ne sait se figurer pour l'autre monde de joies plus pures que celles de la terre, joies qui constituent à ses yeux l'objet principal de son existence. Par delà ce monde, il pense que l'âme est encore soumise aux mêmes désirs et aux mêmes passions [1].

[1] Ces considérations de Domeyko sur les idées religieuses des Araucans, nous semblent beaucoup mieux fondées que celles de Frézier. Suivant l'ingénieur français, « les Indiens de la frontière, surtout le long de la côte, paraissent assez portés à embrasser notre religion, si elle ne défendait pas la polygamie et l'ivrognerie; mais ils ne peuvent se faire violence sur ces deux articles... Je me suis informé avec soin de leur religion, continue-t-il, et j'ai appris qu'ils n'en avaient aucune. Un jésuite de bonne foi, procureur des missions que le roi d'Espagne entretient au Chili, m'assura qu'ils étaient de vrais athées, qu'ils n'adoraient rien du tout, et se moquaient de tout ce qu'on pouvait leur dire là-dessus... Néanmoins, les missionnaires pénètrent jusque bien près du détroit de Magellan, et vivent avec eux sans qu'ils leur fassent aucun mal; au contraire, ces peuples ont une sorte de vénération pour eux. Mais ils pourront dans la suite faire quelque fruit, parce qu'ils demandent aux principaux caciques, leurs fils aînés, pour les instruire; ils en élèvent un certain nombre dans leur collège de Chillan, dont le roi doit payer la pension, et quand ils sont grands, ils les renvoient à leurs parents, instruits de la religion et élevés dans les lettres espagnoles; de sorte qu'il s'en trouve aujourd'hui chez eux qui sont chrétiens et se contentent d'une femme. Une marque que les Indiens du Chili n'ont aucune religion, c'est qu'on n'a jamais trouvé chez eux ni temples, ni vestiges d'idoles qu'ils aient admis, comme on en voit encore aujourd'hui en plusieurs endroits du Pérou... Au reste, il s'en trouve qui croient une autre vie, pour laquelle on met à ceux qui meurent de quoi boire, manger, s'habiller dans le tombeau... Les femmes de ceux qui ne sont pas chrétiens, demeurent pendant plusieurs jours sur le tombeau de leurs maris, à leur faire la cuisine, à leur jeter sur le corps de la *chicha*, qui est leur boisson, et leur accommodent leurs bagages, comme pour faire un voyage de longue durée. Il ne faut pas croire pour cela qu'ils aient une idée de la spiritualité de l'âme ni de son immortalité. Ils la

Ce qui surtout a fait condamner l'Indien comme un être dégradé, inaccessible à la civilisation moderne et chrétienne, ce sont les coutumes barbares, les superstitions auxquelles il se livre dans les assemblées, et sa crédulité envers les devins qui font verser tant de fois le sang du juste et de l'innocent. Mais l'homme, privé de la révélation divine, qui seule peut lui donner une notion juste de son créateur, ne cherche-t-il pas une ombre de révélation dans les choses créées, dans tout ce qui l'entoure, dans les songes, dans le chant et le vol des oiseaux, dans les secousses volcaniques, dans les bruits du vent et de la mer, dans les sombres nuages, dans le ciel serein ? « La superstition, dit Lacordaire, est un commerce de l'homme avec Dieu, entaché d'inefficacité, d'immoralité et de déraison ; l'incrédulité est une rupture désespérée de tout commerce de l'homme avec Dieu [1]. » Il ne faudrait pas croire pourtant que la haine des tribus araucanes contre le christianisme soit toujours la même qu'il y a trois cents ans. Il est rare que les Indiens traitent le prêtre de l'Évangile avec orgueil et cruauté. Depuis la première invasion espagnole, il y a presque toujours eu des missionnaires en Araucanie ; ils ont introduit dans la langue même le nom de Dieu et des mots composés qui expriment les attributs de l'Être suprême. Il y a de vieux barbares qui portent des noms chrétiens. D'autres ont été baptisés dans leur enfance, ou descendent d'un père, d'un aïeul baptisé. Souvent ces mêmes Indiens se rappellent de la religion le nom seul ; mais ils respectent la croix et lui attribuent une secrète puissance. Dans les cimetières, ils plantent des croix sur la tombe de leurs chefs. Après leurs conseils publics, ils veulent qu'une croix redise le souvenir de l'assemblée, et, tant que cette croix subsiste et frappe leurs yeux, ils gardent fidélité et res-

regardent comme quelque chose de corporel qui doit aller au delà des mers, dans des lieux de plaisirs, où ils regorgeront de viandes et de boissons ; qu'ils y auront plusieurs femmes, qui ne leur feront point d'enfants, qui seront occupées à leur faire de bonne *chicha*, à les servir, etc. » (p. 53-54). Les affirmations du jésuite de *bonne foi* sur lesquelles s'appuie Frézier, nous semblent l'expression des préjugés espagnols, déjà partagés et formulés par Ercilla, plutôt que le témoignage d'un historien observateur et véridique. Ce que déclare Frézier des croyances de l'Araucan sur la vie future est beaucoup plus exact, et plus conforme aux récits de Molina, de Domeyko, de M. Tounens et de M. Alcide d'Orbigny. Cf. *infra*, §§ 2 et 3.

[1] Voy. *Conférences de Notre-Dame de Paris*, t. II (années 1844-1845-1846, édit. 1855, p. 151).

pect à leurs conventions. Près de l'embouchure du « rio Imperial », dans un lieu séparé de tout contact avec les chrétiens,
Domeyko a vu deux croix penchées l'une sur l'autre, couvertes
de mousse et presque pourries. Quinze caciques et une centaine de jeunes cavaliers reçurent auprès de ces croix le voyageur qui venait visiter la terre des Indiens ; et un vieux cacique
dont la taille gigantesque, la voix puissante, les traits pleins
d'expression et de noblesse, lui rappelèrent aussitôt les orateurs
du conseil réuni sous les ordres de Caupolican, lui apprit que
ces croix avaient été dressées en souvenir d'une convention de
paix faite, il y avait déjà un demi-siècle, avec les Espagnols ; les
Indiens les avaient toujours respectées, et ils se montraient disposés à maintenir l'alliance comme leurs pères. Ailleurs, et au
foyer même de l'ancienne insurrection, près du Vieux Tucapel,
il y avait eu pendant plus de deux siècles un modeste couvent
de missionnaires. Là s'étaient réfugiées des religieuses trem-
blantes d'effroi, fuyant les horreurs de la guerre, aux premiers
jours de l'indépendance du Chili. Le couvent devint bientôt une
caserne ; le feu y prit et, en 1835, un affreux tremblement de
terre en acheva la destruction. Depuis vingt années entières,
croix et mission avaient disparu de la solitude de Tucapel. Le
fruit de tant d'efforts, le travail des siècles étaient anéantis.
Mais en 1843, par un mouvement tout spontané, quelques indigènes se rendirent auprès du chef de la province, et récla-
mèrent le rétablissement de la mission conventuelle, le retour
d'un *Padre*. Le gouvernement se hâta de leur envoyer un prêtre
pour reconstruire le couvent et son église. Mais à peine le
Padre fut-il arrivé à Tucapel, que les sentiments de vieille opposition et de vieille crainte pour leur sûreté se ranimèrent dans
quelques esprits. Il y eut méfiance contre le présent que faisaient les fils des Espagnols. Deux partis se formèrent aussitôt.
Les uns voulaient que l'on ne reçût pas le *Padre*, que l'on ne
rétablît pas l'église ; les autres désiraient voir renaître de ses
débris l'ancienne mission de Tucapel. Les sauvages s'en re-
mirent à la décision du sort ; ils s'armèrent pour le jeu de la
crosse [1]. Plus de cinq cents Indiens se réunirent pour cette

[1] Le jeu de la crosse, que les Indiens appelaient *sueca*, selon Frézier (Pl. IX),
était analogue à celui de la *soule*, chez nos Bas-Bretons. (Cf. *Guyonvac'h*, par Louis

épreuve là même où trois siècles auparavant Valdivia se con
fessait à son chapelain un instant avant de recevoir le cou
mortel. La lutte se prolongea pendant trois jours avec une ar
deur singulière et avec toutes les cérémonies d'usage ; le sor
se décida en faveur des amis du *Padre*, et, à l'unanimité, on dé
cida l'admission du prêtre, le rétablissement de l'édifice reli
gieux. Les difficultés semblèrent renaître dans l'exécution. Les
rusés caciques se réunirent en conseil pour traiter l'affaire du
couvent. Il y eut là plus de huit cents Indiens ; et la crainte de
l'étranger se fit sentir dans la délibération. Le *Padre*, la mission
étaient accueillis ; mais le missionnaire ne devait amener aucun
ouvrier, aucun *peon* espagnol. Il devait bâtir la maison avec l'aide
des Indiens : « Mais si vous ne savez pas travailler, et si vous n'avez
jamais élevé une maison comme celle que je veux bâtir ? » leur
disait le religieux. « Tu nous apprendras », répondaient ils, et
ils s'engagèrent à fournir chaque semaine la quantité de *peones*
demandés par l'homme de Dieu. Des deux côtés, on régla aussi
le salaire des travailleurs ; mais le *Padre* eut la précaution de les
prévenir qu'il ne les payerait que le dernier jour de la semaine,
et les caciques furent avertis que l'Indien qui abandonnerait sa
tâche durant la semaine, perdrait tout droit au salaire, eût-il
travaillé quatre ou cinq jours. Les caciques acceptèrent toutes
ces conditions et les remplirent avec fidélité ; ils consentirent
même à ce que le nouveau fondateur gardât un ouvrier espagnol venu avec lui pour la fabrication des briques et des
tuiles. Domeyko vit à l'œuvre le pauvre récollet, faible et petit
homme, qui s'agitait au milieu de ses vigoureux apprentis, les
instruisait, les gourmandait, épuisait avec eux tous les trésors
de sa patience. A son retour de Valdivia, il trouva le temple et

Dufilhol.) On se rappelle que le mot *soule* signifiait *massue* dans notre vieille langue
militaire. La *soule* consistait à chasser vers un but fixé d'avance par les deux
partis, une balle ou une pierre, à l'aide d'un bâton recourbé par le bout ainsi que
les anciennes boulettes. Les peuples du Nouveau-Monde, au nord comme au sud,
étaient passionnés pour ce genre d'épreuve. Les missionnaires catholiques l'ont
trouvée dans les districts les plus lointains de l'Amérique septentrionale. L'île et le
lac à la Crosse, dans le diocèse de Saint-Boniface (Nouvelle-Bretagne), à 1,200 kil.
au moins du chef-lieu épiscopal, doivent même à ce jeu le nom qu'ils portent. Ils
furent ainsi appelés par les premiers voyageurs qui, dit-on, rencontrèrent sur les
bords du lac des sauvages jouant à la crosse. (Cf. *Annales de la Propagation*,
mai 1863, n° 238, p. 239.)

la maison achevés, une école commencée, et le naturaliste as-
sista à la messe qu'un nouveau prêtre plein de mérite, venu
pour le service de la mission, fra Cherubini Brancadori, fit entendre à ces barbares si jaloux de leur libre indépendance.
D'autres caciques qui s'étaient trouvés à la réunion dont nous
avons parlé, celui de Purén entre autres, manifestèrent un vif
désir de voir aussi la croix plantée sur leurs domaines. Ils semblaient porter envie au cacique de Tucapel, à la faveur accordée à un chef qu'ils regardaient comme leur inférieur pour la
naissance, le courage et la richesse. Peut-être aussi leur vœu
était-il inspiré par d'autres motifs ; car Purén et Paynemal
son puissant émule, étaient baptisés, et recevaient une légère
solde du gouvernement chilien.

Tel est donc aujourd'hui, au point de vue religieux, l'état des
Araucans. Il y a loin de leur attitude actuelle à l'implacable
haine qui éclatait dans les premiers temps. Quant aux mœurs
et aux coutumes de la vie ordinaire des Indiens, il faut les considérer tour à tour dans la paix et dans la guerre. Tout est confus
dans le tableau de leur existence sans cette distinction capitale.

En temps de paix, l'Indien est le plus hospitalier des hommes
et le plus fidèle dans ses relations ; il est reconnaissant pour les
bienfaits et rempli d'honneur. Il a quelque chose de doux et de
grave, de pensif et de sérieux. Il sait respecter l'autorité et
rendre les sentiments d'affection qu'on lui porte. Mais, en général, il semble lourd, paresseux, enclin au jeu et à l'ivresse. Il
porte tout à l'extrême, et ce barbare, si calme et si posé, passe
tout d'un coup à des mouvements tumultueux et à la fureur.

Chaque maison est pour ainsi dire un petit État dont le propriétaire jouit de la plus complète indépendance. L'hôte n'y est
admis qu'avec une sorte de cérémonial traditionnel. La femme
et les enfants ont déjà tout préparé pour le recevoir que le chef
de la famille en est encore avec l'étranger aux préliminaires et
aux politesses de l'admission. Ils aiment singulièrement l'éti-
quette et les procédés formalistes. Après cela ils se montrent
confiants, expansifs, pleins de douce tendresse et d'intérêt sincère pour l'hôte qu'ils ont accueilli. Les mets sont apportés
dans de larges bassins de bois, et l'on commence par l'*ulpo*,
leur plat essentiel. Ils se nourrissent peu de chair, et c'est là

une différence caractéristique entre eux et leurs voisins d'audelà des Andes, dont la chair du troupeau est la seule nourriture. Ce sont les femmes qui servent, et elles le font en silence, avec modestie, les yeux baissés vers la terre; personne ne leur adresse la parole.

L'ordre et une austère discipline semblent régner dans la famille. Les enfants obéissent à leur père. Les femmes sont occupées de leurs petits, de la cuisine, filent de la laine et tissent des vêtements.

L'Indien du Chili est laboureur; il l'est par caractère, par la nature même du sol, par son propre génie et ses habitudes. Il diffère encore par là des Péhuenches et des autres tribus transandines. Ceux-là sont pasteurs et nomades, véritables oiseaux de proie; leurs tentes de cuir se déplacent comme les nuées épaisses des sauterelles. L'Araucan au contraire a une demeure bien faite et spacieuse, longue de vingt *varas*, large de huit ou dix. Elle est bien abritée contre les vents et la pluie; haute, construite de bois, de coligüe et de paille, elle ne présente qu'une porte, et au sommet du toit une ouverture laisse échapper la fumée. Tout près de la maison se trouvent les jardins et les semailles, le blé, l'orge, le maïs, les pois, le lin, le chou; la culture est bien faite et protégée par des enclos, et comme les habitations se trouvent presque toujours dans le voisinage des rivières, ils réservent sur leurs bords de beaux pâturages pour leurs chevaux et leur superbe bétail. L'Araucan se sert de la charrue espagnole, et il fait un double labour. L'abondance des pluies rend inutiles pour lui les canaux et l'arrosage artificiel.

Il y a chez cette nation, et surtout parmi les caciques *llanudos*, des hommes qui possèdent quatre cents chevaux et plus, et des troupeaux considérables. Les « costeños » ont moins de richesse et d'opulence. Cependant la pêche, les coquillages, le sel qu'ils savent extraire, leur fournissent aussi des moyens d'existence qui manquent à leurs voisins de la pampa.

La terre glaise et l'argile, qui abondent dans toute l'Araucanie, leur permettent de faire des pots, des cruches, de grandes jarres semblables pour la forme et la capacité à ceux que le hasard a fait découvrir dans les tombeaux des Indiens au nord du Chili, au Pérou et en Bolivie. Ils façonnent aussi avec assez d'adresse des plats, des cuillères, des terrines en bois. Leurs femmes savent faire avec la laine des tissus solides et moelleux, qu'elles teignent avec des couleurs inaltérables. Enfin ils ont des ouvriers qui fabriquent des éperons, des ornements pour les brides et des plastrons pour les chevaux. L'Indien aime assez le luxe et l'ostentation; et sur l'attrait qui le domine pourraient compter les prétendus civilisateurs dont toute la propagande consiste à séduire et à tromper l'amour-propre et les enfantines inclinations de leurs semblables.

Assurément l'Indien, tel que vient de le dépeindre Domeyko, ne saurait être pris ni pour un sauvage ni pour un barbare; mais le spectacle de l'organisation sociale et politique de ce même peuple et les penchants qu'il déploie dans la guerre désenchantent l'observateur et l'attristent, en lui montrant l'homme tel qu'il était avant que la lumière divine eût éclairé sa raison et fait disparaître de son cœur les passions effrénées.

Voyez d'abord à quelle abjection chez eux la femme est réduite. D'ordinaire elle est de petite taille, à tête ronde et à front étroit. Ses yeux sont à la fois affectueux et timides; sa voix très-douce et délicate exprime le malheur et la servitude. Elle parle presque en chantant et elle traîne ses dernières syllabes comme un soupir; dans sa marche elle est un peu courbée; son vêtement est long, modeste et sombre; il lui couvre tout le corps, excepté les pieds et les bras qui restent nus. Ses cheveux se partagent en deux longues tresses où elle mêle des milliers de grains de verroterie, et dont elle forme un turban autour de sa tête; son cou, sa poitrine sont chargés de files de perles et de grelots; aux pieds et aux bras, elle porte de larges anneaux d'argent et des bracelets de *chaquira*[1]. Mais son goût naturel pour la parure n'empêche pas de reconnaître en elle une image de la servitude et de la dégradation. Dans la réalité, la femme indienne est une esclave, ou tout au plus la domestique de son mari. Il l'a achetée de son père à prix convenu; elle est destinée au travail, tandis que l'homme se repose sur le seuil de sa demeure, ou se mêle à une expédition sanguinaire. Dans la bonne et dans la mauvaise fortune, elle sert son maître sans

---

[1] Cf. *supra*, p. 593.

pouvoir même captiver une tendresse que l'orgueilleux partage
entre toutes ses esclaves. L'Araucan, pour se dédommager de
l'infériorité morale, résultat inévitable de son grossier sensualisme, humilie ses esclaves, les rabaisse, les avilit. Il ne peut
même donner à ses enfants l'affection du chrétien; ils sont pour
lui des êtres nés de ses domestiques, d'un amour que plusieurs
partagent, tout matériel et soldé. Lorsque l'Indien n'a qu'une
femme, c'est qu'un plus grand nombre coûterait cher. Pour se marier il faut donner au père de la jeune fille huit ou dix présents :
c'est une vache, un cheval, un poncho, une bride, une paire d'é-
perons, etc. Il ne faut pas satisfaire seulement à l'avidité paternelle pour obtenir cette femme; mais il faut recommencer pour
le père, pour les frères, pour les proches, lorsqu'elle vient à mourir, et si le mari ne donne rien, ils ne la laissent pas enterrer
avant la putréfaction. Si ce n'est pas de sa belle mort que la
femme succombe, si le mari l'a tuée ; oh ! il n'en est pas quitte
avec douze, avec quatorze présents; voilà un pauvre homme
ruiné pour la vie entière. Et s'il ne la tue pas, il ne peut pas toujours prouver qu'elle ne meurt pas d'un coup qu'il a porté, d'une
blessure qu'il lui a faite ! Que de causes pour tourmenter le malheureux survivant, pour le pressurer ! voilà les motifs qui empêchent beaucoup d'entre eux de prendre plus d'une femme;
le sentiment moral du chrétien n'a aucune action céans.

Ainsi la femme est une esclave chargée de tout le service du
ménage. Elle est tout à fait exclue des relations sociales, des
jeux, des danses, des divertissements de l'homme. Tout au plus
lui permet-on de pleurer et de pousser des cris de douleur à
l'enterrement du mari.

Malte-Brun prétend que les Araucans « aiment la poésie et l'é-
loquence, et ont une langue riche, douce et élégante [1]. »
M. Domeyko ne semble pas admettre qu'ils aient possédé ce
goût du beau jusqu'à l'art musical, et il soutient même qu'ils
ont fort peu d'aptitude pour les arts. Leur chant est un récitatif
sans mélodie, sans consonnance, comme leur éloquence est un
chant emporté et monotone. Le même défaut de goût, de grâce

---

[1] Cf. Malte-Brun, t. VI, p. 721. Plus loin, dans ce même volume de l'*Araucana*,
§ 3, nous verrons quelles restrictions judicieuses M. d'Orbigny apporte au jugement sévère de Domeyko.

et d'imagination se remarque dans la danse indienne. Ils se penchent, se mettent presque à genoux, tournent le visage vers le sol, tout comme le font les petits enfants. Leur instrument unique est une espèce de pipeau qu'ils forment avec la tige d'une plante sauvage et dont ils tirent un son lugubre sans modulations et sans harmonie.

Ces femmes infortunées auxquelles il n'est permis d'assister qu'à la triste représentation des funérailles, pour y faire entendre leurs chants ou plutôt leurs cris mélancoliques, sont plus malheureuses encore en temps de guerre ou d'invasion. Sans participer à la vie active et aventureuse de leurs vaillants époux, elles vont se cacher avec leur jeune famille dans des forêts impénétrables, où elles meurent de faim et de misère; si la guerre se prolonge et si elles sont découvertes, la captivité devient leur partage. Elles sont vendues, ou si l'ennemi les garde, elles deviennent leurs esclaves, la propriété de celui qui a égorgé leurs enfants, leur mari. Sort funeste, mais commun à la femme partout où la lumière de l'Évangile n'a pas pénétré, et même chez les peuples civilisés aujourd'hui, avant que le christianisme leur fût connu.

La grossièreté des barbares envers la femme se retrouve tout entière dans les cérémonies par lesquelles ils pensent honorer la mémoire de leurs morts. La vie sur l'autre rivage n'est pour eux que la prolongation de l'existence terrestre. Les mêmes joies s'y doivent reproduire. L'ivresse, les festins, les courses effrénées, bonheur de l'Araucan ici-bas, seront encore son bonheur dans le monde inconnu, et pour l'honorer que peuvent-ils faire de mieux que de se livrer auprès de sa tombe aux jeux et aux fêtes qu'il aimait durant sa vie? A peine un cacique est-il mort, qu'on l'habille du vêtement le plus somptueux. On se livre trois ou quatre jours à d'interminables banquets; on réunit du blé, du maïs; on en ramasse une provision considérable destinée à être mise avec le mort dans sa tombe. Deux ou trois mois s'écoulent, et souvent on revient aux libations, accessoire essentiel de la cérémonie funéraire. Cependant les restes du noble cacique pourrissent et infectent l'habitation où sont condamnés à vivre les enfants et les veuves. L'odeur devient telle que la maison n'est plus accessible. Enfin le jour solennel arrive, trois cents Indiens se rassemblent; le hennissement de leurs chevaux, le bruit des trompettes font retentir les alentours. C'est au milieu d'un nouvel et copieux festin et de la plus complète ivresse que s'ouvre la pompe; pendant des jours et des nuits, autour de ces restes mortels décomposés, des courses sans fin ont lieu, et vous y voyez flotter au vent la noire et longue chevelure des plus habiles cavaliers. Cependant les membres de la famille conduisent à la place où il doit reposer, le cadavre du cacique, mettent près de lui dans la tombe tout ce qu'il aimait le plus, ses armes, sa lance qu'il a tant de fois rougie du sang ennemi, les couvertures de ses chevaux, ses éperons, des mets délicats, des grains, tout ce qui leur semble nécessaire dans l'autre monde au chef qu'ils ont perdu [1].

En constatant ces pratiques grossières, Molina, frappé du contraste que présente le sensualisme des tribus de l'Araucanie et les germes qu'elles contiennent d'une civilisation beaucoup plus avancée, n'hésite pas à voir dans ce peuple les débris d'une société glorieuse déchue par une révolution morale analogue à ces révolutions physiques auxquelles notre globe lui-même est soumis. Depuis la conquête tout au moins, les marques de la décadence sont frappantes. L'union réelle n'existe plus; ils n'obéissent plus à cette nécessité politique de réunir leurs forces et de concentrer le pouvoir, afin d'agir avec plus d'énergie. Ils ne connaissent plus ces assemblées générales où les chefs du pays entier délibéraient sur les intérêts communs et sur l'élection des commandants. Les noms mêmes de *toquis* et d'*ulmenes* ont à peu près disparu. Les biens des frontières, vendus ou affermés, ont changé les divisions nationales du territoire. Tout le peuple se trouve partagé entre des caciques beaucoup plus nombreux qu'autrefois et dont plusieurs ont à peine dans leur district dix

---

[1] Des mœurs analogues ont été constatées parmi les tribus de l'Afrique orientale. Auprès de Bagamoyo, sur les bords du Kingani, fleuve remonté par le capitaine Speke, des missionnaires traversaient un jour un cimetière arabe. « Les tombeaux, disent-ils dans leur relation, sont d'une forme étrange. Chaque tombe est surmontée d'une marmite et d'une écuelle en terre cuite; et c'est dans ces vases que les vivants déposent la nourriture qu'ils fournissent régulièrement aux morts. A l'entrée du caveau est placée une petite lampe qu'on allume en certaines circonstances. Tout autour de l'enceinte funèbre, on voit çà et là sur le sol, du riz en abondance et tout préparé. Les oiseaux en font leur pâture; mais les Arabes s'imaginent qu'il est mangé par leurs parents défunts. » (*Ann. de la Propag.*, t. XXXIX, p. 36.)

ou douze familles à gouverner. La plupart jouissent de leur
titre par héritage, mais il y a en a qui le doivent au Chili, en récompense des services qu'ils lui ont rendus contre leurs frères.
Quelques-uns sont très-riches, possèdent de grands territoires,
beaucoup de bétail, des chevaux nombreux; d'autres se perdent dans la foule du peuple [1]. Aucun n'est assez puissant,
n'exerce assez de prestige, pour faire en temps de paix respecter sa juridiction, ou pour grouper tous ses vassaux en temps
de guerre. Un danger pressant, l'invasion du territoire, quelque
grande vengeance seuls réuniraient les habitants et réveilleraient
en eux le vieil enthousiasme. Les assemblées ne sont plus que
partielles et se forment à peine de quelques tribus. Les messages que se transmettent les caciques les plus considérés, vont
aux districts les plus voisins et ont peu d'action sur les Indiens
qui se trouvent à une longue distance. On ne voit plus ces fameux télégraphes de feu qui, répétés de sommets en sommets,
suffisaient pour soulever en une nuit la contrée entière, et parvenaient à rallier instantanément toutes les forces que le péril
commun appelait à la défense des foyers domestiques. Tous les
guerriers arrivaient par des chemins divers au même centre où
ils venaient s'enflammer alors au contact des mêmes haines
pour les mêmes projets de vengeance.

Rien ne démontre mieux cette décadence politique que la
conduite des Araucans dans la guerre du Chili pour son indépendance et dans celle que depuis se sont faite les partis. Les
uns se battaient pour le roi, les autres pour la cause de l'affranchissement, le plus grand nombre pour le pillage; d'autres
enfin restaient entièrement neutres. Pas un qui ait songé à
profiter de cette époque de lutte et de désordre pour assurer
l'antique liberté de l'Araucanie. Ils ne se souviennent que
d'une chose, c'est d'avoir été les compagnons d'armes de ceux
que leurs ancêtres regardaient comme leur ennemi national.

---

[1] Dans sa *Relation*, M. Orllie de Tounens nous fait connaître par leurs noms
les principaux caciques avec lesquels il s'est associé. C'est avec Magnil qu'il eut
ses premiers rapports. Melin, Leviou, Peoucon, Millaril (le cacique des Quechereguas), Triatre, Namoncura, Quilapan, Guentacol, successeur de Magnil, sont les
principaux chefs qui déterminèrent les tribus à le choisir pour leur souverain. Il
cite aussi, mais pour le flétrir, le cacique Catrileo, que les Indiens ont en exécra-
tion, parce qu'il s'est vendu aux Chiliens (p. 55).

Avec le sentiment qui leur inspirait l'amour de la liberté et
cette énergique défense de leur territoire, s'est effacée jusqu'à
la mémoire des exploits et des héros de leur histoire. Si les traditions ont survécu, c'est grâce au génie des poëtes. Les Araucans
n'ont pas eu de chants nationaux. Ce ne sont pas les indigènes, ce sont les chrétiens qui ont gardé le souvenir de Lautaro, de Colocolo, de Caupolicán. Combien peu savent à
présent quel nom portait alors le « rio Imperial », comment
leurs pères appelaient la côte célèbre où fut vaincu Villagran !
Les descendants du cacique de Pilmayquen[1] ont perdu la trace
de leur noble origine. Les Araucans n'ont conservé d'autre
fait dans leur pensée que la destruction des sept colonies[2] ;
triste monument de la bravoure de leurs ancêtres, plus durable
que la gloire des hommes cruels qui l'ont érigé.

L'orgueil de l'antique Arauco s'est évanoui. Apprivoisés
par la prudente politique des Espagnols, ses habitants se sont
accoutumés à recevoir des cadeaux, des armes plus funestes
pour les barbares mêmes que ne l'avait été le fer des Castillans.
Familiarisés aujourd'hui avec leur condition inférieure, ils
acceptent une misérable solde de la main qui les combattait,
des casaques, des bâtons, insigne de cette mesquine autorité
qu'ils échangent contre l'abaissement. D'autres réclament les
mêmes faveurs, et on les leur refuse parce qu'ils sont moins à
craindre.

Cependant le caractère d'un peuple ne saurait se changer
tout d'un coup, même lorsque ses chefs se soumettent à l'empire du temps, ploient devant les circonstances et n'écoutent
que la voix de l'égoïsme. De temps en temps il se réveille de
cet assoupissement. La valeur farouche des Araucans, indice
de l'ère nouvelle qui se prépare pour eux, s'élance et sème
devant elle la terreur et la désolation. C'est alors que l'Indien
paraît avec tout son caractère sauvage et indompté. C'est une
bête fauve insatiable de carnage. L'homme de la destruction se

---

1 Pilmayquen était le district même de Caupolicán. Cf. *Araucana*, ii, 17, et
xii, 48-49. Les habitants, ses vassaux, s'appelaient *Pilmayquenes*. La contrée
même est située sur les bords du Lebú, à la droite de ce fleuve, et était séparée
par le cours du Cauchupil, qui vient du nord, des formidables retranchements de
Quiapo, qui se trouve plus à l'est. Cf. *supra*, Arauc., ch. xxxvi, oct. 36, *note* 1.

2 En 1612.

réveille avec ses passions brutales et frémissantes. Rien de noble et de grand ne corrige alors ses penchants effrénés. Le corps nu, le visage teint, les cheveux hérissés, il pousse des cris affreux, se jette avec la fougue du désespoir sur les lignes ennemies et cherche à surprendre l'adversaire à l'heure du plus profond sommeil. A son attaque impétueuse, il joint la ruse et la cruauté. Il égorge ses captifs et n'épargne le sexe que pour le soumettre à des tortures plus indignes que la mort, au caprice de ses violentes passions.

Le Chilien qui n'a connu l'Araucan qu'à l'heure des combats lui porte une haine profonde. A ses yeux l'Indien est perfide, barbare et féroce. Il n'est que l'homme tel que le font les passions de la nature, avant que le christianisme en ait corrigé les fureurs.

Il est facile de comprendre pourquoi le docte Ignacio Domeyko a voulu se rendre compte des motifs qui font repousser par les Indiens les progrès victorieux du Chili, et nous indiquer les moyens capables de civiliser et de *réduire* l'Arauco. En réalité, il les redoute plus qu'il ne veut le laisser paraître. Déjà dans la première partie de son opuscule[1], en décrivant le sol de l'Araucanie, il nous parle non sans effroi d'un chemin qui passe à la racine du volcan d'Antuco et mène des deux côtés de la Cordillère. Reconnue pour la première fois par le général Cruz, il y a une soixantaine d'années, durant son expédition à Buénos-Ayres, c'est cette route qui servait aux Pehuenches, lorsqu'ils venaient fondre sur leurs voisins terrifiés. Domeyko vit empreintes sur les scories du volcan les traces profondes du pied de leurs chevaux. Il sert aujourd'hui aux voyages pacifiques des gens d'Antuco, de Tucapel, de « los Angeles », lorsqu'ils vont chercher le sel, à quatre journées d'Antuco, sur le penchant oriental des Andes. A six lieues du volcan, la cordillère de Pichachen forme le partage des eaux. Le rio de Mancol, réuni au Tucuman, forme le Nauguen dont les eaux inconnues courent baigner les llanos de la Patagonie. C'est auprès de la ligne de partage que dessine la cordillère de Pichachen que se dressent les tentes des Pehuenches, pasteurs guerriers et nomades.

---

[1] *L'Araucanie et ses habitants*, p. 14.

Le chef de leurs tribus, moins nombreuses aujourd'hui, paraît disposé à maintenir de bonnes relations avec le Chili et, pour une légère contribution, protége les commerçants qui vont chercher le sel sur son territoire. Il n'en est pas moins vrai, et Domeyko le reconnaît lui-même, qu'une marche précipitée peut jeter ce peuple sur la petite colonie d'Arauco, et de là, en un jour, étendre ses ravages sur le pays de Laja, porter l'épouvante dans le « llano » jusqu'à Chillan et à Nacimiento. Sans doute par le même chemin la civilisation du Chili peut exercer une puissante influence sur toutes les tribus indiennes de l'autre côté des monts et introduire parmi elles les lumières de la science et du christianisme. C'est par là que s'ouvrira un jour la voie la plus courte pour se rendre à Buenos-Ayres et que se formeront de plus étroites relations entre les deux républiques. Au volcan d'Antuco, à la cordillère de Pichachen est la porte qui mène de l'une à l'autre la civilisation et la barbarie, l'homme policé et l'homme sauvage [1]. Aussi Domeyko, dans les prévisions de l'avenir, relève-t-il avec un soin curieux et attentif toutes les anciennes routes de communication que la nature elle-même avait tracées pour les habitants. Du pays des *costeños* au pays des *llanudos*, le chemin indiqué d'avance est celui des principales rivières, de « l'Impériale », du « Toltén ». C'est à l'issue de la première de ces deux routes sur la mer, à quatre lieues du rivage, que les Espagnols, si ingénieux à choisir le lieu de leurs colonies, jetèrent les fondements d'une ville qui devait être la capitale de toutes ces contrées. L'art est venu se joindre à la nature et a frayé d'autres chemins encore entre les possessions du littoral et celles des pampas qui séparent les deux cordillères. Ils conduisent de la citadelle d'Arauco à Santa Juana, de Tucapel-le-Vieux à los Angeles; d'autres gravissent de Tucapel à Purén, ou suivent des cours d'eau de

---

[1] La cordillère du Chili, qui a souvent plus de trente lieues de largeur, et contient des pics très-élevés et de nombreux volcans, n'offre qu'un petit nombre de passages pour communiquer avec le territoire du Rio de la Plata. Ces passages sont étroits et présentent des précipices profonds, des *quebradas* que l'on ne peut franchir l'hiver qu'avec de grands périls. Ce sont la *Dehesa* près de Tupungato; elle mène à l'est de Santiago; le passage de *los Patos*, au nord de l'Aconcagua; le *Portillo*, plus court, mais plus dangereux; le passage d'*Uspallata* ou de la *Cumbre*; celui de Planchon et d'Antuco.

quelque importance, le Llaulen, le Budi. Enfin il est des voies
de communication avec le nord et le sud de l'Araucanie depuis le Biobío jusqu'à Valdivia ; il y a le chemin de la côte et le
chemin de la pampa. Domeyko en relève les moindres détails,
les brusques déviations et rappelle les champs de bataille
illustrés sur chacune de ces deux lignes par l'héroïsme des barbares, celui de l'Andalican, que l'on appelle aujourd'hui la
montagne de Villagran, celui de Tucapel où tomba Valdivia, et
beaucoup d'autres. Il signale aussi la place où, non loin de
Tucapel, se découvre une croix ; elle fut plantée à la suite d'une
convention faite entre les chefs araucans et les consuls de
France et d'Angleterre, pour le respect des naufragés que les
hasards de la tempête livraient à leurs côtes dangereuses. C'est
au « rio Leubú » que le savant observateur fixe la véritable frontière des tribus indépendantes ; en deçà, l'itinéraire ne traverse
que des contrées réduites, où la population chrétienne est partout mêlée aux Indiens. Entre le Leubú et le Paycaví, Domeyko
nous signale les fertiles prairies de Taulen, d'où l'on remonte
par le Paycaví au val d'Élicura, « el llano de Licureo », célèbre
parmi les champs de bataille que décrit Ercilla. Si la route de
M. Domeyko n'est pas toujours sûre pour le voyageur, elle ne
manque du moins ni de variété ni d'imprévu : tantôt pour continuer sa marche il faut attendre qu'un bras de mer se soit vidé
par le reflux ; tantôt, il faut bien veiller à ses pas, pour ne pas
être entraîné dans les précipices qui bordent de toutes parts
l'étroit sentier ; tantôt à travers des bois inextricables, il faut
franchir des bourbiers dans lesquels le cheval disparaît presque
entier, ou poser le pied sur des troncs d'arbres tombés, ou se
glisser sous des branches qui s'inclinent et vous embarrassent.
Ici, vous avez un filet de lianes à briser ; ailleurs, comme sur le
« rio Imperial », en vue des ruines célèbres qui datent de deux
siècles et demi, des rameurs habiles vous font passer le fleuve
dans de légers canots.

Les Araucans de l'Impériale et ceux qui habitent plus au sud
les bords du Budi ou Colém, aux riches pâturages, sont restés,
depuis la destruction de l'Impériale, loin du contact des Espagnols, ils n'ont jamais voulu admettre les missionnaires, et de
toutes les tribus de même race, ce sont eux qui ont le plus ré-

sisté à l'idée d'une relation quelconque avec le gouvernement du Chili. Leur nombre est au moins égal à celui des Indiens de Tucapel, de Paycaví et de Tirú ; ils ont pour voisins au midi les sauvages de Toltén. C'est au petit golfe de Quenle que s'achève à proprement parler le territoire des Indiens indépendants, la véritable frontière de l'Araucanie. Au delà vous trouvez une population docile, pauvre et sociable.

Après avoir franchi l'estuaire de Quenle, se déroule devant vous une forêt aussi impénétrable que si personne ne s'y fût aventuré depuis les premiers jours de la conquête. C'est pourtant la région qu'ont à franchir les marchands qui vont acheter des bestiaux à Valdívia pour les vendre dans la province de Concepcion. Ils en perdent beaucoup au milieu des marais et des fourrés de *coligües* ; ils ont beaucoup de peine à mener le reste jusqu'à l'Impériale, d'où ils ont encore à les conduire jusqu'aux *llanos* de « Nacimiento » et de « los Angeles ».

Ainsi le chemin de la côte rencontre deux obstacles principaux, la *montaña de Tirú* et celle de Quenle, aux approches de Valdivia. Tout le reste de son parcours est assez facile et s'accomplit au milieu des populations indigènes.

Reprenons maintenant, depuis les rives du Biobío, l'autre voie de communication, le chemin de la *Pampa*. Vous rencontrez d'abord les plaines d'Angol, avec les ruines de sa colonie dévastée. Plus au sud c'est l'antique Purén, où réside aujourd'hui l'un des plus vaillants caciques. Il doit sa noblesse à sa lance plutôt qu'à son origine. Au midi de Purén habitent d'autres tribus barbares et belliqueuses. Sur plus de cinq cents guerriers étend son pouvoir un descendant des vieux chefs, Paynemal, riche propriétaire de chevaux et de bétail. Des sauvages inquiets et turbulents, célèbres pas la beauté de leurs traits, relient les guerriers de Paynemal aux plus proches voisins de Villarica. Dans cette dernière province vous contemplez encore intactes les ruines de la cité qui à l'époque de sa fondation fut la capitale des avides conquérants. Sur son territoire se trouve un vaste lac d'où s'écoule le « rio Toltén » et qui baigne le pied du volcan de Villarica, séjour de Pillan, l'idole des barbares qui l'entourent. Mais à partir de cette région, les indigènes, en s'éloignant toujours davantage du nord, subissent de plus en plus l'influence des missions méridionales, et sont en relation avec les garnisons et avec le commissaire de Valdivia. Le « rio Valdivia » est donc la véritable limite de l'Arauco indépendant. Au delà, vous ne voyez plus que les Indiens *réduits*.

Ce sont ces Huilliches qui, au début de l'invasion espagnole, répondirent à l'appel de leurs frères ; mais aujourd'hui ils n'aiment plus à se joindre aux Araucans. Leurs ancêtres prirent une large part à la destruction des sept villes. A la fin du siècle dernier, la même tribu égorgea les missionnaires de « Rio Bueno », et opposa la plus énergique opiniâtreté au rétablissement d'Osorno. Mais depuis, jusqu'à la guerre de l'indépendance chilienne ou plutôt jusqu'à nos jours, ils ont vécu dans l'isolement des autres barbares, et l'on ne saurait en être assez étonné, lorsqu'on réfléchit à l'éloignement où ils se trouvent des grandes villes et du centre même de l'activité moderne.

Les Andes, la pampa intermédiaire, la *cordillera de la cuesta*, s'abaissent graduellement, et la riche province de Valdivia, ses deux beaux départements de l'*Union* et d'*Osorno*, ne sont plus connus que sous le nom de « llanos de Valdivia ». Le sol est admirablement préparé pour recevoir la culture européenne. C'est là que se trouvent les fameuses mines d'or qui, au premier siècle de la conquête, élevèrent si haut la prospérité de Valdivia et d'Osorno, et devaient être la cause la plus décidée de leur affreux désastre.

Comme fatiguées et épuisées d'une course aussi longue, les Andes s'humilient, s'affaissent, sont interrompues par de vastes espaces d'eau, et ouvrent des passages par lesquels s'établiront un jour les échanges de la civilisation et des immenses plaines de la Patagonie. Beaucoup plus rapprochées de la mer, elles se relèvent de temps à autre comme au Corcovado, et courent se perdre enfin avec tout le continent d'Amérique au « puerto del Hambre. » Le llano intermédiaire se plonge dans les flots et devient une série de golfes, Reloncavi, Ancud, etc., et la cordillère des côtes se confond avec la série d'îles et d'îlots qui commencent à l'archipel de Chiloé.

Séparée de la pampa et de la cordillère de la côte, la grande chaîne abaissée n'a donc plus sur une longue étendue d'autre limite que l'Océan lui-même, et oppose au bruit de ses vagues le mugissement de ses nombreux cratères.

Des bords du Biobío à ceux du Valdivia, Domeyko a suivi le chemin de la côte et le chemin de la pampa. Il nous a montré les tribus qui respectent le christianisme et celles qui le repoussent. Il semble donc évident que le perfectionnement des voies de communication et la diffusion des lumières du christianisme vont occuper une grande place dans la troisième partie du livre qu'a fait paraître l'éminent publiciste, parmi les moyens de la civilisation qu'il estime capables d'agir sur le progrès moral et sur la réduction des Araucanos. Mais Domeyko est loin d'accorder aux deux procédés civilisateurs la même importance et le même empire.

La situation physique du pays ne lui paraît pas un obstacle sérieux. Le sol des Araucans n'a rien qui le distingue des provinces qui, au nord du Biobío et au sud de Valdivia, sont assujetties au gouvernement chilien. Si la côte n'offre pas les mêmes abris qu'au sud et au nord de l'État, il y a pourtant des rades commodes pour le séjour et pour le débarquement. Ajoutez que le littoral qui appartient encore en propre à l'Indien indépendant ne s'étend que du rio Leubú ou même depuis le Paycaví seulement jusqu'au Toltén, et que son développement ne présente pas plus de cinquante à soixante lieues. Le rio *Imperial* est peut-être la clef de tout ce rivage et de tout le territoire des Indiens.

Quant aux communications par terre, le chemin de la côte, qui mène du fort d'Arauco à Valdivia par le Vieux-Tucapel et par l'Impériale, et qui sert aujourd'hui de route principale entre Valdivia et Concepcion, n'a que deux mauvais passages, qui pourraient en temps de guerre être facilement interceptés par les ennemis. Il suffirait, pour paralyser leurs efforts, d'y abattre les arbres et de former la chaussée, et l'on aurait une route militaire et commerciale, qui changerait toute l'existence des barbares. Les difficultés et les dépenses ne seraient pas excessives. Percer un fourré de *coligües*, écarter des troncs d'arbres qui interrompent le chemin depuis un temps immémorial et font du pays une forteresse impénétrable, voilà toute la tâche. Les Indiens eux-mêmes pourraient être intéressés à l'entreprise, si l'on parvenait à leur faire comprendre tous les avantages que leur rapporterait le commerce de leurs bestiaux et des autres produits de leur sol avec Concepcion et la province de Valdivia. Déjà même les bœufs de Valdivia que le trafic expédie pour le Penco, viennent par le territoire des Araucans, et les indigènes n'y font aucun obstacle. Loin de là, ils s'accoutument au spectacle de ces voyages du commerce, et ils y trouvent quelque profit; les conducteurs de troupeaux leur font de petits présents, et eux à leur tour les aident à diriger leurs bêtes par les bois et les marécages. Domeyko se demande si ces faits eux-mêmes ne pourraient pas offrir aux autorités des frontières un juste prétexte pour frayer la route et pour employer les Indiens à ce travail. Il rapporte que l'été précédent, par la seule persuasion et de bons procédés, sans recourir à la force ni à la violence, le commissaire du gouvernement chilien était parvenu à faire exécuter par les Indiens un chemin dans les montagnes jusque-là impraticables, entre Tucapel-le-Vieux et « los Angeles ». Un salaire, des cadeaux, des ménagements de bienveillance, les amèneraient plus vite encore à réaliser des projets avantageux à tout le monde.

D'autre part, le chemin des pampas ne présente aucun obstacle sérieux aux communications. Les *llanos* sont ouverts et prêts à former une seconde route militaire et commerciale. De Nacimiento à San José, la bravoure de l'Indien ne saurait arrêter la marche et les mouvements d'une armée composée de vétérans et rompus à la discipline.

Une fois ces deux grandes lignes établies par la côte et par la hauteur, les chemins de correspondance de l'une à l'autre sont tracés par la nature; nous avons parlé de la vallée de l'Impériale et de celle du Toltén, destinées à nourrir un jour des populations immenses et à abriter des cités florissantes. Il est impossible de ne pas admettre que ces belles provinces du midi deviendront dans l'avenir un théâtre heureux pour la civilisation. Le climat et le territoire sont excellents. L'air n'y est pas brûlant et chargé de ces vapeurs contre lesquelles l'homme civilisé doit lutter avec tant de courage dans les forêts immenses et les déserts qu'arrose l'Orénoque; l'on n'y a pas à craindre ces pestes mortelles que l'étranger redoute dans les parages de Panama, ni ces plaines marécageuses, peuplées d'animaux sauvages, qui s'étendent à l'embouchure du Mississipi et des Amazones. Un air vivifiant et pur, renouvelé par les brises alternatives du sud et de l'ouest, les saisons mieux marquées que dans les régions septentrionales du Chili, un sol fertile et qui partout se prête à la culture, des forêts superbes, libres de toute bête féroce ou venimeuse, toute sa constitution physique semble appeler ce pays à l'existence active du monde chrétien et à la civilisation de la société moderne.

Que si nous étudions la situation politique du même territoire, compris dans les limites du Chili, et qui n'a pour bornes d'une part que l'océan Pacifique, d'autre part, à l'orient, que la haute cordillère, il est facile d'apercevoir les causes qui ont soustrait jusqu'ici les Indiens à l'ensemble dont ils font partie intégrante, et les obstacles qui s'opposent parmi eux aux progrès de la véritable civilisation. Ces causes, ces obstacles, ce n'est pas dans la nature physique et tout extérieure du pays que nous les devons chercher. Ils sont ailleurs.

Un mot d'abord sur ce que nous entendons par une *civilisation véritable*. Si par ces termes-là on veut désigner l'état matériel des hommes, leur manière de se vêtir, les commodités dont ils savent embellir leur existence, un certain luxe et surtout celui des arts nécessaires à la vie domestique, tout ce qui orne la demeure, en un mot l'industrie humaine, l'intelligence qui améliore son bien-être, son mode de combattre, de négocier avec ses voisins; il faut le dire, sous tous ces rapports, les Araucans sont loin d'être des sauvages. Leur costume ne manque ni d'élégance ni d'éclat. Dans leurs maisons règnent l'ordre, la tranquillité, l'obéissance au chef de famille. Leurs champs sont cultivés et enclos, ils ont de beaux troupeaux, des fruits et des légumes abondants, des boissons spiritueuses, et ceux qui commencent à s'occuper du commerce, y montrent une singulière dextérité. Les habitations, qui sont des palais auprès d'une foule de *ranchos* de la portion civilisée du Chili, sont loin pourtant d'offrir les agréments des villes et des *haciendas*. Les siéges sont encore des banquettes garnies de cuirs et de tissus; un métal précieux n'est pas encore substitué aux plats et aux cuillères de bois; leur industrie se borne toujours à la charrue, et

leur fabrication au poncho et au *chiamal*, cette gracieuse parure des femmes barbares; mais la laine de leurs troupeaux,
mais leurs bras vigoureux, leur mépris pour la mort, leur
amour de la liberté et de l'indépendance, sont un genre de supériorité que pourraient leur envier beaucoup d'excellents industriels.

Il faut donc l'avouer, les avantages que présente la *civilisation matérielle* ne sont pas tels qu'ils puissent donner le droit
ou imposer le devoir de *réduire* ces Indiens retardataires. Il n'y
a pas là une seule raison plausible de brûler une cartouche, de
sacrifier une existence humaine. Ce serait le fait d'une simple
et vulgaire conquête.

Le progrès du bien-être moral est d'une tout autre nature.
L'élévation de l'âme et de la pensée, des convictions fortes et nationales, la dignité de l'homme, le bonheur de son âme ici-bas
et dans l'autre monde, l'amour de la liberté et des vérités éternelles, le haut intérêt qui s'attache à notre véritable destinée,
voilà ce qui a toujours excité les grandes actions; la force et
l'inspiration des peuples viennent de leur foi et de leurs croyances religieuses.

C'est à ce point de vue qu'il faut nous placer pour mieux apprécier la réduction et la civilisation des Indiens. Quels sont les
moyens que possède le Chili pour incorporer les Araucans dans
la nationalité catholique et républicaine?

Domeyko le déclare avant toute chose, depuis l'heure de son
indépendance, le Chili n'a rien fait pour améliorer et pour absorber les tribus d'Indiens. Durant les guerres qui ont si longtemps désolé ses provinces du midi, la civilisation chrétienne
cessa de se propager parmi les naturels; loin de là, elle chercha parmi eux des auxiliaires pour les armer contre elle-
même. Placés dans les rangs de ceux qui les devaient changer,
ils ne purent voir en eux que les délires de la civilisation. Ils
aidèrent les chrétiens à verser le sang chrétien. Alléchés par
le carnage même, ils se jetèrent sur les compagnons d'armes
qui les avaient provoqués à prendre part à cette lutte fratricide.
Les missions restèrent en ruines; l'autorité des commissaires et
des capitaines fut méconnue. Les prêtres qui survivaient prirent
la fuite. Les champs furent dévastés. Tout le pays qu'arrosent

les eaux du Laja, jusqu'à Antuco et au Nouveau-Tucapel, toutes les possessions du littoral, qui forment aujourd'hui le département de Lautaro, ne présentèrent que décombres. Le cruel Pehuenche campa librement dans les riches vignobles de « las Canteras ».

Tous ces troubles si contraires à la civilisation des indigènes, ne firent naître que des haines et des ressentiments mutuels. L'Araucan ne croyait plus à la supériorité morale qu'il reconnaissait jusque-là aux chrétiens, et il ne comprenait pas le véritable motif de la guerre. Pour lui ce n'était qu'une occasion d'appesantir ses mains sur un peuple qui prétendait lui être supérieur en célébrité. Insensible aux nobles qualités morales de ceux qui aspiraient à le transformer, il ne s'attachait qu'à imiter leurs vices et leurs désordres.

Que de flots de sang ne fallut-il pas répandre pour comprimer cette race furieuse qui demandait avec de grands cris à continuer la guerre, au lieu d'accepter cette paix civilisatrice qu'on lui présentait !

De longues et rudes campagnes, dirigées par les chefs les plus illustres de la république, suffirent à peine pour calmer l'Araucanie. Pour la maintenir, il fallut organiser les milices des frontières et des garnisons de vétérans, et, grâce à ce déploiement de forces publiques, l'Indien resta tranquille, résigné, dissimula sa passion pour la guerre et ses vieilles rancunes.

Devant cet état des esprits, la nation chilienne doit-elle garder une attitude passive et se borner à un appareil militaire, lorsque son rôle est si élevé, et lui impose une tâche plus sainte et plus civilisatrice ? Personne ne l'oserait dire, et déjà plusieurs mesures ont été prises par le pouvoir. Ses premiers pas se dirigent vers les Indiens de la frontière, et ses premiers efforts tendent à rétablir les anciennes missions religieuses, à garantir la paix et la sécurité de la population chrétienne. Le moment est heureux pour continuer ces sages tentatives. Chaque jour devient plus sensible, pour les provinces du midi, l'indépendance isolée et barbare des Araucanos. C'est là une question décisive pour le sud. Le gouvernement et les particuliers y ont un intérêt extrême. Mais les opinions varient dès qu'il s'agit des moyens pratiques d'intervention, et l'humanité, en ce débat, a aussi le droit de faire entendre ses requêtes.

Trois avis différents se trouvent en présence. Ils sont exprimés par des personnes qui connaissent le pays et la population. Ces avis ne sont pas des spéculations pures et des théories couchées seulement sur le papier. Ils expriment des systèmes distincts, appliqués déjà et jugés par l'expérience.

Le premier système se base exclusivement sur la force et sur la terreur, sur la propagande armée. Les partisans de cette opinion ont combattu les Indiens, et se sont distingués dans la guerre qu'ils leur ont faite. C'est la manière de voir de beaucoup d'hommes modérés, remplis de talent et d'honneur, d'officiers courageux et patriotiques. Ils soutiennent que l'Indien est d'une nature indomptable, ennemi acharné des chrétiens, perfide et cruel, fier, intrépide, opposé à tout ordre et à toute discipline. Mais ceux qui apprécient ainsi les Araucans ne les ont connus que sur le champ de bataille et en temps de guerre. En soi-même, qu'y a-t-il de plus noble et de plus élevé que la bravoure du soldat, appliquée à une sainte cause, aux intérêts de l'humanité, à la défense de la foi et de la liberté des peuples ? A ces qualités fortes et rares, le génie du christianisme donnera une beauté de plus, la générosité, l'honneur, le dévouement. L'Indien, il est vrai, ne sait pas ces hautes maximes. Il n'est pas éclairé par la lumière divine ; il ignore la fraternité des peuples ; et, esclave de ses passions impétueuses, il ne reconnaît d'autres lois que la guerre, et est convaincu que son droit est d'infliger le plus de mal possible à son ennemi. Mais faites pénétrer d'abord dans son âme la lumière dont nous parlions ; que les sentiments de la charité ouvrent son cœur, et lui enseignent où est la véritable force, la puissance de la civilisation moderne ; et il sera permis de décider alors quels sont le caractère et l'âme d'un Indien. Nous avons vu déjà quelles qualités éminentes il montrait dans la paix et dans ses foyers, et rien ne s'oppose à ce que de telles vertus soient conciliables avec celles d'un citoyen. Les hommes de cette trempe ne se laissent pas convaincre par les armes. La guerre fait des cadavres ou des esclaves. Mais, pour exterminer les Araucans et pour les réduire à une vile servitude, il faudrait verser des flots de sang chilien, et l'on n'aboutirait qu'à une conquête criminelle.

Le second système est beaucoup plus pacifique ; c'est celui de l'abstention. Les hommes de la frontière et d'excellentes intelligences l'ont souvent formulé. La force, disent-ils, n'a jamais fait qu'irriter l'Indien et retarder chez lui les progrès désirés. Il faut le laisser en paix et ne pas lui imposer de culte religieux, ce qui est de l'intolérance pure. Le mieux, pour le réduire, est de l'accoutumer à des mœurs plus douces par le commerce et par la politique. Fort bien, vous supprimez la guerre ; vous respectez les plus étranges et les plus honteuses superstitions, et vous prétendez moraliser, adoucir un peuple par le commerce et par la politique ! Voyons, quel commerce ? quelle politique ? Le commerce de l'Araucanie est entre les mains de quelques colporteurs isolés qui promènent leur pacotille sur le territoire indien, d'une habitation à une autre, et échangent avec eux l'indigo, la *chaquira*, les mouchoirs et d'autres bagatelles, contre les ponchos, les piñones, les bœufs et les chevaux. Les objets, que les Indiens ont à offrir contre le petit luxe et les commodités exotiques, sont en petit nombre. Ils ne connaissent presque pas la monnaie [1], et les avantages du trafic sont réservés aux plus habiles. Ces marchands nomades sont-ils capables de civiliser les barbares, de leur enseigner la morale et la justice ? Sont-ils intéressés à civiliser une nation dont ils exploitent la crédulité et l'ignorance ? S'occupent-ils de savoir quel est le destin moral de l'homme, à quel état social il est appelé ? Dans les dernières années, à propos de quelques abus commis par les commerçants à l'intérieur de l'Araucanie, à propos de faussetés et d'erreurs qu'ils propageaient, l'autorité crut nécessaire de leur en interdire l'entrée ; elle supposait que cette défense obligerait les Indiens à venir les chercher dans les cités limitrophes pour l'échange de leurs produits. La mesure

[1] L'on peut comparer ici pour le commerce des Chiliens et des Araucans, pour la monnaie toujours rare chez les peuples encore mal civilisés, les curieux détails que le *Périple de la mer Érythrée* nous donne sur les relations de trafic entre les Grecs égyptiens et l'antique Abyssinie. Il énumère les marchandises que l'on portait aux Axoumites et ce que l'on recevait d'eux. Le vieux géographe désigne parmi les objets d'importation du laiton qui était employé comme objet d'ornement ou que l'on découpait pour servir de monnaie courante ; c'était aussi un peu d'argent monnayé, pour l'usage des étrangers. Cf. *le Nord de l'Afrique* par M. Vivien de Saint-Martin, p. 204-205.

en elle-même fut blâmée ; mais elle prouve du moins l'existence d'un mal sérieux, celui que les missionnaires du commerce laissaient dans l'âme des indigènes. La politique est-elle
plus efficace pour la réduction des Araucans ? Confondez-vous
la politique avec la *diplomatie*, avec ce que le vulgaire des
hommes, dans son langage clair et simple, nomme la ruse et la
tourberie légales ? S'insinuer dans l'esprit des Indiens, y fomen-
ter le goût du luxe et des amollissantes jouissances, flatter leur
amour-propre, en excitant en eux la rivalité avec leurs frères,
semer dans leurs rangs la discorde, les pousser dans des conflits
destructeurs ou qui les contraignent à solliciter la protection
de leurs voisins ; leur arracher leurs domaines, pour une ba-
gatelle, sous le prétexte d'achat ou de bail, les refouler doucement, poliment, sans leur assurer aucun profit, mesuré sur les
acquisitions des acheteurs, ni sur la perte territoriale des Indiens ; enfin, gagner toujours de l'espace, en maintenant avec
complaisance la superstition et l'ignorance des barbares, et en
faisant tous ses efforts pour amortir l'antique énergie de la nation, est-ce là de la politique, est-ce là ce que l'on ambitionne
d'appliquer à la race des Araucans ? Il n'y aurait dans une telle
conduite rien qui s'accordât avec le caractère franc et généreux
de la nation chilienne, avec l'honnêteté d'un peuple chrétien.
L'immoralité même du procédé met à néant le résultat immédiat et factice qui en pourrait découler. Malheur aux États qui
voudraient profiter de l'infériorité morale ou physique de leurs
voisins ! Ils trouveront toujours quelque raison captieuse pour
pallier l'injustice sous les termes trompeurs d'opportunité et
de nécessité. Ce second système de civilisation nous semble
donc moins raisonnable et moins efficace et aussi peu moral
que le système précédent.

Une troisième opinion prévaut de nos jours dans la plupart des
têtes réfléchies. Elle paraît adoptée par le gouvernement de la
république, et elle mérite d'être examinée en détail ; c'est celle
qui veut provoquer la réduction des Indiens par leur éducation
intellectuelle et religieuse. Il s'agit de conserver au caractère
des Araucans sa trempe virile, en relevant sa dignité morale et
intellectuelle par les lumières du christianisme. Sans ce lien
durable et solide, quelle union possible entre le Chili et les

indigènes ? Quel autre moyen de s'entendre avec eux et d'attacher cette race altière au char de notre civilisation ? La paix, la fraternité, la fusion des intérêts et des sociétés peuvent-elles naître entre des hommes qui n'ont pas les mêmes adorations ? Aussi le principal objet qu'il faut avoir sous les yeux, lorsqu'il s'agit de *réduire* les Indiens, ce n'est pas d'en faire de bons commerçants, des ouvriers et des industriels, ni de leur faire oublier le maniement des armes, de les efféminer par les attraits et les mollesses du luxe, de les amoindrir pour les soumettre; il s'agit bien plutôt de réformer en eux les idées, les coutumes, les penchants qui forment à la véritable civilisation le plus insurmontable des obstacles. Et, si nous ne cherchons pas, pour atteindre ce but, notre principal moyen dans la lumière divine du christianisme, où espère-t-on rencontrer l'influence nécessaire pour soustraire l'Indien à sa vie sensuelle, à ses « borracheras », à ses sorciers et à ses devins ? Comment le fera-t-on renoncer à son esprit de vengeance, à son droit naturel de faire à son ennemi le plus de mal qu'il pourra ? Comment l'amènerez-vous à reconnaître ce qu'il doit à sa femme, à ses enfants, à ses esclaves même ? Et tant que chez l'Indien ce fond des mœurs ne sera pas changé, l'assimilation est-elle possible entre les Chiliens et les Araucanos ? Le devoir de l'homme civilisé est donc d'agir sur le cœur même des barbares, de l'éclairer avec les lumières du christianisme. Deux moyens pratiques peuvent seuls conduire à ce résultat : l'influence de missionnaires énergiques, vertueux, instruits de l'idiome indigène ; l'influence de la justice et des bons exemples, exercée par les autorités et par les individus en contact immédiat avec les Indiens[1].

L'action de l'exemple préoccupe d'abord le savant Domeyko. Figurons-nous en effet un Indien imbu de tous les vices de sa race, et mettez-le sur les frontières, en présence d'un capitaine, d'un agent de l'autorité, d'un trafiquant à goûts effrénés, médiocrement convaincu des vérités de sa propre religion, avide

[1] Le premier de ces deux moyens avait déjà vivement préoccupé les conquérants espagnols du xvi⁰ siècle. Les frères de la Merci sont ceux qui entrèrent d'abord au Chili avec Valdivia. En 1554 arrivèrent les dominicains et les franciscains; les jésuites, en 1593; les augustins, en 1595, et les religieux de Saint-Jean de Dieu, en 1615. (Cf. Bustamante, p. 239.)

d'exploiter l'Araucan, de le tromper, de lui dérober son territoire, ses bœufs, ses chevaux, prompt à se venger avec barbarie ; un tel homme fera-t-il jamais avancer d'un pas la civilisation chez les indigènes ? Ce n'est pas le chrétien qui changera
l'Indien ; loin de là, la métamorphose inverse est la seule qui
se puisse opérer; c'est l'homme de la civilisation qui passe à
l'état de barbare. L'Indien du moins suit le modèle de ses
pères ; le chrétien se met en opposition déclarée avec les lois
évangéliques, et n'en est que plus perverti. Aussi les désordres
reprochés aux Araucans éclatent avec plus de force sur les limites que dans l'intérieur de la contrée. Ils sont effarouchés,
ensauvagés par l'exemple même qu'ils reçoivent. Les penchants
aux appétits matériels et sensuels ne se peuvent corriger que
par le contraste de notre semblable, d'une âme plus forte et
plus élevée, qui nous donne la règle de la frugalité et de la
modération. L'esprit de perfidie, de vengeance et de révolte
n'est désarmé que par le spectacle de la loyauté, de la générosité, de la soumission aux lois.

Les premières mesures qu'il importe de recommander au
pouvoir seraient donc : d'organiser le mieux possible la population chrétienne limitrophe, en lui donnant de bons prêtres,
de bonnes écoles, de bons gouverneurs, et de choisir, soit dans
cette population même, soit dans les autres parties de la république, des hommes d'honneur, sobres, désintéressés et vaillants, pour leur confier les capitaineries, avec de sages instructions et toutes les ressources nécessaires. L'on commencerait
ainsi une campagne qui serait longue, mais juste et pacifique,
où les missionnaires et les capitaines avec leurs officiers formeraient l'avant-garde et le seul corps d'expédition ; les milices organisées des districts de la frontière suffiraient pour
tenir au besoin en respect les Indiens *réduits* et ceux qui seraient encore à réduire.

Domeyko ne se dissimule pas les difficultés de la tentative.
La rareté des églises et celle des bons prêtres sur la frontière indienne est l'une des principales. Elle a préoccupé le pouvoir.
L'on a exigé que les ecclésiastiques fussent soumis à des exa-
mens ; l'on a contrôlé leur conduite et leurs procédés. Il n'est
pas moins vrai que sur tout le littoral chrétien qui s'étend de

San-Pedro sur les bords du Biobío jusqu'au Vieux-Tucapel,
c'est-à-dire sur une étendue de trente-cinq lieues, il n'y a
jusqu'à présent qu'un prêtre et un missionnaire, dans la place
d'Arauco, et un autre à Colcura. La mission récemment établie
à Tucapel, et la cure qu'il reste à ériger à l'embouchure du
rio Leubú, contribueront beaucoup au progrès moral de cette
contrée. Dans toute la région, appelée « l'Ile » (*la Isla*), c'est-à-dire
dans ces llanos qu'enferment le rio de la *Laja* et le rio Biobío,
ajoutez-y encore le territoire qui les borde, les cordillères d'Antuco et de Santa-Bárbara, jusqu'à la frontière des Pehuenches,
il n'y a qu'un prêtre à « los Angeles », un autre à Nacimiento,
et un troisième dans la petite ville d'Antuco, à l'entrée même des
montagnes qui portent ce nom. Nous avons déjà constaté l'importance que présente pour la république le passage d'Antuco,
et de là il est facile de conclure quels soins doivent apporter
et le gouvernement et l'autorité sacerdotale à pourvoir cette
cité de prêtres zélés et vertueux, et quelle attention singulière
le même objet mérite de la ville de « los Angeles », destinée à
être un jour la capitale d'une des plus belles provinces du Chili.

Si de la frontière du nord de l'Arauco vous passez à ses limites
méridionales, celles de la province de Valdivia, vous voyez que la
population se trouve dans une situation beaucoup plus heureuse.
Depuis longues années, les missions y ont suppléé à l'insuffisance
des cures. Les Indiens, au nombre de quatre à cinq mille, *réduits*
et gagnés au christianisme, se sont mêlés aux blancs et obéissent
à peu près aux mêmes lois, au même régime administratif. Huit
missionnaires sont fixés sur différents points de la province;
chacun d'eux jouit d'une dotation de 348 *pesos*, et huit écoles
sont annexées à ces missions, avec des maîtres rétribués par
l'État. Nul doute que l'avenir des Indiens de Valdivia ne su-
bisse de promptes améliorations, surtout avec la haute et
intelligente coopération de l'éminent prélat qui occupe le siége
de Chiloé. Domeyko exprime pourtant le désir de voir les missions se concentrer vers la frontière des provinces méridionales
qui regarde le nord de la lisière des Indiens de Villarica, où il
ne se rencontre qu'un missionnaire dans la ville limitrophe de
San-José. Il appelle aussi de tous ses vœux la concorde et l'harmonie entre les missionnaires et les curés, pour lesquels il ne

doit y avoir qu'un genre de rivalité, la passion du bien, celle d'un devoir commun à remplir.

Les missionnaires, ajoute-t-il, n'ont presque rien à joindre à ce qu'ils ont appris de l'expérience dès le temps de la conquête. C'est avec justice que l'on distingue les curés et le clergé qui les seconde, des véritables missionnaires exclusivement occupés à répandre la foi parmi les païens. Les premiers veillent à la religion des Espagnols de la frontière, de tout ce que, dans ces districts mêlés de Chiliens et de barbares, on appelle la « gente española », de ceux en un mot dont les relations avec les Indiens agiront avec une grande force sur la morale et la civilisation de l'Arauco. Les missionnaires ont d'autres attributions; ils doivent étudier le caractère et l'idiome des indigènes, ont besoin d'une règle plus sévère, relèvent d'autorités différentes, et sont, à juste titre, soumis à un seul chef, à une direction toute spéciale.

Deux colléges de propagande, établis à Chillan et à Castro [1], fourniront sans doute des apôtres intelligents pour augmenter le nombre des missions. Il n'y en a que douze encore, quatre sur la frontière du Nord, à Tucapel-le-Vieux, à Arauco, à Santa-Juana et à Nacimiento, huit dans la province de Valdivia, et celle de San-José est la seule que vous trouviez sur la frontière sud des Indiens indépendants. Partout elles sont représentées par un seul prêtre ; celles qui ont pénétré le plus avant devraient en avoir deux pour le moins. Domeyko, en exprimant cette pensée, se félicite pour sa patrie d'avoir rencontré auprès d'une mission de Valdivia, une petite école composée d'une quinzaine de jeunes Indiens, entre dix et douze ans ; l'État est parvenu à la former, en offrant chaque année quarante *pesos* à tout cacique qui enverrait à une école une douzaine d'élèves de sa circonscription.

Quoi qu'il en soit, c'est là, c'est dans ces efforts, dans ces dispositions heureuses, et dans beaucoup d'autres déjà mises en pratique, que résident les espérances de l'avenir ; ils hâteront l'œuvre de la civilisation religieuse et morale des Indiens. Domeyko ne demande que deux améliorations : il sollicite les

[1] Principale ville de Chiloé.

missionnaires à mieux apprendre l'idiome des Araucans, à l'exemple des vieux missionnaires espagnols, et appelle le secours de ces ministres instruits et courageux, qui, de Lyon et de Paris, vont chaque année en Cochinchine, aux Indes orientales, dans les îles de l'Océan, et sur tant d'autres rivages, préparer et mûrir la moisson du Christ.

Dans l'ardeur de son patriotisme, Domeyko fait mieux encore ; il règle déjà, comme un guide prudent, l'itinéraire des missions futures. Il veut que la ligne du Nord, depuis Arauco, Nacimiento et Tucapel, s'étende jusqu'à la Cordillère et rejoigne Santa-Bárbara, où dès les temps les plus antiques il y eut un propagateur du christianisme. De Tucapel, le point principal et le plus avancé, elle se développerait vers Angol, Purén, et quelques-uns des districts de la région *suban-line*, au sein des « Quechereguas », par exemple. Dès qu'une fois la ligne des fondations religieuses aurait gagné ainsi la même latitude que Tucapel, il serait possible de songer à cette malheureuse ville de l'Impériale, véritable centre de la nation indienne, et le foyer où les missionnaires du Nord donneront la main à leurs collaborateurs religieux du Midi, lorsque ceux-ci auraient aussi avancé leur conquête morale par Villarica, Maquegūa, Boroa et Cholchol [1].

Ignacio Domeyko ne veut rien abandonner au hasard dans son plan d'envahissement moral et civilisateur. L'œuvre lui paraît trop sérieuse pour en livrer le dessein au caprice et à l'im-

---

1 Pour bien comprendre les détails présentés ici par Domeyko, il faudrait avoir sous les yeux l'excellente carte qui accompagne l'ouvrage de Gior. Ignazio Molina sur l'histoire civile du Chili, ou celle que Sancha a fait tracer en 1776 pour son édition d'Ercilla. Le pays des Quechereguas se trouve entre les sources du Biobio et celle du Cautén. Ces deux fleuves, les plus importants de tout l'Arauco, s'éloignent en sens inverse, et vont arroser le nord et le sud de ces fertiles contrées. Le Cholchol se réunit au Cautén, sur la droite du fleuve, environ à dix lieues du rivage de la mer. Le district de Maquegūa s'étend entre le Cautén et le Hueco, un autre de ses affluents; et la province de Boroa se développe au sud du Guepe, nouveau tributaire du Cautén, sur la gauche ; toute cette portion de l'Araucanie appartient donc au bassin du « rio Imperial ». Placée plus au sud, Villarica, près d'un vaste lac, appartient au bassin du Toltén qui dérive des Andes, et qui suit une ligne parallèle au cours inférieur du Cautén. Entre les deux fleuves, le Budi se rend directement à la mer, et au sud du Toltén se déchargent successivement dans le Pacifique, le Queule et le Potrero qui sort du lac de Villarica. Le Cruces et le Callacalla se confondent avec les eaux de la mer dans la baie de Valdivia. Le *Bueno* marque, au midi, la dernière limite que Pedro de Valdivia put atteindre. Si nous nous portons ensuite au nord vers le Biobio, les deux points essentiels à nos yeux, pour ce monde barbare décrit par Ercilla et promis par Domeyko aux futures conquêtes du

prévu des expédients. Il est préoccupé du régime administratif, du gouvernement intérieur à établir dans les parties du territoire sur lesquelles il propose de diriger cette campagne religieuse qui doit améliorer les esprits et les cœurs; et dans cette portion de son opuscule, il procède encore avec une remarquable sagesse de vues et de principes. Rien ne ressemble moins aux relations qui règnent entre les membres d'un État civilisé, que les relations des Indiens indépendants et des chrétiens. Le gouvernement, l'administration, les lois doivent donc ici être bien différents de ce qu'ils sont dans le reste du Chili. Tout dépend de l'opportunité et des circonstances; la règle et les statuts ne sauraient y présenter qu'un caractère transitoire.

Pour que l'action civilisatrice s'exerce avec énergie et promptitude, pour que ses résultats soient durables, il faut, avant tout, unité dans le pouvoir et simplicité dans les moyens. Un seul chef devra donc présider aux efforts de l'entreprise et commander à tout le pays qui se déploie entre les fleuves de *Biobio* et de « Cruces », où se trouvent les tribus nouvellement réduites. Son pouvoir s'étendra également sur les villes de la fron

christianisme, sont Tucapel et Purén; tous les deux ont changé d'emplacement. L'ancien Tucapel était au sud-est de la Conception, au nord-est de l'ancien Purén. Celui-ci avait été fondé entre le Tirua, le Colpi qui se jette dans le Cautén, et la Vergara qui se jette dans le Biobio. Deux chemins conduisaient de Tucapel à Purén, le premier, par la *Cuesta de Puren*, plus à l'est; le second, celui de l'ouest, par les défilés d'Elicura. Pour arriver de Purén à l'Impériale, il fallait traverser les méandres du Tirua; c'est au débouché de bois épais que l'on atteignait cette importante forteresse, aujourd'hui en ruines, près du petit rio *de las Damas*, affluent du Cautén (rive droite), et nommé ainsi à cause de la limpidité de ses eaux. Entre le Biobio et le Cautén, trois fleuves de moindre importance, le Lebú, le Paicavi, le Tirua, sillonnaient et protégeaient encore toute la coulée où s'élevaient les deux citadelles espagnoles. Mais pour les besoins de la conquête, elles furent depuis déplacées. Tucapel fut d'abord transféré par Reinoso, sur l'ordre de don Garcia, au site de Talcamavida, sur la rive droite du Biobio, à peu près à moitié de la distance qui sépare la mer du point où la Laja se joint au Biobio. Cañete fut érigé un peu au sud sur le rio Laraquete, et le nouveau Puren se dressa au nord-est de Puren-el-viejo, entre Negrete et Santa Bárbara, ou si vous aimez mieux, entre le le Biobio (rive droite), et le Duqueco, une des nombreuses rivières que le Biobio entraîne avec lui à la mer du Sud. Arauco et Santa Barbara forment les deux extrémités d'une ligne idéale tracée de l'ouest à l'est, de la mer au cours supérieur du Biobio. Elle marque au nord le premier champ d'opérations proposé par Domeyko. Quant à Nacimiento, il est compris dans le département de Laja, dont le chef-lieu est la ciudad de *los Angeles*. Angol est au sud-ouest du nouveau Purén, dans l'angle formé par le Biobio et le Vergara; appelé d'abord Angol de los Confines, on le nomme aujourd'hui « Villa Nueva de los Infantes », et plus souvent encore on l'appelle « Angol », de son nom primitif.

tière. Réunissant à la fois l'autorité militaire et civile, placé à
la tête des milices des districts limitrophes et des garnisons,
commissaire général des Indiens, il devra non-seulement connaître le pays, y être un homme éminent, mais aussi un croyant
sincère, plein d'ardeur pour la réforme religieuse des indigènes,
et disposé à s'entendre directement avec le chef des missions,
à conserver avec lui l'harmonie la plus réelle et la plus complète. Il gouvernera les *réductions* par les missionnaires et les
« Capitanès de Indios ». Dans chaque district ou dans chaque
groupe de deux ou trois districts *réduits*, il y aura un missionnaire et un capitaine, qui seront aussi les juges de leur
circonscription. S'il y avait entre eux divergence d'avis, dans
les procès et dissensions d'Indiens à Indiens, ils s'adresse-
raient au chef militaire et civil, pour qu'il eût à décider l'affaire par une prompte sentence. Arbitre suprême de la conduite
publique et privée du missionnaire et du capitaine, il importe
que le chef garde entre eux la plus sévère impartialité.

Domeyko insiste sur la nécessité pour l'autorité civile de maintenir la bonne intelligence entre elle et les missionnaires, de
les secourir, de seconder leur tâche apostolique par un concours sincère, d'une âme convaincue, et à ne jamais sacrifier les
hauts intérêts qu'ils représentent à de froides considérations de
politique. Le défaut d'entente, qui souvent provient d'un manque de charité et de conviction, a suffi parfois pour que des
années entières de travaux et de peines aient été complétement
anéanties. Une mesure inconsidérée, quel que puisse en être le
motif, provoque de telles conséquences. Voici un fait qui s'est
passé dans les missions du Sud. Il y a quelques années, dans
une *réduction*, le mauvais temps s'était prolongé à l'époque des
moissons, et depuis une vingtaine de jours les Indiens tremblaient pour leurs récoltes. A la vue de leur affliction, le missionnaire les réunit et fait des prières publiques. Mais la pluie
continuait toujours, comme pour éprouver leur foi et leur patience. Les principaux Indiens s'assemblent et vont demander
à leur *Padre* la permission de former une de leurs antiques
« borracheras » et de se livrer à leurs pratiques religieuses en
l'honneur de Pillan, dont ils espéraient mieux que du Dieu des
chrétiens. Plein de tristesse et de trouble, le bon missionnaire

les réunit de nouveau, cherche à les tranquilliser et recommence ses prières. Mais il pleuvait toujours et, le regard fixé sur leurs champs inondés, les barbares flottaient entre le vrai Dieu et leurs vieilles idoles. Ils s'adressent à l'autorité civile ; ils protestent de leur docilité, de leur soumission et ne demandent qu'à pouvoir procéder ensemble à une cérémonie qui ne saurait être nuisible ni au gouvernement ni au missionnaire. Ils sollicitent cette faveur pour une seule fois et pour apaiser la colère de leur Dieu antique. La simplicité de ces pauvres Indiens toucha le capitaine ; il ne vit dans leur démarche qu'un désir fort innocent, et un moyen peut-être de s'assurer leur fidélité ; il leur donne la permission et n'en prévient pas le missionnaire. Les Indiens forment aussitôt une assemblée nombreuse ; leurs sacrifices s'opèrent, ils s'enivrent et avec des cris sauvages et profanes invoquent leur fausse divinité. La pluie avait duré tout un mois ; le ciel s'épure, et lorsque, enchanté de voir un si beau ciel, le missionnaire sort de sa demeure pour remercier Dieu de sa miséricorde, il rencontre les Indiens qui d'une voix fière et superbe triomphaient d'avoir obtenu de leur dieu Pillan ce que ne leur avait pas voulu accorder le Dieu des chrétiens. Que de peines ne fallut-il pas à l'apôtre pour ramener le calme et l'ordre dans ces esprits bouleversés, et l'on peut dire que l'impression qu'ils reçurent de cet événement resta ineffaçable. Les exemples du même genre sont assez nombreux. Les Indiens sont habiles à saisir les relations de leur *Padre* avec le « capitaine des Indiens » et le commissaire. Si donc il est du devoir des missionnaires d'imposer à l'indigène le respect et la soumission pour l'autorité civile, celle-ci à son tour doit entourer le représentant de la religion de toute la considération qu'il mérite. La dignité du pouvoir public ne peut qu'en être agrandie.

Domeyko pose une juste distinction entre les Indiens qui vivent dans une indépendance complète et ceux qui vivent à moitié réduits, et qui sont accoutumés à se soumettre de temps à autre au jugement du capitaine, du *Padre* ou du commissaire. Pour cette dernière classe de barbares, il y a un vieil usage. Un débat s'élève-t-il entre eux, au sujet d'un vol, d'un meurtre, d'une querelle ou d'une rixe, ils vont d'abord à leurs caciques qui décident le litige. Mais s'ils ne veulent pas se conformer à leur sentence, les Indiens en appellent au missionnaire, au capitaine, et il leur reste encore le recours au commissaire. Cette coutume, introduite dans la plupart des réductions de la frontière, indique la meilleure juridiction qui se puisse appliquer à tout le territoire indien, sans qu'il soit nécessaire de s'adresser à l'autorité des subdélégués et des juges ordinaires. Le missionnaire et le capitaine pourraient être les seuls juges de cette société naissante. Leurs arrêts en matière civile et criminelle ne seraient revisés que par le chef civil et militaire du territoire, et avec toute la promptitude possible pour éviter les dommages et les tromperies. Chez ce peuple simple et primitif, les débats et les contestations ne présentent pas ces intérêts compliqués qui exigent des lois nombreuses. La plupart des causes y peuvent être réglées par un code de procédure fort élémentaire, représenté par le bon sens et la rectitude morale des missionnaires et des capitaines.

Ces vues ont été inspirées à Domeyko par le spectacle que lui présentaient les Indiens de Valdivia. *Réduits* et baptisés la plupart, mais remplis d'ignorance et de vices, ils dépendent de la juridiction ordinaire des subdélégués ; et ceux-ci ne laissent échapper aucune circonstance qui leur permette de répandre parmi eux des germes de discorde ; ils leur font payer ensuite toutes les écritures et des pièces judiciaires que l'Indien ne peut ni lire ni comprendre. Au fait, il n'y a là pour l'indigène aucune garantie. Rien ne le dérobe aux manœuvres d'un juge astucieux, plongé souvent dans les mêmes vices que le barbare et mieux mis à couvert par les piéges mêmes de la procédure. Nul doute qu'il n'y ait là une des causes les plus actives de la pauvreté et de la souffrance où vivent ces malheureux, dont l'état déplorable éveille le doute et la méfiance chez les barbares indépendants au delà du Tolten. Que peuvent penser de la loi et des juges ces peuplades farouches, quand elles voient comment les derniers appliquent la première et quels résultats triomphent chez leurs voisins? La grande affaire pour le gouvernement du Chili est donc de formuler des instructions claires et simples pour l'administration de la justice, en prenant pour base de l'ordre judiciaire le capitaine, le missionnaire et le chef suprême de la province. C'est à eux qu'il appartient de régler la plupart des difficultés que la pratique et l'expérience ont fait apercevoir jusqu'ici, et qui n'ont presque jamais été résolues dans le passé sans de grandes plaintes ou des indigènes ou des autorités mêmes.

L'organisation judiciaire n'a pas seule préoccupé un esprit aussi éclairé que M. Ignacio Domeyko. Une autre question s'est présentée à lui, et il la traite avec la même rectitude ; nous voulons parler de la manière d'acquérir et de peupler les terres des indigènes.

Personne n'ignore qu'un des moyens les plus efficaces de faire pénétrer la civilisation parmi les Indiens consiste dans l'acquisition des terrains qu'ils laissent sans culture, et qui, destitués pour eux de toute utilité, pourraient demeurer des siècles entiers entre leurs mains, aussi stériles pour l'espèce humaine. Il est donc naturel de songer à la culture de ces vastes solitudes dont la fécondité et la situation promettent les plus beaux avantages. Mais ces solitudes ont leurs propriétaires, fils de ceux qui les ont possédées de temps immémorial, et elles doivent être placées, comme toute autre, sous la protection des lois que la civilisation amène avec elle. L'achat des terres doit donc être soumis à des règles précises, équitables, et qui imposent aux contractants une parfaite égalité. Deux objets méritent surtout de fixer l'attention de l'autorité : le prix de vente et les limites du sol vendu. Le prix du terrain doit être librement débattu entre les propriétaires et les acquéreurs ; mais aucune vente ne doit être faite sans la participation du pouvoir. La valeur du sol sera fixée, par *cuadra* [1], et non pas d'une façon vague et incertaine comme par le passé. Le marché ainsi conclu, les limites de la propriété acquise doivent être marquées par un homme expert en arpentage, délégué par le gouverneur. Il serait bon aussi que l'État intervînt dans ce genre d'achats, et se portât lui-même acquéreur pour vendre ensuite

1 La *cuadra*, est une mesure agraire d'environ 100 mètres. Cf. Orllie, *Relction*, p. 53. Dans leur « Relacion histórica » dont nous avons souvent invoqué le témoignage, Jorge Juan et Antonio de Ulloa évaluent la *cuadra* à cent *varas* (t. I, p. 353), et, bien que la *vara* n'ait point partout la même longueur, il n'y a pas d'inconvénient à la confondre, comme le fait M. Orllie de Tounens, avec notre mètre actuel.

au comptant et en détail, suivant la pratique des États-Unis pour les territoires abandonnés par les tribus indiennes. Ce sujet réclame quelques réflexions. 1° Le Chili a le plus grand intérêt à couvrir au plus vite les terrains qu'il aurait achetés, d'une population chrétienne, laborieuse, capable de défendre la frontière contre une tentative de soulèvement. Il serait donc nuisible à l'Etat de laisser se constituer à la frontière et au milieu des nouvelles réductions de grandes « haciendas » entre les mains d'un seul maître ou d'un petit nombre de possesseurs. Au lieu de protéger les agglomérations, les propriétés considérables, il devra donc s'appliquer à un système de petites propriétés, habitées et cultivées par leurs acquéreurs. Ce serait le moyen d'attirer une foule de bras, et de faire produire à chaque partie du sol toutes les richesses qu'elle renferme. Voyez ce que produisent en effet sur quelques points de la frontière les vastes acquisitions qui tendront toujours à s'augmenter si de sages précautions n'y portent remède. Vous avez là sous les yeux d'immenses pâturages, arrosés par la nature, et destinés à l'élève des troupeaux. Trois ou quatre *vaqueros*, qui s'abritent dans de misérables chaumières, sont là pour veiller à cinq cents, à mille vaches, unique population d'un magnifique désert. Mettez à côté les unes des autres plusieurs de ces *haciendas*. Quel avantage en reviendra-t-il à la république? Celui d'être forcée d'y mettre garnison afin de défendre un petit nombre de riches assez habiles pour s'emparer d'un sol fécond et propre à la culture et pour le peupler d'animaux !

La conséquence naturelle de ces remarques est l'obligation pour l'Etat de fixer le *maximum* d'acquisition qu'un individu ou une famille peut faire sur les territoires limitrophes et sur la partie du sol indien où se portent les acheteurs.

II

Il est visible que les nouveaux occupants du territoire à défricher auront moins de sécurité et plus de travaux que partout ailleurs ; que d'autre part la république a un intérêt immense au mélange des populations chrétiennes et des tribus indiennes ; il est donc juste d'exempter les acquéreurs de tout impôt et de toute contribution pour un temps indéfini ou tout au moins pour un assez grand nombre d'années ; c'est aujourd'hui encore la condition avantageuse faite aux Indiens *réduits* de Valdivia. La seule charge qu'on leur doive imposer est de former des corps de milice destinés à maintenir l'ordre et la tranquillité du pays.

3° L'habitude des indigènes qui vendent ou afferment leurs propriétés à des chrétiens, est de se retirer avec toute la population plus avant vers l'intérieur, à mesure que les acquéreurs s'établissent sur leur territoire. Cette conduite tend à rendre chaque jour l'achat du sol plus difficile, et à dérober à la population chrétienne des frontières son influence naturelle sur le pays. Il serait avantageux pour le Chili de parvenir, grâce à l'action des autorités et des hommes qui sont en contact avec les Indiens, à ce que les achats de terrains se fissent au milieu même des propriétés indiennes, et sans que les barbares quittassent leurs anciens domaines, ceux-là mêmes où ils sont fixés aujourd'hui.

4° Enfin une mesure conforme à l'économie, à la justice et à la sécurité de l'État, pourrait être adoptée par le gouvernement. On pourrait récompenser de leurs services et de leur bonne conduite, les soldats engagés depuis plusieurs années déjà dans l'armée de la République, en leur accordant des terrains achetés aux Araucanos. Ceci n'a rien de commun avec les colonies militaires telles que la Russie les organise depuis plus de trente ans. Rien ne serait plus antipathique à la constitution républicaine du Chili. Il ne s'agit pas de coloniser par bataillons et par compagnies. Il s'agit de distinguer les meilleurs soldats, et, après un certain nombre d'années de service, d'accorder à ces vétérans, pour prix de leurs sentiments honnêtes et loyaux, une propriété de tant de *cuadras*, avec tout ce qui est nécessaire à un laboureur pour l'exploitation de son domaine. La vie des camps accoutume l'homme à l'ordre, à la discipline, au respect envers les chefs. L'État pourrait mettre sa confiance en de pareils colons, et ils formeraient un ensemble de milices capables d'assurer la tranquillité de la contrée entière.

Mais, indépendamment de ces colons dus à la vétérance, si l'on considère la colonisation proprement dite, et surtout celle

qui se compose d'étrangers, il semble impossible d'en faire
quelques essais au territoire des Araucans, et moins encore à
cette partie de leur sol qui s'étend de l'embouchure du « rio
Imperial », jusqu'aux ruines de la ville qui portait le même
nom. C'est là un beau et fertile pays dont la plage est sans
port, et qui est gardé au nord et au sud par deux chaines
transversales d'un difficile accès. A l'est, il est protégé par toute
la population indienne des *llanos*. Les habitants de cette contrée, malgré la douceur de leur caractère et leur génie agricole, n'ont jamais voulu admettre chez eux ni missionnaires ni
« capitanes de Indios ». Ils sont méfiants, soupçonneux et jaloux de leur indépendance. Ils resteront en paix, si l'on respecte
leur tranquillité ; mais s'ils voient des étrangers s'établir sur
leur territoire, ils prendront les armes et trouveront pour
auxiliaires les guerriers de Boroa, de Cholcol, de Puren et
d'autres districts. Ainsi donc, avant de songer au rachat de l'antique « Impériale », il faudrait avoir déjà presque réduit les
llanos d'Angol et de Puren, et s'être assuré le pays de Tucapel
et de Tirua.

Ajoutez que les terrains qui s'étendent sur les bords de l'Impériale jusqu'aux débris de l'ancienne cité espagnole sont beaucoup plus peuplés que les neuf dixièmes de la province de Valdivia. Pour les coloniser, il faudrait détruire la moitié de la
population indienne qui les cultive aujourd'hui ; il faudrait
tuer autant d'Américains qu'il viendrait de colons d'Europe. Et
qui s'engagerait dans une pareille entreprise ? Quels sont les
laboureurs qui abandonneraient le sol natal, lorsqu'ils sauraient que le premier usage à faire de leurs charrues serait de
les changer en épées, et qu'il faudrait inonder le sol du sang
des indigènes avant d'y commencer leurs propres travaux et de
s'ouvrir par là une source de richesses ? Il est malaisé aussi de
comprendre pourquoi l'on s'obstinerait à présent à coloniser
des terres qui n'appartiennent pas à l'État, mais à un peuple
laborieux et brave, lorsque dans la province voisine, plus au
sud, se trouvent d'immenses terrains, domaines du Chili, aussi
déserts que les pôles du globe terrestre, aussi fertiles que le
sol de « l'Impériale ». La province de Valdivia abonde en forêts
et en coteaux, et sollicite, pour ainsi dire, l'industrie du la-

bourage. Presque tout son littoral, du Quenle à l'embouchure du Maulin, sur un espace de dix à douze lieues entre la plage et la cordillère, et la plus grande partie du *llano* qui s'étend de la cordillère aux Andes, offrent une vaste carrière aux colonisateurs. Tout ce pays relève du fisc, bien que personne ne connaisse encore l'étendue et la valeur considérable d'un tel territoire [1]. Là, situés à une grande distance des Indiens indépendants, protégés par la population chrétienne qui se développe sur tous les affluents du Valdivia et dans les llanos de Valdivia jusqu'à Osorno, les colons vivraient tranquilles et jouiraient de l'entière sécurité nécessaire à leurs travaux. Il y a plus : le climat même, peu goûté des habitants du Chili septentrional, à cause de l'abondance des pluies, est dans le pays tout entier celui qui ressemble le plus au climat du nord de l'Europe. Aussi l'agriculture n'y fera-t-elle des progrès sérieux que lorsque les procédés européens auront été substitués aux moyens de culture empruntés jusqu'ici aux provinces septentrionales de l'État. Et il ne s'agit point ici de méthodes scientifiques, d'instruments modèles, d'écoles agronomiques, de machines perfectionnées ni d'érudition réelle ; il s'agit de ces pratiques généralisées aujourd'hui parmi les travailleurs européens, pour la culture et l'amélioration des terres, pour la récolte et la conservation des produits agricoles, pour la sage distribution des travaux d'hiver, pour la construction des fermes, en un mot pour tout ce qui concerne l'économie intérieure et domestique de l'homme des champs. Tout cela ne s'enseigne pas, ne s'introduit pas d'un pays dans un autre à l'aide des livres ou des préceptes les mieux rédigés, ni par les écoles, ni par les sociétés,

---

[1] Le Chili connaît si peu les vastes contrées magellaniques sur lesquelles il prétend avoir l'empire, qu'en 1854 un voyageur intrépide, qui a parcouru presque toutes les parties du globe, le prince Paul de Wurtemberg, sur le steamer français *le Duroc*, visitait encore tous les canaux du détroit de Magellan, et étudiait jusqu'au promontoire de *Los tres Montes*, toute la côte méridionale que la république s'attribue. Depuis cette époque, la marine française a complété ces belles études par de nouvelles explorations des mêmes parages. (Cf. *Araucana*, t. I, p. 16, note 2.) Avoir un poste sur l'île Saint-Martin, dans l'archipel inexploré de *la Madre de Dios*, et, sur le détroit même, la bourgade de *Port-Famine*, misérable lieu de déportation, où quatre-vingts soldats, dans un fortin carré que protégent quelques canons, sont chargés de tenir en respect cent condamnés, avec autant de femmes ou d'enfants, est-ce là exercer un droit de possession réelle sur une immense étendue ? est-ce là justifier les prétentions exagérées du gouvernement de Santiago?

mais par l'exemple de familles nombreuses, honorables, actives, venues des foyers les plus populeux de l'Europe.

Un des résultats les plus heureux que produirait la colonisation des forêts et des vallons de Valdivia, serait le changement du climat lui-même, grâce à la coupe des arbres et à la culture des terrains, qui jusqu'à présent ne font naître que l'humidité ou exhalent des miasmes cruels. L'antique Gaule et la Germanie, au temps des Romains, avaient un ciel plus inclément que celui de Valdivia ; de vastes forêts, des marais immenses couvraient autrefois le centre de l'Europe, aujourd'hui si bien cultivé, et, dans la province même de Valdivia, quelles sont les parties où l'on jouisse du meilleur climat, plus doux et beaucoup moins pluvieux que celui de la côte montagneuse ? C'est le centre même du pays, ce sont les départements de l'Union et d'Osorno, la portion véritablement peuplée, et où le labourage fait reculer les bois profonds qui les enveloppent.

Rien ne serait plus judicieux que d'adopter les projets du señor Filipi, colon distingué du département d'Osorno. Il voudrait que l'on recrutât dans l'Allemagne catholique deux cents familles, et qu'on les établît soit dans le llano d'Osorno, soit sur la côte entre Valdivia et Chiloé. La première conséquence d'un pareil plan serait de donner une population et une culture à ces terrains déserts, et la seconde, beaucoup plus importante, consisterait dans l'influence salutaire que les colons allemands, si laborieux, si sobres et si honnêtes, exerceraient sur une race négligente, inactive et vicieuse. Joignez à ces vues, cette autre pensée encore du même Filipi, qui voudrait rendre navigable le rio Maulin, ou bien ouvrir une voie de communication entre les llanos de Valdivia et le golfe d'Ancud, par le lac de Llauquigüe, dont les bords ne se trouvent qu'à cinq lieues de la côte. Cette colonisation, ces moyens de transport, présentent une source de toute prospérité pour les deux provinces, dont l'avenir est peut-être le gage de la grandeur et de la puissance du Chili.

Domeyko étend aussi ses regards sur l'industrie et sur le commerce, considérés dans leurs liens avec la civilisation. L'une et l'autre peuvent beaucoup pour adoucir ces tribus sauvages. L'attrait des intérêts matériels est plein de puissance. Mais

comment viendront-ils concourir à l'éducation de l'Indien ? Que
de maux et de dangers n'ont pas fait jaillir sous leurs pas certains individus qui, sous prétexte de commerce et d'échanges,
voyageaient parmi les Indiens et n'ont fait que les animer
contre les missionnaires et le pouvoir public ! Que faire cependant ? Il serait injuste et impolitique d'interdire l'entrée de
l'Arauco à tous les trafiquants et de rompre toute relation de
vente et d'achat entre les chrétiens et les sauvages. D'autre
part, il serait difficile d'accoutumer les Indiens à venir dans les
villes de la frontière échanger contre les objets qui leur sont
utiles les produits de leur sol ou de leur propre industrie assez
bornée. Le meilleur moyen proposé par des hommes expérimentés, celui qui remédierait le mieux à tous les inconvénients,
serait d'établir de petites boutiques dans chaque mission, auprès
de l'habitation du prêtre et du capitaine ; ceux-ci autorise-
raient le négoce aux mains- d'hommes connus et honnêtes, et
l'interdiraient aux hommes de réputation compromise ou équivoque. Placés sous la surveillance immédiate de l'autorité, les
commerçants s'abstiendraient de semer la haine et les intrigues, et ne pourraient impunément tromper les Indiens ou leur
porter préjudice avec la même facilité que les marchands de
passage. Il serait utile aussi de provoquer et d'encourager toutes
ces petites industries dont vivent les laboureurs dans les diverses contrées de la République, et de mettre ainsi à la portée
des Indiens les objets d'un usage facile et commode, les us-
tensiles les plus ordinaires, les instruments propres aux travaux et aux plus simples opérations de la vie agricole.

Enfin, et c'est par cette matière qu'il termine son importante
discussion, Ignacio Domeyko s'occupe d'un projet qui n'allait
à rien moins qu'à établir des forteresses et des villes sur le territoire indien, à relever les anciennes colonies ; grave question
qui a vivement agité l'esprit public au Chili dans le cours des
dernières années.

C'est une grande et glorieuse entreprise assurément, dit-il,
que de fonder des villes, de tracer des rues et des places, d'y
appeler des habitants, de dessiner et de construire des citadelles. Mais prenons garde aux résultats meurtriers et destructeurs qu'entraînent trop souvent pour l'humanité ce luxe et ce

déploiement formidable de l'activité humaine. Admettons une fois que *réduire* les Indiens, ce n'est pas en faire la conquête, mais les réunir au Chili pour ne constituer avec lui qu'une seule famille, sous l'influence d'une même civilisation morale et religieuse ; et, devant ce noble but, il devient évident qu'il faut éloigner tout ce qui peut réveiller la haine et les alarmes des Araucans et susciter la guerre. Essayez de construire un fort sur leur territoire, vous ranimez tous leurs vieux ressentiments et leur implacable méfiance ; ils recourent aux armes, et tous les fruits d'une sage propagande et d'une conduite mesurée sont anéantis aussitôt. Il ne paraît pas indispensable d'avoir des citadelles dans le cœur du pays ; il suffit de maintenir en bon état celles que le Chili possède sur les frontières et de les bien approvisionner de vivres et de munitions. La principale force destinée à imposer le respect, à protéger les missionnaires et l'autorité publique, à défendre les nouveaux colons, à châtier les actes de pillage et de barbarie, sera toujours, sur la frontière, une milice fortement organisée, soutenue par une petite garnison de vétérans ; et les véritables citadelles, au centre de l'Araucanie, seront les missions et les églises, qui doivent s'élever à mesure que l'œuvre d'unité fait un pas plus avant.

Il paraît donc être aussi peu prudent que peu nécessaire de fonder parmi les Indiens, suivant leur degré d'assimilation, des cités analogues à celles de leurs conquérants antiques. Rien ne répugne plus à l'Araucan que les réunions d'édifices que nous appelons villes ou villages. Dans tout le pays, vous cherchez en vain deux habitations côte à côte ; elles sont toutes séparées par des bois et des collines ; de la porte de l'un on ne peut apercevoir le toit le plus rapproché ; et il en est ainsi de la demeure du père et du fils, ou de celle des frères, lorsqu'ils sont voisins. Cette aversion pour les groupes de foyers contigus tient en partie aux coutumes des peuples sauvages, en partie au caractère grave, mélancolique et réfléchi de l'Araucan, et aussi au souvenir des temps où de pareilles réunions de demeures voisines et associées étaient pour lui la triste image de l'invasion étrangère et de la servitude. Quels ne seraient donc pas les cris d'alarme et d'effroi de toute la population indienne indépendante, si elle voyait que l'on songeât à relever les cités mêmes dont les ruines sont regardées par elle comme les glorieux trophées de ses ancêtres ! Il faut éviter avec soin que les barbares ne puissent confondre des frères qui voudraient les agréger à leur famille, avec les conquérants dont ils eurent tant à souffrir. Soyez certains qu'il serait plus facile de conquérir une bonne fois tout le territoire indien par la force des armes, en exterminant une grande partie de ses habitants, que de racheter l'Impériale et Villarica, pour les faire sortir de leurs décombres. A l'heure qui sonne, le mieux est donc de respecter ce sentiment d'aversion que l'Indien éprouve pour les habitations réunies, et de renoncer à l'honneur de fonder des villes. Une fondation plus méritoire, ce serait d'assurer chez les indigènes les progrès de la vérité morale, de la lumière évangélique. Il y aurait plus de grandeur réelle à transformer ainsi les sauvages qu'à faire toutes les guerres possibles et à bâtir des capitales. Voyez comment s'est formée l'Europe chrétienne, et si tel n'est pas aussi l'ordre naturel de tous les progrès de la civilisation sur le pays qui nous occupe. Le premier édifice qui s'élève est l'église, et la première maison est celle du prêtre ; auprès d'elles, vous voyez la demeure du juge et celle du capitaine ; viennent ensuite les magasins du négociant ; le bien-être des habitants les plus rapprochés s'améliore ; d'autres commerçants arrivent ; la concurrence les appelle auprès de ce premier groupe qui constitue déjà une sociabilité naissante ; voici les artisans qui s'assemblent : c'est un forgeron, c'est un charpentier ; puis viennent les laboureurs avec leurs charrues et leurs semailles ; les chaumières s'élèvent. Ainsi se forment et se complètent les petites résidences de Colcura et d'Antuco. Qu'importe à la morale et à la civilisation d'un peuple que ses rues soient alignées ou sinueuses, larges ou resserrées, et qu'elles aboutissent à une place aussi vaste que symétrique ? Que ceux qui admirent la régularité et la splendeur des cités espagnoles d'Amérique, se retracent pourtant la plupart des vieilles villes de l'Allemagne, les populeux quartiers du centre de Paris et le labyrinthe de la Cité de Londres. Qu'ils se rappellent aussi plus de cent mille ouvriers ensevelis dans les fondations de sa belle et régulière capitale par le barbare civilisateur des Moscovites.

Depuis l'affranchissement de l'Amérique méridionale, chacune des sociétés qui se la partagent a reçu de la Providence comme un pupille à élever et à améliorer. La confédération de la Plata, celle de toutes qui a le plus de rapport avec l'ancien continent, doit étendre le progrès moral et religieux de la civilisation chrétienne sur l'enfant rebelle des Pampas, sur le sauvage du grand Chaco et sur celui qui habite les fertiles llanos de Santa-Fé ! Les opulentes républiques du haut et du bas Pérou ont à soustraire à leur barbarie les indigènes qui peuplent les forêts impénétrables de Maynas et les archers des Pampas du Sacramento. L'héroïque Venezuela, noyée au sang de ses patriotes, amènera au joug du christianisme le cavalier indomptable des savanes de l'Orénoque, le descendant des Caraïbes, et le Guarauno qui construit sa demeure sur des arbres gigantesques et ne doit sa liberté qu'aux vastes marais d'un sol toujours fangeux et mobile. Dans cette distribution des rôles civilisateurs, la population la plus noble et la plus vaillante, celle qui a coûté le plus de sang et de sacrifices à la puissante Espagne, est échue à la république la plus sensée, à celle qui dans la guerre de l'émancipation a su concilier le courage du patriotisme avec une modération généreuse, et n'a pas souillé sa victoire par la cruauté des représailles et par de sanglantes vengeances. Au Chili la Providence a décerné l'honneur de porter chez les Araucans le flambeau de la civilisation. Mais c'est à la transformation des sentiments et des croyances, ce n'est pas à la conquête du territoire que les Chiliens doivent aspirer. La République est assez forte pour contenir l'Araucan, mais elle ne veut pas être pour lui une marâtre, et elle possède un assez grand nombre d'hommes excellents, capables d'accomplir par les voies pacifiques, par le cœur et l'intelligence la *réduction* espérée. C'est un champ immense qui s'ouvre à la vertu et au zèle des apôtres, aux méditations de l'homme d'État, au courage civil et au patriotisme du guerrier, aux nobles inspirations de toute la jeunesse nationale.

Domeyko, en finissant, exprime le vœu de ne pas voir l'avenir qui se déploie devant ses yeux et qui sollicite les efforts de toutes les intelligences élevées et magnanimes, attristé et assombri par les faux calculs d'une politique égoïste et trompeuse [1].

[1] Lorsque ce deuxième volume était déjà sous presse, quelques plaintes ont retenti à Santiago contre les déprédations des Araucanos sur les bords du Malleco. Nous ignorons quelles ont pu être la justice et l'étendue des griefs; mais nous espérons encore que les vues de conciliation triompheront au Chili, et que les pensées chrétiennes l'emporteront sur les projets de guerre et de destruction. Dans les États du Nord, il n'en est plus ainsi. L'idée de ruine prévaut, et depuis les derniers événements accomplis au nord-est du fort Wallace, le général en chef de la division du Missouri s'applique à refouler, même au prix d'une campagne d'hiver, les tribus indiennes qui inquiètent ses opérations et l'établissement d'une sérieuse voie de commerce entre les deux mers. Cependant l'intrépide Sherman n'est pas sans quelque anxiété. Son dernier rapport au secrétaire fédéral de la guerre présente encore la rapidité des mouvements exécutés par les Indiens comme le principal obstacle à tout résultat définitif, et cette lutte, ardue en elle-même, est singulièrement onéreuse pour les finances de l'Union. L'habile général comprend, mieux que tout autre, ce que des troupes peu nombreuses, mal approvisionnées, dans un pays immense et où il faut toujours frayer sa route, rencontrent de difficultés pour venir à bout d'un ennemi insaisissable. Sherman ne doute pas de la victoire, et cependant il regarde l'œuvre comme pénible et laborieuse; ce vaillant soldat aimerait mieux la paix avec les Indiens; il semble avoir quelque horreur d'un projet de destruction; et par une contradiction visible, il souhaite pourtant que la direction des affaires indiennes passe complétement au ministre de la guerre, qui seul, dit-il, a les moyens les plus efficaces pour agir. Mais tel est, à ses yeux, l'amas de périls et de travaux à affronter, que, s'écrie-t-il avec douleur, il ne désire nullement assumer sur lui la responsabilité de cette rude et dangereuse entreprise. Aux raisons exposées par Sherman, il s'en joint une autre au fond de toute conscience honnête, et elle se présente à nous dans l'Amérique du Sud comme dans l'Amérique du Nord, c'est que les tribus défendent leur territoire, leur berceau, leur patrie. L'on aura beau torturer les mots et contester les droits et les titres avec toute la subtilité et toutes les arguties de la politique, il reste acquis au débat que, pour unir les deux mers, leurs provinces de l'Est et de l'Ouest, les marchands de New-York ne peuvent devenir que les conquérants des contrées intermédiaires, et que la spoliation des Indiens est le premier effort imposé à leur convoitise. C'est la fatalité de la politique et de la situation des Yankees. Plaise au ciel qu'en cherchant à réaliser leurs ambitieux et gigantesques projets, ils n'aient pas à verser des flots de leur sang et du sang indigène! Et puissent aussi les Chiliens, pour réunir les richesses de leurs belles provinces du Sud à leurs vieilles et florissantes industries du Nord, ne plus demander secours aux actes barbares de la force, à l'odieuse brutalité d'une victoire toujours douteuse! Ah! qu'ils procèdent par d'autres voies désormais, par l'amélioration pacifique de la vie morale et matérielle des intrépides Araucanos, par ces procédés supérieurs que la civilisation peut avouer, et dont Ignacio Domeyko leur a si bien montré l'irrécusable et sublime caractère! Nous avons eu occasion déjà de constater les tristes conséquences que les conflits des États policés de l'Amérique et des populations indiennes peuvent entraîner même pour ceux qui sont destinés à vaincre, même pour l'élément civilisateur et progressif. (Cf. t. I, p. 7, *note* 4.) Nous avons pris notre point d'étude dans la lutte engagée entre les Confédérés du Nord et les Peaux-Rouges du *far West*. Depuis les faits que nous rapportions alors, il s'en est accompli d'autres, non moins douloureux. Le major Elliot et sa troupe ont été massacrés. (Voy. le *Moniteur Universel* du 7 février 1869.) Suivant le récit du *New-York-Herald*, les généraux Sherman et Custer, à la tête d'une colonne d'exploration, ont été guidés

§ II.

Ce sont là, à coup sûr, de généreuses pensées, et il est difficile
de ne pas donner son assentiment à une politique aussi prudente et aussi habile qu'elle est élevée, prévoyante et étendue [1].

vers les débris de leurs compatriotes, par les oiseaux de proie qui voltigeaient au-
dessus des victimes, déjà dévorées en partie par les loups et les chacals. Sur le
champ de destruction, ils découvrirent les cadavres d'une trentaine d'Indiens et de
quelques femmes sauvages, atteints par les balles dans la mêlée. De tous les côtés,
on apercevait les ruines des wigwams incendiés. A cent pas des wigwams, on vit
le cadavre d'un blanc, entièrement nu, criblé de flèches et de trous de balles; la
tête paraissait avoir été écrasée avec un tomahawk. Ils crurent un moment que c'é-
tait le major Elliot. A deux cents pas plus loin, seize corps humains étaient tout ce
qui restait de cette troupe infortunée. La bise d'hiver avait gelé ces cadavres nus
et rigides. Tous portaient la trace d'une horrible mutilation. On suppose, d'après la
situation du corps, que le cheval d'Elliot a pris le mors aux dents, ou qu'entraîné par sa fougue, le major s'est mis à la poursuite des fuyards et que plusieurs
de ses hommes l'ont suivi. A moitié chemin, les Arrapahoes sont accourus à l'aide
des Cheyennes, qui alors ont repris l'offensive et se sont rués sur la troupe fédérale.
Sanglant épisode à réunir à tant d'autres dans l'histoire de ces guerres d'extermination, que la sagesse politique doit et peut prévenir, et que l'humanité interdit
comme des crimes! Hélas! au moment même où j'exprime ces réflexions, et où ces
pages vont s'imprimer, nous apprenons que l'Amérique du Sud est témoin de désastres semblables. Le *Moniteur Universel* du 12 mars 1869 nous informe, d'après
les récits du *Shannon*, arrivé de Valparaiso à Plymouth, « que les Indiens d'Araucanie ont fait une invasion en masse sur les districts du Renaico, qu'ils ont brûlé
des centaines de plantations, massacré tous les blancs qu'ils ont pu atteindre; les
femmes et les enfants ont été emmenés en captivité. *Ces cruautés ont, comme tant
de fois, été provoquées par les blancs : quelques semaines auparavant, un détachement de troupes chiliennes avait dévasté le territoire d'une tribu araucanienne, tué
les hommes, violé et ensuite massacré les femmes!* Combien de pareils conflits
et leurs déplorables conséquences ne donnent-ils pas raison aux humaines et généreuses doctrines de Domeyko!

[1] Les rapprochements seraient nombreux, si nous tenions à les multiplier, entre
les vues de M. Domeyko et celles que nos meilleurs généraux et nos premiers
hommes d'État ont exprimées sur les relations de la France avec les Arabes d'Algérie.
Partout ils veulent assurer aux indigènes le bénéfice d'une civilisation meilleure,
au lieu de les livrer en proie à la conquête stérile des trafiquants. Nous nous bor-
nerons à deux exemples plus autorisés que tous les autres, celui du général Lamori-
cière et celui de Sa Majesté Napoléon III. Un orateur avait fait à la tribune,
en 1846, un magnifique tableau de l'envahissement de l'Amérique par la population
anglo-américaine : « Oui, s'écriait le général français; mais que sont devenus les
Indiens? Ils ont été massacrés ou empoisonnés par le rhum et les liqueurs fortes.
Ce que les Ang'o-Américains ont fait des Indiens, nous ne voulons pas le faire des
Arabes. De pareils procédés, de pareils moyens, de pareils crimes, nous n'en voulons pas; nous les repoussons au nom de la France, au nom de l'honneur de notre
pays, au nom de la mission qu'il remplit dans le monde, au nom du Christianisme. »
Cité par Mgr l'évêque d'Orléans, « Oraison funèbre du général de Lamori-
cière, » 1865, p. 18.) Tous les inconvénients de l'invasion d'un pays jeune et neuf,

Il y a pourtant quelque illusion de l'esprit à déclarer que les Araucans sont les frères des Chiliens et que ces derniers ont cessé d'être des Espagnols. Ils sont aussi bien des Espagnols que les Américains des États-Unis sont des Anglais; de part et d'autre, ce sont des Européens affranchis de la métropole; c'est la race néo-latine et la race anglo-saxonne qui font dans les deux Amériques fléchir devant leur génie les mœurs et les coutumes des sauvages et une société inférieure sous l'ascendant victorieux du Christianisme. Les compatriotes de M. Domeyko n'admettent pas tous les doctrines de cette politique patiente, sorte de grâce moins agissante qu'expectative [1]. Domeyko lui-même sent pour le Chili la nécessité d'étreindre moralement les barbares; il trace les routes militaires par où ils peuvent être circonvenus; il redoute leurs invasions, il indique avec je ne sais quel effroi les passes des montagnes qui tant de fois ont conduit sur les terres du Chili et vers les florissantes cités du littoral l'indomptable cavalerie des sauva-

par les convoitises d'un commerçant avide et trompeur, ou par les exactions de tout genre, sont merveilleusement signalés dans une de ces belles et nobles lettres qui, sous la plume de l'empereur Napoléon III, deviennent des traités politiques, et sont suivies bientôt par des actes réparateurs. Voyez la lettre sur la politique de la France en Algérie, 1865, p. 28 et suiv. Nous ne doutons pas que le gouvernement du Chili, dans les mesures qu'il prendra ultérieurement à l'égard des *Araucanos*, ne veuille plus d'une fois mettre à profit les larges principes de sage et tutélaire administration développés dans cet écrit si digne de la France et de son Chef. La situation de l'Arauco, et d'une partie de la France algérienne, offre même au point de vue géographique des analogies qui doivent inspirer au gouvernement de Santiago la pensée d'appliquer les leçons de notre expérience. Ils ont affaire à de hardis montagnards, comme nous aussi, avec des moyens d'exécution d'une tout autre supériorité, nous avons eu à lutter contre de veritables Araucans. Les escarpements de l'Arauco ne sont-ils pas pour les Chiliens, ce qu'ont été pour nos généraux les rochers de Kabylie, des citadelles presque inexpugnables?

[1] C'est dans les assemblées délibératives du Chili, que l'ardeur impatiente de la conquête, que l'idée d'envahissement et d'oppression percent davantage. Voici ce que disait le ministre de l'intérieur, dans la séance du 4 septembre 1862 : « Pour moi, et l'opinion de la Chambre ne peut être autre, il n'y a pas un seul point du territoire araucanien, pas un seul habitant de cette contrée qui puisse refuser obéissance aux lois établies et respect aux autorités constituées. Il faut le dire bien haut, aujourd'hui qu'une opinion contraire est affichée par des étrangers : l'Araucanie est chilienne et n'a pas d'autres lois que celles du Chili, quelle que soit sa condition actuelle. Si la civilisation ne peut pénétrer que lentement, que l'autorité pénètre promptement, par l'entremise des Araucaniens eux-mêmes, qui exerceront le pouvoir qui leur sera délégué sous l'œil et sous la main des fonctionnaires publics chargés de l'administration des provinces. » Cf. le journal *Ferro-Caril*, du 5 septembre, et M. de Tounens, *Relation*, p. 132, *note*.

ges. Il se félicite, ou peu s'en faut, pour sa patrie que les Araucans aient perdu cette unité énergique de sentiments et d'action qui les rendait invincibles autrefois. La plupart des Chiliens, dans l'enthousiasme de leur puissance républicaine, sont beaucoup plus agressifs que Domeyko, et les Araucanos ne sont à leurs yeux que d'indociles et incorrigibles barbares, dont la guerre seule peut avoir raison, les Peaux-Rouges du Sud, des Sioux montagnards; et au fond, dans le jugement qu'ils portent sur la race, les Chiliens sont bien eux-mêmes les héritiers des conquérants; ils représentent toujours l'Espagne en face des Indiens. Comment ne verraient-ils pas des tributaires échappés dans cette poignée d'héroïques indigènes, eux qui par une arrogante et chimérique fiction étendent leur territoire jusqu'au détroit de Magalhaens, tout en avouant qu'il y a là d'immenses solitudes dont le fisc n'a jamais pu constater les limites ni la valeur? Aussi ce qu'ils redouteraient surtout, et nous avons vu que M. Domeyko n'est pas étranger à cette crainte, ce serait un retour des Araucans à l'unité antique; ce serait une cause de réunion politique entre les Araucans et les tribus de la Patagonie. Ils le firent bien voir à M. de Tounens, lorsque celui-ci, par une tentative plus hardie que sensée, voulut essayer de rassembler les membres épars d'une nationalité vivante encore, et parvint à régner lui-même, pendant quelques mois, sur les farouches Indiens de la Patagonie et de l'Arauco. Mais, pour être clair, nous sommes obligé d'entrer ici dans quelques détails. Il y eut une singulière émotion en France lorsque l'on apprit, en 1861, que M. Orllie de Tounens, simple avoué à Périgueux, était allé chercher fortune dans de lointains pays et était devenu chef des Araucaniens. Les feuilles publiques accueillirent avec des impressions fort diverses la nouvelle de l'avénement d'Orllie-Antoine Ier au trône de l'Araucanie et de la Patagonie. En 1861 et 1862, elles entretinrent leurs lecteurs, à plusieurs reprises, de cette fortune soudaine. Plusieurs se moquaient de ce sceptre improvisé. On parlait avec raillerie de la multitude des pétitions, des demandes d'emplois qui partaient de Périgueux pour le Chili, et allaient s'adresser au cœur du nouveau monarque auquel une foule d'amis imprévus s'empressaient d'offrir leurs services, ou qu'ils importunaient de leurs sollicitations [1]. D'autres, plus sérieux ou mieux renseignés [2], comprirent qu'il y avait quelque grandeur dans un homme qui, après avoir vécu plusieurs années dans les rangs du peuple araucanien, avait su mériter d'en être le chef. L'on rappela qu'à la date où toutes les nations indigènes de l'Amérique tombaient sous les coups des Cortés, des Pizarre, des Valdivia, « une seule, la moins importante par l'étendue de son territoire, la plus grande par son énergie et son amour de la liberté, osa résister et vainquit tant de fois les conquérants Espagnols [3], » qu'elle obtint le respect de son indépendance [4].

[1] Cf. le journal *le Périgord* et le *Phare de la Loire*.

[2] Cf. la *Revue du monde colonial*, 10 avril 1861; le *Temps*, 23 septembre 1861; l'*Opinion nationale*, 15 mars 1852; l'*Annuaire encyclopédique* de 1862, p. 102, 103; l'*Annuaire des Deux Mondes*, 1861, 1862, p. 749, 750. — Voyez encore l'*Indépendance belge* du 13 juin 1863.

[3] L'expression de M. de Morestel, dans sa lettre au rédacteur du *Temps*, datée de Constantine, 17 septembre 1861.

[4] C'est un hommage de justice que l'historien Molina lui avait déjà rendu en fort beau langage : « Araucani, i quali con eroico coraggio hanno conservata intalta la loro libertà sino ai nostri giorni, e formano tuttora una specie di repubblica confederata nel Chili australe. » (*Saggio sulla storia naturale del Chile*, p. 276.)

Comme Molina, Sanchez e Bustamante a rendu à cette vaillante nation une justice éclatante : « Jaloux de leur liberté, dit-il (p. 236-237), les Araucans ont donné des exemples nombreux de leur union et de leur bravoure ; ils sont scrupuleux observateurs de leur parole et respectent la vie de leurs prisonniers. Leur caractère est magnanime : ils sont hospitaliers et prudents et n'ont jamais pu être domptés. C'est le seul peuple des deux Amériques qui par la force ait pu se maintenir sur le sol de la patrie.» Plus loin, le même savant ajoute avec éloquence : « Viendo los Araucanos las cadenas que les preparaban los Españoles, tomaron sus arcos, llenaron sus carcaces, empuñaron las macanas y juraron morir antes de ser esclavos. Las conquistas de Alejandro en la Persia ó las de los Ingleses últimamente en la India, ni las de Méjico ni Perú en aquel tiempo, han presentado una guerra mas cruel, mas obstinada, mas desigual, ni mas gloriosa para la parte que tenia las desventajas. Los Araucanos eran inferiores á los Españoles en todo, menos en valor : sin haber visto jamás artilleria se arrojaban y tomaban los cañones; sin conocimiento de fortificacion no los detenian los fosos y asaltaban las murallas; sin un arma de fuego desordenaban las filas de los arcabuceros, y con solo las macanas esperaban el choque de la caballeria. Vencieron á los Españoles en batallas ordenadas, les mataron sus generales, les destruyeron sus fuertes y no depusieron sus armas sino por treguas ; en una palabra, conquistadores de toda la América tuvieron que capitular con los toquis de Arauco, y miraron con mas respeto á Caupolican, Lautaro y otros gefes, que Cortés y Pizarro habian hecho con Motezuma y los Incas. Los Araucanos no han sido jamas sujetos, ni pagado tributo á los Españoles, aunque una paz de mas de dos siglos ha permitido á estos enseñorearse del terreno, satisfechos los Indios de la libertad de sus personas, seguridad de sus ranchos y propiedad de animales. » (*Geografía del Perú, Bolivia y Chile*, p. 356-358.) M. d'Orbigny (*Voyage dans l'Amérique méridionale*) honore par un témoignage semblable l'invincible bravoure des Araucans (cf., t. IV, p. 181, et *infra*, p. 679).

C'est de cette nation qu'Orllie-Antoine Ier attira les sympathies et devint un jour le chef suprême. Dans une lettre que lui-même adressa au *Périgord* [1], il fit connaître, trop brièvement, ses vues politiques tout empreintes de patriotisme. Il pouvait se borner à gouverner les Araucaniens; mais sa pensée allait au delà; il songeait à ouvrir les vastes espaces auxquels il commandait, et qui sont capables de nourrir vingt ou trente millions d'habitants, à cette foule de Français qui se débattent partout sous les étreintes de la misère. Il leur faisait appel, et voulait nommer son royaume la *Nouvelle-France* [2]. Pour assurer leur sécurité et leur bien-être, et se créer immédiatement une petite marine militaire, il proposa une souscription à l'aide de laquelle il pourrait protéger son littoral et son commerce. La France avait intérêt à voir se développer au sud de l'Amérique une nation amie. En cherchant à organiser et à civiliser les tribus encore barbares des Cunchis, des Huilliches, il servait aussi les intérêts des États voisins. Ses projets tendaient à pacifier des populations qu'ils n'avaient pu soumettre [3].

Ces idées, qui ressortent des différentes correspondances de M. de Tounens, révèlent un esprit actif, audacieux et fait pour de grandes choses. Mais peut-être s'est-il laissé trop vite enflammer par des perspectives brillantes, auxquelles aucun cabinet de l'Europe, pas plus celui de Paris que tout autre, n'eût voulu associer son intervention. Les plans de M. de Tou-

---

[1] Le 3 juin 1861.

[2] Cf. Item, *Relation*, p. 171. Voyez encore p. 35-36 : « Au lieu de se répandre en plaisanteries indignes d'elle, la presse aurait dû jeter les yeux sur la carte d'Amérique et parcourir l'espace qui s'étend du nord au sud, du détroit de Behring à la Terre de Feu, une distance de 3,150 lieues. Qu'eût-elle trouvé dans cet immense trajet ? Deux souvenirs de la France presque entièrement effacés, la Louisiane et le Canada. Est-ce la peine de parler des Antilles et de la Guyane ? Quelle prépondérance nous ont acquise en Amérique de pareilles possessions ? Qu'est-ce que cela en comparaison d'une contrée comprenant 125 lieues de côtes sur l'océan Atlantique et presque autant sur l'océan Pacifique, avec une largeur moyenne d'environ 200 lieues, un pays enfin deux fois plus grand que la France, d'une rare fertilité, arrosé par de nombreux cours d'eau, riche en pâturages et en minéraux de toute sorte, favorisé d'un excellent climat, et où l'on ne rencontre pas une seule bête féroce, pas un seul reptile venimeux? Voilà, en réalité, ce que j'offrais à la France ; car ma prise de possession de ce vaste territoire n'aurait été que le point de départ d'une colonie française. » Ces belles paroles nous prouvent assez que le rêve d'Orllie de Tounens ne manquait ni de générosité ni de grandeur.

[3] Cf. Lettre de M. de Tounens à un de ses amis, 8 juillet 1861, *Relation*, p. 172.

nens n'étaient pas fondés sur des bases assez solides : c'était un projet, un objet d'étude, et ce projet ne pouvait devenir une réalité pour personne. L'apparition d'une flottille française sur les côtes de l'Araucanie eût été le signal d'une guerre avec les Chiliens et sans doute avec toute l'Amérique méridionale. C'était beaucoup trop pour une tentative aussi aventureuse, et lorsqu'aux portes mêmes de la France, nous avons tant de peine à coloniser notre féconde Algérie. Il ne nous était pas nécessaire d'avoir deux Algéries à la fois, l'une près de nous, l'autre au bout du monde.

Les dispositions hostiles des Chiliens contre les Araucans ne sauraient faire doute pour aucun esprit. Au commencement même de l'année 1860, dont les derniers mois virent publier la constitution donnée par M. de Tounens à ses barbares [1], plusieurs fois déjà des rencontres avaient eu lieu entre eux et les troupes du gouvernement. L'on se plaignait dans la province d'Arauco des déprédations des barbares. L'ambitieux Chili sentait un péril à ses frontières, au moment même où il rêvait l'envahissement du territoire indien et des mines d'or dont la présence venait d'y être révélée. La puissance naissante d'Orllie-Antoine Ier, ses desseins mal appréciés lui portaient ombrage. Celui-ci se préparait, disait-on, à la résistance; il parcourait la contrée et excitait les chefs indigènes à repousser vigoureusement les attaques de leurs adversaires et à reconquérir leurs vieilles limites du Biobío ; il venait de s'entendre avec le cacique Guentucol, qui à lui seul peut mettre sur pied plusieurs milliers d'Indiens. Tels étaient les soupçons du Chili. Le fait est que le 4 janvier 1862, M. de Tounens se trouvait dans la plaine de *los Perales.* Il se reposait sous un arbre avec sa suite, lorsqu'il se vit assailli sur son propre territoire, près du Malleco, par un détachement de cavalerie chilienne, qu'avait envoyé le gouverneur de Nacimiento; il fut conduit dans cette ville et jeté en prison. Un de ses serviteurs, qui s'appelait *Rosales* (il est bon de nommer les misérables de cette espèce), gagné par les Chiliens, les avait instruits de son itinéraire, et fait avertir à l'heure favorable.

[1] Le 17 novembre 1861.

Le gouvernement français, qui n'avait eu aucune illusion sur l'entreprise de M. de Tounens, s'émut devant la violation du droit des gens, de ce guet-apens à la *Rosas*, et il intervint en faveur d'un membre de la grande famille française. Le ministre des affaires étrangères engagea une négociation diplomatique; et, sur l'ordre de M. Thouvenel, le vicomte de Chazotte, gérant de notre consulat général à Santiago, obtint que Tounens fût enlevé aux périls de sa situation et rendu à la France.

C'est à Paris qu'il rédigea, en 1863, la relation de son avénement au trône et de sa captivité au Chili. Dans cette brochure, il nous donne sur les Araucanos d'Ercilla des renseignements d'un vif intérêt, et dont nous nous proposons d'extraire ici quelques détails, curieux encore après ceux que nous a présentés l'ouvrage d'Ignacio Domeyko. Il consacre à la division géographique et aux mœurs des Araucaniens le premier chapitre de cette plaidoirie personnelle, qu'il promet de faire suivre bientôt de ses *Mémoires*.

« L'Araucanie coupe le Chili en deux. Elle est bornée au nord et au sud-ouest par cette république, à l'ouest par l'océan Pacifique, à l'est et au sud-est par la Patagonie… Le sol, arrosé par de nombreux cours d'eau, y est plus fertile qu'en France. Nulle part on ne peut trouver des vallées plus riches en pâturages et des coteaux couverts de plus belles forêts. Les montagnes renferment des minéraux de toute sorte…

« L'Araucanie est divisée en quatre provinces. La première comprend les Araucaniens proprement dits, sur les bords de l'océan Pacifique ; la seconde, les Huilliches, au sud-est des Araucaniens; la troisième, les Moulouches, au nord des Huilliches, et à l'est des Araucaniens ; la quatrième, à l'est des Moulouches, les Péguenches, lesquels ne sont autres que les Patagons [1].

« Ces provinces sont entièrement indépendantes les unes des autres ; elles se subdivisent en tribus également indépendantes.

---

[1] Les noms de ces populations encore assez mal connues varient d'un géographe à un autre. M. Théophile Laval ée (*Malte-Brun*, t VI, p. 724) appelle *Huilliches* ceux que M. de Tounens désigne sous le nom de *Huilliches* ou de *Guilliches*. Les *Moluches* ordinaires sont les *Moulouches* du dernier roi d'Araucanie, et les *Peluenches* on les *Puelches* sont les mêmes que la *Relation* de 1863 nomme les *Peguenches*. D'autres les appellent *Tehuelches*.

Chaque tribu est administrée par un cacique supérieur, qui a sous ses ordres plusieurs caciques subalternes échelonnés dans les villages et auxquels il transmet sa volonté par l'intermédiaire de ses *mocetons* [1], courriers que l'on ne charge que de dépêches verbales.

« Lorsque la guerre est imminente ou déclarée, les Araucaniens se réunissent pour nommer un chef qui prend le nom de *toqui*, et auquel est conféré le pouvoir d'appeler sous les armes tous les hommes valides, sans acception d'âge, et de les conduire contre l'ennemi. L'armée ne se compose que de cavalerie [2]. Les soldats s'habillent et s'entretiennent à leurs frais; car il n'y a pas d'impôts en Araucanie. Chacun d'eux, à l'entrée en campagne, doit être muni de provisions pour cinq ou six jours, lesquelles consistent en farine de blé grillé enfermée dans un sac, et en un mouton ou une moitié de mouton, ou une portion de bœuf, le tout fixé au cheval par une courroie. Il doit être aussi pourvu d'une corne de bœuf qui lui sert à se désaltérer dans les rivières qu'il rencontre.

« Les armes sont une lance de cinq mètres de long, en bois très-dur et très-flexible, terminée par une pique très-pointue et aiguisée; des couteaux, des poignards et des sabres, achetés aux marchands chiliens ou pris sur les soldats chiliens. Les hostilités ne commencent qu'après de longues délibérations géné-

[1] *Les Mocetons*, et M. Orllie de Tounens nous donne sur cette matière les renseignements les plus complets, sont des courriers que les caciques, pour leurs mutuelles relations, chargent de dépêches verbales. Chaque cacique dispose d'une douzaine de mocetons. La première condition pour tenir cet emploi, c'est de jouir d'une excellente mémoire. La mission de confiance que remplit le moceton lui communique un caractère sacré qui impose le respect; il lui est interdit d'assister à des festins, ce caractère pouvant y être méconnu. (*Relation*, p. 3, et *note*. Cf. *Araucana*, I, 33.)

[2] Nous voyons dans le poëme d'Ercilla, et dès le 1er chant, que le vieil Arauco différait complétement sous ce rapport de la moderne Araucanie. Au xvie siècle les barbares que combattait l'Espagne, n'avaient que des fantassins. C'est aux dépens mêmes de l'Espagne que s'est formée leur cavalerie infatigable. Leurs chevaux descendent de cette excellente race que les conquérants avaient amenée d'Europe. (Cf. *Araucana*, ch. 1er, oct. 23 et *note*.) Les Araucans d'aujourd'hui rappellent un peu ces Turcomans dont la vie, ainsi que la leur, se passe toujours à cheval, et qui ont infligé quelquefois aux armées persanes de si rudes défaites. Fiers de leur audace, de leurs coursiers rapides, les meilleurs de l'Asie, ils tombent à l'improviste sur les bourgades et même sur les villes du Khorassan, portent partout le ravage, enlèvent un énorme butin, les femmes, les enfants.

rales [1]. Ces préliminaires achevés, les Araucaniens vont au-devant des Chiliens, leurs seuls ennemis, non pour leur offrir une bataille rangée, mais pour les surprendre.

« Lorsqu'ils croient le moment propice, ils se divisent par escadrons ; celui qui est en tête se met en garde, c'est-à-dire que chaque soldat se dresse sur le pied droit en ramenant la jambe gauche sur la selle et en appuyant le bras gauche sur le cou du cheval, et que, de la main droite serrée contre l'aisselle, il tient en avant sa lance démesurée ; après quoi le premier corps se précipite sur l'ennemi ; il s'agit de le traverser ou de mourir ; car l'Araucanien ne recule pas. Les Chiliens font feu ; quelques hommes tombent, mais les autres passent ; et, avant que les fusils aient pu être rechargés, les escadrons suivants se ruent à travers les rangs plus ou moins reformés [2]. Jamais de lutte corps à corps : ce sont des trombes vivantes, renversant et détruisant tout sur leur chemin. On n'a pas de peine à comprendre la terreur que de pareils adversaires inspirent aux soldats chiliens.

« Dans ce pays, le costume est d'une simplicité primitive : pour les hommes, il se compose de deux pièces d'étoffe carrées, dont l'une est destinée à couvrir la partie inférieure du corps depuis la ceinture, autour de laquelle elle est attachée par des lanières de cuir ou des lianes ; et l'autre, trouée par le milieu pour donner issue à la tête, tombe sur le buste comme une sorte de mantelet.

« Le costume des femmes est à peu près le même ; seulement elles ont les bras à découvert, afin de ne pas être gênées dans leurs travaux, et leur taille est entourée d'une large ceinture de cuir que ferment des boucles d'argent. Ce sont elles qui font leurs propres vêtements et ceux des hommes.

« Les maisons, faites moitié de bois et moitié de paille, affectent une forme ronde et légèrement ovale. Au sommet sont pratiqués deux trous par où s'échappe la fumée [3]. La porte ne

---

1 L'épopée d'Ercilla renferme plusieurs preuves de cette assertion. Cf. chants II, VIII, XVI, XXIII, XXIX, XXXIV.

2 Cf. *Araucana*, I, 24.

3 Sauf quelques circonstances assez insignifiantes, la plupart de ces détails sont conformes au récit d'Ignacio Domeyko. Les petites demeures n'avaient sans doute

se ferme pas plus la nuit que le jour. Devant chaque maison
s'élève une manière de hangar, formé de quatre pieux que surmonte un lit de branchage. Une quinzaine de maisons réunies [1]
constituent un village.

« L'agriculture ne diffère pas de celle d'Europe ; seulement
chaque famille ne sème et ne plante qu'en proportion de ses
besoins. Quelquefois il arrive qu'elle se trompe dans ses calculs,
et elle se trouve réduite à la viande et aux plantes marines...
On se contente de boissons fermentées, préparées par les
femmes avec de l'orge, du maïs, du blé et des pommes. Quant
à la nourriture, elle consiste habituellement en viande bouillie,
saupoudrée de farine de blé grillé.

« Les Araucaniens sont industrieux ; ils travaillent l'argent
avec une certaine adresse : ils en font des boucles d'oreilles et
autres ornements pour leurs femmes, et, pour leur usage, des
éperons, des étriers et des mors. Ce sont eux qui fabriquent
leurs selles et leurs lances.

« Je ne parle que pour mémoire de leurs plats et de leurs
cuillers de bois, aussi bien que de leur poterie qu'ils font sécher
au soleil, et de leurs couvertures de laine qui sont l'ouvrage des
femmes.

« Ils n'ont de relations commerciales qu'avec le Chili ; en
échange des liqueurs, des mouchoirs, des couteaux, des haches,
des pots de fonte, des verroteries, etc., que leur apportent les
marchands chiliens, ils donnent des bestiaux dont le pays
abonde, des cuirs, des suifs et des laines [2].

« Ils n'ont point de monnaie courante, et n'acceptent d'ordinaire celles de leurs voisins que pour la convertir en bijoux.

« L'Araucanien est une sorte de centaure. Il est toujours à
cheval. Les juges mêmes exercent leurs fonctions à cheval ; ils
tiennent leurs audiences au grand air, dans une plaine ; les
plaideurs exposent leur cause, les avocats présentent la défense,

---

qu'une ouverture au toit pour laisser échapper la fumée ; les grands *bohios* en
avaient deux. Ces différences-là ne sont ni des contradictions ni des inexactitudes.

[1] Ces maisons réunies n'étaient pas contiguës, et le village occupait souvent un
vaste espace. Cf. Ignacio Domeyko, *supra*, p. 654.

[2] M. Orllie prétend (*Relation*, p. 7, *note*) que l'on pourrait exporter de l'Araucanie
des millions de quintaux de laine, au prix moyen de 1 franc à 1 fr. 50 le kilo-
gramme.

et le verdict est aussitôt prononcé. Après quoi, avocats et juges reçoivent chacun, pour leurs honoraires, un mouton ou un bœuf, ou un cheval, suivant l'importance de la cause.

« Lorsque j'étais sur les bords du Cauten, j'eus l'occasion de suivre un procès que je vais citer comme caractéristique. Un bœuf avait été volé. Selon le propriétaire, un témoin désignait comme le voleur tel individu, déclarant qu'il l'avait vu saigner l'animal, et sa femme recevoir le sang dans un vase, et qu'il avait entendu le voleur, dévorant un morceau du bœuf, vanter l'excellence de sa chair, laquelle prouvait qu'il n'avait pas porté le joug. Ce témoignage circonstancié ne suffisait pas pour déterminer une condamnation, il fallait encore que le propriétaire lésé indiquât ce qu'était devenue la peau de son bœuf, découpée en lanières ou conservée intacte. Il lui fut impossible de donner un renseignement certain à ce sujet, car, quelques jours après, j'appris qu'il avait perdu son procès.

« Lorsqu'un cheval a été volé et que le délit est établi, le voleur est condamné à ramener devant la maison du plaignant le même cheval flanqué de deux chevaux, l'un à droite et l'autre à gauche, à titre de dommages et intérêts.

« L'Araucanien qui veut se marier fait part de son projet à ses amis, et convient avec eux d'un jour et d'une heure pour l'enlèvement de la jeune fille qui a fixé son choix. Ils s'arment de couteaux, de poignards et de sabres, comme pour une expédition, et, arrivés au lieu désigné, mettent pied à terre et se précipitent dans la demeure de la future. Là, ils ont à soutenir une lutte contre les matrones de l'entourage, qui, tout en poussant des cris, les arrosent d'eau froide ou même d'eau bouillante, leur jettent tout ce qui leur tombe sous la main, jusqu'à des tisons enflammés. Leur droit de résistance cesse quand la jeune fille a été entraînée hors de la maison. Celle-ci est alors saisie aux hanches, mais non aux aisselles ; car, dans ce cas, le mariage serait entaché de nullité. Elle est ensuite hissée à califourchon derrière son futur, auquel on l'attache avec des courroies ; puis toute la bande part à fond de train et disparaît dans les forêts, où elle se livre à des festins qu'anime la joie la plus bruyante. Un mois après, s'il est content de sa femme, le nouveau marié l'envoie chez ses parents avec la dot, qu'il est tenu de donner proportionnellement à sa fortune, et qui consiste en chevaux, bœufs, moutons, meubles, étriers, éperons, etc. La dot agréée, tous les amis de la famille sont invités à son repas de noces qui dure tant que les provisions de vin, d'eau-de-vie ou de boissons fermentées ne sont pas épuisées [1].

« Le moment de la séparation arrivé, le père de la jeune fille et ses amis lui adressent une allocution qui roule invariablement sur ce thème : elle appartient définitivement à son mari ; elle doit lui obéir, lui être fidèle sous peine de mort, lui préparer ses aliments et l'entourer de ses soins.

« L'Araucanien qui enlève une jeune fille d'une fortune supérieure à la sienne s'expose, ainsi que ses auxiliaires, à une poursuite acharnée. Aussitôt qu'il a franchi le seuil, le père et ses amis leur courent sus et une mélée affreuse s'ensuit. Mais de pareilles scènes sont rares ; car celui qui se décide à braver de semblables dangers pour son propre compte ne trouve pas aisément des gens assez dévoués pour les partager.

« L'homme qui, au bout d'un certain temps, sous prétexte qu'elle ne lui convient pas, renvoie chez elle la jeune fille qu'il a enlevée, est obligé de compter aux parents la dot qu'il leur eût versée s'il l'eût gardée.

« La polygamie est permise. On peut prendre autant de femmes qu'on peut fournir de dots. Mais ce n'est pas tout : à la mort de chacune d'elles, il faut payer une somme déterminée non-seulement au père, mais encore à chacun des parents. Un mari fait une perte réelle en perdant sa femme [2].

« L'épouse surprise en flagrant délit d'adultère encourt la mort, ainsi que son complice [3]. Mais, si le mari outragé a droit

---

[1] *Cf. supra*, p. 620.

[2] *Ibid.*

[3] Ce châtiment était infligé à l'adultère chez beaucoup de peuples. C'était aussi la peine portée par Moïse. Constantin fit une loi semblable. Il en est de même dans les constitutions de Charlemagne et de Louis le Débonnaire. Lycurgue ordonna qu'on punît l'adultère comme le parricide. Les Parthes, les Lydiens, les Arabes, les Athéniens, les Lombards voulaient la mort. En Angleterre, les lois du roi Edmond châtiaient l'adultère comme l'homicide. Chez les anciens Saxons, la femme convaincue de ce crime, était pendue et brûlée ; sur ses cendres on plantait une potence, où l'on étranglait le complice. Le roi Canut adoucit toutes ces sévérités ; l'homme, d'après sa législation, devait être exilé, la femme avoir le nez et les oreilles coupés. L'amputation du nez pour la femme avait déjà été pratiquée chez les Égyptiens ;

de les tuer, il doit acquitter les frais de succession envers les héritiers de sa femme comme si elle était morte naturellement.

« La jeune fille vit en toute liberté; quelle que soit sa conduite, personne ne la réprimande; mais elle ne s'écarte pas impunément de la bonne voie : la moindre faute l'empêche de trouver un mari.

« La religion des Araucans consiste à admettre les deux principes du bien et du mal. Ils ont foi dans une autre vie, et croient que ceux qui meurent vont habiter une île située au delà des mers. On ne remarque chez eux aucune trace de culte extérieur, si ce n'est quelques pratiques du genre de nos rogations : en temps de sécheresse excessive, ils gravissent la montagne la plus élevée de la tribu, plantent une croix au sommet, répandent au pied de cette croix des grains de l'espèce de ceux qui souffrent de la disette d'eau, et, après avoir égorgé des moutons au-dessus d'une écorce d'arbre étendue à terre, ils en font couler le sang sur les grains, en priant l'Être qui préside au bien de faire tomber la même quantité d'eau sur les récoltes qui pâtissent.

« Le symbole du Christianisme leur a été apporté par les Espagnols, à l'époque où Pedro Valdivia fonda en Araucanie sept villes qui ne tardèrent pas à être détruites; ils ignorent ce qu'il signifie, mais ils lui prêtent une vertu infinie : ils plantent des croix partout, voire même dans les champs qu'ils ensemencent [1].

« Lorsqu'un Araucanien meurt, on ne procède à son enterrement dans le cimetière du village qu'après avoir préparé les boissons fermentées à distribuer au festin des funérailles. Cela fait, on le place dans un tronc d'arbre creusé en forme de

---

chez eux, l'homme recevait mille coups de fouet. Partout où la peine de mort ne fut pas prononcée, il y eut une grande variété de punitions corporelles ou pécuniaires. La sagesse des vieux Germains établissait le mari seul juge et exécuteur. Cf. Tacite, *De moribus Germanorum*, xix. Cf. Dictionnaire de Trévoux, t. I, p. 174.

[1] M. Orélie de Tounens a fait remarquer avec justesse combien il serait facile de tirer parti, pour la civilisation de l'Arauco, de sa tendance instinctive vers les symboles du Christianisme. (*Relation*, p. 12, *note*.) Nous avons déjà vu avec quelle force M. Ignacio Domeyko insiste sur des considérations analogues. (Cf. *supra*, p. 611, et l'ingénieur Frézier, *supra*, p. 613.)

bière, et on le descend dans une fosse avec les objets auxquels il tenait le plus et les provisions qui doivent lui servir à gagner sa nouvelle patrie [1].

« A la croix plantée sur sa tombe sont jointes ses armes, s'il a été un homme de guerre; ses exploits sont célébrés par quelques-uns des assistants, du haut de leur éternelle monture, et revêtus de leur plus beau costume. Dans les vallées de la cordillère des Andes, on enferme des coqs dans la bière, que l'on recouvre alors de broussailles au lieu de terre, et ces coqs chantent jusqu'à complet épuisement. Quelquefois on écorche le cheval du défunt et l'on étend la peau sur un tréteau dressé à côté de lui, afin que, si l'envie lui en prend, il accomplisse le grand voyage avec ce simulacre de monture.

« La cérémonie se termine par un festin où les boissons fermentées ne sont pas épargnées.

« Les Araucaniens ont gardé la langue et les usages de leurs ancêtres. Les nécessités du voisinage ont forcé les Chiliens de la frontière à apprendre cette langue. »

Tels sont les détails sommaires que nous présente le petit ouvrage de M. de Tounens [2]. Il avait connu de près les Araucans, et il est difficile que ceux qui gouvernent les peuples ne soient pas aussi leurs plus exacts appréciateurs. Les renseignements que nous a fournis le souverain élu par les barbares et déchu par un acte de la perfidie étrangère, justifient ou complètent pour nous ceux que nous devons déjà au savoir de Claudio Gay, de Bustamante, de Malte-Brun et d'Ignacio Domeyko. Le premier chant de l'*Araucana* nous a offert quelques traits de plus sous les pinceaux du poëte.

Que si, avant de quitter cette matière, nous réfléchissons un instant à la destinée future de cette vaillante race qu'aucun envahisseur n'est jusqu'ici parvenu à subjuguer [3], il serait facile de la prévoir d'après la dureté même avec laquelle M. de Tounens a été traité par le gouvernement du Chili. Tous les procédés de ses agents envers Orllie-Antoine Ier font assez voir quelle crainte inspire à la république la création d'un comman-

---

[1] Cf. Domeyko, *supr.*, p. 613.
[2] *Relation*, p. 1-13.
[3] Cf. *supra*, p. 661, note 4.

dement central chez les barbares et quelle est la prétention de l'État à ne reconnaître dans l'Araucanie qu'une portion intégrante des possessions chiliennes. Toute guerre de l'Arauco ne saurait être à ses yeux qu'une insurrection, et le choix d'un chef qu'une usurpation de pouvoir.

M. de Tounens, avec une habileté profonde, avait fondé une royauté plutôt qu'une république; la forme républicaine eût été repoussée par les Araucaniens, « qui ont gardé bon souvenir de la royaliste Espagne, scrupuleuse observatrice des traités conclus avec leurs pères, et pour qui le nom de république, par le fait du Chili, est devenu synonyme de déloyauté [1] .» C'était attaquer au plus vif le principe de la constitution chilienne. Aussi l'acharnement fut-il extrême contre le roi déchu et captif. Il avait lui-même instruit par une notification le président du Chili de ce qu'il avait fait chez les Araucans [2]. Depuis il vécut au grand jour, pendant neuf mois, à Valparaiso; il était sous la main des autorités de la république, et l'on ne songea pas à le tracasser. Si elles eussent alors cru à leur droit suprême, ne se seraient-elles pas empressées de faire arrêter celui qui s'intitulait roi d'Araucanie ? Il rentra au pays des Araucans, par Angeles et Nacimiento, sans cacher aucun de ses projets, sans tenir la conduite d'un conspirateur, sans que personne fît une seule objection à ses projets ; et il se rendait à Angol, où il voulait faire sa résidence, lorsqu'il fut surpris et arrêté au lieu des « Poiriers », traîné à Nacimiento, enfermé dans la forteresse et gardé à vue.

L'inquiétude en effet avait rempli tous les cœurs au premier bruit répandu que les tribus barbares étaient convoquées par le nouveau chef et qu'il songeait à reconquérir les limites du Biobío. Il s'était abouché avec les principaux caciques, et, après son entrevue avec eux, Orllie allait pousser dans l'intérieur pour y réaliser tous ses plans. Le commandant d'armes de Nacimiento, Manuel Facz, crut nécessaire de prendre une détermination rapide. Il tendit une embuscade, fit un coup de main et sut exploiter contre le chef nouveau la perfidie de son propre domestique.

---

[1] *Relation, Avant-Propos,* p. 2-4.

[2] *Lettre du 17 novembre 1860.* (Cf. *Relation,* p. 29-30.)

Évidemment Faez s'était trop hâté, et il sortait du vrai, lorsqu'il écrivait, à la date du 6 janvier 1862, au commandant général d'armes de *los Angeles* : « La foule s'apitoyait sur le sort d'un insensé dont les rêves auraient pu plonger dans les plus grandes calamités les Indiens ignorants et enclins à prendre pour des réalités la fable et le mensonge... N'étaient l'ignorance, le fanatisme et les préventions des Indiens, cette tentative ne m'aurait paru d'aucune gravité. » Et il ajoute, par une contradiction singulière : «Lecture faite de tous ces papiers, je m'applaudis de m'être emparé *d'un homme aussi supérieur*, capable de capter des esprits avec cette chimère, la fondation d'une nouvelle France [1]. » Orllie de Tounens ne voulait pas rompre la paix avec le Chili. Il le proclamait hautement devant toutes les tribus araucaniennes. Il ambitionnait de les réunir sous un même chef et sous un même drapeau, pour faire respecter leur indépendance nationale ; mais il leur répétait sans cesse qu'une lutte contre les Chiliens éloignerait d'elles la tranquillité, la richesse, tous les bienfaits de la civilisation. L'emprunt même qu'il tentait de négocier, l'appel qu'il faisait à ses concitoyens d'Europe, la petite marine qu'il désirait créer, prouvent assez qu'il avait d'autres vues que la guerre, et que sa pensée était réellement d'introduire chez les barbares la religion, l'agriculture, le commerce, l'industrie et tous les dons pacifiques de la culture européenne [2].

Cette révolution sous l'influence d'une royauté librement élue, impliquait l'autonomie des Araucans, et voilà ce que le Chili, avec ses droits d'occupation tout abstraits mais nettement formulés, ne consentait pas à reconnaître. Faez raisonnait avec les préventions du Chili. Le noble aventurier fut jeté en prison à *los Angeles*, traduit devant la justice militaire, et conspué par la grossièreté des agents de toute classe. L'acte même d'arrestation a été autorisé par la conduite ultérieure du président Pérez, par son approbation donnée à toutes les dépenses, dont le gouvernement de Nacimiento avait pris l'initiative [3]. Pendant plus de neuf mois, M. de Tounens resta

---

1 Voy. toute la lettre de Faez, et surtout *Relation*, p. 66-67.
2 Cf. *Relation*, p. 50, 51, 80, 82, 84 (*note*) ; p. 102, 113, 121, 122 123, 171, 172.
3 Cf. *Le Mercure* (de Valparaiso) du 22 janvier 1862. Le décret du président

dans une geôle glaciale où le soleil ne pénétrait jamais. Cinq mois durant, la maladie le cloua sur son grabat. Peut-être espérait-on que cette prison serait son tombeau. Il en sortit pourtant, non à l'état de cadavre, mais à l'état de squelette vivant et sur l'intercession de la France. En traitant de la sorte le roi d'Araucanie, les Chiliens ont assez montré qu'ils ne veulent pas de l'amitié et de l'alliance des barbares; ils repoussent tout principe d'égalité entre la république et l'Arauco, tout traité politique, toute indépendance; ce qu'ils veulent, c'est la subordination, c'est l'assujettissement progressif, sous une forme ou sous une autre [1]. Ils affectent la situation des Anglais devant les Indous de Delhi et de Lucknow, avec des forces moins sérieuses pour la compression et pour la conquête. Le Chili a beau avancer ses garnisons jusqu'à Negrete et Cochento et interdire aux habitants de l'Arauco et de la Patagonie la libre élection d'un souverain, il est certain qu'il n'a aucun droit sur eux, qu'il ne les a jamais conquis et qu'ils ne lui ont jamais apporté leur soumission volontaire. La république trouvera toujours là une réalité rebelle qui embarrasse ses prétentions. Les débats législatifs de Santiago du 20 octobre 1862 constatent qu'il y a des frontières entre le Chili et l'Araucanie; que jamais le Chili n'a pu soumettre les Indiens Araucanos; le gouvernement reconnaît tous ces faits, établis à propos d'un budget de guerre qui n'avait d'autre objet apparent et déclaré que de prêter assistance aux populations chrétiennes d'au delà du Biobío expulsées de leurs foyers. S'il est avéré cependant que, derrière ce voile de modération simulée, le Chili forme des projets et dresse des plans de conquête, quelle conséquence tirer de son attitude, si ce n'est que l'Arauco ne lui appartient pas, qu'il ne l'a pas sous la main, qu'il n'a pas le droit de lui contester le pouvoir indépendant et souverain, la prérogative des libres élections ? L'article de la constitution qui donne purement et simplement l'Araucanie au Chili, n'est qu'une lettre morte; et si M. de Tounens a fait un rêve en pensant que la politique française s'engagerait dans sa tentative, les vaillants ré-

Perez, qui absout Paez et toutes les violences commises, est daté du 13. Cf. *Relation*, p. 117.

[1] Cf. *Relation*, p. 132.

publicains du Pacifique ont aussi de leur côté poursuivi une chimère, lorsqu'ils ont étendu leur souveraineté nominale depuis les déserts d'Atacama jusqu'aux terres magellaniques [1].

§ III.

Nous achèverons la série de ces éclaircissements par quelques données ethnographiques sur les peuplades araucaniennes. M. Alcide d'Orbigny a partagé en trois grandes races toutes les nations de l'Amérique méridionale [2], la race ando-péruvienne, la race brasilio-guaranienne, et la race pampéenne, resserrée pour ainsi dire entre les deux autres.

C'est à la première qu'il rattache les Araucaniens. Suivant cet habile naturaliste, la race ando-péruvienne se divise en trois rameaux : le rameau péruvien, le rameau antisien [3], le rameau araucanien; la race pampéenne compte également trois rameaux : le pampéen, le chiquitéen, le moxéen; la troisième race n'a qu'un rameau, le guaranien; mais cette race expansive s'étendit par des migrations nombreuses; elle donne à la Bolivie la tribu des Chiriguanos; elle peuple une partie des rives de l'Orénoque; elle pousse ses voyages jusqu'aux Antilles; les Caribes sont des Guaraniens.

Au milieu de ce tableau général des habitants primitifs de l'Amérique, attachons-nous aux détails que l'excellent explorateur nous donne sur le rameau araucanien.

Selon M. d'Orbigny, il se partage en *Araucanos* et en *Aucas*.

1° Les Araucanos, à l'occident des Andes chiliennes et dans les Andes, sont seuls sédentaires. Ils sont divisés en *Chonos* au sud de Valdivia, en *Araucanos* proprement dits, au pays d'Arauco, et en Péhuenches, montagnards des Andes.

2° Sous le nom d'Aucas sont comprises toutes les tribus qui errent sur les pampas à l'est des Andes. Elles se divisent en

---

[1] *Cf. Relation*, p. 131.

[2] Cf. Voyage dans l'Amérique méridionale, exécuté dans le cours des années 1826-1833, Paris, 1834-1843. (T. IV, p. 117, 311, 189.)

[3] Les Incas appelaient *Antis* les pays situés à l'est des montagnes de Cuzco, et de là ils nommèrent la chaîne orientale *Antis*, dont les Espagnols ont fait *Andes*; mais ceux-ci appliquaient ce mot aux deux chaînes des Andes et changeaient ainsi à tort le sens du mot primitif. (Cf. d'Orbigny, t. IV, p. 154, *note* 1.)

Ranqueles, habitants des pampas, et en *Chilenos*, aux sources du Rio Negro, où elles obéissent au chef chilien Pincheira. Il y a dans chacune de ces deux divisions (*Ranqueles* et *Chilenos*), des subdivisions nombreuses et des noms particuliers pour chaque section, suivant le cacique qu'elle reconnaît pour chef ou le lieu de son habitation momentanée [1].

Considérée dans son ensemble, la nation s'étend depuis Coquimbo, au 30e degré, jusqu'à l'archipel de Chonos, au 50e degré sud. Mais en longitude, son domaine allait d'un Océan à l'autre, du 60e au 76e degré longitude ouest de Paris.

Au temps de la conquête, les Araucanos proprement dits couvraient toutes les vallées du versant occidental des Andes, depuis Coquimbo jusqu'à l'archipel de Chonos. Refoulés vers les parties méridionales du Chili, ils n'occupent plus aujourd'hui que les vallées situées au sud du Rio Maule. Les Pehuenches vivent toujours sur la chaîne même des Andes, depuis Mendoza jusqu'au Rio Negro. Ces deux tribus occupent des vallées particulières où elles sont fixées. Les Pehuenches seulement font de fréquentes incursions sur le territoire des pampas, revenant toujours aux mêmes lieux, si le manque de pâturages pour leurs bestiaux ne les oblige pas à changer momentanément ; tandis que les Chonos sont ambulants et navigateurs sur les côtes méridionales du Chili.

Quant aux Aucas, voyageurs par excellence, on les trouve alternativement depuis Buenos-Ayres, Santa-Fé et Mendoza au nord, jusqu'aux rives du Rio Negro vers le sud, et de l'est à l'ouest depuis l'océan Atlantique jusqu'au pied des Andes, sur toute l'étendue des pampas, du 34e au 41e degré de latitude sud.

Les premiers, les Araucanos, habitent donc toujours les montagnes, tandis que les autres, les Aucas, ne vivent que dans les plaines.

Les Aucas et les Araucanos ont eu jadis de fréquentes communications avec les Incas, et l'on en trouve des traces dans leur industrie, dans leur langage. Maintenant ils sont souvent en contact avec les Mbocobis au nord, avec les Patagons et les Puelches au sud.

---

[1] Cf. Id., l. c., p. 178.

Le chiffre total des Araucanos et des Aucas nous paraît bien difficile à obtenir. Si le nombre des caciques nous porte à croire que les Aucas des pampas et les Pehuenches réunis peuvent s'élever à 20,000, nous n'avons aucune donnée précise sur le nombre des Araucanos au sud du Chili. Dire qu'il peut s'élever à la moitié du chiffre des Orientaux, ce ne serait faire encore qu'une supposition basée d'une part sur les rapports des caciques ou chefs Pehuenches que nous avons vus, de l'autre sur la superficie du terrain, déduction faite, pour ce pays montagneux, des parties inhabitables. Il y aurait donc 30,000 Araucanos et Aucas. Mais, nous le répétons, ce ne sont là que des approximatives exagérées ou trop faibles.

Les Aucas et les Araucanos ont la couleur moins foncée que les Péruviens, quoiqu'elle soit absolument la même, pour la teinte brun-olivâtre pâle ou olivâtre. La grande quantité de captives blanches avec lesquelles ils se croisent journellement, tend à diminuer encore peu à peu l'intensité de la couleur naturelle. Les jeunes gens des deux sexes sont beaucoup moins foncés que les adultes [1].

La langue n'a pas de sons gutturaux. Remplie de voyelles longues, elle est on ne peut plus douce, étendue, mesurée, plus euphonique qu'aucune de celles des peuples montagnards, et contrastant sous ce rapport avec celle des Patagons, des Puelches, des Incas, leurs voisins. La nation met un soin tout particulier à parler avec pureté ; les talents oratoires sont d'autant plus, chez elle, le but de l'ambition, qu'il faut être orateur pour obtenir le moindre crédit politique. Les Aucas ont aussi des poëtes et des chansonniers.

Le caractère de cette nation est surtout indépendant, courageux, inconstant, dissimulé, rancuneux, peu jovial, souvent taciturne ; c'est au reste le même que celui des Patagons et des Puelches des plaines ; et parmi les nations de montagnards, nous ne lui trouvons d'analogie qu'avec celle des

---

[1] C'est aussi l'avis de M. Domeyko. (Cf. *supra*, p. 611, *note* 1.) Le fait allégué par Molina sur la blancheur native des *Boroas* (Cf. *ibid.*) est contesté par M. d'Orbigny. Le docte voyageur nie également que la couleur des indigènes soit *cuivrée*, comme l'avait prétendu M. Lesson (Complément des œuvres de Buffon, t. II, *Paris*, 1828, p. 159).

Yuracares [1], pour l'indépendance, à cette seule différence près, que les Aucas sont moins sanguinaires, plus sociables, et surtout bons pères, bons époux. Guerriers indomptables, infatigables voyageurs, aussi libres aujourd'hui qu'au temps de la conquête, ils ne se sont jamais soumis au Christianisme.

Les mœurs dans la nation araucanienne ne sont pas aussi uniformes que le caractère et le langage ; les différents lieux occupés par les différentes tribus ont beaucoup modifié leurs habitudes. Les Aucas ou les Orientaux des plaines sont, comme les Patagons, comme les Puelches, constamment en marche, essentiellement vagabonds, se nourrissent seulement de leur chasse et de la chair de leurs troupeaux, vivent sous des tentes de cuir qu'ils transportent avec eux. Toujours à cheval, ils sont devenus les meilleurs écuyers de l'Amérique du Sud. Dans les

---

[1] Cf. P. Lozano, *Hist. de la Comp. de Jesus en la provincia del Paraguay*, t. I, p. 147. Il cite ce fait pour les Araucanos du Chili.

Les *Yuracares* sont une nation du rameau antisien. (Cf. d'Orbigny, t. IV, p. 161-166.) « Les Quichuas ou Incas les appellent Yurakari (hommes blancs). En effet leur couleur n'est en rien celle des Quichuas et des autres habitants des montagnes découvertes, elle est presque blanche comparativement à celle des Incas, et beaucoup des hommes bruns des parties méridionales de l'Europe ne sont pas plus blancs qu'eux. Cette couleur ne contient que très-peu de jaune ; c'est une teinte légèrement basanée, beaucoup plus claire que celle de toutes les nations de la race pampéenne et même de toutes les nations des montagnes.... Nous avons cru reconnaître dans la couleur claire des Yuracares, un effet prolongé de leur habitation. Entourés de nations dont les teintes sont bien plus foncées, on doit attribuer l'affaiblissement de la leur à l'influence continue des ombrages perpétuels sous lesquels ils vivent au sein de forêts touffues, où il pleut presque continuellement ; tandis que les montagnards, leurs voisins, habitent des pays accidentés, toujours dépourvus d'ombre et dont la température est des plus sèches. » M. d'Orbigny ajoute en note : « On ne peut attribuer le peu d'intensité de leur teint au croisement des races ; car ils sont encore sauvages, et, sous peine de duels interminables, ils ne se marient qu'avec leurs plus proches parents, sans jamais s'allier aux autres tribus de leur nation, et à plus forte raison avec des femmes blanches, qu'ils regardent comme beaucoup au-dessous d'eux. » La couleur des Yuracares, déclare encore le même naturaliste, pourrait être regardée comme une anomalie, si elle n'était pas aussi celle des Mocétènes et des Tacanas, qui habitent des pays absolument analogues. Ce sont deux tribus également antisiennes. « Les Yuracares habitent le pied des derniers contre-forts des Andes orientales et les forêts des plaines qui les bordent, sur toute la surface comprise entre Santa Cruz de la Sierra, à l'est, jusqu'a la longitude de Cochabamba, à l'ouest, sur une large bande de 20 à 30 lieues, depuis le 67e jusqu'au 69° de longitude O., et par les 16° et 17e de latitude S. Ce sont les derniers peuples des montagnes boliviennes, dont le plus souvent ils n'habitent que le pied, disséminés qu'ils sont par petites familles, au sein des bois les plus épais, près des sources d'une multitude d'affluents du Mamoré. Leurs voisins au N. sont les Moxos, au N.-E., les Sirionos, à l'O., les Mocétènes des montagnes, au S.-E., les Chiriguanos, et au S.-O., les Quichuas de Cochabamba. » (*L. c.*, p. 161.)

attaques diurnes, qui sont rares, le clair de lune étant presque toujours l'instant qu'ils choisissent pour attaquer, ils se cachent quelquefois sur le côté de leur cheval. Les Araucanos du sud du Chili, au contraire, fixés dans des vallées, y cultivent des grains, y élèvent des bestiaux et habitent des maisons.

On voit combien les tribus diffèrent sous ce point de vue, tout en se ressemblant sous les autres rapports. Aussi belliqueux les uns que les autres, ils sont tous disposés à comploter contre les chrétiens, auxquels jamais ils ne se soumirent, et contre les nations voisines, pour eux objet d'une rivalité constante.

Ils se réunissent à cet effet, armés de leurs *bolas* [1], de leurs frondes, de leurs lances que forme un roseau flexible, long de 15 à 18 pieds, partent avec leurs femmes, avec leurs enfants sous la direction d'un chef orateur et guerrier, s'approchent du lieu qu'ils veulent attaquer, envoient des éclaireurs pour le reconnaître, et, la nuit suivante, comme un torrent débordé, tombent sur l'ennemi, le surprennent, l'assaillent avec impétuosité. Les femmes et les enfants enlèvent les bestiaux et pillent tout pendant le combat. Après avoir tué les hommes, les vainqueurs emmènent en esclavage les femmes, les enfants, et regagnent à petites journées leur point de départ. Chargées dans ces courses des soins domestiques et des bagages, les femmes sont néanmoins bien traitées par leurs maris, et l'on a dit à tort que ceux-ci les obligent même à seller leurs chevaux [2].

Attaqués, depuis les Incas qui ne purent les soumettre [3], par Almagro, par Valdivia [4], par tous les Espagnols du Chili et de Buenos Ayres, ils n'ont jamais cédé ni à la force de leurs armes ni aux suggestions de leurs missionnaires [5], conservent jusqu'au jourd'hui leur liberté, leurs coutumes, leur religion primitive

[1] Ce sont trois boules auxquelles sont attachées autant de courroies de deux tiers de mètre de longueur qui se réunissent à un centre commun. L'Indien lance au loin ce terrible projectile en tenant l'une des boules dans sa main. Du même coup porté par une main habile, la proie ou l'ennemi était frappé et lié.

[2] M. Lesson (Complément des œuvres de Buffon, *Races humaines*, t. II, p. 16) avait été mal informé sur ce point.

[3] A l'époque de l'expédition de Yupanqui avant la conquête de l'Amérique. (Cf. *Araucana*, ch. 1, oct. 18 suiv.)

[4] Cf. Garcilaso de la Vega, *Comentarios reales de los Incas*, p. 249.

[5] Cf. Funes, *Ensayo de la historia del Paraguay*, t. III, p. 20.

Ce sont, on peut le dire, les plus déterminés de tous les Américains, et ceux qui entendent le mieux l'art de la guerre.

Leurs amusements consistent en jeux de balles, assez curieux, puisque c'est la poitrine qui doit recevoir la balle, quand celle-ci a passé sous la jambe ; et quelquefois en rondes monotones, qui ne sont en rien lascives et imitatives, quoi qu'on en ait dit.

Parmi eux la polygamie est tolérée[1]. Chacun des chefs possède un grand nombre de concubines, cette condition étant le sort des prisonnières. Leur mariage n'est en quelque sorte que l'achat d'une femme à très-haut prix ; ce qui empêche beaucoup d'individus de se marier[2].

Ils ne sont pas plus navigateurs que les Patagons. Néanmoins ceux qui avoisinent l'archipel de Chonos, se servent de radeaux grossièrement construits.

Les progrès de l'industrie, un peu plus avancée que celle des autres nations du Sud, sont dus, sans aucun doute, aux rapports qu'ils ont eus longtemps avec les Incas. Les hommes, comme tous les sauvages, ne s'occupent que de leurs armures, tandis que les femmes filent la laine de leurs moutons et la tissent pour s'en faire des vêtements. Ces tissus sont variés de diverses couleurs, au moyen de certaines teintures. Ils peignent aussi les peaux dont ils se font des couvertures ; mais nous avons remarqué que leurs dessins, au lieu de reproduire, comme ceux de presque tous les hommes qui se rapprochent le plus de la nature, l'image d'êtres animés ou fantastiques, représentent simplement des grecques de formes variées.

Le costume des hommes est le poncho, le chilipa adopté par l'habitant de la campagne de Buenos-Ayres, consistant en une pièce d'étoffe qui s'attache autour du corps et couvre jusqu'au-dessous du genou. Celui des femmes est composé d'une pièce de tissu qui s'attache sous les bras et d'une autre qui couvre les épaules, retenue en avant par une épingle, le *topu* des Incas. Pour le reste, les cheveux divisés en deux nattes, les colliers, les peintures rouges de la figure, hommes et femmes suivent les habitudes des Patagons et des Puelches. A l'armée, les

<hr>

[1] P. Lozano, *l.c.*, t. I, p. 155.
[2] Cf. *supra*, p. 620.

hommes portent une cotte de mailles en cuir, comme les Patagons.

Le gouvernement des Aucas est en tout semblable à celui des Patagons. Leurs chefs, choisis dans une assemblée, les guident à la guerre et deviennent presque leurs égaux lorsqu'ils rentrent sous leurs tentes. Point de soumission à leur père, à leur cacique ; point de châtiments pour les crimes ; seulement les parents d'un homme assassiné peuvent, s'ils sont puissants, tirer vengeance de l'assassinat sur le meurtrier ; ce qui amène entre les familles des querelles interminables et provoque des divisions sans fin, des haines immortelles entre les tribus. On peut dire en somme qu'il n'y a aucun corps de nation.

La religion des Aucas et des Araucanos est, pour le fond, absolument la même que celle des Patagons. Ils craignent leur *Quecubu* ou malin esprit, et admettent un être créateur de toute chose, obligé de les protéger et de leur donner tout ce qu'ils désirent, sans qu'ils doivent aucune adoration, aucune prière. Ils croient l'homme libre de toutes ses actions, ne pensant même pas que leurs crimes puissent influer sur les faveurs d'un créateur, ni sur le mal que leur fait le Quecubu. Les *Machis* ou médecins sont les agents du malin esprit et interprètent une foule de choses, comme les rêves, les hurlements des chiens, le chant d'un oiseau nocturne, etc. ; ils font mille jongleries pour guérir leurs malades ; et, s'ils n'y réussissent pas, ils interprètent la mort, et presque toujours en rejettent la faute sur d'autres Indiens. De là encore poursuite et meurtre de ceux-ci par les parents du défunt ; de là ces inimitiés héréditaires, tant individuelles que nationales. Ils croient à l'immortalité de l'âme et comptent, après la mort, se retrouver dans un lieu de délices, de l'autre côté des mers. On enterre avec eux ce qu'ils ont de plus précieux, pour qu'ils puissent se montrer dignement dans le séjour des morts. On tue les chevaux du défunt sur sa tombe ; mais on ne détruit pas entièrement tout ce qui lui appartenait ; aussi existe-t-il pour la nation une source de richesse, une tendance à la civilisation. Leurs morts sont enterrés assis, les genoux pliés sur la poitrine [1].

---

[1] Cf. *Voyage dans l'Amérique méridionale*, t. IV, p. 177-181.

Après ces détails si curieux, que nous présentons à nos lecteurs en résumé ou par extraits, et qui devaient former, à cause de leur portée scientifique, le véritable corollaire de tous ces documents de géographie et d'histoire, M. Alcide d'Orbigny termine sa brillante étude d'observateur par ces réflexions, qui l'achèvent et la récapitulent :

« Nous ne croyons pas que les Aucas ou Araucanos soient, plus que les autres Américains, rapprochés de la grande race jaune océanienne. Ils ont pour l'ensemble du caractère, des mœurs, de la religion, l'analogie la plus directe avec les Patagons, les Puelches, les Fuégiens, et il est impossible de les séparer entièrement sous ce rapport, nonobstant même les petites nuances observées. Pour les caractères physiques, ils diffèrent essentiellement de ces mêmes Patagons, de ces mêmes Puelches, par une stature beaucoup moins élevée, des formes plus massives, un corps plus raccourci, plus large, une figure moins aplatie, des pommettes un peu plus saillantes. Ils ont la taille, la conformation caractéristique de tout le rameau des Américains montagnards, se rapprochent beaucoup sous ce point de vue des Fuégiens et surtout des Péruviens ; mais leurs traits sont tout à fait différents de ceux des derniers, ainsi que leur langage ; ils s'en distinguent partout par la douceur, par l'euphonie des sons. De tout cela nous concluons que les Aucas ou Araucanos appartiennent à la race des peuples montagnards, mais comme rameau particulier, servant pour ainsi dire d'intermédiaire entre les peuples des montagnes et ceux des plaines [1]. »

[1] Cf. *Voyage dans l'Amérique méridionale*, t. IV, p. 184.

FIN DU DEUXIÈME VOLUME.

TABLE DES MATIÈRES

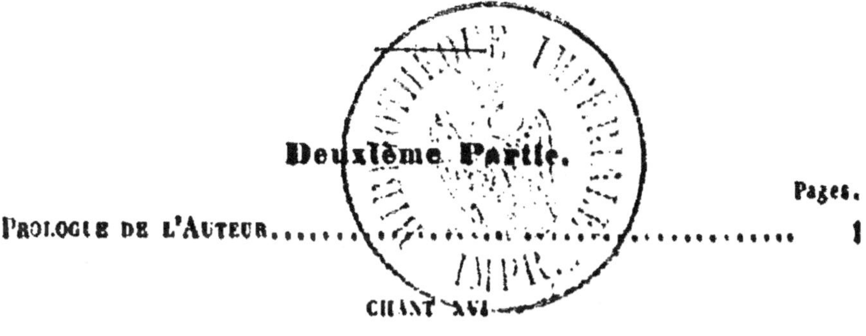

Deuxième Partie.

CHANT XXIX

Troisième Partie.

CHANT XXX

CHANT XXXIII

CHANT XXXIV

CHANT XXXVII

Ce xxxviie et dernier chant de l'*Araucana* commence par une grave discussion sur le droit de guerre. — La doctrine d'Ercilla n'a d'autre but que de justifier la conquête du Portugal par les armes de Philippe II. — La conduite barbare de Santa Cruz, vainqueur de Philippe Strozzi aux Açores, est défendue par les mêmes maximes. — Le poëte se demande pourquoi les Portugais opposent à Philippe II une si opiniâtre résistance. — Politique bienveillante du roi d'Espagne. — Ses conseils prudents et pacifiques à don Sébastien. — Malheur qu'il eût voulu prévenir. — Croisade du roi portugais et son désastre à Alcazar-Kébir. — Enrique reçoit la couronne du Portugal. — Philippe II établit ses droits, pour l'éventualité où le trône resterait vacant. — Ses droits comparés avec ceux de Catherine de Bragance et d'Antonio de Crato, et confirmés par de savants docteurs. — Négociations de Philippe II, entamées auprès d'Enrique, pour être reconnu et proclamé comme son successeur légitime. — Résistance du vieux monarque et sa mort. — Nouvelles tentatives du roi d'Espagne pour obtenir une solution pacifique. — La guerre est enfin résolue. — Magnifique matière offerte au génie des poëtes. — Vains efforts d'Ercilla pour atteindre à la gloire. — Son âme découragée ne peut plus s'élever assez haut pour célébrer son illustre souverain. — Il est temps pour lui de ne songer plus qu'au ciel. — Il ne lui reste qu'à pleurer ses fautes, au lieu de chanter la gloire.

FIN DE LA TABLE DES MATIÈRES.

ERRATA

Page 21, note 1, ligne 1, *au lieu de :* os pasos, *lisez :* los pasos.
— 45, oct. 44, ligne 3, *au lieu de :* elle mettait, *lisez :* elle mêlait.
— 53, sommaire, ligne 15, *au lieu de :* allusion prophétique de, *lisez :* allusion prophétique à...
— 63, oct. 30, ligne 6, *au lieu de :* soumise, *lisez :* soumis.
— 68, oct. 40, ligne 2, *au lieu de :* centre, *lisez :* cercle.
— 70, oct. 46, ligne 3, *au lieu de :* la prise, *lisez :* la proie.
Ibid. note 3, ligne 13, *au lieu de :* du comitat, *lisez :* au comitat.
— 72, note 3, ligne 9, *au lieu de :* la shacienda«, *lisez :* las haciendas.
— 89, oct. 33, ligne 3, *au lieu de :* en s'opposant, lui former, *lisez :* en s'opposant à lui, former...
— 103, note 1, lignes 5 et 6, *au lieu de :* au sommeil habituel, à la couche délicate que donné la paix, au vêtement..., *lisez :* le sommeil habituel, la couche délicate que donne la paix, le vêtement...
— 157, oct. 48, ligne 3, *au lieu de :* mais, *lisez :* moi.
— 166, note 1, ligne 4, *au lieu de :* Marigueña, *lisez :* Marigueñu.
— 175, note, 1 ligne 3, *au lieu de :* binem, *lisez :* einem.
Ibid. note 2, ligne 2, *au lieu de :* son magicien Tlascalan, *lisez :* son magicien. Tlascalan...
— 202, note 1, ligne 21, *au lieu de :* Aalé, *lisez :* Aali.
— 203, note 1, ligne 11, *au lieu de :* dix, *lisez :* six.
— 204, note 4, ligne 6, *au lieu de :* les, *lisez :* la.
— 205, notes, ligne 1, *au lieu de :* d'España, *lisez :* de España.
— 208, notes, ligne 32, *au lieu de :* partager, *lisez :* et partager.
Ibid. lignes 33 et 34, *supprimez les mots :* et mit à profit, en 1580, ton courage et ses talents militaires, lorsqu'il voulut joindre le Portugal à sa vaste monarchie.
— 211, notes, ligne 5, *au lieu de :* Flugeln, *lisez :* Flügeln.
— 213, note 2, ligne 5, *au lieu de :* page, *lisez :* place.
Ibid. note 3, ligne 5, *au lieu de :* Læni, *lisez :* Leñi.
— 214, notes, ligne 2, *au lieu de :* qui, *lisez :* que.
— 217, note 2, ligne 1, *au lieu de :* antique, *lisez :* épique.
— 218, oct. 54, ligne 3, *au lieu de :* postes, *lisez :* œuvres mortes.
— 227, note 1, ligne 3, *au lieu de :* paroles, *lisez :* exemples.
— 232, oct. 85, ligne 5, *au lieu de :* le meurtrier, *lisez :* les meurtriers.
— 236, note 1, ligne 26, *au lieu de :* à son frère Angulo, son courrier, avec l'étendard royal des Turcs, *lisez :* à son frère, avec l'étendard royal des Turcs, Angulo, son courrier.
— 248, oct. 6, ligne 2, *au lieu de :* Aguirro, *lisez :* Aguirre.
— 250, oct. 23, ligne 6, *au lieu de :* peut, *lisez :* ne peut.
— 276, note 1, ligne 3, *au lieu de :* se renouvelle, *lisez :* se trouve.
— 289, note 2, ligne 13, *au lieu de :* confié, *lisez :* conféré.
— 291, notes, ligne 15, *au lieu de :* informaçom, *lisez :* informação.
— 293, notes, ligne 19, *au lieu de :* quelques immigrations, *lisez :* quelque immigration.
— 294, notes, ligne 25, *au lieu de :* les curieux, *lisez :* ses curieux....
— 297, note 3, ligne 8, *au lieu de :* 471, *lisez :* 4.
— 301, notes, ligne 19, *au lieu de :* Abul-Thaleb ou Thaleb, *lisez :* Abul-Thaleb ou Thalib.
— 309, notes, ligne 1, *au lieu de :* espasito, *lisez :* expósito.

Page   312, oct. 33, ligne 3, *au lieu de* : don Philippe, *lisez* : don Felipe.
— 314, oct. 37, ligne 3, *au lieu de* : nihil hultra, *lisez* : nihil ultra.
  Ibid. ligne 4, *au lieu de* : franchit, *lisez* : franchissant.
— 318, notes, ligne 10, *au lieu de* : 41, *lisez* : 14.
  Ibid. note 1, ligne 22, *au lieu de* : Alonos, *lisez* : Alonso.
— 325, notes, ligne 34, *au lieu de* : Solimoes, *lisez* : Solimões.
— 329, oct. 41, ligne 2, *au lieu de* : vers le sud et plus avant, *lisez* : vers le
    sud, et plus avant...
  Ibid. note 1, ligne 7, *au lieu de* : du Pacaxes, *lisez* : des Pacaxes.
— 335, note 2, ligne 9, *au lieu de* : une désignation commune de Zabú, *lisez* :
    une désignation commune. Zabú...
— 343, ligne 4, *au lieu de* : sa, *lisez* : la.
— 345, ligne 7, *au lieu de* : Djebele, *lisez* : Djebel.
— 347, ligne 40, *au lieu de* : ne cincolæ, *lisez* : nec inco'æ.
  Ibid. ligne 41, *au lieu de* : herb æsunt, *lisez* : herbæ sunt.
— 356, note 4, ligne 3, *au lieu de* : une latitude, *lisez* : une altitude.
— 360, note 4, ligne 2, *au lieu de* : M. Fresne l'a décrite, *lisez* : M. Fresnel a
    décrite.
— 361, lignes 4, 6 et 34, *au lieu de* : Thâd, *lisez* : Tchâd.
  Ibid. ligne 31, *supprimez les mots* : de ce dernier.
— 363, lignes 27-29, *au lieu de* : puisse-t-il... les résultats, *constituez ainsi la
    phrase* : puisse-t-il compléter pour l'Europe les notions réelles et rigou-
    reuses, préciser les situations que tant d'explorateurs héroïques ont
    laissées dans une certaine pénombre, couronner les résultats...
  Ibid. notes, lignes 12-13, *au lieu de* : affluent, *lisez* : effluent.
— 411, note 1, lignes 8-9, *au lieu de* : Mariqueñu, *lisez* : Marigueñu.
— 412, note 4, ligne 4, *au lieu de* : macht'gen, *lisez* : mæcht'gen.
— 444, note 1, ligne 3, *au lieu de* : des deux nations, *lisez* : que mettent les deux
    nations.
— 450, note 1, ligne 17, *au lieu de* : en termes classiques, *lisez* : en termes
    élastiques.
— 458, note 2, ligne 15, *au lieu de* : sensible, *lisez* : insensible.
  Ibid. *au lieu de* : ses degrés, *lisez* : les degrés.
— 463, oct. 71, ligne 5, *au lieu de* : fit approcher tout autour, *lisez* : fit ap-
    procher autour de son navire.
— 466, oct. 89, ligne 3, *au lieu de* : tout à la fois, *lisez* : à la fois.
— 467, oct. 1, ligne 7, *au lieu de* : pauvreté, *lisez* : perversité.
— 494, oct. 9, ligne 2, *au lieu de* : la générosité, *lisez* : la génerosité.
— 539, oct. 15, ligne 5, *au lieu de* : substances, *lisez* : subsistances.
— 541, note 1, ligne dernière, *au lieu de* : millers, *lisez* : milles.
— 542, notes, ligne 2, *au lieu de* : Maudin, *lisez* : Maullin.
  Ibid. ligne 5, *au lieu de* : Cañéte, *lisez* : Cañete.
— 543, notes, ligne 12, *au lieu de* : Coronado, *lisez* : Corcovado.
— 550, notes, ligne 12, *au lieu de* : accompagnent, *lisez* : accompagnaient.
— 551, notes, ligne dernière, *au lieu de* : note 59, *lisez* : p. 324, note 1.
— 556, sommaire, ligne 7, *au lieu de* : dom Sébastien, *lisez* : don Sébastien.
— 558, note 1, ligne 33, *au lieu de* : surpris, *lisez* : conquis.
— 563, note 1, ligne 3, *au lieu de* : 50, *lisez* : 3.
— 564, notes, ligne 5, *au lieu de* : Th. Strozzi, *lisez* : Ph. Strozzi.
— 572, notes, ligne 7, *au lieu de* : Ferrera, *lisez* : Ferreras.
  Ibid. notes, ligne 6, *au lieu de* : le feu l'eau, *lisez* : le r et l'eau.
— 574, note 2, ligne 1, *au lieu de* : c deux prétendants, li z : les deux pré-
    tendants.

CORBEIL. — Typ. et stér. de Crété fils.